# 流水迢迢

箫楼 著

上

浙江文艺出版社

图书在版编目（CIP）数据

流水迢迢 / 箫楼著 . — 杭州：浙江文艺出版社，
2024.7
ISBN 978-7-5339-7606-4

Ⅰ.①流…　Ⅱ.①箫…　Ⅲ.①长篇小说—中国—当代
Ⅳ.①I247.5

中国国家版本馆CIP数据核字（2024）第095862号


图书策划　关俊红
责任编辑　徐　旼
营销编辑　宋佳音
装帧设计　吕翡翠
责任校对　牟杨茜
责任印制　吴春娟


**流水迢迢**

箫楼　著


出版　浙江文艺出版社
地址　杭州市环城北路177号
邮编　310006
电话　0571-85176953（总编办）
　　　0571-85152727（市场部）
制版　浙江新华图文制作有限公司
印刷　杭州富春印务有限公司
开本　710毫米×1000毫米　1/16
字数　861千字
印张　56.5
插页　3
版次　2024年7月第1版
印次　2024年7月第1次印刷
书号　ISBN 978-7-5339-7606-4
定价　148.00元（全三册）

目录

第一章-001

长风山庄

第二章-012

盟主裴琰

第三章-023

平州崔亮

第四章-037

揽月楼头

第五章-050

猫爪蟹钳

第六章-062

鹤梦难寻

第七章-077

相府寿宴

第八章-089

祸起萧墙

第九章-102

有司必慎

第十章-112

浩瀚棋局

第十一章-123

华堂相会

第十二章-138

心机似海

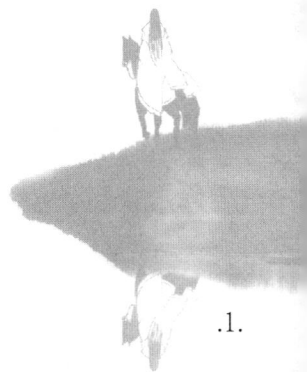

第十三章-151
一箭三雕

第十四章-165
各怀鬼胎

第十五章-176
胸有丘壑

第十六章-188
以退为进

第十七章-200
假戏真做

第十八章-212
微波狂澜

第十九章-226
武林大会

第二十章-241
变故陡生

第二十一章-254
真情假意

第二十二章-264
风雪兼程

第二十三章-277
雪夜梦魇

第二十四章-289
月落风云

# 第一章

## 长风山庄

已近中秋,桂花漫香,长风山庄前的一湖秋水在夕照下波光潋滟。

每年的八月十二,是武林各派掌门齐聚长风山庄,商议盟内事务的日子。

此湖名为平月湖,数座亭台沿湖而建,亭台之间菊蒲繁华、丹桂飘香。菊桂中,筵开数十席,江湖中人多半相识,各依亲疏,分席而坐。

众掌门正在庄内商议要务,此时在席上坐着的都是各门派的长老或弟子。掌事者不在,无人管束,自然便推杯换盏、觥筹交错。

西首最末席一名乌衣汉子放下酒杯,看了一下四周,压低声音道:"听说剑鼎侯此刻尚未赶回长风山庄,各位掌门正束手无策。"

席上之人都露出惊讶之色,一中年男子道:"剑鼎侯不知被何事耽搁了,按理,他这武林盟主兼东道主应该早在此等候才是。"

"是啊,若是往年,他政务缠身,不出席盟会倒也罢了,可今年'秋水剑'易寒前来挑战,他不回庄应战,可就是天下第一不忠不孝之徒了。"

"为何他不应战,便是天下第一不忠不孝之徒?"

玉珠般圆润的声音响起,席上众人一惊,齐齐转头。

一名绿衣少女笑吟吟地从席后的菊花丛中钻出来,见众人目光皆望向自己,一双灵动的大眼睛忽溜一转,轻巧地坐到那乌衣大汉身边,拿起酒壶,替他斟满酒杯,唇角边小小的酒窝盛满笑意:"大叔,为何剑鼎侯不应战,就是天下第一不忠不孝之徒?"

众人细看这少女,年约十六七岁,乌黑的发,浅绿的衫,白玉般精致细腻的脸庞,笑意盈盈的眸子,端丽明媚,十分可亲。

乌衣大汉知道,此时能在这长风山庄出现的女子,不是峨眉便是青山门下。这两大派的门人虽皆是女子,却技艺不凡,行事低调公允,素为江湖同道所敬重。是以,这少女年纪虽轻,却是得罪不起的。

他微笑道:"这位小师妹,难道你的师父、师姐没有和你说起过剑鼎侯吗?"

少女摇了摇头:"师父从不和我说这些,师姐又不爱言语,更不会说了。"

众人都听闻青山派掌门程碧兰有位大弟子名叫简莹,长得极美,性子却甚为孤傲,不喜言谈。当年行走江湖时,"川中三虎"贪其美色,被她追踪上百里割下双耳,自此再无江湖人士敢得罪她,背后皆称她为"青山寒剑"。

想到这少女是那位青山寒剑的小师妹,众人皆打了个寒噤。

乌衣大汉堆笑道:"你师姐向来不爱多语,大伙都是晓得的,也怪不得你不知道这些江湖上的事情。"

少女颇觉惊讶:师姐连邓家寨都未出过,怎么这些人都知道她不爱说话呢?她猜测他们有所误会,正待解释,乌衣大汉笑道:"说起剑鼎侯,这话可就长了。"

少女忙给他夹了一筷子菜,笑道:"大叔慢慢说,时辰还早着,那些老爷子老太太一时半会儿也出不来。"

听她将各掌门称为"老爷子老太太",众人哄然大笑,更觉这少女娇俏可喜。

乌衣大汉笑道:"好,反正闲来无事,我韩三余来当一回说书人吧。"

他喝了口酒,道:"小师妹应当知晓我大梁开国皇帝圣武帝的出身来历。"

少女摇了摇头。

韩三余一愣,旋即压低声音笑道:"这可就得多费唇舌了。事情是这样的:我朝圣武帝出身于武林世家,先登武林盟主之位,后又借此夺取兵权,最终问鼎宝座。一百多年来,谢氏皇族崇武之风仍有几分盛行。历代皇帝也极为重视武林势力,便于立国之初建了这长风山庄,由当年与谢氏一起号令武林的副盟主裴氏出任庄主,掌管武林事务。

"裴氏一族执掌长风山庄上百年,高手辈出,出将入相、封侯晋爵的也不少。历任庄主同时担任武林盟主,号令群雄,调停各门派纷争,平衡着朝野间的力量。

"但到了二十多年前,裴氏渐渐没落,适逢北域桓国派出高手秋水剑易寒挑战,上任庄主裴子敬硬着头皮出战,死于秋水剑下。

"裴子敬死后,仅留下一遗腹子,而其在朝中任职的胞弟震北侯裴子放又因触犯龙颜而获罪流放。裴氏没落,长风山庄也形同虚设。及至五年前,裴子敬的遗腹子裴琰年满十八,接任长风山庄庄主。武林各门派欺其年少,未有一人到场祝贺。不料一个月后,裴琰以不敬盟主之罪连挑十大门派,震惊朝野。

"初始,所有人皆以为裴琰不过在武学上天纵奇才,不料其人在官场也是如鱼得水,更获今上恩宠,平步青云,于前年被封为剑鼎侯,并出任左相一职。

"裴相少年得志,官运亨通,这长风山庄庄主一职却始终没有卸下。故每年八月十二的武林大会,其必定要从京城赶回长风山庄。

"今年七月间,中原武林各门派陆续收到易寒的传书,说他要于八月十二之夜,在这长风山庄,会一会咱们大梁的左相兼剑鼎侯、武林盟主——裴琰。"

少女拍掌笑道:"韩大叔好口才,比得上南华楼说书的三辨先生。"

韩三余哭笑不得。他好歹也是名震一方的豪客,此次随师门前来参加武林大会,却被一少女夸成说书先生,未免有些尴尬,可面对这明媚娇俏的小姑娘,却无论如何也动不了气。

少女笑罢,微一蹙眉:"如此说来,剑鼎侯若是不应战,一来有损我大梁威名,二来不能替父报仇,有违孝道,确是天下第一不忠不孝之徒。可他若是武功不及那易寒,勉强应战,岂不是自寻死路?"

"小师妹多虑了,剑鼎侯一身艺业胜过其父。他二十岁那年率长风骑以少胜多,击溃月戎国上万骑兵,被圣上封为长风将军;前年更是于千军万马中取敌将人头,大败桓国精骑于成郡,一扫我朝多年来被桓国压着打的颓势,立下赫赫军功,这才官拜左相、得封侯爵。他与易寒这一战胜负难说,所以为何此刻尚未赶回长风山庄,着实令人费解。"

少女笑道:"说不定他早就回来了,在庄内某处养精蓄锐,准备应对这最关键的一战呢。"

韩三余笑道:"小师妹有所不知,我师兄刚从庄内出来,说各位掌门正在紧急商议,剑鼎侯至今未归,该派何人应战易寒。他若是回来了,为何连众掌门都不知晓呢?"

少女见要打探的消息已听得差不多了,遂笑道:"韩大叔,多谢你的说书,我走了。"说着身形向后一翻一晃,隐于菊花丛中,倏忽不见。韩三余与众人面面相觑,皆想道:这少女轻功上佳,看来青山门下弟子确实不容小觑。


绿衫少女江慈在菊园中玩了一会儿,又爬到桂花树上躺了小半个时辰,醒来见正主们仍未出场,颇觉无聊。

夕阳西沉,庄内庄外相继点起了烛火。江慈觉得腹中饥肠辘辘,遥见西北角烟雾盘升,便知那处是厨房所在。管家、仆从们正忙着招待客人,谁也不曾注意到她,居然让她从庄子西面翻墙而入,不多时便顺利地溜到了厨房。

厨房人来人往,仆从们不断将酒水饭菜端出去。江慈想了一想,索性大摇大摆地走了进去。一厨子看见她,愣了愣,道:"姑娘,你是……"

"有没有什么好吃的点心?我肚子饿了,师父叫我自己到厨房找东西吃,她正忙着商议正事。"江慈笑道。

厨子们曾听人言道峨眉派掌门破情师太极为护犊,有几个俗家小弟子更是时刻带在身边,忙堆笑道:"小师妹看有什么合意的就端去,就怕做得不好,不合小师妹的口味。"

江慈笑了笑,走到点心笼前,揭开笼盖,取了两笼点心,又顺手从柜中拿了一小壶酒,施施然走了出去。她在庄中转了两圈,见一路上山石树木无不应势而布,疏密有致,隐含阵形。记起先前在桂花树上遥见到的庄内布局,终在夜色黑沉时转到庄子南面的竹园,盘腿在竹林中坐了下来。她喝了几口酒,又吃了几块点心,嘟囔道:"这武林大会也没什么好玩的,哪有什么仗剑风流、持箫高歌的侠客,多的是粗俗之人,只知道吃吃喝喝,我看得改成吃喝大会才是。"

正嘟囔间，她忽地面色一变，将点心和酒壶迅速收入怀中，拔地而起，如一片秋叶在风中轻卷，悄无声息地挂在竹梢。

两个人影一前一后走入竹林，身形稍高之人向四周望了望，猛地将矮小之人压在竹上，剧烈的喘息声和吮啜声响起，江慈本能地闭上了眼睛。

女子娇喘连连，嗔道："这么猴急！昨晚怎么不来，让我干等了半夜。今夜夫人那里我当值，马上又得回去。"

男子喘着粗气道："现在就是天王老子来了，我也不管。"说着双手伸入女子衣间。女子轻声一笑，腰肢扭着躲闪。男子将她抱住："好莲儿，心肝莲儿，想死五爷了，你就从了五爷吧。"便欲去解那女子的裙带。

江慈隐在竹梢，紧闭双眼，心中暗暗叫苦：怎么喝个酒都不安宁，还撞上一对偷情的鸳鸯。

却听那莲儿啪地将五爷的手打落，一把将他推开，冷哼道："先别急，莲儿有一句话问五爷。五爷若是答不出来，以后莲儿也不会再来见五爷。"

那五爷一愣，见莲儿说得郑重其事，忙道："莲儿有话尽管问，我岑五一片真心，必知无不言、言无不尽。"

莲儿整了整衣裙，迟疑片刻，似是有些伤心，低低道："五爷，你是真心想和莲儿相守一生，还是只图片刻欢愉？"

岑五忙上前搂住莲儿，指天发誓："我自是要与莲儿姑娘厮守一生，永不相负，若有违誓言，必遭……"

莲儿伸手掩住他的嘴唇，柔声道："五爷不必发誓，莲儿信你便是。只是眼下有件事，需得五爷依莲儿所言才是。"

"莲儿快说，我一定办到。"

莲儿从怀中取出一个小符包，放入岑五手中，娇声道："这是莲儿昨日陪夫人去敬慈庵进香时，向住持师太求来的。师太说这个叫一心符，能让女子的意中人对她一心一意、永不变心。五爷若是心中有莲儿，就请时刻带在身边，这样便会对莲儿一心一意，莲儿也自会对五爷百依百顺……"说着慢慢偎入岑五怀中。

岑五佳人在怀，芳香扑鼻，一时间魂飘天外。他将符包揣入怀中，喃喃道："岑五必不负莲儿一片心意,这符自是要时时带在身边的。"说着双手渐渐有些不安分。莲儿却突然挣开他的怀抱,喘道:"不行,我得赶紧回去,庄主若是回来了,不见我在夫人身边伺候,必有严惩。"

岑五听到"庄主"二字,吓得本能地打了个哆嗦。

趁他怔愣,莲儿红唇在他右颊上轻触一下,身形妖娆,出林而去。

岑五原地怔了一会儿,叹口气,也离开了竹林。

待他身影消失,江慈跳下竹梢,侧头自语道:"一心符?真有这么灵验?明天我也去敬慈庵求上一个。"

此时一轮洁白的月升上来,温柔地照进竹林。江慈坐在草地上,从怀中掏出酒壶喝了一口,仰头望着明月,涌上一阵淡淡的忧伤:师父,您在那里还好吗?

忽然,一阵丝竹之音穿透夜空送入她耳中,她心中一动,抛开这淡淡的忧伤,身形轻晃,从竹林旁的围墙越了出去。

庄前高台之上,月琴婉转、二胡低诉,唱上了一出《别三郎》。

那花旦有着极好的嗓子和曼妙的身段,一抬眼、一甩袖,都是无尽的风情。她回眸转身间,长长的凤眼尽显妖娆浓艳,樱唇吞吐,字字句句如玉珠落盘,听得台下数百江湖豪客如痴如醉、彩声连连。

江慈素喜戏曲,渐渐看得眉开眼笑。她将酒壶往怀中一揣,一边看着戏台,一边找了个空位坐下。刚坐定,旁边一女子冷冷道:"这位小师妹,这是我们峨眉的座位,你们青山的在那边。"

江慈这才发现自己坐的这一桌有数个道姑,桌上也是些素菜冷食。其中一个道姑看了她一眼,冷哼一声:"这武林真是越来越不像话了。"

另一道姑点头道:"师姐说得是,不知是盟主太年轻了,还是我们这些人老了,简直是世风日下!年轻人都不知道尊敬长辈,是个位子就抢着坐。"

江慈知道她们误会自己是青山派弟子了,笑着走开,在人群中穿来穿去,也未找到一处既能安心用食又能看戏的地方。她索性退出人群,四处望了几眼,发现菊园西侧有一棵参天古树正对戏台,不由得喜上眉梢。

她越过菊园,在那棵大树下停住脚步,双手交错急攀,不多时便攀到了枝丫处。望着一览无余的戏台，她得意地笑了笑，取出酒壶和点心，不时随着台上花旦轻唱两句，倒也悠然自得。

正看到得意时，秋风吹过，将她右边的一丛树叶吹得在眼前摇晃，挡住了视线。她皱了皱眉，四顾一番，见上方还有一处枝丫，似是视野更为开阔，便收了酒壶，将竹笼咬在口中，攀住树枝，身子向上轻轻一跃。

堪堪落定，一个黑影突然现于眼前，江慈惊得轻呼，见口中咬着的竹笼就要掉落，又忙伸手接住，身形未免有些不稳，向前倾倒。

黑衣人见她倒过来，左袖一拂，她身子又向另一边倒去，头正好撞在树干上，"啊"声尚未出口，劲风就让她呼吸一室，还来不及反应，已被黑衣人点中数处穴道。

江慈气极，无奈哑穴被点，骂不出声，不由得狠狠瞪向那黑衣人。

黑衣人见她瞪得有趣，又觉此刻杀她灭口有些不妥，便凑近她耳边，以极轻的声音冷声道："我先来的，这处便是我的地盘，少不得委屈你了。"

江慈先是气得噎住，怒极后又平静下来，冲黑衣人盈盈一笑，不再理他，转头专心看戏。她哑穴和四肢穴道被点，只头颈能自由转动。看着台上花旦正如泣如诉、哀婉万状，便随着月琴和管弦之声摇头晃脑，颇具韵律。

黑衣人从未见过这种心大的少女，颇觉稀奇，正待凑到江慈耳边说话。

江慈就等着这刻，用力将头往旁边一撞，黑衣人怕躲闪间弄出声响，犹豫了一下，便被她撞到了鼻子。他勃然大怒，伸手将江慈往树下一推。

江慈用头撞那黑衣人，本也只是想出一口心中恶气，未料他竟将自己推下树。此处极高，自己穴道被点，跌落下去不死也得残废。眼见已落下树杈，不由得闭上眼睛，哀叹小命不保。正哀叹间，忽觉腰间一紧，竟又被黑衣人拎住腰带提了回去。

江慈离家出走，一人在江湖上游荡，仗着轻功不错，人又机灵，未曾遇到过真正的惊险。不料今日遭人暗算，还被他这般戏弄，实乃生平奇耻大辱，不由得偏头，恨恨地瞪着他。

月光似水，透过树梢洒于黑衣人面容上。朦胧间，江慈只见他神情僵硬、五官模糊，显是戴了人皮面具。整个面容，只见那双眼眸如黑宝石般熠熠生辉。

她再上下打量了一眼,觉得他即使坐在树杈间,也看得出身形修长挺秀、柔韧有力,又有一种迷蒙清冷之意。碎落的月光洒在他的肩头,整个人如清俊出尘的璧月,又似寒冷孤寂的流霜。

黑衣人从未被年轻女子这般肆无忌惮地打量过,不由得双眸微眯,冷笑一声,笑声充满残酷意味,仿如修罗煞神般凛冽。

江慈一惊,酒劲发作,竟打了个嗝。酒气熏得黑衣人头一偏,眼中闪过憎恶之色,正待对她狠下杀手,思忖一瞬,终觉不妥:万一这少女的师长知道她来了这棵大树上看戏,随时都有可能找过来,自己行藏难免会泄露。他把江慈放正,在她耳边轻声道:"你乖乖看戏,我就饶你小命。你若是不老实,惊动了旁人,这世上……可只我一人才有解药。"说着迅速将一粒药丸塞入她口中。那药丸入口即化,江慈不及吐出,药已顺喉而下,而同时,他也伸手解开了她的穴道。

江慈恨恨地瞪了他片刻,转过头看向戏台,不再理他。

"也曾想,你似青泥莲花,我如寒潭碧月,月照清莲,芳华永伴。却不料,韶华盛极,百花开残,年少还须老,人事更无常……"

台上花旦此时竟是清唱,兰花指掠过鬓边,眼波往台下一扫,数百江湖豪客鸦雀无声,就连那些坐得较远、低眉敛目的和尚、道姑也皆将目光投过来。

江慈却撇了撇嘴,掏出怀中酒壶喝了一口,轻声道:"她唱得没我师姐好。"

黑衣人一愣。他本以为喂她服下毒药,她会惊恐万分,不料她却似没有发生过任何事情一般,还有心情轻松看戏,坦然与自己交谈,实是有些不同寻常。

他冷笑一声,声音却极轻:"她是京城有名的素烟姑娘,等闲的官宦人家想请她唱上一出,还得看她心情。你说她唱得不如你师姐,可有些不知天高地厚了。"

江慈不屑道:"你又没听我师姐唱过,怎知她不如这素烟?你才是不知天高地厚。不过我师姐也绝不会唱给你这种鬼鬼祟祟的小人听。"

黑衣人冷笑道:"哦?我哪里鬼鬼祟祟了?"

江慈见他如宝石般的眼眸中煞气浓烈,也不惊慌,淡淡道:"你躲在这树上,戴着人皮面具,又怕我泄露你的行迹,不是鬼鬼祟祟是什么?只怕是有什么阴谋诡计要对付剑鼎侯吧。"

她想了想，又道："我才不管你是谁，他剑鼎侯是生是死也与我无关。我看我的戏，你办你的事，我们谁也不犯谁，你那假毒药也吓不到我。"

黑衣人一怔，不知这少女怎么看出自己给她服下的不是毒药，只是随手掏出的清热解暑丸。她轻功不错，现下穴道得解，自己若不能一击成功，反而会惊动他人。纵然能悄无声息地杀死她，她的师长若是寻了过来，可就有些不妙，这长风山庄前又无更好的隐身之处……正后悔犹豫间，忽听得台下人声鼎沸。

"易寒到了！"

"是秋水剑，他来了！"

喧哗声中，数百江湖人士齐齐转头望向庄前黄土大道，江慈不由得也坐直了身躯。戏台上的素烟却仍浅摇碎步，伴着幽幽月琴柔媚婉转地唱着。

"青衫寒，鬓微霜，流水年华春去渺，朱阁悲声余寂寥。词墨尽，弦曲终，簪花画眉鲛泪抛。问一声，负心郎，今日天涯当日桥，你拾我丝帕为哪遭？"

夜风忽劲，满园灯笼次第摇晃。一人一袭浅灰长袍，踏着琴声从幽暗中缓缓走来。只见他衣衫半旧，在夜风中飘飘拂拂，眉间鬓角满是风尘落拓之色，清瘦的身影似从千山万水间萧索行来。他似步履轻缓，却眨眼间便到了庄前。

这名动天下的秋水剑易寒在桂花树下停住脚步，对投在他身上的数百道目光恍如未见，深邃的目光直望着戏台上的那名哀婉女子。

又一阵风吹来，琴声忽急，箫音高拔。素烟挥袖扬眉间，眼神凌厉地投向易寒。月华与灯光映照下，她的笑容充满凄凉嘲讽之意。

"人世伤，姻缘错，你执着英雄梦，我望断故园路，今日持杯赠君饮，他朝再见如陌路。长恨这功名利禄，白无数红颜鬓发，添多少寂寞香冢，今生误！"

易寒身定如松，脸上神情却似悲似喜，管弦交错间，他低低叹道："长恨这功名利禄，白无数红颜鬓发，添多少寂寞香冢。唉，今生误，误今生！"

弦急管破，水袖旋舞，哀恨女子的眼神却始终胶着在易寒身上。

她的眉眼与那人何其相似，一甩袖、一扬腕，皆是无尽的婉转痴缠，二十多年来让他梦中百转千回，醒来后却只有一柄寒剑、一盏孤灯。

若是一切可以重来，是不是自己就会兑现双月桥头的誓言，带她远走天涯，不要煊赫的声势,不要这名利场中的传奇呢?

易寒涩然一笑,忽然拍上腰间剑鞘,寒光乍现,弦音暴断,台上琴师踉跄后退,手中月琴落地。

易寒手中长剑如一波秋水,映着月色,绚丽夺目。他望向长风山庄的黑金大匾,冷声道:"易寒已到,请裴盟主现身赐教!"

古树之上,黑衣人摇了摇头,轻声道:"易寒十招之内必败。"

江慈侧头望向他:"不可能。易寒心神虽乱,毕竟也是名震天下的秋水剑,怎会十招就落败?"

黑衣人冷笑道:"裴琰其人,从不应没有把握之战,又最擅攻心,极好步步为营。他费尽心思找到易寒的弱点,将素烟请来此处,扰其心神,只怕还有后招。易寒性命能保,但十招内必败。"

江慈正想问他为何说易寒性命能保,却见山庄大门洞开,十余人鱼贯而出。

易寒望着鱼贯而出的十余人,淡淡道:"柳掌门,各位掌门,久违了。"

苍山派掌门柳风盯着易寒看了看,暗叹一声,上前道:"多年不见,易堂主风采如昔,柳某有礼了。"

易寒唇边掠过一抹苦涩的笑,心中暗叹:师弟,你这又是何必?你我当年同门时情义虽深,但现如今你为苍山派掌门,我乃桓国一品堂堂主,各为其主。你若是能够避开,就避开吧。

柳风似读懂了易寒苦笑之意,沉默片刻,从怀中掏出一封信笺,递至易寒眼前。

易寒并不说话,只用眼神询问。

"这是我无意间在师父遗物中发现的。师父他老人家对当年将师兄逐出苍山一事也是颇为后悔,依信中之意,师父曾想过让师兄重归师门,还请师兄三思。"

柳风说完,静静地看着易寒,四周响起群雄惊讶议论之声。

树上的江慈却听得云山雾罩的,侧头望向黑衣人。黑衣人欲待不理会,又怕这行事有些天马行空的少女突然弄出声响,只得冷声道:"易寒本是苍山门下弟子,武学禀赋极高,十八岁时便被誉为苍山第一高手,是接掌门户的不二人选。却不知为了何事,在他二十岁那年,他的师父传书武林同道,将他逐出师门,并言人人得而诛之。易寒远走桓国,在那里出人头地,执掌桓国武林圣地一品堂,成为桓国将士顶礼膜拜的剑神。"

江慈听他讲得清楚,向他甜甜一笑,又转过头去继续看热闹。黑衣人气得一噎,但一时间也没想好要如何处置她。

庄前,易寒长久地凝望着手中那封信笺,却始终没有展开细看。

秋风荡荡吹过,数百人鸦雀无声,均默默注视着这位桓国将士心中的剑神、梁国苍山派的叛逆弟子,看他要做出何种选择。

戏台上的素烟不知何时抱了琵琶在手中,右手五指若有意似无意地轻拨着琴弦,曲不成调,却自有一股苍凉激愤之意。

易寒面色不改,秋水剑忽然一动,光华凛冽,托住那信笺平递至柳风面前。

柳风长叹一声,伸手取回信笺,不再说话,后退两步。

群雄或惋惜,或鄙夷,或兴奋,嗡声四起。

易寒面沉似水,朗声道:"裴盟主,请赐教!"他的声音并不大,却压过了在场所有人的声音,朗朗澈澈,在长风山庄上空回荡。

他的声音刚刚散去,一道更为清朗俊雅的声音响起:"裴某不才,让易堂主久候了!"

# 第二章

## 盟主裴琰

　　群雄爆出一阵欢呼，齐齐转头望向庄前黄土大道。幽沉的夜色中，十余人稳步走来。

　　江慈翘首望去，只见当先一人紫衫飘拂，腰间丝绦缀着碧玉琅环，身形挺拔修长，容颜清俊，目若朗星，举止间从容优雅，顾盼间神清气爽。

　　他渐行渐近，微笑着望向众人，不停点头致意。他的目光并不在特定的某人身上停驻，众人却均觉他在与自己致礼，顿时"盟主""侯爷""相爷"之声四起。他行至庄前，长袖轻拂，向易寒施礼道："裴某因要事耽搁，来迟一步，多有怠慢。"

　　易寒本是面向庄门，裴琰出现时他稍稍侧身。此时裴琰上前行礼，他再一侧身，却觉裴琰一踏足、一揖手间隐隐有真气激荡，让自己这侧身的动作顿显滞碍，无法从容舒展。

　　易寒心中暗自警惕，知眼前这人虽然年少，武学修为却胜过其父。他微微一笑，右足稍踏后一小步，借势拱手："裴盟主客气了。"

　　裴琰笑了笑："裴某俗务缠身，这几日正忙着与贵国使节商谈和约事宜。恰逢贵国使节金右郎要前来观看堂主与裴某一战，路上稍耽搁了，还望易堂主见谅。"

　　易寒瞳孔猛一收缩。裴琰身后数人走到光亮之下，其中一人轻袍缓带，面容清癯，与易寒目光相触，微微颔首，却不搭话。早有仆人搬过大椅，这几名桓国使节大剌剌坐下。

树上，江慈又有些迷糊了，不由得又侧头看向黑衣人。

黑衣人无奈，只得冷冷解释道："易寒执掌一品堂，是桓国支持二皇子的重要人物，而这金右郎乃桓太子的亲信，桓国朝堂内部纷争，与我国不相上下。"

他轻哼一声："裴琰果然心机深沉，步步为营。旧情、恩义、政敌，能扰乱易寒心神的，悉数用上，佩服，佩服！"

江慈眼神凝在与众掌门寒暄致意的裴琰身上，啧啧道："好一个剑鼎侯，倒是不枉他的名声！"

黑衣人靠上树干，放松身躯，冷哼一声："裴琰是出了名的冷酷无情，不择手段，你可不要被他这副好皮相给迷惑了。"

江慈反唇相讥道："你也是一副好皮囊，一颗无情心，怎好意思说别人？"

二人斗嘴间，庄前纷扰已定，众人落座，场中仅余裴琰与易寒相对而立。

裴琰仍是嘴角含笑，接过随从奉上的长剑，悠然道："易堂主，请！"

恰逢一阵夜风卷过，二人长袍随风而鼓，猎猎作响。数百人目不转睛，紧张地等待着这场关系到两国局势的高手对决。

"且慢！"

如冰雪般冷冽的声音响起，易寒转头，只见那素烟怀抱琵琶款步而来。她一身华丽戏服配娇艳浓妆，在暗夜中却有种说不出的凄厉，众人心下均暗暗一凛。

素烟秋波沉沉，似悲似怒，看定易寒，凄然一笑："一别多年，易爷无恙否？"

易寒目光微沉，心中暗叹一声，却不答话。

素烟冷笑道："易爷当年何等风采，巧舌如簧，今日怎么成了锯嘴葫芦？只是素烟有一件要紧事，非在易爷决战之前相告不可，素烟可不想易爷下到黄泉仍不明真相。"她轻移碎步，走到易寒身侧，贴到他耳边轻声说了几句话。

易寒猛然抬头，面露震惊。素烟却将琵琶用力一掷，大笑道："易寒，你负我姐姐，令她含恨而逝。今晚她当在九泉之下相候，与你一清前账！"

厉笑声中，素烟飘然远去。易寒木立良久，压下心头滔天骇浪，抬起头，正见裴琰含笑望着自己。那笑容观之可亲，但眼神却寒如冰霜、冷如利刃。

易寒终是一代高手，极力镇定心神，将素烟方才相告之事摒出脑中，也不多话，气贯九天，秋水剑微微一横，爆起一团剑芒，身形疾闪，攻向裴琰。裴琰轻如鸿毛，倏然后飘，手中长剑挽起潋滟光芒，架住易寒如电闪雷鸣般的一剑。

铿然声响，光华暴起，裴琰借力疾退，如大鸟翩然后飞。易寒跟上，手中秋水如波，由下撩上，直取裴琰胸前。

剑尖未至，寒风劲啸，裴琰知不能强捌，于空中仰身闪避，以退为进，足下连环踢出数脚，于易寒剑芒之下，直踢向他胸前膻中、紫宫二穴。

易寒坐马沉腰，手腕下沉，剑刃划向裴琰右足。裴琰右足忽然一旋，踏上秋水剑身，借力飞飘，身子在空中数个盘旋，已如鹤冲九天，避开易寒挽起的森森剑气。

月色下，一灰一紫两道身影交错飞旋，灰影如鹤唳晴空，紫影如光渡星野。易寒剑势卓然凌厉，威势十足，裴琰则清飒自如间带着一种沉稳的气质，隐隐让人觉其有一种指挥千军万马、从容自若的气度。

数招过去，易寒忽然一声清啸，剑芒突盛，人剑合一，有如破浪，扑向跃于空中、尚未落地的裴琰。

裴琰呼吸一窒，如在惊涛骇浪中沉浮。觉易寒剑势凌厉至极，却又不乏灵动飘忽，实是攻守俱备。但他并不惊慌，长剑忽转刺为扫，横击向易寒身侧。

易寒听得裴琰手中剑锋嗡嗡而响，知自己纵是能劈入他胸前，却也不免被他剑气拦腰而过。心中暗赞裴琰这一招看似两败俱伤，实乃攻敌之必救，履险地如平川。他腰一拧，冲天而起，长剑忽然脱手，在空中一道回旋，竟射向裴琰脑后。

裴琰听得清楚，知无法回剑后挡，只得借先前一扫之势右扑。却见易寒如花蛇捕鼠，迅捷跃向空中接住长剑，直刺而下。电光石火之间，剑气已划破自己横在腰前的右臂衣袖，眼见就要刺入右肋。

他自幼习武，知终有一日要与易寒决战，十年前便已派出暗探潜入一品堂，对易寒的一言一行、一举一动了如指掌，更早将易寒的过去调查得十分详尽。他擅打攻心之战，这才请来素烟，说动柳风伪造书信，又用激将法令桓国金右郎前来观战，力求多占先机。

在这生死时刻，裴琰身形移动间，右足在地上带过，正碰上先前素烟掷在地上的琵琶,弦音零乱而起。易寒心神微颤,脑中闪过素烟相告之事,一个恍惚,剑尖擦着裴琰右肋直插入黄土之中。

裴琰急速转身,修长手指握着的长剑剧烈抖动,如有漫天光华在他身前凝聚。

剑气破空而起,映亮易寒双眼。易寒目光一凛,刚拔出秋水剑,裴琰手中长剑已如龙腾、如凤翔,轰然击向他身侧空地。

场边有眼尖之人看得清楚,正暗讶为何裴琰不趁秋水剑未拔出之时直击易寒,而是击他身侧空地,却见易寒竟似站立不稳,身形摇晃间急速回剑于身侧。轰声暴起,易寒冷哼一声,往左侧轻跃两步。

裴琰从容收剑,负手而立,双目神采飞扬,含笑望着易寒,并不言语。

易寒剑横身侧,默立良久,一道殷红的血迹沿剑刃蜿蜒而下,滴入黄土之中。他摇了摇头:"裴盟主竟练成'声东击西',易某佩服!"他忽然仰头大笑,秋水剑挟着龙吟之声,如流星般射入平月湖边一棵巨柳之上,深及没柄。

灰影闪动,易寒身形消失在大道尽头,空中传来他苍凉之声:"秋水剑已逝,易寒再非江湖中人,多谢裴盟主成全!"

群雄呆了一瞬后,爆出如雷欢声。那桓国使臣对政敌之败既暗自窃喜,又觉得尴尬,在仆从的引导下拂袖入庄。

欢呼声中,江慈转头望向黑衣人:"裴琰的父亲死在易寒手中,他为何不取其性命?"

黑衣人淡淡道:"易寒以一品堂堂主身份前来挑战梁国武林,代表的是桓国军方。他既已弃剑认输,裴琰便不能再杀他,否则便是擅斩来使,蓄意挑起纷争。更何况裴琰还想留着易寒性命,引起桓国内讧,怎会为了区区父仇而乱了大谋。在他心中,父仇远不及权势来得重要。"

"哟,你倒是挺了解裴琰的。"

黑衣人不再说话,望着庄前那从容持定、微笑拱手的身影,目光渐转凌厉。


喧闹一阵,裴琰踏上庄前台阶,右手微压,场中肃静下来。他笑容和煦,声音不大,却让每个人都听得清清楚楚:"裴某不才,忝任盟主数年,却因忙于政务,疏怠了盟内事务,实在是对不起各位同道,也无颜再担任这盟主一职。"

众人未料他在击败名动天下的易寒,声望达到顶点时忽然说出这样一番话,面面相觑。

树上,黑衣人缓缓坐直,江慈不由得瞟了他一眼。此刻,他僵硬的面容隐入树叶的黑影之中,只余那双如星河般璀璨的眼眸,盯着庄前的裴琰。他整个人散发着一种嗜血的残酷与冷戾,还隐隐透着一丝厌倦万事万物、欲毁之后快的暴虐。

却听得裴琰续道:"现我朝与桓国休战,各门各派在军中任职的弟子均可暂获休整,正是武林人士选贤立能的大好时机。裴某斗胆辞去武林盟主之位,由各位同道另选贤能。"

不待众人反应过来,他又道:"我已上书求得圣上恩准,即日起,朝廷不再委任盟主,也不再干涉武林事务。裴某才疏德薄,多年来全仰仗各位,方能支撑至今。今后不能再担任盟主之职,故特来向各位告罪。"

说完他向众人拱手一圈,又走到众掌门身前,长揖施礼。

裴琰这番话一出,庄前哄然。谁也没料到他竟会辞去盟主一职,更没想到朝廷竟会放弃百余年来对武林的控制,但言犹在耳,不由得众人不信。有那等心机敏锐之人更想到从此自家门派也可角逐盟主一位,从而号令武林,均心中暗喜。

江慈看着场中热闹喧哗,正觉有趣,却见一人分众而出:"盟主,于某有一言,不知当讲不当讲?"

裴琰微笑还礼:"于大侠请说。"

那于大侠四十上下,颇显儒雅飘逸。在场的大部分人都认得,此人是玉间府的于文易,为人持重,善调纠纷,颇为人敬重,号为玉间清风。

于文易又向各位掌门行礼,沉声道:"裴相是一片好意,朝廷也是诚心放手。但不知裴相可想过,您这一辞,朝廷这一放手,日后武林纷争谁来排解?来日盟主之位又如何选出?若是稍有不当,自相残杀,只怕这武林从此多事,干戈之音恐会不绝于耳。"

他话音刚落,已有持重之人点头赞同,想到裴琰抽身而去,武林从此多事,莫不有些心忧。

裴琰微微一笑："这一点裴某也有顾虑，早已修书告会各位掌门，各位掌门先前在庄内商议的便正是此事。相信以各位掌门的大智大慧，已商榷出可行之策。"

少林派掌门慧律大师踏前一步，双手合十："裴相早有传书，各位掌门已就此事达成一致，文易多虑了。"

于文易是少林俗家弟子出身，忙合十还礼："弟子鲁莽。"说罢退回人群之中。

又有一人大声道："既是如此，就请大师告诉我们，这新任盟主又该如何选出？"

群雄纷纷附和。

裴琰微笑着退开两步，做了一个"请"的手势。慧律大师先颂一声佛偈，沉声道："经各掌门共同议定，将于十一月初十，在这长风山庄举行武林大会。由各门派推举一位候选者，通过德行、智慧、武艺三轮角逐，最后胜出者即为下任武林盟主。至于具体如何比试，诸掌门会商议出详细规则，届时公告天下。"

庄前顿时人声鼎沸，议论纷纷。

又有人嚷道："那这三个月还是裴相兼任盟主吗？"

裴琰拱手道："裴某身处朝堂，不再适宜处理盟内事务。这三个月由慧律大师暂摄盟主一职，其间一应事务由各掌门共同商议。当然，此间若有需要裴某协助之处，裴某自当尽力而为。"

这时，随从们托来玉盘，裴琰取起盘中酒杯。也早有随从端过酒壶酒盏，一一斟酒给各掌门，如为出家人或是女子，奉上的自为清水。

裴琰举起酒杯，朗声道："自此刻起，裴某便不再是武林盟主，但我裴家出自武林，得力甚多，裴某不敢忘本，今后仍愿与各位一起为武林同道尽心尽力，以求武林的公正宁和。现以水酒一杯，略表诚心！"说着他仰头一饮而尽，从容转身，含笑望向众掌门，众掌门忙都举起酒杯，场中众人也都纷纷持杯，哄然相应。

"慢着！"

群雄正欲举杯一饮而尽，一声巨喝破空而来，众人酒杯便都停在了唇边。

三道人影急射而来，其中一人奔到慧律大师身前，见他杯盏中清水尚存，长吁一口气："天幸，天幸，宋某及时赶到。"

江慈眼见又有变故，大感兴奋，身躯稍稍前倾。黑衣人眉头一皱，伸手将她往后拉,她身形急移闪避,黑衣人便拉了个空。

眼见树枝轻微晃动,黑衣人心中恼怒,瞥见裴琰似无意地向这边扫了一眼,更后悔先前为何不索性将这少女杀了灭口。他冷着脸,喉间发出"吱吱"声,江慈仔细听来,极像小松鼠的声音,忍不住掩嘴偷笑。

裴琰收回目光,停在那三人身上,急步走下台阶,道:"神农子前辈和宋大侠光临敝庄,裴某不胜荣幸。"

江慈正在窃笑那人学松鼠吱鸣,听得来者竟是天下闻名的神医神农子,忙转头望去。

只见赶来的三人中,两人均是四十岁上下,其中一人身形魁梧,负手望着裴琰冷笑。另一人则身形单瘦,较为矮小,面白无须,下颌处有着一块圆形胎记,正是传闻中神农子的样貌特征。

两人身后是一黑衣蒙面人,披了件斗篷,将全身上下遮得严严实实。夜风吹过,他身上斗篷飒飒作响,衬着他高挑的身形,说不出地诡异。

那身形魁梧的中年人冷笑道:"只怕裴相此刻最不想见到的便是我们吧。"

裴琰微一蹙眉,又舒展开来,从容笑道:"不知宋大侠此话何意,还望明示。"

苍山派掌门柳风与这龙城剑客宋涛素来交好,见他对裴琰冷眼相向,忙上前道:"宋兄,裴相虽不再担任盟主,但……"

宋涛不待柳风说完,夺过他手中酒杯,转身递给神农子,道:"有劳程兄。"

众人心中皆是一动,都悄悄望向杯中酒水。

神农子将宋涛递过来的酒杯凑到鼻前细闻,又从袖中取出一个瓷瓶,倒了点白色粉末入酒杯之中,片刻后点头叹道:"正是化功散。"

哗声四起,众人纷纷将手中酒杯掷地,有性急之人更是大声怒骂。

凡是习武之人,莫不知化功散的厉害。此药曾毒害武林十余载,让无数人不知不觉间失去功力。幸得百余年前武林盟主谢晓天连同副盟主裴俊合力将炼制化功散的主药天香花悉数毁去,方保了武林这么多年的平安。此时听到神农子确认长风山庄的酒水中竟下了化功散,实是令人震惊之余疑念丛生。

宋涛怒容望向裴琰:"你为朝廷卖命,铲除武林势力,也不用下这般毒手吧。"

各掌门互望一眼，纷纷上前踏出几步，恰好将裴琰围在其中。见掌门如此，各门派弟子纷纷执起兵刃，将长风山庄的人团团围住。

眼见局势突变，剑拔弩张，裴琰却毫不惊慌。他微微一笑，长袖舒展，也不见如何移步，将数步之外管家手中端着的、先前为众掌门斟酒的酒壶取了过来。

他从容地将壶中之酒一饮而尽，修长的手倒握着青瓷酒壶，在空中缓缓划过，温然道："各位少安毋躁，为表裴某并非下毒之人，我饮尽此酒，以示清白。大家有话慢慢说。"

见他饮下壶中之酒，众掌门面面相觑，紧张的局势稍有缓和。

裴琰转身，微笑道："宋大侠为人，我素来信得过。还请宋大侠将来龙去脉叙述清楚，相信各武林同道自有判断，也好还裴某一个公道。"

宋涛大声道："好，既然如此，我就从头说来，请各位辨明真相。

"大约一个月前，我收到易寒传书，要于今夜挑战裴琰。我自是要前来一观，便于八月初一启程，由龙城一路北上。

"八月初五那夜，我行到文州郊外，在经过一处密林时，听到打斗之声。我入林详看，见有七名黑衣人正围攻一蒙面人。那七人招招狠辣，非要将蒙面人置于死地。我本不欲多管闲事，却又认出那七名黑衣人乃武林中臭名昭著的七煞杀手，而那蒙面人又在打斗中说出了令我震惊的一句话，于是，我便出手救下了此人。也幸得救下了他，才得知了一个可能令我武林同道永陷沉沦的大阴谋。"

裴琰微笑道："想来这个大阴谋，必是指裴某会在今夜的酒水中暗下化功散，毒害武林同道了？"

"正是。幸好宋某来得及时，才能阻止各位饮下这毒酒。"

"不知宋大侠当时救下的是何人，为何能知道裴某今晚要在酒中下毒？"

宋涛指向与自己同来的那名黑衣蒙面人："正是他。"

柳风忍不住道："宋兄，此人于这关键时刻藏头藏尾，他的话如何信得？"

宋涛望向那黑衣蒙面人。黑衣蒙面人迟疑片刻，终将身上斗篷除去，又轻轻将面上黑巾拉下。嗡声四起，人人眼中露出惊艳之色。

这人此时正好背对着菊园，江慈看不清楚他的面容，只听宋涛指着那人道：

"这位,乃明月教教主——萧无瑕。"

那萧无瑕向群雄欠身致意,身形一转,江慈便将他的面容看得清楚,忍不住低低地赞叹了一声。只见那萧无瑕生得极秀美俊逸,唇红齿白、修眉凤目,眸中更似泛着波光,夺人心魂。他缓缓环视众人,众人见其容色夺人,不禁齐齐生出爱怜之心。只是赞叹的同时,又不禁皆在心底冒出同一个词:妖孽。又不约而同想道:一个男子生得如此美貌,不知是福是祸?

裴琰一笑,道:"裴某也曾听过萧教主的大名,但萧教主一直以来只在月落山脉出没,不知为何会出现在文州郊外,又从何得知裴某要下毒害人?"

宋涛冷笑一声:"萧教主不善言辞,就由我来代答。事情是这样的:当年圣武帝连同裴相的先祖将天香花悉数毁去,他们却不知,这世上还有少量天香花存留了下来。而这仅存的天香花,便一直生长在明月教的圣地,月落山脉的最深处。

"历代明月教教主都知这天香花为害世人,但又怜惜这花生得极美,不忍下手毁去,便一直任其在深山中自生自灭。直到半年前,萧教主无意中发现谷中的天香花少了十余株。他在教中一番详查,发现有一弟子出谷办事后不知去向。

"他知此事非同小可,便出谷寻找该弟子的下落。一路寻到文州,将那名弟子擒获。方得知那名弟子早已被裴相收买,正是在裴相的指使下,将谷中的天香花盗出。而据其所述,裴相已得知化功散的炼制方法,要用这天香花来制出化功散,以在八月十二的武林大会上,下毒于酒水之中。

"萧教主得知这等大阴谋,自是有些惊慌,正欲启程前来长风山庄,却在文州郊外被七煞杀手追上。那七煞杀手是收了裴相银子要杀那弟子灭口的,萧教主来不及保下那弟子的活口,又被七人追杀,若不是我恰好经过,这个大阴谋只怕再无人知晓。

"各位都知道,这化功散无色无味,很难察觉,又不会当场发作,只会令各位在接下来的几个月里功力逐步衰退。而几个月后正是角逐新任武林盟主的日子,届时,在场诸位功力渐退,能参加角逐的又会是何人呢?"

他话音刚落,柳风已悚然一惊,喃喃道:"难道是从军中回来休整的各派弟子?"

宋涛冷笑道:"正是如此。这些人虽为武林门下弟子,但实际上,他们从军多年,早已心向朝廷。裴琰一面辞去盟主之职,以示清白,一面又让这些亲信接过武林大权,同时又将有力与他抗衡的武林人士的功力化去,永绝后患,自此武林再无力与朝廷抗衡!"

这番话,众人皆只在心中想过,却没有一人敢说出来。只是先前有神农子验出酒中有毒,复又有明月教教主萧无瑕为人证,群雄便信了七八分。众人激愤不已,纷纷大声呵斥怒骂,更有甚者,将刀剑架在了长风山庄诸人脖颈之上。

裴琰嘴角衔着冷笑,看了那萧无瑕一眼,闲闲道:"宋大侠所言皆是人证,那物证呢?"

宋涛大声道:"我得知这个阴谋后,知道单凭人证必是不够的,这才星夜兼程,从沧州请来神农子。他现已验出酒中有毒,这还不够吗?"

裴琰悠然道:"裴某方才已喝尽壶中之酒,若是裴某下毒,难道裴某自己不惧化功散之威?"

宋涛冷笑道:"你既知化功散的配制方法,必定也知道解药配方,你早已服下解药,也未可知啊。"

二人唇枪舌剑,群雄越听越迷糊,不知该相信何人所言。

正在此时,那萧无瑕忽然出声,他的声音极轻、极柔,还有一种说不出的柔媚之意:"我那弟子,临终前还说了一事。"

裴琰嘴角含笑:"萧教主请说。"

萧无瑕似是有些迟疑,望向各位掌门。

慧律大师合十道:"萧教主有话尽管说,各位同道自会护得教主周全。"

萧无瑕咬了咬下唇,轻声道:"我那弟子临死前向我忏悔,说他做这一切,皆是受裴相收买,而裴相派出收买他、与他联系之人,正是这长风山庄的人。由于我那弟子生得柔美,这人又素好男色,便与我那弟子有了断袖之情。"

树上的江慈不免有些迷糊,不大明白萧无瑕的意思。又听得众人一片鄙夷之声,正待再向那黑衣人相询,却见月光下,他目光似怒似怨,诡异骇人。

她有些诧异,又听得那萧无瑕道:"床笫欢爱之间,这人向我那弟子和盘说出了裴相的图谋,也说出今夜会由他负责在酒中下毒。所以这刻,此人身上必定还有未用完的化功散，只要将他搜上一搜，便知我有没有诬陷裴相。"

数十人同时问道："那人是谁？把他揪出来！"

"那人就是……"萧无瑕缓步走向裴琰，猛然抬手指向他身后一人，大声道，"他！"

随着他这一指，裴琰身后一人高高跳起，向旁冲去。

宋涛大叫："别让他跑了！"

数人拔出兵刃冲上，将那人围在其中。那人左突右围，同时口中"啊啊"大叫。萧无瑕清喝一声，也向那人攻去，那人双手乱挥，抵得几招，被萧无瑕一招击得直向裴琰倒去。

裴琰袍袖轻拂，那人被拂得掩面倒地，在黄土中翻滚数下，惨叫声逐渐低下去，再抽搐几下，不再动弹。

宋涛与萧无瑕同时喝道："休得杀人灭口！"

柳风等人抢上前，将地上那人扶起，却见他已面色惨白、气息微弱。而这人众人都认得，正是长风山庄的二管家——岑五。

宋涛喝道："快搜他身上，看有没有化功散！"同时抽出腰间长剑，拦在了柳风身前，怒目望向裴琰，显是防他暴起伤人，夺尸灭迹。

柳风将手伸入岑五怀中，不多时掏出数个瓷瓶和纸包、纸符等物，递给神农子。神农子一一察看，待拆开一个纸符时，猛然大叫："化功散！"

# 第三章

## 平州崔亮

群雄哗然,慧律大师冷声道:"裴相做何解释?"

"各位少安毋躁,我必给各位一个交代。"裴琰仍不慌不忙。

众掌门缓缓向他逼近,宋涛冷声道:"裴琰,这化功散从你的管家身上搜出,你又当着大伙的面杀人灭口,我看你是解释不清了!"

裴琰淡淡一笑,风姿娴雅地看着众人。

众掌门知他武学修为深不可测,均将真气提到极致,随时准备发起雷霆一击。

裴琰却笑道:"先前一直是宋大侠在细叙来龙去脉,裴某未得辩解,不知诸位可愿给裴某一个自证清白的机会?"

众掌门互望一眼,皆想到裴琰毕竟是当朝左相,执掌兵权。眼下虽证据确凿,但说不定他也是奉命行事,若是贸然动手,只怕后患无穷。

想到此点,慧律大师高颂一声"阿弥陀佛",声如钟磬,压下场中数百人的杂乱之声。待众人平静后,慧律大师合十道:"还请裴相安武林同道之心,以消眼前之祸。"

明月渐渐升到中天,清辉如水,洒于裴琰身上,让他整个人如笼着淡淡光华,更显清俊出尘。

树上江慈看得清楚,不由得低低道:"下毒一事,定非他所为。"

黑衣人不满地微哼一声,江慈转头,只见他目光冷锐,紧盯着庄门前的裴琰,身子稍稍前倾，整个人如同伺机扑向猎物的猎豹，又似潜伏暗处、随时准备发起攻击的毒蛇。江慈心中涌起一股莫名的不安，耳中听得那裴琰朗声道："各位，裴某想请出一人，问几个问题，问过之后，大家自会明白。"说罢转身向大管家裴阳："去，请金右郎大人出来。"

众人不由得有些讶异，不明白下毒一事，为何要由敌国的使臣来证其清白。

不多时，那金右郎从门后迈出，向裴琰拱手道："不知裴相有何赐教？"

裴琰欠身还礼道："赐教不敢当。裴某素闻右郎大人主管贵国礼史事宜，于贵国及我朝史实极为熟知，有几个问题想向大人请教。"

"裴相客气，金某定当知无不言，言无不尽。"

裴琰淡淡道："大约二十三年前，贵国与我朝曾有过一次激烈交锋。贵国伤亡惨重，我朝也有上万将士血洒边关。不知右郎大人可曾记得，当年因何事导致两国兵戎相见？"

金右郎面上隐有不悦，冷冷道："当年惨烈一战，为的是争夺月落山脉。"

"具体是何起因？"

金右郎略有迟疑，道："月落山脉居住的是月落一族。月落人，男生女相，女子则更是个个貌美如花。上百年来，月落为保平安，不断向我国与贵国进贡美貌的少男少女。这些进贡来的月落人，男的为娈童，女的则为歌伎或姬妾。

"二十三年前，月落向我国进贡的一名娈童，忽然刺杀了我国威平王。经严审，此娈童招供是受族长指使。我国圣上大怒，便兵发月落山下，要他们交出元凶。贵国却于此时出兵支持月落，说此事乃我国栽赃陷害，想借机吞并月落，这才有了那惨烈一战。"

他侃侃说来，群雄听得目瞪口呆。有年长之人忆起当年那一战，心中若有所悟，不由得都望向那面色渐冷的萧无瑕。

裴琰悠悠道："不知后来贵国有没有查明凶案真相？"

金右郎轻哼一声："自是查得水落石出。那娈童乃月落山脉明月教教众，他受明月教教主指使，行刺威平王。另有明月教教众潜伏于贵国宫中，说动贵国皇帝发兵驰援月落，蓄意挑起两国间的这场战争。"

群雄一阵议论。明月教仅活动在月落山脉一带，少与中原武林人士来往，没想到该教竟是挑起当年大战之祸首。

裴琰问道："那为何这段史实，两国都不曾公之于众？"

金右郎极为不悦，但碍于面前之人是梁国左相，自己此次奉命前来和谈，实是不便得罪，遂冷冷道："此事牵涉两国宫闱，只是现在裴相相询，金某不得不坦言。"

萧无瑕面无表情，只眸中渐涌恨意，那种刻入骨髓的恨意，衬着他阴柔的面容，让人不寒而栗。

树上，江慈隐觉身边黑衣人正以极低的声音冷冷而笑，笑声中有着说不尽的深痛邈远。待江慈转头看向他，他又恢复了冷酷平静，仿佛那冷笑只是江慈的错觉。

待议论之声渐息，裴琰向那金右郎道："裴某还想请问金大人，不知那明月教为何要蓄意挑起两国战争？"

金右郎板着脸道："明月教教众素来对其族长向两国纳贡、进献奴婢一事不满，从中挑拨离间，是想让两国战事不断，他们好趁机复仇。"

"多谢金大人解惑，裴某不胜感激。"裴琰转过身，看了那萧无瑕一眼，微微一笑，向大管家裴阳道："去，请母亲出来。"

听到向来深居简出的裴子敬遗孀竟要公开露面，群雄不由得大感好奇。加上经金右郎这样一说，已有人隐隐觉得那萧无瑕的话并不可信，场中紧张气氛稍有缓解。

月华流泻、秋风轻扬，数名侍女扶着一女子环佩叮咚地踏出庄门。这女子素衣简饰，低头而行，众人看不到她的面貌，却均觉其身形有着一种说不出的清冷与缥缈。裴琰迎上去，扶住她的左臂，面上满是敬慕之色，恭声道："孩儿不孝，要劳动母亲大驾。"

裴夫人在他搀扶下步下台阶，缓缓抬起头来。众人眼前一眩，不由得齐齐倒吸了一口凉气。

这裴夫人看上去十分年轻，不过三十来岁的年纪，肤白胜雪，一双星眸转盼生姿，清丽不可方物。她望着儿子，唇角含笑，神情又显得柔和端凝，娴婉清雅。

群雄未料到这裴夫人看上去这般年轻,又生得如此美貌,竟比公认的武林第一美人——青山寒剑简莹还要美上几分,又看向裴琰的清俊面容,皆在心中暗生"有其母必有其子"的感叹。

龙城剑客宋涛大声道:"裴琰,你说要拿出证据证明你是清白的,难道证据就是你母亲吗?"

裴琰松开扶住裴夫人的双手,笑道:"证据嘛,并不是我母亲,而是……她!"他猛然转身,疾扑向裴夫人身后的一名侍女,那侍女惊呼一声,向后急掠。

裴琰身形如电,如影随形,砰砰数声过后,那侍女惨呼着倒在地上。

裴琰轻飘飘落地,掸了掸衣袍,转向金右郎拱手道:"金大人,您素知月落人习性,不知她们身上可有何特征?"

金右郎不知道先前发生的一切,眉头微蹙,当此际也只能照实答道:"月落人七岁以后,不论男女,均会在其大腿内侧文上一个小小的月亮图案。"

裴琰走到青山派掌门程碧兰身前道:"烦请程掌门将她带入庄内,详细查看。"

程碧兰手一挥,便有几名青山女弟子将那名侍女架起,带入庄内。众掌门互望一眼,柳风和崆峒派掌门雷顺稳步过去,将萧无瑕夹在中间。

不多时,程碧兰迈出大门,走至慧律大师身边,轻声道:"验得清楚,这侍女正是月落人。"

一阵笑声响起,众人望去,只见那萧无瑕冷笑道:"素闻裴相深受今上恩宠,得赐几个月落女子,还不是稀松平常的事?单凭她是月落人,就能证明你的清白?"

裴琰并不答话,而是扶上裴夫人右臂,将其送上台阶,方转过身朗声道:"岑五,起来吧。"

萧无瑕面色大变。只见先前倒在地上垂垂待毙的岑五忽然跃起,走到裴琰面前,行礼道:"庄主。"

众人惊讶不已,慧律大师上前合十道:"还请盟主为大伙解惑。"他这一声"盟主"唤出,自是已相信了裴琰的清白。

树上,江慈听得身边的黑衣人发出一声冷哼,充满愤怒与不甘。

裴琰却不急着回答,右手轻抬,仆从上前将那桓国使臣金右郎引入庄内。

待金右郎远去,裴琰方转身道:"岑五,详细的过程,你来说吧。"

岑五恭声道:"是。"他转身看向群雄,继续道:"自半年前起,玉莲便屡次挑逗勾引于我,我虽也迷恋于其美色,但心中还是保有一份清明。更何况庄规严厉,庄内不得有任何私相授受的奸情,我便将此事上禀了庄主。

"庄主命人详查这玉莲底细,觉其十分可疑。夫人曾在京城居住过数年,见过王公贵族家的月落女子,隐觉此女似有月落之风。夫人便命人于某一夜将此女迷晕,褪其衣衫详看,确认了其身份。

"庄主得知后,便知明月教暗有图谋,一面命我假装上当,稳住玉莲,一面派人潜伏到了明月教内,从而得知了萧教主企图蒙蔽宋大侠,诬陷我长风山庄下毒谋害武林同道,从而搅乱我朝内政,挑起武林与朝廷矛盾、动摇军心的大阴谋。

"由于不知庄内是否还有月落内应,庄主便将计就计,引出萧教主,让各位同道看清楚明月教的险恶用心,又请来桓国金右郎大人,好让他在关键时候做证。

"玉莲于今日入夜时分将那纸符交给我,花言巧语让我带在身上,又悄悄地在我身上种下了迷香。方才萧教主用手指向我时,发出了引香,我便趁机装作神志错乱,四处逃窜,和庄主合演了这一出戏,也让各位虚惊了一场。

"萧教主苦心谋划,想置庄主于死地,却不知他派出的下毒之人早已被我们盯上,趁其下毒之时将其拿下,从其身上搜出了化功散。所以酒水之中,只有众掌门手中的才放了化功散,为的是引出萧教主,拆穿他的真面目。至于我家庄主喝下的那壶酒,壶中是有夹层的。如果萧教主等人不出现,庄主自会想办法阻止众掌门喝下有毒之酒水。至于玉莲在我身上种下的迷香,我家庄主的叔父曾带兵参与当年一战,知道解药配方,所以小人才能与庄主合演这一出戏。"

他话音刚落,数名长风骑押着一仆从装扮的人走了出来,那人面目清秀,形状却极为狼狈。岑五执剑走上前去,将那人的裤子割破,群雄看得清楚,其大腿内侧正有月亮印记。

岑五口齿清楚,将诸事叙述得条理分明,现又有两名月落人被拿下,群雄深信无疑,纷纷向那萧无瑕围拢。

宋涛更是满面愤慨,喝道:"萧无瑕,原来你是这等卑鄙小人,枉我还当你是朋友,纳命来吧!"他说着,锵的一声抽出腰间长剑。

萧无瑕面色苍白,凤眼中透出绝望之意,步步后退,却被众人围住。眼见已无退路,他忽然仰头大笑:"恨不能杀尽你们这些奸贼!你们终有一天会遭报应的!"

夜风中,他面上带着浓烈的恨意,秀美的五官扭曲成一团,笑声却逐渐低落下去,终身躯一软,倒在地上。宋涛等人抢上前去,只见他嘴角鲜血沁出,竟已气绝身亡。群雄面面相觑,未料到这堂堂明月教教主竟会一招未出便自尽身亡,一出惊天阴谋竟是这般收场,实是让人有些恍然如梦。

裴琰走到萧无瑕身前,俯身查看片刻,微微摇了摇头。而后又走至裴夫人身前,道:"让母亲受惊了。"

裴夫人柔声道:"好生处理,切莫怠慢了各位武林同道。"她转身走向庄内,走得数步,又停下来,向裴琰道,"琰儿,菊园中的墨菊开了,你去摘上几朵,我想供在净瓶中。"

"是,母亲。"

母子二人这番对话,众人听得云山雾罩,不明所以。但见裴琰微微笑着,步履悠闲地往菊园行去。待走到菊园中,采了数朵墨菊,他忽然面色一冷,身形暴起,向江慈藏身的大树飞去。

此前风云变幻,江慈看得兴高采烈,心中直呼不虚此行。待那裴琰步入菊园,俊雅面容看得更为清楚,又直赞这剑鼎侯不负盛名,哪料到他竟突然发难,向自己藏身之处攻来,愣了一瞬,便觉黑衣人猛地将自己一推。她防备不及,啊的一声,向迎面跃来的裴琰飞去,慌乱中不及运转真气,眼睁睁见裴琰双掌夹着一股大力,排山倒海地击上自己胸口。剧痛之下,江慈眼前一黑,口吐鲜血,晕了过去。

江慈觉得自己像在一口大锅中被烈火煎熬,全身上下无处不疼,无时不在燃烧,又是灼热又是疼痛。眼前永远是一片模糊,却又似看到无数幻象。师父、师叔和师姐不停在迷雾中闪现,一时清晰,一时朦胧。

她不知自己在这迷雾里、在那烈火中翻滚了多久,终有一天,胸口不再那般疼痛,迷雾渐渐散去,她睁开眼,见到了一个朦朦胧胧的人影。

"醒了,醒了!"耳边似是有一个清脆的声音,刚见到的人影随着那声音远去,"快去禀报大管家,她醒了!"

江慈张了张嘴,却只能发出咕噜咕噜的声音。她渐感迷蒙,眼皮似又要重新合上,忽感觉有人抓住了自己的手。胸口又是一阵疼痛,疼得她意识渐渐模糊,双眼合上,再度陷入迷雾之中。

裴琰松开按住江慈脉搏的手,看了看那惨白的面容,眉头轻蹙,站起身来:"按神农子吩咐的,继续用药。"他接过侍女递上来的丝巾擦了擦手,往屋外走去。

大管家裴阳跟在后面,恭声道:"相爷,刚刚安澄回报,当夜所有在山庄的人都摸查了一遍,无人认识这名少女,她也不是任何门派的人。"

裴琰轻嗯了一声:"那宋涛可盯紧了?"

"安澄已安排长风卫盯着,若宋涛真有嫌疑,总会露出马脚的。"

"他若是假大侠,这么多年装得也挺像的,不可大意松懈。"

"是。"

裴琰跨过月洞门,一阵秋风吹过,颇觉心旷神怡。他站在园中桂花树下,望着西边一带开得正艳的海棠,笑道:"那人逃得倒快,我本还想看看,真正的明月教教主生得是如何颠倒众生!"

裴阳忙道:"若不是这少女挡了相爷一下,那厮是绝对逃不脱的。"

裴琰淡淡道:"他总有一天要露面的,难得有这么个高手可以陪我玩玩,太快揭他的底,岂不是无趣?"又冷笑道,"弄一个假的萧无瑕来栽赃陷害,真的则躲在树上操控全局……"

裴阳赔笑道:"饶他再奸猾,还不是败于相爷之手。"

裴琰笑了笑,和声道:"阳叔。"

"是。"

"这几年你一直替我打理山庄事务,辛苦了。"

"相爷此言,小的万万当不起。"裴阳忙俯下身去。

裴琰将其扶起:"现在既然都来了京城,相府一应事务还是交由你来打理。安澄,就让他专心管长风卫,他也不耐烦理会这些俗务。"

他顿了顿,又道:"我好不容易才说动母亲来了京城,她素喜清静,虽说不愿太多人在面前服侍,但身为人子,孝道不可疏忽。你再选几个灵秀乖巧些的侍女过去,好生侍候。"

"相爷放心,小的定会办得妥妥当当。"

裴琰往前走出数步,又回过身来:"这少女来路十分可疑,很可能见过明月教教主的真容,你多派些人守卫,别叫人灭了口。她若是醒了,让安澄把安华调进来服侍她。"

"是。"

裴阳看着裴琰的身影往蝶园而去,长吁了一口气,这才发现自己竟出了一身冷汗。他擦了擦额头,胡乱想着:这孩子明明是自己看着长大的,为何自己会这么惧怕他呢?此番随夫人上京城,接管相府事务,也不知能不能称这笑面阎王的心意,看来得打起十二分的精神才是。


裴琰走进蝶园正屋,见裴夫人斜靠在软榻上,身前案几上摆着棋盘,正自己与自己对弈。他上前行了一礼,看向盘中棋势,片刻后,叹道:"母亲棋艺越发高深,孩儿佩服,看来这世上真无人可与您一较高低了。"

裴夫人将手中棋子一丢,脸上瞧不出喜怒,低叹道:"世上倒还有一人能胜过我,可惜……"她神情有一瞬的茫然,仰面望着屋顶,忽然自嘲似的笑了笑。

裴琰忙束手而立,不敢多话。

裴夫人笑道:"你不用在我面前这么拘谨,现如今你也大了,是堂堂相国、侯爵。你这几年办的事我都看在眼里,不错,没让我失望。"

她悠然叹了口气:"从今往后该怎么办,都自己拿主意吧。我虽答应你来了这京城,但只想过点安闲日子,你事忙,就不用每天过来请安了。"

裴琰带着恭谨的微笑,应了声是,又道:"孩儿正想禀报母亲,这段日子,孩儿要忙着与桓国使臣议定和约。而除长风骑外,各地派驻军中的武林弟子都要休整,准备参加盟主备选,兵部那里也会忙不过来。这半个月,孩儿不能晨昏定省,请母亲见谅。"

裴夫人并不看他，端起茶盏，轻嗯了一声，裴琰唇含微笑，退了出去。

他走出蝶园，在园门前停住脚步，回头看着黑匾上那蹁跹起舞的"蝶园"二字，面上笑容渐渐淡去。


江慈仍在茫茫大雾中于烈火的炙烤下翻滚挣扎，却总是提不动脚步，冲不出这片大雾，也跳不出这口烹锅，只隐隐约约听到迷雾后有人在说话。

"看样子，怕是救不活了。"

"大管家，您看该怎么办？要不要去禀报相爷？"

"相爷正忙着主持和谈，怎能让他为这种小事操心？若不是着落在她身上找到那明月教教主的线索，相爷才不会留她小命！"

"大管家说得是，但现在……要不再请神农子过来看看吧，她若真死了，相爷那里只怕不好交代。"

"玉间府瘟疫流行，神农子赶去行医救人，远水解不了近渴。"

"要不去太医院或是回春堂……"

"不行，这少女来历不明，且关系重大，不能让外人知道。"

"这……对了，西园里住着的那位崔公子不是精通医术吗？相爷曾说过，他比得上太医院的医正。"

"对啊，我怎么把这茬给忘了。快，去西园请崔公子过来，相爷一向看重他，让他来瞧瞧，无妨的。"

"是！"

江慈很讨厌这种睁不开眼睛却听得到身边人说话的状况，她伸出手，极力想拨开眼前那层迷雾，双手乱舞中，好似被一个人用力捉住了。

那人扣住她的脉搏，声音听着很舒服："之前药方是对症的，不过用了这么久还是这样的分量，可就大错特错了。"

"依崔公子的意思……"

"我看也不用另开药方，按先前的方子减半吧，我再每日早晚过来，为她针灸。"

"是，崔公子，这女子是相爷吩咐过一定要救活的，就劳烦您了。"

"知道了，相爷于我有恩，我会尽力的。"

天气转凉，动风了、下雨了，总算不再热得那般难受。江慈满足地笑了笑，缓缓睁开了眼睛。啊，迷雾也散去了，真好。她用力地眨了眨眼睛，一双乌亮的眼眸却突然出现在她的面前。

"她醒了！她醒了！崔公子，您快来瞧瞧！"

江慈疑惑地转了转眼珠，右腕已被人扣住。片刻后，前两天听过的那个舒服的声音响起："从今日起，药量再减半，估计再有几天她就可以下床了。"

原来自己是生病了……不对，不是生病，是受伤了。江慈慢慢记起在长风山庄前的那一夜：月光下，裴琰带着俊雅的笑容步入菊园，却忽然扑向大树。黑衣人将自己推下树，裴琰双掌击上自己的胸口。然后……然后是那些人在她耳边说的话，一句句全部涌上脑海，她啊的一声叫了出来，把屋内的人吓了一跳。

江慈闭上眼睛，再将诸事想了一遍，睁开眼，望着正替她把脉的那名年轻男子，眉头轻蹙，茫然道："你是谁？这是哪里？"

一个小丫头凑了过来，笑靥如花："姑娘，你总算醒了。这是左相府，我叫安华，这位是崔公子，是帮你看病疗伤的。"

江慈痛苦地呻吟一声："原来我还没死，我还以为到了阴曹地府呢。"

那崔公子微微一笑："你看我像阎王爷，还是像牛头马面？"

江慈闭上眼，嘟囔道："我看你像那个判官。"

崔公子一愣，旋即大笑："我看也不用再替你针灸了，既然看得出我像判官，你这条小命已无恙。"

夜凉如水，江慈趴在窗边，望着院中落满一地的黄叶。

轻轻的脚步声响起，小丫头安华端着碗粥进来，声音清脆如铃铛："江姑娘，你的伤刚好，可不能吹风。"她将粥放下，走过去把窗户关上。

江慈呻吟一声，躺回床上，以被蒙面，闷闷道："不好玩，一点都不好玩，这也不行，那也不行，闷死了。"

安华笑了笑,道:"先别急,等伤大好了,我陪姑娘出去走一走,可好?"

"这京城有啥好玩的?"江慈把被子掀开。

"多着呢,就怕姑娘玩不过来。对了,姑娘以前爱玩什么?"

江慈坐起,从她手中接过鸡粥,大口喝着,含混道:"也没啥好玩的,就是上山打打野鸡,到河里摸摸鱼,逢年过节看看大戏。"

"哦,都看些什么戏?"安华替她将散落下来的鬓发绾上去,轻声问道。

"都是些乡下地方唱的土戏,说出来你也不知道。对了,我听人说京城有个揽月楼,每日的戏曲令人叫绝,那素烟就是出自这揽月楼。安华,什么时候你带我去见识见识,那天在长风山庄听素烟唱戏,我可没听过瘾。"

安华抿嘴笑道:"素大姐轻易不上台的,那天能去长风山庄,是看相爷的面子。我说江姑娘,你好好的爬到树上去做什么,平白无故遭这么一劫,害得相爷心里也过意不去。"

江慈将碗一撂,躺回床上,哼哼几声,道:"我不就想爬得高看清楚些嘛,怎么会知道还有个贼躲在我头顶,又怎么会知道你家相爷会以为我就是那小贼? 那真正的小贼呢,又将我当垫背的,害我躺了这一个月,也不见你家相爷来道个歉。罢罢罢,他位高权重,我一介平民女子还真不想见他。"

"江姑娘这话可是错怪相爷了,相爷这段时间十分忙碌,连相府都没有回。临走前他吩咐过,不管用什么药,花多大代价,都要救活姑娘。"安华年纪不大,不过十四五岁,手脚却极利索,说话的工夫就将屋内物什收拾得妥妥当当。

江慈狠狠地腹诽了几句,懒得再说,再次将自己蒙在了被子里面。


自醒转后,江慈好得极快,那崔亮崔公子每日过来替她针灸,将药量逐步减少,安华又好吃好喝地伺候着,江慈面容眼见着一日比一日红润,精神也逐日见好。她不能出去游玩,每日闷在这小院内,见到的不是安华便是崔亮,颇觉无聊。她不愿与安华过分亲近,倒与那崔亮日渐熟络。

江慈从安华口中得知崔亮是平州人,自幼好学,于诗书医史、天文地理皆有攻研,十八岁那年便中了解元。之后他却不愿再考进士,反而到全国各地游历,游到京城时没了盘缠，只得到大街上卖字。左相裴琰某日闲来无事，上街体察民情，看到崔亮的字，大为赞叹，一番交谈，与他结为布衣之交。裴相爱其才华，欲招揽他入相府，崔亮却直言不愿踏入官场。裴相也不勉强，反而费尽口舌，极尽礼数，请他住在相府的西园里，任其自由进出，还帮他谋了一份礼部抄录的差事。

崔亮有着明朗的眉眼，说话声音温和悦耳，面上总是带着淡淡的笑容，望之可亲。江慈本就是顺杆子爬的人，不过十余日，二人便似结交多年的好友，谈得十分投机。

这日戌时，天色已黑，江慈闷了一天，极其无聊，见安华辫子有些松散，便拖住她，要给她梳妆。

安华想要闪躲，却被江慈逮住，只得苦笑着让江慈将她的长发梳成了状似牛角的童丫头。眼见江慈还要替自己描眉，她忙跳到门口，说什么也不肯了。

江慈长叹一声，揽镜自照，片刻后叹道："我竟瘦了这么多！"

安华倚在门口笑道："江姑娘天生丽质，等身体大好了，自会像以前一般美。"

江慈见桌上胭脂水粉齐全，忽然来了兴趣，忆起师姐上妆的情景，轻敷脂粉，淡点胭脂，画黛眉、涂唇脂。安华本斜靠在门边，渐渐站直，再后来忍不住走近，细看江慈妆容，啧啧摇头："姑娘这一上妆，真是令人惊艳。"

江慈待她走近，一跃而起，将手中的唇脂抹向她面颊。安华惊呼一声，大笑着跑了出去，江慈追上去，刚跃出门槛就迎面撞上一人。她病后体虚，脚步虚浮，直撞入那人怀中，啊的一声，手下意识地向前一撑，胭红的唇脂尽数抹在了那人胸口。未及站直身躯，江慈便闻到这人衣服上有着淡淡的酒香，还和着淡淡的菊香。她用力抽了抽鼻子，叫道："平阳湖的大闸蟹！"

正叫嚷间，听得安华隐带畏惧的声音："相爷！"

江慈抬起头，正对上一双略带笑意、黑亮深邃的眼眸。

在长风山庄见过的左相裴琰，此时着皓白云纹锦缎长衫，端的是恬淡舒适。他将江慈轻轻推开扶正，微讶道："姑娘如何知晓裴某刚刚吃了平阳湖的大闸蟹？"

江慈站直身躯，视线恰好投向裴琰胸口。她先前五指大张，抹在裴琰白衫上的唇脂红印如同一只挥舞着大钳的螃蟹，正应上裴琰这句话。她一愣，转而哈哈大笑，忍不住伸出手指向裴琰胸前。裴琰低头一望，明白过来，也是忍俊不禁，摇头道："先前和朋友宴饮，吃的正是大闸蟹，没有给江姑娘带上几只，实是抱歉。"

江慈停住笑，但眼睛仍是弯眯眯地望向裴琰，也不说话。裴琰从她眉间眼底看到的尽是戏谑之意，也不气恼，笑得更是温和优雅："江姑娘不请我进去坐坐？可是恼了我没带大闸蟹向你赔礼道歉？"

江慈仰起头，轻哼一声，迈入房去。身形交错间，裴琰正望上她乌黑的瞳仁，那瞳仁中有着俏皮和娇憨的光芒，在他面前一闪而过。

"姑娘在这里可还住得习惯？"裴琰悠然步入房中。

江慈往桌前一坐，也不看他，将胭脂水粉等收入梨木纹盒，心里反复念叨着：大闸蟹，死大闸蟹，打伤我、派人监视我，让那丫头套我的话、查我的底，却还在这充好人，让你天天当大闸蟹，让人和酒吃下去。

她腹诽不断，面上却淡淡道："劳相爷挂念，我一介平民女子，实是不敢当。"

裴琰负手在房中转了圈，转过身，见江慈正趴在桌上，双腮如雨后的桃花，右手如剔透的春葱，在桌上有一下没一下地敲着。他疑虑更甚，索性走到桌前，在江慈对面坐下，微笑道："那夜是我鲁莽，未看清楚便下了重手，累得姑娘重伤，实是过意不去。"

江慈摆手道："也是我不好，为了看戏，爬到那树上去。我又武功低微，不知有人躲在我的上方，让相爷把我当成贼子，又被那贼子当成逃跑的垫脚石。是我自己倒霉，相爷不用放在心上。"

裴琰正容道："总是我下手太重，才让姑娘受了这一个多月的罪，这个礼，是一定得赔的。"

江慈撇撇嘴："算了算了，你是堂堂相国，这样没声气地给我赔罪，我可担当不起。再说我住久了，吃你的用你的，我这人面子薄，也过意不去。最好呢，你明天让人送几只平阳湖的大闸蟹和一壶菊酒过来，我尝尝鲜就拍手走人，你我互不相欠。"

"江姑娘要吃大闸蟹，我自会令人送上。但姑娘伤势尚未痊愈，总得再耐心在我这相府待上一段时日，等身子大好了，我再派人送姑娘回家。"

江慈嘟嘴道："这倒不用，反正我也无家可归，你走你的阳关道，我过我的江湖游侠生活。从此你我,宦海江湖,天涯海角,上天入地,黄泉碧落,青山隐隐,流水迢迢,生生世世,两两相忘……"

# 第四章
## 揽月楼头

裴琰盯着江慈，见她微微嘟起的红唇如海棠花般娇艳，一串串词语从那里迸出，越说越是离谱，嘴角玩味笑意更浓。他索性靠上椅背，待江慈换气的时候猛然俯身向前，双手撑到她的面前，紧盯着她。

江慈正是换气之时，不禁吓得噎了一下，气息不顺，剧烈咳嗽起来。

裴琰揶揄道："看来江姑娘伤势还没有大好，还是安心在相府住下，反正我家大业大，也不缺姑娘这一份用度。"

江慈咳得满面通红，狠狠瞪向他。他淡淡笑着站起来："大闸蟹和菊酒均为伤身之物，为姑娘伤势着想，我还是过几日再让人送过来。"说着负手出门而去。

江慈瞪着他远去的身影，咳嗽渐止，忍不住做了个鬼脸，嘿嘿笑起来。

裴琰刚出院门，安华悄无声息地走近，默然行了一礼。

裴琰停住脚步，道："轻身功夫也瞧不出是何门派吗？"

"是。"安华低头道，"属下故意引她追赶，但仍瞧不出她的身法来历。"

"日常说话就没有一丝破绽，找不到一点线索？"

"她只说住在荒山野岭，师父去世后便下山游历，师父的姓名她也不知道，只知道叫师父。再问她住在哪里，她也说不知道，下山后走了数百里地才到的南安府。她句句话都似语出天真，毫不作假，但偏让人找不到一丁点入手的地方。"

裴琰冷笑道:"小小年纪,心机如此深沉,倒真是不简单。"

安华头垂得更低,不敢出声。

裴琰再想了想,道:"她既有如此心机,你也不用再套她底细。让院子外看守的人变明为暗。"

"是。"

凉风徐来,先前在静王府中喝的菊酒酒劲上涌,裴琰面上有些发热,思忖片刻,往西园走去。此时一弯残月如钩,斜挂在如墨天空。裴琰将衣口略略拉松,任冰凉的夜风拂去些许酒意,才迈入西园。

崔亮正坐在竹椅上,身旁摆着一盘水煮花生。他左手握着酒壶,右手则将花生剥开弹入口中。裴琰笑道:"子明好兴致!"

崔亮也不起身,将身侧另一把竹椅向前一推。裴琰足尖在地上轻点,身形盘旋,似敛翅飞鹰,轻巧地落在椅上,右手一伸,正好接住崔亮抛来的酒壶。他望着手中酒壶,苦笑一声:"我可是刚喝了好几壶酒回来的,子明这佳酿,只怕承受不起。"

崔亮将碟子一拨:"那就吃点东西醒醒酒吧。"

裴琰右手将酒壶掷回给他,接过碟子,拈了几粒花生,边剥花生边道:"听裴阳说,这段时间为救那丫头,子明辛苦了。"

崔亮边嚼花生边含混道:"相爷说这话,可是嫌我在府上叨扰太久了?"

裴琰哈哈一笑,放松身躯,靠上椅背:"不瞒子明,我只有到你这西园来,才觉得自己不是什么左相。若是连你也走了,我这日子可越发无趣。子明还是来帮我吧,也让我能喘口气。"

崔亮笑了笑,面容平静,心中却涌上些许嘲讽之意。

相处两年,崔亮对眼前这位左相知之甚深。此人绝顶聪明、剔透玲珑,他能少年得志、平步青云,固与其行事狠辣、为人坚韧、有魄力够手腕有关,但最重要的,还是其对权势极强的渴望和对名利天生的执着。

这人是天生的猎人,对狩猎权势有着无比的狂热。在这云谲波诡、步步惊心的权力场,他不仅不会感到厌倦,反而如鱼得水、乐此不疲,在倾轧搏杀的过程中获取无穷的乐趣。他若真是感到这左相做得无趣,只怕也无力撑起这深不见底的相府,更无法站在世人瞩目的高处。

崔亮斜靠着椅背,懒洋洋道:"所以说,还是我一介布衣过得自在,相爷若是哪天厌倦了当官的日子,就和我一起去云游天下吧。"

裴琰见他又避过话头,心中微恼,面上却仍是和煦笑着:"能与子明结伴出游,想必是人生乐事。"他又叹了口气,"可我现在就是想甩手走人,也是不行的。朝中局势错综复杂,武林风起云涌,我实是手忙脚乱,偏手下人没几个让我省心的,子明若是……"

崔亮忽然俯过身,细看裴琰胸前那个胭红的"爪印",皱眉道:"我正奇怪相爷为何一直没有娶妻纳妾,原来是在外面有了贴心人。"

裴琰低头一看,哭笑不得,索性将外袍脱了下来,望着袍子上那个张牙舞爪的红印,想起此刻自己说不定正被某人骂成大闸蟹,唇角忍不住微微上翘。


院中高大的银杏树被夕阳罩上一层淡淡的金色,江慈在院中踱来踱去,不时望向银杏树。

安华坐在门口的小板凳上绣花,见状笑道:"江姑娘,你这样走来走去半个时辰了,不嫌累吗?"

江慈望着银杏树上的那个鸟窝,眉间隐有担忧:"都一天一夜了,大鸟还没有飞回来,小鸟会不会饿死?"

"江姑娘倒是心善。我还从来没有注意过,这鸟是什么时候在这树上搭巢建窝的。"

这时崔亮进了院门,见江慈正仰头望天,凑过来笑道:"在看什么?"

江慈见他来,便指指大树:"那树上的大鸟,一天一夜都没有飞回来,只怕是出了变故,我担心小鸟会饿死。"

安华笑道:"崔公子,江姑娘都看了一整天了,那大鸟再不飞回来,得请崔公子给她看看脖子才行。"

崔亮眯着眼望向树梢,隐见枝丫间有一个鸟窝。他也不说话,将长衫下摆掖在腰间,便往树上攀去。然他虽习过武艺,却与武林正宗门派出身的人无法相比,轻功更是不佳。偏那银杏树干又直又滑，无着脚之处，他攀得一段，便滑落下来。江慈笑弯了腰："崔公子，好像你是属猴的吧，怎么连看家本领都忘得一干二净了？"

安华扑哧一声笑了出来。崔亮也不气恼，耸耸肩，摊手道："我这猴子误入红尘二十一年，未曾建功立业，倒还忘了看家本领，实是汗颜！"

江慈笑罢，也来了兴趣，提气纵身，双臂急攀，借力上飘，向银杏树顶攀去。她将体内真气运到极致，虽是重伤初愈，轻功只恢复了三四成，竟也让她一气攀到了最低的枝丫处，不禁得意地向树下的崔亮挥了挥手。

时值深秋，银杏美丽的扇形叶片在夕阳的映照下一片金黄。崔亮仰头望去，只见那明媚的笑脸在一片金黄之中灿如明霞、亮如皎月。他忽觉眼前出现了另一个鹅黄的身影，忙晃了一下头，觉得必定是脖子仰得太过了。

江慈坐于枝丫间极目四望，见相府之内屋舍比肩，院落幽深，层层延绵，竟看不到边，不由得心中有些失望。她伤重时隐约听到相府诸人的对话，便知那裴琰不怀好意，且对自己起了疑心，还想借自己来查探假面人的下落。她虽天真洒脱，却非不通世情之人。虽不知裴琰与那假面人究竟有何恩怨，但实不愿踏入这汪浑水之中，更不愿让裴琰得知自己的来历。

若他找到师叔与师姐，那可大大不妙，自己好不容易才溜出邓家寨，玩得正在兴头之上，万一让师叔或师姐逮回去了，岂不无趣？而且师姐性子虽柔弱，一旦真的发火，比去世了的师父还要可怕。再说，那裴琰心机甚深，又权势显赫，万一给师叔、师姐带来无妄之灾，那这祸可就闯大了。

所以自苏醒后，江慈便故意装起了糊涂，对安华试探的话不着痕迹地推了回去，至于与假面人曾经说过话一节，她更是瞒过不提。这几日身体渐渐好转，她便动了溜走的心思。她也猜到院外有人在监视，这才借爬树之机一探相府地形。谁知这相府竟是如此之大，看来想偷溜出去难如登天，还得另想办法才是。

崔亮许久不见江慈移动，唤道："江姑娘！"

江慈回过神，向崔亮笑着挥了挥手，再向上翻去。偏那鸟窝在极细的枝丫间，不能落足。她只得站在下方稍粗的树枝上，提气稳住身形，慢慢向那鸟窝靠近。

眼见手指就要触到鸟窝,却听得脚下树枝咔的一声断裂开来,她的身子一沉,直直向下坠去。她心中哀叹,这一瞬间脑中居然还想到得请师叔为自己卜上一卦,为何今年与大树结仇,屡遭不幸。

下坠间,她本能地闭上眼睛,却觉风声过后,身子一沉,已被一双有力的手臂抱入怀中。她长吁一口气,拍着胸口道:"崔公子,多谢你了。"

崔亮的笑声响起,却并不在身前发出。江慈猛然睁开双眼,"啊"地大叫一声,把正含笑抱着她的裴琰和站在数步之外的崔亮均吓了一跳。

江慈从裴琰怀中挣扎落地,笑道:"太好了,真是太好了!"

裴琰理了理被弄皱的衣裳,与崔亮对望一眼,笑道:"我倒是头一次见到有人从树上掉下来还这么兴高采烈的。"

"相爷不是一直因为误伤了我而过意不去吗?现在你救了我一命,正好扯平。"江慈凑到裴琰面前低低道,"相爷,和你商量个事,成不?"

裴琰望着她笑得贼兮兮的面容,以及在自己胸前不停游离、略带嘲笑的目光,摇了摇头,苦笑道:"江姑娘可是想吃平阳湖的大闸蟹?"

江慈双手一拍,笑道:"相爷就是相爷,我说头,你就知尾,真是聪明人!难怪年纪轻轻就能官拜左相,爵封剑鼎侯,让人不服都不行!"

崔亮嘴角微微抽搐了一下,江慈又猛然想起树上的鸟窝,瞬间把大闸蟹抛在脑后,转过身便欲再往树上攀去。

崔亮忙上前道:"江姑娘,算了,那处树枝太细,你轻功虽不错,但……"

江慈眼睛一瞪,正待说话,蓝影一晃,裴琰已闪身飞上了银杏树。他内力绵长,在树干上借力,一蹬一飘便落在了最上方的枝丫间。眼见那鸟窝筑在树尖最细的枝叶间,确实无法落足,他折下一根树枝,右腕用力,树枝直向鸟窝射去。

江慈在树下看得清楚,又"啊"地大叫。叫声中,几只小鸟悲鸣着落下,江慈忍不住闭上了双眼,心中怒骂,却听得裴琰悦耳的声音响起:"江姑娘。"

小鸟微弱的吱鸣声传入耳中,江慈大喜,睁开双眼,只见裴琰正用外衣兜着几只小鸟,显是他在鸟窝落下的同时跳下来,将这些小鸟悉数接住。江慈眉开眼笑地接住小鸟,安华早捧过竹箕,江慈将鸟儿放入竹箕中,笑着奔入房去。

裴琰与崔亮对望一笑，笑道："我正想请江姑娘去揽月楼听戏，叶楼主那处的平阳湖大闸蟹可比我这相府中的还要新鲜。子明不如和我们同去，素大姐还惦记着你上次应承她的词曲，你不能一躲了之。"

　　江慈在房内听得清楚，一溜烟钻了出来："相爷果然说话算话，真是好人。"

　　裴琰微微一笑，当先往院门走去。江慈随裴琰和崔亮走出几步，忽然"啊"地蹲下身，崔亮回头道："怎么了？"

　　江慈抬头笑道："没事，你们先行一步，我鞋子松了。"

　　崔亮微微摇头，与裴琰并肩出了院子。

　　江慈装作去提松了的绣花鞋，微微侧头，望向先前自己踏断的树枝，视线落在那树枝的断口上，忍不住轻声骂道："死大闸蟹！"


　　京城，繁华之地，富贵之都。

　　大梁山河万里，京城南面的落霄山脉逶迤连绵，北则有层峦叠嶂的祈山山系，与落霄山脉遥相对峙，成为京城南北两道天然屏障。

　　在落霄山脉与祈山山系之间，是大片沃野平原，潇水河蜿蜒千里，淌过这平原。京城便位于这沃野平原之上、潇水河畔，握水陆交通要枢，乃古今兵家争战必取之地。圣武帝立国之后定都于此，并不断修建扩充，使之更加宏伟壮丽。

　　京城由皇城、内城、郭城三部分组成。内城和皇城位于京城北部，北依天险骊山，郭城则从东、西、南三面拱卫内城和皇城。城内屋舍连绵，亭台楼阁，名胜古刹，说不尽的千古风流。大街上酒铺食店林立，车水马龙、行人如鲫，一派兴旺盛世之象。

　　江慈坐在精美华丽的马车内，马车摇曳间，她掀开锦帘，出神地打量着这向往已久的古都。

　　她早有宏愿要来京城一游，回去也好向师姐夸口，所以自溜出邓家寨后便一路北上。游到南安府时正逢武林大会，这才去长风山庄一睹盛况，本想着看过热闹后便继续往北，未料竟是在重伤昏迷之中被当朝左相带回了京城。

　　她在相府憋了一个多月，此时终于得出牢笼，实是有些兴奋，半个身子趴在车窗上，专注望向窗外。只见这京城街道宽广、宅合连绵，朱楼夹道、琉璃作瓦、紫脂涂壁。道路旁还遍栽花树，虽是深秋，也颇显秀雅风流。她看得兴高采烈，看到新鲜物事时便会拍打着身边的崔亮询问，崔亮也极耐心，一一讲解介绍。

裴琰侧卧于二人对面的软榻上，两名侍女跪地服侍，一人端着盘深秋季节难得一见的水晶葡萄，另一人则替他轻捶着腿。

江慈回头间见裴琰正张嘴接住侍女剥好的葡萄，说不尽的慵懒风流，不由得撇了撇嘴。她先前在江湖上游荡，也听人说过京城贵族世家子弟大多富贵奢靡，前段时日闷在那小院内尚不觉得，这一出游方知不虚。

先不说这华丽马车内的珍珠玉帘、金丝锦垫、清丽侍女，光看车外前呼后拥的数十名侍从，个个高挺彪悍、怒马鲜衣，还有拉着这马车的四匹踏雪名驹，路旁争相避让的百姓便知是当朝左相又在纵情声乐、夜游繁花之地了。

江慈见裴琰望向自己微笑，在心中翻了个白眼，转头继续望向窗外，心底不由得有些疑惑：当今圣上为何会对此人如此宠信，任他这般张扬浪荡？

江慈想起先前裴琰为了查探自己的轻功来历，用暗器打断树枝，害得自己跌下树，又假装好人接住自己，不由得狠狠在心中骂了数声大闸蟹。不过她想过就算，猛然看见路旁有个卖糖人的，又十分兴奋，恨不得即刻下车买上几个糖人。崔亮忙道从揽月楼回来后再陪她细逛夜市，她这才作罢。

正看得兴高采烈，马车忽然一顿，江慈未提防，向前一冲，崔亮眼明手快，将她拉住。裴琰隐露不悦之色。一名侍从出现在车窗外，肃容禀道："相爷，是光明司的人，说是奉卫指挥使之命，出城有紧急公务。"

裴琰眉头一皱，片刻后道："让他们先过吧。"

"是。"

江慈大感好奇。光明司的大名她也隐隐听说过，似是直属当今圣上的护卫机构，但司卫的官阶并不高，这些人竟能令堂堂相国让路避行，实是令人惊讶，那为首的卫指挥使岂不是权势通天？她探头望去，只见相府随从将马车拉往路旁，长街前方数十名骑士，均策高头大马，人人锦衣劲装、悬刀佩剑。为首之人向这边拱了拱手，也不多话，带着部众策骑而过。马蹄声急骤如雨，瞬间消失在长街尽头。

马车重新向前行去,江慈回过头,见裴琰正右手支额,修长白皙的手指轻揉着太阳穴,唇边一抹苦笑,自言自语道:"三郎啊三郎……"

马车再行出里许路才停住,江慈迫不及待地跳下车,入目便是华灯下的一池碧湖,她忍不住睁大眼睛,"哇"地赞叹了一声。只见四周华灯炫目,映得处处亮如白昼。灯光洒在湖上,随波晃动,璀璨如天上繁星。湖旁花树罗列,一道九曲桥通向湖心小岛。岛上灯火通明,一座高檐阁楼建于最高处,湖风吹来,隐闻丝弦之声,阁内人影幢幢,宛如人间仙境,又似揽月胜地。

三人在侍从的护卫下踏上曲桥,数名华服丽女迎上前来,娇声曼语:"相爷来了!楼主正念着相爷呢!"

江慈见这些女子娇艳明媚,再看她们迅速粘在裴琰与崔亮身边,才知这揽月楼还不是一般的戏堂,乃风流公子寻欢作乐之所。不过她生性洒脱,也未想到自己是未嫁少女,要避风月之嫌,一心想开开眼界,心底更有着另外的盘算,遂坦然随着裴琰过曲桥,拾级而上,大摇大摆迈入这京城乃至整个梁国都赫赫有名的揽月楼。

三人在那几名女子的引领下上了三楼,一名身着天青色便服的男子迎上前来,笑道:"素大姐刚还念叨着相爷,叮嘱我们,一定要准备最好的膏蟹和菊酒。相爷且稍等,她换好衣裳就过来。"

江慈见他年约三十岁,身形高挑,容颜清俊,笑容可掬,肌肤竟比一般的女子还要白皙,想来就是这揽月楼的叶楼主了。

裴琰在众人的簇拥下进了屋子,风流倜傥地往榻上一倚,笑道:"只怕素大姐不是想见我,是想着子明欠她的词曲吧。"

众人一阵哄笑,崔亮笑着摇了摇头,揽袍坐下。江慈却不着急就座,好奇地打量着阁内摆设。只见屋中处处玲珑剔透,墙上还挂着数幅字画,以青纱笼之,想来定是名家真绘。

正打量时,屏风后传出笑声:"相爷说笑了,素烟不但惦记着小崔的词曲,也惦记着相爷的人呢!"

随着这笑语,一丽人从屏风后转出。她身着绛红罗地金绣、天青百褶长裙,乌发高绾,一双眸秋水低横,两道眉青山长画,身姿秀雅,风韵中隐含沧桑。

江慈暗赞一声,觉眼前的素烟与那夜在长风山庄前大为不同。卸去戏妆的她更显风华绝代,别有一种风韵,不逊于二八佳人。

因师姐的缘故,江慈对梨园中人有一种莫名的好感,便走过去握住素烟的手道:"素烟姐姐,你真美!"

素烟一怔,含笑道:"这位妹子是……"

裴琰微笑道:"这位江姑娘想品尝平阳湖的大闸蟹,我又不想被她吃穷了,只好到素大姐这里来打秋风。"

素烟扑哧一笑,牵着江慈的手在裴琰和崔亮中间盈盈坐下。她拿起酒壶,先为裴琰倒了杯酒,又替崔亮斟满酒盏,道:"相爷这张嘴,真正是越来越让人爱不得也恨不得了。还是崔公子好,是个老实人。"

崔亮含笑接过酒杯,目光掠过江慈,却见她正饶有兴趣地把玩着素烟腰间的一块环形玉龙佩,满面好奇之色。

素烟索性解下那玉佩,塞到江慈手中:"妹子若是喜欢,就送你了。"

江慈将那玉佩拿在手里看了一遭,仍旧系还素烟腰间,转瞬又去细观她耳垂上的玉瑱。

素烟好奇地问道:"妹子不喜欢这玉佩吗?"

江慈笑嘻嘻地道:"喜欢啊,可喜欢不一定就要得到,我看看就行了。"

素烟不由得大笑:"说得极是。这世上让人喜欢的东西太多了,若是样样都强求,岂不是庸人自扰?"她久混风尘,识人极准,见江慈天真明媚,又洒脱率性,瞬间有了好感,趁斟酒时凑到裴琰耳边轻声道:"相爷,这么可爱的姑娘,哪来的?"

裴琰正夹起一筷凉菜,边嚼边含混道:"树上掉下来的。"

江慈听到"树上"二字,不由得瞪了裴琰一眼,裴琰哈哈大笑,江慈懒得理他,捋起衣袖,拖住崔亮,要与他猜拳。

崔亮却似有些心不在焉,输了数回,被江慈狠灌了几杯,他也只是微笑,杯到酒干,并不多言。那边裴琰也与素烟划拳行令,言笑不禁,阁内一时热闹非常。

此时,侍女们轮流将小方桌、腰圆锤、圆头剪等吃蟹物件摆上,又端来用蒲包蒸熟的大闸蟹。厨子极风雅,竟在蒲包边摆上数朵绿菊,蟹黄菊绿,酒青盏碧,月明波莹。江慈心中欢喜,眉开眼笑,正待将手伸向盘中,脚步声响,那叶楼主又引了一人上阁楼。江慈一心在那大闸蟹上,并不抬头,却听得裴琰大笑道:"王爷可来迟了,得自罚三杯!"

江慈再惦记着盘中的大闸蟹,听到"王爷"二字,也忍不住抬头看了一眼。只见一面目清秀的弱冠公子衣履翩翩地步入阁楼,边行边笑道:"少君有约,本王的心早飞到这里,无奈二哥叫我去赏菊,在他那儿多待了一会儿,来迟,当罚当罚。"

素烟抿嘴一笑,执起酒壶跳起来,把住这青年公子的右臂,往他嘴里灌酒,笑道:"难得王爷肯自罚,素烟也好报上次一醉之仇。"

江慈曾听人说过,当今圣上共有三子,太子为长,次子庄王,静王行三,看来这位定是素有风流贤雅之名的静王了。可她对王爷什么的并不感兴趣,仍旧低下头,双手得意地轻搓着,伸向盘中之蟹。

静王笑着接过素烟手中的酒壶,仰头灌了一大口。裴琰拊掌大笑:"王爷待素大姐果然不同,上次和承辉他们斗酒,输了令都不见这么爽快!"

静王揽着素烟坐下,笑道:"那帮兔崽子,和三郎打赌输了,想着灌醉本王,好偷本王的玉佩去还三郎的赌债,本王岂能让他们如愿!"

"三郎要王爷的玉佩做什么?他府中稀罕物事还少吗,只怕这京都之中,再也找不出能让他看上眼的宝贝了。"

静王随口道:"谁知道呢!兴许听说这玉佩是父皇赐给本王的,不服气吧。"

裴琰听他这般说,不敢再往下接,执起酒盏,望向崔亮道:"子明,你上次答应素大姐要给她填词的,正好王爷也在,他是个中高手,你可不能再躲懒了。"

静王侧头看向崔亮,笑道:"崔先生也来了。"他视线再一偏,愣了愣,道:"这位是……"

裴琰刚喝下一口酒,未及咽下,顺着静王视线望去,呛得一时没控制住气息,连咳数声。只见那边的江慈正双手并用,大快朵颐。盘中数只大闸蟹,旁人几句话的工夫已被她极熟练地大卸八块,蟹肉蟹黄悉数不见,自是落入了她肚中。此时她正极专注地用小银剔将蟹肉从最后一条蟹腿中剔出,偏她嘴角还留着两抹蟹黄,想是吃得太过痛快,沾在嘴角,不及抹去。

崔亮侧头看见,也是忍俊不禁,忙拿起桌上的丝巾递给江慈。江慈抬起头,见众人皆眼神灼灼、或笑或讽地望着自己,茫然道:"怎么了?"

崔亮将丝巾塞到她手里,再用手指了指自己的脸,但笑不语。

江慈将头凑近,盯着崔亮的脸看了片刻,疑道:"崔公子,你的脸怎么了?"

静王和裴琰同时哈哈大笑,素烟也笑得花枝乱颤。崔亮忍着笑,抽出江慈手中丝巾,替她将腮边蟹黄轻轻拭去。

江慈也不在意,将最后一点蟹肉剔出吃下,再喝了杯菊酒,抹抹嘴唇,仍意犹未尽。她左右看了几眼,视线停在崔亮面前的大闸蟹上。

崔亮将盘子往她面前一推,柔声道:"你吃吧。"

"不用了,你都还没吃呢,我吃饱了。"江慈有些不好意思。

崔亮微笑道:"我吃多了蟹黄会生疹子,向来是不敢多吃的。"

江慈大喜:"那我就不客气了。"她冲崔亮甜甜一笑,双手揽过银盘。

众人看得有趣,一时忘了饮酒说笑,都看着她钳镊齐舞、刀叉并用。

江慈感觉到阁内气氛有些异样,抬头见众人都望着自己,那可恶的大闸蟹更是笑得贼兮兮的,眼中尽是嘲讽之意。她心中暗恨,握着银钳的右手用劲,咔嚓一声,将一条蟹腿夹得粉碎,眼睛却只是瞪着裴琰。

裴琰右手莫名地一抖,面上笑容便有些僵硬。

崔亮忙转向素烟笑道:"素大姐,上次答应你的曲词,我已经填好了。"素烟一喜,忙替崔亮斟了杯酒,又连声唤侍女们取来笔墨宣纸。

静王也不再看江慈,转头与裴琰凑在一起,轻声交谈。讲得数句,静王压低声音道:"我刚在二哥府中听说易寒失踪了,少君可知详情?"

裴琰摇了摇头:"我这边暂也没有他的消息。派出去盯梢的暗卫一时大意,在鹤州附近失了他的踪迹。我正为此事烦恼,和约尚未最后签订,只怕桓国军方不肯善罢……"咔嚓声再度传来,裴琰右脚一抖,"干休"二字便停在了喉间。他瞥向江慈,只见她正悠然地将一块蟹肉送入口中,略带挑衅的眼神盯着自己,右手还轻舞着手中的银钳。

静王背对江慈，未看见她这番动作，见裴琰停住话语，疑道："少君？"

裴琰回过神，忙续道："再过数日是和约签订的日子，若是一直没有易寒的消息，这和约即使签下来了，桓国军方闹将起来，只怕也……"咔嚓声响，裴琰左脚又是一抖，再度停住话语，凌厉的眼神望向正晃动着银钳的江慈。

静王大奇："少君今晚怎么了？"

裴琰移回目光，微笑道："王爷，今晚我们只谈风月，不谈其他，还是把酒揽月，欣赏子明的妙词佳曲吧。"

此时，侍女们已摆好一应物品，崔亮走到案前，轻卷衣袖，落笔如风。静王与裴琰、素烟站在一旁细观，只余江慈仍在尽情享受着大闸蟹的美味。

崔亮神态悠闲，浓墨饱蘸，腕底龙蛇游走，不多时落下最后一笔。他将笔一掷，笑道："这首双调《叹韶光》乃兴起之作，诸位，见笑！"

素烟看着那首词，轻声吟道：

"踏青游，踏青游，芙蓉画桨过沙洲；惊云影，惊云影，丝鹭翩跹声啾啾。昔日曾为君相候，曲罢人散湿红袖。簪花画眉频回首，远阁寒窗下朱楼。紫陌红尘春逝早，无怪当年折尽长桥离亭三春柳。

"对清秋，对清秋，菊黄蟹肥新醅酒；醉明月，醉明月，高歌一曲以散愁。今日痛饮霜丘卧，坐向三更愁更愁。斜风扫尽人间色，草木萋萋水东流。不堪寒露中庭冷，且将青丝委地长恨此生欢难留。"

她越念目光越亮，方一念罢，静王拍手道："妙极，实在是妙极！"

素烟秋波横了崔亮一眼，嗔道："崔公子也不常上我这儿来，否则你的词配上我的曲，这揽月楼将天下闻名了。"

崔亮微笑道："素大姐若是有好酒好菜，崔亮定会不时前来叨扰。"

裴琰笑道："好你个子明，我请你，你比泥鳅还滑溜，素大姐一开口，你便这般爽快。"

崔亮正待开口，忽听江慈圆润的声音响起："'对清秋'不好，改为'看清秋'方妙。"

静王斜睨着江慈道："我看'对清秋'倒好过'看清秋'，你个小丫头片子，改崔解元的词,真是不知天高地厚!"

江慈取过丝巾擦了擦手,道:"我不是说崔公子'对'字用得不好,而是作为唱曲来说,用'看'字,更容易运气发声。素烟姐姐是个中翘楚,自是知道的。"

崔亮轻念了两遍,微笑颔首。素烟试唱一回,不禁也笑道:"江姑娘说得倒是有些道理,从字面上来说,'对'和'看'不相上下,但从运气发声来说,倒是用'看清秋'要妥当些。"

江慈忽然来了兴趣,跳过来握住素烟的手,软语道:"素烟姐姐,这《叹韶光》的曲子我也学过,不如我与你合唱这一曲吧?"

素烟笑道:"江姑娘肯赐教,求之不得。"

江慈笑得眼睛弯弯:"素烟姐姐,你就别江姑娘、江姑娘地叫了,我师父从来都是叫我小慈的,你也叫我小慈好了。"

早有侍女抱过琵琶,素烟向静王和裴琰盈盈一笑,纤指轻拨,江慈吹笙跟上,崔亮轻敲檀板相和。一轮前音过后,素烟便顿开了珠喉婉转吟唱,一时间珠玑错落、宫商迭奏。

此时皓月当空、秋风送爽,阁内宫商悦耳,静王与裴琰听得如痴如醉,待素烟半阕词罢,均击案叫绝。

素烟唱罢上阕,向江慈一笑。江慈放下竹笙,待过曲奏罢,嗓音滑润如玉,婉转若风。崔亮板音一滞后才跟上琴音,长久地凝望着将伤秋之词唱得兴高采烈、眉波飞扬的江慈。

静王侧头向裴琰笑道:"少君从哪弄来的小丫头,倒是个可人的玩意儿。"

裴琰在锦榻上放松身躯,凝望着江慈,面上和如春风,心中却冷笑数声。

# 第五章

## 猫爪蟹钳

一曲唱罢，江慈颇觉口渴，跳着回到案几前，端起酒盏便欲一口闷。崔亮忙递过茶杯，声音分外温柔："刚用了嗓子，千万别饮酒。"

江慈也没在意，接过茶杯，咕咚饮下，笑道："谢了。"

她回到原座，见盘中还有一只大闸蟹，不由得一愣。先前自己已将盘中螃蟹悉数落肚，怎么还有一只呢？

美食当前，她也懒得细想，再次将手伸出，却不见了先前的银钳。她忙俯身到案底细找，却见一只修长的手将银钳递到了眼前。

江慈直起身，笑道："多谢崔公子。"

崔亮微笑道："你我之间不用这么客气，若是不嫌弃，就叫我一声大哥好了。"

"好，崔大哥。"江慈甜甜一笑。

她剥开蟹壳，吃得正高兴时，忽听得身旁的崔亮唤道："小慈。"

"嗯。"江慈嘴里咬着蟹肉，转过头来，"什么事？崔大哥。"

崔亮哭笑不得："大闸蟹虽然美味，你也得少吃些，小心等会儿闹肚子或是生疹子。"

江慈喝了杯菊酒，道："不怕，以前我也吃过，没闹过毛病。"又欲将酒杯斟满。

崔亮伸手夺过酒壶："不行，你重伤初愈，不能再喝了。"

江慈转头望向他。此时她已饮了不止十杯，双颊酡红，明眸中也带上了酒意水汽。她拉住崔亮的衣襟轻摇，软语央求："崔大哥，就让我再喝一杯嘛。"

崔亮将酒壶藏于身后，含笑不语。

那边，素烟不知说了句什么，静王与裴琰哄然大笑，这边二人却浑然不觉，只为了那壶酒拉来扯去。裴琰扫了二人一眼，隐有所悟，眸中泛起一抹得意的笑。

笑闹一阵，江慈眼神恦涩，口齿愈加缠绵，拉住崔亮衣襟的手也渐渐垂落。崔亮看着有些不对，刚要伸手去扶她，她已一头栽倒在案几上。崔亮忙推了推她，唤道："小慈！"

那边素烟瞥见，忙走了过来，道："怎么喝醉了？这孩子，当这酒是水啊，崔公子也不劝着点。"

崔亮不由得苦笑一声。

素烟伸手去扶江慈，江慈却猛然抬起头，嚷道："师父别打我，我下次再也不敢喝酒了！"

"得，这还没彻底醉呢，还知道怕师父！"素烟忍俊不禁。

崔亮扶住江慈再唤道："小慈！"

江慈茫然睁开双眼，盯着崔亮看了一会儿，忽然侧身呕吐。秽物不多，却也弄脏了藕荷色的裙裾。

素烟摇了摇头："看看，可惜了这一身上好的晶州冰丝绸。"她回头招了招手，两名侍女轻步过来。

素烟想了想，吩咐道："带小慈姑娘去我房中，给她换上我昨日新置的那套绯色衫儿，再让人熬些醒酒汤。"

两名侍女应道："是。"而后一左一右扶起江慈。江慈软弱无力地倚在她们身上，蹒跚往外走。经过裴琰身边时，她右脚忽然一软，侍女们未及发力扶稳，她身子已往裴琰斜斜倒去。裴琰闻得一股浓烈的酒味和酸味，眉头微皱，袍袖一拂。江慈被这股大力拂得往旁跌倒，头正好磕在案几上，痛醒过来。她四顾看了一眼，见裴琰正用略带厌憎和蔑视的神情望着自己，心头火起，狠狠地瞪了回去。

素烟看着情形有些不对，忙赶过来搀起江慈，交给两名侍女扶了出去。

静王在旁看得有趣，笑道："少君和一个小丫头置什么气，来来来，我们再喝。"

裴琰只得笑了笑，握起酒盏，素烟又在旁插科打诨，阁内复又是一片欢声笑语。


江慈被两名侍女扶着，沿回廊而行，转入揽月楼最北边一间房。房内陈设精美、熏香细细。侍女们将她扶至椅中坐下，一人替她解下脏污的外衫和长裙，另一人则从柜中取出一套绯色绡衣丝裙，笑道："素大姐昨日还在说这绯色她穿着不合适，今儿倒找着主了。"

"我早说过素大姐穿绯色不合适，她不信，做回来穿上身，才知后悔。"

"你当然不知其中的关窍。"

"哦？什么关窍，快说。"

"可千万别说是我告诉你的。我听说啊，素大姐不知从何处打听到，卫三郎喜欢这种颜色。"

"卫三郎？他不是一直只穿白色衣裳的吗，怎么倒喜欢起绯色来了？素大姐对他可真是上心……"话未说完，这侍女忽仰面往后一倒。

另一人惊道："画儿，你怎么了？"她欲去扶同伴，却觉腰间一麻，也直直地倒在了地上。

江慈哈哈一笑，从椅中跳起，又觉自己笑声有些大，忙掩住嘴，心中窃喜。她蹿到门前，透过门缝往外张望了几眼，见这间卧室在回廊的最尽头，要想偷溜出去必得经过先前饮酒吃蟹的花厅。大闸蟹武功高强，有他在厅内，是万万溜不出去的。江慈不由得恨恨道："死大闸蟹，明天就让你喝水呛着、吃饭噎着、喝酒醉死！"

她环顾室内，目光停在那轻掩的轩窗上，眼睛一亮，快步走到窗边，探头向外望去。只见这处卧室竟是临湖，楼下湖水波光闪耀，秋风拂来，袅袅生凉。

江慈心中微动，口里自言自语道："没办法，看来只有走水路逃生了。"

她转过身，扶起两位侍女，让她们面朝墙角，背对着窗户，叹道："二位姐姐，我也是迫不得已，小命要紧，再不逃就活不了了。我只点住二位姐姐的穴道，片刻后会自行解开，姐姐们出去只需照实说便是。实在是对不住，莫怪莫怪。"

两名侍女哑穴被点,面向墙角,心中叫苦连天。听得身后这少女窸窸窣窣地将衣裙穿好,不一会儿脚步声响,人走到了窗边,顷刻后便听到扑通的落水声,显然已跃入湖中,借水远遁。

厅中,静王喝得兴起,拉着裴琰和崔亮行酒令。裴琰面上带笑,杯到酒干,意态悠闲。崔亮却似有些心不在焉,酒令大失水准,被素烟狠灌了几杯,目光却不时望向屏后。

酒到酣处,裴琰随口道:"素大姐,你手下的丫头也该调教调教了,这么久都没出来。"

素烟一愣:"可不是,换个衣裳,怎么去了这么久?"

裴琰面色微变,掷下酒杯,猛地站起,大步往厅外走。崔亮与素烟急急跟上,只余静王独自留在厅内,有些摸不着头脑。

裴琰奔至素烟房前,一脚踹开房门,扫了一眼,冷笑道:"这丫头,逃得倒快!"他袍袖一拂,解开墙角两名侍女的穴道,喝问,"她往哪里逃了?"

侍女画儿忙答道:"奴婢们听得清清楚楚,是跳湖逃走的。"

崔亮走到窗前,低头望去,只见一湖秋水,凄冷迷离、幽深清寒。

裴琰冷哼一声,走至花厅,向静王拱手道:"王爷,我今晚得去逮一个人,先失陪,改日再向王爷赔罪。"

不等静王作答,他已匆匆走下阁楼,下到二楼楼梯口,安澄等人迎了上来。裴琰面色恢复平静,道:"那丫头跳湖逃了,传令下去,全城搜索,派人迅速封锁城门,禁卫军若是问起,就说是缉拿要犯。"

安澄应道:"是。"带着手下匆匆离开了揽月楼。

裴琰走出揽月楼,也不理会弓腰送别的叶楼主,匆匆行出数十步,又在曲桥中央停下。他负手望着空中冷月,冷笑了笑:"子明,你说这丫头,她究竟是天性率真呢,还是比旁人多长了几个心眼?"

一直跟在他身后的崔亮望着满湖月色,默然不语。

夜渐深,揽月楼欢客散尽,笙歌消歇。素烟回到卧室,只觉一身酸疼。侍女宝儿上来替她捏着肩膀,道:"大姐若是觉得累,就休息几日,这夜夜陪酒唱戏的,小心累坏了身子。"

素烟幽幽叹了口气,凝望着桌上轻轻跳跃的烛火,低声道:"宝儿,你不知道,我便是想歇,也歇不下来的。这人活一世啊,总有一只看不见的手在推着你往前走,走的呢,偏又是一条不是自己真心欢喜和选择的道路。走啊,走啊,也不知走到哪日是尽头,也看不清这条路通向何方。可等有一日,你看清楚这路通往何处了,你这日子,也算是过到头了。"

宝儿手中动作停住,愣了片刻,也叹了口气:"大姐说得是,宝儿也觉这日子过得了无生趣,不过好歹还有大姐在前面撑着,我们便当是躲在大姐的庇护下,过一天算一天了。"

素烟低声道:"大姐也不知还能庇护你们多久,不知道以后会发生什么事情。"

宝儿再替素烟轻捏了一阵,又帮她取下头上钗环等饰物,轻声道:"大姐早点歇着吧。"素烟低嗯一声,宝儿轻步退出,掩上了房门。

素烟呆坐于烛火下,烛光映得她的脸明明暗暗。她默然良久,终吹灭烛火,上床安寝。夜深人静,万籁俱寂。

随着素烟轻微的鼻息声响起,一个黑影悄悄从床下爬出,全身伏在地上慢慢挪移。移到门边,她缓慢站起,轻轻拉开房门,蹑手蹑脚地迈出门槛,又轻轻地带上了房门。

黑影轻如灵燕,在幽暗中过回廊,从楼梯一掠而下,又慢慢拉开底层的雕花大门,自门缝中一闪而出。她四顾而望,见整个湖岸已静无一人,便飞快奔过曲桥,再沿湖边向南奔得数百步,终忍不住得意大笑。笑罢,她又回头望了望揽月楼和更北边的相府方向,得意地扬了扬右手,笑道:"大闸蟹,这可对不住了,本姑娘要做的事还多得很,就不陪你玩啦!"

江慈先前发现无法自花厅溜出,又见素烟卧室临湖,便计上心头。她让侍女面向墙角,自言自语,说要跳湖逃生,回头却将室内一角的寿山石雕抱起,掷入湖中,侍女们听到的扑通之声,自是石雕落入水中的声音。

待石沉湖底,她掩住脚步声,迅速蹿入素烟床底,屏住气息,听得裴琰等人闯入房中,听得裴琰恼怒离去,听得人声消散,知大闸蟹中计,心中窃喜不已。

她知裴琰定不肯善罢甘休,会派人沿湖四处搜索自己,如果马上出去,定是自投罗网,索性躺在素烟床底小憩了个多时辰。待素烟熟睡,这才运起轻功,溜出揽月楼,终完成了这惊险的逃亡大计。

她心中得意,只是想起自己装醉,害得崔大哥和素烟姐姐担心,未免有些对不住他二人,却也是无可奈何之事。

天悬冷月,地铺寒霜。江慈舞动着手中枝条,在湖边小路上欢快前行,想到终于摆脱了这一个多月来的拘束与危机,心中欢畅不已。可先前饮酒太多,虽是为求装醉,但毕竟也是平生饮得最多的一次,此时被湖风一吹,脑中渐渐有些迷糊。

她渐觉脚步滞重,腹中也有些不舒服,索性坐在湖边柳树下,靠上树干,嘟囔道:"死大闸蟹,这笔账,本姑娘以后再找你算。"

她渐渐有些发愁:大闸蟹权势熏天,肯定会满京城地搜寻自己,该如何才能不露踪迹地潜出京城,继续自己的游侠生活呢?

惊扰大半夜,困倦和着酒意涌上,江慈打了个呵欠,又觉脖子有点痒痒的,她挠了挠,正待放松身躯倚着树干睡上一觉,忽然心中一激灵,猛然站起。只见月色下,一个黑影挟着凛冽的寒冷气息,悄无声息地站在江慈面前,冷冽的目光静静地注视着她。江慈一哆嗦,觉得自己像一只被猫儿肆意玩弄的老鼠,在猫爪下哀哀吱鸣,却怎么也逃不出锋利的猫爪。

她心中打鼓,慢慢向后退了几步,那黑影却踩着她的步伐逐步逼近,让她感觉到一股浓烈的杀气正将自己笼罩。

此时明月移出云层,月华洒落在黑衣人身上。江慈看得清楚,他面容僵硬,双眸却如黑曜石般闪亮。她脑中一道闪电划过,猛然伸手指着他,叫道:"是你!"

话一出口,她便知大事不妙:自己认出这人就是那夜在长风山庄大树上的假面人,放在心里就好了,为何要这般叫嚷出来,岂不是更会让对方起杀人灭口之心?

她心中叫苦不迭,面上却堆出笑容,抱拳道:"抱歉,我认错人了。这位大侠,我们素昧平生,以前从未见过面,以后也不会再见。深更半夜的,我就不打搅您临湖赏月了，告辞!"说完她转身就跑。

她运起全部真气，拔足狂奔，奔出数十步，迎面撞上一物。她顾不上细看，身形微闪，又往前奔去。忽然，一股大力扯住了她的发辫，她"啊"地大叫一声，停住脚步，头皮生疼得流出泪来。

轻笑声传入耳中，江慈心呼我命休矣，面上却仍呵呵笑着，转身望向那假面人。假面人右手负在身后，左手揪住江慈发辫，眼中满是玩弄和嘲讽之意，同时还带着几分杀气，凌厉而妖异。

江慈忍着头皮剧痛，强笑道："这位大侠，小女子有眼不识泰山，多有得罪，改日再备酒赔罪。只是今日小女子有约在身，不能久陪，还望大侠高抬贵手，放小女子一马。"

假面人笑声极轻，却十分得意。他揪着江慈的发辫不放，贴近她耳边悠悠道："和谁有约？是不是小情郎啊?"

江慈双手一拍："大侠就是大侠，真是料事如神。说得没错，小女子正要去赴情郎之约。俗话说得好：宁拆十座庙，不坏一门亲……"她正胡说八道以求分散假面人心神，忽觉喉间一紧，假面人右手已扼上了她的咽喉，并将她直推几步，压在了一棵柳树之上。

江慈急运内力，想摆脱假面人的钳制，无奈假面人左手如风，点住她数处穴道，让她再也无法动弹，只是睁大眼睛，无助地望向头顶黑蒙蒙的苍穹。

假面人不再说话，眸中寒意凛人，五指一点点收紧。江慈的小脸渐渐涨得通红，这生死关头，居然还能感觉到这人指间肌肤冰凉，如同地狱幽魂一般。胡思乱想间，眼前一切慢慢变得迷蒙缥缈。

正要气竭之时，江慈忽觉喉头一松，不禁本能地张大嘴拼命呼吸。她此时方觉双足无力，靠住树干缓缓坐落于地。她正惊讶假面人为何放过自己，却见那人微微一笑，蹲在她身侧。寒光倏闪，一把冷森森的匕首贴住了她的面庞。

假面人将匕首在江慈面上轻轻摩擦，也不说话。江慈神智将要崩溃，哀求的话却也说不出口，反而激起心头怒火，狠狠地瞪向假面人，怒道："要杀便杀，你好好的人不做，做什么猫，还是一只野猫、贼猫、没脸猫!"

假面人一愣,片刻后才将她这话听懂,眼中寒意更浓,僵硬的面容向江慈贴拢。江慈心中害怕,忍不住闭上双眼,鼻中却飘入一缕极好闻的龙涎香气,耳中听到那人轻声道:"我是猫,那你就是老鼠。猫是天生要吃老鼠的,这是命中注定,你可不要怪我!怪只怪,你好好的平地不走,偏要爬树!"

江慈觉那寒如冰霜的匕首自面部而下,在脖颈处停住,又微微往下压。针刺般的疼痛让她浑身一悚,她在心中绝望地呼道:师姐,小慈回不来了,你要记得年年给小慈烧香啊!

匕首缓缓刺入肌肤之中,鲜血由刃口淌下,江慈终有些不甘心,又猛然睁开双眼,死死地盯住那假面人,却见他忽然眸色遽变,扭头,手中匕首向后一挡,堪堪抵住身后飞来的如蛇信般的一剑。

寒光再闪,叮声四起,假面人如狸猫蹿树,自江慈身侧斜飞,一剑一刃瞬息之间过了数招。

江慈死里逃生,心头大喜,这才看清与假面人拼力搏杀的,竟是自己在心中痛骂过无数遍、刚刚从其手中逃脱的大闸蟹——裴琰。

黑暗中又有数十人拥出,点燃火把围在四周。其中一人走过来解开江慈穴道,正是裴琰的得力手下安澄。

江慈恍然醒悟:看来这大闸蟹料定自己要借机逃匿,索性以自己为饵,钓出这个假面人。自己先前扬扬得意,却不知每一步均在他的算计之中。

她意兴索然,脖间伤口疼痛,腹中绞痛也一阵胜过一阵,只得又靠着柳树坐下,面无表情地观看裴琰与那假面人的生死大战。


"素闻萧教主天人之姿,不知裴某是否有幸一睹尊容?"裴琰一声长笑,寒光忽盛,连人带剑向假面人冲去。

假面人闷不作声,手中匕首如银蛇乱舞,叮声四起,挡住裴琰一波又一波的袭击。裴琰手中招式如水银泻地,织成一张无边无际的剑网,将假面人罩于其中。假面人步步后退,却始终默然不语。

"萧教主既然来了京城,裴某想请你痛饮一番,略尽地主之谊,不知教主可愿给裴某这个面子?"裴琰边说边斗,剑招如流云飞卷、寒光耀目,压得那假面人只有招架之功,无还手之力。

安澄等人立于一旁,见裴琰胜算极大,便不上前,只是四散围着,防那假面人逃匿。

激烈搏斗间,假面人脚下一个趔趄,似是不支,裴琰剑势收住,笑道:"萧教主,束手就擒吧!"

假面人左手抚胸,垂下头去。裴琰缓步上前,手中长剑却始终保持着攻击态势,提防他做临死前的挣扎。方要走到假面人身前,忽见他左手猛然挥出,裴琰心呼不妙,身形平平后飞。但听轰的一声,红光乍闪,烟雾四溢,一股难闻的气味让众人剧烈咳嗽,而假面人已瞬间消失在烟雾中。

裴琰怒哼一声,如大鸟般掠上最近的柳树,极目四望,已不见了假面人的身影。

他黄昏时见江慈借取鸟窝之机在树上东张西望,猜到她有心逃跑,便精心布局,设下这圈套,以求引出明月教教主杀人灭口。不料功亏一篑,被这假面人借烟雾遁去,实是有些恼怒。他跃下树梢,见安澄正欲带人向南追赶,淡淡道:"不必了! 你们追不上的。"他回过头,正见满面嗤笑之色的江慈,不由得冷声道:"笑什么笑,你这条小命还留着,该烧香拜佛了!"

江慈嘻嘻一笑,站起来拍手道:"相爷好身手,不当武林盟主实在是可惜了。"

裴琰冷哼一声,凌厉的目光盯着江慈:"你确定没见过他的真面目?"

江慈撕下衣襟,将颈间伤口包扎起来,口中道:"对天发誓,确实没见过。"

"那就是听过他的声音了?"

江慈知无法否认,点了点头:"我是听过他的声音,可我与他素不相识,井水不犯河水……"

裴琰微微点了点头,不再理她,转身就走,安澄等人急忙跟上。江慈犹豫了一下,终怕那假面人再来杀人灭口,还是紧跟在裴琰身后。

裴琰神情严肃,转过身来:"江姑娘,现在我救你一命,你我互不相欠,还是我走我的阳关道,你过你的江湖游侠生活。从此你我,江湖宦海,天涯海角,上天入地,黄泉碧落,青山隐隐,流水迢迢,生生世世,两两相忘。"

江慈未料裴琰将自己随口所诌之话记得一字不差，此刻又原样还给自己，心中气得直翻白眼。可现在相府才是唯一安全、能保小命的地方，现在就是借她天大的胆，她也不敢独自一人游荡。

她心中不停咒骂着大闸蟹，面上却装出一副极可怜的样子，伸手拉住裴琰的衣袖，哀声道："相爷，那个，那个……"她支支吾吾一阵，也想不出赖在相府的理由，情急下脱口而出，"救命之恩当以身相报，相爷救我一命，我怎能一走了之，我就留在相府给相爷当牛做马，为奴为婢，以身相报好了！"

安澄等人在后面听得清楚，哄然大笑，有那等顽皮之人起哄道："相爷就收了她吧，人家小姑娘可是要以身相报的。"

裴琰眼神凌厉一扫，众人慑于他的积威，纷纷止住笑声，低下头去。

裴琰冷冷道："方才谁说的话，明日自己去领十棍。"

江慈见裴琰驭下如此之严，与他素日笑如春风的模样大不相同，心中有些害怕，慢慢松开了揪住他衣袖的双手。

裴琰转头见江慈垂头丧气，脖间鲜血渗红了布条，发辫散乱，可怜兮兮的样子，嘴角笑意一闪即没，淡淡道："这可是你自己要留在我相府的，不要过两天又爬树或者跳湖什么的。"

江慈大喜，抬起头，连连摆手："不会了不会了，绝对不会再跳湖了。再说，我今晚也没跳湖。"

裴琰微微一笑，负手向前行去。江慈忽想起一事，追上去问道："相爷，你怎么知道我还在这湖边，没有逃到别的地方去？先前你不是以为我跳湖逃走了吗？"

裴琰笑得十分得意，却不回答，过得一阵，终忍不住伸出右手，在江慈的面前晃了晃。江慈见他右手五指在空中做爬行状，恍然大悟，指着裴琰叫道："大闸蟹！是大闸蟹！"她叫声十分大，相府之人还是头一次见到有人公然指着自家相爷叫"大闸蟹"，皆憋住笑，低下头去。

江慈见裴琰转头瞪着自己，忙摇手道："那个，相爷，我不是叫您大闸蟹，我是说，我明白了，您在最后那只大闸蟹上下了香药，能追踪到我在何处。"

裴琰淡淡道："你倒不笨，还知道躲在素大姐床底下。"

江慈腹诽不已,却只得老老实实随着裴琰往前走。

此时已是子夜时分,一丸冷月照着寒湖霜路。江慈跟在裴琰身后走着,肚中绞痛渐甚,慢慢地浑身似有蚂蚁咬噬,疼痒难熬。她脚步逐渐拖滞,终一手捂着腹部,另一手不停抓挠前胸后背,蹲在地上,痛哼连声。

安澄过来问道:"江姑娘,怎么了?"

江慈肚中绞痛,无法利索说话,断断续续哼道:"我……肚子……疼,痒……痒。"她身上奇痒无比,挠得前面又去抓挠背部,一时间痛苦到了极点。

安澄疑心她在假装,不定又要出什么幺蛾子,正犹豫间,裴琰大步走了过来。他盯着江慈看了几眼,猛然抓起她的右手,将她衣袖向上一捋,不禁笑出声来。

江慈正是最难受之时,不由得怒道:"笑什么笑,啊!"一声大叫,又反手去抓后背,不料腿上也渐渐痒了起来,她禁受不住,弯腰去挠,脚一软,跌坐在地上。

裴琰蹲在江慈身旁,看着她痛楚难当的样子,嘲讽道:"看你以后还敢不敢吃大闸蟹,又起疹子又腹痛,真是报应不爽!"

江慈性情再洒脱,此时身边围着这一大群男人,为首的偏还是自己最恨的大闸蟹,又个个盯着自己的窘样,不由得十分羞恼。

她心中直恨自己先前为啥图口舌之快,吃了那么多大闸蟹,腹痛身痒不要紧,居然还让这么多人见到自己的窘样,实是生平第一糗事。迷糊痛楚中,见裴琰的笑脸如大闸蟹般在眼前晃动,一时恨极,右手捏拳,猛然击向那可恶的笑脸。

裴琰呵呵一笑,侧身避开,江慈正待再击,后背又是一阵奇痒,她只得收回拳头,反手去挠背部,偏那处够不着手,又换左手,忙得不可开交。相府诸人看着她的窘样,碍着裴琰,不敢放声大笑,却个个面上神情扭曲,五官走样。

裴琰站起身来,道:"走吧,回去让子明帮你看一看,服点药,这样抓下去不是办法。"

江慈怒道:"不走了,我不回去了!"

裴琰也不以为忤,悠悠道:"那你就留在这里好了,萧教主会好好照顾你的。"

江慈倔脾气发作,坐在地上,冷冷道:"我就是不走,看他能把我怎么样!"

裴琰眉头微皱,见随从牵了马匹过来,轻笑一声。江慈腰间一麻,已被他点住数处穴道,拦腰放在马背之上。裴琰纵身上马,轻喝一声,马儿撒蹄向相府驰去。

江慈痛痒难当、颠簸不已,一路上还得听那大闸蟹不时发出的嘲笑声,不由得在心中咬牙道:死大闸蟹,就让你先得意一下,不要以为我不知道你的鬼心思!

回到相府,江慈被安华扶到床上躺下,已浑身发软,连挠痒都没了力气,只是无力地向里躺着,蜷缩起身躯。

裴琰看着她狼狈不堪的样子,笑道:"你再忍忍,我已差人去请子明了。"

江慈冷哼一声,心中恨极,默然不语。

迷蒙中,听得脚步声响,接着崔亮和声问道:"怎么了?哪里不舒服?"

江慈死命憋住泪水,无声地抽噎。崔亮早听相府侍从说江姑娘是吃蟹腹痛肤痒,见她身躯轻颤,却不转过身来,忍住笑,向安华使了个眼色。

安华探头向床内一望,见江慈眼角隐有泪花,取过丝巾替她将泪水拭去,轻声道:"江姑娘,还是先让崔公子帮你看看,喝点药,老这么硬撑着也不是办法。"

江慈低低地嗯了一声,平定心神,慢慢转过身来,正望上崔亮略带笑意的眼神,她脸上飞起红晕,低声唤道:"崔大哥。"

轻笑声传来,江慈视线一偏,只见那可恶的大闸蟹正站在门口,脸上还是那令人恨得牙痒痒的笑容。她心头火起,抓起床上的瓷枕,用力向裴琰掷去。

裴琰右足轻挑,瓷枕在他足尖滴溜一转,又于空中画出一道优美的弧线,轻轻落于床头,他哈哈一笑,扬长而去。

# 第六章

## 鹤梦难寻

裴琰走出院门，安澄正等候在外，惊扰了大半夜，已是河斜月落、斗转参横。

寒风拂面，裴琰脑中渐渐恢复空明清醒，思考片刻，道："安澄。"

"是。"安澄忙上前。

"把对明月教教主的排查，集中在我熟悉的、日常来往较密切的人身上。"

安澄一怔："恕属下愚钝……"

裴琰淡淡道："这丫头没有见过他真容，只听过他的声音，他还要来杀她灭口，自不是怕被她认出容貌。"

安澄想了想，恍然大悟："他是怕江姑娘认出他的声音！他定是经常与相爷打交道、和相爷熟识的人，如果江姑娘一直住在相府，迟早会和他遇上，拆穿他的真实身份。"

裴琰点了点头："今日激战，他招式生疏，显然是在掩饰真实武功，而且他故意东摇西晃，也是怕我认出他的身形。只可恨先前他与这丫头说话时，我们隔得太远，没听到他的声音。"他顿了顿，又道，"把今日府中知道我带江慈去揽月楼的人统统查一遍。此人消息如此灵通，不早日将他找出来，总是心腹大患。"他负手望向灰蒙蒙的天际，饶有兴致地道，"我对此人真是越来越感兴趣了，到底是谁呢？"

安澄轻声问道："那江姑娘的来历……"

"不用再查她了，她既费尽心思逃跑，必不是暗探，就一山野村姑而已。只是我还要用一用她，暂时放这里吧。"

崔亮开了方子，命安华配药煎熬，又在江慈面上及手臂上扎上银针。江慈疼痛瘙痒渐止，只是全身疲乏，像被寒霜打蔫了的花朵，耷拉着头坐在床边。崔亮见她颈上还缠着布条，布上血迹成团，解开看了一下，皱眉道："怎么受伤了？"

江慈有气无力地答道："被猫抓伤的。"

崔亮凑近细看了一下，疑道："不像是猫抓伤的，倒像是被兵刃所刺。"

江慈侧身往床上一倒，头刚好磕在瓷枕上，疼得瞬时坐直了身子。想起今夜被一蟹一猫玩弄于股掌之间，还无端吃了这些苦头，她心中气极，"啊"地大叫一声，往后便倒。崔亮正背对着江慈，将银针收入针囊，听到她叫声中充满羞恼，知她还有几分小孩心性，笑道："别气了，下次吃大闸蟹时，别再贪多便是。"

安华端着药碗进来，笑道："江姑娘，赶紧起来喝药吧。"

江慈一动不动。

"再不喝药，可又会痒了。"

江慈还是一动不动。

崔亮觉得有些不对劲，快步走到床边。安华忙也放下药碗，扶起江慈，只见她双目紧闭、面色乌青、气息微弱，竟已晕死过去。

裴琰只睡了个多时辰便醒过来，他想起一事，正待去蝶园请示母亲，见窗外仍是灰蒙蒙一片，知时辰尚早，但再也睡不着，索性起来到院中练剑。

崔亮被侍女引入慎园时，正见院中白影舞动，剑气纵横，冷风飕飕，寒光点点，宛如白龙在空中盘旋，又似冰雪在草地上狂卷。

裴琰纵跃间看见崔亮，轻喝一声，一招雪落长野，满院的晨雾似都在他剑尖凝聚，又直向院中桂树迸散。咔声连响，桂枝纷纷断裂，散落一地。

裴琰收剑而立，转身向崔亮一笑："子明今日怎么这个时辰来了？"

崔亮微笑道："相爷好剑法，亮有幸一观，实是大开眼界。"

侍女上来接过佩剑，奉上香巾，裴琰擦了擦脸，又掷回盘中，转身向屋内走去："子明请进来说话。"

二人在西花厅坐定，侍女们奉上清茶和洁盐，裴琰轻漱数口，吐于盆中。侍女们又接过他脱下的武士劲衣，替他换上淡青色绣边织锦衣袍。

裴琰挥挥手，众婢退了出去。他端起参茶饮了一口，抬眼间见崔亮面上略带踯躅，笑道："子明有话直说，你我之间不必客套。"

崔亮再犹豫了一下，才开口："请恕崔亮冒昧，不知相爷可曾听过宫中有一味奇药，名仙鹤草的？"

裴琰点了点头："不错，宫中确实有这味药草，是专为圣上炼制丹药而用。子明问这个做什么？"

"江姑娘中毒了，性命堪忧。"崔亮声音隐带忧虑。

裴琰端着茶盅的手在空中一滞，望向崔亮，讶道："怎么会中毒的？"

"是她脖子上的刃伤所致，那兵刃上喂了毒药。"

裴琰眉头轻蹙："听子明的意思，她所中之毒，要用仙鹤草来解？"

"正是。"崔亮目光灼灼地看着裴琰，"不知相爷可愿救小慈一命？"

"小慈？"裴琰看了崔亮一眼，想了片刻，慢条斯理地再饮了口茶，才缓缓开口，"这事有点难办。仙鹤草宫中仅余三株，圣上好丹药，这仙鹤草又是炼丹必不可少的，要想从圣上手中求来一株……"他为难地摇了摇头，"再说，我与江姑娘无亲无故的，圣上若是问起，我也不好开口啊。"

崔亮默然不语，良久方低声道："我也知道此事极难，但小慈她……"

"没有别的法子吗？"

崔亮摇了摇头："就是神农子前辈来此，也只有此药方可救她。"

裴琰放下茶盅，皱眉想了片刻，只听崔亮又恳切地道："相爷，小慈她只有十七岁，您若是能救，崔亮想求……"

裴琰抬了抬右手，止住崔亮的话语。他站起身，负手在室内来回踱了数圈，转头看向崔亮："既然子明这样说，我便尽力一试，至于能不能求得圣上开恩，就看她有没有这个造化了。"

崔亮眼神一亮，站起来长揖道："崔亮谢过相爷！"

裴琰忙扶住他的右臂，笑道："子明可不要和我来这些虚礼，再说了，要谢，也应该是那小丫头来谢我，岂有让子明代谢的道理！"

崔亮微微一笑，正待说话，裴琰已把着他的右臂往东偏厅走，边走边道："子明定还饿着肚子，来，我们一起用早点，我正有些事要子明帮我参详参详。"

崔亮一愣，还是默默随着裴琰往东偏厅走去。


江慈悠悠醒转，觉眼前昏黑一片，不由得嘟囔道："师姐，你又不点灯，老这么黑灯瞎火地坐着，有什么意思。"

崔亮正倚着床柱小寐，迷糊中听得江慈的声音，一惊而醒，这才发觉桌上的灯火已近熄灭。他忙走过去剔明了烛火，转头见江慈正睁大眼睛望着自己，笑道："你醒了？"

江慈半晌才恢复清醒，想起自己是在相府之内，她又努力回想之前诸事，茫然道："崔大哥，我怎么了？好像睡了很久似的。"

"你脖子上的伤口有毒，昏睡两天了，幸好相爷为你求来奇药。现在你既醒了，就证明毒已解，没事了。"崔亮坐在床边，和声道。

江慈张望了一下："安华呢？"

"她守了你两天两夜，我见她太疲倦，让她去外面歇着。"

江慈又看向崔亮，见他消瘦了一些，原本明亮的双眸也似有些黯然，不由得垂下头，低声道："崔大哥，都是我不好。"

崔亮笑了笑："说什么呢！你又没做错什么。"

江慈想了想，抬起头来，恨恨道："也是，我又没做错什么。我只不过是爬了一回树，又没做伤天害理的事情，他们要斗，自己去斗个你死我活好了，为什么要把我扯进来，一个两个都不是什么好人！"

崔亮已得裴琰告知诸事，便和声道："你刚醒，别想这么多。相爷正在想法子将那人抓捕归案，他还费尽心机为你求来了仙鹤草，救了你一命，你不要再怨怪他了。"

江慈心中仍对大闸蟹恨恨不已，更不相信他会安什么好心，只是不好反驳崔亮这话,但面上仍是愤然。

崔亮笑着摇了摇头,又看了看窗外天色,道:"小慈,你先歇着,差不多日旦时分了,我得去应卯。"

江慈一愣,望了望房中沙漏,道:"礼部撰录处怎么这么早就点卯?你以往好像是辰时才去的。"

崔亮微微一笑,并不答这话,走到门口又转身道:"记得辰时初服一次药。若是能走动了,就去给相爷道声谢吧。"


皇宫,弘泰殿。

这日小朝会,议的是三日后将与桓国签订的和约细则。

礼部官员将抄录的和约细则呈给皇帝、太子、庄王和静王,又各发了一份给丞相、龙图阁大学士、各部尚书及御史台、监察司诸大夫。

静王展开折子看了一眼,赞道:"真正一笔好小楷!"

皇帝将折子展开细看,也微微点头:"不错,结体严密而不失圆润,劲骨于内而超然于外,精华内蕴、庄重劲美,实是难得的缜流小楷。"

他望向礼部尚书王岳雄:"这执笔撰录的是何人?"

"回皇上,执笔撰录此细则的乃礼部撰录处执笔崔亮,平州人氏,曾中解元。昨日方书处程大人因人手紧缺,已向微臣借调了此人至方书处当差。"

皇帝微笑点头:"原来是平州解元,怪不得一手好字。在你礼部当执笔确实委屈了他,调到方书处甚好,这样朕就可以每日见到这崔解元的妙笔了。"

他转向静王和声道:"静王,前日朕还赞你的字体有进步,但和这位崔解元比起来,可得再下些功夫。"

静王躬身道:"儿臣谨遵父皇教诲!"

一旁的庄王面露不悦,轻不可闻地哼了一声。

礼部侍郎将和约细则高声诵读了一遍,话音甫落,右相陶行德跨前一步行礼道:"皇上,臣有异议。"

"陶卿但说无妨。"

陶行德瞥了裴琰一眼，道："此和约乃裴相一力促成，和约细则臣等也是今日方才知晓。按理说，裴相近年来主理与桓国间一切军政事务，臣不应多心。但这和约中有一条，臣实是有些疑惑。"

皇帝面色和悦："陶卿有何不明，裴卿就详细解疑吧。"

"臣遵旨。"裴琰转向陶行德，笑得十分谦和，"陶相请直言。"

陶行德展开手中折子，道："和约中涉及月落山脉的归属问题。自我大梁立国以来，月落山脉便一直是我朝附属夷地。月落上百年来，也一直以附属夷族的身份向朝廷进岁纳贡。但裴相此次拟定的和约中，却将月落山脉一分为二，以桐枫河为界，北面归桓国，南面属我朝。如此一来，岂不是将我朝属地割了一半让给桓国，更等于间接承认以往为了月落山脉而起的数次战事，我朝竟是战败一方？本相实是有些不明，还请裴相解释。"

庄王点头道："陶相言之有理。年前我朝与桓国的战事是我朝胜出，此等有辱国体之举，实是令本王不解。"

见右相与庄王都如此说，各部尚书及御史大夫们也轻声议论，殿内一片嗡嗡之声。

裴琰面上挂笑，不慌不忙道："和约中为何将月落山脉一分为二，两国各取一半，原因有三：

"其一，月落山脉桐枫河以北乃火石地貌，地产贫乏，民谚中素有'桐枫北，三尺焦，童稚子，双泪垂'之说；而桐枫河以南物产丰富，土地丰饶。所以看似是一分为二，实是舍贫瘠而取富庶，我朝并不吃亏。

"其二，桐枫河以北，因物产贫乏而致盗贼横行，纷乱不断。月落族族长为平息纷乱，多年来数次请求朝廷派兵支援镇压。但这些盗贼极为难缠，自承平三年以来，当地驻军死于清剿战的达数千人，朝廷不堪其扰。此番将桐枫河以北归于桓国，实是将一个烫手的山芋丢给了桓国，至少可以牵制桓国数万兵力。

"其三，月落一族，内部争斗近年来有加剧的趋势。明月教势力渐大，该教矢志于令月落摆脱我朝附属夷族地位。此番我朝与桓国将月落山脉一分为二，和约中划分边界的疆线恰好经过明月教圣地，两国分而治之，可以削弱其势力，免其作乱势大。

"所以,将月落山脉一分为二,以桐枫河为界,实对我朝有利而无弊。至于陶相所说国体问题,上百年来,月落一族虽进岁纳贡,朝廷却一直未下诏封其属号,并不存在丧权辱国、割让疆土之说。"

裴琰侃侃说来,句句在理,殿内大半官员纷纷点头、低声附和,只右相陶行德一系官员默不作声,均将目光投向上首的陶行德和庄王。

庄王瞄了陶行德一眼,陶行德一时想不出话来驳斥裴琰,情急之下道:"裴相打的倒是如意算盘,难道桓国君臣就是傻子,看不出这和约对他们并不利吗?"

裴琰笑容渐浓:"桓国君臣并不是傻子,他们自有他们的盘算。"

"裴相请说。"

"桓国肯与我朝休战,订此和约,东线退回岐州,而取月落以北,实是意在桐枫河。"

"何解?"

"桓国位处北域,河流稀少,不能保证全国的灌溉用水,所以稍有旱情,便粮食绝收,百姓忍饥挨饿。桓国多年来与我朝的数次战争,细究其根源,还在于争夺水源。此次和约签订后,桐枫河以北我朝再无驻军,桓国可修渠开槽,将桐枫河的水引入其境内,而解多年缺水之忧。"

陶行德冷笑道:"既是如此,那为何裴相还要将桐枫河拱手让人,岂不是白白让桓国得利?"

裴琰微微一笑,从袖中取出一本奏折,躬身递上。内侍取过折子,又奉给皇帝。皇帝展开细阅,脸上逐渐露出赞许的笑容,掩上奏折道:"裴卿好计策! 如此一来,桓国虽得桐枫河水源,却又掣肘于我朝在上游修建的堤堰,妙极!"

裴琰弓腰道:"臣恭请皇上恩准户部向工部拨发工银,征有经验的河工,在桐枫河上游定幽一带选址建造堤堰。"

皇帝笑道:"准了,裴卿就看着办吧,户部、工部一应听其差遣,不得有误。"

裴琰再行礼道:"臣还有一事需奏禀皇上。"

"奏。"

"此番与桓国的和约,实际上是给桓国下了一个圈套。桓国得引桐枫河之水,定会在下游以北修渠开槽、广辟良田。所以我朝要在上游定幽一带建造堤堰一事,需得十分保密,待桓国明春耗费巨力、广开渠槽良田之后再进行此事,其间不得泄露任何风声,以防桓国看穿,不肯上当。"

皇帝面色一肃:"今日所议之事,若有泄密者,诛九族!"

众臣这才知裴琰欲行的竟是郑国渠之计,知兹事重大,忙皆下跪磕头:"臣等谨遵圣谕!"

陶行德与庄王对望一眼,无奈地磕下头去。


裴琰从弘泰殿出来时已近正午,天上云层浓厚,秋风卷起落叶,衣袖生寒。他站在盘龙玉石柱旁,想起方才殿上的一番激辩,忍不住冷冷一笑。

脚步声响,静王悦耳的声音响起:"少君辛苦了!"

裴琰却没有接静王的话,而是微微仰头,望向天空中浓浓的乌云,叹道:"终于起风了!"

静王也眯眼望向天际,轻叹一声:"是啊,希望能下一场大雨,解了南安府的旱情。"他默然片刻,又道,"少君,明月教一事不能再拖了,今日看朝中景况,只怕该教正在京内渗透其势力。"

"是,萧无瑕多年筹谋,定不甘心其根基所在被一分为二,只怕反击手段将会十分激烈,我得尽快把他给找出来,才能安心。"

静王低声道:"那为何少君今日还要在朝堂上公开你建造堤堰之计? 就不怕方才众臣之中有……"

裴琰微微一笑,并不作答,转身拱手:"王爷,我先走一步。后日我母亲四十寿辰,她虽不喜欢热闹张扬,但身为人子,还是得替她操办操办,还望王爷能给几分薄面,拨冗驾临,回头我会命人送上请帖。"

静王讶道:"原来后日是令堂的寿辰,少君怎么不早说,本王也好准备寿礼。届时本王一定亲来给夫人祝寿。"

裴琰再拱拱手,步下台阶而去。

静王望着裴琰远去的身影,正出神间,肩头被人拍了一下,他忙转身行礼道:

"大哥!"

太子圆胖的脸上一抹苦笑:"三弟你也太精了吧,不回头就知道是我。"

静王笑道:"敢直拍我肩膀之人,定是大哥与二哥,二哥这两日正生我的气,是万万不会搭理我的。"

"二弟为何生你的气?"太子嘻嘻一笑,全无长兄风范。

静王苦笑一声:"前日父皇召我与二哥考校功课,夸赞了我两句,二哥心里吃味,看见我就瞪眼睛。"

太子听到"考校功课"四字,打了个寒噤,忙道:"不行,我得赶紧回去准备准备。"说着匆匆而去。

待太子走远,静王方抬起头轻蔑地一笑。


裴琰回到相府,风越发大了,夹着雨点潇潇而下。他一出马车,随从们忙撑起油伞。入正门,过回厅,穿长廊,踏入慎园,正坐在回廊栏杆上的江慈嘻嘻笑着跟了进来。

裴琰并不理会江慈,由侍女们替自己解去披风,换上便服后,在摇椅上躺下,举起一本《清尘集》在眼前细看,悠悠摇摇。四名清丽侍女立于他身后,或捧巾,或端茶,或执拂,或添香。

江慈在心里鄙夷地撇了撇嘴,清清嗓子,走到裴琰椅前,敛衽行了一礼,正容道:"江慈谢过相爷救命之恩。"

裴琰从书后瞥了她一眼,鼻中淡淡嗯了一声,并不说话。

江慈人来熟地搬了张凳子在裴琰身边坐下,侧头看了看他手中的书,脸上绽出灿烂的笑容:"相爷果然有学问,这《清尘集》打死我都是看不进去的。"

裴琰仍然没有理会她,自顾自地看书。

江慈继续和他搭话,他却总是"哦"或者"嗯"一声,并不理她的茬。

侍女进来禀道:"相爷,饭菜备好了。"

裴琰站起身,也不看江慈,往东首偏厅走去。

江慈冲他的背影扬了扬拳头,未及收手,裴琰忽回过头,淡淡道:"既然来了,便一起吃吧。"

"谢相爷!"江慈眉开眼笑地跟了上去。

她一踏入偏厅,见楠木桌的正中间摆着一盘清蒸蟹,忽觉浑身发痒,腹中也似有些疼痛,又见裴琰正含笑望着自己,忙摆手道:"相爷,我不饿,来这里之前已经吃饱了,我还是服侍您用膳吧。"

裴琰笑了笑,落座道:"都出去吧。"

侍女们齐应一声,退了出去。

裴琰见江慈愣在原地,抬头道:"不是说要服侍我用膳吗,怎么还愣着?哦,那夜说要留在我相府为奴为婢,以身相报,原来都是假话。"

江慈面上堆笑,握起银箸递到裴琰手心,又替他舀了碗汤,放在他面前,不料汤盛得太满,她手一抖,汤碗歪了一下。眼见汤水荡出瓷碗,溅到裴琰的外袍上,她忙取过丝巾俯身替他擦拭,边拭边道:"江慈乃乡间粗野丫头,不懂得服侍人,相爷千万莫怪。"

裴琰淡淡一笑,放下手中银箸,猛然起身,用肘尖顶住江慈咽喉,将她顶到旁边的柱子上。江慈"啊"地惊呼一声,急切下右脚踢出,却被裴琰抬膝顶住,动弹不得。

江慈大怒,脱口骂道:"死大闸蟹,你休想我替你听声认人!"

裴琰一愣,转而大笑。他顶住江慈不放,悠悠道:"你倒是不笨,知道现在只有替我听声认人才是唯一活路。"

江慈冷冷道:"裴相爷,请把你的蟹爪子拿开些。"

裴琰笑道:"江姑娘不知道吗?螃蟹的钳子若是夹住了什么东西,是绝对不会轻易松开的。"

江慈冲裴琰笑了笑:"相爷,我好像有件事情没有告诉过你。"

"何事啊?"

江慈笑眯眯地侧头掏了掏耳朵:"本姑娘呢,耳朵有时不大好使,不能保证自己一定能认出那人的声音,说不好就会认错人,万一把什么王爷啊侯爷啊误认成什么教主,那罪过可就大了!"

"是吗?"裴琰轻哼一声,肘尖忽然用力,江慈痛呼一声。

裴琰看着她痛楚的神情,笑道:"江姑娘想必是不了解本相爷,本相爷呢,从不打没有把握之仗,所以是绝不会让你认错人的。"

他松开右肘,江慈刚要挺直身躯,却又被裴琰扼住咽喉,嘴唇大张时被他塞入一粒药丸,入口冰凉即化,顺喉而下。江慈闻到这药丸有一股铁腥气,知是炼制毒药必需的铁腥草,情急下俯身呕吐。

裴琰笑道:"没用的,这是我长风山庄秘制毒药,入喉即溶,大约三个月后发作,这世上只有本相爷才有解药。"

他回到座位,慢条斯理地夹了筷麂肉放在口中细嚼,见江慈握着咽喉,愤愤地瞪着自己,面容一肃,冷声道:"听着,我已令人放出风声,说你毒发身亡,好让那人放松警惕。后日府中会为母亲举办寿宴,凡是我认识的达官贵人都会前来祝寿。到时会有人替你化装易容,你就跟在我身后,细心分辨每个人的声音,不得离我左右。你若是敢玩什么花样,我能放过你,这毒药可是不会放过你。"

江慈瞪着他道:"那如果他不来呢?"

裴琰冷哼一声:"敢不来参加我相府寿宴的人少之又少,那我就把排查目标放在这不来的几个人身上,还怕找不出他来吗?"

江慈冷冷地看了裴琰一眼,不再说话,低头走向屋外,右脚刚踏过门槛,忽听裴琰又道:"站住!"

江慈顿住脚步,并不回头,裴琰淡淡道:"从今日起,你去西园服侍子明,他那里正没有丫头。别说是我派你去的,就说是你自愿的,以报他救命之恩。没有我的命令,你不得踏出西园一步。等你认了人,将子明服侍好了,我再考虑为你解毒。"

江慈用力顿了顿右足,甩门而去。裴琰望着她的背影,轻声冷笑:"野丫头,真当我这相府是让你胡来的地方吗?"


这场秋雨直下到黄昏才慢慢止住,灯昏雾涌、夜幕轻垂时,崔亮方面带疲倦地回到西园。甫踏入院门,他便一愣。只见屋内灯烛通明,还隐隐飘来江慈哼唱戏曲的声音。

江慈见他进来,笑道:"崔大哥,怎么这么晚才回来?"说着便来替他解去披风。

崔亮走进内室,换过便服才走了出来:"小慈,你怎么会在这里?"

"我闷得无聊,听安华说你这处没人服侍。崔大哥是我的救命恩人,我就想着来为你做点事,否则我这心里可是十分过意不去。"江慈边说边动作麻利地倒出铜壶中的热水,替崔亮拧来热巾。

崔亮望着她的笑脸,怔然片刻,将脸埋在热巾中,良久方抬起头微笑道:"小慈,真用不着。我习惯了一个人住,若是要人服侍,相爷自会派过来的。"

"我闲着也是闲着,只要崔大哥不嫌弃我就好。对了,崔大哥,你怎么回来得这么晚? 前段,我看你很清闲的,礼部撰录处这段时日很忙吗?"

"我没在礼部,到宫中方书处当差了。"

"方书处? 是做什么的? 俸禄是不是比礼部高很多? 那么早去,这么晚才回,总得多些俸禄才好。"

崔亮淡淡道:"是替朝廷整理奏章、档案、图书以及地方上报材料的闲散部门,俸禄比礼部稍高些,倒也不是很辛苦,只是这段时间会有些忙。"

说话间江慈已摆好碗筷,笑道:"崔大哥,来,试试我的手艺。"

崔亮看着桌上玲珑别致的菜肴,讶道:"这都是你做的?"

江慈点点头:"是啊,我的厨艺可是方圆十里都有名的,不然邓大婶她们才不会对我那么好,日日有好吃的鲜果瓜蔬送给我,就想着我心情好时为她们整上一桌。"

二人正说话间,一人施施然步入房来。

崔亮转头笑道:"相爷来得正是时候,我正想和相爷喝上几杯呢。"

裴琰此时换了浅紫色丝质秋衫,外罩乌色纱衣,腰系青丝碧玉绦,浑身的风流文雅,满脸的清俊出尘。他微笑着在桌旁坐下,看了眼桌上的饭菜,摇了摇头:"回头我得让裴阳问问厨房的丫头们,是不是贪慕子明的人品,你这西园的菜式,做得比我慎园的可好多了。"

"相爷说笑,这是小慈做的。"

裴琰睨了一眼已端开碗筷、默默坐在门槛上埋头吃饭的江慈:"是吗? 江姑娘还有这等手艺,真看不出来,倒是服侍人的好本事。是吧,江姑娘?"

江慈坐在门槛上，并不回头，闷闷地应了一声。

崔亮不明白二人之间的过节，却也觉有些异样，忙岔开道："小慈，劳烦你去拿碗筷和酒盏过来。"

江慈站起身，将饭碗往桌上一蹾："相爷，实是不好意思，我没料到您会大驾光临，这饭菜呢，只备了两个人的份。再说了，这相府中等着巴结、服侍相爷的人，排起队来，要排到相府后街的乌龟阁去，相爷还是去别处吃吧。"

崔亮大笑道："小慈胡说，什么乌龟阁，那是乌旬阁，取自'霞飞潮生掩金乌，望断天涯叹岁旬'，与城南的霞望亭相对应。此绝句正是相爷的佳作，快莫认错了。"

江慈向崔亮甜甜一笑："原来是个'旬'字，我将它与'乌'字连在一起，看成一只大乌龟了！"说着瞟了瞟裴琰身上的乌色罩衫。

裴琰却笑得十分欢畅："原来江姑娘还有认错字的时候，我以为你只会有吃错东西的时候呢！"

江慈一噎，知道图一时口舌之快，与这笑面虎斗下去没什么好处，只得转身到小厨房取过碗筷酒杯，替二人斟满酒，走到院中，在青石凳上坐了下来。

她双手撑在凳上，双足悠悠荡荡，望着黑沉夜空中的几点星光。这一刻，她浓烈地思念起师叔、师姐，还有邓家寨的老老小小。她眼眶渐渐湿润。以前在邓家寨时，一心想看外面的天地，总是想着偷偷溜下山，摆脱师姐的约束。及至真正踏入江湖，一人孤身游荡，特别是被卷入这官场与武林的风波之中，命在旦夕，遇到的不是追杀便是算计，方深切体味到了人心险恶、世事艰难。

也许，自下山以来遇到的人，只有崔大哥才是真心对自己好的吧？若是能顺利解毒，还是尽早回去吧，师姐肯定担心死了。这江湖、这天下，终究只有那里才是自己的家。

此时已是深秋，日间又下过一场秋雨，院中寒夜甚浓。江慈渐感肌肤沁凉，刚要站起，脚步声轻响，崔亮在她身边坐了下来，温声问道："小慈是不是有心事？"

江慈垂下头，闷声道："没有，就是想家了。"

"哦。等相爷替你将那明月教教主的事情了结，你便可以回家了。"崔亮劝慰道。

江慈不欲崔亮再就此事说下去，抬头望了一眼屋内："大闸蟹，不，相爷走了？这么快？"

"嗯，相爷忙，后日又是夫人的寿辰，许多事需要他拿主意。届时还会请来揽月楼的戏班子，小慈你又可以见到素大姐了。"

想到素烟，江慈心情好转，望向身上浅绯色的衣裙，笑道："妙极，我正想着将这衣衫还给她呢。"

讲起衣衫，她忽然想起那日在揽月楼装醉时听到的那两个侍女的对话，再联想起之前大闸蟹与静王的交谈，好奇心起，侧头问道："崔大哥，那三郎是什么人？"

崔亮愕然良久，方缓缓道："你问这个做什么？"

江慈嘻嘻一笑："没什么，就是好奇。想知道素烟姐姐仰慕的人是什么样子，将来也好替素烟姐姐拉拉红线、做做媒什么的。"

崔亮纵知江慈是江湖中人，不同于一般闺阁女子，却也未料她说话如此大胆，半晌方道："切不可乱来，素大姐虽和三郎关系还不错，但这样的话可千万莫提。"

"为什么？"

崔亮不知该如何措辞，想了片刻道："三郎是光明司的指挥使——卫昭卫大人，人称'卫三郎'。但人们皆只是在背后如此相称，能当面直呼他'三郎'的，只有皇上、太子、两位王爷和两位相爷，其余人若是直呼其'三郎'，只怕连怎么死的都不知道。"

江慈打了个寒噤："这么可怕？难道得罪他的人统统必死无疑？他也只不过是个指挥使嘛，难道还能大过王法吗？"

崔亮想起后日相府寿宴，卫昭定会出席，若是江慈不知天高地厚得罪了他，实是后患无穷，遂正容道："小慈，那卫昭武功高强、心狠手辣，且性格暴戾、喜怒无常。他极受皇上恩宠，被委以光明司指挥使一职，既负皇宫守卫之责，又可暗察朝中所有官吏，直达天听。其官阶虽低，不能上殿参政，但实权甚大，乃朝中第一炙手可热的红人，就是相爷也不敢轻易得罪他。你若是见到他就绕道走，千万不要去招惹他。"

"原来世上还有让大闸……啊不，让相爷害怕的人啊，我倒真想看看他长什么模样。"

"他的模样,你不见也罢。"崔亮苦笑一声,低声道。

江慈更是好奇:"崔大哥快说说,他长什么模样,想来定是一表人才。"

崔亮见江慈这般口无遮拦,心中暗叹,低声吟道:"西宫有梧桐,引来凤凰栖;凤凰一点头,晓月舞清风;凤凰二点头,流云卷霞红;凤凰三点头,倾国又倾城;凤兮凤兮,奈何不乐君之容!"

吟罢,崔亮低声道:"这首民谣,吟唱的就是三郎之姿容,只是……"沉默了一会儿,他站起身来,"时候也不早了,你早些回去歇着吧。"

江慈仰头笑道:"崔大哥,我住在你这西园,好不好?"

"小慈,你我男女有别,这……"崔亮一愣。

江慈揪住他的衣袖摇道:"崔大哥,安华是相爷派来监视我的,我的一举一动她都会向安澄报告。和她住一起,我睡不好也吃不香。你就让我住你这里吧,再在那院子住下去,我怕我会憋死。"

崔亮轻轻扯出衣袖,片刻后轻声道:"好吧,你睡西厢房,那里被褥都是现成的。"

江慈大喜:"谢谢崔大哥,那我收拾碗筷去了。"说完一溜烟地往屋内钻去。

崔亮看着她灵动的身影,呆立原地,良久,闭上双眼,右手握拳,在肩头猛捶了一下,方举步入屋。

# 第七章
## 相府寿宴

十月初八，夜，左相府，裴琰之母四十寿辰，大宴宾客。

这日天气甚好，惠风和畅、秋阳融融。相府侧门前早搭起了大戏棚，鼓乐声喧。由于正宴设于晚间，故从正午到日落时分，并无宾客前来，只戏班子在戏台上不停上演戏曲，引得京城百姓纷至沓来，争相一睹寿宴盛况。

为表喜庆，日暮后，相府内外张灯结彩，还有上百侍从手执火把排列府门左右，形成一条长长的火龙。府内穿梭的侍女们则手持莲花宫灯，灯烛辉煌、照彻霄汉，伴着锣鼓笙箫、歌舞升平，说不尽的富贵风流。

申时，江慈便被几名长风卫"押"到了相府后园一处僻静的厢房内。她噘着嘴踏入房中，安华笑着迎上来："江姑娘！"

江慈往绣凳上大剌剌一坐，扬起下巴道："来吧！"

安华微笑道："奴婢岂有那等手艺替江姑娘化装易容，得请玉面千容苏婆婆出马才行。"

江慈曾听师叔提起过"玉面千容"的名号，好奇道："玉面千容苏婆婆也在京城？你家相爷把她给请来了？"

"这世上还有我家相爷请不动的人吗？"

二人说话间，厢房门被推开，一名长风卫引着一身形佝偻、鬓发花白的老妇进来。安华迎上前道:"苏婆婆!"

江慈见那苏婆婆甚是老迈,腿脚还有些不利索,不由得有些失望。苏婆婆似是能读懂她的心思,半闭着的眼睛忽地望过来,惊得江慈一激灵,这才相信这位苏婆婆并非普通老妇。

长风卫退至屋外,苏婆婆自挽着的竹篮中取出各式易妆之物,有水粉胭脂、描笔画炭,还有赭泥白粉。她慢条斯理地将篮中所有物什一一取出,又低头找了片刻,翻出一条丝巾来,轻咦一声:"怎么不见了?这可有点糟糕。"

安华坐在一旁监视守卫,听苏婆婆如此说,忙快步过来:"怎么了?可是忘带了什么?"

苏婆婆将手中丝巾举到安华面前,有气无力道:"你看这丝巾……"

她话未说完,安华打了个大大的呵欠,身子一软,竟倒在了地上。

苏婆婆阴森森一笑,蹲下去将那丝巾罩在安华面上,又站起来望着江慈。江慈看得目瞪口呆,等反应过来大事不妙,苏婆婆已出手如风,点住了她的穴道。

江慈瞪着苏婆婆,只见她笑着从怀中掏出一个瓷瓶,倒出数粒药丸放于手心。

江慈叫苦不迭,心中直纳闷为何自己今年衰运当头,不但与树结仇,还与毒药有了不解之缘,恨只恨不该贪一时之快,上错了一棵树。

苏婆婆见她眼中隐露恐惧与气愤,越发得意,却不笑出声来,伸手托住江慈下巴,将药丸塞入她口中,在她喉部一托一抹,药丸顺喉而下,江慈绝望地闭上了双眼。

苏婆婆轻笑一声,凑到江慈耳边轻声道:"乖孩子,别怕,这毒药不是即刻夺你性命的,只需每个月服一次解药,便不会毒发身亡。只要你乖乖地听话,自会有人每月给你送来解药。"

江慈一喜,睁开眼来。苏婆婆又道:"裴琰是想让你替他听声认人吧?"

江慈忙点了点头。

"你听着,等会儿呢,那人是一定会出席寿宴的。你若是想保住小命,就不得将他的真实身份告诉裴琰,你即使听出了他的声音,认出他来,也要装作若无其事。若是裴琰问起,也绝不能承认你所见的假面人就是他。"

江慈点了点头，又摇了摇头。

苏婆婆似是知道她心中所想，道："你放心，他自会想办法令一些官员无法出席此次寿宴，裴琰就会疑心到那些人身上，而不会怀疑你了。"

江慈点了点头，又摇了摇头。

苏婆婆轻声道："今夜之后，裴琰肯定会带你去一一辨认这些官员的声音。但他们呢，要么家里会出点小状况，告假还乡，要么会有些小伤风或者咽喉疾病，你就只说听不清楚。再过段日子，你说记忆模糊，不能确定，尽量干扰裴琰就是。"

江慈心中暗咒不已，满面委屈地点了点头。

苏婆婆满意地笑了笑，解开江慈的穴道，摸了摸她的头："真是乖孩子，婆婆最喜欢你这样听话的孩子了。"

她俯下身，将安华扶起，让其站直，取下她面上丝巾，右手中指轻轻一弹。安华身躯轻震，睁开双眼，晃了晃头，以为自己只是一下子眼花了，仍道："婆婆，是不是忘带什么了？"

苏婆婆从桌上拿起一个瓷瓶，笑道："找着了，原本是用这丝巾包着的，我还以为忘带了，原来是掉出来了。"

安华微微一笑，又退后几步，坐在椅中细观苏婆婆替江慈化装易容。


左相府此次寿宴虽仅筹划了数日，却也规模空前，冠盖云集。京城文武百官、皇亲贵胄都在被邀之列。从日落时分起，相府门前华盖旌旗，香车宝马，络绎不绝。众宾客在相府知客的唱礼声中由东门而入，鲜衣仆人在旁引领，将众宾客引入正园。正园内设了近五十桌，另有四主桌设于正厅之内，自然是用来款待朝中重臣和皇室宗亲的。

正园中此时菊花盛开，亭台茂盛，灯树遍立，丝竹悦耳，满园的富贵奢靡。

由于裴相之母素喜清静，且鲜少抛头露面，故应酬宾客事务皆由裴相亲自主持。是夜，裴琰一袭深紫色秋衣，绣滚蟒金边，腰缠玉带，光彩照人，举手投足从容优雅，风流俊秀更胜平日。

江慈被易容成一个面目黝黑、粗眉大眼的小厮，想起体内有一猫一蟹喂下的两种毒药,恨不得将这二人清蒸红烧油炸火烤再吃落肚中才好,但当此时,也只得不露声色、面无表情地跟在裴琰身后,细心辨听着众宾客的声音。

不过她恨归恨,却也在心中暗赞这一猫一蟹皆非常人:大闸蟹想出大摆寿宴、听声辨人的妙计,没脸猫则顺水推舟,将计就计,以毒药来要挟自己,然后他再大摇大摆出现,既打消裴琰的疑心,又将裴琰的注意力引向未曾出席寿宴的官员,实是一箭双雕。只是这二人斗得你死我活,却害得自己身中双毒,眼下只能活一天算一天,这条小命也不知最终能否幸存,若真是呜呼哀哉,去与师父团聚,也是无可奈何之事。

她胡思乱想之际,宾客们已依次向裴琰行礼,并祷颂裴氏夫人福寿延绵、富贵永世。裴琰向众宾客一一还礼,面上始终保持着谦和的微笑,与每人都交谈上几句,礼数周到至极。许多官员也抓住这难得的机会谄媚一番。

相府所收之贺礼摆满礼厅,宝光耀目,只有清流一派和一些以廉洁、不结党附贵之名著称的中间官员送得较为寒酸。龙图阁大学士、太子的岳丈,绰号"董顽石"的董方董学士,更是未出席寿宴,只差人送来一幅自书的字画,上书四个大字"清正廉明",着实让司礼尴尬了好一阵。

待所有宾客依次入了席,江慈仍没有听到那耳熟的声音。见裴琰凌厉的眼神不时扫过自己,她只得微微摇头。裴琰见还有十余人未到,便按捺心思,耐心等候。

再等片刻,庄王与静王前后脚赶到,裴琰迎出正门,将二位王爷引至正厅坐定,笑着寒暄数句,忽听得园外知客大声唤道:"太子殿下驾到!"

裴琰一愣,未料太子也会亲临为母亲祝寿。他广宴宾客,却未邀请太子,毕竟太子乃储君,与自己又素无交往,庄王与静王可邀,太子却是不能相邀的。他忙赶出府门,下跪行礼。太子将他扶起,笑道:"这又不是在宫中,少君不必多礼。"

裴琰弓腰道:"太子亲临为臣母祝寿,臣惶恐。"

太子负手往府内行去,一边走一边东张西望:"孤早听人说,京城之中,少君与三郎的府第皆是一绝,今日一见,果然名不虚传。"

裴琰笑着引路,说话间二人已步入正园,见太子入园,园内黑压压跪落一地。

太子笑道："都起来吧,今日是裴相家的寿宴,孤只是来看看热闹,大家不必拘礼,若是太拘束,就不好玩了!"

文武百官素知这位太子生性随和,还有些懦弱,身子板似乎也不是很好,常年窝在东宫,与妃嫔们嬉戏。圣上令其当差,十件事倒有九件办砸了的,若不是其岳丈董大学士数次替其收拾残局,说不定早已被圣上废位夺号。

坊间更有传言,圣上早有废储之心,要在庄王与静王之中择贤而立。朝廷近年来渐渐形成了拥护庄王与拥护静王的两个派系,两派之间的明争暗斗愈演愈烈,百官更是削尖了脑袋来揣测圣意,好决定投向哪一派,以保自己他日的锦绣前程。

众人各怀心思,哄笑着站起身来。太子十分欢喜,步入正厅,坐于首位,与庄王、静王及右相等人谈笑风生,毫不拘礼。

裴琰见还有十余人未曾到场,而这十余人中既有自己与静王这一系的人,又有庄王与右相那一系的官员,其中更有一位关键人物。正暗忖之际,忽然听到宫中司礼太监吴总管那熟悉的尖细声音:"圣旨下——"

太子忙站起身,诸宾客也都纷纷跪伏于地。吴总管带着数名太监满面带笑踏入园中,展开手中圣旨,高声道:"裴琰听旨!"

侍从们迅速抬过香案,裴琰撩襟下跪:"臣裴琰,恭聆圣谕!"

"奉天承运,皇帝诏曰:左相裴琰之母、裴门容氏禀柔成性,蕴粹含章,守节贞静,堪为表范。今册封其为容国夫人,享朝廷一品诰命荣禄,并赐和田美玉一方、定海红珊一株、翡翠玉蝶一对。钦此!"

众宾客面面相觑。裴氏夫人在外并无声名,皇帝看在裴相面上下旨封诰,并赐这价值连城的御物,倒也不为过,只是为何又不宣其接旨,只令裴相代接,实是有些令人摸不着头脑。更有那等官员想道:皇帝这般恩宠于裴相,难道静王一系要在夺嫡之战中胜出了吗?

裴琰拜伏于地,众人看不到他的神情,片刻后方听到他轻声道:"臣谢主隆恩!"

吴总管将圣旨递给裴琰,笑道:"圣上对裴相可是恩赏有加,裴相切莫辜负圣恩才是。"他拱拱手道,"宫中事忙,这就告辞!"

裴琰与这吴总管向来交好，忙道："我送公公。"

二人相视一笑，正要提步，园外知客的声音高入云霄："光明司指挥使卫大人到！"

江慈一直紧跟着裴琰，见那人还未现身，颇有些心猿意马。忽听知客报卫三郎驾到，精神为之一振，扯长脖子向正园门口望去。偏裴琰此时挡在她的身前，他又高出她许多，她只得向右踏出两步，一心期待看到这位以凤凰之名享誉京都的卫昭卫三郎。

正扯长脖子相望时，她忽觉周遭的气氛有些异样，忍不住侧头看了看。只见园中诸人皆屏息敛气、目不转睛地望着门口，戏台上鼓乐皆停、戏曲顿歇。一时正园之中鸦雀无声，人人脸上的神情带着几分期待、几分兴奋，又夹杂着几分鄙夷、几分畏惧，暧昧难言。

江慈正啧啧称奇，却听得一个熟悉的笑声钻入耳中："卫昭来迟，少君莫怪！"

江慈正转头望向园门，被这噩梦般的声音吓得一哆嗦，咔嚓轻响，脖筋剧痛，竟已扭了脖子。她总算保持着一份清醒，没有惊呼出声，硬生生将头转正，忍着颈间剧痛，控制住狂烈的心跳，以免被裴琰瞧出端倪。

剧痛与震惊让江慈的目光稍稍有些模糊，片刻后才见灯烛辉煌下，一个白色的身影飘然步入正园。那人缓步行来，灯烛映得他整个人美如冠玉，皎若雪莲。他如黑缎般的长发仅用一根碧玉簪轻轻簪住，碧玉乌发下，肤似寒冰，眉如墨裁，鼻挺秀峰，唇点桃夭。但最让人移不开视线的，却是他那双如黑宝石般闪耀的眼眸，流盼之间姿媚隐生，顾望之际夺人心魂。

他由园门飘然行近，白衫迎风。那抹白色衬得他像天神一般圣洁，但衣衫鼓动如烈焰燃烧，又似从鬼域中步出的修罗。

夜风突盛，卷起数朵红菊，扑上他的衣袂，宛如妖红盛开于雪野，魅惑难言。这一刹那，园中诸人皆暗吸了一口气，又静默无声。他似是明了众人所想，停住脚步，眼波一扫，冷冽如霜，竟让园中大部分人悄然垂下头去。

裴琰笑着迎上前："三郎肯赏面光临，真是喜煞裴琰。"

吴总管向卫昭弓腰行礼，卫昭微微点头。吴总管再向裴琰拱拱手，出园而去。

卫昭嘴角含笑，眼神似有意似无意地掠过裴琰身后的江慈，道："少君高堂寿宴,卫昭岂有不到之理,只因一点点小事耽搁,来迟一刻,少君莫怪。"

裴琰连称岂敢,微微侧身,引卫昭入正厅。转身之间望向身后的江慈,江慈面无表情,随着他和卫昭往正厅行去。

卫昭甫一踏入正厅,庄王已笑着站起:"三郎坐我这儿来。"

静王眉头稍皱,转瞬又舒展开来。

太子圆脸上始终挂着亲切的微笑,卫昭未向他行礼,他也浑不着恼。

卫昭刚要落座,席上一人却忽然站起身来,轻哼一声,袍袖劲拂,往旁边一桌行去。庄王有些尴尬,卫昭眼波一扫,嘴角勾起近乎邪魅的笑容,落座道:"这桌去了瓶河西老醋,倒也清爽。"

裴琰见拂袖离席的乃龙图阁大学士殷士林,河西人氏。此人为清流派中流砥柱,虽无实权,却声蜚朝野,清誉极高。遂转到卫昭身边,执起酒壶,替卫昭斟满面前酒杯,笑道:"大家都说要等三郎来了才开席,三郎迟到,可得自罚三杯!"

卫昭靠上椅背,斜睨着裴琰,眼中波光流转:"看来少君今夜是非将我灌醉不可——我喝可以,总得先敬过圣上才行。"

裴琰拍了拍额头,忙趋到太子身旁,请太子离座。众宾客纷纷起身,举杯遥祝圣上万岁,又敬太子永康,裴琰再致谢词,众人方闹哄哄归座。

仆从川流不息地将热腾腾的肴馔摆上酒桌,戏台上也重起笙箫,园内彩声大作、觥筹交错,裴府寿宴就此正式开始。


江慈立于裴琰身后,不时看向坐在他身侧的卫昭。此时,她立他坐,她正好看到他俊秀绝美的侧面。他一低首、一偏头间,长长的睫毛微微颤抖,耀目的瞳仁里闪动着的是复杂的光芒,或浅笑,或讥诮,或冷傲,或魅惑。偶尔那目光冷冷扫过席间众人,透着的是一种深深的厌倦和狠厉。

江慈好似又回到了长风山庄前的那棵大树上。那夜,当桓国使臣叙述月落往事时,他笑声冷冽沉痛。

究竟哪个才是真实的他? 是那个癫狂狠辣的杀手,还是眼前这个声势煊赫的光明司指挥使卫昭卫三郎?

她原本还寄希望于明月教教主是一小小官吏，看能不能让裴琰设法将他拿下，逼取解药。可万万没有想到，一直对自己狠下毒手、让裴琰欲得之而后快的明月教教主竟是传说中的凤凰卫三郎。

看裴琰及众人对他的态度，便知他权势极大，自己纵指认他是明月教教主，可在没有其他证据的情况下，裴琰能对付得了他吗？若是一个月内不能将其拿下，自己又如何得保性命？只是——他既是这般权势、这般人才，为何又是那般身份，要行那等激烈之事呢？他秀美绝伦的外表下，妖魅孤绝的笑容背后，藏着的是怎样的怨恨与悲凉？


席间哄然大笑，却是裴琰输了酒令，被庄王把住右臂狠灌了三杯。他笑着将一朵墨菊别于耳鬓："今日可上了王爷的当，要做这簪花之人。"

太子拍桌笑道："簪花好，少君可莫做摧花之人，这京城各位大人家的鲜花还等着少君去摘呢。"

众人听太子言语轻浮，举止毫不得体，不禁心中鄙夷，面上却连连附和。

裴琰指着卫昭笑道："三郎也该罚，我亲见他将令签和庄王爷暗换了，偏没抓到现行，倒冤枉要喝这三杯！"

卫昭只是嘴角轻弯，却不言语。

庄王板起脸道："少君诬陷我与三郎，更该罚！"

裴琰来了兴致："这回我非要寻到花园不可。可是在陶相手中？"

右相陶行德一笑，展开手中令签："我这处是石径，少君可曲径通幽，却是不能寻到花园了，再罚三杯！"

庄王大笑，再灌了裴琰三杯，裴琰无奈，只得杯到酒干。又不时有官员过来向他敬酒，他渐感有些燥热，将领口稍稍拉松。烛光照映下，他颈间微微泛起薄红，衬着那永远笑意腾腾的黑亮双眸，与卫昭坐在一起，风神各异、轩轾难分，让园中大部分人的目光不时往这桌扫来。

弦月渐升，贺酒、猜令、笑闹声逐渐在江慈的耳中淡去，她清晰地听到戏台上传来的月琴声，一段前音过后，素烟歌喉婉转而起，唱的是一出《满堂笏》。

江慈望向戏台，素烟着大红戏服，妆容妩媚，伴着欢快的琴音鼓点、喜庆的唱词，本该是欢欣无比，但江慈却自她面上看到一抹讥讽的笑容，仿佛她在居高临下地看着这满园富贵，冷冷地嘲笑着这满堂圭笏。

江慈又将目光转向身前的裴琰与卫昭。这生死相搏的二人，一人笑如春风，一人美若春柳，柳随风动，风动柳梢，究竟是风吹动了柳，还是柳惊动了风？

可是，这一切又与自己有何相关呢？

江慈静静地站着，人生头一次，她对戏曲、对酒宴，觉得索然无味。


裴阳走近，俯身在裴琰耳边轻轻说了几句话，裴琰似是一惊，抬起头来。裴阳又将右手遮掩着伸到裴琰面前，裴琰低头一望，猛然站起。

他奔出数步，又停下来，转身向太子行礼道："殿下，臣失陪片刻。"

众人惊讶不已，不知发生了何事，皆带着疑问的眼神望着裴琰，就连远处宴席上的宾客也纷纷望向正厅。

裴琰却似视而不见，大步向园外走去。江慈迟疑一瞬，想起之前他吩咐今夜不得离他左右，便跟了上去。

她经过卫昭身边，卫昭正好拈起先前裴琰簪过的那朵墨菊。他邪魅的面上似笑非笑，掌心忽起劲风，将那墨菊一卷一扬，卷至江慈面前。江慈一愣，那朵墨菊在空中猛然迸开，花瓣四散冉冉飞落，宛如地狱中的流火，直嵌入她的心底。

江慈压下内心的恐惧，不敢再望向卫昭，快步跟出府门。只见裴琰正命裴阳领着府门前的所有侍从退入府中。不多时，府门前便只余他与江慈，及门前大道上静静停着的一辆华盖马车。

裴琰回头看了看江慈，迟疑了一下，快步走下台阶，趋到马车前，轻轻说了句话。车帘轻掀，江慈探头想看清马车内是何人物，不料牵动了脖子，疼得龇牙咧嘴。裴琰躬身上前，与马车内的人以极轻的声音交谈了数句。车夫一跃而下，将马鞭递给裴琰。裴琰用手笼住乌骓辔头，竟赶着这马车往相府东边侧门方向行去。江慈心中惊疑，忙也跟了上去。裴琰见她跟上，凌厉的眼神盯着她看了一眼，终未说话。不多时，马车行至相府东侧门，裴琰停住马车，转身弓腰轻掀车帘，一人步下车来。

此时相府门前侍从尽撤,灯烛全无。黑暗之中,江慈看不清那人面貌,只见他身形较高,举手投足间自有一股说不出的雍容威严的气势。

裴琰在前引路,领着这人往府内行去,二人皆不说话。江慈见裴琰没有发话让自己离开,也只得跟在二人身后,沿东园过回廊,穿花径,迈曲桥,不多时到了一月洞圆门前。

那月洞门侧悬着一盏宫灯,江慈抬头望去,只见圆门上行书二字——蝶园。

此时灯光照映,江慈也看清那人身穿深紫色长袍。他背对江慈,负手立于园门前,长久地凝望着"蝶园"二字,轻轻叹了口气。

裴琰束手立于一旁,轻声道:"就是这里。"

紫袍人默然半晌,道:"前面带路。"

裴琰应声"是",带着那人踏入园中,江慈依然跟了上去。

园内,菊香四溢,藤萝生凉。三人穿过一道长长的回廊,便到了正房门前。

裴琰弓腰道:"我先去禀报一下。"

紫袍人轻嗯一声,裴琰扫了江慈一眼,进屋而去。不多时,屋内退出十余名侍女,低着头快步退出园门。

裴琰踏出正房门,恭声道:"母亲请您进去。"

紫袍人静默片刻,道:"你在外面等着。"说完缓步迈入房中。

待紫袍人迈入房中,脚步声慢慢淡去,裴琰方带着江慈轻步退出蝶园,在园外的一处小荷塘边停住脚步。

此时,月光隐隐、星辉淡淡,荷塘边静谧无声,只夜风偶尔送来远处正园子喧闹的丝竹歌舞之音。裴琰负手而立,长久凝望着身前的这一池枯荷,默然不语。

他的领口依旧有些低松,月光洒在那处,仍可见微醉的潮红。过得一刻,他似是有些酒意上涌,再将衣领拉松些,在荷塘边的一块大石上坐了下来。

江慈颇觉奇怪,也感到此时的裴琰与以往任何时候都大不相同。只见他眼神严峻,脸沉如水,全然没有往日的温雅和煦、周到玲珑。

正园那边再飘来一阵哄笑,裴琰忽然冷冷笑了笑,右手握拳,用力在大石上捶了一下,惊得江慈一哆嗦。裴琰似是这才醒觉尚有人在自己身侧,转过头看了江慈一眼。夜风吹过,江慈闻到一股浓烈的酒气,知他先前被众宾客敬酒过多,这时经风一吹,怕是要醉了。

见只有自己一人在他身侧,江慈没来由得有些害怕,轻声道:"相爷,要不要我去找人弄点醒酒汤来?"

裴琰盯着她看了片刻,眼神迷离,似乎还没认出她来,良久方转过头去。又过片刻,他拍了拍身侧巨石。江慈愣了一下,半晌方明裴琰之意。此时二人单独相处,她不敢像以前那样与他顶撞,迟疑片刻,慢慢挪到他身边坐下。只觉今夜一切诡异至极,纵是胆大如她,心也怦怦剧跳。

裴琰仰面望着夜空中的一弯冷月,鼻息渐重,忽然问道:"你是个孤儿?"

江慈低头道:"是。"

"是你师父把你养大的?"

"嗯。"

"你师父对你好不好? 会不会骂你、打你,或是不管你怎么努力也对你不理不睬?"

江慈被他这一连串的问题勾起了对师父的思念之情,抬头望着前面的一池枯荷,望着荷塘上轻笼的夜雾,摇头道:"师父对我很好,从来不打我骂我,也没有不理我。她把我当亲生女儿一般,我十岁之前都是师父抱在怀里睡的。"

想起撒手而去的师父,想起那温暖的邓家寨及正挂念着自己的师姐,江慈不禁心酸不已,语带哽咽。

裴琰默默听着,又转过头来望着江慈,见她扁着嘴巴,眼中隐有泪花,不禁呵呵一笑:"哭什么,你命这么好,应该笑才是。你可知这世上有人一生下来就从没被父亲抱过、没被母亲疼过,也没有一个像你师父那么好的师父。"

江慈低低道:"可是我师父,一年前去世了。"

裴琰身躯后仰,倒于巨石之上,闭上双眼,轻声道:"死了好,死了就没这么多烦恼了。"

江慈恼怒地哼了一声。

裴琰双手覆上面颊,猛然搓了数下,闷声道:"你不要气恼,人生一世,生老病死是正常的。怕只怕不知道为何而生，为何而苦，又为何而死。"

江慈正在伤感之中，也没听明白他的意思，加上今夜他的言行太过蹊跷，便没有接话。

裴琰躺于巨石之上，望向头顶苍穹，良久又道："你真的不知道自己的生身父母是什么人吗?"

江慈摇了摇头："不知道，师父也不知道。若是知道，她去世之前一定会告诉我的。"

"那你会不会总想着自己的亲生父母到底是谁?"

江慈沉默片刻，微微一笑："不想。"

"为什么?"裴琰坐了起来。

江慈并不看他，而是望向远处，轻声道："想又有什么用，反正是找不到他们的。师父跟我说过，我又不是为了他们而活，我只管过好我自己的日子就是了。"

裴琰愣住，良久方笑了笑："你倒是想得开，有些人想这个问题想了十多年，都没你这么明白。"

江慈越来越觉得怪异，知裴琰醉意渐浓，偏此时四周再无他人。她屡次受他欺压，不敢过分与他接近，遂稍挪开些身子。

裴琰没有察觉，像是诉说，又似是自言自语："你说，一个人，一生下来为了一个虚无的目标而努力活着，活了二十多年，到最后却又发现这个目标是假的。你说，这个人可不可怜?"

江慈不由得好奇道："谁啊？是挺可怜的。"

裴琰一愣，转瞬躺回石上大笑，笑过后将双手覆于面上，不再言语。

江慈渐渐有些明白，望着躺在石上的裴琰，脑中却忽然浮现出另一个俊美的面容。这二人光鲜照人的外表下，藏着多少不为人知的秘密呢?

过得片刻，正园方向再飘来一阵哄笑声，还夹杂着管弦之声。裴琰似是一惊，猛然坐起。

# 第八章

## 祸起萧墙

江慈一惊，忙跳了起来，后退两步。偏先前卫昭出现时她扭了脖筋，这一跳起，颈中又是一阵剧痛，忍不住捂着后颈叫唤出声。

裴琰转头狠狠瞪了她一眼，江慈不敢看他泛着醉意的面容和渐转凌厉的眼神，揉着脖子逐步后退。

裴琰大步走到荷塘边，弯下腰去，捧起寒凉的湖水泼向面颊，数十下后方停了下来，蹲在塘边不言不语。

江慈慢慢后退，将身形隐入一棵大树下，生怕这只大闸蟹醉酒后言行失控，对自己不利。

裴琰望着满池的枯荷，良久方站起身往园门行去，经过江慈所立之处，冷冷道："随我来。"江慈无奈跟上。

裴琰步到蝶园门口，束手而立，不再说话。江慈只得立于他身后，心中暗恨，忍不住伸出拳头暗暗比画一下，可举到半空，又悄悄收了回去。

月上中天，脚步声轻响，那紫袍人负手而出，裴琰上前躬身行礼，并不说话。紫袍人也不言语，犀利的眼神盯着裴琰看了良久，方袖袖一卷："走吧。"

裴琰应声"是"，依旧在前引路，三人出了相府东侧门。紫袍人停住脚步，望了裴琰身后的江慈一眼,江慈心中直打鼓,低下头去。

裴琰似明白那人的心思,低声道:"您放心。"

紫袍人登上马车,裴琰拉过辔头,将马车拉至相府门前。先前那名车夫上来接过马鞭,跃上驾座,轻喝一声,马车缓缓而动,驶入黑暗之中。

裴琰微微弓腰,望着马车逐渐消失在视野之中,面上闪过一缕奇异之色,瞬息不见。直到马蹄声完全消失,他方直起身,双手指关节咔咔直响,转身望向相府门楣上那几个镏金大字"丞相府",冷笑数声。

江慈听裴琰笑得奇怪,不由得望向他的面容。只见他面上醉红已退,眼神也恢复往日清亮。他望了江慈一眼,冷冷道:"管好你的嘴,可不要再吃错什么东西了。"江慈想了半晌方明白他的意思,心中怒极。可性命悬于他手,莫说泄露这紫袍人夜探容国夫人一事,就连他先前醉酒时的失态,她也只能烂在肚中,不能向任何人说出。

她发愣间,裴琰已恢复常态,笑着迈入相府。


正园内,众宾客酒足饭饱,却仍不见裴相回园,均不便离席而去。太子等得有些不耐烦,幸好静王拖着他联诗,又吩咐素烟连唱数出,方没有拂袖而去。庄王却有些幸灾乐祸,与右相谈笑风生,不时念叨一句"左相大人为何还不归席"。

卫昭对周遭一切似是漠不关心,斜斜靠在椅背上,眯起眼来,似睡非睡,偶尔嘴角轻勾,魅态横生,引得旁人眼神飞来,他又猛然睁开双眼,吓得那些人慌不迭移开视线。

裴琰笑着踏入园中,不停拱手告罪,迈入正厅,至太子跟前施礼道:"殿下恕罪,府中出了点小状况,臣赶去处理,伏请殿下原谅。"

太子笑呵呵站了起来:"不怪不怪,主家既已归来,我们这些客人也是酒足饭饱,就不再打扰了。"

裴琰忙弓腰道:"臣恭送殿下!"

卫昭也站起来,拂了拂身上白袍,笑道:"我也一并告辞,改日再邀少君饮酒!"

裴琰将太子送上辇驾,众人目送辇驾离去,其他王府及皇亲贵胄的马驾方缓缓驶到正门前。众人与裴琰告辞,裴琰含笑一一道谢,相府门前又是一片热闹喧哗。

庄王拉着卫昭在一旁不知说些什么,卫昭只是含笑不语。静王瞥见,在裴琰耳边轻声道:"少君今夜怎么了? 平白惹这么多猜疑与闲话。"

裴琰一边笑着与百官拱手道别,一边轻声道:"改日再与王爷细说。"

二人正说话间,猛然听得有人呼道:"不好了,那边着火了!"

众人一惊,纷纷抬头,只见内城东北方向火光冲天,映红了大半边夜空。不多时,传来火警的惊锣之声,想是京城禁卫军已得知火讯,赶去灭火。

裴琰看了看,在心中揣度了一下,面色一变:"不好,是使臣馆!"

卫昭俊面一寒,与裴琰同时抢身而出,跃上骏马,双双向火场方向驶去。安澄忙带着数十名长风卫跟了上去,卫昭带来的光明卫也急急追上。

庄王与静王面面相觑,右相陶行德则神色凝重:"若真是使臣馆失火,可事有不妙啊!"


江慈见裴琰策马离去,马上便有几名长风卫向自己走来,不由得心中暗骂,也不想去找素烟了,一路回了西园。崔亮正躺在竹椅中摇摇晃晃,悠然自得地喝酒剥花生。江慈道:"崔大哥倒是悠闲自在,我可憋屈了一个晚上。"

崔亮抬眼望了望她,一乐:"怎么还是这副装扮,快去换了吧。"

江慈这才想起自己易了容,忙奔到房内换了女衫,洗去妆容,边擦脸边步了出来:"崔大哥,你为什么不去参加寿宴?"

崔亮没有回答,反问道:"有没有认出那人的声音?"

"没有。"

崔亮眼中闪过一丝担忧,坐了起来:"相爷有没有说什么? 可还有宾客未曾到场?"

江慈将碟子揽到自己膝上,边剥花生边道:"有些位子倒是空着,看着像有十来人没到贺,不过相爷现在没空想这事,他赶去救火了。"说着指了指内城东北方向。崔亮这才注意到那边隐有火光,看了片刻,眉头微皱:"事情不妙,明日朝中必有大乱。"

"为什么?"江慈将剥好的一捧花生送到崔亮面前。

崔亮神情凝重:"起火的是使臣馆,若是桓国使臣有个不测,只怕……"

"管他呢,让相爷去头疼好了。"

崔亮轻叹一声:"小慈有所不知,桓国使臣若是有个不测,桓国兴师问罪,和约签订不成,两国再起战火,受苦的还是边境的黎民百姓,流血的还是千万将士。"

江慈听崔亮言中充满悲悯之意,先前宴席上那种淡淡的忧伤再度袭上心头。她呆了片刻,忽道:"崔大哥。"

"嗯?"

"我有些明白以前唱的一句戏词是什么意思了。"

"哪一句?"崔亮回过头来。

"任他如花美眷,看他满堂富贵,凭他翻云覆雨,却终抵不过那一身,那一日,那一抔黄土!"

崔亮讶道:"为何突然有这种感慨?"

江慈望向幽远的夜空,怅然道:"我今晚看见了两个很特别的人,又看了一出大戏,有些感慨。"

崔亮目光闪烁,凝望着江慈略带惆怅的面容,忽然伸出手来。江慈笑着避开,崔亮轻声道:"别动,这处还有一些黑泥。"说着取过一边的丝巾,替她将耳边残余的易容黑泥轻轻拭去。

江慈觉得有些痒,嘻嘻笑着,之前的惆怅消失不见。崔亮低头看着她无邪的笑容,心中暗叹,低声道:"小慈。"

"嗯?"

"我问你个问题。"

"嗯。"

崔亮将丝巾放在凳上,凝望着江慈:"若是……若是你发觉很多事情并不是你所想象的那样,有些人也不像表面看上去的那样,你会不会伤心?"

江慈想了想,摇了摇头:"不会。"

"为什么?"

"伤心有什么用,我再伤心也不能改变什么。"

崔亮怔住,转而笑道:"你倒是比许多聪明人还要看得通透。"


使臣馆位于内城东北角,与皇城只隔开一条卫城大街,大小房屋数十座,多年来用于款待来朝的各国使臣和贵宾。裴琰与卫昭策马赶到使臣馆前时,已是火光冲天、人声鼎沸,火头如潮水般由使臣馆的东面向西面延伸,烈焰滚滚,浓烟熏得人睁不开眼睛。

禁卫军指挥使范义正在指挥手下泼水救火,不少民众也纷纷赶来,无奈火势太大,噼啪声震天响,不多时烈火已将整个使臣馆吞没。

范义是裴琰一手提拔上来的,转头间看见裴琰和卫昭,忙过来行礼道:"相爷,卫大人。"

裴琰道:"里面的人呢?"

"逃出来一些,卑职已安排他们去别处休息疗伤,只是……"

"说。"

"桓使困在里面,没有逃出来。"

裴琰心中惊怒,面上却沉静似水,想了想,道:"先救火。"

"是。"

"慢着。"卫昭懒洋洋道。

范义的禁卫军素来被卫昭的光明司欺压得厉害,却是敢怒不敢言。他的禁卫军只负责内城和郭城的巡防与治安,皇城安全却是光明司的职责。光明卫向来瞧不起禁军,在卫昭上任之前,双方不知打过多少架,输赢各半。当然,这些都是私下进行,不敢上达天听。

自卫昭任光明司指挥使后,光明卫气焰顿盛,禁军见了他们只能低头避让,被欺压得十分凶狠。只是卫昭权势滔天,范义心中恨得牙痒痒,面上却只得俯首认低。二人虽然品阶一样,听得卫昭相唤,范义也只能笑着转过身:"卫大人有何吩咐?"

卫昭冷冷道:"先叫人把使臣馆后面的那宅子给拆了。"

范义一愣,裴琰眉头微皱,片刻后淡淡道:"按卫大人的吩咐去做。如果火势向皇城蔓延,可是杀头之罪。"

范义醒悟过来。使臣馆与皇城仅隔一宅一道,如果火势向后宅蔓延,越过大道,波及皇城,那自己这禁卫军指挥使之职是铁定保不住了。他忙转过身,分出大部分禁卫军去拆使臣馆后面的屋舍。

卫昭斜睨着裴琰,悠悠道:"少君莫怪,职责所在。"

"岂敢岂敢,圣上安危才是最重要的。"

卫昭转头望向火场,叹道:"桓使性命难保!"

裴琰侧头望了望卫昭,烈火将他的脸映得通红,那红光中的雪白近乎邪魅,微微眯着的闪亮眼眸透着一种说不清的魔力。裴琰心中一动,转瞬想起卫昭入园时江慈并无表示,又将那一丝疑问压了下去。

火云狂卷,咔啦声不断传来,椽子与大梁纷纷断裂,砸在地上发出巨大声响,溅起更烈的火团,救火之人纷纷四散逃离。裴琰暗中叫苦,与卫昭退至路口,望向夜空,只觉将有一场风雨避无可避。


十月初八日,夜,使臣馆后衙马槽忽起大火,风干物燥,大火迅速蔓延,禁卫军扑救不及,烈火吞噬了整个使臣馆,数十座房屋付之一炬。

时有桓国使臣团共计七十余人居于馆内,大火突起,仅有十余人及时逃生,桓国使臣金右郎等五十余人葬身火海。

使臣馆于亥时起火,待大火彻底熄灭已是寅时初。卫昭于子时便离开了火场,回宫布置防务。

裴琰见火势已收,根据火势判断馆内不可能再有活口,便命范义封锁火场,不要忙着泼水降温,也不要急着寻找尸身,以防破坏现场。他吩咐完毕,便匆匆入了宫,待赶到皇帝日常起居的延晖殿,太子、庄王、静王及一干重臣都已因使臣馆起火一事齐齐入宫。

皇帝面色看不出喜怒,见裴琰进殿,道:"人都齐了。现在议议,该如何调兵,如何设防?"

裴琰一愣,未料自己来迟一步,竟已议到了调兵一节,斜眼间见静王向他使了个眼色,知形势不妙,遂躬身近前道:"皇上,调兵一事,言之尚早。"

陶行德面带忧色:"得及早调兵。先前我国与桓国议和,边军布防松懈,撤了近八万大军,再加上军中武林弟子皆告假备选,将领缺乏。如果桓国因使臣一事兴师问罪,边境堪忧。"

皇帝轻嗯一声,转向裴琰问道:"长风骑现在布在哪几处?"

裴琰只得答道:"章侑等人告假后,郓州、郁州、巩安一带没有大将统领,臣将长风骑与他三人所属兵力换防,布在这三处,将这三处的兵力回撤到了东莱与河西。"他踏前一步,"皇上,臣认为调兵布防一事言之过早。"

庄王插嘴道:"从京城发调兵令至北境,与火灾消息传到桓国的时间差不多,如果不及早发出布防令,严防桓国来攻打,万一有个战事,可就措手不及了。"

太子点了点头:"二弟说得有道理。"

太子如此说,裴琰不好即刻反驳,正思忖间,皇帝已问太子岳丈、大学士董方:"董卿的意思呢?"

董方半闭着眼想了片刻道:"兵得调,但不要大动;防线得内紧外松,也不要过分刺激桓国。臣建议长风骑的兵马不要动,只将长乐城王朗的人马稍稍东移,这样东有魏公、西有王朗,中间仍是长风骑,即使战事突起,也不致手忙脚乱。"

庄王好不容易说得皇帝同意调兵设防,不甘心让董方的小舅子王朗夺去西北线的兵权,忙偷偷瞄了陶行德一眼。陶行德会意,道:"王朗那处的人马还得镇着月落,若是贸然撤走,明月教生事,月落闹着立国,可就后患无穷。还是从济北调高成的人马为妥。"

皇帝听他这么说,有些犹豫,裴琰趁机上前道:"皇上,臣有一言。"

皇帝抬头看了他一眼,微笑道:"但奏无妨。"

裴琰少见皇帝这般和悦地望着自己,有一刹那的失神,即刻反应过来,收定心神道:"董学士说得对,兵可调,但不要大动。陶相顾虑得也有道理,王朗那处的人马不宜动。臣倒是建议仍将原郓州那三处的人马往西北推,这三部人马与桓军多次交手,极富经验,只需将军中原来的副手升为主将,暂时接任章将军等人的职务便可。这样一来,不需从后方调兵,引起桓国强烈反应;二来,兵增西北沿线,可对月落和明月教起震慑作用,以防他们生乱。臣怀疑此次使臣馆失火是该教所为,意在破坏和约,搅乱两国局势,他们好坐收渔翁之利。"

静王会意,知裴琰正努力将话头往失火一案上引,避免再谈调军之事,忙接口道:"父皇,儿臣也有此怀疑,这早不失火晚不失火的,偏偏就在要签订和约的前一晚失火,实在太过蹊跷。"

庄王心道:你们自己挑起的话头,可不要怪我!上前道:"父皇,这使臣馆防卫森严,外围还有禁卫军的上千人马,明月教再猖獗,怎么可能在重重防卫下潜入使臣馆放火?这里面只怕大有文章。"

裴琰眉头一皱,即刻舒展开来,也不急着说话。此时,禁卫军指挥使范义进殿,跪在御座前连声请罪。

皇帝寒着脸道:"范义,朕平日看你是个稳重的,怎么会出这么大的纰漏?"

范义听皇帝语气阴森,忙以头叩地:"皇上,臣的禁卫军只能在使臣馆外围防护,馆内情况一概不知。此次桓国使臣脾气又怪,连一应生活用品都只准臣的手下送至门口,还将使臣馆内原来的侍从悉数赶了出来。如是人为纵火,只可能是桓国使臣团内部之人所为。"

右相陶行德一笑:"范指挥使这话,难道也要向桓国君臣去说吗?"

董学士将了将几绺长须,道:"这回可得委屈范指挥使了。"

范义连连叩头,裴琰早知此回保他不住。桓国即使不动干戈,但问起罪来,总得有个替罪羊。如果最后结论是失火,那么仍需范义这个禁卫军指挥使来担起防务松懈、护卫不周的责任。

弃范义的心一定,他即刻考虑起新的禁卫军指挥使人选。这个指挥使官阶不高,却是个要职,掌控着近万禁卫军人马,还掌控着四个城门,京城一旦有事,这上万人马是谁都不可忽视的。此时殿内三系人马,只怕谁都虎视眈眈,要将这个位子夺到手方才罢休。

他筹划良久,才将范义推上禁卫军指挥使一职,不到半年又出了这档子事,实是有些着恼。但当此际却也无暇想得太多,也知此时自己不宜荐人,遂按定心思,细想下一步该如何行动。

庄王自入宫心中想着的便是此事，陶行德明他心思，上前奏道："禁卫军指挥使一职不宜空悬，臣举荐一人。"

皇帝道："奏吧。"

陶行德道："兵部右侍郎徐铣，武进士出身，文武双全，又曾在高成手下做过副将，为人持重，堪当此任。"

皇帝尚在犹豫之中，裴琰转向兵部尚书邵子和道："邵尚书，徐铣好像是少林俗家弟子吧？"

邵子和道："正是。"

静王在心中暗笑，知庄王一系推出的人选犯了皇帝的忌讳。本朝立国以来，武林势力在军中盘根错节，武林人士操控军队乃至朝政一直是历朝皇帝心中的隐忧，只是谢氏以武立国，一直找不到好的借口来清洗军中及朝中的武林势力。

自裴琰任武林盟主之后，与皇帝在这方面心意相通，不但建立起了没有任何武林门派插手的长风骑，还将军中出自各门派的将领调的调、撤的撤，又辞去武林盟主一职，且借举办武林大会的名义，对军中进行了一次大的清洗，深得皇帝赞许。在这当口，庄王仍要将少林俗家弟子出身的徐铣推上禁卫军指挥使这个敏感的位子，实是犯了皇帝的大忌。

裴琰心中暗笑，面上却仍淡淡道："徐侍郎武艺虽出众，军功也不错，但他曾与桓国将领沙场对敌，结下仇怨，眼下乃非常时期，怕是不太妥当。"

董学士点了点头："相爷说得有理，桓国本就要找借口闹事，若是再将斩杀过该国大将的人调任此职，只怕不妥。"

静王与太子一系联合反对，庄王也不好再说，其余人虽各有各的打算，却也摸不准皇帝的心思，殿内一时陷入沉寂。

太子似是有些不耐，暗暗打了个呵欠，见皇帝责备的眼光扫来，身子一颤，慌道："既是如此，就选个没什么武林势力做靠山，也没得罪过桓国人的武将好了。"

静王刚要开口，吏部尚书陈祖望已想起一人，上前道："太子一言提醒微臣，此次吏部年考，倒是有一人适合担任此职。"

皇帝道："何人？"

"已故肃海侯之次子,去年的武状元姜远。肃海侯去世后,长子袭爵,这次子姜远却是只好武艺,习的是家传枪法。他身世清白,又无旧累,且在兵部供职,老练周到,臣以为此人适合担任此职。"

陈祖望话说得隐晦,众人却皆明白他的意思。禁卫军指挥使一职太过重要和敏感,眼下三方争夺不休,不如启用一个不是任何一方的人来担任此职,可以平息朝中纷争。

皇帝也是此想法,遂点了点头:"肃海侯与朕为龙潜之交,又精忠为国。虎父定无犬子,姜远又是武状元,也在兵部历练过了,堪当此任,就依陈卿所奏。"

裴琰知此事已成定局,心中自有计较,眼下还有更要紧的事情,遂道:"皇上,臣觉得眼下最迫切的还是要查出此次火灾幕后黑手,给桓国一个交代,这样方是平息事端、重开和谈的最好方法。"

"那由何人主持此次查案?"皇帝问道。

董学士道:"臣主张由刑部牵头,派出老练的刑吏和仵作查勘火场,并由监察司派出大夫参与查案,一并监察。"

刑部尚书秦阳一哆嗦,知自己处在了风口浪尖,可也不能退让,便拿眼去瞅庄王。庄王自是不愿将这员"爱将"置于火上,遂道:"刑部查案自是应当,但此事关系到桓国使臣,其副使雷渊又得以从火灾中幸存,只怕会要求全程参与查案过程,因此,需得委派一名镇得住桓国使臣的人主持查案才行。"

庄王此话一出,众人皆望向裴琰。大殿之中若说有谁能镇得住桓国使臣,便非他莫属。

众人对前年与桓国一战,裴琰于千军万马之中取敌将人头,长风骑横扫三州,败桓国右军于成郡一带记忆犹新,若非此战得胜,只怕桓国不会轻易答应和谈。

裴琰心中也有打算。使臣馆失火,金右郎葬身火海,让他措手不及,他隐隐觉得这背后的水深不可测。现如今唯有将此案查个水落石出,给桓国一个交代,然后重启和谈,方是上策。念及此,裴琰上前一步道:"臣愿主持此次查案,定要将使臣馆失火一案查个水落石出,不负朝廷所托。"

皇帝赞许地点了点头:"如此甚好,裴卿主持查案,各部官吏从旁协助,不得懈怠或推诿。"

众臣俯身齐声应旨。庄王又道:"那调兵一事……"

皇帝站起身来:"就依裴卿先前所言,其余不动,将原郓州三处的人马往西北一带调动,军中副将升为大将,严防桓国来袭。"

庄王还待再说,皇帝道:"朕乏了,都散了吧,依今日所议,做好各自的分内之事。"

出得延晖殿,已是破晓时分,曙光初露,晨风带寒。

裴琰惦着一事,匆匆回到相府。裴阳一直在门前等候,见裴琰回来,迎上前道:"相爷,夫人让您即刻过去一趟。"

裴琰一怔,只得往蝶园行去,边走边道:"你派人去西园跟子明说一声,让他今日不要去方书处,我找他有急事,回头就过去。再派人替他去方书处告假三日。"

他步入蝶园,见裴夫人正蹲在园子里摆弄盆景,手中还握着剪子,忙上前行礼道:"母亲起得这么早? 这些事情,让下人做便是。"

裴夫人并不抬头,用心修着那盆景,过得片刻方道:"你叔父那边来信了。"

裴琰一愣,垂下头去。

"那件事不能再拖了,你得加紧进行才是。"

裴琰轻声道:"是,孩儿已将子明安排进了方书处,等过段时日便可进行。"

裴夫人剪去盆景上一根岔枝,道:"崔亮这个人,你也放了两年了,该是用他的时候,不要太过心软。"

"是,孩儿已找到他的弱点,他既已答应我入了方书处,应当会听我吩咐行事。"

"那就好。"裴夫人又转到一盆秋海棠前,摇了摇头,"你看,稍不注意,这便长虫了。你看该如何是好?"

裴琰不敢接话,裴夫人已将那秋海棠的繁枝纷纷剪去,道:"这枝叶一旦繁盛,便又招蚁又引虫,索性剪了,倒是干净。"

她直起身来,裴琰忙上前接过剪子,裴夫人盯着他看了片刻,淡淡道:"有些事你不要问我,我也不会说。你就照着你自己的想法去做,我该为你做的都已经尽力了。你只需记住一点,圣上当年能在诸皇子中脱颖而出,得登大宝,又能坐稳这个皇位二十余年,自有他的道理,你谨记这点就是。"

裴琰微笑道:"孩儿谨记母亲教诲。"

"你事情多,忙去吧。"裴夫人往屋内行去。

裴琰将她扶上台阶,道:"孩儿告退。"

他刚迈步,裴夫人又道:"慢着。"

裴琰转过身,裴夫人俯视着他,平静道:"漱云那丫头是不是做错了什么事,你要撵她出慎园?"

裴琰低头答道:"孩儿不敢。"

"你前几年在军中,不想过早娶妻纳妾,我由着你,现如今到了京城,各世家小姐你一一回绝,我也不说什么。娶妻一事可以先缓缓,但漱云是我看中,要收为你的侧室的,她纵是有做错的地方,你看在我的面子上多担待点。"

裴琰默然片刻,道:"孩儿知道了。"


天蒙蒙亮,江慈便醒转来,由于记挂着崔大哥要入宫应卯,便早早下床,替他准备早点。不多时,听得崔亮起来洗漱,又听得相府侍从过来说相爷有急事,让崔公子不要去宫中当差,在这西园等他。

江慈将小米粥熬好,昨夜扭伤的脖子却是越来越疼,她丢下碗,跑到房中揽镜一照,才发现脖子肿了一圈。她嘟囔着出了房门,正见崔亮从院中转身。崔亮见她不停揉着脖子,细心看了两眼,道:"你脖子是不是扭着了?"

江慈歪着头道:"是啊,昨晚扭的,我以为没多大问题,结果今早起来就成这样了。"

崔亮招了招手:"过来让我瞧瞧。"

江慈知他医术高明,忙奔了过去,坐于竹凳上。崔亮低头看了看,摇了摇头:"怎么会扭得这么厉害?"

江慈笑道:"被一只野猫吓了一跳,就扭着了。"

"我看你胆子大得很,怎么会被一只猫给吓着了?"崔亮失笑。

江慈歪着头道:"崔大哥你不知道,那猫很吓人的,虽然长得挺漂亮,但爪子锋利得很,动不动就会挠人。"

崔亮从房中拿了一个瓷瓶出来,在江慈身后迟疑了片刻,终开口道:"小慈,我给你涂抹一点草药。"

江慈笑道:"好。"

"……涂上之后,得帮你揉一揉,再扳一下脖子才行。"

"好,崔大哥快帮我揉揉,我可疼得不行了。"

崔亮见她毫无察觉,也知她天真烂漫,未将男女之防放于心上,心中暗叹,将药粉倒于手心,又将手覆在江慈的后颈处轻轻搓揉着。

江慈觉崔亮的手心传来一阵阵清凉之意,那搓揉的手法又十分娴熟,片刻后便觉疼痛减轻,被搓揉的地方更是酥酥麻麻,极为舒坦。她心里高兴,笑道:"崔大哥,你医术真好,为什么不自己开个药堂,悬壶济世?"

崔亮刚要开口,她啊的一声叫了出来,崔亮忙停住手中动作,俯身道:"怎么了? 是不是揉得太重?"

江慈抬头笑道:"不是,挺好的,是我自己想到别的事情上去了。"

此时两人面容隔得极近,近得可以互相在对方瞳仁之中看到各自清晰的面容。崔亮的手还停在江慈的颈中,触手处细腻柔滑,眼前的双眸乌黑清亮,笑容纯真明媚,他心情渐渐复杂莫名。

江慈却未察觉什么,犹仰头笑道:"继续揉啊,崔大哥。"

崔亮回过神,正要说话,裴琰微笑着步入园中。

# 第九章

## 有司必慎

崔亮听得脚步声响,转过头,笑道:"相爷来了!"

裴琰目光停在崔亮的手上,崔亮慌不迭地将手从江慈后颈处拿开,笑容也有些尴尬与慌乱。江慈侧头看了裴琰一眼,默然往屋内行去,崔亮忙将手中药瓶丢过去:"你记得一天涂三次。"

裴琰微笑着走了过来:"江姑娘脖子怎么了?"

江慈顿住脚步,转头气鼓鼓道:"昨晚被一只醉酒的野猫吓了一跳,扭着了,多谢相爷关心。"她话到中途,想起裴琰昨夜醉酒后的失态模样,心情未免有点复杂,话音也逐渐低落,快步走入房中,轻轻关上了房门。

裴琰昨夜只顾虑到不让明月教教主趁机杀人灭口,又想着江慈是个半死之人,不虞泄密,这才将她带在身边。不料自己竟一时醉酒失控,心中有些后悔,面上却仍是笑着转向崔亮:"子明,这回你得帮我才是。"

崔亮一怔,道:"相爷可是要我去查勘火场?"

"正是。我刚从宫中出来,圣上已命我主持查案。桓国使臣金右郎困在火场,没有逃出来,为两国关系着想,得将此案查个水落石出不可。"裴琰诚声道。

崔亮为难道:"相爷,我不能违背师父遗命,他虽传了我勘查之术,却不准我为刑司效力,这……"

裴琰道:"我知道子明有难处,但此次并非一般的刑司案件,事关两国和平,一个不慎便会重起战火。尊师若仍在世,也不会责怪子明的。"

崔亮默然不语,裴琰又道:"刑部那一窝子全是庄王的人,你也知那里面水深得很,即便是全国最有名的刑吏和仵作,我也放心不下。子明就帮我这一次,也当是为社稷、为百姓尽一回心力。"说着便抱拳作揖。

崔亮忙搭住裴琰之手,迟疑道:"相爷,并非我不愿意帮忙,只是……"

正说着,江慈在房中坐了片刻,想起灶上还熬着粥,忙又出来。崔亮见她出来,忙止住话语,问道:"还疼吗?"

裴琰忽道:"江姑娘,你去扮成小厮,先随我去使臣馆,再去见几个人。"

江慈一愣,醒悟过来,大闸蟹这是要带自己去辨认昨夜未曾出席寿宴的官员了。她转身进房,将眉毛画粗,仍将昨夜苏婆婆替自己贴的假痣贴上,换了小厮装扮出来。崔亮见她的黑巾戴得有些歪,遮了半边脸,笑道:"小慈你过来。"

江慈奔到他身边,崔亮替她将黑巾系正,踌躇片刻,转头道:"相爷,我和你们一起去吧。"

裴琰喜道:"子明果然深明大义。"

三人带着长风卫赶到使臣馆,刚上任的禁卫军指挥使姜远及刑部尚书、监察司大夫、各刑吏仵作均已到齐,死里逃生、惊魂甫定的桓国副使雷渊也坐于路口的大椅上喝着定神茶。

见裴琰赶到,刑部尚书秦阳迎了上来:"相爷。"

姜远也上来给裴琰见礼,裴琰细心看了他几眼。此人年纪甚轻,不过二十出头,眉目俊秀,神采奕奕,不愧为世家子弟。

姜远虽被裴琰锐利的眼神盯着,却从容自如:"相爷,下官刚与范大人办了移交,火场外仍是原来的人马看守,也未有人进入火场。"

裴琰点了点头,转向刑部尚书秦阳道:"开始吧。"

刑吏和仵作在前,崔亮和江慈紧跟裴琰身边,刑部尚书、监察司大夫及桓国副使殿后,由最初发现失火的马槽所在位置步入已烧得面目全非的使臣馆。

众人忍着火场的余温和刺鼻的气味,在火场内细细走了一圈,刑吏和仵作们则对馆内所有尸身一一进行检验。崔亮只是在一旁细看，偶尔戴上鹿皮手套查看尸身及烈火痕迹，并不言语，刑部官吏和监察司大夫们见他是裴相带过来的人，虽不明他的来历，也未提出异议。

江慈是第一次见到这么惨烈的火灾现场和这么多尸身，心中惴惴不安，双脚也有些发软，见裴琰与崔亮镇定自若，暗自佩服，却仍控制不住内心的害怕之意，面色渐转苍白。正难受时，忽听到裴琰的声音："现在火场中的，有两人未曾出席昨日寿宴，你细心听一下。"江慈见旁人毫无反应，裴琰只是嘴唇微动，知他正用"束音成线"吩咐自己，忙微微点头。

刑部尚书秦阳身后的刑部右侍郎似是有些伤风感冒，又似是被这火场刺鼻的气味熏得难受，咳嗽连连。裴琰回头看了他一眼："陈侍郎可是病了？"

陈侍郎正为昨日因突发疾病未去给容国夫人祝寿惶恐不安，听言忙道："是，下官昨日突然头晕，不能行走，今早起来便伤风咳嗽，未能给容国夫人祝寿，还请相爷……"

裴琰摆摆手，继续专注看着刑吏细勘慢验。待火场查验完毕，各具尸身抬出火场，已是正午时分。

众人围在从正房抬出的一具烧得面目全非的尸身旁，裴琰转头向桓国副使雷渊道："雷副使，你可能辨认此人就是金右郎大人？"

雷渊面目阴沉，想了片刻，正待摇头，他身边的一名随从忽轻声道："金大人有一个特征。"

"哦？"

"金大人前年骑马，曾从马上摔下来过，摔断过右足胫骨，休养了半年方才痊愈。大人那日和贵国礼部尚书大人闲聊时曾谈起过此事，小的记得清清楚楚。"

刑部刑吏们纷纷蹲于那具尸身旁查看，不久，一人抬头道："此人生前确曾断过右足胫骨。"

崔亮将死者的右足抬起细看，若有所思。

雷渊怒哼一声，拱手道："裴相，我等身负重任，千里迢迢到贵国参加和谈，孰料大事未成，使臣大人便遭飞来横祸，客死异国。更令人惊讶的是，此事竟发生在贵国的驿馆之中，真是匪夷所思。兹事体大，裴相应当明白其中利害，雷某也不多言，只请裴相秉公执法，查明此案，还金大人一个公道，给我国一个说法！”

裴琰忙道："那是自然，还请雷副使少安毋躁，本相既已主持查案，定会查明真相，还死者一个公道，也证我国对和谈之诚心。"

雷渊刚命人将火灾消息传回国内，没有朝中指示，不敢轻举妄动，再加上向来对裴琰有几分敬畏，当下并不多言，只是冷着脸随众人出了火场。

裴琰仍命姜远严密封锁火场，却见崔亮又折了回去，不多时用布包着一些东西出来。裴琰道："子明可是有发现？"

崔亮微微一笑："还得回去验一下才行。"

裴琰道："今日先这样，刑部查勘明细，需几日有结果？"

大刑吏想了一下答道："至少五日。"

"那好，五日后再根据刑部的勘验结果来下结论。"

裴琰又转向雷渊道："雷副使没有异议吧？"

雷渊寒声道："其余人我不管，但金大人出身尊贵，乃我国宗室，他的遗体可不是寻常人等轻易动得的。"

"那是自然，我国礼部会即刻派人来将金大人入棺为安，一应葬仪均按照两国礼制来执行。"

雷渊轻哼一声，不再言语。

裴琰又道："还有一事，需得请雷副使大力协助。"

"裴相请说。"

"由于使臣馆内并无我国之人，火灾详细情况，刑司得向贵方逃出火场的人详细问话，雷副使，你看……"

雷渊也知这步不可避免，思忖片刻道："问话可以，我得在场。"

一干人等赶回刑部大堂，刑吏们向桓国使臣团逃出火场之人一一问话，详细了解当晚情形，书吏执笔记录，裴琰、雷渊等人只是坐于一旁细听。待问话完毕，已是申时，刑吏仵作们自去验尸及整理笔录，雷渊带着桓国诸人离去。裴琰与刑部和监察司大夫们又商议了个多时辰，直到暮色渐浓，方从衙堂出来。

见崔亮站于刑部正堂前,负手凝望着正堂横匾上那几个黑漆大字"有司必慎",裴琰微笑道:"子明辛苦了。"

崔亮摇了摇头,猛然听到咕噜之声,回头见江慈仍捧着那两个大布包站于身后,笑道:"饿了吧?"

江慈早饿得饥肠辘辘,可自早上起,裴琰等人忙得不可开交,顾不上吃饭,她一个"小厮"自也不好提起此事。她见裴琰一夜未睡,一日未曾进食,还是神采奕奕,忍不住道:"相爷,你不累不饿吗?"

裴琰随口道:"哪有心思想这些事情。"说着向门外走去。

江慈跟在他身后,忍了又忍,还是没忍住,嘟囔道:"做官做得这么辛苦,真可怜!"

裴琰脚步不由得一顿,笑了笑,带着二人出了刑部。回到相府已近天黑,裴琰日间见崔亮动作,便知他必有发现,径直进了西园。崔亮道:"相爷稍候。"

"子明自便。"

说话间安澄进来:"相爷。"

"说吧。"

"昨夜未出席寿宴的共有十二人,名单及缺席原因在这里。"

裴琰接过看了看,冷笑一声:"生病的五人,临时告假的四人,不知去向的三人,倒像约好了似的。"

"依相爷看……"

"萧无瑕定是这十二人中的一人,昨晚使臣馆这把火若是他所为,这么重大的事他一定会亲自出马。至于其余的人,我估计是他弄出来迷惑视线的。你再彻查一遍。"

"是。"

安澄领命离去,裴琰在院中负手而立,陷入沉思。忽然传来一阵诱人的香气,他回过头,江慈正端着热气腾腾的饭菜从厨房出来,笑道:"相爷是在这西园吃饭,还是回您的慎园?"

裴琰不自觉地抬步入屋,瞄了瞄桌上饭菜,也不说话,便坐了下来。

崔亮也被这香气引得出了偏房,细细洗净手,落座笑道:"小慈动作倒快。"

二人同时端起碗筷，也顾不上斯文礼数，落筷如风。崔亮自是夸江慈厨艺了得，裴琰只是看了她几眼，并不说话。

江慈坐于一旁，见二人吃得痛快，心里高兴，忍不住夹了一筷子菜放至崔亮碗中，笑道："崔大哥多吃些，可别饿出病来，真想不到你们当差的原来这么可怜。"

裴琰呛了一下，江慈犹豫一瞬，还是帮他倒了杯茶，忽然又奔了出去，不多时端着一个小碟子进来。

崔亮见碟中的似是坛子菜，夹了一筷尝了，赞道："味道真不错，这是什么？"

"冬菜根。我去大厨房拿菜，见厨娘们扔在地上不要，就拿回来了。"

裴琰听崔亮称赞，已夹了一筷，正要送入口中，听得江慈说是冬菜根，又放了下来。江慈冷冷道："相爷身子娇贵，吃惯了慎园的山珍海味，我本也不该留相爷在这西园吃饭的，没得让相爷瞧不起我们山里人的菜式。"

崔亮忙道："小慈错了，相爷可不是身娇肉贵之人。当年成郡一战，天寒地冻，相爷亲率一万人诱敌，长风骑连续行军两日不见人烟，军粮又没跟上，相爷也是和将士们一道茹血嚼草过来的。"

裴琰见江慈仍冷着脸望着自己，终夹起碟中冬菜根送入口中，只觉酸甜香脆，竟是从未吃过的美味，便又连吃了数筷，微笑道："江姑娘改天教教我慎园的厨子，这菜倒是新鲜。"

江慈得意一笑，不再说话。

崔亮道："小慈你也一起吃吧。"

"我先前在厨房已吃过了。"

裴琰本以为她是见自己在此，学会了服侍人的规矩，待自己吃完后再吃，未料她竟还吃在了前头，忍不住瞪了她一眼。

江慈瞪回他道："我肚子饿了，有吃的难道不吃吗？"

裴琰碍着崔亮，没再说什么，转瞬又想到别的事情上面，待放下碗筷，这才惊觉自己竟是前所未有的好胃口，桌上饭菜也被他和崔亮一扫而空。

江慈将碗筷收拾走，又替二人斟上茶来。崔亮吹了吹浮在水面上的茶叶，思忖片刻道："相爷，使臣馆失火一案，大有蹊跷。"

"子明请说。"

崔亮理了理头绪，道："从火场痕迹来看，起火点是在马槽，但烧得最旺的却是金右郎所在的正房。我看了一下正房的结构与所用木材，还不及另几处房屋那般易燃。但大火从马槽一路烧到正房，时间极短，逃生的人惊觉时，正房便已被大火吞没。"

"子明的意思，是有人在正房放了助燃之物？"

崔亮点了点头："从表面看，起火原因似是马槽的油灯打翻，烧着了草料。但从昨晚的风向和风势来判断，正房西北面的大门纵是被大火吞没，火势也不可能瞬间便将正房的四面都围住。若从其东南面的小窗逃生，还是来得及的，金右郎大人为何未能及时逃出，大有疑问。"

"使臣团的人说昨夜金右郎喝多了点酒，可能火起时他正处于醉卧状态。"

"那其余丧生的五十余人呢？据桓国人所述，昨夜使臣馆的人都喝了点酒，可我详细问过礼部负责给使臣馆供应生活物资的小吏，他那里都有详细的清单。桓国人善饮，如要令五十余人皆喝醉至无法逃生，得二十坛以上的烈酒方行。但礼部并未供应过这么多烈酒给使臣馆。"

裴琰陷入沉思："也就是说，这些人并不是喝醉酒，只怕是被人下了药。"

"是，酒是喝了的，但必不是喝醉，而是喝晕了，喝迷了。"

"那为何还有十余人未曾迷晕呢？"

"总得留些人逃出来。而且最重要的，得让那个雷副使逃出来闹事才行。"

裴琰冷笑道："筹划得倒是挺周全。"

崔亮道："还有最明显的一点，所有的死者口腔里都没有烟尘，而真正被烧死的人，因为要挣扎呼救，嘴里一定有大量的烟尘。这足以证明使臣馆里的人是被迷倒了以后才被烧死的。"

裴琰点了点头："这些都能证明是有人故意纵火，但这比失火对我们更不利。到时桓国咬定是我们故意派人放的火，形势会更糟糕，得尽早找出真凶才行。"

崔亮迟疑片刻，道："还有一个最大的疑问，我现在没有十足的把握。"

裴琰笑道："子明但说无妨。"

崔亮右手手指在桌上敲了数下，缓缓道："我怀疑——正房找到的那具尸首，并不是真正的金右郎！"

裴琰一惊，即刻平静下来，眉头微蹙："这就很令人费解了。不管是何方所为，只要能将金右郎烧死在使臣馆，便达到了搅乱局势的目的，为何要费大力气把真的金右郎劫走，另放一具尸身进来呢？"

崔亮摇了摇头："这个就不得而知了。据桓国人讲，金右郎前年从马上跌落，摔断了右足胫骨。他的马夫在此次火灾中逃得一命，我详细问了他，当年金右郎跌落下马，右足挫于地面，才将胫骨挫断。那具尸身右足胫骨确曾断裂过，但从断裂的骨口来看，挫断的可能性不大，倒像是被打断的。"

江慈收拾好厨房之物，回到正房，见二人商议正事，便坐在一旁安静听着。听到这处忍不住插嘴道："让别人把真的使臣运走，还运了个被打断过腿的尸身进去，这使臣馆的防卫倒是稀松得很！"

裴琰得她一言提醒，想起一事，道："你让人唤安澄进来。"

江慈走到园门口，长风卫一直在外守候，她吩咐之后，并未进屋，坐在院中的石凳上，远远看着正屋之中全神贯注讨论案情的二人。

灯烛之下，裴琰眉头微蹙，俊雅的面容严肃、冷峻，崔亮或沉思，或疑惑，原本温和的面容也变得格外谨慎与沉重。

江慈默默地看着二人，忽然觉得，这权相名臣倒也与贩夫走卒没啥区别，都是营营碌碌，费心费力；这江湖与朝堂也没什么不同，都是钩心斗角，争来夺去。

一朵秋菊被风卷落，扑上江慈的裙裾。她将嫣红的菊花轻轻拈起，轻声道："是风把你吹落的，可不是我摘下来的，要怪，就怪这秋风吧。"

她蹲下身，将菊花埋于泥土中，轻声道："其实，你红艳艳地开过这一季，又化作花泥，明年还能开出更艳的花来，再好不过了。好比人死后投胎，再世为人，我江慈真要是一命呜呼，大不了跟阎王老子求求情，说几句拍马屁的话，讨他欢喜，下辈子投个好人家就是了。"

她顿了顿，恨恨道："只是千万别投在王侯将相之家，最好再回到邓家寨！"她抬起头，望着星空，自言自语道，"也不知师姐什么时候嫁人生孩子，要是能投胎做她的孩子,再好不过了!"

安澄入园,从她身后经过,听到她的自言自语,忍不住看了她一眼。

裴琰见安澄进来,道:"你去查一下城内可有失踪人口,其中何人与金右郎身形相近,可曾断过右腿。还有,彻查一下这两日京城进出的人员和车马记录。再马上去与姜远知会一声,让禁卫军即刻起盘查每一个进出京城的人和车马,发现可疑人物,一律拦下。"

安澄应了声"是",正待转身,裴琰又道:"慢着!"

他再想了想,道:"姜远有些让人放心不下,禁卫军那汪水只怕也浑了。你派四个人,分别带五十名长风卫,守住四个城门,给我盯紧了。再彻查一下城内出现的生面孔和江湖人。"

崔亮道:"如果真要将金右郎运出去,从昨晚到现在,只怕早已运出去了。"

裴琰摇了摇头:"金右郎是他们手中的棋子,不会那么快运出去的。况且他们也不知道我们的安排,仓促之间不一定能反应过来。所以我估计金右郎还在城中。"

待安澄离去,裴琰望向崔亮:"子明,除去骨象,还有没有办法证明那具死尸确实不是金右郎?"

崔亮道:"一来得将服侍金右郎的人再找来详细问话,二来得再验验那具尸身。"

"估计要多长时日?"

"最好能给我三至五天。"

裴琰点了点头:"好,刑部那边也是五日后出勘验结论。我估计桓国的人快马加鞭,将火灾消息传回国内,再派人日夜兼程赶过来,是二十天之后的事情。我们总要赶在这二十天内,先把金右郎并未身亡这件事给确定了,再寻人,抓真凶。"

他站起身来:"金右郎尸身已入棺,要想再验,我们得做一回半夜君子。子明辛苦了一天,先休息两个时辰,子时我们再去验尸。"

"相爷一夜未睡,今日又忙了一天,也歇息一下吧,长年累月这么辛劳,铁打的身子也熬不住的。"

裴琰微笑道:"没办法,在其位,谋其事,食君俸禄,就得为君效命。我这辈子是不可能像子明这般逍遥自在了。"

崔亮笑了笑,将裴琰送出屋外。二人走至院中,江慈从花丛中冒出头来,笑靥如花:"相爷要走了?"

裴琰望了望她。此时,皎洁的月光透过藤萝架洒在她身上,她手上还拈着一朵海棠花,边说话边将海棠花瓣扯下往嘴里送。

裴琰眉头一皱:"这个也是吃得的吗? 你还真是什么都敢往嘴里送。"

"酸甜可口,相爷试试?"江慈将海棠花往他面前一送。

裴琰笑吟吟道:"我只知道,这世上有些东西是不能乱吃的。"

江慈也不气恼,笑道:"我也知道,今朝有酒今朝醉,管他明日风与霜! 这人啊,就是明天要去见阎王爷,今日也得将肚子填饱才行。"

崔亮不明白二人过节,笑道:"有些海棠花确实可以食用,海棠果实也一直用来入药,小慈倒没哄人。"

裴琰转身道:"我子时再过来。"说着走向园门,耳中却听得身后传来江慈与崔亮的对话。

"崔大哥,晚上还要出去吗?"

"是。"

"这么辛苦?"

"事关重大,当然得辛苦些。"

"那这样说来,管着天下所有百姓的皇上岂不是更辛苦?"

崔亮似停了一瞬,方答道:"你以为王侯将相都那么好当的啊。"

江慈笑了笑:"我以前一直以为什么王爷、相爷啊,就像戏曲里面唱的一样,穿个大蟒袍,出来踱几个步子,日日山珍海味,夜夜笙歌曼舞,就像这样……"

裴琰听得好笑,在园门口回过头。只见江慈与崔亮已走向屋内,她正仰头向崔亮开心地笑着,双眸闪亮,学着戏曲里的袍带小生手舞足蹈。崔亮被她逗得笑容满面,还轻轻拍了拍她的头。

深秋的夜,西园内涌着薄薄的雾,氤氲缥缈,裴琰远远看着屋中暗黄的烛光,看着那二人迈入屋中,这才转身出了西园。

# 第十章

## 浩瀚棋局

裴相府在京城是出了名的精致宅第，裴琰又是个讲究享乐之人，他居住的慎园更是雕梁文砖，画角飞帘，曲廊朱栏，流水垒石。

慎园正屋后有一汉白玉池，夏日引的是相府后小山丘的清泉水，秋冬沐浴时则由仆人和侍女们轮流将烧好的热水抬来注入池内。池底池岸俱用一色白玉石砖砌成，池边种着各色时花绿草，陈设着锦椅绣榻，奢靡豪华到了极致。

裴琰进园，吩咐一声"沐浴"，侍女漱云忙指挥近二十名侍女轮流将池子注满热水，往池中撒上各色鲜花及熏香过的干花，在池边摆上祛寒的葡萄酒。

裴琰任漱云替自己除去中衣，漠然看了她一眼，将身子浸入池中，闭目养神。温热与清香让他紧绷了两日的神经逐渐放松下来，真气在体内流转，不多时便气行九天数圈，顿觉神清气爽，疲劳皆消。

脚步声轻响，漱云在池边跪落，柔声道："相爷连日辛劳，可要奴婢为您按捏一下？"

裴琰半睁双眼，看了漱云一眼。只见她云鬓半偏，眉画新月，秋波流动，樱唇凝笑，浑身的温柔与婉转。他闭上眼，轻嗯了一声。

漱云伸出双手，替裴琰轻轻地按摩着双肩。裴琰双目微闭，呼吸悠长，似是极为舒坦。片刻后，他低低地吐了一口气，猛然反手将漱云拉入池中。

水花四溅,漱云惊呼一声,裴琰已将她的轻衫撕落。她上身一凉,紧接着后背一阵冰冷,被裴琰按倒在池边。

漱云上半身仰倒在池沿,后背是冰凉的白玉石,胸前却是裴琰修长温热的手掌。她娇柔一笑,也不说话,只是脉脉地看着裴琰。

裴琰面无表情地看着她,伸手取过池边的葡萄酒,慢悠悠地喝了一口,手指如同拨弄琴弦一般,轻轻滑过她光洁的肌肤,让她情不自禁地一阵战栗,发出惹人怜惜的娇喘。裴琰眼睛微微眯了一下,嘴角轻轻一勾,慢慢地向她俯下身来。

漱云心中欢喜,正待展开双臂将他环住,却被一股大力扼住双手。猛然地闯入之后,是疾风暴雨般的压迫与冲撞,让她几乎窒息和晕厥。背后的白玉石冰冷而坚硬,身前的人却比那白玉石还要冰冷坚硬,让她的心慢慢陷入绝望之中。

那带着点温热与清香、修长柔韧的手掐上她的咽喉,慢慢地用力,收紧,放松,再收紧,再放松。她痛苦地呻吟出声,不自觉地扭动着身体,换来的却是更加暴虐的撞击和蹂躏。她感到自己就像即将折断的芦苇,在肆虐的秋风中瑟瑟飘摇……

裴琰冷冷看着漱云爬上池边,跪于他身后,依旧替他按捏着双肩。她上池时带起池中的鲜花随波荡漾,一片海棠花瓣贴在他赤裸的胸口,嫣红欲滴。

他低头拈起那海棠花瓣,看了片刻,缓缓道:"还有没有海棠花?"

漱云努力让身躯不再颤抖,道:"奴婢这就去取来。"转身从屋内端来一玉盘,盘中摆满了刚摘下的海棠花。

裴琰拈起一朵海棠,扯下花瓣,看了看,送入口中。漱云一声轻呼,他却闭上眼细细咀嚼,片刻后笑了一笑:"倒真是酸甜可口。"

他将手中海棠花一瓣瓣扯落放入口中,边嚼边道:"从明天起,我不在慎园用餐,你们不用备我的饭菜。"


金右郎的灵柩停在礼部后堂,夜色深深时,换上黑色夜行衣的裴琰与崔亮,带着安澄等人悄悄翻墙而入。

堂内有十余名禁卫军和数名桓国随侍值夜守护。安澄早有安排,不多时,相府安插在禁卫军中的军官便执着令牌笑容可掬地过来,言道各位使随昨夜受惊,今日还要值守,实是辛苦,礼部有安排,送上夜宵美酒,让禁卫军的兄弟一起享用。待守卫之人喝下混有少量迷药的酒,沉沉睡去,裴琰等人便悄悄步入堂中。安澄带人守在堂外,裴琰与崔亮揭了棺盖,崔亮戴上鹿皮手套,细细勘验。裴琰负手立于一旁,看着崔亮验尸,心中思忖着数件大事,只觉危机重重,步步惊心。

墙外更鼓轻敲,崔亮直起身,轻声道:"行了。"

裴琰点点头,二人将棺盖推上。崔亮俯身拾起放于地上的木盒,刚要抬头,裴琰面色一变,背后长剑锵然而出,迅捷如电,堪堪挡住射到崔亮面前的一支利箭。

安澄等人训练有素,迅速向院墙外扑去,叮叮声响,显是与人交上了手。

裴琰仗剑护着崔亮越出院墙,细观双方拼斗。眼见安澄等人将对方步步逼向巷口,裴琰冷声道:"留活口!"

安澄应了一声,身形一拧,刀竖胸前,直劈向对面的黑衣蒙面人。

那黑衣蒙面人闷声笑道:"那得看你有没有这个本事!"说话间身形急转,手中短刃光华流转,瞬息间抵住安澄的"流风十八路"刀法。

此时天上新月如钩,夜风带寒,街道上这十余人的搏杀,吓得更夫躲于街角瑟瑟发抖。

见安澄久拿不下,而与他对决的显是这些蒙面人的首领,裴琰身形急腾,长剑爆起一团银白色的光芒,直飞向那为首蒙面人。

蒙面人知他剑势不可强接,耸身后跃,安澄趁机攻上,蒙面人一个铁板桥向后一倒,手中短刃顺势由下而上,挡住安澄的厚背刀。

裴琰身在半空,刚要执剑斩下,却面色大变,长剑挟风雷之势反手掷出,将正持刃逼杀崔亮的那名更夫刺了个对穿,但那更夫手中的利刃也刺入了崔亮的前胸。

黑衣蒙面首领见更夫得手,笑道:"裴相,失陪了!"右手一扬,银光暴闪,安澄和长风卫向后急避,众蒙面人趁乱四散逃匿。

安澄手一挥,长风卫分头追赶,他奔到裴琰与崔亮身边,只见崔亮面色苍白地从胸前摸出一堆碎裂的瓷片,笑道:"今日亏得这个药瓶,救了我一命!"

裴琰撕开崔亮衣襟细看,放下心来。但那更夫一刺之力极大,纵有瓷瓶挡了一下,剑刃也透入了崔亮胸口半寸有余。


江慈睡得迷迷糊糊,隐约听到院中脚步声响,知崔亮回来,忙披衣下床,点燃烛火到了正屋。见裴琰将崔亮扶至榻上躺下,心中一惊,忙扑过去:"怎么了?"

崔亮笑道:"没事,一点小伤。"

江慈转身到房中翻出伤药,崔亮接过药粉撒在自己胸前。江慈忙取出布条,替他包扎起来,见他胸前血迹斑斑,心中一酸,淌下泪来。裴琰见了,不由得一笑。崔亮也笑道:"白天那么多尸体不见你哭,这么个小伤口,你哭什么!"

江慈回头瞪了裴琰一眼:"你不是自命武功天下第一吗? 怎么还让崔大哥受了伤?"

裴琰正想着这事,便未理会她的出言不逊。崔亮也点头道:"相爷,天下能在您和安澄合力一击下逃生的人并不多。"

裴琰冷笑道:"这京城的水,越来越浑了。"

江慈又奔去厨房,烧来热水,替崔亮拭去胸前血迹。裴琰转头间看见,眉头微皱,道:"你这毛手毛脚的,明天我安排几个人过来侍候子明。"

崔亮忙道:"不必了,相爷,我只是皮肉伤,这西园若是人多了,我看着烦。"

裴琰一笑:"倒也是,我就觉得你这里清爽。从明天起,我就在西园用餐好了。"


早朝后,众臣告退,皇帝却命裴琰留下。庄王与静王不由得互望一眼,又各自移开视线,退了出去。

皇帝望着裴琰,和声道:"来,陪朕下一盘棋。"

"微臣遵旨。"裴琰施礼,在皇帝对面斜斜坐落。

上百手下来,裴琰只觉胸口如有一块大石压着,闷得透不过气,手中的白子也不知该往何处落下。皇帝凝望着他,饮了口茶,微笑道:"你心存敬意,不敢全力与朕拼杀,否则也能下成和局。"

裴琰忙起身束手:"皇上棋力浩瀚深远,微臣钦服。"

皇帝朗声一笑,站了起来,负手望着窗外的梧桐,悠悠道:"年轻一辈之中,你的棋力是首屈一指的了,有些像……"

裴琰额头沁出微微细汗,神色却仍平静,呼吸也如往常一样细密悠长。

皇帝良久方续道:"观棋知人,你心思缜密,处事镇定,顾全大局,性格又颇坚毅,倒比朕几个儿子都要出色。"

裴琰忙跪下:"微臣不敢。"

皇帝过来将他拉起,却握住他的手不放,见他神情恭谨中带着一丝惶恐,微笑道:"不用这么拘谨,这殿内也无旁人。"

他松开手,拿起御案上一本折子,叹道:"若不是出了使臣馆这档子事,朕本是要派你去玉间府,代朕到庆德王灵前致祭的。"

他似是陷入回忆之中:"当年文康太子暴病而薨,先帝属意由朕继承大统,知朕的那帮子兄弟定会作乱,大行之前召了庆德王入宫,一番叮嘱,命他辅佐于朕。后来'逆王之乱',若非庆德王、董学士、魏公及你叔父挽狂澜于既倒,扶大厦之将倾,天下百姓还不知要受多久的战火荼毒。庆德王这一离世,朕又少了一位肱股之臣,也少了一位知己。唉……"

裴琰默默听着,只觉皇帝的话凌厉如刀,直插他内心最深处,心中似有幽灵呼啸而出,却又被那利刃的寒意冻结成冰。

皇帝叹道:"你叔父当年于朕有辅佐之功,后来月落作乱,非是朕不想保他,只是事涉两国,只能让他做了替罪羊。现在想来,朕有些对不住他,他在幽州也吃了这么多年的苦,等桓国之事了结,朕会下诏赦他返京。"

裴琰忙行礼道:"叔父自知有负圣恩,不敢有丝毫抱怨。他在幽州修身养性,颐养天年,倒是他的福气。"

"嗯,子放倒是比朕清闲,当年朕与你父亲、叔父三人笑游江湖,就说过唯有他才是真正拿得起放得下之人。"

裴琰恭谨笑道:"叔父信中也一直训诫微臣,要臣做一代良相,用心辅佐圣上,代他尽未尽之忠,报未报之恩。"

皇帝欣慰一笑:"裴家世代忠良,实堪褒扬。朕想追封你父亲为定武侯,不日便有恩旨,你用心查好使臣馆一案,先跪安吧。"

内侍进殿,跪禀道:"启禀皇上,卫指挥使求见。"

皇帝似是很高兴,眼角也舒展了几分,笑道:"宣!"又向裴琰道:"你去吧。"

裴琰踏出延晖殿,见卫昭由廊角行来,一身白色宫袍,云袖飘卷,秋阳透过廊檐洒于他的身上,似白云出岫,逸美难言。待他走近,裴琰笑道:"听庄王爷说三郎府中进了批龟兹国的美酒,改日我定要去叨扰一番。"

卫昭嘴角轻勾:"少君是大忙人,只怕我下帖也是请不来的。"

二人俱各一笑,卫昭由裴琰身边飘然而过,迈入延晖殿。

裴琰隐隐听到皇帝愉悦的声音:"三郎快过来!"忙疾行数十步,远离了延晖殿,几名内侍正捧着一沓文书由回廊转来,见裴琰行近,都弯腰避于一旁。

裴琰瞥了一眼,闲闲道:"这些旧档翻出来做什么?"

为首太监忙答道:"皇上昨日命方书处将各官员的履历档案呈圣,这是皇上已经阅毕,要送回方书处去的。"

裴琰不再说话,急匆匆出了乾清门。长风卫牵过骏马,他跃身上马,回过头遥望着高峨的弘德殿。殿角金琉碧瓦,殿前蟠龙玉柱,勃发着的,是至高无上的威严华贵气象;隐透着的,是能让江山折腰、万民俯首的帝王骄容。


昨夜那一刃虽然凶险,却只是皮肉伤,崔亮辰时便进了偏房,一直没有出门。

江慈颇觉无聊,加上心中盘算也未想定,有些烦闷。见西园一角有块空地长着些荒草,便取过锄头将野草除去,翻松土壤。裴琰进园时,正见她赤脚立于泥土之中,满头大汗,双颊通红。

裴琰上下扫了她一眼,淡淡道:"这是做什么?"

江慈笑道:"翻块花圃出来,将来好种些云萝花。相爷府中奇花异草不少,就缺这个,未免有些美中不足。"

裴琰愣了一瞬,道:"去,换个装束,随我去认人。"说着步入偏房,崔亮正细心查验证物,举了举戴着鹿皮手套的手,裴琰一笑,退了出去。

江慈换过装束出来,笑道:"相爷,我想和您商量个事。"

裴琰边行边道:"说来听听。"

"我还欠着素烟姐姐一件衣裳没还给她，那夜又让她虚惊一场，想上一趟揽月楼，一来向她道歉，二来将衣裳还给她，您看……"

"让安华帮你送过去就是。"裴琰脚步不停。

江慈心中暗咒，却也无可奈何，只得拉着脸跟上裴琰的步伐。裴琰带着她在各部走了一趟，又去了数名官员的府邸，这些官员皆受宠若惊，纵是卧病于床，也挣扎着爬起，直道未能给容国夫人祝寿，又劳相爷亲来探病，实是愧不敢当。

诸府走罢已近午时，裴琰见仍无结果，知明月教教主极有可能是不知去向的那三人中的一个。他将那三人行止细细想了一遍，却不敢肯定，只得又走向使臣馆。秋风渐寒，慢慢下起了淅淅细雨，洒在残垣断壁、焦木黑梁上，倍显凄凉。

裴琰带着江慈在火场踱了一圈，忽听得她在身后叹道："这么大的宅子，怎么拆成这样？"

裴琰回头一看，见江慈正望向使臣馆北面，正是那日火起时，为防火势向皇城蔓延，卫昭命禁卫军拆掉的那所宅子。裴琰向那宅院走去，两名禁卫军由断墙后出来行礼道："相爷！"

"没有人进过使臣馆吧？"

"回相爷，没有。"

"知不知道这里以前是何人居住？"裴琰望向已被拆得面目全非的屋宅。

"这宅子以前是礼部用来堆放文书档案的，后来档案统一调归方书处，这里就空置下来了。"

裴琰点了点头，带着江慈在院内走了一圈，脚步逐渐放缓，凝神思考。江慈却对那堵断墙上的一带藤萝极为喜爱，向一名禁卫军借来腰间长剑，便欲砍下一截。

裴琰抬头看见，忽道："慢着。"转头问道，"未失火之前，这处可有人看守？"

一名禁卫军答道："这屋后是卫城大街，再过去就是皇城，向来由光明司值守，使臣馆其余三面均有禁卫军的弟兄把守，这一面却未派人，怕和卫大人……"

裴琰摆了摆手，命那二人退去，自己又陷入沉思。

江慈明他之意，想了片刻道："要从这处运个死人进去，再带个活人翻墙出来，还得避过使臣团、禁卫军和光明司的人，最后再放一把火，这人真是厉害！"

裴琰侧头看了她一眼，略有讶色，却未说话。

江慈又在断墙前后看了数趟，跑到裴琰面前笑道："相爷，您的轻功应是天下无双吧？"

裴琰轻轻一笑："说吧，这般奉承我，意欲何为？"

江慈笑道："我可不是拍您马屁，只是觉得这世上高人甚多，怕相爷不知'天外有天，人外有人'这句话。"

裴琰哦了一声："你倒说说，有何高人？"

江慈指了指使臣馆，又指向那堵断墙："相爷你看，使臣馆那边的屋舍是紧贴着这墙的，那真凶要是从正屋将使臣大人劫出，由这堵墙翻入这边的宅子，非得由屋顶越过来不可。他带着一个大活人，上那么高的屋顶，越过这堵高墙，还得避人耳目，这份轻功，我看当世也只相爷才及得上。"

裴琰眼睛一亮，笑道："小丫头，你这马屁还真是拍对了。"

江慈得意一笑，转而愣了一瞬，继而大笑。

裴琰见江慈负着手转到自己身后，眼睛还尽往自己那处瞄时，才醒悟过来，知自己一时口快，承认她是拍自己"马屁"，竟让这丫头好好地嘲笑了一回。

见江慈满面得意之色，口中不时发出"嘚嘚"的驾马声，裴琰瞪了她一眼，但也难掩心中高兴，转身便出了使臣馆。

见二人出来，长风卫牵过坐骑，裴琰纵身上马，却见江慈正轻抚着她那匹坐骑的马屁股，口中念念有词："马儿啊马儿，我知道平素有很多人拍你马屁，拍得你未免不知道自己是匹马儿，竟以为自己是天神下凡，能主宰众生。我这回拍你的马屁股呢，就是想让你知道，你也不过就是匹——"

她话未说完，啊的一声，已被裴琰探手拎上马背。裴琰又顺手在马屁股上一拍，江慈大呼小叫，紧拽住马缰，向前驰去。裴琰策马追上，见她慌乱模样，得意笑道："你记住，东西不能乱吃，这马屁也是不能乱拍的。"

江慈早有准备，装作身形摇晃，右足足尖狠狠踢向裴琰坐骑玉花骢的后臀。玉花骢受惊，长嘶一声，疾驰而出。裴琰未及提防，向前一冲，身形腾在半空。他急运内力，勒紧马缰，身子落回马鞍上。

安抚住受惊的玉花骢,裴琰勒转马头,面带一丝冷笑,望着慢悠悠赶上来的江慈。

江慈并不看他,左手轻轻挥舞着马鞭,右手不停拍着身下坐骑的后臀,口中还哼着一曲《策马谣》。她想起终将这大闸蟹狠狠嘲笑了一番,出了积于胸中多日的一口怨气,十分得意,歌声越发婉转欢畅,右腮上的那颗小黑痣仿佛就要滑入旁边那深深的酒窝。

裴琰看着她慢悠悠骑马而过,举起的马鞭又慢慢放下,在玉花骢后臀上轻轻一拍,从她身边驰了过去。


裴琰驭下甚严,府中奴婢见了他,素来战战兢兢。唯独江慈这个村野丫头竟然不惧怕他,还常出言顶撞。他每日散朝回来便到西园与这丫头打打嘴仗,竟觉得大是得趣,尤其是看她吃瘪,更是心情舒畅,比与朝上那些老古板明争暗斗另有一番趣味。他虽为左相,毕竟年轻,少年心性竟在这西园得到释放。

江慈见裴琰说从此要在西园用餐竟不是玩笑话,想到每日都要看这大闸蟹的可恶嘴脸吃饭,颇为烦恼。可人在屋檐下,不得不低头,还是耐着性子做了几个可口的菜。看裴琰似乎吃得甚香,她心中更是不爽,端着碗筷远远坐开。崔亮想起心事,怕江慈日后吃亏,有心缓和二人关系,便笑道:"小慈过来一起坐吧。"

"不用了,你们是主子,我是奴婢,得守规矩。"江慈闷声道。

崔亮讶道:"谁把你当奴婢了?你本不是这相府的人。"

"江姑娘,这是什么菜?倒是没有见过。"裴琰岔开话题。

江慈回头看了看,乐不可支:"这是红烧马蹄。"

"哪来的马蹄?马蹄也可以吃的吗?"崔亮大笑。

江慈端着碗坐到桌边,指点着桌上菜肴:"这是红烧马蹄,这是马尾巴上树,这是油煎马耳朵,这是……"她一时想不到合适的菜名,话语停顿下来。

裴琰见她正指着一盘绿油油的青菜,索性放下碗筷,笑吟吟地望着她:"这是什么?还望江姑娘赐教!"

江慈想了半晌,微笑道:"这是翡翠马臀!"

崔亮一口气没顺过来,呛得抚住胸前伤口咳嗽。江慈忙扶住他:"碍不碍事,是不是很疼?"说着便欲拉开他的衣襟细看。

裴琰过来解开崔亮的衣襟看了一下,知只是伤口迸裂,并无大碍,又转回桌边继续吃饭。江慈却不放心,还是取过药粉,替崔亮重新敷药包扎好。再端起碗时,见裴琰唇边挂着一抹冷笑望着自己,心中竟无端地有些寒意,远远躲了开去。

自被江慈一言提醒,又调来当日笔录细阅,综合各方面线索,裴琰心中有了计较,吩咐下去,长风卫们自有一番周密部署。他又带崔亮去找桓国使臣团的人详细问话,崔亮将问话内容与验尸结果一一对应,更进一步确定死者并非真正的金右郎。裴琰虽仍不明那人为何一定要劫走金右郎,但基本能确定是何人作案,遂按下心思,坐等那人自动现身。

转眼已是五日过去,刑部勘验有了结果,确定是人为纵火。这结果让朝中上下颇为头痛,在真凶未抓到的形势下,若将此论定直接通告桓国副使,桓国必咬定是梁国派人纵火,真是后患无穷。

这日散朝后,一干重臣受宣到延晖殿商议使臣馆失火一案,最后在裴琰的提议下,将勘验结果暂缓通报桓国副使,待寻出真凶后再做安排。为免雷渊咄咄逼人,借机生事,裴琰这位主持查案的相爷便"突染伤寒,告病休养数日"。但在庄王等人拐弯抹角的追击下,裴琰只得应下半个月内抓到真凶,如若不能,则愿领责罚。

面对庄王幸灾乐祸的笑容和太子关切的询问,裴琰满面愁容,显得一筹莫展,倒让静王急得直使眼色,奈何裴琰好像没看见,他也无可奈何。

蝶园,桂树下。

裴夫人低首敛眉,轻拍琴首,纤长的手指如轮劲转,琵琶声竟似有金铁相击,煞气渐渐溢满整个蝶园。远远站立的侍女们如被萧瑟秋雨狂吹肆虐,花容惨淡。

琴音拔高,穿云破空,如银浆乍裂,又似惊蛰春雷,园中众人齐齐失色。眼见已至云霄,琴音却又忽转轻柔,如白羽自空中飘落,低至尘埃,泣噎呜咽。

待一切尘埃落定，裴夫人又连击琴板，琴音再高，恣肆汪洋，淋漓尽致。众侍女脸色方才平静下来，都觉园中百花盛开，华美灿烂。

微弱的脚步声在园门口停住，裴夫人十指顿住，片刻后按住琴弦，道："进来吧。"

漱云低头入园，跪于裴夫人身旁，其余侍女纷纷退回屋中。

裴夫人盯着漱云看了一阵，淡淡道："听说你家相爷有几日没回慎园用餐，日日待在西园，你为何不早来禀告？"

"相爷他……他已知道奴婢向夫人禀告他起居事宜，奴婢怕……"

裴夫人笑了笑："我是他母亲，做母亲的关心自己的亲生儿子，怕他吃不好，睡不好，这才找你来问问，你怕什么？"

漱云只是叩头，想起那夜紧扼住自己咽喉的那只修长温热的手，浑身轻颤。

裴夫人看了看她，悠悠道："你记住，你是长风山庄的人，不是他裴相府的人，他不敢为难你的。你多花点心思，劝他回慎园修身养性、勤练武艺，这方是你应尽的本分。"

漱云叩下头去："奴婢遵命。"

"还有，他既已知道了，你索性每日光明正大地到我这里来请安。我会择个日子让他正式收你为侧室，儿媳妇天天来向婆婆请安，他也不能说什么。"

漱云心中不知是悲是喜，低声道："多谢夫人恩典！"

"那他在西园用餐，可是大厨房的人帮他准备饭菜？"

"回夫人，西园外有长风卫日夜守着，奴婢进不去。听大厨房的人说，园内倒是有个丫头，就是被相爷从长风山庄带回来受了重伤的那个，后来被相爷派去伺候崔公子，备餐之事应是这丫头在张罗。"

裴夫人一愣，忆起那夜在长风山庄之事，唤道："漱霞！"

侍女漱霞应声而出："夫人。"

"去，查查西园那丫头的底细。"

# 第十一章

## 华堂相会

京城西郊七八里处有一片坟地。这日巳时，一名蓝衫女子提着一篮祭品，在一座土坟前盈盈拜倒。她身形纤柔，眉眼清雅如空谷幽兰，在坟前磕下头去，轻声道："外公，外婆，霜乔来看你们了。"

她慢慢拔去坟上的野草，边拔边道："外公，外婆，母亲临终前千叮咛万嘱咐，要霜乔一定来看看你们，给你们磕头，也要想办法找到小姨。但霜乔实在是不愿意到这京城来，霜乔想一辈子留在邓家寨，过平淡而清静的生活。所以一直未能来看你们，还请外公外婆原谅。"

她走到坟的另一面，这才发现坟边竟还摆着一些祭品，一愣过后她面上浮现惊喜之色，喃喃道："难道是小姨？"眼见祭品中的果品还十分新鲜，她站了起来，四顾望去，忍不住高声唤道，"小姨！"

山野风大，她的声音远远传了开去，却不见回音。

蓝衫女子有些泄气，在坟前坐了下来，忽想起另一个娇丽面容，恨恨道："死丫头，可别让我逮到你！"

黄昏时分，蓝衫女子随着熙熙攘攘的人群在京城的大街上走着，看到酒楼或是卖首饰的店铺就进去相询，大半个时辰下来毫无结果。眼见天色渐黑，她只得寻到一家客栈，正待进门，惊呼之声响起，一匹骏马由大街尽头疾驰而来，人们纷纷躲闪,蓝衫女子也身形晃动,向旁避开。

那马驰至客栈门口,忽然立起前蹄。马上之人"啊"地惊呼,向旁甩落,重重撞上蓝衫女子。蓝衫女子猝不及防,被坠马之人撞倒在地,不由得按住左腿痛呼出声。那人爬起来连声告罪,蓝衫女子却也知对方是无心之举,不便责怪。她不愿与陌生年轻男子说话,一瘸一拐,便欲步入客栈。落马的青衫公子忙追了上来,施了一礼道:"一切都是在下的过错,不知姑娘可愿给在下一个赎罪的机会?"

蓝衫女子侧过身去,冷冷道:"不必了,请你让开。"

青衫公子作揖道:"在下害得姑娘受伤,若是姑娘就这样走了,岂不是陷在下于不仁不义的境地?在下愿延请名医替姑娘诊伤,还望姑娘见谅,如若不然,在下便长跪不起,以免被人唾骂。"

蓝衫女子觉得这人有些迂腐,却也是一片诚心,正犹豫间,旁边的一名大婶开口道:"姑娘,就让这位公子请大夫替你诊治诊治吧,年纪轻轻的,腿落下病根可就不好了。"旁边的人也纷纷附和。

蓝衫女子觉得左腿疼痛一阵厉害过一阵,想了想,便轻轻点了点头。青衫公子大喜,转头见自己的仆人赶了上来,忙命仆人寻来马车。蓝衫女子被那大婶扶上车,青衫公子命仆从赶着马车向城西回春堂行去。


裴琰安排好一切,便"告病休养",除去夜间回慎园寝宿,其余时间便待在西园,与崔亮把酒畅谈诗词歌赋、天文地理。

他二人聊得十分痛快,江慈却是满肚怨气。裴琰也不令其他侍从进西园,侍候二人的重任便落在了她一人身上。偏裴琰又是十分讲究之人,一时嫌茶水不干净,一时道文墨不合规矩,一时又说熏香用得不对,将江慈支使得团团转。不过裴琰倒是未对她的厨艺挑三拣四,纵是江慈只弄两个家常小菜,他也吃得津津有味,胃口极佳。几日下来,江慈竟未有一刻停歇。若是依她往日性子,早就甩手而去,临去前还必要狠狠整治这大闸蟹一番。可现在命悬他手,那毒药只他一人能解,也只好忍气吞声,心中盘算如何才能哄得大闸蟹高兴,放松守卫,溜出去一趟,实施自己的计策才好。

这日戌时,夜色渐深,裴琰仍未离去,反而画兴大发,命江慈磨墨。江慈累了一天,有气无力地磨着墨,忍不住打了个呵欠。

裴琰抬头看了她一眼,眸中笑意渐浓:"江姑娘得练练功了,这个时辰就精神不济,定是内力太浅。"

江慈在心中暗咒,挤出一缕笑容道:"我这懒笨之人,与相爷自是无法相比的,相爷好比是那乌骓骏马,能日行千里,我就是长四条腿也追不上相爷的。"

裴琰正要说话,安澄进来,瞄了瞄江慈,束手而立。

裴琰放下画笔,端起茶盏饮了一口,眉头微皱:"你烧水用的不是楠竹,倒像是烟木,一股子烟熏气。去,重新烧壶水过来。"

崔亮饮了一口,笑道:"我倒觉得没什么区别。"

江慈见裴琰眼神凌厉地望着自己,只得嘬着嘴走了出去。她将大闸蟹骂了无数遍,劈好楠竹,烧好一壶水,拎着铜壶过到正屋,刚踏过门槛,见裴琰笑吟吟地望着自己:"我要去听戏,你去不去?"

江慈日思夜想的便是如何出一趟相府,闻言大喜:"我去!"

"那你去换过装束。"

江慈将铜壶往地上一蹾,钻到自己房中,手忙脚乱换过小厮装束,又抱着个布包奔出来,见裴琰的身影已到了园门口,忙赶了上去。待到了相府西门,她才发现崔亮并未同行,忙问道:"崔大哥不去吗?"

裴琰双手负在身后:"他伤刚好,得静养。"

见西门前停着的是一辆普通的双辕乌篷马车,江慈觉得有些奇怪。

二人上车后,裴琰见江慈紧抱着那个布包,问道:"这是什么?"

"素大姐的衣裳,我拿去还给她。"

裴琰一笑:"谁说我们要去揽月楼的?"

江慈啊的一声叫了出来:"不是去揽月楼听戏吗?"

"是去听戏,不过不是去揽月楼。你道京城只有揽月楼的戏曲才好吗?李子园的花旦也是不错的。"

江慈大失所望。原还指望着能到揽月楼见到素烟,想办法让她替自己传个要紧话，未料竟不是去揽月楼，转瞬想起崔大哥并未同行，遂面上堆笑："相爷，我有些不舒服，还是不去了。"

裴琰闭着眼，并不回答。听得外面驾车人马鞭山响，马车就要前行，江慈莫名地有些害怕，道："相爷，我先回西园了。"说着掀开车帘，便欲跳下马车。

裴琰右手急探，揪住江慈的后领将她往后一拖，马车却于此时向前行去，一拖一带，江慈直跌入他怀中。

此时已是深秋十月，白天又下过一场大雨，夜风带着寒意，从掀起的车帘外直扑进来。江慈着的是小厮衣装，有些单薄，被这风一吹，打了个寒噤。

裴琰捏了捏她的左臂，有些不悦："没有夹袄就说一声，自会有人给你置备，穿成这样跟我出去，倒像我相府虐待下人似的。"

江慈从他怀中挣出，怒道："我又不是你家奴婢。"

裴琰一笑，悠悠道："是吗？我怎么记得某人某夜在映月湖边说过，要为奴为婢，以报我救命之恩。"

江慈心中恼怒，却也知不便逞口舌之利。这大闸蟹无缘无故带自己出去听戏，只怕不怀好意。她脑中胡乱想着，身子慢慢向后挪移，下意识想离这大闸蟹远一些。裴琰轻哼一声，不再说话，靠住车壁，闭目养神。

江慈心中想了又想，终开口道："相爷。"

"嗯。"裴琰也不睁眼，低沉应道。

"那个，我们能不能去揽月楼听戏？我只想听素烟姐姐的戏。"

"你真想听素烟的戏？"

"那是自然，素烟姐姐人长得美，心又好，戏曲唱得一流，不听她的听谁的？"

"那就明天去揽月楼吧，素烟排了一出新戏，明天上演首场。"

"真的？"江慈一喜，屁股一挪，便坐近了几分。

裴琰睁开双眼，但笑不语。江慈极怕看到他这种笑容，又向后挪了开去。

裴琰笑着向她倾过身来，江慈慢慢向后挪移，直到紧靠车壁，避无可避。

裴琰笑道："你胆子不是挺大的吗？怎么也知道怕我了？"

见裴琰面上满是戏弄的浅笑，江慈心里不服气，脱口而出："我哪是怕你，你好了不起吗？当个相爷也没啥乐趣……"

裴琰唇边笑意僵住，冷哼一声，坐回原位。忽然，他右足运力一顿，马车摇晃，江慈猝不及防，身子向前一冲，眼见头就要撞上车壁。裴琰手如疾风，将她拉住，扔回原处，冷冷道："坐稳了，可别乱动。"

江慈头晕目眩，觉自己就像是裴琰手心中的面团，被他揉来揉去，又像是被他拴住的蚂蚱，怎么蹦跳也逃脱不出他的控制，心中羞怒，泪水在眼中打转，又不愿在他面前哭出来，死命咬住下唇，满面倔强之色盯着裴琰。

车厢内仅挂着一盏小小红烛灯笼，摇晃间烛火忽明忽暗，映得江慈饱含泪水的双眸如滚动着晶莹露珠的海棠。裴琰看了看她，又闭上双眼，不再说话，车厢内仅闻江慈沉重的呼吸声。

待车停稳，江慈跳了下去，这才发现马车竟停在了一处院子之中。院内灯烛较为昏暗，看不清周遭景况，只隐隐听到空中飘来丝弦之音。

一人迎上前来："相爷，已经安排好了，请随小的来。"

裴琰带着江慈穿堂过院，丝弦之声渐渐清晰。江慈见果然是去听戏，心中安定了几分。东张西望间，侍从拉开雕花木门，二人步入垂帘雅间。

侍从奉上香茶和各式点心，弓腰退了出去。江慈见雅间内再无旁人，欲待说话，裴琰却做了个噤声的手势，只是专心听戏。

台上，一花旦正伴着胡琴声婉转低泣地唱着，眉间眼角透着一种伶仃清冷，碎步轻移间自有番盈盈之态。江慈赞了声"好"，裴琰微微一笑，拍了拍身边黄木椅，江慈边看着戏台边坐了下来。

裴琰瞥了她一眼，笑道："你倒还真是个戏迷，当初在长风山庄为了看戏，差点把命都丢了，怎么就不长记性？"

江慈扬了扬眉："戏迷怎么了？看戏总好过演戏。"

二人正斗嘴间，听得旁边雅间门被推开，青年男子彬彬有礼的声音隐隐传来："燕姑娘，请！"一女子低低地应了一声。

不多时，又听到那青年男子道："燕姑娘，这李子园的点心很不错，你试试。"

那女子似是说了句话，江慈用心听戏，也未听清楚。裴琰却忽然起身，将两个雅间的隔板一推,笑道:"我说有些耳熟,原来真是继宗。"

旁边雅间中的青年男子转头一看,慌忙站了起来,行礼道:"相爷!"

裴琰微微摆手:"继宗不必拘礼,我也只是来听戏,这位是……"说着望向他身边的一名蓝衫女子。

"这位是燕姑娘。燕姑娘,这是裴相。"

燕霜乔并不抬头,站起身来,淡淡道:"邵公子,我还是先回去好了,您自便。"

邵继宗忙跟着站了起来:"还是听完戏再走吧,你腿脚不便,我怎能让你独自回去。"

裴琰微笑道:"倒是我冒昧了,继宗莫怪。"

邵继宗忙跟着转向裴琰道:"相爷太客气,折杀我也。"他看了看,讶道,"相爷一个人来听戏的吗?"

裴琰左右看了看,竟不见了江慈身影,凝神一听,掀开桌布,看着抱头缩于桌底的江慈,笑道:"哪有蹲在桌子底下看戏的道理,快出来!"

江慈哪敢出来,抱着头缩于桌下,只盼着旁边雅间内那人赶快离去才好。

裴琰伸手将她拖了出来:"你的坏毛病倒是不少。"

江慈无奈,只得背对那边雅间,心中焦虑,只求菩萨保佑,千万不要被认出来,却听得裴琰冷声道:"江慈,你老实点坐下!"

惊呼声传入耳中,江慈眼前一黑,万般无奈下转过身去,面无表情地望着戏台。

燕霜乔盯着江慈看了片刻,冷笑一声,一瘸一拐地走了过来。江慈心中焦急,面上却仍装作若无其事。燕霜乔怒极反笑:"你倒是出息了,连我都不认。"

江慈面上惊讶,道:"这位小姐认错人了吧? 我可从未见过你。"

裴琰侧头笑道:"燕姑娘,这是我府中的下人江慈,你认识她吗?"

燕霜乔望着江慈,缓缓道:"她是我的师妹,我和她在一起生活了十余年,她便是化成灰我也认得。"

裴琰讶道:"敢问燕姑娘,可是邓家寨人?"

"正是。"

江慈一惊，望向裴琰，裴琰笑得十分得意："安澄说听到你自言自语，要回邓家寨，还有一个师姐，倒是没错。"

江慈见无法混赖过去，只得望着燕霜乔，脸上挤出如哭一般的笑容："师姐！"

燕霜乔面如寒霜，用手来揪江慈。江慈"啊"地惊呼，跳到裴琰身后，颤声道："师姐，我错了！我错了！"又指着她的脚道，"师姐，你……你的脚怎么了？"

燕霜乔不便越过裴琰来逮人，只得柔柔笑道："小慈，你老实跟我回去，我什么都不和你计较！"

江慈见师姐笑得这般温柔，更是害怕，躲在裴琰身后，口里一边求饶，面上却向燕霜乔不停使着眼色，只盼她能看懂，速速离去。燕霜乔却未明白，道："你眼睛怎么了？快过来让我瞧瞧！"

江慈心中叫苦，苦着脸从裴琰身后走出。燕霜乔一把将她拉过，往外走去。

江慈自见到师姐，便怕她知道自己中毒之事后白白替自己担忧，更不愿她卷进这潭浑水，所以才装作不识，如今见无法混赖过去，便又频使眼色，企图让她速速离去，不料师姐完全领会不了自己的心意。

身形移动间，江慈瞥见裴琰唇边的冷笑，心中一急，定住脚步，哀求道："师姐，你先回去吧，我……我是不能和你回去的。"

燕霜乔一愣，看了看江慈身上的装束，最初的惊讶与气恼过后，逐渐冷静下来，道："到底怎么回事？"又转过头望向裴琰，"他是何人？为何你会和他在一起，还穿成这样？"

邵继宗忙过来道："燕姑娘，这位是当朝左相，裴琰裴大人。"

燕霜乔眉头一皱，心中气恼师妹平白无故去惹这些当朝权贵，面上淡淡道："我们山野女子不懂规矩礼数，也不配与贵人一起听戏，先告退了。"

裴琰微笑道："燕姑娘要走请自便，但江慈得留下。"

"凭什么？"燕霜乔将江慈拉到自己身后护住。

"因为她现在是我相府的奴婢。"裴琰看着戏台，悠悠道。

燕霜乔转身盯着江慈："说吧，怎么回事？"

江慈万般无奈，想了半天，也只能顺着裴琰的话说，遂垂头道："我……我欠了相爷的银子,已经卖身到相府做奴婢了。"

裴琰一笑:"你这师妹倒不是赖账之人。"

燕霜乔放开江慈,走至裴琰身前,轻声道:"她欠你多少银子?我来替她还。"

裴琰抬头看了她一眼,觉她人如秋水、气质淡定,容貌倒有几分那人的影子,便微笑道:"她欠我的银子倒也不多,不过四五千两,在我相府中做奴婢做上一辈子,再生几个小奴才,也就差不多了。"

燕霜乔眼前一黑。师父虽留了一些田地和银两,够师姐妹二人衣食无忧,却哪有四五千两这么多。她冷笑一声道:"我师妹年幼无知,倘有得罪相爷的地方,还望相爷大人有大量。但想她一个年幼少女,无论如何也没有要用到四五千两银子的时候,只怕她是上了当受了骗,被人讹了也不知道。"

裴琰笑道:"我倒也没有讹她,是她自己说要为奴为婢,来还欠我的债。"

燕霜乔转头看向江慈,江慈知她必不肯丢下自己离去,也知裴琰绝不会放自己离开,偏又不能说出实情,万般愁苦露于面上。

燕霜乔只道裴琰所说是真,心中烦乱不已,愣了半晌,走至裴琰身前盈盈行了一礼,柔声道:"先前多有得罪,望相爷原谅。只是我师妹笨手笨脚,实在不会伺候人,还请相爷高抬贵手,放她离去。我们家产不多,但必定会变卖所有田产房屋来还相爷的债。相爷大恩,没齿难忘。"

裴琰架起二郎腿悠悠晃着,似陷入思忖之中,也不说话。

那邵继宗犹豫片刻,走过来向裴琰施了一礼。

"继宗切莫如此,有话请说。"裴琰忙将他扶起。

邵继宗看了看燕霜乔,面上微红,开口道:"相爷,继宗有个不情之请。"

裴琰看了看燕霜乔,又看了一眼邵继宗,呵呵笑了起来:"继宗,你知我向来是愿意成人之美的。"

邵继宗更加扭捏,迟疑了许久方道:"相爷,这位小姑娘既是燕姑娘的师妹,她又年幼无知,继宗愿先代她偿还相爷的债务。还望相爷能高抬贵手,放她一马!"说着长揖行礼。

燕霜乔感激地望向邵继宗,二人目光相触,她颊边也是一红,移开视线,默然不语。

裴琰想了片刻，道："好，看在继宗的面子上，我放这小丫头一马，银子什么的，就不用还了。你把她带走吧，我正嫌她笨手笨脚的。"

"多谢相爷。"燕霜乔与邵继宗同时喜上眉梢，行礼道。

江慈惊讶不已，有些摸不着头脑，望着满面春风的裴琰，不明他今夜行事为何如此奇怪。正张口结舌间，裴琰又道："不过她在我相府中待了这些时日，我有几句话得嘱咐她，你们先出去等着吧。"

待燕霜乔和邵继宗出去，裴琰步到江慈身边轻声道："你听着，继宗是我要拉拢的人，看在他的面子上，我暂且让你随你师姐离去。我也会派人暗中保护你，不让那人来杀你灭口。但你别想逃走，该让你认人的时候你得听话，那解药可只我一人才有。还有，不想连累你师姐的话，就管好你那张嘴，老实点。"


江慈随着燕霜乔和邵继宗回了邵府，总感觉事情并不像表面这么简单，偏又想不出那大闸蟹究竟想干什么。难道他真的只是为了拉拢示好于这邵公子吗？

回到邵府，燕霜乔和江慈互使个眼色，摆脱了那讲究礼数、过分客气的邵继宗，回到燕霜乔居住的厢房。一将门关上，燕霜乔便揪住江慈的耳朵，恨恨道："死丫头，说，怎么回事？"

江慈眼泪直流，欲待说出真相，可想起裴琰临走前威胁的话，抽泣半天，终于轻声道："是我贪玩，欠了相爷的银子，只好以身抵债。"

燕霜乔心中一痛，细看江慈，见她容颜颇有些憔悴，少了往日的圆润娇美，也知她吃了不少苦头。想起她自幼受到师父宠爱，何曾懂得人心险恶、世态炎凉，怜惜之情大盛，将江慈揽入怀中，又替她拭去泪水："好了，别哭了，吃一堑长一智，以后别再胡闹便是。"

江慈依在她怀中，既感温暖又觉无助，这些日子以来的苦楚、害怕、委屈一下涌上心头，索性抱着她号啕大哭。燕霜乔忙轻声地安抚着她。

江慈哭得力竭，方才觉得心里稍微好受了一点，于是又抽噎着问燕霜乔怎么会到京城来，如何认识了那位邵公子。

燕霜乔细细说来，江慈才知自己偷溜下山后，师姐大急，恰好师叔从外游历回来，二人合计一番，师叔向南，师姐向北，一路寻找她。

燕霜乔记起江慈曾夸下海口，要到京城繁华之地见识一番，虽极不愿回到这令母亲魂伤心碎的地方，也还是进了京城。不料甫入京城，便被那邵继宗撞伤，邵公子又十分真诚地延请大夫替她诊治，大夫言道她的腿要静养，数日内不能走动太多，无奈下她才住到这邵公子家中，还拜托他替她寻找江慈。

这夜，邵公子来邀请她往戏园子看戏。她一时心痒，禁不住劝说，便随他到了李子园，未料竟机缘巧合，与江慈相会。

至于这位邵继宗，燕霜乔听他说他是兵部尚书邵子和的二公子，却不爱武艺，只好读诗书，曾中过探花，现为国子监博士，倒也是不可小觑的人物。

江慈听了稍稍安心，看来那大闸蟹确是为了拉拢这个兵部尚书的公子、国子监的博士，才肯卖他面子，放自己随师姐离开。只是如何哄得师姐再在这京城待上一段时日，自己想办法拿到解药后再和她悄悄溜走，着实令人头疼。

她想了一阵，没有万全的方法，索性便不再想，加上先前哭得太累，又得与亲人相会，心中安宁，不过一会儿便依在燕霜乔怀中睡了过去。

次日清早，燕霜乔用过早饭，见邵继宗面带微笑望着自己，面上微红，犹豫良久，终走到他面前敛衽行礼。

邵继宗手足无措，又不好相扶，连声道："燕姑娘快莫如此，在下受之有愧。"

燕霜乔轻声道："邵公子大恩大德，我师姐妹实是无以为报，唯有日夜诚心祷告，愿邵公子前程富贵，一生康宁。只是我们离家已久，也不习惯待在这京城，需得尽早回去，特向公子辞行。"

江慈一惊，正要说话，邵继宗已道："燕姑娘太客气了，继宗实不敢当。只是……"

燕霜乔心中对他实是感激，柔声道："邵公子有话请说。"

邵继宗站起身来，作了个揖："在下不才，想请燕姑娘和江姑娘在我这府中多住上三日，让我略尽地主之谊，三日过后，我再为燕姑娘饯行。"

燕霜乔有些犹豫，邵继宗又道："昨日看来，燕姑娘和江姑娘都是爱看戏曲之人。可巧,这京城最有名的戏班子,揽月楼的素烟素大姐今晚要上演新的曲目,听说是根据真人真事改编的,剧名为《误今生》。在下已订了位子,不知燕姑娘可愿给在下这份薄面,一同前往听戏?"

江慈大喜。她正想着要往揽月楼见见素烟,想办法确定她与大闸蟹及没脸猫的真实关系,再让她传个话。听邵继宗这般说,忙凑到燕霜乔耳边道:"师姐,素烟的戏曲唱得着实不错,与你不相上下,我们就给邵公子个面子,去听听吧。"

燕霜乔犹豫片刻,终轻轻点了点头。邵继宗与江慈同时一笑。

这夜的揽月楼,灯火辉煌、人流涌动。京城的公子哥们听闻素烟编了一场精彩绝伦的新戏,将于今夜首演,便纷纷订位捧场,是夜揽月楼座无虚席。

江慈三人在一楼靠西的桌前坐定,自有伙计奉上香茗点心。燕霜乔细看台上布景,想起含恨而逝的母亲,心中凄然。

戌时三刻,琴音忽起,铮铮数声,揽月楼内人声顿歇,皆望向大堂正北面的戏台。

"华月初上,灯光如流,簪花画眉下西楼,摆却小妹手,去往闹市游……"素烟花旦装扮,凤眼流波,由台后碎步而出,将一约十岁幼女的手轻轻拂开,在丫鬟的搀扶下,面带欢笑迈出府门。

她似是看到街上盛况,满面憧憬向往之色,兰花指掠过鬓边,将一闺阁小姐上街游玩时的兴奋之情展露得淋漓尽致,引起台下一片叫好之声。

江慈也随众人鼓掌,赞道:"师姐你看,我没说错吧,素烟的戏唱得着实不错。"

等了片刻,不见师姐答话,江慈侧头望去,只见燕霜乔神情不安地紧盯着台上的素烟。江慈心中惊讶,伸出手来摇了摇燕霜乔的右臂:"师姐,你怎么了?"

燕霜乔呆呆地望着台上的素烟,喃喃道:"真像,实在是太像了!"

"像什么啊?"

燕霜乔猛地转过头:"小慈,你还记不记得我母亲的相貌?"

江慈想了想,摇了摇头:"柔姨去世的时候我还小,真是记不太清她的模样了。"

燕霜乔转回头看着素烟,轻声道:"也是,那时你还小,记不清了。可我这些年,梦里面想着的都是母亲,这个素烟,与母亲长得太像了。"

锣音渐低,月琴声高,素烟提起裙裾欢快地步上一小桥,似是专心看着桥旁风光。一阵风吹来,将她手中丝帕高高吹起,向桥下掉落。

锣点急响,一武生翻腾而出,一个洒脱英武的亮相,赢得满堂喝彩。他急急行来,在桥下拾起那方丝帕,反身至素烟身前,低腰作揖,将丝帕奉至她面前。

素烟娇羞低头,取回丝帕,婉转唱道:"看他眉目朗朗,看他英姿飞扬。因风相逢、因帕结缘,这心儿乱撞,可是前世姻缘,可是命中骄郎?"

那武生身形挺俊,嗓音清亮:"看她柔媚堪怜,看她横波盈盈。灯下相识、月下结因,这心儿跳动,可能蝶儿成双,可否心愿得偿?"

这一段唱罢,众人仿佛见到双水桥头,翩翩儿郎,娇柔女子,因帕结缘,两情相许,暗订终身。江慈看得高兴,又拍了拍燕霜乔的手:"师姐,她唱得真好。不过若是你来唱,也定是很好的。"她的手拍在燕霜乔的手上,只觉触手冰凉,侧头一看,燕霜乔面色苍白,紧咬下唇,满面凄哀之色地望向邵继宗,颤声问道:"邵公子,这位素烟,多大年纪?"

邵继宗想了一下,道:"素大姐好像有三十三四岁了吧,具体是乙丑年还是丙寅年的,我就记不太清了。"

燕霜乔深深吸了一口气:"那邵公子可知晓她的来历?"

"不是很清楚,听说也曾是大户人家的小姐,只因家遭变故,入了教籍,充为官妓,后来遇到大赦,被叶楼主看中,收到这揽月楼……"邵继宗还待再说,见燕霜乔神色不对,遂停住了话语。

此时戏台之上风云突变,边塞传急,小姐的父亲乃边关大将,武生欲出人头地,投到未来岳父帐下。

这边厢,小姐情切切意绵绵,花前月下思念着慈父与情郎,却发现已是珠胎暗结;那边厢,边关烽火渐炽,金戈铁马,杀声震天。

却不料那情郎临阵叛变,将重要军情泄露给敌方。小姐之父惨败,退兵数百里,虽侥幸活命,却被朝廷问罪,一纸诏书锁拿进京。

龙颜震怒,小姐之父被刺配千里。多年忠臣良将不堪此辱,撞死在刑部大牢。小姐之母闻得噩耗,一根白绫高悬横梁,随夫而去。

凄凄然琴声哀绝,昔日的官家小姐,刚牵着幼妹的手将父母下土安葬,又在如狼似虎的官兵的环伺下,收入教坊,充为官妓。

琴音如裂帛,笙音如哀鸣,鼓点低如呜咽,琵琶渐转悲愤,小姐在教坊画舫中痛苦辗转,生下腹中胎儿。幼妹守于一侧,抱起初生女婴,姐妹俩失声痛哭。揽月楼大堂内一片唏嘘之声,有人忍不住痛骂那负心郎忘情负义,泯灭天良。

鼓声更低沉而急促,那女婴生下不足一岁,教坊管监嫌她碍事,令小姐不能专心唱戏,欲将女婴掷入河中。小姐为救女儿奋力投河,幼妹舍身相随,却被人救起,只是滚滚洪流、滔滔江波,再也不见了姐姐与甥女的身影。

幼妹伏在船头哀哀欲绝,童音凄怆入骨:"恨不能斩那负心之人,还我父母亲人,天若怜见,当开眼,佑我姐姐得逃大难,得存人世间!"

幼妹尚哀声连连,台下低泣声一片,却听得咕咚一声,燕霜乔连人带椅向后倒去。江慈大惊,扑上去呼道:"师姐,师姐!"邵继宗忙将燕霜乔扶起,用力掐她的人中。燕霜乔悠悠醒转,挣扎着站起,推开二人,缓步走向戏台。

堂中之人不由得纷纷望向燕霜乔,只见灯影之下,她面色苍白如纸,似在用尽全身的力气向前行走。

台上,素烟见这年轻女子神情激动地紧盯着自己,莫名地一阵战栗,望着那越来越近的面容,忍不住开口道:"这位姑娘,你是……"

江慈追上去扶住燕霜乔,连声向素烟道歉:"素烟姐姐,真对不起,我师姐不是有意搅您的场……"

燕霜乔含泪一笑,低低问道:"敢问一句,您闺名——可是燕书婉?"

素烟身形摇晃,向后退了数步,良久方回过神来,猛然扑至台下,紧握住燕霜乔的双肩,缓缓道:"你是何人?怎知我的名字?"

燕霜乔泪水如断线一般,慢慢拉开衣襟前领,从脖中搜出一根红丝织就的绦绳,绦绳上空无一物,那红丝像是年代久远,早已褪色。

燕霜乔取下那根红丝绦,看着呆立的素烟,泣道:"当年我生下来时,您和母亲都是身无长物。您为求菩萨保佑,用教坊画舫锦帘上的红丝织成了这根绦绳,挂于我的脖间。这么多年,我一直系着,不敢取下。"

素烟眼前一黑。二十多年前,教坊画舫之中,至亲的姐姐诞下孩儿,自己亲手织就这绦绳,将婴儿抱在怀中,与姐姐失声痛哭。那一幕,这么多年,她又何曾有一刻忘却? 素烟颤抖着伸出手来,泣道:"你是……"

燕霜乔上前紧紧抱住素烟:"是,小姨,我是霜乔,是燕霜乔,是你的亲甥女!"

素烟禁受不住这突如其来的冲击,眼前一阵眩晕,软软向地上倒去。燕霜乔忙将她扶住,连声唤道:"小姨! 小姨!"

堂中上百人被这一幕惊呆,神情各异,愣愣地看着素烟与燕霜乔。

江慈也被这突如其来的一切惊得不能言语,只隐约听师姐提起过她母亲的旧事,却语焉不详,也不知其中来龙去脉。她做梦也未料到,一直看着亲切的素烟姐姐竟会是师姐失散多年的小姨。眼见素烟与燕霜乔抱头痛哭,她也是眼前一片模糊,忽一低头,泪水跌落,方醒觉过来,忙用袖拭了,上前扶住燕霜乔与素烟:"快别哭了,亲人相聚,可是天大的喜事,快莫哭了!"

素烟渐收悲声,醒觉这是在大堂之内,忙紧紧攥住燕霜乔的手:"随我来!"也顾不上向众宾客致意,拉着燕霜乔往后堂走去,江慈急急跟上。

待三人身影消失,堂内宾客才反应过来,一片嗡嗡议论之声。

揽月楼外,凄冷的月华透过窗格洒在楼堂之内。楼阁一角,雕梁之上,一黑色身影飘然而下,如穿云之燕,由窗格纵出,又攀上了揽月楼的三楼。


素烟紧攥着燕霜乔的手,带着二人上到三楼,将门关上,转身抱住燕霜乔放声大哭。燕霜乔此刻却冷静了许多,只是低泣,轻拍着素烟的双肩。江慈劝完这个又劝那个,好不容易才让二人收住泪水。

见素烟面上油彩被泪水冲得五颜六色,江慈忙打了盆水过来,替素烟将妆容细细洗净。燕霜乔看着这张酷似母亲的面容,无语哽咽。

素烟轻抚着燕霜乔的面容,喃喃道:"霜乔……霜乔,你可知你这个名字是我所取?"

"知道。"燕霜乔与她执手相望,"母亲说过,您和她希望我做一棵历经风霜的乔木,而不是轻易托身委人的丝萝。"

素烟泪水再度如珠线般断落："姐姐她……"

燕霜乔略略偏头，哽咽道："母亲在我十岁时，去世了。"

素烟胸口撕裂般地疼痛，二十年前失去亲人的痛楚再度袭来，不禁大恸。

燕霜乔低低道："母亲跳入河中，只来得及将我抱住，便被水流冲走，冲到十余里外，被一渔夫救起。母亲一直奋力举着我，我才幸免于难，她却昏迷了十余日才苏醒。她后来回到清风渡去找您，才知有一夜教坊画舫上突发命案，一众官妓逃的逃，散的散，还有的被充入别处教籍，您也不知去向。"

素烟泣道："是，我想随你们而去，却被画舫上的人救起。过了几天，画舫上突发命案，我被官兵带走，配至南安府的教坊，又辗转至玉间府、德州等地，直至五年前才回到这京城。"

燕霜乔扶住素烟颤抖的身躯，续道："母亲怕官府的人发现，在多日寻你未果的情况下，只好一路南下，走到阳州的邓家寨，病倒在路边。幸得师父相救，收留了我们母女。"说着抬头看了江慈一眼。

"母亲病愈之后，将我托给师父，又数次下山寻找您，都没有结果。她内心郁郁，又多年跋涉，终于在我十岁那年一病不起……"

素烟此时已没有了力气痛哭，靠在燕霜乔肩头低低饮泣。

"母亲去世前叮嘱我一定要找到小姨。为了便于日后和您相认，母亲将一切前尘往事皆告知于我，所以方才您这出《误今生》，才让我确认您就是我的小姨。"

"霜乔，好孩子，小姨能见到你，死也甘心了。"素烟紧紧抱住了燕霜乔。

燕霜乔泪水盈盈，声音却带上了一丝悲愤："小姨，母亲虽告诉了我一切往事，却始终没有告诉我那个人的名字。小姨，您告诉我，那个人究竟是谁，现在何处？"

素烟身躯一僵，燕霜乔将她轻轻推开一些，握住她的双肩，直望着她："小姨，您放心，我不是要认他做父亲，我只是想知道他究竟是谁。我想问他一句，为何要那般忘情负义，为何要害我们家破人亡。"

楼外，夜空幽深，云层渐厚，遮住了漫天月华。黑色身影攀于窗棂上，如同被定住了一般，紧紧望着屋内之人，不愿挪动分毫。

# 第十二章

## 心机似海

　　素烟心中千回百转,不知应否将那人的身份告诉霜乔。江慈这时已冷静下来,她回想起素烟所演戏曲的剧情,忽然啊的一声惊呼,拍手道:"我知道那人是谁!他是……"

　　素烟望了江慈一眼,江慈醒觉,连忙住口。素烟知无法瞒过,长叹一声,轻声道:"他现为桓国一品堂堂主,人称秋水剑易寒!"

　　燕霜乔一路北上,寻找江慈,与江湖中人多有接触,也听过易寒的名字,不由得低呼一声,未料自己的生身父亲便是名满天下的秋水剑,不禁百感交集。耳听得素烟续道:"五年前我回到京城后,也曾买过杀手去桓国刺杀他,却均未得手,反让他知道了我的存在。不过他也一直没来找我,也未曾对我有不利之举。两个月前我还在南安府见过他一面,不过之后他便失踪了。"

　　燕霜乔感到素烟紧握自己的手在隐隐颤抖,心中难过,抱住她道:"小姨,你放心,我不会认他的,我只是……有些话要问他,问过之后,便绝不会再见他。"

　　素烟略略放心,激动的情绪到此时才慢慢平定,想起一事,忙问道:"对了,你怎么会到这京城来的?又怎么和小慈……"

　　燕霜乔拉着江慈的手道:"她是我的师妹,偷跑下山,我是来找她的。倒也幸亏她这般淘气,我才能与您相会。"

江慈平静下来后，便想到了自己挂念于心的那件事情，可要想让素烟传话给卫昭，非得再试探她一下不可。她心念急转，面上笑道："我是福星，所以师姐才能和素烟姐姐相认。再说了，素烟姐姐心地善良，人又长得美，当然有这个福气，说不定素烟姐姐将来还是裴相夫人或者卫指挥使夫人呢！"

素烟忙道："小慈切莫胡说，这话可不能让别人听见了。我与裴相，也就是唱戏人和听戏人的关系而已。"

"那三郎呢？我那夜可听画儿说，您心中倾慕着三郎。"

素烟哭笑不得，但她也知小慈天真烂漫，又见燕霜乔关切地望着自己，自嘲似的笑道："三郎位高权重，岂是我能痴心妄想的？我虽与他关系不错，却……"

正说话间，房门被轻轻敲响。宝儿进来，轻声道："大姐，静王爷派人下帖子，让您即刻过去王府。"

素烟眉头一皱："这个时候叫我过去做什么？"

"听王府的人说，今日是文妃娘娘生辰，静王爷亲自谱了一首曲子送给文妃娘娘，想让大姐您去试唱一下。"

素烟有些犹豫，宝儿又道："楼主说了，让大姐还是马上过去一趟，王爷和娘娘都在等着，可得罪不起。"

燕霜乔忙道："小姨，您先去忙，我们既已相会，来日方长，不急在这一时片刻。"

素烟点了点头，欲留燕霜乔在这揽月楼等自己，想起那人的手段，终究放不下心，遂问道："你眼下住在何处？"

"住在一个朋友家中，他古道热肠，帮了我很大的忙。府第就在内城北二街杏子巷，邵府。"燕霜乔想起邵继宗，有些羞涩，没有说出他的名字。

"嗯，霜乔，你先回去歇着，我明早过去看你。"

三人刚迈出房门，江慈上前攀住素烟的手臂，笑道："素烟姐姐，我想求您一事。"

素烟忙道："什么事？我能帮你的一定会帮。"

江慈扭捏了半天，将素烟拉到一边，凑到她耳边轻声道："素烟姐姐，您能不能帮我带一句话给三郎？"

素烟一惊，江慈装出一副娇憨害羞的模样："我……我自见到他一面后，这心里便无时无刻不在想他。您就告诉他,说……说我这个小姑娘十分仰慕他,只盼着能再见他一面。若是他不答应,我便只有死在他的面前。"

素烟更是惊讶,欲待说话,江慈已红着脸跑开了。

三人自揽月楼出来,已是戏终人散,揽月楼前一片寂静。望着素烟乘坐的软轿远去,燕霜乔与江慈在湖边慢慢地走着,心中百感交集,却说不出一句话。

江慈明她心意,只是轻轻拉住她的手,燕霜乔觉她手心温热,心中一暖,侧过头向她笑了一笑。江慈开心不已,笑道:"师姐,你别难过了,这么大的喜事,你应该高兴才是。"

燕霜乔点了点头:"是,母亲要是知道我与小姨相认,不知有多高兴,只可惜她……"

江慈见她就要掉下泪水,忙取出丝帕替她拭去,又将她抱住,轻声哄着。燕霜乔听她像哄小孩子一般,哭笑不得,将她推开。

江慈觍着脸笑道:"师姐,你要怎么感谢我?"

"我为什么要感谢你?"

"要不是我偷跑下山,你又怎么会寻到京城,与素烟姐姐相认?"

燕霜乔伸手揪她:"你还好意思说,让我白担了这几个月的心。还有,你叫我小姨什么?姐姐是你能叫的吗?"

江慈大笑着闪开:"我可是早就叫她姐姐的,这辈分可怎么算!"

二人正笑闹间,邵继宗气吁吁地赶了上来:"燕姑娘,江姑娘,我等你们多时了!"等燕霜乔立住脚步,他又笑道,"时候不早了,早些回去歇着吧。"

燕霜乔见他并不追问方才戏园子里发生的事,觉得此人善解人意,心中更是感激,便低低应了声,拉着江慈,三人一路回了邵府。

亥时,夜寒风冷,月光却更盛,照着邵府的琉璃瓦瑟瑟闪亮。

燕霜乔心绪难定,辗转反侧,不能入睡。听到身边江慈有规律的呼吸声,侧头见她睡得正香,颊边两团红晕似娇艳的海棠花般动人,不由得轻轻抚上她的额头,低低道:"小慈,真希望你永远不要长大,永远不要懂得这人世间的忧患沧桑。我明天会劝小姨,让她和我们一起回邓家寨,我们再也不要出来了。"

忽然,她听到纱窗上传来了极轻的剥啄声响,心中一惊,便披衣下床,推开窗户。只见月光下,一个黑影静静地望着自己。

燕霜乔愣了一瞬,见这黑衣人望着自己的目光温柔中略带哀伤,并无敌意,便也不急着唤人,只轻声道:"你是谁?"

那人取下头上黑巾,就着皓月清辉和屋内的烛光,燕霜乔将那清俊冷淡的眉目看得清楚,一种难言的感觉袭上心头,片刻后恍然大悟,冷冷一笑:"人说女儿相貌随父亲,倒是不假,我只恨自己为何会长得与你这么相似!"

易寒踏前一步,燕霜乔冷声道:"有话到外面说,不要惊醒我师妹!"

易寒也不说话,伸手点住燕霜乔穴道,抱起她跃上屋顶,一路踏檐过脊,不多时在一处荒园中落下。他将燕霜乔放下,解开她的穴道,看了她良久,慢慢伸出手来,燕霜乔却退后两步:"不要碰我!"

易寒轻叹一声,柔声道:"你叫霜乔?"

燕霜乔冷冷地看着他,并不言语。

易寒心中一痛,又问道:"你母亲……葬在何处?"

燕霜乔冷笑道:"你还有何颜面去见她?"

易寒微微退后一步,怆然道:"是,我确无颜面再去见她。只是孩子,你……"

燕霜乔侧过脸去:"我不是你的孩子,我姓燕,母亲也从未告诉过我,谁是我的生身父亲。"

易寒默然良久,想起二十多年前的往事,觉人生光阴就如袅袅青烟,虽瞬间飘散,那烟雾却始终缭绕于胸,未曾有片刻淡去。

他自嘲似的笑了笑,望向燕霜乔:"你说有话想问我,是什么?"

燕霜乔猛然转头:"我想问你,当年为何要累得我外公外婆惨死,为何要害我母亲家破人亡,为何要毁掉我小姨的一生? 你身为梁国子民,为何要通敌卖国,为何要叛投桓国?"

易寒身形一震,苦笑一声,缓缓道:"你们皆说我通敌卖国,但你们可知,我……本就是桓国人!"

燕霜乔大惊:"你是桓国人?!"

"是。所以孩子,你也是桓国人。我们身上流着的是桓国高门望族的血。"易寒负手望向朗朗夜空,傲然道,"我出身桓国武将世家,却因是外室所生,一直被家族排斥。为了出人头地,也为了让家族承认我存在的价值,我十岁的时候便应承了我父亲一件事情。"

燕霜乔颤声道:"什么事?"

"我答应了你祖父,潜入梁国当暗探。我以孤儿的身份投入苍山门下,再以苍山弟子的身份投入军中,在最关键的一役中将军情送回给你祖父,使他大获全胜。"

易寒的声音像一把利剑戳在燕霜乔的心头,她不敢相信这个残酷的事实,良久方摇头道:"所以你才泯灭良心,骗我母亲,骗我外公,做出这等忘情负义的事情?"

易寒长叹一声:"我与你母亲确是两情相悦,我也犹豫要不要告诉她真相。只是战事来得太快,我又不知她怀有身孕。待上到战场,父亲派出的暗使来找我,我已是身不由己。只是累得你外公惨死,却非我之本意。我要对桓国尽忠,对我的家族尽孝,便只有负了你的母亲。这二十多年来,我的心中一刻也未有安宁。那日得你小姨告知你母亲生下了你,我便一直在寻找你们母女。今日能见你一面,实是……"

燕霜乔泪水汹涌而出,不愿再多看他一眼,转身就走。易寒急急追上,燕霜乔厉声道:"我话已问完,你要说的也说了,今生今世我不想再见到你!"

易寒长叹一声,伸手点住燕霜乔穴道,仍旧抱着她回到邵宅,将她放于椅中,慢慢伸出手来抚上她的头顶。手下的青丝如绸缎般顺滑,仿佛连着二人的血脉,但那眉眼中透出的却是痛恨与憎厌。他心中剧痛,低声道:"你小姨身份复杂,你还是不要与她来往太多。带上你师妹,早些回去吧,这京城不是你该待的地方。"

燕霜乔扭过头去,易寒再凝视了她一阵,终拂开她的穴道,身形轻捷如电,消失在茫茫夜色之中。

燕霜乔呆坐于椅中,良久,泪水滚落,滴于裙袂之上,片刻后便洇湿一大片,宛如一朵盛开的墨菊。

易寒心潮激荡难平，在黑夜中急速潜行，隐入郭城西面的一所宅子。他良久地立于院中，直至秋夜的寒霜慢慢爬上双足，才长叹一声，入屋安歇。睡到寅时，他便醒转来，想起心事已了，任务已完成，也知女儿绝不会随自己回桓国，这京城不可久待，必须趁夜离开。他换上黑色夜行衣，如狸猫般跃出宅子，在城中似鬼魅一般穿行，不多时便到了城西的双水桥。

此时尚未破晓，四周仍是一片黑暗，他在双水桥头伫立良久，终狠下心来，抹去那一切往事，抬步下桥。刚迈出数步，忽然心中警觉，长剑横于胸前，双眼微眯，望向黑暗之中步出的几个人，却不说话。

裴琰负手而出，嘴角含笑："易堂主，我们又见面了！"

易寒心知中计，手中秋水剑凛冽一闪，气势如雷。裴琰顿觉一股寒意迎面扑来，忙揉身轻纵，剑锋由身侧飞起，叮叮声响，二人瞬息间已过了数招。

易寒一上来就是搏命的招数，为的是要与裴琰缠斗成旁人无法插手的局势，方不会被群起围攻。裴琰明他心意，便步步后退，试图拉开与易寒的距离。易寒却步步紧逼，上百招下来，二人斗得难分难解。

安澄等人围于一侧，知插不上手。他久随裴琰，处事老到，便分散各长风卫，守住双水桥四周，防止易寒逃逸。

易寒剑招突变，振起一片寒光，似幽莲绽放于静夜，又如石子投湖溅起圈圈涟漪。裴琰接招接得十分吃力，这柔和的剑气绵延不绝，竟缠得他身形有些微的摇晃。易寒知机不可失，一声暴喝，身形猛地向后拔起，踏上桥边垂柳，借力一蹿，跃至对岸。对岸有几名长风卫把守，他剑气自空中劈下，如闪电一般，震得这些人踉跄后退。他趁机掠上屋顶，疾奔入黑暗之中。

裴琰怒哼一声，紧跟在易寒身后，但安澄等人被远远抛下。易寒见只有裴琰一人跟上，心中略安。他知二人武功不相上下，两个月前自己在长风山庄败于他手只因心神被扰乱，却非技不如人。只要能摆脱长风卫的围攻，与裴琰一人对敌，他并不惧怕。只是如何摆脱他的跟踪，倒是件颇费思量的事情。

纷乱的号声震破夜空，易寒知是安澄正调集人马封锁各处。他心中暗恨，却仍保持着高度镇定,一边细心辨认各处人马往来调动的声音,一边施展轻身绝技,迅如狡兔,不多久便到了西南角的城墙边。

紧随在后的裴琰怒喝一声,长剑脱手掷出,直击易寒背门。易寒右足在城墙上一点,蹿高丈许,反手回剑。叮声过后,裴琰掷来的长剑掉落于地。易寒向上急攀,裴琰紧追上来,易寒见他兵刃已失,放下心来,跃下城墙,向郊外奔去,听得裴琰仍在追赶,便笑道:"裴相勿送,后会有期!"

裴琰从腰间掏出数把匕首,不停掷出。易寒左躲右闪,二人一逃一追,奔入城郊一片坟地之中。

裴琰忽然长喝:"易堂主,你就不顾你女儿的性命了吗?"

易寒一惊,顿住脚步,缓缓转过身来,目光如冰地看着追上前来的裴琰。

二人冷冷对望,裴琰一笑:"裴某只是想请堂主过府一叙,堂主何苦这般躲避?"

易寒冷冷笑道:"敢问裴相,你留得下我吗?"

"堂主武功高绝,裴某并无十分把握。"

"那便是了,我今日是一定要走的。至于我女儿,她若有丝毫损伤,裴相家大业大,亲眷也多,我日后一一拿来祭奠我的女儿,也是不迟的。"易寒沉着脸道。

裴琰啧啧摇了摇头:"看来易堂主的确是心狠之人,无怪当年抛妻弃女,害死燕将军夫妇,毁了燕小姐一家。"

易寒沉默片刻,道:"裴琰,我还是那句话,你若伤我女儿,我定要你全部亲人性命相偿!"说着剑光一闪,劈下一截树枝。

裴琰笑道:"在下也不是非要取易堂主性命,只是有一事相询。"

易寒迎上裴琰目光,缓缓地:"什么事?"

"我想请教易堂主,金右郎金大人,现在何处?"裴琰闲闲道。

易寒一愣,复又大笑:"裴相倒是聪明人。不过你问得太晚了,我现在也不知道金大人身在何处。"

裴琰轻哼一声:"你们这招倒是毒辣,看来你家二皇子是绝不愿看到贵国与我国签订和约了。战端不起,他就没有机会重掌兵权。"

易寒见只有裴琰一人跟踪而来,也不惧怕,微笑道:"和约若成,我家王爷便要交出兵权，他自是不愿见到这种情况，所以命我一把火烧了使臣馆。只是连累了裴相，倒是对不住了。"

裴琰面色阴沉，冷笑不已，劲装之下的肌肉暗中收紧，蓄势待发。

易寒本乃绝顶高手，已察觉到对手真气鼓荡，如一只弓起身子随时准备扑向猎物的豹子。他心念急转，欲设法分散裴琰的注意力，好趁机逸去，遂悠悠道："我做得十分隐秘，不知裴相是如何得知一切乃我所为？"

裴琰冷冷道："能从使臣馆挟持出一个大活人，跃上几丈高的屋顶，翻墙去到卫城大街，还避过了使臣团、禁卫军和光明司的耳目。当今世上，能有这份功力的，便只寥寥数人而已。"

"那为何裴相就认定是我易寒所为，而非萧无瑕萧教主所为呢？他可也是一心想破坏这次和谈的。"

"人是你劫的，火却不是你放的。我详细调阅了所有笔录，发现自火起至有人赶来救火，时间极短，且还有禁卫军和光明卫在巡防。你急着带走金右郎，自不可能再来放火，那么只有一个可能——使团内部有内应。你刚把人劫走，他便放了这一把火。在此之前，使臣团的人已饮下了有迷药的酒水，这也只可能是使团内部的人捣鬼。萧教主要支使这么多桓国人替他办事，只怕办不到，所以我便想到是易堂主大驾光临。而且据闻你与贵国二皇子关系甚好，而和约一成，最不利的便是他，故而你最有作案动机。"

易寒哈哈一笑："裴相果然聪明，易某佩服。所以你才以我女儿为诱饵，引我出来？"

"不错，当年燕将军女儿留有遗孤一事，是我命人四处散播出去的。我知你听到这个传言后，定要来京城一探究竟。"

"那裴相又是如何找到我的女儿的？"

"这可就是机缘凑巧了，我本也没想到燕姑娘会在这个时候出现。我原与素大姐说定，要替燕将军翻案，让她先根据真人真事排演一出戏曲，在百姓中制造舆论，再上书圣上，替燕将军洗刷罪名。我知你一定会去找素大姐，也知她这堂戏你是非看不可的。本还想着找一名女子来假扮你女儿，当堂认亲，演一出好戏，引你上钩。不料燕姑娘在这个时候出现在京城,倒省了我一番力气。这是她自己送上门的,可怪不得我。"裴琰微笑道。

易寒仰面而笑,声震山野。笑罢,他脸一寒:"裴相,你果然聪明过人,手段高超。只是你纵知这一切是我所为,又有何用? 你今日既不能将我留下,更无法找到金右郎,洗刷贵国破坏和谈的罪名,等我国大军南下,你便是挑起战事的罪魁祸首!"

裴琰一笑,意态悠闲。月色当空,易寒将他面上笑容看得清楚,那笑容竟似看着猎物在网中挣扎。他心觉不妙,却又不知问题出在何处。正思忖间,裴琰猛然击掌,不远处的一处石墓轧轧作响,墓碑缓缓移动,火光渐盛,十余人点燃火把从墓中走了出来。易寒心一沉,见那群人中,本国使团副使雷渊正阴沉着脸望向自己,知又中了裴琰之计,不禁暗恨不已。

裴琰笑容满面,缓步走到那十余人面前,依次介绍:"这位是雷副使,易堂主是老相识,无须我再介绍。这位是龟兹国驻我朝的使臣阿利斯大人;这位是乌琉国驻我朝的使臣越大人;这位,是鞑靼的使者铁大人。"他说话间一一解开各人哑穴,抱拳道,"为防易堂主听到各位声息,不得已而为之,多有得罪,请各位见谅。只是此事也关系到各国是否会受战火波及,还请各位能为我朝做个明证。"

三位使臣忙道:"裴相太客气了,使臣馆案真相大白于天下,我等一定会据实做证的。"

裴琰走到雷渊身前,微笑道:"不知雷副使还有何疑问?"

雷渊望向易寒,冷声道:"易堂主没将我烧死,还留了我一命,我倒是要万分感激堂主。"

易寒知事情败露,前功尽弃,却也不甘心被裴琰拿住。他一声不吭,死死盯着裴琰,暗中力贯剑尖,只待他稍有松懈,便突围而出。

裴琰笑道:"易堂主功败垂成,一定很不甘心吧。"

易寒冷冷道:"裴相水晶心肝,剔透玲珑,不管是双水桥畔设伏,还是城中围堵,路线都是算计好了的,为的就是将我逼到此处。"

裴琰大笑:"正是,易堂主想得透彻。我不妨再告诉堂主,我早猜到这城中必有内奸和你接应,而且为你劫人提供方便。前几日京城之内严厉搜查各客栈,也是我命人所为,这样方能逼你无处容身,只能和此人联系,由他来给你安排住处。你先前歇息的那两个多时辰,我已将那宅院的来历、屋主是谁,顺藤摸瓜查得清清楚楚。只怕此时我的手下已将此人拿住,逼问出了金右郎大人的下落。”

易寒只觉嗖嗖凉气自脚底涌上心头。眼前这位梁国左相,年纪甚轻,却精明狠辣,心机似海,将自己如猫捉耗子般玩弄,实是让人感到不寒而栗。

正思忖间,听得脚步声纷响,数十人由山脚奔来。火光大盛,易寒看清其中一人,面色大变。

火光下,燕霜乔鬓发微乱,气息微喘,被数名长风卫押着,眸中隐有泪花,望着易寒。易寒心尖一疼,但他已将面前这位裴相看得通透,知即使自己束手就擒,裴琰也绝不会放过他们。念及此,易寒厉喝道:“裴琰,你若有胆动我女儿,我要你的亲人十倍以偿!”他牙咬舌尖,喷出一口鲜血,剑气大盛,剑光如蛛网一般罩下来。

裴琰面色微变,手中忽闪一道寒光,短刃荡起疾风。轰然一阵巨响,烟雾弥漫,场边诸人摇摇欲坠,掩耳而避。只听得易寒一声大喝,犹如奔雷,再睁开眼来时,场中已不见了他身影,而裴琰面色苍白立于原地,单手抚胸,唇边溢出一缕鲜血。见长风卫欲待追去,裴琰喝道:“不用追了!”

纷扰既定,长风卫们自去安排各国使臣回城,裴琰带着数人押着燕霜乔回了杏子巷的“邵府”。望着床上被迷香迷晕过去的江慈,裴琰沉默半晌,转向燕霜乔道:“你这师妹于我还有些用处,你若不想伤害到她及你的小姨,就听我安排。”

燕霜乔自寅时被“邵公子”唤出屋外,眼见江慈在睡梦中被迷香迷晕,自己被长风卫制住押出“邵府”,又见裴琰围伏易寒,方恍然大悟,知一切都在这裴相的算计之中。她望向床上醋睡的江慈,目光渐转柔和,低叹道:“此时此境,我还有什么办法,只能听你命令行事。只是我很好奇,你是如何设计用我来诱我父亲上钩的?”

裴琰目光自江慈身上挪开,淡淡道:“你到你外公坟前祭拜,便被我的人盯上了。后来你入城四处打听江慈的消息,我便让人假扮邵二公子将你撞伤,把你暗中控制起来。”

“所以,你早就猜到了我是易寒的女儿?”燕霜乔想起这几日与那“邵继宗”的相处,心中隐隐作痛。

"我也只是怀疑。安澄曾无意中听江慈说起要回什么邓家寨,自明飞试探出你是江慈的师姐后,我便暗中派人在全国寻找邓家寨,后来在阳州找到了认识江慈和你的邓家寨人,也找到了你母亲的坟墓。根据墓上所刻姓名燕书柔,我确定了你是易寒的女儿。"

"所以你带小慈去听戏,故意让我们相认,就是为了确认我是她的师姐,也就是燕书柔的女儿,然后再想法子让人带我们去揽月楼听戏,将易寒引出来?"

"是。"裴琰笑道,"你是聪明人,不用我多说。要你做什么,我现在还没想好,但自会为你安排一个好去处。"

燕霜乔苦笑一声,裴琰微笑道:"你如果不想你师妹有什么闪失,就写上一封书信,让她安心留在相府。"

望着长风卫将燕霜乔押走,裴琰缓缓在床边坐下,一股血腥味忽然涌上喉咙,他忙手抚胸口,低声咳了几下。熟睡中的江慈微微一动,裴琰望了望她略带潮红的面颊,顺手替她将滑下来的被子盖好。此时天已破晓,裴琰走到院中,感觉胸口仍隐隐作痛,遂深深呼吸,运气将内伤压下。

脚步声响,安澄奔了进来:"相爷,找到金右郎了!"

"说。"

"经过追查,那所宅子的主人是瑞丰行的东家薛遥。属下带人赶到薛家,薛遥服毒自尽,我们抢救不及,只在薛家别院内的密室中找到了金大人。"

裴琰眉头微皱:"将薛遥和瑞丰行给我查个清清楚楚。金右郎可平安?"

"似是有些神志不清,但并无内外伤,估计是惊吓过度,已请了大夫过去诊治。"

裴琰点了点头:"薛遥身后的人到底是谁,得好好查一查。"

"相爷怀疑是哪边的人马?"

"难说。太子和庄王的人胆子再大,也不敢去和桓国人勾结,万一坐实了可是谋逆卖国的大罪。所以为何易寒一定要把金右郎劫出交给薛遥,这薛遥身后的人意欲何为,我真是很有兴趣知道。"

薛府别院厢房内,金右郎惊魂甫定。裴琰笑吟吟地进来:"让金大人受惊,实乃裴某之过。"又道，"金大人吃了这十日的苦，裴某也担了十日的心。幸苍天垂怜，您安全脱险，两国和谈才免遭奸人破坏，躲过一场战祸。"

金右郎忙道："多谢裴相搭救！不知是何方歹徒将金某劫到此处，他们意欲何为？"

裴琰叹了一声："说来话长，您见到雷副使后，自会明白一切。"他在金右郎身边坐定，锐利的目光望得金右郎有些精神恍惚，"敢问一句，您被劫到此处后，可有什么人来看过您？"

金右郎茫然点头："有个蒙面人来过数次。"

"他和您都说了些什么？"

金右郎似是有些困惑不解，欲待不说，可他刚刚死里逃生，还惊魂未定，加之又是被裴琰所救，更是气短，迟疑了一下，终一五一十道："他问了一些……我国宫廷的旧事。问我可知十多年前被月落送至我国的一名歌姬的下落，还问当年威平王被月落变童刺杀前后的详细经过。"

裴琰沉吟道："金大人对这方面的事情很熟知吗？"

"不瞒裴相，我曾任内廷起居总管，宫廷内闱的很多大事最终都需由我经手记录编撰成册，收入档室。"

裴琰微微点头，扶起金右郎："既然金大人无恙，就请随我去面圣，以安圣心，两国的和约也到了该签订的时候了。"


两国和约签得极为顺利。使臣馆大火案裴琰查出幕后真凶，虽未抓到易寒，却证实了一切系他所为，且又救出了金右郎，无形中增加了己方的筹码。桓国人吃了个哑巴亏，也知此事不宜声张，毕竟牵涉国内复杂的宫廷斗争。至于回国后能否治易寒的罪，借机打击二皇子一系，证据又不在己方手中，只能打落牙齿往肚里吞。而梁国为顺利签订和约，也未就此事穷追猛打。双方心照不宣，一致认定使臣馆失火一案乃因马夫不慎打翻了油灯引起，而金右郎大人则在逃生过程中跌落河中，被人救起，十余日后才苏醒归来云云。至于知道真相的三国使臣，裴琰早命礼部送上厚厚的重礼。这些小国使臣久慕大梁繁华，这才不远万里前来，果然发了一笔横财，自是闷声收大礼，将真相烂在了肚中。

皇帝龙颜大悦,待桓国使臣告辞而去后,狠狠地夸赞了裴琰几句。太子满面春风,过来把着裴琰的手大大夸奖了一番。庄王初始有些不豫,但很快又换上一副面孔,亲亲热热地上前攀谈。朝堂之内一片赞颂之声,就连素日持重的清流一派也颇有赞誉之辞。

裴琰惶恐不已,连声谦逊,直至皇帝下令退朝,诸臣才纷纷散去。

裴琰与静王并肩出了乾清门,静王笑道:"少君,今夜我在府中备酒,为你庆贺。"

裴琰忙道:"王爷,今夜恐有不便,我追捕易寒时受了点内伤,不宜饮酒。而且现在还不是庆贺的时候,回头我再与王爷细说。"

二人正说话间,卫昭素袍广袖,飘然而来,向裴琰笑道:"少君得破疑案,真不愧为朝中柱石、国之良臣。"

裴琰一笑:"三郎过誉,裴琰愧不敢当。"

卫昭斜睨了静王一眼,也不行礼,步入乾清门。

静王盯着他高挑俊逸的背影,压低声音道:"他和二哥必定极不服气,怕只怕他又受二哥指使,到父皇面前搬弄是非。"话中难掩得意之情。

裴琰微笑道:"这也是免不了的事情。"

# 第十三章

## 一箭三雕

　　江慈悠悠醒转,眼见日头高照,忙跳下床,却不见了燕霜乔的身影。她着好衣衫,嘴里嘟囔道:"师姐也不叫醒我,害我又睡过头。"推门而出,见那邵继宗坐于院中,忙笑道,"邵公子早!"

　　邵继宗忍俊不禁,指了指日头:"确实还早,倒未日落西山。"

　　江慈有些不好意思,左右看了看:"我师姐呢?"

　　邵继宗从怀中掏出一封书信,递给江慈:"燕姑娘一大早被素大姐叫去,似是因为她父亲的事情,需得前往桓国一趟。事情紧急,来不及和你辞行,她让我将这封书信转交给你。"

　　江慈拆开书信细阅,知师姐前去寻找易寒,心中有些失落,却又暗暗庆幸,师姐终于可以不受自己牵累,离开京城。她也没机会知晓自己中毒一事了,万一自己毒发身亡,也就会少一个伤心的人。

　　正胡思乱想间,邵继宗又道:"江姑娘,相爷得知燕姑娘离去,派人来接你回相府,正在府外等着。"

　　江慈万般无奈,也知逃不出大闸蟹的手掌心,只得无精打采地随长风卫回了相府。此时已是午时,她未进早餐,便有些肚饿,回到西园不见崔亮,草草弄了些饭菜,正待端起碗筷,裴琰走了进来。

裴琰自昨夜忙到现在,颇觉心力交瘁,进来后也不多话,夺过江慈手中碗筷便吃起来。江慈横了他一眼,只得再到厨房盛了碗饭过来。待她回到厢房,桌上本就不多的菜肴所剩无几。

她这段时日被裴琰欺压得着实厉害,本就憋了一肚子怨恨,加上身中双毒,让她如同头顶悬着一把利剑,不知何时就会落下来。昨夜亲见师姐与素烟的悲欢离合,心中伤感,偏这一日身体又有些不适,小腹冷痛。怨愤、怜伤、悲痛种种情绪夹在一处,被裴琰这举动一激,猛然迸发。

她将手中饭碗往桌上狠狠一蹾,裴琰抬头斜睨了她一眼,也不理她。江慈再也控制不住,猛然伸手将桌上碗筷统统扫落于地,呛啷声响,满地瓷片。

裴琰愣住,见江慈眸中含泪狠狠地盯着自己,胸口剧烈起伏,似是气愤到了极点,不由得笑道:"谁惹你了? 生这么大气。"

江慈实在是很想向他那张可恶的笑脸狠狠揍上几拳,可也知这是太不现实的想法,只得"啊"地大叫一声,冲入房中,用力将门关上,倚住门框,缓缓坐落于地,失声痛哭。痛哭中隐约听到房门被敲响,她抱头大叫:"死大闸蟹,没脸猫,你们统统不是好人,都要遭报应的!"

屋外敲门声顿住,脚步声远去,江慈索性放声大哭,待双眼哭得红肿,又累又饿,倚在门边睡了过去。

院中,裴琰立于窗下,透过纱窗静静地看着江慈痛哭。待江慈睡去,他才拉开窗户,轻巧地翻入房中,俯身将她抱了起来。看着那满面泪痕,裴琰轻笑一声,将江慈抱至床上,拉过一床被子替她盖上,方出门而去。


江慈睡不到半个时辰便又醒转,只觉双眼肿得厉害,腹部疼痛却有些减轻。她呆坐半晌,还是觉得肚饿,只得挣扎着下床。

拉开房门,一股香气冲入鼻中,转头望去,只见桌上摆了一桌极丰盛的菜肴。江慈也顾不上细想,冲到桌边埋头大嚼,将肚子填饱再说。

吃得心满意足后,她心情慢慢好转,也知这饭菜定是大闸蟹吩咐下人办来的。她步出房门,见裴琰正躺在院中的竹椅上晒太阳,面上盖着一本书。

江慈脾气发过就算，又想起还得求这人解毒，好汉不吃眼前亏，性命要紧，遂慢慢走到裴琰身前，却又不知该如何开口，只是愣愣地站着。

裴琰移开盖在脸上的书，看了江慈一眼，悠悠道："吃饱了？"

江慈轻哼一声。

裴琰一笑："既然吃饱了，就有力气干活。来，给我捶捶腿。"

江慈犹豫片刻，笑道："好。"她搬过小板凳，坐在裴琰身旁，替他轻轻捶着双腿。

这日风和日丽，下午的秋阳晒得裴琰舒坦不已。他一夜未睡，且又受了轻伤，然此时计策成功，和约得成，既放下心头大事，又吃饱喝足，还有江慈替他轻捶着双腿，他心中不禁渐渐放松。倦意袭来，竟沉沉睡去，醒来已是日暮时分。

裴琰睁开双眼，见身边江慈仍在有一下没一下地替自己捶着双腿。晒了一下午的太阳，她的面颊酡红，额头有细细的汗珠沁出。裴琰刚醒，有一瞬间的恍惚，片刻后才笑道："我看你是世上最笨的丫鬟，哪有主子睡着了还替他捶腿的道理？"

江慈耷拉着头轻声道："我又没有真的卖身为奴，你为什么老把我当成你的丫鬟？"

裴琰眼睛半眯："你入了我这相府，还想出去吗？"

江慈抬头望向暮霭渐浓的天空："就是笼子里关着的鸟，它还时刻想飞出去，何况是人？"她又望向裴琰，低低道，"相爷，若是一直找不出那人，你真的要将我关上一辈子吗？"

"在我这相府中待上一辈子，锦衣玉食的，不好吗？"裴琰缓缓问道。

江慈忽然笑道："相爷想听真话，还是假话？"

"自然是真话，我可是很少能听到真心话的。"

江慈笑道："那我就直说了，相爷莫怪。在我心中，这相府就好比一个大鸟笼，相爷就是鸟笼中最大的那只鹰，一群鸟围着你转，争相讨好你，却又没有一只鸟让你感到安心。看似这群鸟侍候着相爷，可实际上，又是相爷累死累活供着这群鸟的吃穿用度。如果哪一天相爷不在了，这鸟笼摔碎了，相府中这些鸟就会一哄而散，去寻找新的鸟笼了！"

裴琰头一回听到这般新奇的说法，愣了片刻后哈哈大笑，笑罢站起身来，舒展了一下双臂，只觉神清气爽，这一觉竟是睡得前所未有的舒畅。他转头向江慈笑道："你是自个儿往我这鸟笼子里面钻的，放不放你出去，可得看我心情好不好。"

江慈忙问道："那相爷要怎样才会心情好呢？"

裴琰正要开口，崔亮与安澄并肩步入西园。裴琰的目光在崔亮身上掠过，迟疑一瞬，凑到江慈耳边轻声道："你若是能把子明服侍得舒舒服服，我就会心情好，说不定就会帮你解了这毒。"

裴琰上次命江慈服侍崔亮时，江慈尚未明白"服侍"二字的含义，此刻见他唇边一抹暧昧的笑容，猛然醒悟，又气又羞，说不出话来。

裴琰转向崔亮笑道："看来今日方书处不忙，子明回来得倒早。"

崔亮微笑道："我告假了几日，程大人得知我受了伤，并未安排我太多公务。"

"子明伤势刚好，确是不宜太过劳累，明日我再找你说话，早些歇着吧。"

崔亮忙道："相爷客气。"

裴琰看了江慈一眼，带着安澄出了西园。

崔亮两日未见江慈，见她满面通红，额头还有细细汗珠，不由得笑道："小慈怎么了？刚吃过辣椒了？"

江慈顿了顿脚，转过身道："我去做饭。"说完奔入厨房，将门紧紧关上。


安澄紧跟裴琰，边走边道："查过了，瑞丰行是五年前入的京城，一共在全国有十五个分号。薛遥乃平州人，原籍只有一个姐姐，去年已经去世了。薛遥在京有一妻一妾，子女各二人，已经严刑审问过，没问出什么来。"

"可查封瑞丰行在各地的分号？"

"已经命人去查封，但京城的三家瑞丰行就……"

"晚了一步？"

"是，弟兄们赶到那三家商铺时，已是人去屋空，账册、银票、屋契都不翼而飞，在薛家正院内搜出来的田产地契与银票，算起来也只有千两之数。"

裴琰冷笑道："幕后之人动作倒快，我们这边抓人，他那边就销毁证据，转移财产。瑞丰行定是此人钱银的最大来源。再细查一番,任何蛛丝马迹都不要放过。"

大管家裴阳迎面而来,弓腰道:"相爷,夫人让您马上过去一趟。"

裴琰向安澄道:"你先去吧,薛遥的家人先放了,让人盯着,看能不能钓出几条鱼来。"他走出两步,猛然回头道,"对了,重点查一下瑞丰行与那三个不知去向的官员的关系。"

"相爷怀疑薛遥背后的人是明月教?"

"八九不离十。"


裴琰面带微笑,步入蝶园东阁,见裴夫人正在执笔画着一幅秋菊图,上前行礼道:"孩儿给母亲请安。"

裴夫人也不抬头,片刻后淡淡道:"和约签下了?"

"是。"

"使臣也找到了?"

"是。"

"把你办事的整个过程给我说说。"裴夫人纤腕运力,绘出数朵被秋风微卷的绿菊。

裴琰一愣,只得将整个办案过程一一讲述,只是略去了江慈之事。

裴夫人默默地听着,手中画笔不停。待裴琰叙述完毕,她也落下最后一笔,取过印章,在画的左上角盖上方印。她长久凝望着那方印章,缓缓道:"你知道自己犯了什么大错吗?"

裴琰不得其解,束手道:"孩儿愚钝。"

裴夫人在铜盆中净了手,细细擦干,方道:"我来问你,扶助圣上登基的四大功臣,庆德王、董学士、魏公和你叔父,都是什么样的人?"

裴琰低头答道:"四人皆是人中龙凤。庆德王精明善算,但稍欠度量;董学士儒雅端方,但过于迂腐;魏公骁勇善战,但有些死脑筋;叔父他……"

裴夫人走到他身边,看着他道:"庆德王不过四十有五便一病不起,你认为他这病……真的是病吗?"

裴琰一惊,不敢作答。

裴夫人悠悠道:"我们母子还有什么不敢说的?"

"母亲是怀疑,庆德王挟功震主,过于势大,所以皇上……"

"历朝历代,君王最忌惮的便是功高盖主的臣子,尤忌手握军权、精明能干、野心勃勃的臣子。四大功臣中,你叔父年轻气盛,最先遭到清洗,被贬幽州;庆德王这一死,玉间府八万人马会被圣上逐步分化;董学士为人迂腐,又自命清高,圣上才容了他,并册了他女儿为太子妃;至于魏公……"

"魏公是死忠于皇上的,四大功臣之中,皇上对他是最放得下心的了。"

裴夫人一笑:"倒也未必,魏公其人看似愚忠、死脑筋,我看这四人之中,最聪明的倒是他。"

裴琰渐渐明白母亲言中之意,手心隐有汗珠沁出。

裴夫人续道:"你官封左相,兵部、礼部、工部这三部实权现都握于你手;你身为剑鼎侯,长风骑十万人马可以左右天下局势;你支持静王,他这个浣衣局宫女所生的皇子便能与庄王分庭抗礼,平起平坐。

"皇上之前能容你,是想用你来牵制庄王和陶相一派,保持政局的平衡;也想借长风骑来牵制魏公,让他那十万兵马不敢轻举妄动。可现如今,你锋芒毕露,压得庄王一派抬不起头来,你说,皇上会怎么想?"

裴琰打了个寒噤,一时无言。

"使臣一案,你步步为营,算无遗策,让人觉你心机似海;你散布的谣言可以令易寒步入陷阱,让他在京城内无立足之处,只能按你设定的路线逃跑;你还裹挟三国使臣,替你做证。这份心机,这份手腕,谁想了不会害怕?

"还有,我早和你说过,长风卫的真正实力不到最关键的时候不要显露。可这次,你为抓易寒,长风卫倾巢出动。按你所述,昨晚的京城,除去皇宫,全城尽在长风卫的控制之下。你说,皇上会不会想,若有朝一日京城生事,你这长风卫,可比他的禁卫军和光明司还要令人害怕啊。"

裴琰垂头道:"是孩儿考虑不周。"

"皇上的心机还要胜过你几分。他今日在朝堂之上盛赞于你,已是对你起了戒心，他越夸你，便越是将你置于烈火之上。先不说太子与庄王一系，就是静王，只怕也会对你有所忌惮。如果再有人在其间挑唆几句，你说，皇上和朝臣们会如何看你？"

裴琰心中一凛，低头不语。

裴夫人瞄了他一眼，轻声道："我本已替你铺好了一条路，可你这样一来，倒让皇上对你的野心有了警惕。唉，那夜倒是我莽撞了。"

她步到窗前，凝望着满园菊花，默然良久，缓缓道："为今之计，你只有离开朝中一段时日才是上策，皇上若是要夺你兵权，你就交出去吧。"

裴琰跪下叩头："孩儿谢母亲教诲。"

裴夫人望向窗外渐黑的夜空，轻叹一声，道："我估计这几日，皇上布置好了，便会宣你单独面圣，该怎么应对，不用我再多说。不过你放心，他是不会对你下毒手的，你自己放机灵点就是。"

裴琰只是叩头，并不说话。

裴夫人又道："你离开朝中之前，先吩咐崔亮把那件事给办了。你给崔亮配了个丫头，是想收他的心吧？听说那丫头厨艺不错，你都不回慎园用餐了，倒是难得。"

裴琰眉头微蹙，不敢抬头，低声道："我见子明似是倾心于那丫头，便把她放在西园服侍。"

"是吗？"裴夫人轻声道，"若真是如此，我倒也安心了。"

裴琰行了一礼，正要退出，裴夫人忽道："这个月二十五是黄道吉日，我想替你将漱云收了做偏房，如何？"

裴琰脚步顿了一下，轻声道："一切都由母亲做主。"


这夜的月光亮得有些骇人。裴琰长久立于园中，任寒冷的露水爬上双眉，也不曾移动半分。漱云握了件披风走到他身边，柔声道："相爷，夜间风寒露重，添件衣裳吧。"

裴琰任漱云替自己系上披风，低头看了她一眼，忽紧捏住她的右臂。

漱云有一瞬间的慌乱，片刻后又慢慢镇定，挂上柔媚的微笑，仰头望着裴琰。

裴琰看得清楚，将她一推，往外便走。漱云跟上几步，见他大步出了慎园，不禁倒退两步，摸着园中石凳坐落，眼角滑下几点泪珠。

裴琰一个人在相府内慢慢走着，待月上中天，才发现已走到了西园门口。值守的长风卫过来向他行礼，他将手微微一摆，轻轻推开木门。

崔亮居住的偏房漆黑一片，似是已经睡下，江慈的厢房倒还透着缕昏暗的烛光。裴琰慢慢走到窗前，透过窗格缝隙向内望去，房中却空无一人。他一愣，回头望向崔亮居住的偏房，踏前两步，又停了下来。过了一会儿，他猛然转身，却和一人撞了个正着。

江慈端着盆水，被裴琰这一撞，浑身湿透，怒道："相爷，深更半夜的，你游魂啊？"

裴琰却不可自抑地笑了笑："你深更半夜端着盆水，倒比我更像游魂。"

夜风拂来，江慈衣襟湿透，不由得打了个喷嚏。裴琰觉有唾星溅到自己脸上，眉头紧皱，将江慈一推："真是没规矩，不知道站远些。"

江慈见他满面厌憎之色，气道："真要打起喷嚏来，谁能控制住，不信你打一个试试。"

裴琰只是用袖擦面："快去给我打盆水来。"

江慈无奈，只得再端过盆水，见裴琰并无动作，知他是被人服侍惯了的，只得又拧了热巾，胡乱在他脸上擦了几下，将热巾掷回盆中，回身便走。

这一耽搁，身上的湿意又重了几分，她边走边接连打了几个喷嚏，鼻息渐重。她回到厢房，却见裴琰跟了进来，恼道："相爷，这是我的房间，我要换衣服，也要睡了，劳烦您出去。"

裴琰一笑，走到榻上躺落下来，双手枕于脑后，闭上双眼，悠悠道："这是我的府第，我想睡哪里就睡哪里。你换吧，我不看便是。"

江慈拿他没有一点办法，只得跑到另一边的厢房换过干净衣裳，也不回房，走到院中，坐于石凳之上，望向空中明月，想着心事。

大闸蟹这么可恶，相府是不能再待下去了。师姐这么急着去找易寒，也不知出了什么事，得想办法去见一趟素大姐，问问清楚。希望素大姐已将自己的话带给了卫三郎。必须与他见上一面，想办法拿到解药才行。

正胡思乱想间，裴琰已不知何时从房中出来在她身边坐下。江慈起身便走，裴琰却拉住她的左臂："反正你也没睡，随我走走。"

二人在相府内慢慢走着，裴琰见江慈不停打着呵欠，笑道："你可真是又懒又贪吃，要都像你这样，我们这些做官的，也不用上朝、不用办事了。"

江慈默默走出数步，忽然回头道："相爷，我问你个问题。"

"什么？"

"你每日和别人争来斗去、算来算去，活得不累吗？"

裴琰大笑，负手行于江慈身侧，悠悠道："这种争来斗去、算来算去的游戏，又紧张又刺激，有无穷的乐趣，要是斗赢了还可以给我带来无穷的利益，我为什么要觉得累？我倒想看看，这世上还有什么人能将我斗倒！"他又斜睨她一眼，一脸嫌弃道，"倒是你这种蛀米大虫，整天混吃等死，活着真是浪费粮食。"

江慈撇了撇嘴，侧头望去，只见他俊目生辉，神采奕奕，身形坚挺，之前隐约的一丝落寞与伤楚已消失不见，了无痕迹。

深夜风寒，江慈随着裴琰在相府内再走一阵，只觉寒意阵阵，又见裴琰不再说话，走到一回廊时，终忍不住道："相爷，时候不早了，您还是早点回去歇着吧，我实在是困了。"说着回身便走。

裴琰却右足疾伸，江慈脚下一个趔趄，向前便扑，裴琰伸手将她抱住，轻笑道："可别把门牙给摔掉了。"

江慈忍无可忍，回拳便打，裴琰一一挡住，见她满面怒火，手中一缓，江慈愤怒的一拳便重重击在他的胸口。

眼见裴琰弯下腰，捂住胸口不断咳嗽，嘴角隐有血丝渗出，江慈不由得愣住，不可置信地看了看自己的拳头：就凭自己这份功力，能把这天下第一高手打成内伤？

裴琰看着江慈这呆呆的模样，连咳几声，忽然向后一倒。

江慈大惊，扑过去将他扶住，急道："你怎么了？"

裴琰双目紧闭，嘴角仍不断有鲜血渗出，江慈大力猛拍他的面颊："喂，你可别死啊，你死了我怎么办？没了解药，我怎么活啊？"

她手足无措,见裴琰的脸已被自己拍得红肿,这才想起要高声唤人,可声未出喉,就被一只手捂住嘴唇,声音便闷了回去。

裴琰盯着她,摸了摸被她拍痛的脸,吸了一口凉气,忽然撮指入唇,尖锐的哨音惊破相府的宁静,数十人从四面八方拥来。

江慈愣愣地站着,恍如身在梦中,眼见一众长风卫将裴琰扶起,有人过来将她双臂反绞擒住。

裴琰目光闪烁地望了江慈一眼,耳边还听到他咳嗽的声音:"不要为难她,把她送回西园给子明看管,没我的命令,任何人不得进西园。"他说完这句话后便好像是晕了过去。

江慈头脑一片迷糊,茫茫然中被长风卫押回西园。崔亮听到动静披衣出来,见江慈被长风卫押进来,惊道:"怎么了?"

一长风卫弓腰道:"崔公子,江姑娘伤了相爷,相爷命我们将她送回给公子看管。"

崔亮忙道:"怎么会伤着相爷的?伤得重不重?"

"相爷好像伤得挺重的,具体情况我们不知道。"长风卫行礼后退了出去。

崔亮转身望向江慈,见她仍目光茫然,神思恍惚,忙拍了拍她的面颊。

江慈慢慢清醒,不停摇头:"不,不是我,我怎么可能伤得了他?"

"到底怎么回事?"崔亮眉头紧蹙。

江慈比画了一下拳头:"我就是这样捶了他一拳,他就倒下了。可他武功天下第一啊,我怎么能伤得了他……不对,他一定是有什么阴谋诡计!"

崔亮正要细问,却见江慈连打几个喷嚏,又见她穿得单薄,忙道:"你快进屋歇着,我去看看相爷。"他急匆匆赶到慎园,却被挡了驾。长风卫说相爷重伤需静养,任何人都不见,崔亮只得闷闷而归。

崔亮知江慈的一拳不可能将裴琰击成重伤,第二日细细打听,才知裴琰曾与武林中人交过手,似是受了伤,当时便吐了血。所以江慈的袭击才会得手,而且让他伤势加重,卧床不起。

崔亮不知江慈昨夜为何与裴琰激斗起来,但这些时日也看出二人有些不对劲,追问江慈,她却支支吾吾。崔亮觉她似乎心事重重,不免有些担忧。晚间在园外偶遇安澄,听他言道裴相在府中"遇刺",皇上震怒,只怕要将江姑娘治罪,崔亮心中更是忧虑。

这日秋风凛冽,还下起了细雨。崔亮正准备去方书处应卯,安澄匆匆进来,道裴相请崔公子过去。崔亮忙随他过到慎园,裴琰正围着轻裘躺在摇椅中,面色苍白,见他进来,便微笑道:"子明快请坐!"

"相爷好得倒快,可让我担了几日的心。"崔亮细心看了裴琰几眼,见他除却面色苍白一些,也无其他症状,才放下心来。

裴琰笑道:"我底子好,虽说当时伤得重,调养了这几日,好很多了。"

崔亮想起江慈,忙道:"相爷,小慈她……"

裴琰摆了摆手,微微皱眉:"我正为这事头疼。我本想把她击伤我的事情瞒下来,不知谁捅了出去,竟让圣上得知,只怕……"

"我问过小慈,她不是有心打伤相爷的。再说以她的功力,也伤不到相爷。相爷的伤,还是与武林中人比斗所致。"

"子明说得极是,但外间只道她是我府中奴婢,却以下犯上击伤主子,若是不加以惩治,相府威严何存?我身为朝廷重臣,府中出了这等丑闻,若置之不理,只怕也不好堵众人之口。"

崔亮默然良久,轻声道:"那有没有办法救她?"

裴琰思忖片刻,道:"我只能尽力替她遮掩了,只望圣上不追究此事才好。"

"我代小慈拜谢相爷!"崔亮起身长揖道。

裴琰忙将他扶起,轻咳数声,手抚胸口道:"子明切莫如此多礼,区区小事,何足拜谢,我正有件事情要请子明帮忙。"


一缕清冽的芳香自铜兽嘴中袅袅而出,沁人心脾。裴琰躺回摇椅上,眼睛半睐注视着默然不语的崔亮。崔亮低头盯着脚下的锦毡,长久地沉默,室内仅闻裴琰偶尔的低咳声。

窗外雨声渐大,秋风吹动未关紧的窗户,嗒嗒作响。裴琰又是一阵低咳,崔亮起身走到窗边,将窗户关紧,呆立片刻,方坐回原处。

裴琰微笑道："我也知道此事有极大的风险，但当今世上只有子明一人才能看懂那图。虽说方书处规定文吏进密室查档的时间不得超过半炷香，但以子明心慧，记住部分图形应该不是问题。我会安排程大人将子明提为文吏，只要日积月累，进去的次数多了，自然可以将整张图原样绘出来。"

崔亮叹了口气："原来太师祖当年刻的《天下坤舆图》石雕，竟是在方书处的密室中。唉，他老人家为了这幅图而丢掉了性命，实是……"

"鱼大师当年走遍大梁万里河山，绘出天下地形地貌，勘出各地金银铜矿，实是造福苍生的壮举。只可惜他刻完图后便被弘帝赐了鸩酒，又假死逃遁，以致这幅图再也无人能识。若非当日我在街上偶遇子明，与你倾心交谈，倒真不知鱼大师尚有传人在世。"

崔亮面有犹豫之色："图我是识得，要记住图样将它绘出来，并找出各矿藏地的具体位置，也不是问题。但半炷香的工夫也太短了些，只够记住很小的一部分，又不能有丝毫差错，得费些时日。"

裴琰盯着他，缓缓道："只要子明肯帮这个忙，一年半载，我也等得。"

崔亮呼吸渐重，终咬了咬牙，点头道："好，相爷待我恩重，我便以此回报相爷一片诚意。但我有一个条件。"

裴琰露出欣悦之色，从躺椅上坐起："子明请说。"

"我并不想入朝为官，相爷以后的事情我更不想参与其中，待我将此图原样绘出并找出各处矿藏的具体位置以后，还望相爷放小慈和我一起离开。"崔亮抬头望着裴琰，神色郑重。

裴琰愣了一瞬，转而哈哈大笑："这是自然。子明对江姑娘着实情深义重，我们就一言为定，办完这件事，我为子明和江姑娘办一个风风光光的婚礼，再送二位离开京城。"

崔亮慢慢伸出右手："击掌为约。"

裴琰忙站起来，伸出右掌："绝不反悔。"

二人击掌为誓，相视而笑。

崔亮上前一步，正待说话，却不小心踢到凳脚，踉跄着向前一扑。裴琰疾伸右手将他扶住,他双手撑住裴琰右臂才站稳身形。

裴琰笑道:"子明这是太激动了。"

崔亮面上一红,忙后退两步,作揖道:"相爷,小慈之事还望您多加周旋。"

"子明放心,江姑娘天真烂漫,我也舍不得将她治罪的,只是这段时间得委屈她在西园待着,子明安心去方书处当差便是。"裴琰微笑道。


从慎园至西园要经过荷塘与一片枫树林,裴琰也不撑伞,在细雨中慢慢走着。雨丝洒在狐裘之上,他也浑然不觉。他负手立于荷塘边,看了那一池枯荷良久,才转身步向西园。江慈正趴在廊下的竹椅上,双手撑住面颊,望着蒙蒙细雨发呆。裴琰进来,她抬眼望了一下,转过头去不理他。

裴琰在她身边坐下,侧头看了看她微微噘起的嘴唇,微笑道:"你打伤了我,怎么见了我也不表示一下歉意?"

江慈冷笑一声:"少和我来这一套,我伤没伤到你,你自己心中有数。"她转过头望着裴琰,"相爷,你一定是在玩什么阴谋诡计。不过你能不能告诉我,你要对付的是谁? 为什么要利用我?"

裴琰微笑道:"我可不是利用你,你确是伤到了我。"说着手抚胸口轻咳数声。

江慈见他这番模样,想起他以丞相之尊,在人前装作病娇样,人后却精神抖擞,又好气又好笑,不由得指着裴琰大笑。

她伏在椅背之上,椅脚本有些不正,这一笑得前仰后合,竹椅向旁一歪,倒在地上,头正好重重磕上廊下的石柱,"哎呀"叫了出来。

裴琰也不扶她,啧啧道:"遭报应了吧,不知好歹的丫头!"

江慈爬起,摸了摸额头,觉似肿起一块,忙跑进屋中拿了跌打草药涂上额头,用力搓揉。

裴琰跟了进来,啧啧道:"说你笨就是笨,你越揉得重,明天就会越痛,得轻轻揉才是。"

江慈白了他一眼,手中动作却轻了几分。

裴琰静默地看着她,忽道:"你是不是很想离开相府?"

江慈嘟囔道:"废话。你这相府,除了崔大哥,没一个好人,真要在你这待久了,只怕我是怎么死的都不知道。"

裴琰笑了笑:"倒也是,我以前养过一只猫,它也时刻跟着我,后来不知道怎么回事,它就死了。"

江慈听他说起猫,忽地想起了那只没脸猫,动作顿住,心想:也不知素烟姐姐有没有传了口信给他?

裴琰慢慢走过来,倒了些跌打草药放于手心,将右手覆上江慈的额头。江慈惊醒,欲待后退,却被裴琰左手用力按住,耳边听得他道:"你安心在这里待上一年半载,我自会放你走,还是风风光光地放。只要你不出西园,这条小命便保得住。"

江慈急欲挣脱他的钳制,头猛然后仰,裴琰手上的草药便都抹在了她的眼中。她"啊"地叫了一声,眼睛火辣辣地疼,眼泪夺眶而出。

她眼前一片朦胧,不能视物,正待摸索着跑去厨房打水洗脸,刚跟跄着行出两步,已被裴琰拦腰夹起,到了厨房,用瓜瓢从水缸中舀出一瓢水。

江慈摸索着将眼睛洗净,慢慢可以视物,却仍感疼痛,拼命眨着眼睛。裴琰看着她满面是水,双眼通红,睫毛一上一下抖动的样子,滑稽至极,不由得哈哈大笑。

江慈怒火中烧,只觉这人是自己天生的克星,自遇到他后诸事不顺,恨上心头,恶向胆边生,抓起案上瓜瓢便用力向裴琰泼去。


灯昏月上,崔亮才回到西园,甫进园门便听到江慈在厨房内哼着小曲。他走到厨房门口,笑道:"什么事这么开心?"

江慈揭开锅盖,向崔亮招了招手,崔亮走过去一看,微微皱了皱眉:"这倒是新鲜菜式,没见过将大闸蟹用水煮着吃的。"

江慈哈哈一笑:"我今天偏要做水煮大闸蟹!"她想起裴琰被自己淋得满头是水的样子,更是笑得打跌。

崔亮不知她为何这般得意,摇了摇头:"你上回不是吃大闸蟹吃出毛病了吗?怎么还做这道菜?"

# 第十四章

## 各怀鬼胎

裴相伤势养了数日才见好转,这日已是十月二十五,裴府传出消息,裴相将于这一日,正式纳妾。虽只是纳妾,却也是名震梁国的左相首次正式纳侧室,又正在其声势煊赫之时,朝中官员争相前来祝贺,不料皆被婉拒在府外。相府大管家言道,裴相伤势虽有所好转,却仍不宜过度劳累,又只是纳妾,便不宴请同僚,只府内请了戏班子,小小地庆贺一下。

裴琰不欲张扬,但到了黄昏时分,庄王、静王与陶相竟一同登门,裴琰听禀,忙迎了出来。庄王见裴琰面色有些苍白,大笑道:"少君这伤得可不是时候,今夜得委屈一下如夫人了。"

裴琰苦笑一声,陶相凑过来笑道:"听说少君为府中一名丫头所伤,是不是美人听说你要纳妾,争风吃醋了?"

裴琰只笑不答,将三人迎入东花厅。

这三位一来,自然得热闹一番。大管家裴阳吩咐下去,便在东花厅正式摆下宴席,将原本搭在后园的戏台移到正园。素烟亲自上台,相府内一片喜气洋洋,着实热闹。

江慈在西园听到丝竹之音不断传来,又听崔亮说裴琰今日纳妾,请了揽月楼的戏班子过来唱戏,不禁坐立不安,恨不得插翅飞到正园与素烟见上一面才好。

可是裴琰已下严令,自己不得离开西园,更别说去正园见到素烟,不禁恨得牙根痒痒,却也无可奈何。她正呆坐于院中想着心事,崔亮走了过来,细看她的神色,微笑道:"是不是想去看戏?"

江慈点了点头,忽然灵机一动,仰头道:"崔大哥,你帮我一个忙,好不好?"

"好,你说。"

"你帮我去看看素烟姐姐,顺便问问她,我师姐是不是有什么很要紧的事情,为什么都不来见我一面就走?"

崔亮听她说起过燕霜乔之事,知道她心中挂念着师姐,想起自己的心思,略有愧意,忙道:"好,我这就过去帮你问问。"

江慈心中稍安,在院中坐了一阵,觉得有些冷,正待起身入屋,忽听院中西北角的槐树上传来一阵猫叫声。她心中大奇:相府内并未饲养猫犬等玩物,哪来的猫叫?她性喜小动物,在邓家寨时便养了满园的兔子和山羊,这刻听到竟有猫叫,顽皮心起,遂蹑手蹑脚向院后走去。

她踮着脚尖屏住气息走到槐树下,捏起嗓子学了几声猫叫,再侧耳一听,树顶上隐隐传来"喵喵"的叫声,心中一乐,挽起裙裾,便往树上攀去。

这棵槐树并不高,江慈几下便攀到了枝丫处,就着院内的昏暗烛火四处望了望,并不见有野猫的影子,再捏着嗓子叫了数声,不见回音,失望不已,在枝丫间坐了下来,嘟囔道:"没抓到,不好玩。"

正嘟囔间,忽觉腰间一麻,向后倒入一人怀中。她正待张口,那人又点上她的哑穴。她仰头看见一双如宝石般的眸子,反应过来,心中大喜,冲那人甜甜一笑。

卫昭见她机灵,给她解开哑穴,将她放于身边,轻笑一声:"我们也算有缘,又在树上见面了。"

江慈笑道:"你怎么进来的?相府可是守卫森严。"

卫昭略略放松身躯,靠上树干,低声道:"我混在庄王爷的侍从中,只要进了相府,你这西园的守卫还发现不了我。"

"那是,你是堂堂萧教主,轻功绝顶,逃命的功夫更是一流。"江慈想起他当日将自己推落树下,害自己重伤,还连累自己卷入这无穷风波之中,忍不住讽道。

卫昭也不气恼，悠悠道："说吧，你让素大姐传话给我说要见我一面，所为何事？"

江慈见他明知故问，瞪了他一眼："给我解药。"

卫昭看着她瞪得大大的双眸，笑了起来，笑声中带着一丝寒意："我为什么要给你解药？一个月的时间可还没到。"

江慈平静地道："你若是不给我解药，我即刻将你就是明月教教主之事告诉裴琰。"

"是吗？我现在就可以结果了你的性命，死人可不会开口说话！"卫昭修长的手指带着一缕杀气点上了江慈的咽喉。

江慈微微一笑："我自然不怕，萧教主想不想知道是何原因？"

"什么原因？"卫昭手指仍点在她咽喉处，话语渐转森冷。

江慈仍是微笑："这话，可只能附耳说的。"

卫昭有点好奇，便将头侧过来："说吧，本教主听着。"

江慈早有准备，待他的头靠近，猛然张口咬上了他的右耳。卫昭身子一僵，点在江慈喉间的手指便待用力，可心念一转，她已咬住自己耳垂，纵是能取她性命，但她临死前双齿一合，自己这左耳便再也无法见人，若是被那人看到，可就后患无穷。更何况自己还要利用她来实施大计，现下不能取她性命。

他心念电转，无计可施，江慈见他并无动作，便也不急着咬下去。二人僵持了片刻，卫昭忽然轻笑，收回点在江慈咽喉处的右手，悠悠道："算你厉害。"

江慈并不松口，喉间含混说了句话，卫昭细心辨认，竟是"彼此彼此"。

他耳垂被江慈含着，麻麻痒痒，心中好似被猫爪抓挠一般，竟是从未有过的感觉。他微感不安，遂冷声道："你松口，我们说正事。"

江慈仍不松口，又含混说了句话，卫昭打起十分精神才依稀听懂，无奈下只得解开她的穴道。江慈松口，得意一笑，向右挪开了些。

卫昭斜睨了她一眼："说吧，你想怎么样？"

江慈横了他一眼："你先说，你想怎么样？"

卫昭冷笑道："不是说你这个小姑娘十分仰慕我，若是我不肯来见你一面，你便只有死在我的面前吗？我这人心善得很，不忍造下杀孽，便来见你了。"

江慈一哼："你们这些人，我算是看透了，没好处的事是绝不会做的，你才不会为了我这个小丫头的命来一趟。说吧，你肯来与我见面，自是又想好了怎么对付裴琰，要用到我这个小丫头吧？"

树间光线极为昏暗，江慈只见卫昭似是一愣，片刻后，他的脸慢慢向自己倾近，如雪般的肌肤透着一股森寒之意，但那黑宝石般闪耀的眼眸又似燃着熊熊烈火。江慈强自镇定，身子慢慢后倾，口中道："我想过了，你既留了我一命，自是要用我来迷惑裴琰，我愿配合你行事。我也想快点将听声辨人这事给了结了，让裴琰放我走。既然我们目的相同，何不合作一番？"

卫昭上下打量了江慈几眼："倒是不笨，省了我一番唇舌。"

他仍是冷冷而笑："你听着，裴琰正在追查三个人的下落，那三个人是那夜缺席相府寿宴的。其中一人，我会留下一些他与明月教有瓜葛的线索，再设法让他在裴琰和你面前出现，到时你就指认他就是树上之人，这样就算大功告成了。"

江慈想了一下，道："眼下裴琰将我关在这西园，你怎能让那个人出现在我与他面前？"

卫昭摇了摇头："说你聪明你又变笨了，有了那人的线索，裴琰自会带你出去认人的。"

江慈想了想，道："你想的倒是好计策，可我有两点，得问清楚了才能帮你。"

"说吧。"

"第一，我若是帮了你，成功让裴琰上当后，你不给我解药，或是再来杀我灭口，我怎么办？"江慈死死盯着卫昭。

卫昭靠回树干，慢条斯理道："那你说怎么办？"

江慈清了清嗓子，道："你也给我听着，我呢，这些天见了一些人，留了一封信在某个人的手中。我对那人说了，若是我一命呜呼或者是超过半年没有去见她，就让她把那封信送到裴相手中。"

卫昭冷声道："信中自然是告诉裴琰谁是真正的树上之人了？"

"萧教主聪明。"江慈得意地抱了抱拳。

卫昭眼神一闪，半晌方从怀中摸出一个瓷瓶："这里面的解药能解你体内的一半毒素，你服下后性命能保，但如果半年内不服另一半解药，就会头发变白，肌肤黯黑,身形佝偻,快速衰老。你若依我之言行事,我自会将剩下的一半解药给你。"

江慈想了片刻,接过瓷瓶掂了掂,笑道:"倒是没办法的事情,先保命要紧。我们是谁也威胁不了谁,有了那封信,我也不怕你不给我解药。你在朝中权势熏天,偏还要当那劳什子明月教教主,自然所图事大,不会为了我这么一个小丫头冒功亏一篑的风险。"

卫昭嘴角微微抽搐,冷冷道:"第二个问题呢?"

"第二个问题,你准备栽赃嫁祸的那个人是个什么样的人? 是好人还是坏人?"

卫昭修眉微蹙:"你问这个做什么? 照我的吩咐行事便是,管他是好人坏人!"

"那不行,我得问清楚,万一是个大好人,我可不干。"

卫昭哂笑道:"迂腐! 是你自己的小命重要,还是那人的命重要?"

江慈怒道:"在你们这些人的眼里,当然是自己的性命最重要,可大家都是娘生父母养的,谁的命不是命? 凭什么让人平白无故地替你们送命!"

卫昭有些恼怒,瞬间又平静下来,冷笑道:"那人嘛,用八个字来形容,就是作恶多端,恶贯满盈。"

"怎讲?"

"他叫姚定邦,是兵部左侍郎,曾任魏正山手下大将。此人攻城略地,少留活口,杀人无数,绰号'姚判官'。他爱财如命,贪得无厌,性喜猎色,还颇有一些见不得光的不良嗜好。你说,这样的人该不该死?"卫昭话语说得云淡风轻,一双凤目却灼灼有神盯着江慈,还一边将她鬓边一绺长发慢慢缠于修长的手指间。随着最后一句话语,他猛然用力一扯,江慈吃痛,"啊"声尚未出口,又被他掐住咽喉。

江慈怒道:"你放手!"

卫昭冷若寒冰的手指锁住江慈的咽喉,低头凝望着她。江慈仰头望去,可以清晰看到他长长睫羽下的双眸。那眸光冰冷如剑,夹杂着痛恨、狂躁与残酷。

卫昭手指慢慢用力,江慈喉间疼痛。正难受间,院门轻轻开启的声音传来,卫昭倏然收手,迅速戴上一张人皮面具,贴到江慈耳边轻声道:"姚定邦出现之前,我会想法子传信给你,到时你就照我们约定的去做。"

江慈抚着咽喉,低头见崔亮进来,忙点了点头:"我知道了,你放心吧,只要你不食言……"身边一空,已不见了卫昭的身影。


崔亮在屋内找了一圈,未见江慈,正有些奇怪,江慈奔了进来,笑道:"崔大哥,你回来了,有没有见着素烟姐姐?"

"见着了,她说你师姐那日去得急,来不及见你一面,让你安心在这相府住下,不要去别的地方乱跑,她办完事自会来接你。"

江慈已见着卫昭,便未将素烟的话放在心上,她搬过把躺椅,笑道:"崔大哥,反正夜长无事,你给我讲讲故事好不好?"

崔亮笑道:"怎么突然间想听故事了?"

"我就是整天闷在这西园,好无聊。也不一定是故事,你对朝中的人和事都十分熟悉,不如给我讲讲这些当官的吧,哪些是好官,哪些是贪官,都给我讲讲。好不好?"江慈边说边沏过一壶清茶,又搬过竹椅坐于崔亮身边,仰头而笑。

崔亮见她满面纯真,心中暗叹,微笑道:"行,左右无事,我就当一回说书人吧。"


庄王与静王虽在朝中争得你死我活、头破血流,但表面还是一副兄友弟恭、其乐融融的样子。裴相与陶相虽然在朝中针锋相对、你争我夺,但表面也还是同僚友好、协力同心。既然不是在朝中,又是裴相纳妾之喜,还有素烟这长袖善舞的戏曲大家作陪,这酒便喝得十分热闹,笑声阵阵。待到亥时,庄王和陶相都有了几分醉意,静王虽向来自持,也面上带红。素烟更是斜歪在椅中,醉眼蒙眬地望着裴琰。只裴琰推说伤势未好,未曾饮酒,尚保持着清醒。

推杯换盏后,宾主尽欢。静王转头间见裴琰使了个眼色,心中会意,笑道:"虽说这酒喝得痛快,但少君的如夫人可等得有些不耐烦了,我们还是知趣一些,把少君还给如夫人吧。"

庄王大笑,扫了一眼厅中厅外的侍从,站起身来:"三弟说得极是,时候不早,我们也该告辞了。"

裴琰连声"岂敢",将众人送出府门。庄王等人的车驾过来,庄王与陶相登上马车。静王也正要步下台阶,裴琰忽道:"对了,王爷,您上次让我找的那套高唐先生批注的《漱玉集》，我可寻到了。"

静王大喜："太好了，本王可是找了数年都没能如愿。快快快，借我一观。"

裴琰转头吩咐裴阳："去，到书阁将这套书取来给王爷。"

庄王登上马车，笑道："三弟，你就在这里等吧，我们先走一步。"

静王笑道："二哥慢走。"

望着庄王等人的车队远去，裴琰与静王相视一笑。裴琰引路，将静王带至慎园书阁的二楼。待侍女们奉上香茶，裴琰将门关上，静王微笑道："少君，老实交代，你这伤，是真伤还是假伤？"

裴琰微笑道："伤哪还有假？ 倒是我出道以来第一次伤得这么重。"说着轻咳几声。

静王在椅中坐定，慢慢呷着茶，扫了眼书阁，道："这里倒是个韬光养晦的好地方。"

裴琰微笑道："王爷说得在理，怕只怕我想在这里韬光养晦，有些人偏不让我省心。"

"哦？"

裴琰推开南面窗户，望向苍穹中的几点寒星、一弯冷月："王爷，这几日我不在朝中，听说兵部向西北王朗部紧急拨了一批军粮，又命高成的人马向东移了三百里，南安府的驻军与玉间府的部分驻军进行了换防。您说，我在这里能睡得安心吗？ 只怕王爷这几日也是睡不安稳的吧？"

静王默然片刻，缓缓道："少君倒是头一次把话说得这么明朗。"

裴琰一笑，关上窗户，回头微笑道："王爷，那套高唐先生批注的《漱玉集》，我倒是真找着了。"

裴琰走至书阁西北角，取出一套陈旧的《漱玉集》。静王忙接过来细看，抚书笑道："确是高唐先生手笔。"

裴琰右手抚上书页："高唐先生当年虽是文坛泰斗，治学名人，批注令人钦服。可如果不是《漱玉集》本身为惊世之作，也不会如此闻名于世。"

静王点头道："少君说得极是。"他抬起头直望裴琰，"少君有话请直说。"

裴琰轻撩衣摆,在静王对面坐下,平静道:"若王爷愿做《漱玉集》的话,我甘为高唐先生。"

静王缓缓道:"我们本就是一条船上的人,朝中之人,包括父皇,谁不将你看成是我的人?"

裴琰一笑:"可现在,只怕王爷有所动摇了吧?"

静王目光闪烁,裴琰直视着他:"王爷,我们打开天窗说亮话,朝中局势你比谁都清楚,我只怕是要离开一段时日。敢问王爷,刘子玉进京,可是王爷的意思?"

静王有些尴尬:"子玉进京,是正常的述职,少君多心了。"

裴琰靠上椅背,悠悠道:"刘子玉其人,虽精明能干,民望极高,但他有两大死穴。"

"少君请说。"

"刘子玉出自河西刘氏,确为名门望族,但河西刘氏当年与文康太子交往过密,这是皇上心中的一根刺。"

静王心中暗惊,并不言语。

"第二,刘子玉的妻舅为魏公手下大将,魏公一直以忠心耿耿而让皇上另眼看待。但他若是在立储一事上有了明显的倾向,皇上还会那么信任他吗?"

静王木然不语,裴琰续道:"我理解王爷的心思。刘子玉乃河西名士,又多年宦海沉浮,是朝中中立派的中坚力量。王爷此时选择他,一来是想向皇上表明您并无非分之想,二来是想拉拢清流与中间一派的力量。

"可王爷想过没有,清流一派效忠所谓正统,您再费尽心机拉拢他们,他们也只是视您为静王爷。在他们眼中,真正的主子还是那有着明诏典册的皇位继承人。谁有了那一纸诏书,谁在他们眼中就是皇权正统的继承者。太子再不受皇上喜爱,可目前为止,他还是名正言顺的太子,又有董大学士护着,清流一派会支持您吗?"

静王默然良久,轻声道:"倒是我考虑不周,少君莫怪。"

裴琰忙道:"岂敢。正如王爷所说,你我本是一条船上之人,我说这一切都是为王爷考虑。"他顿了顿道,"王爷,现今形势是树欲静而风不止,您想韬光养晦,以退为进,可庄王会让您如愿吗? 刑部正在追查南安府科考案,若是一路查过来,王爷能养得安心吗?"

不待静王作答,他又道:"还有一个人,王爷得多提防。"

静王不自禁地前倾身子:"少君请说。"

裴琰一字一句道:"卫——昭,卫三郎!"

静王面露憎色:"一介弄臣,二哥用来在父皇面前进进谗言,给我们使使绊子的,军政大事却还轮不到他说话!"

裴琰摇头道:"王爷此言差矣!"

"哦?"

"一个皇上任命为光明司指挥使、放心将整个皇城安危交于其手的人,靠的只是佞幸吗? 王爷切莫被他弄臣外表所迷惑,此人不但不是弄臣,搞不好,还会是个当世之枭雄!"

静王暗惊,半晌后点了点头:"我倒真是惑于其表象,总以为只不过是父皇宠信的一个……倒没细想过,二哥若是没有他的支持,父皇不会放心将高成提为大将。"

"不错,皇上本来对我全力支持王爷视而不见,任你我联手对抗庄王爷和陶相,为的就是制约高贵妃与河西高氏一族。但随着我们逐渐势大,皇上又将高成提为大将,实是制约我长风骑的无奈之举。但若不是卫三郎与高成关系甚密,只怕皇上也下不了这个决心。"

"嗯,这其中,卫昭不知下了什么功夫。"

"还有,王爷,您真的认为南安府科考一案,是那鲁秀才迂腐愚钝,无意中捅出来的吗?"

"少君是说……"静王惊疑道。

"据我所知,八月科考期间,皇上曾派卫昭去了一趟南安府。"

"当真?"静王猛然站了起来,愣了片刻,又慢慢坐落椅中,面上神色阴晴不定。

裴琰笑了笑:"八月十二武林大会,我从长风山庄下来后,去了一趟南安府,也详细了解了当日举子火烧贡院的详情。这件事的背后,只怕卫昭脱不了干系。"

"父皇派卫三郎去南安府做什么？"静王疑道。

"这就不得而知了，但南安府为您和我的重地，南安若是有事，不但我脱不了干系，只怕王爷也……"

静王咬牙道："我正为这事头痛。恨只恨舅父不成器，不但帮不了忙，反而只会拖累于我。"

裴琰叹道："是啊，文妃娘娘虽然也被册为贵妃，但比起庄王生母和其身后的河西高氏，王爷还是有点吃亏啊。"

静王心中暗恨，自出生以来就纠缠于胸的那点自卑感，与身为皇嗣、天之骄子的自傲感夹杂在一起，让他忍不住露出激愤之色。

裴琰低头饮了口茶，又道："眼下局势很清楚，太子庸碌无为，皇上隐有废立之心。但与您争这个位子的庄王，他身后有卫昭、陶相、高氏在鼎力支持，而清流一派及魏公又站在中间，唯皇命是从。敢问王爷，您的背后，又有何人？"

静王站起身，长揖道："少君请恕我鲁莽之举！"

裴琰忙站起来回礼："王爷这般信任于我，愧不敢当。裴琰自当殚精竭虑，为王爷做一马前卒，鞠躬尽瘁，共图大业。"

二人同时起身，相视一笑。

静王把住裴琰双臂笑道："听少君一席话，茅塞顿开，颇有拨云见日之感。只是不知少君现在是何打算？如若真要离开朝中一段时日，又有何妙计？"

裴琰转身拿起那套《漱玉集》，微笑道："当年高唐先生论点再精妙，再旁征博引，发人深省，但仍是围绕着这本《漱玉集》来写的。"

他顿了顿又道："我无论在朝在野，无论为官为民，长风骑十万人马日后不管是谁统领，这辅佐王爷的心也是始终不会变的。"

静王面上露出感动之色，裴琰又道："至于皇上会如何处置我，君心难测，我不便推断。但我自有办法回到朝中，只是届时需王爷鼎力相助。"

"这是自然。"

裴琰捧起《漱玉集》，递至静王眼前："这套《漱玉集》，还请王爷笑纳。"

静王忙推道："此乃文中瑰宝，岂敢要少君割爱，能借来一观，于愿足矣。"

"我这副身家性命都是王爷的,日后唯王爷之命是从,区区一套《漱玉集》,又算得了什么。"

静王接过《漱玉集》,手抚书册笑道:"好好好,今日得少君赠书明心,本王就厚颜承受这份重礼。日后待本王寻到相匹配的珍宝,自会回赠少君!"

裴琰将静王送出府门,慢慢悠悠地走回书阁,在窗前伫立良久,回转身,摊开宣纸,浓墨饱蘸,从容舒缓地在纸上书下三个大字——漱玉集。

# 第十五章

## 胸有丘壑

虽已至秋末冬初,但这日阳光明媚,那耀目的光辉,倒似是天地间在释放最后的绚烂,赶在严冬来临之前洒下最后一丝暖意。

黄昏时分,仍是暖意融融,江慈哼着小曲,蹲在院角那片花圃中,一手握着花锄,一手拨弄着泥土。她自卫昭手上拿到一半解药,又由崔亮口中确定了那姚定邦确为奸恶残暴之徒,便下定决心替卫昭实施李代桃僵、混淆视听之计。想到暂时能从裴、卫二人的步步紧逼下解脱出来,心情实是愉悦。

裴琰进园,她斜睨了一眼,也不理他,自顾自地忙着。裴琰慢慢走过来,俯身看了看,眉头微蹙:"花样倒是多,也不嫌恶心!"

江慈抓起一把泥土,送至裴琰面前,笑道:"相爷,你钓不钓鱼的,这可是上好的鱼饵。"

裴琰见泥土里有几条蚯蚓正在不断蠕动,不由得皱眉道:"我现在正在养伤,哪能出去钓鱼?"

江慈眼睛一亮,忍不住一把抓住裴琰的右臂:"府内不是有荷塘吗?那里头一定有鱼的,我们去那儿钓,可好?"

裴琰急忙将她沾满泥土的手甩落,耳中听她说到"荷塘"二字,愣了一瞬,笑道:"在自家园子里钓鱼有什么意思,改天我带你去映月湖钓。"

"自家的园子里为什么不能钓鱼？那荷塘用来做什么？难道就是只能看看吗？或是醉酒后去躺一下、吹吹风吗？"

裴琰笑容敛去，站起身来："子明还没回吗？听说他这两日未去方书处当差，是不是身子不适？"

"不知道。昨天早上见他还好好的，但晚上好似很晚才回来，我都睡下了，今天一大早他又出去了。"

裴琰面有不悦："我命你服侍他，原来你就是这样服侍的，连他去了哪里都不知道。"

江慈嘟囔道："你又不放我出西园，我怎知他去了哪里？再说了，他若是一夜未归，难道我就要一夜不眠吗？"

裴琰正待再说，却见她沾着泥土的手在额头搓揉，弄得满头是泥，不禁失笑，一转头见崔亮走进园来，便笑道："子明这两日去哪里了？"

崔亮神秘一笑，将门关上，坐回裴琰身边，替他沏了一杯茶，压低声音道："我想法子进了一趟密室，看到了那幅石刻图。"

"哦？"裴琰身子微微前倾。

"确是太师祖的原迹没错，但有些图形似与师父所授不同，所以我怕有错，选了京城附近的细看了一下，记住部分图形，这两日去了红枫山实地验对了一番。"

"看子明胸有成竹的样子，定是验对无误的了。"

"正是。"崔亮微笑道，"我现在有八九分把握能将图原样绘出，矿藏位置也大致能确定下来。相爷大可放心，只要再去一两趟，最后确定各种图符，就能大功告成了。"

裴琰笑得极为愉悦："子明天纵奇才，我向来是信得过的。"

二人正说话间，江慈猛然推开房门，探头道："崔大哥，你晚上想吃什么？醋熘鱼还是豆腐煮鱼头？"见裴琰欲待张口，她又笑道："相爷定是不在我们这里吃的了，我也没备相爷的份。"

裴琰一噎，崔亮见江慈额头上满是泥土，忍俊不禁，走过来左手扶住她的面颊，右手握住衣袖，细细地替她擦去泥土，柔声道："你做什么我都吃，只是别太累着了。那片花圃留着明年春天再弄，何苦现在弄得满身是泥的。"

江慈笑道："反正闲得慌，没事干，翻弄翻弄。"她抬眼间见裴琰面色阴沉，忙挣开崔亮的手，跑了出去。

崔亮回转身，见裴琰望着自己，有些尴尬，自嘲似的笑了笑："相爷，小慈她，我……"

裴琰微笑："子明劳累了两日，早些歇着，我还有事。"

"相爷慢走。"崔亮将裴琰送出西园，慢慢走到厨房门口，久久地凝望着厨房内那灵动的身影，默然不语。

江慈转身间看见，笑道："崔大哥，这里烟熏火燎的，你还是回房去吧。"

崔亮走到她身边，替她将散落下来的一缕秀发拢到耳后，轻声道："小慈。"

"嗯？"

"以后做什么事不要太任性了，该忍的时候还是要多忍忍。"

"好。"江慈边往锅里加水边点头道，"我知道的，现在就是借我十个胆，我也不敢到处乱跑了。等师姐回来，我就老老实实和她回去。"

"那就好。"崔亮笑了笑，终没有再说话，步出厨房，望着暮霭渐浓的天空，轻轻叹了口气。


秋夜风寒露重，天空中数点孤星，愈显冷寂。

城门即将下钥之时，一顶软轿悠悠晃晃被四名轿夫抬出了南门。

守城的卫士望着那顶软轿远去，一人笑道："红绡阁的姑娘们生意倒是好，这个时辰还有出城去陪恩客的。"

其余的人哄然大笑："小六子，换班后，你也去红绡阁嘛，叫上玉儿，替你暖暖被子！"

那人直摇头："不行不行，这个月的俸禄早用光了，昨晚又手气臭，输了个精光，我还是回家找自己老婆好了。"

笑闹声中，城门轰然关上，嗒的一声落下大闸。夜雾轻涌，京城内一片寂静，仅闻偶尔的更梆声。

天上一弯弦月泠泠然高挂,寒风轻吹,万籁寂无声。

铁蹄声踏破霜夜宁静,一匹骏马披星戴月,疾驰至南门口。马上之人丢下令牌,睡眼蒙眬的值夜军士慌不迭地打开城门,马上之人怒喝一声,奔如流星,如闪电般消失在蒙蒙夜色之中。


京城南面二三十里地是红枫山。山多红枫,时值深秋,寒风吹得林间枫叶飒飒作响,又是荒鸡时分,黑蒙蒙一片。

崔亮在向南的官道上疾行,眉间挂上了银白的寒雾,呼出来的热气瞬间消散在寒风之中。他回头向北望去,低低道:"相爷,你所谋事大,我实不敢卷入其中。崔亮这条贱命只想留着走遍天下,苟存于江湖,就不相陪了。"

他怔立片刻,心头飘过一个淡淡的影子。他低低地唤了句"小慈,对不起",轻叹一声,回转身继续前行。北风呼卷过他的耳边,隐隐送来铁蹄之声。崔亮面色微变,深吸了口气,闪入官道边的枫树林,攀上一棵枫树,将身形隐入黑暗之中,透过树枝望向下方官道。

蹄音如雨,踏破夜空的宁静,玉花骢熟悉的嘶鸣声越来越近,裴琰的轻喝声清晰可闻。崔亮面色黯然,屏住呼吸。玉花骢自官道上疾驰而过,崔亮略略放松,却仍不敢动弹,心中叹服裴琰心机过人,竟猜到自己要从这红枫山南下,星夜赶来追截,看来只有在这林间躲上一阵了。

时间一点点流逝,崔亮躺于枝丫间,仰头望向天空冷月寒星,感受着寒冷的夜风拂过面颊,眼前一时是师父临终前的殷殷嘱咐,一时是裴琰俊雅的面容,一时又是江慈无邪的笑脸,心情复杂难言。

蹄声再起,他侧头眯眼望去,朦胧夜色中,玉花骢慢慢自官道上走过,马上之人看不清面容,但从身形来看,透着一股无精打采的沮丧,全无来时的怒气。

崔亮看着这一人一骑自山脚而过,慢慢消失在京城方向,心呼侥幸,却仍保持警觉,再在树上小憩一阵,估算着已是日旦时分,裴琰应早已回到京城,方滑下树来。他拍了拍身上树屑,回望京城方向,默然片刻,负起行囊,向南而行,数里便至窑湾。

此处是一个三岔路口，向南共有两条大道，东面是潇水河的支流——柳叶江，如一弯柳叶包住红枫山，形成一个江湾，故名窑湾。在三岔路口西面的山峰上建有一座离亭，具体年代并不可考，只知匾上之字乃前代大儒高唐先生所题——望京亭。木亭依峰而立，如临渊而飞的孤鹰，超然决然。

崔亮在三岔路口犹豫片刻，提步向渡口走去。他知只要在这渡口想办法躲到天微亮，找到船只放水南下，便可脱离险境。可刚迈出几步，他心中猛地一惊，停住脚步，望向道边树下的那个黑影。

裴琰负手从树下慢慢走出，微笑道："子明要走，为何不与我直说，我也好备酒为子明饯行。"

崔亮眼神微暗，沉默一瞬，轻声道："累相爷久候，还将玉花骢让他人骑走，实是抱歉。"

裴琰笑道："只要能与子明再见一面，便是千匹玉花骢我也舍得！"

他抬头望向半山腰的望京亭："不如我们到那处登高迎风，我也有几句话，要在子明离开之前一吐为快。"

"相爷请。"崔亮微微侧身，跟在裴琰身后登上望京亭。


裴琰负手立于亭中，仰望浩瀚天幕，面容平静无波。

崔亮立于裴琰身侧，遥望空蒙夜色，听着山间枫涛吟啸，只想抖落浑身尘埃，融入这一片空明之中。只是身边的人恰似一道枷锁，两年来禁锢了他的脚步，在这霜夜又急追而至，终让自己功亏一篑。

崔亮暗叹一声，低声道："相爷，我志不在京城，您又何苦费尽心机留我？"

裴琰转身直视崔亮："子明又何尝不是费尽心机，利用江姑娘做幌子，将我骗过。若不是安澄机灵，见子明去了红绡阁，觉得有些不对劲，暗中查探，我与子明岂不是再也无法相见？"

"相爷又是如何得知我一定会走这红枫山？"

"子明故布疑阵，这两日都来红枫山勘察地形，想的就是让我一旦发觉你离开,反而会认为你不可能走这边。你又让红绡阁的软轿转向西南,连安澄都险些上了当。"

崔亮苦笑一声:"还是相爷精明。"

裴琰叹道:"子明啊子明,你又何苦如此?我待你确是一片至诚,我裴琰这些年广揽人才,礼贤下士,其中有当代鸿儒、名家大师,却都未曾有一人令我像对子明这般用心的。"

崔亮忍不住冷笑:"相爷两年来派人时刻盯我梢,确是用心。但您无非看中我是鱼大师的传人,识得那《天下坤舆图》,为的是让我将那图原样绘出,为相爷实现胸中抱负而搅动这九州风雷,改变这天下大势而已!"

裴琰微微眯眼:"子明确是深知我心。只是我与子明说句实话,要得到《天下坤舆图》,找出各地矿藏的,并不是我,而是我的叔父。"

"当年的震北侯裴子放?"

"不错。"裴琰叹道,"子明,就算是我想得到这图,你又何苦这般逃避,倒像是我要将你杀了灭口似的。"

"我倒不是怕相爷杀人灭口,实是这图关系重大,崔亮不敢轻易让之重现世间,以免连累苍生百姓,燃起无穷战火。"

裴琰沉默片刻,道:"倒也没有子明说的这般严重。"

崔亮冷笑一声:"相爷今日话说得透亮,不用再像过去两年那般惺惺作态,遮遮掩掩。敢问相爷,裴老侯爷处心积虑要这图有何用?他一个被贬幽州的废黜侯爷,求的竟是天下的地形和矿藏分布图,难道不是为相爷异日的宏图伟业所求?"

他渐渐激动起来:"天下若有战事,谁据地形之利,谁就能占据先机。眼下大梁政局平稳,并无战事,这图要来何用?还有,那各地的矿藏更是关系重大,金银之矿自不必说,相爷曾主理户部,这铜矿关系到百姓民生,您最清楚不过。开铜矿,铸钱币,如若铜钱流通之数失去平衡,财货流通混乱,则会祸害百姓,还会危及库银甚至军饷,最终危害国家根基。敢问相爷,您或者裴老侯爷能利用铸钱之便,将铜玩成银子或者银子又玩成铜钱,从中牟取暴利,但最终受害的又是谁呢?"

裴琰缓缓道:"子明太小看我了,我岂是图谋这等小利之人?"

"不错,相爷可能志不在谋这等小利,您谋的是大利,是这天下。可我崔亮,想的是不愿这天下生变,不愿百姓因我的原因而受苦。"崔亮越说越急,"单就开矿一事来说,自古以来,采矿便为朝廷所严控。如为官家开采,用的都是重刑囚犯;如若私下开采,事后更要杀人灭口。师父当年便和我说过,'一矿万魂,一窟累骨'。我只要想到在那图上每找出一处矿藏,便要造下千万杀孽,又怎能下得了笔?"

裴琰沉默不语,崔亮稍稍平定情绪,叹道:"我只后悔当日不该与相爷聊得投机,泄露师承来历,两年来都处于相爷的控制之下,离不了这京城!"

"所以子明才假装倾心于江姑娘,让我放松警惕,又假装受我之迫,答应绘出《天下坤舆图》,待我撤去监视你的人之后,星夜逃离京城?"

崔亮想起江慈,心中有愧,低声道:"我也是无奈之举。相爷这两年盯我盯得厉害,我离不了京城,眼见相爷所谋之事越来越紧迫,危机就在眼前,才行此无奈之举。只是有愧于小慈,这心里……"

雾渐浓,天际也开始露出一丝灰白色。二人沉默不语,天地间一片静穆,仅余风涌过枫林的声音。

裴琰望向远处隐见轮廓的京城,终缓缓道:"子明,今日你话说得够坦诚,我也不再有丝毫顾虑。你说你不愿再见战火,可你这段时日在方书处,以你之聪敏,整理朝中奏章时,心里也清楚,月落与朝廷的矛盾日渐激烈,一场战事只怕免不了;待数年后定幽一带桐枫河上游堰坝建好,趁桓国饥荒,与该国一战也是势在必行;至于南境的岳藩,如皇上决心撤藩,也必要用兵十万以上。未来十年内,这三场战事关系到天下走势,也非你我之力所能阻。"

崔亮心中暗叹,也望向北面。此时登高临远,那巍巍京城在微微的晨光下如同星野棋盘。他苦笑道:"相爷说的是事实,崔亮不敢否认。但这是必然之势,却非你我故意挑起战事,我们也只能听天由命,只希望战事能不扩大,平民百姓能少吃些苦。"

"错!"裴琰猛然转身,凌厉的眼神直望入崔亮心底,"我来问子明,如若大梁国力强大至四海来朝、百国称臣,军队能所向披靡、横扫天下,我朝的正道文化能慑服狄夷、各族归心,这三场战事还用得着打吗?

"若我朝国力强大,军容鼎盛,莫说桓国,月落早已无患,岳藩又怎会要挟朝廷这么多年,在朝廷与乌琉之间首鼠两端、进退自如?

"若我朝内政清明,怀柔为上,月落就不会因为进贡歌姬娈童的屈辱而心存怨恨,也不会有明月教从中作乱,屡生叛心。

"若我大梁能德披万民,令四海归心,南北和睦相处,又何须上百年来一直陈兵数十万于北境,致使国力为零星战事所累,外强中干,以致赋税日重,百姓负累渐深?"

崔亮静静听着,神情渐转复杂。

裴琰上前一步,指着远处的京城:"可笑这城内,没有几个人能看到这一点。即使看到了,他们也不愿冒着忤逆龙鳞的危险去触怒皇上,他们一心想的是保住手中这点既得的利益,保住他们现在坐着的那个位子。

"皇上当年的皇位来得不明不白,为保皇权,多年来他玩的是平衡掣肘之术。用岳藩制约庆德王,又用庆德王制约高氏一族,再往北又是魏公,魏公过去又是桓国。而这些势力呢? 各有各的打算,斗得不亦乐乎。有谁想过,要是皇权一统,兵权集于帝君一身,桓国何足为虑,月落疥癣之患又何至延续这么多年,岳藩又何至于成尾大不掉之势?

"子明说不愿见因开矿而累及人命,但子明可知,这些年,户部那窝子蛀虫把持着各地铜矿,又在制钱时玩弄各种花样。他们一时令铜价贵过制钱,一时令制钱贵过铜价,收钱熔铜,又卖给朝廷,或熔铜制钱时多层刮皮,从中牟取暴利。各方势力平素争得你死我活,但在其中却是难得的默契,只瞒着皇上一人。也许皇上心知肚明,他为了平衡各方势力,睁只眼闭只眼罢了。可苦了的是谁? 还是黎民百姓,危害的还是朝廷根基。

"若是朝廷掌握着足够的铜矿开采,控制好铜料的供应,又没有各方势力你争我夺,铜钱流通顺畅,银货平衡,百姓安居乐业,何愁仓廪不丰实、天下不太平?

"子明说不愿见天下燃起战火,子明又怎断定,我要得这《天下坤舆图》就一定是要挑起战火? 若是在收月落、平桓国、撤岳藩的战事中得以占据地利,而尽早结束战事,减少军队伤亡和百姓苦痛,又何乐而不为? 打造一支强大的军队,令有异心者不敢轻易作乱,减少战祸的可能性,又何乐而不为?

"正如子明所说,《天下坤舆图》能带来祸事、危及人命,但它也能稳定这天下、让百姓得益,端看得到它的人如何使用罢了。就像我长风骑十万人马,你说它能掀起九州风雷,但它同样能平定天下乱局。至少现如今,它能牵制着魏公十万兵马,压着桓国铁骑不敢南下攻城略地!

"子明若是将我裴琰看得如那贪婪残暴之流,这图你自然是拼死也不会让我得到,但子明若是能明我裴琰胸中壮志,就会知那图落在我手中,比荒废在方书处密室,或是落在他人手中要强上千倍万倍!"

晨曦隐现,雾却愈浓,将远处的整个京城笼于其中,迷蒙缥缈。空中,不知名的鸟儿飞过,划破沉沉白雾,留下一道浅浅的灰影,又隐于浓雾之中。

崔亮看着那飞鸟远去,听着枫涛的声音,心潮起伏,终退后两步,长揖道:"相爷志向远大,胸怀天下,是崔亮小看了相爷,望相爷见谅!"

裴琰忙上前俯身将崔亮扶起,微笑道:"子明切莫如此说,怪只怪这些话我从来不敢宣之于口,更不曾对子明交心,以致子明误会于我。"

他松开握住崔亮的手,轻叹一声:"更怪我心机太过,既无法将心中真实所想坦诚告之子明,又不愿放子明离去,无奈才出此下策,致使你对我误会渐深,分歧渐大,而成今夜这等局面!"

见崔亮低头不语,裴琰又道:"子明,这两年来,你一定把我裴琰看成是冷酷无情、玩弄权术之流。但子明可知,擅权并非我的本心。

"官场本是修罗场,战场更是生死一线间,我不心狠,别人就要对我狠。一直以来,我面对的是你死我活的斗争,但凡我手段平凡一些,心机浅一点,早就被吃得骨头都不剩了。

"就拿这次使臣馆一案来说,别人看我心机似海、凌厉狠毒,可我若破不了这案,一来战火重燃,累及百姓,二来我自己相位难保,朝廷势力重新布局,又将是多少人头落地,多少家族遭殃!

"可破了这案子,我又为自己惹来了祸端。皇上猜忌于我,这些时日驻军频繁调动,针对的就是我。在这样的形势下,我为求自保,为求早日实现胸中抱负,被迫使了一些手段,也是不得已而为之。"

崔亮见裴琰渐转激动,便低叹道:"相爷,天下局势有时非您一人之力所能左右,您何不放下这一切,过另一种生活呢?"

"我能放下吗?只怕放下的那一天,也就是我命丧黄泉之时!"裴琰苦笑道,"子明,你只道我挟制于你,为的是求那《天下坤舆图》,错矣!你的才华绝不是一幅《天下坤舆图》所能衡量的。

"子明,设想有朝一日,我能实现胸中抱负,建立一个皇权一统的强大国度。你若执掌国子监,必可助我推行儒学正道,教育英才,树百代之典范,立万世之师表;你若执掌户部,则可帮我令天下银钱畅通,百姓生计能求;你若执掌工部,可为我兴修水利,治理水患,令海晏河清;还可在桐枫河修渠引水,与桓国互利互惠,解其数百年来干旱之苦,令两国能真正息兵修好。

"你的才能绝不仅仅是这一幅《天下坤舆图》,更不仅仅是我裴琰的谋士和清客,我是要让你做治世之能臣、定国安邦之伟才!是要你与我裴琰一起,创立一个大一统的皇朝,立下不世的功勋!"

崔亮默默地听着,唇边带着一抹苦笑,长久凝望着眼前的浓浓晨雾。裴琰也不再说话,望向浓雾笼罩下的千里平原,万里河山。两个人静静地站着,衣袂在寒风中扬起,飒飒轻响。

曙光渐亮,山脚下也隐隐传来人声,崔亮悚然惊醒,挪动了一下有些麻木的双腿,走到裴琰身前,长揖道:"崔亮实是惭愧,本应以这寒素无用之身报相爷一片至诚,但实是师父临终前有遗命,不得卷入朝堂之争,不得踏入官场,崔亮不敢违逆,望相爷能体谅我的苦衷。"

裴琰倒退一步,面上有失望之色。他将崔亮扶起,良久地把着他的右臂,终叹道:"我今日之话足以被诛九族,却仍留不住子明,唉,看来是天意使然。罢罢罢,子明既志不在此,强留无益,倒还显得我裴琰是心胸狭窄之徒。子明你就离去吧,你放心,我不会再派人追踪你,也不会再因为你而胁迫于江姑娘。她所中之毒,我自会替她解去的。"

崔亮倏然抬头,看向裴琰。

江慈这日醒得较早,洗漱过后奔到厨房便忙开来。西园厨房虽小,用度却不差,想是裴琰下过命令,大厨房的人每日都会送过来极好的菜蔬瓜果。江慈细细地选了些上好的瑶柱,配上一些瘦肉,熬了一锅浓香的瑶柱瘦肉粥。可等粥熬好,还是不见崔亮起床,江慈忙去敲门,不见回应,推门进去,房中空无一人,知崔亮定是早早出去,只得独自吃粥。

吃完粥,她猛然想起昨日替崔亮洗衣裳时,见他有件袍子裂了缝,便到他屋中取了出来。此时晨雾已散,秋阳普照,江慈坐在院中,埋头补着衣裳,待看到一双黑色软靴出现在眼前,才抬起头,见崔亮正静静地望着自己,笑道:"崔大哥,这一大早的,你去哪里了?吃过早饭没有?锅里还有粥,我去帮你盛。"

她放下袍子,刚站起身,崔亮拉住她,低声道:"小慈,我自己去盛,你坐着。"

江慈一笑,轻轻挣脱右臂,奔到厨房盛了碗粥出来。崔亮接过,二人坐于院中,崔亮慢慢吃着粥,看向低头补着衣服的江慈,渐渐有些难以下咽。

晨阳渐升,透过藤萝架照在江慈的身上。她白玉般的脸庞上睫羽扑闪,唇边微带笑意,酒窝隐现。微风拂过,一片树叶落在她肩头,她恍若未觉,仍是低眉凝眸,静静补着衣裳。

崔亮伸出手来,将落叶拈去,江慈抬头向他笑了一笑,又低下头看着手中的针线。崔亮心中怜惜愧疚渐浓,低声道:"小慈。"

"嗯?"

"我问你个问题。"

"好。"江慈手中动作不停,并不抬头。

崔亮犹豫一瞬,道:"你,怕不怕死的?"

江慈笑道:"当然怕,世上之人谁不怕死啊?"

崔亮默然片刻,笑了笑:"我是说,如果你知道自己快要死的时候,你会不会恐惧不安,或者食不下咽,或者哭天抢地?"

"不会。"

"为什么?"

"因为没用。"江慈缝好最后一针,细细打了个线结,咬断丝线,侧头道,"既然要死,再怎么怕都没用的,该吃就吃,该睡就睡,想笑的时候绝不要哭,想哭的时候呢也不要憋着,就像我……"她话语顿住,笑着将补好的衣衫轻轻叠好。

崔亮不敢看向这张纯净美好的笑脸,他仰起头深深呼吸,再低下头,快速将碗中的粥喝尽,笑道:"小慈,我和相爷说好了,明天我带你去红枫山游玩。"

江慈大喜:"真的?大闸蟹……啊不,相爷同意了?"

崔亮站起身,拍了拍她的头顶,微笑道:"崔大哥什么时候骗过你,自然是真的。我还要去方书处,你多歇着,不要太劳累了。"

# 第十六章

## 以退为进

　　裴琰步入延晖殿内阁，皇帝正与刚到京的岳藩世子岳景隆说着话。岳景隆身量高大，眉目俊秀，神采奕奕，一长串颂德谢恩的话说得流畅自如。皇帝心情极好，放声大笑："岳卿有子如此，朕心甚悦。"

　　裴琰上前叩头，皇帝笑道："裴卿伤势好了？快快平身！"

　　裴琰向岳景隆笑着点了点头。岳景隆是苍山记名弟子，算半个武林人士，二人也称得上旧交。

　　皇帝喝了口茶，笑道："朕与你们的父亲都是故交，看着你们这些后辈成为栋梁之材，实是欣喜。"

　　裴琰见岳景隆笑得极为恭谨，知他也明皇帝这番话说得言不由衷。庆德王一死，与桓国的和约得签，岳藩只怕就是皇帝要对付的下一个目标。这番宣世子进京，颇有些挟制岳王的意思。

　　皇帝似是想起了什么趣事，过来拉住岳景隆的手笑道："朕想起来了，当年你母妃与玉……容国夫人同时有孕，还约定要结为姻亲，却都生了儿子，未能如愿。"

　　岳景隆只是赔笑，皇帝松开握住他的手，道："景隆就先退下吧，改日随朕去行宫围猎。"

　　看着岳景隆退出延晖殿，皇帝笑意渐敛，坐回椅中："裴卿伤势可痊愈了？朕担了十来日的心。以后这些拼杀的事让手下去做，不要亲身冒险，你母亲可只你这一个儿子。"

裴琰忙躬身道："令圣心忧虑，臣惶恐。臣受的是内伤，还得费些时日调养。"

皇帝过来抓住裴琰的右手，片刻后眉头微蹙："易寒将你伤成这样，不愧为桓国剑神，日后沙场对阵，倒是个棘手人物。"

"此次未能将易寒捉拿归案，是臣办事不力，请皇上责罚。"裴琰跪下叩头。

"何罪之有？你破了案，令和约顺利签下，朕本要下旨褒你入龙图阁，倒让你这一伤给耽搁了。那日签订和约时见你伤得并不重，怎么就能被一个丫鬟击伤？"

裴琰面上一红，口中讷讷，皇帝看得清楚，面容一肃："那丫鬟以仆袭主，罪不可道。"裴琰急道："皇上，不关她的事，是臣……"

皇帝哈哈大笑，看着他尴尬模样："人不风流枉少年！不过你也老大不小了，该娶个妻子来约束府中这些姬妾丫鬟，若再出几回争风吃醋的事情，岂不让人笑话你这个左相！"

裴琰只是低头称是，皇帝笑道："朕本来还想赐你几个月落歌姬的，这样看来倒是不必了。对了，岳世子有个妹妹，比你小上五岁，是王妃嫡女，去年刚册了贞婉郡主。你回去问问你母亲的意见，若是合意，朕就下旨给你赐婚。"

裴琰心中一咯噔，跪下叩头道："皇上隆恩，臣万死不足以报。只是岳藩远在西南，贞婉郡主是王妃的掌上明珠，若让她远嫁京城，离乡别亲，臣于心不忍。"

皇帝点头道："倒是朕考虑得不太周详，就先放放吧。"

裴琰略略松了口气，站起身来，道："皇上，臣自幼练功都是用长风山庄后的宝清泉水洗筋练骨，所以现在这内伤得再借宝清泉水的药力方能痊愈。臣冒死奏请皇上，允臣辞去左相一职，回长风山庄静养。"

皇帝眉头一皱："养伤固然要紧，但也不必辞职吧。"

"皇上，左相掌管兵部、礼部、工部三部，臣内伤若要痊愈，至少需半年的时间。而这三部政务繁杂，不能无人主理，请皇上三思。"

皇帝沉吟道："你说的倒是实情，尤其兵部，不能一日无人。这样吧，这个左相你也不用辞，兵部的事情让董学士先替你理着，至于礼部和工部，就让这两部尚书自己拿主意，直接上奏朕便是。待你伤愈回朝，朕再做安排。"

裴琰忙叩头道："谢皇上，臣只望尽快养好内伤，早日返回京城，以报皇上隆恩！"又道，"皇上，长风骑以往军务快报都是直递给臣，臣疗伤期间，不宜再处理长风骑的军务。"

皇帝微笑道："朕已命刘子玉为内阁行走，长风骑的军情快报都送至他手中吧。"说完沉默了一会儿，又道，"十一月初十是武林大会选举新盟主的日子，又是在你长风山庄举行。"

"是，臣回山庄静养，正要去观礼此次武林大会。"

"你甚知朕心。"皇帝点了点头，再道，"上次议的，办得差不多了吧？"

"回皇上，副将以上的各门派弟子，臣都让他们休假备选武林盟主，副将以下级别的，臣也准他们休假观礼。"

"嗯，办得很好。你上次调整军队的策略，朕会让董学士在这段时间里照着执行。武林大会那块该怎么办，你都清楚？"

裴琰弓腰道："臣自会竭尽全力，令此届武林大会推举出合意人选，不负皇上所望。"

皇帝笑着拍了拍裴琰的手："你也要悠着点，内伤未愈，有什么事让手下去办，千万不要自己出手，万一有个闪失，朕可对不起你死去的父亲。你见机行事吧。"

"是。"裴琰见皇帝不再说话，行礼道，"臣告退。"

皇帝点点头："去吧，把伤养好，半年之后，朕要见到一个生龙活虎的剑鼎侯。"

他望着裴琰退出殿外，听到内阁传来轻微的声音，笑了笑，转身步入内阁。见龙榻上露出一角白袍，他和声道："什么时候进来的，也不让人禀奏一声？"

白袍人靠在紫绫锦被上，见皇帝进来也不起身，只斜睨了一眼，唇角含笑。

皇帝宽去外袍，走到榻边坐下，掀开被子，伸手进去摸了摸，皱眉道："总是任性，那冰魄丹虽能提高你的内力，也不能这样急于求成。"

白袍人右手食指勾起披落肩头的乌发，轻声道："裴琰日益精进，臣若不练好武功，将来万一有事，可怎么保护皇上？"

皇帝清俊的面上浮起愉悦的笑容，将白袍人揽入怀中，声音也有了些许沙哑：

"还是你好,知道疼朕!"

白袍人身子微微仰起,素袍自肩头滑下。皇帝被那白玉般的光华炫得有些头晕,忍不住将那柔软姣好的身子紧贴在自己的胸前,喃喃道:"你也大了,朕再舍不得,也得放你出去了。"他说完便躺入被中,闭上眼睛,任身边之人替自己轻捏着双肩,"现在禁卫军朕也收回来了,左右京城无事,你就出京,给朕盯着裴琰。武林大会那里,朕有些不放心。"

他缓慢而悠长地吐了口气,睁开双眼,看着面前这张绝美的面容,微微而笑:"你不是很想出去玩一段时间吗?朕就再放你出去几个月,只是……"他的手指在那白玉般的肌肤上缓缓划过,"别玩得太疯,把心玩野了……"

次日天公作美,丽阳普照。在数十名长风卫相随下,崔亮带着仍旧一身小厮打扮的江慈出了相府,往红枫山而去。

江慈出西园时想起前日挖出来装在瓷瓶中的蚯蚓,钓鱼之瘾发作,与崔亮一说,崔亮知红枫山间有一平湖,倒是个钓鱼的好去处,也来了兴致。二人将钓鱼所需物事带齐,骑马奔至红枫山脚,由望京亭而上,不多时便到了湖边。

微风送爽,阳光煦暖,江慈站在湖边大石上,呼吸着山野间的清新气息,慢慢舒展开双臂,双眼微眯,只觉此时是入京以来最为轻松惬意的时刻。

崔亮凝望着她面上的欢悦神情,将鱼饵慢慢投下,笑道:"你刚才不是说你钓鱼的本领邓家寨数一数二吗,要不我们比试比试?"

江慈笑道:"我不单钓鱼厉害,捉虾摸蟹也不在话下。邓家寨有条小溪,溪里很多螃蟹的,把那些石头翻开,一抓一个准……"她目光望向自远处走来的一群人,话音渐渐低落,嘴唇嘟起,"真不该说螃蟹,把这只大闸蟹给引来了。"

崔亮回头笑道:"相爷怎么也来了?"

裴琰一袭淡青色纱袍,俊面含笑,带着一大群随从,悠悠走近,道:"今日无事,听安澄说子明在这里钓鱼,便来凑个热闹。"说着瞄了江慈一眼。

随从们搬过藤椅,铺上软垫,又有人奉上香茶,替裴琰将香饵装上钓钩。裴琰挥手令众随从退入林中,大刺刺在椅中坐下,将钓线投入水中。

江慈见他所坐位置离自己很近，提起钓竿转到崔亮另一边坐下，将钓线投入水中，专心望着湖面。不多时，湖面水泡微冒，崔亮的钓线一沉。江慈看得清楚，连拍崔亮的肩头："有了，有了！"崔亮微微一笑，待那钓线再沉几分，猛然起手，钓上来一尾三寸来长的小鲫鱼。江慈眉开眼笑，将小鲫鱼从钓钩上取下，放入竹篓中，回身间瞟了一下那边的裴琰。只见他意态悠闲，靠在藤椅中，钓竿斜斜地放着，双眼微眯，不像钓鱼，倒似来这山野间晒太阳的。她微哼一声，坐回原处。

将近午时，江慈与崔亮二人收获颇丰。眼见竹篓将满，江慈笑道："崔大哥，我们今天中午在这山上烤鱼吃，可好？"

"也好，我很久没有吃过烤鱼，正有些嘴馋。"崔亮答应下来，又转头道，"相爷没事的话，和我们一起吧。"

裴琰慢慢收起钓竿，取下一尾小鱼："那得看江姑娘手艺如何。"

江慈甚是不悦，却无计可施，只得向崔亮道："我去捡些柴火。"说着将钓竿一放，向林间奔去。

望着她的身影消失在林边，崔亮方将视线收回，转头见裴琰望着同一方向，轻声道："相爷，您还是将小慈放了吧，我自会……"

裴琰收回目光，微笑道："不是我不想放她，实是那明月教教主一日不除，她便仍有性命之忧。毒我可以替她解，也不会再让她服侍你，但人是不能放的。"

崔亮沉默。裴琰将钓线再次投入湖中："我还要谢谢子明，你说的那沉脉草果然灵效，能让我真气有一个时辰的衰退，让皇上以为我真的受了严重的内伤。"

"皇上准了相爷的辞呈？"

"他倒是想准，可又怕无人牵制庄王，便放了我半年的假。也好，我正有些累，想回长风山庄休养一段时日，只是朝中诸事，就得拜托子明帮我盯着了。"

崔亮沉默片刻，轻声道："相爷放心。"

二人说话间，湖对面的林子里传来一阵歌声。二人抬眼望去，只见江慈正爬上一棵大树，伸手去摘树上的果子。她的歌声婉转清亮，悠扬明净，越过湖面，在山野之间回响："天接水，水连天；雾锁山，山披雾；雪发曾红颜，红颜不堪老；白头曾年少，少年定白首；识人间如戏，岁月如梦，莫若乘风归去，看青山隐隐，流水迢迢,江海寄余生。"

裴琰与崔亮望着树间那个灵巧的身影,听着这如山泉水般纯净的歌声,俱各沉默。良久,裴琰道:"我明日回长风山庄,江姑娘得和我一起走。"

崔亮猛然转头,望着裴琰。裴琰微笑道:"一来,我收到消息,明月教教主可能会去武林大会,得让江姑娘去听声辨人,早点把这事给了结,她方可无性命之忧;二来,她所中之毒,解药得用长风山庄后的宝清泉水送服方才有效。"

崔亮曾听闻长风山庄独门毒药的厉害,倒也非裴琰胡说,遂轻声道:"我替小慈谢过相爷。"

"是我有错在先,不该拿她来胁迫你。子明放心,认人解毒之后,她想回京城,我自会将她带回来。她若是想回邓家寨,我也会放她走的。"

说话间,江慈一手抱着枯枝,一手用衣襟兜住些野果沿着湖边走了回来。

裴琰望着她渐渐走近的身影,微笑道:"子明此番肯为了江姑娘回来,倒是出乎我的意料。"

崔亮怔怔地望着江慈,轻声道:"是我有愧于她。我枉称男子汉大丈夫,可不论心地、处世还是胸襟,都及不上她。"

裴琰点了点头:"我也没有想到,她竟在你面前未露丝毫风声,让我真以为子明是如此心狠之人,不顾她的性命而偷偷溜走。"

"那日我借机探了一下你的脉,知你并没有受伤。我以为她一无关紧要的乡野丫头,你不会真取她性命,我走后,你自会将她放了。"崔亮目光凝在渐行渐近的江慈身上,"她不但未露丝毫风声,还活得这般自在豁达。她心地慈善,纯真洁净,比我们这些七尺男儿还要强上几分。"他收起钓竿,取下一条鲫鱼,一松手,眼见那鱼在草地上翻腾着跃回湖中,缓缓道,"希望相爷说话算数。有些鱼虽上了钩,但若拼死一跃,还是能回到水中的。"

当夜,风云骤变,北风凛冽,下起了入冬以来最大的一场雨。

寒风夹着雨点哗哗而下,击打在窗前檐下。崔亮整晚无法安睡,到了子时三刻,索性披衣出门,站于廊下,长久地凝望着江慈居住的厢房,听着铺天盖地的雨声,直至双脚麻木方才返房。

江慈天未亮便被唤醒,迷迷糊糊中,崔亮撑着油伞将她送上马车。暴雨斜飞,将她的衣裙下摆淋湿,她觉得有些寒冷,钻入车厢,见裴琰轻拥狐裘,手中握着本书,倚于软榻上,似笑非笑地望着自己。她正待回头唤崔亮上车,马夫长喝一声,车轮滚动,她忙站稳身形,急道:"崔大哥还没上来。"

车内陈设精美,还放了一个小炭炉,裴琰靠在软垫上,懒洋洋道:"子明不和我们一起。去,给我沏杯茶。"

江慈忍不住瞪了他一眼,却仍将小铜壶放在炭炉上,待水烧开,斟了杯茶,递至裴琰身前。裴琰从书后抬眼看了看她:"不知道要先将茶盅烫热,将茶过一道,第二道再给主子奉上吗?"

江慈无奈,只得又照他的话做了一遍。裴琰伸手接过茶盅,瞥了一眼江慈,见她衣衫单薄,裙摆又被雨淋湿,正跪在炭炉边瑟瑟发抖,不由得眉头微皱,拍了拍身边软榻:"过来。"

江慈摇了摇头,忍不住问道:"相爷,我们这是去哪儿?"

"你坐这里,我就告诉你。"

江慈好奇心起,爬起来坐于他身边。裴琰猛地一把将她被雨淋湿的裙摆撕落,江慈大惊,急忙捂住露出来的小腿,怒道:"你做什么?!"

裴琰冷冷一笑,右手击向她的额头。江慈忙伸手格挡,裴琰将手一拨,江慈被拨得身形后仰,倒于榻上。晕头转向间,呼的一声,眼前全黑,被什么东西罩住了身躯。她手忙脚乱掀开面上之物,定睛细看,才发现竟是裴琰先前拥在身上的狐裘。

眼见裴琰嘴角隐带捉弄的笑容,江慈跃下软榻,将狐裘重重地掷向他,转身便欲拉开车门。裴琰抓起身边茶盅轻轻掷出,正中江慈右膝。她腿一软,跪于地毯之上,心中羞怒难言,紧咬着下唇,死死地瞪着裴琰。

裴琰唇边笑意渐渐敛去,冷声道:"不知好歹!"见江慈仍是跪着,他俯身将她拖起。江慈欲待挣扎,却被他按住腰间穴道,抱到榻上。

裴琰拉过一床锦被扔在江慈身上,又用狐裘将她围住,见她仍是羞恼交加地望着自己,不由得冷笑:"你若是病了,谁帮我去认人?"

江慈心中一凛:难道……卫昭已经布好了局,大闸蟹现在要带自己去见那个姚定邦吗? 可不见他给自己传个信啊,自己怎么知道谁是姚定邦呢? 她想到这事,神情便有些怔忡。裴琰不再理她,自顾自地看书。

江慈觉身子渐渐暖和,她本是在睡梦中被唤醒的,马车摇晃间渐觉有些困倦,忍不住打了个呵欠,不多时便迷迷糊糊睡了过去。

裴琰将书慢慢放下,望着江慈渐转红润的面颊,皱了皱眉头,替她将滑下的狐裘拉上,拢在她的肩头。又敲了敲车壁,一名侍从掀开车帘,裴琰轻声道:"去,让人送几套女子衣物过来。"

江慈睡到辰时末才醒转,睁开双眼,见裴琰仍在看书,而自己身边摆着几套衣裳,明他之意,却又不好当着他的面换衫,便索性闭上双眼,假装仍未睡醒。

过得片刻,她听到裴琰敲了敲车壁,马车停稳,他跃下马车,将车门紧紧关上,车外人声渐低。她赶紧手忙脚乱地换过衣裙,刚在软凳上坐定,裴琰便上了车,瞄了她一眼,马车重新向前行进。

裴琰躺回榻上,看了眼脚边的狐裘,又看了看江慈,面色阴沉地将狐裘拎起,便欲丢出车窗。江慈忙扑过来将狐裘抢到手中:"这么好的狐裘,丢掉做什么?"

"脏了。"

江慈一噎,控制住心中的气恼,面上挤出笑容道:"相爷,反正你不要了,送给我可好?"

裴琰并不抬头,轻嗯一声。江慈笑着抚上狐裘,嘴里念道:"这么上好的狐裘,丢掉太可惜。黄婶家中的大黑狗要下狗崽了,我将这狐裘带回去,垫在狗窝里,给小狗崽们取取暖,再好不过了。"

裴琰手一紧,这书便再也看不进去,冷声道:"去,给我倒杯茶。"

江慈想好了对付这只大闸蟹的招数,一扬头:"我又不是你家的奴才,为什么老是指使我做事? 让你的丫鬟们倒好了。"

"你没见这车里没别人吗? 再说这次我也没带丫鬟。"

江慈恼道:"那也不意味着我就得服侍你。解药大不了我不要,反正贱命一条，我受你欺负也受够了。你也休想我替你听声认人，我们一拍两散。"

裴琰放下书，坐到江慈身边，面上似笑非笑："你胆子倒是大了不少。那你想怎么样？"

江慈慢慢向后挪移，口中道："我服侍你可以，你不得欺负我，也不得把我当奴才般指使。"

裴琰再靠近她几分，悠悠道："什么叫作服侍，什么叫作欺负，我倒是不懂，江姑娘可得教教我。"

江慈退无可退，眼见那可恶的笑脸越来越近，运力推向裴琰前胸。裴琰轻点她腕上寸半之处，江慈顿时失力，垂下双臂，身子失去平衡，"啊"地向前一扑，扑入裴琰怀中。裴琰伸出右手将她搂住，大笑道："原来这就是江姑娘所说的服侍之法，倒是新鲜。"

江慈急欲挣脱他的怀抱，可裴琰不知是有意还是无意，右手按住她的腰俞穴，让她使不出一丝力气，只得无力地伏在他怀中，鼻中闻到一股若有若无的男子气息，觉得头晕目眩，情急之下，泪水便夺眶而出。

裴琰笑得极为得意。他得离京城，甫卸重任，又有这有趣的"小玩意儿"让自己时不时调弄一下，只觉现在竟是这段时日以来最为开心放松的时刻，一时竟舍不得松手，直至感到胸前之人泪水沁湿了自己的衣衫，才渐收笑声，放开江慈。

马车似是碰到了路中的石子，轻轻震了一下，江慈长长睫毛上挂着的泪水啪啪掉落。裴琰笑容渐敛，解开她穴道，见她仍是低头垂泪，迟疑了一下，轻声道："好了，逗你玩的，我也没真把你当丫鬟，你不愿做，不做便是。"

说着他自己沏了杯茶，见江慈仍在抽噎，将茶盅递到她的面前："喝口茶，此去长风山庄有好几天的路程，不要斗气了。"

江慈抬头讶道："我们是去长风山庄吗？去那儿做什么？"

裴琰见她面上泪迹未干，偏面上一副好奇神色，笑道："你不是喜欢看热闹吗？十一月初十武林大会，选举新的盟主，我带你去赶这场盛会。"

见江慈仍有些许气恼，裴琰拉了拉她的手臂："来，给我捶捶腿。"顿了顿道，"我付你工钱便是。"

江慈不动,裴琰只得又道:"那你说,要怎样才肯服侍我?"

江慈想了想,破涕为笑道:"你曾是武林盟主,你给我讲讲武林中的趣事,我就给你捶腿。"

这一路在风雨中走得甚急,除去下车如厕休息,其余的时间都是在马车上度过,连午饭也是侍从备好了送上马车。所幸裴琰口才甚好,江慈听得极为过瘾,并不觉枯燥难熬。到夜色深沉,一行人赶到了清河镇。裴氏在清河镇上有间大宅,早有侍从打马赶到这里安排好了一切。此时暴雨初歇,二人跃下马车,寒风扑面,江慈便打了个寒噤。裴琰反手推开车门,取出狐裘,手一扬,正罩在江慈肩头。狐裘又长又大,江慈缩于其中,她肤白如雪,五官精致,倒像个瓷娃娃一般。

江慈跟在裴琰身后入了大门,见宅内绣户珠帘、明轩高敞、梅花拥屋,虽是寒风冷雨,也颇觉雅致动人。她啧啧摇头:"不知搜刮了多少民脂民膏,连别院都修得这般奢华!"

裴琰回头微笑道:"你可错了,我裴氏一族家产虽厚,却非贪贿所得。"

江慈自是不信,腹诽了几句,跟着他到了正院暖阁。歇得片刻,热腾腾的饭菜便流水似的摆上桌。

二人用过晚饭,裴琰看了近一个时辰的密件,又有这宅中留守的侍女们进来侍候他洗漱。江慈不知自己要歇在何处,拉住一名侍女问道:"这位姐姐,请问……"那侍女恭谨一笑,挣开江慈的手,和其余几人齐齐退了出去。

见屋内只剩自己与大闸蟹,那只大闸蟹脸上笑得又十分暧昧,江慈心中打鼓,慢慢向屋外退去,笑道:"相爷早些歇着,我出去了。"

裴琰边宽去外袍,边走过来将门关上,啪的一声将横闩放落。江慈面上微微变色,强笑道:"相爷,那个,你,我……"

裴琰伸手敲了敲她的头顶:"这别院防卫不及相府,你若睡在别处,我怕那萧教主收到风声,过来将你杀了灭口,只有和我睡在一个屋子里,你才能保得小命。"

江慈自是不能说出萧教主早已与自己达成友好合作协议,肯定不会来杀己灭口,便只得勉强一笑:"相爷考虑得周全。"

裴琰指了指大床边的一张锦榻："你睡那里吧。"

江慈从未和男子在一间屋内同睡，何况还是这只十分可恶的大闸蟹，这觉便睡得有些不安稳，大半个时辰过去，仍在榻上翻来覆去。她先前吃饭后饮茶太多，渐觉内急。她知大闸蟹的床后小间内定有虎子、马桶之类如厕之物，但要她在这夜深人静之时去一个大男人睡的床后如厕，却是打死也不会干的。

她憋了一阵，渐渐有些憋不住，好不容易听到裴琰的呼吸声渐转平缓悠长，估算着他已睡着，遂悄悄掀被下榻，蹑手蹑脚走到门边，以极缓慢的速度移开门闩，将门打开一条小缝，挤了出去，再轻手轻脚穿过正屋，打开大门钻入院中。

她不知茅厕在何方，院中又仅余一盏昏暗的气死风灯在廊下飘摇，看不大清路径。她思忖了片刻，终忍不住跑到假山后面蹲了下来。

这夜十分寒冷，北风阵阵，江慈仅着一件夹袄，被风一吹，再站起身来便觉有些禁受不住，连打两个喷嚏，心呼要糟，若被人发现自己竟跑到院中小解，这丑可丢大了。听得屋内裴琰似是轻喝了一声："谁?!"江慈身子一僵，脑中却灵光一闪，"啊"地大叫着往廊下跑去。

随着她的惊呼声响，裴琰如穿云之燕撞破窗格自屋内跃出，右臂急展，将江慈护于身后。江慈浑身战栗，叫道："是他，他来杀我灭口了!"

裴琰面色微变，撮指入唇，尖锐的哨音未落，院外急拥入数十名长风卫。裴琰冷声道："萧无瑕出现了，给我将这附近仔细地搜一遍!"

江慈躲在裴琰身后，冻得瑟瑟直抖，不禁跺了几下脚。裴琰回转身抱起她，踢开房门，将她放到床上，又在她身上盖上厚厚的被子，皱眉道："你没事跑出去做什么?"

江慈双颊微红，又隐隐感到被中尚有他的体温余热，还有一股很好闻的气息，便说不出话来。裴琰伸手摸了摸她的额头："可别是吓坏了。"

他高声道："来人! 去请位大夫过来!"

江慈忙摆手道："不用了，我没病。"抬眼见裴琰仅着贴身里衣站于床前，不禁轻呼一声，转过脸去。

裴琰一笑，一把掀开被子，躺于江慈身边。江慈大惊，急忙钻出被子，却被裴琰一拉，倒在他身上。她急道："你……你要做什么?!"

裴琰大笑,将被子反转包住江慈,又将她压回床内,低头看着她惊怒羞急的模样,逗她道:"你说我要做什么?"

江慈见他的手轻轻抚上自己面颊,吓得小脸煞白。裴琰心中忽觉莫名欢畅,笑倒在她身上。江慈急忙用手去推他,却怎么也推不动。

裴琰笑得一阵,直起身来,正容道:"看来萧无瑕是一定要来杀你灭口的,从现在起,你需得在我身边三步之内,再远我就护不了你的周全。"

江慈急道:"那我若是要上茅房,要沐浴,也得在你三步之内吗?"

"那是自然。"裴琰一本正经道,再度掀开被子,"所以从现在开始,你只能和我睡一张床,我得好好保护你这条小命才行。"

江慈后悔不已,欲待说出萧无瑕并未现身,纯粹是自己为掩饰小解的丑事而编造出来的,可这话又无论如何出不了口,只得眼睁睁看着裴琰大摇大摆睡回被中。她万般无奈,又绝不愿与这只大闸蟹同床共枕,只能缩着坐于床内一角,心中不停暗咒,直到屋外长风卫禀道大夫请来,才松了一口气。

裴琰放下纱帐,江慈伸出右手,大夫细细把脉,起身道:"这位夫……"他话语顿住,据脉象来看,帐内明显是位姑娘,可眼前这位公子又仅着贴身白绸里衣,暧昧难言,犹豫半晌方道,"这位夫人是受了些风寒,又被惊吓,寒入经脉,需得服些药发散寒气才行。"

裴琰点了点头。过得半个时辰,侍女们端着一碗药进来,江慈皱着眉头喝下,重新缩回床角。

安澄又在屋外求禀,裴琰披上外衣出屋。江慈隐隐听到安澄细细回禀,说如何如何搜索,又如何如何布防;裴琰又吩咐要调哪处的人马过来,要如何搜索这附近十余里处。她想到自己一句谎言将整个长风卫搅得人仰马翻,不由得有些小小的得意。不多时药性发作,她渐感困倦,本就惊扰了半夜,睡意袭上,倚在床角睡了过去。裴琰推门入屋,望着倚于床角熟睡的江慈,微微一笑,俯身将江慈放正躺平,取过锦枕垫于她脑后,替她盖好被子,躺到了一边的榻上。

# 第十七章

## 假戏真做

次日清晨，吃完早饭直至登上马车，江慈都一言不发，脑中不停回想昨晚自己究竟是如何睡着的，到底是不是整夜和大闸蟹同睡一床。她偷眼见裴琰总是似笑非笑地望着自己，吓得忙将视线转了开去。

这日北风更紧，雨倒是下得小了些。江慈披着狐裘，抱着暖炉，围着锦被，与裴琰共处一榻，偶尔说说话，倒也未再有冲突，只觉这大闸蟹似乎心情极好，不再随意支使自己。

到了夜晚，裴琰仍命江慈与他同睡一床，美其名曰"保护她"。江慈自又是缩在床角，前半夜听着裴琰的呼吸声，心中直悔不该作茧自缚，弄至这般尴尬境地，后半夜则迷糊睡去，早上醒来时才发现自己竟是拥被高卧。

这样日行夜宿，两日后便到了洪州。裴氏在洪州有处极有名的园子，名为文仪。裴琰一行刚入园，洪州太守不知从何处收到风声，投了帖子前来拜见。裴琰命随从将他带入东花厅，与这位杨太守和颜悦色地说了些官面话。杨太守兴奋不已，便道要请裴相往翠光湖一游，顺便欣赏洪州逢五、十之日才有的杂耍盛会。

江慈曾听人言道洪州的杂耍乃天下一绝，有些心痒，眼见裴琰沉吟不答，忍不住低咳了一声。

裴琰转头看了她一眼，面上波澜不兴，道："杨太守一片盛情，本相倒也不好推却,那就叨扰了。"

江慈暗喜,见裴琰回头上下扫了自己一眼,忙奔入内室换了小厮服饰,又匆忙奔了出来。裴琰正负手立于园门口,杨太守等一众人不明他为何停步不前,皆垂手侍立。见江慈奔出,裴琰微微一笑,当先向前行去。


洪州乃有名的鱼米之乡,物产丰富,民多商贾。这翠光湖位于洪州城南,因山间遍植翠竹,山脚湖面波光粼粼而得名。

这日是十一月初五,正是洪州城每逢五、十之日的杂耍盛会。虽坐于马车之中,江慈仍能感觉到城中的繁华热闹气象。见她不时掀开车帘向外张望,裴琰微笑道:"你这么爱玩,怎么在邓家寨待了十几年都没下山?"

江慈笑道:"以前师父也带我走过一些地方。师父去世后,师姐看我看得紧,邻居大婶们又爱嚼舌头告状,我溜了几次,都没到山脚就被师姐逮回去了。"

裴琰低头饮茶,沉默片刻,抬头微笑道:"你倒挺怕你师姐的。"

江慈笑容渐敛,轻声道:"我也不是怕她……相爷不知道,师姐她很可怜的。柔姨那时病了两年,瘦得跟枯柴似的,后来实在拖不过去世了,师姐有半年都没有说话。她本来就话少,只在我面前还能露露笑脸,我不想她不高兴罢了。这次偷跑下山,我也只不过想玩一玩,再带些新奇玩意儿回去给她,逗她笑一笑。哪知道……"

裴琰掀开车帘,侧头望向窗外,口中道:"要是明月教教主的事情了结,我又给你解了毒,你是想回邓家寨,还是会继续在外游玩,抑或是……"

江慈大喜,坐到裴琰面前:"相爷肯给我解药了?"

"你还没回答我的问题。"裴琰微微一笑。

江慈侧头想了想,笑道:"相爷莫怪我脸皮厚,要是真无性命之忧了,我还得赖在相爷府中一段时日。"

裴琰笑容渐浓:"我相府虽然家大业大,但你这般贪吃,只怕多住一段时日,我会被你给吃穷了。"

江慈恼道:"亏你还是堂堂相爷,这般小气。你放心,我不会住太久的。师姐留了信,让我在相府等她,只要她回来,我就和她一起回邓家寨,以后再也不会叨扰相爷。"

正说话间,马车停稳,江慈当先跳了下去。她将车门打开,伸手欲搀裴琰下车。裴琰面容微寒,左手笼于袖中,食指轻弹点上她臂间穴道。江慈手一酸,垂落下来,眼见裴琰行出数步,忙揉着右臂跟了上去。

流霞阁建于本朝初年,为开国功臣、老宣远侯何志玄出资修建。它背靠小幽山,西临翠光湖,夏有芙蓉遍目,秋有黄菊满山,实为洪州第一览胜观景之处。阁中摆着十余张矮几,杨太守将裴琰引至首席坐下,江慈抚着酸麻的右臂在裴琰身后跪落,实是想不明白,好好的,这只大闸蟹为何突然翻脸。见他俊面含笑,对洪州一众官员说着漂亮至极的官面话,不由得暗暗对着他的后背比画了一下拳头。

杨太守介绍过一众官员,赔笑道:"听闻相爷肯赏面来杂耍大会,宣远侯府的小郡主说要前来与相爷叙叙旧。下官也有个女儿,与小郡主甚是交好,顽劣不堪,嚷着要一同前来凑热闹,相爷您看……"

裴琰微笑道:"本相也很久未见何家妹子了。"

江慈曾听人言道,世代袭爵、定居洪州的宣远侯府有一位小郡主,自幼拜在青山门下,习得一身好武艺,又性情泼辣,在洪州城呼风唤雨,无人敢惹。听得她与裴琰竟是旧识,还要出席这等官宴,不由得有几分好奇。

裴琰回头努努嘴,让她将酒斟上。江慈嘟着嘴伸出右臂,裴琰一笑,弹出一粒花生米,解开了她的穴道。

脚步声响,数名女子由阁后转出,其中一人娇笑道:"裴哥哥倒是自在,怎么到了洪州也不来看我!"

江慈转头望去,只见当先一名女子年约十七八岁,神采飞舞,英气勃勃;她身后一名女子与她年纪相当,腰肢袅娜,略略垂首,偶尔抬头暗窥裴琰,秋水盈盈,脉脉生波。

裴琰笑道:"哪敢,实是我在京城,也听说妹子打遍洪州无敌手,这心中有些惴惴不安啊。"

何青泠笑声极为爽朗:"裴哥哥又拿我说笑,你可是武林盟主,我胆子再大,也不敢和你动手的。"说着踢了踢跪于裴琰身边的江慈,江慈只得转到裴琰另一边跪落。

何青泠在裴琰身边坐下,又拉着身后那名女子笑道:"裴哥哥,这是杨太守的千金,也是我的金兰姐妹,更是这洪州城有名的才女。"

裴琰微微欠身:"素闻杨小姐诗才之名,今日一见,幸会。"

杨小姐满面含羞,低声道:"相爷客气了。"她迟疑再三,终还是挣脱何青泠的手,带着两名丫鬟低头行到杨太守身后坐下。

何青泠笑道:"裴哥哥这是回长风山庄吗? 我正准备明日上长风山庄与师父师姐们会合,倒巧,可以和裴哥哥一道。"

"好是好,只恐有些不便。"

何青泠一愣:"为何?"

裴琰微笑着与洪州守备举杯共饮,放下酒盏后凑近低声道:"我此番是代表朝廷去观礼的,若是与妹子一道,武林同道会以为朝廷支持你们青山派夺这个武林盟主,实是要避嫌啊。"

何青泠冷冷一笑:"他们爱猜疑,就让他们去猜吧。我们青山派这回是一定要将这个武林盟主抢过来的,也让那些嚼舌头的人看看,青山派的女子要胜过男儿几分!"

"妹子英豪不逊于七尺男儿,我自是知道的。只是不知贵派这回推举了何人竞选这个盟主?"

何青泠隐有不悦:"还能有谁? 师父不愿出面,自是只有大师姐了!"

"青山寒剑简莹? 她武功是不错,但也不见得就强过妹子。妹子可惜入门晚于她,不然可以去夺夺这个盟主之位。"

何青泠更加不爽:"师父偏心于她,我有什么办法!"

"我倒是有个法子,妹子若是肯听我言,不妨一试。"

"哦?"何青泠坐近一些,低声道,"裴哥哥快教教我。"


江慈跪于裴琰右侧,看着二人低头细语,又未见阁前高台上杂耍开演,眼前空有满案美食也不能下手,未免有些郁闷。忽觉衣襟被人扯动,回头一看,是一名十五六岁的俏丽丫鬟。

江慈不明这杨小姐的丫鬟找自己有何事,欲待不理,那丫鬟猛然伸手揪了一下她的右臂。江慈差点痛呼出声,瞪了她一眼,只得悄悄随她出了正阁。

二人行到阁后回廊,江慈揉着右臂怒道:"你揪我做什么?"

那俏丫鬟盈盈一笑,靠近江慈:"这位小哥,你别生气嘛,我是见你长得俊,才……"说着做娇羞状。

江慈这才醒觉自己是小厮装扮,心中好笑,轻咳一声,双手抱于胸前,靠上木窗,冷冷道:"这位姑娘,你我素不相识,有什么话就快说吧,本公子忙得很,相爷可是一时都少不了我的。"

那俏丫鬟笑得更是妩媚,右臂攀上江慈肩头,低低道:"不愧是相爷府中出来的,公子真是一表人才,谈吐不凡。"

江慈愈觉好笑,肩头又有些痒痒,不由得向后退了两步。那丫鬟正低头说话,始料未及,右手搭空,险些摔了一跤。江慈伸手将她扶住,顺带在她腰上摸了一把,笑眯眯道:"妹子站稳了,可别摔掉了门牙。"

阁内,裴琰忍不住嘴角一弯,何青泠将他面上俊雅笑容看得清楚,一时便有些走神。

江慈从阁后进来,仍跪在裴琰身后,裴琰侧头看了她一眼,道:"说了你得在我三步之内,把我的话当耳边风了?"

江慈但笑不语,唇边酒窝愈深,笑得一阵,她不可自抑,伏在案几上。

裴琰正待说话,阁前搭好的高台上锣鼓齐响,一队数十人的杂耍班在热烈的掌声中登上高台,江慈目光顿时被吸引过去。只见高台之上,十余人在叠罗汉,最上面的一名童女身若无骨,倒撑在一名少年手中,做着各式各样的惊险动作。江慈看得兴起,忍不住随着众人一起鼓掌。

叠罗汉演罢,台上更是精彩纷呈,有吐祥火的,有滚绣球的,还有耍柝板、横空过软索的。江慈看得眉开眼笑,一时忘了替裴琰斟酒布菜。

何青泠见裴琰自行斟酒夹菜,又见江慈坐于一旁只顾观看杂耍,忍不住道:

"裴哥哥,你府中的规矩可得立一立了。"

裴琰一笑:"妹子是侯府的人,却来管我相府的规矩。不过,若是妹子当上了武林盟主,我自当听从妹子之言。"

一轮大杂耍演罢,先前那名童女再度登场。只见她梳了两个童丫髻,额间一点红痣,面如粉团,甚是可爱。她倒翻上数条架起的板凳,板凳有些摇晃,江慈不免替她担心。却见她身如柳叶,柔若蚕丝,牢牢地粘在最上面一条板凳之上。台前一名汉子不停将瓷碗抛向那女童,女童单手倒撑,双足和另一只手不停接过抛上来的瓷碗,摞成一叠。随着她接住的瓷碗越来越多,台前阁内的喝彩声也是越来越响。却听当啷之声,那女童一只瓷碗未曾接稳,身子失去平衡,跌落于地,瓷碗滚满高台,碎了一地。众人一片惊叹惋惜之声,台前汉子面色一变,上台踢了那女童数脚,仍旧喝令她重新登上凳梯。那女童泪光莹莹,抽噎着重新上台,再度接住那中年汉子抛来的瓷碗。

江慈见这女童不过七八岁年纪,练功练至这等水平,可想吃了不少苦头。那汉子先前踢她数脚极为用力,有一脚踹在面部,隐见其右颊高高肿起,怜惜之心大盛。一阵劲风吹过,板凳摇晃,众人皆轻呼出声。那女童似是受惊,身子歪斜,再度跌落于地。眼见那汉子骂骂咧咧冲上去对她又一阵拳打脚踢,江慈终忍不住拉了拉裴琰的衣袖。裴琰转过头来,江慈犹豫了一下,贴到他耳边轻声道:"相爷,你能不能说句话,救救她?"

"我为什么要救她?"裴琰微笑道,"她学艺不精,就该责打,怨不得她师父。你若是学武用功些,也不至于到今日这种地步。"

江慈又羞又怒,只觉这人心硬如铁,耳边听得那女童犹自哭号,在台上滚来滚去,状极痛苦,腾地站起身来,怒视裴琰:"相爷妹子多,这个何家小姐也是,那个杨家小姐也是。只是不知台上这位若也是相爷的妹子,相爷管倒是不管?"

她愤怒之下声音不觉提高,满堂宾客齐齐将目光投向她,一边的何青泠与那杨小姐更是愕然张嘴,说不出话来。

裴琰愣了一瞬,旋即大笑。江慈瞪了他一眼,身形疾闪,纵上高台,将那女童护在身后,向那中年汉子怒目而视:"住手!"

中年汉子眼见这小厮从阁内跃出，显是某位大官的随从，得罪不得，便尴尬笑着打了几个千，退了下去。

江慈返身牵住那女童的手，见她满面惊惶之色，微笑道："别怕，我不会让他再打你的。"

何青泠看着台上的江慈，又看着笑得意味深长的裴琰，恍然醒悟，心中有些不舒服，轻声道："裴哥哥，一年不见，你可变了。"

裴琰看着江慈牵着那女童走入阁中，淡淡道："是吗?"

江慈从案上端了碟糕点，拈了一块送至女童口边，柔声道："快吃吧。"

女童张口接过，冲江慈甜甜一笑，又低下头去。江慈心中高兴，转身又去拿案上菜肴。女童却突然抬头，右手一翻，手中匕首寒气凛冽，带着森森杀意直刺向正俯身端起碟子的江慈。江慈正俯身拿案上瓷碟，忽被裴琰大力一拉，扑倒在他膝上，但右臂剧痛，已被匕首割伤。

女童面色一变，右腕用力，再度向江慈刺下。裴琰抱住江慈向后仰倒，右足疾踢，匕首如流星般飞向阁上横梁，深没入木梁之中，犹自劲颤不绝。

女童身躯一拧，避过裴琰右足，见已不能取江慈性命，急向阁外飞纵。安澄等人从阁外拥入，将那女童围个水泄不通。

女童呵呵一笑，声音竟忽然变得如同成人。她从腰后拔出一把短刃，身形快捷如风，攻得长风卫们队形有些散乱。安澄怒喝一声，刀光如迅雷急电，往女童劈去。女童横移两步，举刃相挡，激响过后，女童口角溢血，倒退数步，坐于地上。

裴琰正撕开江慈右臂衣袖，侧头看了一眼，冷声道："留活口!"

安澄刀抱胸前，带着数名长风卫缓步逼近。女童却仍是夷然无惧的神色，仰头而笑。安澄久经阵仗，知有些不妥当，眼见寒光微闪，身形急速后翻。只见那寒光竟是自女童口中射出，一蓬银色细雨在阁中爆开，几名长风卫躲避不及，中针倒地。女童身形快捷灵活，泥鳅般自这几名长风卫防守之处蹿向阁外。安澄急速追出，阁外那中年汉子厉喝一声，掷出软索，女童伸手接住，二人一扯一带，卷上湖边垂柳，几个腾纵便消失在了茫茫夜色之中。

这番变故来得突然，从女童下手刺杀江慈至其逃走不过几句话的工夫，阁内众人目瞪口呆，半晌才回过神。杨太守见出了这档子事，吓得双脚直哆嗦，强自镇定着吩咐手下去请大夫，又急调来兵士将流霞阁团团护住，将那些杂耍艺人统统锁起。

裴琰将江慈推开，站起身来。江慈捂着右臂，满面痛苦之色。裴琰也不理会杨太守的告罪，大步出阁，安澄等人急急跟上。

裴琰并不回头，道："将在场之人给我仔细地查一遍。"说着跃上马车，见江慈龇牙咧嘴地跟过来站于车旁，他眉头微蹙，探手将她拎上车。

翠光湖畔，一艘小木船泊于岸边，一黑衣人斜躺在船篷上，遥望着阁前阁内发生的一切，看着裴琰的车骑消失在夜色之中，轻笑道："有点意思。"


回到文仪园，见江慈满面痛楚之色，右臂伤口处仍有鲜血滴下，裴琰打开木柜，取出伤药，猛地扯过她的手臂，不顾她连声哀号，狠狠将伤药敷上，又撕落她身上衣襟包扎起来。

江慈痛极，但见裴琰面带冷笑，呼痛声便慢慢低落，只是眸中泪水却忍不住滴落。正待说话，却听肚内传来咕噜的响声，不由得面上微红。

裴琰抬头瞪了她一眼，一脸鄙夷地出门而去。不多时，数名侍女捧着菜肴进房，江慈知是大闸蟹吩咐人准备的，颇觉赧然，便欲下床。

"江姑娘，相爷吩咐了，不让姑娘下床，由奴婢来服侍您用膳。"侍女握起银箸，夹起一筷清炒三丝，送至江慈面前。

江慈大窘，忙道："不用不用，我自己来。"下意识伸出右手，却扯动了臂上伤口，嘴角一咧。那侍女急忙跪落于地："相爷吩咐，奴婢不敢有违，还请姑娘体恤奴婢，以免奴婢受责罚。"江慈无奈，只得任这名侍女喂自己用饭，心中暗怪大闸蟹治下太严，没有一丝人情味。


"已经全城布控，但翠光湖附近山峦甚多，小幽山过去便是潇水河，估计刺客已经水遁逃离。杂耍班的人也审问过了，这对师徒是数日前上门自荐表演的，班主见他二人技艺高超，便留了下来。"

裴琰喝了口茶，道："安澄，你有没有听过柔骨姬与拦江客的名号？"

"属下也是如此猜想。那女童面相虽似孩童，但那份腰功不是三五年可以练出来的，显是成年侏儒装扮而成。那汉子的软索功更是江湖一绝。这二人应该就是恨天堂的杀手柔骨姬与拦江客。只是恨天堂素来与我们长风山庄井水不犯河水，多年来行暗杀之事，也不敢碰与我们相关之人，这回冲着江姑娘而来，实是有些蹊跷。而且那柔骨姬为何不在台上动手，非要等到了阁内才动手，属下也有些不解。"

裴琰笑了笑："她在台上动作再快，也没有把握快过我手中的竹筷。"

安澄恍然："我记起了，她是随江姑娘走到相爷身后，才找到出手机会的，原来相爷早看出她不对劲了。柔骨姬不愧为恨天堂第一杀手，居然能在相爷的眼皮下动手伤人。"

裴琰抬眼看了看安澄，安澄心中暗凛，垂下头，不敢再说。

裴琰道："你派人与恨天堂接上头，看看左堂主是要银子还是要什么，查清楚到底是何人收买了这二人。"

"属下猜测，只怕与那萧无瑕脱不了干系，别人也没必要来杀江姑娘。"

"是萧无瑕无疑，但何人才是真正的萧无瑕，看看恨天堂那里有没有线索。马上就是武林大会，萧无瑕若要插上一手，扰乱了我们的计划，圣上那里我不好交代。"裴琰顿了顿，又道，"杨太守那里你也查一查，何青泠虽是我们放出风声引来的，但柔骨姬和拦江客是如何得知杨太守会来请我去看杂耍，肯定有线索。"

安澄应道："是。"正待转身，室内忽传来江慈的一声惊呼。裴琰冲入内室，只见江慈正急急下床。那几名侍女见裴琰冷着脸冲进来，吓得跪地磕头。

裴琰摆了摆手，众人退出房去。他冷笑着一步步向江慈走近，江慈被他逼得退回床边，嘻嘻笑道："相爷，那个，我求您件事，好不好？"

裴琰悠悠道："受了伤还这么不安分，说吧，又想玩什么花样？"

江慈吃饭之时，想起先前杨小姐的丫鬟对自己所托之事，才惊呼出声。听裴琰此话，想起当时情景，忘了手臂疼痛，哈的一声笑倒在床上。

笑得片刻，她想起拿人钱财，终还是得替人办事，正欲起身，刚挺腰抬头，却见裴琰向自己俯下身来，吓得往后一仰，重新倒回床上。

裴琰双手撑于床上，环住江慈，笑得俊目生辉、俊脸含春。眼见那笑容越来越近，江慈忽然听到自己剧烈的心跳声，面颊也无端地发起烧来。正迷糊间，裴琰呵呵笑着，将手探入她的胸前衣襟。江慈脑中轰的一声，全身发软，迷糊中正想着要揍这大闸蟹一拳还是踢上他一脚时，裴琰已从她胸前摸出一个绣囊，用手掂了掂，笑道："你借我的名义收取贿赂，说吧，该如何处置？"

半晌都不见江慈回答，裴琰低头，只见她满面通红，怔怔不语。

裴琰从未见过江慈这般模样，用手拍了拍她的面颊："你不是受人之托，要力劝我往小幽山的碧鸥亭一游吗？怎么，收了人家的银子，不给人家办事了？"

江慈面上更红，喃喃道："原来相爷都听到了。"

裴琰笑道："你不但私自收受贿赂，还调戏人家的丫鬟，实是有损我相府清誉，按规矩，得将你的裤子脱了，责打二十大棍。"说着扬高了声音，"来人！"

江慈大急："人家小姐仰慕你，不过借我之口，造成与你偶遇的机会，又不是求官求禄，怎称得上是贿赂？"说着猛然伸手将裴琰一推，却忘了自己右臂上有伤口，痛呼出声。

裴琰翻过身哈哈大笑，江慈怒极，伸出右足狠狠地踹向他。裴琰笑着躲过，江慈又伸左足，裴琰左手将她双腿按住，右手撑头侧望着她，悠悠道："不想被打二十大棍也可以，你得答应我一个条件。"

"什么？"

裴琰左手抚上她的面颊，笑道："你这一受伤，不但坏了人家杨小姐的好事，更坏了相爷我的一段情缘，你得以身相赔才是。"

江慈羞怒难堪，猛然跃起，冲着裴琰就拳打脚踢。裴琰单手从容挡下，口中仍是不断调笑。江慈怒火中烧，只是乱踢乱打，眼见她右臂伤口处隐有鲜血沁出，裴琰笑容一敛，手指轻挥。江慈向后仰倒，裴琰伸手将她抱住，放回床上。见她满面恨色，微笑道："和你说笑的，你就当真了，真是受不得一点激。"

江慈冷哼一声，扭过头去，胸膛剧烈起伏，显是气恼难平。裴琰拉过锦被盖在她身上，却又忍不住在她面上摸了一下："你就是想以身相赔，凭你这山野丫头，相爷我还看不上眼的。"说完大笑出房而去。

江慈脑中一片混乱,羞惭、气恼、尴尬、愤怒种种情绪堵在胸口,久久都无法平息,听得裴琰在外间走动,又吩咐了安澄一些事情,她却好像什么也听不清楚。后来听得他推门进来,便急忙将头扭向床内。

裴琰笑着坐到床边,伸手解开她的穴道,在她身边躺下,双手枕于脑后,也不说话。江慈觉他离自己极近,忙向床内挪去。

裴琰躺得片刻,忽道:"小丫头,问你句话。"

江慈再向内缩了缩,轻哼一声。

裴琰侧头看着她,微笑道:"你就真没看出那女童是故意表演失败,引你出手相救的?"

"她装得那么逼真,我怎么看得出?"江慈嘟囔着靠上床角,见裴琰眼中满是嘲笑之意,不服气道,"相爷若是早看出来了,为何还让我受了伤?"

裴琰并不回答,片刻后轻笑道:"看你下次还敢不敢多管闲事,滥充好人。"

江慈微笑道:"下次若还有这种闲事,我自然还是要管的。"

"哦?"裴琰饶有兴趣地望着她。

"相爷,这世上杀手不是随时随地都有的,我若不是和相爷牵扯在了一起,只怕一辈子都不会碰上这种人。如果真是一个七八岁的女童受到那种欺负,我是一定要管一管的。"

"是吗?"

"相爷看惯了阴谋诡计,所以看谁都像刺客,看什么事都是别有用心。但我们平民百姓,只要过好自己的日子就可以了,没那么多弯弯绕绕的。"江慈抱膝坐在床角,轻声道。

"你还真是冥顽不灵,只怕将来这条小命都不知怎么丢的。"裴琰颇不以为然,"你发善心,人家萧无瑕可不会对你发善心。"

江慈一惊:"相爷是说,是那萧……萧无瑕派人干的?"

裴琰转头望着她:"你有时聪明,有时又蠢笨如驴!除了他,还有谁会来取你性命？"

江慈怔怔不语。真的是卫昭派来刺杀自己的吗？可他已与自己达成协议，又怎么会再派人来杀自己呢？可如若不是卫昭，自己也没得罪过其他人，更不用说这般江湖杀手了。

裴琰见江慈愣怔，伸出手指弹了弹她的额头。江慈惊醒过来，捂着疼痛的额头怒目相视："相爷，你虽然武功高强，也不用时刻欺负我这么个小丫头！我是打你不过，可兔子逼急了，也会咬人的。"

裴琰呵呵笑道："我可没欺负你，你算算，我一共救过你几次了？"

江慈一时不语。这大闸蟹虽然可恶，却也确实救过自己数次，若没有他，只怕自己早就一命呜呼，去拍阎王爷的马屁了。当初在长风山庄被他打成重伤，那也只能怨卫昭，却怪不得他。后面他虽给自己服下了毒药，但现在看来他有给自己解毒的意思。这样算来，他倒也不算过分欺负人。

江慈脑中胡思乱想，臂上伤口处却隐隐作痛，不由得眉头紧皱，抚着伤口轻哼了几声。裴琰哂笑："没出息！一点小伤就哼成这样。"

江慈哼道："我痛得很，哼哼不行吗？我又不需要像相爷一样做戏给人家看，也不怕人家看笑话，我想哼就哼。你若不爱听，就不要睡这里，走开好了。"

裴琰慢慢闭上眼睛，低声道："睡吧，明日就可以回到长风山庄，我带你去宝清泉疗伤。"

# 第十八章

## 微波狂澜

长风山庄位于南安府西郊,背靠宝林山,石秀泉清,风景极佳。

这日黄昏时分,一行人终赶到了长风山庄。用过晚饭后,裴琰命管家岑五将正院所有婢仆都遣出,带着江慈穿过后园,沿着条青石小径上了宝林山北麓。

夜色深沉,弦月隐于乌云之后,山路上一片漆黑。裴琰行来从容自如,江慈却觉视物困难。周遭寒气森森,她有些害怕,紧追数步,揪住裴琰的衣袖。

裴琰侧头看了看她,将她的手拂落,大步向上而行。

江慈暗咒了几句,眼见他越走越远,心中便有些打鼓。

正惶恐时,裴琰却又回转来,一把拽住她的左手,大力拖着她向山上行去。江慈觉手腕生疼,咬住下唇,紧随着裴琰,不敢停下脚步。

二人登上山腰,裴琰拖着江慈转过一处山坳,江慈忽觉迎面而来的风热了几分。再行片刻,眼前渐亮,只见左侧是一处石壁,石壁上凿了十余个小洞,内置长明灯,二人的右侧则是山谷,幽深静谧。

裴琰放开江慈,带着她沿石径而行,再转过两个弯道,江慈不由得发出"哇"的惊叹。只见前方石壁上,一股清泉突突而出,泉水白腾腾一片,热气盈盈,显是温泉。泉水注入石壁下方石潭之中,石潭上方白雾蒸蒸,衬着潭边石壁上的数盏长明灯,朦胧缥缈,如同仙境。

江慈赞叹着走上前去，将手伸入石潭之中，双眸睁大："真舒服。"

裴琰微笑道："这里是我以前练功的地方，也是长风山庄的密地，你还是第一个来这里的外人。"

江慈用手轻撩着泉水，笑道："为什么要来这里练功？"

"这宝清泉水有益于人体筋骨，我自两岁起便靠它洗筋炼骨，三岁开始练吐纳，五岁练剑，七岁真气便有小成，全是在这里练出来的。有几年我都是一个人住在这潭边的草庐中。"裴琰边说边脱去外袍。

手下的泉水温热透骨，江慈忽然想起相府寿宴那夜，裴琰醉酒后在荷塘边说过的话，一时无语，半晌方轻声道："原来要练出你那么好的武功，要吃这么多苦，若是我，早就不练了。"

裴琰手中动作稍停，旋即嗤笑道："要是我像你这么好吃懒做，只怕早已尸骨无存了。"说着将衣物一一脱下。

江慈只顾低头看着水面："我看你若是个没有武功的人，可能还能活得久些。现在当了这个相爷，睡也睡不安，吃也吃不香，时刻担心有人行刺你，有何趣味？"

"小丫头懂什么，你若是生在我长风山庄，一样得这般练功。"

江慈笑道："我天生懒人一个，谁也逼我不动。"

裴琰大笑："是吗？"说着腾身而起，跃入潭中。

哗声响起，水花四溅，江慈惊呼着急急避开。待抹去面上水珠，才见裴琰赤裸着上身站在潭中，她莫名一阵心慌，转身便跑。

裴琰右手猛击水面，白色水珠夹着劲风击中江慈膝弯，江慈哎哟一声跪于潭边，不敢转头看裴琰，只得低头怒道："亏你是堂堂相爷，怎么这般不知羞耻！"

裴琰游到江慈身边，悠悠道："这里是我家，我在自己家里宽衣解带，怎么叫不知羞耻？下来一起泡吧。"

"打死我也不下去。"江慈紧紧地闭上了眼睛。

裴琰笑了笑，背对着江慈，长吐一口气，将整个身子浸入水中。

江慈听得身后动静，知裴琰已沉入水中，便欲起身，可先前被水珠击中的地方酸痛无力，竟无法站起。她好不容易靠着左臂之力移开数尺，却忽然想起水中的裴琰半晌都无动静,便停了下来。

再等一阵,仍未听见裴琰自水中钻出,江慈不由得有些心慌。她也知似裴琰这等内力高深之人可在水中憋气甚久,但要憋上这么一炷香的工夫,却有些令人难以置信。她渐感害怕,终忍不住转身爬回先前裴琰入水之处。

潭面水雾缭绕,白茫茫一片,看不清水下景况,江慈轻声唤道:"相爷!"

不见回应,她再提高声音:"相爷!"

山间传来回音,她心跳加快,犹豫再三,咬牙跳入水中。

她一时惊慌,忘了自己膝弯穴道被制,入水后便蹬不上腿,双手扒拉几下,直往水底沉去。迷糊中呛进几口水,心呼我命休矣,忽觉腰间被一双手搂住,身子又慢慢上浮,口鼻冒出水面,剧烈咳嗽之下吐出数口水。

裴琰拍上江慈后背,大笑道:"这可是你自己入水的,怪不得我。"

江慈趴在潭边,继续吐着喉中泉水,只觉呛得难受,又觉被欺凌得厉害,羞愤之下泪水夺眶而出。

裴琰笑声渐歇,只是轻拍着她的后背。江慈觉一股真气透过背部穴道绵绵而入,胸口渐感舒坦,膝弯处的穴道也被解开。她猛然转身,拂开裴琰的手,抹了一把脸,愤然道:"在相爷眼中,我可能只是一个任你消遣取乐的山野丫头。可在我眼中,你不比我这山野丫头好多少,你真是可怜可悲又可耻!"

裴琰冷冷一笑,片刻后退后两步,背靠潭沿,悠悠道:"你倒说说,我有何可怜,有何可悲,又为何可耻? 你若说得有理,我以后便不再消遣你。"

江慈索性将被水浸湿的外袄脱去,拧干头发,平静地望着裴琰:"你以前就说过,你为一个虚无的目标活了二十多年,到头来却发现这个目标是假的,岂不可怜? 你人前风光,人后却日日殚精竭虑,满口假话,满心算计,岂不可悲? 你打伤了我,还将我因于相府之中,又逼我服下毒药,现在我一片好心入水来救你,你却戏弄于我,岂不可耻?"

裴琰嘴角轻勾,放平身躯,躺于水面上,淡淡道:"我说你笨就是笨,万事只看表面。"

"难道我说错了吗?"

裴琰闭上双眼，声音空幽得如同浮在水面："首先，我虽然是为一个虚无的目标活了二十多年，但至少有个目标，让我有活下去的动力，现在虽然发现这个目标是假的，但我随即确定了新的目标，我并不可怜。

"其次，在你的眼中，我好像活得很辛苦，但我自己并不觉得。练功虽苦，但也有无穷的乐趣，特别是当你击败一个个对手、纵横天下无敌手的时候，那种快感是你这种懒虫永远都没有办法体会的。

"再说，我的武功高、地位高，便可以保护我的家人，养活我的手下，还可以指挥千军万马，击退桓国的军队，间接保护了成千上万你这样的老百姓。当年我的武功若是差一些，成郡早被桓国攻占，他们一旦南下，长驱直入，击败我朝，只怕你在邓家寨的小日子也过得不安宁。所以，我并不可悲。"

江慈愣愣地听着，慢慢松开手中长发，轻声道："那你为什么老是欺负我，我又不是你的下人，又没得罪过你。"

裴琰睁开眼斜睨了她一下，又闭上双眼，身子慢慢向旁漂移，隐入白雾之中。江慈正感纳闷，雾气中传来裴琰的声音："这宝清泉水有疗伤奇效，你的伤口在泉水中泡上一个时辰，能快速愈合，不再疼痛。"

江慈细细想着他这句话，良久，低声嘟囔："有话就直说嘛，偏这么多弯弯绕绕，我又不是你肚子里的蛔虫，怎么知道你是为了我好。"她向潭的西面挪移，待移到一处大石边，方将右臂衣袖高高捋起，侧身浸入水中。

浓浓水雾中，裴琰将头沉入水中，片刻后又浮出水面，几起几落，游至水潭的东面，悄悄上岸，躺于大石之上。他望着头顶黑色苍穹，片刻后慢慢合上双眸。


温泉水舒适透骨，江慈觉全身毛孔渐渐放开，筋络通畅，伤口处麻麻痒痒，痛感渐失，心中不由得暗赞这宝清泉水神奇至极。

迷迷糊糊中，她倚在石边打了个盹，似还做了个梦。梦中，师父向她微笑，还轻抚着她的额头，替她将散落的头发轻轻拢起。

鸟叫声传来，江慈猛然惊醒，转头望去，见裴琰衣着整齐地坐于潭边，身前一堆篝火。篝火边支起的树枝上，正架着自己先前脱下的外袄。

见裴琰似笑非笑地望着自己，江慈急忙沉入水中。

裴琰大笑道："你也没什么好看的，快出来吧，再泡下去，小心皮肤起皱，像个老太婆。"

江慈不知他说的是真是假，只得慢慢爬上岸。见内衫紧贴在身上，她羞涩难当，嗔道："你转过身去。"

裴琰一笑，用树枝挑起江慈的外袄，轻轻抛起，正罩于她身上。江慈忙用手拢住，慢慢走到火堆边坐落。

裴琰见她满面通红，面容比海棠花还要娇艳几分，愣了一瞬，低头挑了挑火堆，道："怎么样？伤口好多了吧。"

江慈轻嗯一声，低头不语。

裴琰啧啧摇了摇头："看来这好人真是不能做，你既不知好歹，我还是做回我的恶人，继续欺负你好了。"

江慈抬头，急道："我知道你是一片好意，多谢你了。"

"你想怎么谢我？说来听听。"裴琰将火挑得更旺些。

江慈面颊更红，缩了缩身子："先前是我错怪了你，说你可怜可悲可耻，你……你别往心里去。"

裴琰将火枝一挑，数点火星溅向江慈，她本能之下向后微仰，耳中听得裴琰笑道："我并不可怜，也不可悲，这欺负人的可耻行径嘛，倒是还有几分！"

江慈避开火星，坐直身子，微笑道："相爷爱欺负人，为何不去欺负那个何家妹子，或是那个杨家小姐？偏在她们面前一本正经、人模狗样的。"

裴琰猛然坐到江慈身边，身躯向她倒了过来，口中笑道："那我就先拿你练一练欺负人的本事，回头再去欺负她们。"

江慈就地一滚，却仍被他压住半边身子。她心头剧跳，睁大双眼看着裴琰近在咫尺的贼笑，急道："相，相爷，那个，我……"

头顶的苍穹漆黑如墨，仅余的几点寒星若隐若现，周遭雾气缭绕，如梦如幻。江慈眼见裴琰俯下头来，面上调弄的笑容似淡了几分，眼神带着几分专注和探究，不禁心头微颤。温热的鼻息扑近，又让她有些迷糊，本能下将头一偏，裴琰湿润的唇已贴上了她的右颊。

时间似乎有一刻停顿,江慈瞪大双眼,心脏急速跳动,仿佛就要蹦出胸腔,巨大的冲击力让她无法承受。湿透的内衫贴在身上,更令她觉得有强烈的压迫感袭来,终忍不住咳嗽数声。

裴琰抬起头来,笑容有些僵硬,瞬即由江慈身上滚落,躺在地上喘气大笑道:"看你吓成这样!怎么,怕我真的欺负你啊?放心吧,你这山野丫头,送给我欺负,我都看不上眼的!"

江慈觉胸口难受,伸出手来不停拍打自己的胸腔,又去揪湿透的内衫。裴琰笑声渐歇,深吸几口气,站起身来,见江慈模样,冷冷道:"真是没出息的丫头!我累了,要去草庐睡一会儿。"说着转身向石潭右方小山峦上的草庐行去,走出两步回头道,"我休息时不喜欢被人打扰,你一个人乖乖地在这里,不要又胆小害怕,来骚扰我。"说着隐入黑暗之中。

良久,江慈喘息渐止,觉心跳不再那么令人害怕,慢慢坐起身来,喃喃道:"总欺负我,算什么英雄好汉,总有一天我也要欺负你一回,你等着瞧!"

她惊惶甫过,怒气涌生,奋力踢了踢火堆,抬头向草庐方向大叫:"死大闸蟹,卑鄙无耻,总有一天我江慈要让你永世不得翻身!"

草庐中,裴琰坐于竹榻上,慢慢伸出右手抚过自己的嘴唇,慢慢地闭上了双眼。

江慈将湿衫一一烤干,重新束好衣裙,呆呆坐于火堆边,望着雾气缭绕的水面,良久,心中莫名一酸,将头埋于膝间。

轻轻的脚步声在她身边停住,她默默转过身去。

裴琰低头望着江慈的背影,冷声道:"起来!你想在这里待上一整夜吗?"

江慈沉默,裴琰猛地拽住她的左腕,将她拖了起来,往先前的来路大步走去。江慈被他拖得踉跄而行,怒道:"我又不是你的奴才,你不要管我!"

裴琰一松手:"你要待在这里也可以,到时有猛虎或是野狼什么的来欺负你,可不要怪我!"说着大步向山下走去。

江慈想起他的话,终有些害怕,犹豫片刻,快步跟上,却又不敢离他太近,只是运起轻功,紧紧跟在他身后三四步处。

裴琰大步走着,听得身后的脚步声,微微摇了摇头。

这一夜,江慈怎么也无法安睡,在床上翻来覆去。直至黎明时分,听得外间裴琰起床,听得院中嗖嗖轻响,知他正在练剑,忍不住披衣下床,推开窗户,向外望去。此时裴琰仅着贴身劲衣,白色身影在院中回旋腾挪,手中长剑快如闪电,动似光影,宛如旭日喷发,又似电闪雷鸣,龙吟不绝。

江慈再对这大闸蟹不满,也不禁低低地赞了一声。裴琰手中动作微滞,旋即右足蹬上前方大树,身形在空中如鲤鱼劲跃,转腾间手中长剑射出,寒光乍闪,向江慈射来。江慈吓了一跳,"啊"地闭上双眼,却听得噗声过后,嗡嗡之声不绝。良久,慢慢睁眼,只见长剑没入身前窗棂之中,犹自轻颤。

裴琰施施然走至窗下,拔出长剑,看着江慈有些苍白的小脸,语气带上了几分轻蔑与不屑:"没出息的丫头!"

江慈冷冷道:"相爷倒是有出息,天天吓唬我这个没出息的小丫头!"说着猛然转身,重重地将窗户关上。


裴琰下了严令,正院不许任何婢仆进入,只是每日由一男仆将新鲜的菜蔬由正院西侧角门送入。这一日三餐的重任便全落在江慈的身上。

江慈恼得半日便想明白过来,知自己愈是气恼,这大闸蟹便愈是得意,索性不去理他还更好。她放松心情,在正院的小厨房中哼着小曲,做上几个可口的菜肴,自然先填饱了自己的肚皮,再端入正房。

裴琰连着两日都待在东阁,看着安澄准时送来的密件,也总是在江慈将饭菜摆好在桌上时,提步而出,一人默默坐在桌前吃饭,江慈则远远站开。两人极少说话,偶尔目光相触,江慈便转过头去。

这日用过午饭,裴琰正躺在榻上小憩,安澄进来,低声道:"相爷,恨天堂那里有回信了。"

裴琰并不睁眼:"说。"

"一万两银子买了左堂主一句话:花钱买江姑娘一命的,手上沾着上万条人命。"

裴琰坐起,缓缓道:"看来是他无疑了。"

"是,姚定邦容貌俊美,身手高强,素来为魏公所宠。他自夫人寿宴那日起便失踪,至今未见露面。当年借与桓国作战之名义,他纵容手下洗劫了数个州县,死伤上万,若不是魏公替他压下了这事,只怕罪责难逃。种种线索都表明,他极有可能就是那明月教教主。"

裴琰端起一旁的茶盏慢慢饮着,面色有些凝重,沉吟道:"若真是姚定邦,可有些棘手。"

"也不知魏公知不知道他的真实身份。"

"魏公就算知道,只怕也会顺水推舟。他巴不得西北烽火燃起,好从中渔利。"

"若魏公知道真相,相爷要动姚定邦,可有些麻烦。"

裴琰站起身,在室内走了数个来回,停在窗前,望向院中。薄薄的冬阳洒遍整个院落,江慈正坐在银杏树下剥着瓜子,她每剥一粒,便将瓜子弹向空中,然后仰头张嘴去接,若是接住便喜笑颜开,偶尔未接住,也会乐得前仰后合。

裴琰静静看着,忽然眉头微蹙,面上闪过一丝疑惑,负在身后的双手也隐隐收紧。安澄见他半晌都不说话,轻声唤道:"相爷!"

裴琰猛然回头,哦了一声,再想片刻,道:"此次选举武林盟主,魏公军中也有将领参选,只怕姚定邦会兴风作浪。若让他的人夺去这个盟主之位,控制了西北军中的武林弟子,东西夹击,我长风骑便有危险。今日起,各派人士会陆续到齐,你传令下去,注意一切可疑人物,任何蛛丝马迹都不要放过。"

"是,相爷。"

"何青泠那里盯紧点,必要时帮她一把。"

"她没闲着,在按相爷的计划行事。"

裴琰微笑道:"这个妹子做事深合我意。"他侧头看了看院中树下笑靥如花的江慈,微笑有些凝住,终冷笑一声,道,"你先下去吧,按原计划行事。"


江慈将瓜子抛向半空,正待仰头接住,眼前忽然出现裴琰的面容。她一惊,瓜子便落在了她的眼睛上。她忙甩了甩头,眼睛眨了数下。

裴琰大笑:"你也太贪吃了吧,眼睛也要来凑热闹。"

江慈揉了揉眼睛,怒道:"贪吃有什么不好? 比你乱欺负人好上百倍!"

裴琰夺过她手中瓜子,她瞪了裴琰一眼,站起身,转身就走。

裴琰猛伸右手将她一拽,江慈没有提防,向后跌倒,头重重撞上银杏树干,啊的一声,又迅速爬了起来,依旧向屋内跑去。

裴琰再将她拽倒,她再度爬起。裴琰面色渐冷,再拽数次,江慈发辫散乱,仍是猛然倒地又沉默地爬起。

裴琰手中动作稍缓,江慈踉跄数步跑入房中,砰的一声将房门紧紧关上。

冬阳晒在裴琰脸上,让他的目光有些闪烁。良久,他站起身来,走至西厢房门前,听了片刻,轻笑道:"这回倒是没哭。"

他运力一震,推门而入,只见床上被子高高隆起。他在床边坐下,拍了拍被子,被中之人并不动弹,等得片刻他再拍了拍,江慈仍是动都不动。

裴琰向后躺倒,压在江慈身上,悠悠道:"安澄说在后山发现了大野猪,我去放松放松筋骨。"

被子下的人微微动了动,裴琰往屋外行去。刚步至院中,江慈便追了出来。裴琰得意一笑,江慈面上微红,却仍跟在他身后。

二人在后山转了一圈,未见野猪踪迹,只打了两只野鸡,未免有些扫兴。眼见天色将晚,江慈埋怨道:"安澄骗人,哪有野猪!"

裴琰悠悠道:"因为野猪知道有个比它更贪吃的上了山,吓得躲起来了。"

江慈一手拎着一只野鸡,左右看了看,笑道:"倒也不算白跑一趟。相爷,我晚上弄个叫花鸡给你吃,好不好?"

"好。"裴琰微笑道,"可别烤煳了。"

江慈咽了咽口水,犹豫片刻,道:"相爷,那个,叫花鸡得配正宗的雕酒才够味。"

裴琰轻咳一声:"那就让人送几壶雕酒进来。"

江慈大喜,冲到裴琰前面,直跑下山。暮霭中,她如瀑般的黑发在风中扬起落下,裴琰脚步渐渐放缓。

夜色渐黑时，裴琰闻到浓烈的香气，放下手中密报，从房中步出。见院中树下已摆了一张案几，一盆炭火映得江慈面如桃花。她正低头将架在炭火上的泥鸡取下丢于案上，又踮着脚用手去摸耳垂，显是烫着了手指。

裴琰将她手扳落看了看，啧啧道："你若是学武用功些，何至于被烫了手！"

他取过案上雕酒，倒了些在手心，拉过江慈的手揉了数下。江慈龇牙咧嘴，直吸冷气，裴琰敲了敲她的头顶："你能不能出息些？"

江慈慢慢将包在鸡外的泥土细细剥去，又将鸡肉砍成一字条。裴琰拈起鸡肉送入口中，细细咀嚼，眯起双眼，仰头喝下一口雕酒。

江慈切下一条鸡肉，裴琰就拈起一条，眼见半只鸡被裴琰快速吃落肚中，江慈气得将手中小刀往案上一踘，抱着另外半只鸡就往屋内走去。裴琰右手流星般夺过叫花鸡，左手则揽上江慈腰间，把她抱入怀中。江慈尚未反应过来，裴琰右足挑向案底，案上酒壶猛然震上半空，他抱着她同时向上一跃。

江慈只觉嗖嗖风声响起，便坐到了银杏树的枝丫间，刚及坐定，酒壶由高空而落，裴琰探手轻轻接住，递给了她。她微笑着接过，与裴琰并肩坐在树上，望着空中闪烁的寒星，饮了口酒，叹了一声。

裴琰撕下鸡肉，递给江慈，见她不接，用力塞入她口中，笑道："小小年纪，叹什么气？"

江慈咬着鸡肉，含混道："我好久没喝过雕酒、吃过叫花鸡了，有点想师叔。"

"想他做什么？"

"是师叔教我做的这叫花鸡，我的厨艺都是跟他学的。也不知什么时候才能离开你这狼窝，回到邓家寨，向师叔好好赔罪。"

裴琰低咳一声，遥见安澄入园，将烤鸡和酒壶往江慈怀中一塞，冷冷道："别喝醉了，若是有狼来吃你，我可不管。"


安澄在裴琰耳边低语数句，裴琰面色微变，带着安澄匆匆出了院门，不多时，由南边隐隐飘来喧哗的人声。

江慈用心听了片刻，听不太清楚，知自己出不了这院门，只得坐于树上，吃着叫花鸡,喝着雕酒,不知不觉将壶中之酒饮尽,便有了几分醉意。

初冬的夜风带着几分清寒,江慈渐觉有些昏沉,猛然将酒壶掷出,看着酒壶落入树下炭盆之中,激起一片火星,气呼呼道:"死大闸蟹,迟早我一把火把你这狼窝给烧了!"

正嬉笑怒骂间,忽听得靠近后山的高墙外传来一阵喵喵的叫声。江慈心中暗凛,强自镇定爬下树来,缓缓走到墙下,喵喵叫了几声。风声响起,她腰间一紧,已被一根绳索卷住,身子飞出高墙。

寒风自耳边刮过,江慈头昏目眩间落于一人怀中。看到那双如宝石般闪耀的双眸,江慈嘻嘻笑道:"你终于来了,我以为你怕了他,不敢露面了呢!"

卫昭也不说话,拎着她如鬼魅般闪上后山,在山间奔得一阵,跃上一棵大树,正要将江慈放于树枝间,却被她紧紧揪住胸前衣襟,浓烈的酒气熏得他眉头微皱,便欲将她的手扳开。

被卫昭这么拎着在夜风中奔了一阵,江慈醉意愈浓。眼前一时是卫昭俊美无双的面容,一时又是裴琰可恶的笑脸,她渐感迷糊,盯着卫昭看了片刻,身子一软,靠上他肩头,喃喃道:"你为什么总是欺负我?"

卫昭愣住,江慈又打了个酒嗝。卫昭满面嫌弃之色,拍上她的面颊:"醒醒!我好不容易才将裴琰和暗卫引开,能说话的时间不多!"

江慈朦胧中觉裴琰又在欺负自己,猛然将他的手拂开,怒道:"我说了,你不要再欺负我,大不了我这条小命不要,我们一拍两散!"

卫昭怒意渐浓,慢慢扬起手来。江慈却又伏在他胸口,低低道:"我承认,我好吃,又懒,又贪玩,也没什么本事,可你也不用这么瞧不起我,这么欺负我。"

她紧紧揪住身前之人的衣襟,喃喃道:"我虽然好吃,可从来不白吃人家的。邓大婶她们若是给了我好吃的东西,我总要为她们做些事情,就是在你那相府住了这么久,你不也吃过我做的饭吗?

"我虽然懒,可该我做的事情我还是会做的。柔姨去世后,师姐有半年都不开心,我给她唱歌,给她讲笑话,晚上我会赖着和她睡在一起,等她睡着了我再睡。

"你说我笨,说我贪玩、没本事,我一个山野丫头要你那么大的本事做什么?

我又不想杀人,也不想要什么功名利禄,我只想回家,每天养养小兔子,喂我那几只小山羊,这也有错吗?你凭什么瞧不起我,凭什么欺负我?"

卫昭的手渐渐放落,他低头看着她,眉头微皱,拍了拍她的面颊:"时间不多了,你快醒醒!"

江慈却突然抽噎道:"亏你是堂堂相爷,只会欺负我这个小丫头,依我看,你比那没脸猫萧无瑕还不如!"

卫昭愣了一下,嘴角渐涌笑容,凑到江慈耳边轻声道:"是吗?那你说说为何我会不如那没脸猫萧无瑕?"

"论长相,你不及他;论人品,都不是什么好人,自然不用比较。但他有一点要好过你甚多!"

"你倒说说,哪一点?"

"他比你活得真实!他坏就坏,不加掩饰。不像你,人模狗样,在那些大小姐面前一本正经,偏在我这小丫头面前动手动脚。你说说,你算什么男子汉大丈夫?"江慈越说越是气恼,语调渐高,"我武功是不如你,可也不能任你欺负,你若是再敢欺负我,我就……"

卫昭靠近些,悠悠道:"你就怎样?说来听听。"

江慈猛然偏头,奋力咬上卫昭的手臂。卫昭怒哼一声,揪住她的头发,将她的头向树干撞去。江慈本就醉得一塌糊涂,胸口堵塞,极不舒服,被他这一撞,顿时翻江倒海,先前吃下的叫花鸡便悉数吐在了卫昭身上。卫昭恼怒至极,欲待将江慈推下树梢,甫按上她的肩头,又慢慢将手收了回来,将秽臭的外袍脱下,又点住江慈穴道,将她放于枝丫间,闪下树梢。


江慈头中眩晕,迷糊中听得那人重返身边,一股真气由背后透入,激得她再度呕吐,直至吐得胃中空空、全身无力,方渐渐止住。她茫然抬头,此时一弯弦月挂于天际,她慢慢看清眼前之人,笑了笑:"你也来欺负我吗?"

"我可没兴趣欺负你这黄毛丫头!"卫昭冷冷地举起手中水囊,向江慈面上泼去,江慈顿时被淋得满头是水。

寒水刺骨,她又已吐尽胃中之酒,渐渐清醒,靠上树干,半晌后低声道:"我等你很久了。"

卫昭将水囊放下,冰冷的目光如两把寒刃:"现在认不认得我是谁?"

江慈一哆嗦,轻声道:"明月教教主,萧无瑕;光明司指挥使,卫昭卫大人。"

"记不记得我上次说要你指认谁是明月教教主?"

"记得,姚定邦。"江慈抬起头,"他要出现了吗?"

"你听着,武林大会选举新盟主的时候,他会出现。他长相俊美,身高和我差不多,额间有一小小胎记,状似梅花,十分明显,你一见便会认得。待他说几句话,你就装出震惊神色,悄悄告诉裴琰,说他就是当日树上之人。"

江慈挪了挪身子:"看来你已经布好局,让裴琰怀疑到他了。"

卫昭凤眼微微上挑:"当然布好局了,不过真得多谢你大发善心,滥充好人。"

江慈一惊,似有什么真相近在眼前,却又隔着层迷雾。

见她面带疑惑,卫昭笑得有些得意:"不妨告诉你吧,杂耍盛会那日那两个刺客是我找来的。当然了,我并不是想取你性命,只是让他们假装来杀你,故意留下线索。"

江慈渐渐明白:"那线索必定是指向那个姚定邦了。"想起那日惊险,她不由得抚了抚手臂。

"你倒不笨。"卫昭呵呵一笑,"我本也没想让她伤到你,是裴琰心狠,故意让你受的伤。"

江慈面色渐转苍白,咬住下唇望着卫昭。卫昭冷笑道:"你还真是缺心眼啊,裴琰若真看出不对,要护着你,以他的身手,怎么可能让别人伤了你? 他是故意让你受伤,好让你死心塌地地跟着他,不敢再起逃走的念头。"

江慈木然望向山下的长风山庄,望着那满园的灯火,良久,冷然一笑。

卫昭冷声道:"你记住,若是没有解药,半年之内你就会弯腰驼背,肤如鸡皮,老态龙钟,然后在漫长的痛苦中等死,你可不要坏了我的大计。还有,这两天不许再喝酒乱说话,记住了吗?"他审视了她片刻,啧啧摇头,"少君怎么会有兴趣对你这么个小丫头动手动脚!"

江慈正待说话，忽被他拎下树梢。风声从耳边刮过，不多时便回到北墙根。

卫昭听了听周遭动静，微微而笑："少君，这局棋，看谁笑到最后！"说着运力将江慈抛出，江慈急忙提气拧腰，自墙头越过，轻轻落于院中。

她虽逐渐清醒，却仍有些头晕，遂慢慢走至树下呆坐。也不知坐了多久，脚步轻响，裴琰步入院中。他走到江慈身边，看了看炭盆中的酒壶，闻到她身上酒味，皱眉道："你别的本事没有，喝酒的本事倒是不赖！"

江慈猛然站起，目光清冷如雪，直视裴琰："相爷，希望你说话算话，我替你认人之后，你便给我解药，放我离去，从此我们，宦海江湖，永不再见！"说着转身向屋内走去。

裴琰看着江慈的背影消失在门后，唇边渐涌一抹冷笑，负于身后的双手，指节慢慢压紧。

# 第十九章

## 武林大会

十一月初十，黄道吉日，诸事皆宜。

这日天气阴沉，长风山庄前搭起高台，摆下席位，各路江湖人士将庄内庄外坐了个满满当当，人人神情兴奋，等着观看这场武林乃至大梁上百年来难得一见的盛会。

江慈早早起来，将眉毛画浓，脸上抹上一层淡淡的灶灰，装扮成小厮，紧随裴琰身后，周旋于众宾客之间。热闹喧哗的景象让她想起三个月前的武林大会，只是当初看热闹、长见识的心态此刻已荡然全无。

她用心看着每一位武林人士，却不见额头有梅花印记之人，想来卫昭会想法子令那人在适当的时候出现，遂按定心思，跟着裴琰踏上高台，立于他身后。

辰时末，锣声铛铛敲响，高台上下近千人鸦雀无声。

少林派慧律大师稳步行到台前，沉声道："我武林各门派今日齐聚长风山庄，蒙裴庄主盛情款待，各位同道好友赏面驾临，实乃武林一大盛会。望各位同道本着仁心善意，遵守比武规则，圆满地选出下届武林盟主。"

他话音甫落，台下已有数名豪客嚷道："具体规则如何，大师快快公布吧。"

一名僧人捧过一盘竹签，慧律大师道："根据上回议定的规则，由各大门派推举一位候选者，通过德行、智慧、武艺三轮角逐，最后胜出者即为下任武林盟主。

现在各候选人已定,共计十六人。这十六人通过前两轮比试之后,由八位公推的武林名宿进行评定,每轮比试淘汰最后四名。剩下的八人分成两组,抽签后进行武艺比试,胜者再抽签进行下一轮比试,最后胜出者即为下届武林盟主。"

十六人鱼贯上台,立于慧律大师身后。

群雄一一看去,十六人之中既有掌门或教主,也有一些门派的掌门弟子,还有些门派推出的是在军中任职的弟子,少林派出的便是其在军中任职大将的俗家大弟子宋江辉。队伍最末,一女子执剑而立,与其余之人稍稍拉开些距离,风姿娴雅,神韵清秀,正是江湖第一美人——青山寒剑简莹。

慧律大师正待报出众参选人名号,忽听一人朗声道:"我有异议!"

众人转头望去,只见一中年儒生分众而出,行到台前向慧律大师见礼。慧律大师认得这人是"河西铁扇"袁方,在河西一带清誉极佳,为武林名宿,与高氏一族来往甚密,忙合十还礼:"袁大侠有何高见,不妨直言。"

袁方微微一笑:"敢问大师和各位掌门,近百年来,武林盟主起何作用,又身负何责?"

慧律大师答道:"上百年来,武林盟主领袖群雄,调停各个门派纷争,鼎剑兼顾,平衡朝野间力量,为我武林同道谋福祉。"

袁方点了点头:"那我斗胆再问大师,我朝上百年来,历任武林盟主是不是要协调各门派在军中任职弟子之间的关系,并助朝廷平息战火,守疆卫国?"

慧律大师缓缓道:"正是。"他心中暗惊,却又有些冷笑:台上台下这上千人,只怕无人不知,这些都只是武林盟主摆在台面上的光环。至于这盟主真正的任务和好处,谁都心知肚明,却谁也不会摆出来说明和挑穿。

自古以来,穷文富武。大梁又是以武立国,上百年来,军中武将大多出于各大门派,武林势力在朝中和军中盘根错节,从而也让各武林门派在各地势力雄大,有时甚至连州府大吏见了各门派掌门也只能执后辈之礼。以少林一派为例,名下的田产山林不计其数,其俗家弟子更是遍及天下,只要是持少林度牒的僧人下山行缘办事,普通官吏都不敢轻易得罪。

立国以来,一直是裴氏以中立者的身份执掌盟主一职,也平衡着朝野间的关系。裴琰这一辞职，等于将一个巨大的诱惑摆在了众人面前，谁能当选这个盟主，谁就能名正言顺地指挥各门派，也能最大限度地为本门争取利益。至于在朝廷与武林之间调停斡旋、平息纷争、派遣弟子入伍从军，那更是聚敛财富的捷径，好处颇多，只是谁都不会说穿罢了。

袁方冷笑一声，手中铁扇指向台上候选之人："候选人之中，有僧有尼，有道有姑，更有年轻女子。敢问大师，如若是这些人当选武林盟主，又如何能协调好军中大将和朝中大吏？又如何能够亲上战场，浴血沙场，守疆卫国？"

"谁敢瞧不起我们女子！"慧律大师未及出声，台下一女子清亮而愤怒的声音响起。众人转头，只见一绿衫女子越众上前，英气勃发，怒视袁方。

大部分人都认得她，正是青山派弟子，洪州宣远府的小郡主何青泠。

袁方并不气恼，淡淡道："原来是郡主娘娘！"

何青泠柳眉一竖："袁大侠，我敬你是前辈，你休得为老不尊！我现在不是什么郡主娘娘，而是青山门下弟子！"

"那又如何？你总是女子，你们青山门下也全是女子，你们难道能从军入朝吗？难道能像历届武林盟主一样亲上沙场杀敌，带领七尺儿郎驱除敌虏吗？"

"为何不能？"何青泠直逼向袁方，"你们男子能做到的事情，我们女子一样可以！本朝又不是没有女子上沙场的先例，我朝开朝时的圣武德敏皇后不就曾亲率娘子军血战承文关，连夺六城吗？"

袁方微笑道："圣武德敏皇后的英武事迹，自是人人知晓，但那是立国之初，形势不同。近百年来，我大梁再未出过女子入军杀敌。眼下我们的主要敌手又是桓国，桓国人一向将女子视如草芥，若是我朝再派出女子任武林盟主，上战场指挥千军万马，岂不是让桓国人笑话我朝男子无能，影响军心士气？"

台上候选人中一人应道："袁大侠说得有理！我们这些将领在前线出生入死，其中艰难岂是你们这些小女子能够想象的，更别说来指挥我们！小丫头速速退下，不要再耽误大家的时间！"

何青泠认得他是昭山派掌门大弟子史修武，为魏正山麾下猛将，又素与自己那承袭了宣远侯之位的兄长何振文不和。她心头火起，跃上高台，怒视史修武：

"史将军如此看不起我们女子,那就刀剑说话,比比高低,胜者才有资格继续站在这台上!"

何青泠此话一出,台下哄堂大笑,史修武更是笑得极为得意。

何青泠有些不明白,听得台下传来污言秽语,诸如"高低上下"之类的话,眼角瞥见端坐于椅中的裴琰也是俊面含笑,不由得恼羞成怒,锵地拔出腰旁长剑,却听师父严厉的声音传来:"青泠!休得胡闹!"

何青泠跺了跺右脚:"师父!"

青山派掌门程碧兰面色冷峻,但心中却着实有些为难。何青泠虽说话行事有些莽撞,却是为了维护本门利益。若真如那袁方所说,僧尼道姑、女子之流无法协调朝中、军中各门派弟子间的关系,那自家大弟子简莹将无法参选盟主,而且照这种形势下去,青山一派在武林中的地位也将一落千丈。但袁方提出的理由又让人有些无法反驳,眼下也只能借着小弟子何青泠一顿胡闹,看能不能堵了这袁方的嘴。想及此,程碧兰淡淡道:"青泠,这里是武林大会,万事自有长辈们做主决定,你速速退下,休得使郡主脾气。"

何青泠生平最计较的便是别人指她自恃郡主身份而"横行霸道",这话此刻尽管出自师父之口,却也令她愤愤不平,不由得指着那史修武转向袁方冷笑道:"你说僧尼道姑、年轻女子不能当选盟主,我看像史将军这般任职军中之人,更无资格担任此职。"

袁方轻哦一声,悠悠道:"愿闻其详。"

"敢问各位,裴相先前为何要辞去盟主一职?"何青泠转向台下上千人朗声道,"正是因为裴相担任了左相与剑鼎侯两职,既要处理政务,又有军职在身,这样一来,便失了他作为盟主必须具备的中立性,不再适合担任盟主一职。"

她环视台下群雄,侃侃道:"盟主一职,最重要的是协调各门各派的纠纷,平衡朝野关系,为我武林同道谋福祉。可若是像史将军这样的在朝大将当选盟主,试问史将军,一旦朝野之间关系紧张,您又偏向哪一方?是以盟主身份调停纠纷,还是以大将身份继续听从兵部指令呢?"

慧律大师道:"郡主,您多虑了。按照先前议定的,凡是军中或朝中人士当选盟主的，自当辞去军职和官职，只有战火起时才能再担任军职。"

何青泠再是一笑："即便如此，那我再请问一句，现在在台上的十六个门派之中，除去我青山、峨眉、素女门、碧华斋都是女子，普华寺、玉清宫均为出家人，其余各门各派均有弟子在朝中或军中任职。若是这些门派之人当选盟主，他们是不是不但应该辞去军职或官职，还要从本门派中脱离，方能保得中立身份呢？"

何青泠话说得有些隐晦，在场上千人却均听懂了她言中之意。武林上百年来积累下来的门派之见、正邪之分，这些年来隐有加剧之势。若是由某一门派的弟子执牛耳，而其又偏向于该门派，万事只为本门利益考虑，那么只会令矛盾激化，到时的乱局可就不是凭盟主一个人的力量可以完全控制的了。

可现在，各门派推出一人，全力支持他抢这盟主一职，本就是为了替本门带来更大好处，若是让其就任盟主后宣告脱离本门，那还有必要支持他去竞选盟主吗？

众人未及细想，袁方将手中铁扇一合，拍手道："郡主娘娘此话精辟，也正是袁某今日为何要提出异议的原因。"

何青泠未料袁方又帮自己说话，语气便放缓了几分："袁大侠请说。"

袁方转向台下上千群雄大声道："八月十二武林大会，袁某因有事未曾出席，后来听闻裴相辞去盟主一职，由各大门派推选一名候选人角逐，便觉事有不妥。"

台下数十人叫道："有何不妥，袁大侠快说吧。"

"我武林之中，不但有这十六大门派，还有许多小门小派，也有一些武林世家，更有不少独行之人。天下之大，能人异士众多，若论艺业，绝不比现在台上之人要差。为何盟主非得从这十六大门派中产生，而夺去其余之人角逐的资格呢？若论到盟主的中立性，岂不是这些人更有资格吗？"

"袁兄此言，甚合我意！"一道清朗的声音飘来，众人齐齐转头望去。

只见庄前大道上，一白一青两道身影并肩而来，眨眼间便行到高台之前。白衣人不过二十五六岁，长身玉立，眉目清雅。他身边绯衣女子生得娇憨明媚，衣着艳丽，但却是赤足，足踝处还戴着数个金环，显是南疆人。

袁方笑道："南宫兄来了！"

台下顿时一阵嗡嗡之声。谁都听过河西南宫世家的名号，其独门技艺凌霄剑法几十年前曾纵横江湖,鲜有敌手,但因世代人丁单薄,极少在江湖行走,故显得有些神秘。听闻此人便是传闻中的南宫公子,众人不由得多看了几眼。

南宫公子向慧律大师行了一礼,又遥向裴琰拱了拱手,笑道:"我南宫一族是武林人士,这武林大会嘛,自是一定要出席的。"

听了袁方先前之话,谁都明这南宫公子言下之意——他南宫一族是武林人士,这武林盟主一职嘛,自是要来抢一抢的。

袁方先前所言颇合一些人的心意,当下便有数十人嚷道:"那是自然,南宫公子是武林中人,我等也是武林中人,这武林大会是一定得参加的。"

有人嚷了出来:"凭什么只有十六大门派之人可以角逐盟主,为什么我们这些人不行?"

"就是,若论中立性,我等更能处事公道啊!"

"我们不能当盟主,僧尼道姑女子之流也不能当,难道就只有那十人有资格当?"

"说得对极,我看这武林盟主也该改名了!"

起哄之人齐齐问道:"改什么名啊?"

"改为十派盟主,或武林一半盟主好了!"

众人哄堂大笑,有人嚷道:"只是不知这一半盟主,是否有人愿意做啊!"

慧律大师见局势越来越乱,忙高颂一声佛偈。他声如洪钟,将哄闹之声瞬间压了下去。眼见全场肃静,慧律大师沉声道:"如何选出武林盟主,是三个月前便经各大掌门议定了的……"

南宫公子冷冷一笑:"敢问大师,问过我们这些人的意见了吗?莫非大师和各位掌门并不将我们看成武林人士?"

他音调并不高,却让慧律大师有些心惊:这位南宫公子年纪不大,内功修为却着实深厚,他打断自己的话语,恰是在自己换气之时,这份眼力和功力实是不容小看。

南宫公子冷笑道:"若是大师和诸位掌门不将我南宫世家看成武林人士,那我也没必要遵守武林的规则,更没必要遵守这武林大会的秩序。昀瑶,你就上去找你的仇人,为你父母报仇雪恨吧!"

与他同来的绯衣女子应声"是",跃上高台,盯着史修武冷冷道:"你杀我父母亲人,烧我村庄,屠我族人,人神共愤,我风昀瑶今日定要让你血债血偿!"

史修武一惊,南宫公子已踏前两步,向四周抱拳朗声道:"诸位,我这义妹不善言辞,事情是这样的:五年之前,这位史将军随姚定邦将军在陇州一带与桓国作战,却借作战名义率领手下兵士洗劫州县村庄,将村内之人屠杀殆尽,抢走所有财物,又诬蔑被屠杀之平民为桓国奸细。我义妹风昀瑶的家人便是死于这位史将军刀下,她因躲于地窖避过一劫,后为我父所救,投到苗疆学得一身技艺。诸位给评评理,似这等杀父杀母、屠族焚村之仇,该不该报?"

众人对当年陇州一事隐有耳闻,朝廷虽将此案压下,但当时民愤颇大,关于事件的真相,民间也有多种传言。此时听南宫公子这般说,又有受害者寻仇,便都信了七八分,有那等疾恶如仇之人便大声嚷道:"当然要报,这等奸徒,杀了干净!"

"这等恶徒也想当选武林盟主,难道我武林真的无人了吗?"

"就是,他若是当了盟主,天下只怕要血流成河了!"

"昭山派让这种人来争盟主,实是让人不齿啊!"

昭山派众人既感羞辱,又有些不甘。史修武在军中任大将,为本门带来的好处那是自不待言的,所以当其从军中归来,提出要代表本派争这盟主之职,众人也欣然同意。不料此时被这风昀瑶给揭了丑行,当下便有人心有不甘,与群雄对骂起来。

慧律大师颇感棘手,正在犹豫之时,风昀瑶已缓缓举起手中软索,那软索竟忽然凭风而起。众人这才看清楚,那竟不是软索,而是一条青色毒蛇,蛇信乱舞,咝咝之声不绝于耳。

众人不由得啧啧称奇。眼下已是初冬,毒蛇已觅洞冬眠,而这风昀瑶竟能催动毒蛇,让其成为兵刃,看来定是苗疆蛇巫的亲传弟子无疑。

史修武大惊。他也曾听过苗疆蛇巫的驭蛇之术,自己硬功夫是本门一绝,但能否挡过这蛇巫之毒,却是未知之数。

南宫公子向风昀瑶笑道:"妹子,反正你我都不被人看成武林人士,也不用守这武林大会的规矩,上吧。"

风昀瑶轻叱一声，手中青蛇如闪电般射向史修武。史修武早生戒备，身形腾起，手中长剑挽起剑花，挡住青蛇的攻击。风昀瑶以指撮唇，不断发出哨音，指挥青蛇不停向他发起攻击。

台下大多数人本就是抱着看热闹的心态来的，不料盟主尚未开选，便可看到这激烈精彩的打斗场面，不由得大感兴奋。而台上诸掌门和名宿则面面相觑，均拿眼去瞅慧律大师与裴琰。裴琰眉头微蹙，犹豫片刻，终站起身来，朗声道："风姑娘，请听裴某一言！"

风昀瑶身形回旋中冷笑道："裴庄主，这可对不住了，杀父之仇不共戴天，便是天子脚下，我也不会罢休的！"

江慈自风昀瑶上台起便颇觉兴奋，待听闻她的遭遇更是同情不已，一心盼望她能胜出。见裴琰欲阻止她报仇，不由得有些不满。

裴琰清喝一声，身形如秋叶飞舞，右足于幻光剑影中踢上史修武手中长剑，光华收敛，史修武噔噔退后数步。裴琰飘然落地，正插在他与风昀瑶之间，将二人隔绝开来，微笑道："史兄，得罪了！"

江慈见裴琰俊面含笑，收手而立，身上浅蓝色丝质外袍随风微鼓，衬得他长身玉立、丰神俊雅，低低嘟囔了一句："打就打吧，装这么多样子做什么！"

她正待转头望向风昀瑶，却见青影一闪，那条青蛇凌空飞来，紧紧缠上了裴琰的右臂。她心头剧跳，掩嘴惊呼，只见那青蛇已张开嘴咬上了裴琰的手腕。

裴琰低喝一声，身上长袍猛然鼓起，右臂一振，那青蛇啪地掉落于地，而他右臂衣袖也裂成无数碎片，洒洒飘落。

旁观之人齐声喝彩，均未料到裴琰剑术了得，这外家硬功夫竟也不输于任何名师大家。

江慈本已冲前数步，听见众人喝彩又停住脚步。裴琰侧头看了她一眼，俯身拾起那条青蛇，走至风昀瑶身前，微笑道："风姑娘，它只是被震昏，并无大碍。"

风昀瑶伸手接过青蛇，低声道："裴庄主，多有得罪。"

"风姑娘太客气了，裴某有一言，不知当讲不当讲？"

"裴庄主请说。"风昀瑶面上一红。

"风姑娘为亲人报仇，孝心可嘉。但你为练驭蛇之术，以血饲蛇，蛇虽得人血之精华，能不冬眠、不进食，为姑娘所用，但最终损害的还是姑娘自己的身子。望姑娘不要急于求成，停练此等害人之法，还请姑娘回去后，代裴某向蛇巫他老人家问好。"

风昀瑶面上一时青，一时白，半晌方冷笑道："师父在我来时说过，如遇裴庄主当礼让三分。但裴庄主，这杀父之仇不共戴天，怕是谁也没资格阻止我吧？"

裴琰微笑道："今日选举武林盟主，史兄是候选人之一，姑娘要在我长风山庄寻仇，怕是有些不妥当。"

风昀瑶冷冷道："裴庄主是一定要管这档子事了？"

"不敢，只是想请风姑娘看在裴某的面子上，暂缓寻仇，待武林大会之后，再找史兄了却恩怨。"

风昀瑶想得一阵，道："裴庄主，我来问你，我南疆可属大梁？"

"南疆虽属岳藩，但一样乃我大梁疆土。"

"那我蛇巫一门可属梁国武林？"

"这是自然。"

"那好。"风昀瑶提高音量，指向史修武，"既然裴庄主承认我蛇巫门也属梁国武林，那我风昀瑶今日就代表蛇巫门来夺这个武林盟主，与他昭山派一较高低，绝不让这奸佞之徒坐上盟主之位！"

"风家妹子说得好！"南宫公子大力拍掌，"蛇巫门自是有资格来夺这盟主之位，我南宫世家也不能退让！"

裴琰披上随从送上的狐裘，遮住裸露的右臂，望向南宫公子抱拳行礼："南宫兄，多年未见。"

南宫公子笑道："裴庄主，在下这次来不是想和你叙旧，而是有一言想问。"

"南宫兄请说。"

"我南宫世家是否算武林人士？"

"这是自然。"

"那我南宫珏的武功，比台上之人又是如何？"

234

"旗鼓相当。"

"裴庄主过奖。我南宫珏自认文才德行也不差,请问裴庄主,我南宫世家是否有资格来争这盟主之位?"

裴琰与慧律大师对望一眼,俱从对方眼中看到为难之意。若是否认南宫世家有争夺盟主的资格,这南宫珏必将令其义妹一力寻仇,搅乱大会;若是承认他有资格争夺盟主,这个口一松,后面的麻烦就非同小可。

二人正在犹豫之际,袁方稳步上前:"裴庄主,慧律大师,今日我等前来,并非有意搅乱大会,实是觉得事有不公。既然这些僧侣道尼、年轻女子都能来争这盟主之位,为何我们就无资格?还请庄主和诸位掌门多加斟酌,免得选出来的武林盟主名不副实。"

袁方此言一出,台下的散仙游侠纷纷应和,不少人高呼道:"蛇巫和南宫家争得,我们也争得!"

"就是,凭什么只有十六大门派可以争这盟主之位,我们也要来争一争!"

"我们若是争不得,那台上的和尚尼姑也争不得,女子也争不得,大伙就都散了吧,让他们那几个人争这武林一半盟主好了!"

裴琰眉头微皱,转身望向慧律大师及众掌门,众掌门面色各异,均沉默不语。

北风渐急,天上云层愈厚,青白相混。

眼见大雨将下,裴琰望了望天,再与慧律大师四目相触,微微点了点头。慧律大师会意,上前合十道:"阿弥陀佛!眼下既有异议,又将下大雨,武林盟主竞选暂时押后,待诸掌门和名宿进行商议后再举行比试!"


长风山庄东厅,裴琰步到主位坐下,江慈侍立一旁。见仆从端上茶盅,江慈接了过来,送至裴琰面前。裴琰看了她一眼,嘴角隐有笑意。江慈觉出他的笑容有些异样,莫名脸上一红,退回他身后。

裴琰饮了口茶,抬头道:"诸位,眼下形势棘手啊。"

昭山派掌门谢庆因史修武被风昀瑶寻仇,隐有愤懑:"难道怕了这些跳梁小丑不成?武林的事情还轮不到他们说话。"

苍山派掌门柳风沉声道："谢掌门此话差矣，这些人虽非大门大派，实力却不容忽视。我看那南宫珏的身手绝不亚于台上之人，若是贸然将其拒于门外，他心有不甘，异日借报仇之名向盟主挑衅，可就……"

柳风话未说明，众人却均明他言中之意：若现在与南宫珏闹翻，史修武即使代表昭山派夺得了这个盟主之位，他日风昀瑶找他报杀亲之仇，在武林公义来说，是谁也不能阻止的。若是他命丧南宫世家剑下，岂不成了最短命的盟主？

青山派掌门程碧兰对先前史修武讥讽何青泠本就不满，遂冷冷道："柳掌门说得有理，史修武为人不端，若他当选盟主，后患无穷，看来谢掌门得亲自上阵了。"

谢庆被二人话语噎住，却也说不出换下史修武、自己上场比试一话。史修武乃魏公手下爱将，身后是东线十万人马，他要来争这盟主之位，显是魏公的意思。自己昭山一门，全靠魏公的势力才能在卫州呼风唤雨，史修武名义上是自己的师侄，却是万万得罪不起的。

他一时羞恼，脱口而出："史修武德行是否有亏，尚未有定论。我看那袁方倒说得有理，史修武当选盟主，总比和尚道姑、女子之流当选盟主要好！"

峨眉派掌门破情师太性情有些暴躁，又素来好强，这次亲自上阵争夺盟主之职，先前在台上时就憋了一肚子火，此刻被谢庆一激，腾地站了起来，袍袖急卷，劲风直击向谢庆："谢掌门如此瞧不起人，今日你我就一较高下，凭本事说话！"

谢庆仰面而闪，破情师太身法奇诡，再度攻上。谢庆掌法大开大合，接下破情师太连绵不断的攻势。

慧律大师与裴琰对望一眼，齐齐朗声道："两位掌门，有话好说！"

一蓝一黄两道身影插入二人激斗圈中，慧律大师架住谢庆的一掌，裴琰则挡下破情师太的一拳。

见他二人出面，破情师太与谢庆均冷哼一声，各自归座，但仍怒目而视。

裴琰转身向几位任公裁的武林名宿抱拳道："各位前辈，眼下纠纷四起，实不利于武林稳定。各位均是武林前辈，不知有何良策，可解眼下纠纷？"

几位武林名宿均望向坐于最上方的"天南叟"玉长宣。天南叟须发皆白，沉思片刻，缓缓道："为今之计……"

脚步声响起，安澄奔入东厅："相爷，外面打起来了！"

厅内之人齐齐站起，裴琰当先奔了出去，边行边问："怎么回事？"

安澄道："起因好像是有人说了句调笑简姑娘的话，简姑娘一笑置之，小郡主却不服气，与对方吵了起来。简姑娘上前制止，小郡主又怪她不帮自己帮外人，是为了当盟主假装正经。两人说翻了脸，先打了起来。

"她二人一打，史将军在旁取笑了两句。小郡主又与史将军动上了手，结果青山派弟子与昭山派弟子大部分加了进去。那风姑娘又帮小郡主，小郡主又将峨眉门下的叫来帮忙，结果就成了混战。混战之中，有人误伤了观战的宾客，言语上又有冲撞，卷进来动手的人便越来越多。"

众人边听边行，未至庄门，已听得外面喧哗阵阵，兵刃之声四起。裴琰与慧律大师、天南叟抢身而出，只见庄外数十人混战在一起，刀光剑影，衣袂横飞。

裴琰回头道："玉老，我们得助慧律大师一臂之力！"

天南叟会意，点了点头，与裴琰同时轻吰一声，齐齐伸出右掌抵上慧律大师背后大穴。慧律大师运起金刚禅狮子吼，借裴琰与天南叟从后背送入的内力喝道："统统住手！"

他这声狮子吼震得身边之人齐齐轻晃，激战之人俱是一惊，手足均有些发软，遂都停下争斗。

数名受伤之人大声嚷嚷："不公平，这选盟主的规则太不公平，十六大门派欺负人！"

"就是，不但不让我们争这盟主，还唆使门人打伤我们！"

昭山派弟子听得这些人的言语越来越污秽，忍不住骂了回去，局面再度大乱。

裴琰猛然怒喝，右足劲点，身形如飞鸟般疾掠，闪身间夺过何青泠手中长剑，再一腾纵，寒光暴闪，剑气如紫虹贯日，卓然迸发，直射向庄前的一棵大树。咔啦之声响起，树上数根比手臂还要粗的树枝相继断落，枯叶飘飘洒洒，扬满半空。

一时间，长风山庄前鸦雀无声，人人均惊悚于裴琰这老辣凌厉的剑气，不约而同在心中想道：若真论武功剑术，这武林之中怕无人能胜过裴琰了。

裴琰冷冷扫了众人一眼，寒声道："武林大会在我长风山庄举行，还望各位给我裴琰几分面子,若再有寻衅滋事者,休怪裴某不客气!"说着拂袖转身,向庄内走去。各掌门瞪了一眼自己门下的弟子,也齐齐转身入庄。

何青泠犹豫片刻,冲着裴琰背影大声呼道:"凭什么每个门派只能有一人争这盟主之位,不公平!若小门小派、独行之人也能争盟主,我们这些普通弟子也要争一争!"

重回东厅,裴琰向天南叟拱手道:"玉老,先前您说有何妙策,请继续。"

天南叟捋了捋额下银白长须:"现下形势大乱,我们以前议定的由十六大门派各推举一人来争这盟主之位,只怕已不可行。"

柳风点了点头:"玉老说得是,现在袁方和南宫珏等人处心积虑要争这盟主之位,又挑起了众人的心思,若将这些人拒之门外,后患无穷。"

天南叟道:"还有一点,恕我倚老卖老,话说得直。若较起真来,出家之人、女子确实不太适合担任武林盟主一职。"

破情师太隐有不服,但敬天南叟为武林前辈,德高望重,硬生生把话咽了回去。

天南叟呵呵笑道:"破情掌门莫急,我只是就事论事,但也并非没有解决办法。"

破情师太闷声道:"玉老请说。"

天南叟缓缓道:"依我之见,原先的武林盟主需顺应形势,做相应修改。"

"如何修改?"数人齐声问道。

"以前我武林诸事皆由盟主一人定夺,盟主令一旦发出,均当遵守。但眼下裴相辞去盟主一职,由各门派夺这盟主之位,但很难再像以前一样保证盟主令的公平与公正。"

天南叟这几句话一出,讲到了众人的心底深处。各门各派均担心让别的门派夺去盟主之职,只维护本门派的利益,而打压其余门派。

天南叟看了看众人神情,续道:"所以我有个想法,说出来大家参详一下。若是说得不好,诸位不要见怪。"

裴琰忙道:"玉老德高望重,我等洗耳恭听。"

天南叟得意地点了点头："我是这样想的,我们就在盟主一职之下设一个议事堂。盟主和议事堂堂主都靠比试选出,最后胜利者为盟主,其余再按比试结果选取数人入议事堂。盟主与议事堂堂主均是四年一任,任满后再行竞选。"

众掌门默默听着,各自在心中盘算。柳风点头道："玉老此言甚合我意。"

天南叟续道："议事堂堂主保持在八人左右较为合适,日后武林中大小事宜由议事堂堂主首先议定,再提交盟主做最后定夺。而盟主若要做何决策,也需征询过议事堂堂主意见后方可发出盟主令。这样一来,如若有出家之人或是女子最后胜出任了盟主,也不用担心其不能协调朝野关系、不能亲上战场杀敌,自有议事堂的堂主们协助盟主解决。"

破情师太朗声道："玉老好主意,我峨眉赞同。"

程碧兰也点头道："我无异议。"

素女门、碧华斋、普华寺、玉清宫四派掌门互望一眼,皆齐声称道："我等皆无异议。"

紫极门门主唐啸天沉吟道："分设盟主与议事堂,倒是解决出家之人与女子不能任盟主的最佳方法,但与南宫珏等人有何关系?"

天南叟道："眼下之势,只能允许这些人来竞夺议事堂堂主一职。"

"玉老的意思,是承认他们是武林中人,有夺议事堂堂主一职的资格,但盟主一职,还是在十六大门派之人中产生?"裴琰问道。

"是,这样既可堵了他们的口,又不让他们太过嚣张,夺去最重要的盟主一职,实是平定争端的唯一方法。"

谢庆眉头微皱："怕就怕这些人一旦加入争夺,将议事堂堂主之职悉数夺去,那可有些麻烦。"

天南叟微笑道："我们可以增加十六大门派的参选名额,一来可保证诸位的利益,二来又可平息诸位门下纠纷,岂不两全其美?"

程碧兰等人正为了门下弟子内讧一事头疼不已,谢庆也想自己上场,听言忙道："正是!"

裴琰望向慧律大师："大师意下如何?"

慧律大师心中也明白,天南叟这番提议实是解决目前乱局的唯一方法,而且又契合了众人的暗中图谋。诸门派皆想夺这个盟主之位,但均没有十足的把握,又都不想以后听从其他门派之人的指挥。若是夺盟主不成,退而求其次,能在议事堂占据一席,互相制衡,倒也不失为一条退路,至少在武林大事上多了一分话事权,便缓缓点头:"我少林并无异议。"

慧律大师此言一出,诸掌门齐声道:"既是这样,我等均无异议。"

裴琰起身,微笑道:"既是如此,我再加一点,允许小门派和江湖上的独行侠参选议事堂堂主,可设轻功一项作为入选资格考核,能一跃跳过丈半高的围墙者方有参选资格,免得比武之人太多,比个十天半个月都出不了结果。"

"裴庄主说得有理,就是这样。"慧律大师道。

裴琰向慧律大师微微躬身:"那就劳烦大师去向众人宣布这个决定,今日下午考校轻功,遴选有资格参选议事堂堂主之人,明日再开始正式比试。我本有内伤,方才那一剑牵动伤势,需回去静养,一切有劳大师了。"

慧律大师忙合十道:"裴相请便,养伤要紧。"

# 第二十章

## 变故陡生

寒风渐大,雨点横飞,江慈随着裴琰回到正院,赶紧将雕花大门关上,跺着脚跑入西厢房,却见裴琰推门进来。

江慈这两日极少与裴琰说话,他偶尔问话,她也是冷冷而答。此刻见他进来,想起先前他那奇怪的笑容,竟有些不敢看他。

裴琰往锦榻上一躺,闭目片刻,轻声道:"过来,帮我捶捶腿。"

江慈犹豫良久,走到他身边,迟疑一阵,方伸出双拳替他轻捶双腿。

裴琰睁开眼看着她,微笑道:"饿不饿?"

江慈从未见过他这般和颜悦色地与自己说话,一时怔住,不知该如何回答。正尴尬间,安澄在屋外唤道:"相爷!"

"进来。"

安澄见江慈坐于一旁,有些犹豫,裴琰道:"说吧。"

"是。慧律大师已将议定的结果宣布,所有人均无异议。现在各派参选名额增加到三名,其余报名参选议事堂堂主的共计五十八人。"

"倒比预计的要多些。"裴琰一笑,他想了想,道,"柳风那里我不便出面,你今晚悄悄去见他一面,让他放心,我自有办法助他夺这盟主之位。袁叔和玉德的抽签,你照应些。"

"是。"

裴琰长吁一口气,淡淡地道:"乱得好啊,圣上要的,就是这个'乱'字。"

安澄又问:"风姑娘那里如何安排?"

"风昀瑶是岳世子的人,世子这回帮了我们的忙,自然有他的打算。"

"是,属下会去安排。对了,相爷,小郡主也被青山派推为参选人了。"

"我们只能帮她帮到这里,能不能胜过别人成为盟主,可得靠她自己的真本事。"裴琰微笑道,顿了顿,又道,"有没有姚定邦的消息?"

江慈心中一惊,手中动作稍停,随即醒觉,赶紧替裴琰捶着双腿,耳中听得安澄道:"前几日有弟兄在洪州一带发现了他的踪迹,不过他轻功卓绝,跟丢了。"

裴琰缓缓坐起:"史修武如果有落败迹象,姚定邦定会出手。传令弟兄们,不能有丝毫松懈,只也别露了痕迹,让他看出不对。"他望了一眼江慈,"到时如果能确定他的身份,尽量生擒,我们现在还不能和魏公翻脸,你去安排吧。"

"是。"

裴琰放下心头大事,闭目而憩,任江慈替自己轻捶双腿。过得一阵,忽然睁开双眼微微而笑。

江慈觉得这只大闸蟹今日对自己有些怪异,慢慢停住双拳,轻声道:"相爷,你饿了吧,我去做饭。"她刚站起,却被裴琰拽住了左手手腕,急得挣扎道,"相爷,你不饿,我可饿了。"

裴琰手上用力,江慈吃不住痛,啊的一声倒在他身上,正待跳起,裴琰忽伸手环住她的腰间。江慈麻痒难当,笑着扭动了几下,却听裴琰低沉而略带温柔的声音在耳边响起:"你很怕蛇吗?"

江慈愣住,此时方觉裴琰双手慢慢收紧,自己伏于他身上,姿势极为暧昧,又羞又急,一边推,一边怒道:"毒蛇有什么好怕的,倒是你,比那毒蛇还可怕!"

"哦? 你倒说说,我为何比那毒蛇还可怕?"裴琰望着江慈怒容,嘴角轻勾。

江慈直视着他,冷冷道:"你处心积虑挑起武林纷争,让大家为了这个盟主和堂主之位斗得你死我活,不比那毒蛇还要可怕吗?"

裴琰一怔,随即大笑:"还真是个聪明的小玩意儿!"

江慈举拳便揍，裴琰将她双拳擒住，微一用力，她的双臂被他反绞至身后，吃痛下"啊"地叫出声来。

裴琰略略减轻手中力道，笑道："说说，我是怎么处心积虑，又是如何挑起这武林纷争的？说对了，我就放开你。"

江慈双臂被反绞，鼻间闻到一股若有若无、极好闻的气息，心中慌乱不已，但双手被制，只得伏于裴琰肩头，努力忽略身前温热舒适又有些许异样的感觉，低声道："那个什么袁大侠、南宫公子、风姑娘，都是你找来故意搅局的吧？"

裴琰笑道："继续。"

"他们演的这出戏实在是妙，那小郡主又脾气直爽，只怕没想到被你给利用了。"

裴琰将江慈搂得更紧，在她耳边吹了口气："所以啊，我没有欺负她。"

江慈面上潮红一片："柳掌门和玉老都是你的人。南宫公子一搅局，你又让小郡主挑起混战，让玉老有借口提出设立议事堂，增加候选人。你却装作一切与你无关，不，与朝廷无关。"

"你倒不笨，能看出这么多来。"裴琰看着江慈红透的双颊，笑容渐敛。

江慈感觉到他身子慢慢抬起，似是欲将自己反压，心怦怦乱跳，强自镇定，忙放柔声道："相爷，您得说话算话，我既然说对了，您就得放开我。"

裴琰呵呵一笑，也不说话，慢慢松开右手。江慈急忙跳落于地，奔到门口，却忽然停步回头，冲裴琰甜甜笑道："相爷，您这计策，就好比把原本是十六只狗抢夺的一块大肉，分成了几十只狗抢的九块小肉。现在这长风山庄是狗声满天吠、狗毛满天飞，你则躲在一边看热闹！"

裴琰哈哈大笑："你怎么总是有这些新鲜比喻，倒是贴切。"

"可是相爷，我有一件事情想不明白。"江慈笑得越发狡黠得意。

"什么事情想不明白？"

江慈一只脚踏出门外，快速道："这块肥肉原本是叼在相爷口中的，相爷为何要将它吐出来呢？"

眼见裴琰作势跃起，江慈大叫一声，发足便奔，跑到厨房将门紧紧关上。听得他未曾追来，觉得出了一口恶气，不由得拍着胸口得意大笑。

西厢房内,裴琰面露微笑,慢慢地躺回榻上。

江慈将饭菜做好,等了片刻仍不见裴琰出来,轻手轻脚走到西厢房门口,探头一看,见裴琰还躺在榻上,便唤道:"相爷!"

裴琰的呼吸声极为均匀,似是已经睡熟。江慈迟疑再三,终壮起胆子走到他身边,再唤道:"相爷!"

裴琰并不动弹,江慈忍不住推了推他,他仍未动。江慈正待再推,视线却落在他裸露的右臂上。只见先前被那条青蛇咬中的手腕处有两个极淡的牙印,所幸并未咬破肌肤。江慈想起当时情景,慢慢伸手抚上他的右臂。

裴琰右臂微微一动,江慈急忙将手缩回,却见他笑意腾腾的双眸正盯着自己,忽觉双颊发烫,转身就跑。


半夜时分,江慈听到窗外响起沙沙之声,估摸着是下雪了,便将裴琰给她的那件狐裘披上,轻手轻脚走到廊下。

寒风夹着雪的清新之气扑面而来,院中已是白蒙蒙一片。银絮飞舞,映着黑沉的天空和室内橘黄的灯火,如梦如幻。她慢慢走至院中,仰起头来,任雪花扑上自己的面颊,喃喃道:"真好,又是一年雪纷飞,明年邓家寨的收成应该会好一些。"转而想起一事,又有些担忧,自言自语道,"师姐下山时不知有没有将三丫它们托给二嫂子照看,这大雪天的,可别冻坏了它们。"

东面传来一声轻笑,她抬头望去,只见一人披着灰色狐裘立于墙头,容颜清俊,正是日间见过的那位南宫公子。

南宫珏由墙头跃下,拂了拂身上的雪花,笑道:"小丫头,你是谁?"

江慈笑道:"这位大侠,你又是谁?为何于这大雪之夜行宵小之事,翻墙入院?"

南宫珏微征,裴琰大笑着出房:"玉德莫小看了这丫头,牙尖嘴利得很!"

南宫珏视线扫过江慈身上的狐裘,裴琰走了过来:"玉德是想联榻夜话,还是围炉煮酒赏雪?"

"当然是围炉煮酒来得风雅!"江慈抢道。裴琰右手轻挥,她便笑着跑进厨房,准备好一应物事,又剔亮了屋内外的烛火。

那边二人已围着炭炉坐定,江慈将酒壶温热,替二人斟满酒杯,又跑到厨房准备做两个下酒菜。

南宫玞望着江慈的背影,笑道:"这件银雪珍珠裘是御赐之物,少君倒舍得送人。"

裴琰侧靠在椅中,酒杯停在唇间,眸中精光微闪:"没人发现你过来吧?"

"你放心,我轻功虽比不上你,但能跟踪我而不被我发觉的人,这世上也没几个。"南宫玞微啜一口,叹道,"有时倒也羡慕你这个相爷,至少这龟兹国的美酒,我就不常喝到。"

"回头我让人给你送上一些。"裴琰微笑道,"只别又喝醉了,掉到枯井里睡上三天三夜。"

"少君总拿这件事来糗我,小心你将来娶了夫人,我将你从小到大的糗事在弟妹面前揭个够!"

二人说笑一阵,裴琰瞥见江慈端着两碟菜过来,微笑道:"你动作倒快。"

江慈拍了拍手:"好了,你们慢慢喝,我去睡觉。"

南宫玞夹了筷爽脆肚丝送入口中,连连点头:"少君找的这个丫头不错,你有口福了。哪儿买来的,我怎么碰不到这种好事?"

裴琰唇边浮起笑意:"岳世子这回帮了我们的忙,不过他也不怀好意。"

"风昀瑶那丫头装得倒挺像,少君也肯冒险让那青蛇咬上手腕,我虽知道你硬气功不错,可也捏了一把汗。"

裴琰悠悠道:"搅乱武林大会虽是圣上的意思,但岳世子偏要插上一手。这事可不能让圣上知道,不演这场戏,怎能打消他的疑心。今日在场之人,不定谁就是圣上派来盯着我的。"

"这样一来,风昀瑶是必定要进议事堂的,加上我和袁叔,剩下的五个,少君打算怎么安排?"

裴琰眯眼望着院中飞舞的银雪:"史修武这些军中大将,不能让他们当盟主,但得让他们进议事堂。宋江辉是董学士的人,也得让他进,这样不但可以削了他们的兵权,还可以让他们三方斗起来。"

"嗯,还有呢?"

"破情脾气暴躁,但武功高强,让她进议事堂,保证议事堂以后会十分热闹。"

南宫珏拍案而笑:"亏少君想出这么个制衡的法子,又算准了这些人会上钩!"

裴琰冷笑一声:"他们个个都想当盟主,又个个怕当不上,自然是乐见议事堂的设立,都来分一杯羹。"

"圣上只怕也是这个意思。"

"嗯,军中武林弟子拉帮结派,一直是圣上的心头大忌,加上各武林门派在地方州府横行霸道,对政令多有干扰,圣上一直想下手清理。我是看准了他的心思,才提出辞去盟主一职的。"

"这个盟主实际上是个烫手山芋,谁当了谁难受,可笑那些人都看不清这一点。从今日起,武林就要大乱了。"南宫珏悠悠道。

"圣上要的就是这个'乱'字,为争盟主和议事堂堂主之位,不但各门派之间会陷入争斗,弟子之间也会起内讧,这样圣上就不用担心武林势力坐大,重演开朝一幕。至于我们,就等着看好戏吧。"

"最妙的是,这议事堂将会是日后武林中矛盾的根源所在,怕是一件事情也议不成的。"

裴琰一笑:"日后还得有劳玉德。"

南宫珏笑容如朗月清风:"好说好说,我南宫家世代受裴氏重恩,父亲去世前也再三叮嘱,一定要辅佐少君,这是我分内之事。"

裴琰微微欠身,与他碰了碰杯,道:"在我心中,倒不在意这个,我们从小打出来的交情才是最重要的。"

南宫珏叹道:"是啊,当年父亲把我送到这长风山庄,我看你比我还小,心中着实有些不服气,不过那些架倒也没白打。"

二人相视一笑,裴琰微喟道:"这些年你一直替我盯着高氏,少在人前露面,也无人知道你我的关系,现在一入议事堂,可就没有清静日子了,往后只怕更多艰险。"

飞雪乘风涌入廊下,南宫珏缓缓道:"不管少君做何决断,我南宫珏一力相随!"

裴琰从椅中站起,慢慢步下石阶,负手而立,任飞雪扑上发梢肩头,良久,轻声道:"玉德,我总有种感觉,这种太平日子,不多了!"

第二日清晨,大雪慢慢止住,阳光却比昨日灿烂了几分。长风山庄的仆从早将庄前积雪打扫干净,仍旧摆下座椅,竞夺盟主和议事堂堂主的争斗于辰时三刻正式开始。裴庄主由于"内伤发作",面色有些许苍白,披着狐裘坐于锦椅中,静观赛事,一应比试仍旧由慧律大师和天南叟主持。

当日上午比的是德行和智慧两场,通过这两场比试后确定四十八人进入第三轮的武斗比试。简莹、何青泠、南宫珏、袁方、风昀瑶等人均顺利过关。

不过上午的两轮比试也出了些小岔子,有十余人对名宿们的公裁不服,又指过关者数人作弊,矛头直指慧律大师包庇少林门下参选弟子,险些动了刀剑,直至裴琰与天南叟出面,方将这些人镇了下去。

未时一刻,铜锣敲响,此次武林盟主竞选的重头戏——比武,终于正式开始。

经过抽签,四十八人捉对厮杀,胜出的二十四人进入下一轮比试。

第一轮武试过后,数名参试者引起了众人的注意。南宫珏、风昀瑶二人胜得极为轻松,南宫珏竟是在十招之内便击败了玉清宫的无非道长,其武功着实深不可测。那风昀瑶不但驭蛇术了得,轻功也让旁观之人大开眼界,众人均对南疆的蛇巫一门刮目相看。

引起众多年轻人注目的却是一对来自平州的姐妹花——双生门的程盈盈、程潇潇。由于双生门下均为孪生子,且独门武艺需双人合力,故这二人作为一名比试者参加竞选。她二人均如秋水芙蓉一般艳丽,只是程盈盈不笑脸上也有酒窝,而程潇潇却需浅笑才隐现酒窝。这二人配合默契,双剑合璧,一百招过后便胜了碧华斋的斋主秦璎珞,让台下年轻人齐声叫好。

但裴琰、天南叟和慧律大师等人的目光却集中在了另一人身上,此人弱冠年华,面目清秀,气质文雅,报名应试时填的是"幽州苏颜"。初始众人均以为其为幽州五虎拳苏氏弟子,但此人一上场,用的竟是一套轻灵至极的剑法。他在紫极门门主唐啸天如雷的刀锋下,气定神闲,静逸自如,终在百招后于空中变招,连挽十余剑花,逼得唐啸天步步后退,最终掉落台下。

裴琰等人均为内外兼修的高手,见识非凡,目光如炬。苏颜在空中挽出剑花逼退唐啸天之时，俱各在心中暗暗警惕：武林中何时出了这么一位年轻高手，虽比裴琰尚差些许，但在场能胜过他的已屈指可数，这人竟如凭空从地底冒出来似的，而且他的剑术毫无痕迹可循，究竟是何来历？

裴琰微笑着与天南叟交谈，使了个眼色给安澄，安澄会意，匆匆离开会场。


第一轮比斗中，洪州宣远府小郡主何青泠抽签，竟对上了本门师姐简莹。

这二人往台上一站，群雄顿时哄笑，有人发出尖哨声，还有人言语无状，渐涉下流。直至慧律大师命锣手不断敲响金锣，方逐渐安静，人人带着微笑，看这对如花似玉的同门师姐妹为争盟主之位一较高低。

由于昨日与简莹闹翻，何青泠上台后也不多话，冷笑两声，身影一腾，剑舞寒光，迅捷攻向简莹。简莹不慌不忙，虚晃数招，引开何青泠的攻势，娇俏的白色身姿在空中如鸾舞鹤栖，与一袭绿衫的何青泠激斗在一起，青娥素女，罗裳翩飞，嗔莺叱燕，看得一众人等赏心悦目，大饱眼福。

交手数十招后，何青泠惊觉到大师姐剑气多了几分凌厉，渐渐明白师父竟是私下传授了她师门绝技，心中更是愤然，寒芒大盛，使上了拼命的招数。台上台下之人看得清楚，议论之声不绝。

简莹让得数十招，见何青泠满面愤色，知关系已难挽回，只得暗叹一声，寒剑架上何青泠的剑锋，借力凌空飘飞。长剑在空中闪出连绵的银光，宛如一朵朵银莲盛开。何青泠目眩神迷，手中动作便慢了一下，简莹看得清楚，连人带剑突入何青泠的剑圈，何清泠只觉一股寒意自剑尖倒涌入自己体内，右手麻痛，长剑落地。她倒退两步，面色苍白，托着麻痹的右臂，冲着简莹冷笑一声，飞身下台，疾奔而去，消失在大道尽头。简莹俯身拾起何青泠掉落的长剑，心中暗叹，向台下众人行了一礼，在如雷喝彩声中盈盈退下。

接下来第二轮比试，南宫珏对阵素女门程丹蕾，风昀瑶对阵普华寺的天昙大师，二人均在百招左右胜出。但简莹苦斗二百余招，终因经验不足，败在柳风剑下。

双生门程氏姐妹再度大放异彩，她们的对手是少林派慧庄大师。慧庄大师武功本胜过二人，但其碍于对手是年轻女子，下手有些避讳，终让程盈盈在三百余招后看破此点,故意引其攻上前胸。慧庄大师发现情形不对,急速收手,被程潇潇借机点中右臂穴道,只好收手认输。

而那年轻公子苏颜依旧让众人啧啧称奇,他于八十招过后猛然变招,剑式大开大合,磅礴有力,剑气刚烈无双,击得崆峒派掌门雷顺连退数步。他却紧逼不放,看准空当,剑招自肋下斜斜刺出,架上雷顺的剑刃,大喝一声。雷顺腑脏犹如冰刀乱刺,倒退十余步,弃剑坐于地上,吐出数口鲜血,神色萎靡,恨恨下台。

这一轮战罢,场上便只剩下了十二人:南宫珏、袁方、柳风、风昀瑶、宋江辉、章侑、史修武、苏颜、程氏姐妹、破情师太及南华山掌门王静之、祈山派掌门段宁。

慧律大师将装着竹签的托盘送至这十二人面前,众人逐一抽出竹签。

分组形势一出,有人欣喜,有人暗愁。史修武见自己首先上场,对上那来历不明的幽州苏颜,心中便有些打鼓。

苏颜剑摆身后,负手而立,渊然不动地看着史修武,含笑道:"久闻史将军盛名,还请赐教!"

史修武先前在旁观战,见此人剑术亦柔亦刚,知是平生劲敌,慑定心神,呵呵一笑:"苏公子过谦了,咱们就以武会友吧!"话音未落,他已刀走中宫,急速攻上。

苏颜不慌不忙,身形闪避,待史修武一轮攻罢,回刀换气之际,他劲喝一声,剑气如天风海雨,沛然无边。史修武咬牙接下三十余招,隐露败象。

史修武心知到了关键时刻,能不能拿下盟主之位,完成魏公交代的任务,全在此举。他将心一横,长吸口气,身子急趋而上,苏颜似是未料他身刀合击,剑势稍缓。史修武借机荡开他的长剑,忽将厚背刀交至左手,右手在刀柄上一按,刀柄下端竟突然弹出一把利刃,变成了前为刀、后为刃的奇怪兵器。

史修武右足点地,身形腾起,在空中数个盘旋,刀光刃影如流星满天。苏颜面色微变,身形后退,眼见已被逼至台边,只得双足如钉,身躯稍稍后仰,长剑架住史修武势在必得的一招,冷笑道:"史将军还有这等利器,真是让苏某大开眼界!"

史修武贯注真气于刀锋上,慢慢下压。苏颜身躯逐渐后仰,眼见就要被压落台下,他嘴唇忽然微启,寒光一闪。史修武心呼不妙,电光石火之间松开手中之刀,急速闪身,却仍被数根银针射中面颊,掩面倒地惨呼。

苏颜笑着挺正身躯："史将军，你使刀中刃，在下也有唇中针，可是对不住了！"

裴琰等人互望一眼，觉此人不但武功高强，且心机深沉，败敌于不露声色之中，皆心中凛然。

苏颜正待举步走向史修武，忽闻一声暴喝："慢着！"

灰影急闪，一人如大鹏展翅，跃上赛台。

江慈平生最爱看热闹，虽然这几个月来为此吃了不少苦头，也带来了性命之忧，但看到此前的激烈争斗，还是颇觉过瘾。见那苏颜一表人才，谈笑风生间击败了作恶多端的史修武，不由得在心中暗暗叫好。眼下见横生变故，忙定睛细看。

只见那灰袍人身量颇高，腰悬长剑，年约二十七八，长眉入鬓，白皙俊美，双唇微薄，稍显阴柔。他此时正对着江慈，江慈看得清楚，其额间一块小小红色胎记宛如红梅，正是卫昭说过的那个姚定邦。她心跳猛然加快，但想起这姚定邦尚未开口说上数句话，强自忍住，没有惊呼出声。

裴琰眉头微皱，正待起身，姚定邦已步步逼向苏颜，俊面如笼寒霜，冷冷道："原来是你！"

苏颜收剑而立，笑道："这位兄台，你我素未相识，不知兄台是否认错人了？"

姚定邦右足一勾，将倒在地上的史修武身躯勾起，右手在他面上轻抹，启出那数根银针，放于手心细看，抬头怒道："果然是你，还我小卿命来！"

苏颜仰头而笑："原来是姚侍郎！不错，姚小卿是死在我的手上，侍郎大人倒是没找错人。不过姚小卿临死前要我将一样东西转交给将军，说大人一见便知，他死得并不冤枉！"

姚定邦面色渐转凌厉，逐步逼近苏颜："将东西交出来，我就饶你一命！"

苏颜笑着伸手入怀，又握成拳头，慢慢送至姚定邦面前展开。姚定邦低头一看，突然暴出一声怒喝，喝声初始高亢，逐渐转为嘶哑。他满面通红，怒喝声中抽出长剑，冲着苏颜一顿猛攻。

苏颜闪身间笑道："姚大人，姚小卿是你幼弟，他仗着有你庇护，强抢民女，污人清白，还做了许多见不得光的事情。我替天行道，为民除害，他也于死前良心发现，留下这悔悟之言，以正视听，你为何还要寻我报仇？"

这番变故来得突然,众人不料盟主竞选到关键时刻,竟有昔日魏公手下大将、现任兵部左侍郎姚定邦前来寻仇,慧律大师尚未来得及出言阻止,台上已斗得不可开交。

江慈自姚定邦出现,便在心中挣扎犹豫,是否按卫昭所言,"指认"他便是自己曾听过声音的明月教教主。毕竟这是她平生所要撒的第一个弥天大谎,且关系到他人生死,颇有些迟疑。及至听到苏颜所说,又想起崔大哥之前所述姚氏恶行,终咬咬牙,下定决心,掩嘴惊呼一声。

裴琰猛然回头,见江慈双眸中露出惊恐之色,以手掩唇,身躯微微战栗。他缓缓站起,双目如炬地盯着江慈,扳下她发抖的右手。江慈双唇苍白,指向台上激斗的姚定邦轻声道:"他,他的声音……"

裴琰双唇微启,束音成线入江慈耳中:"你可听清楚,他便是那夜树上之人?"

江慈缓缓点头,裴琰拂袖转身,冲台边的安澄做了个手势。安澄急速退出人群,裴琰转身缓步走向台中激斗中的二人。


姚定邦人长得俊美阴柔,剑势却凛冽无比,将苏颜逼得满台游走。苏颜仍从容自若,双剑相击中犹可听到他的调侃:"侍郎大人,姚小卿死得并不痛苦,中了银针后被我一剑穿心,算是给了你几分面子。"

姚定邦更为狂怒,喝声嘶哑无比,"啊啊"连声,剑招更快。众人渐渐看不清二人招式,只见一灰一白两道身影在台上翩飞。

裴琰右手持剑缓步走近。二人的剑气荡起他的衣袂,他如同穿行在狂风骇浪中的扁舟,又似狂风暴雨下的青松,看似漫不经心地将手中长剑一插,也不甚快,台上剑气却忽然如暴雨初歇,劲风消散,姚定邦与苏颜齐哼一声,各后退两步。

裴琰转身望向姚定邦,微笑道:"姚侍郎……"

他话未说完,姚定邦双眸似要渗出血来,狂嘶一声,扑向苏颜。苏颜急速后飘,落于台下,姚定邦灰影一闪,也随之跃下。

苏颜身形加快,如飞鸟般自人群掠过,几个闪身间已至庄前大道拐角处,姚定邦穷追不舍。裴琰挥了挥手,安澄带人迅速赶了上去。裴琰又回头看了看,衣袖一卷,将江慈卷了过来,用左手拎着,双足连踏,追向苏颜和姚定邦。

庄前上千人看着这一幕,目瞪口呆,待反应过来时,这一大群人已消失在视野之中。慧律大师等人急急商议,还是决定继续比试,待裴庄主回来后再定苏颜与史修武的胜负,只派出数名未参试的各派弟子追去一看究竟。

裴琰因拎着江慈,轻功便打了些折扣,直追出十余里地才追上姚、苏二人。

此时苏颜已奔到了一处山崖边,他看了看山崖下的急流,微笑着转过身来。姚定邦怒吼着和身扑上,二人又激战在了一起。

裴琰将江慈放在树林边,见安澄等人也已赶到,正待上前将二人分开,却见姚定邦长剑与苏颜剑尖粘在一起,显是比拼上了内力,知这二人拼到了生死关头,索性负手立于一旁,不再急于下手。

姚定邦面上青筋暴起,衬得俊美的五官颇有几分狰狞。苏颜则面色渐显苍白,二人手中的长剑均剧颤不已。再过片刻,苏颜面上由白转红,又由红转白,猛然喷出一口鲜血,血中隐带寒光。裴琰知他再施"唇中针",踏前一步,已见姚定邦被那口鲜血喷中面部,惨嘶着噔噔退后十余步,瘫坐在地上。

苏颜再吐一口鲜血,坐落于地,摇了摇头,望着裴琰苦笑道:"裴庄主,请您做个见证,我可是为求自保。"

裴琰微微点头,向瘫于地上的姚定邦行去。却听嘭声响起,眼前突然爆出数蓬烟雾,裴琰屏住呼吸,身形后飘,林间已抢出数人,皆黑衣蒙面,其中一人扑向地上的姚定邦,将他扶起。

安澄带人迅速冲了上来,黑衣人们也不说话,齐齐猛攻。这些人使出的都是不要命的招式,长风卫一时被攻得手忙脚乱。

为首黑衣人探了探姚定邦的气息,大力跃起,直扑向瘫坐于崖边的苏颜,口中大叫:"为主公报仇!"

苏颜神色萎靡地坐在地上,来不及提起真气,被那黑衣人一剑刺中左肩,身子向后一翻,惨呼声中,直直掉落山崖。

黑衣首领返身负上姚定邦,反手一掷,场中再爆一蓬烟雾。黑衣首领负着姚定邦迅速隐入烟雾之中,裴琰随即一晃,也闪进烟雾中,力贯剑尖,急速掷出。长剑如流星划空，直刺入姚定邦背心，再穿心而过，刺入黑衣首领的后背。

黑衣首领身形踉跄着缓缓跪落于地，裴琰正待上前扳下他身后的姚定邦，却见那人手中寒光突起，本能下身形腾跃。黑衣首领和身扑上，裴琰后飘于空中，避过他这意图同归于尽的一剑。

黑衣首领失力倒于地上，左手扬起，一颗黑球直飞而来。裴琰见那黑球貌似平州流沙门闻名天下的硫黄火球，心中暗惊，于空中急速提气转身，斜踏数步，避开黑球，黑球直向他身后十余步处的江慈飞去。

裴琰刚落地，转头间见江慈已不及避开，面色一变，身躯如离弦之箭，后发先至，赶上那颗黑球，右掌一托，将黑球虚托在手心，却不敢让其落定。他知这流沙门的独门火器只要落定便会爆开，只得运起全部真气，将火球虚托在空中盘旋，再劲喝一声，衣衫劲鼓，将火球猛力向山崖下抛去。

火球刚始抛出，寒光再闪，黑衣首领猛然跃起，挺剑刺向裴琰，裴琰未及闪躲，噗的一声，长剑已刺入他的左肋。

此时，被慧律大师派出前来一看究竟的数名武林人士也已赶到，见裴琰竟被那黑衣首领临死前一剑刺中，齐齐惊呼。

## 第二十一章

### 真情假意

　　江慈被裴琰拎到山崖边，看着姚定邦最终死于裴琰剑下，看着那群蒙面黑衣人为救他而不断倒下，忽觉一阵眩晕，自己真的做对了吗？有生以来第一次有人因为自己而丧命，虽然自己是为自保，而且此人确实罪大恶极，但撒下这个弥天大谎，纵是拿到了解药，回到了邓家寨，自己良心能安吗？

　　她怔怔地想着，黑球凌空飞来，惊觉时已来不及闪躲。只得眼睁睁看着裴琰如离弦之箭射来，看着他将黑球托住抛向崖下，也看到那黑衣人临死前拼力刺出的一剑，闪起清冷寒光，刺入了他的左肋。

　　刹那间，她不知自己身在何处，仿佛飘浮半空，又仿佛深陷暗谷，惊恐与迷糊中望去，只见裴琰口中溢出鲜血，他似是回掌将那黑衣首领打得面目全非，他似乎站立不稳，眼睛直直地望着自己，向自己倒了过来。

　　江慈茫然伸出双手将裴琰扶住，耳边听得数声爆炸，安澄等人齐齐怒喝，满天的火光与硫黄之气。她不敢抽出裴琰肋下长剑，只得控制住发抖的双手，点上他伤口附近的穴道，咬紧牙关负上他，拼尽全力往回跑。

　　茫茫然中，她不知长风山庄在哪个方位，直至安澄衣衫焦黑地赶了上来，接过裴琰，她方有些清醒，提起发软的双腿，随在安澄等人身后匆匆赶回了长风山庄。

　　山崖对面是另一处悬崖，崖边松树林风涛大作。林间，一人斜坐于树枝间，望着对面山崖上发生的一切,唇边渐涌笑意:"少君啊少君,我可是越来越看不懂你了!"


长风山庄前比试正酣,见安澄等人负着裴琰狼狈不堪地赶回,裴琰肋下中剑,似是已昏迷过去,群雄齐齐惊诧。

安澄等人匆匆入庄,慧律大师忙向赶去一看究竟的弟子详问。方知众人赶到之时,姚定邦已死于苏颜剑下,苏颜则被姚定邦的手下击落山崖。而裴庄主为平息争斗,也被姚定邦手下暗算致伤。至于姚定邦的手下,则抛出了流沙门的独门火器硫黄火球,与十余名长风卫同葬火海,尸体一片狼藉云云。

出了这等变故,是慧律大师等人始料未及的,不但参试者苏颜生死未卜,代表朝廷观礼的裴相又身负重伤,众人急忙商议。尚未商定出结果,管家岑五出庄传话,言道裴相入庄后有短暂的清醒,交代说武林大会按原定议程进行,不要因他受伤而有所耽搁,慧律大师方登台宣布,武林大会继续进行。


江慈紧跟着安澄等人回到碧芜草堂,将裴琰放于床上。此时他已面色苍白,双目紧闭。

安澄是久经阵仗之人,多年从军,于剑伤急救十分有经验。他将江慈一推,冷声道:"出去!"又扭头唤道,"你们过来!"

童敏等人赶紧围了过来,江慈被挤到一边,双脚发软,茫然看着众人围住裴琰,听得安澄在吩咐准备拔剑敷药,踉跄着走出房门,又跌跌撞撞走到院中,双膝一软,跪于皑皑白雪之中,掩面而泣。她脑子一片空白,偏能很清楚地听到屋内传来安澄"压""拔""放"的命令声,积雪渐渐沁湿她的衣裙,她也浑然不觉。

不知过了多久,耳中传来吱呀的开门声,江慈猛然抬头,急速跃起,却因跪在雪地中太久,双腿麻木,又跌坐于地。

安澄由屋中走出,斜睨了她一眼,唤道:"小六!"

一名长风卫过来,安澄道:"按老方子,让岑管家将药煎好送来。"

小六领命而去,江慈一瘸一拐走近,安澄转身间见到她哀求的目光,迟疑了一瞬,冷冷道:"相爷福德深厚,虽然伤得重,却没有性命之忧,你老实待着便是。"

江慈大喜,冲前数步:"相爷他……"

安澄不再理她,转身入屋,将门关上。

江慈心中一松,霎时间觉满院白雪不再那么刺目,寒风也不再那么侵骨,胸口热气一涌,泪水成串滑落。

寒风渐烈,江慈在窗前伫立良久,转身走向厨房。她挑出一些上好的白莲、瑶柱与鹤草,与淘好的贡米一起放入锅中,又走至灶下,缓缓坐在竹凳上。

望着灶膛里跳跃的火焰,她伸出手按住剧烈跳动的心,觉自己的手冰冷如雪,偏胸口处如有烈焰燃烧,腾腾跳跃。

灶膛中,一块燃烧的竹片爆裂开来。啪的声音让江慈一惊,她忙跳起,将粥搅拌了数下,又坐回凳上。眼前的火光侵入心头,仿佛就要将她烧成灰烬,但胸前被雪水沁湿的地方,又慢慢腾起一层雾气,让她的眼前一片迷蒙。

烈焰与迷雾在眼前交织,让江慈的心一时苦楚,一时彷徨,一时欣喜,又一时隐痛。她将头埋在膝间,声音颤抖,喃喃道:"师父,我该怎么办?"

待粥熬好,已是日暮时分,又下起了片片飞雪。江慈端着粥从厨房出来,被寒风激得打了个寒噤。她深呼吸几下,又在东阁门前站了片刻,方轻轻推开房门。

安澄正守在床前,见江慈端着粥进来,俯身在裴琰耳边轻声唤道:"相爷!"

裴琰微微动弹了一下,又过了片刻,睁开双眼,以往清亮的双眼变得有些迷蒙。江慈不敢看他,低下头去,听到安澄将他扶起,方慢慢走到床边,低头见床边外袍上一摊暗红,那血刺痛了她的眼睛,手中的粥碗也有些颤抖。裴琰眯眼看了看她,轻咳一声。她惊醒过来,用玉匙舀起米粥,轻轻送到他口中。

裴琰吃了几口,喘气道:"安澄,你先出去。"

江慈手一抖,玉匙磕在碗沿上,发出叮的一响。听得安澄将门带上,她将头低下,强忍住喉头的哽咽。这一刻,她极想抬头,细细看清眼前这人,又想拔腿就跑,远远地离开这长风山庄。

裴琰靠在枕上,闭目片刻,轻声道:"你听着,我要上宝清泉疗伤,你每天做好饭菜送上来,其余时间就老老实实待在这里,哪里都不许去。放不放你,等我伤好后再说。"

江慈愣了片刻,嘴张了几下,终没有再说话。


大雪又下了数日,天方彻底放晴。而武林大会也终有了结果,苍山派掌门柳风最后胜出,荣任新的武林盟主。峨眉派掌门破情师太、南宫珏、袁方、风昀瑶、程氏姐妹、少林派宋江辉、紫极门章侑、南华山掌门王静之八人入选议事堂。

人选定下之后,又经各派商定,暂定在苍山选址修建议事堂和盟主阁,由苍山派出资。若是四年后选出新的盟主,再行决定在何处修建新的盟主阁。

诸事落定已是三日之后,群雄均听闻裴庄主剑伤极重,一直处于昏迷之中,只能向安澄等人表达一片关切之意,先后告辞而去。


大雪封山,江慈每日送饭上山的路极难走。为防滑倒,她用枯草将靴底缠住,又用绸带将食盒绑在腰间,运起轻功,方赶在饭菜变凉之前送至宝清泉。宝清泉不但在这严冬仍热气腾腾,疗伤效果也十分显著,再加上长风山庄独门药方,裴琰一日比一日好转,面色也不再苍白。安澄早命人将草庐铺陈一新,又燃上炭火,裴琰每隔数个时辰去宝清泉泡上一阵,其余时间便在草庐中静坐运气疗伤。江慈按时将饭菜补品送到草庐,裴琰也不与她说话,目光冰冷,还总有着一种说不清道不明的意味。江慈也只是默立于一旁,待他用完,将碗筷收拾好,又默默下山。

裴琰上了宝清泉,碧芜草堂中便再无他人,江慈一人住在这大院中,望着满院积雪,看着院子上方青灰的天空,心中一日比一日彷徨无助,一夜比一夜辗转难眠。这夜寒风呼啸,江慈从梦中惊醒,披衣下床,倚在窗前,望着满院雪光,怔怔不语。寒夜寂静,廊下的烛光映在雪地上,泛着一团晕黄。一种从未有过的情绪在她心中静静蔓延,让她有冲动想提步奔上山去,跑到那个草庐之中,看看那双笑意腾腾的双眸,哪怕让他狠狠地欺负一番,也心甘情愿;可另一种忧伤与恐惧又于这冲动中悄悄涌上,让她不寒而栗,瑟瑟发抖。坠崖的苏颜、中剑倒地的姚定邦、被裴琰一掌击得面目全非的黑衣首领,漫天的火光,裴琰倒下前望着自己的眼神,还有卫昭冰冷如刃的话语,这一刻悉数浮现在江慈的眼前。

到底是怎么回事？这么多事情背后，隐藏的是什么样的真相？这些人的真面目到底是什么？自己的一句谎言，到底在这件事中起了什么样的作用？

最重要的是，他，那个只会欺负自己、有着一颗冷酷无情心的他，为何要为救自己而受伤？这后面的真相，又是什么？而自己，为何每次见到他或想到他，便会胸口隐隐作痛，但那隐痛之中，为何又有丝丝欣喜呢？

她觉双肩渐寒，拢了拢狐裘，望向辽远的夜空，唇边渐涌起苦涩的笑意。


融雪天更是寒冷，且山路湿滑，江慈纵是轻功甚佳，这日仍在山路陡滑处摔了一跤。望着被泥水浊污的狐裘，她不由得有些心疼。所幸摔跤时她右手撑地，未让腰间的食盒翻倒。

到得草庐，裴琰刚从宝清泉中出来，江慈见他仅披一件锦袍，袍内似未着衣物，带着一股温热的风步入草庐，心不禁怦然剧跳，别过头去。

裴琰嘴角轻勾，在桌前坐下，淡淡道："摆上吧。"

江慈不敢看他，摸索着将食盒打开，将饭菜端出来，又小心地将玉箸递给他。

裴琰望着距自己甚远的玉箸，将锦袍拉松一些，笑意渐浓："这里还有其他人吗？"

江慈回头看了一眼，面上腾地红透，手中玉箸未曾抓稳，掉在桌上。

裴琰摇了摇头，取过玉箸，静静用饭。见江慈仍背对着自己，她身上狐裘下摆处数团泥污清晰可见，垂在身边的右手手掌处可见擦伤的痕迹。他眉头微皱，冷声道："过来坐下！"

江慈心中慌乱，只觉全身上下，血脉筋络之中，苦涩与甜蜜交缠不休，期盼与恐惧恣意翻腾。她慢慢走到桌前坐下，抬眸看向裴琰。

裴琰与她静静对望，黑沉的眸子中看不出一丝喜怒，只带着几分探究、几分沉思。江慈有些承受不住他的目光，缓缓低头，却正好望上裴琰胸前。他锦袍微松，前胸赤裸，因从温泉中出来不久，仍泛着些薄红。她觉双颊滚烫，猛地站起，疾奔出草庐。裴琰身子一动，又缓缓坐回椅中。他抚上腰间伤口，望着江慈的背影，目光闪烁，慢慢靠上椅背。

安澄在草庐外唤道："相爷！"

"进来吧。"

安澄捧着一沓密报进来，拿起最上面的一封信函，躬身近前："相爷，崔公子有信到。"

裴琰伸手接过，抽出细阅，沉默片刻，轻声道："看来真是他了。"他站起身来，安澄忙替他披上毛氅。

裴琰步出草庐，凝望着雾气腾腾的宝清泉，又望向满山白雪，忽道："安澄。"

"是，相爷。"

"还记得那年，我们在麒麟山浴血奋战，死守关隘、杀敌数万吗？"

安澄面露微笑："长风骑的弟兄，谁也不会忘记的。"

裴琰负手望向空中厚积的云层，轻叹一声："只希望剑瑜能熬过明年春天，现在只能靠他撑着了。"


晴了不到几日，又开始下雪，天地间一片素净。江慈这日自铜镜前经过，长久凝望着镜中那个陌生的自己，终于下定了决心。她细心备好晚饭，踩着积雪上了宝清泉。天色渐晚，宝清泉边的长明灯幽幽暗暗，江慈觉自己仿佛踏入一个迷蒙缥缈的梦中，却又不得不醒转，逃出这个有着无比诱惑的美梦。

裴琰正看密报，见她进来，微笑着将密折放下："今日怎么晚了些？"

江慈见他笑得极为和悦，莫名地有些害怕，强自镇定，静静侍立一旁。待裴琰用罢晚饭，看完密报，又服侍他洗漱完毕，犹豫一阵，正待开口，裴琰忽伸手拍了拍身边："你过来。"

江慈低头片刻，咬咬牙，抬起头来，走到裴琰身边坐下，望向他黑亮的双眸，轻声道："相爷，我有话想对您说。"

裴琰一笑："巧了。"他顿了顿，悠悠道，"说吧，我听着。"

江慈忽略自己剧烈的心跳声，快速道："相爷，您的伤好得差不多了，我也帮您认了人。我人笨，留下来只会给您添麻烦，没什么用处，不如您……"

裴琰脸色一沉，冷笑一声，猛然伸出右手托住江慈的下巴，将她往身前一拉，在她耳边冷冷道："想要解药，想离开，是吧？"

江慈想将脸别开,却被他大力扼住下颌,只得直视他隐有怒气的双眸,道:"还请相爷高抬贵手,放过民女。"

裴琰望着眼前如白玉般精致的面庞,面庞上嫣红的双唇,那乌黑的瞳仁,那瞳仁中透出的天真与明净,清俊的眉目间怒意更盛。江慈渐感害怕,往后挪了挪身子。裴琰却伸手入怀,摸出一个瓷瓶,倒了粒药丸入手心,轻轻掂了掂,笑道:"想要是吧,不难。"他拈起那粒药丸,送至唇边,微笑望着她,"解药呢,要靠你自己来拿的。"说着用牙齿轻轻咬住药丸。

江慈脑中轰的一声,浑身血液往上冲涌。她又气又羞,猛然站起,转头就跑,刚跑出两步,被裴琰掷出的瓷瓶击中膝间,跪落于地。

裴琰伸手将江慈往榻上一拖,她天旋地转间已被他压在身下,情急下想将他推开,他极轻松地就将她双手扼住。她只觉腕间剧痛,"啊"地张口一呼,他温热的双唇已掠上了她的唇间。

丝丝清凉自那温热的双唇间不断涌入江慈体内,药丸入口即化,顺喉而下,沁入脏腑。她迷蒙间望向眼前的面容,那清俊的眉目间似有一点怜惜,她的心仿若飘浮在半空,悠悠荡荡,感受着那份怜惜,慢慢闭上了双眼。

草庐外,北风呼啸;草庐内,炭火跳跃。江慈似陷入一个迷梦之中,梦中有甜蜜,有酸楚,有幸福,有痛苦,但更多的却是疑惧与不安。

裴琰的唇在她唇间流连,又重重地吻上她的眼、她的眉。他带着泉水特有气息的右手慢慢抚上她的面颊,又沿着面颊滑下,轻轻地抚过她的颈、她的胸,轻轻地解开了她的衣衫。

炭炉中火花一爆,江慈倏然惊醒,那日山崖上的情景突然又浮现在眼前,甜蜜与幸福渐渐褪去,恐惧与不安冲入她的脑海。她猛然将裴琰推开,衣衫散乱地跳落于地,往草庐外急奔。

裴琰身形一闪,江慈直撞上他胸前。他将她紧紧束于怀中,低头看着她惊慌的眼神,面上最后一丝怜惜消失不见。

"你又想逃到哪里去?"

他大力将她丢到榻上,嘶的一声,江慈的外衫被他一把扯落。不及江慈反应,他又重重将她压在了身下。她"啊"地惊呼一声,声音又被他的双唇堵回喉间。她拼命挣扎,换来的却是攻城略地般的攫夺。先前如春风化雨般的轻柔与怜惜悉数不见,剩下的只有狂风骤雨似的粗暴与愤怒。她拼尽全力,仍不能将裴琰推开,衣物一件件被撕裂扔于榻边。

极度恐惧之后是极度的愤怒,江慈张嘴用力咬了下去,裴琰痛哼一声,抚着被咬痛的下唇,由江慈身上抬起头来,手指抚过流血的下唇,望向指间那一抹殷红,慢慢将手指送入口中吸吮,冷冷注视着正怒目望向自己的江慈,见她眉眼间满是愤怒、蔑视与痛楚,呵呵一笑,手指勾了勾她的下巴,轻声道:"原来还会反咬一口,看来我确实小瞧你了。"

江慈望着他黑深的眼眸,那眼眸幽幽暗暗,让她心中如刀绞般疼痛。这疼痛又使她胸口那团怒气泄去,晶莹的泪珠滑出眼角,微一侧头,沁湿了榻上的锦被。这泪水让裴琰有一瞬间的恍惚,北风吹得草庐门轻微摇晃,他悚然惊醒,凝望着身下那张饱含凄楚与绝望的面容,寒声道:"解药我是给了你,但你想走,没那么容易!"

江慈身上最后一件衣裳被裴琰扯落,她全身颤抖,无助地望着草庐的屋顶,感觉到裴琰微温的双唇在自己身上掠过,感觉到他呼吸渐转沉重,感觉到他赤裸温热的身躯贴过来。心底深处,一个声音在狂嘶:不是真的,果然不是真的! 原来,自己真是痴心妄想! 江慈将心一横,双齿便待重重合上。裴琰早有防备,用力扼住了她的下颌。江慈泪水汹涌而出,只是这泪水是为了这暴虐,还是这暴虐之后隐藏的真相,她也说不清楚。

蒙眬泪眼中,裴琰隐带狂怒的面容贴近,冷如寒霜的声音如利刃绞割着江慈的心:"你不是想逃吗? 我倒要看看,你能逃到哪里去!"他手上用力,江慈啊了一声,双腿已被分开。她本能地伸出双手,却被裴琰扼住手腕反扣在头顶。

身下柔软的人儿在剧烈颤抖,裴琰有一刹那的犹豫,但体内要膨裂开来的激情让他脑中逐渐迷乱,终缓缓地压下身躯。江慈绝望迷糊中感觉到异样,拼尽全力,偏头狠狠地咬上了他的右臂。裴琰迷乱中未曾提防,吃痛下松开右手。江慈双手恢复自由,奋力推上他前胸,又双足急蹬。裴琰刚用力将她按住,却听草庐外号声大作，竟是长风卫暗卫们的遇袭信号。裴琰脑中倏然清醒，却并不惊慌。他知这附近有近百名暗卫，除非是大批敌人来袭，否则无人能突破至这草庐。他压住江慈，正待再度俯身，安澄的怒喝声传来。他猛然抬头，急速跃起，点上江慈的穴道，拉过锦被盖在她身上，自己也披上外袍。

北面山峦处的号声越来越急，竟是长风卫遇到强敌时才会发出的信号。而安澄发出的指令，显是有武功十分高强的敌人来袭之意。裴琰面色凛然，闪至窗前，望向窗外。

宝林山北麓火光点点，迅速移动，且不时传来暴喝声，显是暗卫们遇上袭击，正在进行反击。而宝清泉侧，寒风之中，安澄持刀与一蒙面之人激斗正酣。

安澄手中刀势如风如雷，身形卷旋间带起层层雪雾，而与他对敌的蒙面之人手中长剑如龙吟虎啸，剑气强盛。裴琰看得几招，便知此人武功胜过安澄，与自己相比也只差少许。他束上腰带，抽出壁上长剑，迅速闪出草庐，隐身在大树之后。

安澄与蒙面之人越斗越快，激起的雪团也越来越大。裴琰见安澄刀势被蒙面人的剑势带得有些失控，恐有生命之虞，急速折下一根枯枝，运力弹出，二人身侧的雪团嘭地迸裂。裴琰身形疾射，手中寒光一闪，恰好架住蒙面人刺向安澄的必杀一剑。蒙面人见裴琰赶到，闷声一笑，剑势回转。裴琰低喝一声，剑招绵绵不绝，锵声不断，片刻间二人便过了数十招。

裴琰觉此人剑势变幻莫测，一时霸道，一时轻灵，心中暗惊，武林中何时出了这等高手。他心中疑虑，手上动作加快，真气激得外袍随风劲鼓，龙吟声烈，响彻宝林山麓。蒙面人剑随身走，如孤鸿掠影，在裴琰纵横的剑气中横突而过，急掠向雾气腾腾的潭面。他闪身之初折下一根树枝射向水面，衣袂翻飞，踏上树枝轻飘过水，宛如烟樯乘风，瞬间掠过七八丈的潭面。

裴琰见他掠去的方向正是草庐，面色一变，身形冲起丈余，疾闪过潭面。眼见蒙面人已踏上草庐屋顶，似要踏破屋顶而下，他怒喝一声，手中长剑如流星般掷出。蒙面人身形后翻，避过长剑，右足劲点，纵向草庐边的大树，踏碎一树枯雪，身形再几个腾纵，跃向山峦。

裴琰随之跃上草庐屋顶，却不再追向蒙面人，将手一挥，安澄会意，带着十余人追上山去。裴琰立于屋顶，一阵疾风卷起他的袍子，他岿然不动，冷冷看着那蒙面人的身影消失在夜色之中。过得小半个时辰，安澄返回。裴琰自屋顶跃下，安澄趋近前："来敌约有七八人，他们似是早已摸清暗卫所在，出手狠辣，折了十二名弟兄，与属下对敌的是身手最好的一个。他们在飞鹰崖事先安下了绳索，属下追到时，已全部逃离。"

"这帮人武功如此高强，所为何来？"

"属下也有疑惑，是不是为了试探相爷的伤势？"

裴琰摇了摇头，思忖片刻，道："火速传信给剑瑜，让他赶在小雪前准备好粮草，暗中撤兵一事，也得加紧。"

安澄离去，裴琰又低头想了片刻，转身步向草庐。他在门前伫立良久，方轻轻推门，缓步踏入草庐，目光及处，衣衫遍地，炭火灰暗，烛光晕红，榻上却已不见了江慈的身影。他瞳孔陡然收缩，冲出草庐，急速在山峦间奔行。众暗卫不知发生了何事，纷纷出来向他行礼。他面色冷峻，如一缕轻烟掠过皑皑白雪、茫茫山野，却未寻到那个身影。

裴琰一声长喝，自树林之巅掠过，踏上草庐屋顶，拔出先前掷出的长剑，寒光映亮慑人的眼眸："调齐人马，盘查一切人等，把那丫头搜出来！"

# 第二十二章

## 风雪兼程

十二月初二,平州,大雪纷飞,天地一片煞冷。

夜色沉沉,呼卷的风雪中,一商队赶在城门落钥前匆匆入城。马车在积雪甚深的大街上艰难行进,在城西聚福客栈前停了下来。

一名中年汉子敲开客栈大门,与掌柜讲价后,包下后院。一行人将马车赶入后院,见院中再无他人,从车内抬出一个大木箱,放入正屋。

商队之人训练有素,行动敏捷,将木箱放下后,齐齐退出,回到西厢房安睡。

亥时末,四下寂静无声,只余冷雪翻飞。正屋内东墙下的案几缓缓移开,露出一个地洞。一个颀长的身影由地洞内钻出,踱至木箱边,轻手抚上箱盖,得意地笑道:"少君啊少君,这可对不住了。"

他运力震断铜锁,启开木箱,俯身从箱内抱出一人,低头望向那熟睡的面容,眸中闪过探究与好奇之色,又隐入地道之中。


江慈似陷入了一场没有尽头的梦,又似是一直在大海中沉浮,偶尔有短暂的清醒,却也不能动弹,眼前晃动的全是些陌生的面孔。每当她睁开双眼,她们便给她喂下一些流食,她又昏昏沉沉睡去。她不知自己为何会陷入长久的昏迷之中,也不知这些人要将自己带往何处,她只觉心中空空荡荡,似有一块被剐得干干净净。她只愿在这个梦中沉沉睡去，再也不要醒来，再也不要想起之前的那一场噩梦。自然也再也不用想起那夜，那人，那黑沉的眼眸，那隐怒的面容。

可这场梦终有醒的一天，当那缕缥缈、凄怨的箫声闯入她的梦中，直钻入她的心底，她终于迷迷糊糊地睁开了双眼。

眼前一片昏黄，她缓缓转头，良久方看清身处一辆马车内。车内，一人披着白色狐裘，背对自己而坐，姿态娴雅，仿若春柳，又似青松。他的乌发用一根碧玉簪松松绾起，捧箫而坐，箫音隐带惆怅与哀伤，又饱含思念与渴望。

江慈望向那根碧玉发簪，怔忡不语，待箫声落下最后一个余音，弱弱一笑："果然是你。"

卫昭放下竹箫，转过身来，瑰丽宝石般的眼眸微微眯起，道："抱歉，坏了你的好事。"

江慈面上顿时红透，想起那夜自己浑身赤裸躺于锦被中，草庐外传来裴琰与人交手的声音，面前这人黑衣蒙面，悄然潜入，用锦被将自己卷起，由窗中跃出。之后他点上了自己的昏睡穴，再之后便是那些人将自己从一个地方运到另一个地方，最后便是那个昏昏沉沉的梦。

她低头望了望身上的衣衫，默然良久，轻声道："不，我要多谢你。"

"哦？"卫昭声音中似有一种魅惑的魔力，他缓缓站起，坐到江慈身边，一双凤目静静地凝视着她。

江慈眼波微微一闪，别过头去，低声道："谢谢你把我从那里带出来。"

"有点意思。"卫昭语调平淡，唇角却露出得意的笑容。江慈正好转过头来，见他笑容如清风明月。这一瞬间，她忽想起那人，那俊雅的面容，那双笑意腾腾的黑眸，心中一酸，无力地靠上车壁，数滴泪水滑落在手背上，冰凉寒沁，似要渗入肌肤里头，渗入筋络之中。

卫昭微怔，江慈却突然伸手抹去眼角泪水，笑着抬起头来，将手往卫昭面前一伸："拿来！"

卫昭嘴角笑容带上几分冷酷意味，往榻上一躺，淡淡道："什么？我可没欠你。"

江慈收回手，将身子挪开些，微微冷笑："少装模作样！你们这些黑了心的人，总有一天会遭报应的。只是你别忘了,我还在某处留了一封信。"

卫昭笑得越发得意,冰雪般的肌肤上一抹淡红,更衬得他乌发胜墨、眸如琉璃。江慈注视着他,只觉他虽在笑,眼中透出的却全是冷酷之意。卫昭见江慈注目于自己,笑容渐敛,眼光在她身上来回数遍,啧啧摇头:"又不是什么绝色佳人,还蠢如鹿豕,少君的眼光着实让人不敢恭维!"

江慈听到"少君"二字,呼吸有些停顿,努力平息一下心情,冷冷望着卫昭,轻声道:"你费尽心机,甘冒奇险,将我从长风山庄带出来,自然有你的目的,你们这些人是绝不会做亏本生意的。我虽不知你又要如何利用我,但总归是要用的,那就请你先替我解了毒,我愿意配合你。从今日起,你要我做何事,我去做便是。"

卫昭得意一笑:"我们一向合作愉快,不过这次……"他坐直身子,盯着江慈,语气渐转森冷,"我若是要你帮我对付裴琰,你也愿意吗?"

江慈心中一震,极力克制不让身躯颤抖,清澈如水的眸子望着卫昭,声音不起一丝波澜:"我愿意。"

"哦? 为何?"卫昭似是颇感兴趣。

江慈合上眼帘,忽然两颗泪珠滚落。卫昭凝望着她,忽觉这清丽的面容如带雨荷花盛开,那份凄美仿佛一直存在于遥远的记忆中。他目不转睛地看着她,语调低沉:"据我所知,这段时日他不要任何人服侍,只与你朝夕相处。他又曾舍命救你,以他之为人,这份心意算是破天荒的了。你为何还愿意助我对付他?"

江慈偏过头去,眼中含泪,半晌后低低道:"不,他只会欺负我,他根本就不曾正眼把我当人看,我,我恨他……"

卫昭凤眼微微上挑,再看江慈片刻,从衣袖中取出一个瓷瓶,倒出一粒药丸,送至她面前。

江慈望向卫昭,见那黑眸冰冷如剑,他的手如羊脂玉般白皙,而那药丸黑黝如墨,形成强烈的对比。她默然片刻,慢慢伸出手,拿过药丸,送入口中。

卫昭眸中探究意味渐浓,索性斜靠在锦被上,淡淡道:"你倒不是很笨。说说,为何肯定这个是解药?"

"我也不肯定的。"

"那你还肯服下?"

江慈淡淡一笑,道:"两点理由。第一,以你之为人,若无心给解药,便一直不会给。横竖是死,不如搏一搏。第二,你还要用我来做一些事,定不会让我就此死去。我若吞下的是毒药,你必会阻止,所以我赌一赌。"

卫昭斜睨着她,瞳仁中闪动着如琥珀般的光泽。他慢慢握起榻边竹箫,修长的手指将竹箫托住滴溜转了数圈,然后吹了声口哨。骏马嘶鸣,马车缓缓启动,向前而行。

江慈掀开厚重的车帘,透过缝隙看了看外面,道:"我们这是去哪儿?"

"月落。"

江慈放下车帘,有些讶然:"回你的老巢吗?"

"老巢?"卫昭笑了笑,"说实话,我有十多年未曾回去过了。"

"你不是明月教教主吗,为什么十多年都没回月落?"

卫昭冷哼一声,不再说话,闭上双眼。马车颠簸,他长长的睫毛如蝶羽般轻颤,在眼睑上投出一片浅浅的灰。江慈忽想起那夜相府寿宴,他与那人坐在一起,面上含笑,但眼神空洞。满堂华筵,在他眼中都是至仇深恨吧?而那人笑意盎然,但也是同样戴着假面,满座蟒袍,在他心中只怕都是一颗颗棋子。所谓青云志、倾天恨,又能给他们带来什么?

江慈低头静静地想着,也不知过了多久,马车磕上路中的石子,将她震醒。她抬起头,见榻上卫昭似是已经睡着,她凝望着他绝美的睡容,轻手拉过锦被,盖上了他肩头。

马车渐行渐慢,江慈纵是坐在车中,也知外面风大雪急,这样赶路只怕一日都行不到几十里,恐还有马儿冻毙之虞。听得车外马夫的喝声,她不由得望了望熟睡的卫昭:他这么急着回月落所为何事?他将自己劫来同行又是为了什么?真是要利用自己来对付那人吗?她心中冷笑:卫昭啊卫昭,你若真是这般想法可就大错特错了,我现在已没有任何利用价值,那人又怎会把我放在心上?

马车终于停住,卫昭倏然睁开双眼,马夫在外轻声道:"少爷,到了。"

卫昭从怀中掏出一张人皮面具戴上,又从榻底取出两顶青纱宽帽,顺手丢了一顶给江慈。江慈接过，罩住面容，随他下了马车。

大雪纷飞，江慈觉有些寒冷，习惯性地拢上双肩，手却凝住。曾给自己带来温暖的狐裘已留在了那草庐内，再也不在她的肩头。她双目渐渐潮湿，眼前的庄子如冥界般缥缈，她木然移动脚步，随卫昭步入那积雪覆瓦、粉墙静围的庄子。

庄内寂然无声，二人自庄门而入，沿抄手游廊过月洞门，穿过偏院，再过几道门，到了西首院落，一路行来未见一人。

卫昭推门而入，环视室内。青纱下，寒星般的双眸渐转幽深。江慈见他手尖竟在极细微地颤抖，不由得有些害怕，忙将身形隐入门边的阴影之中。

卫昭默立良久，缓步走到西阁的长案后坐下，手指轻轻划过案几。十多年前，那个温婉如水的女子执着自己的手，教自己一笔一画写下"萧无瑕"三个字；那俊美如天神般的男子，握着自己的手，在这院中，教自己一招一式舞出明月剑法。岁月如沙漏，往事似云烟，所有的人与事，终究是再也不会回来的了。永远如影随形的，是肩头无法卸下的仇恨与责任，是深入骨髓的痛苦与屈辱。

卫昭长久坐于案后，面上青纱随微风而动。屋内渐渐昏暗，江慈悄无声息地再往门后缩了缩。

极轻的脚步声响起，先前那马夫握着盏烛火进来，轻声道："少爷，二公子到了。"

卫昭收回右手，走到门边，看了看江慈，冷冷道："把她关到墨云轩，看紧了。"


卫昭踏入留芳阁，看了眼屋内之人，淡淡道："看你的样子，伤全好了。"

苏颜忙微微弓腰："劳教主挂念，属下伤势已愈。"

"武瑛下手是有些狠，但你若不借伤坠崖逃遁，也瞒不过裴琰。"卫昭在椅中坐下。

"只是可惜了武堂主。"

"武瑛活着也没什么趣味，这样去了，对他来说倒也干净。"

苏颜不敢答话，卫昭道："苏俊呢？我不是让你们到这里等我的吗？"

"幽州有变，大哥赶过去了。"

"出了何事？"

"本来是安排矿工逃亡后向官府举报裴子放私采铜矿的,可矿工一出九幽山,便被裴子放的人抓住了。虽说都服毒自尽,没有人苟活,但大哥怕留下什么线索,让裴子放有所警觉,现赶往幽州,想亲自对付他。"

卫昭右手在案上轻敲,半晌方道:"你马上去幽州,让苏俊先不急着对付裴子放,暂时缓一缓。"

"大哥对裴子放恨之入骨,只怕……"

卫昭声音渐转森严:"我知道,族人死在裴子放手中的不计其数,但现在得顾全大局。你和苏俊说,他若坏了我的事,不要怪我心狠手辣!"

苏颜犹豫再三,终道:"教主,属下有些不明白。"

"到了明年春天你就明白了。"卫昭笑了笑,"希望我没有猜错,裴琰不会让我失望。"

苏颜猛然抬头:"莫非裴琰……"

卫昭站起身,慢慢踱到苏颜身边,苏颜觉有冷冽的气息罩住自己,心中暗凛,垂下头去。卫昭不再看他,负手步到门前,自青纱内望出去,院内积雪闪着暗幽幽的光芒。这一瞬间,他仿佛看到一个少女带着一名幼童在院中堆着雪人。他的目光微微有些飘摇,良久方道:"族长考虑得怎么样了?"

"他还是胆小怕事,始终没有答应。"

卫昭轻哦一声:"既然如此,我也不用再敬他是族长了。"

他转过身来:"传令所有人,这个月十八,都回明月谷。"

"是。"


江慈被那马夫带到一处院落,见正轩上悬匾"墨云轩",知这是一处书屋。她听马夫脚步声轻不可闻,必是身怀绝技,遂老老实实进了屋。

她坐了一阵,颇觉无趣,见夜色深沉,起身将烛火挑亮。转头间见厅内西角摆有一张五弦琴,遂步到琴案前坐定,轻手一勾,觉琴音澄澈清幽,与师父遗留下来的梅花落琴相比毫不逊色,不由得有些惊喜。

她数月未曾弹琴,又见名琴当前,有些手痒,不由自主抚上琴弦。琴声起处,竟是当日揽月楼头曾唱过的那曲《叹韶光》。上阕奏罢，江慈怔怔坐于琴前，良久，用力拭去眼角泪水，再起弦音，将下阕用极欢悦的声音唱了出来。唱至最后一句"不堪寒露中庭冷"，前厅的镂花落地扇门被砰地推开，卫昭卷起一股寒风，冲了进来。劲风将他宽帽下的青纱高高扬起，露出的人皮面具阴森无比。

江慈刚及抬头，卫昭揪住她的头发，将她往墙角一手。江慈头撞在墙上，眼前金星直冒，半天才清醒过来，倚住墙角，揉着头顶，怒目望向卫昭。卫昭低头看着那张五弦琴，江慈看不到他的神情，却见他的双眸渐渐涌上一层雾气。正纳闷间，他行到她身前，盯着她看了片刻，恶狠狠道："不要以为你是裴琰的女人，我就不会动你。给我老实点，若再敢乱动这里的东西，我就把你扔进桐枫河！"

江慈知反抗无用，默不作声，卫昭又猛然伸手将她一推，转身出房。

他这一推之力极大，江慈向右趔趄碰倒了旁边案几上的细瓷净瓶，尚未站稳，右手便撑在了满地的碎瓷片上。鲜血自指尖渗出，江慈蹲在地上，将手指缓缓送入口中吸吮。忽然想起那夜在碧芜草堂的大树下，裴琰将自己被烫伤的手包在手心的情景，心中如沸水煎腾。她强压住心酸，忽然一笑，喃喃道："你说得对，我又懒又没出息，若是学武用功些，也不至于烫了手，也不至于到今日这种地步！"

卫昭去后再也未曾露面，江慈等到半夜仍不见他的人影，又不能出墨云轩，肚子饿得难受，偏茶水都无半口，渴极了，只得捧了数把窗台上的积雪吞咽，聊为解渴。墨云轩内并无床铺，只有一张竹榻，更无被褥之物，江慈便在竹榻上缩着睡了一夜，次日醒转，觉全身冰凉、双足麻木。

江慈知不能病倒，猛吸口气，冲到院中，捧起一把雪，扑上面颊猛搓，又双足连顿，原地跳动，只想跳到发出一身大汗，只希望千万不要中了风寒。

卫昭负手进来，见江慈满头大汗，双颊通红地原地跳跃，有些愕然，片刻后冷声道："走吧。"

江慈双手叉腰，喘气道："那个，萧教主，能不能赏口饭吃？你要我帮你做事，总得让我活命才行。"

卫昭斜睨了她一眼，转身而行。江慈急忙跟上，犹自絮絮叨叨。卫昭听得心烦，猛然伸手点上她的哑穴。江慈怒极，无数骂人的话在肚中翻滚。直到出了庄门,马夫递给她两块大饼,方才喜滋滋地接过,啃着烧饼上了马车。

这日停了雪,风也不大,还有些薄薄的阳光。马车行进速度便比昨日快了几分,江慈根据日头判断,卫昭正带着自己往西北而行,看来确是去月落山无疑。

她哑穴被点,卫昭又始终沉默,马车内便一片静寂。直到正午时分,卫昭方才解了她的穴道。

江慈见这马车内铺陈简单,没有御寒取暖之物,卫昭身上也只是一袭简单的月白色织锦缎袍,想起那人那车那奢华的相府,终忍不住道:"那个,萧教主,我能不能问你个问题?"

卫昭抬头看了她一眼,并不说话。

江慈坐得近了些,笑道:"我说你吧,官当得不小,在京城过得也挺滋润的,不仅太子对你客客气气的,听说就连当今圣上对你也是极为宠信。你为啥还要当这明月教教主,费尽心机遮掩身份,到底图……"她滔滔不绝,卫昭面上如笼寒霜,眼神凌厉,猛然丢下手中的书,一把扼住她的咽喉。

江慈心呼糟糕,不知自己说错何话,惹怒了这位乖戾无常的卫三郎。看到他怒意渐浓,她忍住喉间的窒痛,挣扎着道:"是我多嘴,再不说了,你何必生这么大气? 若是因为一句话把我掐死了,多不划算……"

卫昭神色阴晴不定,半晌冷哼一声,收回右手。

江慈握着喉咙连声咳嗽,见卫昭犹面色冷峻地斜睨着自己,心念急转,轻声道:"萧教主,反正我逃不出你的手掌心,也愿意帮你去对付裴琰,估计我们还得在一起相处很长一段时间。不如这样吧,你身边也没个丫头,我来侍候你日常起居。我再也不多话,一切听你吩咐行事。等裴琰的事情了结,我也就是个无关大局的人,到时再说散伙的事情。你看这样如何?"

卫昭听她说完,淡淡道:"听你的意思,是要卖身给我做丫鬟了?"

"不是卖,是暂时服侍你。你放心,我一定会做得很好。裴琰那么挑剔的人,我也能让他满意。我们若总是斗来斗去,也没什么意思,更不利于日后合作,你说是不是?"

卫昭面上渐渐浮起笑意:"你这个提议倒是不错,我还真想看看你服侍人的本事如何,能让一贯讲究的少君也不挑剔。"

"那就这样说定了。"江慈双手一合,笑着将手向卫昭一伸,"这就烦请教主大人发点银子,我得去买些东西。"

"什么东西?"

"买回来就知道了,保管您满意。"

卫昭从袖中取出一沓银票,丢给江慈:"等进了长乐城,让平叔陪你去。还有,以后不要叫我教主,叫我三爷。"

江慈喜滋滋地拾起银票:"是,三爷。"


长乐城位于梁国西北面,北依桐枫河,西面过去便是延绵数百里的月落山脉。该处地势险要,自古便为兵家必争之地。城内城外驻扎着数万大军,由太子岳丈董大学士的妻舅王朗大将军统领。

日央时分,马车入了长乐城。由于与桓国休战,城门盘查并不严。马夫平叔塞了些银子给守城的士兵,士兵们草草看了下,见车中只有一个少女,满面通红,不停咳嗽,便放行了。

平叔将马车赶到城东一处偏僻的宅子,直入后院。卫昭从车内暗格中闪出,依旧遮住面容,直入正屋。江慈则怀揣几千两银票,戴着青纱宽帽,在平叔的"陪同"下到银号兑了些银子,购回一切物品。

回到宅子,卫昭却不见了踪影。直到江慈与平叔用过晚饭,夜色深沉,他方悄无声息地由后墙翻入。江慈正捧着个玉瓯子收院中松枝上的积雪,见卫昭翻墙过来,吓了一跳。又见卫昭黑衣蒙面,剑负身后,烛光下,剑刃隐有鲜血,她忙放下玉瓯子,迎上前去:"三爷用过晚饭没有?"

卫昭瞥了她一眼,步入屋中。平叔跟了进去,大力将门关上。江慈笑了笑,回头继续收松枝上的积雪。

卫昭除去人皮面具,将长剑放于桌上,松了松夜行衣的领口,问道:"这丫头可安分?"

"安分得有些反常。"

卫昭冷哼道:"倒看她玩什么花样!"

平叔望着桌上隐有血迹的长剑,轻声道:"少爷,您总是亲身犯险,万一有个好歹,可……"

卫昭打断他的话:"你是不相信我的身手吗?"

"小的不敢。"平叔忙垂头道,"少爷的武功胜过老教主。只是苏俊苏颜还有盈盈潇潇都已成才,也该是他们大显身手的时候了。少爷有什么事吩咐他们去办就可以,犯不着以身犯险。"

卫昭见桌上有些点心,边吃边道:"王朗身手并不逊于苏俊,要让他伤得恰到好处,还顺便栽赃,非得我出手不可。"

"是。"平叔道,"城中只怕马上就会大乱,少爷是即刻启程,还是再待上几日?"

卫昭沉吟道:"得等魏正山和裴琰那处的消息传回来,我才好回月落山。反正这里有密室,我们就再待上几日。"

一缕欢快的歌声传了进来,平叔微一皱眉,道:"少爷,恕小的多嘴,为何要将这丫头带在身边,多个累赘,还是让盈盈她们带往月落山吧。"

卫昭站起身,走到窗边,透过窗格缝隙望向院内欢快哼着小曲的江慈,唇边笑意若有若无:"平叔,师父曾经教过我,要打败敌人,就一定要寻到敌人的弱点。"

"是这个理,但依小的看,裴琰为人冷酷无情,即使真为这丫头动了心,也不会因为她而被我们挟制。"

卫昭一笑:"他会不会与我们合作,得看他有没有野心,这丫头只能牵制他一时。我更感兴趣的是,究竟是什么让他动了心,会喜欢上这么个来历不明、貌不惊人的山野丫头。说不定,这就是他的弱点。"

他转过身来:"平叔,要想完成师父的遗愿,我们眼下必须与裴琰合作。但将来时局变化,只怕他也会是我们最大的敌人。此人心机似海,冷酷无情,偏又行事谨慎,步步为营,让人抓不到一丝纰漏。若让他野心得逞,我族人必无安身之处。只有寻到他的弱点,及早布局,才能免除异日的大难。"

"少爷说得是,是小的愚钝了。"

"你下去吧,让那丫头进来。"

"是。"

江慈捧着玉瓯子进来,将积雪覆于铜壶中,放到炭炉上烧开了,沏了杯龙团茗茶奉给卫昭。

卫昭慢慢抿着茶,靠上锦榻,将双足架上脚凳。江慈微笑着过去,替他将长靴除下,换上布鞋,卫昭忽将腿一伸,冷声道:"给我洗脚。"

江慈轻声应"是",转身到铜壶中倒了热水,蹲下身,替卫昭洗了脚,细细擦干。卫昭饶有兴趣地看着她,忽道:"你平日就是这么侍候少君的吗?"

江慈并不回答,卫昭弯下腰端详了她片刻,忽然面色微变,伸手点上她的穴道,一把将她抱起,跃到床上。江慈尚未反应过来,只听到咔嗒轻响,床板下翻,自己随着卫昭翻入床底的一处暗格中。暗格中黑深不见五指,江慈隐约听到上方传来官兵的叱喝声和平叔毕恭毕敬的回话声,不久,脚步声响,数人入屋。

"各位官爷,这宅子就小人一人居住,这是小的正屋。"

"你就一个人住在这里?"

"小的还有一房家眷,往幽州探望生病的妻舅,故今日就小的一人。"

官兵们在房中搜了一番,骂骂咧咧。

"这桓国刺客真是不让弟兄们过安生日子,大雪天还要出来抓人。"

"王将军这回伤得不轻,桓国人还不知会不会趁大雪来袭,抓人总比和桓军对阵要好一些。"

平叔似是很紧张地问道:"各位官爷,王将军受伤了吗?"

"大胆!这是你问得的吗?"似是有人用马鞭抽打了一下平叔。

扰攘一番,官兵们的声音逐渐远去。

江慈由卫昭怀中抬起头来:是他干的吧?剑上只怕便是那王朗大将军的鲜血。他冒充桓国刺客刺伤王朗,背后必有天大的图谋。江慈忽觉一阵恐惧,遍体生寒。再等一阵,暗格上方传来轻叩声。卫昭按上机关,抱着江慈跳出暗格。

平叔道:"今晚应该不会再过来搜查了。"

卫昭点点头,将江慈往床上一丢,转身道:"你去留个暗记,让盈盈和潇潇不用等我，直接回月落山，按原计划行事。"

平叔离去，卫昭默立片刻，又在室内走了数个来回，方转身躺回床上。

江慈穴道未解，被他掷于床角，听着他竟似睡去，叫苦连天。所幸过得半个时辰，窗户被敲响："少爷，有南安府的消息了。"

卫昭掀被下床，又转头看了看江慈，凑到她耳边低声道："想不想知道裴琰现在怎么样了？"

江慈呼吸一室，扭过头去。

卫昭笑着披上外袍，顺手将纱帐放下，走到前厅坐下，道："进来吧。"

平叔进来，轻声道："我已留了暗记，盈盈她们看到应该会直接回月落山，同时收到了童羽传回来的暗信。"

"嗯。"

"裴琰仍在长风山庄。长风卫将附近几个州府暗中彻查了一遍，并未大张旗鼓，第五日我们的人便收到了回信。"

卫昭低头饮了口茶："如何？"

"信上只有一句诗：冰水不相伤，春逐流溪香。"

笑意一点点在卫昭面上展开，如春风拂过，似幽莲盛开。平叔看得有些怔然，忽想起二十多年前的另一张面容，慢慢垂下头去。

"冰水不相伤，春逐流、溪、香！"卫昭淡淡念来，面上浅笑，眼神却冰冷，"少君啊少君，我们终有一日要成为敌人，到时你是冰，我为火，冰火不相容，可如何是好？"

江慈坐于帐内，纵是穴道被点，也觉全身在颤抖，多日以来萦绕在心中的迷雾似就要被拨开，真相就在眼前，她缓缓地闭上双眼。

卫昭撩开纱帐，凝视着倚在床角、闭目而睡的江慈，面上闪过憎恶之色，点开她的穴道，将她往床边的脚踏上一扔："别睡死了，爷我晚上得有人端茶送水！"

江慈在脚踏上默坐良久，听得卫昭似是已睡去，便起身将烛火吹灭。她步子踏得猫儿似的轻，坐回脚踏上，慢慢将头埋在膝间，心中一个声音轻声道：小慈，再忍忍，你再忍忍，总会有机会逃回邓家寨的！

雪还在成片落下，茫茫大地只有一种颜色，就连长风山庄的青色琉璃瓦也覆在了厚厚的积雪之下。

碧芜草堂东阁，裴琰望着宣纸上的诗句"春上花开逐溪远，南风知意到关山"，面上渐露微笑，放下手中之笔。侍女珍珠递上热巾，裴琰擦了擦手，转身对安澄道："整天闷在庄里，是不是有些无聊？"

安澄微笑道："相爷若是手痒，后山的那些畜生闲着也是闲着。"

裴琰笑得极为惬意："知道你手痒，走，去放松放松筋骨。总不能老这么闲着，再过两个月，可就没有太平日子过了。"

安澄跟在裴琰身后出了东阁，见他望着西厢房，脚步停顿，轻声唤道："相爷。"

裴琰轻哦一声，转过头，侍女樱桃由廊下行来，裴琰眉头轻皱："你等等。"

樱桃站住，裴琰道："给我披上。"

樱桃看了看手中的狐裘，道："相爷，这狐裘烧了两个大洞……"

裴琰凌厉的眼神扫来，她忙将话咽回去，将狐裘替他披上系好，垂头退下。

裴琰低头望向狐裘下摆，那夜被炭火烧出的焦黑大洞，如一双水灵灵的黑眸，最后留给他的只有惊恐与痛恨。他笑了笑，负手出了碧芜草堂。

天色昏暗，一行人回到庄内，裴琰拂了拂狐裘上的雪花，管家岑五过来，躬身道："相爷，夫人有信到。"

裴琰接过，见岑五领着仆从接过安澄等人手中的野物，便抽出信函，淡淡道："吩咐厨房，爷我今晚想吃叫花鸡。"

# 第二十三章

## 雪夜梦魇

大雪仍在扑簌簌地下着，天地苍野，一片雪白。

江慈跟在卫昭和平叔身后，在齐膝深的雪野里跋涉。她虽轻功不错，但内力不足，真气难继，没多久便被落下十余丈远。她渐觉体力不支，见卫昭和平叔的身影渐行渐远，四顾看了看，呼道："三爷，等等我！"

凛冽的寒风瞬间吞没了她的呼声，前面二人的身影终消失在白茫茫之中。江慈犹豫了一下，仍奋力赶上，走不多远，脚一软，跌倒在雪地之中。寒意自掌间袭入体内，江慈坐于地上，眼泪迸出。正饮泣间，忽被一人扛在肩上，风刮过耳际，卫昭的声音寒冷如冰："少君怎么会看上你这么个没出息的丫头！"

江慈嗫嚅道："我自己会走，你放开我。"

卫昭肩扛一人，在雪地中行进仍步履轻松。他嘴角浮起讥诮的笑意："等你自己走，我们明年都到不了明月谷。"说完忽然发力，身形腾纵，如一只雪鹿在荒野中跳跃。江慈被颠得难受，大呼小叫，最后终忍不住泪流满面。

卫昭在一片杉树林边停下脚步，将江慈往雪中一扔。江慈脸色苍白，伏于雪中不停呕吐。平叔赶了上来，看了看天色："少爷，得在天黑之前赶到红花岗。否则这大雪天的，少爷和我挺得住，这丫头可挺不住。"

"轮流扛吧，还真是个累赘。"

"只怪今年这雪下得太大,马车都走不了。"

平叔俯身将江慈扛在肩上,大步而行。他背上负着大行囊,肩上扛着一人,仍内息悠长,呼吸平稳,江慈纵是恨极了他二人,心中也暗自钦服。


天黑之前,三人终赶到了红花岗。红花岗是一处小小集镇,为梁国进入月落山脉的必经之地。现时大雪封路,又已近天黑,镇内看不到一个人影。

江慈被二人轮流扛着行走,已近晕厥,强撑着随卫昭步入客栈,往房中土炕上一倒,胃中翻江倒海,吐了个干干净净。

卫昭面具下的声音阴森无比:"我和平叔去吃饭,回来时你若还没有把这里清理干净,今晚就给我睡雪地里去!"

江慈有气无力道:"是,三爷。"

卫昭转身与平叔出了房门。江慈躺了片刻,爬起来将秽物清理干净,又呆呆地坐了一阵。出门向伙计问清方向后,她便走到茅厕内,从怀中掏出一个纸包,迟疑了一下,终闭着眼睛将包内的粉末吞入口中。

待她走到客栈前堂,只剩了些残羹冷炙。草草吃过后,天已全黑。

严冬季节的山镇,即使是在屋中的炕上也觉寒意沁骨。睡到三更时分,江慈瑟瑟发抖,肚中咕噜直响,呻吟出声。

卫昭睡在大炕上,冷声道:"又怎么了?"

江慈额头沁出黄豆大的汗珠,声音屡弱:"三爷,我只怕是受了寒,又吃坏了东西,实在是……"

卫昭不耐道:"去吧。"

江慈如闻大赦,挣扎着下炕,摸索着出了房门,奔到茅厕。一直拉到双脚发软,方扶着墙壁走回屋内。可不到一刻,她又痛苦呻吟着奔了出去。

如此数回,卫昭终于发怒,起床蹬了她一脚:"滚外面去!"

江慈冷汗淋漓,缓缓走到外间,缩于墙角。

透入骨髓的寒冷让她浑身发抖,肚中绞痛又让她汗如雨下。再奔得两回茅厕,她已面无血色,躺于墙角,泪水连串坠落。

夜,一点点深,外面还在下着大雪。

江慈再度轻声呻吟,捂着肚子出了房门,奔到茅厕,双手合十,暗念道:"天灵灵,地灵灵,菩萨保佑,我江慈今夜若能得逃魔掌,定日日烧香祷告,奉礼敬油!"

她用心听了听,仍旧苦着脸捂住肚子出了茅厕。院中只有一盏气死风灯在寒风中摇曳。江慈沿着墙根走了十余步,看到一个狗洞。她手脚并用由狗洞钻出,顾不得浑身是雪,提起全部真气,在雪地上狂奔。

先前在客栈前堂用饭之时,她听到伙计对答,知这红花岗的西面有一条小河,现下已经结冰,遂借着雪夜寒光,运起轻功奔到河边。她将顺路折下的几根枯枝丢于河面上,在河边站了片刻,又踩着自己的脚印一步步倒退到来时经过的一个树林,爬上一棵大树,抓住树枝,借着一荡之力,跃上相邻的大树。如此数次,终在较远处的大树的枝丫间隐住身形,屏住气息。

雪仍在漫天地飘着,远远的小河由于结冰,在寒夜反射出冷冷的光芒。江慈眼睛眯成一条细缝,默然凝视着两个高大的身影奔到河边。依稀可见卫昭与平叔似交谈了几句,又下到冰河查看了一番。卫昭似是恼怒至极,怒喝着右掌击出,嘭声巨响,江慈不由得闭上双眼。

天地间万籁俱寂,唯有雪花簌簌之声。两个时辰过去,江慈方挪了挪已冻至麻木的身子,爬下大树。她推测卫昭可能会在回长乐城的路上堵截自己,遂辨明方向,向北而行。她知往北走便是桓国境内,梁人虽视桓国铁骑为洪水猛兽、生死大敌,但在此刻的江慈看来,梁国处处都是陷阱,步步都是险恶,倒是那桓国,只怕还干净一些。

雪地狂奔之间,江慈忽然想起远赴桓国的师姐,顿觉有了些力气。

是,师姐还在桓国,自己只要能逃到桓国,找到师姐,便能和她一起回邓家寨,再也不会受人欺凌。

寒风激荡,鼓起她的衣袂。她庆幸自己穿得够严实,又摸了摸胸前的银票,哈的一声笑了出来,心情大好,连日来的隐忍与挣扎似得到了最好的宣泄。她回头看了看,笑道:"没脸猫,多谢你把我从大闸蟹那里带出来,还赏了我这么多银票。本姑娘小命要紧,就不陪你们这帮子没人性的玩下去了,后会无期!"

雪，无休止地飘落。天，却渐渐亮了。

江慈浑身无力，行进速度越来越慢，咬着牙再走数里，终支撑不住，在一块大石后坐落，靠在石上大口喘气，觉心跳得十分厉害，知体力耗损过度，昨夜又为迷惑麻痹卫昭，吃了泻药，此时已到了筋疲力尽的地步。但她心知只有到了桓国境内才算彻底安全，终咬紧牙关，再度站起。

她双手撑腰，一步步艰难向前行进，当天色大亮时，终于看到了山坡下方的千里雪原。她挪着渐无知觉的双腿，靠住一棵松树，遥望这满目冰雪，遥望远处的千里雪原，长出了一口气，却同时听到身后传来的一声冷笑。这笑声如同从地狱中传来的催命号鼓，也如同修罗殿中的索命黄符。江慈腿一软，跌坐于雪地之中。

卫昭双手环抱胸前，眼神如针地盯着江慈，如同看着在自己利爪下苦苦挣扎的猎物，悠悠道："怎么这么慢，我等你很久了。"

江慈反而镇定下来，慢慢抬起头，眼神宁静："你一定不肯放过我吗？"

卫昭忽然心中一震，这样坦然无惧的目光似存在于遥远的记忆之中。多年之前，师父要将自己带离玉迦山庄，姐姐将自己紧紧搂在怀中，师父手中的长剑带着寒冽的杀气架在她的颈中。她眼神宁静，仰面看着师父："您能不能放过他？"

师父神情如铁般坚定："这是他生下来就要担负的使命，他不能逃避，更不能做懦夫！"

"可他还是个孩子，您就要送他去那人间地狱，您怎么对得起我的父母，您的师兄和师姐？"

师父眼中也有着浓浓的悲哀，但语气仍如铁如冰："我若不送他去那地狱，又怎对得起冤死的万千族人，怎对得起你惨死的父母，我的师兄师姐？"

"为什么，一定要是他……"姐姐的眼神凝在了自己的身上。

"我费尽心机抹去了他的月落印记，让他变成一个地地道道的梁国人，又传了他一切技艺，为的就是在梁国埋下一颗最有生命力的种子。玉迦，我们的时间都不多了，他不可能一直跟着我们的。难道你真的要他看着我们痛苦死去，看着族人继续受苦受难吗？"师父的目光深痛邈远。

姐姐长久沉默,眼神悲哀而平静。她将自己紧紧搂在怀中,在自己耳边轻声道:"无瑕,姐姐再也不能陪你了,你好自为之。记住,不管遇到什么事,你都要好好活着。你别恨师父,也别恨姐姐,姐姐和你都是苦命之人。姐姐会在那里看着你,看你如何替父亲母亲和万千族人报那血海深仇……"

姐姐放开自己,猛然回身前扑。自己就亲眼看着师父手中的长剑,闪着冷冽的寒光,悄无声息地刺入了姐姐的身体……


寒光闪烁,卫昭倏然醒觉,本能下弹出背后长剑,却见江慈缓缓站起,手中一把匕首抵住胸口。

卫昭踏前一步,江慈眼神悲哀而平静:"你再上前一步,我就死在你面前。"

卫昭冷冷看着他,江慈又平静道:"你让他也退后。"

卫昭挥了挥手,另一侧本已悄悄抄上来的平叔退了开去。

"你以为你死得了吗?"卫昭言中满是讥讽之意,"以你的身手,我要打落你手中的匕首轻而易举。"

江慈凄然一笑:"是,你现在要制止我自尽并不难,但下次呢?下下次呢?你总不能时时刻刻看着我吧。你还要留着我去牵制裴琰,日子长着呢。我要死,也不急在这一时半刻。"

卫昭沉默着,江慈嘴角浮出淡淡的笑:"我想得很清楚了,姚定邦一事,只怕并不是替你背黑锅这么简单。你引得裴琰动手杀了他,必还有其他目的。"

卫昭将手中长剑一掷,弹回剑鞘内,笑道:"小丫头倒是不笨,继续说。"

江慈望向南方,低声道:"你所谋事大,需要裴琰的配合。所以见他为救我受伤,就将我劫来,想要挟于他。可他又岂是会为我而受挟制之人!"

卫昭俊眉微挑,凤眼带笑:"你那夜不是听到了吗?'冰水不相伤,春逐流溪香',他可是答应与我合作了。"

"是吗?"江慈微笑道,"那你更不能让我死了。"

她匕首慢慢刺入厚厚的外袄,卫昭冷冷道:"你想怎样?"

江慈淡淡道:"既然我逃不出你的手掌心,我愿意继续跟在你身边,但有一个条件。你若不答应,我今日不寻死,总有一日会寻死。你也知道世上最可怕的便是不畏死的人。"

"什么条件?说来听听。"卫昭闲闲道,眼神却锐利无比,盯着江慈手中的匕首。

江慈直视卫昭,一字一句,道:"我是山野女子,武功低微,但你不能随意驱使奴役我,也不能随意点我穴道,更不能打我骂我。我是你手中的人质,裴琰是否会为了我而听你的话,我管不了,那是他和你之间的事情,但我绝不会为你做任何事情。我只跟在你身边,看你们如何将这场戏演下去,但我绝不会参与其中。"

风雪像刀剑一样割面,江慈控制住轻颤的双手,坦然无惧地望向卫昭:"我打不过你,是你的俘虏和人质,在你眼中我只是一个没出息的丫头,但你若不能答应我这个条件,我宁愿一死。"

卫昭长久地沉默。他凝视着江慈,那苍白面容上的神情有着稚嫩的坚定,便如同多年以前被师父送到玉间府时的自己。当师父松开自己的手时,自己也是这般稚嫩而坚定吧。自己又何尝不明白,这十多年来的屈辱时光竟是这般难熬,如时刻在烈火上煎烤,在冰窖中冻结。

那美如月光、柔如青苔,只想永远倚在姐姐身边的萧无瑕,就在那一刻死去。活着的,只是这个连复仇都不感到快乐的卫三郎……

卫昭忽然苍凉地笑了笑,走到江慈身边,轻轻抽出她手中的匕首,放到手中掂了掂,转身而行。

江慈仍怔立原地,卫昭回过头来:"走吧,这里荒无人烟,有野兽出没的。"

江慈打了个寒噤,提起沉重的步子,勉力跟在卫昭身后。卫昭回头看了看她,右臂一伸,将她扛在了肩上,江慈怒道:"你又……"

卫昭轻笑一声,右手托住江慈腰间,用力一抛,江慈身子在半空翻腾,再落下时竟坐在了他的右肩上。卫昭笑道:"坐稳了!"脚下发劲,在雪地中如一缕黑烟飘然前行。

江慈坐于他肩头,平稳至极,大感有趣,知他答应了自己的条件,心情终逐渐放松:"三爷,能不能问你件事?"

卫昭沉默不答。

"你怎么算到我会往北逃,而不是其他的方向?"

卫昭仍是不答。他长袍飘飘,在雪地中行来若流云一般。寒风卷起他披散的长发,数缕拂过江慈的身边。江慈索性取下自己的发簪,轻轻替他将长发簪定。

她这一侧身,便未坐稳,向后一仰,卫昭的手托住她的腰间微微用力,她身形翻动,又伏在了卫昭的背上。卫昭负着她前行,声音极轻却清晰地送入她耳中:"我有像猎豹一样的鼻子,能闻出方圆十里以内的气味,你信不信?"

江慈笑了笑,心中却愈感好奇,忍不住猜测起来。

"是不是你一直没睡,我每一次上茅厕,你都在跟着我?"

"那么就是平叔在跟着我?"

"还是我躲在树林里让你知道了?"

"要不就是我在长乐城暗中买泻药时,平叔知道了?"

卫昭忍不住微笑:"我若告诉你,你这辈子无论去哪里,我都能够找到你,你信不信?"

江慈哈的一声笑了出来,心中却直嘀咕,不明白这没脸猫为何能逮到自己。眼下逃亡行动失败,总得弄清楚是何原因,也好为下次逃离做准备。只求能再次将他麻痹,寻找一丝出逃的机会。

她正嘀咕盘算间,卫昭忽道:"你呢?"

"什么?"江慈有些摸不着头脑。

"你之前做低服软提出服侍我,又事事忍气吞声,是为了放松我的警惕,好找机会逃离吧?还用我的银子买了泻药和匕首,倒看不出你这小丫头挺会演戏的。"

江慈冲卫昭的后脑勺瞪了一眼,从怀中掏出银票,低头拉开他的衣襟。

卫昭面色一变,猛然扼住她的手。江慈吃痛,急道:"我把银票还给你,你别误会,我不是想暗算你,我也没那本事。"

卫昭眼神闪烁,松开右手,淡淡道:"三爷我赏出去的东西,没有收回来的理。"

江慈笑道:"既是如此,那我就不客气了。"依旧将银票揣入怀中。

卫昭摇了摇头:"你不但会演戏,脸皮也挺厚的。"

"我还给你,你不要,等我真收下了,你又说我脸皮厚。你们这些人没一句真心话,活得多累!"

卫昭不再说话,脚步加快。江慈笑道:"三爷,我唱首曲子给你听,好不好?"

卫昭不答。江慈婉转起调,唱出一首《对郎调》,卫昭有些心烦,骈指反手点出,却在指尖要触到江慈的哑穴时,硬生生停住,又收了回去。

江慈看得清楚,知他终被自己的话拿住,自己暂时得保安宁,歌声便多了三分愉悦之意,如滚珠溅玉,清脆娇柔。卫昭默默而行,忽觉这曲调也不是那般刺耳,不由得加快了脚步。


将近天黑,三人到达了玉屏岭。寒风更烈,吹得江慈有些睁不开眼。

平叔望了望天色:"看来今天是赶不回明月谷了,得在这荒山野岭找个地方歇上一宿。"

卫昭将江慈放落,四顾看了看,攀上旁边的一棵大树,跃落下来:"那边有户人家,你去看看。"

平叔点点头,转身而去。

江慈略觉奇怪,见卫昭负手立于雪中,并不说话,便也未细想。

不多时,平叔回转,点了点头,三人便沿小路而上,到了那幢木屋前。

江慈昨夜整夜逃亡,饱尝惊恐与艰险,又被这喜怒无常的没脸猫负着在风雪中行了一日,此时乍见屋内透出的橘黄色的烛光,鼻中隐隐闻到饭菜浓香,忽然想起远在邓家寨的小院。若是自己没有离家游荡江湖,此刻定是与师姐在那处过着平淡而幸福的生活吧?

卫昭见江慈怔怔望着木屋,面上闪过不耐之色,右手抓上她的衣襟。江慈醒觉,道:"我是人,自己会走,不用三爷把我当小狗小猫一样拎来拎去。"

卫昭松手,冷笑一声,转头入屋。

江慈随后而入,卫昭已在堂屋中的桌前坐定。平叔奉上竹筷,卫昭并不抬头,冷声道:"是人的话,就坐下来一起吃吧。"

江慈边坐边道:"这屋子的主人呢?"她夹起一筷萝卜丝送入口中,觉这菜稍有些凉,心中一惊,猛然站起身来。

卫昭斜睨了她一眼,江慈心中既愤怒又悲哀,轻声道:"你把他们怎么样了?"

卫昭从容地吃着,慢条斯理道:"你认为我会把他们怎么样?"

江慈浑身颤抖,对面前之人的恐惧让她很想坐下来,忽略这一家人可能早被平叔灭口,装作从未发生过任何事情一般,吃着这"可口"的饭菜;可她又无论如何做不到视而不见,只是呆呆地站在桌边,定定地望着卫昭。

卫昭抬头看了看她,嘴角涌起不屑的笑意:"你泥菩萨过江,自身难保,还替别人打抱不平,也不想想自己有几斤几两!"

江慈退后两步,轻声道:"请三爷继续用餐,我不饿,就不陪您了。"说着转身出了堂屋,立于门前的大树下,任狂飞的雪花扑上自己的面颊,低头望着雪地,难过不已。

积雪被轻轻踏碎,江慈转过身去。平叔的声音响起:"你过来。"

江慈有些迟疑,终跟着平叔步入木屋西侧的一间柴房。平叔举起手中烛火,江慈看得清楚,柴房内,一对农家夫妇与两个幼童被并肩放在柴垛中,呼吸轻缓,显是被点住了昏穴。江慈一喜,平叔道:"他们是月落人,少爷虽不欲让人知道行踪,却也不会允许我滥杀族人的。"

江慈低下头去,平叔语气渐转严厉:"你听着,你已累得我们没有按原计划回到明月谷,若再多嘴多舌,横生枝节,休怪我不客气! 少爷容得你,我可容不得你!"


晚饭后,卫昭与平叔坐在火盆边烤火,平叔往火盆中添了把柴火。卫昭修眉入鬓,乌发如云,双目微闭,斜靠于竹椅之中。火光腾跃,将他的面容映得如桃花般绮丽。

江慈将在厨房寻到的一块麻布浸入热水中,细细拧干递到卫昭面前:"三爷。"

卫昭半晌方睁开眼,看了看那块麻布,又闭上眼:"不是说不再服侍我吗? 怎么,当奴才当惯了,不知道怎么做人了?"

江慈一噎,半晌方道:"先前是我错怪了三爷,您别往心里去。现在是我心甘情愿,算是赔礼道歉,称不上奴才不奴才!"

卫昭沉默片刻,扬了扬下巴,江慈未动,卫昭不耐道:"怎么这么笨!"

江慈醒悟，重新将麻布浸热拧干，轻柔地替他擦面。麻布有些粗糙，卫昭微皱了下眉，正要将她推开。江慈却低头见他脖颈右侧有一处伤痕，似是咬啮而成，不由得用麻布按上那处，轻声道："三爷，您这处……"

卫昭面色剧变，手如闪电，狠狠攥住江慈右手，将她往火盆边一扔。江慈猝不及防，右手撑在火盆之中，"啊"声痛呼，托住右臂，疼得眼泪夺眶而出。

卫昭在她身边蹲下，声如寒冰："离我远一点，若再惹恼了我，小心你这条小命！"

江慈强忍剧痛与泪水，猛然抬头，与他怒目相视："我倒不知，大名鼎鼎的卫昭卫大人，原来是言而无信、反复无常的卑鄙小人！"

眼前的黑眸中满是愤恨与不屑，卫昭有一瞬间的恍惚。多年之前，自己初入庆德王府，饱受屈辱与欺凌，那时的自己是不是也有着这样的眼神呢？

江慈手掌被烫伤处疼痛不已，忍不住吸着冷气挥了几下。卫昭盯着她看了片刻，站起道："平叔，给她上点药，免得耽误了我们的行程！"


夜逐渐深沉，山间的寒风吹得木窗咔嗒轻响。江慈愣愣地坐于炕上，听到屋外传来一缕细幽如鸣咽的竹箫之声。

风声渐重，仿如鬼魅的唏嘘；寒气浸骨，宛若刀剑相割。卫昭立于雪中，竹箫声起落转折，由鸣咽转向幽愤，直入云霄。平叔立于一侧静静听着，眸中也渐涌悲伤。待箫音落下最后一符，低低地叹了口气。

卫昭修长的手指将竹箫托住轻轻旋转，眯眼望向苍深的夜色，不发一言。

良久，平叔轻声道："少爷，老教主当年去得并不痛苦，您不要太难过了。"

卫昭摇了摇头："不，平叔，我不难过，师父他是求仁得仁，死得其所，又有了我继承大业，他去得并无遗憾。"

"是，今日是老教主的忌日，他若在天有灵，见到少爷成功在望，大业将成，必会十分欣慰。他临去前也曾和小的说过，不该将少爷推入火坑，还请少爷不要恨……"

卫昭打断了他的话："我不恨师父。平叔，这条路是我生下来就注定要走的，我没办法逃避。我只恨自己忍到今时今日才寻到这一线机会，拯救我月落。"

平叔面上隐露欣悦之色："只求明月之神庇佑，少爷大计得成，族人再不用过卑躬屈膝、忍辱负重的日子。"

卫昭抬头凝望天空，飘飞的雪花挂于他的眉间，他渐涌微笑："魏正山、裴少君，你们可不要令我失望才好。"

他转过身，看到江慈所睡屋内烛火仍亮，微一皱眉："很严重吗？"

平叔怔了怔，才明白他在问什么，忙道："烫得厉害了些，小的已给她上了药，应该没有大碍，但皮肉之苦是免不了的。"

卫昭不再说话，平叔迟疑再三，终道："少爷，恕小的多嘴，您对这丫头可太容忍了。索性绑了她，或者打晕了装在麻袋中，让小的背着走便是，又何必您亲自……"

卫昭目光凝在窗后的烛影上，低声道："平叔，这么多年你替我守着玉迦山庄，训育苏俊他们，联络教中之人，我十分感激你。但你可知，当年我初入庆德王府，过的是什么日子吗？"

平叔心中绞痛，垂下头去。

卫昭声音越来越轻，几不可闻："这丫头虽令人生厌，但我看到她这样子，总是想起初入庆德王府时的自己……"

平叔眼中渐酸，侧过头去。

卫昭话语堵在了喉间，猛然转身："早点歇着吧，明日一定得赶回明月谷。"他向屋内走去，刚到大门口，江慈便冲了出来。

卫昭微一侧身，江慈由他身边直冲入西边的柴房，不一会儿抱着个幼童出来。她右手烫伤，便只用左手抱着。那幼童已近十岁，身形又较高，江慈抱得有些吃力，往自己睡的房中走去。

卫昭眉头微皱："你这是做什么？"

"真是该死，我才想起来，这大雪天的把他们扔在柴房里，会被冻死的。"江慈迈入房中，将幼童放在炕上，盖好被子，又转身去柴房将另一个稍小些的幼童抱了进来。

卫昭斜靠在门框边，冷冷看着江慈将幼童们并肩摆好，见她有些犹豫，便摇了摇头："我倒看看你睡在哪里！"

江慈坐在炕沿上,摸了摸一名幼童已冻得有些僵硬的双手,并不抬头:"我在这坐一晚好了,三爷早些歇着吧。"

　　卫昭走到东侧另一间房内,见平叔正替自己铺开被褥,他宽去外袍,手却停在脖颈处,想了想,道:"还有没有多余的被子?"

　　平叔打开木柜看了看:"倒是还有。"

　　"给那丫头再送一床过去,若是还有,送一床去柴房。"

# 第二十四章

## 月落风云

卫昭向来睡得不太踏实,第二日便早早醒转,醒来的一刹那有些迷茫,记不清楚身在何处,恍惚间还觉在十余年前的玉迦山庄,仿佛姐姐的手正轻柔地抚过自己的额头。他心中暗凛,不知是快要重回明月谷,一路上睹景思人,还是因为练功操之过急,丹药之弊隐现,真气有紊乱的先兆,于是在炕上打坐片刻,待心境澄明方才出门。此时天际露出一丝浅白,雪已收住。

平叔迎了上来:"少爷,出发吧,干粮我已备好。"

卫昭点了点头,望向西边屋子。

平叔道:"晚上没动静,看来暂时是不敢逃的了。"

卫昭接过他手中的人皮面具戴上,推开房门,大步走到炕前,正欲俯身将江慈揪起,手却停在了半空。

土炕上,江慈与两名幼童并头而卧,三张面庞一般的纯净无邪。她被烫伤的右手搭在被外,握着身边男童的被子一角,显是怕夜间被子滑落。

卫昭长久凝望着炕上三人,平叔进来:"少爷,得上路了。"

卫昭长呼出一口气,俯身将江慈提起来。江慈睡眼惺忪,被卫昭青纱下的假面吓了一跳,知要赶路,忙将外袄软靴穿好,跟了出去。

寒风扑面,江慈缩了一下双肩,见卫昭与平叔行出很远,忙提起全部真气,跟在二人身后。她轻功虽佳,但练的都是在小空间内腾挪转移之法,要这般提气在雪地中奔行,非得内力绵长不可,不多久便被落下很远,情急下险些跌了一跤。

卫昭听得清楚,脚步便有些放缓,待江慈喘着气追上,他又发力。江慈追得十分吃力,数次想趁他们遥遥在前,干脆溜之大吉,但卫昭说过的话又让她终不敢冒这个险。这只没脸猫太过厉害,说不定真有着猎豹般的鼻子,自己无论怎么逃都逃不出他的手掌心。万一出逃不成,被他抓回来,可就会遭大罪。

念及此,她只得再度咬紧牙关勉力跟上。卫昭忽快忽慢,平叔始终跟在他身后半丈处。雪地中,三个身影如黑点般飘忽移动。待晴阳冲破厚厚的云层,洒在茫茫雪野上,江慈大汗淋漓,双脚酸软,卫昭终在一处峡谷边的山道前停住脚步。

雪后放晴下的山峰闪烁着银辉,漫山的雪松银装素裹,寒风呼啸过山峦,冷冽刺骨。江慈喘着粗气立于卫昭身后,望着峡谷下的一片洁白,不停拍打着被寒风吹得冰凉的面颊。

卫昭向平叔道:"让苏俊他们来见我。"说着转身向峡谷一侧走去。

江慈见平叔往相反的方向而行,想了想,仍跟在了卫昭身后。

二人沿狭窄湿滑的山道而行,约半里路后,卫昭折向路边的树林,带着江慈行到一棵参天古松前,锵地抽出身后长剑,用剑柄在树干上敲了数下。过得一阵,轻微的咔嗒声响起,那棵古松竟缓缓向左移动,积雪纷纷掉入树下露出的一个地洞内。卫昭当先跳下,江慈只得闭上眼,跟着跳下。

风声自耳边呼啸而过,眼前一片漆黑。江慈大呼糟糕,这地洞看来甚深,若是落下去没人接住,岂不是会摔个粉身碎骨?正胡思乱想,她身形一顿,已被卫昭抱住。黑暗中,隐约可见那双闪亮的双眸,江慈笑道:"多谢三爷。"

卫昭并不说话,将她放落。江慈觉四周漆黑阴森,隐有暗风吹来,心中有些害怕,摸索着拽住卫昭的左手,轻声道:"三爷,我看不见。"

卫昭下意识想将她甩开,江慈却伸出右手再次紧拽住他。她被烫伤的右手伤痕斑斑,卫昭犹豫片刻,终牵着她沿暗道慢慢而行。

一炷香过后,江慈眼前渐亮,遂松开双手,跟在卫昭身后步入一个小小石室。

石室内空空荡荡,唯有四个墙角悬挂着四盏宫灯。灯内并无烛火,隐有珠华流转,竟是四颗硕大的珍珠。江慈逐一走近细看,啧啧摇头。

卫昭神情略带不屑,哂笑道:"你若喜欢,拿去便是。"

江慈笑道:"我倒是想拿,可又怕没这个命。师父说过,一个人的福气是老天爷给的,该你多少就是多少。我江慈呢,就不配享有这荣华富贵、金银珠宝,就像前日,因为拿了三爷的银票没还,所以没能出逃成功。若是今日贪心拿了三爷的珍珠,说不定明天就一命呜呼了!"

"你倒挺爱惜你那条小命的。"卫昭走到一盏宫灯前。

"那是自然,谁不怕死?"

卫昭伸手将那盏宫灯向右扳移,机关声响,宫灯旁的石壁向右缓缓移动,露出一条青石甬道。

沿甬道而上行出数百步,卫昭运力将一扇石门推开,豁然开朗,呈现在江慈眼前的是一个巨大的宫殿。殿内陈设精美,花岩做柱,碧玉为栏。殿堂高两丈有余,沿北面数级玉石台阶而上,陈设着紫檀木长案和高椅,透着贵重庄严气象。

江慈愣愣道:"这是哪里?"

卫昭双手负于身后,长久望着高台上的那把紫檀大椅,并不回答。良久暗叹一声,缓步踏上石阶,抚着紫檀大椅的椅背,耳边仿佛听到师父的声音:"无瑕,你要记住这明月殿,记住这把椅子。当你重新回到这里的时候,你就是我们明月教的神祇,是月落人的英雄。"

他的目光凝在椅子的扶手上,那处雕着几朵玉迦花。紫檀木的细纹仿若玉迦花上的隐痕,花梗下的枝蔓栩栩如生,盘桓缠绕,宛如遥远的幼年往事,永远盘踞在心,缠绕于胸,一寸寸蔓延,一分分纠结,十多年来挥之不去,无法忘怀。

紫檀木椅中有一软垫,陈旧发黄。软垫上绣着一丛玉迦花,玉迦花旁用青线绣着一个小小的"迦"字。卫昭眼前一阵模糊,跪于椅前,将那软垫抱于怀中,宽帽的青纱轻微颤动。


"姐姐,为什么我叫无瑕,你的名字却是玉迦?"

"因为你是块美玉,是我们月落山最珍贵的一块宝玉。而姐姐出生在玉迦花盛开的季节,所以就叫玉迦。"

"那是玉好些,还是花好些?"

"无瑕,我们月落人,男儿都是美玉,女子都如鲜花。那梁桓两国虽将我们视为贱奴野夷,但你要记住,月落人才是这世上最高贵纯净的。明月之神的庇佑,定会让我族人脱离困境,永享安宁。"

卫昭将头深深地埋在软垫之中。


轻碎的脚步声响起,卫昭抬起头来。江慈见他的蒙面青纱上似被泪水洇湿一块,虽不明是何原因,却也不禁心生怜悯,一时不知说什么话才好,迟疑许久,方憋出一句:"三爷,这是哪里?"

卫昭从袖中掏出一个瓷瓶,递给江慈:"喝了。"

江慈心呼糟糕,却知此人令出必行,无力抗拒,只得闭上眼睛,仰头一饮而尽。没多久眼前模糊,心中兀自暗咒这没脸猫,身子却已软倒在地上。

卫昭低头凝望着她酡红的面颊:"小丫头,你若是知道得太多,即使看在少君面上,我也不好留你性命。"

铜铃声响起,卫昭俯身将江慈抱起,放至紫檀椅后,在椅上坐定,冷声道:"进来吧。"

平叔领着四人进来,齐齐拜倒:"拜见教主。"

卫昭的声音冷峻而威严:"都起来吧。"

苏俊与苏颜面容相似,身量却稍高些。他在最先一把椅中坐定,却不敢抬头望向紫檀椅中那个散发着冷冽气息的身影,恭声道:"属下等恭迎教主重返圣殿,明月之神定能庇佑我等,在教主的……"

卫昭冷冷打断他的话:"以后不必在我面前说这些废话。"

苏俊心中一凛,与苏颜、程盈盈、程潇潇齐声道:"是。"

卫昭声音中不起一丝波澜:"苏俊先说。"

苏俊脑中快速整理了一番,道:"属下那晚在宝清泉与裴琰交手,觉他内力绵长,并无曾受重伤的迹象。之后属下收到幽州有变的消息,赶至幽州,发现裴子放有奇怪的举动。"他顿了一下,见卫昭并无反应,只得继续说下去,"我们的人被抓住,服毒自尽之后,裴子放便关闭了铜矿,矿工们也不知去向。裴子放再未出庄子,说是患了风症,卧床不起。属下本欲亲自进庄一探,苏颜赶到,传了教主的命令,属下就赶回来了。"

"苏颜。"

苏颜微微垂头,道:"左护法的人这几日频繁出谷,与王朗手下副将谷祥有联络。谷祥手下约八千人正向明月谷进发,估计今晚就会包围明月谷。"

"盈盈。"

"是。"程盈盈面颊酒窝隐现,声音娇柔,"属下利用议事堂堂主身份将那丫头运出南安府,交给乌堂主后,便去了梦泽谷。大寨主说请教主放心,明日定会及时率部出现,配合教主行动。"

"潇潇。"

程潇潇偷眼看了看卫昭,纵使隔着青纱,也觉那眼神慑人心魂,声音便有些颤抖:"是,教主。收到苏颜传信后,属下已命令云纱将药分次下到族长的饮食之中,族长这几日功力已有所衰退,云纱明晚将会下最后一次药。乌雅已借探亲为名,将少族长带离了山海谷。属下命她将少族长带到澜石渡,以便迷惑族长,并稳定大局。"

卫昭点点头:"都做得不错。既是如此,今晚就按原计划行动。苏俊留下,其他人出去吧。"

卫昭步下台阶,苏俊早已站起,感觉到那冷冽的气息越来越近,纵是向来桀骜不驯,也觉有些惶恐。

卫昭在他身边停住脚步,盯着他看了片刻,和声道:"阿俊,我们有十三年未见面了吧?"

"是,教主。"

"当年阿颜和盈盈、潇潇还小,可能记不清我的模样,你比他们长上几岁,应该是有印象的。"

苏俊额头沁出细密的汗珠:"属下十五岁那年生过一场重病,之前许多事情都

293

不记得了。"

"是吗?"卫昭缓缓道,"真是可惜,本来还想和你叙叙旧,看来是没办法了。也罢,忘了好,我倒是想忘,可偏偏忘不了。"他摘下宽帽,取下面具,又从怀中掏出一方玉印,与面具一起递给苏俊,"今晚就看你的了。"

苏俊依旧不敢抬头,双手接过:"属下先告退。"

"去吧。记住,你这条命是师父留给我的,今晚再凶险,你也要平安到达澜石渡。"

苏俊拜伏于地,哽咽道:"也请教主珍重,属下纵是粉身碎骨,也难报老教主和教主的恩情。属下拼却这条性命不要,也要完成教主交付的任务。"

望着苏俊退去的身影,卫昭眸中精光一闪,拉了拉铜铃。

平叔进来,卫昭转到紫檀木椅后,将江慈抱出来递给他:"让潇潇把她带往山海谷,我得赶去澜石渡。你看着苏俊,只许成功,不许失败。"


明月谷,冰寒雪重。

殿内灯烛通明,映得整个殿堂亮如白昼。数百教众鱼贯而入,人人在心中揣测,多年来神龙隐现的教主,此番召开教众大会,不知所为何事。

明月教素来教规森严,殿堂内虽挤入了数百人,却仍肃穆庄严,并无嘈杂之音。左右护法分列于前,待铜钟敲响,率着教众齐齐弓腰:"恭迎教主!"

帷幕轻掀,故教主的贴身侍从平无伤当先走出,教众们均露出敬畏的神色。

谁都听过这位平无伤的大名,均知他的武功仅次于故教主。老一点的教众对他当年如煞神般与桓国人搏杀的形象更是记忆深刻。

平无伤侧身弓腰道:"有请教主!"

白色的高大身影由帷幕后转出来。殿内一片寂静,人人屏气敛神,却听不到脚步声,均在心中想道:教主轻功如此高明,看来我教振兴有望。

白色身影在紫檀椅中坐定,冷肃的声音响彻整个大殿:"都抬起头吧,难得这么齐,让我也认认大家。"

左护法霍宣抬起头,映入眼帘的是一张戴着人皮面具的脸。那张人皮面具精巧细致,正是故教主经常使用的。

见他有些愣怔，假扮教主的苏俊从袖中掏出一方玉印，平无伤弯腰接过，持着玉印递至左右护法面前，右护法萧荪忙磕下头去："神印再现，我等誓死相随！"

霍宣确定无疑，右手放于身后做了个细微的手势。队列最末，一人悄悄退出大殿。

苏俊努力让自己的声音听起来冷肃威严："这次召集大家来，是想和大家商讨我月落立国一事。经过多年筹谋，眼下时机已经成熟，我与族长多次沟通，族长也有意立国。只是如何立，立国后如何面对梁桓两国夹击，我明月教又将在未来的月落国中占据一个什么样的地位，我想听听大家的意见。"

右护法萧荪神色激动，叩下头去："教主英明。故教主夙愿实现在望，月落一族振兴有期，我等必赴汤蹈火，在所不辞。"

大多数人随之叩下头去，左护法霍宣却沉默不语。

"左护法有什么意见吗？"苏俊看向霍宣。

霍宣抬起头，正视苏俊："教主，属下认为立国的时机还不成熟，我教也不宜强行出面，暴露实力。而且属下尚有几点疑问，想请问教主。"

"左护法有什么问题，就问吧。"

霍宣听到殿外传来数声鸟鸣，心中底气大盛，口气便有些咄咄逼人："属下对当年故教主的死有些疑惑，还请教主释疑。"

此言一出，殿内顿时哗然。故教主当年召开教众大会，宣布新任教主乃弟子萧无瑕，其人将持玉印为证，执掌教务。又命平无伤辅佐，留下数面令牌后，便闭于密室。数日后平无伤将教主遗体请出，并言道新教主在别处静修，一切教务由其持令牌代理，这才没有引起教内大乱。多年以来，一直是平无伤传萧教主之命，左右护法分率教众服从指令。萧教主则神龙隐现，从不以真容示众。教众们心中皆隐有疑惑，但因近年来明月教势力渐盛，可见教主指挥有方，便也无人敢提出异议。此时经霍宣这一提出，便有人轻声议论，殿内一片嗡嗡之声。

苏俊冷声道："不知左护法是对故教主的死有疑问，还是对本教主的身份有疑问？"

霍宣呵呵一笑："教主倒是爽快。故教主之死，属下等不敢妄自揣测。但是教主您从不以真容示人,令属下有些迷惑。一直都是平无伤传您的命令,教众们却从未见过您的真容,未免有些令人不服。"

平无伤踏前一步:"故教主遗命,命我辅佐教主,你有何不服?"

"属下曾听故教主说过,他收了一个资质超群、容颜绝佳的弟子继承大业。但这么多年来,教主从不以真容示人,是不是怕人发现你容貌普通,是平无伤找来顶替冒充的?"

平无伤怒道:"左护法是指我废真立伪,把持教务吗?"

霍宣大刺刺道:"不敢,但请教主给教众们一个交代,也好安众人之心。"

苏俊站起,眼神扫过殿内诸人:"还有人要本教主给一个交代的吗? 有的话,就都站到左护法身后去。"

殿内之人纷纷看了看自己的左右,身形移动间,霍宣身后便聚集了二百余人,其余人均站在右护法萧苏身后。

霍宣道:"教主若是不敢以真容示人,那么就请演示几招明月剑法或是逐星追月的轻功身法,我等也好心服。"

平无伤立于阶前,语气森严:"大胆! 教主威严岂是你能冒犯的!"

"教主一不敢以真容示人,二不能演示只有历代教主才会的绝学,那就休怪属下生疑,不遵号令了!"霍宣身形慢慢后退,拔出身后长剑。

苏俊冷冷一笑:"你待怎样?"

霍宣转身面向教众,大声道:"各位,此人冒充教主,以假乱真! 还请各位不要受平无伤的迷惑,还真正的萧教主一个公道!"说罢,他猛然长喝一声。

随着他的声音,殿外忽拥入上千人,大声鼓噪:"平无伤谋逆作乱,速纳命来!"

"擒拿假教主!"

平无伤面色剧变,闪于苏俊身前:"霍宣,你要犯上作乱吗?"

"犯上作乱的是你吧,平无伤!"霍宣冷笑道。

二人对话的工夫,殿内形势大乱。霍宣身后之人与拥进来的上千人手持兵刃,与右护法萧苏身后数百人激战在了一起。

平无伤回头道:"教主,形势不妙,先撤。"

苏俊迅速奔下石阶,与平无伤一起向殿后奔去。

霍宣大声道:"逆贼哪里走?"剑气闪烁,将右护法萧荪等人步步逼退。数千人一边呐喊,一边往殿后追去。

苏俊与平无伤奔出圣殿后堂,右护法萧荪追了上来:"教主先走,我们顶住。霍宣只怕是勾结了官兵,留得青山在,不怕没柴烧。"

苏俊正待说话,霍宣已领着上千人追了出来。

苏俊将萧荪一拉:"一起走!"三人迅速隐入茫茫夜色之中。

霍宣率众猛追。奔走间,他身边一人道:"霍护法,你确定此人就是真正的萧无瑕?"

霍宣点了点头:"圣印无假。此印是教主随身携带,而且此人以前出来过几次,虽每次都戴着面具,但身形声音均无疑问,谷将军请放心。"

王朗手下副将谷祥微笑道:"如此甚好。此次若能将真的萧无瑕擒获,霍护法得登教主宝座,从此不再与朝廷为敌,我家将军也好对皇上有个交代。"

"全靠谷将军提携。"

二人说话间,脚步并不放缓,率着上千官兵死死缀住前面奔逃的三人。雪夜中,追逐呐喊声震破夜空。

山峦间的大树下,卫昭嘴角轻勾:"族长也快到了吧?"

苏颜正待答话,苏俊三人已奔至澜石渡的石碑前。月色下的桐枫河尚未彻底冰封,河面上碎冰缓缓移动,如同一个个张着血盆大口的黑洞,时刻准备吞噬人的性命。苏俊三人靠住石碑,抽出兵刃,冷目注视着逐步包围过来的数千人马。

霍宣笑道:"萧教主,我劝你还是自行了断,也免受皮肉之苦!"

苏俊手中寒光一闪,剑气激起飞雪漫天。霍宣与谷祥有些睁不开眼,齐齐后退数步,苏俊与平无伤、萧荪趁机沿桐枫河急奔。奔出数百步,河边的树林里拥出上千人,将苏俊三人护住,杀声四起,激战渐烈。

霍宣认得来援之人竟是本族大寨主的人马,与谷祥对望一眼,均觉有些不妥。来不及细想,河岸前方火龙蜿蜒而来,竟似有数千之众。

当先数人大呼道:"少族长在哪里?贼人休得伤害少族长!"

一五十出头的老者奔于众人之前，满面焦虑之色："风儿，你在哪里？阿爸救你来了！"

霍宣认出此人乃月落族族长木黎，愣神间，只听激斗场中有人高呼："族长，快来救少族长，我们顶不住了！"

木黎大惊。他子嗣凄凉，年过四十才得了这么个宝贝儿子，含在嘴里怕化了，捧在手心怕摔了。数日前，儿子的生母乌雅要带他回家探望外祖母，他派了数百人随行保护。不料今日传来噩耗，朝廷派出重兵，欲掳走宝贝儿子，以挟制自己铲除明月教。急怒下，他匆匆带了三千余人追来澜石渡。此刻听得儿子危在旦夕，依稀听到爱妾乌雅的惊呼声，他心神大乱，带着部众杀向河边的数千官兵。

霍宣隐觉形势不妙，谷祥却另有打算。他本意是想借霍宣作乱之机，立下铲除明月教的奇功。此刻见月落族族长竟也到场，便起了浑水摸鱼、借刀杀人之念。他知月落一族若是族长身亡，少族长年幼，明月教倾覆，将陷入混乱之中，这正是朝廷求之不得的局面，于是嘿嘿一笑："木族长阻挠朝廷清剿逆贼，可不要怪我不客气了！"说着将手一挥，身后观战的两千余名官兵也压了上去。


木黎在战场中左冲右突，大声呼道："风儿！乌雅！你们在哪里？"

火光中，刀剑相交之声铺天盖地。木黎越发心焦，眼前闪过一个熟悉的面容，忙道："平兄，你怎么也在这里？见到我儿子了吗？"

平无伤足尖在雪地上一顿，如轻云般落在木黎身侧，大声道："没见着，我也是路过此地，见少族长有难才现身相救，可惜没找到他人！"

木黎急怒下挥出长剑，将数名官兵斩于剑下。平无伤紧跟在他身侧，眼见数十名官兵挺枪攻了过来，知时机已到，暴喝一声，影随身动，卷起一团雪球。众人眯眼间，他悄无声息地在木黎腰上一点，木黎踉跄着奔前数步，扑上一官兵手中的长枪，枪尖当胸而入，木黎抽搐着倒于地上。

这一幕被月落人看在眼内，齐声惊呼："族长死了，族长被梁人杀死了！"

许多人心神慌乱，被官兵逼得步步后退，不少人坠入冰河之中。

正大乱间，桐枫河对岸传来一个声音："谁敢杀我族长，我萧无瑕要让他血债血偿!"

这声音从容舒缓,悠悠传来,瞬间压下震天的喊杀之声。所有人停下手中兵刃,齐齐望向对岸。

寒月下,一个白色身影宛如浮云,悠悠飘过河面。他白衣落落,纤尘不染,似白云出岫、月华当空。他身形腾起时,月光都似暗了暗,衬着他的身影如月神下凡。他落下间,足尖在河中冰块上轻点,又似流云涌动、星辉遍地。他卷起的肃杀之气让数千人齐齐心惊,尚来不及反应,他已如山岳压顶,剑光闪动,如霹雳雷鸣,凌空轰出,沛不可挡。惨呼声四起,数十名官兵跌落于雪地之中。

天地间似乎有少顷的凝滞,数十人齐声欢呼:"教主到了,教主救我们来了!"

木黎带来的三千月落人大喜。他们素闻明月教教主威名,此刻生命危殆,见他如月神一般出现,士气大振,又向官兵们攻了回去。

霍宣知形势不妙,转身便逃。卫昭冷笑一声,身形如鬼魅般缥缈,强绝的剑气自他手中迸出,在空中连闪三下。霍宣发出凄厉嘶号,倒于雪地之中。

桐枫河边,所有的人被这耀目的剑气所慑,瞠目结舌,呆立原地。半晌,方有人涕泪纵横,泣呼道:"三神映月!月神下凡,我族有救了!"

这呼声似有魔力一般,月落人纷纷放下手中兵刃,拜伏于地。

卫昭转身,望向谷祥,森声道:"谷祥,你杀我族长,我要你们以命偿命!"

谷祥出身祈山派,向来自恃武艺出众,颇有几分傲气。此刻虽见这传闻中的明月教教主剑术超群,也不惊慌,枪尖擞出点点寒光,攻了上来。

卫昭面上隐现杀气,剑随身动,突入谷祥的枪影之中。谷祥大惊,未料这萧教主一上来便是搏命的招数,心神便弱了些许。卫昭暴喝一声,剑刃架上枪杆,真气流动,谷祥步步后退。卫昭却忽收招,剑尖在枪尖上一点,身形飞上半空。谷祥来不及变招,卫昭凌空落下,寒剑由上而下,没入谷祥头顶百会穴中。

谷祥双目圆睁,嘴角鲜血汹涌而出,缓缓跪落。

梁军官兵被这一幕震呆。谷祥素有"杀神"之誉,却被这明月教教主在数招内取了性命,人人心神俱裂。不知是谁率先拔足,数千人齐齐逃散,霎时溃不成军。

卫昭迅速把剑从谷祥头顶抽出,白影如魅,突入阵中,剑光纵横,瞬间便再有数十人倒于他的剑下。

斩杀间，众人听到他森冷清冽的声音："众人听令，一个不留！"

程盈盈等人明白他的意思，率众全力追击。寒月下，澜石渡边，雪地渐被鲜血染红，梁兵一个个倒将下去。

月落人见教主身先士卒，精神大振，越战越勇，人人不畏生死，仿佛要将上百年来的屈辱与愤恨借这一战彻底宣泄，永远抹除。

当最后数名梁兵倒于血泊之中，卫昭执剑而立，望着这人间地狱修罗场，眼中渐涌笑意。

平无伤走近，语气欣悦："少爷，成了！"

苏俊早已悄悄隐入树林之中，与苏颜击了击掌。

苏颜抱着一名十岁左右的幼童步出树林，大声道："少族长无恙，少族长找到了！"

卫昭长剑一弹，收回鞘内，缓步上前，微微躬身："萧无瑕见过少族长！"

少族长木风根本不明白发生了何事，惊慌间见生母乌雅过来，忙奔过去揪住她的衣襟。

乌雅向卫昭施礼："我母子遭逢大难，幸得萧教主相救，乌雅不胜感激！"

卫昭还礼道："不敢当！萧某来迟，族长不幸惨死在梁人手中，还请少族长速速即位，以定大局！"

乌雅媚眼如丝，瞟了卫昭一眼，面上却装出悲戚之色："我们孤儿寡母的，日后还得多多仰仗萧教主！"

杀声渐退，大寨主洪夜率着数千月落人齐齐拜伏于地，声震雪野："恭迎少族长即位！"

# 流水迢迢

中

箫楼 著

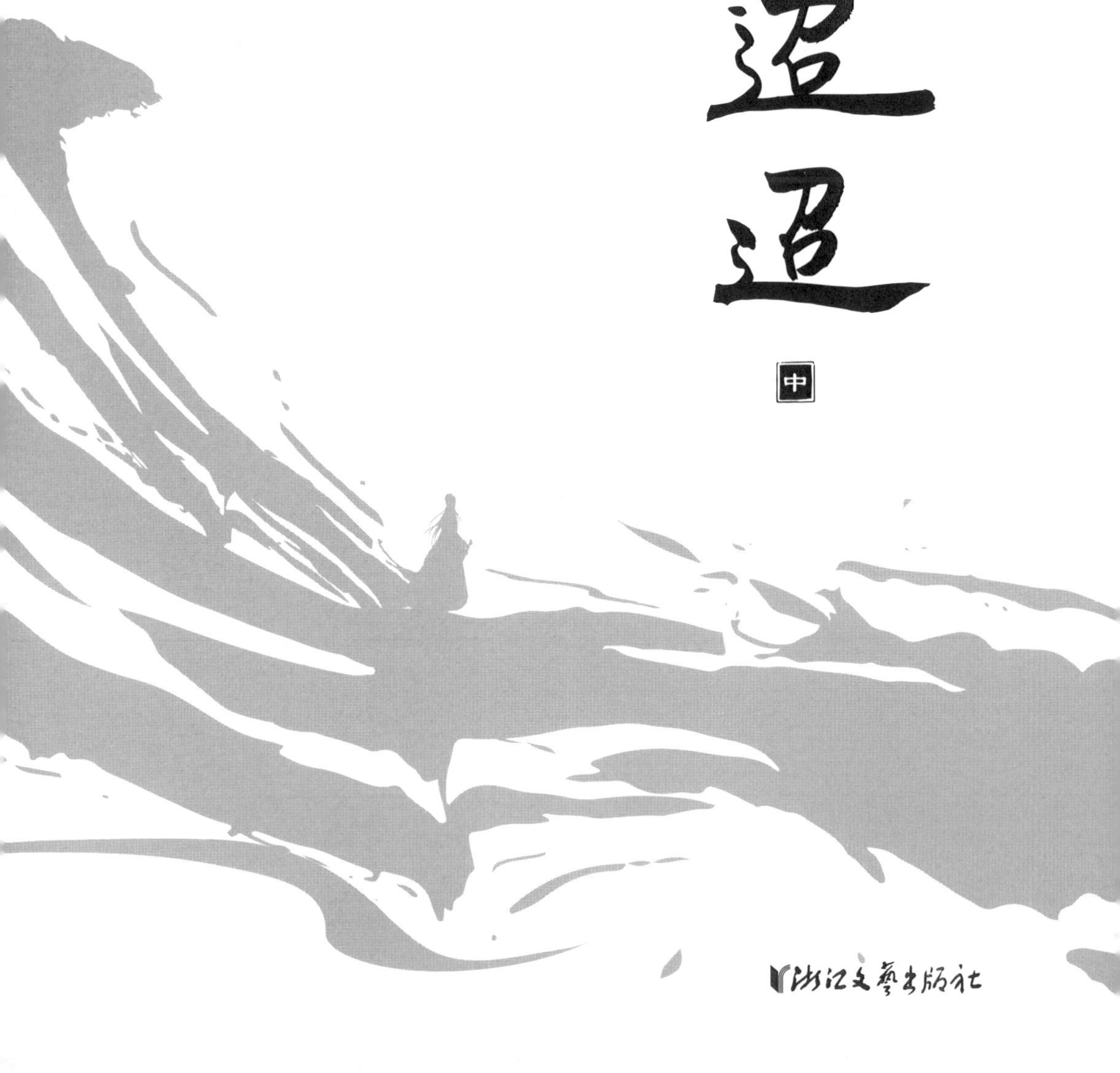

浙江文艺出版社

目录

第二十五章-001

稚子何辜

第二十六章-014

翻云覆雨

第二十七章-027

凤翔九霄

第二十八章-044

暗流汹涌

第二十九章-056

惊天蓦鼓

第三十章-070

玉泉惊变

第三十一章-086

瞒天过海

第三十二章-101

因何生怖

第三十三章-113

宇文景伦

第三十四章-125

闻弦知意

第三十五章-138

棋逢对手

第三十六章-150

牙璋铁骑

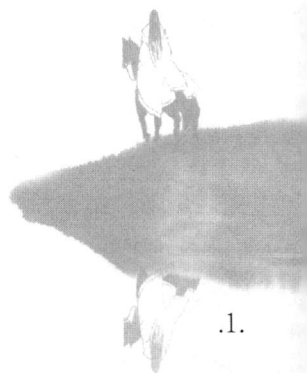

第三十七章-165

白袍银枪

第三十八章-179

忍辱负重

第三十九章-191

我心悠悠

第四十章-205

势如破竹

第四十一章-220

乡关何处

第四十二章-235

伤心碧血

第四十三章-248

点滴在心

第四十四章-262

旧痕新恨

第四十五章-277

桥头相会

第四十六章-297

剑鼎生辉

# 第二十五章

## 稚子何辜

江慈醒转，视线扫过屋内，发现自己所在的屋子有点怪异。整间房屋都是用青色的石块垒砌而成，石块也未打磨，依其天然形状挤压垒砌，更未用黄泥勾缝。

窗外传来轻轻的话语声，江慈走到窗边，见廊下两个少女正在端着绣绷绣花。一个瓜子脸，娇俏清丽，年纪较小；一个容长脸庞，柳眉杏眼，年龄稍长。

江慈用手轻叩窗棂，两个少女一起抬头，瓜子脸的少女惊喜道："她醒了，我去禀报小圣姑。"

年龄稍长些的少女站了起来："我去吧，淡雪，你看她是不是饿了，弄点东西给她吃。"说完转身出了院子。

淡雪向江慈微笑道："姑娘要不要出来走走？"

江慈求之不得，忙道："好。"走至门边，觉这月落的房门有些奇怪，用的似是樟木，却不像梁国的房门是向内开启的双扇合页门，而像一个活动的栅板，横向开合，圆木条与樟木板上均雕刻着精美的图案。

江慈走出房门，见这是一间位于石壁前的石屋，石屋外的小院同样也用青石垒围，院中白雪皑皑，数株梅花盛开，雪映红梅，娇艳夺目。

江慈见这淡雪不过十五六岁，比自己还要小些，却不敢小觑她。当日相府中的安华也比自己还小，却是安澄的得力手下。想及此，她微笑问道："这是哪里？

我睡了多久？妹妹如何称呼？"

淡雪站起，她身着青色斜襟短褂，下着素色百褶长裙，高高的发髻上插挂着简单的木饰，脚步轻盈地从另一间石屋内端出些状似糍粑的食物。江慈正有些肚饿，也不客气，接过托盘，先将肚子填饱。淡雪笑道："姑娘慢慢吃。你睡了两天了，这是山海谷的雪梅院，你叫我阿雪好了。"

江慈吃罢，装模作样地在院内转了一圈，听得淡雪跟在身后，脚步声颇沉重，不像是身负上乘武功的样子，顿时起了击倒她逃逸的想法。可念头甫生，试着提起真气，这才发觉自己内力竟消失得无影无踪，知是那日所服药水的作用，顿时有些泄气，心中将没脸猫狠狠咒骂了几句。

她转回廊下，见三脚木桌上摆着几件绣品，拿起细看，觉得线条精美，形神兼备，针法灵活细密，比师姐所绣还要强出许多。印象中竟似在何处见过这种绣品，细心想了一下，记起相府中所用屏风、绣衣、丝帕用的便是这等绣品，惊叹道："这就是你们月落名闻天下的月绣吗？是你绣的？"

"是。"淡雪拾起绣绷，坐回椅中继续飞针。江慈大感有趣，坐于她身旁细看，见她针法娴熟，若流水逐溪，圆润无碍，赞道："阿雪真是心灵手巧。"

淡雪微笑道："我是笨人，族中比我绣得好的多了去了。我们还有专门的绣姑，每年给梁桓两国进贡的月绣便是她们所绣，不过……"她针势放缓，面上也露出悲伤之色。

"不过怎样？"

淡雪沉默片刻，轻声道："她们为了绣进贡的月绣，每天要绣到半夜三更，这月绣又极伤眼力，做得几年便会双目失明。你若是去梦泽谷大寨主的后山围子看看，都是瞎眼后安置在那处养老的绣姑。"

"为何要绣到眼瞎？不绣不可以吗？"

冷笑声传来，先前那名年纪稍大些的少女走了过来，面上满是痛恨之色，劈手夺过江慈手中的绣品，将她用力一推，恨声道："不绣？你说得轻巧，你们梁国每年要我们月落进贡三千件绣品，桓国也是三千件。如果不能按数纳贡，我们派出的贡使便会被处以宫刑，你们的朝廷便会派兵来夺我们的粮食、烧我们的围子。不绣可以吗？为了这六千件绣品，绣姑们日夜不息，又怎能不眼瞎？"

她越说越是气愤，嘴唇隐隐战栗："我们月落的姑娘心灵手巧，可你看看，我们穿的用的全是最粗陋的衣料，因为好的绣姑全在为你们累死累活、做牛做马！"

江慈惊讶地听着，忽想起在相府内见到的珠帘绣幕、重帷叠帐，那奢华富贵中随处可见的漫不经意的绣品，原来每针每线上凝着的都是月落绣姑的血和泪。

见江慈蹲在地上发愣，淡雪忙将她扶了起来，道："姑娘，梅影姐性子直，她并不是说你，你别往心里去。"

又转向那梅影道："阿影姐，她是小圣姑带来的客人，也是我们月落的朋友，不同于梁国那些欺压我们的坏人。小圣姑若是知道你这般待客，会生气的。"

梅影轻哼一声，片刻后笑道："阿雪，你知道吗？我方才差点见到教主了。"

"真的？我得去看看。"淡雪大喜，将绣绷一扔，撒腿便跑。

梅影忙唤道："你站住，你见不到教主的，别白跑一趟。"

淡雪怏怏回转："为什么？"

"教主昨天将少族长护送回来后，便一直和各围子的寨主们商议少族长即位之事，现在山海堂，你怎么进得去？我方才去禀报小圣姑，也只是在外堂托阿水哥递了个话，小圣姑都没出来。听阿水哥说，里面吵得凶，教主大发神威，将五寨主给杀了。"

淡雪一惊："为什么？教主怎么生这么大气？"

"不是我说你，你也太不省事。族长现下被梁人给杀了，少族长要即位，要奉明月教为圣教，定是要为族长报仇的，可这样一来便得和梁国开战。二寨主和五寨主的地盘靠着梁国，若是开战，首当其冲，他们自是不乐意，便和大寨主吵了起来。听阿水说，五寨主似是对教主有所不敬，教主当时也不说话，只是冷冷看了他一眼，也不见教主如何拔剑，旁边人只是眨了眨眼的工夫，五寨主的脑袋便……"说着梅影做了个卡脖子的手势。

淡雪拍手道："杀得好！五寨主只会讨好梁人，为保自己的平安，还把亲妹子献了出去，更不知逼死了多少族人，真该杀！依我说，教主得把二寨主一并杀了才好。"

"二寨主是怕死鬼，见风使舵惯了的，一见教主杀了五寨主，马上就服软了，屁都不敢再放一个。听说已经议定，五日后为族长举行天葬，天葬后便是少族长的即位大典，到时还会正式封教主为'神威圣教主'，拜我们明月教为圣教。"

淡雪神情渐转激动，双手交握于胸前，喃喃念道："求明月之神庇佑我们再也不用受人欺凌、被人奴役，我的兄弟姐妹再也不用……"

她话语渐低，淌下数行泪水。梅影过去将她抱住，也露出悲戚之色："阿雪，我们就快熬出头了。教主就是月神下凡，来拯救族人的。他若不是月神，怎能三招内便杀了谷祥？听阿水说，那夜教主为族长报仇，杀梁人，竟是飞过桐枫河的。他若不是月神，桐枫河那么宽，他怎能飞得过？山海谷和梦泽谷的弟兄们看得清清楚楚，现在都把教主当月神一样拜奉呢！"

淡雪泣道："我知道教主是月神下凡来救我们的。可他为什么不早两年下凡？那样，我的阿弟就不用被送到梁国，不用做什么娈童，就不用被那恶魔折磨得生不如死了……"

江慈愣愣听着。"娈童"一词她并不明其具体含义，只是游荡江湖，在市井中流连时曾听人骂过此词。后来在京城相府与揽月楼走了几遭，也听人说过。她只知做这个的都是下贱的男人，是被人瞧不起的，似乎与市井俗人骂人话语中的"兔儿爷"是一个意思。但究竟"娈童"是做何事的，为何要被人瞧不起，她就不知道了。

她见淡雪如此悲伤，总知被迫去做"娈童"是至悲惨的事情。她向来看不得别人痛哭，遂抚上淡雪的右臂："快别哭了，只要你家阿弟还活着，总有一天你能将他接回来的。"

"接回来？"梅影冷笑道，"你说得轻巧。阿弟被送到了魏正山的帐中，魏正山你知道是谁吗？你们梁国数一数二的屠夫，送入他帐中的娈童没有几个能活下来的，阿弟现在不定被折磨成什么样子了。就是教主能带着族人立国，能与梁国开战，接回这些族人，也不是一两年能办成的，到时阿弟能不能……"

淡雪听了更是放声大哭，哭泣声悲痛深切，江慈被这哭声所感，也忍不住抹了把泪。冷哼声再度传来，院中蜡梅上的积雪簌簌掉落，淡雪吓得收住悲声，与梅影齐齐拜伏于地："小圣姑！"

轻纱蒙面的女子步入院中，道："都退下吧。"又侧身弓腰道："教主。"

卫昭负手进来，待众人退去，他在院中站着，望向墙角的红梅，并不说话。江慈自廊下望去，只觉白雪中、红梅下，他的身影更显孤单寂寥。

良久，卫昭方转身进了石屋，江慈跟入。他看了她一眼，伸手取过案几上的羊毫笔，递给江慈："我说，你写。"

江慈不接："要我写什么？"

卫昭有些不耐："照我说的写便是，这么啰唆做什么？"

"你不先说要写什么，我不会听你的。"

卫昭有些恼怒，自归月落山以来，从未有人如此顶撞过自己。他强自抑制住，道："你写一首诗，听仔细了，是：闭门向山路，幽和转晴光，道由东风尽，春与南溪长。"

江慈暗惊，想起那日听到裴琰所回之诗"冰水不相伤，春逐流溪香"，心中有了计较。她直视卫昭，平静道："我不会写的。我早说过了，我既然逃不了，会留在你的身边，但绝不会为你做任何事情，也绝不会掺和到你和他的事情中去，你若是相逼，我唯有一死。"

卫昭闪电般地扼住江慈的咽喉，话语冰冷森然："想死是吗？我成全你！"说着手逐渐用力。

江慈渐感呼吸困难，似就要失去知觉，但她依然倔强地沉默着，目光平静。

卫昭被她的目光盯得有些难受，这平静而坦然的目光，这临死前的一望，竟像极了姐姐倒地前的眼神。他本就是恐吓，见她仍是不屈，只得缓缓收回右手。

江慈握住咽喉剧烈咳嗽，待缓过劲后嘲笑道："原来神威圣教主最拿手的伎俩便是言而无信，反复无常！"

卫昭反倒没了怒气："也罢，你不写，我就和你耗着。你什么时候写了，我就什么时候给你解药，让你恢复内力。"说着他取下面具，长吁一口气，仰倒在石床上，道，"我给你点时间考虑考虑。"

他前夜飘然渡江，力歼谷祥，为求震慑人心，达到月神下凡的效果，不惜提聚了内八经中的全部真气。这种做法固能奏一时之功，却也极为伤身，真气损耗过巨。其后，他又力杀逃敌，护送少族长回到山海谷，召集各寨主议事，一剑杀了五寨主及他的十余名手下，方才平定大局，实是疲倦至极，脸上紧绷着的人皮面具更是令他烦躁不安。此刻见只有江慈在身边，索性取了下来，躺于石床上闭目养神。

江慈听到他的呼吸声渐转平缓悠长，不知他是真睡还是假寐，知像卫昭这般内力高深之人，即使是在睡梦之中也是保持着高度警觉的，自己现在内力全失，更无可能暗算于他，便拉过棉被轻轻盖在他身上，又轻步走出石屋，拾起先前淡雪扔下的绣绷细看。师姐的母亲柔姨绣艺颇精，师姐得传一二，江慈自也粗通一些。她这一细看，便看出这月绣确是极难绣成，不但要做到针迹点滴不露，还要和色无迹，均匀熨帖，形神兼备，而且看那针法，竟似有上百种之多。

她想起月落一族为了这月绣不知瞎了多少绣姑的眼睛，受了多少欺凌。而那奢靡至极的相府，那人擦手所用的帕子，他房中的锦被，他的锦袍蟒衫，用的都是此物。若是他知道那帕子上的一针一线都是血与泪所成，他还会那样随意扔弃吗？还有，那"娈童"究竟是何意思？为何人们会鄙夷至此？

她长长地叹了口气，将满桌凌乱的绣绷和绣品收入绣箩，见天空又飘起了片片雪花，觉有些寒冷，便端起绣箩进了石屋。

卫昭仍躺在石床上，江慈百无聊赖，又不敢离去，索性寻了一块素缎，定于绣绷上，取过细尖羊毫，轻轻画出线条，描出绣样。


卫昭这一放松，便沉沉睡去，直到梦中又出现那个令人恐惧的面容，才悚然惊醒。他猛然坐起，将江慈吓了一跳，手中绣绷也掉落于地。

卫昭看了她片刻，面无表情："我睡了多久？"

江慈这才知道他是真睡，想了想道："有个多时辰吧。"

"考虑得怎么样了？"卫昭下床。

江慈拾起绣绷，淡淡道："我还是那句话，我不会写的，你休想逼我。"

卫昭心中恼怒，却也拿她没辙。他转到江慈身边，见她用极细的线条画着绣样，端详了片刻，俊眉微皱："你这是画的什么？"

江慈面上一红，将绣绷放于身后，低头不语。

卫昭从未见过她这般害羞模样，以往与她之间不是怒颜相向便是冷语相对，不由得好奇心起，抢过她手中绣绷，再看片刻，哂笑道："你人长得不怎么样，这画的画也丑得很，花不像花，鸟不像鸟，倒像是几只大乌龟。"

江慈脸更红透，讷讷道："不是乌龟。"

"你告诉我画的是什么，我便让你恢复内力。"卫昭笑道。

江慈想了一阵，终还是恢复内力要紧，只要能施展轻功，总能寻到出逃的机会，何况又不是要帮他做什么伤害他人的事情，遂指着绣绷道："是菊花。"

卫昭再看一眼，不屑道："这几朵倒是有些像菊花，可这个我怎么瞅着像只乌龟，与别的菊花可长得有些不同。"

江慈怒道："我说了不是乌龟，是……"

"是什么？"

江慈低下头去，轻声道："是……是大闸蟹。"

卫昭一愣："你绣大闸蟹做什么？"

江慈抬头甜甜一笑："三爷没听过'菊花开时秋风高，对江临渚啖肥蟹'吗？这既然要绣菊花，就定要绣只大闸蟹应应景，同时也解解我的馋意。"她将手一伸，"我既告诉三爷了，三爷就赐我解药，恢复我的内力吧。"

卫昭扔下绣绷，戴上面具："你服的不过是令人昏睡、暂时失去内力的药物，现下你既醒了，十日之后内力便会慢慢恢复的。"他僵硬的假面靠近江慈，"我再给你点时间考虑，你若是想好了，就将那首诗写出来。你一日不写，便一日休想出这个院子！"

江慈见他出屋而去，沉默许久，缓缓蹲下拾起绣绷，抚摸着素缎上那只似是而非的大闸蟹，轻声道："你爪子多，心眼也多，走路也是横着走，只别哪天自个儿把自个儿给绊着了！"

她坐回椅中，捡起绣针，刮了刮鬓发，忽想起那日晨间坐于西园替崔亮补衣裳的情景，不由得有些担忧："崔大哥也不知道怎么样了，他是好人，可别被大闸蟹算计了才好。"

平无伤正在院门守着，见卫昭出来，附耳道："光明司的暗件到了。"

卫昭接过细阅一番，道："小五做得不错，不枉我这些年的栽培。这个人，平叔选得颇合我意。"

平无伤喜道："老贼被瞒过了？"

"嗯。"卫昭睡了一觉，浑身轻松，眼下大局将定，又得闻喜讯，语气中便带上几分欣喜，"他按时将密报呈给那老贼，一切都很顺利。"

平无伤心中喜悦，只觉这十余年来的隐忍奔波都似有了补偿。眼前似看见另外一张绝美的面容，觉眼角有些湿润，微微转过头去。

卫昭不觉，思忖片刻，道："眼下虽然各方面都按我们原先谋算的在行动，但还缺了一方。平叔，这边大局已定，你帮我跑一趟桓国吧。"

"是，少爷。"

"你秘密去找易寒，他上次功亏一篑，他家二皇子这段时日过得有些憋屈，相信一定不会放过这个重掌军权的机会。"卫昭望向远处山峰上的皑皑白雪，似看到了春天满山盛开的玉迦花，眼中笑意渐浓。


南安府郊，长风山庄，宝清泉。

裴琰从泉水中出来，披上衣袍，觉体内真气充沛，盎然鼓荡。见安澄过来，腾身而起，右手平横切向他的肋下。

安澄身形左闪，旋挪间右足踢向裴琰胸前，裴琰双掌在他足上一拍，借力腾身，凌空击向他肩头。安澄右足甫收，不及变招，只得蹭蹭后退数步，避过裴琰这一掌。

裴琰双掌虚击上地面，双足连蹭，安澄手中尚拿着密报，不能出手，被他蹭得步步后退，终靠上一棵雪松，剧烈咳嗽。

裴琰飘然落地，笑道："不行不行，果然没有阵仗，你的身手便有些松怠。"

安澄咳道："相爷还是赶快放我上战场吧，我总觉得那里才是我大显身手的地方，现在真是便宜剑瑜了。"

裴琰向草庐走去："你别羡慕他，他这几个月最难熬。你放心，会有你大显身手的时候，只别把身手荒废了，等真有大阵仗，我怕你连厚背刀都拿不起。"

安澄想起那夜裴琰在蒙面人手下救下自己一命，有些惭愧："是，卫三郎自身武功高强不说,他的手下也是那般强硬,我还真不能给相爷丢了面子。"

裴琰取过他递上的密折细看,微微点头:"子明做事果然细致。"他一份份细看,看至最后一封,忍不住笑道,"皇上亲手建了光明司,又将最宠信的人提为指挥使,只怕将来……"

安澄见他心情好,问道:"相爷,属下有一事不明。"

"问吧。"裴琰微笑道。

"相爷是如何猜到卫三郎便是真正的明月教教主萧无瑕的?卫三郎出身玉间府,又由庆德王进献给皇上,身上也无月落人印记,一直深受皇上宠信,小的把朝中军中之人想了个遍,也没想到竟会是他。"

裴琰笑得俊目生辉:"安澄,你觉得小丫头是个怎样的人?"

安澄面上也有了几分笑意:"江姑娘虽天真烂漫,不通世事,心地倒是不错的。"

"你觉得她是个藏得住事、喜怒不形于色的人吗?"

"这个小的倒不觉得。"

裴琰眼前浮现江慈或喜或怒、或嗔或泣的面容,有一瞬间的失神,缓缓道:"卫三郎号称'凤凰',姿容无双,便是我们这些惯常与他见面的人,每次见到他都会有惊艳之感,一般人见了他更是只有瞠目结舌的份。可相府寿宴那日,小丫头初见卫三郎毫无反应,你不觉得奇怪吗?"

安澄想了一下,点头道:"相爷不说我还真想不起来,可相爷当时如果想到了,为什么不对付卫……"

"我当时也没在意,后来使臣馆纵火案,我又借伤隐退,还要防着皇上对付我,一摞子的事情,来不及细想。倒是你回禀自恨天堂左堂主那里得知买杀手杀小丫头的是姚定邦。"裴琰冷笑一声,"偏那天我正好看到小丫头在树下吃瓜子,一副胸无城府的样子,觉得有些不对劲,把前后所有的事情连起来想了一遍,终于有些明白过来。后来命你传信给子明,让他查了一下卫三郎这几个月的动向,综合各方面的线索才确定的。"

安澄离去,裴琰走至窗前,凝望着宝清泉,想起江慈那日坐于碧芜草堂的大树下吃瓜子的情景,笑了一笑:"居然敢连同卫三郎欺骗我,让你吃些苦头也好,卫三郎总要将你还回来的。"

十二月二十五日,月落山,山海谷,天月峰。

族长木黎为救儿子死于梁兵之手,消息数日内便传遍月落山脉,九大围子的月落人齐齐陷入愤怒之中。

月落上百年来深受梁桓两国欺压,不但苛征赋税,强敛绣贡,暴索俊童美女为娈童歌姬,且将月落人视为贱奴野夷。月落势微力薄,九大寨主又不甚团结,所以一直只能忍气吞声,以牺牲一小部分族人来换取整族人的安宁。但大多数的月落人心中一直愤愤不平,深以为耻。现下全族最高地位的族长都死于梁人手中,这反抗的怒潮如同火焰般腾腾而起,迅速燃遍整个月落山脉。

这日是为故族长木黎举行天葬的日子,各围子的月落人从四面八方向山海谷拥来,除了要参加故族长的天葬和少族长的即位大典,人们更多的是想目睹一下传闻中的明月教教主的风采。

传言中,他白衣渡江,一剑杀敌,血染雪野,全歼仇敌。他如月神下凡,似星魔转世,他闪耀着神祇般的光芒,他也寄托着全族人的希望。

雪梅院中,江慈见淡雪坐立不安,不时望向院外,笑道:"阿雪,你是不是很想去看天葬和即位大典?"

这五日,卫昭仍每日到雪梅院逼江慈写下那首诗。江慈依旧不从,不是与他冷眼相向,便是顾左右而言他。卫昭倒也不再用强,逼迫无果后便冷笑离去。

江慈不肯写下那首诗,自然便出不了这雪梅院,倒与淡雪、梅影日渐熟络。三人年岁都差不多,又都是天真纯朴之人。江慈本就是随遇而安的性子,既暂时不能出逃,便知和身边之人相处和谐才是上策。她与淡雪言笑不禁,又向她请教绣艺,梅影本对她是梁人有些不满,但见她随和可喜,天神一般的教主又每日来探望她,遂也逐渐放下成见。江慈教她二人烹制家乡菜肴,她们则教江慈如何刺绣,三人迅速结出一份少女间的友谊。

在这几日的相处中,自淡雪和梅影口中,江慈知道了更多月落的历史。

自古相传,天上的月神因见凡间苦难深重,毅然放弃了数万年的仙龄,投于尘世之中，拯救世人，要磨炼千年、积累仙缘之后，才能再列仙班。故他的后人名为月落，取月中降落的仙人之意。

正因为如此，每任月落族族长去世后，族人便要为他举行天葬。在子夜时分，将逝者自天月峰顶的登仙桥抛下，若其能回归天宫，月落一族则将成为天神一族；如其落于山海谷底，则来年全族也能风调雨顺，虽仍为凡人，也可保安宁。但若在天葬过程中出现意外，导致族长不能平安下葬，则会天降奇祸，月落一族将永沦苦海。只是族长究竟如何才能回归天宫，却是谁都不曾得知。

而自古传言，若是于天葬之夜能目睹族长升天，就能过上万事顺意的日子，所以几百年来，族长天葬之日一直是月落最盛大的日子。

江慈这几日听淡雪、梅影念叨要观看天葬和即位大典，耳朵都听出了茧子，见淡雪坐立不安，便问了出来。

梅影瞪了江慈一眼："还不是因为你，小圣姑吩咐了不能离你左右，你不能出这院子，我们便也出不了。若是没有你，我们早就去天月峰了！"

江慈有些不好意思，又十分好奇，笑道："其实我也想去瞧瞧热闹的。"

淡雪坐了过来，拉住江慈的手："江姑娘，你行行好，去和教主说说，说你也想去看天葬，再带上我们。教主好像对你挺随和，他一定会允许的。"

梅影有些沮丧："教主现在忙着上天月峰，肯定不会过来的。"

江慈极为喜爱淡雪，觉她纯朴勤劳，又怜她父亲死于战乱之中，母亲因为是绣姑而双目失明，幼弟又被送到梁国为娈童。她想了想，知现下让淡雪去请卫昭，他是一定不会过来的。她想起以前与崔亮闲聊时听过的法子，咬了咬牙，将长长的绣针往曲池穴上一扎，哎哟一声，往后便倒。

淡雪、梅影吓了一跳，抢上前来将她扶起，见她双目紧闭、面色惨白，梅影忙冲出院子。不多时，轻纱蒙面的程潇潇匆匆赶来，拍上江慈胸口。江慈睁开双眼，弱声道："快让你们教主过来，我有要紧话对他说，迟了怕就来不及了。"

程潇潇有些为难，教主正全神准备今夜的大典，无法抽身。可这少女是教主交给自己监管的，而且教主这几日天天过来见这少女，她所说之话必牵涉重大。见江慈面色惨白，汗珠滚滚而下，她不及细察，转身出了雪梅院。

再过得小半个时辰，卫昭素袍假面，匆匆入园。他挥手令众人离去，探了探江慈的脉搏，一股强劲的真气自腕间涌入，迅速打通江慈用绣针封住的曲池穴。他眼中闪过恼怒之色，拎起江慈，将她往石床上一扔，声音冷冽透骨："又想玩什么花样？我今天可没工夫陪你玩。"

江慈忍住臂间疼痛，笑着站起来，也不理卫昭那冷得能将人冻结的眼神，拉上他的袍袖就道："三爷，我想求您件事，可知您今日事多，怕您不来见我，这才不得已……"

卫昭性子阴沉冷峻，不喜多言，族中男女老少对他奉若神明，甚至都不敢直视他。以往在京城之时，满朝文武百官对他又妒又恨又是蔑视又是害怕，这十多年来，除去世间有数的几人，无人敢与他平目而视，无人敢与他针锋相对，更无人对他嬉笑怒骂、嬉皮笑脸。可偏偏遇上江慈，这野丫头不但敢以死相逼，还敢违抗命令，敢从他手上出逃，敢用这些小伎俩戏弄于他，不由得让他十分恼火。他右臂一振，将江慈甩开。江慈碰到桌沿，见卫昭欲转身离去，又赶紧笑着拉住他的衣袖："三爷，我想去看天葬，你就带我去吧，可好？"

"不行。"卫昭言如寒冰，"谁知你是不是想趁人多逃跑。"

"我不会逃的，也绝不给三爷添麻烦。我就在一边看看，成不？"江慈摇着卫昭的衣袖央求道。

"休得多言，我说不行就是不行！"

见他仍欲离去，江慈大急："那你要怎样才肯让我去看天葬？"

卫昭顿住身形："你乖乖地将那首诗写了，我就放你去看……"

"不行！"江慈怒道，"我早说过不掺和你们之间的事，是你言而无信，还要胁我。你是个卑鄙无耻的小人，难怪京城之人都看不起你！"

卫昭眼中怒火腾腾而起，揪住江慈的头发向后猛拉。江慈剧痛下仰头，眼泪汹涌而出，急道："我又不是为了自己要看，是为了淡雪和梅影。她们对你奉若神明，只不过想去观礼，却因为我的原因而去不成。淡雪那么可怜，阿爸死了，阿母瞎了，阿弟又被送到魏正山帐中做娈童，生死不知，不定受着怎样的折磨。我是见她可怜才想办法找你来求你的。"

卫昭右手顿住,江慈续道:"淡雪这么可怜,她想去看看天葬,三爷就成全她吧。大不了三爷将我点住穴道捆起来,丢在这里也成,只要能让淡雪……"

江慈一口气说下来,忽觉头皮不再疼痛。她转过头,见卫昭假面后的目光闪烁不定。这一刻,她忽觉他身上惯常散发着的冷冽气息似有些减弱,屋中流动着一种难言的压抑与沉闷感。

"淡雪的阿弟在魏正山的帐中?"卫昭缓缓问道。

"是。"江慈点头,她怕卫昭因此看不起淡雪和她阿弟,又急急道,"她阿弟也是被逼无奈才去做娈童的。当时二寨主说要么送阿雪去做歌姬,要么送她阿弟去做娈童,她阿母哪个都不舍得,后来还是靠抓竹签决定的。淡雪为这事不知哭了多少回,也是想有朝一日能接回阿弟,才入了你的明月教。"

她听到卫昭呼吸声渐转粗重,有些心惊,却仍道:"三爷,您千万别因淡雪的阿弟当了娈童就瞧不起他们。像阿弟那般本性纯善之人,若不是为了救姐姐,又何必去受那份罪?他虽做了娈童,但心地却比许多人都要高洁。三爷,您就让淡雪她们去看天葬吧,我求您了。"

卫昭不发一言,冷冷看着江慈。江慈渐感害怕,但想起淡雪,仍鼓起勇气,再度上前拉住他的衣袖:"三爷,求求您了。"

卫昭抽出袍袖,森声道:"你若敢起意逃走,离我十步以上,我就将淡雪和梅影给杀了。"说着转身出屋。

江慈愣了一下,转而大喜,跳着出了院子,拉上在院外守候的淡雪与梅影,紧跟在卫昭身后。

江慈边走边望着卫昭高挑孤寂的身影,忽觉右腕一凉,侧头见淡雪正替自己戴上一只小小银丝镯,忙欲取下来。淡雪将她的手按住,轻声道:"江姑娘,这是我们月落人送给朋友的礼物,我穷,只有这个镯子,你若是取下,便是不把我当朋友。"

梅影犹豫一阵,也从右手上褪下一只银丝镯,递给江慈。江慈轻轻戴上,三人相视而笑,随着卫昭直奔天月峰。

# 第二十六章

## 翻云覆雨

　　天月峰，夜雾渐浓。杂糅着冰雪气息的冬雾，让所有人的眉间发梢都染上了一层寒霜，也让高耸入云的天月峰更显缥缈迷蒙。

　　自古相传，月落先人月神由天月峰落下凡世，天神为了让他有朝一日能重返仙界，在两座隔着深沟对峙的山崖间留了一座天然的石桥，后人称为登仙桥。

　　东面山峰，号为天月峰，由山海谷可沿山路而上。而西面山峰，四面皆为悬崖峭壁，仅由东面的天月峰可以沿登仙桥而过，故名孤云峰。孤云峰上有一明月洞，相传为月神下凡后修炼的场所，一直是月落圣地，除族长外，任何人不得进入。

　　这夜，天月峰挤满了前来观礼的月落人。九大寨主，除去五寨主死于明月教教主剑下，其余八位悉数到场，簇拥着少族长及其生母乌雅坐于天月峰顶的高台上，其余人则依地位高低一路排向天月峰下。当卫昭素衣假面，带着轻纱蒙面的大小圣姑及数名少男少女步出正围子，走向天月峰顶时，人群发出如雷般的欢呼。所过之处，月落人纷纷拜伏于地，恭颂教主神威。

　　卫昭飘然行在山路上，火光照耀下的白袍散发着一种玉石的光芒，让人觉他已不像是这尘世中人，而是下凡的神祇，孤独寂寥地俯视众生，俯视这苍茫大地。

　　江慈出了正围子后，便用程潇潇递过来的青纱蒙住面容。她一路行来，听得月落人对卫昭的欢呼拥戴声出自至诚，更见有许多人泪流满面，不由得凝望着青纱外那个飘逸的身影,心中想道:若是那人,能赢得梁国百姓如此拥戴吗?

时近子夜,天上一弯冷月,数点孤星若隐若现。

号角声呜呜响起,雄浑苍凉,山头山脚一片肃静。

大寨主洪夜站起来,一通急促的鼓点敲罢,他将手一压,朗声道:"月神在上,族长虽蒙奸人所害,却得归仙界,实是我族荣耀。今夜我们要用我们的鲜血敬谢神明,大家诚心祝祷,愿月神永佑我族人!"他转身端起一碗酒,奉至旌旗下的大祭司身前。大祭司脸绘重彩,头戴羽冠,身披青袍,手持长矛,吁嗟起舞。舞罢,接过大寨主手中的禾酒,一口饮尽,又猛然前倾,噗的一声,白色的酒箭喷在台前的火堆上,火苗蹿起,直冲夜空。山头山脚,上万人齐声高呼,拜伏于地。

高亢深沉的吟哦声中,故族长木黎的棺木被缓缓抬出。八名彩油涂面、上身赤裸、下身裹着虎皮的精壮小伙抬着棺木,踩着深深的积雪,步向云雾缥缈的登仙桥。火光映照下,上万双眼睛齐齐盯着那具黑色棺木,盯着那夜雾笼罩下的登仙桥。八名小伙走至桥边,大祭司高唱一声,八人齐齐停步,将棺木放置于地。

大祭司似歌似咏,声音直入云霄:"请仙族长!"大寨主与二寨主齐步上前,运力推开棺盖,木风与乌雅放声大哭,拜倒于雪地之中。

木族长的尸身已做防腐处理,被两位寨主从棺中抬出。他裹在长长的白色月袍之中,容颜如生,只双目圆睁,仰望苍穹。山顶之人看得清楚,齐声大哭,山路上的月落人同放悲声。

大寨主与二寨主一人扛肩,一人扛腿,抬着木族长,缓步走上登仙桥。

寒风渐盛,吹得火把明明暗暗,登仙桥对面的孤云峰黑幽沉寂。

清冷的弯月隐入云层之中,不知从何处激起一股强风,登仙桥上的积雪忽地剧烈爆开,激起一团巨大的雪雾。

那雪雾腾地而起,天月峰头也忽有一阵寒风,卷起雪雾。众人齐齐眯眼,却都听到短促的惊呼,迷蒙中见扛着族长遗体的大寨主洪夜单膝跪于地上。他肩头一歪,二寨主猝不及防,族长遗体滑落,眼见就要倒在桥上的雪雾之中。

山头山间上万人齐声惊呼,众人只恨雪雾遮眼,看不清楚,眼见族长似是不能顺利落谷,霎时都涌上强烈的恐惧感,似已见到月落大难临头,永沦苦海。就在这一瞬间，孤云峰再涌来寒风，雪雾更盛，天月峰上火光也为之一黯。众人抬眼望去，只见迷蒙雪雾中，族长木黎的尸体在将要倒在桥面上的那一刹那凌空飞起，似白色的流星，自空中冉冉划出一道弧线，直隐入登仙桥对面的黑色苍穹之中。

这一幕来得太快，只是一眨眼的工夫，便已不见了族长的尸身。众人瞠目结舌间，不知是谁大喊道："族长登天了，族长回归仙界了！"

这声呐喊如同掉落在烈油中的火星，整个天月峰沸腾起来。

"族长登天了，族长回归仙界了！"

"我月落有希望了！"

"果然是月神下凡啊，教主是月神转世，拯救我族人来了！"

雪地上，山道间，响起如雷的欢呼与祝祷之声，月落人向着登仙桥的方向，向傲立于峰顶的那个白色身影磕头俯身。

卫昭飘逸的身影立在登仙桥头，眼神掠过大寨主洪夜，洪夜微微一笑。卫昭又望向对面的黑色苍穹，缓缓抬手，待众人肃静，他清冷而激昂的声音回荡在山峦之间："族长升天，明月之神将护佑我族人，再无苦痛，永享康宁！"

淡雪与梅影喜极而拜，眼泪汹涌而出。整个山头，除却少族长和卫昭，就余江慈一人青纱蒙面，孤身而立。她望着那个白色的身影，忽觉此人便如同明月下的一团烈焰，将这上万人的心头点燃，但同时也在灼灼地燃烧着他自己。


数百年来只在传闻之中出现过的族长升天之象出现，月落人群情激涌，少族长木风的即位大典和圣教册立大典便在欢呼声中结束。卫昭从新任族长木风的手中接过象征着无上权威的圣印，飘然下山。

身后传来接天的欢呼声、歌唱声，卫昭嘴角轻勾，带着程盈盈等人回了正围子，江慈仍在淡雪、梅影的陪同下回雪梅院。

程盈盈转身将栊门关上，与程潇潇一同行礼："恭贺教主！"

卫昭淡淡道："我说过，在我面前不必这么多规矩。"

程盈盈掀起面纱，酒窝盎然："不知道苏俊他们何时可以出洞？"

"总得等天月峰这边的人都散了，他们才好出来。"程潇潇笑道。

卫昭微微点头："大家都干得不错。"

程盈盈还欲再说，程潇潇却将她一拉，二人行礼出房。

程潇潇低声嗔道："姐姐，你是真不知吗？教主若是和我们客气，我们便不要再待在他面前。"

卫昭走到桌前坐下，思忖着数件大事。

眼下天葬顺利结束，自己和苏俊、苏颜及大寨主洪夜悉力配合，又利用雪雾和特制的天蚕蛛丝，制造了族长"登天"的假象，恢复了族人的信心，也奠定了明月教"圣教"的地位和自己"月神下凡"的形象。但如何面对紧接着的严峻形势，能不能熬到明春，裴琰会不会与自己配合，那老贼又是否会一直被蒙在鼓里，实是未知之数——必须尽早将族中的兵权掌控于手中，及早做出部署才行。

夜，逐渐深沉。卫昭听得天月峰传来的欢呼之声渐消，知道兴奋的族人们终相继散去，他嘴唇轻轻一牵："月神下凡……"

敲门声响起，他迅速将假面戴上："谁？"

娇怯的声音传来，卫昭认得是少族长木风生母乌雅的贴身婢女阿珍："教主，圣母请您赶快过去一趟。"

"何事？"

"少族长……不，族长似是受了些风寒，情形不对，圣母请您过去看一下。"

卫昭拉门而出，急步走向乌雅及木风居住的山海院。行到山海院的前厅，阿珍又道："教主，圣母在后花园。"卫昭便随着她走向后花园。

此时已是丑时末，一路行来，山海院内寂静无人。

后花园有一暖阁，竹帷轻掀，阁内铺着锦毡，炭火融融。阿珍掀帘，卫昭走进暖阁，见乌雅坐于榻上，一袭绯衣，微笑望着自己。帘幕放下，微风拂过，卫昭闻到一缕若有若无、如兰如麝的清香，这清香扑入鼻中，如同温泉的水沁过面颊，又似烈艳的酒滑过喉头。他转身便走，乌雅唤道："无瑕！"

卫昭顿住脚步，背对乌雅，冷声道："还请你日后称我一声教主！"

乌雅站起来，慢慢走到卫昭身后，仰起脸来，轻声一叹："无瑕，老教主当年在我面前提起你的时候，便是满心欢喜。这么多年，我总想着你何时会真正出现，让我看看老教主当年为何那么喜欢你。现如今总算是见着了,也算了了我的心愿。"

卫昭沉默不语。乌雅眼帘低垂,轻声道:"现下大局已定,我也能放下这一肩重担,想起老教主对我说过的话,这心中……"

卫昭转过身来:"师父他说过什么?"

乌雅面上笑容似蜜如糯,声音轻柔如水,低头叹道:"老教主当年授了我一首曲子,说若是异日教主大业得成,便让我为您弹奏这首曲子,也算是他……"

卫昭迟疑半晌,终返身在木榻前坐定,低声道:"既是师父的曲子,就请弹奏吧。"

乌雅莲步轻移,巧笑嫣然地在琴案前坐下,依次勾起月落琴的十二根长弦,喉里低低唱道:"望月落,玉迦花开,碧梧飞絮。笑煞春风几度,关山二月天,似山海常驻,叹意气雄豪,皆隐重雾。"

卫昭低头静静听着,依稀记起当年在玉迦山庄,姐姐与师父在月下弹琴抚箫,奏的便似是这首曲子。耳边琴声婉转泣诉,歌声粘柔低回,他渐感有些迷糊,阁内香气更浓,心底深处似掠过一丝麻麻的酥滑,让他轻轻一颤。

这种从未有过的感觉让他有些不自在,正待挪动,只觉琴音越发低滑,似春波里的水草将他的心柔柔缠住,又似初夏的风熏得他有些懒怠动弹。

乌雅抬眼看了一下卫昭,眼神有些迷离。待最后一缕琴音散去,她端起青瓷杯走至卫昭身边跪下,仰起脸,娇媚的面容似掐得出水来:"无瑕,我敬老教主如神明,奉他之命隐忍了这么多年,盼了这么多年,终于能见你一面,为你效命。你若是怜惜乌雅姐姐这么多年的隐忍,就喝了这杯酒吧。"

她的脸上涌起一抹红晕,端着酒杯的手却皓白如玉,酒水激滟。卫昭低头望去,似见师父的面容正微漾于酒面。他接过酒杯,在鼻间嗅了嗅,仰头一饮而尽。一股热辣滑胸而过,刚放下酒杯,乌雅的纤指却已抚上了他的胸前。

卫昭身躯一僵,乌雅的手已伸入了他的袍襟。乌雅手指纤纤,顺着袍襟而下,卫昭只觉先前那麻麻的酥痒再度传来。鼻中,乌雅秀发上传来的清香一阵浓过一阵,他尚不及反应,乌雅已贴入他的怀中。

乌雅的绯衣不知何时已由肩头滑下,如浓丽的牡丹花霎时绽放于卫昭眼前。

那葱白似的嫩、流云般的柔、白玉般的光华,让卫昭吸了口冷气,双手本能下推出,乌雅却腰肢一扭,将自己胸前的轻盈送入他的手心。

手心传来温热而柔软的感觉,那是一种仿佛与生俱来的掌握感和控制感,卫昭双手一滞。低头间,那盈盈腰肢的线条晃过眼前,让他不自觉将头微仰。

乌雅右手沿他小腹而下,脸却仰望着他,柔舌似有意似无意地在唇边一舔。阁内炭火盈盈,映得她面颊的红润与眼中的迷离之色宛如幻象。而她的身子似在轻颤,喉间也发出隐约的低吟⋯⋯卫昭觉手心如有烈火在炙烤,身子也像被燃烧,而眼前的乌雅就似那一汪碧水,能将这烈火扑灭,让体内的汹涌平息。

乌雅的手继续向下,卫昭不自禁地抬头,眼光掠过旁边的月落琴,身躯一震,忽然暴喝一声,反手扼住乌雅双臂,将她往木榻上一甩,身子旋飞而起,穿帘而出,跃入阁外的雪地之中。足下的雪、迎面的风传入丝丝冰寒之意,卫昭右臂剧烈颤抖,反手拍上院中雪松,松枝上的积雪簌簌掉落,激起漫天雪雾。他在雪雾中数个盘旋,消失在后花园的墙头。


寒冷的夜风中,卫昭奔回自己所居的剑火阁。他的四肢似冻结于冰中一般僵硬,偏自胸口而下有团烈火在腾腾燃烧,如淬火炼剑、青烟直冒。

周遭一切渐渐褪色,他眼前再现那抹白嫩,手心似还残留着那团温热,心头还晃着那丝轻盈。十多年来,他只识含垢忍辱,摒情绝性,却从不知原来世间还有可以让他愿意去掌控、渴望去放纵和征服的温柔。他不停击打着院中积雪,眼前一片迷茫,既看不清这漫天雪雾后的景致,也看不清这从没见识过的人生歧路。

雪花慢慢落满他的乌发假面,他跪于雪地之中,剧烈颤抖。

天空中,孤星寒月冷冷地凝望着他。他脑中空茫混沌,一种难以言述,也从未体验过的欲望却正在胸口腾腾燃烧,如烈火般灼人,又如毒蛇般凶险⋯⋯

次日清晨,天放晴光,竟是个难得的冬阳天。

卫昭枯坐于榻上,胸口如被抽空了一般难受。他已想明白,昨夜被乌雅暗下迷香,琴弹媚音,自己虽将那团火熄灭,但药物加上媚音的双重作用仍使自己有些真气紊乱。更难受的是那从未有过的感觉,从来没有面对过的事实,像一记重拳把他击蒙，又像一条毒蛇时刻噬咬着他的心。

他呆坐榻上，直到曙光大盛，才惊觉今日是少族长即位后的首次寨主议政，这关系到自己能否执掌兵权，顺利熬过今冬。于是将体内翻腾的真气强压了下去，起身前往山海堂。

众人都已到齐，新任族长木风坐在宽大的檀木椅中，有些不安和拘束，见圣教主入堂，回头看了看阿母乌雅。

乌雅面上露着温婉的微笑，点了点头。木风站了起来，稚嫩的身影奔下高台，在欲扑入卫昭怀中时听到乌雅的低咳，忙又顿住脚步，装出一副老成的样子，眼中却仍闪着崇敬的光芒，抬头道："圣教主，请归圣座。"

卫昭微微低头："族长厚爱，愧不敢当。请族长速速登位，寨主议政要开始了。"

木风恨不得能即刻散会，拉住教主，求他教自己武艺才好，听了卫昭所言，只得快快回座。他踌躇片刻，才记全阿母所授之话，却因被十余名成人目光灼灼地盯着，声音有些颤抖："蒙月神庇佑，仙族长得归仙界，我族振兴有望，也望各寨主们同心协力，爱惜族人，共抗外敌，使月神之光辉照遍月落大地……"

卫昭抬头看了木风一眼，木风便觉有些心惊，话语顿住。

大寨主洪夜忙道："族长所言甚是，眼下最要紧的事情是防备梁军派兵来袭，毕竟我们杀了谷祥及八千官兵，梁人不会善罢甘休。"

二寨主正为此担忧，他的山围子位于月落山脉东部，与梁国接壤，一旦战事激烈，便首当其冲，忙道："依我所见，族长刚刚登位，我月落兵力不足，还是不宜与梁国开战。不如上书梁国朝廷，请求修好，并多献贡物及奴仆，让朝廷不再派兵来清剿我们，方是上策。"

六寨主向来与二寨主不和，冷笑道："二寨主此言差矣，仙族长得归仙界，这是上天让我们月落从此不用再受梁人的欺压。圣教主乃月神下凡，现在正是我们洗刷耻辱、振兴月落的大好时机，又岂能再牺牲族人，向梁人屈辱求和呢？"

大寨主点头道："六寨主说得在理，先不说打不打得过梁人，在仙族长得归仙界、天命攸归的情形下，还要加纳贡物奴仆，屈膝求和，只怕族人都不会答应。"

二寨主低下头去。昨夜天葬，故族长"登仙"而去，他也被强烈震撼，当时不由自主下跪，随着众人欢呼。但夜深人静，他细细琢磨，总觉有些不对劲，心中怀疑是明月教教主在背后捣鬼，苦于没有证据。将近黎明，他黑衣蒙面，悄悄过了登仙桥，去对面的孤云峰查看了一番，未发现什么痕迹，此时听大寨主这般说，遂只能沉默不语。

卫昭端坐椅中，不动声色。乌雅端起茶盅轻抿一口，眼角瞥了瞥卫昭。他那如冰如霜般的眼神让她心中凛然，权衡再三，浅笑着开口道："各位寨主，我虽为圣母，但对军国大事一概不懂，别的事我也说不出个所以然。我只知道我的夫君，我们月落现任族长的阿爸是死于梁人之手。就是普通人，这杀父之仇尚且不共戴天，更何况是我族至高无上的族长？"

六寨主愤愤道："圣母说得是，我们受的欺压还不够吗？现在连族长都死于他们手中，岂能善罢甘休！"

二寨主知大势不可逆，连忙笑道："既是如此，我也没有意见了，那……大家就商量一下如何抵抗外侵吧。"

大寨主道："眼下也没有别的办法，少不得还需二寨主借出你的围子，由其余各寨主的围子抽调重兵，囤于流霞峰一带，防备梁人来袭。"

"流霞峰纵是长乐城官兵来袭的必经途径，但飞鹤峡呢？王朗只要派人迂回至桐枫河北面，沿飞鹤峡而下，一样可以直插这山海谷。"

"飞鹤峡那里也得派重兵守着。"大寨主沉吟道，"所以现在各位寨主得鼎力合作才行。依我所见，都把各围子的兵力调到山海谷来，再将准备过冬的粮食运来，捐出各自的赋银购置兵器。由族长统一指挥，统一分配，这样方能保证族人的精诚团结，而不致战事临头，各自为政，一盘散……"

"我不同意！"七寨主站了起来，他圆胖的脸上略显激动，"你们要与梁国开战，我无异议，但要把我的兵也卷进来，让他们为你们送命，那可不行！"

卫昭猛然抬眼，精光一闪。六寨主会意，出言讽道："我看七寨主不是爱惜手下，而是心疼你那些粮食和赋银！难怪你的山围子盛产铁抓笆！"

山海堂内哄然大笑。人人都知七寨主爱财如命，被人暗地里称为"铁抓笆"。由于他的围子位于西面，远离梁国，历来未受战火波及，故一直对族内事务爱理不理。眼下忽然要他将兵力交出，还要交出粮食与赋银，那可真比杀了他还难受。

七寨主被众人笑得脸上有些挂不住，怒道："你们要打仗要报仇，那是你们的事，凭什么要我交人交钱？我阿母病重，需赶回去侍奉汤药，先告辞！"说着向高座上的族长木风拱拱手，转身往堂外走去。

八寨主与七寨主相邻，二人又是堂兄弟，一贯同气连声，见七寨主借发怒离去，自己本也不愿出兵出银，遂跟着站了起来："原来伯母病重，我也得赶去探望，阿兄等等我！"

二寨主心中暗喜，只要七、八寨主一去，这寨主议政不成，族内意见无法统一，便无法与梁国开战。凭自己多年来与王朗暗中建立起来的关系，只要再多敬献财物贱奴，便可得保安宁。

卫昭看着众人争吵，僵硬的脸上一丝表情都没有，但双眸却越来越亮得骇人。


眼见二位寨主已走至山海堂门前，乌雅推了一下木风，木风尽管心中害怕，禁不住阿母在左臂上的一掐，颤声唤道："二位寨主请留步！"

七寨主在门口停住脚步，见自己带来的数百手下拥了过来，胆气大盛，回头斜睨着木风："族长，失礼了！"

八寨主的数百手下也步履齐整，拥于堂前，七、八寨主相视一笑，举步欲行。

卫昭眼神扫过大寨主和一边蒙面而立的苏俊，二人均微微点头。卫昭合上双眼，又猛然睁开，一声龙吟，背后寒剑弹鞘而出。堂内诸人来不及眨眼，白影鼓起一团剑气自堂中长案上划过，直飞堂外。围着七寨主的数十人纷纷向外跌出，鲜血暴起，七寨主发出凄厉的惨叫，噗地倒在雪地之中。

这一幕来得太过突然，众人不及反应，卫昭已拔出长剑，森冷的目光望向八寨主。八寨主见卫昭眼中满是杀意，有些惊慌，但他毕竟也经历过大风大浪，将手一挥："上！"数百手下得令，齐齐攻向卫昭，八寨主则在十余名亲信的簇拥下迅速向山脚奔去。卫昭冷笑一声，凌空而起，举足轻点，一路踏过数十人头顶，如大鹏展翅，落于正急速奔逃的八寨主面前。八寨主险些撞上他的身躯，急急收步，挥着手中长矛，侧转而逃。卫昭长剑一横，运力将他长矛震断。八寨主被这股大力震得向旁趔趄，卫昭已伸手揪住他颈间穴道，八寨主全身失力，双手垂落。

山海堂前陷入混乱，堂内之人齐齐拥出，堂外七、八寨主带来的人眼见主子或被杀，或被擒，乱作一团。

苏俊早抢出山海堂，右手一挥，山海堂两侧的高墙后忽拥出上千人马，高声喝喊："抓住谋害族长、犯上作乱的贼人！"

嘈杂声中，卫昭望着在自己手中挣扎的八寨主，嘴唇微动。八寨主虽恐惧不已，却也听得清楚。

"八寨主，七寨主有两个儿子吧？"

八寨主不明教主为何在此时还问这等闲话，但命悬他手，只得啄米似的点头。

卫昭将他拎高一些，在他耳边轻声道："若是七寨主的两个儿子都暴病身亡，这七寨主的围子是不是该由他唯一的堂弟来继承呢？"

八寨主脑中有些迷糊，想了半天才明白他这番话的含义，大惊之后是大喜，忙不迭地点头。卫昭冷哼一声，松开了手。

八寨主惊惶甫定，强自控制住强烈的心跳，回转头大声道："我是被胁迫的，是七寨主胁迫我和他一起作乱，我是全力拥护族长的！"

卫昭见苏俊已带人将七寨主的人马悉数拿下，又见八寨主的手下纷纷放下兵刃，知大局已定，冷冷一笑，回转山海堂。

七寨主身亡，八寨主又表明拥护族长的立场，这寨主议政便得以顺利进行。众人议定，各围子抽调主力精兵，捐出钱粮，由族长统一分配指挥，具体作战事宜则全权交给圣教主裁断。

卫昭根据早前收到的密报，估算着王朗的兵马可能会在十日之内由流霞峰西进或飞鹤峡南下，遂命三、四寨主在议政结束后迅速赶回各自的山围子，三寨主的兵力向流霞峰部署，四寨主的兵力则死守飞鹤峡。

一切议定，已是正午时分。山海堂外，卫昭静静而立，低头望着七寨主身亡倒地之处的那摊血迹，听到身后传来一急促、一轻碎的脚步声，便侧身弓腰："族长！"

乌雅牵着木风的手，面上仍是那温柔的微笑，道："教主神威，我们母子日后还得多仰仗教主。"

卫昭垂下眼帘，淡淡道："这是我应尽的本分，请族长放心。"

"如此甚好。只是木风这孩子一贯仰慕教主，想随教主修习武艺，不知教主可愿收他为徒？"

卫昭沉默片刻，俯身将木风抱起，向后堂行去。

乌雅凝望着他修长的身影，苦笑一声，面上却又闪过一丝不甘。


长风山庄，宝清泉草庐。

裴琰看着由宁剑瑜处传回来的军情，右手执着颗黑玉棋子在棋盘上轻轻磕着。棋盘上，他自弈的黑白两子已成对峙之势，杀得难分难解。他放下密报，正待唤人，安澄匆匆进来。

"相爷，老侯爷回来了！"

裴琰一惊，迅速站起来往外走，安澄顺手取过椅中的狐裘替他披上。

"有没有人看见？"裴琰面色有几分凝重。

"没有。"安澄答道，"老侯爷是自暗道进的碧芜草堂，小的回东阁见到暗记，入了密室，才知是老侯爷回来了。老侯爷让相爷即刻去见他。"

裴琰沿山路急奔而下，直奔碧芜草堂，安澄早将附近暗卫悉数撤去，亲自守在东阁门前。裴琰直入后暖阁，右手按上雕花木床床柱，运力左右扭了数圈。咔咔声响，床后的墙壁缓缓移动，他闪入墙后，将机关复原，迅速沿石阶而下，经过甬道进入密室，翻身下跪："拜见叔父！"

原震北侯裴子放坐于棋台前，修眉俊目。他虽已是中年，身形仍坚挺笔直，一袭青袍，服饰简便，仅腰间佩挂着一块玉珏。他微笑着抬头，和声道："琰儿快起来，让叔父好好看看。"

裴琰站起，趋近道："叔父怎么突然回来了？是不是幽州那边出了什么变故？收到琰儿的密信了吗？"

裴子放神情淡然，但看着裴琰的目光却带着几分慈和："幽州没什么大事，我收到你的信后便启程，主要是回来取一样东西。"

裴琰垂下头。他是遗腹子，一身武艺均是这位叔父所授，虽说幼年得益于母亲为自己洗骨伐髓，使自己的武艺青出于蓝更胜于蓝，但他对这位叔父总有着几分难言的敬畏。多年以来，裴氏一族谋划全局，自己得建长风骑，入朝为相，均与叔父密不可分。叔父虽贬居幽州，但一直在掌握着全局。眼下这个关键时刻，他秘密潜返长风山庄，只为取一样东西，此物定然关系重大。

裴子放呵呵一笑："先别管那东西，入夜后再去取。我们爷俩也有几年没有见面了，来，陪叔父下局棋，叙叙话。"

裴琰微笑应"是"，在裴子放对面坐下。炭炉子上的茶壶咕咕而响，裴琰忙将煮好的茶汤倒于茶盅之中，过了两道后，奉给裴子放。

裴子放伸手接过，微笑道："不错，棋艺有长进，掌控大局的本领也进步不少。"

"全蒙叔父教导。"裴琰恭声道。

裴子放落下一子："在对手不弱、局势复杂的情况下，你能下成这样，叔父很欣慰。只是你行棋稍险了些。"

"琰儿恭聆叔父教诲。"

"你能将东北角的棋子诱入死地，让西边的棋子拖住对手的主力，然后占据中部腹地，确是好计策。不过你要切记，你的对手非同一般。"

裴琰细观棋局，额头隐有汗珠沁出，手中棋子在棋盘某处上空顿了又顿，终轻声道："叔父是指这处吗？"

裴子放饮了口茶，呵呵一笑："不错，这是对手的心腹要地，但你纵使知道了这一点，也无从落子啊！"

裴琰凝神思考，在西南处落下一子，裴子放略有喜色，应下一子。二人越下越快，裴子放终推枰起身，笑道："走。"

二人沿山路而上，此时已入夜，安澄早撤去所有暗卫。一路行来，裴琰轻声将不便在密信中叙述的诸事细禀。裴子放静静听着，待他述毕，微笑道："琰儿心思机敏，我也未料到江海天临死前还布了一个这么久远的局，埋下了一颗这么深的棋子。"

"幸得叔父曾对琰儿描述过明月教教主特有的身法，看到卫三郎逃离时所用轻功，琰儿才能肯定，在长风山庄自尽身亡的并不是真正的明月教教主。"

裴子放轻叹一声："卫三郎隐忍这么多年，眼下既然开始搅动风云，皇上那里他必然做了周密的安排。皇上机警过人，但只怕要在最宠信的人身上栽一个跟头了。"

宝清泉，热雾腾腾。裴子放立于泉边，望着那一汪雾气，目光深邃。他宽去外袍，纵身一跃，不多时便探出水面，身形带起大团水雾，在空中数个盘旋，轻轻落于地面，将一个用厚厚油布包裹着的木盒递给裴琰。

裴琰双手接过，待裴子放脱去湿透的内衫，披了外袍，在火堆边坐定，方单膝跪于他身边，将油布打开，取出木盒奉给裴子放。

裴子放双手拇指扣上木盒左右两侧某处的暗纹，咔嗒声响，盒盖应声弹开。他低头望着盒中物事，轻叹一声，将那用黄色绫布包着的卷轴取出，递给裴琰。

裴琰面色沉肃，缓缓打开那黄色卷轴，眼光及处，面色数次微变，终复于平静，在裴子放身前磕下头去。

夜风寒劲，吹得潭面上的雾气向二人涌来。裴子放将裴琰拉起，轻拍着他的手，叹道："为了此物，你父亲死于暗算，我也被贬幽州二十余年。但正因为此物，他才不敢对我下毒手，你母亲也得以顺利将你生下。"

裴琰身形如石雕一般，良久沉默，忽然抬头，眼神如剑芒一闪。裴子放仿佛见到利刃出鞘，长剑龙吟，耳边听到他清朗的声音："琰儿一切听从叔父教诲。"

裴子放微微一笑，目光投向漆黑的夜空："时机正在慢慢成熟，你也做得很好。但我总感觉还不到最关键的时候。这样东西我先交给你，在最后关头，你用来做最致命的一击吧。"

# 第二十七章

## 凤翔九霄

下午时分,冬阳晒入雪梅院的廊下。江慈刚洗过头发,靠在廊下竹栏边,黛色青丝垂于腰际。她有一搭没一搭地梳理着,看到淡雪手中的绣裙,笑道:"阿雪这幅'凤穿牡丹'倒快过阿影姐的'鲤鱼戏珠'。"

淡雪温婉一笑:"我这可是要赶在新年前完成的,落凤滩大集时好穿上。"

江慈早由二人口中得知,月落的新年与梁国并不相同,是在正月十八。那时冬雪开始消融,春风首度吹至月落山脉,月落人会于落凤滩举行大集,载歌载舞,共贺春回大地,并开始新一年的农作。

梅影低声道:"今年的落凤滩大集很可能不会举行了。"

"为什么?"

"我昨天去领果品时听人说,王朗大军正往月落而来。眼下各围子的精兵都在往山海谷调动,教主忙得几天几夜没睡过好觉,不断兵增流霞峰和飞鹤峡。若是真打起来了,还怎么举行落凤滩大集?"

江慈一惊:"真要打起来了吗?"

"看情形,一场恶仗是免不了的。"梅影有些激动,"梁人欺压了我们这么多年,现在圣教主是月神下凡,一定会带领我们战无不胜,击败他们的。"

江慈心中黯然。她从未亲眼见过战争,只是听师叔说过那血流成河、尸横遍野的悲惨景象，不由得叹了口气。

淡雪只当她是思念亲人，忙道："江姑娘，今日是你们的新年，梅影姐领了些鱼和肉过来，不如我们今晚弄一个你说过的合蒸肉、庆余年，你就当过年吧。"

江慈也将对战事的担忧抛在脑后，那毕竟不是她能置词和改变的，便笑道："好啊，我还从未在别的地方过新年，今日有阿影姐和阿雪妹子相陪，也算我们有缘。"

院门开启，卫昭负手进来。淡雪和梅影用充满敬慕的目光偷偷看了他一眼，依依不舍地离去。

江慈知他又来逼自己写那首诗，斜睨着他讽道："圣教主倒是挺有闲工夫的。"

卫昭连日忙碌，却愈显精神，眸中光彩更盛，笑道："我说过，我有的是时间和你耗，你一日不写，我便一日不放你出这院子。"

江慈抚了抚长发，觉得已经干透，口中咬住竹簪子，将长发盘绕几圈，轻轻用竹簪簪定。她边簪边道："我在这里吃得好，睡得香，倒也不想出去。"

卫昭立于江慈身前，她盘发时甩出一股清香，扑入他的鼻中。他眉头一皱，微微低头，正见江慈脖中一抹细腻的白，如玉如瓷，晶莹圆润。

他眼睛微眯，胸口涌起莫名的烦躁与不安，猛然想起那夜在宝清泉用锦被将这丫头包住带出来的情景，眼光不由得徐徐而下。

江慈将长发簪定，抬起头来，见卫昭如石雕一般岿然不动，眼神直盯着自己，亮得有些吓人，唯恐他又欺负自己，跳了起来，后退数步。

卫昭惊觉，冷哼一声，拂袖出了院门。

院外白雪耀目，他呆立于门口，心中一片迷茫，那抹净白如同岚山明月，嵌入他内心深处，再也无法抹去。

江慈觉卫昭今日有些怪异，正待细想，淡雪和梅影你推我搡地笑着进来。

江慈笑道："什么事这么高兴？"

淡雪推了推梅影，笑道："阿影姐忽然想起她去年埋下的红梅酒到了启土的时候，她明年就可以嫁人了！"

江慈听她们说过，月落的姑娘们在十六岁那年的某一日，会在梅树下埋下一坛酒，一年之后开启，喝下那红梅酒后，便可以正式谈婚论嫁。

她拍手道："可巧了，我来下厨，弄上合蒸肉和庆余年，我们好好庆贺一番。"

梅影笑着做出噤声的手势，江慈低声道："不怕，我们偷偷地喝，不让别人知道就是，反正外面守着的人也不敢进来。"

三人笑着到院中蜡梅树下挖出一小瓦坛，捧着奔入房中。

江慈将热气腾腾的菜肴端入石屋，淡雪、梅影笑着掩紧门窗，梅影只嚷饿了，夹了筷合蒸肉送入口中。江慈倒了一盏酒，梅影接过一饮而尽，淡雪拍手笑道："一饮红梅酒，天长地久共白头。"

梅影放下竹筷，便来揪淡雪的脸，淡雪笑着躲过。江慈饮了口酒，想起在家时与师姐嬉笑的情形，心中黯然。不过转而想开，夹了筷鱼肉狠狠嚼着，心中道：师姐，你等着小慈，小慈总会回来的！

三人不敢高声笑闹，只是小声地说话、喝酒吃菜。待有了几分醉意，江慈又教会淡雪、梅影猜拳。二人初学，自是有些笨拙，各自罚了数杯，便面上酡红，话语也有些黏滞。

江慈看着二人情形，笑软了斜趴在床边，忽觉丹田一热，消失了十余日的内力似有恢复的迹象。她心中一动，再饮了数口酒，果然内力再恢复了一些。她心中暗喜，知已到十日之期，这红梅酒又有活血功效，看来自己可以运起轻功了。

念头一生，她便控制着酒量，待感觉到内力完全恢复，轻功可以使上八九成，方倒在石床上合眼而睡。

四更时分，江慈悄悄坐起。见烛火已快燃尽，淡雪头枕在床边，脚却搭在梅影身上，梅影则趴在床上，鼻带轻鼾。二人面颊均如涂了胭脂一般，分外娇艳。

江慈轻轻拉开枕门，走至院中。迎面的寒风让她脑中逐渐清醒，她也知院外必有看守之人，要想逃走不是那么容易的事情。但这些时日来，淡雪、梅影时刻跟随，让自己连一探地形的机会都没有，此时二人醉倒，自己总得将这院子四周的情形探明了，才好计划下一步的出逃。

她在院子四周查看了一番，不由得有些泄气。这雪梅院有两面临着悬崖，建有石屋的一面则靠着峭壁，只有院门方向可以出入，而院门外时刻有明月教教众把守,要想顺利出逃实是有些困难。

沮丧至极,江慈只得回转石屋,依着淡雪和梅影沉沉睡去。

第二日便有了好消息,因大战在即,人手不足,淡雪和梅影被调去正围子准备士兵的冬衣。二人早出晚归,雪梅院中只余江慈一人。

这一日,听淡雪言道,圣教主将于三日后带领主力军前往流霞峰,江慈心中暗喜,知能否成功逃脱的关键便在那日。她心中有了计较,便寻来竹簸箕,日日在院中用绳子拴了竹簸箕,捉了十余只小鸟雀,暗中放于石屋边养着。

终于等到卫昭领军出发那日,淡雪、梅影去了正围子送别大军。入夜时分,听得正围子方向传来喧天的声音,似有千军万马奔走,江慈知机不可失,便换上淡雪的月落衣裳,背上包裹,将连日来捉到的鸟雀装入竹笼中,掩近院门,向外偷眼看去。只见院门的大树下立着两名值守的明月教教众,其中一人焦躁不安地望向正围子方向,口中恨恨道:"奶奶的,也不知这院子里住的什么人,害得我们不能上阵杀敌!"

另一人也有些愤愤不平:"洪堂主把我们安排在这里值守,明摆着就是不想让我们立军功,咱梦泽谷终比不上山海谷的人!"

"唉,上战场杀敌是指望不上了,索性回屋喝酒去。"

"只惦着你肚子里那几条酒虫! 再难熬,也得等老六他们送完大军来接岗。现在这里就我们两人守着,怎么走得开?"

先前那人缩了缩脖子,不再说话。

江慈掠过院中积雪,在蜡梅边站定,捡起石子远远地抛了出去。

院门外的值守教众一惊,奔至声响地细看。江慈悄悄放出一只鸟雀,那教众见是只鸟儿,笑了一下,返回原处。

过得一阵,江慈再抛出一颗石头,待教众奔来细看,她又放出一只鸟雀。如此数回,那两人破口大骂:"哪来的野鸟,如此让人不得安生!"

江慈知时机已到,抛出手中最后一颗石头,听到无人再奔至自己藏身处的墙外细看,便运起真气攀上墙头。见那值守教众没有面向自己这方,她迅速翻墙而出,再在地面轻轻一点,逸入西面的小树林中。

王朗此次发兵清剿，其决心和规模远超卫昭预料。

流霞峰的激战已进行了数日。二、三寨主的主力坚守于山围之中，王朗派出的六万兵马久攻不下。王朗不顾伤未痊愈，亲自上阵，轮番攻击。

卫昭未料王朗重伤之下还如此强悍，无奈下也得应战。总得熬过今冬，待明春各方一起举事，方能缓过气来。

自梁桓两国和约签订以后，他便知形势急迫，遂命教众在桐枫河以北不断挑起纷争，又在朝中施展计谋，令梁国将桐枫河以北疆域管辖权交予桓国一事拖至明春，就是不愿月落山脉被一分为二。若等到那时再想统一族人，便难上加难。

正因为此，他才等不及到明春，便于严冬返回月落山，刺伤王朗，暗算族长，推了少族长上位，逐步将兵权掌于手中。原本想着王朗受伤后，只会小范围"清剿"，只要自己率兵挺至明春，就可大功告成。谁料王朗却在伤势未愈的情况下，亲率六万大军前来攻打流霞峰，实是大出他的意料。他思虑再三，与大寨主等人反复商议，最终决定由他和大寨主先率全族的主力五万人马赶往流霞峰，让王朗以为月落的主力全集于流霞峰，以便诱其北行攻打飞鹤峡。

当王朗撤兵北行后，卫昭再率这五万人中的两万精兵赶到虎跳滩，而大寨主则率两万人马在虎跳滩下游的落凤滩设伏，仅留一万人留守流霞峰。

卫昭又命坚守飞鹤峡的四寨主在正月初八夜间假装败退，将王朗军力引往虎跳滩。只要卫昭所率人马能在初八黎明之前赶到虎跳滩，当可布下雪阵，与四寨主的人马前后夹击，给王朗以重创。

当王朗大军在虎跳滩遭到重创、北归之路被切断后，必会想到东面的流霞峰其实兵力不足，定然会沿落凤滩逃回长乐城。到时再让大寨主与二寨主的兵马在落凤滩对王朗大军予以合围，将其彻底击溃。


当卫昭和大寨主率领的五万人马赶到流霞峰时，这处的激战已进行得十分惨烈，二、三寨主的人马伤亡较重，见圣教主和大寨主终率大军赶到，山围子内一片欢呼。而此时，王朗手下头号大将徐密正率万余人如暴风骤雨般地奔上山坡，攻向石围。卫昭也不多话，右手一摊，苏颜会意，递上弓箭。

卫昭大喝一声："先锋军随我来！"

他猿臂舒展，手抱满月，背挺青山，弯弓搭箭，身形跃出石围，卷起一带雪雾，手中劲箭如流星般逐一射出。当当当连声巨响，盾牌破碎，利箭激起漫天血雨，徐密身边士兵纷纷倒下，徐密左右挥舞长矛方才避过他这一轮箭势。

不待徐密收招，卫昭弹出背后长剑，剑气如同月华泻下，瞬间穿破数名梁兵的胸膛。无数血丝溅起，卫昭素袍染血，越显狰狞。他一路冲杀，带着先锋军千余人左冲右突，将徐密的万余人冲得阵脚大乱。

远处梁军之中，王朗脸色略显苍白，见那道白影如鬼魅般将自己的手下杀得毫无还手之力，不由得皱了皱眉："此人便是萧无瑕吗？"

他身边一人答道："正是。"

王朗轻叹一声："倒是个人才，可惜……"他将令旗一举，号角声响，徐密的万余人如潮水般后退。数千名弓箭手上前，箭雨满天，射向石围前的卫昭和先锋军。

卫昭忽然大喝一声，震得所有人耳中一痛。趁这一刹那，他提剑逸出十余丈，剑气冷煞疯狂，自梁军之中杀出一条血路。

他再喝一声，身形如箭，跃向半空，落下时双手握剑斩下，如劈波斩浪，雄浑的剑气似水波一圈圈荡漾开去。箭兵后正急步退后的徐密手中长矛落地，口中狂喷鲜血，向后飞出十余步，倒于雪地之中。

石围内外，两军将士目睹卫昭用这如山似岳的一剑将徐密斩杀，不由得目瞪口呆。待梁国官兵反应过来，卫昭已反身而退，如孤鸿掠影自箭兵肩头疾点而过，落回先锋军阵中。先锋军训练有素，举起盾牌，护着卫昭回到石围之后。此时，石围后的月落人才发出如雷的喝彩声，梁兵则士气受挫，默然回撤。

卫昭傲然立于石围之上，剑横身后，斜睨着敌阵，喝道："王朗奸贼，我月落将血战到底，誓雪前耻！"他接过苏颜递上的弯弓，箭如流星，划破长空，直奔王朗帅旗。王朗面色微变，右掌猛然击上旗杆，旗杆向右移出数尺，白翎箭带着风声自旗杆左侧呼啸而过，吓得帅旗后的士兵纷纷低头。

王朗盯着那孤傲的白色身影看了一阵，微微而笑："也罢，先让你得意两日！"

他将手一挥，"收兵！"

卫昭将弓递给苏颜，向大寨主洪夜道："估计王朗入夜后会悄悄撤出主力赶往飞鹤峡，只待他一动，我们也出发。"

大寨主点点头，卫昭又转向二寨主："王朗必会留一部分人马在这处虚张声势，你也留些人应应景。其余的人，都于初八夜间赶到落凤滩，与大寨主一起阻击王朗。"

二寨主面色沉肃："谨遵圣教主吩咐。"

天上云层闭月，卫昭素袍假面，带着两万精兵在无边无际的雪夜疾行。

据暗探传来的消息，入夜后王朗果然将主力后撤，直奔飞鹤峡。卫昭派出苏颜前去探营，确定王朗主力已撤走，便即刻和大寨主各带两万人马，分别赶往虎跳滩和落凤滩。

由于月落山脉山高林密，积雪颇深，骏马名驹也无法在这雪夜奔行，故这次设伏于虎跳滩，全军并未骑马，只步行前往。

这两万精兵是卫昭自各围子派来的士兵中挑选出来的，由苏颜等人集中训练了十日，方投入这次决定性的战役之中。

四周雪林冰山白茫茫一片，精兵们士气如虹，战意昂扬。卫昭却有些担忧大寨主率领的两万人马能否守住落凤滩。王朗身经百战，即使在虎跳滩溃败，大寨主的两万人马也不一定能敌得过他，只希望二寨主能听从号令，将流霞峰的部分兵力抽出来驰援落凤滩，方有胜算。

卫昭身形飘逸，在雪夜中疾行。苏俊、程盈盈跟在他身后，二人均黑巾蒙面，背后强弓利羽，苏颜则位于后军队末。两万人在雪地里宛如火龙，随着这白色身影向北蔓延。

当天空露出曙光，卫昭在一山谷入口停住脚步，最熟悉地形的族人走过来，恭声道："禀圣教主，过了这个山谷的一线天，再上天柱峰，就是那条阁道了。"

卫昭点点头："既已到阁道口，大家都歇歇吧，半个时辰后再出发，争取日落前全部通过阁道，明早一定要赶到虎跳滩。"

苏颜传令下去，士兵们也都有些疲倦，但仍阵容整齐，用过干粮后，或坐或靠住树干，合目休憩。

卫昭端坐于峡谷口，凝神静气，吐纳呼吸，半个时辰后猛然睁开双眼，跃上树梢。苏俊等人知有变故，齐齐抽出兵刃。

卫昭落下，压了压手。不多时，数十人自南面的山坡奔到峡谷口，当先一人青纱蒙面，身形婀娜，正是留守山海谷的小圣姑程潇潇。

卫昭看着程潇潇跪于面前，道："山海谷出事了吗？"

程潇潇的声音有些颤抖："禀教主，族长和山海谷都安好，只是……江姑娘逃走了！"

卫昭双眼一眯，转而笑道："她倒是有本事！"

"江姑娘是于大军出发那夜趁乱逃走的。属下带人沿足印搜寻，在一处山崖边发现了江姑娘的靴子，不知是掉落山崖还是另寻路径逃走，其后便未再发现她的踪迹。属下知关系重大，故前来禀报。属下办事不力，请教主责罚。"

卫昭淡淡道："算了，等大战结束，我自有办法抓她回来。"


雪峰起伏，山间树枝凝成晶莹的冰挂，银装素裹。寒风拂过山野，吹得江慈有些站立不稳。她一夜奔逃，看不清楚路途，只是依据天上星象向北而行。她知卫昭正率军向东前往流霞峰，而那处战事激烈，自己若选择东归大梁，肯定凶多吉少，只有北渡桐枫河，再由桓国境内迁回南下方才是上策。

她在雪地山林间穿行，所幸谋划多日，穿足了衣物，也带了足够的水粮，一时倒也不愁。只是当黎明来临，回头见雪地中两行长长的足印，才知大事不妙。

这时曙光大盛，她也看清自己竟已奔到一处山崖边，崖下是深深的谷沟。她想了想，脱下靴子，将山崖边的积雪弄成抓滑迹象。又从背上包裹之中取出备下的绳索，远远抛出，卷上崖边一棵大树，双手运力，借绳索之力斜飞上树干，再将绳索抛向远处的另一棵大树。如此在树间纵跃，待筋疲力尽，方下到山腰处，休息了一阵，知尚未完全脱离险境，只得再打起精神往密林中行进。

密林中雪及没膝，江慈长靴已除，只余一双薄薄的绣花鞋，雪水自鞋中渗入，双足渐感麻木,也只得咬牙继续向北而行。

夜幕降临,四周高峰峻岭在夜色中模糊不清。风啸过耳,宛如鬼哭狼嚎,江慈不由得有些害怕,擦燃火折子,寻来一堆枯柴,点起火堆,才略觉心安。

这夜,江慈便靠着火堆边的大石头合目而眠。由于听淡雪说过这月落山脉有野豹出没,心中害怕,便睡得极不踏实,数次惊醒,见火堆将灭,又重新拾来枯柴点燃。待天蒙蒙亮,江慈用过一块大饼,方重新上路。

如此行了两日,这日黄昏时分,江慈赶到了桐枫河边。

桐枫河两岸白雪皑皑,但由于已是正月,河中冻冰开始消融,大块的融冰在河面上缓缓移动,江慈原本想从冰面而过的想法就此破灭。

无奈她只得沿河岸而行,行出不远,她眼神忽亮。只见前方一道索桥如雨后长虹般飞架于桐枫河南北,桥上竹缆为栏,横铺木板,寒风刮过,索桥轻轻摇摆。

江慈大喜,飞奔上索桥。她不敢低头看桥下积冰和着河水移动的可怕景象,只运起轻功,沿竹栏急步而过,终到达了桐枫河之北。

此时天色已黑,江慈过得桐枫河,便心安了几分。正欲点燃篝火,忽听远处传来人声,她面色一变,急速攀上索桥边的一棵大树,将身形隐于树冠中。

不多时,人声越烈,夹杂着甲胄和兵刃的轻擦声,渐渐声音越大,竟似有不少人马正往这桐枫河北岸河滩边的密林之中集结。

江慈大惊,初始以为是卫昭派兵来捉拿自己,转念一想,卫昭即使要捉拿自己,也不可能这般兴师动众,遂按住惊慌之情,隐于树梢,悄悄张望。

再过一阵,人声渐渐清晰,一嗓门粗豪之人喝道:"董副将有令,全体原地休息!"

上百人在江慈藏身不远处的树下坐定,用着干粮并开始闲聊。

"总算顺利赶到这虎跳滩,大伙今晚好好休息一下。明早等萧无瑕一到,可有一场恶战。"一人似是那董副将,也是率领这千军万马的为首之人。

"是啊,明月教教主可不是吃素的,他还带了两万人马,也不知能不能顺利将他擒下。"

一人笑道:"他萧无瑕再厉害,可咱们占据着地利,只待他一过河,便斩断索桥,他逃都没有地方逃!"

"百户大人说得是。只要能将他困在这虎跳滩,待王将军全歼落凤滩的月落人,便会回援咱们,那时他插翅难逃!"

"正是,萧无瑕再神勇,也绝想不到是谁把咱们放过了流霞峰,还把直通虎跳滩的秘道告知咱们的!"

一人笑得有些淫邪,撞了撞旁边之人的肩膀:"你说,传闻中萧无瑕貌美无双,要是能将他擒下,也不知是哪位将军有福气享用!"

"你有点出息好不好,只要此战得胜,咱们便可直捣山海谷。王将军应承了,只要能拿下山海谷,便屠谷三日。至于漂亮姑娘们嘛,大伙只管尽情享用,就怕你应付不来!"

数百人哄然大笑,言语渐涉下流,树上的江慈紧紧闭上了眼睛。她做梦都没想到,自己出逃竟会撞破这惊天的阴谋。听他们的言谈,卫昭正率兵前往这虎跳滩,若是他真的中伏兵败,这些梁兵将血洗山海谷。难道老天爷就真的不给可怜的月落人一线生机吗?还有,若是这些梁兵拿下山海谷后真的屠谷三日,淡雪和梅影能逃过这一劫吗?江慈的手指轻轻抚上右腕上的两个银丝镯,眼前浮现淡雪和梅影巧笑嫣然的面容,心中一阵阵紧痛。

夜,渐渐深沉,江慈伏在树上一动不动,四肢渐渐麻木。

树下的梁兵响起或轻或重的鼻鼾声,巡夜士兵在树下走来走去。夜色下,他们手中的长矛反射出阴森的光芒,让江慈觉得似有闪电划过心头。她很想即刻跳下树梢,奔到山海谷,通知淡雪和梅影赶快逃跑。但这杀机重重的闪电又让她心惊胆战,只得按捺身形,不敢发出任何声响,以免被官兵们发现自己的行踪。

寒月一分分向西移动,日旦时分,江慈瞥到树下官兵齐齐将身形隐伏入密林之中。这么多人埋伏下来,竟听不到一丝声响,可见训练有素,确是王朗手下的精兵。

天,一点点变白。

一名探子急奔入林,江慈隐隐听到他禀道:"萧无瑕的人马已到了五里之外!"

那董副将沉声道:"听好了,待萧无瑕和其大半人马过了索桥,号角声起,便发起攻击。吴百户带人去斩断索桥，其余人注意掩护！"

林中重归平静，江慈瞪大双眼，透过树枝空隙望向桐枫河对岸。茫茫雪峰在晨阳的映照下发出绚丽的光彩，但在江慈看来，那光芒却直刺心扉。

桐枫河对面，河岸的雪地上，成群的黑影由远而近。眼见着那个熟悉的白色身影带着万千人马如流云般越行越近，一步步向死亡靠近，江慈心中激烈挣扎。

若是自己躲于树上不动，只要熬到这场大战结束，便可获得自由，重归梁国，回到那念兹在兹的邓家寨，不用再被人禁锢，再受人欺侮。

若是自己于此刻向卫昭示警，他便能免中埋伏，回援落凤滩，保住山海谷。淡雪和梅影便能平平安安，不用受人污辱。

可自己若是出去示警，必会被这边的梁兵发觉，到时他们只需一支利箭，便可将自己射杀。淡雪和梅影固然可怜，月落人固然可悲，但要自己付出生命去救他们，值得吗？现如今，到底该怎么办呢？


河对岸，晨阳下，卫昭素袍飘飘，正举步踏上索桥。

虎跳滩，索桥下，冰河缓缓移动，索桥边的大树上，江慈缓缓闭上双眸。

晨阳自树间的缝隙透进来，江慈猛然睁开双眼，咬咬牙，心中暗道：只有赌上一把了！明月之神，保佑我，保佑你的族人吧。

她提起全部真气，如一片羽毛般飘落于地。林间的梁国官兵尚未看清，她已步履欢快地奔上了索桥。她的竹簪不知何时掉落，寒风将她的乌发高高吹起。她凝望着索桥对面停住脚步的卫昭，边行边唱，歌声愉悦欢畅，仿如一位山村姑娘，清晨于山间清溪边，放声对歌。

"太阳出来照山坡，晨起来将鱼儿捉；山对山来岩对岩，天上下雨落入河；河水清清河水长，千里长河鱼几多；妹妹我来捉几条，回家给我情哥哥；只等月亮爬山坡，哥敲门来妹对歌。"

晨阳投射在她的身上，那百褶长裙上的凤凰随她的步伐宛如乘风而舞。她面色渐转苍白，嘴唇隐隐颤抖，歌声却仍镇定不变。

林间，梁国官兵都惊呆了。许多人举起了手中弓箭，却因为长官没有下令，又齐转头望向董副将。董副将脑中飞转：这少女不知从何处钻出，看她背着包裹、步履轻松的样子，像是一个山村少女清晨无意经过此处，若是贸然射杀她，岂不是明摆着告诉萧无瑕这边有人设伏？如若她真只是普通山村少女，只要她过了索桥，萧无瑕仍会按原计划过河，那时己方还是可以将他伏击。可如若这少女是向萧无瑕示警，岂不是会令自己功亏一篑？

董副将权衡再三，终觉得不能冒着暴露埋伏的危险去射杀这少女。反正她若是示警之人，眼下杀她也迟了，遂轻声道："等等看，情形不对再将她射杀！"


卫昭站于索桥对面，静静看着江慈一步步走来。绚丽的晨阳铺于冰河之上，反射出耀目的光彩。

在万千将士的注视之下，那个少女乌发飘扬、裙裾轻卷。她的歌声如同山间的百灵，婉转明媚、纯净无瑕。她从索桥那端行过来，脚步轻盈，她的脸庞宛如一块半透明的美玉，浸在晨阳之中，如秋水般的眸子凝在卫昭身上，不曾移动半分。

她走到索桥中央，歌声渐转高亮，调子一转，唱的竟是一首月落的传统歌曲《明月歌》："日落西山兮月东升，长风浩荡兮月如钩；梧桐引风兮月半明，乌云遮天兮月半阴；玉殿琼楼兮天月圆，清波起荡兮地月缺；明月皎皎兮照我影，对孤影叹兮起清愁；明月圆圆兮映我心，随白云飘兮去难归；明月弯弯兮照万里，千万人兮思故乡。"

晨阳中，两万月落人默默地看着她从索桥对面渐行渐近。而卫昭也终于听到她在曲词间隙发出的极快极轻的声音："有埋伏！"

他眼帘轻轻一颤，面上神色保持不变，待江慈再走近些，方抬眼望了望对岸。

林中，董副将听江慈唱到后面，便觉事情要糟，及至见卫昭凌厉的目光往这边扫来，知道行迹败露，愤恨之下抢过身旁之人手中的弓箭，吐气拉弓。黑翎箭呼啸而出，直射江慈背心。

破空声一起，卫昭身形已动，直扑数丈外的江慈，在利箭就要射入江慈后背的一刹那将她抱住，滚倒在索桥上。

寒风吹过，索桥簌簌摇摆，卫昭抱着江慈眼见就要滚下索桥。苏俊疾扑而出，程盈盈同时掷出袖中软索。苏俊一手拽住软索，身形急飞，抓向卫昭。

电光石火之间，卫昭扭腰转身，左臂仍抱住江慈，右手则借苏俊一拉之力，于半空之中腾跃后飞，白色身影如雁翔长空，落回阵前。

万千箭矢由对岸射来，月落人齐声怒骂，盾牌手迅速上前，掩护弓箭手还击。

卫昭迅速放下江慈，剑起寒光，斩向索桥。苏俊、程盈盈等人会意，在弓箭手的掩护下齐齐挥剑。片刻后，索桥断裂，轰然倒向桐枫河对岸。

卫昭喝道："箭队掩护，后队变前队，全速前进，赶往落凤滩！"他右臂舒展，揽上江慈腰间，将她抛给程盈盈，身形如一道白箭，向东疾奔。

程盈盈牵住江慈，随即跟上。月落人乍逢巨变，也不惊慌，队形井然，后队变前队，转向东面落凤滩方向急行。

河对面，董副将恨恨地掷下手中强弓，喝道："传令，迅速赶回落凤滩！"

他言语厉然，心中却知，己方是被月落二寨主的人暗中放过流霞峰，又是沿桐枫河北面崎岖难行的秘道，提前数日出发，才赶到这虎跳滩设伏。要想抢在萧无瑕之前赶回落凤滩，实是难如登天。


江慈被程盈盈拉着跟在卫昭身后急奔。她数日逃亡，一夜未睡，刚才又在生与死的边缘挣扎走了一遭，渐感虚脱，脚步踉跄。程盈盈大力将她拉住，她才没有跌倒在地。卫昭回头看了一眼，见大队伍被自己远远甩在身后，纵是内心焦虑，担忧着落凤滩的大寨主洪夜和那两万人马，却也知着急无用，便停住脚步，右臂用力托上江慈腰间。江慈在空中翻滚，落下时伏上了他的肩头。

卫昭背上多了一人，仍步履轻松，在雪地中行来宛若轻风拂过。身后两万将士提起全部气力，方能勉强跟上他的步伐。

寒风拂面，江慈伏于卫昭背后，长发在风中飘卷，偶尔拂过卫昭面颊。

卫昭皱了皱眉，冷声道："拿开！"

江慈赧然，忙将飘散的长发紧束于手心，这才发觉自己的包裹已落在索桥上，全身上下找不到一样可以束发的东西。

她想了想，撕下一截衣襟，将长发紧紧绑住。

卫昭急奔不停,忽问道:"为什么?"

江慈一愣,转而明白过来,沉默片刻,轻声道:"我偷听到他们说,要血洗山海谷,屠谷三日,想到淡雪和梅影,就……"

卫昭眼神渐转柔和,却未再说话。


落凤滩位于月落山脉东部,流霞峰以西,桐枫河畔。

上古相传,月神骑着七彩凤凰下凡,在与肆虐人世间的恶魔的搏斗中,这只七彩凤凰厥功至伟,屡次救主,也屡次拯救了处于水深火热中的月落人。

但某一年,洪魔肆虐。月神在与洪魔的搏斗中受伤,七彩凤凰为阻洪魔对主人狠下毒手,投身于烈焰之中,终将洪魔逼退。但它却在烈火中盘旋而去,再也不曾回来。后人将它涅槃归去之地称为落凤滩,只希望它能再度降落人间,寻回旧主,再度拯救月落人。

数百年来,月落人对落凤滩有着深厚的感情。年年正月十八,月落新春之日,都会在此处举行盛大的集会,点燃火堆,载歌载舞,以祈求凤凰能再度降临。

申时初,经过大半日的急行军,卫昭终带着两万人马赶到了落凤滩。冬阳下,落凤滩仿如人间地狱,两岸的雪峰如同无言向天的双手,质问着上苍。

大寨主洪夜浑身是血,带着五千余名士兵在桐枫河边拼死搏杀。他脚步踉跄,右肋下的刀口深入数寸,鲜血仍在汩汩而出。

他率兵赶到落凤滩,知王朗即使中伏溃败,也是一日之后的事情。见士兵们已极疲倦,便命扎营休息,谁知刚刚扎好营地,便被突如其来的漫天火箭包围。

猝不及防下,仓促应战,虽然这两万人誓死搏杀,但仍被数万梁兵步步逼至河边。眼见月落士兵一个个倒下,洪夜眼前逐渐模糊,手中长剑茫茫然挥出,若不是身边的亲兵将他扶住,他便要栽入冰河之中。

他失血过多,渐渐脱力,眼前幻象重重,在这生死时刻,往事齐齐涌入心头。

十岁那年,阿爸将体弱的自己秘密送至明月谷,拜当时的明月教教主为师。

十一岁那年,大师兄与二师姐成亲,明月谷内欢声笑语,张灯结彩,自己笑着向他们讨要喜糖。

十九岁那年，大师兄死在与桓国人的激战之中，二师姐为报夫仇，抛下一双儿女，以歌姬的身份前往桓国，却再也没有回来。

二十二岁那年，师父离世，三师兄江海天接掌明月教，自己也终要回去继承梦泽谷。临别前，三师兄牵着大师兄的一双儿女，凝望着自己："阿夜，你等着，我要培养一个我们月落的英雄。多年以后，他会如月神下凡来拯救族人的，到时请你助他一臂之力。"

后来，三师兄也死了，一个叫萧无瑕的年轻人继承了教主之位；后来，平无伤来找自己，自己便知道那个萧无瑕——大师兄的儿子，终于要回来了。自己等了十几年，终于将他盼回来了，终于盼到了月落振兴的时候。

可为什么二寨主要出卖族人，放敌军过流霞峰？自己壮志未酬，没能亲眼看到月落建国，便要离开这尘世……

不甘之情渐盛，洪夜喷出一口鲜血，使出的全是搏命的招数。

激战中，他的剑刃卷起，他的面色也越来越骇人，眼神却越来越亮。终于，当他手中长剑刺入一名梁军千户的胸口时，一杆银枪也刺入了他的小腹。他口吐鲜血，耳边听到一声熟悉的怒喝，抬起头，拼尽最后力气睁开模糊的双眼，终于再见到那个白色的身影。他心中一松，微微笑着，缓缓地跪落在落凤滩上。

卫昭如同疯了一般，迅捷无伦地掠过重重敌兵，剑尖激起满天飞血。

他落于洪夜身侧，将那渐渐冰冷的尸身抱住，双手颤抖，望着洪夜脸上那抹略带欣慰的微笑，如有万箭钻心——多年前，姐姐含着欣慰的微笑死于自己的面前；多年之后，六师叔又含着欣慰的微笑倒在这血泊之中。

卫昭只觉茫茫大地，自己又少了一个至亲之人，撕心裂肺的疼痛再度涌上。他猛然抬头，仰天长吼，袍袖展动，剑随身起，冲入敌军之中。他手中长剑幻出千万道剑影，气芒嗤嗤，所向披靡，剑锋过处，梁兵纷纷倒下。

杀声震天，赶来的两万月落人看到落凤滩的惨象，逐渐杀红了眼，血水和着雪水不断淌入桐枫河中。梁兵虽人数众多，但先前与大寨主洪夜所率的两万人马激斗了半日，伤亡已经很重，又已精疲力竭，被卫昭带来的这两万生力军一冲，不久便阵形大乱，步步后退。而最让他们心惊的还是阵中那个左冲右突的白色身影。

那身影如魅如魔，又如天神一般，他杀到哪处，哪处便是尸横遍野，血流成河。

王朗立于落凤滩东侧的小山冈上，皱眉看着这一切，摇了摇头，道："传令下去，撤军！"

号角声震天而响，梁兵纷纷向下游撤退，卫昭带着月落士兵穷追不舍。梁兵且战且退，一路上不断有人倒下，不断有人跌入冰河之中。

王朗眉头紧锁："这个萧无瑕，还真是不能小觑！"

他身旁谋士道："将军，还是先撤吧，此处太凶险了。虽说太子爷希望我们能拿下山海谷，平定西境，但看现下情形，只能把清剿之事往后压一压了。"

王朗知谋士所言有理，只得长叹一声，在亲兵的簇拥下往东而去。

月落人越战越勇，他们心伤上万族人的伤亡，奋不顾身，将梁兵杀得丢盔弃甲、溃不成军。

卫昭脑中逐渐恢复清醒，一路赶来，他已想明白，定是二寨主勾结了敌人，提早放了敌军至虎跳滩设伏。待自己和洪夜出发后，又放了悄然折返的王朗过流霞峰，此时若是穷追不舍，万一王朗残部和二寨主的人马联合反攻，胜负难测，何况还有那原在虎跳滩设伏的人马正在赶过来。

他身形飘飞，追上数名梁兵，将他们斩于剑下，傲然立于桐枫河畔、落凤滩上，高声喝道："梁贼听着，我月落与你们势不两立，定要报这血海深仇！"

寒风中，卫昭凛冽的声音激荡在桐枫河两岸，所有的月落人都肃然而立，齐齐凝望着他。只见他素袍飘卷，白袍上血迹斑斑，在阳光的照射下似有七彩的光芒在闪动。众人宛如见到月神驾着七彩凤凰重新降临尘世，再度拯救月落……

一时间，桐枫河畔寂静无声，人们耳畔只听见冬日的晨风呼啸而过。良久，静默的人群中忽然传来了歌声："凤兮凰兮，何时复西归，翙翙其羽振翅飞，月落梧桐生荆棘，不见凤凰兮，使我双泪垂。凤兮凰兮，何时复西归，明明其羽向阳飞，四海翱翔鸣唧唧，失我君子兮，使我心如沸。凤兮凰兮，于今复西归，煌煌其羽冲天飞，直上九霄睨燕雀，开我枷锁兮，使我不伤悲。"

刚开始的时候是一个人在唱，渐渐地，不断有人加入进来，最后落凤滩上所有的人都高声唱了起来。高亢嘹亮的歌声回荡在尸横遍野的战场上，响彻云霄。

　　江慈默默立于落凤滩边的大树下，听着这歌声，知道他们是从心底里敬畏佩服这位明月教教主。她见劫后余生的月落人都是满脸的疲惫、满身的血污和泥渍，但所有人均是一脸慷慨而崇敬的表情，不禁心头一热，泪水夺眶而出。

　　她看向卫昭，那个高挑隽修的身影一动不动，风卷起他的白袍，袍上溅满点点鲜血，如雪地上的点点红梅。他的脸藏在人皮面具后面，看不出任何表情，只有那双宝石般的眸子在微微地闪烁。他听着族人的歌声，忽然低下头看了看染满鲜血的白袍，轻笑一声："煌煌其羽？我的羽毛，早就脏了……"

# 第二十八章

## 暗流汹涌

落凤滩一役,梁军与月落各有伤亡,王朗率残部与设伏于虎跳滩的人马会合后败退长乐城。

二寨主见王朗退兵,知大事不妙。他出卖族人的丑行很快败露,引起族内公愤。流霞峰驻军兵变,二寨主带着亲信连夜逃走,被三寨主率人于雪松岭捉返。

卫昭知王朗退兵后,必会请示太子和董学士是否再度西剿,而朝廷要增兵前来也需时日,己方有一段时间的喘息。那时冰雪消融,只要计谋得成,月落便可暂保安宁。他将兵力重新部署,派精兵驻扎于流霞峰与飞鹤峡,又派出暗探随时打探王朗动向,然后就押着二寨主,护送着大寨主洪夜的灵柩返回山海谷。

此时九位寨主仅余五位,这几位均慑服于圣教主的神威,誓死追随,一力效忠,卫昭终将族内大权掌控于手心。

月落此役虽然伤亡惨重,却也是近百年来首次将来犯的梁军赶回长乐城。以往梁国派兵清剿,纵是区区几千人,也可长驱直入,烧杀抢掠,打得月落人最后不得不以加纳贡物、献上奴婢来求和。此次能将王朗六万大军赶回长乐城,实是扬眉吐气。

卫昭知时机已到,趁族人士气高涨,民心向归,于议政会上提出改革军政。

众人商议后,采纳六寨主的提议,由圣教主出任圣将军一职,所有兵力均由其统领指挥，集中于山海谷进行训练，再由其根据形势调派到各地。而原先各寨主各收其属地的赋税制度也有所变革，死去的四位寨主的山围子的赋税由族长统一征收，余下的几位寨主收上的税粮除保留一半作为已用外，其余均上缴至族内，作为养兵之用。

待诸事忙定，已是七日之后。接着又为大寨主及阵亡将士进行了公祭，将二寨主斩于祭台之上。

亲眼看见洪夜灵柩下葬，二寨主血洒祭台，万千月落人伏地恸哭后，卫昭身心疲倦，悄悄离开了公祭现场。

他缓缓行来，眼前不停闪现着落凤滩堆叠的尸首、遍地的血迹。夜风吹过，松树上响起融冰之声，数滴雪水滴上他肩头，他恍然未觉，茫然走向雪梅院。

江慈随卫昭大军回到山海谷后，仍住在雪梅院。淡雪和梅影早听族人讲述她孤身过索桥、冒死示警的事，见她回来，将她一把抱住，放声大哭，闭口不谈江慈逃走一事。江慈也知卫昭暂时还不会放自己自由，这回是她心甘情愿的选择，并不后悔，逃走之心也隐隐淡去，便安心在雪梅院中住下。

这夜，三人正在石屋内吃菜喝酒，卫昭走了进来，淡雪和梅影低头退出。

听得她二人脚步声出了院子，卫昭将面具取下，长吁一口气，抓起桌上的酒壶，猛灌了几口。

江慈自那日在战场上见了卫昭抱着洪夜尸身悲痛难言的情景，至今难以忘怀，知今夜公祭大寨主，卫昭必内心伤痛，便也不多言，只是静静地望着他，良久方开口道："三爷，你打算一直这么戴着面具过下去吗？"

卫昭并不回答，只是吃菜喝酒。江慈也不再问，见他杯干，便替他满上。

卫昭饮得几杯，望向江慈道："你不要再想着逃走，到了春天，我自会将你送回去，还给少君。"

江慈面上一红，低下头轻声道："我不回他那里，我要回我自己的家。"

"你自己的家？在哪里？"卫昭忽来了兴趣。他只知江慈是一个凭空冒出来的野丫头，却不知她究竟从何而来、家住何方。他也曾暗查过，但裴琰手下口风甚紧，始终没有查到。

江慈被他话语勾起了思乡之情，便将邓家寨似天堂一般描述了一番，只是心中保持了几分警惕，始终没有说出邓家寨的名称和具体位置。

卫昭静静听着，偶尔问上两句。江慈说得兴起，将从小到大的趣事也一一讲述。待壶中之酒饮完，桌上菜肴皆尽，二人方才惊觉已是子夜时分。

卫昭伤痛之情略得缓解，戴上面具，淡淡道："三日之后是我月落的新春日子，山海谷将举行集会，到时我带你去看我们月落的歌舞。"


正月十八，月落新春之日。

由于落凤滩刚经历过惨烈大战，为免族人触景生悲，今年的新春大集移到了山海谷举行。是夜，山海谷敲锣打鼓，灯火辉煌，人们庆祝新春来临，同时也祈祷春天降临后，月落能得月神庇佑，在圣教主的带领下永远摆脱被奴役的日子。

一轮冰月悄悄挂上东天，山海谷笼在一片洁净的月色之中。姑娘们都穿上了盛装，头戴银饰，小伙子们则围着篝火吹笙跳舞，偶尔与姑娘们笑闹，一片欢声笑语。

江慈穿上月落姑娘的节日裙装，坐于高台之上。卫昭转头间见她双唇在火光的映照下娇艳欲滴，那日清晨她乌发高扬、身着凤裙走过索桥的样子浮现眼前，不由得唤道："小丫头。"

江慈应了一声，侧头道："三爷，什么事？"

卫昭的脸隐在假面之后，唯有一双眼眸似天上的寒星般盯着江慈，问道："你是梁国人，为什么要救我们月落人？"

江慈低下头沉默片刻，又抬头望向载歌载舞的人群，轻声道："我当时没想那么多。我只觉得梁国人是人，月落人也是人，为什么你们就一直要受别人的欺侮？也许……我那样做，能让死的人少一些，能让淡雪和梅影逃过一劫。"

卫昭眼神闪烁，过得一阵又问道："那如果……将来我月落再与梁国爆发战争，再给你一次选择的机会，你是帮我们还是帮梁国？"

江慈轻轻摇头："我不知道，我只希望大家永远不要再打仗，天下的百姓都像兄弟姐妹一样和睦融洽。你别欺负我，我也不欺负你，大家都有饭吃，有衣穿，那样该多好!"

卫昭仰头笑了几声,只觉这是生平听过最好笑却也是最让人感到悲凉的话。他正待出言讥讽,却见数名年轻小伙拥着大寨主的儿子洪杰过来。

洪杰是大寨主的长子,年方十七,生得俊眉朗目,衬着已有些男子汉气概的身形,颇有几分英豪之气。

卫昭见洪杰走近,和声道:"阿杰,你怎么还没有回梦泽谷?"

洪杰向卫昭行礼:"圣教主,阿爸曾对我说过,要我为您效命。我不回梦泽谷了,我要跟着您,为阿爸报仇。"

卫昭不再说话,眼光移到洪杰手中的红花,微微一愣。

洪杰望向他身边的江慈,面红耳赤,禁不住身边同伴的推搡,猛然将红花递至江慈面前。江慈不明其意,见那朵红花极为娇艳动人,心中喜爱,便欲伸手接过。

微风拂过,洪杰腕间一麻,红花掉落于地,他忙俯身去拾,却见一双黑色长靴立于自己身前。他直起身,才见圣教主眼神冷冽地望着自己,不由得讷讷道:"圣教主……"

卫昭居高临下:"你阿爸去了还不到半个月,你就急着抛红了?"

洪杰尽管对这位圣教主奉若神明,却有几分初生牛犊不怕虎,硬着头皮道:"我们月落并不讲究这个,只信逝者仙去,生者便当好好度日,还有于热丧期间成婚,以慰死者亡灵的。阿爸若是在天有灵,见我找到心上人,也会替我高兴的。"

江慈这才知这年轻人递给自己红花竟是求婚之意,顿时满面通红,转过身去。

卫昭回头看了她一眼,又望向洪杰,冷声道:"她并不是我月落人,而是梁国人,怎能做你的新娘?"

洪杰当日随卫昭前往虎跳滩作战,亲眼见到江慈孤身过桥、冒死示警的一幕。这少女清丽动人、英勇无畏的模样深深刻在了他的脑海中,及至后来赶回落凤滩,阿爸惨死,他陷入极度悲痛之中,却也在心中暗自感激这少女,让自己能赶回落凤滩,让阿爸不致尸骨无存。月落并无热孝避喜之说,他心中既对这少女有意,便向几个同伴说了出来,在众人的撺掇下,终鼓起勇气于新春之日向江慈送出了象征求婚之意的红花。此刻听圣教主说江慈竟是梁国人,不由得一脸茫然,愣愣道:

"她是梁国人,那为何要帮我们月落?"

卫昭袍袖一拂,红花向高台下飞落。他望着洪杰:"我来问你,现在你既已知她是梁国人,你还要向她求婚吗?"

洪杰脸上一阵青,一阵白,面容数变,终咬咬牙,拾起地上红花,再度递至江慈面前,大声道:"我不管她是什么人,我只知她像月宫中的仙女,既善良又美丽。她不顾性命救了我们月落,我就是要娶她做我的新娘!"

卫昭长久凝望着洪杰,终冷笑数声,将满面通红呆立着的江慈用力拉起,飘然落下高台,隐入黑暗之中。

洪杰愣愣地看着手中的红花,又望向二人消失的方向,沮丧至极。

江慈双颊发烫,被卫昭拉着急速奔跑,纵是运起全部真气,也仍跟不上他的速度,急唤道:"三爷!"卫昭猛然停步松手,江慈没有提防,顺势前冲,险些跌倒,扶住路边大树方稳住身形。

卫昭并不说话,一种令人窒息的气氛弥漫在江慈身旁。江慈心中直打鼓,情急下摆手道:"三爷,不关我的事,真不关……"

卫昭负手在江慈身边转了数圈,悠悠道:"你说不关你的事,可为什么少君对你动了心,现在连洪杰也……"

江慈被他看得头皮发麻,又听他提起裴琰,心中有说不出的压抑与惆怅,瞪了他一眼,转身向雪梅院走去。

卫昭追上,与她并肩而行,看了一下她的神色,不再说话。


京城,自元宵节起,东西两市灯火彻夜点亮。这日是圣上寿辰,全城燃放烟火,皇宫更是灯火辉煌、细乐声喧,说不尽的热闹繁庶、太平气象。

这日,五品以上官员均朝服冠带,鱼贯入宫,向圣上三叩九拜,恭祝万寿无疆。

由于皇后已于五年前薨逝,皇帝未再立后,各三品以上诰命皆按品服大妆,入毓芳宫向皇贵妃高氏行礼,共贺圣上寿辰。

乾清门前,上任不到半年的禁卫军指挥使姜远俊面肃然,执刀而立,盯着入宫的每一位朝廷大员。

姜远自上任后,恪尽职守,将原本有些散乱的禁卫军整顿一新。他为人老成,又是故肃海老侯爷的次子,与京城各部官员、王公贵族皆保持良好的关系,朝中一片赞誉之声。适逢这几个月光明司指挥使卫昭回玉间府探亲,皇上便索性将光明司也暂时交由姜远代管,等卫昭回京后再交回防务。

遥见董大学士的官轿过来,姜远忙上前亲打轿帘。董学士笑呵呵地道:"听说你兄长进京面圣,帮老夫传个话,说我明晚请他过府饮酒,还请他赏面。"

姜远忙躬身道:"大学士太客气,晚辈一定将话带到。"

董学士笑道:"你也一起过来吧,内子和你母亲是手帕之交,想见见你,当年你出生时她还抱过你呢。"

姜远微笑应"是",将董学士扶进乾清门,刚转过身,就听到嘉乐门方向传来一阵争执声,眉头微皱。今日圣上寿辰,三品以上诰命需入宫向皇贵妃行礼,均由乾清门西侧的嘉乐门出入。这些诰命都是得罪不起的主,有的更是当朝显赫的家眷,若是出了什么纰漏,不好交代。

姜远带着数名光明卫匆匆赶至嘉乐门,见一乘紫帘軿车停于门前。光明卫正与一名侍女争执,似是车内之人不肯下车让光明卫检查有无违禁之物。

姜远见那軿车是一品诰命所乘车驾,沉声道:"怎么回事?"

"禀大人,是容国夫人,属下只是按规矩办事。"

姜远心中一咯噔。容国夫人乃裴相之母,她四十寿辰那日,圣上亲封她为一品诰命夫人并赐下珍物,圣眷隆重。裴相眼下虽远在长风山庄养伤,军政大权皆已交出,但其是否能东山再起重返朝堂,尚是未知之数,这位容国夫人实是得罪不起。姜远向属下摆了摆手,稳步上前,声音带着几分恭敬,但也有几分肃穆:"禁卫军指挥使姜远恭请容国夫人下车,还请夫人谨守宫规。"

车帘纹丝不动,姜远运力细听,车内之人呼吸声极细,却极平稳。他只得面上含笑,再道:"姜某皇命在身,多有得罪。还请容国夫人下车,好让司卫按宫规办事。"

车帘仍纹丝不动,姜远眉头微锁,正待再度开口,忽听得车内传来极柔媚、极婉转的声音,竟不似四十岁女子,仿若二八年华的少女:"潄霞。"

"是,夫人。"车前青衣侍女娇应一声,走至帘前。

车帘轻掀,戴着绿玉手镯的纤手探出软帘,将一样东西递出,漱霞双手接过。

姜远的目光凝在探出帘的这只手上,那皓腕雪白,玉指纤纤,腕上的绿玉手镯轻轻颤了几颤,仿如碧绿荷叶上的滚滚露珠,眼见就要滑落,消失在帘后,他不由自主地右手微微一动,却见那侍女漱霞将一方玉印递至面前。

姜远回过神来,凝目细看,忙跪落于地:"恭送夫人入宫!"


毓芳宫内,皇亲命妇按品阶而立,向皇贵妃高氏行大礼。高贵妃乃庄王生母,虽已过四十,却保养得十分好,望去不过三十如许,着明黄色大袖礼服,雍容华贵。她面上带着柔和而端庄的微笑,声音如春风般拂过殿堂:"本宫谨代圣上受礼,都起来吧。"诸命妇纷纷站起,有与高贵妃熟络的便趋身近前,说着讨巧的话,其余之人各依亲好,散围而坐,莺声燕语,热闹非常。

一轮寒暄之后,便是皇家赐宴,待宴会结束已是入夜时分,各命妇向高贵妃行礼告退。高贵妃含笑点头,看到容国夫人退出殿堂,犹豫了一下,终没有发话。

裴夫人在漱霞的轻扶下低头而行,眼见就要踏出西华门,一名内侍喘气追了上来:"容国夫人请留步!"

裴夫人回转身,内侍行了一礼:"请夫人随小的来。"

裴夫人也不问话,看了看漱霞,漱霞会意,留在原地。裴夫人随着那内侍转过数重宫殿,数道长廊,再过一个园子,在一处宫殿前停住脚步。

"夫人暂候,小的进去禀报一声。"

裴夫人微微点头,内侍弯腰进殿。裴夫人秀眸流波,望向宫殿四周,只见檐下宫灯溢彩,玉柱生辉,就连脚踏着的玉石台阶都似照得出人影来,不由得微微一笑。

脚步声纷沓响起,三名少年由远处而来,俱生得清秀俊逸,一名内侍领着他们,边行边轻声道:"都记下了吗?"

三人皆怯声道:"是。"

裴夫人见他们行至面前,身形微转避开。内侍入殿,不多时出来,挥了挥手,又将三名少年原路带走。裴夫人嘴角浮起一丝嘲讽的浅笑,先前那名内侍出殿,行至她面前轻声道："夫人请。"

殿门在身后徐徐关上，裴夫人迈过高高的门槛，转向东暖阁。烛光将她盈盈身姿拉成一道长长的影子，皇帝被这身影晃了一下眼，微笑着转身："玉蝶来了。"

裴夫人欲待行礼，皇帝过来将她拉起，却没有放手："朕难得见你一面，不用这般多礼。"

"臣妇当不起圣恩，只怕碍着皇上。"裴夫人垂头道。

皇帝有些尴尬，松开手，自嘲似的笑了笑："倒让玉蝶见笑了。"

裴夫人星眸在皇帝面容上停驻，樱唇轻吐，语气似怨似嗔，还有着几分惆怅："皇上是九五之尊，以后还是唤臣妇的诰封吧。玉蝶……二十多年前便已经死了。"

皇帝眼神扫过她腰间系着的那对翡翠玉蝶，微笑道："可在朕心中，你还是原来的模样。上次相府见你，许多话没有来得及说，我们今天好好说说话。"

裴夫人依依不舍地移开目光，幽幽道："二十多年，人是会变的，就是大哥您……不也变了吗？"

皇帝似被她这声"大哥"唤起了遥远的回忆，轻叹一声："玉蝶，朕知道你怨朕。子敬有功于朝，但他与易寒是公平决斗，朕也无能为力。"

"臣妇倒不是为这个怨皇上。"裴夫人垂下头去，话语渐低，"皇上心中装着的是国家社稷，即使留着一个角落，装着的也是那些……"她眼神飘向殿外，紧抿嘴唇，没有再说下去。

皇帝呵呵大笑，摇头道："玉蝶和孩子们置什么气，左右不过是些小玩意儿，用来解解闷罢了。"

裴夫人低头不语，右手手指轻捻着腰间的翡翠玉蝶，烛光投在她的身上，晕出一圈柔和的黄光。

皇帝心中一动，正欲上前，可想起心头那事，便压下冲动，低叹一声："玉蝶，朕这些年过得也不容易。不说朝中，就是这后宫也叫朕不省心。妃嫔们费尽心思，献媚争宠，你道她们是真心待朕？背后不定是哪方塞进宫里来的。朕若是宠幸了她们，又要封妃又得荫亲，还得防着她们身后的人仗势专权。倒是这些孩子省心，烦的时候拿他们解解闷，既不需册封荫亲，也不怕他们恃宠生娇翻上天去，大不了打发出宫就是。像三郎那般资质出众的，还可以教教他武功，拿来为朝廷效力。"

裴夫人沉默良久，方低声道："是，倒是玉蝶想左了。"

皇帝笑了笑："不说这些了，倒忘了叫你来，是想问问琰儿伤势如何？朕这心里牵挂着他，便当牵挂着自己的亲生儿子一样。"

裴夫人微微垂头，粉颈柔媚，让皇帝心中一荡，耳边听得她轻声回道："劳皇上挂念，琰儿伤上加伤，内功损耗太重，至今不能下床。前日有信来，怕是要养到四月份才会有好转。"

"怎么会伤得这么重？朕还想着叫他回朝，帮朕一把。"

裴夫人低低道："他们父子都没这个命。臣妇是命苦之人，当年子敬离世，臣妇连他最后一面都没见着，赶回长风山庄时，他已经……"她话语渐低，终至无声。

皇帝也有些难过，叹道："是啊，子敬去得突然，朕也没能见他最后一面。"他步到裴夫人身前，缓缓道，"朕想赦子放回京，等琰儿伤愈归来，你们裴氏一门也好团聚。"

裴夫人幽幽地看了皇帝一眼："皇上这话让臣妇不好应答，臣妇乃孀居之人。"

皇帝哈哈大笑："你瞧朕，总以为是二十多年前！"

裴夫人抿嘴一笑："不过皇上这么一说，玉蝶倒真想起当年的事情来了。要说皇上和他们兄弟俩，倒还是皇上胜出几分。最不成才的就是子放了，只会给您添乱。这么多年我也懒得理他，只听琰儿说他在幽州天天下棋钓鱼，胖了很多。倒不知再见到他，还能不能认出来。"

"既是如此，朕明日就下旨，赦子放回京，给他派个清闲差事，免得他太过自在。"皇帝笑道。

裴夫人盈盈行了一礼："叔嫂有别，还请皇上另拨宅子给子放居住，免得落了话柄。"

"那是自然。"皇帝笑着拉起裴夫人的双手。


长风山庄东阁内，裴琰看着手中密报，笑得极为畅快。

安澄不明："相爷，是不是有什么好消息？"

裴琰掷下密报，笑道："安澄，一个睥睨天下之人，若是没有可与之抗衡的对手，会不会感到很寂寞？"

"这是相爷才能感觉到的，似我等平庸之人，怕是达不到那种境界。"

裴琰大笑："你什么时候学会拍马屁了？"

安澄试探着问道："相爷所说的……是卫三郎？"

"嗯。"裴琰神情略带欣喜，"王朗被三郎赶回长乐城，死伤惨重，太子爷这回可颜面尽失了！"

"卫昭重创王朗，倒让我们省很多心。"

"嗯，如此一来，皇上必得将济北高成的人马向西调。等高成的人马到达，也差不多是春天了。"裴琰沉吟一阵，道，"记住，从今日起，不能留下任何痕迹和把柄，也不能再用密件传递，一切消息来往皆用暗语。"

"是。"

"让剑瑜在成郡一带挑动边衅，然后以此为借口将长风骑主力往那边调。传话给玉德，收拾一些不听话的武林中人，做点手脚，弄成好像是门派之争。

"问一问胡文南，各地库粮是否安好？你再派个人去岳世子那里，只说我伤未痊愈，原本约了他春日狩猎，只怕不能应约，说京城东面野兽太凶猛，安全起见，让他往西南放松筋骨。

"让子明传信由三日一传改为一日一传，朝中动向，我要知道得一清二楚。

"再传信给肖飞，让他将明月教教主与王朗的作战经过调查详细，任何细节都不要放过。"

安澄用心记下，点头道："我去吩咐。"

见他要踏出房门，裴琰又将他唤住："等等，还有最重要的一点，让他们挖暗道的行动快一点，入口改在蝶园。"


卫昭知此次落凤滩一役，族人虽士气大振，重拾信心，但毕竟月落多年来如一盘散沙，遂趁着这段时日王朗未再来袭，下令将兵力分批集结于山海谷，进行严格训练。这日辰时末，他正立于校场一侧，看着士兵在令旗的指挥下排演着阵列，一阵熟悉的脚步声走近："少爷。"

卫昭转身道："平叔倒比我预想的要回来得快，辛苦了。"

二人离开校场，回到剑火阁，卫昭在椅中坐下，取下面具。平无伤转身将门关上，趋到他身边，轻声道："已和易寒约定好了，只要形势如我们所料，他自会依约行事。"

卫昭微微点头："看来只等东边的动静了。"

平无伤犹豫了一瞬，终咬咬牙，将心一横："少爷，我去您说的宁平王府探过了。"

卫昭猛然站起，凌厉的眼神盯着平无伤，见他低下头去，又跌坐于椅中，声音如在九天云外飘浮："真的……"

"是。"平无伤声音有些哽咽，艰难道，"那金右郎的话没错，夫人当年入了宁平王府，行刺失手，被宁平王秘密处死。听说，遗体是被扔在乱葬岗……"

卫昭眼前一片茫然，纵是早知此结果，却还抱着一丝希望，但现在这丝希望彻底破灭。他呆呆地望着平叔，脸色灰白，忽然张嘴吐出一口鲜血。

平无伤急忙上前将他扶住，探上他的脉搏，大惊失色道："少爷，那丹药您不能再服了。"

卫昭吐出血后，倒逐渐平静下来。他面色渐转清冷，低头凝望着白袍上那一团血迹："不服？早服几年了，你当那老贼让我服用冰魄丹是好意？不过拿我当试毒的药人罢了。"他站了起来，望向窗外，忽然大笑，"也好！只要我装成毫无异样，他便也会服用。他喜服烈魂丸，我倒要看看，烈魂丸和冰魄丹混在一起，能不能让他万寿无疆！"

卫昭重新戴上面具，恍若幽灵一样，悄无声息地走向屋外。平无伤伸了伸手，却终没有唤出声来。


江慈正在廊下和淡雪有说有笑地刺绣，眼见着绣绷上那一丛菊花便要绣成，心中欢喜，笑道："以后我若是回去了，就开一家绣庄，专卖月绣，保证财源滚滚，到时分阿雪一半。"

淡雪笑道："你纵是绣得出，也没人敢买。月绣乃定贡之物，民间不能私自买卖的。"

江慈愤愤不平:"凭什么那些王公贵族能用月绣,平民百姓就不能用!"

淡雪想起瞎眼的母亲,神色黯然,低声道:"只盼圣教主能带着我们早脱苦海,族人再也不用为了纳贡月绣而……"

院门轻启,卫昭进来,淡雪忙低头行礼,退了出去。

江慈并不起身,她将最后一瓣菊花绣好,用铜剪轻轻剪去线头,然后看着自己亲手绣出来的月绣,得意地笑了。

卫昭抢过看了一眼,不屑地撇了撇嘴,又道:"这大闸蟹还没绣。"

"不绣了,眼睛累得慌。"江慈将剪子一撂。

卫昭在她身边坐下,看着院中逐渐消融的积雪,忽道:"那天那首《明月歌》,谁教你的?"

"淡雪。我听她哼着好听,就学了。当时也想不到其他能提醒你们的歌,又怕你不明白,情急下就唱出来了。"江慈有些赧然,"是不是唱得不好?"

卫昭淡淡道:"你再唱一遍给我听听,那天只顾着盘算如何将你拉过索桥,狠狠绑起来,没细听。"

江慈心中忽然想明白一事,问道:"你当时不信我,故意看了一眼河对面,害我差点挨了一箭,是不是?"

"我不是把你抱住了吗? 也算救了你一命。"卫昭一笑。

江慈有些恼怒,站了起来:"三爷自便,我要休息了!"

卫昭一把将她拉住,低声道:"唱吧,我想听。"

江慈心中一动,觉他的声音低沉得有些吓人。她低头看了看拉住自己衣襟的那只修长柔韧的手,缓缓坐落,唱了起来:"日落西山兮月东升,长风浩荡兮月如钩;梧桐引凤兮月半明,乌云遮天兮月半阴;玉殿琼楼兮天月圆,清波起荡兮地月缺;明月皎皎兮照我影,对孤影叹兮起清愁;明月圆圆兮映我心,随白云飘兮去难归;明月弯弯兮照万里,千万人兮思故乡。"

# 第二十九章
## 惊天聋鼓

正月二十七,江慈站于廊下,看着廊檐上不断滴下的雪水,再看着这些雪水和着院中融化的积雪流入沟渠之中,流向院门旁的小涵洞,脸上露出浅浅的笑。

严冬终于过去,冰雪消融,春天,终于到了。

雪梅院外,孩童们追逐玩闹,嬉笑声随风吹入院中,江慈不由得有些心痒。淡雪见她神色,微笑道:"要不,我们也去玩玩?"

这些日子,卫昭每夜会过来与江慈说说话。两人偶尔喝酒,绝大多数时候是江慈讲,卫昭听。江慈也不明白卫昭为何对自己在邓家寨的生活那般感兴趣,只得搜肠刮肚,将十七年的人生详细讲述了一遍。

应是卫昭下了命令,对她的看守放松了许多,她也可以出雪梅院,在山海谷内游玩,只是需得淡雪和梅影陪同。

卫昭看出江慈与淡雪、梅影极为投契,便发下话,说她若是逃走,便要将淡雪、梅影处死。江慈知他掌握了自己心软的弱点,只得绝了逃走之念。

卫昭既不再将她当囚犯一般禁锢,这山海谷的人便对江慈十分热情。他们感念她冒死救了月落,俱是笑脸相迎。果品、野物不断送入雪梅院中,还不时有年轻人托淡雪或梅影送来一朵红花,让江慈哭笑不得。

三人出了院门,见一群幼童正在小树林边玩着抛石子的游戏。他们在石子上拴上一块红绸布,用力抛上去,看谁抛的绸带能挂在树上,而且谁挂得最高,谁便胜出。江慈从未见过这种玩法,童心大发,接过一个孩童手中的绸带,绑上一颗石子,用力向树上抛去。眼见那红绸就要垂在树枝之上,却又被石子的重量带得滑下,掉落于地。她笑着拾起绸带,正待再抛,见淡雪向自己挤了挤眼。江慈回过头,见那夜向自己送出红花的洪杰正神色腼腆地走过来,一慌神,便往淡雪和梅影身后躲去。

洪杰对江姑娘有意一事早已传遍整个山海谷,幼童们见他过来,便围拥在他身边,发出促狭的笑闹声,更有调皮的将洪杰向前推搡,口中叫道:"抱新娘子喽!"

江慈虽早知月落民风淳朴,不拘礼节,但饶是她生性大方,也禁不得众人这般调笑,忙躲在淡雪和梅影身后,拉着她二人衣衫,往雪梅院一步步退去。

洪杰忍了十日,每过一日,那明丽的面容便在心中深了一分,让他坐立难安。这日他终于鼓起勇气来到雪梅院前,不理会众人的调笑,准备再度向江慈送出红花,却见她躲在淡雪、梅影身后不肯出来,不禁心中焦急,急步追上。

见洪杰面红耳赤,眼神亮得骇人,江慈吓得"啊"地叫了一声,转身就跑,跑出十来步,撞入一人怀中。她的额头撞上那人的下巴,痛呼出声,抬头一看,见是卫昭正负手站于面前。卫昭凌厉的眼神一扫,幼童们一哄而散,洪杰也停住了脚步。

江慈如见救星,长舒了一口气,堆起笑脸向卫昭道:"圣教主来了啊,我正找您有事。"说着拉住卫昭的袍袖往雪梅院走去。卫昭任她拉扯,随她进了雪梅院。

洪杰呆立原地,望着手中的红花,无比失落。淡雪见他可怜,有些不忍,轻声道:"给我吧,我帮你给她。"

江慈用力将院门关上,拍着胸口道:"好险!"

她转过身,正好对上卫昭的视线,见那双黑深闪亮的眸子中,自己如同两个小小的水晶人儿,不由得有些窘迫,面颊便红了一红。

卫昭嘴角微微勾起:"不是找我有事吗?"

江慈被他的目光看得有些难受,往石屋中一钻,重重将枕门关上。

卫昭拉门进来,江慈越发不好意思,情急下见屋内有些衣物未洗,便手忙脚乱地抱到院中,从井中打了水,用力搓洗起来。

卫昭斜靠着廊下的木柱，静静看着她将衣物洗干净，用力拧干，晾在院中的竹篙上，不发一言。

江慈将衣物晾好，转过身，见卫昭还在廊下，堆笑道："三爷今日挺闲的嘛。"

卫昭淡淡道："这么多人惦记着你，看来这山海谷，你不能住下去了。"

江慈心中一惊，不知他又打什么主意，忙道："反正我跳不出三爷的手掌心，三爷说什么便是什么吧！"

卫昭望向如洗的蓝天："走吧。"

江慈跟在他身后，连声问道："去哪里？"

卫昭不答，带着她直奔正围子。平无伤早牵着马在那等候，卫昭纵身上马，江慈忙也翻身上了另一匹马。卫昭扬鞭轻喝，骏马踏出一线尘烟，待淡雪和梅影追出来，三骑已绝尘而去。


江慈跟着卫昭纵马疾驰，山间初春的景色从眼前掠过。

远处的山尖还有些薄雪没有彻底融化，但山腰和山脚的小树已绽出嫩芽，微风拂过，带着一股初春的清香。孩童们在山野中嬉戏打闹，偶尔还有嘹亮的山歌响起。这一切都让她想起遥远的邓家寨，这些景象无比熟悉，自有记忆起便一直陪伴着她长大，她有些贪恋这景色，马速便慢了下来。

卫昭策马奔出很远，又回转来："磨磨蹭蹭地做什么？！"

江慈低下头去，卫昭见她眼角似有泪渍，皱了皱眉："怎么了？"

江慈想起邓家寨的那个小院，那鸡圈、兔舍，门前的大榕树，还有自己去年栽下的橘树，播下的云萝花种子，越发心酸，强忍住泪水，轻喝一声，策马由卫昭身边奔过。卫昭扬鞭赶上，路边有月落人认出他来，向他下拜行礼，他也不理会，盯着江慈看了一阵，哂笑道："想家了？"江慈被他猜中心事，只得点了点头，又觉在他面前哭泣实是丢脸之至，扭过头去。

卫昭笑道："谁让你贪玩，不知天高地厚，一个人到江湖上游荡，还敢跑到长风山庄去看热闹！"

江慈有些恼怒，转回头瞪着他："还不是因为你！若不是你把我当挡箭牌，我也不用受这些苦!"

卫昭斜睨着她:"谁让你去爬树的?我比你先到那处,你擅闯我的禁地,可怪不得我!"

江慈想起自己半年来的辛酸和苦痛皆由眼前这人而起,恨意涌上,也顾不了太多,抽出脚蹬中的右足,便往卫昭身上踹去。

卫昭轻笑一声,托住她的右足,手心用力,江慈"啊"地向后仰倒。她身下坐骑受惊,向前急奔,江慈左摇右晃,好不容易才未跌下马背。

卫昭策马跟在后面,眼见到了一处山坳,向四周看了看,微微点了点头,策马奔至江慈马边,见江慈还在努力勒住受惊的坐骑,伸手将她提至自己身前,道:"坐稳了!"说着力夹马肚,骏马向前疾奔,江慈被颠得向后一仰,倒入卫昭怀中。

卫昭下意识将她抱住,臂弯中的腰肢轻盈而柔软,低头间正好望上她白皙的脖颈、秀丽的耳垂。他胸中忽地一窒,那股令人害怕的感觉再度涌上,让他想把身前这人远远丢开去。但骏马疾驰间,他的手始终没有松开半分。

江慈曾被他数次抱住,扔来掷去的,此时马儿颠簸,她又一心想着不被甩下马去,依在卫昭怀中不敢动弹,并未留意他的左臂这一路竟一直拥着自己不放。

待二人消失在山坳的转弯处,林间传出一声哨音,江慈先前所乘白驹长嘶一声,奔入林中。

苏颜伸手挽住马缰,回头向苏俊笑道:"大哥,看你的了。"

苏俊一袭白袍,笑了笑,将蒙住面容的黑纱扯掉,戴上人皮面具,长发披散,双手负于身后,走了几步,声调忽变:"都散了吧。"

苏颜点了点头:"是很像,不过总觉得缺了点什么。"

"缺什么?"

苏颜托住下巴想了想,道:"气势。教主的气势,大哥还得多学学。"

苏俊有些失神,轻叹一声,道:"走吧,教主气势不是一朝一夕能学来的,我尽量少说话便是。"


天黑时分,卫昭才在一处山谷前勒住马缰。平无伤跃身下马,转头见卫昭搂着江慈,不由得微怔,片刻后才回过神来。

卫昭抛开缰绳,翻身下马,江慈忙也跳下。此时已有数人从谷中拥出,拜伏于地:"拜见圣教主!"

江慈见这些人都穿着素色长袍,长袍下摆绣着月亮图案,方知已到了明月谷。

轻纱似的月色下,明月谷内流动着草叶芳香。江慈跟在卫昭身后,沿着青石板小径,向明月谷深处走去。卫昭慢慢走着,月色下的素袍更显孤单清冷。江慈不知他要带自己去什么地方,只得静静地跟着。

峡谷逐渐变窄,渐成一条石缝。平无伤执着火把在前,三人穿过石缝,往右一折,行出上百步,在两座石坟前停住脚步。平无伤放下手中竹篮,从篮中取出供品祭物一一摆好,点上香烛,山谷间阴风吹过,将香烛数次吹灭。

见平无伤欲再度点燃香烛,卫昭取下面具,淡淡道:"算了,平叔,我不爱闻这烟烛味,姐姐也不喜欢。"

江慈细细看了看两座石坟的墓碑,见左面石碑上刻着"先父萧公义达之墓",右边则刻着"姐萧玉迦之墓",心中暗忖:看来这里葬着的是他的父亲和姐姐,那他的母亲呢? 是活着还是死了?

卫昭并不下拜,只是坐在石坟前,取出竹箫,箫声先如细丝,渐转悲凉,冲破夜空,直入云霄。箫音散去,卫昭长久凝望着石坟,向来森冷的眼神柔和得似要渗出水来,江慈在旁看得清楚,心头微微一震。

不知过了多久,平无伤上前低声道:"少爷,夜深风凉,已经拜祭过了,还是回去吧。"

卫昭沉默不语,半晌方摇了摇头:"我想在这里坐坐,平叔,你先带她回去。"

江慈走出数步,回头见那白色身影孤零零地坐于坟前,心中一阵激动,冲口而出:"我在这里陪他。"

平无伤有些为难,卫昭忽然道:"让她留下吧,平叔你先回去。"

初春的夜风带着丝丝寒意,江慈在卫昭身边坐下,侧头看着他如石雕般的侧影,一时也说不出安慰的话语。

"今天是我姐姐的祭日,她,死在我师父的剑下……"长久的沉默之后,卫昭缓慢开口，声音缥缈如梦。

江慈望着他微眯的双眼，心中恻然，细细咀嚼他这句话，虽不明为何他姐姐死于他师父剑下，但也知其中的往事饱含伤痛，便柔声道："三爷，师父和我说过，一个人，生与死、穷与富，都是命中注定的。你姐姐这辈子不能陪你，那也是命中注定，你不用太难过。说不定她下辈子便能一直陪着你，再也不离开了。"

卫昭仰头望着夜空中的一弯冷月，低声道："这世上，除了平叔，便只有你一人知道我的身份。你也看到了，我月落要想不再受奴役，便只有流血抗争这一条路。就是为了这个，姐姐死在师父剑下，我也……"

江慈听他话语越来越低，周遭空气似都被他的话语凝住，沉重得让人透不过气来，不由得垂下头去。

良久不见卫昭再说话，江慈侧头一看，见他捂着胸口喘息，似是有些呼吸不畅，双手也隐隐有些颤抖，额上青筋暴起，眼神迷乱，竟有些像师叔描述的走火入魔迹象。江慈不由得慌了神，情急下用掌拍上卫昭的后背，卫昭咳了数声，嘴角渗出一缕鲜血。江慈抱住他软软而倒的身子，急唤道："三爷！"见卫昭毫无反应，不由得手足无措，半天方想起师叔所言，运力拍上他胸前穴道。

卫昭再咳数声，睁开双眼，盯着江慈看了一阵，慢慢笑出声来："你这丫头，真是笨得非同一般！"他坐正身躯，盘膝运气，压下体内因激动而翻腾的真气，待真气逐步回归气海，方睁开眼，静静地望向江慈。江慈被他复杂的眼神看得有些头皮发麻，偏一句话也说不出来，只与他默然对望。

火光下，卫昭秀美的面容皎若雪莲，眼中流光微转。他静静地望着她，如黑宝石般的眼眸似有魔力一般，吸紧了她的视线，不容她避开。

他修长的手指轻轻抚上她的面颊，慢慢贴近她的耳边，声音带着几分探究，几分疑惑，似还有着一丝欣喜："方才……为何不趁机逃走，或者，杀了我？"

这略带魅惑的声音让江慈脑中有些迷糊，她愣了片刻方想明白卫昭所问何意，不由得啊了一声，见他越贴越近，忙摆手道："我，我没杀过人。"

卫昭右手一僵，自江慈面颊慢慢收回。他望着她有些慌张的神情，忽然大笑。江慈恼道："这有什么好笑的？"

卫昭笑得有些岔气，再咳数声，斜睨着江慈道："那为什么不趁机逃走呢？你不是一直想尽办法要逃的吗？"

江慈想了想，调皮心起，微笑道："我倒是想逃，可又不认识路，总得等你醒来，问问路才行。"

卫昭看着她唇边隐现的酒窝，笑声渐低，戴上面具，站了起来："走吧。"

江慈跟上，又转身去拿地上火堆中的松枝。卫昭道："不用了，我看得见。"

"可我看不见。"

卫昭忽然转身，江慈只觉左手一凉，已被他牵着往前而行。

寂静的夜，初春的风，山间的鸟鸣，以及握住自己的那份冰凉，让江慈不忍抽出手来。这青石小道似乎很长，长得看不到尽头；又似乎太短，转眼便见到了屋舍殿堂中的烛光。

两人都未说话，直到平无伤执着灯笼出现在面前，卫昭方松开江慈，淡淡道："这么晚了，平叔还没有睡？"

"睡不着，出来走走。不知少爷要将这丫头安顿在何处歇宿？"

"就让她睡我的外间吧，夜里也好有人端茶递水。"

平无伤看了看江慈，轻声道："是。"

这夜，江慈怎么也无法入睡，辗转反侧，思绪纷纭。直到天蒙蒙亮，实在累极，方迷迷糊糊睡了过去。轻轻的脚步声由内间至外间，在江慈床前停住，过得一阵，才逐渐消失在门口。

江慈直睡到天透亮，晨光穿过青色窗纱投在她的脸上，方才醒转。她奔到内室，见卫昭早已出去，正匆匆洗漱时，平无伤走了进来。

江慈笑道："平叔早！"

平无伤微笑着递给她一碟糕点："饿了吧？少爷让我为你准备的。"

江慈正有些肚饿，忙双手接过："谢谢平叔。"吃得一阵，笑道，"平叔，你对三爷真好。对了，你有没有孩子的？"

"在我心中，少爷就是我的孩子。"

江慈点头笑道："那就好，你家少爷也挺不容易的，我看他……"话未说完，她脑中逐渐眩晕,扶着桌子倒于地上。

平无伤低头凝望着江慈娇嫩的面容,语气冰冷:"绝不能再留你在少爷身边了。"他俯身将江慈抱起,放入一个大麻袋中,身形微闪,扛着麻袋直奔后山。

明月谷后山有数十根石柱,高矮不一,柱上均刻着月亮图案,乃明月教上百年来举行祭祀的地方。

平无伤扛着麻袋奔到最矮的一根石柱旁,用心听了片刻,知附近无人,遂运力将那石柱左右旋了数圈,前方十步处的一块青石板缓缓向下沉,露出一个地洞来。

平无伤纵身跳入地洞,沿地道不断向下,直到进入宏大的地宫,方松了一口气。他从麻袋中抱出江慈,放到石椅中,看着她熟睡的面容,冷声道:"小丫头,看在你救过月落的分上,我不取你性命。但若再留你在少爷身边,老教主的一片苦心岂不白费? 你老实在这儿待着,饿不死你的。"

他得意地笑了笑,仍旧从地道而出,移回青石板,拍了拍身上的尘土,转身走向明月谷。刚走出数步,他面色微变,不敢看前方卫昭冷冽的眼神,垂下头去。

卫昭负手立于风中,平静地看着平无伤,语调很淡:"平叔,你今年也有五十了吧,不知还受不受得住杖刑?"

平无伤咬咬牙,跪落于卫昭身前,沉声道:"平无伤违反教规,擅入地宫,请教主按教规处置。但那丫头绝不能再留。"

"她是裴琰的女人,我还要将她还给裴琰,岂能伤她性命?"卫昭默然半晌,艰难开口。

"小的也不是要伤她性命,只是暂时将她关在地宫中,待裴琰依计划行事,小的自会将这丫头送还给他。"

轻风徐徐,悄无声息地卷起卫昭的乌发。他神色漠然地将落于长发上的一片树叶拈起,将那树叶慢慢地揉搓,直到绿色的汁液染满手指,方轻声道:"平叔,我好不容易才弄明白裴琰为什么会对这丫头动心,正准备找几个心性相近的女子想办法送到裴琰身边……"

平无伤猛然抬头:"少爷,老教主一片苦心,大小姐也在天上看着少爷,还请少爷斩断心中一切情障欲孽,以我月落立国大业为重!"

卫昭微微一震，觉自己的手指凉得有些难受，低声道："平叔，你错了，我并没有……"

"少爷，小的只怕你将来会舍不得将她还给裴琰，更怕你会将她一直带在身边。少爷若是动了情欲，又怎能从容面对那老贼？她与我们根本就不是一路人，会误了少爷的大业！"

卫昭沉默片刻，笑了笑，淡淡道："平叔，你觉得在我心中，你和她谁更重要？"

平无伤犹豫了一下，轻声道："现下当还是小的重要些，但将来就说不准了。"

卫昭神情淡漠，负手望天："你擅入地宫，便当以教规处置，我不会对你留任何情面，反而会加重责罚你。你等会儿去萧护法那里领四十杖刑，还有，你那条左臂，就不要再用了。"

平无伤一愣，转而大喜，磕头道："是，少爷。"他力贯左臂，啪地拍向身侧的一根石柱，闷声痛哼，左臂无力垂下。

卫昭转身："带她出来，我去将她还给裴琰。时机差不多成熟，我也该表明身份，与他正面相见了。"

平无伤痛得额头汗珠涔涔而下，脸上却堆满了喜悦的笑容，任左臂垂于身边，启动机关，跳入地宫，单手将江慈抱出来递给卫昭。

卫昭并不看向江慈，负手前行："启程时再交给我。"

平无伤语气隐含担忧："少爷，一定要回那里吗？"

"是。"卫昭平静道，"我们只是走出了第一步，族内是平定了，但立国还不到时候。在没有绝对把握之前，我还得与那老贼虚与委蛇。不把这池水彻底搅浑，我们即使立了国，也没办法在两个大国之间生存下去。"

他望向远处的山峦，缓缓道："不管付出什么代价，我都要让他们自相残杀，四、分、五、裂！"


苏俊、苏颜正在圣殿内等候，见卫昭进来，齐齐行礼。

卫昭在紫檀椅中坐下，淡淡道："说吧。"

苏俊躬身道："教主昨日过了雷山寨，属下便回了山海谷，下午的训兵、晚上的政会,都无人看出破绽。"说完他嗓音忽变,竟与卫昭素日声音一模一样,"今日就议到这里,大伙散了吧。"

苏颜忍不住笑道:"大哥口技练了这么多年,倒是青出于蓝而胜于蓝。"

卫昭点头道:"很好,我便是这几日要出发,一切就看苏俊的了。"

他望向苏颜,苏颜忙道:"乌雅近日没什么动作,老老实实待在山海院。"

"防患于未然,让云纱继续给她下点药,免得她不安分。"

"是。"苏颜又道,"族长那里……"

"先放着,他还小,过两年看看心性再定。"卫昭道,"苏俊留下。"

苏颜忙行礼出去。

卫昭盯着苏俊看了一阵,苏俊心中有些发毛,却不敢出声。卫昭忽然冷冷一笑,右手猛然拍上紫檀木椅旁悬挂着的剑鞘。寒剑脱鞘而出,龙吟铮然,卫昭腾身而起,在半空中握住长剑,似鹰击长空。苏俊尚来不及有动作,剑气便已割破了他前胸的袍襟。卫昭剑势凝住,盯着苏俊。苏俊被那冷峻的眼神压得喘不过气来,低头道:"教主!"

"这是'星野长空'的剑招,可看清楚了?"卫昭缓缓道。

苏俊猛然抬头:"教主!"

卫昭喝道:"拔剑!"

苏俊精神一振,手底用上内劲,弹上背后剑鞘,同时身形后翻,落下时已手握长剑,接住卫昭攻来的如疾风暴雨似的剑招。

二人越战越快,大殿内两道白影交错飞旋,一时似鹤冲九天,一时若雁落平沙,殿侧的珠帘被剑气激得叮咚而响,配着双剑相击和衣袂飘飞的声音,宛如一首慷慨激昂的边塞征曲。卫昭手中长剑闪着碧波似的剑光,映亮了他闪亮的双眸,也映亮了苏俊眼底的敬畏与尊崇。

卫昭忽然收剑,身上白衫猎猎轻鼓,片刻后真气盈归体内,他冰雪似的眼神望向苏俊:"明月剑法前十式的运气心法我也会教给你,这是剑招,你记下了?"

苏俊单膝跪下,剑尖点地:"教主!"

"苏俊,师父当年收了你兄弟,为的就是今日。"

"老教主如海深恩，我等不敢有片刻忘怀。"苏俊语带哽咽。

"你听着。"卫昭平静道，"天下即将有大风波，我月落能不能趁势立国，能不能在梁桓两个大国之间寻一席容身之地，就看今春的形势。我要离开月落一段时日，你得继续假扮我。如果一切顺利，时机成熟，我自会回来主持立国事宜。如果形势不对，月落……就交给你了。"

苏俊越听越是心惊，抬头道："教主，您……"

"我会留平叔在你身边，助你一臂之力，防人生疑。你要做的便是继续训练军队，加强战备，守住流霞峰与飞鹤峡，稳定族内人心，按我原先拟的条陈，变革族内政务。如有必要，用我教你的明月剑法来震慑作乱者。"卫昭步至苏俊身前，似要望到他的心里，"你要牢记一点，只要我没有回来，你，永远都是萧无瑕！"


梁国今年的春天来得比往年早了些，尚是正月末，道边的野花便争相吐出小小苞蕾，田野间已经泛青，阳光也比往年明媚了几分。

过苍平镇，再往北八十余里，便是定远大将军魏正山的驻地——陇州。

此处虽是东北境，但也是春意渐生。这日午时，十余骑骏马自南疾驰而来，马颈处挂着的竟是明黄色的符袋，一望便知是前来颁旨的钦差大臣。

骏马在苍平镇北面的驿站前希聿聿停下，众人纷纷下马，为首的颁旨三品内侍周之琪抹了抹头上的汗珠，道："跑了一上午，大伙都辛苦了，就歇歇吧，只要申时末能赶到陇州就行。"

驿丞将众人迎了进去，知这些内侍是往陇州魏公处颁旨，忙好茶好菜地侍候着，赔笑道："各位大人辛苦了，怕是未出元宵便动身的吧？"

周之琪颇有几分皇宫内侍的眼高于顶，斜睨着驿丞道："可不是，若不是皇命在身，谁耐烦正月里跑到你们这鸟不拉屎的地方来。"

驿丞点头哈腰："是是是，咱们苍平镇是差了些，但只要进了陇州，魏公那处还是繁华之地。各位大人是圣天子派来传旨的，魏公定会好好款待各位大人。"

周之琪吃饱喝足，负上黄绫布包裹："走吧，到了陇州，完成了皇命，大伙再休息。"

待众人骑马而去，驿丞回转馆内，一人凑近低声道："已经让阿苏他们赶回去报信了。"

驿丞点了点头："嗯,咱们也准备准备。"

周之琪带着这十余骑快马加鞭,沿官道疾驰,申时初便看到了陇州的巍巍城墙。遥见城门紧闭,城墙上旌旗招展,城墙后黑压压地站了一排将士,甲胄在阳光下闪着冷冽的光芒,周之琪不由得笑道："到底是魏公,这陇州军容如此整肃,倒像要打大仗似的。"

他身边一人笑道："魏公本来就是武将出身,听说脾气上来,连皇上都拿他没辙,当年皇上还给他取过一个外号,叫'魏驴子'。"

众人哄然大笑,周之琪笑骂道："这话就在这里说了,进了城都给我看好自己的嘴!"

"那是那是!"众人应是,马蹄声声,卷起一线灰尘,不多时便到了陇州城外。

名震天下的定远大将军魏正山身着盔甲,立于城墙上,微微眯起眸子,望着那十几个黑点由远而近,缓缓道："开城门,迎圣旨!"

周之琪当先驶入城中,见戴着紫色翎羽盔帽的一名大将立于大道之中,知这位便是定远大将军魏正山,忙翻身下马,笑道："领三品内侍周之琪见过魏公!"

魏正山面无表情,将手一引："请钦差大臣入将府颁旨!"

周之琪心中暗咒此人不愧圣上所称"魏驴子",率着一众人进入定远大将军府,将脸一板,高唱道："圣旨下,定远大将军魏正山接旨!"

魏正山扫了一眼四周,单膝跪地："臣魏正山接旨!"

周之琪见他单膝下跪,心中便有些不爽,却碍于他身着戎装,也不违制,遂轻哼一声,从身边的黄绫布兜里取出圣旨,扯着尖细的嗓子宣读："奉天承运,皇帝诏曰,宣定远大将军魏正山即日进京,钦此!"

周之琪的声音越来越低,脸上露出惊讶的神色。这道圣旨实在令人摸不着头脑,魏公镇守东北二十年,除去五年前故皇后薨逝,他回过一趟京城后,便再也未被宣召回京。今日这圣旨未讲任何理由,便将其宣召回京,实是有些奇怪,可黄绫布上的御批之字清清楚楚,他只得照本宣读。

魏正山却不称"接旨",只是冷冷笑了一声,缓缓站起。周之琪渐感不妙,强撑着道:"魏公,接旨吧。"

魏正山黑脸微寒,将手一挥,他身后数名副将齐拥而上,将周之琪按倒在地。周之琪呼声尚未出口,一名副将手起刀落,鲜血喷涌而出,溅上一边的黄绫圣旨。周之琪带来的一众内侍齐声惊呼,兵刃尚来不及出鞘,便相继倒地,血溅当堂。

魏正山冷冷地看着地上的黄绫圣旨,谋士淳于离过来,轻声道:"主公,一切都准备妥当。"

见魏正山眉头微皱,淳于离道:"主公,箭在弦上,不得不发啊。张、易二位将军此时应已到了郑郡和新郡。"

魏正山面色阴冷如冰,急速转身,黑色毛氅飒飒而响,声音不起一丝波澜。

"起事,发檄文!"

城墙之上,三军战鼓砰然敲响,宛如春雷沉沉回荡在陇州上空,荡向遥远的京城。


天下起了蒙蒙细雨,崔亮从方书处出来时已是入夜时分。看到皇宫城墙边绽出如星星般的野花,眼前浮现一个明媚的笑容,他笑了笑,撩起袍襟步入雨中。

刚走出数步,震天的马蹄声由东侧皇城大道上响起,似战鼓擂响,琵琶急奏,自崔亮身前疾驰而过。崔亮看到马上之人手中执着的紫色符杖,面色一变,急急返身,闪入方书处。

方书处此时仅余一小吏值守,他抬起头来:"崔大人,忘了什么东西了吗?"

崔亮微笑道:"不是,我才想起,程大人嘱咐我整理的一些奏章还没整理好。"

小吏笑了笑,继续低头抄录。

崔亮步至自己的长案前,他所坐位置靠着西面的轩窗,由轩窗望出去,正见巍巍内宫的青石道。他缓缓研墨,目光却不时望向窗外。

过得一刻,十余名内侍急急由内皇城奔出,连声呼喝:"快快快,开宫门!"

再过一刻,重臣们由宫门先后拥入,个个面如土色,兵部尚书邵子和更是脚步踉跄,险些跌了一跤。

崔亮心中一沉:难道……

晨阳渐升，裴琰收住剑势，顺着山路下了宝林山。

林间鸟儿的婉转啼鸣在晨风中听来格外清脆，裴琰望向山脚长风山庄袅袅升起的炊烟，再望向远处的层峦叠嶂、田野阡陌，微笑道："安澄，这江南风光与北域景色，哪个更合你意？"

安澄想了想，道："属下还是怀念当年在成郡的日子，这南安府春光虽好，却总觉得少了些什么。"

裴琰立住脚步，望向远处天际，满目江山让他胸中舒畅，笑道："江南风光、北域景色，各有各的好，端看是什么心情去欣赏罢了。"

安澄只觉相爷今日意兴豪发，言谈间颇有几分当年指点沙场、号令长风骑的气概，不由得喜道："相爷，怕是快成了吧？"

裴琰点点头："估摸着差不多了。"

空中扑簌簌声响，安澄口撮哨音，尖锐破空，信鸽咕咕而下，安澄伸手擒住。

裴琰展开密函，一瞬的沉默后，手中运力，密函化为齑粉。他望着那齑粉散入春风之中，眼中笑意渐浓，终呵呵一笑："魏公啊魏公，你真是不负众望啊！"


梁承熹五年正月三十日，原定远大将军魏正山发布檄文，奉故景王之幼子为帝，领讨逆大将军一职，策十万人马于陇州起事。

同日，讨逆大将军麾下张之诚、易良率六万军马攻下郑郡与新郡。

其后三日，讨逆大将军魏正山亲率中军，张之诚率左军，易良率右军，分别攻破明山府、秦州、卫州、微州。

二月四日夜，小镜河决堤，阻魏正山南下之路。长风骑宁剑瑜部溃败，退守娄山以西及小镜河以南。双方大军对峙于小镜河及娄山。

# 第三十章

## 玉泉惊变

入夜后，云层渐厚，和着夜风的湿漉之意，沉闷得让人喘不过气来。

延晖殿中，重臣们个个神色凝重，总管太监陶紫竹尖细的声音在殿内回响。他握着手中的檄文瑟瑟颤抖，不时偷眼望向宝座上面色冷峻的皇帝，声音越来越低："讨逆大将军魏正山，奉正统皇帝诏令，谨以大义布告天下：伪帝谢……豺狼成性，以诈谋生承大统，罪恶盈天，人神共愤。其泯灭天伦，谋害先帝，伪造遗诏，罪之一也；矫诏杀弟，涂炭生灵，罪之二也；残害忠良，诛戮先帝大臣，罪之三也；政繁赋重，不知体恤，致细税惨苛，民怨弥重，罪之四也；宠信奸佞，淫狎娈童，令弄臣斗筲，咸居显职，罪之……"

皇帝面色铁青，猛然抓起龙案上的玉镇纸向陶紫竹砸去。陶紫竹不敢闪避，额头鲜血汩汩而出，滴落在檄文之上。殿内众臣齐齐拜伏于地："皇上息怒！臣等罪该万死！"

皇帝怒火腾腾，用力将龙案掀翻，背着手在銮台上走来走去，额上青筋隐现："罪该万死，罪该万死，朕看你们死一万遍都不够！"

他越想越气，大步走下銮台，一脚踹向兵部尚书邵子和："魏正山谋反，兵部如同瞎子聋子，竟一点风声都没有，都死了不成？"

邵子和叩头不止："皇上息怒，请保重龙体！"

皇帝指着他，手指颤抖："就算他魏正山密谋造反，你不知情，那新郡、郑郡一日之内便被攻破，你这个兵部尚书还有何话说？"

邵子和吓得肝胆俱裂，强撑着一口气道："回皇上，新郡和郑郡驻扎的是长风骑。可年关前后，桓国屡派散兵游骑在成郡一带过境骚扰，为防桓国大举来袭，宁剑瑜宁将军请示过兵部，将那处的一半驻军往成郡调防，所以才……"

"那明山府、秦州、卫州、微州呢？"皇帝厉声将手中紧攥着的紧急军报掷到邵子和的身上，"逆贼破了新郡、郑郡，三日内又拿下明山府、秦州、卫州、微州，当地的驻兵都死了吗？若不是卫昭带人冒死决了小镜河，阻了逆贼南下的路，只怕他现在就要打到京城来了！"

想起被逆军重伤后跌落小镜河、生死不明的卫昭，还有他让光明卫易五突破重围送至洛州的血书及军情，皇帝心中隐隐作痛，身形隐隐摇晃。

董学士面色凝重，上前道："皇上，还请息怒，保重龙体！"

皇帝向来对董学士颇为敬重，也觉自己今日有些心浮气躁，便压下体内翻腾的真气，再狠狠瞪了邵子和一眼，回转龙座之中。

董学士道："皇上，眼下逆贼气焰高炽，一路攻了数个州府，但那是他们预谋在先，打了我们一个措手不及，无须过度惊慌。为今之计，臣请皇上下旨，命长风骑死守娄山和小镜河，同时调济北高成的人马过去支援，再从京畿一带调人马北上小镜河设防。"

皇帝逐渐恢复理智，点头道："董卿所言极是。即刻拟旨，令宁剑瑜死守小镜河和西面的娄山，速调济北高成的五万人马向东支援娄山，驻扎在祈山关的人马即刻北上，设防小镜河以南，决不能让逆贼过小镜河！"

他顿了顿道："令谕中加一点，命各部在小镜河沿线查访卫昭的下落，一旦将他救下，速速送回京城！"

殿内众人见皇帝怒火渐消，稍稍松了口气。右相陶行德道："皇上，得查查是谁勾结了逆贼，致使逆贼将朝廷派驻陇州的暗探全部斩杀，还累得卫大人行踪暴露，下落不明。"

皇帝早有此念，怒道："朝中一定有人和逆贼暗中勾结。查！彻底地查！"

静王上前道："父皇，依儿臣之见，还得防着桓国趁乱南下。"

皇帝沉吟道："是得防着桓国撕毁和约，乘虚而入。看来成郡的长风骑不宜全部调回，这样吧，从王朗那里抽三万人马赶往娄山。"

太子无奈地看了看董学士，董学士微微摇了摇头。

皇帝目光扫过陶紫竹手中的檄文，冷笑一声："他魏正山有胆谋逆，却没胆子称王称帝，不知从哪里找来的野种，冒充逆王的儿子！"

众臣均不敢接话。二十多年前的"逆王之乱"牵扯甚广，当年的景王虽被满门处死，但其生前妃嫔众多，也素有风流之名，若说还有子嗣留在世上，倒非绝无可能的事情。只是魏公现在推出来的这个所谓"皇帝"是否真的是当年景王的血脉，就无人知晓了。

皇帝却突然想起一事，面色大变："立刻传旨，封闭城门，速宣岳藩世子进宫！"

庄王眼前一阵眩晕，血色尽失，喃喃道："父皇，只怕迟了……"

皇帝怒道："什么迟了？"

庄王跪下磕头："父皇息怒。今日岳世子来约儿臣去红枫山打猎，儿臣因为有公务在身便推却了，但二表弟他……他性喜狩猎，便与岳世子于辰时出了城……"

皇帝气得说不出话来。庄王生母高氏一族为河西世族，历代皇后、贵妃出自高氏一门的不计其数，皇帝登基之后，便是借助高氏的势力保持着政局的平衡。但近年来高氏气焰愈盛，庄王口中的"二表弟"便是横行河西的"高霸王"。此次他上京为皇帝贺寿，已抢了数个民女，打伤十余路人，刑部对其睁只眼闭只眼，皇帝也当不知。未料他竟于这关键时候将身为质子的岳藩世子带出京城，实是坏了大事。

庄王知事情要糟，使了个眼色给陶行德，陶行德忙转向禁卫军指挥使姜远道："快，速速出城缉拿岳景隆！"

姜远望向皇帝，皇帝已无力说话，只是挥了挥手，姜远急步出了大殿。

皇帝坐于宝座上，待心情稍稍平静，方转向户部尚书徐锻："现在库银和库粮还有多少？"

徐锻心中估算了一下，道："库银共计八百万两，各地库粮较丰盈，度过春荒尚有节余。"

皇帝心中略安，沉吟片刻道："岳景隆一旦真的跑掉，西南岳藩作乱，得将玉间府的兵马调过去。库粮不愁，库银可有些不足。"

董学士小心翼翼道："皇上，要不，将以前搁置下来的摊丁法……"

皇帝眼睛一亮："速下旨，实行摊丁法，各地州府如有违令者，从重处置！"

殿内之人，十人中倒有七人心中一疼。这摊丁法于数年前朝廷财政捉襟见肘时提出，按各户田产数和人丁奴仆数来征收税赋，后因遭到王公大臣及各名门望族的强烈抵制方搁置至今。眼下魏公谋逆，他久经沙场，数日内便连夺数处州府，长驱南下。

值此国家危急存亡之际，皇帝和董学士再度将这摊丁法搬了出来，谁也无法出言反对。只是想到自己每年要为此多缴许多税银，这心疼总是免不了的。

皇帝又想了一下，寒着脸道："太子会同兵部即刻拟调兵条陈，静王主理户部调银调粮，庄王……就负责摊丁法，朕明早要看到所有的条陈。董学士随朕来。"


夜色黑沉，宫墙下的宫灯在风中摇摇晃晃，映得皇帝与董学士的身影时长时短。皇帝负手慢慢走着，董学士跟在他身后半步处，也不说话。

更鼓轻敲，皇帝从沉思中惊醒，道："董卿。"

"臣在。"

"你说，三弟真的留下了后裔吗？"

董学士低声道："若说逆王有后裔留下，臣看不太可能。"

"看来是假的了？"

"是。魏贼谋逆，若想自己称帝，名不正言不顺，更失了民心。他唯有推出一个傀儡，打着景王的幌子，来争取民心。"

皇帝沉思片刻，停住脚步，回转头："那依董卿之见，此事……与裴子放有没有关系？"

董学士想了想，道："容国夫人和裴琰都在皇上手心里捏着，再说，裴子放幽居幽州二十余年，应当也没这个胆气了。"

皇帝点了点头："嗯，他也不敢拿裴氏一族当赌注。"

"是，裴氏家大业大，裴琰又将兵权政权都交了出来，应当与他无关。依臣看……"董学士稍稍停顿。

"董卿但说无妨，朕现在也只有你一个贴心人了。"

"皇上厚爱。"董学士弓腰道，"臣推测，若说早就有人与魏贼勾结，老庆德王是一个。"

皇帝叹了声："三郎当初和朕说老庆德王有谋逆之心的时候，朕还不太相信，看来他们早就有勾结了。这个狗贼，他倒是死得痛快！"

董学士道："如此看来，小庆德王虽将玉间府他老子的八万人马交了一部分出来，但只怕还是不能放心用。"

"嗯。"皇帝有些发愁，"岳景隆若是真的逃跑了，小庆德王靠不住，玉间府这八万人马又不能放心用，兵力可有些不足啊。"

"依臣看，岳藩顶多自立，若说越过南诏山北上，他们倒没那个胆。所以西南只需派兵守着南诏山，征讨的事先缓一缓，待将魏贼平定了再考虑收服岳藩。"

皇帝点头道："眼下也只有先这样了。调兵的事，你看着点，朕不想让高氏的手伸得太长。"

"是，臣明白。"


后半夜，闪电划空而过，春雷轰轰而响。

皇帝猛然睁开双眼，寒声道："谁在外面？"

陶内侍忙在外禀道："皇上，易五被送回来了！"

皇帝掀被而出，唬得一旁的少年慌忙跪落于地。内侍进来替皇帝披上衣袍，皇帝边行边道："人呢？在哪里？"

"人是快马送回来的，知道皇上要亲问，抬到居养阁了。"

皇帝脚步匆匆，空中又是几道闪电，黄豆大的雨点打落。随从之人不及撑起黄帷宫伞，皇帝龙袍已被淋湿，他也不理会，直奔居养阁。

阁内，太医黑压压跪满一地，皇帝挥挥手，众人退去。

皇帝步至榻前，见榻上的年轻人面色惨白，气息微弱，肋下两道长长的剑伤，尚未包扎妥当。他细细看了看,伸手点了易五数处穴道。

易五睁开双眼,眼神有些迷离。

皇帝沉声道:"少废话,把事情经过详细说给朕听。"

易五一惊,一边喘气一边道:"是皇上吗?"

"快说,三郎到底怎样了? 你们是如何逃出来的? 又是如何决的小镜河?"

易五精神略见振奋,低声道:"卫大人带着奴才一直跟着裴琰到了长风山庄,见武林大会没出什么纰漏,一切按皇上的意思进行,卫大人还嫌有些不够刺激。谁知姚定邦寻仇死于那苏颜之手,卫大人便起了疑心。"

"这个朕知道,三郎在折子里说了,朕是问他到了魏正山处之后的情形。"

"是。卫大人觉得姚定邦的事情有蹊跷,便带着奴才往陇州走,一路察探魏正山的底细,也没查出什么来。等到了陇州,已近年关,卫大人还笑着说待陇州查探完毕,要赶回京城给皇上祝寿,谁知,谁知……"易五渐渐激动,喘气不止,眼神也渐有些涣散。

皇帝将他扶起,伸手按上他背心穴道,输入真气。易五精神又是一振,低声道:"谢皇上。卫大人带着奴才分别见了朝中派在陇州的暗探,觉魏正山没什么可疑之处,便准备动身往回走。谁知当夜便被一群黑衣蒙面人围攻,我们好不容易才杀出重围,回去找那些暗探,发现他们全失踪了。卫大人知事情不妙,便潜入定远将军府一探究竟。奴才在府外守候,一个时辰后卫大人才出来,并且受了伤。卫大人说宫里出了内贼,出卖了我们。我们连夜出城往回赶,被魏正山的人追上,边战边退,被追至迷魂渡,在那处藏匿了两天才摆脱了追杀者。

"等我们从迷魂渡出来,魏正山的人马已经攻下了秦州。卫大人知逆军定要从小镜河南下,便带着奴才赶了两天两夜的路,到了小镜河,用火药决了小镜河,这才断了逆军南下的路。只是卫大人他……"

"他怎样?!"皇帝喝道。

"他先前便有剑伤,似是感觉到命不久矣,写下血书和军情给奴才。逆军赶到小镜河时,决堤正是关键时刻。卫大人为阻敌军,被……被逆军大将一箭射中,掉到河中,不知……"易五越说越是激动伤心,一口气接不上来,晕死过去。

皇帝呆立片刻，拂袖而出，冷冷道："用最好的药，保住他的性命！"

他急急而行，不多时到了弘泰殿。殿内，董学士与太子等人正在拟调兵条陈，见皇帝进来，齐齐跪落："参见皇上！"

皇帝阴沉着脸，道："传朕旨意，即刻关闭宫门，没有朕的手谕，一律不得出宫，将所有人等彻查一遍！"

殿外，一道闪电，紧接着一声霹雳，惊得殿中所有人面无血色。兵部尚书邵子和一哆嗦，手中毛笔啪地掉落于地。

雾气蒸腾，裴琰泡在宝清泉中，听到安澄的脚步声，微微一笑："今日这军报倒是来得早。"

"相爷，不是剑瑜那处的军报，是肖飞传回来的月落消息。"

"哦？"裴琰笑道，"我倒要看看，三郎行军打仗，是不是和他的风姿一样出众！"

见他的手有些湿，安澄将密报展于他面前。裴琰从头细阅，脸上笑容渐失，雾气蒸得他的眼神有些迷蒙。他冷哼一声，身形带着漫天水珠腾起，安澄忙给他披上外袍。裴琰急步进了草庐，在草庐中负手踱了数个来回，方唤道："安澄。"

"是，相爷。"

"传令下去，由月落往京城沿线给我盯紧了，三郎肯定在带着小丫头往回赶。一旦发现二人踪迹，即刻报上。"裴琰望向一侧壁上挂着的狐裘，眼神渐转凌厉。

不多时，安澄却又回转："相爷，南宫公子来了。"

裴琰微笑着转身："玉德来了。"

南宫珏步进草庐，看了看四周，笑道："少君倒是自在，外面可传你伤重得下不了床。"

裴琰大笑，步至案前："玉德过来看看，我这句诗怎样？"

"春上花开隐陌桑，寄语林丘待东风。"南宫珏慢慢吟罢，淡笑道，"只是不知现在这阵东风是不是少君想要的东风。"

"这东风嘛，还小了点，所以火烧得不够旺，玉德得再添把柴才行。"

"是。"南宫珏微笑道，"我这一路也没闲着，估计柳风正忙着发出盟主令，召开武林大会商讨如何解决各派争端的事宜呢。"

裴琰沉吟道:"议事堂必有明月教教主的人,玉德要尽快找出来。既然要和他下这局棋,我总得知道他有哪些棋子。"

"是,少君放心。"

裴琰再琢磨了会,道:"玉德,你还得帮我做一件事。"

南宫珏见裴琰面色沉肃,大异平时,忙道:"少君但有吩咐,南宫珏必当尽力而为。"

裴琰却又沉吟不语,负手步出草庐,南宫珏跟出,二人在小山丘上的棋台边坐下。

林间,野花吐蕊,春风拂面,温泉的雾气如同杨柳般轻柔的枝条,在山野间舞动飘散开来。

落子声,如闲花飘落,如松子坠地。南宫珏却面色渐转凝重,抬头望着裴琰微微而动的嘴唇,良久,方轻轻点了点头。


天气慢慢转暖,春风也渐转柔和,马蹄历落,车轮滚滚。

江慈放下车帘,回过头道:"三爷,我们这是去哪儿?"

卫昭眼神冷如冰霜地看了她一眼,又凝在手中的书上。江慈心中暗叹,不再说话。马车内有点沉闷,她四处看了看,拿起卫昭身侧的一本《怀古集》,卫昭又抬头看了她一眼,她忙又放下。卫昭也不说话,靠上软垫,将面目隐于书后。

江慈笑了笑,仍旧拿起那本《怀古集》细细读起来,忽见其中一首《阳州怀古》,师父曾手把手教自己写过的那句"潇水瑟瑟转眼过,五弦难尽万古愁"跳入眼帘,眼窝一热,忙转头掀开车帘。

车外的春光虽清新明媚,却止不住江慈汹涌而出的泪水。卫昭将手中的书缓缓放下,看着她的侧脸,皱了皱眉头,又用书遮住面容。

江慈难过了一阵,便又强自把忧愁压在心底。入夜之后投店,她便恍若没事人一般,吃饭洗漱,还哼上了小曲。

卫昭还是沉默不语,只是听到江慈的歌声时,才抬眼看了看她。

江慈洗漱完毕,卷起床上的一床棉被,在床前的脚踏上躺下,笑道:"三爷忒小气,也不肯多出一间房钱,是不是怕我夜里逃走?"

卫昭取下面具,和衣躺在床上,淡淡道:"你逃到哪里,我都能把你抓回来。"

"为什么?"江慈无比好奇。

卫昭右掌轻扬,烛火随风而灭。他望着头顶青纱帐顶,忍不住微笑,语气却仍冰冷:"你认为,我会告诉你吗?"

江慈不再问,裹好被子合目而睡。

初春的夜还有着几分寒意,江慈睡在冷硬的脚踏上,又只盖一层薄薄的棉被,便觉有些冷。到了后半夜轻咳几声,鼻息渐重,清早起来头昏脑重,连打了数个喷嚏,待洗漱完毕,已是咳嗽连连。

卫昭正端坐于床上运气,听到江慈咳嗽之声,睁开眼来看了看,又闭上眼睛。

小二敲门,江慈将早点接了进来,摆在桌上,觉喉间难受,毫无食欲,回头道:"三爷,吃饭了。"依旧在脚踏上坐下。

卫昭静静吃着,见江慈仍未过来,抬头道:"你怎么不吃?"

江慈双颊通红地倚在床边,无力道:"我不饿,不想吃。"

卫昭过来探了探她的额头,眉头皱了一下,戴上面具和青纱帽,转身出了房门。江慈也不知他去哪里,不敢出房,迷迷糊糊倚在床边,似睡非睡。

不知过了多久,口中有股浓烈的苦味。江慈惊醒,见卫昭正掐住自己的面颊,往嘴里灌药,她被迫喝下这大碗苦药,呛得眼泪鼻涕齐流。

卫昭将碗一撂,冷冷道:"起来,别误了行程!"

江慈无力爬起,跟在他身后上了马车,过得半个时辰,身上渐渐发汗,鼻塞也有些减轻,知那药发挥效力,不由得望向卫昭,轻声道:"多谢三爷!"

卫昭视线仍凝在书上,并不看她:"我只是怕你病倒,误了事情!"他从身后取出一个布囊,丢给江慈。

江慈打开布囊,里面竟是几个馒头。她寒意渐去,正觉有些肚饿,便抬头向卫昭笑了一笑:"三爷虽不爱听,我还是要说声多谢。"说完便大口大口吃起馒头。

卫昭慢慢抬起头来,注视着江慈,见她吃得有些急,终忍不住皱眉道:"你慢点吃,饿死鬼一样!"

江慈有些讪然,转过身去。卫昭凝望着她的背影,忽然发觉,她的身形,竟比去年初见时瘦削了许多。


这日马车行得极快,终于在天黑之前进了玉间府。

江慈透过车帘的缝隙,见到城门上那三个大字,不由得有些兴奋,拍了拍卫昭的手:"三爷,到玉间府了。"

"废话。"

江慈也觉好笑,道:"我听人说玉间府的小西山有道玉龙泉,如果人们在夜半时分能听到那泉水唱歌,便会从此一生安宁,再无苦难。"

卫昭哂笑:"无稽之谈,你也信。"

江慈面上一红,卫昭看得清楚,语气有些不屑:"你这好奇心重的毛病迟早害了你。"

江慈嘟囔道:"这不是已经害了吗?"

马车在城中穿过,又拐来拐去,直到天色全黑,方在一条小巷深处停住。

听得马夫的脚步声远去,卫昭如幽灵般闪下马车,江慈跟着跳下。卫昭顺手牵住她,由墙头越过,落于一院落之中。

院落不大,房舍不过五六间,廊下挂着盏红色的灯笼。院中藤萝轻垂,架下几张青石板凳,凳前一带迎春花。初月的光辉和着灯光轻轻投在嫩黄的迎春花上,迷蒙中流动着淡淡的清新。江慈极喜爱那一带迎春花,挣脱卫昭的手跑过去细看,回头笑道:"三爷,这是哪里?"

卫昭望着她的笑容,眼神微闪,听到院外传来轻微的叩击声,倏然转身,寒声道:"进来吧。"

蒙着轻纱的苗条女子进来,江慈笑道:"你是大圣姑还是小圣姑?"

程潇潇对江慈极有好感,悄悄对她伸出两个手指,江慈会心一笑。

程潇潇在卫昭身前跪下:"参见教主。"

"说吧。"

"姐姐和小庆德王正在乘风阁饮酒,之后会将他引去玉龙泉,估计戌时末可以到达。"

卫昭伸出右手,程潇潇忙从身后包裹中取出黑色夜行衣递给他。他顺手将自己的素袍和内衫除下,程潇潇正好望上他赤裸的前胸,双颊顿时红透,眼神却没有移开半分。

卫昭穿上夜行衣,程潇潇见他前襟未扣上,情不自禁地伸出双手。卫昭右手猛然推出,程潇潇被推倒在地,清醒过来,忙跪于地上,全身隐隐颤抖。

江慈走过去欲将程潇潇扶起,程潇潇却不敢起身。

卫昭见江慈对自己板着脸,便冷声道:"起来吧。"

程潇潇站起,卫昭道:"过一个时辰,你和老林将她带到城外的十里坡等我。我们走后,你和盈盈留意一下近段时间武林中死伤的人,看是不是南宫珏下的手。议事堂不久肯定要召开会议协调纠纷,你们的任务就是将水搅得越浑越好。"

江慈啊了一声,脑中如有闪电划过,指着程潇潇道:"原来是你们!"

当日武林大会,程盈盈和程潇潇以双生门弟子的身份参加比试,最终进入议事堂。但二人比试时极少说话,江慈对这对双胞胎姐妹印象不深。后来在月落见到二人,又均一直以纱蒙面,穿的又是月落服饰,族中一直以"大圣姑""小圣姑"相称,她也未认出来。直到此刻,程潇潇穿回梁人服饰,又听到卫昭这番话,这才想到原来大小圣姑便是进入了武林议事堂的程氏姐妹。

卫昭看了看江慈,猛然罩上蒙面头巾,身形一闪,消失在墙头。


玉间府城西有座小西山,景色秀丽,最著名的是山顶有一清泉,名为玉龙泉,泉水清洌,如甘似露,一年四季水涌如轮。玉间府最有名的贡酒玉泉酿便是以此泉水酿造而成。

戌时正,一行车骑在小西山脚停住。小庆德王玉冠锦袍,因老庆德王去世不满一年,腰间尚系着白丝孝带。他俊面含笑,望着身边马上的程盈盈:"程堂主,这里就是小西山。"

程盈盈巧笑嫣然,唇边酒窝淹人欲醉:"素闻玉龙泉之美名,既到了玉间府,便想来看看,倒是麻烦王爷了。"

小庆德王忙道:"程堂主太客气了,二位堂主既然到了玉间府,本王便应尽地主之谊,可惜潇潇妹子身体不适,不然……"

程盈盈叹道:"是啊,妹妹一直惦念着,想听泉水唱歌,倒是可惜了。"

小庆德王见程盈盈容颜如花,就连那轻叹声都似杨柳轻摆、春风拂面,心中一荡。他本就是风流之人,又早闻程氏姐妹花之美名。今日在城外打猎,听得属下来报,程氏姐妹来了玉间府,便急匆匆赶来,以尽地主之谊的名义邀这对姐妹同游。虽只邀到姐姐,但想来只要自己下点功夫,那妹妹应该也是手到擒来。

他飘然落马,风姿翩然,挽住程盈盈的坐骑。程盈盈身形轻盈地落于地上,小庆德王的随从们也十分会凑趣,均齐声叫好。

程盈盈嫣然一笑,小庆德王更是欢喜,引着她一路往山上走去。

初春的夜色迷蒙缥缈,小庆德王注意力全在程盈盈的身上,当那一抹寒光乍闪,冷洌的剑锋迎面袭来时,他才猛然惊醒后退,但剑锋已透入他肋下寸许。程盈盈怒叱一声,手中软索缠住那黑衣刺客的右臂,方将这必杀的剑势阻了下来。

小庆德王也是身手不凡之人,虽然肋下疼痛,仍运起全部真气,双掌拍向黑衣刺客。刺客被程盈盈的软索缠住右臂,只得弃剑,身形向后疾翻,双手发出十余道寒光,程盈盈一一将飞镖挡落在地。

那黑衣刺客从背上再抽出一把长剑,使出的都是不要命的招数,攻向小庆德王。小庆德王的随从已反应过来,他手下头号高手段仁剑起寒光,快如闪电,将黑衣刺客逼得步步后退。其余随从或执剑,或取刀,还有数人架上了弓弩。

程盈盈将小庆德王扶住,急道:"王爷,您怎么样?"

小庆德王摇了摇头:"没事,小伤,多谢程堂主。"见段仁与黑衣刺客斗得难分难解,他将手一挥,"上,注意留活口!"他一声令下,随从们蜂拥而上,只余弯弓搭箭的数人围守四周,防那刺客逃逸。

黑衣刺客连挥数十剑,欲从道旁的树林边逃逸。段仁怒喝一声,人剑合一,揉身扑上。黑衣刺客惨声痛呼,段仁的长剑已划过他的右肋。

黑衣刺客嘴中喷出鲜血,剑势逼得段仁向后疾退。他手中忽掷出一蓬银针,众人急急闪避，他已腾身而起，逃向黑暗之中。

眼见黑衣刺客就要逃逸，程盈盈猛然抢过随从手中的弓箭，银牙暗咬，箭如流星。黑暗中传来一声痛哼，但已不见了那刺客身影。

程盈盈用力掷下弓箭，声音有着几分伤痛："可惜让他跑了。"见众人还欲再追，她忙道，"算了，追不上的。"

段仁等人过来将小庆德王扶到大石上坐下，细看他伤口，知无大碍，方放下心来。有随从过来替他包扎，小庆德王却俊面森寒，盯着地上的那十余道飞镖。段仁忙俯身捡起，小庆德王接过细看，冷冷一笑，递给段仁："你看看。"

段仁接过细看，悚然一惊："与老王爷所中之毒一样！"

另一人接过看了看，点头道："是南疆的毒，难道真是岳……"

小庆德王摇头道："父王死于这毒，我还疑心是南边下的手，但这次又对我来这一套，就明显是栽赃了。"

段仁轻声道："王爷是怀疑……"

小庆德王走至背对众人、立于林边的程盈盈身前，长施一礼："此次蒙程堂主相救，大恩实难相报。"

程盈盈眼中似有泪光，扶住小庆德王："是我不好，非要来这小西山，累得王爷受伤，我这心里实是过意不去。"

扶住自己双臂的纤手柔软温香，眼前的明眸波光微闪，小庆德王心中飘飘荡荡，却仍保持着几分清醒，道："不知程堂主可否借软索一观。"

程盈盈忙将软索递过，小庆德王接过细看，那软索上有数条倒钩，钩下了黑衣刺客一片袖襟。

小庆德王取下那倒钩上的小碎布，走远数十步，段仁跟了过来。

小庆德王将小碎布条递给段仁，段仁细看几眼，猛然抬头："是宫中的……"

小庆德王用力击上身边大石，恨声道："这老贼！"他猛然转身道："传令，召集所有人！"


江慈与程潇潇站在十里坡下，眼见已是月上中天，仍不见卫昭到来，程潇潇急得直跺脚。江慈上前将她挽住,笑道:"你不用这么着急。"

"你又不知,教主他……"程潇潇话到半途又停住。

"我知道,他肯定是去做很危险的事情,但他本事那么大,必能安然脱身的。"江慈微笑道,"他要是那么容易就死掉,还怎么做你们的圣教主?"

程潇潇点头:"也是,倒是我白着急了。可这心里……"

黑影急奔而来,程潇潇纵前将卫昭扶住。卫昭却一把将她推开,跃上马车,江慈跟着爬上。卫昭喝道:"快走!"

老林扬响马鞭,马车驶入黑暗之中。程潇潇望着远去的马车边,那盏摇摇晃晃的气死风灯越来越远,终至消失,晶莹的泪珠挂满面颊。


江慈转过身,这才见卫昭肋下剑伤殷然,肩头还插着一根黑翎长箭,无力地靠在车壁上。她大惊之下忙扑过去将他扶到榻上躺下,卫昭轻声道:"榻下有伤药。"

江慈忙俯身从榻下取出伤药,见一应物事齐全,心中稍安。她随崔亮多时,于包扎伤口也学了几分,撕开卫昭的夜行衣,看了看剑伤,所幸伤得并不太深,便用药酒将伤口清洗干净,敷上伤药,包扎妥当。她再看看卫昭肩头的长箭,不禁有些害怕,毕竟从小到大还从未为人拔过长箭。卫昭睁开眼,见她面上犹豫神色,便将头上面具取下,喘气笑道:"怎么,害怕了?"

车内悬着的小灯笼摇摇晃晃,映得卫昭面容明明暗暗,一时仿似盛开的雪莲,一时又如地狱中步出的修罗。

江慈咬咬牙,双手握上长箭,闭上眼睛,道:"三爷,你忍忍痛,我要拔箭了。"

卫昭右手却猛然伸出,捉住江慈双手,用力往回一拉。江慈啊了一声,只见那黑翎长箭竟再刺入卫昭肩头几分。她心慌意乱:"三爷,你……"

卫昭右手如风,点上箭伤四周穴道,冷声道:"拔箭!"

江慈控制住剧烈的心跳,用手握住箭柄,运气向外一拔,一股血箭喷上她的前胸。她扔下长箭,用软布用力按上伤口。不多时,血流渐少,她努力让双手保持镇定,敷上伤药,但鲜血再度涌出,将药粉冲散。江慈只得再按住伤口,再敷上伤药,如此数次,伤口方完全止血。当她满头大汗,将软布缠过卫昭肩头时,这才发现他已晕了过去。江慈有些虚脱,强撑着将卫昭身形扶正躺平,擦了擦额头的汗珠,望向他静美的面容、散落的乌发,还有额头渗出的汗珠,在榻边坐下,良久,低低道:"你就真的……这么相信我吗?"

马车急速前行,江慈风寒未清,本就有些虚弱,先前为卫昭拔箭敷药,极度紧张下耗费了不少体力,见卫昭气息渐转平稳,放下心来,倚在榻边睡了过去。

马车颠簸,许是碰上路中石子,将江慈震醒。见卫昭仍昏迷未醒,她挣扎着起身,将车内血污之物集拢,用布兜包住放于一旁,又到榻下的木格中寻出一袭素袍。

卫昭身形高挑,江慈费力才将他上身扶起。她让他倚在自己肩头,慢慢替他除去夜行衣,替他将素袍穿上,视线凝在他的脖颈处。那里有数个似是咬啮而成的旧痕,她不由得伸手抚上那些齿痕。是什么人,竟敢咬伤权势熏天的卫三郎?

卫昭微微一动,江慈忙唤道:"三爷!"

卫昭却不再动弹。江慈觉马车颠得厉害,索性将他抱在怀中,倚住车壁,想着满怀的心事,直至眼皮打架,实在支撑不住,方又睡了过去。

这一路,老林将车赶得极快,似是卫昭事前有过吩咐,他整夜都不曾停留,直至天大亮,车速方慢慢放缓。

江慈从睡梦中惊醒,正对上卫昭微眯的双眸,忙将他放平,道:"你醒了?"

她俯身看了看伤口,见未渗出鲜血,放下心来,笑道:"我比崔大哥差远了,三爷别嫌我笨手笨脚才好。"

卫昭看了看伤口,嘴角微微勾起:"你学过医术?"

"没正式学。"江慈微笑道,"住在西园时闲着无聊,向崔大哥学过一些,今日倒是用上了。"

"崔亮崔子明?"卫昭缓缓道。

江慈点点头,又道:"三爷,我可不可以问一个问题?"

"说吧。"卫昭端坐于榻上,合上双眸。

"你伤得这么重,为什么不让小圣姑跟来,让我这个犯人跟着,万一……"

卫昭一笑,却不回答,慢悠悠吐出一口长气。江慈知他开始运气疗伤,不敢惊扰于他,远远坐开。


由玉间府往东而行,不远便是香州。卫昭一路上时昏时醒,到后来清醒的时候居多。昏迷时,江慈便把他抱在怀中,以免颠裂了伤口。他清醒过来,便运气疗伤,余下的时间则合目而憩,极少与江慈说话。

车进香州城,老林包下一家客栈的后院,将马车直接赶了进去。车入院中,卫昭便命老林退了出去,小二也早得吩咐,不敢入院。江慈见卫昭在床上躺下,只得打了井水,到灶房将水烧开,用铜壶提入正房。

她走至床边,轻声道:"三爷,该换药了。"

卫昭任她轻柔的手替自己换药、包扎,听到她的歌声从屋内到院中,闻到鸡粥的香气,又任她将自己扶起,慢慢咽下那送至唇边的鸡粥。

卫昭吃下鸡粥后面色好转,江慈心中欢喜,将肚皮填饱,回转床前坐下。见卫昭凤眼微眯望着自己,江慈柔声道:"快睡吧,休息得好,你才恢复得快一些。"

卫昭轻声道:"我不需要好得快,只要不死,就可以了。"

江慈不明他的意思,却仍笑道:"那也得睡啊。要不,三爷,我唱首曲子给你听。以前师姐只要听到我唱这首曲子,就一定很快睡着。"

卫昭忍不住微笑:"你师姐比你大那么多,倒像你哄小孩子睡似的。"

江慈微笑道:"师姐虽比我大上几岁,性子又冷淡,但她心里是很脆弱的,我经常哄着她罢了。"

"那你唱来听听。"

# 第三十一章

## 瞒天过海

长风山庄有处高阁,建于地势较高的梅园,是登高望远的好去处。这日春光明媚,清风徐徐,裴琰在阁中倚栏而坐,望着手中密报微微而笑。

侍女樱桃跪于一侧,将茶器洗过头水,再沏上一杯香茗,奉于裴琰面前。

裴琰伸手接过,让茶气清香浸入肺腑,淡淡道:"都下去吧。"

噔噔的脚步声响起,安澄登阁,待众侍女退去,趋近禀道:"相爷,他们过了香州,正往南安府而来。"

裴琰握着茶盏的手在空中停住,眼中露出笑意:"哦? 走得倒快。"

安澄也笑道:"卫三郎还真是不要命了。"

"他哪有那么容易死。"裴琰悠悠道,"这么多年,他忍常人所不能忍,小小年纪入庆德王府,在那个混世魔王手下存得性命,又如愿被送入宫中,爬到今天这个位置,你当他是那么容易就死的吗? 只怕伤到几分几寸,都是他事先算计好了的。"

"看来,程氏姐妹当是他的人无疑。"

裴琰点头:"玉间府这出戏,三郎是一箭三雕啊。"

安澄想了想:"属下只想到两只。"

"说来听听。"

"重中之重自然是刺伤小庆德王,嫁祸给皇上。小庆德王纵是不反,也定会与岳藩暗通声气。其次,卫三郎要装成是为决小镜河受的伤,逃过皇上的怀疑。可皇上精明,定能从伤口推测出大概是何时所伤。小庆德王在玉间府'遇刺',刺客受伤,正是二月初六,日子差不离。"

裴琰笑道:"你想想,程盈盈'恰巧'救下了小庆德王,以小庆德王的风流禀性,程氏姐妹要暗中在玉间府兴风作浪,怕不会太难吧?"

安澄摇头叹道:"卫三郎为了将天下搅乱费尽心机,甚至不惜以命搏险,令人生畏。"

"他处心积虑,利用姚定邦之死将魏公逼反,又打着在陇州调查魏公的旗号,赶回月落掌控大局。魏公这一起兵,他自然只有装成是决小镜河时受伤落水,才能打消皇上的疑心。"

安澄却有些不明白:"他为何要让人决了小镜河?让魏公一直南下,打到京城,岂不更好?"

裴琰微微一笑:"我早猜到他要派人决小镜河,还让剑瑜小小地帮了他一把。"

安澄等了半天,不见裴琰继续说下去,知这位主子的秉性,不敢再问。

裴琰再想片刻,道:"他们一直是三个人吗?"

"是。一个赶车的,称得上是高手。卫三郎和江姑娘始终在车中,他们晚上有时投店,有时也赶路。"

裴琰冷哼一声,不再说话。安澄跟他多年,听他冷哼之声,心中一哆嗦,迟疑片刻,小心翼翼道:"相爷,算算行程,明日他们便可到达南安府,您看……"

裴琰慢慢呷着茶,看着春光底下叠翠的山峦,看着那漫山遍野开得灿烂的杜鹃花,平静道:"让人将静思亭收拾收拾,明天我要在那里好好地会一会咱们的萧、教、主!"


尚是二月,春阳便晒得人有些暖洋洋的,着不上劲。山野间的杜鹃花与桃花争相开放,灿若云霞,美如织锦。春风徐过,花瓣落满一地,妃红俪白,香雪似海。

由香州一路往东而行,这日便进入了南安境内。马车缓缓而驰,春风不时掀起车帘,露出道边的浓浓春光,江慈却坐立难安,再也无心欣赏。

卫昭伤势有所好转,已不再昏迷,他斜倚在榻上,盯着江慈看了良久,忽道:"你怕什么?"江慈一惊,垂下头去。

卫昭见她双颊晕红,手指紧攥着裙角,问道:"还是不想回裴琰那里?"

江慈压在心底多时的伤痛被他这一句话揭起,眼眶便有些湿润。卫昭看得清楚,笑了笑,坐到她身边,低头凝望着她:"少君还不知我正要将你送回长风山庄,我得给他一个惊喜。"

江慈抬起头来,哀求道:"三爷,您能不能……"

卫昭合上双眸,靠上车壁。江慈心中最后一丝希望破灭,泪水便簌簌掉落。

卫昭有些不耐:"裴琰有什么不好? 别的女子做梦都想入他相府,你倒装腔作势!"

江慈狠狠抹去泪水,怒道:"我不是装腔作势,他相府再好与我何干?"

"他不是对你动了心吗? 还为救你而负伤,以他之为人,可算极难得了。"卫昭靠近江慈耳边,悠悠道。

江慈摇头,语气中有一种卫昭从未在她身上见过的哀伤:"不,我从来不知,他哪句话是真,哪句话是假。更不知,他到底把我看作什么人……"想起那难以启齿的草庐之夜,那夜如噩梦般的经历,想起这马车正往长风山庄方向驶去,江慈双手互绞,哽咽着说不出话来。

卫昭盯着她看了许久,道:"真不想回去?"

江慈听他语气似有些松动,忙抬起头:"三爷。"

卫昭掀开车帘,遥见宝林山就在前方,又慢悠悠地将车帘放下,平静道:"可我得将你送回去,才能体现我的诚意,才好与他谈下一步的合作,这可怎么办呢?"


宝林山南麓,由长风山庄东面的梅林穿林而过有一条石阶小路,道边皆是参天古树,沉荫蔽日。沿小路而上,山腰处有一挂满青藤的岩壁,岩壁前方空地上建有一八角木亭,名为静思亭。

站于静思亭中,宝林山南面的阡陌田野风光一览无遗,又正值春光大好之时,裴琰一袭深青色丝袍,负手而立,遥望山脚官道,只觉春光明媚,神清气爽。

安澄过来禀道："相爷，他们已到了三里之外。"

裴琰回头看了看石几上的棋盘，微笑道："可惜相府那套冰玉棋围没有带来，这套棋具配不上三郎。"

春风拂过山野，落英缤纷，松涛轻吟。阳光透在裴琰的身上，他双眼微眯，望向山脚官道，遥见一骑车驾由远而近，停在山脚，不由得微笑。

宝林山下，老林的声音在马车外响起："主子，到宝林山了。"

卫昭戴上面具，转头望向江慈。江慈手足无措，只觉心跳得十分厉害，猛然拿过卫昭的青纱宽帽戴在头上。

卫昭将身上素袍掸了掸，站起身来，右手伸向车门，却又停住，慢慢坐下。

浮云，自南向北悠然而卷。裴琰负手立于亭中，微微而笑。

马车静静停在宝林山下，春风拂过，车帘被轻轻掀起。

江慈觉自己的心似就要跳出胸腔，强自平定心神，才醒觉卫昭竟未下车。她掀开青纱，见卫昭正盯着自己，眼光闪烁，似是陷入沉思，便轻唤一声："三爷。"卫昭不答，放松身躯，靠上车壁，右手手指在腿上轻敲，目光却凝在江慈面容之上。

静思亭中，裴琰微微而笑，凝望着山脚那骑马车，春日的阳光让他的笑容看上去说不出的温雅和煦，风卷起他的丝袍下摆，飒飒轻响。

马车内，卫昭闭上了双眸，风自车帘处透进来，他的乌发被轻轻吹起，又悠然落于肩头。

卫昭身侧，江慈将呼吸声放得极低，右手紧攥着裙边，盯着他紧闭的双眸。

鸟儿从天空飞过，鸣叫声传入车内，卫昭猛然睁开眼来。

马车缓缓而动，沿官道向北而行，裴琰面上笑容渐敛，眉头微皱。

春风中纷飞的桃花被马蹄踏入尘土之中，和着一线灰尘，悠悠荡荡，一路向北，消失在山坳的转弯处。

安澄不敢看裴琰冷峻的面容，小心翼翼道："相爷，要不要追……"

裴琰摇了摇头，望着马车消失的方向，慢慢微笑："三郎啊三郎，有你作陪下这一局，倒不枉费我一番心思！"他转回石几边坐下，右手执起棋子，在棋盘上轻敲，良久，将手中黑子落于盘中，道："安澄。"

“在。”

“传信给剑瑜，让他上个折子。”

安澄用心听罢，忍不住道：“相爷，卫三郎既然不以真容来见您，您为何还要帮他？”

裴琰落下一子：“三郎一直以萧无瑕的名义与我们接触，并不知我已猜到他的真实身份，也不知道我在等他。他性情多疑，在局势没有明朗之前，还是不敢轻易暴露身份。也罢，就再帮他一把，以示诚意吧。”

安澄下山，裴琰坐于亭中，悠然自得地自弈，待日头西移，他望着盘中棋势，微微一笑：“三郎啊三郎，希望你这次不会让我等太久！”

江慈听得卫昭吩咐老林继续前行，不禁瞪大了眼睛，半晌说不出话来，心中五味杂陈，说不上是高兴还是失落。

卫昭横了她一眼，和衣躺到榻上，闭目而憩。

车轮滚滚，走出数里地，江慈才回过神。她取下青纱帽，坐到榻边，推了推卫昭：“三爷。”

“嗯。”卫昭并不睁眼。

江慈心中如有猫爪在抓挠，可话到嘴边，又怕卫昭吩咐老林转回长风山庄，只得坐于卫昭身边，怔怔不语。

马车轻震了一下，卫昭睁开眼，望着江慈的侧影，见她睫羽轻颤，眼神也似有些迷蒙，嫣红的双唇微微抿起，竟看不出是欢喜还是惆怅。

马蹄踏青，一路向东北而行，数日后便京城在望。

江慈坐于榻边，将先前老林在小镇上买来的果子细细削皮，递给卫昭。卫昭接过，她又削好一个，从车窗中探头出去，递给老林，老林道声谢，将果子咬在口中。卫昭看了看她衣兜中的果子，淡淡道：“你倒精明，个大的留给自己。”

江慈微笑道：“卫大人果然是卫大人，吃惯了山珍海味，以为个大的就是好的。”她拿起一个大些的果子，削好皮，递给卫昭，“既是如此，那我们就换一换。”

卫昭看了看她，犹豫一下，终将手中青果慢慢送入口中。江慈得意得笑着咬上个大的青果,嘣脆的声音让卫昭忍不住抢过她手中的果子,在另一面咬了一口,吸了口气,又丢回江慈身上。江慈哈哈大笑,卫昭冷哼一声,敲了敲车厢。

老林将车停住,跳下前辕,步近道:"主子。"

"在前面纪家镇投店。"


客栈后院内,月挂树梢,灯光朦胧。

江慈心中暗骂卫昭存心报复,竟要自己从井中提了数十桶水倒入内室的大浴桶中。他身上有伤,要这冰冷的井水有何用?

可人在屋檐下,不得不低头,她只得乖乖从命。见大木桶终被倒满,她擦了擦额头上的汗珠,笑道:"三爷,水满了。"

卫昭过来,江慈见他解开外袍,心中一惊,用手探了探水温,吸口气道:"三爷,你要做什么?这水很凉的。"

卫昭冷声道:"出去,没我吩咐不要进来。"

听他话语竟是这几日来少有的冷峻,江慈越发心惊,却也只得出房。她将房门掩上,坐于堂屋的门槛上,隐隐听得内室传来哗哗的水声,再后来悄然无声,待月上中天,仍不见卫昭相唤,终跺跺脚,冲入室内。

卫昭上身赤裸浸于木桶之中,双眸紧闭,面色惨白,湿漉的乌发搭在白皙的肩头,望之令人心惊。江慈扑过去将他扶起,急唤道:"三爷!"说着奋力将卫昭往木桶外拖。卫昭身高腿长,江慈拖了数下才将他拖出木桶,顾不得他浑身是水,咬牙将他拖至床上,又急急取过汗巾,正要低头替他将身上水拭干,这才发现他竟是全身赤裸。江慈眼前一黑,像兔子般跳了起来蹿出室外,心仿佛要跳到喉咙眼,只觉面颊烫得不能再烫,双腿也隐隐颤抖。

江慈在门口呆了半晌,欲待去唤院外守哨的老林过来,又想起卫昭说过,这世上只有她和平叔才知道他的真实身份。一路上她早已想明白,卫昭之所以受伤后仅留自己在身边,便是不欲别人看到他的真面目。她虽不知卫昭为何这般相信自己,但显然不宜让老林进来。

万般无奈,江慈只得鼓起勇气,紧闭双眼,摸索着走进内室。

磕磕碰碰摸到床沿,江慈摸索着用汗巾替卫昭将身上水分擦干,感觉到那具身体冰凉刺骨,心中泛起一种莫名的感觉。

她将卫昭身下已湿的床巾抽出,摸索着扯过被子替他盖上,又再度像兔子般蹿到堂屋,这才长出了一口气。怔了半晌,她又转身入屋,轻轻掀开被子,看着卫昭肩头已有些肿烂的伤口,想起他自过了长风山庄后,便一直未让自己替他换药,刹那间明白,卫昭竟是故意让伤口恶化。

江慈在床边坐下,将卫昭贴在额前的数绺长发拨至额边,凝望着他没有血色的面容,低叹一声:"你这样,何苦呢?"想起淡雪、梅影和在月落山的日子,江慈有些发呆,直到被一只冰凉的手紧攥住右手才惊醒过来。

卫昭面如寒霜:"谁让你进来的?"

江慈手腕被扼得生疼,强自忍住,平静地望着他:"三爷,你也太不把自己的性命当回事了,万一有个好歹……"

卫昭冷冷道:"这个不用你操心,我是没脸猫,有九条命,死不了的!"

他掀开被子,呆了一瞬,又迅速盖上,眼神利如刀锋刺向江慈。江慈顿时满面通红,欲待跳起,却双足发软。卫昭怒哼一声,猛然伸手点上她数处穴道,见她软软倒在床头,忍不住大力将她推到地上。

老林在院外值守,正觉有些困乏,忽听得主子相唤,忙打开院门进来。

卫昭已戴上面具与青纱宽帽,冷声道:"把她送到京城西直大街洪福客栈的天字号房,你便回去。"

"是。"

卫昭回头看了看倒在地上的江慈,按上腰间伤口,身形一闪,消失在夜色中。


延晖殿内,皇帝面色铁青,眼神便如刀子一般,割得户部尚书徐锻心神俱裂,伏于地上瑟瑟发抖。静王心中暗自得意,面上神情不变:"父皇,库粮出了这么大的纰漏,是始料未及的,得想办法从别的地方调粮才行。"

皇帝将手中折子一掷:"调粮调粮,从何处调?原以为库粮丰盈,能撑过今春,可现在二十余个州府的常平仓闹鼠患,十余个州府的遭了水浸,难道还让朕从成郡、长乐往京畿调粮不成?"

董方眉头紧皱,也觉颇为棘手,他想了想道:"皇上,看来得从民间征粮了。"

皇帝却冷笑道:"从民间征粮是必定的,但朕要查清楚,谁是魏贼派在朝中的内奸,怎么往年不出这种事,偏今年就闹上了粮荒?"

众臣听他说得咬牙切齿,俱深深埋下头,大气都不敢出,徐锻更是早已瘫软在地。姜远快步入殿,皇帝正待斥责,姜远跪禀道:"皇上,卫大人回来了!"

殿内众臣齐声轻呼,皇帝猛然站起:"快宣!"

姜远忙道:"卫大人他……"

皇帝快步走下銮台,姜远急忙跟上:"卫大人晕倒在宫门口,伤势严重。他昏迷之前说了句要单独见皇上,所以微臣将卫大人背到了居养阁,派了心腹守着。"

皇帝点头道:"你做得很好,速宣太医。"跟在后面的陶内侍忙命人去宣太医。

皇帝却又回头:"传朕旨意,速关宫门,任何人不得出入。"

皇帝快步走入居养阁,姜远使了个眼色,众人都退了出去。

紫绫锦被中的人面容惨白,双眸紧闭,如墨裁般的俊眉微微蹙起。皇帝心中一紧,探上卫昭脉搏,将他冰凉的身子抱入怀中,轻声唤道:"三郎!"

卫昭轻轻动弹了一下,却仍未睁眼。皇帝解开他的衣襟,细细看了看他肩头的箭伤和肋下的剑伤,心中一疼,急唤道:"太医!"

守在阁外的太医们蜂拥而入,从皇帝手中接过卫昭,一轮诊罢又是上药,又是施针,皇帝始终负手站于一侧。

张医正过来禀道:"皇上,卫大人伤势较重,又在河水中浸泡过。从伤口来看,这些时日没有好好治疗,开始化脓,虽无性命之忧,但需调养很长一段时间,方能痊愈。"

皇帝点了点头:"你们下去将药煎好送过来。"

床上的卫昭忽然睁开双眼,孱弱地唤了声:"皇上。"

皇帝忙走到床边将他抱住,众人慌不迭地出阁。

皇帝抚上卫昭冰冷的面颊,卫昭似是有些迷糊,又唤了数声"皇上",再度晕了过去。皇帝只得将他放平,守于床边,握着他如寒冰般的左手,向他体内输入真气。过得一刻,卫昭睁开眼睛,无力一笑:"皇上。"

皇帝心中欢喜,替他将被子盖好,和声道:"回来了就好,朕还真怕……"

卫昭低咳数声,皇帝语带责备:"朕一直派人在小镜河沿线找你,你既逃得性命,为何不让他们送你回京城,以致伤势拖得如此严重?"

卫昭面容微变,看了看阁外,皇帝会意,冷声道:"说吧,没人敢偷听。"

卫昭低低喘气道:"皇上,朝中有魏贼的人,他知道我偷听到他与魏贼有来往,派人在回京城的路上追杀我,臣不得已,才秘密潜回……"

皇帝冷哼一声:"是谁?朕要诛他九族,以消心头之恨!"

卫昭大口喘息,眼神也逐渐有些迷蒙。皇帝忙将他扶起,他撑着贴在皇帝耳边,轻声说了几句话。皇帝面色一变,将他放落,急步出了居养阁,唤道:"姜远。"

姜远忙过来跪下:"皇上。"

"传朕旨意,即刻锁拿刘子玉,封了他的学士府!还有,即日起,京城实行宵禁,对所有进出京城之人进行严密盘查。"

卫昭平静地望着阁顶的雕花木梁,轻轻地合上了双眸。


卫昭自小镜河归来,在朝中引起轰动。紧接着,内阁行走、大学士刘子玉被满门下狱,更是震动朝野。

刘子玉河西望族出身,素享"清流"之名。其妻舅虽曾为魏公手下大将,却非其嫡系人马,乃朝中正常调任的将领。魏公谋逆之后,将朝中派在其军中的将领一一锁拿关押,故刘子玉在朝中并未受到牵连。此次卫昭指认其为魏贼派驻朝中的内奸,实是让人始料未及。但刘子玉下狱之后,皇帝也未令刑部对其进行会审,更未对河西刘氏一族进行连坐,又让人有些摸不着头脑。

卫昭伤势较重,皇帝命人将他移到自己日常起居的延晖殿内阁,亲自看护。养得两日,卫昭见阁内太医侍从来往影响皇帝起居,便请回府休养。皇帝考虑再三,准了他的请求,下旨命太医院派了数名医正入卫府。

皇帝怕卫府中没有侍女,小子们伺候不周到,欲赐几名宫女。卫昭笑了笑,皇帝见他眉眼间满是温媚缠绵之意,便也笑过不提。

卫府是京城有名的宅子,其后园靠着小秀山。小秀山的清溪如泻玉流珠,从园中的桃林间流过,让这片桃林更显得生机盎然。此时正是桃花盛开之时,落英缤纷,宛如仙境。

卫昭闭目静立于晨曦中,聆听着溪水自身旁流过的声音,待体内真气回归气海,方睁开眼看了看在一旁用花锄给桃树松土除草的江慈,淡淡道:"无聊。"

江慈满头大汗,也不回头看他,道:"你这园子虽好,却无人打理,若想结出桃子,这样可不行。"

卫昭哂笑:"为何要结出桃子?我只爱看这桃花,开得灿烂,开过便化成泥,何必去想结不结桃子?"

"既有桃花看,又有桃子吃,岂不更好?你府中下人也太懒,都不来打理一下。"

"他们不敢来的。"

"为什么?"

卫昭嘴角轻勾:"因为没有我的命令进这园子的人,都埋在了这些桃树下面。"

江慈"啊"地惊呼一声,跳了起来,退后几步,小脸煞白。

卫昭负手望着她惊惶的神色,悠悠道:"所以你最好听话点,不要出这园子,小心他们把你当冤鬼给收了。"

江慈更是心惊。那日她穴道被点,被老林送至客栈,半日后便有人悄悄将她带出,安顿在这桃园的小木屋中。除了卫昭早晚来这桃园一趟,整日看不到其他人。所幸每日清晨有人自园子围墙的小洞处塞入菜粮等物,她自己动手,倒不愁肚皮挨饿。她知卫昭的手段,自是不敢轻举妄动,这片桃园又对了她的心思,每日弄弄花草,也不觉寂寞。此时听到卫昭这番话,她顿觉浑身生凉,这园子也似阴气森森,令人生怖。

卫昭转过身去,他白衣胜雪,长发飘飘,微眯着眸子望向满园的桃花。江慈看着他的神色,忽然明白过来,重新拾起花锄,笑道:"三爷骗人。"

"哦?"

江慈边锄边道:"三爷既不准别人进这园子,定是爱极这片桃林,又怎会将人埋在这下面?"

晨风徐来,将卫昭的素袍吹得紧贴身上,见江慈提着一篮子土和杂草倒入溪中,他修眉微蹙:"你做什么?"

江慈取过一些树枝和着泥土,将小溪的大半边封住。晨阳照在她的身上,有着一种柔和的光彩。她嫌长长的裙裾有些碍事,索性挽到腰间,又将绣花鞋脱去,站在溪水中,将一个竹簸箕拦在缺口处,笑道:"这小溪里有很多小鱼小虾,一个个去捉太麻烦,这个方法倒是利索,过一会儿提起来,保证满簸箕的鱼虾。"

她将竹簸箕放稳当,直起腰,伸手擦去额头上的汗珠,却见卫昭正神色怔怔地盯着自己裸露的小腿,面上一红,忙将裙裾放了下来。卫昭瞬间清醒,转身便走,但那秀丽白皙的双腿总在他面前闪现,脚步不禁有些虚浮。

卫昭刚走出桃林,江慈追了上来:"三爷!"卫昭停住脚步,却不回头。

江慈犹豫半晌,觉难以启齿,见卫昭再度提步,万般无奈,只得再唤道:"三爷!"

卫昭背对着她,冷冷道:"讲!"

江慈低声道:"三爷,您能不能……让个丫鬟给我送点东西过来?"

"不是让人每天送了东西进来吗?"卫昭有些不耐。

江慈嗫嚅道:"我不是要那些,三爷派个丫鬟来,我和她说。"

"我府中没有丫鬟,只有小子。"

江慈不信:"三爷说笑,您堂堂卫大人,这么大的宅子,怎会没个丫鬟?"

卫昭雪白的面庞上忽浮现一抹绯红色,眼中闪过狰狞的寒光。他缓缓转身,见江慈微笑着的双唇似她身后桃花般娇艳,却又像血滴般刺心。

江慈见他神色惊人,退后两步。卫昭冷声道:"你要什么东西? 我让人送入门洞便是。"

江慈双颊红透,却又不得不说,垂下头,声音细如蚊蚋:"就是……女人用的物事,小子们不会知道的,得问丫鬟们要才行。"

半晌不见卫昭说话,她抬起头,却已不见了那个白色的身影。


卫昭在后园门口呆立良久,易五过来:"三爷,庄王爷来了。"

卫昭走出数步，又转头看着易五："小五。"

"是。"

"你，没成家吧？"卫昭迟疑片刻，问道。

易五一笑，却牵动肋下剑伤，吸着气道："三爷都知道的，小五跟着三爷，不会想成家的事情。"

"那……"卫昭缓缓道，"你有相好的没有？"

易五一头雾水，跟在卫昭身后，笑道："也称不上相好的，偶尔去一去红袖阁，那里的……"见卫昭面色有异，他忙将后面的话咽了回去。

庄王见卫昭在易五的搀扶下缓步出来，忙上前扶住他的手，却一激灵打了个冷战，强笑道："三郎怎么伤得这么重？ 叫人好生心疼。"

卫昭笑了笑，庄王又道："你出来做什么？ 我进去看你便是。"

"在床上躺得难受，出来走动走动。"卫昭斜靠在椅中，易五忙取过锦垫垫于他身后。

紫檀木椅宽大厚重，锦垫中，卫昭素袍乌发，肤色雪白，有着一分无力的清丽。庄王一时看得有些愣怔，半晌方挪开目光，笑道："你受伤落水的消息传来，我急得没吃过一顿安心饭，下次可不要这么冒险。"

"没办法的事情，若让魏正山过了小镜河，后果不堪设想。"

庄王点头叹道："魏贼这一反，真让人措手不及。高成昨天有密报来，他的五万人马现在布在娄山以西，宁剑瑜在娄山的人马抵不住张之诚，正步步后退，只怕现在高成已和张之诚交上手了。"

卫昭淡淡道："高成没经过什么大阵仗，让他历练历练也好，老养着，他那世家子的脾气只怕会越来越大。"

"只希望他聪明点，别净替宁剑瑜收烂摊子，保存点实力才好。"庄王凑近低声道，"三郎，刘子玉真是魏贼的人？"

卫昭挪了挪身子，斜睨着庄王："王爷怎么问这话？"

"我不是看三弟前阵子一力招揽刘子玉吗？ 裴琰伤重隐退，三弟着了急，见人就揽，若刘子玉真是魏贼的人，我看他怎么抬得起头。"

卫昭皱眉道:"静王爷礼贤下士的名声在外,纵是对刘子玉亲密些,皇上倒还不至于为这个问他的不是。"

"是,只是父皇怎么拖了几日,今早才下旨,命刑部严审刘子玉一案呢?"

卫昭抬头:"皇上下旨审刘子玉了?"

"是。"庄王尚不及细说,卫昭已道:"王爷,我要进宫,您自便。"

易五将卫昭扶入马车中,卫昭从袖中掏出一个瓷瓶,倒了一粒药丸吞下。易五面有不忍,跪下道:"请三爷保重身子。"

卫昭冷冷一笑,却不说话。


见卫昭面色苍白,被内侍们用步辇抬过来,陶内侍忙迎上前:"卫大人,皇上正问您的伤,您怎么不在府中养着,进宫来了?"

卫昭一笑:"我已经好多了,过来让皇上看看,也好安圣心。"

皇帝早在阁内听到二人对话,便在里面叫:"三郎快进来,别吹了风。"

卫昭推开内侍,慢慢走入阁中。皇帝扔下手中的折子,过来摸了摸他的手,皱眉道:"这回伤了本元。"

卫昭低声道:"能为皇上受伤,三郎心中欢喜得很。"

皇帝听得开心,习惯性便欲揽他入怀。卫昭身躯一僵,马上哆嗦着双手拢肩。皇帝用心探了探他的脉搏,皱眉道:"看来太医院的方子不管用。"

"倒不是太医院的方子不管用,是三郎心急了些,今早运岔了气。"卫昭雪白的面容闪过一抹绯红。皇帝知他气息有些紊乱,忙握住他的手,向他体内输着真气,待他面色好些,方放开手。

卫昭闷闷道:"在这紧要关头,偏受这伤,不能为皇上分忧,是三郎无能。"

皇帝摇了摇头:"你先安心养好身子,我还有任务要派给你。"他拿起一本案头上的折子,微笑道,"为了找你,下面的人可费了心思。宁剑瑜不知你已回了京,派了大批人沿小镜河沿线找你,说是隐约发现了你的踪迹,这就赶着上折子,好安朕的心。"

卫昭抬头看了看,冷冷道:"若是真让他们找着了,刘子玉的人势必也会找着,我还不一定有命回来见皇上。"

皇帝点头道:"宁剑瑜上这折子时还不知你已回京。朕已下旨,命他收回寻找你的人马,用心守住小镜河。"又道,"刘子玉享誉多年,门生广布,还真是有些棘手。"

"依臣看,刘子玉一案不宜牵连太广。魏贼这么多年,与朝中大臣们也多有来往,若是一味牵连,恐人心不稳。"

"朕见这几日人心惶惶的,也知不能株连太广。唉,没一件事情是顺心的,库粮出了问题,岳景隆已逃了回去,只怕岳藩反就是这几日的事情。"

卫昭幽然叹了口气:"皇上还得保重龙体,这些个贼子,慢慢收拾便是。"

皇帝边批折子边道:"高成那五万人只怕不抵事,宁剑瑜顶得辛苦,王朗的人马还没有到位,这西南的兵马又不能动,朕总不能把京畿这几个营调过去。"

"那是自然,这几个营得护着皇上的安危。"卫昭缓缓道,"不过凭小镜河和娄山的天险,当能挡住魏贼。怕只怕桓国乘人之危,宁剑瑜两线作战,可有些不妙。"

皇帝正忧心这事,便停住手中的笔:"宁剑瑜顾得小镜河便顾不得成郡,偏裴琰伤未痊愈……"他颇觉烦心,将笔一扔,"一个你,一个裴琰,都是伤不得的人,偏都这个时候伤了!"

卫昭仰头望着他,面上神情似有些委屈,又有些自责,皇帝倒也不忍,便将话题岔了开去,待批罢奏折,见卫昭已伏在榻上沉沉睡去,便轻手轻脚走出内阁,向陶内侍做了个噤声的手势,带着众人往弘泰殿而去。

卫昭睡了个多时辰方才出阁,内侍上前轻声道:"皇上去了弘泰殿与大臣们议事,说若是卫大人醒了,便让您回府休息。"

卫昭轻嗯一声,仍旧坐上步辇出了宫门。易五上来将他扶入马车,他再服下一粒药丸,长吐出一口气,冷声道:"回吧。"


由于魏贼作乱,京城实行宵禁,才刚入夜,京城的东市便人流尽散。

东市靠北面的入口处是一家胭脂水粉铺,眼见今日生意清淡,掌柜的有些沮丧,却也知国难当前,只得快快地吩咐粉娘上门板。眼见最后一块门板要合上,一个黑影挤了进来。

店内烛火昏暗,掌柜的看不清这人的面容,只觉他卷进来一股冷冽之气,又见这人身形高大,心中一凛,忙道:"这位爷,咱这店只卖女子物事,您是不是……"

黑衣人将手往铺台上一拍,掌柜的眼一花,半晌才看清是数锭银子,忙赔笑道:"爷要什么,尽管吩咐。"

黑衣人面目隐在青纱宽帽后,声音冷如寒冰:"女人用的一切物事,你店里有的没的,都给我准备齐了。"

掌柜的一愣,马上反应过来,将银子揽入怀中,笑道:"明白,爷稍等,马上给您备齐,绝无遗漏。"

## 第三十二章

### 因何生怖

卫昭拎着布囊在黑暗中行出两条大街,闪上一辆马车。易五轻喝一声,赶着马车往卫府方向行去。

车内灯笼轻轻摇摆,卫昭随手将布囊丢于一边。过得片刻,他目光闪了几下,终忍不住好奇,伸手拿起了布囊,将其中物事一一取出细看。而后修眉轻蹙,又将东西收好,面上闪过疑惑之色。他闭上双眸,欲待小憩一阵,但胸口莫名有些烦躁,恐是日间服下的药丸所致。他忙端坐运气,却怎么也无法消除这股燥热感,将衣襟拉开些,仍觉脖颈处有细汗沁出。

江慈这日收获颇丰,溪水中鱼虾甚多,毫不费力便捞上来半桶。她在园子里捣鼓了一日,又兴致盎然地弄了晚饭,正待端起碗筷,卫昭走了进来。

想起晨间求他之事,江慈有些赧然,边吃边含混道:"三爷吃过了吗?"

卫昭负手望着桌上的饭菜,冷哼一声。

江慈跟他多日,已逐渐明白他一哼一笑之意,便取了碗筷过来:"饭不够,菜倒是足,三爷将就吃些。"

卫昭向来不贪食,纵觉今夜这饭菜颇香,也只吃了一碗便放下筷子。江慈忙斟了杯茶递给他。

卫昭慢慢饮着手中清茶,看着江慈吃得心满意足的样子,一时竟有些迷糊,思绪悠悠荡荡,恍若回到了十多年前的玉迦山庄。

江慈收拾好碗筷,洗净手过来,见卫昭仍坐在桌边发怔,不由得笑道:"三爷伤势大好了? 早点歇着去吧。"

卫昭仍是不语,江慈将右手在他面前晃了晃。卫昭猛然惊醒,紧攥住江慈的右手,江慈疼得眼泪迸了出来。卫昭松手,冷冷道:"长点记性。"

江慈揉着生疼的手腕,却不敢出言相驳。卫昭看着她含在眼眶中的泪水,愣了一下,却仍冷着脸,将布囊往桌上一扔:"你要的东西!"

江慈愣了一瞬,明白过来,刹那间忘了手腕的疼痛,面上一红,便欲揽过布囊,卫昭却又伸手按住。江慈下意识抬头望向卫昭,卫昭也望向她。二人默然对望,俱从对方眼中看到一丝慌乱之意。江慈面颊更红,忙松手,卫昭却打开布囊,将里面东西一一取出,江慈羞得啊了一声,转过身去。卫昭再看一阵,仍不明有些东西要来何用,见江慈脸红到了耳朵根,更觉好奇,步至江慈身侧,凑近她耳边低声道:"你给我讲讲,这些是做什么用的,我便答应你一个请求。"

江慈抬眼见他手中拎着的小衣和长布条,大叫一声,跑回内室,将门紧紧关上。卫昭望着那紧闭的房门,呆立片刻,将手中物事放于桌上,出了木屋。

月色下,桃林迷蒙缥缈。卫昭负手在林中慢慢地走着,夜风徐来,花瓣飞舞,扑上他的衣袂。他拈起那片绯色,一时也分不清,眼前的究竟是这小山明月,还是那一抹细腻洁白;更看不清,手中的究竟是这桃花,还是那娇艳欲滴的红唇……


过得数日,卫昭身子逐渐好转,皇帝便有旨意下来,让姜远将皇宫防务重新交给他。但皇帝体恤他重伤初愈,命他在府休养,由易五代为主理防务,一切事宜报回卫府,由其定夺。

卫昭也曾数次入宫,但前线战事紧急,宁剑瑜和高成、王朗联手,仍步步溃败,若非靠着牛鼻山的天险,魏正山早已攻破娄山。

军情如雪片似的递来,粮草短缺,皇帝和内阁忙得不可开交,卫昭入宫,总是怏怏而归,皇帝便干脆下旨,让他在府休养,不必再入宫请安。

江慈见卫昭夜夜过来蹭饭,不由得哀叹自己是厨娘命,以前服侍大闸蟹,现在又是这只没脸猫。心头火起,便故意在菜中不放盐,或是存心将菜烧焦。卫昭仿若不觉,悠然自得地把饭吃完,喝上一杯茶,再在桃林中走上一阵才出园子。

江慈折腾几日,自己也泄了气,仍旧好饭好菜地伺候着。卫昭依旧静静地吃饭,并不多话。

这夜卫昭饮完茶,在门口站了片刻,忽道:"走走吧。"

江慈不明他的意思,见他往桃林走去,犹豫片刻跟了上去。

春风吹鼓着卫昭的宽袍大袖,他在桃林中走着,宛若白云悠然飘过。江慈跟在他的身后,听着细碎的脚步声,感受着这份春夜的静谧与芬芳,仿若回到了邓家寨,飘浮了半年多的心在这一刻慢慢沉静下来。她凝望着夜色中的桃花,忽然觉得这一刻,竟是自去岁在长风山庄陷入旋涡之后,最为平静轻松的时刻。

卫昭停住脚步,转头见江慈若有所思,神情静美安然,不由得嘴角微翘:"又想家了?"

"嗯。"江慈慢慢走着,伸手抚上身侧的桃花,轻声道,"我家后山,到了春天,桃花开得和这里一般美。我和师姐会收集落下来的桃花,酿桃花酒。"

"你还会酿酒?"

"也不难,和你们月落的红梅酒差不多,就是放了些干制的桃花,少了一份辛辣,多了些清香。"

卫昭转身望向西北天际,夜色昏暗,大团浓云将弦月遮住,他眉目间也似笼上了一层阴影,但瞬间又复于平静。

夜风忽盛,二人静静立于桃林中,都不再说话。

凉意渐浓,清风将数瓣桃花卷上卫昭肩头。江慈转头间看见,忍不住伸手替他轻轻拈去。卫昭静静看着江慈将花瓣收入身侧的布袋之中,一阵细雨随风而来,江慈抬起头,正见卫昭明亮的眼神,如星河般璀璨。她被这眼神看得有些心惊,便对卫昭笑了笑。

不远处的小木屋灯烛昏黄,身侧桃花带雨,眼前的笑容清灵秀丽。卫昭慢慢伸出手来,将江慈被细雨扑湿的几绺秀发拨至耳后。他手指的冰凉让江慈忽然想起那夜他冰冷的身子,心中再度涌上那种莫名的感觉,却又不敢看他复杂的眼神,低下头,迟疑片刻,轻声道:"三爷,你身子刚好些,不要淋雨,还是早些回去歇着吧。"

卫昭的手指一僵,心底深处似有某样东西在用力向外挣脱,但又似被巨石压住,压得他有些喘不过气来。江慈听得他的呼吸声逐渐粗重,怕他伤情复发,忙上前扶住他的右臂:"你没事吧?"卫昭痛哼一声,猛然闭上双眼,将江慈用力一推,几个起落,便消失在夜色之中。

雨,由细转密,将卫昭的长发沁湿。他在风中疾奔。

那日,为何不将她还给裴琰,真的只是自己不愿过早露出真容吗?

这些时日,又为何会日日来这桃园,真的只是……为了看这一片桃花吗?


这夜,蒙蒙春雨中,响铃惊破京城的安宁,数骑骏马由城门直奔皇宫,马上之人手中的紫杖如同暗红的血流,洇过皇宫厚重巨大的铜钉镏金门。

卫昭久久立于皇城大道东侧石柱的阴影中,看着那道血流,和着这春雨,悄无声息地蔓延。

皇帝从睡梦中惊醒,披上外袍,连日忧虑变成现实,他的面色反而看不出一丝喜怒。

重臣集于延晖殿,心情都无比沉重,见皇帝进殿,忙匍匐于地,山呼的万岁声里透着惶恐和忧虑。

皇帝冷声道:"少废话,该从何处调兵,谁领兵,即刻给朕理个条陈出来。"

兵部尚书邵子和这段时日没睡过一个安稳觉,眼下早已是青黑一片,撑着精神道:"皇上,为防桓国进攻,本来是已经布了重兵在北线的,但后来见桓国没动静,便调了一部分去娄山支援宁将军。桓国这一攻破成郡,南下五百里,郓州、郁州、巩安兵力不足,即使将东莱和河西的驻军都顶上去,只怕还不济事。如果不从京畿调兵,就只得从娄山往回调兵了。"

静王面色沉重:"娄山的兵不能动啊,高成新败,宁剑瑜苦苦支撑,若还要抽走兵力,只怕魏贼会攻破娄山。"

庄王无奈,说不上话,只得低下头去。

董学士思忖片刻道:"成郡退下来的兵力,和郓州等地的驻军加起来,不到八万,只怕抵不住桓国的十五万铁骑。此次他们又是二皇子亲自领军,易寒都上了战场,看样子势在必得,必须从娄山调兵。"

太子看了看皇帝的面色,小心翼翼道:"父皇,由谁领兵,也颇棘手。"

皇帝怒极反笑:"真要没人,朕就将你派上去。"

太子一哆嗦,静王心中暗笑,面上却肃然,沉吟道:"不知少君的伤势如何,若他在,高成也不致败得这样惨,桓国更不可能攻破成郡。"

董学士抬头,与皇帝眼神接触:"皇上,臣建议,娄山那边还是宁剑瑜与高成守着,把王朗的兵往郓州调,那一带的八万人马一并交给王朗统领。他在长乐多年,也熟知桓军的作战习惯,当能阻住桓军南下之势。至于娄山那块,让宁剑瑜将小镜河南线的人马调些过去,京畿再抽一个营的兵力北上驰援小镜河。"

"王朗比高成老练,只能这样了。"皇帝微微点头,又转向户部尚书徐锻,"征粮的事,办得怎样?"

徐锻忙从袖中取出折表,将各地粮数一一报来,皇帝静静听着,心情略有好转。徐锻念到最后,略有犹豫,轻声道:"玉间府的征粮,只完成三成。"

皇帝笑了笑:"玉间府是出了名的鱼米之乡,倒只收上来三成,看来小庆德王风流成性,忘了正事了。"

董学士心领神会,微笑道:"小庆德王也不小了,老这么浪荡也不是个事,不如给他正儿八经封个王妃,收收他的心,也能让皇上少操些心。"

"董卿可有合适人选?"

皇帝与董学士这一唱一和,众人齐齐会意。眼下西南岳藩自立,玉间府的小庆德王态度暧昧不明,对朝廷的军令和政令拖延懈怠,皇帝又不便直接拿了他。唯有赐婚,既可安他之心,也可警醒于他,至少不让其与岳藩联手作乱。

可这个赐婚人选却颇费思量,要想安住小庆德王的心,一般的世家女子还不够分量,可小庆德王是谢氏皇族宗亲,也不能将公主下嫁于他。

陶行德灵机一动,上前道:"皇上,臣倒想起一合适人选。"

"讲。"

"故孝敏智皇后的外甥女,翰林院翰林谈铉的长女,聪慧端庄,才名颇盛,必能收小庆德王之心。"

太子面上闪过不忍之色，诸臣看得清楚，知他怜惜这个表妹，可眼下国难当头，如果小庆德王再有异动，三线作战，可就形势危急，唯有将小庆德王先安抚住，待北边战事平定了，再解决西南的问题。

谈铉乃太子的姨父，才名甚著，在翰林院主持编史，门生遍天下，颇受百姓敬重，也素为"清流"一派所推崇。他的女儿与小庆德王联姻，小庆德王若要作乱，累及这位名门闺秀，必会失去民心。但只要北边战事平定，皇帝显然是要腾出手来对付小庆德王的，到时这位谈家小姐的命运可就多舛了。

皇帝思忖片刻，道："也没其他合适人选，就这样吧，董卿拟旨。"

"是。"


碧芜草堂，裴琰接过安澄手中密报，看罢笑道："差不多是时候了。"

安澄却有些迟疑，见裴琰盯了自己一眼，只得低声禀了数句。裴琰眉头微皱，淡淡道："怎么让她跑了？"

安澄垂手道："是安澄识人不明，请相爷责罚。"

裴琰思忖片刻，道："明飞真的只为美色就把燕霜乔给带走了？看着不像，你再仔细查一查。"

"是。"

裴琰再想片刻，唤道："樱桃。"

侍女樱桃进来，裴琰道："将那件银雪珍珠裘取过来。"

看着狐裘下摆上那两个烧焦的黑洞，裴琰沉默片刻，转而含笑向安澄道："你派人将这件狐裘送给三郎。"


京城连着下了数日的细雨，加上桓国南侵，前线战事正酣，京城宵禁，到了夜间，以往繁华的街道上除偶有巡逻的禁卫军经过，空无一人。

姜远将皇城防务交回给卫昭之后，便觉肩头担子轻了许多，晚上也有精神亲自带着禁卫军上街巡防。见一骑马车迎面而来，姜远立住脚步，手下之人忙上前横刀喝道:"大胆!宵禁期间,居然敢深夜出行?"

马车缓缓停住,一人在车内轻笑。姜远听着有些熟悉,上前两步,车帘后露出一张似喜似嗔的秀雅面容:"姜大人!"

姜远笑道:"原来是素大姐。"他挥了挥手,手下都退开去,马夫也远远退于一旁。

姜远上前轻声道:"素大姐还是莫要深夜出行,我的手下有些人不认识大姐,怕多有得罪。"

素烟抿嘴笑道:"大姐我也不是这么莽撞的人,今日实是有要事,正想找姜大人讨个牌子出城。"

姜远颇感为难,可素烟身后那人与自己同属一营,实不好开罪于他。

素烟见他沉吟,不慌不忙从怀中掏出一样东西,慢慢递至姜远面前。姜远看过,面色一变。素烟仍旧温媚地笑着,却不说话。

姜远忙从腰间取下一块牌子,递给素烟:"要不要我送您出城?"

"倒不必了。"素烟笑道,"改日再请姜大人饮酒。"

"大姐慢走。"

马车出了京城北门,在乱石坡的青松下停住,马夫远远退开,隐入黑暗之中。

素烟掀开暗格,燕霜乔与一青年男子钻了出来。素烟握住她的手,理了理她散乱的鬓发,无语哽咽。

燕霜乔也是默默饮泣,良久,素烟轻声道:"霜乔,去吧,现在只有他能护得你的周全,也只有他,能帮你索回师妹了。"

燕霜乔忧切满面:"小姨,你和我们一起走吧,我怕裴琰会对您不利。"

她身旁的青年男子也道:"是啊,小姨,裴琰的人马上就会找来揽月楼,您会有危险的。"

素烟摇了摇头:"裴琰那人,从不做损人不利己的事情。你师妹无关紧要,你反正是逃了,他伤害我并无任何好处。你放心吧,小姨有能力自保。但这京城水太浑,小姨护不得你的周全,更不敢让别人知道你是易寒的女儿。你只有去找他,凭他的权势,才可保你安宁,他终究是你的……"

燕霜乔别过头去,素烟泪水滑落,哽咽道:"只盼你去桓国能平平安安,莫要卷入任何风波之中。"她转向那青年男子,"明飞,大恩无以言谢,此去郓州,还请你多多照顾霜乔。"

燕霜乔紧握住她的手,不愿放开:"小姨,拜托您帮我打听一下,裴琰究竟把师妹藏在哪里。明飞帮我打探过,她似是已不在长风山庄,又不在相府,我这心里不知有多焦急。"

素烟点点头:"你放心,我会尽力的,只要有消息便会通知你。你也求求你……你父亲,看他能不能运用他的权力,帮你找一找小慈。你得赶紧走,一路上千万不要露了行踪。"她说着从马车中取出一件大斗篷和一顶黑纱帽替燕霜乔戴上,又到林间牵出两匹骏马,将燕霜乔托上马鞍,银牙一咬,奋力击上马臀。马儿长嘶一声,蹄声劲响,明飞忙驱马跟上,两骑消失在夜色之中。

素烟靠住马车,低声饮泣:"霜乔,多保重!"


紫檀木镶汉白玉膳桌,雕龙象牙箸,定窑青花瓷碗。

鱼翅盅、红花烧裙边、三宝鸭、佛跳墙、乌鱼蛋汤。

卫昭斜撑着头,望着满桌的佳肴,嘴角噙着一丝笑意。白袍的袖口滑到肘部,露出来的手臂似比汉白玉桌面还要精美。

皇帝素来用膳不喜说话,只是抬头看了卫昭一眼。陶内侍在一旁使了个眼色,卫昭望向皇帝,待皇帝静静用毕,轻声唤道:"皇上。"

皇帝轻嗯一声,卫昭接过内侍手中的热巾,替他轻轻拭了拭嘴角,又端过漱口用的参茶。皇帝微笑道:"怎么出去了一趟回来,更加不爱吃饭了?还是觉得陪朕用膳,拘束了你?"

卫昭听了只是一笑,皇帝笑骂道:"越来越不守规矩,朕问你话,都不答。"

卫昭淡淡道:"三郎若是说因为在外面思念皇上,而得了厌食之症,不知道皇上会不会骂三郎是谄媚之人?"

皇帝越发开心,数日来的郁闷与烦躁减轻不少。他抚上卫昭的左手,卫昭唇边笑意有一刹那的凝结,转而眉头轻蹙,右手欲捂上腰间,又慢慢移开。

皇帝看得清楚，有些心疼："你也太好强了些，痛就哼两声，也没人笑话你。"

他松开手，卫昭双手捂住腰间，头搁在桌上，轻哼两声，懒懒道："臣遵旨。"

皇帝大笑，一旁的陶内侍也凑趣掩嘴而笑。见卫昭眉间仍未舒展，皇帝道："也不早了，疼就回府歇着吧，不要一天几次往宫里跑，养好身子再说。"

"是。"卫昭站起身来，走到门口又回过头，"皇上也早些歇着，有什么事让臣子们去做便是，龙体要紧。"

皇帝已看上了折子，只是挥了挥左手，卫昭悄无声息地出了殿门。


下人们见卫昭入府，知他要换衣裳，忙将簇新的素色丝袍取了出来。卫昭神色淡淡，将里外衣裳都换下，又在铜盆中将手洗净，接过丝巾慢慢地拭着。

易五过来，待下人们都退去，凑到卫昭耳边轻声道："静王府中的金明回来了。"

卫昭轻嗯一声，易五觉他今日似有些寡淡，便也退了出去。

管事的老常进来，轻声道："主子，饭菜备下了，您还是吃点吧。"

卫昭靠在椅上，合目而憩，半晌方道："撤了吧。"

老常知他说一不二，忙出去让下人们将饭菜撤去。卫昭听得外间人声渐息，远处敲响入夜的更声，方慢慢悠悠出了正屋。他素喜清静，偌大的卫府入夜后便寂静无声。下人们待在屋中，不敢大声说话，连廊下喂着的八哥们也停了聒噪。

卫昭在廊下逗了一会儿八哥，但八哥死活不开口，他笑了笑，负手沿长廊慢慢走着，不知不觉便到了桃园门口。桃园四周早撤去了所有灯烛，卫昭立于黑暗之中，右手下意识地在身后拧着左手。良久，提气纵身，闪过了墙头。

木屋中的烛光仍旧透着那淡淡的黄色，那个身影偶尔由窗前经过，灵动而轻盈。卫昭长久地望着木屋，终提步转身，刚一转头，面色微变。

桃林，落英成泥，枝头稀疏，繁花不再。

他缓步走向桃林，松软的泥地里，桃花零落。他这才醒觉连着下了几日的春雨，这桃花，终随春雨逝去了满园芳华。他忽然轻笑出声，低低道："也好。"

身后传来细碎的脚步声，卫昭身子一僵，想要转身离去，双足却像陷入了泥中，提不起来。江慈慢慢走近，提着灯笼照了照，笑道："果然是三爷，我还以为进了贼,三爷可几天没来了。"

卫昭将左手笼入袖中,慢慢转身,面无表情:"世上还没有哪个毛贼敢进我卫府,你就不怕是妖魔鬼怪?"

江慈笑道:"我倒觉得妖魔鬼怪并不可怕。再说了,这桃林中若有妖,也定是桃花精,我还想见见她,求些灵气才好。"

卫昭提步出了桃林,江慈见他往园外走去,忍不住唤道:"三爷吃过饭了吗?"

见卫昭顿住身形,江慈笑道:"我将这几日落下的桃花收集了来,蒸了桃花糕,三爷要不要试试?"

卫昭双脚不听使唤,随着她往木屋走去。


糕色浅红,状如桃花,由于刚出锅,散着丝丝幽香,沁人心腑。

江慈取过竹筷,卫昭却伸手拈起桃花糕,送入口中。

见他眉目间闪过一丝赞赏之色,江慈心中高兴,双手撑颊,看着卫昭将一碟桃花糕悉数吃下,笑道:"三爷府中难道没有会做桃花糕的? 那以往每年的桃花,岂不可惜?"

"要吃,到外面去买便是,何必费这个劲。"卫昭接过江慈递上的清茶,淡淡道。

"外面买的哪有自己做的好吃,桃花糕就要趁热吃,才有那股松软与清香。到外头买,回到府中早就凉了。"江慈说得有些起劲,"三爷若是喜欢吃,我走之前,教会你府中的厨子弄这个便是。"

卫昭被茶气熏得迷了一下眼睛,半晌方道:"走?"

江慈醒觉过来,微微一笑:"三爷不是说要将我还回去吗? 再说了,我总不可能在这桃园住一辈子。"

"不逃了?"卫昭抬头望向她,眼神多了几分凌厉,"愿意回裴琰身边?"

江慈在桌边坐下,静静地望着卫昭:"我想明白了,我为何要逃? 你和他都不可能把我关上一辈子。若说因为我的原因,他才会与你合作,这话谁都不会信,我不过是一个由头而已。你们也没必要取我这条小命,你们要争要斗,那是你们的事,我只管睡好吃好。总有一天,我能回家的。"

卫昭默默听着，心中如释重负，却又有点空荡荡的感觉。

见他良久不说话，江慈觉有些闷，便将烛火移近些，取过针线，将日间被柴火勾坏的绯色长裙细细缝补。

烛影摇曳中，她秀美圆润的侧脸宁静而安详。卫昭望着她手中的针线一起一落，忽然有种如坠梦中的感觉，渐觉神思恍惚起来。


卫昭似在一条长长的甬道中走着，牵着自己的是师父还是姐姐，看不清楚。听到的却是师父的声音："无瑕，记住这座圣殿，记住这条秘道，你再回来时，便是我们月落的主宰。"

甬道出来，仿佛一下就到了玉迦山庄。那两年的雪很大，留在自己记忆中的便是满院的白雪，还有院中那两个呆头呆脑的雪人。他伸出手去，想要摸一摸姐姐带着自己堆出的雪人，却被人用长长的利针在胳膊上扎了几下。庆德王府那个管家的脸如千年冰山，自己被他关入暗房，只穿一件薄薄的衣衫，冻得瑟瑟发抖。

当师父在玉龙泉放开手，问自己可知以后要面对什么，当时的萧无瑕回答得那么坚定。只是，十岁的少年，终究什么都不懂。

不懂将要面对的艰辛苦楚，更不懂要面对的屈辱与难堪。

寒光在眼前闪烁，利剑铮然，缓缓地穿过姐姐的身体，她的眼神却无比安详。她也知这一剑终能断了弟弟的情欲，让他心硬如铁，在虎狼环伺之下存得性命吧？

他渐感难以呼吸，右手抓住胸口，喘息渐急。


为求与原本绣的花能对得上色，江慈费了很大劲，直到眼睛发花，才将裙裾补好。抬起头，才见卫昭已伏在桌上，双眸紧闭，似是睡了过去。她放下针线，望着那静美的睡容，慢慢地右手撑颊，思绪随着那烛火的跳跃一摇一晃。

春夜静谧如水，偶尔能听到屋外的虫鸣，一切是这么安详，安详得不像这半年来所过的生活，江慈忽有一种不真实的感觉。

卫昭猛然动弹了一下。江慈忙坐直，却见他仍伏在桌上熟睡，但秀美的双眉皱起，似是正被什么困扰着，又似正在努力回想什么。他的左手慢慢地抓住胸口衣襟,呼吸也渐转沉重,眉头锁得更紧,雪白的面容也一分分潮红。

江慈心中暗惊,知他定是梦魇,想起那夜他在坟前险些走火入魔,不敢贸然唤醒他。但见他形状,心中着急,俯身过去,轻柔地替他顺着胸口。

卫昭双眸紧闭,口中轻声唤道:"姐姐。"

他唤得极轻,一声,又一声,江慈听着,渐觉鼻中发酸,终忍不住极轻地唤了声:"三爷!"

卫昭猛然睁开眼,入目的烛火,如同十多年前的剑光,瞬间闪入他的心中。他心里忽然涌上一种浓烈的恨意:连姐姐都死在了这寒光下,还有什么是不能毁灭的呢?他眼中闪过寒光,右手猛地扼向江慈的咽喉。江慈本能下一闪,他的手也顿了一顿,便捏上了江慈的左肩。

江慈觉肩头一阵剧痛,惊恐地望着卫昭。卫昭神情迷乱,手中力道渐紧,江慈隐隐听到自己肩胛骨碎裂的声音,眼前一黑,晕死过去。

# 第三十三章
## 宇文景伦

黄昏时分,暮霭低沉,氤氲朦胧。长风徐来,夹着河水的湿润气息,拂人衣襟。

易寒负手立于涓水河畔,身后河岸的高坡处是己方接天的营帐,而河对面,是梁军的军营。河面上随风轻漾的,则是双方对峙数日的高桅战船。

脚步声急响,宣王随从过来,行礼道:"易将军,王爷请您过去。"

易寒忙转身步向高坡。甫到坡顶,便听得下方树林旁传来震天的欢呼声。

一道英伟的银色身影在人群中纵跃,随着他一纵一跃之势,手中刀鞘有若飞鹰展翅,拍起一波波劲气,激得他身边的桓兵纷纷避退。有十数人合成一团挺枪刺向这银甲人,却听得他大喝一声,身形急旋,刀鞘随着他精奇的步法,格开这十余人手中的长枪。他突到最后一人身前,右足劲踢,那名桓兵向外跌倒。

银甲人突出缺口,再喝一声,刀鞘进上半空。他横手握刀,刀气轰向地面,黄泥和着草屑纷飞,再有十余人向后跌倒。

银甲人一声长笑,宝刀套入落下来的刀鞘之中。他左手握上刀鞘,右手取下头上银色盔帽,朗声笑道:"还有谁不服?"

桓军发出震天的喝彩声,易寒微笑着走近,银甲人转身笑道:"先生来得正好,还请先生指点一二。"

易寒微微一笑:"不敢,王爷刀法已届大成,无须易寒赘言。"

宣王宇文景伦将手中宝刀掷给随从，与易寒并肩向大帐走去，桓国将士望着二人身影，均露出崇慕的神情。

宇文景伦除去银甲，二人在几前盘膝坐下。宇文景伦道："这南国的春季太过潮湿，黏得人提不起精神，将士们多不适应，若不活动活动，只怕会生锈。"

"是。"易寒道，"所以我们得赶在春汛之前渡过涓水河，只要能拿下东莱，便有了立足之地。"

一人掀帘进来，宇文景伦和声道："滕先生快来一起参详。"

军师滕瑞微笑着坐下："最重要的是，得趁王朗还未从娄山赶回来之前下手。"

他从袖中取出一份密报递给宇文景伦，宇文景伦展开细看，冷笑一声："梁国是不是无人可用，又将王朗往回调，裴琰的伤真的就这么重？"

易寒眉毛微微抖了一下，淡淡道："王爷想和裴琰交手，只要能拿下东莱，打到河西，他爬都要爬过来。"

宇文景伦一笑："他现在不来也好，等我先把王朗干掉，再与他在战场上一较高低。那年成郡一战，我在西线，没能与他交锋，一大憾事。"

滕瑞正容道："王爷，王朗也不可小觑。"

"嗯，我心中有数。王朗也是沙场老将，按这密报时间来算，他最快也得三日后才能赶到东莱，咱们就要趁他未到之前渡过涓水河，攻下东莱。"

滕瑞取过地形图展开，宇文景伦这几日来早看得烂熟，沉吟道："看来骑兵不能用了。"

"过了涓水河，便是山陵地形，不比我们打成郡和郓州。"

"幸得有滕先生相助，这水兵和步兵咱们也不比梁人差了。"宇文景伦叹道，"武有易先生，文有滕先生，二位文武相得，辅佐于本王，本王真是三生有幸！"

易寒与滕瑞忙齐施礼："王爷过奖。"

宇文景伦抬手虚扶，三人目光重新凝在地形图上。滕瑞指向涓水河上游某处标记："二十年前我曾经过这处，如果没有大的变化，我们可从这里突破，骑兵还是可以派上大用场。"

见宇文景伦抬头，目光中充满征询之意，滕瑞微笑道："今夜月光极佳，不知王爷可愿做一回探子？"

宇文景伦站起身来，目光锐利，望向帐外："本王最大的心愿，便是要踏遍这天下每一寸土地。"

月朗星稀，涓水河在月光下波光盈闪，愈显秀美蜿蜒。无涯无际的寂静笼罩着涓水河两岸，众人踩在河岸的草地上，夜风徐来，吹散了几分湿意。

宇文景伦顿觉神清气爽，笑道："这两年老是憋在上京，都快憋出病来了。"

滕瑞对他知之甚深，微微一笑："想来魏正山是王爷的知音，知王爷憋得难受，让王爷来吹吹这涓水河畔的春风。"

宇文景伦望向滕瑞："滕先生二十年前来过此处？"

"是，我当年学得一身艺业，却恪于师命，无用武之地，郁郁之中便游历天下，沿这涓水河走过一遭，至今还有些印象。"滕瑞清俊的眉眼隐带惆怅，"当年也是这个季节，春光极好，我在此处弹剑而歌，现在回想起来，真是恍若隔世。"

宇文景伦叹道："这南国风光确是极佳，若是能拿下梁国，真想请父皇在这片疆土上走一走，看一看，唉……"

易寒心中暗叹。他知宇文景伦素仰南朝文化，也早有经世济民、统一天下之志，更一直致力于在国内推行儒家经学，希望能通过改革朝政，去除桓国游牧民族的陋习，实现中兴大业。但其毕竟只是一个庶出二皇子，受到太子一派的极力倾轧，空有雄心壮志却无从施展。皇上纵是偏爱于他，但受权贵们的影响，也对他的主张多有搁置。此次借梁国内乱，宇文景伦终得重掌兵权，策十五万大军南下。若能得胜，他便有机会一展抱负，可若是战败，只怕……

滕瑞微笑道："王爷志存高远，现下梁国内乱，是难得的契机。定是上天眷顾，让王爷伟业得成。"

"是。"宇文景伦在河边停下脚步，负手而立，望向苍茫夜空，"虽说治乱兴衰自有天定，但我宇文景伦定要在这乱局之中搏一搏，会会梁国的英雄豪杰，看看谁才是强者！"

易寒与滕瑞互望一眼,俱各从对方眼中看到欣慰之意。眼前的年轻男子充满自信,豪俊不凡,自有一种君临天下的气概,令人心折。

滕瑞走向前方河边的一处密林,用脚踩了踩地面,回头笑道:"天助我军。"

宇文景伦步上前去,蹲下细看,又用手按了按,望向涓水河面,惊喜道:"这河床……"

"不错,涓水河沿郓州全线俱是极深的烂泥,无法下桩。唯独这处,河床是较硬的土质,而且河床较高,只要打下木桩,架起浮桥,骑兵便可过河。"

宇文景伦道:"为何如此? 南朝无人知道吗?"

滕瑞知他心思向来缜密,微笑道:"约六十年前,郓州与东莱两地的百姓决定在这处建一堤坝,以便旱蓄涝排。趁着某年冬旱,水位较低,两地派出水工选址,建了最初步的土基,但又因为工银的问题搁置了下来。过了几年,郓州东莱春涝,遇上大洪灾,百姓流离失所,此事便再也无人提起。又过去了这么多年,土基埋在河底,当是无人再知此事。加上梁国近来朝政松弛,此等耗时费力的水利工程更是无人打理。梁军只驻防在赤石渡,而这处少人巡防,由此可知,他们尚以为我们只能以战船过河。"

宇文景伦却还有疑问:"这处河床较硬,能不能打入木桩? 还有,能不能抢在一夜之内搭好浮桥?"

"当年只是用稍硬一些的泥土和着小碎石加固垫高了一下河床,我们在木桩的外面套上一层铁楔,便可钉入河床。这处河面狭窄,也是当年选址建坝的主要原因,只要派些士兵前来打桩,再架浮桥,估计大半夜工夫能成。"

易寒点头道:"我们虚张声势,装作要从赤石渡进攻,吸引梁军全部主力,再派一些水性好、武功高强的飞狼营士兵潜到对岸,干掉可能前来巡防的梁兵,估计能成。"

宇文景伦将手一合:"好! 到时我们就从此处过河偷袭,让他们来个腹背受敌!"

自桓国铁骑攻破成郡，一路南下，郓州等地也相继被攻下。梁军节节败退，直至退至涓水河以南，方得暂时的喘息。

如今驻守涓水河以南的梁国军队，由成郡退下来的三万长风骑，和原郓州、郁州、巩安一带的残兵，及临时从东莱、河西赶来的援兵组成，共计八万人马。

夕阳西下，长风骑副将田策正站于哨台上。他体格粗壮，身形魁梧，眼神利如鹰隼，看到对岸战船旌旗飘扬，桓军相继登船，船头盔甲明晃晃一片，心中暗自思忖。待他下得哨台，见东莱驻军统领邢公卿大步走了过来："田将军，他们又打起来了，得去劝劝。"

田策心中惦记着宁剑瑜的嘱咐，微笑道："邢将军，这架是不好劝的，搞不好还惹火烧身。我看桓国人似是有异动，只怕今晚会发动进攻。"

邢公卿语带不屑："桓国人要和我们打水仗，那是弃长取短。我东莱水师可不是吃素的。"他将田策一拉，"郓州军和巩安军互相指责，现在动了刀子，你是这里军职最高的，可不能不管。"

田策心中暗骂：你个邢包子，叫我接这个烫手山芋，好向你家主子邀功，当我不知？他苦笑道："怎么管？刘副将的师兄死在谢副将师叔的刀下，这仇恨怕不是我们能够化解的。"又道，"连议事堂出面都没能调停好，我们就一边看着吧。"

"可这样下去，只怕桓国人没打过来，自家倒先斗得血流成河了。"

田策眼光扫过对岸，灵机一动，沉吟道："既是如此，我就去调停调停。但这二位手下众多，我得多带些人马过去。这里就交给邢统领，桓国人若是攻过来了，邢统领就响号通知，我再赶过来。"

邢公卿心中暗乐，忙道："田将军快去快回。"


滕瑞早看好了星象，选了云层厚重、星月皆隐的这夜发动进攻。

眼见战船驶向对岸，易寒面有疑虑之色，宇文景伦笑道："易先生有话请说。"

"王爷，恕易寒多嘴，滕瑞终非我……"

宇文景伦右手轻举，止住易寒的话语："用人不疑，疑人不用。"他一边负手前行，一边道，"五年前，我在上京偶遇滕先生，便将他引入王府，视为左膀右臂，不计较他是梁人出身,先生可知是何缘故?"

"愿闻其详。"

"因为他有他的抱负。他虽是梁国人,却希望天下一统、万民归心,更希望他的满身艺业能得施展。这样一位治世之才,只要能让他得展所长,必不会让我失望。"宇文景伦回头望了望战船上卓然而立的滕瑞,"我和先生终还是站在桓国人的立场上去看待南北对峙、逐鹿天下的问题,但滕先生却已经站在整个天下的高度上了。他选择辅佐我来实现他的抱负,对他而言,心中已没有了桓国与梁国的区别。"

易寒叹道:"滕先生志向高远,令人佩服。可是,只怕他想得太过理想。"

"是啊。"宇文景伦也叹道,"先不说能不能拿下梁国,就是我们国内要不要与梁人进行这一战;是偏安于北域,还是挥鞭南下;南下之后,是以儒学治国还是沿我族世统,都是难以调和的矛盾。前路艰难啊!"

易寒点头道:"不说太子和权贵们,就是王爷手下这些个将领,想的多半也是攻城略地,抢完财物就跑,目光短浅得很。打下城池之后,如何治理,如何安民,让这些梁国的民众诚心归附我朝,这才是最大的问题。"

宇文景伦正为此事烦心,眉头轻蹙:"先生说得是。成郡那边刚有军报过来,留的一万驻军颇有些不守军令,烧了一个村庄,激起了民愤。虽镇压下去了,可死的人太多,终究不是长久之计。"

"王爷得想办法约束一下才行。若是攻下东莱、河西,战线拉得就有些长,粮草有一部分得就地补给,万一民愤太大,可就有些麻烦。"

"嗯。"宇文景伦转身,向身后一大将道,"传我军令:攻下东莱之后,不得扰民,不得抢掠,不得奸淫烧杀。违令者,杀无赦!"


夜半时分,远处仍隐隐传来战船的号角之声。宇文景伦银色盔甲外披风氅,扶住腰间宝刀,身形挺直,渊然而立。他看着浮桥搭上最后一块木板,飞狼营的高手们也已在对岸执刀守防,便将手一挥。数千骑高头骏马拥出,马上将士皆腰环甲带,佩带刀剑,稍稍拉开距离,策骑迅速踏过浮桥。

桓国铁骑威名赫赫,夜行军更是极富经验。赤石渡的梁军正全力抵抗正面战船的进攻,震天的战鼓声淹没了铁蹄掩近之声,待那如雪利刃突现于面前时,已是血流满地、死亡枕藉。宇文景伦右手反握刀柄,策骑在梁营中劈杀横砍。鲜血溅上他的紫色风氅。他闻着空气中这股血腥之气,更感兴奋,宝刀上下翻飞,所过之处,梁兵莫不喷血倒飞。

易寒早带了上千人马直冲河滩,一部分人掩护,另一部分人将早已备好的火油泼向梁军船只,再迅速射出火箭。

邢公卿正在主船头指挥与桓军水船作战,听得身后杀声大盛,起初尚以为仍是郓州与巩安的官兵在内讧,待火光四起,船只被大火吞围,方知形势不妙。这夜刮的恰是南风,火借风势,待他仓皇下令,火势已不可控制。

小丘高处,长风骑副将田策身定如松,冷眼看着河岸的火光直冲霄汉,平静道:"吹号,撤往河西!"


梁国承熹五年三月十日夜,桓国以水师骑兵并用,攻过涓水河,败东莱水师于赤石渡,同夜攻破东莱城。东莱统领邢公卿阵亡,东莱、郓州、郁州等地驻军死伤殆尽,长风骑副将田策率残部三万余人退至河西城以北,拼死力守回雁关。

三月十二日,大将王朗率四万精兵赶到回雁关,和田策残部会合,高筑工事,挖壕筑沟,与桓国宣王宇文景伦所率之十二万大军对峙于回雁关。

三月二十三日,王朗因粮草缺乏,中桓国诱攻之计,出关追敌,中伏于红梅溪。王朗阵亡,梁军十死其八,回雁关失守。长风骑副将田策率残部三万余人退守河西府以北三十余里处的黛眉岭,死伤惨重,方暂阻桓军南下之势,河西府告急。


黛眉岭战事之艰难,超乎宇文景伦的想象。原本以为攻下雁回关,王朗身死之后,梁军将不堪一击。但田策率领的这三万残军竟有着一股哀兵必胜的劲头,将黛眉岭守得如铁桶般坚固。

看着从前方抬下来的伤兵渐多,宇文景伦转向滕瑞道:"长风骑当真不容小看,这田策不过是裴琰手下一员副将,也是这般难缠。"

119

"只怕接下来王爷得和裴琰直接交手了。"

宇文景伦有些兴奋，望向南方天际："盼只盼裴琰早日前来，能与他在沙场上一较高下，想来当是生平快事！"

易寒微笑道："河西府一旦失守，他裴琰就是伤得再重，也是一定要来与王爷相会的。"

宇文景伦正待说话，随从匆匆奔来："王爷。"

"何事？"

"有一男一女挟持了苻将军，说是要见易堂主。"

易寒有些惊讶，望向宇文景伦。宇文景伦尚未发话，远处一阵骚乱，数百名桓军士兵将三人围在中间。其中一名青年男子手持利刃，架于一名大将颈间，他身边一女子黑纱蒙面，二人挟着那员大将，缓步向主帐走来。

女子转头间看见易寒，迅速掀去面上黑纱。易寒看得清楚，失声唤道："霜乔！"


春雨绵绵。京城西郊，魏家庄。

夜深人静，仅余一两户人家屋中透着微弱的烛光，在雨丝中凝起一团光影。

村东魏五家的儿媳妇将门掩上，上好闩，回头道："婆婆，您早些歇着吧，明日再做便是。"

魏五婶纳着布鞋，并不抬头："我再做一阵，你先睡吧，小子们还得你哄着才能睡着。"

儿媳妇轻应一声，正待转身走向西屋，忽然眼前一花，一个黑影一手拎着一个小男孩从西屋中走了出来。她的惊叫声只呼出一半，那黑影已点上她的穴道。

听得儿媳妇的惊呼声，魏五婶猛然抬头，吓得全身哆嗦，半晌方想起来要呼人，却喉间一麻，被那人点住哑穴，发不出声。

黑影冷冷地盯着她，声音寒得让人发抖："想不想你儿媳妇和孙子活命？"

魏五婶吓得双目圆睁，本能下将头点得如鸡啄米一般。

黑衣蒙面人冷声道："你随我去一个地方，照顾一个病人，不得离那园子半步，不得多问半句。伺候好了，我自会放你一家团聚。"

春雨如丝,下了数日。

崔亮捧着一沓奏折由方书处出来,小吏撑起油伞,二人经夹道、过宫门,往延晖殿行去。脚下的麻石道被雨丝沁湿,呈一种青褐色。崔亮望着手中的奏折,有些忧心,待一个白色身影出现在身前数步处,方回过神来。

小吏仓皇行礼:"卫大人。"

卫昭望向崔亮,崔亮缓缓抬头。二人目光相触,崔亮微笑道:"卫大人,恕下官奏折在手,不便行礼。"

卫昭双手笼于袖中,并不说话,目光凝在崔亮面容之上,良久方淡淡道:"崔解元?"

"不敢。"崔亮微微低头。

"听闻崔解元医术精湛,卫某有一事请教。"卫昭话语有些飘浮,小吏忙接过崔亮手中奏折,远远退开。

细雨蒙蒙,崔亮望向那双如寒星般闪烁的凤眼,微笑道:"卫大人请问,崔某知无不言,言无不尽。"

卫昭双眸微眯,沉默良久,缓缓开口:"骨裂之症,如何方能迅速痊愈?"

"敢问卫大人,裂在何处? 因何而裂?"

"外力所致,肩胛骨处,骨裂约一分半。"

"可曾用药?"

"用过,但好得不快,病人颇感疼痛。"

崔亮思忖半晌,道:"我这处倒是有个方子,内服外敷,卫大人如信得过崔某,当可一试。"

卫昭自他身边飘然而过,声音清晰传入他耳中:"多谢崔解元,我会派人来取药方。"

卫昭回府直入桃园,见他进来,魏五婶哆嗦了一下,赔笑道:"姑娘刚睡下。"

卫昭冷冷道:"今日还疼得厉害?"

"下午疼得厉害些，喝过公子给的止痛药，似是好了些。晚上吃得香，和小的说了会儿话才睡下的。"

卫昭轻嗯一声，魏五婶忙退入厨房，不敢再出来。

卫昭在内室门口默立良久，听得室内呼吸之声平稳而细弱，终伸出右手，轻轻推开房门。屋内并无烛火，黑暗中，他如幽灵般飘至床前，长久凝望着那憔悴的面容，右手微颤。窗外透入一丝微弱的月光，正照在江慈的左颊。见她眉头轻蹙，面容也没有了往日的桃花扑水，卫昭心中似被什么揪了一下，缓缓坐于床边，慢慢伸手抚上她的眉间。指下的肌肤如绸缎般光滑，似雪莲般清凉，从未有过的触感让卫昭心头一阵悸动，手指有些颤抖。

江慈动弹了一下，卫昭一惊，猛然收回右手。江慈却只是喃喃地唤了声"师父"，之后便再无动静。卫昭长久地坐于黑暗之中，却再也无力去触摸那份清凉。


晨曦微现。见魏五婶端着碗粥进来，江慈坐了起来，笑道："谢谢五婶。"

魏五婶语带怜惜："你这孩子，怎么这么客气？"

江慈用汤匙勺起瘦肉粥大口吃着，见她吃得甚香，魏五婶暗叹口气，静立一旁。

江慈将空碗递给魏五婶，道："昨夜睡得有些热，我记得似是踢了被子，倒辛苦五婶又替我盖上。"

魏五婶一愣，犹豫片刻，轻声道："公子昨夜一直守在这里，是他替你盖的。"

江慈愣住，心中说不上是何滋味，半晌方轻声道："他人呢？"

"天蒙蒙亮才走的，留了几服药，说是请了个西边园子里的大夫开的，姑娘定会喜欢喝他开的药。"

江慈细想片刻，大喜道："快，劳烦五婶把药煎好，拿来我喝。"


卫昭神色淡然地换过素袍，易五进来，附耳道："三爷，半个时辰前，有紧急军情入了宫，现在大臣们都入宫了。"

卫昭双手停在胸前，又慢慢系好襟带，道："可曾看清是哪边传来的？"

"北边来的,看得清楚,紫杖上挂了黑色翎羽。"

卫昭沉默片刻,冷冷一笑:"看来又有大将阵亡了。"

"这桓国的二皇子也太厉害了些。"

卫昭又脱下外袍,坐回椅中,淡淡道:"你先回宫。皇上若是问起,就说这几日阴雨连绵,我伤口有些疼,就不入宫请安了。"

易五转身离去。卫昭正闭目而憩,管家轻步进来:"主子,有人在府门口,说要送样东西给您。"见卫昭并不睁眼,他靠近轻声道,"说是裴相府中之人,还出示了长风卫的腰牌。"

卫昭猛然睁开双眼,管家将手中狐裘奉于他面前,低声道:"来人说,裴相吩咐将这狐裘送给主子。说这狐裘是他心爱之物,一直珍藏在草庐之中,舍不得用。现听闻主子受伤,颇为担忧,暂时送给主子使用,待他回京之时,再来讨还。"


江慈坐在竹凳上,望向木屋旁的桃林,语带惆怅:"今年桃花落得早,要等到明年才有桃花看了。"

魏五婶坐于一旁择菜,道:"姑娘是身子不好,若是能出去走动,红枫山的桃花现在开得正艳。"

"是吗?"江慈笑道,"五婶家住在红枫山?"

魏五婶不敢细说,将话题岔开去:"吃了公子后来这服药,感觉如何?"

"不疼了,还是崔大哥的方子靠得住。"

"看来为了你快些好起来,公子可花了不少心思。"

江慈哼了一声,不再说话。

魏五婶也是老成之人,早看出那位煞神公子与这位姑娘之间有些不对劲,想起儿媳妇和孙子性命悬于人手,心念一转,微笑道:"要我说,姑娘也别和公子置气,他对你是放在心尖疼着的。这伤……"

江慈摇头:"我倒不是怪他伤了我。他素来有病,是梦魇中无意伤的,并非有意。我与他的事情,五婶还是不知道的好。"

"姑娘也是个明白人,怎么就看不清公子的心意? 他夜夜过来,你若是醒着的,他便在窗外守着;你若是睡着了,他便在床前守着……"

江慈不欲五婶知道得太多,怕她被卫昭灭口,打断她的话:"他哪有那般好心,只不过我还有用,不能死罢了。"

魏五婶只盼说动这位姑娘,让那煞神般的公子心里高兴,放自己回去,犹自絮絮叨叨:"公子虽不多话,但看得出是个体贴人。看这园子,家世自也是一等一。若论相貌,我看除了那个传言中的什么凤凰卫三郎,只怕世上无人能及。"

听她说到"凤凰卫三郎"时语气有些异样,江慈心中一动,笑道:"我总是听人提起卫三郎,说他姿容无双,不知到底是何人品,总要见见才好。"

魏五婶忙道:"姑娘切莫有这心思,那等肮脏卑贱的小人,莫污了姑娘的眼。"

"他不是当朝权贵吗,怎么是肮脏卑贱的小人了?"江慈讶道。

魏五婶朝地上呸了一口:"什么当朝权贵,还不是皇上跟前的弄臣,以色侍君的兔儿爷罢了!"

半晌不见江慈说话,魏五婶侧头一看,见江慈有些愣怔,忙伸手拍了一下面颊:"瞧我这张嘴,粗鲁得很,姑娘只当没听过。"

江慈离家出走,在江湖上游荡,时间虽不长,却也曾在市井之中听人骂过"兔儿爷"这个词,虽不明其具体含义,却也知那是世上最下贱的男人,为世人所鄙夷。她心中翻江倒海,望向魏五婶,道:"什么兔儿爷?卫三郎是兔儿爷?"

魏五婶干笑道:"姑娘还是别问了,平白脏了耳朵。"

"劳烦五婶把话说清楚。我这人若是好奇心起,又不弄明白了,什么药啊饭的,都吃不下。"

魏五婶无奈,道:"姑娘是清白人,自是不知兔儿爷的意思。卫三郎是娈童出身,听说十岁便入了庆德王府,十二岁被庆德王进献给皇上。他生得极美,又极善谄媚,听人说,皇上对他宠爱有加,有五六年都不曾宠幸过其他娈童,所以他才能有今日的地位。"

江慈一时震惊得说不出话来。

# 第三十四章

## 闻弦知意

　　远远看见卫昭入园，魏五婶忙压低声音："姑娘，公子来了。"说着端起菜篮，躲入厨房。

　　卫昭宛如流云悠然而近，江慈却只是怔怔坐着。卫昭盯着她看了半晌，语气冰冷："五婶。"

　　魏五婶吓得战战兢兢地从厨房中钻出来，江慈忙道："不关五婶的事，是我自己要出来的。"她猛然站起，跑到房中，躺上床，用被子蒙住面容。淡雪、梅影的话，月落山的所见所闻，五婶脸上的鄙夷之色，桃林中那静静的夜晚，一时之间全部涌上心头，竟令她没有勇气掀开被子再面对那张绝美的面容。

　　卫昭冰冷的声音传来："出来！"

　　见江慈没有反应，他缓缓道："五婶，把她拉出来。"

　　江慈无奈，慢慢掀开被子，却不睁开眼睛："我要休息了，三爷请出去。"

　　卫昭衣袖一拂，门砰然关上。江慈一惊，睁开眼睛，见他缓步走向床前，急忙转身向内，却触动肩上痛处，"啊"声惊呼。卫昭快步上前将她扶起，见她眸中含泪，语气便缓和了些："看来崔子明的药也不管用。"

　　江慈忙道："药管用，不疼了，多谢三爷费心。"

　　这是卫昭伤了她之后第一次见她软语相向，一时竟不知如何开口。江慈低垂着头,犹豫半晌,轻声道:"三爷,我的伤好多了,你以后不用天天来看我。"

卫昭默然不语。

江慈低低道:"三爷,我知道你是无意中伤的我,我并不怪你。我只是左手动不得,你还是放五婶回去吧。"她说完良久听不到卫昭说话,忍不住抬头,却又被那闪亮的眼神惊得再次低下头去。

屋内一片令人难受的沉寂,江慈正有些心惊,卫昭忽然开口,语气冰凉淡漠:"我不是来看你,只是送样东西给你。"

江慈强笑道:"这里有吃有喝,倒不缺什么……"话未说完,卫昭已将一件狐裘丢在她的身前。

江慈低头望着狐裘,半天才认了出来,惊得猛然抬头:"他回京城了?"

卫昭眼睛一眯,瞳孔也有些收缩,眼神却锐利无比地盯着江慈,冷声道:"这狐裘,你认得?"

江慈知无法否认,只得点了点头:"是,这狐裘是我在长风山庄时穿过的。"

卫昭一震,却又逐渐平静,唇角慢慢勾起一抹笑容。他俯身拎起狐裘,轻哼一声,又摇了摇头,终笑出声来:"少君啊少君,你让我……怎么说你才好!"


延晖殿内,皇帝冷冷地看着殿内诸臣,眼光在董学士身上停了一瞬,又移开去。董学士似是苍老了许多,双脚直颤。太子不忍,上前扶住他的右臂,皇帝叹了口气,道:"给董卿搬把椅子过来。"

太子将董学士扶到椅中坐下,皇帝和声道:"董卿节哀,王朗为国捐躯,朕自会给他家人荫封的。"

董方想起妻子只有这一个弟弟,想起自己失去了军中最重要的左膀右臂,心中难过,一时竟说不出谢恩的话来。

静王知时机已到,上前一步,恭声道:"父皇,河西府告急,全靠田策在拼死力守,必须赶紧往河西调兵。"

大学士殷士林道:"调兵是一着,关键还得有能与宇文景伦抗衡的大将,田策只怕不济事。"

皇帝陷入沉思之中,静王向邵子和使了个眼色,邵子和会意,小心翼翼道:"不知裴相伤势如何,若是他能出战,统领长风骑,倒可能是桓军的克星。"

殷士林眼神掠过董方,用死板板的声音道:"眼下看来,也只有裴相能挑起这个重担了。"

皇帝右指在龙椅上轻敲,却不发话。

王朗身死,高成战败,太子和庄王俱不便说话,殿内陷入一片沉寂。

皇帝似是有些疲倦,淡淡道:"朕自有主张。"


陶内侍跟在皇帝身后进了暖阁,替他宽去龙袍,见他神色有些不豫,轻声道:"皇上可要进些参汤?"

皇帝心中烦闷,欲待斥责,卫昭轻步进来,挥了挥手,陶内侍退去。

卫昭取过桌上参汤,淡淡一笑,皇帝转过身去。卫昭低叹了一声,匙羹轻响,竟自顾自地喝上了参汤。

皇帝回过头,卫昭似笑非笑,斜睨着皇帝:"三郎时刻想着要为皇上分忧,只恨这身子尚未大好,看喝上一碗御用的参汤,能不能好得快些。"

皇帝一笑,卫昭便将参碗奉上,皇帝就着喝完,和声道:"还是你贴心,其余的臣子没一个叫朕放心的。"

"皇上可是为了桓军南侵的事情烦心?"卫昭看了看案上的折子道。

皇帝在椅中坐下,微合双眼,道:"你是个明白人,眼下情形,不得不让裴琰重掌兵权,可万一……"

卫昭飘然走近,替他轻捏着双肩,悠悠道:"皇上也知道,三郎与裴琰素来面和心不和,我也看不惯他那股子傲气。但平心而论,若说领兵作战,满朝上下,无有出其右者。"

皇帝被捏得舒服,微笑着拍了拍卫昭的手:"你这话说得公允。"

"三郎是站在朝廷社稷的立场上说话,并非出于个人喜恶。眼下情形,也只有让裴琰出来统领长风骑,对抗桓军,否则河西危殆。"

皇帝沉吟不语,卫昭笑道:"皇上若是不放心裴琰,三郎倒有个法子。"

"说来听听。"

卫昭贴到皇帝耳边,轻声道:"皇上可派一名信得过的人作为监军,随军监视裴琰。他若有异动,容国夫人和裴子放可还在皇上手心里捏着,不怕他不听话。"

皇帝微微点头,道:"裴子放走到哪里了?"

"手下来报,三日后便可进京。"

皇帝思忖一阵,微笑道:"裴琰有些拿架子,得派个合适的人去宣他才行。"

卫昭直起身,继续替皇帝按捏,半晌方道:"我可不爱见他,皇上别派我去就行。"

皇帝大笑:"不是朕小看你,你还真不够分量。你早些将伤养好,朕另有差事要派给你。"


春光浓艳,漫山遍野的杜鹃花似是要拼尽最后一丝韶光,将宝林山点缀得如云霞笼罩。

庄王着轻捻云纱的锦袍,由马车内探身出来,望向山腰处的长风山庄,想起临行前父皇的严命,想起远在河西的高姓世族,心底喟叹一声,喝住要上山通知裴琰出庄相迎的侍从,率先往山上走去。

他是首次来长风山庄,看着那精雕重彩的府门,不由得羡慕裴琰这个冬天倒是过得自在。正自怔忡,庄门大开,裴琰一袭天青色长袍,急步出来。

庄王忙笑着上前:"少君!"

"王爷!"裴琰深深施礼。

庄王搭着裴琰的手,细细看了他几眼,语带疼惜:"少君清减不少,看来这回真伤得不轻。"

裴琰微微笑着:"小子们说见到王爷车驾,我还不信,谁知竟真是王爷驾临,真是折杀裴琰。"

"我早念着要来看望少君,但政务繁忙,一直抽不开身,少君莫要见怪。"

裴琰忙道"岂敢",将庄王引入东花厅。下人奉上极品云雾茶,裴琰轻咳数声。庄王放下手中茶盅,关切道:"少君伤势还未痊愈吗?"

裴琰苦笑道:"好了七八成,但未恢复到最佳状态,倒让王爷见笑。"

庄王松了口气,重新端起茶盅,正自思忖如何开口,安澄进来,给庄王行了礼,又到裴琰面前禀道:"相爷,都备好了。"

裴琰起身笑道:"小子们说在平月湖发现了三尺长的大鱼,我让他们备下了一应钓具,王爷可有雅兴?"

庄王性好钓鱼,正想着如何与裴琰拉近些距离,忙道:"再好不过。"


平月湖在长风山庄东南面,为山腰处的一处平湖。

此时正是盛春,迎面而来的湖风带着浓浓的花香,湖面一片明亮的绯红,满眼皆是明媚的春光。庄王不由得叹道:"都说京城乃繁华之地,我看倒不如少君这长风山庄来得舒心自在。"

裴琰微笑道:"虽不敢说这处好过京城,但住久了,倒还真舍不得离开。这些年不是在战场杀敌,便是在朝堂参政,鲜少有过得这么轻松自在的日子。所以说福祸相依,此次受伤倒也不全是坏事。"

庄王大笑。不多时,裴琰便钓上来一条一尺来长的金色鲤鱼,十分欢喜,笑着对庄王道:"可惜不是在京中,不然邀上静王爷与三郎比试一番,定可将三郎灌得大醉。"又问道,"听说三郎受了重伤,可大好了?"

"伤得挺重,我出京时,他只恢复了五六成,看着清减了许多,让人好生心疼。"

裴琰重新将钓钩抛回水中,叹道:"皇上定是既心疼又担忧。唉,身为臣子,不能为皇上分忧,实是愧对圣恩。"

庄王正等着他这话头,便放下手中钓竿,转头望向裴琰:"少君,父皇有旨意下。"

裴琰忙放下钓竿,面北而跪,口中道:"臣裴琰接旨。"

庄王上前将他扶起,道:"父皇说,不用行礼接旨。"说着从袖中取出黄绫卷,裴琰双手接过,摊开细看,面上露出犹豫迟疑之色。

庄王语出至诚:"少君,眼下已到了国家危急存亡之时。宇文景伦大军长驱直入,若是让他攻下了河西府,京城危矣。"

裴琰默默无言,庄王无奈,只得续道:"高成战败,宁剑瑜在娄山和小镜河撑得辛苦,无暇西顾。王朗又阵亡,董学士恸哭数日。眼下社稷危艰,还望少君挽狂澜于既倒,扶大厦之将倾。谢煜在这里替天下苍生、黎民百姓先行谢过!"

庄王说完长身一揖,裴琰忙上前将他扶住,连声道:"王爷切莫如此,真是折杀裴琰。"

"少君这是答应了?"

裴琰仍有些犹豫,庄王轻声道:"少君可是有何顾虑?"

"倒不是。"裴琰摇了摇头,"主要是我这伤,未曾痊愈……"

庄王呵呵一笑,从袖中取出一个玉盒,道:"父皇也知少君伤了元气,让我带来了宫中的九元丹。"

裴琰面上露出感动之色,语带哽咽,磕下头去:"臣谢主隆恩。"

庄王将他扶起,亲热地拍着他的右手,叹道:"少君乃国之柱石,朝中可是一时都离不得你,父皇都说让我多向你请教。"

裴琰忙称"不敢":"日后裴琰还得仰仗王爷。"

湖水倒映着青山红花,平静无澜,倒影中的杜鹃花绚得耀目。平月湖畔,二人相视一笑,笑意盎然的眸子中俱各微闪着光芒。


喝过崔亮开的药,又连敷数日外用草药,江慈肩伤大有好转,但却有些无精打采,常呆坐在房中,闭门不出。

魏五婶与她相处一段时日,对她性情知了几分,虽是被迫前来服侍她,也不禁有些心疼她。这日夜间,见卫昭飘然入园,一人在室内枯坐,一人于窗外默立,终忍不住走到卫昭身侧,低声道:"公子,姑娘这几日有些不对劲。"

卫昭并不言语,魏五婶叹了口气:"公子还是进去劝解一下吧,姑娘肯定有心事。"

夜风吹起卫昭耳侧垂下的长发,拂过他的面颊。他忽想起那日晨间,自己负着她赶往落凤滩,她的长发也是这样拂过自己的面颊。淡淡的惆怅在心头蔓延,终提起脚步,缓步走入内室。

江慈正面窗而坐,绯色长裙在椅中如一朵桃花般散开,乌发披散,越发衬得肌肤雪白。卫昭凝望着她的侧影,再望向她身侧床上随意而放的狐裘,目光一紧,轻咳出声。江慈转头看了他一眼,又转过头去,低声道:"他快到京城了吧?"

卫昭望向窗外的黑沉,淡淡道:"算算日子,明日就要到了。"

江慈笑了笑。卫昭听她笑声中有着说不出的嘲讽与伤怜之意,再看了看那狐裘,心中渐渐明白,终不可抑制地笑出声来。

江慈瞪了他一眼:"你笑什么?"

"那你又笑什么?"

江慈神情有些疏落,嘴角的笑容似在嘲笑自己:"我笑过去你要挟我去骗他,后来他又反过来骗我,最终是他将我们都骗过了。说到底,还是他的演技高明一些。"

卫昭大笑,将狐裘拿在手中,轻柔地抚着那灰白狐毛,悠然道:"裴琰向来虚虚实实,真假难辨。他巴巴地让人送了这狐裘来,可惜烧了两个洞,你还怎么穿呢?"

江慈听他这话,想起草庐那夜,剪水双眸便蒙上了一层雾色,雪白的面庞上也涌上些潮红。卫昭看得清楚,笑意渐敛,坐于床边,静静地看着她的侧脸。

江慈沉默片刻,平静道:"三爷,你就不怀疑是我告诉他的吗?"

卫昭一笑:"这个我倒不怀疑。"

"为什么?"

卫昭手指轻捻着狐裘,却不回答,过得一阵,竟将手枕在脑后,合目而憩,貌甚闲适。

江慈这些日子十分困惑,终忍不住推了推他:"三爷。"

"嗯。"

"你说,裴琰到底是什么时候猜到你就是真正的明月教教主的?"

卫昭微睁双眼看了她一下,又合上,语调淡淡:"我怎么知道?"

江慈沉吟道:"他送这狐裘来,就是点明他已知晓我在你的手上,也就是知道了你的真正身份。"

"不错,他这是点醒我,要我对他坦诚相见,真心合作。亏了这件狐裘,我才知道是他让宁剑瑜帮了我一把。"

江慈微微侧头:"我就想不明白他到底是什么时候知道的。"

"他明日进京，你去问他不就得了。"

江慈低下头去，不再说话。

卫昭看了看她的脸色，低声道："又不想回去了？"

江慈抬头，见他眸中似有火焰闪动，灼得心中一惊，只得避开他的眼神："又由不得我想，我还正想见见他，问清楚一些事情再走。"

"走？"卫昭歪着头凝视她许久，淡淡道，"你认为……他会放你走吗？"

江慈一笑："只要你把我还给他，我的使命便告完成，他再也找不到囚禁我的任何借口。"

卫昭冷笑道："你是天真还是傻？他堂堂一个相爷，要将你这小丫头关上一辈子，还不是一句话的事情，要什么借口？"

江慈平静地望着卫昭，卫昭竟有些不敢与她对望，慢慢合上双眸，却听到江慈低低道："三爷，你说真心话，若是无须再利用我，你还会不会关着我？"

卫昭默然，竟无法开口。他默默坐起，看了一眼江慈，起身向屋外走去，走到门口迟疑一瞬，道："他明日进京，会先去宫中见皇上，估计三五日后便要离京。明天晚上我安排你去见他。"

江慈沉默不言，卫昭犹豫了一下，声音低不可闻："相府中多人伺候，又有崔解元，你的伤会好得快些，你……还是回去吧。"

他再看了她一眼，唇角微动，却未再说话，倏然转身，快步离去。


这日晴空万里，春风送爽。病后初愈，看上去稍显清减的裴琰着紫纱蟒袍由乾清门而入。恰逢众臣散朝出宫，他微笑着与众臣一一寒暄见礼，却不多话。静王与他擦肩而过，微微点了点头。

延晖殿的东阁望出去是满池的铜钱草，绿意盎然，又种了辟虫的薰草，清风徐过，阁内一片清香，令人神清气爽。裴琰躬身而入，伏地颂圣。皇帝刚换下朝袍，过来拍了拍他的左肩："快起来，让朕瞧瞧。"

裴琰站起，垂手低头，半晌方哽咽道："让皇上担忧，是微臣的罪过。"

皇帝拉着他的手走到窗前，细细地看了看，叹道："真是清瘦了许多。"

裴琰眼中水光微闪，竟一时不能对答。皇帝转身，背手望向窗外的浓浓绿意，缓缓道："朕实是不忍心再将你派上战场，你父亲仅你这一点血脉……"

"微臣无用之躯，得圣上器重，却不能报圣恩于万一，实在是无颜以对。"

皇帝见裴琰语带哽咽，便微笑着拉住他右手，往御案前走去，口中道："既宣你来，便是有重任要交给你，再莫说什么有用无用的话。"

裴琰双目通红，点头应道："是。"

内侍拉开帷布，露出挂在墙上的地形图。裴琰立于皇帝身后半步处，将图细细看了一番，道："有些凶险。"

"嗯，幸得田策拼死力守黛眉岭，现从娄山紧急抽调了三万人马前去支援，但不知他能顶多久。"

裴琰想了想道："田策这个人，臣还是清楚的，出了名的悍不畏死，而且对手愈强，他愈有一股子韧性，更难得的是办事不鲁莽。"

皇帝点了点头："一个宁剑瑜，一个田策，都是你带出来的，不错。"

"谢皇上夸奖。"

皇帝道："王朗中计身亡，出乎朕的意料。宇文景伦应在朝中派了探子，知道我们粮草出了问题，朕已命刑部暗查。"

"皇上英明。臣一路上也想过，此次若要与桓国和魏贼两线作战，虚虚实实最为重要。"

皇帝将手一合，面上闪过欣慰之色："裴卿所言，与朕想的不谋而合。"他有些兴奋，"快讲讲，如何虚虚实实？"

裴琰面露犹豫，皇帝向陶内侍道："延晖殿百步以内不得留人。"

等阁外脚步声远去，见裴琰还是有些迟疑，皇帝道："现在就我们君臣二人，有什么话你尽管说，朕都恕你无罪。"

"是。"裴琰恭声道，"皇上，臣怀疑桓军早与魏贼和岳藩有勾结。"

皇帝早就这事想了多日，冷声道："三方一起发难，自是早已勾结好了的。"

"他们三方互通声气，打了我们一个措手不及。而且三方各有势力，一旦配合行事，我们面对的便是一张逐渐收紧的网，不将这张网破了，只怕会被他们困死。"

133

"如何破?"

裴琰道:"还在这'虚虚实实'四字。"

皇帝逐渐明他用意,点头道:"南边岳藩有南诏山挡着,小庆德王又娶了谈铉的女儿,暂时成不了大气候。魏贼和桓军,得想办法让他们打起来。"

"是。微臣算了一下,北线和东北线的人马,包括京畿的这几个营,统共不过二十二万。魏贼十万人马,又新征了一部分兵员,桓军十五万,如果两方联起手来,兵力上我们处于劣势,一味坚守,不是长久之计。"

皇帝眉头轻皱:"继续说。"

"其实桓军和魏贼都有他们的弱点。桓军吃亏在战线拉得过长,而且他们是游牧部落出身,凶残嗜杀,破坏力极大,难得民心。而魏贼虽号称十万大军,据陇州起事,但他军中将士仍有一部分不是陇州本地人士。"

皇帝微微而笑:"那你打算怎么做文章?"

裴琰跪地磕头:"臣冒死奏请皇上,臣若上战场,届时经内阁递上来的军情,请皇上不要相信,也不要对臣起疑。"

皇帝轻哦一声,裴琰磕头道:"臣恳请皇上,派一名信得过的人入臣军中为监军,但此人递上来的折子,万不可经内阁及大臣、内侍之手。"

皇帝点了点头:"朕明白你的意思。"

"战场瞬息万变,臣要同时与桓军和魏贼开战,并无十分胜算。或需诈败,或需诱降,或需以粮为饵,或需牺牲民众,手段说不得会狠辣一点,若受到掣肘,恐难施展。臣恳请皇上准臣便宜行事,统一调度。"

皇帝站起身来,长久凝望着地形图,声音沉肃:"好,朕就将前线的十八万人马统统交给你,再把云骑营调给你。粮草由董方亲自负责,朕再派一名监军入你军中。你的军情,表面上做一套由内阁递上,实则由此监军秘密送达朕的手中。"

裴琰伏地叩道:"皇上圣明,臣自当肝脑涂地,以报圣恩。"

皇帝俯身拉起裴琰,轻拍着他的手,良久方道:"朕知道你一定不会让朕失望。"他顿了顿道,"你叔父前几日回了京,朕已下旨复了他的震北侯,入内阁参政,你母亲朕会另有恩旨。裴氏满门忠烈,朕会命人建祠立传,以为世人旌表。"

裴琰忙行礼谢恩，皇帝道："你既心中有数，估计要筹备几日？"

"臣和董学士商议一下运粮的事情，再将云骑营做一些安排，最快也需四五日。"

"嗯，朕已让钦天监择过日子，这个月初八，你带上云骑营离京吧。"

裴琰再下跪叩道："臣遵旨。"

　　裴琰打马回了相府，直奔西园。他推门而入，崔亮正在图上做着标记，也不抬头，笑道："相爷快来看。"

裴琰走到长案前，细细看着地形图，良久方望向崔亮，二人相视一笑。

裴琰道："辛苦子明了。"

"相爷客气。"

裴琰再看向地形图，笑道："不愧为鱼大师的杰作，比皇上那幅舆图要详尽多了。"

崔亮叹道："时间不够，我只来得及绘出潇水河以北的，潇水河以南还得花上几个月时间才行。"

"眼下最要紧的是对抗桓军和魏正山，够用了，以后再慢慢绘出便是。"

崔亮有些迟疑，取过一边数本抄录的军情折子，裴琰接过细看，道："这些你都传给我看过了，有什么不对吗？"

崔亮斟酌了一会儿方道："相爷，桓军之中必有熟悉我朝地形，且善于工器之人。"

"这点我也想到了。此人定是宇文景伦的左膀右臂，得想办法把这颗钉子拔掉。"

崔亮却低着头，不再说话。裴琰眼中神光一闪，微笑道："子明，眼下形势危急，你得帮我一把。"

见崔亮不答，裴琰正容道："子明，你比谁都清楚，无论是魏军还是桓军攻来，受苦的都是黎民百姓。桓军自不必说了，魏贼为笼络部众，纵容手下屠城抢掠，造下无数杀孽。还请子明看在大梁百姓的分上，助我一臂之力。"说完长身一揖。

崔亮忙上前还礼："相爷折杀崔亮。"

崔亮迟疑良久，似是下定决心，抬头直视裴琰："好，我就入长风骑，陪相爷与他们打这一仗。"

裴琰大喜："有子明助我,定能赢下这场生死之战,裴琰幸甚!"

崔亮心中苦笑,又想起一事:"对了,相爷,小慈呢?"

裴琰淡淡笑道:"我赶着进宫见皇上,快马入京的。她在后面坐马车,不是今晚便是明日会到。"


见裴琰出园,安澄笑着过来。裴琰笑骂道:"笑成这样,见着老相好了?"

安澄嘻然:"属下可没有老相好,倒是相爷料事如神,有人物归原主了。"说着从身后拿出一件狐裘。

裴琰微微一笑:"三郎让人送过来的?"

"是,说谢谢相爷一片关怀之意,他身子已大好了,天气也暖和起来,用不着这件狐裘,送还给相爷。"

裴琰伸手取过狐裘:"你让裴阳去禀告夫人,说我晚些再过去给她请安。"

他将狐裘搭在臂上,一路回到慎园,漱云早带着一群侍女在门口相迎。裴琰淡淡看了她一眼,直奔内室。漱云不敢进去,半晌方听到裴琰唤,忙进屋盈盈行了一礼:"相爷。"她上前轻柔地替裴琰除下蟒袍,换上便服,手指滑过裴琰的胸膛。裴琰一笑,右臂揽上她的腰间,漱云瞬间全身无力,倚上他胸前。

裴琰低声笑道:"可有想我?"

漱云脸红过耳,半晌方点了点头。

裴琰微笑道:"我不在府中,母亲又不管事,辛苦你了。"

漱云忙道:"这是漱云应尽的本分。"又低声道,"叔老爷是二十八日进的京,听说皇上在城东另赐了宅子,他也未来相府。夫人这几个月除了为皇上祝寿入了一趟宫,也就前日去了一趟护国寺。"

裴琰轻嗯一声,放开漱云,忽道:"我记得今日是你的生辰。"

"相爷记错了,漱云是五月……"看到裴琰锋利的目光,漱云收住话语,低头轻声道,"是。"

裴琰微微一笑:"既如此,今晚我带你去城外游湖赏月吧。"

漱云盈盈笑道:"一切听从相爷安排。"

京城西门外的景山下有一永安湖,峰奇石秀,湖面如镜,岸边遍植垂柳,微风轻拂,令人心旷神怡。

永安湖风景优美,白日山色空蒙,青黛含翠,到了夜间,湖中小岛上宝璃塔的铜铃会在夜风中发出婉转清越的铃音,衬着满湖月色,宛如人间仙境。以往每逢夜间,京城的文人墨客、才子佳人们便会出城来永安湖游玩。近来由于京城实行宵禁,湖面上的画舫便稀少了许多。

这日黄昏时分,一行宝马香车浩浩荡荡地出了京城西门。有好事的百姓打听,方知今日是裴相如夫人芳诞,裴相与如夫人分开日久,甫回京城,便带她去游湖贺寿。于是,京城百姓便有了两种说法。一自是裴相与如夫人伉俪情深,恩爱非常,久别胜新婚。另一种则说裴相大战之前从容不迫,谈笑之间运筹帷幄,不愧为睥睨天下、纵横四海的剑鼎侯。

裴琰着一袭飘逸舒雅的天青色丝袍,腰系玲珑玉佩,足踏黑色缎面靴,俊面含笑,温柔的目光不时凝在漱云身上,在围观百姓的艳羡声中登上画舫。

舟行碧波,不多时便靠近湖心小岛。漱云拉开帷帘,推开窗,转头笑道:"相爷,今夜风大,铜铃声听得很清楚呢。"

一阵湖风吹来,她手中的帕子随风吹舞,落于岛边的垂柳之上。

漱云啊了一声,随从们忙将船靠岸,自有人上去将丝帕取回。

丝竹声中,画舫继续在湖中缓缓前行。

微风吹起帷帘,舫内却只剩下了漱云默然枯坐。

# 第三十五章

## 棋逢对手

夜色深深，裴琰立于湖心小岛上的宝璃塔下。暮春的夜风带着浓郁的草香吹过高塔，塔角的铜铃在风中铛铛而响，裴琰静静地听着，微微一笑，举步踏入塔内。

塔内静谧幽暗，裴琰沿木梯而上，脚步声轻不可闻。宝璃塔的木梯每上一层便正对着这一层的观窗，空蒙的星光自窗外透入，洒在塔内，裴琰便踏着这星光，拾级而上。上到第五层，他的脚步渐渐放缓，塔外的星光将一道纤细的身影投在塔内。裴琰双眸微眯，脚步稍稍放重，慢慢走近坐于观窗上的江慈。夜风吹响铜铃，也卷起江慈的长裙。她肩头披着一件绯色披风，侧身坐于观窗的木台上，宛如一朵盛开的芙蓉。似是听到脚步声响，她垂在身侧的手默默攥紧了披风。裴琰目光凝在她秀美的侧脸，脚步不知不觉停住。片刻，江慈终慢慢转过头来。

塔外的夜空，繁星点点，她的剪水双眸也如身后天幕中的寒星。

裴琰呼吸有一瞬停滞，旋即微笑道："下来吧，坐那上面很危险。"

江慈又转过头去，沉默片刻，低声道："三爷在上面等相爷。"声音淡漠，似事不关己。裴琰愣了一下，双眼微眯，抬头望向上层，轻声道："你在这里等我。"

江慈却猛然跳下木台，裴琰本能下伸手扶了扶，触动她左肩痛处，江慈疼得呼出声来。裴琰面色微变，一把扯下她的披风。江慈疾退后几步，裴琰身形微闪，便将她堵于塔内一角，伸手摸了摸她的左肩。

她左肩尚绑着固骨及敷药用的小木板，裴琰一摸便知，冷声道："怎么回事？"

江慈不语，垂头轻轻推开他的手，走过去将地上的披风拾起。裴琰转身抢过替她披上，低头看着她有些憔悴消瘦的面容，以及眉梢眼角的那份淡漠，迟疑片刻，轻声道："你在这里等我。"

江慈退后数步，挡在向上的梯口处，微微一笑："相爷，三爷说您要见他，得先回答我几个问题。"

夜风忽盛，檐外的铜铃叮当而响。裴琰望着她，微微一笑："既是如此，你就问吧。"

江慈直视着他，目光灼人："相爷是何时知道三爷真实身份的？"

"洪州城你被杀手刺杀，我命人去查是谁买凶杀人，结果查出来是姚定邦，我觉得有些不对劲，就开始怀疑了。"裴琰淡淡道。

江慈双唇微颤："您既猜出来了，为何还要假装相信我的谎言，杀了姚定邦？"

"我杀他自有我的理由，你无须知道。"裴琰一笑。

江慈盯着他温雅的笑容，呼吸渐重，右手攥紧披风，终艰难开口："那你为了救我……而受的伤呢？"

裴琰转过头，与她默然对望，良久，微笑道："我不受伤，有些事情便不好办。"

见江慈面上血色渐褪，裴琰冷声道："你既问了我这些，我也来问你一句，你为何要帮三郎欺骗于我？"

江慈沉默不答，只是微微摇了摇头，又将身一侧，低声道："相爷请。"

裴琰凌厉的眼神在她身上停了片刻，轻哼一声，右袖轻拂，自江慈身边缓步而上，步履不急不缓，意态悠闲。江慈默默跟在他身后，一步一步踏上第六层，又转向第七层。

塔内极静，江慈聆听着自己的脚步声，感受着身前之人散发的一丝温热。四周，幽静的黑暗与淡蒙的光影交替，让她如踩在云端，悠悠荡荡中有着无尽的怅然。这一刻，她觉得与身前之人虽在咫尺之间，却仿如隔着万水千山般遥远。

裴琰眉目却越发舒展，笑容如春风和煦，终停步在第七层的梯口处，笑道："三郎寻的好地方！"

宝璃塔,第七层。卫昭立于观窗下,星光投在他的素袍上,反射着幽幽的光芒,透着寒冷与孤寂。夜风自观窗吹入,白衫猎猎飘拂。他悠然回首转身,嘴角微勾,声音清润淡静:"未能相迎,怠慢少君了。"

二人均嘴角含笑,眼神相触,却谁也未上前一步。江慈缓步上来,默默地看着二人。窗外有淡淡的星光,塔内是昏黄的烛火,身后是梯间幽深的黑暗。

眼前的这二人,一人眼波清亮、俊雅温朗,一人双眸熠灿、秀美孤傲;他们笑脸相迎,心中却在算计较量,到头来究竟是谁算计了谁,又是谁能将这份笑容保持到最后?江慈眼神逐渐黯淡,忽觉有些凉意,双臂拢在披风内,提步走向卫昭。

裴琰与卫昭仍微笑对望,谁都不曾移开眼神望向江慈。

江慈走到卫昭身前,盈盈行礼,低声道:"三爷,多谢您一直以来的照顾,我话已问清,就此别过,您多珍重。"

卫昭负于身后的双手微微一抖,却仍望着裴琰,眸中流光微转,淡淡道:"物归原主,无须言谢。"

江慈再敛衽施礼,犹豫片刻,低低道:"三爷,您若是能回去,便早些回去吧。"

卫昭嘴角笑容一僵,江慈已转身走向裴琰。裴琰看了卫昭一眼,便笑意盈盈地望着走近的江慈。江慈又向他敛衽施礼,迎上他目光,神情冷静:"相爷,是我欺骗了您,但您也喂过我毒药,也欺骗利用过我,我们从此互不相欠。所有事情已了结,我也要离开京城,多谢相爷以前的照顾,相爷请多保重。"

裴琰笑意不减,瞳孔却微微收缩。

江慈迅速转身,长长的秀发与绯色的披风在空中轻甩,如同轻盈翩飞的粉蝶,奔下木梯。卫昭面色微变,右足甫提,裴琰眼中寒光一闪,身形后飘,凌空跃下,挡于已奔至梯间转弯处的江慈面前,点上她数处穴道。

望着昏倒在地的江慈,裴琰面沉似水。他蹲下身,伸出右掌缓缓按向江慈胸口。手掌触及她外衫的一瞬间,低沉的声音传来:"少君。"

裴琰并不回头,唇角微弯:"三郎有何指教?"

卫昭双臂笼于白袍袖中,站于梯口处,目光幽暗,自江慈面上掠过,又移开来,神情漠然地望着墙壁。良久,平静道:"你我会面,虽不能让任何人知道,但她救过我月落,你若杀她灭口,我对族人不好交代。"

裴琰眼皮微跳,微微一笑:"如此……倒是我多事了。"

他收回右掌,直起身,斜望着地上的江慈,俊眉轻蹙:"她知道得太多,三郎又不便杀她灭口,说不得我只能将她带在身边,以防泄密。"

卫昭面无表情,冷冷道:"少君自便,本就是你的人。"

裴琰俯身抱起江慈,面上浮起一丝笑容。他将江慈抱上七层塔室,放于墙角,又替她将披风系好,拂了拂衣襟,转过身来。卫昭正背对着他,站于观窗下,悠悠道:"今夜星象甚明,少君可有兴趣陪卫昭一观星象?"

裴琰施施然走近,与卫昭并肩站于观窗前,望向广袤的夜空:"三郎相邀,自当奉陪。"

天幕之中,弦月如钩,繁星点点。湖面清波荡漾,空气中流动着淡淡的湖水气息和柳竹的清香。夜风徐来,吹起卫昭的散发、裴琰的束巾,二人负手而立,身形挺直。

"今夜紫微、太微、天市三垣闪烁不定,晦暗不明,乃荧惑入侵之象,国家将有变乱。"卫昭声音平静无波。

"若按这星象,斗、牛、女、虚、危、室、壁七宿动摇,定主北方有兵乱。"裴琰微笑道。

"帝星忽明忽暗,紫微垣中闪烁,有臣工作乱,或主大将阵亡。"

裴琰哈哈一笑:"若要我观,垣中五星之中,赤色之星隐有动摇,天下将有大乱。三郎可信?"

卫昭双眸微眯,转身望向裴琰,声音不疾不缓:"我从不信星象,少君呢?"

裴琰也转过身与他对望,含笑道:"我也从来不相信什么星象。"

二人同时大笑,卫昭将手一引:"既然如此,观之无益。我已备下棋局,请少君赐教。"

裴琰从容笑道:"自当奉陪,三郎请。"

二人走至塔室正中的石台前落座,卫昭取过紫砂茶壶,慢悠悠地斟满茶盏,推给裴琰,眼光掠过一边墙角昏迷的江慈,忽然一笑:"少君的问题,我倒是可以代她相答。"

不待裴琰说话,他靠上椅背,身体舒展,徐徐道:"容国夫人寿宴之夜,我曾让人给她服下了毒药。"

"玉面千容苏婆婆?"裴琰低头饮了口茶,蒸腾的热气遮住了凌厉的目光。

"正是。不过我已替少君将她打发回老家了。"

"多谢三郎。"

卫昭语气淡淡:"我也要多谢少君配合。若不是少君杀了姚定邦,又假装重伤,怕魏正山也是不敢反的。"

"好说好说。"裴琰微微欠身,笑容温和如春风,"若非三郎妙计,我也只好窝在长风山庄养一辈子的伤。"

卫昭大笑,右手轻拍着石桌,吟道:"离离之草,悠悠我心!"

裴琰从未见过这般放烈肆意的卫昭,目中神采更盛,接道:"唧唧之声,知子恒殊!"

卫昭斜睨着裴琰,似嗔似怨又有些惊喜:"果然当今世上,只有少君才是卫昭的知音!"

二人相视一笑,目光又都投在棋盘上。


落子声极轻,如闲花落地。檐下的铜铃声忽盛忽淡,叮叮悦耳。

裴琰抬头看了看卫昭,落下一子,道:"三郎清减了,看来伤得不轻。你的手下可真狠得下心。"

卫昭白子在空中停了一下才落下:"少君过奖。我尚需手下配合,少君却能以身作饵,让魏正山以为长风骑群龙无首,大胆谋反,卫昭佩服。"

"我这也是配合三郎行事,你谋划良久,若是坏了你的好事,我于心不忍。"

卫昭叹道:"若不是少君非要与桓国签订什么和约,将我月落一分为二,我也不会这么快就下手的。"

裴琰大笑,在东北角落下一子:"魏公虽是三郎逼反的,但他不是什么清白之人。三郎能利用姚定邦手中的谋逆证据逼反魏公,实是高明,裴琰佩服!"

卫昭淡淡道:"这个并不难。对了,还得多谢少君的丫头,让我不致兵败虎跳滩。"

裴琰望了望墙角的江慈,微微一笑,棋走中路,语调轻松:"能为三郎尽绵薄之力,也是她的福气,至少现在就保了她一命。三郎物归原主,裴琰实是感激。"

卫昭应下一子,瞥了他一眼:"少君也太小看卫昭了,我过你长风山庄,你也不请我进去喝一杯,还让人送什么狐裘,白耽误些日子。"

"现在见面,正是时机。"裴琰再落一子,抬头直视卫昭,神情平和,眼神却犀利无比,"三郎,我们既然把话说开了,也不必再藏着掖着,日后如何行事,还需你我坦诚相见,悉力配合。"


塔外,弦月一刹被云层遮住,星光也倏然暗淡下去。风随云涌,铜铃声大盛。孤鸿在塔外凄鸣,掠过湖面,惊起一圈圈涟漪。卫昭望了望棋盘形势,面上似笑似讽,那抹笑意衬着他如雪肌肤和寒森的双眸,柔媚中透着残酷。他靠上椅背,唇角一挑:"我只管把天下搅乱,如何收拾,那是你的事情。"

裴琰轻哦一声,又饮了口茶,微笑道:"三郎,天下虽乱,可你月落也不能独善其身啊。"

卫昭将手中棋子往棋盘中一扔,激得中盘一团棋子滴溜直转。他笑容如清波荡漾:"这天下只会越来越乱,我只需静静等待便是。"

裴琰也是一笑,忽地手指一弹,手中黑子激向棋盘的西北角,将西北角的棋子激得落于地面。他盯着卫昭,话语渐转冷然:"你月落想要在这乱世之中独善其身,免于战火,怕是痴人说梦吧?"

卫昭面容渐冷,身子前倾,右手按上棋盘,直视裴琰,缓缓道:"少君,你就敢说这天下大乱,不是你想要的局面? 只怕你的目的也并不只是借乱复出,重返朝堂吧?"他右手一拂,地上棋子腾空落入他手中,再扬扬一洒,落回棋盘,正是先前所下棋局。裴琰微微一笑,手拈棋子落向棋盘左上角。卫昭面色微变,手中白子弹出,将裴琰落下的黑子弹回中盘。

裴琰看着棋子弹起落下,俊眉一挑,伸手按上棋盘,冷声一笑:"久闻萧教主武功高强,数次相逢都未能尽兴,今日还请赐教一二。"

卫昭目光并不退让,冷笑道:"自当奉陪。"

裴琰拈棋再进,卫昭右手相隔,黑白光芒在二人指点微闪,瞬间已于方寸之间过了数招。移动间,裴琰尾指微翘,抹向卫昭腕间。卫昭看得清楚,顺势一转,手腕微沉,挡住裴琰落子之势。

裴琰斗得兴起,朗声笑道:"今日无剑,就和三郎比一比拳法吧。"说着反手将棋子握于手心,轰然击出。

卫昭右足劲踢石台,身躯带着椅子后退数步。

裴琰右拳在石桌上一顶,身形就势翻过,再挟劲风击向卫昭。卫昭右足急踢向裴琰肘下二寸处,裴琰右臂在空中虚晃几招,避过他这一踢之势,身形前扑。卫昭右掌击上木椅,急速翻腾,裴琰势如轰雷的这一拳将木椅击得粉碎。

不待裴琰收拳,卫昭已落地,足尖轻点,双掌像一对翩飞的蝴蝶,化出千道幻影,击向裴琰后背,口中笑道:"痛快!早就想和少君比试一番!"

裴琰并不回身,左足回踢,背后如有眼睛,一一挡过卫昭的双掌。借着卫昭掌击之势,他身形前飘,左掌按上塔内墙壁,借力后翻,飘然落于地面,双拳连番击出,与攻上来的卫昭激斗在一处。

二人衣袂急飘,身形在塔内如疾风回旋,劲气激荡,却又均避过墙角的江慈。

斗得上百招,裴琰拳势忽变,双臂如蛇般柔软,击闪间缠上卫昭手臂。卫昭觉一股劲气螺旋般将自己的真气牢牢锁住,想起师父叙述过的裴氏独门内力,心中一凛,眼中神光忽盛,暴喝一声,身上白袍鼓起,衣袖猛然碎裂绽开,如利针般刺入裴琰的螺旋劲气之中。裴琰闷哼一声,收招后立。

卫昭轻咳出声,寒意一点点盈满双眸。他右臂赤裸,如玉般的手臂横在胸前,神情傲然:"少君,这就是你要与我合作的诚意吗?"

裴琰却眉头微皱,闪至卫昭身前,握向他的左腕。卫昭急速后退,裴琰追上。

卫昭身形飘移之间,冷冷道:"少君莫要逼人太甚,裴老侯爷这些年所作所为,相信皇上很有兴趣。"

裴琰身形并不停顿,朗声而笑:"三郎若想去告发,得先想一下此刻还进不进得了皇宫。"

一青一白两道身影在塔室内追逐,裴琰说话间右足踏上石桌,身躯于空中回旋,击向卫昭。卫昭右臂横击,与裴琰右臂相交。裴琰落地,二人眼神接触,俱各寒芒一闪。卫昭内力暗吐,将裴琰推得向后疾退,抵住墙壁。他森冷的眼神盯着裴琰,冷笑道:"狐裘一到,你的人便将我卫府暗控,且眼线布满京城,防我逃脱,今日又借比试察探我的内力,难道这就是你说的诚意?"

裴琰气运右臂,轻喝一声,又将卫昭推向对面的观窗,沉声道:"三郎误会了,我这一入京城,自然要处处提防,若有意外能全身而退,倒非针对三郎。"

卫昭仰倒在观窗上,右臂一卸一带,裴琰身形左倾,卫昭顺势疾翻,将裴琰右臂反拧,寒声道:"少君做事滴水不漏,卫昭也学了几分,若是少君今夜反口覆舌,自会有人入宫向皇上细禀一切。"

裴琰被卫昭按在观窗上,却也不惊慌,左掌击向一侧观窗的木棂,嘭的一声,无数木屑在空中爆开,激射向卫昭。卫昭只得松开裴琰的右臂,一个筋斗,翻向后方。堪堪落地,裴琰已抢上来扣住他的左腕,眼神闪亮,语带诚挚:"三郎既需诚意,何不先让我为你疗伤,再静听裴某细说?"

卫昭身形顿住,秀美出尘的眉目如同罩上了冰雪,与裴琰长久对望。良久,他轻咳数声,闭上双眼,萧索一笑:"不劳少君费心。你以为皇上那么好骗?我若不是真的受伤,此刻已是白骨一堆。你长风骑为何一退再退却安然无事,只怕他也是心知肚明吧?"

裴琰松开右手,凝视着卫昭:"不错,皇上也是阴谋丛中打滚过来的。但他纵是知我命长风骑步步后退,以胁迫于他,让我重掌兵权,却又能奈我何? 现如今,放眼梁国,又有谁能力挽狂澜,谁能担此重任,击退桓军和魏军?"

卫昭沉默不语,再咳数声。

裴琰沉声道:"我此番应约前来,实是敬佩三郎,这么多年以身伺虎,谋划大业。如今天下虽成乱局,但恐怕三郎大计难成。为今之策,必须你我携手,方可共抗强敌。还请三郎细听裴某一言。"说着面容一肃,长身一揖。

卫昭侧身避过,淡淡道:"少君如此大礼,我萧无瑕万万担当不起。"

裴琰直起身,满面喜悦之色:"萧教主愿听裴某一言,实是幸甚,请!"

卫昭飘然回至石桌前坐下,慢条斯理地斟了杯茶,又替裴琰将杯中斟满,裴琰一笑:"多谢萧教主。"

风自观窗而入,吹得烛火摇曳不定,檐下铜铃的响声配着这摇动的烛火,似颇有韵律。裴琰右手一扬,揽入数颗棋子,或黑或白,摆于棋盘上。卫昭静静地看着,嘴角不易察觉地微微抖了一下。

裴琰看着卫昭,缓缓道:"萧教主,你是聪明人,这棋局一摆,你也看得清楚。梁桓两国若是陷入胶着,战线沿河西一带拉开,不论桓军还是我军,要想突破战线,出奇制胜,首先想的会是哪个方向?"

卫昭看着棋局,面容渐冷,轻哼一声。裴琰目光凝在他面上,沉声道:"东线有魏正山,两军都不会考虑向那方突破,要寻求突破口,只能走你的月落山脉!更何况月落境内,还有一条桓国孜孜以求的桐枫河!

"我大梁倒还好说,多年来视月落为属地,顶多就是抢点东西、要些奴婢、刮刮地皮。但若是桓军打上了你月落的主意,以他们烧杀掳掠的凶暴性情,要的可不只是奴隶财物。他们若想全面控制桐枫河的水源,你萧教主纵是倾全族之力抵抗,怕仍难免灭族之危吧?"

卫昭沉默不语,良久,方语含讥讽:"少君既将形势看得这么透,自不会让桓军占据我月落以图南下,我又何必担这份心?"

裴琰断声道:"是,我自不会让他宇文景伦得逞。但这样一来,战线必然西移,战火也必要在你月落境内燃起。敢问萧教主,你月落一族到时可还有安身立命之处?你又拿什么来保护族人?"

卫昭默然不语,待夜风涌入塔内,他忽仰面一笑:"少君说这么多,无非是想让我帮你一把,可你又如何在这乱局之中取胜?你若胜出,又如何能为我月落带来生机?"

裴琰深深望了他一眼:"我倒不是刻意奉承三郎,三郎若肯相助,这场仗我是一定能够赢下来的。"

卫昭微微欠身,面上波澜不兴:"少君太高看了,卫昭不过一介弄臣,怕没有这个本事。"

裴琰面容一肃:"不管天下之人如何看三郎,在裴琰心中,你是顶天立地的男子汉,堪与我裴琰一决高下的对手! 若非如此,我又何必要与你联手?"

卫昭闭上双眸,悠悠道:"少君,你图的是什么,我很清楚。我若帮了你,你兵权在手,大业得成,只怕迟早得收服我们月落。你我之间仍难免一战,我又何苦为自己扶起一个强大的敌人?"

裴琰微微摇头,声音诚挚:"三郎,真人面前不说假话,为敌为友,全为利益所驱。其实朝廷逼你月落进贡,实是得不偿失,不但失了月落归属之心,也需一直陈重兵于长乐,徒耗粮草军力。我若执掌朝堂,为朝廷长久之计,定会废除你族的奴役,明令禁止进贡娈童歌姬,严禁官民私下买卖,并定为法典。不知这样,三郎可会满意?"

卫昭仍是闭着双眼,并不睁开,白皙的脸上只见眼皮在轻轻颤动。裴琰放松身躯,仰靠在椅背上,长久凝视着他的面容。一时间塔中寂静无声,只听见塔上铜铃传来声声叮叮脆响。

一只飞鸟扑扇着翅膀落在观窗之上,许是见塔内有人,又振翅而去。卫昭睁开双眼,正对上裴琰含笑的眼神,他嘴角也泛起一丝笑意:"少君开出的条件倒是很诱人,只是我却不知,要怎样才敢相信少君的话?"

"我既诚心与三郎合作,自然得奉上大礼以表心意。"裴琰从怀中取出一束丝帛,放于石桌上,慢慢推给卫昭。卫昭看了裴琰一眼,似漫不经心地拿起丝帛,缓缓展开,面上笑容渐敛,沉吟不语。

裴琰放松下来,饮了口茶,见卫昭仍不语,微微一笑:"三郎也知,私自起草颁布法令乃诛族大罪。今日我便将这份免除月落一切劳役、废除进贡娈童歌姬的法令交予三郎。异日我若大业得成,这便是我裴琰要实行的第一份国策,绝不食言。"

见卫昭仍不语,裴琰又从袖中取出一方玉章,道:"三郎可备有笔墨?"

卫昭又沉默一阵,方徐徐起身,自棋盒中取出笔墨。

裴琰抬头,二人对视片刻,卫昭笑意渐浓,洒然坐下,身形微斜,右臂架上椅背,悠悠道:"既是如此,烦请少君告知,要我如何帮你?"

裴琰欣然而笑，手中用力，玉章沉沉印上丝帛。

夜色下，湖面闪着淡淡的幽光。裴琰抱着仍昏迷不醒的江慈走至湖边，不多时，一艘画舫自湖的东面悠然而近。

湖心小岛上，宝璃塔中，白影默立于观窗前，望着画舫远去，慢慢合上了双眸。负在身后的双手，十指间，似有什么东西漏过。他慢慢伸出右手，只有虚无的风刮过指间。手指合拢，什么都未能抓住——

待船靠近，裴琰揽着江慈，自无人的船尾悄然攀上，敲了敲画舫二层的轩窗，漱云轻启窗页，裴琰飘然而入。

漱云笑着将窗关上，正待说话，看清楚裴琰臂中的江慈，笑容渐敛。

裴琰冷声道："出去。"

漱云不敢多问，再看一眼江慈，轻步出门，又将门轻轻掩上。

裴琰将江慈放在椅中，手指悠悠抚过她的面容，面上隐有疑惑与探究，终轻笑一声，解开了她的穴道。江慈睁开双眼，抬头正见裴琰深邃的目光，他面上含着三分浅笑，似要俯下身来。江慈心中一惊，双目圆睁，满面戒备之色。裴琰轻哼一声，在她身边坐下，江慈默默向旁挪了挪。

许是夜风忽大，湖面起波，画舫摇晃了几下。江慈右手撑住椅子，方没有滑倒，肩头披风却未系紧，滑落下来。

裴琰拾起披风，正待替她披上，江慈猛然跃起，后退数步，裴琰的手便凝在了半空。他凝视着她："为何不早告诉我，三郎给你服下了毒药？"

江慈镇定下来，淡淡道："相爷，你说真心话，当时你若知道三爷便是明月教教主，你会费心思为我这个山野丫头去求取解药吗？"

裴琰气息微滞，转而笑道："你倒是颇了解我。"

江慈轻声道："江慈对相爷再无丝毫用处，而我本就不是相府中人，相爷还是放我走吧。我会日夜烧香祷告，愿相爷官运亨通，早日达成心愿。"

裴琰沉默半响，缓缓开口："我倒是想放你回去，但三郎的身份不容泄露，我怕一旦放了你，他便会来杀你灭口。暂时你不能离开我身边。"

"三爷不会杀我的。"江慈抬头直视裴琰。

裴琰轻哦一声,冷冷望着江慈:"是吗? 我倒不知卫三郎还会怜香惜玉。"

他将手中披风一扬,罩上江慈肩头,冷声道:"你知道得太多,大事一日未成,你便一日不能离开我身边。还有,回去后在子明面前该说什么,不该说什么,你是聪明人,不用我多说。"说罢袍袖一拂,出舱而去。


相府,西园,烛光朦胧。

崔亮正坐在房中削着木条,听到脚步声响,头也不抬地笑道:"相爷,再有一日这强弩便可制成了。"

清澈如泉水般的声音响起:"崔大哥。"

"小慈!"崔亮惊喜抬头。

江慈从裴琰身后慢慢走出,面上绽出甜甜笑容:"崔大哥。"

崔亮见江慈眼中隐有水光,微笑道:"小慈清减了。"

裴琰俯身拾起地上数支初具形状的强弩,口中笑道:"南安府的水土,她总是有些不适应,只念着京城好玩。"又道,"子明快说说,这个怎么用?"

崔亮接过强弩,向他详细解说起来。江慈走入西屋,轻轻将门关上,在黑暗中走至床前躺下,将头埋在了被中。

泪水慢慢沁湿锦被,她一边流泪,一边却又止不住地冷笑……

# 第三十六章

## 牙璋铁骑

皇帝这日命传太子进来,细问过小庆德王与谈铉女儿成亲的事宜,略略宽心,道:"你跟着董方,多学着点。大军未发、粮草先行,粮草能否供应妥当乃是得胜的关键。"

太子唯唯应"是",恭声道:"裴琰此刻正与董学士在弘泰殿商议调粮事宜,儿臣看着,他似是胸有成竹。"

皇帝点点头:"差不多的年纪,人家这方面就强过你许多。"

太子不敢多话,内侍进来:"皇上,卫大人求见。"

皇帝挥挥手,太子忙出殿而去。卫昭微微躬身,待太子行过,方提步入殿。

"不是让你养好伤再进宫来吗?"皇帝并不抬头。

卫昭上前道:"臣已大好了。想起初八裴琰带云骑营出征,皇上要御驾亲临锦石口送行,特来请示皇上,届时这防务是由光明司负责,还是仍交给姜远?"

皇帝抬起头,见他今日竟穿上了指挥使的暗红色官服,越发衬得眉目如冰雪一般,腰间束着镶玉锦带,又添了几分英爽之气,不由得笑道:"看来真是大好了。"

"天天在府里养着,又见不到皇上,实在憋闷。"

皇帝招招手,卫昭走近,皇帝细看了看他的面色,忽伸手抓向他右腕。卫昭却只是笑,皇帝探了一会儿,又松开:"朕这就放心了。"他再沉吟片刻,道,"锦石口的防务就交给姜远。"

卫昭眼神一暗,笑容也渐敛。皇帝看得清楚,笑道:"你重伤初愈,还是不要太辛劳了。"

卫昭有些迟疑,皇帝道:"想说什么就说,别蝎蝎螫螫的。"

卫昭垂下眼帘,轻声道:"皇上,倒不是臣故意说姜大人的坏话,他虽办事老练,却总有几分世家公子的坏习性。臣不在宫中的这段时间,光明司交给他管束,倒管得有些不像话。"

皇帝一笑:"你这话就在朕这里说说,出去说又要得罪一大批人。"

卫昭冷冷一笑,淡淡道:"我也不耐烦和他们这些公子哥打交道,得罪就得罪吧。皇上护着三郎,三郎心里自是感恩的。"

"依你这话,难道世家子弟都是不成才的?"皇帝取过一本折子,似是漫不经心,"裴琰也是世家子弟,你倒说说,他有什么坏习性?"

卫昭想了片刻,一笑:"皇上拿裴相来问,是故意为难三郎,我纵是想说他坏话,倒还想不出合适的词。"

皇帝大笑:"你不是一直看他不顺眼吗,怎么倒说不出他的坏话?"

卫昭正容道:"我虽不喜裴相其人,但平心而论,裴相办事精细,年少老成,行军打仗,满朝无人能及,倒还真没有一般世家子弟的坏习性。若勉强要说一个出来,此人城府太深,皇上不可不防。"

皇帝轻嗯一声,不再说话,只是批着折子。卫昭也不告退,径自入了内阁。

已是春末夏初,午后的阳光渐转浓烈,阁外也隐隐传来虫鸣,皇帝批得一阵折子,渐感困倦,站起舒展了一下双臂,走向内阁。陶内侍知他要午憩,忙跟进来,正要替他宽去外袍,皇帝目光凝在榻上,挥了挥手,陶内侍忙退了出去。

皇帝缓步走近榻边,见卫昭正斜靠在锦被上,闭着双眸,呼吸细细,竟已睡了过去。他的束冠掉落于一边,乌发散落下来,遮住了小半边脸,想是睡得有些热,官袍的领口拉松了些,但仍沁出细细的汗,原本雪白的肌肤也如同抹上了一层嫣红。皇帝摇了摇头,走到窗边,将窗推开了些,凉风透入,卫昭惊醒,便要坐起。皇帝过来将他按住，他倒回榻上，轻声一笑："三郎倒想起刚入宫时的事情来了。"

皇帝宽去外袍，笑道："说说，想起什么了？"

卫昭但笑不语，伸手比画了一下。皇帝醒悟过来，坐于榻边，伸手欲拉开卫昭衣襟："让朕看看，伤口可全好了？"

卫昭身躯微僵，皇帝抬头："还疼？"卫昭笑着摇摇头。

皇帝睡不到一个时辰便醒转来，卫昭也随之惊醒，抬头看了看沙漏，知已是申时，忙要下榻，皇帝又将他按住。

卫昭笑了笑，轻声道："皇上，今日初五，您还要考校皇子们的功课。"

皇帝轻叹一声，不再说话。卫昭自去唤内侍进来，皇帝着好衣袍，犹豫片刻，挥手令内侍退出，缓步走至卫昭身前，淡淡道："想不想上战场玩一玩？"

卫昭一愣，旋即笑道："皇上可别把监军的差事派给我，战场虽好玩，可我想到要和裴琰整天待一起，就不爽快。"

皇帝笑道："你就是嫉妒他，不过好在你还算识大体。"见卫昭仍是不情愿的神色，皇帝道，"你倒帮朕想想，可还有其他合适的人选？"

卫昭想了一阵，沉默不语，但神色仍有些怏怏。皇帝微笑道："你重伤初愈，朕本也舍不得把你再派上战场，但监军一职责任重大，只有你才能让朕放心。"

卫昭一笑："皇上不用这般捧我，三郎承受不起。"

皇帝大笑，拉过卫昭的右手："来，朕给你说说，届时要注意些什么……"


月上柳梢，卫昭才回府。见他的脸如寒冰一般，仆人们大气都不敢出。

卫昭冷冷道："沐浴。"管家忙不迭地命人将汉白玉池倒满热水。

卫府的汉白玉池建在正阁后的轩窗下，轩窗上放着几丛兰花。卫昭长久地浸于池底，待内息枯竭方急速跃起。水花四溅，兰花摇曳，他缓缓伸手将兰花掐下，面无表情，直到兰花在指间化为花汁，滴于池中，方再度潜入水中。

卫府园中花木扶疏，十分幽静，卫昭一袭白袍，在府中长久地游荡，神思恍惚，直到站在了桃园门口方惊醒过来。他在园门前默立良久，方越墙而过，缓步走至桃林前，望着夜色下的桃枝疏影，眼神渐渐迷离。他又提步走入小木屋，木屋中，杨木妆台上，铜镜仍在，木梳斜放在铜镜一侧。淡淡的月光由窗外透进来，铜镜发着幽幽的黄光。卫昭拈起木梳上的一根黑发，轻柔地放于指间缠绕，慢慢地走出木屋。

易五正往自己居住的西院而去，忽见后园方向过来一个白影，忙迎了过来："三爷!"

卫昭看了他一眼："你今晚又不当差，去哪儿了?"

易五把右手背在身后，神情有些尴尬，但知这位主子的手段，不敢不说实话，只得讪讪道："也没去哪儿，就在红袖阁喝了两杯酒。"

卫昭眉头一皱："伤刚好，就流连青楼，倒是出息了。"

易五忙道："小的倒不全为去饮酒。主子吩咐我盯着安澄，安澄在红袖阁有个相好的，叫绛珠。小的去看一看，想办法安了一个人在绛珠身边。"

卫昭微微点头，忽然右袖一拂，易五呼吸微窒，身躯后仰。卫昭右足踢出，易五急翻筋斗，避开他这一脚。卫昭笑道："不错，没偷懒，功力恢复了八成，到时还有大任务要派给你。"

易五出了一身冷汗，忙点头道："是，主子。"

"歇着去吧。"卫昭淡淡道。

易五忙行礼离去。卫昭看着他的身影消失在长廊尽头，俯身从地上拾起一本册子。长廊下悬着的灯笼在夜风中轻摆，卫昭将那册子翻开，眼神凝在册中的图画上，眼皮突突直跳，啪的一声将画册合上。不知过了多久，他方挪动脚步，回到正阁，和衣躺到床上，翻了几次身，终再度将画册从怀中取出，慢慢地掀开来。


墙外，更梆轻敲。

卫府值夜的老于提着灯笼一路巡视，遥见长廊下有一身影，喝道："什么人?!"

易五忙直起身："是我。"

老于照了照，笑道："原来是易爷。大半夜的，您在这儿做什么?"

易五百思不得其解，挠了挠头："奇怪，掉哪儿了?"

"易爷可是找什么东西?"

易五面带遗憾："是,不见了,怪可惜的。"又弯腰一路寻找。

老于跟在后面,笑道:"什么宝贝,这么要紧。"

易五笑得有些暧昧,低声道:"红袖阁最新出的春宫图,一百零八式,你说是不是宝贝?"

老于顿时来了精神,忙也低头帮着寻找:"这可是个宝贝,易爷怎么弄丢了?您也会掉东西,稀奇。"

易五正待说话,忽然面色大变,喃喃道:"不会吧……"


江慈早上醒来,崔亮便已不在西园,倒是安华又被派了过来。半年不见,安华身量又高了些,与江慈站在一块,两人差不多高矮。她笑着与江慈搭话,江慈却总是面上淡淡,轻应几句。安华说得多了,她便将门一关,不再出来。

裴琰这日忙得脚不沾地,申时才和董方议好调粮事宜,又带着崔亮打马去了城外的云骑营,夜色深沉时方赶回相府。

他仍惦着那强弩,一路进了西园。崔亮知他用意,接过从宫中兵器库中拿来的天蚕丝,细细缠上强弩,再调了一番,二人步出正屋。

崔亮将一支竹箭搭上强弩,劲弦轻响,竹箭在空中一闪,噗的一声,没入前方数十步的树干中。裴琰大喜,忍不住与崔亮右掌互击,又接过强弩,自己再试了数回,笑道:"得子明相助,不愁拿不下桓军和魏贼!"

崔亮微笑道:"可惜天蚕丝不多,只能装备一千人左右的弩兵。其余士兵只能用韧性差一些的麻丝,不过也够用了。"

裴琰笑道:"这一千人便是我长风骑的奇兵,看他宇文景伦拿什么与我们这支奇兵抗衡!"

安华轻轻掩上房门,过来向裴琰行礼。裴琰望了望西屋:"睡下了?"

"没有,正在看书,小的劝她早些休息,她只是不听。"

裴琰挥了挥手,待安华出了西园,他转向崔亮道:"小慈肩上有伤,要劳烦子明为她疗伤才好。"

崔亮一惊。昨夜江慈一回来便躲于房中,他今日一早又出了园子,未想到江慈身上竟有伤,忙步入西屋。

江慈正在灯下看书,见崔亮进屋,站了起来:"崔大哥。"

崔亮望着她消瘦的面容,心中暗叹一声,和声道:"小慈,让我看看你的伤。"

江慈面上一红,崔亮醒悟过来,忙道:"不用看了。你说说,怎么伤的,伤得怎么样,我好开药。"

江慈正待说出自己先前服用的便是他开的药,裴琰已站在了门口,她便将话咽了回去,只道:"是被人误伤的,那人用内力将我肩胛骨捏裂,已用过了药,好很多了。"

裴琰与崔亮同时面色微变,室内陷入一片沉寂,仅听到室外风吹过树叶沙沙作响的声音。

崔亮回过神,伸出右手。江慈将右腕伸出,崔亮搭过脉,又细细看了她几眼,沉吟道:"倒是好了大半了,看来你先前用的药有效,小慈可还记得药方?"

江慈摇了摇头:"我不知道药方。"

崔亮又转头望向裴琰,裴琰微笑道:"是岑管家替她请的大夫,药方我也不知。"

崔亮转回头,凝视着江慈:"从脉象来看,药方中似有舒经凉血之物,你服用之时是否感到舌尖有些麻?"

"是。"

崔亮点点头:"那我再开个差不多的药方。小慈别乱用左臂,很快就会好的。"

江慈目光自裴琰面上掠过,又望着崔亮道:"多谢崔大哥,我困了,要歇息了。"

崔亮忙道:"你先歇着,我开好药方,明日让安华煎药换药便是。"说着转身出了房门。

裴琰面色阴沉地站于门口,听到崔亮脚步声远去,冷冷一笑:"他这般伤你,你还相信他不会杀你吗?"

江慈慢慢走过来欲将门关上,裴琰却不挪步。江慈不再理会他,依旧坐回灯下,自顾自拿起一本书看了起来。

裴琰等了一阵,见她再不抬头,冷笑一声:"看来我得把你带上战场了。"

江慈一惊，猛然抬头："上战场？"

裴琰望着她没有多少血色的面容，犹豫片刻，语气缓和了些："我要领兵出征，若是留你在这相府，保不定会出什么事。为安全计，你只能和我一起上战场。"

江慈沉默片刻，淡然一笑："相爷自便。"又低头继续看书。

裴琰眼皮微微一跳，再过片刻，终拂袖出了西园。江慈慢慢放下手中书本，崔亮又敲门进来，微笑道："小慈，我得再探下脉。"

江慈浅笑着伸出右腕，崔亮三指搭上她腕间，和声道："怎么瘦了这么多？是不是不适应长风山庄的水土？"

"嗯。"江慈垂下头去，低声道，"长风山庄也没什么好玩的。"

"我倒听人说，南安府物产丰饶，风光极好，特别是到了三月，宝林山上有一种鲜花盛开，状如铜钟，一株上可以开出三种不同的颜色，名为彩铃花，小慈也不喜欢吗？"崔亮边诊脉边道。

江慈怔了怔，支支吾吾道："彩铃花啊，喜欢，那花很漂亮，我很喜欢。"

崔亮松开手指，看着她，沉默了一阵方道："小慈，相爷初八要出征，去与桓军和魏贼作战，我也要随军。你……和我一起走吧。"

"好。"江慈轻应一声，低下头去。

崔亮再沉默一阵，又道："小慈，战场凶险，你记住，不管发生什么事情，都不要离我左右。"

第二日便有旨意下来，皇帝钦命光明司指挥使卫昭为随军监军。朝中对此反应倒是极为平静，庄王一派自是松了口气，静王一系也风平浪静，太子这边由于有董方负责粮草事宜，也未表示不满。

裴琰仍和崔亮打马去了云骑营，朝廷紧急征调的数百名匠工也已到位。崔亮将绘好的强弩图讲解一番，又将天蚕丝和麻丝分配下去，见众匠工迅速制作强弩，裴琰略松了口气，又亲去训练云骑营。云骑营原为护卫京畿六营之一，向来自视为皇帝亲信部队，颇有些不服管束。裴琰入营第一天，便给众将领来了个下马威。他单手击倒六大千户，又在训兵之时，单独挑出千名士兵，训练一个时辰后，便击败了四千余人的主阵，自此威慑云骑营。

子时初，二人方回到相府。裴琰仍一路往西园而行，崔亮却在园门前停住脚步："相爷。"

裴琰听出他声音有异，回头微笑道："子明有何话，不妨直说。"

崔亮犹豫片刻后才道："相爷，小慈的肩伤需得我每日替她行针方能痊愈，否则便会落下后遗症，恐将来左臂行动不便。可我又得随相爷出征，能不能请相爷允我将小慈带在身边，等她完全好了之后，再让她回家。"

"有些难办，军中不能有女子，子明你是知道的。"

崔亮低下头，道："相爷也知，我当初愿意留下来，为的是小慈。现在她有伤在身，我是无论如何也不能丢下她不管的。她可以扮成小卒跟在我左右，我不让她与其他士兵接触便是。"

裴琰笑容渐敛，待崔亮抬头，才又笑容可掬地和声道："既是如此，也罢，就让她随着你，待她伤势痊愈，我再派人送她回家。"

"多谢相爷。"


黛眉岭位于河西府以北的雁鸣山脉北麓，因山势逶迤、山色苍翠，如女子黛眉而得名，是桓军南下河西、入潇水平原的必经之路。故田策率部众三万余人自回雁关退下来后，便据此天险与桓军展开了旷日持久的攻防战。

黛眉岭野花遍地，翠色浓重，但各谷口山隘处，褐红色的血迹洒遍山石黄土，望之触目惊心。

黄昏时分，宇文景伦立于军营西侧，凝望着满天落霞，听到脚步声响，并不回头："滕先生，'一色残阳如血，满山黛翠铺金'，描述的可是眼前景象？"

滕瑞微笑着步近："王爷可是觉得，这处的落日风光，与桓国的大漠落日有所不同？"

"我倒更想看看先生说过的，'柳下桃溪，小楼连苑，流水绕孤村，云淡青天碧'的江南风光。"

滕瑞眉间隐有惆怅之意："我也很久没有回家乡了，此番若是能回去，也不知还能不能见到故人。"

"先生在家乡可还有亲人？"宇文景伦转过身来。

滕瑞望向南边天空，默然不语，良久，叹道："我现在与小女相依为命，若说亲人，便是她一人了。"

正说话间，易寒快步过来，将手中密报递给宇文景伦，宇文景伦接过细看，神情渐转兴奋，将密报一合，笑道："终于等到裴琰了！"

滕瑞看着他满面兴奋之色，微笑道："王爷有了可一较高下的对手，倒比拿下河西府还要兴奋。只是王爷，裴琰一来，这仗就胜负难测啊！"

宇文景伦点头道："先生说得有理。但人生在世，若是没有一个堪为对手的人，岂不是太孤独寂寞？"

易寒沉吟道："这密报是庄王离京去请裴琰出山时咱们的人发出的，从时间上来算，裴琰还要几日方能往前线而来，也不知他是先去娄山与魏正山会战，还是直接来与咱们交手。"

宇文景伦渐渐平静："裴琰行事滴水不漏，又善运计谋，咱们得好好准备一下，迎接这位对手。"


梁承熹五年四月初八辰时初，皇帝御驾亲临锦石口，为裴琰及云骑营出征送行。这日阳光灿烂，照在上万将士的铠甲上，反射出点点寒光。皇帝亲乘御马，在数千禁卫军的拱扈下由南而来。他着明黄箭袖劲装，闪身下马，身形矫健，步履稳重，步上了阅兵将台。臣工将士齐齐山呼万岁，跪地颂圣。一时间，校场之中，铠甲擦响，刀闪寒光。

皇帝手扶腰间宝剑，身形挺直，立于明黄金龙大纛下。礼炮九响，他将蟠龙宝剑高高举起，上万将士齐声高呼："吾皇万岁，万岁，万万岁！"

劲风吹拂，龙旗卷扬，震天呼声中，皇帝岿然而立，面容沉肃。这一瞬，有那上了年纪的老臣们依稀记起，二十多年前，当年的邺王殿下，是何等英气勃发，威风凛凛，也曾于这锦石口校场接过先帝亲赐兵符，前往北线，与桓军激战连场。一年后他铁甲寒衣，带着光明骑南驰上千里，赶回京城奉先帝遗诏荣登大宝。再后来，他力挽狂澜，在一干重臣的辅佐下，平定逆王之乱，将这如画江山守得如铁桶般坚固。时光流逝,当年英武俊秀的郐王殿下终慢慢隐于深宫,变成眼前这个深沉如海的皇帝陛下。只有在这一刻,万军齐呼,满场惊雷,他的眉间才又有了那一份令江山折腰的锋芒。

礼炮再是三响,裴琰着银色盔甲,紫色战披,头戴紫翎盔帽,单膝跪于皇帝身前,双手接过帅印及兵符,高举过头,将士们如雷般三呼万岁。皇帝再将手中蟠龙宝剑赐予随军监军、光明司指挥使卫昭。

战鼓齐擂,裴琰跃上战马,再向将台上的皇帝行军礼,拨过马头。云骑营将士军容齐整,脚步划一,退出上百步,方纷纷翻身上马,紧随紫色帅旗,剑鼎侯裴琰率云骑营正式出发北征。

漫天黄土,震空战鼓,皇帝在将台上极目远望,那个白色身影纵骑于队伍最末,似是回头望了望,终消失在滚滚黄尘之中。


这一路行得极快,辰时末出发,只午时在路途歇整了小半个时辰,用过水粮,又再度急行军,入夜时分赶到了独龙岗。裴琰下令扎营起灶,又命人去请监军过来。卫昭飘然而来,所过之处,将士纷纷侧目惊叹。他似浑然不觉,嘴角含笑,与裴琰欠身为礼。二人同时步入大帐,安澄亲于帐门守卫。崔亮将地形图在地上展开,向卫昭点头致意,三人盘膝坐下,细看地形图。

一名小卒拎着铜壶进来,取过茶杯等物,替三人斟好茶,一一奉上。卫昭并不抬眼,只是接过茶杯时手微微一颤。

小卒将茶奉好,又悄无声息地退了出去。

裴琰注目于地形图上,饮了口茶,道:"小镜河马上要进入夏汛,这条线守住不成问题,且还可抽调出一部分兵力支援娄山,关键还在河西守不守得住。"

崔亮点头道:"娄山的兵力至少可以西移三万,加上田策现有的六万人,再加上云骑营,与桓军还是可以一搏。"

卫昭淡淡道:"长乐、青州一带还有数万驻军,若是能东调,再让高氏在河西一带广征兵员,又多了几分胜算。"

三人再沉默片刻,裴琰呵呵一笑:"这是我们打的如意算盘。我们既想得到,魏正山和宇文景伦自然也想得到。"

崔亮微笑道："那他们也肯定能想到，如此顺理成章的打法，我们必然不会用。"

"那我们到底是另谋良策，还是就选这最简单、最容易被人算中的策略呢?"裴琰抬头望向卫昭。

卫昭淡淡一笑："临行前皇上有严命，监军不得干涉主将行军作战，少君自行拿主意便是。"

裴琰一笑，又低下头凝神看着地形图。小卒再进来，崔亮见她单手端着饭菜，忙起身接过，放于案上，又替她将军帽戴正，柔声道："你肩伤未好，就不要做这些事了。"

裴琰与卫昭同时身躯一僵，崔亮笑着转身："相爷，卫大人，先填饱肚子，再共商大计吧。"

小卒装扮的江慈笑道："还得去拿饭碗和筷子。"说着转身往帐外走去。

崔亮忙将她拉住："我去吧。你一只手怎么拿?"

"一起去。"

"好。"

裴琰抬头，与卫昭目光一触。卫昭淡淡道："下手重了些，少君莫怪。"

裴琰呵呵一笑："无妨，让她吃点苦头也好，免得不知轻重。"

两人不再说话，目光皆投在地形图上。不多时，崔亮与江慈拿齐诸物进来，帐内并无长风卫亲兵，崔亮只得亲去盛饭。江慈将筷子摆于矮案上，裴琰与卫昭同时起身走到案边面对面坐下。

江慈右手接过崔亮递来的饭碗，犹豫了一下，将碗放在距裴琰一臂远的地方，又接过一碗，轻轻放至卫昭面前，低声道："三爷请。"

裴琰握着竹筷的手一紧，凌厉的眼神盯着江慈，慢慢伸手取过饭碗。江慈却不看他，转身立于一旁。

崔亮端着两碗饭过来，笑道："小慈快坐，一起吃。"

江慈不动，裴琰低头吃饭，并不发话。崔亮将江慈拉至案边坐下，将饭碗摆至她面前，又取过一汤匙，和声道："你单手，不好用筷子，用这个吧。"

江慈接过汤匙,微笑道:"谢谢崔大哥。"

崔亮想了一下,在江慈身边坐下,又夹了数筷菜肴放入她碗中:"你想吃什么,我给你夹。"

江慈向他笑了笑,用右手握着汤匙勺起饭菜送入口中,吃得几口便皱眉道:"这军中的伙夫厨艺可不怎么样。"

崔亮笑道:"那是,肯定比不上小慈的手艺。"

裴琰与卫昭伸出的筷子同时停在空中。

江慈向崔亮笑道:"等我伤好了,我来做。"

"好,你先养好伤,我们才会有口福。"崔亮转向裴琰笑道,"相爷,您把小慈一带走,我有半年没尝过她做的饭菜,可想念得很。"

裴琰望了望坐于对面的卫昭,卫昭却只是低头吃饭,动作极慢,吃相极斯文。裴琰收回目光,望向江慈,微笑道:"那就等小慈伤好了,我们再一饱口福。"

江慈却不看他,似是想起一事,侧头望向崔亮:"崔大哥,你昨天给我的那本《素问》,我有些看不懂。"

"嗯,你初学,肯定会有些看不懂,回头我给你详细说说。先别急,想学医的话,得慢慢来。"

江慈笑道:"可我想尽快学会才好,要是能像崔大哥一样有本事,也不用总受人欺负。"

崔亮见她有一绺头发垂到嘴角,轻轻替她拨至耳后,语带怜惜:"你想学什么我都教给你,只别太急,一口吃不成胖子的。"

江慈点头,向崔亮一笑,又埋头吃饭。

卫昭将碗筷放下,站起身,淡淡道:"我吃饱了,失陪。"说着飘然出帐。

裴琰吃不到两碗便放下筷子,那边崔亮却仍在与江慈边吃边轻声说笑。

裴琰面色微寒,端起先前的茶杯,可杯中已空。他将茶杯蹾了蹾,江慈抬头看了他一眼,却未起身。裴琰只得自己从铜壶中倒了水。

崔亮吃完,接过江慈递上的茶杯,笑着坐了过来:"相爷,是等卫大人回来一起商量,还是我们先合计一下?"

裴琰指着图上某处,面上浮起微笑:"子明先给我讲讲这处的地形。"


江慈将碗筷饭镬悉数放入竹篮内,提至帐外。此时天已全黑,云骑营训练有素,除去值夜的士兵外,皆于营帐中休息,营地之中极为安静。江慈拎着竹篮往伙夫营帐行去,遥见一个白色身影自山坡上下来,犹豫片刻,停住脚步。

卫昭慢悠悠地走近,与她擦肩而过,她转身唤道:"三爷。"

卫昭顿住脚步,并不回头,鼻间微不可闻地嗯了一声。

"那个……"江慈迟疑半响,鼓起勇气问道,"三爷可将五婶放回去了?"

卫昭又轻嗯一声,举步前行。江慈没听到他肯定的回答,不放心,追了上来。卫昭脚步加快,江慈拎着一篮子的碗筷,左臂又不能摆动,身子失去平衡,踉跄两三步,眼见就要跌倒在地。卫昭倏然转身,右臂一揽,将她身子勾起,抱入怀中。

夜色下,那双如宝石般生辉的眼眸静静地望着江慈,身后是夜幕上的半轮明月。卫昭的手臂似有些颤抖,但他的衣襟上却传来一阵极淡的雅香。江慈心尖微颤,右手一松,竹篮掉落于地。

碗筷震响,卫昭松手,袍袖一卷一送,将江慈推开两步放下,转身而去:"已将她放回去了,你不用担心。"白影如月下游魂,转瞬便隐入远处的大帐之中。

江慈立于原地,看着他的身影隐入帐中,忽觉心头一暖,俯身提起竹篮,微笑着向伙夫营帐走去。


独龙岗下,营火数处,夜幕中,半月当空,星光隐现。

帐内三人还在轻声商议,江慈不知自己要歇在何处,只得从囊中取出《素问》,坐于营帐一角的灯下细细看来。她尚有许多地方不明,现在也不方便去问崔亮,便索性从头开始用心背诵。她记性甚好,在心中默诵两三遍便能记住。待将《素问》前半部背下,那三人发出一阵轻笑,似是已商议妥当,都站了起来。

崔亮伸展了一下双臂,转头间看见江慈仍坐于灯下看书,忙走过来:"小慈,很晚了,睡去吧。"

江慈将书收入囊中:"我睡哪里?"

"和我一个帐,我让他们搭了个内帐,你睡内帐便是。"崔亮笑道。

裴琰却走了过来，微笑道："子明，今晚你还得给我讲一讲那阵法，我们抵足夜谈。"

崔亮有些为难："相爷，明日边行边说吧，让小慈单独一帐，我有些不放心。这些云骑营的士兵如狼似虎的，再说，我还得替她手臂行针……"

裴琰含笑看着江慈："小慈若是不介意，就睡在我这主帐，我让他们也搭个内帐，小慈睡外间便是。行针在这里也可以的。"

崔亮想了下，点头道："也好。"

卫昭目光掠过江慈，停了一瞬，飘然出帐。帐帘轻掀，涌进来一股初夏的夜风，带着几分沉闷之气。

崔亮洗净双手，取过针囊，替江慈将左袖轻轻挽起，找准经脉穴位之处，一一扎针。江慈正待言谢，抬头却见裴琰负手立于一旁。她再看看自己裸露的左臂，忽想起草庐之夜，忙转过身去。

裴琰醒觉，转身步入内帐，取过一本兵书在地毯上坐下，听着外间崔亮与江慈低声交谈，听着她偶尔发出的轻笑声，手中用力，书册被攥得有些变形。

崔亮将外间的烛火吹灭，步入内帐，见裴琰手中握着兵书，不由得笑道："相爷精神真好。"

裴琰抬头微笑："想到要和宇文景伦交手，便有些兴奋。"

"相爷没有和他正面交锋过吗？"

"当年成郡一战，与我交手的是桓国大将步道源。我将他斩杀之后，宇文景伦才掌控了桓国的军权。说来也算是我帮了他一把，现在要和他交手，总要讨点利息才行。"

崔亮大笑："就是不知这桓国的宣王是否小气，他欠了相爷的人情债，若是不愿还，可怎么办？"

裴琰嘴角含笑："他若不还，便打得他还！"

夜露渐重，初夏的夜半时分，即使是睡在地毯上，也仍有些凉意。风自帐帘处鼓进来，江慈怎么也无法入睡，听得内帐中二人话语渐低，终至消失，知二人已入睡，便轻轻坐了起来。

风阵阵涌入，带进来一缕若有若无的箫声。她心中一惊，猛然站起，箫声又消失不闻，她再听片刻，慢慢躺回毡上。

荒鸡时分，裴琰悄然出帐，长风卫童敏靠近，低声道："他在林子里站了半个时辰，没见与人接触，子时回的营帐。"

裴琰点点头，转身入了帐中。外间的地毯上，江慈向右侧卧，呼吸细细，和衣而眠。裴琰立于她身前，听着她均匀的呼吸声，纵是帐内没有烛火，仍可见她秀气的双眉微微蹙起，他迟疑片刻，右手缓缓伸出。

帘幕后，崔亮翻了个身，裴琰猛然收回了右手。

# 第三十七章

## 白袍银枪

破晓时分,军号响起,云骑营士兵迅速拔帐起营,不到一刻钟便都收拾妥当,大军继续北行。

江慈右手策马,与崔亮并骑而行,想起背诵的前半部《素问》,就不懂的地方向崔亮细问。如此晨起赶路,晚上仍是歇在裴琰大帐的外间,不知不觉中,三日路程便悄然过去。这日夜间,崔亮见江慈手中仍捧着《素问》,笑道:"我看你学得挺快的,比我当年差不了多少。"

江慈面上微红,赧然道:"我哪能和崔大哥比?只盼肩伤快好,这马上要到前线了,也不能成累赘。想来只能做做药童,给军医打打下手什么的。"

崔亮想了想,道:"也行,听说长风骑中有几名老军医都是极富经验的,且一向随主帅行动。你到时随着他们救治伤员,晚上我再给你讲讲,这样学起来会快很多。"

裴琰掀帘进来,崔亮回头道:"相爷,小慈今晚得和我们一起走。"

裴琰点点头:"这是自然。"

江慈心中奇怪,却也不多问,捧着书远远坐开。

至亥时,黄豆大的雨点砸落下来,越下越大,仿似天上开了个大口子,雨水倾盆而下。崔亮过来替江慈披上雨蓑,江慈也不多话,跟着他和裴琰于暴雨中悄然出了营帐。黑暗中走出一段,安澄早带着数百名长风卫牵着骏马守于坡下。

裴琰接过马缰,道:"卫大人呢?"

安澄指了指前方。暴雨中,那个挺拔的身影端坐于马鞍上,雨点打在他的雨蓑上,他身形岿然不动,似乎亘古以来便是那个姿势,不曾移挪半分。

裴琰一笑,转向安澄道:"该怎么做,你都明白了?"

"是。"

"好,云骑营就交给你了。"

安澄有些兴奋,笑道:"相爷就放心吧,我这手啊,早痒得不行,前年和田将军打的赌,总要赢下才好。"

裴琰笑骂了一句,又正容道:"不可大意,到了河西,将我的命令传下去后,你还是得听田策的指挥,统一行事。"

安澄忙行礼:"是!"


崔亮牵过马匹,江慈翻身上马,二人跟在裴琰身后,带着数百名长风卫纵马前驰。卫昭身边仅有数人,不疾不缓地跟在后面。

雨越下越大,纵是打前的十余人提着气死风灯,江慈仍看不清路途,她单手策马,甚感吃力。一阵急风吹来,将她的雨蓑高高扬起,她身形后仰,右手死死勒住马缰,方没有跌下马去。

崔亮侧头间看见,便大声道:"撑不撑得住?"

江慈狼狈不堪,雨点斜打在脸上,睁不开眼,却仍大声道:"行,不用管我!"

希聿声响,裴琰拨转马头,在江慈马边停下,看了看她,忽然拦腰将她抱起,放至自己身前,再喝一声,骏马踏破雨幕,向前疾行。

江慈十分不自在,却知多说无益,只得将身子往前挪了挪。裴琰揽着她腰间的左手却用力收紧,江慈挣了两下,裴琰手上用力,钳得她不能动弹。

大雨滂沱,马蹄声亦暴烈如雨。他的声音极轻,但极清晰地传入她耳中:"你若再动,我就把你丢下马去!"

暴雨中,数百人策马急行,铁蹄踏起泥水,溅得江慈裤脚尽湿。劲风扑面,让她睁不开眼，裴琰扣在她腰间的手却未有丝毫放松。她索性静下心来，默诵着《素问》。裴琰疾驰间忽于风雨蹄声中听到江慈若有若无的声音，运起内力细听，竟是一段《素问》中的脉要精微论，不禁失笑，低头在她耳边轻声道："要不要哪天我替你摆个拜师宴，正式拜子明为师？"

江慈欲待不理，可他的嘴唇紧贴着自己的耳垂，只得向旁偏了偏头，低声道："崔大哥若愿意收我为徒，我自会行敬师之礼，不敢劳烦相爷。"

裴琰微皱了下眉，马上又舒展开来，连着几下喝马之声，格外清亮，一骑当先，带着众人疾驰。驰出上百里，大雨渐歇，一行人也到了一处三岔路口。崔亮辨认了一番，将马鞭向右指了指，裴琰笑了笑，一夹马肚，率先踏上向右的山路。

这段山路极为难行，不能像先前一般纵马而驰，幸得众人身下骏马均为良驹，方没有跌下山谷，但也险象环生。江慈被裴琰揽在怀中，借着一点点灯光隐见山路左方是幽深黑暗的山谷，右边却是如黑色屏风般的山峰。许是山路泥泞，坐骑有些蹶蹄，若不是裴琰运力勒紧马缰，便要马失前蹄。这样在山路中行了半夜，待天露晨光，水流声哗哗传来，众人终穿过狭长的山谷，到了一处溪涧边。

崔亮打马过来笑道："行了，过了太旦峡，依这游龙溪北行，便能绕过晶州，到达牛鼻山。"

裴琰见行了大半夜，人马皆乏，道："都歇歇吧。"说着翻身下马，顺手将江慈抱落马鞍。江慈脚一落地，便急忙挣脱裴琰的手，跑到崔亮身后。

长风卫早对自家相爷的任何行为做到目不斜视，但卫昭身后的数名光明卫却大感稀奇：裴琰以左相之尊，竟会这般照顾一名军中小卒，均细看了江慈几眼。卫昭神色淡淡，翻身下马，在溪边大石旁坐落，闭目养神。

江慈取下马鞍上的水囊，到溪涧里盛满水，想起这一路上默诵的《素问》，飞快跑回崔亮身边，拖着他仔细请教。

崔亮见她嘴里咬着干粮，右手翻着《素问》，笑道："先吃东西吧，有些道理，你得见到真正的病人，学会望闻问切，才能融会贯通。"

江慈欲张口说话，嘴中干粮往下掉落。她右手还捧着《素问》，本能下左手一伸，将干粮接住。一瞬过后，崔亮与她同时喜道："好了！"

崔亮再将她的左臂轻轻抬了抬,江慈只觉有些微迟滞,肩头却无痛感,与崔亮相视而笑。江慈轻声道:"多谢崔大哥!"崔亮用手指弹了弹她的额头,却不说话。

江慈赧然一笑,兴奋下站了起来,再将左臂轻轻活动几下。侧身间,见溪边大石旁,卫昭似正看向自己,待定睛细看,他却又望着哗哗的水流。

此时天已大亮,大雨后的清晨,丽阳早早透出云层,由溪涧的东边照过来,投在卫昭的身上,他的身影像被蒙上了一层光。江慈忽想起落凤滩一役,月落人吟唱凤凰之歌,他白衣染血,持剑而立;又想起桃林细雨中,他修长冰凉的手指温柔地替自己将头发拨至耳后;还有那夜,他的倏然一抱。

一名光明卫轻步走至卫昭身边,躬身递上水粮,卫昭接过,转头间目光掠过江慈这边,江慈忽然微笑,轻轻扬了扬左臂。卫昭神情漠然,又转过头去。

崔亮走向裴琰,笑道:"素闻宁将军白袍银枪,名震边关,为相爷手下第一干将,今日也不知能不能一睹其风采!"

裴琰目光自江慈身上收回,含笑道:"剑瑜智勇双全,性情豪爽,定能与子明成为莫逆之交。"


娄山山脉纵贯大梁北部疆土,南北长达数百里,山势雄伟、层峦叠嶂,一直以来便是陇北平原与河西平原的天然分割线。

由于娄山山脉山险峰奇,不宜行军作战,桓军攻下成郡、郁州等地后,便与魏军各据东西,以娄山为界,并无冲突。宁剑瑜率部与魏军在小镜河沿线激斗数十场,主力步步西退,直至高成率河西五万人马赶来支援,方略得喘息之机。但高成冒进,中魏正山之计,损兵折将。宁剑瑜率长风骑浴血沙场,拼死力守,方借牛鼻山的天险将魏军阻于娄山以东、小镜河以北。

酉时,裴琰一行终站在游龙溪北端的谷口,看到了前方半里处的牛鼻山关塞,也看到了关塞西面接天的营帐。

裴琰笑得极为开心,转头看见长风卫兴奋的表情,微微点了点头。

童敏抢身而出:"我去!"轻喝声中,骏马奔下谷口,直奔军营。

望着童敏的战马奔入军营,裴琰笑着看向身后的长风卫。众长风卫雀跃欢呼,策马向前,排在谷口。

此时夕阳西下,落霞满天。喝马声自军营辕门处响起,一骑白马飞驰而来。马上一员白袍将军,身形俊秀,马鞍边一杆丈二银枪,枪尖在夕阳下闪闪发光,伴着马蹄声在草地上划出一道银光,转瞬便到了山坡下。

马上青年将军着银甲白袍,盔帽下面容俊秀,英气勃发,神采奕奕。他在谷口处勒住战马,望着斜坡上方的裴琰等人,脸上绽出阳光般灿烂的笑容。

长风卫齐声欢呼,策马下坡。马蹄声中,那白袍将军放声大笑,执起鞍边银枪,转动如风,两腿力夹马肚,冲上斜坡。满天枪影将长风卫手中的兵刃一一拨开,借着与最后一人相击之力,他从马鞍上跃起,身形遮了一下落日的余晖,落地时已到了裴琰身前数步处。他笑着踏前两步,便欲单膝跪下,裴琰纵跃上前,将他一把抱住,二人同时爽朗大笑。长风卫也围了过来,俱是满面欣喜激动之色。

裴琰握住白袍将军双肩,细看了他几眼,笑道:"怎么这北边的水土还养人些,剑瑜要是入了京城,可把满城的世家公子比下去了!"长风卫轰然而笑。

裴琰又在白袍将军胸前轻捶了一下,转过身笑道:"子明,来,我给你介绍一下,这位就是我们长风骑赫赫有名的宁剑瑜宁将军!"

崔亮含笑上前:"平州崔亮,见过宁将军。"

宁剑瑜抱拳还礼:"素闻崔解元大名,在下南安府宁剑瑜。"同时细细打量了崔亮几眼。

二人客套间,几名长风卫在旁嘻哈接道:"在下南安府宁剑瑜,小字西林,年方廿二,尚未婚配……"宁剑瑜剑眉一挑,捏拳如风,倏然转身。众人笑着跳开,坡上坡下一片笑闹之声。

裴琰笑骂道:"都没点规矩了! 剑瑜过来,见过卫大人。"

宁剑瑜放过长风卫,大步过来。裴琰拉住他的手走至松树下的卫昭身前:"这位是卫昭卫大人。三郎,这位便是宁剑瑜宁将军。"

卫昭面上带着浅笑,微微颔首。宁剑瑜目光与他相触,正容道:"宁剑瑜见过监军大人。"

"宁将军多礼了。"卫昭淡淡道,又转向裴琰道,"少君,我们得等入夜后再进军营为好。"

"那是自然。"裴琰笑道，"我与剑瑜一年多未见，实是想念，倒让三郎见笑了。"他又转向宁剑瑜，"可都安排好了？"

宁剑瑜肃然道："一切均按侯爷吩咐，安排妥当。"


夜风拂来，旌旗猎猎作响，暗色营帐连绵布于牛鼻山关塞西侧。宁剑瑜早有安排，众人趁夜入了军营，直入中军大帐。

待裴琰等人坐定，隐约听到关塞方向传来杀声，宁剑瑜俊眉一蹙："这个魏正山，最近不知怎么回事，总喜欢在夜间发动进攻。"

"剑瑜详细说说。"裴琰面容沉肃，崔亮会意，取出背后布囊中的地形图，在长案上展开。

宁剑瑜低头细看，呀了一声，神情兴奋，抬头道："侯爷，有了这图，这仗可好打多了！"他手指在图上小镜河至牛鼻山沿线移动，"魏军原有十万人马，攻下郑郡等地后，又强征了约四万兵员，除两万留守陇州，两万在郑郡等地布防外，其余十万全南下到小镜河沿线。在小镜河受阻，他便将主要兵力往娄山调集，算上这段时日来的伤亡，他在牛鼻山东侧应该有约七万兵力。"

裴琰问道："魏军有没有从郑郡一带的娄山山脉往西突破的迹象？"

"没有。我派了许多探子，由南至北分散在娄山山脉沿线，暂未见魏军有此行动，也未见桓军想从那里突破至陇州平原的迹象。估计这两方虽未联手，但也心照不宣，各自以娄山山脉为界，相安无事。"

崔亮道："现在魏军和桓军都是看谁先拿下河西府，魏军要突破牛鼻山，取寒州、晶州，再西攻河西府。桓军则要突破雁鸣山，方能南攻河西府。他们暂时还不会在娄山起冲突，这点双方应该是很清楚的。"

宁剑瑜点头道："是，眼下魏军主力都在牛鼻山的东侧。这里初五开始下的暴雨，连着下了数日，小镜河水位涨得快。我在下暴雨前便将高成残部三万人马派到了小镜河南线，让黎微统领。他是水师出身，又有夏汛，守住小镜河不成问题。我将长风骑原来守在小镜河的人马则全部回调到了这里，现下此处基本上是长风骑的人马,除去伤亡,还有五万余人。"

"粮草药物可还充足?"

"能撑上一个月。"

裴琰点了点头:"与估计的差不多,看来我们定的计策可行。"

宁剑瑜的目光却凝在图上某处,眼神渐亮,猛然转头望向裴琰,裴琰微微一笑。


关塞处的杀声渐消,一个粗豪的声音在中军大帐外响起:"末将陈安求见!"

裴琰一笑,打了个手势,宁剑瑜忍住笑,道:"进来吧!"

一名将领闯了进来,口中骂骂咧咧:"奶奶的熊!这个张之诚,没胆和老子比个高低,净派些小鱼小虾过来,还他妈的放冷箭,我问候他十八代祖宗!"

江慈立于崔亮等人身后,听这人说得太过粗鲁,好奇地探头看了看。只见这陈安声音虽粗豪,但年纪甚轻,不过十七八岁,身形高挺,双眉粗浓,偏一双眼睛生得极为细长,与他的身形极不相称。他闯进帐内,直奔帐内一角的水壶处,也不用茶杯,拎起瓷壶一顿猛灌。

陈安正仰头灌水,似是感到帐内气氛有异,转过头来,看清含笑立于长案边的人,"啊"地大叫一声,将茶壶一扔,扑了过来。

童敏早有准备,身形前跃,接住将要落地的瓷壶,啧啧摇头:"小安子,这可是宁将军的心头宝,你摔坏了,拿什么赔他?"

那边陈安早已扑到裴琰身前,激动得手足无措。裴琰微笑着忽然握拳一击,陈安不敢硬接,向后空翻。裴琰闪前,单手再击数拳,陈安一一挡下。

裴琰笑道:"不错,有长进!"

陈安单膝跪于裴琰身前,半晌方语带哽咽:"小安子见过侯爷!"

裴琰微笑道:"起来吧。"

陈安站起,忽然转过头去。宁剑瑜哈哈大笑,向童敏摊开右手。童敏无奈,嬉笑道:"等下再解,可好?"

宁剑瑜不依,上来左手抱住童敏的腰,右手便去解他的裤腰带。

童敏笑骂道："小安子，一年半不见，一见面你就害老子输了裤腰带。"

宁剑瑜将他的裤腰带扯下，转身笑道："我说小安子见到侯爷必会哭，童敏不信，倒是我赢了。"

陈安转过头，眼角还依稀有泪痕，却嘿嘿一笑："童大哥，可对不住了，谁让你们不带着我。"

童敏左手拎着裤头，右脚便去踢陈安。陈安还招，童敏要顾及军裤不向下滑，便有些手忙脚乱。

裴琰摇头笑骂道："饶你们这一次，下次不能这么胡闹！"又转头向卫昭道："他们都是一起长大的，这么久没见面，有些胡闹，卫大人莫怪。"

卫昭一笑："素闻长风骑威名，也听说过他们的来历，想来这几位便都是了。"

裴琰点头，望着仍在追逐的陈安和童敏，微笑道："他们都是我长风山庄收养的孤儿，自幼便跟着我，情如手足。"

江慈听他这话说得前所未有的动情，觉得奇怪，忍不住看了他一眼。裴琰似是有所感应，目光转过来，江慈忙又躲回崔亮身后。

那边陈安和童敏又互搭着肩过来，裴琰问宁剑瑜："许隽呢？"

宁剑瑜眼神微暗："他一直在关塞上，不肯下来，说是要亲手杀了张之诚，为老五报仇。"

裴琰轻叹一声，道："既是如此，便由他去，他那性子谁也劝不转的，回头你悄悄和他说一声，我到了军中，让他心里有个数。"又道，"人差不多都在这里了。大伙听着，我到了牛鼻山的事，仅限今日帐内之人知晓，若有弟兄们问起，你们就故作神秘，但不能说确实了，可明白？"

"是。"帐内之人齐齐低应一声。

"你们该干什么干什么。"裴琰转向卫昭道，"我和卫大人却不能公开露面，说不得要委屈卫大人和我一起住这中军大帐。"

卫昭淡然笑笑，微微欠身："正有很多事情要向少君请教。"又道，"少君放心，我这次带来的都是心腹。"

裴琰挥挥手，其余人退出，帐内仅余宁剑瑜、崔亮、江慈及卫昭，江慈犹豫片刻,也跟着童敏等人退出大帐。

她站在大帐门口,童敏一直跟着裴琰,自是认得她,过来笑道:"江姑娘……"

江慈忙道:"童大哥,这是军营,叫我江慈吧。"

童敏呵呵一笑:"也是。长风骑的弟兄是守规矩的,可这里还有高成的人,万一知道你是姑娘家,可有些不妙。"

江慈以往很少和长风卫说话,这时却对他们有了些好感,笑道:"童大哥,你们都是从小跟着相爷的吗?"

"是,长风卫的兄弟,很多是无父无母的孤儿,被夫人和老侯爷收养,学的也是长风山庄的武艺。我自九岁起便跟着相爷,安澄更早,六岁便在相爷身边。陈安稍晚些,十一岁才入庄,但最得相爷的喜欢。"

二人说话间,崔亮与宁剑瑜笑着出帐,见江慈站在大帐前,崔亮道:"小慈过来。"

江慈向童敏一笑,走到崔亮身边。崔亮转向宁剑瑜道:"宁将军,这位是我的妹子江慈,我想让她跟着军医做个药童,麻烦你安排一下。"

宁剑瑜本就是心思缜密之人,一听说江慈是女子,便知她随军而来必是经过裴琰许可的,这后面只怕大有文章,便笑道:"这样吧,我让他们另外搭个小帐,江姑娘便住在那里,明天我再让人带她去见军医。"

江慈笑道:"多谢宁将军。"

宁剑瑜自去吩咐手下,崔亮低声道:"长风卫自会有人暗中保护你,你安心住下,跟着军医,有什么事只管来找我。"


子时初,宁剑瑜和崔亮进帐,裴琰将手中棋子丢回盒内,卫昭也起身,二人相视一笑,将面蒙住。四人悄然出帐,带着童敏数人往关塞方向行去。此时已是子夜时分,关塞处却仍是一片通明,为防魏军发动攻击,长风骑轮流换营守卫。

一行人登上关塞北面的牛鼻山主岭,宁剑瑜道:"我们现在所在位置就是两个像牛鼻子一样的山洞上方,东边是峭壁,南边关塞过去便是小镜河的险滩段。这处河段号称'鬼见愁',又是夏汛期间,再往西去有晶州的守军守着梅林渡,魏军是绝对没办法从这里放舟西攻的,所以他们只能在关塞处和我军对峙。"

崔亮望向北面："按图来看，往北数十里便是娄山与雁鸣山脉交界处。"

"是，所以魏军除非从牛鼻山这里通过。若是打北边的主意，必要和雁鸣山北部的桓军起冲突，还要越雁鸣山南下，他们肯定不会这么傻。"

崔亮道："宇文景伦也不傻，这个时候不会和魏正山起冲突。"

"就怕他们联起手来，先重点攻牛鼻山或是黛眉岭，到时再瓜分河西府。"宁剑瑜略带忧色。

裴琰看了卫昭一眼，淡淡道："魏正山在陇州镇守边疆多年，杀了不少桓国人，他们要达成合作不是那么容易的事情。再说，宇文景伦若将魏正山引到了河西府，又得防着我们往西抄他的后面，他不会干这腹背受敌的事。"

卫昭负手而立，望向远处奔腾的小镜河，并不说话。

宁剑瑜道："侯爷计策是好，但魏正山多年行军，只怕不会轻易上当。这些日子他攻得极有章法，并不冒进，似是知道我们的粮草只能撑上一个月，他玩的就是一个'耗'字，想把我们拖疲累了再发动总攻。"

裴琰点点头："魏正山谋划多年，早有准备，去年冬天还以防止桓军进攻为借口，从朝廷弄了一大批粮草过去。郑郡等地又向来富有，他的粮草军饷，我估计可撑上大半年。"

宁剑瑜沉吟道："我们兵力不及对方，攻出去胜算不大，只有利用地形之便，怎么也得想个办法诱使魏正山主动发起进攻才好。"

裴琰笑道："办法是有，就看你演戏像不像。"

宁剑瑜领悟过来，笑道："又让我演戏，侯爷好在一边看戏。"

裴琰大笑："你是这里的主帅，你不演，谁来演？"

浓云移动，遮住天上明月。卫昭缓缓转身，望向魏军军营道："少君不可大意，魏正山纵横沙场二十余年，手下猛将如云。纵是上当，向我军发起总攻，这一仗我们也无十分胜算。"

"是。但形势所迫，必须和他打这一场生死之战，他耗得起，我们耗不起。田策那里，我估计守住一两个月不成问题，但拖得太久，只怕有变数。"裴琰转身望向崔亮，"至于这场生死之战能不能取胜，就要看子明的了。"

崔亮望向关塞,心中暗叹,轻声道:"这一仗下来,牛鼻山不知要添多少孤魂。"

裴琰道:"子明悲天悯人,不愿看尸横遍野。可若这一仗不能取胜,只怕死的人将会更多。魏军和桓军的屠城劣迹,远的不说,上个月,成郡便死了数千百姓,郑郡民间钱银已被魏军抢掠殆尽,十户九空。若是让他们拿下河西府,后果不堪设想。"

崔亮低头,不再说话。卫昭看了看崔亮,又望向东面魏军军营,也未再说话。


江慈终于能单独住一小帐,帐内又物事齐全,想是宁剑瑜吩咐过,还有士兵抬了一大缸水进来。她便在帐内一角搭了根绳子,挂上衣衫做遮掩,快速洗了个澡,又美美睡了一觉。第二日一早,便有一名校尉过来将江慈带到军医处。

长风骑共有三名军医,皆是四十岁上下的年纪,主医凌承道面容清瘦、颔下无须。江慈进帐篷的时候,他正给一名伤员换药,听到校尉转达的宁剑瑜的话,也未抬头,嗯了一声。待校尉离去,他将草药敷好,右手一伸:"绷带!"

江慈会意,目光迅速在帐内瞄了一圈,找到放绷带的地方,又取过剪子,将绷带递给凌承道。凌承道将伤员右臂包扎好,江慈递上剪子,他将绷带剪断,拍了拍伤员的额头:"小子不错,有种!"

他也不看江慈,自去洗手,听到江慈走近,道:"你以前学过医?"

"没正式学,只会点包扎伤口的粗浅功夫,这几日在读《素问》。"

凌承道听到她的声音,猛然抬头上下打量了她几眼。江慈知他已看出自己是女子,遂笑了笑,轻声道:"凌军医,我是诚心想学医,也想为伤兵们做些事。您就当我是药童,我什么都可以做的。"

凌承道思忖片刻,道:"你在读《素问》?"

"是。"

"我考你几个问题。"

"好。"

"人体皆应顺应自然节气,若逆节气,会如何?"

"逆春气则少阳不生,肝气内变;逆夏气则太阳不长,心气内洞;逆秋气则太阴不收,肺气焦满;逆冬气则少阴不藏,肾气独沉。"

"嗯。我再问你,胸痛少气者,何因?"

"胸痛少气者,水气在脏腑也,水者阴气也,阴气在中,故胸痛少气。"

凌承道点了点头:"《素问》背得倒是挺熟,但军营中是抢救人命,疗的是外伤,见的是血肉模糊,你能吃得了这份苦吗?"

"凌军医,我既到了这里,自做好了准备。"江慈直视凌承道,平静道。

凌承道看了她片刻,微微一笑:"那好,既是宁将军吩咐下来的,我就收了你这个药童。你跟着我吧。"

说话间,又有几名伤员被抬了进来。江慈迅速洗净双手,跟在凌承道身后,眼见那些伤员不论中的是箭、枪还是刀剑,伤口处皆是血肉模糊,纵是来之前已做好了充分的思想准备,她仍有些害怕,深呼吸几下,镇定下来,跟在凌承道身边递着绷带药物。

抬入军医帐篷的伤员越来越多,三名军医和七八名药童忙得团团转。凌承道皱眉道:"现在关塞打得很激烈吗?"

一名副尉答道:"是,许将军要替五爷报仇,亲自出了关塞,挑战张之诚。他和张之诚斗得不分胜负,宁将军击鼓让他回来,他也不听。宁将军只得派了精兵前去接应,现与魏军打得正凶。"


牛鼻山关塞东侧,长风骑副将许隽与魏正山手下头号大将张之诚斗得正凶。许隽的结义兄弟华五在半个月前的战役中死于张之诚刀下,许隽立下了"不杀张之诚,绝不下关塞"的誓言,半月来一直守在关塞上,日日派士兵前去骂阵。张之诚却好整以暇,只派些副将前来应战,抽空偷袭一下,放放冷箭,把许隽气得直跳脚,张之诚却在自家军营中哈哈大笑。

这日,许隽派出的骂阵兵却翻出了新花样。张之诚为贱婢所生,其生母随马夫私奔,还生下了几个异父弟妹,生父又死于花柳病,这些新鲜事经骂阵兵们粗大的嗓门在阵前一顿演绎,顿时轰动两军军营。长风骑官兵们听得兴高采烈,不时发出哄然大笑,而魏军将士则听得尴尬不已,但内心又盼望对方多骂出点新内容,好为阵后谈资。张之诚在帐内面色渐转铁青,不知这些私密事宁剑瑜由何处得知。正坐立不安时,前方骂阵兵又爆出猛料:年前张之诚一名小妾竟勾搭上魏公帐内一名娈童,两人私奔,被张之诚追上。他心疼这名小妾,只将那娈童处死,仍将小妾悄悄带回府中,心甘情愿收了一顶绿油油的帽子云云。

这一通骂下来,张之诚再也坐不住,提刀上马,带着亲兵直奔关塞。许隽正等得心焦,见仇人前来,双眼通红,与张之诚激战在了一起。

两人这番拼杀斗得难分难解,打了半个时辰仍未分出胜负。宁剑瑜在关塞上看得眉头紧蹙,下令击回营鼓,但许隽杀红了眼,竟置军令不顾。张之诚几次想撤刀回营,都被他死死缠住。

魏军中军大帐位于一处小山丘上,魏正山负手立于帐门口,望着前方关塞处的激战,呵呵一笑:"这个许隽,倒是个倔脾气。"

谋士淳于离走近,笑道:"魏公放心,若论刀法,许隽不及张将军。只是他一心报仇,而张将军不欲缠斗,故此未分胜负。"

魏正山正待说话,却听得关塞上一通鼓响,吊桥放下,大批长风骑精兵拥出。这边张之诚见对方兵盛,大喝一声,魏军将士也齐声呼喝,如潮水般拥上,大规模的对攻战在关塞下展开。

魏正山微皱了下眉:"宁剑瑜向来稳重,今日有些冒进。"

"宁剑瑜和许隽是拜把兄弟,自是不容他有闪失。"淳于离捋着颔下三绺长须,微笑道。

魏正山冷冷道:"若是能斩了许隽,不知道会不会折了宁剑瑜的心志?"

"可以一试。"

魏正山将手一挥,魏军战鼓擂响,数营士兵齐声发喊冲向关塞。

宁剑瑜在关塞上看得清楚,眼见许隽陷入重围,提起银枪,怒喝一声:"弟兄们随我来!"他带着长风骑数营精兵冲出关塞,直奔重围中的许隽,许隽却仍在与张之诚激斗。宁剑瑜策马前冲,丈二银枪左右生风,如银龙呼啸,惊涛拍岸,寒光凛冽,威不可挡。他冲至许隽身边,许隽正有些狼狈地避过张之诚横砍过来的一刀。宁剑瑜大喝一声,枪尖急速前点。张之诚刀刃剧颤,迅速回招,他的亲兵见他势单,齐齐发喊,围攻上来。

宁剑瑜俯身将许隽拎上马背,许隽愤然,犹要跳落,宁剑瑜死死将他按住。

远处小山丘上,魏正山将这一切看得清楚,微微一笑,摊开右手。手下会意,递上强弓翎箭。魏正山气贯双臂,吐气拉弓,箭如流星,在空中闪了一闪,转瞬便到了宁剑瑜身前。

宁剑瑜左手护着身后的许隽,右手提枪与张之诚厮杀,听得破空箭声时已来不及躲避,本能地往左边一闪,那黑翎利箭便噗的一声刺入了他的右胸。

# 第三十八章

## 忍辱负重

江慈跟着凌承道,忙得不可开交。抬进来的伤兵越来越多,正手忙脚乱间,忽有人冲进帐篷:"凌军医,快去大帐,宁将军受伤了!"

帐内顿时炸开了锅,凌承道抱起药箱就往外跑。江慈见他落下了一些急救用的物品,忙拿起跟了上去。

中军大帐门口挤满了长风骑将士,陈安和童敏亲守帐门,挡着众人,见凌承道飞奔而来,方将帐门撩开一条细缝。江慈跟上,童敏犹豫了一下,看到她手中的药品,也将她放入帐中。

凌承道冲入内帐,颤声道:"伤在哪儿?快!快让开!"

内帐榻前围着数人,凌承道不及细看,冲上去将人扒拉开,口中道:"让开让开,伤在哪儿?"

他低头看清榻上之人,不由得愣住,耳边传入一个熟悉的声音:"凌叔!"

凌承道侧头一看,一时说不出话来。

裴琰笑道:"凌叔,好久不见。"

宁剑瑜上身赤裸,看着正给许隽缝合腰间刀伤的崔亮,道:"凌叔回头骂骂许隽,这家伙不要命才把我抢回来。"

凌承道放下药箱趋近细看,然后抬头看了看崔亮,一言不发,抱起药箱就往外

179

走,裴琰忙将他拦住:"凌叔,剑瑜身上也有伤,您帮他看看。"

"你这里有了神医,还要我这个老头子做什么?"

裴琰知他脾性,只是微笑,左手却悄悄打出个手势。宁剑瑜会意,哎呀一声,往后便倒。凌承道瞪了裴琰一眼,转身走到宁剑瑜身边,见他胸前隐有血迹,忙问道:"箭伤?"

宁剑瑜轻哼两声:"是。魏正山真是老当益壮,这一箭他肯定用了十成内力,若不是子明给我的软甲,还真逃不过这一劫。"

凌承道在他头顶敲了一记,怒道:"你若不留着这条命娶我女儿,看我不剥了你的皮!"

宁剑瑜嘿嘿一笑:"云妹妹心中可没有我,只有……"抬头看见裴琰面上神色,悄悄把后面的话咽了回去。

凌承道细心看了看宁剑瑜胸前箭伤,知有软甲相护,箭头只刺进了分半,皮肉伤并无大碍。他低头打开药箱,旁边却有人递过软纱布和药酒,抬头一看,正是江慈。凌承道笑了笑,用软纱布蘸上药酒,往宁剑瑜胸前一按。宁剑瑜龇牙咧嘴,猛然厉声痛呼,倒把江慈吓了一大跳。

裴琰低声笑骂:"让你演戏,也不是这样演的,倒叫得中气十足。"

"为了演这场戏,我容易吗? 侯爷也不夸几句。"宁剑瑜哼了几声。

裴琰眼神掠过一边的卫昭,微笑道:"也不知魏正山会不会上当。"

卫昭斜靠于椅中,拿着一把小刀细细地修着指甲,并不抬头,语调慵懒:"魏正山虽性情暴戾,但并非鲁莽之徒,少君看他这些年对皇上下的功夫便知,此人心机极深。这诱敌之计能不能成功,还很难说。"

崔亮将草药敷上许隽腰间,笑道:"剑瑜阵前演得好,许隽救得好,长风骑弟兄的阵形更练得不错。相爷长风骑威名,崔亮今日得以亲见,心服口服。"

许隽抬头得意笑道:"那是,长风骑的威名可不是吹出来的,全是弟兄们真刀真枪,浴血沙场……"他目光停在卫昭身上,眼见他身形斜靠,低头修着指甲,整个人慵懒中透着丝妖魅,想起曾听过的传言,不自禁地面露厌恶之色。

卫昭手中动作顿住,缓缓抬头,与许隽视线相交,唇边笑意渐敛。许隽冷冷哼了声,转向裴琰笑道:"侯爷,想当年在麒麟山那场血战,杀得真是痛快,这次若是能将魏正山……"

卫昭握着小刀的手渐转冰凉,眼见裴琰仍望向自己这边,唇边努力维持着一抹略显僵硬的笑容。

江慈站于一旁,将许隽面上厌恶之色看得清楚。她忽又想起那日立于落凤滩、白衣染血的卫昭,想起月落人对他敬如天神的吟唱,心中一酸,抬眼看向卫昭,眼中满含温柔之意。卫昭目光与她相触,握着小刀的手暗中收紧,唇边最后一抹笑意终完全消失。江慈更是难过,却仍温柔地望着他,微微摇了摇头。

裴琰视线自卫昭身上收回,又看了看江慈,耳边听见许隽在说着什么,他漫不经心地哦了几声,负在身后的双手不自觉地捏紧。

"行了。"崔亮直起身,满头大汗。

江慈醒觉,向卫昭笑了笑,转身端来一盆清水。

崔亮将手洗净,凌承道也已将宁剑瑜伤口处理妥当,过来看了看许隽的腰间,向崔亮道:"你师承何人?"

崔亮但笑不答,裴琰忙岔开话题:"凌叔,还得麻烦你出去后保密,只说剑瑜重伤未醒。"

凌承道冷冷道:"我可不会演戏,就装哑巴好了。"说着大步出帐。

帐外,长风骑将士等得十分心焦,先前听得主帅惨呼,俱是心惊胆战,见凌承道出帐,都呼啦围了上来。凌承道一脸沉痛,长叹一声,摇了摇头,急步离开。

江慈将物品收拾妥当,正待出帐,崔亮递过一张纸笺:"小慈,你按这上面的药方将药煎好,马上送过来。"

"好。"江慈将药方放入怀中,转过身,眼神再与卫昭一触,卫昭面无表情地转过头去。

药方上的药,江慈大半不识,只得又去细问凌承道。凌承道看过药方,沉默半晌后,还是极耐心地教她识药,又嘱咐她煎药时要注意的事项,方又去救治伤员。

这一战,由于副将许隽不服号令,长风骑死伤惨重。主帅宁剑瑜重伤,若非长风骑阵形熟练,陈安带人冒死冲击,险些便救不回这二人。

181

听得宁将军重伤昏迷,军中上下俱是心情沉重,却也生出了一种哀兵必胜的士气,誓死守卫关塞,与魏军血战到底。陈安更是牛脾气发作,亲带精兵于塞前叫阵,痛骂魏正山暗箭伤人,要老贼出来一决生死。只是魏军置若罔闻,始终未有将领前来应战。

戌时,天上黑云遮月,大风渐起,眼见又将有一场暴雨。

魏军中军大帐内,淳于离低声道:"主公,依星象来看,这场雨只怕要下个三四天,小镜河那边,不用想了。"

魏正山合着眼靠在椅背上,良久,轻声道:"长华。"

"是。"淳于离微微弓腰。

"你说,宁剑瑜今天唱的是哪一出?"

一名眉清目秀的少年由内帐端着水盆出来,轻轻跪于魏正山脚边,轻柔地替他除去靴袜,托着他的双足浸入药水中,纤细的十指熟练地按着他脚部各个穴位。

淳于离思忖片刻,道:"算算日子,裴琰若是未去河西府,也该到牛鼻山了。"

"那他到底是去了河西府,还是来了这牛鼻山呢?"

"难说。裴琰性狡如狐,最擅计谋,还真不好揣测。"

"嗯。"魏正山的双足被那少年按得十分舒服,忍不住长舒一口气,慢悠悠道,"若是裴琰到了这里,那么宁剑瑜今日受伤,就极有可能是诱敌之计。可要是……"

淳于离素知他性情,忙接道:"若是裴琰未到,宁剑瑜这一受伤,可是一个千载难逢的机会。"

魏正山手指在案上细敲,陷入沉思。那少年将魏正山的双足从药水中托出,轻轻抹净。少年仍旧跪于地上,低下头去,慢慢张嘴将魏正山的足趾含在口中,细细吸吮。魏正山被吮得极为舒服,伸手拍了拍少年的头顶。

淳于离早知自家主公有些怪癖,见怪不怪,仍微笑道:"不知主公今日那一箭用了几成内力?"

"十成。"

"那看来宁剑瑜的伤是真的。"

"嗯，天下间能在我十成箭力下逃得性命的只有裴琰和易寒，即使他穿着护身软甲，也必定重伤，除非是有传言中的金缕甲。"

"鱼大师一门早已绝迹，世上到底有没有金缕甲，谁也不知，这个可能性不大，宁剑瑜必定是重伤。"

魏正山颔首："伤是真伤。可这伤是苦肉计还是什么，得好好想想。"

淳于离渐明他的心思，道："要不……再观望观望？"

魏正山睁开双眼，微笑道："他的伤一时半会儿也好不了。不管是苦肉计还是什么，反正他急，我们不急。洞察秋毫、见人于微，长华是个中高手，不用我多说。"

淳于离微笑道："属下明白。"又道，"主公早些歇着，属下告退。"

魏正山却笑道："长华，你在我身边有十五年了吧？"

"是，淳于离蒙主公器重，知遇之恩，未敢有片刻相忘。"淳于离恭声道。

"你才华横溢，智谋过人，却遭奸人陷害，不能考取功名，这是老天爷要你来辅佐我，若是能大业得成，长华必定是丞相之才。"

淳于离忙躬身泣道："淳于离必粉身碎骨，以报主公大恩大德。"

魏正山微笑道："长华不必这般虚礼，你帮我去看看之诚的伤势。许隽这小子，拼起命来，还真是……"

"是。"

待淳于离出帐，魏正山右手按上那少年的头顶，轻轻摩挲着他的乌发。少年有些惊慌，却不敢动弹。

魏正山呵呵一笑，少年暗中松了口气，低声道："阿柳侍候主公安歇。"

魏正山轻嗯一声，阿柳帮他穿上布鞋，随他步入内帐。

阿柳轻手替他脱下衣袍，又从一旁取过托盘，魏正山拿起托盘中的绳索和皮鞭。阿柳极力控制住身躯的微颤，跪于榻边，慢慢除去身上衣物。

帐内灯烛通明，映得阿柳背上狰狞的伤痕似巨大的蜈蚣。魏正山看见那伤痕，越发兴奋，眼中充满了嗜血的猩红。他扬起手中皮鞭，阿柳痛哼一声，却仍跪于榻边，只十指紧抠着自己的膝盖，眼神凝在榻下。那处，一方染血的丝帕静静地躺于尘埃之中，丝帕上绣着的玉迦花已被那血染成了黑褐色。

鲜血自阿柳的背上和膝上缓缓渗出,魏正山俯下身来,将阿柳拎上榻,吸吮着那殷红的鲜血。这血腥之气让他想起多年沙场杀戮的快感,他将阿柳的双手绑在榻前一根木柱上。皮鞭声再度响起,阿柳纤细的身子在榻上扭动,鲜血在背上蜿蜒。魏正山黝黑的脸涨成酱紫色,他伏下身,扼住阿柳双肩的手逐渐用力。阿柳双肩剧痛,却仍回头含羞一笑。魏正山更兴奋,一路向上吸吮着鲜血,并重重咬上阿柳的右肩,低沉道:"还是阿柳好,那些小子都不成器……"

阿柳垂下眼帘,敛去目中惧恨之意,口中柔柔道:"那是他们没福分,受不起主公的恩宠。"

魏正山笑得更是畅快,喘道:"不错,你是个有福气的孩子,等将来主公打下这江山,收服月落,便放你回家,帮主公挑些机灵的孩子,最好都像你一样。"

阿柳呻吟道:"阿柳一切都听主公的,只盼主公大业得成,阿柳也好沾点福荫。"


帐内响起魏正山有规律的鼾声,阿柳悄无声息地下榻,神情木然地穿上衣物,赤着双足,轻步出了大帐,转入大帐不远处的一座小帐。见他进来,一名年幼些的少年扑过来将他扶住,泪水汹涌而出。

阿柳冷冷地看了那少年一眼:"哭什么? 你还是个男人吗?"

少年更觉剜心似的疼,却不敢再哭,强忍着打来清水,取过药酒,替阿柳将背上鞭伤清理妥当,低声道:"阿柳哥,我们逃吧。"

阿柳淡淡一笑,语调平静:"逃? 逃到哪里去?"

"回月落,我们回月落! 圣教主不是领着族人打跑了梁人吗? 我们再也不用担心会被送回这禽兽身边。"少年激动地说道,企盼地望着阿柳。

阿柳目光投向帐外,低叹一声,右臂将少年揽住,轻声道:"阿远,再忍忍,你再忍忍,阿柳哥定会护着你的周全。总有一天,圣教主会派人来接我们回去的。"

阿远无声地抽泣,伏在阿柳怀中,慢慢睡了过去。

帐内烛火快燃至尽头,阿柳将阿远放在毡上,凝望着他稚嫩的面容,又轻轻从一旁的布囊中取出一个银镯子。他将银镯子紧攥在胸口,眼角终淌下一行泪水,喃喃道:"阿姐……"

眼见大雨将下,江慈忙将煎好的药倒入瓦罐中,抱在胸前,又提上药箱,回头道:"凌军医,我送药去了。"

凌军医点头道:"好,送过药,你就回去歇着吧,这里有小天他们守着。"

江慈微笑道:"小天他们也不能守一整夜,我来守后半夜吧。还有十几个人得换药。"说着出了帐门。

刚到中军大帐门口,黄豆大的雨点便砸落下来。童敏看着她抱在胸前的瓦罐,笑道:"正等着呢。"说着掀开帐帘。江慈冲他一笑,步入内帐。

中军大帐中,裴琰正与崔亮下棋,宁剑瑜坐于一边观战,而卫昭则斜倚在榻上看书。

见江慈抱着药罐子进来,崔亮放下手中棋子:"剑瑜接手吧。"他看了看汤药的颜色,赞道:"不错,药煎得正好,小慈学得倒是快。"

江慈小心翼翼地喂许隽喝药,腼腆道:"是崔大哥和凌大叔教得好,我只不过依样画瓢罢了。"

裴琰落下一子,回头笑道:"子明,你收了个这么好的徒弟,是不是该做东道?"

崔亮看着江慈乌黑清亮的眸子,语带疼惜:"小慈确实聪明。"

陈安冲入帐中,骂道:"奶奶的,这个老贼,倒没了动静!"他灌了几口水,续道,"骂了大半天,魏军不见动静,在山顶负责瞭望的哨兵回报,魏营未见有调兵迹象,倒是黄昏时分又有一批军粮进了军营。"

裴琰与宁剑瑜互望一眼,宁剑瑜眉头微皱:"这个魏正山,倒沉得住气。"

"哨兵数了一下运粮车,初步估计,够魏军撑上二十来天。"

裴琰沉吟道:"若魏正山老这么耗着,剑瑜又不好再露面,可有些麻烦。"

崔亮道:"这几日都会有暴雨,魏军发起总攻的可能性不大,估计得等雨停了,他又查探妥当,才会有行动。"

裴琰道:"十天半个月还行,再久了,我怕安澄那边有变。军粮也是个问题,我和董学士议定的是……"

江慈走到宁剑瑜身边,轻声道:"宁将军,凌军医说您伤口处的药得换一下。"

宁剑瑜正用心听裴琰说话,便顺手除下上衫,露出赤裸的胸膛。

崔亮过来道:"我来吧。"

江慈笑道:"不用,这个我会,以前也……"想起与受伤的卫昭由玉间府一路往京城的事情,她忍不住抬头看了榻上的卫昭一眼。卫昭举起手中的书,将面目隐于书本之后。江慈面颊微红,忙将宁剑瑜的绷带解开,重新敷药。

宁剑瑜见裴琰不再往下说,忙问道:"侯爷,您和董学士议的什么?"

裴琰望着江慈的侧脸,将手中棋子一丢,神色冷肃:"这边的战事不能久拖,要想办法尽快拿下魏正山。他不攻,也要逼得他攻。"

江慈替宁剑瑜换好药,将东西收拾好,向裴琰行了一礼,退出大帐。帐外大雨滂沱,崔亮追了出来,撑起油伞,江慈向他一笑,二人往军医帐篷走去。

"小慈。"

"嗯。"

"能适应吗?"

"能。我只恨自己生少了几只胳膊,更后悔以前在西园时没有早些向你学习医术,看到这些伤兵,心里真是……"

"见惯就好了,医术慢慢来,不要太辛苦,你想救更多的人,首先自己的身子得结实。"

江慈侧头向崔亮微笑:"是,我都听崔大哥的。"

崔亮立住脚步:"小慈,我有句话,你用心听着。"

"好。"江慈微微仰头,平静道。

崔亮望着她澄静的双眸,迟疑片刻,终道:"这牛鼻山马上会有一场大战。你记住,抢救伤员再缺人手,你也不要往前面去。万一战事不妙,我又没能及时回来带上你,你有机会就赶紧走。切记,保命要紧。"

江慈一阵静默,少顷,低声道:"崔大哥,这场战事会很凶险吗?"

"十几万的大军对峙,一旦全力交锋,其凶险不是你能想象的。小慈,你听我的,切记切记。"

"嗯,我记下了。那崔大哥你呢?你要一直随着相爷吗?"

崔亮望向接天雨幕，望向黑沉的夜空，良久方道："我还有些事要做，等把这些事情办好了，我才能走。"

见江慈满面担忧之色，崔亮敲了敲她的额头，笑道："放心吧，你崔大哥自有保命之法。再说，我一直随着相爷，相爷沙场之威名可不是吹出来的，有他护着，我没事。"

江慈一笑："也是。"

崔亮将她送至军医帐前："我现在住在中军大帐，你有什么不懂的就来问我。"

望着他的身影消失在雨中，江慈方转身入帐。药童小天见她进来，道："来得正好，丁字号有几个要喝汤药，我已经煎好了，你送去吧。"

江慈走到丁字号医帐，十余名伤兵正围于一竹榻前，凌承道眉间隐有哀伤之色。

"老六！老六你别睡，你醒醒！"一名副尉用力摇着竹榻上的士兵，围着的伤兵们不忍看那张没有一丝血色的面容，纷纷转过头去。

那副尉伸出双手，将榻上已没了呼吸的士兵抱在胸前，眼睛睁得铜铃似的仰面向天，喉头却在急速抖动。两人忙走上前去，低声劝慰。

副尉终逐渐平静下来，右手轻轻抹上士兵的双眼，轻轻地将他放下，木然地看着其他士兵进来将他抬走。副尉默默跟在后面，由江慈身边走过，脚步有些踉跄。江慈心中恻然，有泪盈眶。

一名伤兵跛着脚走到她面前："喂，小子，傻了？我的药呢？"

江慈醒觉，忙俯身从竹篮中取出纸笺："你叫什么名字？"


黛眉岭。

经过近十天的激烈拼杀，桓军再向前推进了一些，终将主战场移到了两座山峰之间的平野上。桓军本就以骑兵见长，打山地战一直有些吃亏，这一进入平野，便立见长短，数次对决都将田策的人马打得死伤惨重。若非田策手下多为悍不畏死之人，抢在桓军攻来之前挖好了壕沟，又有附近民众赶来放火烧了一片茅草地，阻住了桓军的攻势，险些便被桓军攻下这河西府北面的最后一道防线。

宇文景伦端坐于战马上，身后，硕大的王旗被风吹得猎猎作响。他神情肃然，望着冲上去的桓军一次次被壕沟后的长风骑箭兵逼了回来，微微侧头："滕先生，往河西只有这一条通道吗？"

"是，方圆数十里皆为崇山峻岭，唯有过了这处谷口才一马平川，只要能攻下这处，河西府唾手可得。"

"嗯，那咱们就不惜代价，赶在裴琰到来之前拿下。"宇文景伦转向易寒道，"有劳易先生了，我替你掠阵。"

易寒在马上欠身："王爷放心。"

号角吹响，阵前桓兵井然有序回撤，双方大军黑压压地对峙，旌旗蔽日，刀剑闪辉。风吹过山野，吹来青草的浓香，却也夹杂着浓烈的血腥之气。

宇文景伦缓缓举起右手，声音沉稳有力："弓箭手准备！"

王旗旁，旗手令旗高高举起，左右交挥数下，平野间空气有些凝滞。

"吼！"数万桓军忽然齐声剧喝，震得山峰都似颤了颤。随着这声怒吼，黑压压的箭兵上前，依队形或蹲或立，拉弓抱月，利箭上弦，对准远处壕沟后的梁军。

梁军也被这咆哮声震得一惊，田策稳住身形，冷声道："盾牌手，上！"

宇文景伦将手往下一压，令旗落下，鼓声急促如雨。伴着激烈的战鼓，漫天箭矢射出，丽日在这一刻黯然失色。

梁军也不慌乱，盾牌手上前掩护，弓箭手位于其后进行还击。但桓军尽出所有弓箭手，轮番上阵。梁军本就人数少于对方，便有些吃不住箭势。眼见对方箭阵步步向前，田策的帅旗也被迫向后移了些。宇文景伦看得清楚，右手再是一挥。投石机被急速推上，在箭兵的掩护下，不断向壕沟后的梁军投出石子。梁军盾牌手纷纷倒地，弓箭手失了掩护，便有许多人倒在了箭雨之中。

易寒见时机已到，一声清啸，纵马前驰。他铁甲灰袍，右手持剑，领着先锋营上千人瞬间便冲到了壕沟前。

易寒领着的这上千人均是桓国一品堂的技击高手，趁着梁军前排箭兵阵型被打乱，易寒领头离马腾空，手中剑光如雪，直扑壕沟对面。

这上千人一落地，便将梁军弓箭手杀得溃不成军。梁军箭兵步步后退，倒将自家上来接应的步兵冲得有些散乱。

易寒身形如鬼魅般在阵中冲杀,一品堂的高手们也是拼尽全力。梁军虽人数众多,将易寒所率之人围在中间,但已被这一波冲击冲得有些狼狈,主力军离壕沟又远了些。

这边桓军急速跟上,将木板架上壕沟。梁军弓箭手早被易寒率领的死士这一轮冒死攻击逼退了数十步,便来不及相阻。桓军骑兵迅速踏过壕沟,铁蹄震响,杀声如雷,在山谷间奔腾肆虐。

易寒持剑,跃回马背,看着驰过壕沟的桓军越来越多,露出一丝欣慰的笑容,左手轻轻抚上左腿的伤口,与远处王旗下的宇文景伦相视而笑。

宇文景伦见时机成熟,催动身下战马,疾驰而出,大军随即跟上,如潮水般向壕沟后卷去。


梁军帅旗下,田策微微一笑,道:"撤。"

号角吹响,梁军步步后退,只弓箭手掩在最后,将桓军的攻势稍稍阻住。

宇文景伦带着中军越过壕沟,眼见田策帅旗向山间移动,隐觉不妙,滕瑞已赶上来:"王爷,有诈!"

话音刚落,山谷两边砰声巨响,满山青翠中突起无数寒光,上万人由灌木丛中挺身而出,人人手中持着强弩。不待宇文景伦反应过来,这比寻常弓箭强上数倍的强弩射出无数利矢。箭雨如蝗,战马悲嘶,士兵倒地,短促的惨呼不断响起,桓军先冲到山谷中的士兵不多时便死亡殆尽。

宇文景伦尚在犹豫,梁军忽爆出如雷的欢呼,一杆巨大的帅旗临空而起。帅旗中央,紫线织就的"裴"字如一只猛虎,张牙舞爪,在风中腾跃。

宇文景伦一惊,滕瑞也从先前见到强弩的震惊中清醒过来,急道:"裴琰到了,不可冒进。"

"撤!"宇文景伦当机立断,桓军号角吹响,前后军变阵,迅速撤回壕沟后。

滕瑞转身间向易寒急速道:"易堂主,能不能帮我抢一架强弩回来?"

易寒修眉一挑:"好!"他身形拔起,双足在灌木上急点,灰袍挟风,手中长剑拨开漫天矢影,右足蹬上一棵松树,身躯回旋间左手劈空夺过一名梁兵手中的强弩,再运起全部真气,由山间急掠而下,落于地面,与前来接应他的一品堂武士们会合,迅速跟上大部队,撤回壕沟之后。

"裴"字帅旗在山间迅速移动,梁军将士齐声欢呼,士气大振,气势如虹,反攻过来。桓军先前为过壕沟搭起的木板不及撤去,梁军迅速冲过壕沟,桓军忙还击。双方在平野间再次激斗,厮杀得天昏地暗,直至申时,人马俱疲,方各鸣金收兵,再次以壕沟为界,重新陷入对峙之中。

山谷中,平野间,血染旌旗,尸横遍野,中箭的战马抽搐着悲鸣,鲜血逐渐凝固成褐色。白云自空中悠然卷过,注视着这一片绿色葱郁中的猩红。

宇文景伦立于王旗下,望向梁军阵中那面迎风而舞的"裴"字帅旗,陷入沉思。

战马的嘶鸣声将他惊醒,他转身望向滕瑞:"滕先生,裴琰此番前来……"

见滕瑞似未听到宇文景伦说话,只是反复看着手中那具强弩,易寒推了推他:"滕先生。"

滕瑞哦了一声,抬起头。宇文景伦微笑道:"先生,这强弩是不是有什么不寻常?先前所见,它的威力惊人。"

滕瑞缓缓点头,默然良久,轻声道:"这是射日弓。唉,真想不到,竟会在梁军中见到这种强弩。"他望向南面梁军,眉头微皱,低声道,"难道是他?"

# 第三十九章

## 我心悠悠

因这几日并无战事，江慈便轻松了少许，不用再整夜值守。稍得空闲，她便又捧起了《素问》。经过这段时日随着凌承道救治伤员、识药煎药，再回过头来看《素问》，理解便深了几分。只是她依然有很多地方不明白，便趁每日送药入大帐之机，拖住崔亮细细请教。

许隽伤势好得很快，宁剑瑜早已活蹦乱跳，却也只能与裴琰及卫昭缩于大帐内，颇有几分憋闷。宁剑瑜尚好，沉得住气，许隽却每日都要低声地将魏正山的老祖宗骂上几百遍。

江慈早晚送药，都见裴琰拖着卫昭下棋，二人各有胜负。宁剑瑜未免有些不服，与卫昭下了数局后，倒也坦然认输。

江慈问得仔细，崔亮也讲解得很耐心，有时还要许隽权当"病人"，让江慈练练手。许隽碍着崔亮的"救命之恩"，也只得老老实实躺于榻上，任二人指点。

这日，江慈正问到《素问》中的《五藏别论》篇，崔亮侃侃讲来，又动手将许隽的上衣解开，指点着再讲了一阵，忽觉帐内气氛有些异样。他回头一看，见裴琰和卫昭的目光都望向这边，而江慈正指着许隽肋下，寻找五藏位置。

听崔亮话语停住，江慈抬头道："崔大哥，可是这处？"

崔亮一笑，道："这样吧，小慈，我画一幅人体脏腑经脉全图，你将图记熟，就会领悟得快一些。”

“多谢崔大哥！”江慈大喜，忙将纸笔取了过来。

崔亮笑道：“太晚了，别扰着相爷和卫大人休息，去你帐中吧，我还得详细给你讲解。”

“好。”江慈将东西收拾好，转头就走。

裴琰从棋盘旁站起，微笑道：“不碍事，就在这里画吧，我正想看看子明的人体脏腑经脉图有何妙处。”

崔亮笑道：“相爷内功精湛，自是熟知人体脏腑经脉，何须再看。时候不早，我这一讲起码得半个时辰，还是不打扰相爷和卫大人休息。”

许隽唯恐再让自己做“活死人”，忙道：“是是是，时候不早，我也要休息了，你们就去别处……”话未说完，见裴琰凌厉的眼神扫来，虽不知是何缘故，也只得闭上嘴巴。

江慈返身拖住崔亮左臂袖口：“走吧，崔大哥。”

崔亮向裴琰微微一笑，与江慈出了大帐。

卫昭用棋子敲了敲棋台，也不抬头，悠悠道：“少君，这棋你还下不下？”

“有三郎奉陪，怎能弃子？”裴琰笑着坐回原处。

卫昭嘴角微微勾起：“有少君做对手，真是人生快事。”

一局未完，童敏带着长风卫安和进帐，安和在裴琰身前跪下，裴琰与宁剑瑜对视一眼，沉声道：“说。”

“是。安大哥带着云骑营顺利到了黛眉岭，传达了相爷的命令。按相爷指示，田将军将战事移到了青茅谷，咱们的强弩威力强，将桓军成功逼了回去。现在田将军已按相爷的指示，打出了相爷的帅旗，守着青茅谷，与桓军对峙。”

“桓军动静如何？”

“强弩用上后，桓军折损较重，歇整了两日，我来的那日才又发起攻击，但攻得不凶，像是试探。”

裴琰想了想，道：“易寒可曾上阵？”

“没有。”安和顿了顿道，“青茅谷险些失守后，河西府的高国舅匆匆赶到军中，带来了临时从河西府征调的一万六千名新兵,补充了兵力。听田将军说粮草不够,高国舅又发动河西府的富商们捐出钱粮。田将军请相爷放心,一定能守住青茅谷,不让桓军攻下河西府。"

卫昭抬头,与裴琰目光相触,二人相视一笑。

裴琰又向童敏道:"去,到江姑娘帐中请子明过来,就说有要事相商,让他明晚再去授业。"

"是。"

裴琰不再说话,继续与卫昭下棋,二人均是嘴角含笑,下得也极随便。宁剑瑜在旁看得有些迷糊,便又细看了卫昭几眼。

崔亮匆匆进来,宁剑瑜将方才安和所报西线军情再讲一遍。

裴琰也与卫昭下成了和局,推枰起身:"子明,依你所见……"

崔亮沉吟良久,面色有些凝重:"必须尽快结束这边的战事。"

他展开地形图,道:"眼下最大的难点在于,我们不能彻底封锁由牛鼻山至黛眉岭的山路。他们两方都有轻功出众的探子越崇山峻岭,随时传递军情。我粗略估算了一下,若魏正山发动总攻,我军设伏,切断他的大军,到将其击溃,至少需得三四日时间。这三四日,只要有个轻功出众的探子,便足以让宇文景伦知道这边的战况。他一旦知道相爷未到河西,必会发动猛攻,我们若不能及时回援,恐怕田将军会吃力。"

"子明的意思,不能再拖时日,以免那边的兵力损耗太大,田策顶不住桓军的攻势?"

"正是。"崔亮卷起地形图,又瞥了卫昭一眼,直起身道,"相爷,得尽快诱使魏正山发起进攻才好。"


已是夏季,天放了两日晴,军营里便有些炎热。

夜色深沉,从中军大帐回来,江慈提了两桶水入帐篷,迅速沐浴一番,觉神清气爽,便披着湿发坐于毡上,细读《素问》。

帐外却传来药童小天的声音:"小江。"

江慈忙将湿发盘起，手忙脚乱地戴上军帽，口中应道："在，什么事？"

"我和小青要去晶州拿药，你去帮我们值夜吧。"

江慈忙道："好，我这就过去。"

凌承道正在给几名伤兵针灸，见江慈进来，道："小天将药分好了，你煎好后便给各帐送去。"

"是。"江慈将药罐放上药炉，守于一旁。凌承道转身间见她还捧着《素问》，不禁摇了摇头。

江慈将煎好的药放入竹篮，一一送去各医帐，眼见伤兵们伤势都有所好转，心中甚是高兴。她提着最后一篮汤药走至癸字号医帐，刚掀开帐帘，便有一物迎面飞来。她忙闪身避开，耳中听到粗鲁的骂声："奶奶的，这个时候才送药来，想疼死你爷爷啊？"

江慈有些纳闷：这癸字号医帐她是第一次来，以往这处由小青负责。长风骑军纪严明，她给其他医帐的伤兵送药，纵是晚了些，也未有人如此破口大骂。眼见帐内有二十余名伤兵，一身形魁梧、着校尉军服、左臂缠着绷带的男子正横眉竖眼地望着自己，忙道："对不起，这位大哥，小青今日不值夜，我来晚了些，请多多包涵。"

那校尉上下打量了她几眼，回头笑道："弟兄们，瞧瞧，没承想长风骑中还有这等货色！"

伤兵们哄然大笑，过来将江慈围在中间，口中皆污言秽语。

"就是，倒比高将军帐中的几个娈童还要生得俊俏些！"

"瞧这细皮嫩肉的，怕是刚到军中吧？"

"想不到长风骑也有人好这一口啊！"

有人伸手摸向江慈面颊："小子，你家宁将军受了伤，是不是因为你，操劳过度，才避不过魏正山那一箭？他受伤了，大爷来疼你吧。"

江慈心呼要糟。这几日她也听到小天等人闲聊，由于河西军与长风骑向来不和，高成被圣上宣回京城后，宁将军便将河西军残部调到了小镜河以南，免得他们生事。但仍有些河西军因伤势未愈，留在此处，看来这癸字号医帐内的便是河西军的伤兵了。她急急躲闪，却被众伤兵围在了中间。这些伤兵之中还有几个武艺颇精,江慈纵是运起轻功,也突不出他们的围截。

见她形状狼狈,河西军更是得意,嘴中污言秽语,极为下流。

江慈怒斥道:"你们这是违反军纪,就不怕宁将军军法处置吗?"

那校尉哈哈大笑,嘲讽道:"你家宁将军此刻是泥菩萨过江——自身难保,这牛鼻山马上就要守不住了,到时他一命呜呼,谁还来将我们军法处置啊?"

"就是,陈安那小子肯定守不住牛鼻山,还故弄什么玄虚,说裴琰到了军中,根本就是心虚,骗谁呀?裴琰要是到了,怎么会不露面?"

"说得对!他死撑着,凭什么叫我们在这里等死?!"

"游大哥,不能在这里等死,我们要去京城,继续跟随高将军!"

"对,我们要去京城,他宁剑瑜凭什么不让我们走?"

游校尉摆了摆手,众人话声止住。他狞笑着一步步走向江慈,江慈步步后退,却被伤兵们团团围住。眼见那游校尉的手就要摸上自己的面颊,她终忍不住怒叱一声,双拳击出。

游校尉呵呵一笑,身形左右轻晃避过江慈第一轮拳势,待她稍稍力竭,右拳猛然勾出,飒飒拳影带起劲风,逼得江慈急速后退。偏她身后还围着几名伤兵,其中一人猛然伸足,江慈一个趔趄,便被游校尉击中额头,仰面而倒。

游校尉冷笑着在她身边蹲下,右手缓缓伸向她的胸前。

"住手!"冷峻的声音由帐门处传来。

游校尉并不起身,回头斜睨了一眼,悠悠道:"没见你大哥我在找乐子吗?"

江慈见一名长风卫站在帐门口,认得他是常年跟在裴琰身边的徐炎,如见救星,忙爬了起来,游校尉却伸出右拳将她拦住。

徐炎冷声道:"放开她!"

游校尉缓缓转身:"你算哪根葱,敢坏大爷我的好事?"

徐炎从腰间取出一块令牌:"长风卫。"

游校尉看了看令牌,哈哈大笑:"兄弟们,你们说好笑不好笑,他一个小小长风卫,也敢来管我们河西军!"

河西军众齐声大笑,七嘴八舌地把长风卫极力贬损一番。徐炎忍无可忍,道:

"你们这是违反军规,我军阶虽不如你,却也管得!"

"我若是不服你管呢?"游校尉笑得更是得意,右手摸向江慈面颊。

徐炎怒喝一声,双拳击出。游校尉笑容敛去,面色沉肃,右臂如风,一一接下徐炎的招数。十余招下来,徐炎暗暗心惊:从招式上来看,这游校尉竟是紫极门的高手。紫极门一向听庄王命令行事,也有很多弟子入了高成的河西军。这游校尉虽左臂有伤,自己却还不是他的敌手。徐炎心思机敏,马上想到,游校尉如此身手和军阶,却去调戏一名小小药童,肯定事有蹊跷,只怕他们是想借机闹事,趁宁将军伤重之机,逃离这牛鼻山前线,以免受战事连累。

徐炎心中盘算,手中招式却不减,抽空向江慈使了个眼色。江慈会意,忙跃向帐外。河西军却早有防备,数人身形敏捷地将她拦住,一人邪邪笑道:"想走?没那么容易!"

那边游校尉猛然变招,拳风飒飒,将徐炎逼至帐角,口中笑道:"大伙都看清楚了,是长风卫故意挑衅咱们河西军的,是他们容不得我们,可不是我们故意生事。兄弟们,上!"

数名河西军围攻向徐炎,徐炎要对抗游校尉本就有些吃力,被这数人一顿围攻,过得数十招,便被击倒在地。

游校尉极为得意,又转身走向江慈。江慈大急,正要呼救,一黑色身影倏然出现在帐门口,平静道:"放了她!"

游校尉一愣,转而笑道:"真是热闹,打倒一个,又来一个!"

江慈转头望去,见帐门口立着一名黑衣人,年纪甚轻,中等身形。她依稀记得似是见过此人,想了片刻,才记起此人是与卫昭同来的几名光明卫之一。

游校尉打量了这人几眼,冷冷道:"长风卫仗势欺人,我们被迫还击。小子,你现在就是去叫宁剑瑜来,也没用!"

黑衣人微笑道:"我不是长风卫,却管得着你。"说着从怀中掏出一块令牌。

游校尉低头细看,面上神情数变:"您是……"

黑衣人将令牌收回怀中,淡淡道:"你别管我是谁,你若是还认高成是你的主子,就放了她!"

游校尉想了片刻,道:"阁下既有庄王爷的令牌,在下就给这个面子。弟兄们,放了他!"

河西军退开,江慈忙奔到黑衣人身后。黑衣人看了徐炎一眼,道:"我不管你们和长风卫之间的事,但奉劝一句,不要将事情闹大了,对你没好处。"说着转身离去。

游校尉望着他的背影,冷声道:"将这小子放了!"

江慈跟在那黑衣人身后出了营帐,道:"这位大哥,多谢你了!"

黑衣人一笑:"不用谢我。以后离他们远一点。"说着加快脚步,消失在夜色之中。

江慈望着他消失的方向,听到身后脚步声响,见徐炎走近,犹豫了一下,还是轻声道:"徐大哥,多谢。"

徐炎有些不好意思,半晌方道:"江姑娘,你早些歇着吧。"

见他欲转身离去,江慈道:"徐大哥。"

徐炎脚步顿住,江慈微笑道:"以后,我若是看书看得太晚,你们不用再在帐外守着,早些休息吧,我不会乱跑的。"说完不再看有些尴尬的徐炎,走入医帐。


月上中天,桓军军营内无人随意走动。将士们都在帐内养精蓄锐,准备第二日的战斗。

易寒撩开帐帘,燕霜乔忙放下手中的书,站起身,犹豫许久,方低声唤道:"父亲。"

易寒心中暗叹,和声道:"你不用和我这般拘礼。"

燕霜乔替他斟了杯茶,易寒在帐内看了看,转身道:"霜乔,你还是听我的,去上京吧。"

燕霜乔垂下头,并不说话。易寒将声音再放柔和:"霜乔,这里是战场,你一个女子待在这里极不方便。我派人送你回上京,你祖父也一直想见你一面。"

燕霜乔微微摇头,低声道:"我要找师妹。"

"你师妹我来帮你找。依你所说,她若是在裴琰手中,只要我军能击败裴琰,自能将她寻回。她若是不在裴琰手中,我军一路南下,我也会命人找寻她。"

"那我就随着大军走。你们打仗,是你们的事情,我只求你帮我找回师妹。"燕霜乔抬起头,直视易寒。

望着这双澄净如水、与那人极为相似的明眸,易寒心中闪过一阵愧意,低声道:"你既坚持,我也不勉强你。只是我军将士对女子随军比较忌讳,王爷虽看在我的面子上让你留下,你也只能待在帐内,不能出去走动。"

他转过身,又道:"至于明飞,我让他随我行动。他身手不错,若是能立下军功,我便安排他入一品堂,将来出人头地,也不是什么难事。"

见他掀开帐帘,燕霜乔嘴唇张了几下,终道:"您的伤……"

易寒心中一暖,微笑道:"轻伤,早就好了。"

燕霜乔低下头,轻声道:"战场凶险,请您多加小心。"

易寒一笑,出了帐门,只觉神清气爽,转头见明飞过来,拍了拍他的肩膀,声音极轻,送入明飞耳中:"听着,我不管你是何来历,你若真心待我女儿,我便送你荣华富贵。你若有负于她,我也会让你死无葬身之地!"

明飞微微侧身,直视易寒,平静道:"是,明飞记下了。"

见中军大帐仍有灯火,易寒笑着进帐。宇文景伦正把玩着从梁兵手中抢来的强弩,滕瑞坐于一旁,二人之间的案几上摆着一件藤甲衣。易寒趋近细看,又将藤甲衣放在手中掂了掂,喜道:"滕先生果然高明!"

他将藤甲衣挂在帐中的木柱上,宇文景伦退后几步,将利箭搭上强弩,弦声劲响,利箭噗地刺入藤甲衣中。三人望着只刺入藤甲衣七八分的利箭,相视而笑。

宇文景伦兴奋道:"先生真乃奇人!"

易寒笑道:"原来先生这几日不在军中,便是去寻这藤条去了。"

"是。"宇文景伦道,"先生真是辛苦了,三天三夜都没有合眼,寻到这藤条,又制出了这藤甲衣,宇文景伦在这里谢过先生!"说着便欲长身一揖。

滕瑞忙扶住他,连声道"岂敢":"王爷,我已让人砍了很多藤条回来,现在得召集士兵连夜赶制这藤甲衣。"

宇文景伦点头:"这是自然。不过,眼下还有一件更重要的事情要做。"

易寒问道："王爷，何事？"

宇文景伦望向帐外，缓缓道："我要确定，裴琰此时身在何处！"


牛鼻山虽是兵事要塞，风景却极佳。其南面为奔腾的小镜河，北面高山峭壁上两个巨大的山洞，远远望去，如同牛鼻上的两个孔。山间林木茂密，郁郁葱葱，偶有野花盛开在岩石间，平添了几分秀丽。

黄昏时分，江慈站在医帐门口，望向北面峭壁上的那两个山洞，心绪难平。她默想良久，转身入帐。待将汤药煎好，已是月上树梢。

许隽将药服下，皱眉道："崔军师，崔解元，你这药怎么越来越苦了？"

崔亮笑道："你不是想好得快些，亲手取张之诚的性命吗？我加了几味苦药，让你伤口早日愈合。"

提起张之诚，许隽便来了精神，一屁股坐到裴琰身边："侯爷，他魏正山不攻，我们攻出去吧，我就不信长风骑会打不过他魏正山！"

宁剑瑜瞪了他一眼："侯爷要的是速战速决，我们人数少于对方，纵是拼死力战，也不是三两日能拿下来的。万一陷入僵局，田将军那边便有危险。"

许隽不敢再说，只得老老实实坐于一边，看裴琰与崔亮下棋。

江慈将药碗放入篮中，犹豫许久，见崔亮换下的外衫丢在榻上，灵机一动，转身向崔亮笑道："崔大哥。"

"嗯，哪里不明白？等我下完这局再和你说。"崔亮用心看着棋盘，口中应道。

江慈微笑道："没有不明白的。"她走近榻边，俯身拿起崔亮的衣衫，"崔大哥，你这衣服脏了，我拿去洗。"

崔亮与江慈在西园同住多日，衣物便是由她清洗，也未留意，落下一子，随口道："劳烦小慈了。"

卫昭正躺于一边的竹榻上看书，听到江慈走近，脚步似是特意放重，便抬眼望了望她。她面上微红，张开嘴唇，似在说话，却不发声，卫昭下意识辨认她的唇语，竟是一句："多谢三爷。"

不待卫昭有反应，江慈已转过身。许隽却跳了过来，抱起榻上衣物往江慈手中一递:"小慈帮我一起洗了吧,我那亲兵手太粗,洗坏我几件军衣了。"

宁剑瑜回头笑骂道:"你倒是打的好主意。"

江慈接过,笑道:"好。"又走到卫昭身边,轻声道:"卫大人有没有衣服要洗?我一起洗了吧。"

卫昭并不抬头,鼻中嗯了一声。江慈喜滋滋地将他榻上衣物拿起,宁剑瑜也将自己的白袍丢了过来。

江慈抱着一堆衣物往帐外走去,走到门口,又回头看了卫昭一眼。

裴琰面沉似水,坐于椅中不发一言。见他迟迟不落子,宁剑瑜唤道:"侯爷!"

裴琰抬头望向竹榻上悠闲看书的卫昭,沉默许久,道:"剑瑜,你让童敏传令,中军大帐百步之内不得留人。还有,你和许隽、子明一起暂移别处。我与卫大人有话要谈。"

宁剑瑜一愣,见裴琰面色竟是前所未有的严肃,忙道:"是。"


脚步声逐渐远去。裴琰慢条斯理地将烛火剔亮,又将盘上棋子一一拾回盒中。卫昭仍斜躺在竹榻上,并不抬头,只是专心看书。帐内只闻棋子丢回盒中的啪嗒声及卫昭手中书页的翻动声。

待将最后一颗棋子拾回棋盒中,裴琰忽然抬头一笑:"三郎,宝璃塔那局棋,我们当日并未下完,三郎可有兴趣再一决高低?"

卫昭将书一卷,淡淡笑道:"少君相邀,自当奉陪。"他悠然起身,坐到裴琰对面。

二人不疾不缓地下着,不多时又下成了那夜在宝璃塔中的对峙之局。眼见裴琰在西北角落下一子,卫昭却懒懒地在中盘落子。

裴琰抬眼盯着卫昭,卫昭嘴角含笑,却不说话。裴琰微笑道:"看来三郎是打定主意袖手旁观了?"

卫昭笑着往椅背上一靠,斜睨着裴琰:"监军监军,本来就只需在旁看着。少君要如何行军布阵,我只看着,并上达天听,无须插手。"

裴琰沉吟了一下,展眉笑道:"三郎,我们不用像那夜一样,再用拳头一较高低吧?"

"少君若有兴趣的话,我也正有些手痒。"

裴琰却淡淡一笑:"我还真是佩服三郎,这般沉得住气。"

"过奖。"卫昭浅笑,"卫昭得见长风骑军威,对少君也是打心眼里佩服。"

裴琰身子前倾,紧盯着卫昭:"三郎,我们不用再遮遮掩掩。我等了你数日,你也躲了我这么多日子,可现在,时间不多了。"

卫昭意态从容地看着他:"时间不多,少君想办法诱魏正山进攻就是。行军打仗,皇上有严命,我不得插手过问。"

裴琰与他对望,唇边渐涌冷笑:"原来那夜在宝璃塔,三郎说愿与我携手合作,全是推托之辞!"

卫昭面带讶色:"少君这话,卫昭可有些承受不起。少君要我想法子让圣上委我为监军,我便尽力办到;这一路少君如何行事,我也全是按约定好的回禀圣上,可有不妥?"

裴琰眸光一闪:"既是如此,那我眼下有要事需三郎伸出援手,三郎可愿意?"

"不知少君还要卫昭如何帮忙?"

裴琰盯着卫昭,语调沉缓平静:"我想请问三郎,魏正山军中……哪一位是你的人?"

卫昭沉默片刻,道:"少君这话,我可有些听不明白。"

"三郎这可就不爽快了。"裴琰冷冷一笑,"你不但知道魏正山这么多年来的谋逆行径,还知道姚定邦在朝中所做一切。你让苏颜杀死姚小卿,夺走他手中的情报,引姚定邦一路南下,终在长风山庄利用我将他除去。你再用姚定邦的死,让魏公误以为谋逆证据落于皇上之手,将朝中暗探悉数除去,最后用一道假圣旨将其逼反。现在你又让这个人将魏正山稳在牛鼻山,以便静观其变。三郎,魏公军中如果没有你的人,这一切,你能做到吗?"他语气渐渐严肃起来,"而且此人必定是魏正山的心腹,在魏军中潜伏多年,是他最信得过的人。三郎,他是谁?"

卫昭淡淡而笑,并不言语。

裴琰低头看着棋盘,语气缓和了下来:"三郎,我们不能再拖了,若是让宇文景伦拿下河西府,这乱局再非你我所能控制。"

"少君大可以先去河西抵抗桓军的,可你偏要跑到这牛鼻山来,我已装作视而不见,本就有些对不住庄王爷了。若是河西府失守,是少君作茧自缚,与卫昭无关。"

裴琰一笑:"三郎对庄王爷有几分忠心,你我心知肚明,不用多说。我只告诉三郎,这几日内,田策自会将高国舅的人马和钱粮逐步消耗,到时若是抵不住桓军的进攻,他便会率军往西边撤退。"

卫昭嘴角不可察觉地抽搐了一下,旋即冷笑:"裴相这是在威胁我吗?"

"不敢。"

卫昭冷冷道:"当日在宝璃塔,裴相便是这般威胁,逼我与你合作,现在又来这一手,你真当我萧无瑕是好欺负的吗?"

他倏然起身,往帐外行去。裴琰身动如风,将他拦住,他袍袖一拂,裴琰仰面闪过,右手急伸向他。嘭嘭数响,二人瞬息间过了数招,劲气涌起,齐齐后跃数步,帐内烛火被这劲风鼓得悉数熄灭。

黑暗之中,裴琰呵呵一笑:"三郎,这不是京城,你伤已痊愈,若是执意要走,我拦不住你。但你走之前,我想听听你的条件。"

卫昭沉默不语,半晌方淡淡道:"少君果然爽快。"

裴琰重新将烛火点燃,微笑道:"请。"

卫昭转回椅中坐下,与裴琰对望片刻,缓缓道:"少君要我帮你拿下魏正山,可以,我也办得到。但我想再要一道少君亲书的法令。"

"请说。"

"我要少君在大业得成之后……"卫昭目光凝在裴琰沉肃的面容上,一字一句,"下令允我月落自立为藩!"

裴琰眉角微微一挑,脸色一变,但很快又平静下来。

卫昭停顿少顷,又道:"我月落愿为藩地,但不纳粮进贡,不进献奴婢,朝廷不得派兵驻守,不得干涉我族内政,并将此定为国策,永不更改!不知少君可愿写下这样一道法令?"

夏意渐浓,山间吹来的夜风潮湿而闷热。

已是后半夜,魏军军营内一片寂静。淳于离在榻上翻了个身,猛然惊醒。帐外传来有规律的鸟鸣声,他披衣下榻,揭开帐后一角,如幽灵般闪身而出,循着鸟叫之声,一路潜行,避过了巡夜的士兵。他身法轻灵飘忽,竟是极高明的轻功,浑不似平时的文士模样。他闪入营地西面的一处密林,又穿过密林,如狸猫般攀上一处石壁,再行上百步,在悬崖边停住脚步。

月光下,一个修长的身影背对着淳于离,负手而立。淳于离盯着他的背影看了片刻,方开口道:"阁下既然用暗号唤我来,就露出真面目吧。"

卫昭缓缓转身,淡淡道:"四师叔,这些年辛苦您了。"

淳于离一惊,上前数步,盯着卫昭面上的人皮面具看了良久,用激动得有些颤抖的声音道:"你⋯⋯你是无瑕?"

卫昭从怀中掏出玉印和一管竹箫,递至淳于离面前。淳于离双手接过,低头细看,颔下长须随风拂动。他的手微微颤抖,终上前一步,单膝跪落:"萧离见过教主!"

卫昭上前将他挽起,又深深一揖:"无瑕拜见四师叔!四师叔深入敌营,辛劳多年,无瑕感恩,无以为报!"

淳于离将他双手搭住,语调有些哽咽:"教主,您怎么亲自来了?"

卫昭望着他面上的沧桑之色,想起师父对这位四师叔的描述,心中一酸,强自抑制道:"因为有件很重要的事情要四师叔帮忙,派别人来,我不放心,四师叔也不会相信。"

夜风吹过山崖,松涛大作,淳于离双眸渐亮,直视卫昭:"教主尽管吩咐,萧离粉身碎骨,万死不辞。"


望着淳于离的身影消失在山崖下,隐入魏军军营之中,卫昭默然而立,又仰头望向天上弦月。这月光纯净如水,此时此刻,是否也洒在月落山上呢?他低叹一声,身形如大鸟一般在山间疾走,细细看过数处地形,才回转梁军军营。刚避过巡夜士兵,正往大帐潜去,忽见一纤细的身影迎面慢悠悠走来。

江慈的右手提着灯笼,左手却还捧着一本书,口中念念有词:"西方生燥,燥生金,金生辛,辛生肺……"她显是刚从医帐值夜归来,身上还带着浓浓的药香,夜风从她那个方向涌过,空气中流动着一股令人燥热不安的气息。

卫昭静静立于黑暗之中,看着江慈自前方走过,看着她挑起帐帘,隐入小帐内。

中军大帐内,裴琰与宁剑瑜、崔亮、许隽、陈安立于地形图前,进行详尽的部署。卫昭进来,也不看众人,径自在榻上躺下。

裴琰一笑,向宁剑瑜道:"都明白了吗?"

宁剑瑜点头:"侯爷放心。"

陈安忙问:"侯爷,若是魏正山后日不发起进攻,我们不是白忙活一场?"

宁剑瑜敲了敲他的头:"让你干什么你就干什么,偏问这么多废话!侯爷神机妙算,不愁他魏正山不上当!"

裴琰面容一肃:"你们听着,我要的是五天之内歼灭魏正山的主力军,生擒魏贼,然后火速回援田策,可都记住了?"

"遵命!"宁剑瑜、许隽、陈安齐齐肃然而应。

# 第四十章

## 势如破竹

梁承熹五年四月二十三日,黄道吉日,诸事皆宜。

丑时,浓云掩月,繁星皆隐。牛鼻山往北三十余里地的一线崖西侧岩石上,裴琰紫袍银甲,左手横握剑鞘,望着五千精兵训练有素地将陷阱布置妥当,刀网也架于一线崖石缝出口的上方,不禁侧头微笑道:"三郎,多谢了。"

卫昭仍是一袭素袍,不着铠甲,背上三尺青锋,斜倚着岩石旁的一棵青松,懒懒道:"少君一定要我做这个监军,原来都是算计好了的。"

裴琰笑道:"能与三郎携手作战,也是裴琰生平夙愿。"

卫昭低头望向岩石下方,长风骑精兵已将一切部署妥当,正在童敏的指挥下,迅速隐入山石与树木之间。他看了看裴琰,淡淡道:"少君放心,我既愿与你合作打这一仗,自然都按你的意思吩咐下去了。"

裴琰微微欠身:"有劳三郎。"

遮住弦月的浓云飘忽移动,在崖顶洒下一片淡极的月华,映得裴琰的银甲闪出一丛寒光。裴琰与卫昭目光相触,相互点点头。二人身形轻如狸猫,倏忽间便隐入山石之后。

脚步声极轻,绵延不绝地自一线崖东侧传来。魏军先锋营统领黎宗走在最前面,他踩在因数日前的暴雨而从崖顶倾泻下来的泥土上,小心翼翼地通过一线崖

205

最狭窄的一段,忍不住回头低声笑道:"真是天助我军。"

他身后的刘副统领也低声笑道:"这回先锋营若是能立下大功,统领可得请求主公将晶州赐给咱们,让弟兄们也好好发笔财。"

黎宗笑道:"那是自然。"

刘副统领兴奋不已,出得一线崖,回身将手一挥:"弟兄们,快!"

先锋营是魏军精锐之师,训练有素,井然有序地依次通过一线崖。

夜色下,五千余人集结在一线崖西侧。黎宗松了口气,知只要手下这五千精兵能过得这一线崖,主公的总攻大计便算是成功了一半。

昨日,从雁鸣山回来的探子带来了两个大好消息:一是裴琰被易寒逼得在青茅谷露了真容;二是探子赶回来的路上,发现这一线崖因暴雨后山泥倾泻,原来狭窄而不能过人的一段被山泥填高,竟可让精兵踩着泥石,通过这处崖缝,直抄长风骑后方。主公与淳于军师及军中将领商议多时,终决定抓住这千载难逢的机会发起总攻,又将突袭长风骑军营、打开关门的重任交给了先锋营。自己身为主将,总得身先士卒,立下这个大功方好。

黎宗望着山谷间的数千手下,沉声道:"全速前进,到达后,听我号令,一营放火,二营随我去开关门,三营在刘副统领带领下突袭中军大帐,生擒宁剑瑜!"

他将手一挥,数千人依次向南而行。


裴琰望着崖下,嘴唇微动:"三郎,你我合力,三招之内拿下黎宗,如何?"

"何需三招?"卫昭也是嘴唇微动,束音成线。

"黎宗乃昭山派三大高手之一,并不比史修武弱,你我联手,也需三招。"

二人传音间,魏军先锋营已行出上百步,当前数百人踏上一处平地。待这些人进入埋伏圈,山石后的童敏发出哨音,长风骑精兵倏然从山石和大树后冒出,齐齐举起强弩,不待魏军反应过来,漫天箭矢便将他们包围。强弩射出的利箭本就威力强大,距离又极近,上千人不及惨呼出声,便悉数倒下。

黎宗迅速反应过来,急喝道:"撤!"当先转身,急掠向一线崖。

卫昭猛然站直身躯,冷声道:"依我看,一招即可。"他右足运力蹬上身后巨石,如一只白色巨鹰,挟着寒光,扑向崖石下方急奔而来的黎宗。

黎宗正发力疾奔,忽觉眼前寒光一闪,心呼不妙。电光石火间,他看出来袭者这一剑后竟是中门大开,完全是欲与自己同归于尽的招数。他一心念着奔回军营通知主公,不愿与敌同亡,心底气势便软了几分,仓促间手腕急扬,钢刀自袖底击出,堪堪架住卫昭的长剑,却因要避过卫昭随剑扑来的身躯,向右踉跄退了一小步,手中厚背刀不及收回。裴琰悄无声息的一剑撕破夜风,鲜血飞溅,黎宗双目圆睁,捂住右胸徐徐倒下。卫昭将长剑弹回鞘内,不再看向裴琰,走至一边的树下,倚住树干,面上带着悠然自得的笑容,望着崖下的修罗场。

前军中箭倒下,黎宗一招殒命,魏军先锋营士兵群龙无首,顿时慌了手脚,仓促间又有上千人倒在强弩之下。余下之人更是惊慌,也不知山野间究竟有多少伏兵,不知是谁先发声喊,魏军们四散逃逸,却又纷纷掉入陷阱之中。

刘副统领也慌了神,带着上百人急速奔向一线崖。刚到一线崖前,刀网由天而降,长风卫们手持绳索用力收紧,数百把明晃晃的利刃穿入刘副统领及他身后上百人的身体之中。

山崖下,魏军的惨呼声急促而沉闷,在强弩、陷阱、刀网的合力攻击下,不到半个时辰,魏军先锋营五千余名精兵便悉数倒于血泊之中。

裴琰望着长风骑迅速换上魏军先锋营的军服,依次走向一线崖,回头向卫昭一笑:"三郎,请。"


辰时,战鼓擂响,魏军终于出动左、右、中三军,集于关塞东侧。

关塞上,宁剑瑜将金缕甲替陈安穿上,叮嘱道:"你别和易良拼命,装作被他缠住就行。我这边一放下铁板,切断魏军,就出来与你会合。"

陈安憨憨一笑:"放心吧,小安子有几个脑袋,也不敢不听侯爷的话。"

关塞西面,许隽持刀而立,望着手持强弩埋伏在土墙后的精兵,沉声道:"大家记住,看我令旗行事,要让魏军有来无回!"

崔亮立于他身侧,微笑道:"许将军这回可不能放走了张之诚。"

许隽嘿嘿一笑:"这小子肯定跑不掉,我们来个瓮中捉鳖。"他望向不远处安静的营帐,露出几分钦服之色,"崔军师,我真服了你了,这回若是能拿下张之诚,你让我许隽做什么都可以。"

崔亮微微一笑,转过头去。


眼见前些时日被俘的十余名长风骑士兵相继死于魏军右军大将易良刀下,陈安一声怒喝,带着三万长风骑精兵出了关塞。

不多时,陈安与易良缠斗在了一起,刀光横飞,而易良的右军也将这三万长风骑死死缠住。魏正山面上带笑,转头向淳于离道:"看样子差不多了。"

淳于离望了望天色:"和黎统领约定的是这个时辰,只待那边火起,关门一开,就可发动总攻。"

他话音刚落,关塞西面火光冲天,浓烟滚滚,淳于离将手一合,喜道:"成了!"

战场上的陈安似慌了神,屡次要往回撤,却被易良死死缠住。长风骑将士们也不时回头望向关塞西面,显是心神大乱,队形涣散。

不多时,大火似燃到了关塞吊桥后,再过片刻,吊桥轰然而倒。

魏正山兴奋起来,眼中也多了几分嗜血的猩红。他将手一压,令旗落下,张之诚率两万左军和一万中军,齐齐呐喊,杀声震天,冲向关塞。


前方杀声直入云霄,魏军军营后营内,约八千名卫州军三五成群地立于营中,望向西南面的关塞。

卫州军素来与魏公的嫡系陇州军不和,但因人数远远少于对方,一贯受其欺压。双方矛盾由来已久,昨日更因军粮问题爆发争斗,卫州军虽慑于易良之威,将这口气咽了下去,但军心已散。魏公思量再三,采纳了淳于离的建议,今日总攻,便未用这卫州军,只是命他们留守军营,以备不测。

此时,卫州军人人心情矛盾,既盼前方陇州军得胜,自己不会成为战败一方;但内心深处又怕陇州军立下大功,卫州军再也抬不起头。

成副将大步过来,喝道:"给我站直了,一个个像什么话!"

他话音未落,后营内忽拥入大批先锋营士兵。成副将觉有些怪异,上前喝道:

"什么人?"

先锋军当先一人面目隐于军帽下,并不说话,手中长剑一挥,卫州军只见寒光闪过,成副将便已人头落地。卫州军被这一幕惊呆,不及抽出兵器,长风骑假扮的先锋营士兵便一拥而上,再有数百人倒于血泊之中。

混乱中有人呼喝道:"卫州军谋反,魏公有令,统统就地处决!"

此话一出,卫州军众心神俱裂,成副将又已死于剑下,群龙无首,正乱成一团之际,又有人呼道:"魏正山冤枉我们,我们何苦再为他卖命,大伙散了,逃命去吧!"

这句话如同野火燎原,数千卫州军轰然而散,其中五千余人抢出战马,随着军阶最高的郑郎将往卫州方向逃逸。堪堪驰出半里地,前方小山丘的密林里突然杀出一队人马,拦在了卫州军的前面。

郑郎将本已从最初的惊惶中镇定下来,可定睛细看眼前人马,那立于山丘前、紫袍银甲的俊朗身形,又是一阵大惊,不自禁唤道:"裴侯!"

裴琰目光扫过满面戒备之色的卫州军,微微一笑:"郑郎将,别来无恙?"

魏军曾与长风骑联手抗击桓军,郑郎将从战多年,也见过裴琰数次,未料裴琰竟记得自己这个小小郎将,讷讷道:"侯爷,您……"

他先前一心逃命,不及细想,但并非愚笨之徒,猛然间明白卫州军中了裴琰的离间之计。可再一思忖,裴琰既然出现在此处,形势已不容自己再回转魏营。他徐徐回头,卫州军大部分也清醒过来,面面相觑。

裴琰一笑:"郑郎将,本侯离京前,早将卫州军被魏贼以亲人性命相逼,不得已胁从作乱一事细禀圣上,圣上已有体察,临行前有旨意,卫州军只要能深明忠义,投诚朝廷,并协同长风骑清剿逆贼,以往逆行一概不予追究,若有立下战功者,还有重赏。"

郑郎将权衡再三,仍有些犹豫,裴琰将手一引:"郑郎将,容我介绍一下,这位是圣上钦封监军,光明司指挥使——卫昭卫大人。"

郑郎将望向卫昭,卫昭俊面肃然,取下身后蟠龙宝剑,双手托于胸前。

"这是圣上御赐蟠龙宝剑,见剑如见君。有卫大人用此剑作保,各位还有什么不放心的吗?"裴琰微笑道。

郑郎将醒悟，将心一横，跃下骏马，撩袍下跪："吾皇万岁，万岁，万万岁!"他身后的卫州军也齐齐跪于黄土之中。

裴琰与卫昭相视一笑，裴琰上前将郑郎将扶起，面上笑容极为和悦："郑郎将，我现在命你为副将，统领卫州军，即刻前往卫州，接管卫州防务。"

"是，侯爷!"

"还有，听闻郑副将与微州朱副将为连襟，不知郑副将可愿将圣意传达给朱副将? 魏贼一除，卫州、微州等地防备可都得仰仗郑副将和朱副将了。"

郑郎将大喜，挺胸道："侯爷放心，卫州军为圣上剪除逆贼，死而后已!"

裴琰笑如春风："如此甚好，就请卫州军的兄弟将军衣暂借长风骑一用。"

望着卫州军远去，卫昭嘴角轻勾："少君定的好计策，不费吹灰之力便收复卫州和微州，佩服!"

裴琰看着长风骑众纷纷换上卫州军军服，笑道："此计得成，三郎厥功至伟，裴琰感激不尽!"


关塞下，易良仍与陈安殊死缠斗，陈安见魏军三万人马拥过吊桥，急得连声暴喝。关外的长风骑欲回击守住吊桥，却被易良的右军缠住，无法回援。

眼见己方三万人马冲入关塞，关塞西面杀声四起，火光冲天，魏正山感到大局已定，两腿一夹马肚，带着身后两万中军冲向关塞。

眼见就要到达吊桥，却听嘭然巨响，关塞大门上方忽落下一块巨大的铁板，激起尘土飞扬，也隔断了关塞东西两方。

魏正山一愣，转而迅速反应过来，听到破天风声，心呼不妙，自马鞍上腾空而起，足尖再在马鞍上一点，借力后飘，避过关塞上方忽然射下的漫天箭矢。

他轻功卓绝，避过这一轮箭雨，但随他冲到关塞下的将士没有这等功力，惨呼声此起彼伏，一瞬间的工夫，便有上千人倒于血泊之中。

魏正山落地，亲兵们迅速围拥过来将他护住，他再次翻身上马，当机立断，带着人马转身攻向陈安先前带出关塞的三万长风骑。他久经阵仗，知过关塞无望，索性血战一场，将陈安所带人马先灭了再说。至于己方被诱至关塞西面的那三万人，只怕凶多吉少，多想无益。

他手中宝刀腾腾而舞，在阵中冲来突去，将长风骑砍得步步后退。正杀得兴起，忽听到营地方向传来杀声，身形腾挪间瞥见留守营地的卫州军持刀拿剑向关塞拥来，知他们见前方形势不妙，赶来支援，心中稍安。己方现在关塞东面尚有三万多人马，陈安所带不过三万左右，再加上这八千名卫州军，胜算极大。纵使攻入关塞的三万人被宁剑瑜歼灭，也是个不胜不败之局。

正心中盘算、手中招式不停之际，卫州军已拥了过来。魏军将士正与长风骑全力拼杀，也未留意卫州军与往日有何不同。

假扮成卫州军的数千长风骑奔到魏军身后，纷纷将卫州军军帽掀去，人人头扎紫色束额长带，齐齐向魏军攻去。魏军被前后夹击，远处营帐又忽起大火，顿时慌了神，阵形有些散乱。但他们毕竟久经沙场，在魏正山和易良的连声怒喝下，重振士气，与长风骑杀得难分难解。

关塞上方一通鼓响，铁板缓缓吊上，宁剑瑜白袍银枪，策骑而出。他枪舞游龙，寒光凛冽，左冲右刺，带着万余精兵冲入战场，所向披靡，不多时便与陈安会合在一起，二人所率长风骑也迅速围拢。崔亮持旗出现在关塞上方，鼓点配合旗令，长风骑井然有序，龙蛇之阵卷起漫天杀气，将魏军数万人马分片切割开来。

魏正山见宁剑瑜冲出，便知己方先前过了关塞的那三万人马已被歼灭。正愤恨间，淳于离策骑冲来，大呼道："主公先撤，容后再作打算！"

魏正山尚不及做决断，宁剑瑜银枪已到眼前。他只得身形后仰，手中宝刀扬起，架住宁剑瑜枪尖。暴喝声中，二人再过十余招，战马嘶鸣，刀光枪影，在阵形中央激起一波波狂澜。


裴琰与卫昭立于小山丘上方，遥望魏正山与宁剑瑜激斗，笑道："魏公老当益壮，剑瑜只怕一时半会儿拿他不下。三郎，我失陪片刻。"

卫昭微微欠身："少君自便。"

裴琰腾身上马，清喝一声，骏马疾驰而出，如一溜黑烟，瞬间便到了战场前。他提剑飞身，紫色战袍卷起一团紫云，自两军之中掠过。龙吟声烈，寒剑挟着雄浑剑气,和着这团紫云,激射向阵中的魏正山。

魏正山听得剑气破空之声,便知定是裴琰到来。前有宁剑瑜银枪,后有裴琰寒剑,实是生平最危急时刻。他怒吼一声,双目睁得滚圆,脊挺肩张,身上的铠甲也被劲鼓的真气微微绽开一条裂缝。

嘭!真气相交之声响彻阵中,魏正山手中宝刀将裴琰必杀一剑架住,左肋却中了宁剑瑜一枪。但他方才所运乃护体硬气功,宁剑瑜这一枪便只刺入三分,还被他这股真气震得收枪后退。

裴琰借力后腾,落于地上,朗笑一声,剑如风走,再度攻向魏正山。

魏正山肋下鲜血渗出,在这生死时刻,将体内真气运到极致,刀法天马行空,整个人如裹在刀光中,与裴琰斗得惊心动魄,宁剑瑜反而插不进招。他对自家侯爷极有信心,便返身攻向正与陈安厮杀的易良。

关塞上,崔亮俯观战局,手中旗令数变,长风骑如一波又一波巨浪,将魏军冲得越发零乱。

淳于离猛然喝道:"主公有难,不怕死的随我来!"策马冲向阵中。

他一贯以文士模样示人,这番不怕死的动作激得魏正山的亲兵纷纷跟上。数十人撞上魏裴二人的剑气刀光,倒于血泊之中,但后面亲兵仍不断拥上,裴琰有些吃力,后退了几步,便被数百魏军围在中间。

其余亲兵拼死搏杀,已开得一条血路,淳于离举剑刺向魏正山战马臀部,战马悲鸣,腾蹄而起,疾驰向北。淳于离与数百亲兵迅速跟上,往北逃逸。

魏正山犹有不甘,欲拉辔回马,淳于离大呼:"主公,回陇州,再图后策!"

魏正山心知大势已去,握着宝刀的手青筋暴起,牙关咬得咔咔直响,终未回头。

裴琰被数百名悍不畏死的亲兵围住,便腾不出身去追赶魏正山。眼见魏正山策马向北而逃,怒喝一声,剑势大盛,身边之人纷纷向外跌去。

魏正山策骑如风,眼见就要冲上小山丘,一个白色身影凌空飞来,寒光凛冽,他下意识横刀接招,被震得虎口发麻。卫昭再是十余招,魏正山一一接下,但左肋伤口越发疼痛,鲜血不停渗出,终被卫昭的森厉剑势逼得落下战马。

他的亲兵见势不妙,不要命地攻向卫昭。淳于离打马过来,呼道:"主公快上马!"魏正山身形劲旋,落于淳于离身后,二人一骑,奔向山丘。

卫昭眼中杀气大盛,剑上生起呼啸风声,将亲兵杀得尸横遍野,再度追向魏正山。

正于此时,小山丘上冲下一队人马,其中一人大呼:"主公快走,我们殿后!"

魏正山看得清楚,来援之人正是阿柳,他带着数十人将卫昭挡住。淳于离连声劲喝,骏马冲上山丘,踏起无数草屑,向北疾驰。

身后卫昭怒喝声越来越远,魏正山心中稍定。再逃一段,耳中又听到马蹄声。他大惊回头,见阿柳正策骑而来。

阿柳追上魏正山和淳于离,不禁喜极而泣:"主公!"

魏正山纵是心肠如铁,此刻也有些许感动,正待说话,淳于离急道:"主公,这样逃不是办法,迟早会被裴琰追上!"

魏正山也知他说得有道理,由这牛鼻山去陇州,路途遥远,裴琰必会倾尽全力追捕自己。卫州军似是已反,自己身上带伤,战马也非千里良驹。正犹豫间,淳于离道:"为今之计,只有到山上躲一躲。"

听得远处传来马蹄声,魏正山当机立断,纵身下马,淳于离与阿柳也跃下骏马,手中兵刃刺上马臀,马儿吃痛,悲嘶着向前急奔。

三人迅速闪入道旁的密林,一路向山顶潜去。


牛鼻山关塞前的激战仍在进行,但魏军已失了斗志,被长风骑攻得溃不成军。

魏正山的亲兵个个武功不弱,裴琰被围,好不容易才将他们杀得七零八落,抢了一匹战马,急追向北。驰到小山丘上,见卫昭正与数十人拼杀,他策骑冲入其中,与卫昭合力,将这数十人杀得东逃西窜。

卫昭长剑抹上最后一人喉间,回头一笑:"多谢少君!"

裴琰望向北面:"魏正山呢?"

"可惜,让他逃了!"卫昭持剑而立,满面遗憾之色。

裴琰知已追不上魏正山，关塞处局势未定，只得拨转马头。他匆匆驰回关塞下，宁剑瑜策马过来："侯爷，易良带着一万多人向东逃了，我让许隽带了两万人去追。还有万余人逃往明山府方向，陈安带人追去了。"

"营地那边的魏军呢?"

宁剑瑜笑道："有子明的强弩，还有刀井，他们一进来便歼了万余人。张之诚被生擒，其余一万多人投诚。"

裴琰放下心来，见关塞前方还有约万余名魏军在顽抗，道："让人喊话，朝廷不追究普通士兵谋逆之罪，只擒拿副将以上人员。"

杀声渐歇，战鼓已息。关塞前，尸横遍野，旌旗浸于血泊之中，战马低嘶，当空艳阳默默注视着苍穹下这一处修罗地狱。

崔亮由关内策骑而出，与裴琰相视而笑。

裴琰笑道："子明妙计，真没想到这么快就拿下了魏军，只可惜让魏正山逃了。"

崔亮眉头微皱："相爷，魏正山这一逃，可有些不妙。"

"是，他若逃回陇州，这边可还有麻烦。"

裴琰想了想，向童敏道："你带长风卫一路向北，封锁各处路口，搜捕魏正山。"

又向宁剑瑜道："留一万人守牛鼻山。由……"他顿了顿，眼神掠过崔亮，又停在宁剑瑜身上。

卫昭走近，道："少君，最迟四日后，我们得回援青茅谷，我在此处等你。"

裴琰微笑："那牛鼻山这里就有劳卫大人了。"他转身望向长风骑官兵，朗声道："其余人，随我收复明山府!"

麟驹骏马，金戈寒剑，裴琰的紫色战袍在空中扬起一道劲风，宁剑瑜与崔亮紧随其后，带着长风骑向东北绝尘而去。


梁承熹五年四月二十三日，长风骑与魏军于牛鼻山血战，长风骑大胜，杀敌三万余人，魏军大将张之诚被擒，易良被斩于小镜河畔。

当日，卫州、微州两地驻军投诚，宣誓效忠朝廷。

四月二十四日，宁剑瑜率军收复明山府后，又带领精兵，策骑如风，连奔数百里,两日之内收复秦州、新郡。郑郡民众听闻魏军战败,策反当地驻军,向长风骑投诚。裴琰见局势基本平定,命老成稳重的童敏率两万长风骑再加上卫州、郑郡等地投诚的人马,北上包围陇州,喝令陇州留守士兵投降,并交出伪帝和魏正山的家人。童敏又让人喊话,对副将以下官兵一概不予追究。七日后,陇州城门大开,官兵们将伪帝与魏正山家人缚出城门,至此,"魏军逆乱"终告平定。

最后一道阳光消没,天色全黑,魏正山松了一口气,忍着肋下剧痛,靠住石壁闭目运气。脚步声走近,魏正山猛然睁开双眼,淳于离奉上几个野果:"主公,先解解饥渴,阿柳已去寻找猎物了。"

魏正山除下盔帽,面色阴沉地接过野果,半晌方送入口中。几个野果下肚,他面色稍霁,沉吟道:"外面也不知怎么样了,若是易良能及时回军陇州,还有一线希望。"他一想起自己那个留守陇州的不成器的儿子,便有些心烦。

"是,张将军生还希望不大,就指着易将军能突破重围回转陇州,那主公还可据陇州,再徐图后策。"淳于离猛然跪于魏正山身前,声调渐转痛悔,"主公,属下察人不明,不知探子被裴琰收买,以致中计兵败,请主公处置。"

魏正山摇头苦笑:"长华不必自责。裴琰诡计多端,谋划良久,是我大意了。"说着捂住肋下伤口咳嗽数声。

淳于离上前将他扶住,泣道:"请主公保重,只要能回到陇州,必能东山再起。"

魏正山点了点头:"是,但现在裴琰搜得严,还得在这里躲上数日才行。他要赶去驰援河西,只要能熬过这几日,那边易良能守住陇州,就有机会。"

此时阿柳闪身进来,手上拎着一只野鸡。淳于离将魏正山扶起,三人往山洞深处走去。

已近月底,弦月如钩,时隐时现。阿柳守于洞口,听到脚步声响,站起身道:"军师。"

淳于离盯着他看了片刻,拍了拍他的肩膀:"用心守着,只要主公能平安回去,你就是大功臣。"

阿柳与他目光相交，沉默一瞬，点头笑道："阿柳都听主公和军师的。"

淳于离微微一笑，转身回到洞内。

魏正山睁开双眼，淳于离趋近道："主公，已经两天了，我估计裴琰此刻应在郑郡等地，就是不知易将军有没有率军回到陇州。"

魏正山沉默不语，淳于离小心翼翼道："要不……属下出去查探一下？"

"你？"魏正山面有疑色，"你没有武功，太危险了。"

"正因为属下不懂武功，只要装扮成一个文弱书生，裴军绝不会怀疑我。长风骑一贯标榜不杀无辜，属下下山，并无危险。"淳于离道，"主公的伤急需用药，不能再拖了。若是能通知易将军派人来接主公回陇州，那再好不过，再不济属下也要寻些药回来。"

魏正山低头想了想，道："好，你速去速回。记住，军情、伤药什么都不要紧，你一定要平安回来。长华，异日我东山再起，离不得你。"

魏正山再躺半个时辰，便慢慢站了起来，他深吸几口气，待体内真气平稳，缓步走向洞外。阿柳正守于洞口，见他出来，忙过来将他扶住："主公！"

此时已是破晓时分，东方天空露出一丝鱼白色。魏正山黑脸阴沉，望着远处的层峦叠嶂，不发一言。

阿柳怯怯道："主公，军师说您伤重，得多躺着，山间风大，您还是进去休息吧。阿柳会在这里守着，绝不让任何人伤害主公。"

魏正山冷冷一笑，猛然伸手扼住阿柳的咽喉。阿柳目中流露出恐惧和不解之色，却未有丝毫反抗，双手渐渐垂于身侧。魏正山目光游离不定，又慢慢松开右手。阿柳不敢大声咳嗽，压抑着倚于石壁前，低声咳着。

魏正山再盯着他看了片刻，忽冷声道："走！"便大步向洞外走去。

阿柳急忙跟上："主公，军师还未……"

"少废话！"魏正山向北面一座更高的山峰走去，阿柳不敢再问，随着他披荆斩棘往前走。曙光大盛，二人终寻到一处隐蔽的山洞，阿柳又砍下灌木将洞口掩住。魏正山方放下心头大石，倚着洞壁，闭目调息。阿柳立于他身侧，望着他黝黑深沉的面容，清秀的面容上神情数变，终安恬一笑。

待魏正山睁开双眼，阿柳解下腰间水囊，又取出用树叶包着的烤野鸡，双手奉给魏正山："主公。"

魏正山并不接，抬眼望了望他。阿柳会意，撕下一条烤鸡肉放入口中细嚼，又将水囊木塞拔掉，对着水囊饮了几口。魏正山方露出一丝笑意，接过水囊与鸡肉。

牛鼻山这一役，长风骑虽胜得漂亮，但仍有伤亡。自四月二十三日辰时起，便有伤员不断从关塞方向抬下。再过个多时辰，伤员渐多，医帐内已无法安置，皆摆于露天草地之上。军医和药童们忙得脚不沾地，一日下来竟连口水都来不及饮。

江慈经过这些日子的学习，有了一些经验，凌承道便将简单的伤口交由她处理。一日下来，江慈累得筋疲力尽，但看着伤员们能在自己手下减轻痛楚，听到他们低声道谢，她只觉心情舒畅，劲头十足。

接下来的两日，留守牛鼻山的一万名长风骑分批清扫战场。由于天气渐转炎热，凌承道烧了艾草水，给长风骑服下，让他们将战场上的尸身迅速掩埋，又在战场附近广撒生石灰，以防瘟疫。

清扫战场的过程中，仍零星有伤兵被发现。这些伤兵因发现较迟，伤势较重，多数人医治无效，凌承道也有些束手无策。江慈看在眼中，焦虑不安，知早一些发现伤兵，这些人便多一分生机，见自己经手的伤员们伤势稳定，便向凌承道提出亲上战场寻治伤员。凌承道思忖片刻，同意了她的请求，并将一套银针交给她，让她在发现重伤员时及时扎针护住心脉，再抬回医帐救治。

艳阳当空，晒得江慈额头沁出密密汗珠。她不敢除下军帽，也不敢拉开军衣，只得忍着炎热，随长风骑在牛鼻山附近清扫战场。

当日激战，牛鼻山东西两侧皆是战场，魏军虽大部被歼灭，仍有少量逃往附近山野，长风骑追剿，各有伤亡，林间溪边不断发现新的伤兵和尸首。

搜寻范围逐步向北部山峦延伸，正午时分，江慈随十余名长风骑寻到了一处山林，林间躺着数十名长风骑和魏军，显然是双方追斗至此，一番拼杀，齐齐倒地。

江慈查看一番，知有数人尚有救治希望，也不管是长风骑还是魏军，统统在这些人胸口处扎上银针，然后请同行的长风骑将他们抬回军营。

长风骑士兵抬着伤兵离去，她仍未死心，又仔细查看数回，终发现还有二人尚有气息。她撕开他们胸前军衣，认准穴道，扎下银针护住其心脉，这才想起无人将他们送往山下。她试着拖起其中伤势较重的一人，可此人高大魁梧，极为沉重，拖出数十步，江慈便力竭，坐倒在地。

眼见那人气息越来越弱，江慈心中焦急，忽然灵机一动，站起身，将双手拢于唇前，大声唤道："徐大哥！"

清脆的声音在山野间回响，却无人回应。江慈笑了笑，再唤："长风卫大哥，出来吧，再不出来我可要逃了！"

一人从青松后步出，苦笑道："江姑娘，徐大哥今日休班。"

江慈笑道："这位大哥如何称呼？"

"小姓周。"

"周大哥好。"江慈笑得眼睛眯眯，"周大哥，说不得只能劳烦您将这位大哥送回军营救治了。"

周密并不挪步，江慈笑容渐敛："这两位可都是你们长风骑的弟兄，你就忍心看着他们毙命眼前吗？"

见周密仍不动，江慈冷笑道："听闻长风骑极重手足之情、兄弟之义，原来都是骗人的！"

周密望向地上之人，眉间闪过不忍之色，但想起职责所在，仍有些迟疑。

江慈想了想，大声唤道："光明卫大哥，你也出来吧。"

林边青松树枝微摇，一人纵身而下。江慈见正是那夜从河西军帐中将自己救出之人，备感亲切，上前笑道："光明卫大哥，您贵姓？"

"宋。"光明卫宋俊哭笑不得。

江慈转向周密："周大哥，是由你送人回去，还是由宋大哥送人回去比较好？"

周密抬眼望向宋俊，二人目光相触，想起这数日来同随江慈，互相防备，眼中俱闪过一丝笑意。

江慈指着地上的伤兵，急道："你们别磨蹭，他伤势较重，留一个人守着我，另一个快送他回军营，再拖下去他性命不保。送完他再赶紧来接另一个。"

周密想了想,又看了一眼宋俊,终上前将伤员反负于肩头,转身往山下走去。

江慈回转另一名伤员身前,探了探鼻息,心中稍安。她取下腰间水囊,用布条蘸了清水,涂抹伤员已近干裂的双唇,动作轻柔,神情专注。

宋俊看着江慈,忽然笑道:"看来长风骑要多一名女军医了。"

江慈并不转头:"宋大哥见笑,若真能成为军医,倒是我的福气。救人一命胜造七级浮屠,救的人越多,我积下的福气也就会越多。"

宋俊轻笑,正待接话,忽然面色一变,纵身扑向江慈身侧的一丛灌木。痛嘶声响起,只见他从灌木丛中揪出了一名少年。

# 第四十一章

## 乡关何处

江慈一惊，看清宋俊手中的少年不过十四五岁，身形单薄，五官清秀，但面色惨白，嘴唇发乌，双目紧闭。她忙上前细看，发现少年竟是中了剧毒。她用小刀在少年右腕处轻轻割下，见渗出的血是黑褐色，想起崔亮所授，不禁摇了摇头。

宋俊问道："没救了？"

江慈叹道："中毒太深，便是崔大哥在此，只怕也无力回天。"

"他是什么人，怎会出现在这战场附近？"宋俊自言自语道。

江慈将少年放下，正待说话，那少年却呻吟一声，身子抽搐了几下。

江慈一喜，再在他腕间割了一小刀，放出些黑血。少年似是恢复了些精神，睁开双眼，目光迷离地望着江慈。江慈柔声道："你是谁？家在哪里？"

少年紧抿嘴唇，并不回答。江慈右手抚向他的额头，少年却突然号叫一声，猛地抓向江慈的手腕。江慈收手不及，被他用力扯下一截衣袖，宋俊忙过来将他按住。少年不停挣扎，过得一阵，忽然身躯剧颤，似是见到不可思议之事，喉间"啊啊"连声，指向江慈的右腕。江慈愕然望向自己的右腕，这才发现少年指着的是当日在月落山，淡雪、梅影送给自己的那两只银丝镯。

她自卷入裴琰与卫昭的争斗之后，所遇之人除了崔亮，对她不是欺骗利用便是虐待，唯从淡雪、梅影二人身上得到过一些温暖。在月落雪梅院的那段日子也是她过得最为轻松的一段时光,故她一直将二人所赠银丝镯戴于右腕,不时看到,心中便会一暖。她脑中闪过淡雪所说之话,想起淡雪的阿弟便是被送入魏正山帐中,再细看少年容貌,忽然醒觉,急忙上前将少年扶起,将淡雪所送手镯取下递入他手中。少年颤抖着举起手镯细看,两行泪水潸然而下。他望着江慈,喉间发出了极轻、极嘶哑的声音:"你是谁?为何会有……"

江慈心中猜测得以证实,眼见少年命在顷刻,心中一酸,泪水滴下,点头道:"我是淡雪的朋友,手镯是她送我的。你是不是她的……"

少年极为激动,也不知哪来的力气,挣脱宋俊,扑过来抓住江慈双手,颤抖着问道:"阿姐她……"

江慈觉他的双手烫得如火烧一般,顾不得自己眼中不停盈满又落下的泪水,将他上身扶住,取出银针,扎入他的虎口、人中数处。

宋俊在旁细看,疑道:"江姑娘,你认识他?"

少年却愈见激动,左手将银镯子攥紧,右手却紧抓住江慈的右腕。他的指甲深深嵌入江慈的肌肤,喘气道:"阿姐,阿姐……"

江慈手腕剧痛,却仍轻声哄道:"阿姐很好,她时时想着你。你撑住,我先请人帮你解毒,再想办法送你回去。"说完便欲俯身将少年背起。

宋俊忙道:"我来吧。"便去抱起少年。

少年却突然狂叫一声,神情癫狂,咬上宋俊的右腕。宋俊没有提防,被他咬下一块肉来,极度疼痛下左掌击向少年胸前。

江慈惊呼,眼见宋俊左掌就要击上少年胸膛,破空之声响起,宋俊面色一变,急速向右翻滚,一块石子自他身边弹过,嵌入前方树干之中。

宋俊大惊,翻滚间拔出靴间匕首,下意识接住来袭之人数剑,这才看清对手是一名文士装扮的中年人。

"阁下何人?"宋俊斗得几招,便知自己不是对手,沉声道,"一场误会,在下并非真心伤……"

中年文士冷笑一声,剑招忽然变得诡奇古怪,偏剑气如劲风狂飙,击得宋俊有些站立不稳。但他终究是光明司的高手,并不惊慌,右手匕首架住对方连绵不绝的剑招,左手五指撮成鹰喙状,竟是一套鹰拳,右防左攻。

中年文士咦了一声,显是未料到宋俊竟会"左拳右剑,一心二用",身形闪腾间点了点头,剑招再变,如波浪般起伏。

宋俊被他这几招带得身形左右摇晃,却看到对方破绽所在,心中暗喜,左手鹰钩拳化为虎爪,搭上中年文士右腕,喝道:"阁下……"

话未说完,一个白影如鬼魅般落于他身后,骈指戳上他颈后穴道,宋俊眼前一黑,昏倒在地。中年文士便欲挺剑刺向宋俊的胸膛,白衣人迅速抓住他的右腕:"四师叔。"

少年咬下宋俊一块肉之后,越发癫狂,双目通红,喉间声音似哭似笑。江慈扑过来拔下他虎口中的银针,扎入他面颊右侧耳下一分处。少年渐渐平静,眼神却越见蒙眬。他仰望着江慈,眼角泪水不停淌下,过得片刻,低声唤道:"阿姐,阿姐……"

江慈心中难过,知他已有些神志迷乱,索性将他紧紧抱在怀中,低声哄道:"阿弟别怕,阿姐在这里……"

少年再唤几声"阿姐",江慈只是点头,哽咽难言。少年却忽然一笑,江慈泪眼望出去,觉那笑容似山泉水般纯净,又如玉迦花般秀美。少年颤抖着伸手入怀,取出一只银手镯,与淡雪所送手镯合在一起,递至江慈面前。他唇边带笑,紧盯着江慈,眼睛始终不曾眨一下,似是弥留之前,要将阿姐的容颜深深刻画在心间。

江慈伸出右手,少年将手镯放入她掌心,却又紧紧抓住她的手腕,瘦弱的身躯不时抽搐。山风吹来,卷起他凌乱的头发,有数缕沾上他唇边乌黑的血丝。发与血凝成一团,竟看不清哪是血丝,何为乌发。

江慈泪水如珍珠断线一般。白影走近,在她身边默立片刻,慢慢俯身,要将少年从她怀中抱出。江慈一惊,抬头看清那张戴着人皮面具的脸,再看清他的身形和素袍,疑道:"三爷?"

卫昭看了她一眼,微微点头,欲将少年抱起,少年却仍紧抓着江慈的手腕。卫昭用力将他抱起,少年也不松手,带得江慈向前一扑。

淳于离过来,眉头微皱,挥剑砍向江慈手腕。卫昭袍袖急速挥出,淳于离向后跃了一小步,不解道:"教主,得杀了这小子灭口!"

卫昭语气斩钉截铁:"不能杀她!"

淳于离只得收起长剑,过来细看卫昭怀中的阿柳,伸手拍着阿柳的面颊,急道:"阿柳,你怎么了?魏贼呢?"

阿柳却不看他,只是望着江慈,眼中有无限依恋之意。

卫昭右掌轻击阿柳胸膛,阿柳喷出一口黑血,喉间呜咽,吐出口长气,终望向卫昭和淳于离。淳于离看他情形,知他活不长久,心中焦急,喝问道:"魏正山呢?我不是让你守着他吗?"

阿柳迷茫的目光自他和卫昭身上掠过,又凝在江慈面容上,喃喃:"阿姐……"

卫昭默思一瞬,望向江慈:"你来问他,魏正山在哪里?"

江慈接过阿柳,依然将他抱在怀中,轻抚着他的额头,替他将凌乱的头发抚至耳后。阿柳逐渐平静,江慈又抬头看了看卫昭,见他望着阿柳,面具后的眼神充满悲伤,她心中一动,低头在阿柳耳边低声道:"阿弟,告诉阿姐,魏正山在哪里?"

阿柳身子微震,似有些清醒,盯着江慈看了一阵,又望向一边的淳于离。

淳于离上前掐住他的人中:"阿柳,教主来了,你快说,魏正山在哪里?"

阿柳啊了一声,猛然自江慈怀中坐起,原本苍白的面上涌现血色,茫然四顾:"教主,教主在哪里?"

卫昭在他面前缓缓蹲下,握上他的右腕,徐徐送入真气,柔声道:"阿柳,我是教主。来,告诉我,魏正山在哪里?"

江慈从未听过卫昭这般语气,望着他微闪的眸光,若有所悟,心尖处一疼,转过头去。

阿柳得卫昭输入真气,逐渐清醒,抬起右手指向北面山峦,喘道:"他对军师起了疑心,想逃。我没办法,只得催动他体内之毒,爬下山来找军师……"

淳于离迅速上前将阿柳背起,往北面山峦走去。卫昭看了看江慈,犹豫一瞬,终伸过手来握住她的左腕,带着她往前疾行。


依着阿柳指路,四人越过数座山峰,再在灌木丛中艰难行进一阵,到了一个山洞前。淳于离用剑拨开山洞前的灌木,卫昭当先钻入。山洞内昏暗,淳于离点燃树枝,江慈慢慢看清这是一个狭长的岩洞,岩壁长满青苔,一侧岩壁上不停有泉水沁出,汇聚在下方的凹石中,又溢了出来,沿着石壁流向洞外。

地上躺着一人,身形高大,铠甲上斑斑血迹,面容黝黑,唇边血丝已凝成黑褐色,头发凌乱,想来就是那魏正山。卫昭蹲下,探了探魏正山的鼻息,转头望向江慈。江慈醒悟,忙取出银针,在魏正山虎口、人中、胸口处扎下数针。卫昭运气,连拍魏正山数处穴道,魏正山口角吐出些白沫,缓缓睁开双眼。

卫昭将他扶起,让他倚住石壁,森冷的目光紧盯着他。

魏正山恢复些许神志,再望向一边的淳于离与阿柳,悚然一震,猛然抓起身边宝刀,掷向淳于离,浑身发抖:"果然是你!"

淳于离轻松接下宝刀,嘴角尽是嘲讽的笑意:"主公别动气,对身体不好。"

魏正山剧烈喘息,努力高扬着头,想保持一个枭雄的尊严,但洞中的阴风吹起他的乱发,让他这个动作略显滑稽和无力。

卫昭平静道:"四师叔,你到洞外帮我守着。"

"是。"淳于离忙转身出了山洞。

洞内一片寂静,只听见魏正山剧烈的喘息声,阿柳反而逐渐平静下来,只脸色越发惨白,死死地盯着魏正山。江慈看得清楚,过来将他抱在怀中,不停抚着他的胸口。

卫昭看了魏正山片刻,取下面具。他俊美的容颜如同一道闪电,惊得魏正山双目圆睁,满面不可置信之色。

卫昭悠然道:"魏公,五年前故皇后薨逝,我们在京城见过一面。在下萧无瑕,月落明月教教主。"

魏正山伸出手臂,挥舞几下,似要抓住卫昭的双肩,却又无力垂下,忽然一声尖啸,转而大声狂笑。他身躯抖动,笑声急促而冷锐,在山洞内回响,如同鬼魅在嚎叫。他又拍打着地面,仰头笑道:"原来是你!哈!老狐狸也有今天!哈哈哈哈,实在是太好了!"

卫昭一笑,缓缓道:"魏公,我想问你几件事,还请魏公知无不言,言无不尽。"

魏正山笑声渐歇,撑住石壁摇摇晃晃地站了起来,身形犹如一座黑塔。他眉间涌起一股傲气,斜睨着卫昭,喘道:"我有今日全是拜你所赐,我为何要告诉你?"

卫昭浅笑,转过头望向江慈怀中的阿柳,见他双眸中满是愤怒与仇恨,紧盯着魏正山,便放缓语气道:"阿柳,他所中何毒?"

阿柳的脸惨白得吓人。他依偎在江慈怀中,仰望着高大的魏正山,却笑得如同一个征服者。笑罢,他话语低沉,咬牙切齿道:"魏贼,你不是爱拿鞭子抽我,嗜好喝我的血吗?哈,我让你喝!你天天喝我的血,我就天天服用巫草,这样,我血中的毒便会在你体内慢慢集聚。只要我服下引药,再让你喝我的血,你这毒便会发作。哈哈,你先前喝的水中便有我的血啊!你没救了,只有死路一条,我们同归于尽吧!"他仰头而笑,笑声尖锐,似毒蛇看见猎物时发出的嗤嗤之声,身躯却渐转僵冷。魏正山怒极,如困兽般扑过来,卫昭袍袖一挥,将他逼回原处。

魏正山嘴角黑血渗出,看着卫昭,又看向阿柳,笑声如夜枭嗒嗒:"你们月落人,比畜生都不如,就只配在我们的胯下,让我们……"

卫昭瞳孔中闪过一抹猩红,猛然掐上魏正山的咽喉,魏正山后面的话便堵在了喉间。他嘴中涌出黑血,靠着石壁,张唇剧烈喘息。卫昭犹豫片刻,收回右手,低头看着他,双唇微抿,如岩石般沉默。

江慈抱着阿柳坐在地上,仰头间正见卫昭垂于身侧的右手,那修长白皙的手指极轻微地颤动。她心中难过,泪水不听话地涌出,顺着脸庞滑下,滑入她的颈间,湿黏而沉重。

阿柳笑声渐歇,气息渐低。江慈醒觉,抹去脸上泪珠,掐上他的人中,低声唤道:"阿弟!"

卫昭惊觉,伸掌拍上魏正山胸口。

魏正山仿佛一下苍老了几十岁,如同一个行将就木的老人,慢慢坐落于地。

卫昭在他面前蹲下,话语风轻云淡:"魏公,你只有一个儿子,但他并不成器。倒是你的长孙,虽只六岁,却颇为聪慧。"

魏正山蓦然抬头,眸中射出渴求之意。

卫昭笑道:"不错,我以明月之神的名义起誓,保住你长孙一命,换你几句话。"

魏正山沉默一瞬，颓然道："希望你说话算数。"


风，自岩洞深处涌来，江慈也未听清那边二人在说些什么，只是木然地抱着阿柳，双眸渐被悲伤浸透。

卫昭将陷入昏迷之中的魏正山放于地面，慢慢站起。

阿柳却忽然睁开眼，喘道："教主！"

卫昭走近，伸出双手。江慈不欲让他看见自己眼中的泪水，低下头，将阿柳轻轻递给他。

卫昭将阿柳抱在怀中，轻声唤道："阿柳。"

阿柳瑟缩着，似是怕自己身上的血迹弄脏卫昭的白袍，挣扎着想坐开些。卫昭将他紧搂于怀中，又替他理了理散乱的乌发。

阿柳笑得极为欣慰，仰望着卫昭秀美的面容，眼中闪着无限崇慕之意："教主，阿柳想求您一事。"

卫昭抚上他的额头，眸光微闪："好，我答应你。"

阿柳喘道："教主，我求您……将我葬在这里，我……我不想回月落。"

卫昭一愣，阿柳泪水滑下，满面哀伤，低低道："我这身子，早就脏了，不能让阿母和阿姐看到我这个样子……"他伸手欲拉开自己的衣衫，见他极为吃力，卫昭便替他将衣衫除下，露出他瘦削的上身，还有白皙肌肤上触目惊心的累累伤痕。

卫昭身子一僵，说不出只言片语，心中的绝望痛苦似滔天洪水拍打着即将崩溃的堤坝。他的眸中涌起无限悲凉，不敢看阿柳的哀求之色，缓慢转头，却正对上江慈的目光。他呆呆地看着江慈，江慈也呆呆地看着他。他绝美的面容在火把的映照下散发着暗金色的光芒，虽是夏季，洞内阴风却吹得她的四肢僵冷。

阿柳剧烈喘息着，直直望着卫昭。江慈慢慢走过来，蹲在阿柳面前，拉起他的右手，将两只银手镯放于他手心，凝望着他没有一丝血色的面容，柔声道："阿弟，你是这世上最干净的人。阿姐一直在等你，等你回家。"

阿柳眼神却比先前清明了许多，向江慈绽出一个纯净无瑕的微笑："你帮我收着吧。你是阿姐的朋友，以后要是见到阿姐，把这镯子给她，就跟她说，我死在了战场上，像个男子汉，和敌人同归于尽。"

江慈见他神色渐好，明白他是回光返照，不由得痛彻心扉，紧握他的右手，再也无法言语。

阿柳再转向卫昭："教主，和我一起的还有一个孩子，他叫阿远，我将他藏在军营东北面三里处密林里最大那棵树的树洞中，求教主将他带回月落。"

卫昭微微点头，阿柳长松了一口气，目光掠过一边的魏正山，忽然大力挣脱卫昭双手，扑向魏正山。但他临死前力气衰竭，扑出一小步便倒于地面。他犹不甘心，手足并用，蠕动着爬向魏正山。江慈欲上前扶起他，卫昭却一把将她拉住。江慈转身，卫昭望着她，轻轻摇了摇头。

阿柳喘息着，极缓慢地爬向魏正山，仿佛在走一段人生最艰难的路程，每一步仿佛都在用尽他全身的力气。他爬到魏正山身前，猛然俯身咬上魏正山的面容，牙关用力。啮声响起，他仰头凄厉笑着，用力咀嚼着那块血肉，黑色的血自他嘴角不停淌下，他的笑声慢慢转为低咽，终至无声。

江慈愣愣看着这一幕，看着阿柳伏倒于地，看着他布满背上如巨大蜈蚣的伤痕，还有他肩头及颈间的累累啮痕，不自禁地仰头望向卫昭。

卫昭看着地上的阿柳，面上看不出一丝表情，整个人如同僵硬的岩石，只有拉住江慈的左手在微微战栗。江慈凝望着他，欲言又止，右臂从他手中慢慢抽出。

卫昭神情木然地转过头来，江慈含着泪水向他温柔一笑，伸出手去，轻轻地握住了他冰冷的左手。卫昭看见江慈眼中自己的身影就像两团小火苗在灼灼跳跃，江慈嘴角的温柔之意也让卫昭一阵眩晕，想将手抽出，却似乎需要提起全部力气。

江慈用力将卫昭的手紧紧握住，视线不曾离开他半分。卫昭的心忽然抽搐了一下，呼吸渐促，面上涌起雾一样的灰色。喉间甜意一阵浓过一阵，卫昭猛然用力将江慈一推，倒退几步，靠住石壁，嘴角渗出血丝。

江慈扑过来将他扶住，看他情形，极像上次在墓前走火入魔的征象，急忙唤道："三爷！"

卫昭欲再将她推开，右手触及她的左肩，便凝在了那处。

江慈见他并未如上次般晕厥，心中稍安，再见他神色怔怔，凝望着自己的左肩,一时有些恍惚,便低声道:"已全好了,没有任何后遗症。"

卫昭慢慢收回右手,竭力让自己的声音轻描淡写:"崔解元的医术果然高明。"

江慈话语中满是忧切之意:"三爷,回头请崔大哥帮你看看吧,你这身子……"

卫昭淡淡一笑:"不必了。"

江慈还待再说,卫昭不再看她,大步出洞。江慈回头见阿柳伏于魏正山身侧,身上伤痕累累、血迹斑斑,心中悲痛,俯身将他已逐渐冰冷的身子抱起。


淳于离正在洞口的灌木丛后守候,见卫昭出来,迎上前道:"教……"他看清卫昭并未戴着面具,而这张脸秀美绝伦,隐有几分熟悉的感觉,不禁张了张嘴,却未能成言。他忽然想起,前日在战场上,自己"救"出魏正山时,最后飞剑来阻的便是这张面容,心中渐涌疑虑。

卫昭望着天际浮云,沉默良久,从怀中取出一方小小金印。淳于离双手接过,金印下方,"钦封监军"四字撞入眼帘,他猛然抬头,不可置信。

山间夏日的下午寂静得可怕,淳于离于这寂静中将诸事想透,纵是四十多年来看尽世间风云、人世沧桑,也终难平心中激动,哽咽着跪于卫昭身前。

卫昭并不扶他,淡然道:"四师叔请起,我有话对你说。"

"是。"淳于离缓缓站起,心中忽对三师兄涌起一股恨意,想起追随大师兄和二师姐的快意时光,再也没有勇气望向身边之人。

卫昭面容沉肃:"四师叔,此间事了,我命你回月落辅佐教主及族长,振兴月落。"

"教主?"

"是苏俊。"卫昭道,"眼下在月落山戴着面具、带领族人的是苏俊。"

淳于离依稀记得当年被自己和师兄从火海中救出来的两兄弟,点了点头:"也只有这样,教主才好在这边行事。"

卫昭道:"苏俊人虽聪明,但稍显浮躁;平叔忠心,却无大才,只能看着苏俊不出乱子,却无法治邦理国。唯四师叔有经天纬地之才,月落一族的振兴就全仰仗四师叔了。"说着向淳于离深深一揖。

淳于离忙将他扶住，再度跪下："教主，您才是月落……"

"不，四师叔。"卫昭将他扶起，"我无法离开这里。"

淳于离正有满腹疑问，忍不住道："教主，我有一事不明白。"

"说吧。"

"教主为何要助裴琰?"

卫昭默然片刻，道："不是我想助他，而是形势所逼，也是权衡再三后做出的选择。"

"请教主明示。"

"当日裴琰为求钳制桓国，同时也为了让裴子放在定幽一带扩充势力，与桓国签订和约，欲将我月落一分为二，我才被迫提前逼反魏正山，搅乱这天下局势。原本指望着能让梁桓两国陷入混乱，我月落好伺机立国，再也不用受人欺压奴役。可是现在看来，我想得太过简单了。"

淳于离沉默片刻，轻叹道："是，我月落积弱多年，物产贫乏，兵力不足，族人又各有盘算。眼下这个乱局，不管是哪方获胜，我月落都很难与其抗衡。"

卫昭微微点头，双目充满倦怠："落凤滩一战，我亲眼看着上万族人死于眼前，六师叔血洒沙场，想到若是一意孤行立国，不知还要让月落山添多少孤魂野鬼。"

淳于离心中难过，转首望向空中浮云，眉宇黯然。

"我们既无能力立国，便只有寻求一个强大势力的保护，暂保平安，再借这段平安时日，强邦富民，待我们实力足够强大了，时机成熟了，再谈立国。"

"所以，教主选择了裴琰?"

"裴琰心机过人，自姚定邦一事猜到了我的真实身份，更掌握了我们分布在各方势力中的棋子，包括四师叔您。我若不与他合作，这些年的辛苦经营便会被他连根拔起，更会殃及族人。"卫昭话语渐缓，"我权衡再三，所有势力之中，只有他最合适。他有令海晏河清、天下清明的大志，也唯有他，才不会强逼我月落进献姬童。兼之其人手腕强硬，才识超群，性格坚毅，终可成其大业。所以，我只能要挟他写下允我月落自立为藩、免我族奴役的法令，以此来作为与他合作抗敌的条件。"

"可是，裴琰这个人狡猾阴险，怕信不过啊。"

卫昭冷笑一声："所以我得留在梁国看着他。他要夺权,我便帮他夺权,他在这条路上走得越远,陷得越深,他落在我手中的把柄就会越多。再说,他要控制这梁国北面半壁江山,就离不开我的帮助。他明着夺权,我便在暗中布局,总会有胁迫他的法子。"

淳于离踌躇再三,终将最后要问的问题压了下去,只是望向卫昭的目光满是疼惜之意。见他白衣微皱,伸手替他轻轻理平,低声唤道："无瑕。"

卫昭转过头去,凝望着满山苍翠,一动不动。

淳于离有些不安,犹豫着道："无瑕,若是……你还是早日回来吧。"

卫昭面上浮起浅浅的笑,平静道："萧离。"

"属下在。"淳于离面容一肃,单膝跪下。

卫昭的声音不起一丝波澜："你回去后,将乌雅杀了。"

"……是。"

"族长虽年幼,但很聪慧。你让苏俊收他为徒,由你监政。我希望十多年后,我月落能出一个堪与裴琰和宇文景伦相抗衡的英才!"

"属下谨遵教主吩咐,赴汤蹈火,在所不辞!"

卫昭低头望着淳于离,一字一句道："还有,只要我一天不回月落,苏俊便一直是教主。你的任务就是辅佐他和族长,你可明白?"

淳于离心中钝痛,沉默着。卫昭眯着眼睛盯住他,他虽未抬头,也感受到这目光的巨大压力,沉重得让他喘不过气来,终拜伏于地："是,教主。"

卫昭俯身将他扶起,淳于离反握住他冰冷的双手,心潮难平,强自抑制,从怀中取出一本小册子,奉给卫昭："教主,这是我多年来在陇北各地安插的人员名单。还有,魏贼这些年收买朝廷官员,向各人行贿的记录,都在其中。"


二人转身踏入山洞,一齐愣住。

石凹前,江慈跪在地上,将阿柳的尸身抱在胸前,正用布条蘸了泉水,擦拭着他身上的血迹与伤痕。她的动作极轻柔,卫昭与淳于离默默地站着,看着江慈替阿柳拭净上身,又替他将上衫穿好。江慈还欲替阿柳将散乱的头发束好,可他身子已近僵硬，只能平放于地，便有些不方便。卫昭大步过来，将阿柳抱于胸前，江慈撕下一截衣襟，以指为梳，将阿柳的乌发轻轻梳顺束好。

她轻抚着阿柳冰冷的额头，抬眼望向卫昭，眸中尽是恳求之意。卫昭微微摇头，江慈却仍恳求地望着他。二人长久对望，卫昭眼神终有些微松动。他抱起阿柳，交给淳于离，犹豫顷刻，道："你带上阿远，将阿柳的骨灰带回去，供奉在明月洞中，只是别告诉他家人真相，就说教主派了任务给他，暂时不能回去。"

此时已是夕阳西下，金色霞晖由洞外透进来，映得卫昭立于洞口的身形如同被抹上了一层瑰丽的色彩。江慈慢慢走过来，与卫昭并肩而立，望着淳于离负着阿柳消失在夕阳下，轻声道："他真傻。"

卫昭不语，江慈轻轻叹息："亲人们尊敬他、爱护他都来不及，又怎会……"

风吹得二人前方的灌木摇晃了一下，透过来的霞光让卫昭的面容闪过一道金光。他猛然举步，向山顶走去。

江慈急急跟上，荒山野岭，荆棘丛生，卫昭的白袍在夕阳下闪着淡金的光芒，他修长的身影在灌木丛中越行越远，江慈提起全部的力气方能勉强跟上。

在最后一抹霞光的映照下，卫昭站上山顶的巨石。他负手而立，遥望西面天际，静静地望着夕阳慢慢落入远处的山峦之后，望着夜色悄无声息地笼罩四野。

江慈立于石旁，静静地看着暮色将卫昭的身影包围，看着最后一缕余光将他俊美的侧脸轻轻勾勒，又迅速隐去，任黑暗肆虐苍茫大地。

山风劲吹，夜色渐深。卫昭仍是一动不动，他的白袍在风中飒飒轻响。江慈已看不清他的面容，却能感觉到他身躯散发出的冰冷之意。她默默地取出火折子，寻来枯枝，在大石后点燃一堆小小篝火。

卫昭再看了一眼西边的夜空，慢慢合上双眸，转身跃落，倚住大石，在篝火边坐落。江慈从腰间解下水囊递给他，他抬眼看了看江慈，篝火的光芒在他眼中跳跃。他接过水囊喝了一口，又闭上双眼，敛去眸中的光芒。

江慈不断拾来枯枝，卫昭只是倚石而憩，始终不曾开口。

夜风越来越盛，江慈挑了挑篝火，低头间见卫昭的白袍被荆棘勾裂了一道长长的口子，她低下头，在腰间束带的夹囊中寻出针线来，挪了挪，坐到卫昭身边，将他白袍的下摆轻轻撩起，静静地缝补着。

卫昭纹丝不动，过得一阵，睁开眼，凤目微眯，凝望着江慈低头的侧影。她圆润秀丽的侧脸让他神思恍惚，却再也移不开视线。

江慈低头咬断丝线，微笑道："三爷的那件袍子我洗好了，下山后再换吧，今晚先将就着……"她抬起头来，与卫昭目光相触，时间仿佛有些凝滞。

山间的夜是这般寂静，静得能听到彼此剧烈的心跳与呼吸声；篝火是这般朦胧，让她一时看不清卫昭的面容，只看见他似是嘴唇微动了动，却终没有说出一个字。

二人长久对望，篝火却慢慢熄灭。江慈醒觉，忙转身将篝火重新挑燃。卫昭忽然出语："不用了。"江慈回头，他却不再说话，从怀中取出竹箫，在手心顿了顿，闭上双眸，箫声渐起。

黑沉的夜色下，箫声呜咽，和着山风的呼啸声，在江慈的心间缠绕着，她愣愣看着眼前篝火完全熄灭，看着火堆的余灰由金红转为灰暗。

不知过了多久，箫声忽转悲怆，熟悉的曲调让江慈眼眶逐渐湿润，和着这箫声轻声吟唱："日落西山兮月东升，长风浩荡兮月如钩；梧桐引凤兮月半明，乌云遮天兮月半阴；玉殿琼楼兮天月圆，清波起荡兮地月缺；明月皎皎兮照我影，对孤影叹兮起清愁；明月圆圆兮映我心，随白云飘兮去难归；明月弯弯兮照万里，千万人兮思故乡。"

她的歌声逐渐哽咽，唱到"随白云飘兮去难归"时，想起再也回不去了的邓家寨，想起眼前这人只能伫立石上、遥望故乡的身影，不禁泪流满面，泣不成声。箫声也顿了片刻，待她重新起调，方幽幽接了下去。

箫声断断续续吹了一夜，直到弦月隐入西边天际，晨星隐现，卫昭方放下竹箫，缓缓站起。

江慈抬头看着他，他回过头，慢慢伸出右手。江慈望着他晶亮的眼神，见他眼神中充满柔和之意，静默片刻，终轻轻地将手放入他的手心。

卫昭修长的手指轻柔地合拢，将她的手握住，带着她向山下走去。晨曦渐浓，二人一路向南，谁都没有开口说上一句话。


震天的马蹄声踏破黎明的静谧，留守牛鼻山的长风骑被这蹄声惊得纷纷钻出营帐，不多时有人欢呼："侯爷回来了！"

军营刹那间沸腾，将士们齐齐列队，敬慕的眼光望着那紫袍银甲的身影策着黑色骏马渐驰渐近。看着那白袍银甲的身影并肩而来，驰于他身侧，长风骑追随于后，将士们轰然欢呼。

裴琰勒住骏马，朗声而笑："弟兄们辛苦了！"

"侯爷威武！"长风骑齐声呼道，上万人整齐的呼声震得营地边的青松都颤了一颤。

晨风拂面，裴琰只觉神清气爽，他跃下马，将马鞭丢给长风卫，向中军大帐走去，笑道："魏正山这块难啃的骨头总算拿下了。陇州那边有童敏，魏正山的儿子是个草包，伪帝更不足为虑，魏正山一人逃走，也成不了什么气候。只要一鼓作气，再将宇文景伦赶回桓国，天下指日可定。"

宁剑瑜也感受到了裴琰的志得意满，笑道："可笑魏正山筹谋多年，只一战便败在侯爷手上。桓军虽凶悍，也必不是长风骑的对手。"

"嗯，桓军虽强，但也只强在骑兵上，蛮夷之人又向来好逞匹夫之勇，我们有子明，到时巧施妙计，不怕他宇文景伦不上当。"裴琰转向崔亮笑道。

崔亮微微笑了笑，并不接话。

"传令下去，休整一个时辰，大军便出发，驰援青茅谷！"裴琰想了想道。

陈安忙去传军令，长风卫周密过来，附耳说了几句话。裴琰面色微变，笑容渐敛，半晌方道："卫大人也没回？"

"是。光明司宋大人被抬回来后，只说遭人暗算，未看清暗袭者。"

裴琰眉头微蹙，道："走，带我去看看。"又转向宁剑瑜，"你准备拔营事宜，我去去便回。"

周密领着裴琰向北而行，刚穿过一片树林，便见北面山峦上两个人影缓缓而下，越行越近。

卫昭带着江慈一路向南,遥见前方树林边的身影,转身间松开右手,望着江慈,淡淡道:"你先回去吧。"

江慈慢慢收回左手,看了看他,也未说话,低着头走向树林,自裴琰身边擦肩而过,周密忙即跟上。

裴琰冷着脸,看着卫昭悠然走到面前,方露出微笑:"三郎好雅兴,登山赏月。"

卫昭一笑:"少君回得倒是及时。"

二人并肩往营地走去,卫昭道:"这边大局已定,需尽快回援青茅谷。"

"这是自然,正等着三郎。"

# 第四十二章

## 伤心碧血

收兵号角响起,桓军井然有序,似流水般从壕沟前撤回。

王旗下方,宇文景伦与滕瑞对望一眼,齐齐回转大帐。入帐后,二人俱陷入沉思之中,易寒及数名大将有些纳闷,却均端坐下方,并不多言。

一名骑带入帐,下跪禀道:"禀王爷,已审过,共擒回十二名俘虏,九人为河西本地人氏,两人为云骑营士兵,一人为长风骑。"

宇文景伦与滕瑞再互望一眼,宇文景伦嘴角隐露笑意,挥了挥手:"易先生留下。"其余将领忙都行礼退了出去。

宇文景伦沉吟片刻,抬头道:"易先生,我问句话,您莫见怪。"

易寒忙道:"王爷折杀易寒。"

"先生曾两度与裴琰交手,我想听听先生对裴琰的评价。"

"长风山庄一战,觉此人极善利用每一个机会,好攻心之术;使臣馆一案,又觉他心机似海,步步为营,算无遗漏。"

"滕先生呢? 您这些年负责收集关于裴琰的情报,对他有何评价?"宇文景伦转向滕瑞。

滕瑞饮了口茶,唇角微微向上一牵,悠然道:"一代枭雄,乱世奸雄,战场英雄。"

宇文景伦呵呵一笑:"先生这三雄,精辟得很。"

易寒颇感兴趣："愿闻其详。"

"裴琰武功绝世，谋略过人，环顾宇内，唯堂主可与其并驾齐驱，是为一代枭雄；其人野心勃勃，手腕高超，做大事不拘小节，甚至不择手段，行事不乏阴狠毒辣之举，若处乱世，定为奸雄；但此人又有着过人的胸襟，英雄气度，果断坚毅，识人善用，麾下不乏能人悍将，在战场称得上是个英雄。"滕瑞侃侃而谈。

"滕先生对裴琰评价倒是挺高。"宇文景伦笑道，"不过我对先生的后话更感兴趣。"

滕瑞笑容意味深长，缓缓道："在我看来，不管他是枭雄、奸雄还是英雄，他终究是个玩弄权术之人。"

宇文景伦点了点头："不错，若说裴琰是为了什么民族大义、百姓苍生，来力挽狂澜、征战沙场，本王倒有几分不信。"

"所谓民族大义，只是裴琰用来收买人心、鼓舞士气的堂皇之言。他之所以愿意出山来打这一仗，为的无非是'权利'二字。"滕瑞道，"若能拿下魏正山，他便能占据陇北平原；若能取得对我军的胜利，河西府以北都将是他的势力范围。"

易寒也渐明白过来："加上王朗已死，梁帝又将北面的军权都交予裴琰一人，他实际上操控了梁国半壁江山。"

"是，但这半壁江山不是那么好控制的，特别是有一方势力，裴琰必然十分忌惮。"

易寒想了想，道："河西高氏？"

"不错。河西高氏乃梁国第一名门望族，势力强大，连梁帝都轻易不敢拂其锋。高氏一族在河西至东莱一带盘根错节，甚至还有了私下的武装势力。庄王在京城炙手可热，压过太子风头，全赖有高氏撑腰。"

易寒想起先前骑带所禀审讯俘虏的回话，猛然醒悟："先生是说，裴琰现在正借我军之手除去河西高氏？就连长风骑退至青茅谷，逼高氏出手，也是他的预谋？"

滕瑞只是微笑，并不回答。

宇文景伦望向滕瑞，颔首道："先生讲的很有道理，与本王想的差不离。现在关键是,裴琰用了这招借刀杀人,是不是就证明他并不在青茅谷?"

易寒也道:"是啊,他可以不露面,让河西高氏的人上来送死,待差不多时再出来收拾战局。"

"裴琰其人,没有好处的事是绝不会做的,同理,他做任何事都要获取最大利益。他若到了青茅谷,这十多天来不露真容,只是一味让河西高氏的人马送死,还不如赶去牛鼻山,一鼓作气收拾了魏正山,再赶来这处。"

"先生的意思,裴琰极有可能并不在青茅谷,而是去了牛鼻山?"

滕瑞肃然起身:"请王爷决断。"

宇文景伦缄默良久,道:"那射日弓,这些日子制出了多少?"

"既有样弓,查明其制作诀窍,做起来便快,眼下已有五千把了。"

宇文景伦负手踱至帐门,遥望南方。暮色下,云层渐厚,黑沉沉,似要向苍茫大地压过来。他眼神渐亮,似一把即将出鞘的利剑,又如准备择狼而噬的猛虎。

沉默良久,他才缓缓开口,声音沉稳,却又有着难以掩住的锐利锋芒:"我们守有藤甲衣,攻有射日弓,就赌上一把! 即使裴琰真在此地,与他交锋也是我生平夙愿。看样子明日将有大雨,更利我军总攻,一切就有劳二位了。"

易寒与滕瑞对望一眼,齐齐弓腰:"是,王爷。"


由于要抢时间驰援青茅谷,裴琰所率大军行进得极快,马蹄声自东向西,黄昏时分便过了晶州。

遥见帅旗旗令,宁剑瑜策马过来:"侯爷!"

裴琰沉吟片刻,道:"在前面扎营,休整两个时辰,等后面的跟上来了再起营。"

宁剑瑜也知战马和士兵不可能日夜不停地驰骋,便传下军令。众人在青山桥畔跃下马鞍,江慈坐于崔亮身边,见长风卫过来点燃一堆篝火,忍不住抬头看了卫昭一眼。

卫昭却与宁剑瑜在微笑着说话,江慈忙看了看宁剑瑜的神色,放下心来。

崔亮递给江慈一块干饼:"急行军,只能吃些干粮。"江慈双手接过,向崔亮甜甜一笑,刚要咬上干饼,却见对面裴琰冷如数九寒冰的眼神扫过来,忙挪了挪,侧过身去。

崔亮边吃边道："相爷,我估摸着,桓军的探子若是抄雁鸣山回去报信,今晚或明早桓军便会知道这边的战况。我们最快也得明天下午才赶得到,不知道田将军他们抵不抵得住这一日?"

宁剑瑜剑眉一扬,笑道："子明就放心吧,田策和安澄若是连这一天都撑不住,也不用再在长风骑混下去了。"

裴琰也点头笑道："应当没问题,田策与桓军交战多年,深悉他们的作战方式。况且又不是平原地带,宇文景伦要想吃掉我的长风骑,只怕没那么容易。"

崔亮不再说话,不远处却忽起骚动,某处将士不知因何大呼小叫。裴琰眉头微蹙,陈安忙奔了过去,不多时眉开眼笑地拎着只野兔了过来,笑道："侯爷,弟兄们撒尿时捉住的,都说给侯爷尝尝鲜。"拿起佩刀便欲开膛破肚。

裴琰面笼寒霜,宁剑瑜忙咳嗽了一声。陈安看了看裴琰的脸色,心中直打鼓,手一松,野兔撒足而去。

裴琰冷声道："知不知道错在何处?"

陈安嗫嚅片刻,低声道："侯爷要与弟兄们同甘共苦,弟兄们吃什么,侯爷便吃什么。"

"还有呢?"裴琰声音更为严厉。

陈安脸一红,猛然挺起胸膛,大声道："陈安这把宝刀,喝的应是敌人的血!"

裴琰面色稍霁："弟兄们把野兔捉了回来,无可厚非,但你拎回来,还要用自己的佩刀,便是你的错。暂且记下,到了青茅谷后,将功赎过吧。"

陈安军礼行得极为精神,大声道："是,侯爷!"

裴琰不再看他,侧头向卫昭笑道："小子们不懂事,让卫大人见笑了。"

卫昭微微一笑："少君治军严谨,卫昭早有耳闻。"

许隽悄悄向陈安做了个手势,要他到自己右边坐下。陈安却脸涨得通红,再行一礼:"侯爷,我去巡营!"

望着他大步远去的身影,许隽低声骂了句:"这个犟驴子!"

宁剑瑜笑道:"要说世上谁最了解犟驴子,非侯爷莫属。你等着看吧,到了青茅谷,保证他会变头猛虎,桓军可要因为一只野兔子倒大霉了!"

崔亮看了看已近全黑的天,又抓起一把泥土嗅了嗅,道:"西边这两天只怕会有大雨。"

裴琰笑道:"那就更有利于田策防守了。"

远处,忽传来陈安的大嗓门:"弟兄们听好了,明天要让桓军知道长风骑的厉害,犯我长风骑者,必诛之!"

数千人轰然而应:"犯我长风骑者,必诛之!"

陈安极为满意,放声大笑。笑声刚罢,歌声忽起,长风骑们放喉应和,粗豪雄浑的歌声在青山桥畔回响。

"日耀长空,铁骑如风;三军用命,士气如虹;骏马萧萧,飒沓如龙;与子同袍,生死相从;山移岳动,气贯苍穹;守土护疆,唯我长风!"

歌声,直冲云霄,如一条巨龙在空中咆哮,傲视苍茫大地。

"骏马萧萧,飒沓如龙;与子同袍,生死相从;山移岳动,气贯苍穹;守土护疆,唯我长风!"


风,呼啸过平原,桓军的铁蹄声、喊杀声却比这风声还要暴烈。

雨,铺天盖地,将地上的血冲洗得一干二净,似要湮灭这血腥杀戮的罪证。

安澄的刀刃早已卷起,他也记不清自己究竟杀了多少桓军,身边还剩多少长风骑兄弟。风雨将他的身影衬得如同孤独的野狼,他眸中充满着血腥和戾气,带着数千名长风骑死守于小山丘前。

北面,隐约可以听到惨呼声传来,那是桓军在屠城吧。相爷,安澄对不住你,青茅谷没守住,河西府也没守住啊!

见这数千弟兄被桓军压得步步后退,人人以一敌十,身上早已分不清是血水还是雨水,也分不清是自己还是敌人的血。安澄心中剧痛,却仍提起真气,暴喝一声:"兄弟们挺住! 侯爷就快到了!"

砍杀间,他视线掠向南面,心中默念:老田,你撑住,只要你那三万人能撤过河西渠,重筑防线,就还有一线机会,不让桓军长驱南下。我安澄今日便用这条性命,为你博得这一线生机吧!他再厉喝一声,人刀合一,突入如潮水般拥来的桓军中,厚背刀左砍右劈,挡者无不被他砍得飞跌开去。

北面王旗下,宇文景伦有些不悦:"五万人,这么久都收拾不了这一万长风骑,传回去让人笑掉大牙!"

他这话激得身边的两名将领怒吼一声,再带五千人攻了上去。但安澄领着长风骑如同疯了一般,人人悍不畏死,缠得桓军无法再压向前。


凉凉晨风扑面而来,骏马的铁掌在霞光下闪烁着耀目的光泽,击起无数黄泥草屑。裴琰与卫昭并肩而驰,眼见已过寒州,身后还传来长风骑将士斗志昂扬的喝马声,不觉心情舒畅,笑道:"三郎,说真的,我们还没有好好比试过一回,将桓军赶回去后,定要比个痛快!"

宁剑瑜打马上来,笑道:"素闻卫大人武艺超群,不知可否让宁某大开眼界?"

卫昭悠然自得地策着马,疾驰间身形岿然不动,声音却不疾不缓送入宁剑瑜耳中:"不敢当。宁将军白袍银枪,威震边关,卫昭早心慕之。"

裴琰一笑,正要说话,忽听得焦急到极致的喝马声,似是有些耳熟,心中一动,右手运力,黑骝骏马希聿聿长嘶,四个铁蹄却稳稳当当停于原地。

不多时,前方黄土道上,两人拼命抽打着身下骏马,越奔越近。裴琰笑容渐敛,缓缓举起右手,便有传令兵前后传着暂停行进的军令。

长风卫安潞与窦子谋满头大汗,血染军衣,滚落于马,跪于裴琰马前,似虚脱了一般,剧烈喘息。裴琰心中一沉,声音却极平静:"说。"

"侯爷……"安潞有些喘不过气来,窦子谋大声接道:"侯爷,桓军攻破了青茅谷,田将军带兵退回河西府,不及关城门,桓军骑兵又攻破了北门,河西府失守了!"

宁剑瑜倒吸了一口凉气,英俊的面上透着不可置信之色。卫昭也双眉一紧,身躯不自禁地挺直。宁剑瑜望向裴琰,裴琰的脸沉得如同一尊雕像。

窦子谋不敢抬头,仍是大声道:"安大哥命我们前来向侯爷报信,河西府是守不住了。弟兄们死伤惨重,田将军和安大哥正带着他们向南撤!"

崔亮早赶上来听得清楚,也被这惊天噩耗震得心中一寒,瞬间清醒。见裴琰还无反应,大声喝道:"相爷,河西渠!"

裴琰被他这声暴喝惊醒,厉喝一声,拨转马头,狂抽身下骏马,向西南疾驰。

宁剑瑜控制住狂烈的心跳,旗令一挥,震天蹄声急奔西南,惊起道边林间的乌鸦,黑沉沉飞满天空,似乌云般笼罩在每一个长风骑将士的心头。


雨势渐歇,但杀戮更盛。安澄身边的长风骑只剩下了千余人,却仍一个个悍暴狂虐,如从地狱中放出的恶魔,杀得桓军也有些胆寒,纵是将他们步步逼退,却也突不破他们抵死铸就的防线。

滕瑞眉头微皱,看着眼前这场如修罗地狱般的血腥搏杀,心底深处也闪过一丝不忍。他侧头道:"王爷,得尽快攻过河西渠,万一裴琰赶到,利用河西渠重筑防线,咱们直取梁国京城的计划可就会受阻……可惜箭矢用完了,否则不必如此血拼。"

宇文景伦正待说话,听到马蹄声,大喜转头:"易先生,河西府平定了?"

"是,高氏子弟倒也算有血性,巷战打得颇艰难,不过总算平定了。"易寒望向前方,眉头锁起,"这个安澄,凶悍得很哪。"

"箭矢有没有补充好?"

"带过来了。高国舅府后院正有一批箭矢,解燃眉之急。"

滕瑞双掌一合:"这就好。"他将令旗一挥,号角呜咽而起,桓军如潮水般退下。

安澄心知不妙,抬眼见桓军阵前,黑压压箭兵向前,寒闪闪箭矢上弓,绝望与愤恨齐齐涌上。他回头看了看南面半里处的河西渠,再望向东北面,怆然一笑:相爷,安澄不能再陪伴您了!他忽然一扬头,大声怒喝:"弟兄们,和他们拼了!"

上千长风骑齐声应和,他们人人身带重伤,但所有人均是一脸慨然赴死的神情,怒吼着冲向桓军。

宇文景伦看着这上千死士冲来,冷酷一笑,右手一挥。


裴琰狂抽身下黑骊马,在向西南的路途上狂奔。他的背心透出一层又一层汗,额头青筋暴起,双目通红。急驰间,紫色战袍被卷得似要随风而去。一种从未有过的恐惧逐渐蔓延、占据他的心头,他甚至没有回头去看大军有没有跟上,只是猛抽骏马,任细雨淋湿自己的双眉和鬓发。

宁剑瑜紧跟在他身后,双眸似被点燃。如雷的马蹄声中,他仿佛能听到体内突突的血流声:田策、安澄,你们能撑住吗?

数骑当先,万骑追随,驰过山丘,驰过平地,驰向西南无边无际的平野,驰向那象征着最后一线生机的河西渠。

雨,终于停了。

裴琰与宁剑瑜当先驰上小山丘,终于看到了不远处的河西渠,同时也看见了黑压压的数万桓军,看到了桓军阵前,小山丘上那上千名长风骑死士。

裴琰锐利的目光撕破箭雨,一下找到了那个陪伴了自己十八年的身影。他看到漫天箭矢呼啸着飞向那上千弟兄,簇簇之声撕裂了他的心肺。他眼睁睁地看着弩箭雕翎如骤雨般射向那个熟悉的身影,看着那人身中无数利箭,缓缓跪落于黄泥之中。裴琰目眦欲裂,耳边已听不见任何声音,甚至连自己和宁剑瑜的怒嘶声也听不见了,他如疯虎一般,化身为杀神,卷起一道紫色风暴,直扑向桓军。


宇文景伦见强弩射出的箭矢终将这最后上千人剿灭,满意地一笑,沉声道:"全速前进,攻过河西渠!"

号角声震破长空,桓军如潮水般向前,绵延里许,铁蹄狂踏,踏过长风骑的尸首,疾驰向河西渠上的镇波桥。

眼见桓军的铁蹄卷过了安澄的身体,裴琰睚目欲裂,一声暴喝,长剑脱手,如一道闪电般飞过上万人马,穿透正策骑踏上安澄尸身的桓军的身体,再射上前面一人的背心,二人齐齐倒落马来。

易寒双耳一颤,猛然回头,急道:"裴琰到了!"

宇文景伦暗惊,急速举起右手,号角数变,桓军齐齐勒马。

裴琰驰下小山丘,冲入桓军阵中。他双掌连击,漫天真气击得桓军纷纷往外跌去。一口真气将竭,他也终驰到阵前,怒喝一声,从马背上跃起,横空掠过,双足连环踢踏,连踏数十名桓军的头顶,右手一撸,夺过一把长剑,急纵向安澄尸首处。

易寒腾身而出，寒光一闪，将裴琰的去势阻住。裴琰无奈回招，二人长剑相击，如暴雨击打芭蕉，俱是招出如电，缠斗在了一起。

桓军后阵一阵骚乱，宇文景伦回过头，见越来越多的长风骑由东北面的小山丘卷来，知裴琰所率大军赶到，当机立断："变阵、还击！"

桓军训练有素，后阵变前阵，迅速回击。两军杀声四起，河西渠北、镇波桥前，再次变成人间地狱。

宇文景伦却不看两军战况，只是紧盯着与易寒搏杀的裴琰，跃跃欲试，终忍不住一夹马肚，手中白鹿刀觑准裴琰后背，凌空劈去。裴琰听得刀声，凛然一惊，无奈易寒长剑上的劲气将他的剑尖粘住。急怒之下，他真气盈满全身，腾于半空，避过宇文景伦的刀锋，但紫袍喳的一声，被白鹿刀砍下半截。

裴琰因身腾半空，剑势便有些凝滞。易寒长剑忽暴寒芒，裴琰承受不住，身形后飞，胸口如遭重击，吐出一口血来。刚及落地，易寒与宇文景伦一刀一剑，合力攻上。

赶来的长风骑都如同疯了一般，个个不要命地与桓军拼杀。宁剑瑜和陈安、许隽更是声如巨雷，在阵中勇不可当，杀得桓军如落叶飘絮倒飞满地。

卫昭策马奔上小山丘，皱眉看着前方战场。崔亮气喘吁吁赶到，急道："卫大人，这样拼下去可不行，守住河西渠方为上策。"

"嗯。"卫昭点了点头，"可看少君的样子，怕是……"

崔亮当机立断，回转身寻找几名号角手和旗令兵。

卫昭遥望裴琰与易寒及那着王袍之人激斗的身影，不禁眉头深锁，终催动身下骏马，冲下小山丘，驰向阵中。


裴琰力敌易寒和宇文景伦，还要顾着安澄尸身不被战马践踏，便渐有些支撑不住。易寒看得清楚，心中暗喜，借着宇文景伦一刀将裴琰逼得向右闪挪之机，在空中换气，姿态曼妙，旋飞至裴琰身后。裴琰听得脑后生风，无奈下前扑，右足踢向宇文景伦，挡住他必杀一刀。尚不及站起，易寒一剑又凌空刺下。裴琰硬生生向旁横移，易寒长剑穿透他的甲胄，森冷的剑刃贴着他的肌肤，刺入泥土之中。

易寒这一剑入土极深,裴琰虽未被刺中,甲胄却被钉住,正欲提气而起,宇文景伦深厚的刀锋砍到,他反剑回挡。易寒长笑一声,右拳击出,砰的一声,击上裴琰背部。裴琰纵是做好了准备,提气护于背心,仍被这一拳击得鲜血狂吐。宇文景伦又是一刀砍下,裴琰勉力提气,带起易寒长剑,在地上急速翻滚。易寒却已夺过身边士兵手中长剑,挺身飞来,刺入裴琰左肩。

裴琰中了一拳一剑,真气逐渐溃散,强自支撑,死死护住安澄尸身。

宇文景伦与易寒使了个眼色,白鹿刀横劈向裴琰,易寒则刺向裴琰躲避之处。眼见裴琰脚步踉跄,身子就要撞上易寒剑尖,白色的身影凌空飞来。易寒大惊,急速回剑自救,方挡下卫昭这凌厉老辣的招数。

易寒不知来者是谁,剑术和功力竟与自己不相上下,顾不得多想,卫昭已攻了过来,脚踏奇步,所使皆是不要命的招数,逼得易寒步步后退。

卫昭朗笑道:"少君,没事吧?"

裴琰却似未听见一般,连着数剑逼退宇文景伦,俯身将安澄的尸身死死地抱入怀中。

桓军两员大将见王爷势危,攻了过来,挡住裴琰信手挥出的剑势。宇文景伦得以脱身,见易寒被卫昭逼得有些狼狈,白鹿刀由右向左,横砍向卫昭。

卫昭却不闪躲,仍旧攻向易寒。他剑势如虹,易寒连战数场,真气稍衰,剑势有些凝阻。卫昭发出一声震耳长喝,长剑划过易寒肋下。

易寒鲜血喷出,噔噔后退,坐于地上。卫昭却也被宇文景伦宝刀扫中右腿,踉跄数步,回剑一击,再与宇文景伦战在了一起。


号角声响起,长风骑听得结阵号角,凌乱的攻势渐缓,慢慢集结在一起。阵型也由散乱渐渐结成小阵,再由小阵慢慢扩展而成大阵,渐成两翼齐飞之势,如苍鹰扑击,将人数倍于己方的桓军攻得有些凌乱。

宁剑瑜和陈安率着这两翼,逐渐向阵中的裴琰和卫昭靠拢。

滕瑞见势不妙,急速挥出旗令,桓军也集结成阵。宇文景伦知已取不了裴琰性命,扶起受伤的易寒,在众将士的簇拥下掠回本军阵中。

两军号角齐吹，旗令挥舞，在河西渠北陷入对峙。

江慈紧随着崔亮，在上千长风骑的拥护下驰至帅旗下。眼见裴琰双目血红，似是有些不太清醒，崔亮向宁剑瑜急道："强拼无益，退过河西渠！"

陈安吼道："退什么退，和他们拼了！"

宁剑瑜眼光掠过紧紧抱着安澄尸身的裴琰，心中剧痛，却仍保持着几分清醒，点头道："听子明的，先撤过河西渠！子明，你带人护着侯爷先撤，我断后！"

崔亮断然道："好！"手中旗令挥出，长风骑井然有序，按旗令行事，各营先后驰过镇波桥。

卫昭在裴琰耳边暴喝一声，裴琰震得悚然抬头。卫昭左手拎起安澄尸身，右手揪上裴琰胸前，忍住右腿刀伤剧痛，闪身掠过镇波桥。

宇文景伦见长风骑井然有序撤过镇波桥，知他们一旦与田策残部会合，力守河西渠，己方再想长驱南下便有些困难。他极不甘心，面色阴沉，将手一挥，左右两军便掩杀过去。

宁剑瑜身上白袍早被鲜血染红，他将陈安一推："我断后，你快走！"

陈安还待再说，宁剑瑜唰唰数枪，陈安被迫后退，再见他面上严峻神色，只得带着数营将士撤过镇波桥。

宁剑瑜率后营三千名将士守于镇波桥头，他横枪勒马，傲视逼将上来的桓军，一声暴喝："宁剑瑜在此，不要命的就上来送死吧！"

他这声暴喝如晴天惊雷一般，震得桓军心胆俱裂，不由自主地停下脚步，杀机四伏的战场霎时凝固了一下。

桓军箭矢已于先前射杀安澄等人时用尽，宇文景伦见宁剑瑜豪气勃发，英姿凛凛，灼得人双目生痛，不禁心中恼怒，抽出箭壶中最后数根长箭，吐气拉弓，白翎破风，连珠般射向宁剑瑜。

宁剑瑜朗声长笑，手中银枪团团而舞，箭尖击上银枪，火花四溅，一一跌于一旁。

宇文景伦瞅准宁剑瑜枪势，屏住呼吸射出最后三箭。宁剑瑜将第一箭拨落，第二箭已至胸前。他急速后仰，闪目间见第三剑射向自己左肋，急中生智，左手将白袍急卷，束成长棍，将最后一箭击落于地。

河西渠两岸，镇波桥前，长风骑齐声欢呼，桓军士气不禁一挫。

滕瑞迅速在心中权衡，趋近宇文景伦身边："王爷，今日已无法将他们尽歼于此。将士们也都乏了，苦攻下去，死伤太重。河西府初定，还需回兵去镇守。"

宇文景伦压下心中不甘，怒哼一声。滕瑞打出旗令，桓军后军与右军迅速北撤向河西府，其余三军则依然列于河西渠北。

宁剑瑜大笑道："宇文小子，我们改日再战！"率着后营三千余人缓缓退过镇波桥。


炎炎夏日，雨势一停，便是丽阳当空。

宁剑瑜退过镇波桥，向崔亮大声道："子明，你帮我看着！"急奔向帅旗所在。

帅旗下，卫昭手中运力，猛然撕开裴琰的甲胄。裴琰左肩血流如注，却浑然不觉，只是面无表情地坐在地上，紧紧抱着安澄的尸身。

宁剑瑜赶到，抢步上前，扶住裴琰："侯爷！"

卫昭退开两步，看着裴琰神情，微微摇了摇头。

江慈挤开围着的长风卫，入目正见裴琰肩头伤口。她见崔亮不在近前，凌承道等人也未赶到，强自镇定心神，迅速取出囊中药酒与伤药，蹲在裴琰身前，道："宁将军，点他穴道止血！"

宁剑瑜忙挥手如风，点住裴琰肩头数处穴道。

江慈迅速将药酒涂上裴琰伤口，裴琰身躯一震，抬起头来。江慈只当他疼痛，忙道："相爷，你忍着点，马上就好！"

裴琰目光徐徐扫过宁剑瑜与卫昭，又木然望向簇拥在四周的长风骑将士，愣怔良久，才缓缓望向怀中被乱箭射成刺猬一般的安澄。他双目血红，颤抖着伸出手去，一根又一根，将安澄身上的箭矢用力拔出。

噗声连连，黑血流淌，安澄身上箭洞一个个呈现。他面上满带着愤怒和不甘，双目睁得滚圆，无言向天。长风骑将士俱是心头绞痛，不知是不忍看安澄惨状，还是不忍看裴琰面上神情，都低下头去。

裴琰拔着一根根利箭，眼中痛意渐浓，宁剑瑜与卫昭默然立于一旁，俱各无语。

裴琰将安澄身上最后一根利箭拔出，再将正替他敷药的江慈一推，将安澄的遗体紧紧抱于胸前。

　　江慈被他推得跌倒于地，抬起头，正见裴琰紧闭的双眸、颤抖的身躯，同时清晰地看见，两行泪水急速地自他紧闭的眼角滑落。


　　梁承熹五年四月二十六日，桓军攻破青茅谷，梁军阵亡万余人，退守河西。

　　四月二十六日夜，桓军攻破河西府，梁军云骑营全军覆没，长风骑阵亡万余人，河西府青壮年男子在巷战中与桓军血拼，十死七八，河西府郡守及高国舅殉国，高氏宗祠被大火烧毁。

　　四月二十七日，田策率残部四万人边战边退，其中万余人在河西渠以北与桓军主力血战，无一生还，长风卫统领安澄阵亡。

　　同日，裴琰率三万长风骑赶到河西渠，与桓军激战后力守镇波桥，回撤到河西渠以南，并与田策残部三万人会合。

　　四月二十七日至四月三十日，六万长风骑以河西渠为凭，沿这条宽约三丈半、深两丈许、东西绵延数百里的沟渠，与桓军展开大大小小数十场战斗，终将桓军铁蹄暂阻于河西渠以北。

　　与此同时，桓军左军相继攻下河西府东面的寒州与晶州。

　　"河西之败"是长风骑自创建以来遭遇的首场大败，不但损兵折将，主帅裴琰也身负重伤。

# 第四十三章

## 点滴在心

月落日升。

黎明时分，崔亮自最高的哨斗下来，松了一口气。他一脸疲惫，但仍打起精神嘱咐了田策和许隽一番，才回转中军大帐。

河西渠是河西府百姓为灌溉万顷良田而开凿的一道人工沟渠，宽约三丈半，水深两丈许。崔亮耗尽心智，哨斗、传信烟火、尖哨、水网、刀藜全部用上，还派人在渠边不断巡回警戒，方阻住桓军大大小小上百次沿河西渠发动的攻袭。

见他入帐，宁剑瑜迎了上来："子明辛苦了，前面怎么样？"

崔亮苦笑一声："昨晚又偷袭了数次，好在发现得及时，挡了回去，现在消停了。"

"我去桥头，侯爷正要找你，你进去吧。"宁剑瑜拍了拍崔亮的肩膀，出帐而去。

崔亮走入内帐，见裴琰正低咳着将手中的密报收起，便道："相爷今日可好些？"

"好多了。但内力还是只能提起三四分，易寒那一拳真是要命。"裴琰抬头微笑，"这几日真是有劳子明。"

"相爷客气，这是亮分内之事。"崔亮忙道，犹豫了一阵，终将心头之事压了下去。

陈安在外大声求见，裴琰道："进来吧。"

陈安似一阵风卷入帐中，单膝下跪："禀侯爷，粮草到了，共一百五十车。"

裴琰与崔亮同时一喜，裴琰站了起来："去看看。"

陈安忙道:"侯爷,您有伤……"

"只是肩伤,又不是走不动。"裴琰往外走去,二人只能跟上。

陈安边行边道:"据押粮官说,这批粮草是河西府失守前就从京城运出来的。战报送回京城后,董学士是否会紧急送批军粮过来,他也不知道。"

长风卫簇拥着三人穿过军营。正逢一批将士自前面镇波桥头轮换回营,见他们个个面带倦色,其中数十人身负有伤,裴琰大步上前,右手抱起已伤重昏迷的一人。他亲自将伤兵送入医帐,凌承道忙接了过来,语带责备:"你自己的伤都没好,怎么这样不爱惜身体?"

裴琰环视满是伤兵的医帐,目光在某处停留了一瞬,神色黯然。他拍了拍一名伤兵的肩膀,在众人崇敬的目光中,带着崔亮等人走向帐外。

三人查看了一番粮草,回转大帐,裴琰心情略略好转:"这批粮草解了燃眉之急,只要能守住这河西渠,总有反攻良机。"

"是,桓军士气也不可能持久,这几日熬过去了,他们攻击的力度也有所减弱。看样子,要和桓军在这里耗上一段时间了。"

江慈左手拎着药罐,右手提着药箱进来,崔亮忙接过,裴琰一口将药饮尽。

江慈看了看崔亮,犹豫了一下。崔亮接过药箱:"我来吧。"

江慈走到裴琰身前,轻声道:"相爷,该换药了。"裴琰看了看她,并不说话。

江慈微垂着头,替裴琰除去上衫。崔亮托着草药过来,替裴琰换药。

裴琰瞄了瞄站于一旁细看的江慈,道:"她不是早已学会敷药了吗,怎么还总是依赖子明?"

崔亮笑道:"这药一敷上,我就得替相爷针灸,所以还是我来比较好。"

江慈递上银针,崔亮边扎下银针,边和声道:"你记住我下针的穴位,在这几处施针一刻钟,可以减轻伤口处疼痛,促进真气流动,生脉调息。"

江慈用心记住,肚中却咕噜轻响。裴琰微微皱眉:"没吃早饭?"

崔亮笑道:"她肯定没吃。听凌军医说,伤兵过多,医帐人手不足,军医和药童们忙得一天只能睡个多时辰,经常连饭都顾不上吃。"

裴琰细细看了看江慈的面色,未再说话。

崔亮转身向江慈柔声道:"昨晚是不是又没休息?"

江慈点了点头,犹豫片刻,道:"崔大哥,若是腿部负伤,要减轻疼痛,舒缓经脉,得扎哪几处穴位?"

"扎环跳、风市、阳陵泉、阴陵泉……"崔亮在裴琰右腿处一一指点,江慈用心记下,笑道,"我先出去了。"

"好。"

崔亮望着江慈纤细的身影消失在帐门处,语带怜惜:"真是难为小慈,一个女子,在这军营救死扶伤……"

他回过头,见裴琰面色阴沉,忙唤道:"相爷。"

裴琰出了一口粗气,眼神掠过一边木柱上悬挂着的满是箭洞的血衣,又黯然神伤。崔亮心中暗叹,道:"相爷,人死不能复生,您这样日日对着这血衣,徒然伤身,对伤势恢复不利啊。"

裴琰微微摇头,低声道:"子明,我得时时提醒自己,要替安澄,替长风骑死去的弟兄报这血海深仇。"

崔亮劝道:"仇得报,但还是让安澄早日入土为安吧,他的灵柩也停了数日了。"

裴琰痛苦地闭上双眼,良久,轻声道:"是,得让他入土为安了。"

他唤了一声,长风卫安潞进来。

裴琰沉默许久,方道:"今日酉时为安澄举行葬礼,让长风卫的弟兄都参加。"


"凌大叔,我送药去了。"江慈招呼了一声。凌承道并不抬头:"送完药就回去歇歇吧,瞧你那脸色,你若倒下,医帐人手更不足了。"

江慈走至卫昭帐前,光明卫宗晟挑起帐帘。卫昭正坐于椅中执笔写着密报,抬头看了看她,也不说话。江慈待他写完,将药奉上,卫昭闻了闻,江慈忙道:"今天加了点别的药,没那么苦了。"

卫昭一口喝下,仍是眉头轻皱:"我看倒比昨日还苦些。"

江慈不服:"怎么会?我明明问过凌大叔才加的。"忽看清卫昭唇角微挑,眼神有几分戏谑之意,她劈手夺过药罐,嗔道,"我看是三爷舌头失灵了,分不出什么是苦,什么是甜!"

卫昭看着她唇边若隐若现的酒窝,有些失神,旋即低下头,将密报折起,冷声道:"军营之中,叫我卫大人。"

"是,卫大人,该换药了。"江慈笑着打开药箱。

卫昭轻嗯一声,江慈在他身边蹲下,轻轻将他的素袍撩起,又轻柔地将内里白绸裤卷至大腿上方。

卫昭坐于椅中一动不动,任江慈敷药缠带,呼吸声也放得极低。

江慈将草药敷好,缠上纱带,犹豫了一下,终忍不住道:"卫大人,我想替您针灸,可能会好得快些。"

卫昭仍是轻嗯一声,江慈笑道:"您得躺下。"

卫昭还是轻嗯一声,在席上躺下,顺手拿起枕边的一本书。

江慈蹲下,在他大腿数个穴位处扎下银针。当她在阳陵泉扎下一针时,她温热的鼻息扑至卫昭腿上,卫昭右腿微微一颤,江慈忙道:"疼吗?"

卫昭只是翻着书页,并不回答。江慈细心看了看,见穴位并未认错,放下心来,柔声道:"三爷,以后对阵杀敌,您好歹先穿上甲胄。"

卫昭视线凝在书页上,却看不清那上面的字,腿部麻麻痒痒的感觉传来,直传至心底深处。帐内一片静默,只听见江慈细细的呼吸声。

过得一刻,江慈将银针一一取下,又替卫昭将裤子放下,白袍理好,站起身拍了拍手,笑道:"好了,这可是我第一次给人针灸,多谢卫大人赏面。"说罢含笑出帐而去。卫昭凝望着帐门,唇边渐露一抹笑意,良久,视线自帐门收回,扫过那份密报,笑容慢慢消失。他慢慢拿起那份密报,在手中顿了顿,唤道:"宗晟!"


夕阳残照,铺在河西渠上,反射着灼灼波光。田野间的荒草也被晚霞铺上了一层金色,暮风吹来,野草起伏,萧萧瑟瑟,平添几分苍凉。

长风卫均着甲胄战袍,扶刀持剑,面容肃穆而沉痛。裴琰身形挺直,立于土坑前,面无表情,只是手中的血衣灼得他浑身发烫,痛悔难言。宁剑瑜与陈安一左一右立于他身后,眼见黑色棺木抬来,忙齐齐上前扶住灵柩。

悲壮的铜号声响起,十六名长风卫将灵柩缓缓沉入土坑。灵柩入土,震动了一下,裴琰悚然一惊,大步向前,单膝跪落在黄土之中。

甲胄擦响,长风卫齐齐跪落,低下头去。

远处,不知是谁吹响了一曲竹笛,是南安府的民谣《游子吟》。长风卫多为南安府人氏,听着这曲熟悉的民谣,想着曾朝夕相处的人埋骨战场,不能再返故乡,俱各悲痛难言,终有人轻声呜咽。

裴琰难抑心中痛楚,血气上涌,低咳数声,宁剑瑜过来将他扶住。裴琰微微摇了摇头,宁剑瑜默默退开数步。裴琰缓慢撒手,血衣在空中卷舞了一下,落于棺木之上。他猛然闭上双眼,沉声道:"合土吧。"

笛声顿了顿,再起时,黄土沙沙落向棺木。

夕阳渐落,飞鸟在原野间掠过一道翼影,瞬间即逝。


田策带着退下来的三万人死伤惨重,若非安澄率那万余人抵死挡住桓军,便要全军覆没。伤员挤满了各个医帐,江慈忙得团团转。

直至黄昏,江慈仍在给伤兵们换药,崔亮忽在医帐门口唤道:"江慈!"

江慈应了一声,手中仍在忙着。崔亮再唤一声,凌承道抬头道:"你去吧,崔军师肯定有要紧事。"

江慈将手中纱布交给小天,钻出帐外:"崔大哥,什么事?"

崔亮微笑道:"相爷找你有事,你随我来。"

江慈一愣,崔亮已转身,她连忙跟上。

二人走入中军大帐,见帐内空无一人,江慈转头看着崔亮,崔亮却微微一笑,并不说话。过得一阵,一名约十六七岁的哨兵进来,行礼道:"军师!"

崔亮和声道:"有没有发现异常?"

"报告军师,暂时没有。"

"嗯,辛苦了。"崔亮指了指一边,"喝口水,瞧你满头大汗的。"

哨兵受宠若惊。这几日,长风骑在这位年轻军师的统一调兵指挥下,挫败桓军一次又一次的攻击,而他层出不穷的防守手段也让长风骑大开眼界,因此个个心中对他敬慕无比。军师有命，自当遵从，他握起茶杯，咕咚灌下去，放下茶杯便倒在了地上。江慈看得更加迷糊，崔亮却迅速除下哨兵的衣服，递给江慈，江慈这才想到这名哨兵的身形和自己差不多，虽不明崔亮用意，却也急忙穿上。

崔亮将她军帽压低，先在她耳边低声道："你到我帐中等我。"再大声道，"把这个送到我帐中去。"又学着先前那哨兵的声音含混应了声"是"。

江慈抱着一大堆弓箭掩住面容，走出中军大帐，镇定地走入不远处崔亮的军帐。不多时崔亮过来，做了个噤声的手势，掀开帐后一角，带着江慈钻进了紧挨着的陈安的帐篷。然后他又带着江慈从陈安帐篷后钻出去，迅速穿过军营，到达一处灌木林边。他从灌木林后牵出两匹马，将马缰交给江慈。江慈愣愣上马，随着他向南疾驰。

夕阳逐渐落下，二人一路向南，当夜色笼罩四野，崔亮在一处树林边勒住骏马，跃下马鞍。

江慈跳下马，崔亮从腰间取下一个小布囊，递给江慈："小慈，这里面是一些银子，你拿上，骑着马，快走吧。"

江慈啊了一声，不知崔亮是何用意。崔亮心中暗叹，和声道："今日安澄下葬，相爷和长风卫都去参加葬礼，现在已经无人跟踪你，这是逃走的唯一机会，你快走吧！"

江慈沉默不语，崔亮替她理了理军帽："你找个地方换了衣服，然后一直往南走，不要入京城，也千万不要回邓家寨，再将这匹军马给放了，先找个地方躲一段时间。"

江慈仰起头，望着崔亮明亮的眼神，嗫嚅道："崔大哥，我不走，我还得替伤兵们疗伤……"

"傻姑娘，这军营不是你待的地方。"崔亮叹道，"我当日一力要求将你带上战场，就是怕你在相府遭人暗算，我只有将你带在身边，才能找机会放你走。现在是唯一的机会，你快走吧。"

江慈依然沉默，没有挪动脚步。崔亮一急，道："宝林山每年三月并无彩铃花盛开！"

江慈想了片刻才明白他这句话的意思，倏然抬头。崔亮又道："小慈，我来问你，你的肩伤，没回相府之前，一直服的便是我开的药方，是不是?"

江慈张口结舌，崔亮拍了拍她的头顶，叹道："你放心吧，我虽猜到卫大人的真实身份，但绝不会说出去的。"

"崔大哥，你……"

崔亮索性在树林边的草地上坐下，拍了拍身边，江慈默默坐落。崔亮遂将当日自己利用她迷惑裴琰，意欲逃脱相府一事详述，江慈听罢，苦笑一声："原来相爷当日强留我，竟是为了要挟你……"

崔亮轻声道："小慈，当日在相府我曾利用过你，是我不对。现如今你既知晓了相爷和萧教主暗中联手的秘密，性命堪忧。相爷眼下是顾忌着我，暂时没有取你性命。他虽答应过我，待你伤好便放你回去，可我怕他当面放人，背地却派人杀你灭口。我只有找到这个机会，放你逃走。"

江慈低垂着头，轻声道："崔大哥，谢谢你。不过你放心，他们不会杀我。你也说了，相爷既要用你，肯定不会杀我的。"

"可是小慈，我终有一天要离开这里，你也不可能一辈子跟着我，我实是怕……"

江慈仍是摇了摇头。

"小慈，相爷这个人我十分了解。你若是对他的大业造成了妨碍，他绝不会对你心慈手软，何况还有一个心狠手辣的萧教主。小慈，听我的，你还是走吧，走得越远越好，不要再蹚这汪浑水了。"崔亮恳切地望着江慈。

江慈还是不动，崔亮无奈，道："要不这样，你和崔大哥说说，去年离开京城后发生了什么事情，我再帮你想想，要不要离开。"

江慈心中翻江倒海，大半年来的委屈、隐忍、痛楚齐齐涌上，只觉眼前这人如同自己的亲兄长一般，他的身影便如替自己遮挡风雨的一座大山，终忍不住哇的一声哭了出来。崔亮知她积郁良久，待她哭得一阵，运力拍上她的背部。江慈张嘴吐出一口鲜血，剧烈喘息后，心头忽然轻松了许多。崔亮更是难过，轻拍着她的背心，柔声道："来，和崔大哥说说，说出来，你就心里舒服了。"

江慈含泪点了点头,自长风山庄初遇卫昭一路讲来,直讲到牛鼻山诸事,只是略去了草庐那噩梦般的一夜。

崔亮默默听着,眼中怜惜之意越发浓烈,良久,叹息一声:"小慈,你真是受苦了。"

江慈哽咽无言,崔亮仰望苍穹,叹道:"我在平州时也听闻过月落诸事,未料他们竟是这般境地,怪不得萧教主会以稚童之身……"

"崔大哥,三爷现在和相爷联手行事,你既知晓,千万别露出破绽。他们可能不会杀我,但我怕他们对你……"

崔亮微笑道:"我自有保命之法。再说你崔大哥没那么笨,不会让他们看出来的。倒是你,唉,我现在也相信萧教主不会杀你,但相爷他……"

江慈犹豫了一下,轻声道:"相爷不会杀我,顶多就是派长风卫监视我,防止我泄密罢了。"

崔亮沉吟半晌,望着江慈,语气严厉:"小慈,你若是还唤我一声崔大哥,就听我的,快快离开这里!"他一把将江慈拉起,拉至马前,厉声道,"上马!"

江慈从未见崔亮这般语气和自己说过话,感动无言,默默上马。崔亮仰望着她,轻声道:"小慈,保重!"运力在马臀上一拍,骏马长嘶一声,扬蹄而去。

夜色中,江慈回头,大声唤道:"崔大哥,你也多保重!"

夜风徐徐,拂过原野。崔亮立于原地,见那一人一骑消失在夜色之中,听那蹄声渐渐远去,低叹一声:"小慈,希望你此去,再也无灾无难!"


安潞守在中军帐前,见崔亮走来,迎了上去:"军师,侯爷不在。"

崔亮微笑道:"相爷有伤,你们也不劝着点。"

安潞叹道:"安大哥下葬,侯爷伤心,谁敢多言?他让我们先回,一个人守在坟前,后来弟兄们再去找他,不见人影,不知去哪里了。宁将军说侯爷可能是想一个人静一静。"

崔亮点头道:"也是,相爷胸中积郁难解,一个人静一静有好处。"

他转到中军大帐后面,将先前那名昏迷的哨兵悄悄拖入自己的帐中。又挂念着河西渠边的防务,转身向桥头走去。刚走几步,遥见江慈先前居住的小帐似有烛光,他轻咦一声,走过去轻轻撩开帐帘。

烛光下,裴琰猛然抬头,面上闪过失望之色,转而含笑道:"子明回来得倒快。"

崔亮微笑着走入帐中,环顾一下帐内,淡淡道:"小慈走了,还真有些舍不得。"

裴琰左肩伤口一阵疼痛,却仍笑道:"子明送小慈走,怎么不和我说一声?我好送送她。毕竟在一起这么久,也有些舍不得。"

崔亮叹了口气:"唉,她肩伤好了这么久,本来早就要送她走的,我怕她有闪失,所以才拖到现在。本来要去向相爷辞行,小慈知道今天安澄下葬,说怕打扰相爷,让我代她向相爷告罪。"

裴琰勉强一笑:"何罪之有?我本来就答应子明,待她伤好要送她回去的。"

"是啊,我也说让相爷派人送她回去,可小慈说现在前线缺人手,就不劳烦相爷了。"

裴琰慢慢道:"她怎么这么客气。"

崔亮啊了一声,道:"相爷,您还是早些歇着吧,我得到前面去,怕桓军玩新花样。"

"有劳子明。"裴琰笑容有些许僵硬。

崔亮一笑,出帐而去。裴琰默立帐中,目光掠过地上的草席,慢慢俯身拾起那本《素问》。书页已被翻得有些褶皱,他一页一页地翻着《素问》,气血上涌,低咳数声。


夜风中,马蹄声由急而缓,终转为慢慢的嗒嗒声。

江慈不再策马,任马儿信步向前。那清脆的蹄声,伴着原野间的蛙鸣声,让她的心无法平静。马儿仿似也听到她心底深处那声郁然低回的叹息,在一处草丛边停了下来。江慈愣怔片刻,抚了抚马儿的鬃毛,低低道:"你也不想走吗?"

马儿喷鼻而应,低头吃草。江慈不自禁地回头望向北面夜空,眼前一时是那满营的伤兵,一时又是那个独立石上、遥望故乡的身影。

风,吹过原野,她仿若又听到了那一缕箫声。夜雾随风在原野上轻涌,宛如她心头那一层轻纱,想轻轻揭开,却又有些害怕。

烛火渐渐燃到尽头,裴琰却仍是默立。

帐外传来一阵阵蟋蟀声,夹杂着越来越近的、轻柔的脚步声。

裴琰猛然回头,江慈挑帘而入,抬头见到他,往后退了一小步,旋即停住,低声道:"相爷怎么在这里?"

裴琰盯着她,良久方淡淡道:"你不是走了吗,怎么又回来了?"

江慈走至帐角,将哨兵服脱下,理了理自己的军衣,并不回头:"不走了。"

"为什么?"裴琰凝望着她的背影。

江慈转过身直视裴琰。她清澈如水的眼眸闪得他微眯了一下眼睛,耳边听到她坦然的声音:"我想明白了一些事情,所以决定回来,不走了。"

裴琰默默地望着江慈,江慈笑了笑,道:"相爷,您有伤,早些回去休息吧。我也要去医帐,凌大叔他们实在是忙不过来。"说着转身便走。

裴琰却是一阵急咳,江慈脚步顿了顿,听到身后之人咳嗽声越来越烈,终回转身扶住裴琰。

裴琰咳罢,直视着她,缓缓道:"你想做军医?"

"……是。"

裴琰嘴角微扯:"既要做军医,那我这个主帅的药为何到现在还没煎好?"

江慈啊了一声:"小天他们没有……"

裴琰冷冷道:"想留在我长风骑做军医,就得听主帅的命令。去,把药炉端来,就在这里煎药,煎好了,我就在这里喝。"

江慈只得到医帐端了小药炉过来,裴琰在草席上盘腿坐落,静静凝望着她的侧影,忽用手拍了拍身边。江慈垂目低首,在他身边坐下。

药香渐渐弥漫帐内,裴琰长久地沉默之后,忽然开口,似是苦笑了一声:"安澄第一次见到我时,我正在喝药。"

江慈想起那日裴琰抱着安澄尸身悲痛落泪的情形,暗叹一声,低声道:"相爷节哀。"

裴琰却似陷入了回忆之中,他望着药罐上腾腾而起的雾气,眼神有些迷蒙:"我从两岁起便洗筋伐髓,经常浸泡在宝清泉和各式各样的药水中,每天还要喝很

257

多苦到极点的药。直到七岁时，真气小成，才没有再喝药。"

江慈想起他以前说过的话，无言相劝。

"安澄和我同岁，还比我大上几个月。我记得很清楚，裴管家那天将他带到宝清泉，我正在喝药。这小子以为我是个病坏子，又仗着一直在南安府和一帮孤儿打架斗狠，以为自己有两下子，颇有些瞧我不起。"裴琰似是想起了什么有趣的事情，不自觉地微笑起来。

江慈早知他幼年便是个厉害角色，也忍不住微笑："相爷用了什么法子？安大哥肯定吃了个大亏。"

裴琰想起当年那个在宝清泉被自己整治得死去活来的小子，笑容逐渐僵住，语调也有些苦涩："没什么，就只是让他认我做老大，唯我之命是从而已。"

江慈自入相府，和安澄也是经常见面。以前一直觉得他就是大闸蟹的一只蟹钳，恨不得将其斩断了方才泄愤。但那日在战场上亲眼看见他那般惨烈死去，知道正是因为他率死士力挡桓军，才保住了三万长风骑的性命，阻止了桓军的长驱南下，心中对他大为改观，敬重不已，不由得叹道："安大哥怕是吃了不少苦头。"

"是啊。"裴琰微微仰头，这几日来，他胸中积郁，伤痛和自责之情无法排解，这刻仿佛要一吐为快，"这十八年来他一直跟着我，从未违抗过我的命令。我有时练功练得苦闷，还要拿他揍上几拳，他也只是咬牙忍着。我和玉德有时偷溜下山，去南安府游逛吃花酒，他和许隽便装扮成我们的样子，留在碧芜草堂。有一次被母亲发现了，将他们关在冰窖中，快冻僵了。我和玉德向母亲求情，跪得晕了过去，他们才被放出来。"

裴琰沉浸在回忆之中，眉宇间伤痛郁结，似是自言自语，但话语有些零乱，有时说着带安澄上阵杀敌的事，有时又一下跳回到十三四岁的少年时光。

江慈知他积郁难解，只是默默听着，也不接话。

药香越发浓烈，江慈在药炉内添了把火。裴琰凝望着那火苗，愣怔良久，忽唤道："小慈。"

江慈迟疑了一下，轻声应道："嗯。"

裴琰伸手，要将右腿绑腿解开。江慈见他左臂有些不便，便跪于他身前，轻手解开绑带。裴琰将裤脚向上拉起,江慈看得清楚,他右膝右下方约一寸处有一个碗口大的疤痕,中间似被剜去了一块,触目惊心。

裴琰轻抚着那疤痕,喉内郁结:"那一年麒麟山血战桓军,我带着两万人负责将五万敌军拖在关隘处。当时桓军的统领是步道源,我那时年轻气盛,仗着轻功从关隘上扑下去斩杀步道源,又在安澄的配合下攀回关隘,却被步道源的副将一箭射中这里。我一时大意,加上又忙于指挥战事,没注意到箭尖涂了毒,待血战两日,将那五万人尽歼于麒麟山,才发现毒素逐渐扩散,我也陷入昏迷之中。

"当时战场上连草药都寻不到,安澄将这块坏死的肉剜去,用嘴给我吸毒,我才保得一命。他却整整昏迷了三个月,直至我寻来良药,方才醒转。"

他话语越来越低,江慈仰头间看得清楚,他往日清亮的双眸似笼上了一层薄雾。江慈默默地替他将裤腿放下,又将绑腿重新扎好,坐回原处,低声道:"人死不能复生。安大哥死在战场上,又救了这么多人的性命,马革裹尸,死得其所。他在天有灵,见到相爷这样,心中会不安的。"

裴琰却越发难受,低咳数声。咳罢,低声道:"他本来……可以不这样离开的,都是我的错。"

江慈听他言中满是痛悔之意,侧头看向他。

裴琰呆呆望着药炉内腾腾的小火苗,轻声道:"如果……如果不是我一意要借刀杀人,消耗高氏的实力,他们就不会退到青茅谷;如果不是我太过轻敌,轻视了宇文景伦,他们就不会疏于防范;如果我不是过于托大,在牛鼻山多耗了些时日,他就不会……"

江慈自识裴琰以来,除了相府寿宴他醉酒失态,一直就见惯了他自信满满、春风得意的样子,从未见过这般自责和痛悔的他,一时却也无从劝起,半晌方说了一句:"相爷,别怪我说得直,若是再回到一个月前,你还是会这样做的。"

裴琰愣了一下,沉默良久,微微点头:"是,再回到一个月前,我还是会先赶去牛鼻山,还是会借刀杀人,先灭了河西高氏。只是我不会再这么托大,必会做出妥当的安排。"

"可是相爷,这世上没有回头路,也没有后悔药。有些事一旦做错了,便永远都没法挽回。"

裴琰长叹一声："是啊，现如今后悔也是徒劳无益。想不到宇文景伦这般厉害，桓军也绝非逞勇之流。"

江慈低声道："相爷，这世上，不是任何事、任何人，都在你掌控之中的。"

裴琰苦笑着望向她："你这是讽刺我，还是劝慰我？"

江慈低下头去，声音微不可闻："我只是说实话而已，相爷不爱听，不听便是。"

裴琰却忽然大笑："是，你说的是大实话。子明、三郎，甚至连你，都不是我能掌控的。"

江慈也不接话，见药煎得正好，便欲端下药罐，却被烫了一下，急忙缩手。

裴琰皱眉道："还是这么毛躁！"伸手要握住她的双手。江慈急忙退后两步，他的手便凝在了半空，有些尴尬地把手缩回。江慈用军衣将手包住，拎下药罐，将药缓缓倒入碗内，待药不再滚烫，端给裴琰。

裴琰看了看她，一饮而尽，沉默片刻，忽道："你还得给我换药、针灸。"

江慈忙道："还是让崔大哥帮您……"

"子明是军师，要管着前线的防务。怎么，你学了这么久，连针灸都不会？长风骑可不收这样的军医。"裴琰冷声道。

江慈无奈，只得上前替他将上衫脱下，他的右臂微微一动，江慈向后缩了缩。

裴琰眼中锋芒一闪，紧盯着她，缓缓道："你，怕我？"

江慈并不回答，熟练地替裴琰换药针灸。扎罢，抬头直视裴琰，语气平淡："相爷，您和三爷都是要做大事的人，我江慈没什么本事，却也有我认为值得的事情要做。相爷若是觉得长风骑可以多个药童或军医，便将我留下，您也不必再派人监视我。长风卫应该上战场杀敌，而不是监视我这个没用的人。"

裴琰面上闪过一丝恼怒之色。他凝望着江慈，忽觉眼前这个淡定从容的她，与以往那个得趣的小玩意儿大不相同，半晌，方冷冷道："从明天起，你负责为我疗伤，不得懈怠。"

江慈低下头，轻声道："是。"

"还有……"裴琰顿了顿，道，"你就负责为我一人疗伤，其余的伤兵你不用管。"

江慈想了想，摇头道："不行。"

裴琰恼道："你不听从主帅命令？"

"素闻相爷爱兵如子，眼下医帐人手不足，我若是只为相爷一人疗伤，不但不能全我学医之志，传出去更坏了相爷一片仁厚之心。"

裴琰目光闪烁了几下方点头道："也行，你忙你的，但我帅帐有传，你便得到。"

江慈平静道："多谢相爷。"

一刻钟满，她将银针一一取下。裴琰依旧坐着不动，她又轻轻替他将衣衫披上，见他还是不动，只得跪于他身前，替他将衣衫结带系好。

看着低首的她神情恬静如水，裴琰忽想起去冬她坐在碧芜草堂的大树下笑嘻嘻仰头接着瓜子的情形，右手微微一动，却终没有伸出去。

江慈系好结带，轻声道："相爷，您回去歇着吧。您早日将伤养好，长风骑才能早日将桓军赶回去。"

裴琰默然起身。见他行至帐门口，江慈忍不住唤了一声："相爷。"

裴琰脚步顿住，却不回头。

江慈犹豫了一下，道："多谢相爷让我留下来。"

裴琰回首，微微一笑："我长风骑不介意多一个女军医，就看你有没有这个本事了。"

# 第四十四章

## 旧痕新恨

待裴琰远去,江慈忙赶到医帐。已近子夜,帐内仍是一片忙碌,江慈将药罐放到药炉上,又去帮伤员换药。眼见有几人伤口疼痛,凌承道等人又忙不过来,她试着用崔亮所授,寻到相关穴位扎针,倒也颇为见效。待药煎好,她又将草药捣成糊,准备好一切,走向卫昭军帐。

宗晟见她过来,挑起帐帘,微笑道:"今天怎么这么晚?"

江慈笑了笑,走进帐内,见卫昭正闭目运气,不敢惊扰,默立一旁。

卫昭悠悠吐出一口长气,睁开眼上下看了她几眼,扬了扬下巴。

江慈将药端上,卫昭饮尽,轻描淡写道:"倒还记得给我送药。"

江慈双颊一红,低声道:"以后不会这么晚了。"

卫昭到席上躺下,眼神微斜,注视江慈良久,忽道:"为什么回来?"

江慈正要给他扎针,手一抖,针便扎得偏了些。卫昭吸了口凉气,江慈急忙拔出银针,见有鲜血渗出,又回头到药箱中找纱布。

卫昭讽道:"看来,你还得多向崔解元学习。"

江慈按住针口,见卫昭似讥似笑,她低下头,轻声道:"三爷,以后您不用再派人保护我了。"

"好。"卫昭回答得极为干脆,又不耐道,"行了。"

江慈慌不迭地松手，平定心神，找准穴位，扎下银针。扎罢，她在卫昭身边坐下，终忍不住掩嘴打了个呵欠。卫昭看了看她苍白的面色，忽然伸手，一股真气自她脉间传入。江慈缩了缩，卫昭却握得更紧了些。她感激地向卫昭笑笑，任他握着自己的手腕，任他的真气丝丝传入自己体内，驱去多日来的疲惫与劳累。

过得一阵，江慈渐感恢复精神，便柔声道："我好多了，三爷，您还是自己运功疗伤吧，别再为我耗费真气了。"

卫昭缓缓收回右手，神色似有些不屑："既要回来做军医，就别像个病秧子！"

江慈不服，忽然将卫昭腿上银针用力一拔，卫昭倏然坐起，怒道："你……"

江慈晃了晃手中银针，笑道："到时间了，卫大人。"

卫昭也不说话，用力将银针一一拔出，掷给江慈。江慈见有些针眼处还有鲜血渗出，正待俯身察看，卫昭却将她轻轻推开，淡淡道："很晚了，你回去歇着吧，别再去医帐。"

江慈不置可否地笑了笑，收拾好东西，道："那我明早再过来。"

"好。"卫昭脱口而出，迅即将眼合上，听到江慈脚步声远去才再睁开。他的手轻抚着右腿，眉间忽然闪过一丝恨意，右掌劈空击出，将帐顶一只甲虫击落下来。


天上浓云蔽月，夜深露重，蛙鸣阵阵。

崔亮负手立于河西渠边，遥望对岸桓军军营，悠悠叹了口气。宁剑瑜走近，拍了拍他的肩膀，笑道："怎么，思念意中人了？"

崔亮回首，笑道："我在京城就听说剑瑜白袍银枪、威震边关，成郡的世家小姐们为见剑瑜一面，不惜夜探军营。可有此事？"

宁剑瑜尴尬地"嘿嘿"两声，崔亮哈哈大笑，心情舒畅了许多，又将目光投向对面，微笑道："再挺几天，就差不多了。"

宁剑瑜不解，崔亮转身道："今晚算是熬过去了，剑瑜放心回去休息，我也得去睡个好觉。"

宁剑瑜忙追上他，二人边说边行。崔亮忽然咦了一声，停住脚步，满面诧异之色。宁剑瑜顺着他目光望去，正见江慈从卫昭帐中出来，还拎着药箱和药罐。

江慈走出几步，与崔亮眼神相触，赧然低头，旋即又抬起头笑道："崔大哥，宁将军，这么晚了，还没休息啊？"

宁剑瑜笑着点了点头。

"剑瑜，你先回去。"

崔亮追上江慈，二人走到僻静的地方，崔亮沉声道："怎么回事？"

江慈仰头望着他，目光澄澈，话语平静坦然："崔大哥，我不走了，我要留在这里。"

"为什么？"灯光下，崔亮隐见江慈面颊闪过一抹晕红，眉间担忧愈浓。

江慈在他的凝视下移开目光，望向医帐方向，低声道："崔大哥既用心授了我医术，我便想留在这里尽微薄之力。"

崔亮心中暗叹，轻声道："有没有见到相爷？"

"见过了，相爷允我留下。"江慈绽出笑容，面上也有了些神采，"崔大哥，是我自己选择回来的，你以后不必再顾着我。"

崔亮沉默良久，忽然笑了："既是如此，我们就一起留下。崔大哥从今天起，要正式将医术传授给你。"

江慈大喜，却说不出一句感激的话。崔亮拍了拍她的头顶，二人相视而笑。

江慈忽俏皮地眨了下眼睛，笑道："那我要不要叫您师父？"

崔亮苦笑道："我很老吗？"

"不老不老。"江慈忙道，"崔解元风华正茂，少年英才，正是……"见崔亮伸指欲弹，笑着跑了开去。


裴琰第二日起得极早，宁剑瑜汇报完军情后，裴琰唤安潞进帐："去请卫大人。"

片刻后，卫昭缓步而入，裴琰起身相迎，笑道："三郎可好些？"

"皮肉之伤，有劳挂念。"卫昭淡然一笑。

宁剑瑜忽然大步上前，向卫昭深深一揖。卫昭侧身避过，浅笑道："宁将军多礼，卫昭愧不敢当。"

宁剑瑜却再转到卫昭身前，深揖下去，卫昭微微皱眉，袍袖一卷，将他扶起。

见卫昭有些不耐，崔亮忙上来道："卫大人请坐。"

宁剑瑜仍直视卫昭，俊面肃然，诚恳道："剑瑜知卫大人不喜这些虚礼，但剑瑜感激之心却是绝无虚假。"

卫昭在裴琰身边坐下，低头理好素袍，慢条斯理道："少君爱虚礼，带出来的人也这般不爽快！"

裴琰哈哈大笑，笑罢，叹道："那日若非三郎相救……"

卫昭摆了摆手，裴琰话锋一转："总之，一切是我这个主帅之过。麻痹大意，感情用事，贻误战机，错都在我。好在大家齐心，才能共渡难关，实是裴琰之大幸！"

田策进帐，裴琰道："你详细说说，青茅谷到底是怎么失守的？"

田策细细禀来。原来，当日桓军假装强攻，长风骑退至山谷，以诱桓军入箭阵。桓军却忽以穿着藤甲衣的骑兵迅速冲过山谷，那藤甲衣竟能挡住强弩之箭；安澄急切下带了两万人去追，后边桓军主力冲来，竟也手持和长风骑一样的强弩。长风骑猝不及防，死伤惨重，边战边退，军营被烧，拼死抵抗，仍被逼回河西府。来不及关上城门，桓军主力骑兵赶到，河西府终告失守。田策又命人去自己帐中取来藤甲衣和从桓军手中抢来的强弩，崔亮接过细看，皱着眉头陷入沉思。

裴琰向宁剑瑜道："人派出去没有？"

"前日便派出去了，我让他们走山路，通知童敏，守着陇州，防着牛鼻山，不要贸然过来。"

田策道："侯爷，童敏那几万人过不来，梅林渡若被桓军卡着，小镜河以南那三万人要走祈山的话，也不是短时间能够赶到的，我们人手可有些不足。"

崔亮抬头道："我想过了，看似我们陷入被动和困境，其实桓军多场激战，伤了元气，也到了强弩之末。从这几日的攻势来看，有渐转拉锯的迹象。"

"嗯。"裴琰道，"子明分析得对，桓军越深入，所占州府越多，兵力就越不足，粮草也必是个大问题。他们如果要从国内再调兵来，不是短时间能够办到的。这里不能和我们死拼，必会采取稳守战术，待援兵到了再强攻。"

"所以只要能守过这几天，就有至少一个月的缓冲时间。"

卫昭浅笑："一个月后呢？等桓军的援兵到了，再和他们死拼？"

裴琰冷笑一声："只要熬过这几天，他宇文景伦想守，我偏不让他守！他可以趁我未到攻下河西府，我也可以在他援兵未到时拿回河西府！"

五人又商议良久，仍决定按崔亮这几日的布防策略，宁剑瑜、田策与崔亮自去桥头和沟渠沿线准备。

见三人出帐，裴琰起身替卫昭斟了杯茶，微笑道："军情估计是前晚进的宫，不知皇上会有何旨意。"

卫昭思索须臾，道："京畿那几个营是绝不会再往北调的了。玉间府的也不好动，肃海侯那里主要是水师。我估计皇上真要调兵来，只会从洪州一带调。"

"若果如此倒还好办，宣远侯何振文向来与我交好，我又救过他一命，没太大问题。"

"关键得熬过这几天，等援军到了，用来做奇兵，说不定便可以收回河西府。"

裴琰微笑道："三郎果然是我的知己。"他喝了口茶，直视卫昭，"三郎虽不爱听，但我还是要说声多谢。"

卫昭凤眼微斜看了他一眼，悠悠道："你若死了，谁来陪我下棋？"

裴琰笑道："三郎有此雅兴，裴琰自会奉陪到底！"


"周大哥早！"帐外传来江慈与长风卫打招呼的声音，清脆而欢快。

卫昭起身，淡淡道："少君多休息，我先告辞！"

裴琰微微欠身，二人心照不宣地笑了笑。

卫昭与进来的江慈擦肩而过，神色漠然地出帐而去。

裴琰接过药碗，看了看江慈的面色，微微皱眉："昨晚又去医帐了？吃过早饭没有？"

江慈不答，只是笑了笑，熟练地替他换药针灸。

裴琰唤了一声，周密进来，裴琰道："叫人再送一份早饭过来。"

江慈也不推辞，待饭送到，狼吞虎咽吃完，又过来替裴琰拔针。正要转身，裴琰道："你坐下。"

"相爷还有何吩咐？医帐那边忙不过来，我得赶紧回去。"

裴琰一时噎住，忽将左臂一伸，道："你是不是针错了穴位？好像有些疼。"

江慈过来细看，疑道："没错啊，怎么会疼起来了？"

"越来越疼了。"裴琰边说边吸了口冷气。

江慈也着了急，道："我去找崔大哥来看看。"

裴琰一把将她拉住："子明去了桥头，现在正打得凶，你叫他做什么？"

江慈欲去医帐找凌承道过来，又想起三个军医此刻都在给伤兵疗伤，正犹豫间，裴琰冷声道："什么都要问人、求人，你不会自己看医书吗？"

江慈得他一言提醒，忙从药箱底部的格子中找出医书细看。

裴琰收回左臂，细细审视着她，忽笑道："其实我小时候也不爱看书。"

江慈翻到穴位注解一页，随口道："相爷说笑。"

"是真的。只要母亲看得不严，我就带着安澄他们上山打猎，十岁时便打到过猛虎，那虎皮现在还在长风山庄的地窖中。"

江慈听到"安澄"二字，愣了一下，道："相爷天纵奇才，真要学什么，只要用心，必是很快就学会的。"

裴琰却来了兴致，讲起在宝林山打虎捕猎的趣事，只是不可避免地提起安澄，未免有些黯然。江慈知他仍有些积郁，想起医书上所载，似这等积郁于胸之人，需得好生劝导，排解其忧思，便边看医书边和他闲聊。待裴琰讲完，她将书一合，正容道："穴位没认错，看来是相爷的伤势有所好转，伤口正在愈合所引起的痛痒感，相爷可觉疼痛中有些麻痒？"

"正是。"

"这就对了。"江慈微笑道，"相爷不愧内家高手，好得这么快，看来可以减减药的分量和针灸的次数了。"

裴琰一愣，江慈已收拾好药箱，道："相爷有所好转的话，可以多出去走动走动，可别像以前，装伤装习惯了，当心闷出别的毛病来。"说罢也不看裴琰，转身出帐。

裴琰摇头笑了笑，走出营帐，远远望着江慈身影消失，又仰望碧空浮云，深深呼吸了几下，转向安潞等人笑道："走，去桥头看看。"

和风丽阳中,裴琰带着长风卫到镇波桥头和河西渠巡视了一番。

见侯爷带伤亲临前线,将士们士气高涨,陈安更是高兴得一下拉开百石巨弓,连射数箭,将沟渠对面的桓军射了个人仰马翻。长风骑趁机吹响号角,擂起战鼓,声势喧天,桓军的气势便弱了许多,这日攻势也有所缓和。


巍巍京城,九阙皇宫。

延晖殿中,关于摊丁法的争议已持续了大半日。庄王的后背早已湿了一大块,觉得自己就是风箱里的老鼠——两头受气。

自摊丁法实施以来,遭到世家及各名门望族的强烈抵制。虽然国难当头,这些贵族世家不便明着反对,但也是绝不愿乖乖配合的。各户田产数、人丁奴仆数迟迟统计不出,该交上来的银子一分不见,他这个负责的王爷急得焦头烂额,心里还挂念着远在河西、面临战火威胁的母族,一个月下来瘦了一大圈。

此次殿会是大朝会,因为要落实摊丁法,京城五品以上官员、王公贵族都需参加,包括很多闲散的贵族王侯。各人为了少缴税银,绞尽脑汁逃避推诿,到后来为了攻击对方,又相互扯出许多见不得光的丑事。

殿内仍在推诿争吵,皇帝的面容早已沉得如殿外的暮色,内侍们在点燃巨烛时,手都有些战战兢兢。

太子抬头看了看皇帝的面色,满面忧切。静王平静地站于一边,并不多话。董方和上个月返京入内阁的震北侯裴子放也都保持着沉默。

九重宫门处,传来三声急促的铜钟声。殿内诸人齐齐惊悚抬头,未说完的话也堵在了喉间。再过片刻,铃声由远而近,不多时便到了殿外的白玉石台阶处。

姜远带着两人奔入殿内,那二人扑倒于地。陶内侍早奔下台阶,从一人手中拿过军情急报,又急速奔上銮台奉给皇帝。

皇帝自铜钟响起时便已有了心理准备,但打开军情急报低头细看,那上面的黑字还是让他眼前眩晕,体内真气不受控制地乱窜,一股腥甜涌至喉头。他颤抖着运气,压了又压,最后还是一口鲜血喷了出来,软软地倒在了宝座上,手中的军情急报啪的一声掉落在织满九龙图的锦毡上。

殿内顿时乱作一团,还是董方和裴子放反应迅捷,同时将太子和静王一推。太子、静王踉跄着奔上銮台,将皇帝扶起:"父皇!"

董方、裴子放、陶行德随后而上,太子慌不迭叫道:"传太医!"

庄王早已面色苍白,一片混乱中,他疾步走上銮台,拾起军情急报,视线扫过,面上血色一下褪尽,双足一软,跌坐在锦毡上。

皇帝乃习武之身,众臣恐其是走火入魔,不敢挪动。直至太医赶到,扎针护住心脉后,方小心翼翼将龙体抬至内阁。此时皇帝早已双目紧闭,面上如笼了一层黑雾,气息若有若无。董方和裴子放等人一面命太医继续施针用药,一面命姜远迅速关闭宫门,文武百官均需留在大殿内,不得随意走动,不得交谈。

首正张太医率着一大群太医围在皇帝身边,额头汗珠涔涔而下。太子急得在旁大声呵斥,董方只得将其请了出去。

不多时二人又进来,太子稍稍恢复镇定,张太医过来:"殿下。"

太子见他欲言又止,急道:"快说!"

陶行德也将庄王扶了过来,张太医看了一下阁内,董方便命其余太医退了出去,阁内仅留太子、庄王、静王、董方、裴子放及陶行德等人。

董方镇定道:"张医正就直说吧。"

"是。"张太医不自禁地抹了把汗,道,"圣上急怒攻心,岔了真气,所以晕了过去。但最要紧的不是这个,而是……"

庄王上去踹了他一脚:"是什么? 快说!"

"是,是……"张太医终道,"是圣上以往所服丹药火毒寒毒太重,夹在一起,日积月累,只怕……"

"只怕怎样?"静王厉声道。

张太医向太子跪下,连连磕头。

董方叹了一声,道:"能不能用药?"

张太医不语,董方与裴子放同时会意,望向太子。太子好半天才恍然大悟,又拿眼去瞅静王、庄王,三人眼神交汇,同时一闪。太子转头,见董方微微点头,终道:"你尽管用药,本宫赦你无罪。"

张太医松了口气,又道:"圣上现在经脉闭塞,药石难进,需有内家高手助臣一臂之力。"

众人齐齐望向裴子放,裴子放向太子行礼,太子上前将他挽起,语带哽咽:"有劳裴叔叔了。"


梁承熹五年五月初一,河西失守战报传入京城,皇帝急怒攻心,昏倒在延晖殿,太医连日用药,仍不省人事,病重不起。

河西府失守、高国舅殉国消息传入后宫,高贵妃当场晕厥,醒来后汤米不进。

经内阁紧急商议,皇帝病重期间暂由太子监国,后宫暂由静王生母文妃摄理。

为向上天祈福,保佑圣上龙体早日康复,也为求前线将士能反败为胜,将桓军拒于河西平原,太子下诏,大赦天下。

河西府失守,京城告危,经内阁商议,太子下诏,急调苍平府肃海侯三万水师沿潇水河西进,护卫京师;小镜河以南三万人马回撤到京畿以北,另从瓮州、罗梧府、洪州等地紧急征兵,北上支援长风骑。

河西府失守,梁国朝野震动。由河西平原南下逃避兵难的百姓大量拥入京畿,米价暴涨,粮食短缺,潇水平原十二州府世家贵族悄然南撤。内阁与太子商议后,任命德高望重的谈铉谈大学士为三司使,主理安抚难民事宜。"第一皇商"容氏于国难之际挺身而出,开仓放粮,平抑米价,并带头捐出财物以作军饷。在容氏的带动下,京城富户纷纷捐钱捐物,军粮不断运往前线,民心渐趋稳定。


果如崔亮所料,接下来数日,桓军攻势有所减弱。长风骑熬过最艰难的时日,一直笼罩在军营的压抑气氛也悄然散去。

裴琰伤势有所好转,每日忙着调度人马、草粮,与崔亮等人商议布防、反攻等事宜,只是左肩仍时有隐痛,总是派人传江慈过去替他针灸,二人交谈也多了起来,不过倒是裴琰讲得多些,江慈多数时候默默听着。裴琰还是会不时提及安澄,但情绪明显好转,没有了以前的抑郁,江慈知他已逐渐从战败的伤痛中走出。

卫昭的腿伤倒好得极快,数日后便行动如常,但江慈仍每日过去,卫昭也任由她针灸。江慈对他用药针灸后的感觉问得极细,卫昭也极耐心,有问必答,但除此之外,很少与江慈说话。江慈揽过为他洗衣等事,他也只是淡淡应着,并不推却。

崔亮再将数本医书给了江慈,闲暇时便到医帐亲自传授,有时讲到妙处,凌承道等人也听得入神,"崔军师"之名更是威震长风骑。

这日入夜时分下起了暴雨,江慈正在中军大帐和裴琰说话,听得雨点打得帐顶啪啪直响,哎呀一声,起身就跑。裴琰踱到帐门口,安潞以为他要去桥头,替他将雨蓑披上。裴琰却只是默立,遥见江慈手忙脚乱地将晾在帐篷边的衣衫收入帐中,不多时又见她抱着件白袍在雨中一溜小跑,奔入不远处的卫昭帐中。

裴琰望着白茫茫雨雾,沉思良久,方转身入帐。他坐于桌前,久久地凝望着江慈的药箱,忽觉有些口干,茫然伸手去握桌上的茶壶,却握了个空。

他摇了摇头,手再探前执起茶壶,慢慢倒水入茶盏。淡青的茶水在空中划过,哗哗注入天青色茶杯之中,压过了帐外暴烈的雨声。


见江慈直冲进来,卫昭修眉微皱,却不说话。

江慈将抱在胸前的素袍展开看了看,笑道:"还好收得快,没怎么湿。"又将素袍搭在椅背上。

卫昭过来,低头静静地看着她,江慈被他晶亮的眼神看得垂下头去,卫昭却忽伸手将她的军帽取下。江慈这才发觉军帽已被雨淋湿,头发也沁了些雨水,半湿半干,索性解散,正用手梳理乌发之时,一只修长白皙的手递过来一把木梳。

江慈接过木梳,卫昭不再看她,依然坐回椅中看书。

江慈将长发梳顺,待发干了些,又重新束好,忽想起往事,笑道:"三爷,您得赔我一样东西。"

"好。"卫昭淡淡应道。

江慈大奇,趴在案边,抬头望着卫昭:"我还没说,三爷怎么知道要赔什么?"

卫昭依旧低头看书,话语极轻极平静:"你想要什么样的簪子? 等收回河西府,自己去买,算在我账上。"

江慈错愕,猛然间发觉手中的木梳有些眼熟,再一细看,竟是当日自己在卫府桃园居住时用过的那把小木梳。她再抬头,正瞄向她的卫昭迅速将目光移开,转过身去。

暴雨打在帐顶,啪啪巨响,帐内的烛火也有些昏暗,江慈却可以清楚地看见卫昭耳后的微红,隐约听到他的呼吸声渐转沉重。江慈忽觉心跳加快,用力捏紧了手中的木梳。

卫昭手中的书册长久都没有翻动,帐中弥漫着一种难言的气氛。

帐外忽传来宗晟急促的声音:"大人,易爷到了。"

卫昭悚然一惊,旋即恢复镇静,冷声道:"进来。"

江慈回过神,忙将军帽戴好,偷偷将木梳笼入袖中,与进来的易五擦肩而过,跑向自己的帐篷。

易五浑身湿透,上前行礼:"主子!"

"说!"卫昭眼神利如鹰隼,盯着易五。

"军情入宫,皇上病倒了。"

帐外,一道闪电劈过,卫昭倏然站起:"病倒了? 什么病?"

"据太医诊治,皇上是受军情刺激,急怒攻心,以往所服丹药的火毒寒毒合并发作,至今昏迷未醒。小的打听过了,皇上这回只怕凶多吉少。"

雨,越下越大。卫昭慢慢坐回椅中,木然听着易五所禀京中情况,不发一言。

"可打听确切? 真的病了?"待易五说罢,卫昭冷笑着问道。

"延晖殿内是陶内侍带人在侍候着,殿外则是姜远带了光明卫守着,连文妃都进不去。听说裴老侯爷一直在里面协助太医为皇上治疗,小的偷偷看了太医院的医档,确实是严重至极的病症。小的向庄王爷去打探,庄王爷正为国舅伤心,似是也病倒了,只命人传给小的一句话:是真病了。"

"真病了?"卫昭呵呵一笑,说不出是怨是喜还是愤怒。

他竭力克制着自己的情绪,思忖良久,才问道:"这段时间是不是小北侍寝?"

"是,皇上这段时间越来越宠爱小北,倒疏远了阿南他们。"

"小北早认了陶内侍为干爹,你让小北去找陶内侍,就说他得知皇上病重,要亲侍汤药，让陶内侍想法子安排他入殿，确认皇上是不是真的病倒，病到什么程度。让他行事小心些，别让裴子放那老狐狸看出了破绽。"

"是，主子放心，小北机灵得很，平叔送来的这几个小子中，他最聪明。"

卫昭极力控制着颤抖的右手，轻声道："肃海侯进京了？"

"估计这几日会带着水师到达。"

"姜远的这个兄长可不好对付。"

"肃海侯是出了名的端方之人，只是对胞弟稍宠溺了些。"

卫昭道："我让你送人进姜府，怎样了？"

易五低头："姜远自幼练的童子功，不到二十五岁不得与女子交合。这小子也谨慎得很，一直远离女色，小的换了几种法子，都没办法将她们送进去，还险些露了破绽，美姬服毒自杀了。"

卫昭再沉思片刻，道："姜远绝不像他表面那么简单，只是他究竟是哪方的人，我还没弄明白。这样，人继续想法子送进去，派人盯紧他，有任何风吹草动，你随时报给我。"

"是，小的会安排的。"

卫昭从腰间取出一块玉牌，递给易五："你拿这个回去，庄王必会见你。你只说，河西失守不是那么简单。小镜河回撤的河西兵，请他想法子稳在京城外沿，将来我定有办法还河西高氏一个公道。"

易五接过玉牌，又趋近低声道："容氏开仓放粮，捐钱捐物，盛爷留了暗件，请示主子，同盛行是不是也照办？"

卫昭靠上椅背，沉吟道："容氏真这么办了？"

"小的派人盯着相府，容家大老爷五十寿辰，容国夫人回了一趟容府，第二天容氏就宣布开仓放粮，捐纳军饷。"

"嗯，你让盛林也捐一部分，只别捐多了，让人瞧出底细来。"

"是。盛爷还请示，薛遥的家人怎么处理？薛遥自尽前似是留了些东西，盛爷怕会坏事。"

卫昭似是有些疲倦，合上双眼，淡淡道："杀了。"

易五趁夜消失在雨幕之中，帐帘落下，涌进一股强风，和着浓浓湿气。卫昭再也控制不住战栗的身躯，心尖处绞痛加剧，呼吸渐重，捂着胸口缓缓跪落于地。雨点打在帐顶的啪啪巨响如同一波又一波巨浪，铺天盖地，令他窒息。

烛光下，他的俊面有些扭曲，如宝石般生辉的双眸罩上了一层血腥的红。他冰冷的指尖颤抖着抚上颈间，陈年伤痕灼痛了他的指尖，也灼红了他的双眸。

良久，他仰头轻笑，笑声中饱含怨毒与不甘："你不能这样死，你的命是我的，只有我一人能够拿走！你不是说过吗？这世上只有我一人才能与你同穴共眠，你怎么能够不等我？"

他眼内越发殷红，寒光一闪，匕首刺入肩头，鲜血淌下，慢慢洇红了他的素袍。肩头的伤口竟似有些麻木，心头的烙印却仍那般锥痛。匕首一分分割下，鲜血涔涔而流，却仍无法让他平静。他抬起头，正望上先前江慈洗净搭在椅背上的那件白袍。他仿佛见到她温柔的目光，如悄然飘过荷塘的月影，又如轻柔流过岩石的山泉。匕首凝住，铮的一声掉落于地。他慢慢伸出手来，但指尖却怎么也触碰不到那件白袍，月影飘过不见，山泉流去无声。

大雨仍在哗哗下着，烛火慢慢熄到尽头，卫昭低头凝望着自己的双手，面上厌恶之色渐浓。烛光最后闪了两下，映得那双手如在血中洗过一般的红。烛火熄灭，幽深的黑暗蔓延。

帐外，一道闪电劈过，卫昭倏然抬头，眼中闪过嗜血的戾气，猛然跃起，拔出木柱上的长剑，如鬼魅般闪出营帐。


大雨倾盆，江慈呆坐于帐中，双手不停摩挲着那把小木梳。

那曾于细雨中桃红尽染的桃林，是否结出了满园的果实？那清清溪水中是否还有鱼儿游动？

惊雷震响，江慈跳了起来，披上雨蓑，刚掀开帐帘，便见卫昭的身影在大雨中急掠向镇波桥方向。

江慈隐约见他手持利剑，不知发生了何事，担忧之下追了上去。

宁剑瑜与崔亮披着雨蓑,带着数十人立于河西渠边观察水位。虽是大雨,长风骑各营仍按崔亮安排,在河西渠边往返穿插巡防。

崔亮直起腰,道:"叫将士们不可松懈,这几日实是关键……"

一道白影自二人身后闪过,掠向镇波桥头,宁剑瑜惊呼出声:"卫大人!"

卫昭仿若未闻,左手一探,将一名长风骑骑兵揪落马下。他飞身上马,马蹄踏破泥浆,在长风骑的惊呼声中驰过镇波桥,如一缕青烟驰向对岸。

桓军这段时间也是囤重兵布于河西渠北岸,为防长风骑反攻,镇波桥北更是有大量将士驻守。

大雨滂沱,桓军依稀见一道白影策马过桥,便有数十人怒喝:"什么人?!"

卫昭血脉偾张,眼中越发猩红。他气贯剑尖,长剑悄无声息割破雨雾,伴着战马前冲之势横扫而过,瞬间将十余人毙于剑下。

桓军这才反应过来,警号声震天而起,但卫昭已冲入阵中,他们无法起箭。他的白袍早已湿透,与长发都紧贴在身上,面目狰狞,如同从地狱孽海中冲出的恶灵。他在桓军中如风卷残云,剑尖生出凛冽冰寒的光芒,血光和着这剑光不停闪起落下,桓军一个个头落、肢断、身折——

桓军大哗。多日来与长风骑血战,他们都毫不畏惧,这刻却觉这人如同幽灵鬼魅,挟着死亡的气息于雨夜降临,不禁心胆俱寒。

纷乱中,卫昭一声长啸,杀气如风云怒卷,再毙十余人。眼见大队桓军蜂拥而来,他从马鞍上跃起,在空中一个拧身,疾踏数十名桓军头顶,飘然跃向镇波桥。

宁剑瑜看得清楚,一声令下,长风骑急速冲上桥头,盾牌手后箭兵掠阵。那边桓军箭如蝗雨,卫昭身腾半空,长剑拨开箭雨,真气运到极致,虚踏数步,落回长风骑盾牌手阵中,反手抢过一名箭兵手中强弓。血水早已将他的衣袍染成了红色,他猛然回头,十余支长箭如流星般射出,支支穿透桓兵躯体,爆起蓬蓬血雨。

他掷下强弓,也不看宁剑瑜和崔亮,大步向营地走去。走出数十步,他脚步微顿,与立于大雨之中的江慈视线相交,眼中杀气逐渐隐去,神情漠然地走入帐中。

桓军被卫昭这顿砍杀乱了阵脚,但不久似是有大将赶到,喝住了要攻向镇波桥的士兵,不多时便归于平静,长风骑也训练有素地撤了回来。宁剑瑜与崔亮看着卫昭消失在雨中,互望一眼,却谁也没有说话。

帐内,卫昭除下被血水染红的衣袍,又轻手拿起江慈洗净的那件白袍,慢慢地披上肩头。

帐外,江慈立于大雨之中,良久方转身走向医帐。

## 第四十五章

### 桥头相会

裴琰将密报投入火盆，看着袅袅青烟腾起，长长透了一口气。

宁剑瑜和崔亮进来，待二人除下雨蓑坐定，裴琰道："准备准备，过几天有一批新兵，军粮也会同步运到，子明先想想如何安排，等这场雨一停，我们就准备反攻。"

宁剑瑜一喜："援兵到了？"

裴琰神情略有些复杂："皇上病重，现在是太子监国，紧急从瓮州、洪州等地征了两万新兵，加上宣远侯原有的八千人，正紧急北上，估计过几天可以到。"

崔亮一愣："皇上病重？"

"是。皇上病得很重，无法理政。"裴琰望向崔亮，"子明，你看看如何安排这新到的两万多人，争取用最小的代价拿回河西府。"

崔亮垂下眼帘，似是思忖着什么重大的事情，裴琰微笑看着他，也不问话。

许久，崔亮方抬起头，坦然望着裴琰，长身一揖。裴琰忙起身将他扶住，叹道："子明，你我之间无须客套。"

崔亮犹豫了一下，宁剑瑜笑道："我去前面巡视。"

待宁剑瑜出帐，崔亮再向裴琰一揖，裴琰坐回椅中，道："我知子明定有要事与我相商，请说。"

崔亮直视着他，道："亮想求相爷一事。"

"子明但有所求，我必应允。"

"我想求相爷，在我军与桓军决战之前，允许我去见一个人。"崔亮平静说来，清澈明亮的眸子闪过一丝黯然。

"何人？"

崔亮缓缓道："宇文景伦身边的那个人。"

裴琰目光熠然一闪，端起茶杯的手顿了一下，慢悠悠喝了口茶，道："子明详说。"

崔亮轻叹一声："相信相爷也曾听说过，我天玄一门数百年来都是世代单传。"

"这个我知道，所以鱼大师蒙难后，令师祖假死逃生，世人都以为鱼大师一门早已失传。当日若非子明认出了那琉璃晶珠，我也不敢相信鱼大师还有传人在世上。"

崔亮叹道："正因为太师祖蒙难，师祖恐将来万一有事，师门绝学失传，故他打破我天玄一门数百年来只准收一个徒弟的门规，共收了两名弟子。一人是我师父，另一人资质超群，天纵奇才，就是我的师叔，滕毅。"

"哦？难道宇文景伦身边那人就是子明的师叔滕毅？"裴琰眸光一闪。

"是。"崔亮有些黯然，"太师祖死得惨，师祖对皇家有了成见，从此定下门规，天玄一门不得为公门效力。我师父恪守师命，这位师叔却不愿老死山中，他只身下山，留书说去云游天下，就再也没有回来。"

"那子明又如何确定那人就是令师叔？"

"此次两军交战之中所用到的利器与战术，只有天玄门人方才知晓。以涓水河河床一事为例，此事便记载在师门典册之上，当世再无旁人知晓。"

崔亮说罢，向裴琰再度躬身："崔亮恳求相爷，让我与师叔见上一面，我想劝他离开宇文景伦，不要再为桓军效力。"

裴琰沉吟片刻，起身徐徐踱了几步，又转回头凝望着崔亮，目光深邃。

崔亮泰然自若地望着他，眼中带着几分期盼。

裴琰慢慢道："子明可有把握，能够劝得令师叔离开宇文景伦？"

"师叔选择辅佐宇文景伦，定有他的考量。但我现在执掌天玄一门，也有我的责任，他会不会听我相劝，离开宇文景伦，我并无十分把握。但事在人为，总要一试,若能将他劝离桓军,我相信,收复失土、平息战争,不日将可实现。还请相爷让亮一试。"

裴琰思忖片刻,断然点头:"好,不管怎样,总得一试,若能劝他离开宇文景伦,说不定桓军便会不战自退,对黎民苍生实是一件大幸事!"


雨慢慢歇止。

由于战事不再激烈,伤兵数量减少,军医和药童们终于轻松少许。江慈这日不需再值夜,她看了一会儿医书,吹熄烛火,忽见一个人影默立于帐门外。

江慈看了看那投在帐帘上的身影,依旧回转席上躺下。

裴琰再等一阵,只得掀帘而入。

江慈跃起,道:"相爷,夜深了,还请您避嫌。"

裴琰沉默一阵,低声道:"那你陪我出去走走。"他语气中带着些许疲惫,似乎还有几分彷徨。江慈心中微微一动,忽觉这样的裴琰曾在何处见过,仔细一想,相府寿宴那夜的荷塘边,他醉酒失态的情形浮上脑海。

裴琰默默转身,江慈迟疑片刻,还是跟着出了军营。

已是子夜时分,四周一片蛙声。大地笼罩在夜色中,身后不远处是燃着灯火的接天营帐。裴琰立于一棵树下,静默无言。

江慈立于他身后半步处,感觉到身前之人散发着一种冷峻的威严,但威严背后又有着一种说不出的落寞。

裴琰面上毫无表情,凝望着军营内的灯火,轻吁了一口气,低声道:"你现在还不想你的亲生父母吗?"

江慈一愣,想了想道:"有时也会控制不住地想,但知道想也无用,便索性不想了。"

"那你有没有想过,他们在某个地方,老了,或是病了,会不会想见你一面?"

江慈摇摇头,有点茫然道:"我不知道。可想这些又有什么用,反正我这辈子也见不到他们了。"

裴琰望着夜空,沉默良久,自嘲似的一笑:"这个世上,有个人生病了,病得很严重,很有可能我见不到他最后一面。"

"他对你很重要吗?"江慈略带关切地问道。

裴琰微微摇头:"我也不知道他对我重不重要,有些事情我可能永远也不会知道真相。可他若就这样死了,我也会不开心。"

江慈劝道:"相爷还是放宽心怀吧,吉人天相,他一定能够等到相爷凯旋的。相爷现在得打起精神,长风骑几万弟兄,还有梁国百姓,都还要靠相爷将桓军赶回去。"

裴琰苦笑:"可我若是真把桓军赶回去了,又不想再见到他还活着。你说,好笑不好笑?"

江慈不明白他的意思,无言相劝。裴琰也不再说,只是望着夜空,许久,又转身望向南方。

蛙鸣声一阵浓过一阵,裴琰默立良久,眉目间的怅然终慢慢隐去。他拂了拂衣襟,回头笑了笑:"走吧。"

江慈跟上,轻声道:"看来相爷的伤都好了。"

裴琰朗声大笑:"是,也到了该好的时候了。"


大雨一停,第二日便是骄阳当空。流火在湛蓝的天空中缓缓移动,炙烤着茫茫原野。宇文景伦扔下马鞭,与易寒回转大帐。随从过来替他解开盔甲,他抹了把汗,向坐于帐内一角看书的滕瑞道:"滕先生,这样僵持下去可非长久之策。"

滕瑞放下书,起身道:"没有办法,援兵不到,啃不下裴琰这块硬骨头。所以王爷,我还是那个意思,咱们得……"他话未说完,一名将领匆匆而入,跪落禀道:"禀王爷,裴琰派人送了一封信来。"

宇文景伦、滕瑞、易寒三人互望一眼,都感到十分惊讶。

宇文景伦伸手取过信函,展开细看,讶道:"谁是滕毅?"

滕瑞蓦然一惊,急踏前两步,宇文景伦忙将信递给他。滕瑞低头看罢,眉头紧蹙,良久无言。

宇文景伦挥了挥手,其余人都退了出去,他关切地唤了一声:"滕先生?"

滕瑞惊觉,知此时需坦诚相见,否则便难以避嫌。他一摆袍襟,在宇文景伦面前单膝跪下。宇文景伦忙将他挽起，滕瑞抬头，坦然道："王爷，实不相瞒，这信上所指滕毅，便是滕某。"

宇文景伦温和一笑："愿闻其详。"

滕瑞道："不瞒王爷，我师出天玄一门，当日一起学艺的还有一位师兄。但师门严令，弟子不得为朝廷公门效力，我空有一身艺业，无法施展，实在郁闷，便下山游历天下。直至五年前在上京偶遇王爷，为王爷壮志盛情所感，决定辅佐王爷。现在看来，裴琰军中有我师门之人，他自种种形迹推断出我在王爷军中，要与我见上一面。"

宇文景伦眉头微蹙："那依滕先生的意思，见还是不见？"

滕瑞深鞠一躬，语带诚挚："王爷，师父当年待我恩重如山，我终究还是天玄门人，这封信中有掌门人表记，不管怎样，我得与他见上一面。还请王爷允我去与他相见，也请王爷放心，我绝无二心，也绝不会忘记与王爷在上京的约定，要助王爷完成霸业，一统天下！"

宇文景伦沉吟良久，道："本王并非信不过先生，实是信不过裴琰。裴琰定是已知先生乃我左膀右臂，万一他趁先生与故人见面之机，将先生劫去……"

滕瑞心思急转，揣测出宇文景伦言后之意，道："这倒不妨，我有个法子。"

"先生请说。"

"王爷怕裴琰趁机相劫，裴琰自也怕我们将他那位军师劫走。不若我们传信裴琰，我与同门定于后日辰时在镇波桥上见面，各方只准派出一人相护。"

宇文景伦斟酌了一阵，慨然点头："好，先生待我以诚，我自相信先生。我就允先生去与故人见上这一面，以了先生心愿。"

滕瑞深深一揖："王爷恩德，滕瑞无以为报，唯有鞠躬尽瘁，以报王爷知遇之恩。"

宇文景伦畅然大笑："先生快莫如此客气。"

滕瑞再向易寒一揖："有劳易先生。"

易寒微笑还礼："滕先生客气，后日镇波桥，我自当护得先生周全。"

易寒知宇文景伦还有话要与滕瑞细说，便起身告退。帐外烈阳耀得他眯了一下眼睛,他抚上肋下伤口,心中一暖,大步向营帐走去。

燕霜乔见他进来,微笑着站起,柔声道:"父亲伤势刚好,别太劳累了。"又给他斟上茶来。

易寒望着她灵秀的身影、温婉的神情,一阵恍惚,恍若又见到那静婉女子,向自己柔柔而笑。燕霜乔取过洗净的青色长袍,易寒换上,闻到一股淡淡的皂荚香,讶道:"哪来的皂荚?"

燕霜乔面颊微红,低声道:"明飞在一处田埂边找到的,他知我素爱洁净,便摘了些回来。"

易寒自与女儿重逢以来,她始终心有芥蒂,对他不冷不热。直至他战场受伤,她日夜侍奉汤药,又亲理衣物,父女二人话语渐多,隔阂与怨恨悄然淡去。易寒心中深为感动,更是愧疚不已,现下见她终身有托,实是欣喜,更恨不得将天下间所有珍宝寻来,让她开颜一笑,方能弥补这二十多年来的愧疚与自责。

念及此,他心中一动,微笑道:"霜乔,你是不是很想找回你师妹?"

燕霜乔大喜抬头:"父亲!"

易寒站起,道:"你放心,我这便去求滕先生,若是你师妹还在裴琰手中,定要想法子让你和师妹重逢。"


天气炎热,有一部分士兵伤情出现反复,伤口有溃烂迹象。崔亮过来看了一番,又亲到山丘与田野间寻来一味草药,试着给伤兵敷上,居然颇有好转,江慈便与小天等人顶着炎炎烈日,大量采撷这种草药。

这日直至申时,她方背着一大竹篓草药回转军营。长风卫周密正在医帐等她,见她进来,上前接过竹篓,笑道:"侯爷让你过去一趟。"

江慈将草药摊开,道:"我等会儿再过去。"

凌承道抬头道:"周密等你很久了,侯爷只怕是有要紧事情找你。"

江慈匆匆赶到中军大帐。裴琰正与卫昭说话,见她进来,二人起身,裴琰笑道:"明日就有劳三郎了。"

卫昭微微欠身,淡然道:"少君放心,我定会护得子明周全。"说着看了江慈一眼,轻步出帐。

裴琰回转椅中坐下,握起羊毫笔在纸上疾书。江慈不便退去,索性轻轻走至案前替他磨墨。她在野外采药多时,全身大汗,忍不住用衣袖擦了一把额头上的汗珠。裴琰看了她一眼,从袖中掏出一块丝巾递来,江慈接过,道:"谢谢相爷。"

裴琰放下手中之笔,待纸上墨干,方慢慢折好,右手手指在案上轻敲,转过身望着江慈。江慈微微退后一步,见裴琰仍是紧盯着她,有些不安,唤道:"相爷。"

裴琰望着她被夏日骄阳晒得有些红彤彤的面容,缓缓开口:"小慈。"

"嗯。"

"你……想不想见你师姐?"

江慈有些不敢相信自己的耳朵,却也不问,只用征询的目光望着裴琰。

裴琰微微一笑,道:"你师姐在桓军军中,明日辰时,她会随她父亲上镇波桥,想与你见上一面。"

江慈见裴琰神情语气不像作伪,大喜下盈盈而笑:"真的?!"

裴琰目光在她面上停留良久,轻声道:"小慈。"

江慈觉他有些怪异,下意识往后退了一小步。裴琰稍犹豫了一下,还是将当日为求挟制易寒、强押燕霜乔之事讲述出来。

江慈默默听裴琰讲罢,心中一阵酸楚。她张了张嘴,却又不知该说什么,过了片刻,才直视着裴琰说道:"多谢相爷,允我去与师姐相见。"

"你明日劝一下你师姐,让她和明飞一起回来。"裴琰看着她,和声道,"你和她说,只要明飞肯回来,我既往不咎。你们都可以留在我军中。"

江慈并不答话,向他行了一礼,退出大帐。

裴琰目送她的背影,笑容慢慢敛去,又陷入沉思之中。良久,唤道:"安澄!"

帐外的长风卫迟疑了一下:"……侯爷。"

裴琰愣了一下:"哦,是安潞,你进来一下。"

安潞入帐,裴琰问道:"当日我让安澄查明飞的底细,后来一直没有回禀,你可知此事?"

"属下知道,安大哥是命朱定去查的此事,朱定回报说未查出什么来。安大哥让他继续查,原想着查出什么再报给侯爷的。"

裴琰点了点头,想了一下,低声道:"安澄不在了,以后暗卫的事情由你负责。其余的你暂时先理着,到时交给童敏。"


江慈心绪难平,忙到入夜时分方才回帐。刚躺下,却听崔亮在外相唤。

营地旁的田野散发着阵阵草香,蛙鸣声此起彼伏,如果身后不是接天营帐和满营灯火,江慈恍若回到了遥远的邓家寨。

崔亮转过身,望着江慈:"小慈。"

"嗯?"

"你明天随你师姐走吧。"

江慈微笑着摇了摇头。

"我知道你很想学医救人,但这里真的不是你待的地方。"崔亮伸手替她整了整军帽,道,"我把你当亲妹子一般,想你平平安安的,嫁一个忠厚老实之人,而不是……"

江慈面颊微红:"崔大哥,我……"夜间的风吹得草丛起伏悠荡,她扯下一根青草,放在指间缠绕。

崔亮望着她的侧脸,语调温存:"小慈,你心里……可是有了人?"

江慈一惊,指间青草猛然断开。她不敢看向崔亮,垂下头去。

"小慈。"崔亮的声音低沉中带着几分严肃,"我不管你心中的这个人是谁,但他们都绝非你的良配。你不管和谁在一起,都要面对许多艰难险阻,甚至会有生命危险,你千万不要陷入这泥淖之中。明日你还是随你师姐离开战场,等过一段时间你自然会忘掉他,再找个本分老实的人,过平平安安的日子吧。"

江慈微微摇了摇头,面颊更红。

"小慈,你就听崔大哥这回劝。"崔亮有点着急了。

江慈忽然抬起头,望着崔亮:"崔大哥,你有意中人吗?"

崔亮一怔。

江慈双颊通红,目光闪闪直视着他,低声道:"若是……若是你有了喜欢的人,你可舍得离开她?"

崔亮心头一震,埋在心底的那个影子忽然浮现在眼前,一时说不出话来。

远处哨斗上火光闪了三下,崔亮叹了口气,站起身:"我去桥头,小慈,你今晚好好想想吧。"

天上寒星隐现,夜风徐徐而过。江慈默默在田野间走着,夜色下,隐约可见原野上盛开着一丛丛的野花。白色的小花在风中飘摇,柔弱的茎仿似就要被风折断,却又一次次倔强地挺立,在风中散发着浓郁的芳香。

江慈弯下腰,轻轻触摸着那娇嫩的花瓣,低声道:"怎么办?"

一阵风吹来,野花被吹得瑟瑟摇晃,江慈直起身,默立良久,又转身走回军营。

卫昭帐中仍透着暗黄色的烛火,宗晟也仍在帐前值守。江慈立于黑暗之中,遥望着帐内那个隐约的身影,直至他帐内灯火熄灭,方转过身去。


夏日丽阳早早冲破云层,辰时初,河西平原上阳光耀目,热意蒸腾。

两军虽有约定辰时初停战,主力均撤离镇波桥头,但裴琰与崔亮商议后,为防桓军突袭,仍做出了部署,一旦桥上有变,长风骑仍能迅速应战,不让桓军攻过河西渠。

一切部署妥当,崔亮向裴琰一揖。裴琰点了点头,又与卫昭相视一笑,目光掠过旁边的江慈,在她面上停留了一瞬,微微地向她点了点头,眼光中隐约带着笑意。

裴琰负手立于中军大帐前,目送三人往镇波桥头走去,双眸微微眯起。

宁剑瑜看了看他的神色,忍不住道:"侯爷,您就真的放心……"

"用人不疑,疑人不用。剑瑜,你与子明也相处了一段时日,应当明白他的品性。于这国家危急、百姓蒙难的时刻,他是绝不会甩手而去的。"

宁剑瑜点头:"侯爷识人极准,子明此去,若是能将那人说动,这仗可就好打多了。即使不能说动他离去,好歹也让宇文景伦那小子心里多根刺!"

裴琰大笑,拍了拍宁剑瑜的肩:"那小子也是我们心头的一根刺,这回非得好好把他拔去不可!"

宁剑瑜喜道:"侯爷打算什么时候反攻?"

江慈跟在崔亮身后,眼光偶尔望向卫昭,又迅速移了开去。

卫昭缓步而行,忽然嘴唇微动:"你走吧。"

江慈听得清楚,见崔亮并无反应,知卫昭正用"束音成线"向自己说话,心头一颤,偏过头去。卫昭清冷的声音仍传入她的耳中:"跟你师姐走,不要再留在这里,这里不是你待的地方。"

江慈转头望着他,嘴张了张,又合上,眼中却有了一层雾气。

卫昭望了望她,眼中似有一丝悲伤,终转头直视前方,未再说话。

崔亮一袭蓝衫,笑容娴雅,转头向卫昭道:"有劳卫大人。"

"崔解元客气。"卫昭淡淡而笑。

"卫大人就唤我子明吧。"崔亮笑道,"相爷作为主帅不能出面,也只有卫大人能与易寒抗衡。为我师门之事,要劳动大人相护,崔亮实是惭愧。"

"子明乃当世奇才,身系天下安危,卫昭自当尽力。"

崔亮与卫昭相视一笑,又都看了江慈一眼,江慈看着他二人展颜而笑。丽阳下,三人并肩走向镇波桥头。

镇波桥乃一座石桥,桥下渠水碧青,桥头绿树成荫,只是石缝间、青石上,隐约可见斑斑血迹,印证着这里曾是修罗战场。

河西渠两岸静得不像驻扎着十余万大军的战场,镇波桥在丽日的映照下也灿烂得不似杀戮战场。桥身上刻着的"镇波"二字端正严方,默默注视着三人走近。

桥的北侧,三个人影稳步而来,江慈望着那个秀丽的身影越行越近,眼泪夺眶而出,急奔上桥。

"小慈!"燕霜乔也控制不住内心的激动,冲上桥面,将飞奔过来的江慈紧紧抱住。江慈欲待唤声"师姐",却怎么也无法成声,只是抱住她,泪水汹涌而出。

燕霜乔的泪水也成串滴落在江慈肩头,江慈哽咽道:"师姐,对不起。"

燕霜乔也是哽咽难言,只是轻拍着她的背。江慈心中千言万语不知从何说起,她慢慢平定情绪,听得脚步声响起,拭去泪水,握住燕霜乔的手避于一旁。

易寒走近,在距桥心三步处停住了脚步。

卫昭面上挂着浅浅的笑容,双手负于身后,也在距桥心三步处停住。他目光扫过易寒肋下,易寒瞳孔微微收缩,瞬间又恢复正常。

待他二人站定,崔亮神色平静,缓步上桥,与一袭淡灰色布袍的滕瑞目光相触,长身一揖:"崔亮拜见师叔!"

滕瑞微笑着上前将他扶起,视线凝在他腰间的玉佩上,眼中闪过一丝悲伤,退后一步,躬下身去:"滕毅见过掌门!"

崔亮坦然受了他这一礼,待滕瑞直起身,方微笑道:"师叔风采如昔,崔亮仰慕已久了。"

滕瑞微愣,崔亮叹道:"师叔下山之后,师父日夜挂念着师叔,曾绘了几幅师叔学艺时的画像。崔亮三岁入的天玄阁,十余年来,见师父每每对画思人,实是……"

滕瑞黯然,崔亮从袖中取出一卷画轴,双手递与滕瑞:"崔亮凭着记忆画了这幅画,及不上师父的丹青。"

滕瑞看了崔亮一眼,缓缓展开画卷。只见青山间、古松下,蓝衫青年持箫而坐,紫衫少年手握书卷,似为那箫声倾倒,望着蓝衫青年,一脸孺慕之色。

滕瑞持着画卷的手隐隐颤抖,又抬头望向崔亮:"师兄他……"

崔亮眉间涌上悲伤,束手而答:"师父于四年前的冬至日过世。"

滕瑞呼吸有一瞬的停顿,慢慢合上双眸,再睁开时泪光隐现。他忽低声而吟:

"踏陇闻香打马归,歌一阕,酒一杯。山中来路,燕子伴双飞。乘风而行夜未央,箫声慢,音尘绝。

"雨打残红醒复醉,前尘事,尽遗却。回首但看,何处离人泪?别时方恨聚时短,谁与共,千山月。"

崔亮从袖中取出一管玉箫,箫声宛转,和着滕瑞的吟唱声,如辽远的怀念,又饱含长久的寂寞。

滕瑞的目光投向南面天际,那处晴空如洗,天色蔚蓝。昔日亲如兄弟,今日已阴阳两隔,他心神激荡,吟唱声渐转高亢。崔亮的箫声也转而拔高,在最高处宛转三顿,细如游丝,却正和上滕瑞的吟唱之声。待滕瑞吟罢,箫声轻灵缥缈,悠悠落下最后一缕丝音。

滕瑞连赞三声："好，好，好！"

"师叔过誉。"崔亮欠身。

"看来，师兄的一身绝学都悉数传授于你了。"

"崔亮愚钝，只学到一些皮毛。倒是常听师父说起，师叔天纵奇才，师门绝学皆能融会贯通。"崔亮面带恭谨。

滕瑞微微一笑："你像你师父一样谦逊。射日弓是你的杰作吧？你师父向来不喜欢研究这些凶险兵器。"

崔亮微笑着望向滕瑞，但眼神中有着毫不退让的锐利锋芒："凶险兵器若用得妥当，也是拯救万民之利器。"

滕瑞嘴角飘出一丝笑意，踱至桥栏边，崔亮走近，与他并肩而立。

滕瑞目光徐徐扫过河西渠两岸，微喟道："掌门是明白人，我既已入桓国，自不会再遵守天玄门规。你我今日只叙旧，不谈门规。"

崔亮双手负于身后，微笑道："崔亮今日来，也不是想以门规约束师叔。崔亮只想请师叔念及当日入天玄门学艺之志，念及黎民苍生，离开宇文景伦。"

滕瑞淡淡道："入天玄门学艺之志，我未曾有片刻遗忘，至于辅佐王爷，更是深思熟虑后的选择。"他将手中画像慢慢卷起，递回给崔亮。

崔亮眼神稍黯，接过画像，叹道："师父常说师叔自幼便有大志，要让天玄绝学造福于民，可万没料到师叔竟会投入桓国。"

滕瑞笑了笑："你师父性情虽淡泊，但绝不是迂腐之人，所以我相信你也绝不会墨守成规。"

"师叔说得是，成规囿人，有违自然本性。正如宇文景伦想强行改变天下大势，却给苍生带来深重的灾难，也必然不能如愿。"崔亮直视滕瑞。

"不然。南北纷争已久，由分裂走向统一已是大势所趋。"滕瑞微笑道，"掌门还年轻，师叔我这些年来游历天下，纵观世事，看得比你明白。梁国国力日衰，朝政腐败。帝王阴鸷，只识玩弄权术；世族权贵把持朝政，以权谋私；寒门士子报国无门，百姓苦不堪言，实是到了非改革不可的时候了。

"反观桓国,既有北方胡族刻苦悍勇之民风,又吸取了南方儒法治国之精华。这些年来励精图治,国力日强,与南方的腐朽奢靡形成强烈的对比。统一天下,实在是天命所归啊。"

崔亮微微摇了摇头:"师叔,关于天下大势,师父临终前曾详细向我讲述过,也曾叮嘱我,他日若能见到师叔,转述给师叔。"

"哦?"滕瑞侧头望向崔亮,"师兄是何见解?"

崔亮面带恭谨,道:"师父言道,古今治乱兴衰,自有规律,天意不可逆,民心不可违。老百姓希望的是和平安定的生活,如果为了结束南北对峙而悍然发动战争,结果恐怕会适得其反。"

滕瑞笑道:"师兄在山上待得太久,不明白天下大势,有此一言,也不奇怪。"

"不,师叔。"崔亮面上隐有伤感,"您下山之后,师父曾游历天下遍寻于您,一寻便是数年,崔亮便是师父于此路途上收为弟子的。这十多年来,师父更是数次下山找寻师叔。"

滕瑞愣住,眉间涌出一丝愧意。

崔亮续道:"师父言道,师叔当年主张华夷融合方能致天下一统、万民乐业,这个观点并没有错。师父也并无民族成见,但他认为,依现下形势,消弭华夷之分、天下一统只能顺势而为,不可操之过急,更不能以战争来达成目的。"

"时移世易。眼下梁国内乱,岳藩自立,月落也隐有反意,正是桓国顺应天命、结束天下分裂局面的大好时机。"

"错。师叔,这两年来我也一直供职于朝廷各部,对梁国形势也有相当的了解。梁国现在虽有乱象,却非不可救药。如今魏正山谋逆已经平定,岳藩受阻于南诏山不敢冒进。而月落一直备受欺凌,有反意那是顺理成章,但他们只是寻求摆脱奴役,却无意东侵,更非刻意挑起战祸。桓军要想趁乱吞并梁国,我看是痴人说梦!"崔亮话语渐厉,江慈在旁细细听来,他的话语中多了几分平素没有的锋芒,甚至有些咄咄逼人。

滕瑞也不气恼,微微而笑:"掌门说我们是痴人说梦,但现下我军也攻到了这河西渠前,裴琰新败之军,何足言勇? 我相信,拿下长风骑,直取京城,是迟早的事。"

崔亮笑道:"师叔未免也太小看梁国英豪了。莫说裴琰只是小败,即便是惨败,梁军仍有能力一战。师叔拿下河西府后,定是见识过高氏抵抗之力量。桓军越深入,遭遇的抵抗就会越激烈,难道您打算让宇文景伦将梁国百姓杀戮殆尽吗?"他目光炯炯,踏前一步,指向河西渠两岸的田野,"师叔您看,若非桓军入侵,这千里沃野今年将是粮食丰收,百姓富足。可就因为桓军来袭,百姓家破人亡,流离失所。这些百姓辛苦多年,只图一个温饱,而毁了他们这微薄希望的,不正是师叔您吗?"

滕瑞气息微微一滞,不由得转过身去,望着千里沃野,缓缓道:"你这悲天悯人的性情,倒与你师父如出一辙。"

崔亮紧盯着滕瑞的侧脸,语出至诚:"师叔,师父提及您时,总说您是仁义之人。可师叔您为何要亲手造下这等杀孽,为何要助宇文景伦挑起这惊天战事?"

风吹起滕瑞的冠带束发,崔亮忽想起画中那紫衫少年,想起师父昔日所言,心下唏嘘不已,痛心之情溢于言表。

阳光铺洒在河西渠上,波光粼粼。卫昭负手而立,目光凝在崔亮面上。

滕瑞低头望着碧青的渠水,良久方道:"并不是我要造下这等杀孽。我不助王爷,这场战争也不可避免。只有我助王爷早日拿下梁国,才能早日实现天下安定,大乱之后的大治才能早日到来。

"王爷文武双全,天纵英才,自幼便有经世济民之大志。我选择辅佐他,是希望能统一南北,结束天下分裂的局面,再广布德政,使百姓安居乐业。

"我始终没有忘记当年入天玄阁学艺之志,也一直期望能助王爷开创一代盛世。我意已决,掌门无须再劝。"

一只鱼鹰飞来,似是不知这河西渠为修罗战场,在岸边跳跃,又急扎入水中,激起银白水花,噙出一条大鱼来。

崔亮注目于鱼鹰,静默良久,忽道:"师叔,您看。"

滕瑞不解,顺着他的目光望向鱼鹰。

"鱼鹰以鱼为食,但最终又被渔人利用作为捕鱼的工具。可见天道循环,有时自以为心愿能成,却不过是枉为他人作嫁衣裳罢了。"

滕瑞细想片刻,明他之意,声音淡然地说:"天下非一人之天下,唯有能者居之。现下梁国吏治腐败,民怨弥重,桓国取而代之也不过是顺天而行罢了。目前有能力与桓国抗衡的,尚未可见。"

"不,师叔,梁国内政虽不清明,但根基犹存;内部各方势力虽争权夺利,但也保持着一种微妙的平衡。一旦这种平衡被打破,又没有一个足够强大的势力来化解矛盾,其后果不堪设想。目前看来还没有哪一方有这种实力。

"反观桓国,虽武力强盛,但贵族们恃武恣意妄为,桓帝虽欲推行儒学,但阻力强大;宇文景伦确为天纵英才,但一直受制于二皇子的身份,不能尽展所长。他若不夺权,终不过是一王爷,迟早死于国内势力的暗斗之中;他若夺权,亦难以安各方之心,遗患无穷。内乱难平,遑谈以北代南,天下合一?

"师父说,世间万事万物皆有自然天道,人只能顺天而行。所谓天下一统也是如此,华夷融合更需循序渐进。若以人力强行搅起天下纷争,只会徒令矛盾激化、生灵涂炭。到时兵连祸结,乱象迭起,各方势力纷纷加入,局面恐怕就不是师叔所可以控制的了,甚至还有可能延绵百年,遗祸子孙。"

滕瑞笑了笑,颇不以为然:"哪有这么严重?"

崔亮冷笑一声:"师叔难道忘了二百年前的'七国之乱'吗?"

滕瑞修眉微皱,一时也无法相驳,良久方暗叹一声,道:"可若无大乱,焉有大治?"

崔亮右手拍上石桥栏杆,叹了口气,道:"师叔,怕只怕天不从人愿。梁国若是陷入大乱,桓军是无法控制这错综复杂的局面的。何况高氏虽灭,还有裴氏、何氏、姜氏等世族。桓国毕竟是异族,如何能令他们心悦诚服地归附,难道又要大开杀戒吗?其实师叔心里比谁都清楚,桓军劳师远征,补给难以为继,虽攻下了河西,但已成强弩之末。如果从国内再搬救兵来,已非宇文景伦嫡系将士。不管是桓太子一系,还是毅平王、宁平王,都是只顾自身私利之人,本来就野性难驯,又对二皇子推崇南朝文化的做法深怀不满。他们多年征战,杀戮成性,如果率部来援,必将掀起腥风血雨。崔亮敢问师叔,这血流千里、烧杀掳掠的景象,是师叔愿意看到的吗?到时宇文景伦大业不成,天下反而陷入长久的战乱之中,师叔又有何面目见历代祖师,又何谈拯救黎民苍生?"

崔亮轻拍着桥侧石栏，侃侃而谈。卫昭不由得侧头，正见阳光洒在他的眉目间。他的神情有着几分浩渺开阔，又有着几分飘然出尘。阳光晓映，他平日的温润谦和悄然而隐，多了几分如悬星般的风仪，卫昭心中微动，若有所思。

江慈也从未见过这样的崔亮，而他所言更是她从未听过的。她默默地听着，想起月落所受的屈辱，想起牛鼻山战场的惨状，想起安澄那满身的箭洞，悄然无声地叹了口气。

燕霜乔觉江慈的手有些冰凉，不由得反握住她。

江慈醒觉，向燕霜乔笑了笑。燕霜乔凝望着她略显消瘦的面容，忽然发觉她竟又长高了几分，再也不是原来那个只识娇嗔胡闹的小师妹了。

滕瑞静然良久，忽然微笑："那你呢？你既有如此见解，为何又会罔顾师命，投入裴琰军中？难道裴琰不是野心勃勃、争权夺利之流吗？他不也是打着拯救天下的旗号而谋一己一族之私利吗？"

崔亮将手由石栏上收回，轻叹一声："世间的枭雄，哪个嘴里不是冠冕堂皇、义正词严，但实际上呢，谁不是为了实现自己的私欲而置天下百姓于不顾？无论兴亡衰荣，苦的都是百姓而已。裴琰和宇文景伦其实并无两样。"

"那你为何还要辅佐于他？"滕瑞紧盯着崔亮。

崔亮微微摇头，目光灼灼直视滕瑞："大丈夫有所不为，有所必为。崔亮要守护的是天下百姓的生死安危，而非一人一姓之江山社稷。我现下帮他，不是要实现他的野心，而是帮他抵御桓军、平息战火。裴琰和他的长风骑，现在是守土护国、浴血沙场的卫士，我就是粉身碎骨，也要竭尽所能助他们一臂之力！"

他目光坚毅，语气平缓而有力："我崔亮不怕褒贬毁誉，但求无愧于心。他裴琰若是一心为民，平息战乱，我便将这条性命交予他；但他若是玩弄阴谋权术，置万民于不顾，我崔亮也必绝然而去！"

野草连天，在夏风中起起伏伏。空气中弥漫着浓烈的草香，却又夹杂着万千战马的燥气。

白云如苍狗，悠悠而过。滕瑞负手望着浮云，默然不语。

卫昭眯眼望着崔亮，目光深邃。

崔亮神情肃然,退后两步,向滕瑞长身一揖,诚恳道:"崔亮恳请师叔以百姓苍生为念,令战火平息,天下安定!"

滕瑞默默看着崔亮头顶方巾,半晌也后退两步,躬身施礼:"掌门大礼,愧不敢当。但人各有志,且王爷待我有知遇之恩,我也曾发下过重誓,要助王爷完成大业。我有我的抱负,还请掌门原宥!"

崔亮再次行礼:"师叔三思!"

滕瑞侧行两步,避开崔亮大礼,崔亮暗叹一声,直起身来,默默地看了滕瑞一眼,取出先前所吹玉箫,奉至滕瑞面前:"此乃师父遗物,当年也曾伴师叔在天玄阁学艺。师父遗命,要我找到师叔,并以此箫相赠。亮今日了却师父遗愿,还望师叔重归天玄一门,亮愿拜请师叔出任掌门一职。"

滕瑞并不接,望着那管玉箫笑了一笑:"学得文武艺,货与帝王家。掌门,你就真的甘心老死山中,让满腹才学无用武之地吗?"

崔亮抬头,坦然道:"崔亮愿承继天玄一门绝学,让其世代流传。纵然不能高居庙堂,为朝廷所用,也可行走江湖,治病救人。入则为良相,出则为良医,良医未必就不如良相。"

滕瑞默默取过玉箫,崔亮面有喜色。滕瑞执箫起音,箫音时而激越,时而低回,有几分决然,却也有几分无奈。崔亮听着这一曲《别江南》,眼神渐暗,心下黯然。箫音如破竹,滕瑞忽然仰头大笑,将玉箫敲于石栏上。玉箫啪地断为数截,掉落于地。崔亮望着地上的断箫,又抬头直视滕瑞,沉声道:"既是如此,我们就各凭本事。你助宇文景伦,我助裴琰,看谁才是最后的胜者!"他倏然后退两步,右手运力一撕,左臂袍袖被扯下一截。崔亮松手,袖襟在空中卷舞,落于桥下流水之中。

崔亮再向滕瑞抱拳:"滕先生,请!"滕瑞面上隐有伤感,但倏忽不见,沉声道:"崔公子,请!"他撩襟转身,飘然远去。

崔亮望着滕瑞远去的身影,下意识踏前一步。易寒眼中锋芒一闪,移形换影,如幽灵般飘起,剑光瞬间便到了崔亮胸前。

卫昭闪电般前扑,人剑合一,化为寒芒,击向易寒。易寒心念电转,知自己这一剑纵是能取崔亮性命,但只怕剑未回抽,自己便会死在这白衣人剑下。他右腕运力,回击卫昭剑势,锵声连响。卫昭在空中斜掠翻腾,招招夺命,攻势骇人。易寒一一接下,二人真气皆运至巅峰状态,狂风涌起,崔亮与燕霜乔、江慈齐齐后退。

易寒再斗十余招,朗声一笑,剑上生出一股霸道凌厉的剑气,剑刃在丽阳映照下幻出万千光芒。卫昭倏然变招,身形岿然不动,白袍劲鼓,手中长剑以极快的速度插入易寒的剑芒之中。砰声响起,易寒噔噔退后数步,卫昭身形摇晃,努力将涌至喉间的血腥压了下去,冷冷地注视着易寒。易寒低咳一声,盯着卫昭看了片刻,呵呵一笑:"阁下是卫三郎?这招谢氏绝学'鹰击长空'用得不错。"

卫昭剑锋遥指易寒,淡然笑道:"易堂主谬赞。"

燕霜乔与江慈急奔过来,燕霜乔扶住易寒:"父亲,您没事吧?"

易寒微微摇了摇头,笑道:"没事。"

江慈冲到卫昭身边,又顿住脚步。

崔亮也知自己一时激动,险些让易寒偷袭得手,过来扶上卫昭左臂,正欲一探脉息,卫昭衣袖轻振,将他的手甩落。崔亮向卫昭一笑,又望向一边的江慈,和声道:"小慈,此间事了,你随你师姐走吧。"

燕霜乔喜道:"多谢崔公子。"过来将江慈一拉,便欲转身。

江慈不动,崔亮轻声道:"去吧。"

江慈还是不动,阳光将她的面颊晒得有些通红。她沉默着,慢慢望向卫昭。卫昭也默默地看着她,她清丽的面容、温柔的目光如烙入心底的烙印,灼得他呼吸困难,无法直视。喉间血腥气愈浓,他转过身去,声音低沉:"你走吧。"

江慈仍是不言不语。

卫昭向崔亮一笑:"子明,少君还等着,我们回去吧。"

崔亮微笑颔首,二人转身举步,却听身后江慈柔和的声音:"师姐,对不起,我不能随你走。"

二人脚步顿住,崔亮转身,见燕霜乔满面不解之色望着江慈:"小慈?!"

卫昭慢慢转过身,见易寒欲上前,便稍踏前一步护住崔亮。

易寒却只是走到燕霜乔身边,目光和蔼,嘴角含笑看住江慈:"小慈是吧,你别怕。我会派人送你和霜乔回上京,不用待在这军营。"

燕霜乔点头,拉住江慈有些冰凉的双手:"是,小慈,我们离开这里,去上京,再也不用待在这战场,再也不用分开了。"

"去上京?去桓国?"江慈望向易寒和燕霜乔。燕霜乔无奈地叹了口气,道:"小慈,你还不明白吗?我们永远都不可能再回邓家寨了。"

江慈默然,燕霜乔只道她不明白,心中伤感,轻声道:"我的身份摆在这里,也会累及于你,我们是不可能再在梁国待下去的,现如今,只有去上京这一条路可走。"

江慈犹豫了片刻,道:"相爷允我来之前,说只要明飞肯回去,他既往不咎。"

"裴琰的话,你也相信?"燕霜乔冷笑,见江慈还是犹豫,她心中焦急,怒道,"他说得轻巧,你可知明飞是何人?他是月戎国派在梁国的暗探!"

江慈吃了一惊,燕霜乔叹道:"小慈,明飞就是当日的邵公子,他本为月戎派在梁国的暗探,为了打探消息,投入长风骑,又成为裴琰的暗卫。我被囚的那段时间是他负责看守,后来我与他……与他两情相悦,他为了我背叛月戎,又得罪了裴琰,天下之大,只有桓国才是他安身立命之处,也只有父亲才能护得我们周全。"

江慈看了易寒一眼,又望向燕霜乔。燕霜乔有些愧疚,低声道:"不管怎样,他……始终是我的父亲,我也算是半个桓国人。"

她侧头望向镇波桥下的流水,岸边生有一丛丛的浮萍。

想起母亲和小姨,想起下山后的际遇,燕霜乔语调惆怅凄然:"小慈,我也觉得对不起母亲,可又能怎样?他始终是我的父亲,这乱世之中,也只有他才能给我一个安定的家。再说,明飞他……"

"明飞他待你好吗?"江慈替燕霜乔拭去眼角渗出的泪珠,轻声道。

燕霜乔侧头拭泪,哽咽道:"很好。等仗一打完,我们就会成亲。"

江慈欣喜地笑了笑,又拉住燕霜乔的手,将头搁上她的肩头,慢慢地闭上双眼,这便让燕霜乔心中更酸。师姐妹二人在邓家寨相依为命,有时江慈太过顽皮,自己忍不住斥责她,她便会这般拉住自己的双手,将头搁在自己肩头撒娇,自己禁不住她的痴缠,也便一笑作罢。可现在她长高了,个头和自己差不多了,她的头搁在自己肩上,不像是撒娇,倒像是在向自己告别一般。

江慈低低道:"师姐,对不起,都是我的错,连累了你。"

"不，小慈……"燕霜乔正待说话，江慈却用力握住她的双手，轻声道："师姐，你听我说。"燕霜乔听出江慈话中决然之意，愣了片刻，慢慢抽出双手，将江慈揽在怀中，泫然而泣。

"师姐。原谅我，我不能随你去桓国。我现在是长风骑的军医，医帐人手不足，我不能丢下这些伤兵。我真的是很想很想学医救人，我这辈子从来没觉得自己这么重要过。如果我随你去了桓国，我的心永远都不会安宁的。"

风拂过桥面，江慈揽上燕霜乔的脖子，在她耳边用极轻的声音道："还有，师姐，你放不下你父亲和明飞，所以要留在桓国。可我心中，也有了放不下的人。"

燕霜乔一惊，便欲拉下江慈的双手，江慈却揽得更紧了些，声音轻不可闻："师姐，你别问。我也不知道为什么会放不下他，在别人眼里他不是什么好人，可我就是放不下他……"

镇波桥头，树叶被风吹得簌簌作响。崔亮内力不足，听不清楚江慈说了些什么，只见易寒面露惊讶之色，再看了看身侧的卫昭，见他神情恍惚，目光却凝在江慈身上。

燕霜乔张了张嘴，无法成言。江慈再抱紧了些，轻声道："师姐，你回上京吧。以后，等你和明飞成了亲，梁桓两国不打仗了，我会去桓国看你的。我们以前说好了，你的女儿便是我的女儿，我一定会来看你们的。"她心中难过，却仍慢慢撒手，带着满足的微笑看了燕霜乔一眼，猛然转身，大步奔下镇波桥，跑向远处的军营。

燕霜乔追出两步，易寒身形一闪，上来将她拉住。燕霜乔心中酸楚难当，大声唤道："小慈！"

一阵大风刮来，吞没了她的呼唤之声，燕霜乔不禁泪如雨下。

## 第四十六章

## 剑鼎生辉

卫昭立于桥上，纹丝不动。天上浮云飘过，遮住丽日，让他俊美的面容暗了暗。崔亮看得清楚，心中暗叹，却仍微笑道："卫大人，回去吧。"

卫昭缓缓转身，话语听起来有些缥缈："子明，请。"

崔亮将脚步放慢，走下镇波桥，见宁剑瑜率着大批将士过来守住桥头，他含笑致意，又转头望向河西渠北面，叹道："只怕将要有一场血战啊。"

卫昭与宁剑瑜含笑点头，脚步从容，只是负于身后的双手有些战栗，回眸道："若无血战，又怎能收回疆土？"

崔亮眉间怅然："盼只盼战乱早日结束，也盼从此内政清明，天下百姓再无受欺凌之人。"

卫昭收回目光，望向右前方，正见江慈纤细的身影奔向医帐。他的心似被什么狠狠地揪了一下，凝作一团，但又仿佛有一股更大的力量，要向外喷薄而出。

卫昭与崔亮入帐，裴琰似是心情极好，朗笑道："来来来，子明，我给你介绍一下。"

崔亮见西首椅中一人长身而起，二十来岁年纪，眉目清朗，笑容可亲，有着一股名门望族世家子弟的气派，忙作揖道："崔亮见过何侯！"

宣远侯何振文虚扶了一下,笑道:"不愧是崔军师,目光如炬。"

崔亮微笑:"算着何侯应是这两日要到,方才一路过来,见军营后方似是有些喧扰,知定是侯爷率援兵前来。何侯这一来,我军胜算可大了。"

何振文视线掠过一边的卫昭,淡淡点了点头:"卫大人别来无恙?"

何振文与庄王一系向来不和,他的妹子何青泠又曾打伤过右相陶行德的内侄。为了此事,何振文亲自进京调解,与卫昭见过数面。他还托人送礼给卫昭,请卫昭调停。与世家子弟素来不对眼的卫昭却命人将礼物分给了光明卫,还当众放话说何振文的东西太贵气,卫府养不起,让何振文心中实是暗恨不已。只是军营相见,对方又是监军,皇帝虽病倒,但指不定哪日康复,这卫昭恃宠而骄,权倾朝野,倒也不好过分得罪。

卫昭并不看他,冷哼一声,拂袖坐下。

裴琰微微一笑,道:"子明辛苦了。"

崔亮叹道:"有负相爷重托,实是愧疚。"

"子明不必自责,人各有志。我得子明相助,又何惧他宇文景伦!"裴琰取过册子递给崔亮,"这是振文兄带来的人员和粮草,子明看看如何安排。最关键的一战,不容有失!"

"是,那几样兵器也差不多制成了,只要时机一到,便可反攻。"

裴琰却神色凝重地摆了摆手:"子明先安排着,但何时动手,还得再等一个人。"

"何人?"

裴琰微笑:"子明那日不是给我出了个主意吗?实乃妙计。"

崔亮一喜:"相爷有合适的人?"

裴琰望向帐外:"他也应该要到了。"又微微一笑,"来,我们先商量一下,具体怎么打。"


江慈得见师姐,知她终身有托,欣慰不已。她又将心里的话悉数倾吐,心事已明,不禁情怀大畅,竟是自去岁以来从未有过的轻松。她回到医帐,脸上的笑容也灿烂了几分,手下更是勤快。

凌承道洗净双手,看了看正在熬药的江慈,和悦笑道:"小江,你今年多大了?"

"快满十八了。"

"和我家云儿同一年,不过她是正月的,比你稍大些。"

江慈在医帐多时,也听说过凌承道有个女儿,还知他似是有意将女儿许给宁将军,不由得笑道:"云姐姐现在何处?"

"在南安府老家。她嚷着要随军,我没准,这战场凶险,可不是闹着玩的。"

江慈听出凌承道言下之意,微笑道:"我倒觉得这战场是个磨炼人的好地方。"

凌承道笑道:"她和你一样的说法,她也一直学医,看来你们倒是志趣相投。"

江慈早将凌承道看成自己的长辈一般,笑道:"凌大叔,你知不知道我以前的志向是什么?"

"说来听听。"

"我以前啊,就只想着游历江湖,吃遍天下美食,看尽世间好景。"江慈说着说着,忍不住大笑起来。

凌承道也是大笑,顺手脱下被鲜血污染了的医袍,江慈忙接了过去。


这日,河西渠两岸,沉静中透着不寻常的紧张,双方似是都知大战一触即发,虽无短兵相接,却仍可感觉到战争的沉闷气氛压过了夏日的灿烂阳光。

到了入夜时分,军营后方却突然喧闹起来。江慈刚洗净手,嘱咐了小天几句,出得医帐,见光明卫宋俊手持利剑匆匆奔向后营,面上满是杀气,大感好奇。她曾受过宋俊的保护之恩,便追了上去。

后营马厩旁早围满了士兵,不停有人起哄:"揍死这小子!"

"敢欺负我们洪州军!"

"大伙一起上!"

宋俊持剑赶到,一声暴喝,身形拔起,由围观之人肩头一路踩过,跃入圈中,寒剑生辉,将正围攻光明卫宗晟的数人逼了开去。宗晟手中并无兵刃,正被数十名洪州军围攻。他虽武艺高强,但空手对付这数十名习有武艺的洪州军,正有些狼狈,宋俊赶到,终让他稍松了口气。

洪州军又围了数十人上来,场中一片混战。宋俊无奈,长剑幻起漫天剑雨,但洪州军仍不散开,不多时有数人受伤,倒在地上。洪州军更是愤慨,围攻之人越来越多。

"住手!"何振文的暴喝声传来,洪州军齐齐呆了一下,俱各放手跃开。

宋俊过去扶起宗晟,宗晟拭去嘴边血迹,怒目望向急奔而来的裴琰、何振文和卫昭。何振文凌厉的眼光望向洪州军将士:"怎么回事?"

一名受伤的副将自地上爬起,指着宗晟,愤愤不平:"侯爷,这小子抢我们的粮草去喂他的战马,还出口伤人! 大伙实在气不过,才……"

宗晟斜睨着何振文:"抢了又怎样? 这是我们卫大人的战马,就该喂全军营最好的粮草! 你们区区洪州军,也敢在我们光明司面前摆臭架子!"

何振文面上有些挂不住,还未发话,那副将气愤难平,脱口而出:"什么卫大人? 不过是个兔儿爷罢了!"

何振文不及喝止,卫昭眼中闪过一抹猩红,白影一闪,瞬间便到了那名副将身前。那副将本是苍山弟子,武功也不弱,却不及闪躲,卫昭右手已扼上他的喉间。

"三郎!"裴琰急掠而来,搭上卫昭右臂。

卫昭冷冷地看了他一眼,却仍不放手,指间慢慢用力,那副将的眼珠似就要爆裂而出,双足剧烈颤抖,眼见就要毙命。

裴琰望住卫昭,轻声道:"三郎,给我个面子。"

卫昭斜睨了何振文一眼,手中力道渐缓,忽地一撩袍襟,双腿分开,向那名副将冷冷道:"你钻过去,我就饶你小命!"

洪州军大哗。他们在洪州一带横行霸道惯了,何曾受过这等羞辱? 群情激愤下大声鼓噪起来,纷纷抽出兵刃。

何振文连声呵斥,压住众人,又上前向卫昭抱拳道:"卫大人,手下不懂事,在下向你赔罪,还请卫大人看在下薄面,军营中以和为贵。"

卫昭俊美的面容上浮起浅浅的笑容,看上去有些妖邪。他慢慢松开右手,望着何振文大剌剌道:"何侯向人赔罪,就是这等赔法吗?"

何振文一愣，卫昭淡淡道："当年陈尚书的公子向我赔罪，可是连磕了三个响头的。我看在少君面上，只要何侯一个响头即可。"

何振文大怒，洪州军更是纷纷围了上来，吼道："侯爷，和他拼了！"

"这小子欺人太甚，凭什么洪州军要受这等羞辱！"

何振文面色铁青地望向裴琰，冷声道："裴侯，我就等你一句话。"

裴琰露出为难的神色，卫昭冷哼一声，负手而立，微微仰头，也不说话。

裴琰刚一开口："三郎……"卫昭右袖一拂，劲气让裴琰不得不后退了一小步。

何振文见裴琰苦笑，怒道："原来裴侯也怕了这奸佞小人！"他向裴琰拱拱手，"既是如此，我洪州军也没必要再在这里待下去，告辞！"又转身喝道："弟兄们，走！"

洪州军大喜，呼喝着集结上马。裴琰忙追上何振文，在他耳边一阵私语，何振文仍是面色铁青，卫昭却面带冷笑，望着众人。

裴琰与何振文再说一阵，何振文面色稍霁，冷声道："我就给少君这个面子，不过他卫昭在此，我洪州军也不会再待在这里，少君看着办吧。"

崔亮赶了过来，走到裴琰身边，轻声道："相爷，窦家村那里，不是正需要调一批人过去防守吗？"

裴琰眼神一亮，向何振文道："何兄，窦家村那处防守薄弱，又是桓军一直企图攻破之处，这个防守重任想来只有洪州军的弟兄才能胜任。"

何振文也不多话，向裴琰拱拱手，拂袖上马，带着洪州军向西疾驰而去。

裴琰转过身来，卫昭也不看他，转向宗晟，冷声道："没出息！"

宗晟嘿嘿笑道："下次不敢了。"

卫昭却嘴角轻勾："再有下次，就是把他们都杀光了，也有大人我帮你撑着。"说完拂袖而去。宗晟和宋俊挤眉弄眼，嘻哈着走开。裴琰苦笑着摇了摇头。


江慈遥见卫昭并未回转军营，而是向军营后方的原野走去，便悄悄地跟在了后面。此时天色全黑，东面的天空挂着几点寒星。卫昭手负身后，不疾不缓地走着。江慈默默地跟在后面，也不知走了多久，卫昭在一处小树林边停住脚步。江慈早知瞒不过他的耳力，笑着走到他身后。卫昭回头看了她一眼，又转过头去。

夏风吹过，江慈忽闻到一股极淡的清香，不由得抽了抽鼻子，笑道："茜草香！"说着弯下腰去四处寻找。她内力微弱，夜间视物有些困难，找了半天都未发现。

卫昭默立良久，终道："什么样的?"

江慈直起身，笑着比画了一下："长着这么小小的果子，草是这样子的。"

卫昭目光扫了一圈，向右走出十余步，弯下腰扯了一捧茜草，递给江慈。

江慈笑着接过："多谢三爷！"她将茜草上的小红果摘了数粒下来，递到卫昭面前。卫昭看了看她，拈起一粒送入口中，咀嚼几口，眉头不由得微皱了一下，但见江慈吃得极为开心，也从她手中取过数粒，慢慢吃着。

"我小时候贪玩，经常跑到后山摘野果子吃，有一回误吃了蛇果，疼得鬼哭狼嚎。师父又不在家，师姐急得直哭，连夜把我抱下山，找了郎中，才救回我一条小命。"江慈望向北面，吃着茜果，语带惆怅。

"那你今日……"卫昭脱口而出，又将后面的话咽了回去。

江慈微笑着望向他，眼中闪着令人心惊的光芒。卫昭承受不住心头剧烈的撞击，眼见她要开口，倏然转身，大步走向军营。江慈急急跟上，见他越走越远，喘气道："三爷，你能不能等等我。"

卫昭并不停步，江慈哎呀一声，跌坐于地。

卫昭身形僵住，犹豫一下，终回转身，江慈一把拽住他的右手，笑着跃了起来。卫昭急急将她的手甩开，冷声道："你倒学会骗人了。"

江慈拍去屁股上的尘土，笑道："过奖，我这小小伎俩，万万不及三爷、相爷和刚才那位侯爷的演技。"

黑暗中，卫昭一愣，终忍不住嘴角的笑意，淡淡说道："你倒不笨。"

江慈跟在他身后慢慢走着，道："军中有桓军的探子吗?"

"少君治军严谨，长风骑当是没有，但何振文带来的人鱼龙混杂，那是一定有的。"卫昭负手走着，转而道，"你怎么看出来的?"

江慈微笑道："这里又不是京城，三爷无须在人前演戏。再说，我所知道的三爷，可不是不顾大局之人。"

卫昭脚步顿了顿，江慈又递了几颗茜果给他，问："是不是马上要和桓军进行大决战了?"

"是。"

二人在夜色中慢慢走着,待军营的灯火依稀可见,江慈停住脚步,转身望向卫昭。卫昭静静地看着她,江慈仰头,看着他如身后那弯初升新月一般的面容,轻声道:"三爷,你回月落吧,不要再这么辛苦了。"

月色下,她漆黑的眼眸闪着纯净的光芒,她淡淡的微笑如盈盈秋水淌过卫昭纷乱的心头。卫昭神情恍惚,慢慢伸出右手,指尖冰凉,抚向那恬美的微笑,触向那一份世间独有、最柔软的牵挂。

江慈觉自己的心跳得十分厉害,眼见他的手就要抚上自己的面颊,忍不住闭上双眸。盈盈波光敛去,卫昭惊醒,心中如被烙铁烫了一下,猛然纵身,消失在茫茫夜色之中。

江慈睁开眼来,夏夜清凉的风拂过她滚烫的面颊,她悄无声息地叹了口气。


后半夜,天上浓云渐重,夜色黑沉。

裴琰与崔亮并肩从后营走向中军大帐,有些兴奋,笑道:"拿回河西府,可就靠这件宝贝了。"

崔亮微笑不语,裴琰道:"对了,令师叔知不知道有这样东西?"

崔亮摇了摇头:"应当不知。此物记载在只有掌门才能见到的笈册上,收在天玄阁的密室中,师叔当年未曾见过。"

前方黑影一闪,裴琰一笑,向崔亮道:"来了。"

二人入得中军大帐,南宫珏正除下黑色水靠,见裴琰进来,吁出一口气,笑道:"少君,你防守这么严,害我要泅水过来,还险些被刀网勾着。"

裴琰大笑:"都是子明的功劳。"又向崔亮笑道:"这位是玉德,我的总角之交。能不能顺利收回河西府,就全看他的了。"

南宫珏过来坐下,从贴身衣囊中取出一本册子,道:"人都在这里,少君看齐不齐。高氏藏宝的地方我也找着了,抢在河西府失陷之前运了出来,又烧了他们的粮仓。桓军虽拿下了河西府,可什么也没捞着。"

裴琰接过册子看了一遍,点头道:"就是这些人了,他们现在何处?"

"都在河西府西北三十里处的一个村子。我一见河西府失陷,便知情况不妙,知道少君肯定要用这些人,就把他们召集在一起,好随时传达命令。所以来得迟了些。"

裴琰笑着望向崔亮:"该怎么做,子明和玉德说说吧。"

待崔亮详细讲罢,南宫珏仍旧着上水靠。

见他套上黑色面罩,拱了拱手,往帐外走去,裴琰忽唤道:"玉德。"

南宫珏回头,明亮的眼神一如十多年前那个纵情潇洒的少年郎。

裴琰望着他,轻声道:"多加小心。"

南宫珏一愣,转而想起安澄,眼神微暗,复笑道:"少君放心,你还欠我一个赌约,我可等了十年了!"

裴琰大笑:"好,玉德,我等着你归来!"


入黑后的寒州城,一片死般的宁寂。

桓军攻下河西府后,左军又连下寒州及晶州,现在主力虽集于河西渠北,但寒晶二州仍有部分兵力驻扎。攻城战中,寒州军民死伤惨重,桓军又素有凶名,多日来,留在寒州城内的百姓都躲在屋内,不敢出门。即使有亲人死于守城战中,也只能悄悄地以一口薄材收殓,不敢出殡。人人悲痛之余,皆在心中向上苍祈祷剑鼎侯能早日收复失土。

大街上漆黑一片,更夫也早不见了踪影,间或有巡夜的桓军士兵经过,他们整齐刺耳的踏步声让民宅内的狗也停止了吠叫。

夜再深些,杏子大街回春堂的门板忽被敲得砰砰直响。药堂掌柜是一李姓大夫,医术高明,医德极好,深受寒州城百姓尊敬。他听到打门之声,披衣起床,听得门外人声喧扰,正在犹豫要不要开门之时,嘭声巨响,门板四裂,一群桓军直冲进来。李大夫吓得肝胆俱裂,眼见这群桓军走路东倒西歪,知道他们喝醉了酒,急急上去阻拦:"各位军爷,小人这是药铺……"

桓军们扶肩搭背,笑得极为淫邪:"找的就是你回春堂。"

"就是,听说回春堂的大小姐长得极标致,快叫出来,让弟兄们见识见识。"

李大夫眼前一黑,来不及呼救,桓军已直冲内堂,在一片哭号声中将数名女子拖了出来。李大夫眼见自己的宝贝女儿被一名桓军挟在肋下,急得冲了上去。那名桓军得意笑着,一掌横砍在李大夫颈间,李大夫晕倒在地。

左邻右舍听得喧扰和女子哭喊之声,纵是担心李大夫一家安危,又怎敢出来观看,正躲在屋内瑟瑟直抖之时,忽又听得有人大声呼喊:"起火了,回春堂起火了!"

听得回春堂起火,街坊们再也顾不得安危,蜂拥而出,四处打水,前来救火。眼见火势越来越大,将回春堂吞没,人人心中悲愤,男子们俱是额头青筋暴起,拳头紧捏。正在此时,长街上过来一队桓军,见火势极盛,百姓们又皆怒目望着自己,为首军官喝道:"何事喧嚷?还不快救火?"

不知是谁砸出一块砖头,喝道:"畜生!"

"和这帮禽兽拼了!"

"李大夫救了我们这么多人,我们要为李大夫报仇!"

"大伙抄家伙上啊!"

大街上的百姓越围越多,将这一小队桓军堵在巷中。桓军见势不对,纷纷抽出兵刃,喝道:"你们不想活了?!"

一名青年手持利刃,急扑而出:"为我兄长报仇!"他扑向为首军官,那军官武艺不弱,一招便将那青年击倒在地,长枪还刺中了他的右腿。

眼见青年右腿鲜血喷涌而出,上千百姓再也控制不住内心的激愤,发出惊天的怒吼,顾不得自己手无寸铁,也顾不得去想后果,一拥而上。桓军刚挥起兵刃,围过来的数名青年男子忽然手起寒光,将桓军前排之人毙于剑下。

百姓如潮水般拥来,不过片刻工夫,这一小队桓军便被这上千百姓踩在了脚下。有那等亲人死在桓军手下之人,更是将桓军尸身拎起,扔进了大火之中。

有人振臂高呼:"乡亲们,不能坐以待毙!"

"和桓贼拼了!"

百姓们怒火冲天,无处宣泄,齐齐应和。街上人流越滚越大,人人或持刀,或握棍,冲向直衢大街的郡守府和各处城门。

寒州城内火光四起,城内驻扎的桓军手忙脚乱,匆匆打开城门,让驻扎在城外的桓军进城协同镇压百姓暴动。

一片混乱之中,一行人悄悄地出了寒州城东门。

这行人行出十余里,其中一人放下肩头扛着的李大夫,拍上他胸前穴道。

李大夫悠悠睁开双眼,只见身边围着数名蒙面之人,还不及说话,一女子就扑了过来:"父亲!"

李大夫大喜,与女儿抱头痛哭。

那黑衣蒙面人拱手道:"李大夫,实是对不住您了,我们是剑鼎侯的人。"

李大夫一惊之下,复又大喜。他与长风骑中的凌承道乃同门师兄弟,自是对剑鼎侯裴琰极为崇敬。

黑衣蒙面人续道:"今夜之事实是迫于无奈,只好借李大夫一家来演场戏,侯爷不日就要收回河西府及寒晶二州。"他从怀内掏出一张银票,递给李大夫,"今夜之事,毁了令千金的名节,侯爷请李大夫多多原谅。这是侯爷一点心意,只得劳烦李大夫另外择地居住了。"

火把映照下,李大夫见那张银票有三千两之巨,急忙推却,道:"能为侯爷、为河西百姓做点事情,是我分内之事,这银票万万不能收。"李大夫语气极为坚定。

黑衣蒙面人有些为难,李大夫又道:"反正这寒州城我也不想再住下去了,不如我去长风骑,和我师兄一样做个军医吧。"

"眼下河西渠打得正凶,你们过不去。"黑衣蒙面人沉吟了一阵,道,"这样吧,李大夫,你们去牛鼻山。那里现在由童将军派人守着,你们拿这块令牌去,他自会收留你们。"说着将令牌和银票塞入李大夫手中,带着手下急奔而去。

李大夫一家聚拢来,齐齐望着寒州方向。李家大小姐双掌合十,秀眸含泪,默默念道:"上苍保佑,剑鼎侯能收回失土,保佑百姓再不受战争之苦。"

梁承熹五年五月十四日夜,被桓军占领的寒州城百姓暴动。桓军虽竭尽全力将百姓暴动压了下去,但死伤惨重,向河西府紧急求援。

五月十五日，晶州城因桓军强抢民女，百姓不堪欺辱愤而暴动，打死桓军数百人。守城桓军兵力吃紧，向河西府紧急求援。

宣王宇文景伦接报后，紧急抽调河西府部分驻军，驰援寒州、晶州二地。

五月十八日夜，河西府同样发生百姓暴动，百姓激怒下冲进桓军大营，将部分粮草烧毁，打死打伤桓军上千人。宇文景伦无奈，只得从河西渠北的主力中抽出一万人，回军镇守河西府。

桓军十五万大军南征，多场激战，三万将士战死。部分兵力留守成郡、郓州、郁州、巩安、东莱，部分兵力驻扎于河西府、寒州、晶州，仅余约八万主力，于河西渠与长风骑对峙。

五月二十二日，寅时。

宇文景伦披上甲衣，滕瑞掀帘进来，宇文景伦神情严肃："都准备好了？"

"巨石都已运到那处，将士们也都准备好了。"滕瑞犹豫了一下，道，"王爷，依我所见，还是退守河西府较为稳妥，此次强攻，我军并无十分胜算。"

宇文景伦摆了摆手："我知先生顾虑，但现在窦家村驻守的是洪州军，这是千载难逢的机会。洪州军是一群草包，比不上裴琰的长风骑，无论如何我得试一试。"

滕瑞沉吟道："这会不会是裴琰的诱敌之计？"

"我看不像。"宇文景伦呵呵一笑，"梁国那个昏君，只知宠幸娈童，还将卫昭派上来做监军。这小子素来飞扬跋扈，和何振文起冲突，再正常不过了。"

滕瑞微微点头："这倒是。所以王爷，您以后若是攻下这江山，得明令禁止狎玩娈童，以正朝风。"

"那是自然，本王也看不惯这龌龊行径。"宇文景伦系上战袍，手稍稍停了一下，稍有忧虑，"就是两位王叔都好这口，真是有些头疼，眼下还指望着他们率军来援。"

滕瑞想起掌握着国内十万兵马的毅平王和宁平王，也是颇为头疼。他正待说话，易寒进来："王爷，都准备好了。"

宇文景伦只得暂将忧虑抛开，出帐上马。令旗挥动，桓军趁着黎明前的黑暗，悄然向西疾驰。

梁承熹五年五月二十二日,桓宣王宇文景伦命两万右军在镇波桥发动攻击,拖住长风骑主力,亲率五万大军攻击镇波桥以西三十余里地的窦家村渠段。

桓军以盾牌手和箭兵为掩护,以这段时间赶制出来的投石机投出巨石,又用虾蟆车运来泥土,于一个时辰内填平河西渠,主力骑兵随后攻过。

梁军待桓军骑兵攻来,忽然人数大增,长风骑主力在宁剑瑜的带领下出现在窦家村渠岸,手持药制牛皮管,管内射出黑油,喷至桓军身上。滕瑞大惊,不及下令回撤,长风骑箭兵射出火箭,桓军骑兵纷纷着火,跌落马下,死伤无数。

长风骑再以四轮大木车攻过河西渠,车内不停喷射出毒液,桓军无法抵挡,节节败退。宇文景伦见势不妙,知中裴琰诱敌之计,当机立断,回撤河西府。

同时,裴琰与卫昭亲率三万大军,一番血战,将桓右军击溃,攻过镇波桥。

桓军节节败退,双方血战,杀声震天,桓军在河西府的守军见势不妙,也出城驰援。激战在河西城南面平原上进行了整日。

河西府百姓见长风骑攻过河西渠,民情激动,纷纷加入战斗。宇文景伦杀得兴起,得滕瑞力劝,这才不得不下令桓军一路北撤。长风骑乘胜追击,直追至雁鸣山脉的回雁关,桓军据关力守,才略得喘息。

双方以回雁关为界,重新陷入对峙之中。

五月二十三日,陈安率长风骑先锋营收复寒、晶二州,全歼驻守这两处的桓军,自此,长风骑取得"河西大捷",终于迎来了自桓军入侵以来的首场大胜。


入夜后的河西府,灯火辉煌,锣鼓喧天。百姓们拥上大街,放起了鞭炮烟火,庆贺长风骑大胜,赶跑桓军,收复河西府。即使有亲人死在战争之中的,此时也喜极而泣,人们暂时将战争的痛楚忘却,沉浸在胜利的喜悦之中。

裴琰见回雁关地形险要,一时难以攻下。桓军也是新败,短时间内无力南侵,便命宁剑瑜率长风骑主力及洪州军继续兵围关前,与卫昭亲率万名长风骑返城。百姓们夹道欢迎,河西府附近村民也纷纷赶来,锣鼓声、欢呼声响彻整个河西平原。

裴琰紫袍银甲,寒剑悬于马侧,战袍上满是血迹,双眼隐约可见大战后的疲惫,却仍是满面春风般的笑容,一路向民众拱手行礼。沿途,"剑鼎侯"的称颂声震耳欲聋。

众人在欢呼声中进入郡守府,裴琰除下战甲,崔亮这才发现他的左腿有一处剑伤,忙命人取来伤药,替他包扎。

见卫昭负着双手,闲闲地在东厅内观望,裴琰笑道:"三郎,这回算你赢。"

卫昭白袍上血迹斑斑,也不回头,淡淡道:"倒不算,你的对手是易寒。我想找宇文景伦,可这小子身边拼命的人太多。"

"易寒不除,始终是心腹之患,有他护着宇文景伦,异日总归是我们的大敌。"

"这个我倒不担心。"卫昭在椅中坐下,道,"易寒吃亏在比少君大了二十多岁,等他老迈的那一天,少君正当盛年。"

"倒也是。"裴琰大笑,见提着药箱在一旁的是药童小天,四顾望了望,眉头微皱,"江慈呢?"

"小江随着凌军医,此刻还在回雁关。"小天忙回道。

裴琰与卫昭同时面色微变,裴琰不悦:"不是让她随主帅行动吗,怎么还留在回雁关?"

小天见平素十分和蔼的裴琰这般生气,心中直打鼓,半天方道:"小江自己一定要留在那里,说那里的伤兵最多,凌军医也拦不住。"

崔亮扎好纱带,直起身来:"也没什么危险,桓军这回死伤惨重,定会据关死守,待援军到了再图南侵,小慈只要不到关塞下便无危险。她的性子,若是认定了某件事情,十头牛也拉不回。"

裴琰想了想,也未再说话,待小天等人退出,向崔亮笑道:"子明想的好计谋!不但收复了失土,还赢得了民心。"

"全仗玉德兄和那帮武林侠士之力,也仰赖百姓们一片爱国之心,崔亮不敢居功。"崔亮忙道。

"是啊,子明,经过这一役,我更深刻地明白了一句话。"裴琰站起,走至东厅门前,望着郡守府大门外围拥着庆祝的民众,缓缓道,"民心如水,载舟覆舟啊。"

接下来的数日,桓军坚守回雁关,长风骑一时强攻不下,双方又开始了长久的对峙。这段时日,河西府、晶州、寒州三地百姓,将在战争中死难的亲人遗骸纷纷下葬。河西平原上,遍地白幡,哭泣之声不绝于耳。

而在战争中牺牲的长风骑将士及部分百姓的遗骸,则统一埋葬于河西府东北二十余里处的野狼谷,合葬人数近两万人。自此,野狼谷改名为忠烈谷。

这日,天色阴沉,风也刮得特别大。河西府百姓倾城而出,人人头缠白布,腰系素带,赶往忠烈谷,参加为在河西之役中死难的将士和百姓举行的公祭大典。

辰时末,裴琰一身素服,在同样身着素服的长风卫的簇拥下登上公祭台。待百岁老者吁嗟声罢,丧乐稍止,他洒下三杯水酒,见水酒湮于黄土之中,想起那些一起在刀枪林里厮杀过来的、亲如手足的长风骑弟兄,想起安澄那件满是箭洞的血衣,眼眶湿润。

丧乐声起,裴琰后退两步,缓缓拜伏于黄土之中。百姓们齐放悲声,齐齐下拜,送这满谷忠烈走上最后一程。

风吹过山谷,发出隐约啸声。裴琰站起来,望着白茫茫的人群,运起内力,清朗而慷慨的声音在山谷内回响。

"苍天悲泣,万民同哭。家国之殇,魂兮归来。祭我长风忠烈英魂,守土护疆,生死相从,平叛剿乱,力驱桓贼。琰今日,伤百姓之失亲,哀手足之殉国……"他语调渐转哽咽,在场将士与百姓皆受感染,低低的抽泣声随风飘散。

裴琰猛然拔出腰间长剑,寒光乍闪,割破他的左臂。鲜血涔涔而下,滴入碑前。裴琰朗声道:"今日请苍天开眼,河西父老做证,裴琰在此立下血誓:定要驱除桓贼,复我河山,矢志不渝,为死难弟兄和无辜百姓报仇!如有违誓,有如此剑!"他运力一抛,长剑带着尖锐的啸声在空中划过一道银色的弧线,又急速落下,剑尖直直撞上墓碑,裂声不绝,长剑断为数截,跌落于黄土之中。

在场之人为这一幕激起冲天豪情,热血上涌,数万人齐齐高喊:"驱除桓贼,复我河山!"

怒吼声如一阵飓风卷过忠烈谷,卷过河西平原,回荡在苍茫大地漠漠原野之间。

大典结束,数位由河西百姓推出的、德高望重的老者过来向裴琰洒酒点浆,裴琰推辞不得,面色恭谨地接受了这象征着河西民间至高荣誉的敬典。

待老者们礼罢,裴琰再次登上祭台,宣布了几件让河西府百姓感奋不已的决定:由于桓军撤得急,来不及带走他们从各失陷州府搜刮来的金银财宝,被长风骑缴获。这些财宝均取之于民,自当还之于民。

裴琰宣布,用这些金银财宝购买药材,举行义诊,并修建塾堂,兴办义学,还将其中一部分用来抚恤有亲人死难的百姓,如有亲人均死于战乱中的孤寡老幼,统一收入普济院,由官府拨银负责赡育。

考虑到今年春耕受战争影响,田园荒芜,裴琰还宣布,将由官府统一从南方调来粮种,免费发给河西平原的百姓,以助他们恢复生产,重建家园,并减免三年徭役和赋税。

这一系列惠民德政一宣布,忠烈谷顿时沸腾起来,百姓们个个热泪盈眶,在老者们的带领下,向裴琰齐齐跪拜,"剑鼎侯"的呼声响彻云霄。

萧楼 著

# 流水迢迢

下

浙江文艺出版社

目录

第四十七章-001

相思成疫

第四十八章-013

情定月湖

第四十九章-026

衣白桃红

第五十章-042

情似流水

第五十一章-057

花朝月夜

第五十二章-073

寒光铁衣

第五十三章-084

花开并蒂

第五十四章-099

暗度陈仓

第五十五章-117

凯歌高奏

第五十六章-130

假面真心

第五十七章-145

风云突变

第五十八章-160

云谲波诡

第五十九章-174

　　孤注一掷

第六十章-187

　　死生契阔

第六十一章-199

　　凤凰涅槃

第六十二章-210

　　尘埃落定

第六十三章-228

　　故人长绝

尾声-245

番外一-251

　　这年初见

番外二-266

　　江畔何人初见月

番外三-273

　　梁稗、桓稗、齐稗

# 第四十七章

## 相思成疾

　　裴琰回到河西府，觉粮草乃眼下头等大事，正思忖着踏上东回廊，周密过来轻声禀道："江姑娘接回来了。"裴琰俊眉一挑，想了想，嘴角不自觉地向上弯了弯，将左边大半个衣袖扯落，光着左臂踏进东厅。

　　江慈被周密从回雁关"押"回河西府，正坐在东厅内满腹牢骚，见裴琰进来，忙站了起："相爷，回雁关人手不足，您还是放我……"

　　裴琰阴沉着脸，将左臂一伸，先前割血立誓的剑痕仍在渗出鲜血。江慈哎呀一声，忙俯身打开药箱。

　　裴琰望着她的背影，暗自得意地笑了笑，待江慈转过身，俊面又是一片肃然。

　　江慈边给他上药包扎，边语带责备："小天这小子，跑哪儿去了？"

　　"寒州、晶州伤兵较多，他随陈军医去那边了。"裴琰盯着江慈秀丽的侧面，忽觉心头一松，竟是大战以来从未有过的轻松，一时恍惚，轻声唤道，"小慈。"

　　"嗯。"江慈未听出异样，手中动作不停。

　　裴琰犹豫了一下，语气有些软："以后，你一定要随主帅行动，太危险的地方不要去。"

　　江慈不答，待包扎完毕，方直起身道："那不成，若是军医都如此，有谁在前面抢救伤兵？"

裴琰噎住，脸色便有些阴沉。江慈看了看他身上的素服，只道他公祭将士后伤感，忙安慰道："相爷节哀。眼下河西府虽已收复，可东莱等地的百姓还日夜盼着相爷率长风骑打回去呢。"

"是啊。"裴琰之前心中伤痛，此时也觉有些疲倦，放松身躯靠上椅背，合上双眸，淡淡道，"失土还得一寸寸夺回，这肩头的担子，一刻也无法放下……"他话语渐低，江慈见他满面疲容，知他多日辛劳，悄悄取出药箱中的薰草饼点燃。裴琰闻着这安神静心的薰香，紧绷了多时的神志渐渐放松，竟倚于椅中睡了过去。

裴琰内力高深，小憩一阵便醒转来，但他舍不得这份睡梦中的安宁，并未睁眼。他闻着细细薰香，享受着数月来难得的静谧，听到室内江慈恬淡均匀的呼吸声，轻声唤道："小慈。"江慈不答，呼吸声细而轻缓。

一种从未有过的感觉袭上裴琰心头，他觉自己的心就像裂开了一条缝隙，有什么东西正从这缝隙中悄悄萌芽生发。他犹豫良久，终慢慢睁开双眼，轻声道："小慈，你……留在我身边吧。"

等了一阵，不见江慈出声，裴琰慢慢转过头，不由得苦笑一声。

他站起身，脚步声放得极轻，走至正靠着椅背沉沉熟睡的江慈面前，长久凝望着她风尘仆仆的面容、军衣上的血渍，还有她垂于身侧的右手上，那因每天与草药接触而生出的黄色药茧。

一个身影闪入东厅，裴琰回头做了个噤声的手势。南宫珏看了看江慈，一愣之下，被裴琰拉着走到了偏厅。南宫珏忍不住道："她怎么也来了？"

裴琰微笑道："玉德辛苦了。"

"幸未辱命。"南宫珏叹道，"总算为安澄出了一口恶气。"

裴琰取过地形图，展开道："接下来的任务会更艰巨。"他手指在图上移动，"现在敌我两军在回雁关对峙，桓军虽新败，但我们要想拿下回雁关，攻过涓水河，并非易事。"

"嗯，回雁关不好打，只怕会形成拉锯之势。"

"是，子明和我分析过了，毅平王和宁平王的兵力到达回雁关，差不多需要一个月的时间。接下来能否取得这场战争的胜利，还是要看玉德的。"

"少君的意思是……"

裴琰望着南宫珏,缓缓道:"我想请玉德,带着武林中人,往桓军后方,仍旧依前计,在东莱、巩安、郓州、郁州、成郡,发动民变,烧桓军的粮仓,夺其战马,杀其散兵,尽一切所能扰敌惊敌,我要他们日夜惶恐,鸡犬不宁!"

江慈睁开眼,这才醒觉自己劳累多日,疲倦万分,闻着这薰香,竟也睡了过去。她收拾好药箱,走至偏厅门前,正在里面议事的裴琰和卫昭齐齐抬头。

江慈犹豫了一下,踏入偏厅,开口道:"相爷,我……"

卫昭起身,淡淡道:"少君先拟着,我还要去寻国舅大人遗骨,否则可是万分对不住庄王爷和贵妃娘娘。"

"三郎自便。"裴琰笑道,"子明晚上会回城,我们再商量。"

卫昭点了点头,目光自江慈面上扫过,出厅而去。裴琰仍旧回转案后,执笔写着折子。江慈刚要张口,裴琰沉声道:"你想救人?"

"……是。"

"我来问你,河西府的百姓是不是人?"

江慈结舌,裴琰并不抬头,道:"这一役百姓也死伤严重,城内大夫不足,我让人收拾了郡守府西侧门房作为义诊堂,你和小天就在那里为百姓看病疗伤吧。"

"啊?"

"怎么,不敢? 看来子明收的这个弟子可不怎么样。"裴琰边写边道。

江慈想了想,低声应道:"我尽力吧。"

战事陷入胶着,长风骑攻不下回雁关,桓军也据关不出。半个多月下来,双方短兵相接的血战渐少,但均处于高度戒备之中。

河西府百姓渐渐从战争的阴影中走出,城内也终于恢复了几分昔日"中原第一州"的繁华热闹景象。

江慈知裴琰不会放自己去回雁关军营,便安下心来,每日带着小天,在义诊堂内为百姓看病疗伤。经过在医帐的历练,普通伤势已经难不倒她,若遇疑难杂症,她便记下来,再去请教崔亮。一段时间下来,医术进步神速。崔亮每隔两日往返于河西府和回雁关,裴琰与卫昭也时不时去军营。四人各自忙碌,一时无话。

忽忽十天过去,城中忽起了疫症,数十名百姓又咳又吐又泄,全身青斑,重症者呼吸困难,痛苦死去。裴琰接报大惊,他久经战事,知大战之后的疫症乃世间第一恐怖之事,忙命长风卫紧急搜城,将凡有症状的百姓带到城外一处庄园隔离居住,又急召崔亮和凌承道等人回城。崔亮、凌承道及城内的数位名医蒙上头罩,进到疫症百姓集中的庄园查看了个多时辰,定下对策:将患了疫症的人员迅速隔离,在城中广撒生石灰,又命人煎了艾草水,发放给全城百姓饮用。但天气炎热,疫症仍在河西城内蔓延,被带到城外庄园隔离的百姓越来越多,每日都有重症患者痛苦死去。崔亮和凌承道等人急得嘴角冒泡,遍试药方,仍未能找到对症良药。

再过两日,疫症蔓延至留守河西府的长风骑,眼见士兵们一个个被送入庄园,不时有死去的人被抬出集中焚烧,裴琰更是焦虑。

为免疫症殃及回雁关前的长风骑主力,无奈之下,裴琰紧急下令:封锁往河西府的一切道路,在疫症未得到彻底解决前,所有百姓及士兵不得出城。

裴琰和卫昭也在崔亮等人的力劝下,暂移至青茅谷的军营中。

自疫症流行,江慈便随着崔亮查看水井,遍试药方,并在城内为百姓散发艾草水。眼见染疫之人越来越多,全城军民笼罩在死亡的阴影之下,城里处处弥漫着一片绝望恐怖的气氛,江慈心急如焚,却也深感无能为力。

裴琰出城之日,崔亮担心江慈染上疫症,劝她随裴琰移居军营,江慈微笑不应。裴琰看了她一眼,弹出一块石子,正中她穴道,又命人将她塞入马车,移到青茅谷军营之中。凌承道也劝崔亮以军情为重,随裴琰离开,崔亮只是摇头。裴琰本欲将他强行带走,见崔亮面上坚毅之色,无奈下只得叮嘱他多加小心。

江慈知河西府已被封锁,纵在心中有些埋怨裴琰,却也知这是无可奈何之举。毕竟两军对峙期间,如果瘟疫在军内散开,后果不堪设想,他是主帅,不能有丝毫危险,也不能让将士们陷入危险之中。她只得收起忧思,待在军营里,又记挂着崔亮和凌承道,快快不乐。她按崔亮先前嘱咐,每日早晚熬好两道艾草水,发给士兵们饮用,又让士兵取青茅谷两侧山峰上的山泉水煮饭烧茶,军营之中倒也未见疫症出现。

天气越来越炎热,黄昏时分,明霞满天,山谷之中犹有热气蒸腾。

见各营士兵取走艾草水,江慈觉有些困倦,头也有点疼,打了个呵欠,提着药罐走入裴琰居住的军帐。裴琰与卫昭正在商议要事,二人接过艾草水一饮而尽。江慈向二人一笑,转身走到帐门口,低咳了几声。她觉喉间越来越难受,急奔出几步,终于忍不住弯腰呕吐起来。

裴琰与卫昭听到帐外呕吐之声,同时面色一变,闪身出帐。江慈低头间已看清自己的呕吐之物呈一种青灰色,刹那间,心头凉如寒冰。她听到脚步声,猛然转身,厉喝道:"别过来!"

裴琰与卫昭脚步顿住,江慈慢慢挽起左袖,看清肘弯间隐隐有数处青斑,面上血色褪尽,身形摇晃。卫昭倒吸了口凉气,裴琰也眉头紧拧。

江慈慢慢清醒,抬眼见二人俱是愣愣地望着自己,凄然一笑,缓缓后退两步,颤抖着道:"相爷,请为我备马,我自去庄中。"

裴琰望着江慈惨白的面容,说不出一个字来。卫昭踏前两步,又停住。

江慈又向二人笑了笑,笑容中满是绝望之意,竭力让自己的声音显得平静:"相爷,请速速命人将我住的帐篷和用过的物事烧了。还有,这呕吐之物需得深埋。"

见裴琰眉头紧蹙,双唇紧闭,仍不发话,江慈转身走向远处拴着的数匹战马。

落霞渐由明红色转为一种阴淡的灰红,裴琰与卫昭望着江慈的身影,上前几步。但江慈急急解下缰绳,闪身上马,也不回头,猛抽身下骏马,消失在山谷尽头。

最后一缕霞光敛去,卫昭猛然转身,大步走入帐内。

裴琰呆立在军帐前,天色渐转全黑,安潞走到裴琰身边,小心翼翼唤道:"侯爷!"

"传信给子明。"裴琰话语滞涩难当,"请他无论如何,寻出对症良方。"

江慈打马狂奔,泪水止不住地涌出,流过面颊,淌入颈中。

也好,就这样去了,归于山野间,再也不用看这俗世种种——

疾驰间,呼啸过耳的风,忽让江慈想起虎跳滩索桥上的生死关头。她勒住骏马,回头望向茫茫夜色,猛然伸手狠狠地抹去泪水。

江慈在庄园前勒缰下马，崔亮正与凌承道及几名大夫从庄内出来。

崔亮取下头罩，吁出一口长气，道："还得再观察几天，才能确定病因。"

凌承道也除去头罩，点头道："若真是如此，疫情当可控制，但这些人如何治疗是个大问题，眼下还得运来大批雩草才能预防疫症。"

"我马上传信给相爷，请他紧急调药过来。"崔亮转身，见江慈执缰立于庄前树下，吃了一惊，"小慈，你怎么来了？"

见崔亮欲走近，江慈忙退后了几步。崔亮的心渐渐下沉，江慈心中伤痛，却竭力控制着轻声道："崔大哥，让人开门，放我进去。"

凌承道忍不住惊呼。

江慈慢慢走向庄门，又回转身道："崔大哥，你若要试药试针，尽管在我身上试吧。"

庄门吱呀开启，又嘎嘎合上，崔亮木立于夜风中，忽然低头，鼻息渐重。

凌承道极为喜爱江慈，也是心痛难言，见崔亮难过，上前道："军师……"

崔亮抬头，声音冷静："我再去翻阅先师留下的医书。凌军医，各位大夫，劳烦你们继续试药。"


"正寻对症之方，预防之汤药需要大量雩草，请相爷即刻派人急调。慈精神尚佳，可护理染疫之人。"

"雩草预防效果良好，已发给城中居民服用，请命军中煎汤服用。亮当竭尽所能，寻出对症治疗之方。慈病情渐重。"

"城中疫情有所控制，如再过数日无新发病者出现，疫情当可止住。但仍未寻出对症良方，今日又死十一人。慈时昏时醒。"

裴琰紧攥着手中的信笺，面沉似水。安潞进帐，欲请示什么，又退了出去。

"什么事？"裴琰厉声道。

安潞忙又进来，道："宁将军派人送了几名俘虏过来。"

"先放着，明日再审。"裴琰冷冷道。再坐片刻，他猛然起身，大步走出帐外，抢过一名长风卫手中马绳，打马南奔。安潞等人急忙跟了上去。

卫昭缓步入帐，拾起地上信笺，目光凝在了最后五个字上。

裴琰打马而奔,安潞等人在后追赶,见他去的方向正是隔离疫症病人的庄园,急切下赶了上来:"侯爷!去不得!"

裴琰不理,仍旧策马奔驰。安潞大急,疾驰几步拦在了他的马前,其余长风卫也纷纷赶上,齐齐跪落:"侯爷三思!"

裴琰被迫勒住骏马,双唇紧抿。

安潞劝道:"侯爷,患疫症的百姓和弟兄虽可怜,但您是主帅,身系全军安危,绝不能冒一丝风险。"

"是啊,侯爷,崔军师会寻出良方,弟兄们会得救的。请侯爷为全军弟兄保重!"窦子谋也劝道。

其余长风卫也都纷纷劝道:"请侯爷保重!"

山风拂面,裴琰脑中渐转清醒。他遥望山脚下的庄园,默然良久,终狠下心勒转马头,往军营驰去。


崔亮与凌承道、陈大夫等人由庄内出来,除下头罩,俱面色沉重。凌承道回头看了看大门,叹道:"雩草预防有效,可治疗不起作用,白浪费了我们几日时间。"

崔亮沉吟片刻,道:"看来得另寻药方。"

凌承道等人点头,又都走向庄园旁众大夫集中居住的小屋。

崔亮想起江慈病重的样子,心中难过,恨不得即时找出对症良方。他努力想着医书上记载的药方,在庄前来回踱步,一抬头,见一个白色身影立于庄前的柳树下,心中一动,走上前道:"卫大人,您怎么来了?这里乃重疫区,您……"

卫昭手负身后,看向庄内,淡淡道:"河西疫症流行,我身负察听之职,过来问问情况,好向朝廷禀报。"

崔亮忙道:"大人放心,疫情已得到控制,只是尚未有治疗良方。我和诸位大夫定会竭尽全力,寻出对症之药。"

卫昭竭力控制住身体的颤抖,面上却仍淡淡的:"有劳子明了。我定会上报朝廷,为子明请功。"

"这是亮分内之事。"见卫昭欲转身，崔亮想了想，唤道，"卫大人。"

卫昭停住脚步，并不回头。崔亮从袖中取出一个瓷瓶，道："卫大人，这庄园百步之内本是不能靠近的。大人既已来了，便请服下这个。"

"这是……"卫昭皱眉道。

"这是预防疫症的药丸，我和诸位大夫因需每日与病人接触，便用珍贵药材制了这瓶药丸，数量不多，仅得数瓶。虽不能保证绝对免疫，但好过雪草。大人身份尊贵，职责重大，为防万一，请服下这药丸，还请大人以后不要再来这里了。"

卫昭盯着崔亮看了片刻，嘴角轻勾："多谢子明。"说着取过瓷瓶，从中倒出一粒药丸送入口中。


入夜后的庄园死一般的沉寂，纵是住着这么多人，却也如同荒城死域一般，毫无生气，庄园之中只能偶闻重症病人的痛苦呻吟之声。

一道白影由庄园后的小山坡跃下，避过守庄士兵，翻墙而入。他在庄园一角默立片刻，如孤鸿掠影在庄内疾走一圈，停在了西北角的一处厢房门前。

厢房内一片黑暗，江慈躺于床上，呼吸沉重。白影轻轻推开房门，慢慢走至床前，又慢慢在床边坐下。

这夜月光如水，由窗外洒进来，映出江慈凹陷的双眸。她的肌肤雪白，双眸紧闭，再不复桃园中的娇嫩。

卫昭坐于床边，长久凝望着江慈。江慈动弹了一下，又是一阵剧烈的咳嗽。卫昭忙将她扶起，轻轻拍上她的后背。江慈嘴角吐出些许白沫，并未睁眼，又昏迷了过去。她的军帽早已掉在地上，秀发散乱。

卫昭将江慈放下，嚓声轻响，点燃一豆烛火。他大步出房，寻到水井，打来凉水，拧湿布巾，将江慈抱在怀中，替她擦净嘴角的白沫。

卫昭将布巾丢回铜盆中，忽然看见枕边的小木梳，愣了一下，缓缓取过木梳，替怀中的江慈一下下梳理着散乱的长发。

雪野间，她取下发簪，替他将乌发簪定；索桥上，她冒险示警，木簪掉落，他负着她赶往落凤滩，她的长发拂过他的面颊；桃园中，落英缤纷，他的手轻轻替她将秀发拢好;军营里,她梳着湿发,巧笑嫣然:"三爷,您得赔我一样东西。"

屋内静谧如水,只听见她每一次艰难的呼吸声。这呼吸声似惊涛骇浪,拍打着他即将溃堤的心岸。

江慈忽低低呻吟了一声,卫昭倏然惊觉,低头见她双眸紧闭,腰却微微弓起,似是极为痛楚,急切下忙将她揽紧,唤道:"小慈!"

从未有过的呼唤,如同一个巨浪,将心灵的堤岸击得粉碎……

卫昭怔怔地抱着江慈,不敢相信刚才的那个名字是从自己口中叫出来的。可是,可是,这个名字,自己不是已经叫过无数次了吗,在心底、在梦里……可为什么真的叫出来的时候,竟是这般惊心动魄?

昏暗的烛火下,卫昭将全身战栗的江慈揽在胸前,右手紧握住她的右腕,运起全部真气,顺着手三阴经,输入她的体内。

江慈慢慢平静下来,呼吸也逐渐平稳。卫昭一直将她抱在怀中,待烛火熄灭,也始终没有松开她的手腕。

窗外的天空,由黑暗转为朦胧的鱼白色。卫昭终于松开江慈手腕,将她平放于床上,凝视她片刻,闪身出屋。庄前已隐隐传来人声,他足尖一点,越出高墙,奔到庄园后树林中,解下马缰,打马回转军营。

军营中,晨训的号角嘹亮响起。宗晟见卫昭过来,刚要上前行礼,卫昭袍袖劲拂,逼得宗晟退后几步。卫昭入帐,冷峻的声音传出:"我这几日,不见任何人。"


崔亮翻了一夜的医书,又惦记着江慈,天未亮便进庄园,走至回廊,听到江慈在屋内低低咳嗽,似还有轻轻的脚步声,心中一喜,唤道:"小慈。"

江慈忙道:"崔大哥,你最好别进来。"她刚刚醒转,发觉今日精神好些,竟能下床慢慢走动,正有些诧异。

崔亮在门前停住脚步,微笑道:"崔大哥想了个药方,可是非常苦,可能还会令腹中绞痛,你愿不愿意帮这个忙?"

江慈正看着床边的水盆发呆,听言忙道:"我就爱吃苦的,崔大哥尽管试吧。"

尽管做好了准备,但喝下汤药后,江慈仍被腹内的绞痛折磨得死去活来。崔亮听到她的痛哼声，踢门而入，急施银针。江慈撑着将服药后的感觉叙述出来，便吐出一口黑血，晕了过去。

崔亮看着江慈面色惨白地倒于床上，十分沮丧。凌承道过来道："看来得换个方子，这药也太猛了，且不一定对症。"

崔亮大步走出庄门，掀开头上布罩，仰望碧空白云，只觉双足发软，竟是出天玄阁之后从未有过的无力感。


城内的瘟疫得到控制，但庄园内依然有病人痛苦死去。裴琰考虑再三，仍未解除对河西府的封锁。青茅谷军营军粮告急，所幸河西府及黛眉岭附近乡村的村民自发省下口粮，捐了一批粮食过来，方解了燃眉之急。

宁剑瑜送来的几个桓军俘虏颇为嘴紧，酷刑下仍不肯招供。裴琰巡营时得知，也不多话，直接截断了其中一人的内八脉。看着同伴在地上哀号抽搐着死去，死后鲜血流尽，全身肌肉萎缩，如同干尸，另外三人吓得面如土色，悉数招供。

得知桓军也陷入粮草危机，加之东莱民变，烧了桓军留在涓水河的部分战船，宇文景伦恐腹背受敌，又抽了部分兵力回镇东莱，回雁关这边下了"严防死守"的军令，一时不会南攻，裴琰心情方稍得纾解。

在河西等地新征士兵尚需训练，朝廷粮草也未到位，回雁关桓军又守得严，裴琰只得命宁剑瑜不要贸然进攻，仍保持围关之势。

这几日，他也曾数次打马南奔，在山路遥望庄园，但最终仍是黯然回转军营。


江慈时昏时醒，早上起床时精神不错，有时能下地走动，但到了下午便全身乏力，只能躺在床上，夜晚更是陷入昏迷之中。精神好时，她不断喝下崔亮开出的汤药。崔亮数次变换药方，仍令她小腹绞痛，但吐出的血却不再乌黑，渐转殷红色。崔亮与凌承道等人大喜，知有了一线希望，便稍减其中几味猛药的分量，试着给庄内其他病人服下，终于初见成效，死亡人数逐渐减少。

江慈却觉有些怪异，早上起来，自己总是面容清爽，衣物齐整，头发也没有前一夜睡时那么散乱。她努力回想夜间情形，可总是只有一点依稀的感觉，仿佛幼时躺在师父的怀中,安稳而舒适。

再服两日汤药,崔亮又早晚替她施针,江慈精神渐好,能自行洗漱,到了黄昏时分,也仍有力气在屋内慢慢走动。

这日入夜,用过些米粥,江慈无意间看到床边的铜盆,心中一动,将铜盆轻轻踢至床柱边。她努力强撑着不睡过去,但不多久,晚间服的药药性发作,仍陷入沉睡之中。梦中,依稀有一只手抚上她的额头,她仿佛被人抱在怀中,也依稀能闻到那人身上如流云般的气息,能听到那人压抑着的、偶尔的低唤。

第二日早上醒来,窗外却下着大雨。雨点打在芭蕉叶上,啪啪作响。

江慈睁开双眼,慢慢坐起望向床边。铜盆果然已不在原处,而是被放在了稍稍偏左的地方。

江慈温柔地看着铜盆,微笑溢上嘴角,接着又有些担忧起来。

崔亮推门入屋,看了看江慈的面色,江慈忙伸出右腕。他切上脉搏,片刻后喜道:"终于用对药了。"他兴奋地奔了出去,江慈也心情舒畅,走出屋外,望着浓绿的芭蕉,慢慢伸出双手。

雨水滴落在手心,清凉沁肤,江慈用舌头舔了舔雨水,忍不住绽开笑脸。


桓国天景三年五月,桓国宁平王和毅平王各率五万大军,南下驰援宇文景伦。

五万宁平军先行,甫入成郡,便在麒麟谷遭到不明身份人员暗袭。暗袭之人人数不多,但个个身手高强,为首青衣人更是将久经沙场的宁平王刺伤后逃逸。

宁平王遇刺,伤势虽不太重,却也需休养几日,其所率的宁平军便在距麒麟关南二十余里处的石板镇扎营休整。

是夜,石板镇忽起大火,又有不知数量的黑衣蒙面人闯入宁平军军营。他们个个身手高强,烧了上百架粮车,杀死杀伤上千名桓军,又趁乱逃逸。

宁平王接报大怒,吐出一口鲜血,再度卧床,直至三日后方才有所好转。

他性情本就暴躁,本想着率五万大军南下驰援宇文景伦,定能联手击溃长风骑,直取梁国京师,让宁平军的铁骑踏遍中原富庶之地,不料甫过成郡便遭此暗袭,不但自己受伤,还大损了面子。盛怒之下,宁平王将怒火撒在了沿途村镇。主子一声令下,宁平军一路烧杀掳掠,过州掠县,造下无数杀孽,惊起遍地血光,宣王宇文景伦留守各地的驻军也不敢出言干预。

宁平军的暴行激起了梁国各地百姓的冲天怒火,他们在某些神秘人物的带领下,分成无数暗袭团。宁平军行到哪里,暗袭团便跟到哪里,或烧粮草,或杀散勇,或给桓军食用水源下毒。宁平军又要分出部分兵力助宣王军留守州府、镇压当地民众,每日还有士兵死于暗袭事件,兵力渐弱,过涓水河时又被暗袭者凿翻了一艘战船,溺水者众。待宁平军到达东莱时,只剩三万余人。

桓国毅平王随后率五万毅平军一路南下,也遭到了同样的抵抗和暗袭。毅平王更是出了名的凶悍之人,怒火冲天,血洗了数座村庄,无一活口。

黄尘蔽天,铁骑踏血,毅平军负下一路血债、击退无数次暗袭后抵达东莱。


回雁关浓云蔽日,宇文景伦的面色却比头顶的乌云还要阴沉。

滕瑞和易寒少见他这般神情,俱各心中一沉。

宇文景伦长叹一声,将手中密报递给滕瑞。滕瑞低头细看,眉头紧拧,良久无言。

宇文景伦语调沉重:"真没料到,竟会到如此田地!"

滕瑞忽想起镇波桥上崔亮说过的话,心中闪过一丝不忍,叹道:"得想个办法才行,这样下去,王爷何谈以仁义治国,何谈一统天下?"

"话虽如此,可眼下还得倚仗两位皇叔,若闹得太僵,只会对战事不利。"

滕瑞思忖良久,道:"不能拖得太久,两位皇叔的大军一到,我军便得强攻,否则粮草跟不上,后方会更加乱。只有击败裴琰,直取京城,王爷掌控大局,才能收服二位皇叔,收拾乱局,稳定民心。"

宇文景伦点头:"只能这样了。当务之急还是攻打长风骑,滕先生可先拟着条陈,到时好挽回民心。"

"是。"

# 第四十八章

## 情定月湖

　　裴琰将信笺慢慢折起,清俊的眉眼似被什么照亮了一般。他唤了一声,安潞入帐,裴琰微笑道:"传令,解除河西府的封锁。"

　　安潞大喜,城中还有许多长风骑的将士,疫情得解,河西解封,实是让人高兴。他朗声答应,奔出帐外,不久便听到长风卫如雷般的欢呼声。

　　马蹄声远去,裴琰走出帐外,仰望万里晴空,笑得无比舒畅。

　　河西解封,疫症得消,裴琰率中军重返河西府。百姓们死里逃生,连日来阴云密布的脸上终于再度露出了笑容。

　　庄园中的疫症病人也逐步康复,江慈身子一日好过一日。裴琰派了周密数次过来接她,她却仍留在庄园内,待所有疫症病人康复离去,方随崔亮回城。

　　甫入城门,便见大量运粮车运向城西的粮仓,崔亮上前相询,知朝廷征集和京城富商自发捐献的粮草正源源不断地运来,心中大安。他与江慈相视一笑,说笑着走进郡守府。

　　江慈一进府门,便往东首行去,走出几步,正见卫昭由东院过来。他白衫冷肃,眼神平静而清锐,但嘴角微弯,隐约有一丝欣喜。

　　一刹那间,江慈仿似听不见周遭的任何声音,看不清院中的亭台楼阁,眼中只有他的眉眼,及洒在他身上的斜阳余晖。他渐行渐近,她也终于闻到了梦中那熟悉的流云般的气息。

"卫大人。"崔亮走近行礼,江慈恍然惊醒,向卫昭眨了眨眼睛,又开心笑了笑。

卫昭眼中似有光芒,如蜻蜓点水般一闪而过。他微笑着向崔亮道:"子明辛苦了。"顿了顿又道,"少君去了粮仓,道子明若是归来,他夜晚摆宴,为子明庆功。"

江慈啊了一声,崔亮转向她道:"看来去不成了。"

江慈十分失望:"我还想去买簪子的。好不容易等到夜市重开,崔大哥又不能去。"

崔亮望了望天色,笑道:"也差不多到入夜时分了,我们先去逛逛,再赶回来。粮草刚入城,少君估计也得忙到很晚才回。"

江慈大喜,却不动,只拿眼瞅着卫昭。卫昭神色静如冷玉,也不说话。崔亮走出两步,回头看了看,微笑道:"卫大人可愿同行? 也好体察一下民情嘛。"

卫昭修眉微微挑起,报以浅笑:"也好,横竖无事,我就陪子明走上一遭。"


尚未入夜,西街上已是人头攒动。河西府很久都不曾这般热闹过,眼下赶跑桓军、瘟疫得解,朝廷又送来了粮食,百姓倾城而出,似要借这夜市重开,庆贺河西恢复益然生机。

卫昭与崔亮负手而行,江慈跟在旁边,被如潮水般拥挤的人群撞得有些狼狈。卫昭身形高挑,面容绝美,不多时便让满街的人群发出一声又一声惊叹,许多人看得移不开目光,三人身边越发拥堵。

眼见卫昭面上闪过一丝怒意,崔亮心呼不妙,正犹豫是否回转郡守府,江慈笑着挤过来,手中举着三个憨娃面具:"这个好看,乃'河西张'亲手制作,崔大哥、卫大人,要不要戴着玩一玩?"

"久闻'河西张'之名,果然精美。"崔亮接过面具,在手上把玩了一下,戴在面上。

卫昭望着江慈,笑容淡若浮痕,一闪便隐,也戴上了面具。

三人在西街走了一遭,崔亮问了一些货物的价格,天色便完全黑了下来。街铺相继点起灯火,还有数处放起了烟花,映得河西天空亮如白昼。经历战争、瘟疫之后的城镇,勃发出一种顽强的生机。

江慈惦着买簪子的事，遥见有家首饰铺，便拉了拉崔亮的袖子，三人挤了过去。

伙计见三人进来，虽都戴着憨娃面具，除一人身着士卒军服，其余二人服饰却颇精致，想是富家子弟来游夜市，问清江慈要买发簪，便极热情地将各式发簪摆于柜台上。

江慈挑了又挑，有些拿不定主意。

崔亮在旁笑道："你领军饷了？又买面具又买簪子。"

江慈微薄的军饷在买面具时便已用尽，听崔亮此言，脸便有些发烫。崔亮也是无心之言，转头又去看旁边的首饰。江慈悄悄回头，向负手立于店铺门口的卫昭使了个眼色，又把右手背在身后。卫昭慢悠悠走过来，悄无声息地塞了张银票在她手心。她得意一笑，暗中收起银票，又拿起一支掐金丝花蝶簪和一支碧玉发簪，向崔亮笑道："哪个好？"眼角余光却看着一边的卫昭。

崔亮看了看，有些犹豫。卫昭也不置可否，只是看上那支碧玉发簪时，视线停留了一下。

江慈收起那支碧玉发簪，将银票往柜台上一拍，向伙计笑道："就是这支了。"

伙计看了看银票，咂舌道："客官，您这银票太大，小店可找不开。"

江慈低头一看，才见是张三千两的银票，不由得啊了一声。见崔亮取下面具，略带惊讶地望着自己，她强撑着向伙计道："瞧你这店铺挺大的，怎么连三千两的银票都找不开？"

伙计苦笑："客官，您去问问这西街上的店铺，只怕哪家都找不开三千两的银票。再说，小店要找回您二千九百九十七两银子，这么重，您也搬不回去，是不？"

江慈还待再说，卫昭从袖中取出几点碎银丢在柜台上，转身出店。江慈吐舌一笑，崔亮忍不住拍了一下她的头，二人跟了出去。


三人再在街上走了一阵，见一处店铺的屋檐下挂着数十盏宫灯，里外围满了人。江慈一时好奇，可人群围得太密，挤不进去。她回头看了看卫昭，卫昭上前，手笼袖中，暗自运力，带着二人挤了进去。

这处却是店铺掌柜的在举办猜灯谜,猜中者由店里奖励一套文房四宝,猜错者却需捐出一吊铜钱,由掌柜的统一捐给长风骑,以作军饷。围观群众猜中亦喜,猜错也不沮丧,掏铜钱时也是笑容满面。

江慈自幼便爱和师姐玩猜谜,又见即使猜错,输出的铜钱也是作为军饷,便饶有兴趣地去看宫灯上的谜面。崔亮看过数盏宫灯,但笑不语。江慈知他本事,摆了摆手:"崔大哥,你别说,让我来猜。"

左首起第一盏宫灯上的谜面是"踏花归来蝶绕膝",打一药名。江慈想了一阵便知答案,但见掌柜的文房四宝甚是精美,他又是用自己店铺的货物为注,引众人捐饷,一时竟不忍心赢了他。她眼珠一转,取下宫灯,笑道:"这个我猜着了,是香草。"

店铺掌柜大笑:"香字对了,却不是草。"他揭开谜底,却是香附。

围观之人哄笑:"小哥快捐铜钱吧,反正也是捐到军中。小哥下个月就可领饷,领了饷,可得多杀几个桓贼。"

江慈笑了笑,欲待伸手入怀,这才想起自己身上除了一张卫昭给的三千两银票,再无分文,一时愣住。她回头看了看,崔亮忍俊不禁,以拳掩鼻,卫昭面具后的眼眸也露出一丝笑意。江慈眨了下眼,卫昭微不可察地点了下头。

江慈大喜,取下面具,掏出银票,向掌柜的道:"我身上没铜钱,就这张银票。这样吧,你让我把所有灯谜都猜一遍,不管猜中多少,这银票都算……算我们捐的。"


粮草入城,裴琰松了口气,随粮草而来的裴子放的密信更让他心情大好,在粮仓忙了个多时辰,这才想起崔亮今日带江慈返城。他再调了些重兵过来守住粮仓,便带着长风卫策马奔向郡守府。

刚行出两条大街,便见前方人潮如织。裴琰问了问,才知今日西街夜市重开,正自犹豫,道旁百姓已纷纷欢呼"剑鼎侯""侯爷万安"。

裴琰索性下马,带着数十名长风卫,满面笑容,在西街体察民情。一路走来,见河西府渐渐恢复元气,他面上笑容更显和煦。

灯光溢彩,俊面生辉。闲逛夜市而一睹剑鼎侯风采的年轻姑娘们,于这一夜后,度过了无数不眠之夜。

裴琰带着长风卫微笑而行,对百姓的欢呼不时压手回应。百姓们知他平易近人,也便不再围观欢呼,各自逛街寻乐,只是看向这一行人的目光皆充满了崇敬之意。

见街旁有一处卖胭脂盒的,做工甚是精美,裴琰心中一动,正拿起胭脂盒细看,却于漫天喧闹中听到一个无比熟悉、欢快清脆的声音:"我身上没铜钱,就这张银票。这样吧,你让我把所有灯谜都猜一遍,不管猜中多少,这银票都算……算我们捐的。"

裴琰抬头,街对面,宫灯流彩,她娇俏的身影立于店铺前的石阶上,笑靥如花,翦瞳似水,和着华美的灯光,闪亮了他的双眸。

裴琰缓缓放下胭脂盒,正待走过去,只听那掌柜的发出一声惊呼,将银票展开示众,围观人群大哗,又纷纷鼓掌叫好。

江慈眉如新月,笑眼弯弯,她的面容比患病前瘦削了许多,但双眸却如以前一般清澈明亮。裴琰慢慢走近,又在街心的牌坊下停住脚步。

灯光下,卫昭与崔亮踏上石阶,卫昭戴着面具,修臂舒展,一一取下宫灯。崔亮接过,含笑托于江慈面前。江慈或垂眸沉思,或开心而呼,十个灯谜倒有七八个被她猜中。围观人群见这位小兵哥才思敏捷,纷纷叫好,纵是猜错几个,江慈面上赧然,人们也仍报以热烈的掌声。不多时,又有人认出从疫魔手中拯救了全城百姓的崔军师,欢呼声更是一阵高过一阵。

裴琰默立于牌坊下,长风卫围了过来,他摆了摆手,静静地看着江慈巧笑嫣然,看着她与卫昭、崔亮或笑望,或欢呼,或击掌。

江慈猜中最后一个灯谜,得意地向围观鼓掌的群众拱了拱手。崔亮过来敲了一下她的头顶:"玩够了,走吧。"

三人踏下石阶,挤出人群,说笑间卫昭脚步顿住,淡淡道:"少君来了。"

裴琰从牌坊下的阴影中走出,微笑道:"过来看一看,倒是巧,和你们撞上了。"

江慈犹有些兴奋,面颊两侧还有些酡红,裴琰凝目注视她:"小慈玩得很开心嘛。"

江慈一笑:"玩得差不多了,回去吧,我可有些饿了。"说着当先往郡守府走去。

裴琰与卫昭、崔亮并肩而行,间或说上几句,目光却始终望着前方那个灵动的身影。

江慈大病初愈，又兴奋了这么久，渐感体力不支，回到郡守府草草扒拉了几口饭，便到房中睡下。


次日晴空如碧，江慈早早醒转，美美地洗了个澡，换过干净衣裳，想了想，又将昨日买的碧玉发簪小心地收入怀内。

她刚戴上军帽，敲门声响起。江慈拉开房门，见外面站着两名十五六岁、丫鬟装扮的少女，不由得一愣。二人齐齐向她行礼："江小姐。"

江慈啊了一声，两名丫鬟捧着几件衣裙和一些首饰走进房中，一人过来行礼道："奴婢伺候江小姐梳妆。"

江慈知定是裴琰的命令，急忙摆手："不用不用，我还有事。"说完一溜烟往门外跑去。刚一转过回廊，裴琰一袭蓝衫，从月洞门过来，正挡在她的面前。

江慈急忙收步，在距裴琰极近处停住身形，裴琰本是笑意浓浓看着她撞过来，见她竟收住脚步，面上笑容微微一僵。

"相爷。"江慈行礼，又提步欲从裴琰身边走过。

"站住。"裴琰眉头微微皱了一下。

"相爷，不早了，我得去义诊堂。"

"随我来。"裴琰负手往屋内走去，听到江慈并未跟上，回过头，面容沉肃，"这是军令。"

江慈无奈，只得随他回到屋内，两名丫鬟行礼退出，轻轻带上了房门。

裴琰负手在屋内看了一圈，在桌边坐下，过了片刻用手拍了拍桌面。

江慈犹豫了一下，仍站在门边，道："相爷，我离开了这么些日子，义诊堂……"

"你先坐下。"裴琰轻声道，竟有些柔软的意味。江慈只得走近，将木凳稍稍移开些，坐了下来。

裴琰盯着她看了片刻，将桌上的衣物和首饰慢慢推至她面前。江慈静静回望他，也不出言相询。

裴琰微笑道："朝中听闻河西疫症流行，从太医院派了几名大夫过来，人手已够,你又是女子,就不要再做军医了。"

江慈一惊,急道:"不行。"

裴琰听她说得斩钉截铁,有些不悦,但仍耐心道:"我当初允你留下做军医,是一时权宜之举,哪有女子长期留在军中的道理。"

江慈不服,道:"为何不行?我大梁不比桓国,开朝时的圣武德敏皇后就曾带领娘子军上战场杀敌。我做军医为何不行?相爷当初答应我的时候就说过,长风骑不介意多一名女军医的,难道相爷是言而无信之人吗?"

她情急下,一长串的话说得极为顺畅,裴琰望着她的红唇,淡却的记忆破空而来。相府之中,她唇点胭红,嘟着嘴道:"你走你的阳关道,我过我的江湖游侠生活。从此你我,宦海江湖,天涯海角,上天入地,黄泉碧落,青山隐隐,流水迢迢,生生世世,两两相忘……"

江慈说完,见裴琰并无反应,只是静静地看着自己,目光有些缥缈。她心中隐有所感,慢慢站起后退了两步,轻声道:"相爷……"

移动间,她沐浴后的清香带着一股特有的气息在室内流动,让裴琰呼吸为之一窒。他望向她秀丽的面容,低沉道:"小慈,战场凶险,疫症难防,实在是危险。你就留在这郡守府,我……"

江慈啊了一声,似是想起了什么,急道:"哎呀,我忘了,崔大哥还让我派发药丸给百姓。相爷,我先去了。"不待裴琰说话,她打开房门,急急奔了出去。

裴琰下意识伸了伸手,又停住,望着她的身影消失在回廊尽头,忽觉掌心空空。一阵轻风自门外吹进来,他手指微微一动,仿似想要努力抓住这清新柔软的风,但风,已悄然拂过指间——


江慈直跑到前院方才安心。她重回义诊堂,与小天忙到戌时,见天色全黑,堂内再无病人,收拾妥当,便走向郡守府东院的正房。宋俊正在屋外值守,笑着向她点了点头,出了院门。江慈轻轻敲门,良久,卫昭清冷的声音传出:"进来吧。"

江慈推开房门,探头笑道:"三爷。"

卫昭正坐在桌前低头写着什么,江慈推开房门卷进来的风吹得烛火摇了摇。

他不由得抬头看了看她，又低头继续写着密信，口中淡淡道："什么事？"

江慈一笑，轻步走近，凝望着卫昭的眉眼，轻声道："多谢三爷。"

卫昭手中毛笔一滑，"奏"字最后一笔拉得稍长了些。他再急急写下几字，并不抬头，道："谢我做什么，早就答应过要赔给你。"

"不是谢这个。"

卫昭不再说话，将密信写完，折好放入袖中，这才抬头看向江慈："你身子刚好，多歇着。"

江慈安静地看着他，柔声道："三爷这些天没睡好，也要多休息。"

卫昭急忙站起，走向屋外："我还有要事。"

"三爷。"江慈急唤，卫昭在门口顿住脚步。

江慈望着他修挺的背影，轻声道："是你吗？"

她慢慢走近，却不敢走到他面前，只是在他身后一步处停住。

卫昭冷冷道："我还有公务。"迈过门槛，往外急速走去。

"是你。"江慈有些激动，"我认得你身上的气息。"

卫昭身躯僵住，短暂的一阵静默后，他低声道："你回去歇着吧。"

"是你。"江慈慢慢走到他身后，鼓起全部勇气颤声道，"一定是你。三爷，你冒着危险夜夜来照顾我，便是……"

卫昭胸口气血上涌，不敢再听下去，提身轻纵，瞬间便出了院门。

夜风吹来，院中的修竹沙沙作响，江慈绝望地后退几步，倚上那几根修竹缓缓坐落，掩面而泣。过得一阵，她哭泣声渐止，又低咳数声，似是腹内疼痛，靠着修竹蜷缩成一团，再过片刻，一动不动。

卫昭悄然闪入院落，缓步走近，终俯身将她抱起。怀中的她轻盈得就像一朵桃花，他心头一痛，将她抱入屋内，在床边坐下，让她斜靠在自己胸前，握上她的手腕，真气顺着手三阴经而入，片刻后，江慈睁开了双眼。

"怎么会这样？不是都好了吗？"卫昭语气有些急。

"崔大哥说，最开始给我试药的药方，药下得太猛，伤了我的内脏，只怕这个病症要伴随我终生了。"

"有没有药可治？"

江慈犹豫了一下，道："无药可治。"

卫昭抱着她的右手一紧，江慈已伸出右手，握住了他的左手："三爷，我想求你件事。"

卫昭沉默，只是微微点头。

"我听人说，城外有处小月湖，风景秀丽，听来有些像我的家乡，你带我去看看，好不好？"

她绝症之身、央求之色都让卫昭不忍拒绝，沉默片刻，终于揽上她的腰间，出了房门，攀上屋顶。

夜色下，卫昭揽着江慈，避开值守的士兵，踏着屋脊出了郡守府，又沿着城中密集的民房，飞檐走壁，微凉夜风中，悄悄出了河西府。


一道清流蜿蜒，流入秀丽的小月湖。湖边竹柳轻摇，淡淡的夜雾在湖面缭绕。

江慈精神好了些，腹中也不再绞痛，在竹林小道上悠然走着。卫昭隔她数步，脚步放得极慢。

江慈忽然转身倒退着行走，望着卫昭笑道："这里倒真是和我们邓家寨差不多，今晚可算是来对了。"

卫昭淡声说道："天下的山村都一个样。"

"那可不同。"江慈边退边道，"京城的红枫山胜在名胜古迹；文州的山呢，以清泉出名；牛鼻山，一个字——险；邓家寨和这里的山水都只能用'秀丽'二字来形容。还有你们月落……"

"月落的山怎样？"卫昭望着她，目光灼灼。这样的月色，这样的竹林，这样恬淡的感觉，让他感到一种说不出的轻松，但前面的人儿却又让他想远远逃开。

江慈笑道："月落的山水嘛，就像一幅泼墨画，你只能感觉到它的风韵，却形容不出它到底是何模样。"

卫昭停住脚步。幽幽青竹下，她笑靥如花，轻灵若水，他恍若又回到了桃园。

"三爷，在您心中，定觉得月落才是最美……"江慈边退边说，脚下忽磕上一粒石子,噔噔两步,仰面而倒。卫昭急速扑过来,右臂揽上她的腰间,将她倏然抱起。他情急下这一抱之力大了些,江慈直扑上他的胸前。他脑中一阵迷糊,心中又是一酸,却舍不得松开揽住她腰间的手。

江慈红着脸,仰望他如黑曜石般的眼眸,轻声道:"三爷,我有句话,一定要对你说。"

不待卫昭回答,她柔声道:"我想告诉三爷,不管过去、将来如何,我江慈,都愿与你生死与共,苦乐同担。还请……请三爷不要丢下我。"

她鼓起勇气说出这句话,声音都有些颤抖。话一说完,她忽然觉得自己好像痴了、傻了:怎么竟会说出这般大胆的话来? 但这话,不是早就在自己心头萦绕多日了吗? 不是自那日山间牵手后,便一直想对他说吗? 如今终于说出来了。

她轻轻吁了一口气,忽然有种如释重负的感觉,索性红着脸,直视着他。

满山寂然,唯有清泉叮咚流过山石、注入平湖的声音。

卫昭整个人如同石化了一般,他从未想过,污垢满身、罪孽深重的自己竟然还能拥有这一份纯净如莲的爱恋,自己一直不敢靠近、只能远远看着的这份纯真,竟不知何时,已悄然来到面前。

如若他不是卫昭,而是萧无瑕,怕早已与她携手而行了吧? 可如若他不是卫昭,他又怎能遇到她? 难道当初在树上遇到她,其后纠结交缠,这一切,都是上天注定的吗? 他忽然有些痛恨上天,为何要让她出现在自己面前? 为何在自己已经习惯了长久的黑暗之后,又给了他一丝光明的希望?

湖风吹过,江慈似是有些冷,瑟瑟地缩了缩,卫昭下意识将她抱紧,唤道:"小慈。"

江慈微微一笑:"三爷叫我什么? 我没听清。"

"小……慈。"卫昭犹豫了一下,还是唤了出来,像每夜去照顾她时那样唤了出来。

江慈满足地叹了口气,忽然揽上卫昭脖颈,在他耳边轻声道:"是你,对不对?"

她的双唇散发着令人迷乱的气息,卫昭慌乱下一偏头,江慈温润的双唇自他面上掠过,二人俱不知所措地啊了一声。

束缚已久的灵魂似就要破体而出,卫昭猛然将江慈推开,噔噔退后几步,面色瞬间变得苍白如玉。江慈心中一慌,又奔了过来,直扑入他的怀中,展开双臂将他紧紧抱住,似是生怕他乘风而去。

卫昭发出一声如孤兽般的呻吟:"放手……"

江慈觉得肝肠似被这两个字揉碎,眼见他还要说什么,忽然间不顾一切,踮起脚,用自己的唇,重重地堵住了他的唇——

卫昭天旋地转,竭力想抬起头来。

"别丢下我,求你。"辗转的吻,夹杂着她令人心碎的哀求。卫昭再也无法抗拒,慢慢将她抱住,慢慢低下头来。只是唇齿宛转间,他的眼眶渐渐有些湿润。

他本只想远远地看着她笑,远远地听着她唱歌就好;他只想在她疼痛的时候,抱着她、温暖她就好。

可事实上,一直都是她在给自己温暖吧。她是暗夜里闪动的一点火光,那样微弱而又顽强,让他不由自主地想要走向她,靠近她,怜惜她——


小月湖畔,皓月生辉,万籁俱寂。

他身上有着淡淡的清香,他的气息温暖中带着蛊惑,唇齿渐深,江慈不由得轻颤,气息不稳,低吟了一声,整个人也软软依在了卫昭身上。卫昭悚然清醒,喘着气将她推开,猛然走开几步,竟然有些站立不稳。

"三爷。"江慈呆了片刻,慢慢走来。

卫昭低低喘息着,喉咙有些嘶哑:"小慈,我不配。我不是好人。"

"我不听。"江慈摇着头走近。

"我,以前……我……"卫昭还待再说,江慈忽然从后面大力抱住了他,低低道:"我不管,你当初将我从树上打下来,害我现在有家归不得,你得养我一辈子。"

卫昭想掰开她的双手,却使不出一分力气。

江慈有些虚弱的声音传来:"再说,如果不是遇见你,我怎会得这场病?我若是一辈子都好不了,你得陪在我身边。"

卫昭的心狠狠地缩了一下,想起她这无药可医的病症,终于慢慢转身将她抱在怀中。

江慈仰头看着他，声音带了几分祈求："你得答应我。"

卫昭挣扎良久，终望上天际明月，低声道："好，我答应你……"

江慈心满意足地叹了口气，将头藏在他的胸前，忍不住偷偷地笑了起来。

见夜色已深，怕她的身子撑不住，卫昭低头道："你身子不适，早些回去吧。"

江慈面颊如染桃红，又是高兴，又有些不安，紧攥住卫昭的手，不肯放开。卫昭只得牵着她在湖边坐下，真气送入她的体内察探一圈，知暂无大碍，方放下心来。

"小慈。"他的呼唤声小心翼翼。

"嗯。"

"我……"

江慈生怕他又说出什么来，猛然将帽子掀掉，解开束带，让长发落于肩头，又从衣内掏出小木梳和碧玉发簪，望向卫昭，轻声道："我要你亲手替我插上这簪子。"

卫昭不言，江慈举起碧玉发簪，紧盯着他："发簪是你送的，若不是由你亲手插上，我戴也没什么意思，索性摔断更好。"

卫昭强撑着道："这簪子太差，摔断也好，你以后会有更好的簪子。"

江慈眼前一片模糊，叹了口气："可我就只喜欢这一支，怎么办？若是摔断了，我这一辈子也不想再戴别的发簪了。"

远处，有一只夜鸟唱了起来，江慈听着鸟鸣声，幽幽道："你听，它在找它的同伴呢。夜这么黑，它自己独个儿，可怎么过？"

卫昭无法，拿过她手中的木梳，轻柔地替她梳理着长发。

江慈满心欢喜，纵是他的手有些笨拙，扯得她头皮生疼，也忍住不呼出声。

"我小时候，师父替我梳头；师父过世后，师姐替我梳；现在师姐也不在我身边了，还好有三爷替我梳。"

"我的手笨。"卫昭放下木梳，望着面前如云青丝，有些不知所措。

江慈回头看了看他的神情，抿嘴一笑，握住青丝绕了几圈，盘成芙蓉髻，用束带结好，将碧玉发簪递至卫昭面前。

见她握着发簪的手微微发颤，卫昭迟疑一阵，终接过发簪，左手托住她有些发烫的面颊，右手轻轻地将发簪插入她的发髻之中。

云鬓娇颜碧玉簪,小月湖畔结相于——

江慈心满意足地微笑,跑到湖边照了照,又跑回来坐下:"很好看。"

卫昭点头:"是,很好看。"

江慈嗔道:"你净说瞎话,我哄你呢,晚上怎么照得见?"

"是很好看。"卫昭话语有些固执。

"真的?"她望入他闪亮的眼眸。

"真的。"他望回她漆黑的双眸。

夜风渐盛,带着几分雾气,卫昭见江慈盈不胜衣,恐她的身体撑不住,在她耳边低声道:"先回去吧,明天请子明帮你开点药,不管有没有效,总得试一试。"

江慈点了点头,卫昭蹲下身来,江慈一笑,伏在他的背上。他的背这般温热,她安心地合上了眼睛。

白衫舞动,劲风过耳,不多时,卫昭避过一切哨守,轻轻落于郡守府东院。他将江慈放下,转过身来。江慈忽觉有些害羞,面上发烫,只说了句"三爷早点歇着"就急急跑出院外。

卫昭看着她的背影消失在门口,脚步有些虚浮,走到院中的青石凳上坐下。

露水渐渐爬上他的双足,夜一分一分过去,他却没有挪动分毫。


虫声啾啾,夜风细细。江慈觉全身都透着欢喜和满足,不停拍打着滚烫的面颊,往自己居住的西院偏房走去,刚转过月洞门,便险些撞上一个身影。

裴琰凝目注视着江慈,见她面颊红得似有火焰在燃烧,身上穿着军装,头发却梳成了女子的发髻,心中如被针扎了一下,十指紧紧捏起,冷声道:"去哪儿了?"

江慈退开两步,轻声道:"睡不着,出去走走,相爷还没睡啊。"

她说完便往屋内走去,关上房门,在床边坐下,右手轻抚着胸口,感受着那一下一下的跳跃,回想着之前那悲欣交集的感觉,竟忽然有种想落泪的冲动。

# 第四十九章

## 衣白桃红

裴琰回到正堂,在太师椅中坐下,右手轻转着天青色薄胎细瓷茶盅,眉间如有寒霜。不多时,长风卫徐炎过来低声禀道:"卫大人回来了。"裴琰俊眉一蹙,手中运力,咔声轻响,天青色薄胎细瓷茶盅被捏得粉碎。瓷末四散溅开,徐炎见裴琰虎口隐有血迹,心中一惊,抬头见他面色,不敢再说,退了出去。

良久,裴琰方低头看着流血的右手和四散的碎瓷片:什么时候,她的身影越走越远? 什么时候,她已不在自己的掌握之中?

这亲手捏碎的瓷盅,却是再也不能修复了——

晨光隐现,箫音轻悠,少了几分往日的孤寂,多了一些掩饰不住的欣喜,却也有着几分惴惴不安。

脚步声响,卫昭放下玉箫。宗晟过来禀道:"相爷派人请大人过去,说是一起用早饭,有要事相商。"

卫昭拂了拂衣襟,走向正堂,刚迈过月洞门,一丝寒气悄无声息地袭来。卫昭一笑,衣帛破空,在空中翻腾纵跃,避过裴琰如流水般的剑势。

"三郎,我们切磋切磋。"裴琰俊面含笑,接连几纵,再度攻上。

"少君有此雅兴,自当奉陪。"卫昭腾挪间取下院中兵器架上的一把长剑,身法奇诡,锋芒四耀,叮叮连声,二人片刻间便过了数十招。

阳光渐盛,照在二人的剑刃上,随着人影翻动,如两朵金莲在院中盛开。

裴琰越打越是兴起,剑法大开大合,如晴空烈日,而卫昭则剑走偏锋,似寒潭碧月。再斗上百招,二人真气激荡,衣袂飘飘,院中树木无不飒飒轻摇。

裴琰朗笑一声,飘移间右足蹬上院中树干,剑随身扑,急速攻向卫昭。卫昭见他这一招极为凌厉老辣,不敢强接,双足似钉在地上一般,身躯急速后仰。裴琰剑锋贴着他的白袍擦过,青影翻腾。裴琰落地,大笑道:"过瘾!真是过瘾!"

卫昭腰一拧,如一朵白莲在空中数个翻腾,静然绽放。他落地后拂了拂衣襟,微微一笑:"少君剑术越发精进,卫昭佩服。"

"昨夜就有些手痒,想找三郎比试比试,可惜三郎不在。"

"哦,我睡不着,出去走了走。"

"是吗?怎么不来找我对弈?"

二人说笑着往屋内走去,这时长风卫才敢进院,帮二人收起长剑。


仆人将饭菜摆上八仙桌,崔亮与江慈一起进来。江慈看见卫昭,面颊微红,卫昭眼神与她一触即分,接过仆人递上的热茶,借低头喝茶敛去嘴角一丝笑意。

裴琰眸色暗了暗,向崔亮笑道:"子明昨晚是不是也失眠了?"

崔亮微愣,转而微笑道:"倒没有,睡得还算香沉。"

"那就好,我还以为这郡守府风水不好,都说睡不着。"

卫昭眼中光芒一闪即逝,裴琰也不再说话。四人静静用罢早饭,安潞进来,手中捧着一只信鸽,他取下信鸽脚上绑着的小竹筒,奉给裴琰。

裴琰展开细看,冷笑一声:"毅平王和宁平王快过涓水河了。"

卫昭听到"宁平王"三字,眼皮抽搐了一下,一抹强烈的恨意自面上闪过,握住茶杯的手青筋隐现,江慈正要退出屋外,看得清楚,便放在了心上。

崔亮接过密信看了看,叹道:"没想到这二位凶残成性,造下如此多的杀孽。"又将密信递给卫昭。卫昭放下茶杯,低头看着密信。

"夫人当年入了宁平王府,行刺失手,被宁平王秘密处死。听说,遗体是被扔在乱葬岗……"

平无伤的话犹在耳边,卫昭内力如狂浪般奔腾,五指倏然收紧,信纸化为齑粉。他缓缓抬头,见裴琰和崔亮正看着自己,修眉微挑,冷冷一笑:"这等恶魔,正好替老天爷收了他们!"

裴琰点头:"桓军的主力来得差不多了,陇州无忧,可以从童敏那边调两万人过来。"

崔亮算了算,道:"兵力还是不占优势,不过若是计策妥当,也有胜算。"

"一切还得依仗子明。"

卫昭体内真气越来越乱,强撑着站起,冷声道:"二位先议着,我还有事。"说完不再看二人,拂袖出门。


江慈遥见卫昭回了东院,跟了过来,宋俊却在院门外拦住了她:"大人说不见任何人。"

江慈隐约听到院内有剑气之声,更是担忧,面上却笑道:"我昨天忘了样东西在大人屋里,现在相爷那边等着急用,可怎么办?"

宋俊曾保护过她多日,知她与卫昭关系极好,虽不明平素飞扬跋扈、乖戾无常的大人为何对这小丫头另眼相看,却也知其中必有缘由,正有些为难,江慈已从他身边钻了过去。宋俊拦阻不及,想了想,索性走开。

江慈奔入院中,但见碎枝遍地、竹叶纷飞。卫昭持剑而立,额头隐有汗珠,俊美的面容上写满了深切的恨意和天风海雨般的暴怒。见江慈进来,他呼出一口粗气,转身入屋,啪地将门闩上。江慈也不敲门,在门槛边抱膝坐下,一言不发。良久,卫昭打开房门,江慈笑着跟入屋内。卫昭也不看她,端坐于椅中,沉默不言。

江慈拉过一把椅子,在他身边坐下,右手撑着面颊,静静凝望着他。

长久的沉默之后,卫昭看着碧茜色的纱窗,缓缓开口:"我母亲……在我一岁的时候便离开了我。"

江慈轻声道:"我是师父在路边捡到的,当时还未满月,我从来没见过我的母亲。"

卫昭看了看她,眼神柔和了些,低声道:"那你想不想她?"

"有时会想,主要想她长什么样子,很好奇。"

"我倒是知道母亲是何模样。"卫昭呼吸有些急促,停了片刻方道,"听师父说,我姐姐……和母亲长得一模一样。"

江慈曾于墓前听他说过,他的姐姐死在他师父剑下,虽不明其中缘由,却也知对他而言,定是一段惨痛难当的往事,此时听他这么说,心中一痛,悄悄地握住了他的左手。

"小慈。"卫昭似是喃喃自语,"我一定要杀了他,要亲手杀了他!"

"谁?"

"宁、平、王!"卫昭一字一顿咬牙说道,他俊美的五官有些扭曲,"当年率桓军攻打我月落,杀我父亲的是他,后来杀了我母亲的也是他,我一定要杀了他!"

江慈觉他的手渐转冰凉,悄无声息地叹了口气,再握紧些,仰头看着他,轻声道:"仇该报,你自己的身子也得保重。"

卫昭转过头来,看了她片刻,右手慢慢抚上了她的面颊。

江慈静静地闭上双眸,温热的气息缓慢靠近,没有了昨夜的挣扎与生疏,温柔地在她唇上流连,仿似孤独已久的人在寻求一份慰藉与依靠。

江慈感受着这份温柔,轻轻地呼吸着。卫昭气息渐重,眼角余光却无意间掠过长案前供着的蟠龙宝剑,如有一盆凉水当头浇下,猛然将江慈一推,站了起来。

江慈跌坐在地上,抬头唤道:"三爷。"

卫昭不敢看她,大力拉开房门,走到廊下。

江慈跟了出来,她的眼神让卫昭如有冰凌钻心,颤抖着道:"你走开!"

江慈静默地看着他,视线在他腰间停了一下,转身出了院门。

见她离去,卫昭吁出一口长气,到井中打了一盆凉水,将头埋在了水中。

她便如这纯净甘甜的泉水,他既不忍心让满身的污垢玷污了这份纯净,可又舍不得离开这甘甜的源泉。他埋头在水中,无声地低叹。

轻碎的脚步声再度响起,卫昭倏然抬头,江慈手中握着针线,微笑道:"三爷,你的袍子坏了,我帮你补一补。"不待卫昭回答,她又笑道,"要收工钱的,我已经身无分文,三爷就行行好,让我赚几个铜钱吧。"

见卫昭还是愣着,她将他拉到院中的青石凳上坐下,将线穿好,又仔细看了看卫昭腰间那一道衣缝:"这是上好的晶州冰丝,眼下找不到这种丝线,会留下补印,怎么办?"

卫昭低头望向腰间,这才发觉竟是先前裴琰长剑掠过自己身躯时,剑气割破了白袍。他心头一凛,目光渐转森寒。

江慈想了想,笑道:"有办法了。"她从布包里取出一团绯色的丝线穿上,蹲在卫昭身前,针舞轻盈,柔声道:"可惜不便绣玉迦花,我就绣一枝桃花吧。"

"算了。"卫昭低头看着她,"再换过一件便是。"

"不行,这件袍子抵得上普通百姓半年的用度。"江慈话语放得极轻,"可惜月绣不能在民间买卖,不然,月落光是靠这项就可以养活很多人。"

卫昭愣了一下,若有所思。江慈却又似想起了什么,笑了出来。

"笑什么?"卫昭有些好奇。

江慈抬头仰望着他,笑道:"我笑三爷贪吃,我那天总共才蒸了那么点桃花糕,自己还没吃,全被你吃光了。"

卫昭抚上她的左肩,话中带着几分愧意和怜惜:"还疼吗?"

江慈摇摇头,向他微微一笑,又低头继续缝补着,片刻后低声道:"三爷,我想去求崔大哥,让他帮你看看。"

"不行。"卫昭急促道。

"为什么? 崔大哥是好人,他……"江慈顿了顿道,"他有医者仁心,定会想办法治好你的病。"

"不用了。"卫昭淡淡道,"我这是以往练功留下的后遗症,只要我功力再深些,便会不药自愈。"

"真的?!"江慈大喜抬头。

"真的。"

"骗我是小狗。"江慈紧盯着他。

卫昭嘴角淡噙着笑意,目光温柔:"我不做小狗,要做,也做一只没脸猫。"

裴琰与崔亮算了算日子,知十余日后桓国援军开到回雁关,便将会是一场血战。他向陇州童敏发出紧急军令,又与崔亮商议了一番,心中又想着另一件盘算已久的大事,便往卫昭所居东院走来。遥见门外无人值守,裴琰以为卫昭不在,便欲转身,忽听到院中隐约传出江慈的笑声。他心中一动,运起真气,收敛住脚步声,慢慢靠近院门,从院门的缝隙间往里面看去。

　　晨阳下,卫昭坐在院中大树下的青石凳上,江慈蹲在他的身前,正替他缝补着身上的白袍。她的手指拈着针线轻舞起落,卫昭低头静静地凝望着她。她不时抬头,向卫昭温柔地笑着,偶尔说起什么,笑容十分灿烂。

　　裴琰知卫昭内力与自己相差无几,他屏住呼吸,凝神听着院中二人的对话。

　　"我可不做老鼠。"她有些娇嗔。

　　"我是没脸猫,你当然就是老鼠。"

　　"太丑,还老是被你欺负。"

　　"那你想做什么?"卫昭的声音,竟是裴琰从未听过的温柔。

　　江慈仰起头来,娇媚地笑着,阳光透过树冠洒在她的额头上,光影流连,宛若清莲盛开。她的声音柔如流云:"我也做只猫好了,一只猫太寂寞,两只猫还可以互相靠着取取暖,打打架。我在家时就养了两只猫,一只黑一只白……"

　　她的神态那般明媚娇柔,纵然是与裴琰朝夕相处、言笑不禁的时候,裴琰也从未见过她对自己有这般神情。

　　她继续开心地讲着,卫昭也极有耐心地听着。裴琰忽觉这样的卫昭十分陌生,再也看不见他在京城时的飞扬跋扈,看不见他杀人时的凌厉狠辣,更看不见他在宫中惯有的妖魅。

　　裴琰默默地看着,听着江慈银铃般的笑声,只觉得胸口阵阵发闷。忽见江慈咬断丝线,他回过神来,见卫昭似要站起,忙悄然退开,慢步回转正堂。

　　仆从奉上香茶,裴琰望着桌上的贡窑冰纹白玉茶盏,默然不语。

　　崔亮快速奔来,脚步声打断了他的沉思。崔亮笑道:"相爷,四方车成了!"

　　裴琰大喜,急忙站起:"去看看!"

　　二人匆匆奔至郡守府后的一处大院落,院中摆着一架八轮大车,大车顶部是十余根巨木,掩住下方的铁笼。大铁笼外罩着厚厚的几层药制牛皮,大车的车轮也十分坚固。裴琰与崔亮钻入车内,看着铁笼正中的一架弹石机,裴琰用脚踩了踩,高兴地说:"想不到世间还有这等攻城利器!"

崔亮微笑道:"这弹石机虽可将人送上城墙,但需得是轻功出众者才行,军中只怕……"

裴琰道:"子明放心,我听了你对这四方车的描述,便早调了一批人过来,他们也快到了。"

崔亮一听便明:"武林中人?"

"是。回雁关十分险要,关墙又这么高,即使借助这四方车之力,要跃上城墙,抵抗住如易寒之类的高手,还要打开关门,非得大批武林高手不可。我早已传信给盟主柳风,太子也下了诏令,柳风召集了武林中人,正往前线赶来。"

崔亮不再多说。裴琰在车内再仔细看了一阵,问了崔亮几个问题,钻出大车,道:"这几日可再造出多少?"

"已命他们夜以继日地锻造,估计七日之内可再造出二十辆来。"

"差不多了,虽无十分胜算,但定能打桓军一个措手不及。"

"得赶在宁平王和毅平王大军到之前下手。"

"嗯,玉德带人毁路毁桥,能阻延他们几天。他每天都有情况禀来,等宁、毅二王快要到达,宇文景伦最为放松之时,我们便强攻。"


六月的京城,骄阳似火。

这日是开朝圣武帝的阴诞,太子率众臣在太庙举行了隆重的祭典。祭乐声中,太子双眼通红,行祭祖大礼,哽咽着向圣武帝灵位细禀河西大捷、瘟疫得解等喜讯,又跪求圣武帝皇灵保佑父皇早日康复,护佑前线将士能将桓军赶走、收复失土。

由大学士谈铉起草的这一份祭词,文辞简练却感人至深,太子数次涕泪俱下,不能成声。众臣为他仁孝所感,都不禁低泣起来。

按惯例,以往大祭后回到皇宫便有大宴,但今年魏贼谋逆,桓军入侵,皇帝又病重卧床，太子便下诏取消了大宴，命百官退去，只请董大学士和震北侯裴子放留了下来。董方和裴子放细商了一阵调粮和征兵事宜，太子并不插话，默默听着。二人有时恭请他的意见，他也只是呵呵笑着，裴子放问得紧了，他便是一句："本宫年轻识浅，一切皆由二位卿家做主。"

正商议间，内宫总管吴内侍匆匆进殿，声音有些颤抖："禀太子，贵妃娘娘薨了！"

太子大惊之下，急忙站起，董方与裴子放互望一眼，俱各在心中转过无数念头。董方在太子耳边轻声说了一句："让高成一个人进京，其余河西军，不得越过锦石口京畿大营。"太子一凛，点了点头，裴子放自去起草诏令。

高贵妃病重薨逝，庄王哭得死去活来，灵前数次晕厥。

数个月来，高成战败、河西军遭受重创、河西失守、舅父殉国、母妃薨逝，这一连串沉重的打击让这位平素老成稳重的王爷憔悴不堪。若不是想起卫昭命人紧急传来的密信，陶行德又苦心劝慰，他便要彻底崩溃。

连着数日，庄王跪于母妃灵前，水米难进，终支撑不住，被太子下旨强送回王府，派了太医延治。

高贵妃的侄子高成正率由小镜河撤回的两万河西军残部驻扎于京城以北二百余里地的朝阳庄，听闻噩耗后便欲带领部属进京奔丧。收到右相陶行德的密信后，他方改变了主意，奉着太子诏令，孤身进京。

高贵妃薨逝，便由静王生母文妃主持后宫一切守灵居丧事宜。


既要助太医为皇帝治病，又要忙着征兵和运送粮草，还需时不时去潇水河看望肃海侯的水军，高贵妃薨逝后还要严防高成带兵入京，裴子放这段时间忙得脚不沾地。待高贵妃葬于皇陵，高成离京，庄王居于王府守孝养病，裴子放才放下心来，趁这日事情不多，回了侯府。

他由幽州返京不久，府内仆人侍女多数倒是皇帝赐下来的，但他素喜清静，居住的荷香苑除两名从幽州带回的老仆外，不准任何人进入。

裴子放沿回廊而行，入了荷香苑，见院内荷塘边的铜鹤鹤嘴朝向了东边，笑了笑，进了东面的书阁，沿木梯踏上二楼，顺手取了本书坐于回栏处细看，再过一阵，打了个呵欠,将书阁二楼的轩窗关上,走至高达阁顶的书架后。

裴夫人容玉蝶微微垂眸,斜躺在书架后的软榻上。她如云乌丝散散泻在身前,因是夏季,仅着一袭淡碧色绢裙,愈显身形纤袅。

裴子放不欲惊醒她,脚步声放得极轻,在榻边坐下,望着面前的如雪肌肤、婉转蛾眉、清丽面容,一时移不开视线。

半世红尘,江湖朝堂,在这一刻仿似都离他很遥远,留在他心中的只有眼前这个牵挂了二十余年的女子,还有,远在河西的那人……

裴夫人睫羽微微一动,眼未睁开,先抿嘴而笑。裴子放心中一荡,俯身将她扶起,柔声道:"守了几天的灵,有没有累着?"

"你也一样,累不累?"裴夫人就着他的手坐起,柔荑温润。

裴子放知她由密道亲来必有要事,压下心头渴望,只闲闲地拥着她,低声道:"可见着文妃娘娘?"

"说了会儿话,不过宫中人来人往的,不便多言。只是我瞧他们母子现在反倒对我们挺提防的。"裴夫人掠了掠鬓边乌发。

"静王手上没有多少直系人马,倒是不怕。高成那两万人,琰儿早有谋划,要作大用,眼下主要得收服肃海侯。"

裴夫人点点头,又微微摇了摇头。裴子放一笑:"我早说过肃海侯是端方之人,刀枪不入的种,你不信,碰钉子了吧?"

"不是这个。"裴夫人黛眉清远,柔静垂眸,"肃海侯固要收服,还有个人不能忽视。"

"谁?"

"小庆德王。"

裴子放心中一凛,手松开些,思忖片刻,道:"这个绔纨王爷,莫非不像表面上那么简单?"

"倒也不是。只是他太重要,各方都要争夺他,反倒更易有变数。"

"确也是,依着我们的计划,在琰儿击败桓军之前,这南方绝不能乱。"

"我派的人,小庆德王也看上了,封为郑妃,但他现在专宠程盈盈,程盈盈已有了身孕。卫三郎现在虽和琰儿合作,将来难保不出岔子。"裴夫人轻言淡语,又抚了抚胸前青丝，似是有些烦心，"不说这个了，我再想法子收了肃海侯两兄弟。对了，那人怎么样？真没希望了？"

裴子放脸微微一沉，淡淡道："你来，原是问这个的。"

裴夫人满不在乎地看着他，浅笑一声，语带讥诮："我只是想问问我的杀夫仇人现在怎么样了，是不是能等到我儿子凯旋，也好给琰儿一个准信。"

"不用了，我已传了信给琰儿。谢澈这几日病情稳了些，但醒来的希望不大。"裴子放双手慢慢收紧，在裴夫人耳边轻声道，"知道你记挂着他，我虽助太医打通他经脉，让他服下汤药，可也做了些手脚，免得你不放心！"

裴夫人幽幽一叹，面颊上却开始有了些红晕，嗔道："我有什么不放心的，不过替琰儿操心罢了，总不能为谢家人作嫁衣裳！"

"那我来问你，以谢澈那家伙的手段，怎么会对琰儿恩宠有加，即使琰儿触了他的心头大忌，他仍未下毒手？"裴子放闲闲问道。

裴夫人眉梢眼角带着妩媚的笑，嗔道："我不也是为了琰儿好，迫于无奈吗？"她笑容渐浓，眼中也闪过俏皮的光芒，一如二十多年前的少女玉蝶，"其实我也没说什么，他自己要误会琰儿是他的血脉，那也与我无关。"

二十多年过去，她的笑容仍是清新如晨露，裴子放看得目不转瞬。裴夫人勾上他的脖子，面颊红了红，轻声道："正好琰儿早产了一个月，由不得他不信。"

阳光照上书阁的镜窗，透出一种暗红色的光芒，光影点点，投在裴夫人淡碧色的纱裙上，越发衬得她清丽不可方物。裴子放看得有些痴了，深叹了口气，身躯慢慢压下，在她耳边低声道："玉蝶。"

"子放。"裴夫人幽幽应着。

"我只恨，那一年在雪岭第一个找到你的，为什么不是我，而是大哥……"


月挂树梢，辉光如水。江慈坐于井边，仰望头顶朗月，惬意地舒了口气。卫昭走进院中，江慈回头向他招了招手，卫昭在她身边坐下，眉间闪过一丝讶意。

江慈笑道："这处凉快吧。水井边的青石最是消暑。"

卫昭暗中听了听，知院外无人，他握上江慈的右手，真气在她体内察探了一圈,道:"今日好些,还疼吗?"

"好多了,崔大哥开的药方挺有效的。"江慈温柔地看着他。

"那也不能坐这么凉的地方,你本就积了寒气在体内。"卫昭将她大力拉起,道,"早点歇息,明日还得赶早去回雁关。"

"要开战了吗?"江慈忙问。

卫昭想伸出手将她抱住,但强自抑制,只低头凝望着她:"这一战十分凶险,你留在这里吧。"

江慈不答,摇了摇头。卫昭知她性情,也不再劝,牵着她的手走到院门处,又十分不舍,终忍不住将她轻轻抱在怀中,闻着她发间的清香,说不出一句话来。

江慈依在他胸前,轻轻说道:"三爷,你的衣裳我都洗干净了,放在屋子里。明日一去回雁关,三爷要忙着战事,医帐也会很忙,我没办法再天天为你洗衣裳了。"

卫昭呼吸有些重,江慈闻着他身上淡淡的雅香,喃喃道:"仇要报,但你答应过我,要陪我一辈子的,我不许你言而无信。"

卫昭沉默,低头见她眉间眼底无尽温柔、万分怜惜,如同天上明月,将前方黑暗的路照亮,不禁又把她拥紧了几分。她抬起头向他微笑,他看着她,从来孤身入狼窟,只影对霜刃,今日心底却多了一双牵挂的眼睛,幸,抑或不幸?


夜半时分,裴琰与卫昭便率留守河西府的一万长风骑出发,在城外与刚从牛鼻山紧急行军赶过来的童敏及二万长风骑会合,车轮滚滚,浩浩荡荡,天未亮时便赶到了回雁关前。宁剑瑜和何振文出营相迎,崔亮带人将二十辆四方车推到林间隐藏,见一切妥当,方进了中军大帐。

裴琰正与卫昭等人说话,见崔亮进来,道:"子明,来,快见过柳盟主。"

武林盟主、苍山派掌门柳风站起,向崔亮拱拱手:"崔军师。"

柳风自在裴琰的扶持下当上武林盟主,却受议事堂牵制,十件事倒有八九件议不成,他这个武林盟主也渐渐失去了号令群雄的威严。正感窝囊之时,裴琰密信传到,接着太子诏令颁下,柳风暗喜,知这是苍山派出人头地的大好良机,遂配合裴琰指令,发出"盟主令",请武林同道共赴国难,战场杀敌。

武林各派接到"盟主令"后,大部分人知战场凶险,本不欲前来军中,可是太子诏令贴满全国各地,柳风又大张旗鼓,以"精忠报国、共救苍生"八字扣住了群雄的面子。各门派无奈,只得派出门下高手,在柳风的带领下前来长风骑军中。

崔亮带柳风前去看四方车,裴琰再与卫昭、宁剑瑜等人细议一番,宁剑瑜和何振文自将一切部署下去。


六月二十日,裴琰以四方车之力送数百武林高手上回雁关关塞。易寒率桓国一品堂死士力阻,仍让部分人突围到关门处。

滕瑞急智,命桓军死士抱着刚调来的黑油,冲向这数百名梁国武林高手。武林高手们自不将这些普通桓军放在眼中,一一将其斩杀。但桓军死前将黑油尽数淋于武林高手身上,滕瑞再下令射出火箭,意图打开关门的数百大梁武林人士死伤惨重,仅余一百余名高手拼死力战,退回关墙上,逃回军营。

宇文景伦指挥妥当,击退长风骑如潮水般的攻关战,终稳守住了回雁关。

裴琰在桓军援军赶来之前发起的总攻以失败告终。

是役,桓国一品堂高手死伤殆尽,梁国武林势力也遭受了沉重的打击。加上之前北面半壁江山沦陷,多场战役败北,大梁从此不复武林势力暗中操控军政事宜的局面。


铁蹄震天,桓国毅平军和宁平军在击退一次次的暗袭后,也于这一日黄昏时分抵达回雁关。宇文景伦正和易寒讨论先前长风骑攻关所用的四方车,听报便亲迎二位皇叔入帐。一番寒暄后,毅平王喝了口茶,笑道:"景伦,不是做叔叔的说你,咱们以骑兵见长,你和裴琰在这小关塞里耗,怎么行? 明日便攻出去,我就不信拿不下他长风骑!"

宇文景伦面容沉肃,道:"二位皇叔远道而来驰援小侄,小侄实是感激。咱们是得攻出去,但绝不是现在,眼下还有一件最要紧的事情要办。"

"何事?"宁平王见他说得极为郑重,与毅平王互望一眼。

滕瑞进帐,宇文景伦便不再说,只是暗中向易寒使了个眼色。易寒会意,待众人退去，悄悄回转中军大帐。

宇文景伦沉默良久，微笑道："易先生，今日关墙上一战，我看你那个女婿颇为英武，武功也不错，我想收了他做亲随。"

易寒一喜，忙单膝跪下，代明飞谢恩。宇文景伦上前将他扶起，易寒心有所悟，道："王爷但有吩咐，易寒拼却这条性命不要，也一定要办到。"

宇文景伦点了点头，沉声道："我想请先生再帮我办一件事，只是需得瞒着滕先生。"

此次攻关战之后，战事出乎意料地平静，桓军守关不出，裴琰也感到了一丝异样。他拿不准宇文景伦的心思，只得传令下去，全体将士厉兵秣马，暂作休整，准备更激烈的战斗。

苍山掌门柳风仗着武功高强，与一百余名高手逃回军营，个个身负有伤。想起门下弟子死伤惨重，都悲痛不已。裴琰数次前往安慰，众人心情方稍稍平复。

得知滕瑞也用上了黑油，崔亮颇感棘手，这日亥时仍坐于灯下苦想。江慈急奔了进来："崔大哥，快来看看。"

二人急匆匆赶到医帐，凌承道正替一名负伤的苍山弟子处理伤口。但这人被一品堂高手的碎齿刀砍中并横绞，伤口处早已烂成一个血洞，惨呼连连，若不是柳风点住了他的穴道，他便要震断心脉，以求速死。

崔亮看了看，面上闪过不忍之色，摇了摇头。

凌承道也知徒劳无功，沮丧道："天气太热了。"

柳风闻之黯然。这名弟子十分得他宠爱，他本想着能在攻关战中立下大功，进而逼裴琰兑现承诺，让更多的苍山弟子在军中任职，将自己的人提为苍州郡守，不料攻关战失败，倒还赔上了这么多弟子的性命。虽说裴琰仍承诺给苍山派诸多好处，但总是得不偿失。眼见这弟子仍在惨呼，他长叹一声，上前截断了弟子的心脉，那弟子抽搐几下，终停止了哀号。

江慈这几个月来纵是见惯了战场的血腥与残酷，此时也仍感心头难受，见崔亮面带悲戚走出医帐，默默跟在了后面。

三伏天的夜晚沉闷燥热，崔亮面色沉重，在一块石头上坐下，稍稍拉开衣襟领口。江慈自识崔亮以来，从未见他这样，她想了想，跑到营地边的山路上扳下几片大蒲叶，又跑回崔亮身边坐下，轻轻扇动蒲叶。

崔亮转头看向江慈，拍了拍她的头顶。江慈劝道："崔大哥，这战场风云变幻，非人力所能控制。再说，你的对手是你师叔。"

"就因为他是我师叔，我才更痛心。"崔亮感受着江慈扇出的风，稍觉清凉，叹道，"师父临终前再三叮嘱，要我寻回师叔。唉，他也未能料到，我竟要与师叔战场对决，都要染上这满手血腥。"

江慈想了想道："崔大哥，什么江山社稷、大仁大义的，我不明白，我只知道，若没有你，要死更多的老百姓。"

崔亮忽觉身心俱疲，慢慢闭上眼睛，道："小慈。"

"嗯。"

"你最想过什么样的日子？"

江慈扇着大蒲叶，轻声道："我只想和最亲的人在一起，住在一个风景秀丽的小山村。那里有山有水，还有几亩良田、几间木屋，最好还有一个茶园和果园。我们春天采茶，夏天收粮，秋天摘果，冬天呢，就烤烤火，上山打打猎。"

崔亮忍不住微笑："你想得倒挺美的。"

江慈有些泄气："也不知什么时候能过上这种日子。"但她很快又振奋起来，笑道，"那崔大哥你呢？你想过什么样的日子？"

"我？"崔亮眯着眼道，"我只想走遍天下，泛舟江湖。有银子呢，就优哉游哉；没银子了呢，就帮人看看病，做一做江湖郎中，骗几个钱花花。"

江慈笑了起来："你若是骗钱的江湖郎中，这天下就没有名医了。"

"我不是神医，这世上有很多病都是崔大哥无力医治的，就像刚才……"

江慈忙将话题岔了开去："崔大哥，我好多了，只戌时还会有些疼痛。"

崔亮搭上她的右腕，探了探脉，点头道："再过半个月便可停药。只是切记不能多食寒凉之物，像大闸蟹之类的更不能沾了。"

江慈想起自己把病情夸大其词，将卫昭骗过，逼他做出承诺，就不禁面颊微红,又忍不住笑出声来。

崔亮凝目看着她娇羞模样,低声道:"小慈。"

"嗯。"

"你真是心甘情愿的吗?决定好了?"

江慈有些慌乱,一时不知该如何回答。

崔亮轻叹口气,道:"小慈,萧教主真的不是良配,前路艰难啊。"

江慈未料他已猜到,垂下头,半晌方道:"我知道。"

"你还是离开吧。"

"不。"江慈摇了摇头,嘴唇微微抿起,片刻后道,"崔大哥,这条路是我自己选择的,我从不后悔。"

崔亮一时无言,江慈又望向军营,低低道:"再说,我走了,他怎么办?"

"他自有他的事情要做,可那些事情与你无关。"

"他的事便是我的事。"江慈话语带上了几分倔强,"崔大哥,月落的人太可怜了,为什么梁、桓两国的人都要欺负他们?凭什么他们就不能过安生的日子?他们可从来没有想过要欺负别人。"

崔亮叹道:"若是这两国的帝王将相都像你这么想,天下间也就再无纷争了。"他也知再劝无用,站了起来,"回去吧,你身子未完全康复,也得早点歇着。"


崔亮与江慈在医帐前分手,又往中军大帐走去,裴琰却不在帐内。长风卫告之裴琰去了宣远侯何振文处,似乎是何振文遭人偷袭,偷袭者还杀了数人,裴琰过去慰问。崔亮只得回转自己的营帐,刚到帐门,便见江慈又往这边过来,不由得笑道:"不是让你早点歇着吗?"

江慈将手中的棕叶扇递给崔亮:"刚编的,崔大哥将就扇一扇,晚上太热。"

崔亮含笑接过:"你自己有没有?"

"有。"江慈笑道,"那我走了。"她刚转身,眼前似有一道闪电划过,剑刃撕破夜风,从她面前直刺向崔亮,她自己也被这股劲气逼得连退数步。

叮声一响,长剑刺上崔亮胸前,却未能刺入。剑刃陡然弯起,崔亮喷出一口鲜血,噔噔退后几步,跌坐于地。

黑衣蒙面人轻咦了一声,似是不明为何以自己的功力,居然刺不入崔亮身体。他长剑一挥,剑气割破崔亮胸前衣襟,恍然大悟,冷笑道:"金缕甲!"

他不再多话,挺剑便往崔亮咽喉处刺下。崔亮虽着了金缕甲挡过胸前一剑,却也被这人的凌厉真气击伤了肺腑,全身无力,眼见就要死于剑下。

黑衣蒙面人话语一出,江慈便认出他是易寒,心呼不妙,直扑了过来,在易寒长剑挺出的一瞬,扑在了崔亮身上。

易寒微微一愣,想起女儿燕霜乔,想起她临去上京时的殷殷请求,这一剑便怎么也刺不下去。不过他转瞬便恢复清醒,探手一抓,将江慈拎起,丢于一旁,再度挺剑向崔亮咽喉刺下。

# 第五十章

## 情似流水

龙吟之声忽然震破夜空，易寒纵是万分想取崔亮性命，也不得不腾身而起，避过裴琰自十余丈外拼尽全力掷来的一剑。

易寒落下，此时裴琰尚在五六丈外。易寒急速挺剑，再度向崔亮咽喉刺去。裴琰手中已无兵刃，眼见抢救不及，江慈却再急扑到崔亮身上。

易寒剑势微微一滞，这一剑便刺中了江慈的右臂，江慈痛呼一声，晕了过去。

裴琰狂喝着扑来，瞬间便到了易寒身后。易寒知今夜行刺已告失败，一道光芒耀目，将空手扑上的裴琰逼退一步，再挡开随之而来的长风卫的围攻，身形腾起，消失在茫茫夜色之中。

裴琰急速返身，将江慈抱起，崔亮也强撑着扑过来："小慈！"

江慈右臂血流如注，裴琰哗的一声将她衣袖扯下，点住伤口旁的穴道，运起轻功往医帐跑去，崔亮在长风卫的护卫下急急跟上。待凌承道等人围过来替江慈处理伤口，裴琰方才松了一口气，再想起之前的情况，实是险而又险。见崔亮进帐，面如白纸，忙探了探他的脉搏，知他被易寒内力震伤，需得将养一段时日，不由得怒哼一声："这个易寒！迟早要除掉他，为子明出这口恶气！"

崔亮压下胸中翻腾的气血，走到病床边，凌承道见他面色，忙道："还是我来吧。"

崔亮不言，拿过药酒，凌承道只得由他，过来向裴琰道："小江这一剑伤了骨头,得养上一段日子。"裴琰点点头,走至病床边,看着江慈昏迷的苍白面容,面上的急怒慢慢敛去,眼神也渐转柔和,还带上了几分赞赏之意。

白影闪入帐中,裴琰抬头,卫昭与他眼神相触,又望向病床上的江慈,胸口一记猛痛,强自抑制,快步走近,道:"子明没事吧?"

崔亮抬头看了看他,道:"我没事,幸得小慈舍命相救。易寒这一剑运了真气,她伤了骨头。不过易寒最后应是收了几分内力,否则她这条右臂便保不住了。"

裴琰与卫昭沉默不语,两人负手立于病床边,一左一右,看着崔亮替江慈处理伤口。崔亮扎好纱带,已是面无人色,额头汗珠涔涔而下。裴琰将他扶到一边躺下,为他输入真气。崔亮调息一阵,才稍稍好转。

裴琰回过头,却见卫昭仍静静地看着病床上的江慈。他走过去,脚步放重,卫昭抬头,冷声道:"易寒刺杀失败,桓军马上就会强攻。"

裴琰知事态严重,向凌承道道:"小慈一醒,你便来禀我。"顿了顿道,"给她用最好的药,军中若是没有,便派人回河西府取。"他终觉不放心,又道,"医帐人杂,将她送到我大帐休息,派个老成的人守着。"

崔亮也知大战在即,强撑着站起,长风卫过来将他扶住,一行人急匆匆出了医帐。卫昭跟着走出,又回头看了看病床上那个瘦弱的身影,心血翻腾,咬咬牙,强迫自己转身而去。


果然,易寒逃回关塞后不到三个时辰,天方亮,桓军便击响战鼓,三军齐出,蜂拥而来,攻向长风骑。长风骑训练多日,将崔亮传下的阵法练得如流水般圆润无碍,阵列有序,隅落相连。崔亮强压胸口疼痛,带伤登上最高的楼车,号角声配合他的旗令,指挥长风骑与桓军在回雁关前展开了殊死搏斗。

卫昭策马于裴琰身侧,冷眼看着战况,忽然间目光一凛,死死地盯住桓军一杆迎风飘扬的大旗,旗上正是张牙舞爪的"宁平"二字。

旗下,宁平王威猛如虎,左冲右突,手中宝刀不多时便饮了数十名长风骑将士的鲜血。他杀得兴起,面目愈显狰狞,在黎明曙色中,宛如阎殿修罗。

这把刀——是否也饮了父亲的鲜血?是否割破了母亲的咽喉?卫昭忽然仰

天而笑，劲喝一声，策动身下骏马，白影如流星，裴琰不及拦阻，他已直冲向宁平王。

卫昭冲出时便已拉弓搭箭，一路冲来，十余支长箭如流星般射出，无一虚发，转瞬将宁平王身边十余名将士毙于箭下。快要冲到宁平王身前时，他右手擎过马侧长剑，气贯剑尖，狂风暴雨般射向宁平王。

宁平王久经沙场，并不慌乱，双手托刀上举，身形在马背上后仰，挡过卫昭这倾注了十成真力的一剑，但他也被这一剑之力逼得翻身落马。

卫昭自马鞍上腾身飞下，招式凌厉狠辣，逼得宁平王狼狈不堪。再过几招，宁平王真气换转时稍慢一拍，卫昭长剑割破他的铠甲。宁平王暴喝下运起护体真气，卫昭这一剑方没有深入肋下，但也令他左肋渗出血来。

卫昭蓦然急旋，再度刺向宁平王。眼见宁平王躲闪不及，却听砰的一声巨响，却是易寒由远处大力掷来一块石头，挡住了卫昭的必杀一剑。

裴琰遥见易寒率着数百人将宁平王护住，将卫昭围在中间，心呼不妙。此时楼车上的崔亮也发现异样，令旗急急挥动几下，长风骑阵形变换，逐步向阵中的卫昭移动。崔亮再挥旗令，号角响起，令卫昭退回。卫昭却似是聋了一般，毫无反应，招招见血，剑剑追魂，仍向被易寒等人护住的宁平王攻去。崔亮无奈，再变旗令，长风骑虎翼变凤尾，上千人拥上将卫昭围住。卫昭似是疯了一般，欲冲破长风骑的围拥，直至剑下伤了数名长风骑将士才稍稍清醒。宁剑瑜持枪赶到，大喝一声，卫昭面无表情，腾身跃到宁剑瑜身后，两人一骑，回转帅旗下。

裴琰眉头微皱看着卫昭，卫昭满身血迹，目光冰冷，双眼通红，跃下骏马，也不说话，拂袖而去。

双方拼杀无果，各自鸣金收兵，回雁关前，徒留遍地尸首，满眼血迹。


裴琰等人回转中军大帐，见崔亮已面如土色，裴琰忙替他运气疗伤，又给他服下宫中的九元丹，崔亮才稍有血色。裴琰正待说话，躺于帐内一角的江慈轻哼了一声。裴琰与崔亮同时站起，崔亮急走到榻前，唤道："小慈！"

江慈睁开双眼，半响方忆起先前之事，看着崔亮好好地站在自己面前，开心地笑了笑。崔亮眼眶有些湿润,却也只是望着她微笑,说不出话来。

江慈坐起,裴琰上前将她扶住,声音也柔和下来:"起来做什么? 躺着吧。"

江慈目光在帐内扫了一圈,不见那个身影,面上闪过失望之色。崔亮看得清楚,道:"你本有寒气在身,未曾康复,现在骨头又伤了,我得给你换过一套蟒针进行治疗,到我帐中去吧。"

裴琰忙道:"就在这里施针好了。"

崔亮看了看旁边的宁剑瑜、田策等人,微笑道:"相爷,你们在这中军大帐商议军机要事,我又怎能静心替小慈施针。"说完转向江慈道:"能不能走动?"

江慈笑道:"只是手伤,当然能走。"


已近傍晚,阳光仍有些火辣辣的,卫昭正负手向营帐走来。将到帐前,崔亮在十余名长风卫的拥护下自东首而来,在他面前站定。

崔亮望着卫昭,微笑道:"崔亮斗胆,以后战场之上还请大人听令行事。"

卫昭静默须臾,道:"一时鲁莽,军师莫怪。"

"多谢大人。"崔亮一笑,"大人今日违反军令,本应以军规处置,但大人是监军,代表天子尊严,刑责可免,却需受小小惩罚。"

卫昭盯着崔亮看了片刻,淡淡道:"军师请说。"

崔亮神色淡静,道:"我要去大帐与相爷商议军情,却忘了带画好的车图。崔亮斗胆,请大人去我帐中取来,送来大帐。大人若不送来,我和相爷便会一直在大帐等着。"

卫昭也是心窍剔透之人,嘴角轻勾:"军师这惩罚的法子倒是新鲜,卫昭甘愿受罚。"

二人相视一笑,互相微微欠身,擦肩而过。


江慈得崔亮嘱咐,在他帐中安坐运气,右臂却仍是疼痛难当。她听了崔亮所言今日战场之事,满心记挂着那人,刚站起要出帐门,微风拂动,一人从外闪进来,将她抱回席上躺下。

此时天色渐黑，帐内有些昏暗，江慈仍可看见卫昭身上白袍血迹斑斑。她眼圈一红，却也说不出什么，只是下意识攥紧了他的手。

卫昭探了探江慈的内息，放下心来，却也心头微酸，良久方是一句："你胆子倒是不小。"

"三爷今日才知我胆大？"江慈嗔道，泪水却溢了出来。

卫昭伸手替她拭去泪水，炎热夏季，他的手犹如寒冰。

江慈更是难受，祈求地望着他："三爷，我们回去吧。"

"回去？"

"是。"江慈凝望着他，"我想跟三爷回……回家。"

卫昭茫然。家在何方？回家的路又在哪里？

江慈再攥紧些，卫昭却轻轻摇头："我的仇人在这里。"

江慈黯然地望着卫昭，却也不再劝，过得一阵微微一笑，轻声道："那好，三爷在哪里，我便在哪里罢了。"

卫昭慢慢反握住她的左手，凝视着她，低声道："以后别叫我三爷，叫我无瑕。"

江慈望向他的双眸，含着泪微笑，柔声唤道："无瑕。"

卫昭百感交集，片刻后方低沉地应了声，江慈偏头一笑，泪水仍是落了下来。

这一日，二人同在生死关口走了一遭，又都同时为对方悬了一整日的心，此时相见，反觉并无太多话说，只是静静地坐着，互相握着对方的手，便觉心静心安。

他冰凉的手在她的小手心里，慢慢变得温热。

江慈低咳了两声，卫昭摸了摸她的额头，眉头蹙起："发热了。"

"不碍事，崔大哥说会有两天低烧，熬过这两天就会没事。"她将他放在她额头的手轻轻拿下，紧紧攥住，犹豫半晌，终于说道，"无瑕，崔大哥是好人。"

卫昭心下了然，淡淡一笑："你放心，你拼着性命也要救他，我又怎会伤他？更何况他确是仁义之士。"

江慈放下心事，依在他怀中，闻着他白袍上淡淡的血腥气，再也没有说话，慢慢睡了过去。待她睡熟，卫昭再抚了抚她的额头，方将她放下，悄然出帐。

为防桓军夜间突袭，军营灯火通明，巡夜将士比以往多了数倍。卫昭一路走来,却恍觉眼前只有天上那一轮明月、数点寒星,像她的明眸,像她的笑容,一直陪伴着自己。


崔亮这夜为裴琰和宁剑瑜等人讲解《天玄兵法》中的天极阵法,他口才本就好,变化繁复的阵法经他一讲,变得极为清晰明了,满帐人听得浑不知时间。待帐外隐约传来换防的更鼓声,崔亮停住话语,众人才惊觉竟已是子时。

裴琰站起笑道:"子明辛苦了。今夜真是令我等大开眼界。"

宁剑瑜心痒难熬,过来拍了拍崔亮的左肩:"子明,不如你我抵足夜谈,我还有几处不明,要请子明指教。"

许隽过来:"一起一起,我也有不明白的地方。"

宁剑瑜作势踢他:"一边去!子明今晚是我的。"

崔亮忙道:"改日吧,小慈还在我帐中,我得去照顾她。昨夜若非她舍命相救,我便要死于易寒之手。"

许隽"啧啧"摇了摇头:"看不出这小丫头倒有一股子英雄气概,不错,比那些扭扭捏捏的世家小姐强多了,不愧是咱们长风骑出来的!"

裴琰微笑道:"我送送子明。"

二人快到崔亮军帐,崔亮立住脚步,笑道:"相爷早些歇着吧。"

裴琰看了看,道:"小慈似是睡了,不如子明去我帐中吧。"

"这两晚我得守着她。她患疫症时以身试药,伤了脏腑,未曾康复,眼下又受剑伤,如果这两日高烧不退,极为危险。"

裴琰面色微变,急行两步,撩帘入帐。崔亮嚓地点燃烛火,裴琰蹲下摸了摸熟睡过去的江慈额头:"烧得厉害。"他忽觉心头竟有微痛。

崔亮拧来湿巾覆于江慈额头,裴琰忽然端坐,握住她的左腕,运起至纯内力,沿着她手三阴经而入,在她体内数个周天,流转不息。崔亮忙取出蟒针,扎入江慈相关穴位。江慈昏睡中轻嗯了一声,却也未睁眼,依然沉睡。待觉她内息稳些,裴琰方放开她的左腕,再看了她片刻,道:"现在想起来,昨夜真是险。"

"是啊,若非小慈,我此刻已在阎王殿了。"崔亮苦笑一声,望着江慈的目光充满怜惜,"有时我觉得她比许多男子汉大丈夫还要勇敢。相爷有所不知,那时为找出治疗疫症的药方,我换了很多方子,小慈试药后疼痛的样子,凌军医他们都看不下去,她却还反过来安慰我们。"

裴琰闻言怔然不语,良久方道:"她变了很多。"

"是吗?"崔亮轻轻摇了摇头,"我倒觉得她天性纯良,从没改变。相爷太不了解她了。"

裴琰取下湿巾,再度浸入凉水之中。崔亮忙道:"还是我来吧。"

裴琰不语,拧了湿巾轻轻地覆在了江慈额头。江慈微微动了一下,口中似是说了句什么,声音极轻极含糊,崔亮没有听清,唤道:"小慈。"江慈却依然沉睡。

崔亮抬头,见裴琰面色有异,竟似有一丝他从未见过的伤感,却又好似还有几分愤懑与不甘。

"无瑕,我们回去吧……"

裴琰猛然站起,掀帘出帐,满营灯火都似很遥远,只有这句话不停在他耳边回响。


次日午时,裴琰召集诸将领齐聚中军大帐。宁剑瑜等人走进来时都微微一愣,只见裴琰端坐于长案后,甲胄鲜明,神情严肃,案上还摆着紫玉帅印。

裴琰平素平易亲和,与众人商议军情也总是谈笑风生,此时这般情形,令众人心中暗凛,忙按军职高低依次肃容站立。

待众人到齐,裴琰向安潞道:"去请卫大人。"

卫昭片刻后进来,看清帐内情形,在门口停立了片刻。

裴琰抬头望着他,眼睛慢慢眯起,声音淡然:"监军请坐。"

卫昭微微欠身,一撩袍襟,端然坐下。

裴琰正待说话,眼角余光扫过卫昭腰间,那处绣着的一枝桃花正静静开放。

主帅面沉如水,短暂的静默让帐内之人心头惴惴。

最后,裴琰终缓缓开口:"从今日起,全军熟练天极阵法。"

他转向崔亮,微笑道:"有劳子明。"

崔亮将连夜抄录画好的阵法图及注解发给众将领,裴琰道:"此阵法用来对桓军做关键一战,需操练多日。众将领一概听从子明号令,带好自己的兵,熟练阵法。"他顿了顿道,"此事仅限帐内之人知晓,如有泄露,斩无赦!"

众将领躬腰应诺,声音齐整,帐内便如起了一声闷雷。

卫昭面上神情平静,不发一言。

裴琰再沉默片刻,转向崔亮道:"军师。"

"在。"

"请问军师,如有阵前不听从军师号令指挥者,按军规该如何处置?"

崔亮心中明白,有些为难,却也只能答道:"阵前最忌违反军令、不听从指挥,凡有犯者,斩无赦。"

"都听清楚了?"裴琰声音带上了几分严厉。

一众将领慑服于他的严威,甲胄擦响,齐齐单膝跪地:"属下谨记!"

卫昭嘴角慢慢浮起一抹冷笑,他拂袖起身,负手而立,淡淡道:"卫昭昨日有违军令,且误伤了几名长风骑弟兄,请侯爷军法处置。"

"不敢。"裴琰神色淡静,道,"卫大人乃监军,代表天子尊严,裴琰此话并无针对大人之意。"

卫昭眼光徐徐扫过帐内诸人,再深深地看了裴琰一眼,大步出帐。

众人都觉这二人今日有些异样,见卫昭出帐,均暗中轻吁了一口气,但不到片刻,卫昭又返回来。众将领转头,见卫昭双手托着蟠龙宝剑,忙又齐齐下跪。

裴琰眉头微皱,无奈下从案后起身,正要下跪,卫昭却将蟠龙宝剑放于紫玉帅印旁,再向长案单膝下跪,冷声道:"卫昭有违军令,现暂交出天子宝剑,并请主帅军法处置。"

卫昭此言一出,一干将领大感震惊。卫昭飞扬跋扈、恃宠而骄之名传遍天下,传言中他见了太子也从不下跪行礼。这数月来,众人对他或避而远之,或见他与侯爷相处融洽,敬他几分。大家虽也在背后暗赞他武功出众,但在心底总存着几分鄙夷轻视之心,此时见他竟是如此行事,便都有了另一层看法。

裴琰慢慢坐回长案后,盯着卫昭看了一阵,面上涌出一丝浅笑,叫了一声:"卫大人。"

"在。"

"卫大人阵前违反军令,本来定要以军规处置。但大人乃监军,代表天子尊严,身份贵重,且大人并非我长风骑之人,以前也从未入伍,不识军规,情有可原。大惩可免,但小戒难逃。"

"卫昭甘愿受罚。"卫昭的声音漠然而平静。

裴琰沉吟片刻,道:"既如此,本帅就罚卫大人在帐内禁闭三日,不得出帐一步。"

卫昭也不答话,向裴琰微微躬腰,再双手托起蟠龙宝剑,出帐而去。

崔亮微笑道:"诸位对阵法有什么不明白的,尽管来问我。"

众人回过神来,见裴琰神色如常,便又齐齐围住了崔亮。


江慈这日烧得有些迷糊,睡了一整日,无力起身。帐外渐黑,仍未盼到那人身影,她躺于席上,一时在心底轻唤着他的名字,一时又担忧他在战场上激愤行事,一颗心时上时下,纷乱如麻。

正胡思乱想间,一人掀帘进来,帐内未燃烛火,江慈又有些迷糊,张口唤道:"无……"瞬间发现不对,将后面的字咽了回去。

裴琰面上笑容微僵,转而走近,点燃烛火,和声道:"可好些?"

江慈淡淡道:"好多了。"

裴琰伸手探了探她的额头,皱眉道:"怎么比昨日还烧得厉害些?"

"没有大碍,崔大哥说熬过这两日就好了。"江慈轻声道,"相爷军务繁忙,亲来探望,江慈心中有愧,还请相爷早些回去歇着。"

裴琰却微微一笑:"你救了我的军师,便如同救了长风骑,我来看望是应该的。"

说着拧来湿巾覆在她额头上,又柔声问道:"吃过东西了没有?"

江慈盼着他早些离去,忙道:"吃过了。"

"吃的什么?"

江慈噎了一下,道:"小天给我送了些粥过来。"

"白粥?"

"嗯。"

裴琰一笑："那怎么行？得吃点补气养血的。我命人熬了鸡粥，等下会送过来。"

江慈无力抬手，忙摇头道："不用了，啊……"她这一摇头，额头上的湿巾便往下滑，盖住了她的眼睛。裴琰忙将湿巾拿起，但江慈睫毛上已沾了些水，颇感不适，便拼命地眨了几下眼睛。

高烧让她的脸分外酡红，她拼命眨眼，一如当日在相府西园被草药抹入眼后的神态。裴琰有些想笑，却又笑不出来，只是将湿巾用力拧干，轻轻地替她擦去睫毛上的水珠。江慈却满心惦记着那人，怕他此时前来与裴琰撞上，便望着裴琰，轻声道："相爷，我要睡了。"

"你睡吧。"裴琰从身后拿出一本书，微笑道，"子明现在我帐中给他们讲解阵法，吵得很。我在这边看看书，清静一下，不会吵着你。"

江慈愣了一下，转而微笑道："可是相爷，我这人有个毛病，只要有一点烛火，我便睡不着。"

"是吗？"裴琰右掌一扬熄灭烛火，黑暗中，他微微而笑，"也好，我正要运气练功，我们互不干扰。"

江慈无奈，索性豁了出去，道："相爷，还得麻烦您出去，我……我要小解。"

大半年前在清河镇的往事蓦地涌上裴琰心头，他沉默片刻，淡淡道："萧教主今晚可不会来。"

江慈一惊，裴琰轻笑，笑声中带着些苦涩。笑罢，他站起来，道："你可不要又像以前一样，骗我说萧教主要暗杀你。"说着快步掀帘出帐。


第二日，江慈烧退了些，也有力走动，好不容易熬到天黑，便悄悄往卫昭军帐走去。卫昭正坐于灯下看书，见她进来，身形急闪，将她抱到内帐的竹榻上躺下，摸了摸她的额头，修眉微蹙，语带责备："烧没退，到处乱走做什么？"

江慈有些委屈，便抿着嘴望着他，眼中波光微闪。

卫昭一笑，低声道："我这三日不能出帐。"

江慈却是一喜："那就不用上战场了？"

卫昭一时无言,握住她的左腕输入真气。

江慈安下心来,轻声道:"无瑕。"

"嗯。"

"君子报仇,十年不晚。"

卫昭望上她的眼睛,秋水清瞳,黑若点漆,满含着温柔与期盼。他心中一暖,低声道:"你放心。"转而嘴角轻勾,"我若再冲动,少君罚我一辈子不能出帐,可怎么办?"

江慈这才知前因后果,忍不住笑了出来:"那我也去违反军令,让他罚我和你一同关禁闭,关上一辈子。"

"那如果他将我们分开关上一辈子,怎么办?"

江慈想了想,笑道:"那我们就挖条地道,每天偷偷见面……"她眼中闪着俏皮的光芒,卫昭也忍不住大笑。

正笑间,卫昭面色微变,放下江慈的手,迅速闪到外帐,坐回椅中。

帐外传来了裴琰平静的声音:"三郎。"

"侯爷请进。"卫昭翻过一页书,从容道。

裴琰含笑进来,微微摇头道:"三郎还生我的气?"

"不敢。"卫昭斜睨了他一眼,依旧靠于椅中看着书,口中闲闲道,"我还得感谢侯爷饶我一命。"

裴琰大笑,在椅中坐下,道:"多谢三郎配合我演这场戏。要知这天极阵法最重军令如山,不让这些猴崽子知道点厉害……"

卫昭淡淡打断他的话:"少君不必解释,我正喜清静,倒还希望少君多关我几天禁闭。"

"是吗? 看来三郎这里比我那中军大帐还要舒服。"裴琰笑着站起,负手往内帐走去。卫昭身形一闪,挡在了他的面前。

二人眼神相交,互不相让。裴琰唇边笑意不敛,卫昭眸色冰冷,直视着他。

片刻后,二人同时听到江慈憋了半天没憋住的一声低咳。

卫昭也知以裴琰耳力,一进来便已听出江慈的呼吸声,索性向裴琰一笑,走入内帐,见江慈要下榻,过去将她按住,道:"躺着吧,别跑来跑去的。"

江慈向他温柔地笑着,道:"我还是回自己的营帐,你和相爷有事要商量,我回去就睡,会好得快些。"

卫昭道:"好。"俯身将她扶起。

江慈走过裴琰身边,也未看他,只是微微欠身行礼。

待她远去,卫昭转身笑道:"少君请坐。"

裴琰尽力维持面上笑容,道:"不打扰三郎休息,告辞。"

"少君慢走。"

往左是去她的帐篷,往右是回中军大帐。

营地的灯火下,她纤细的身影逐渐远去,裴琰默立片刻,转身向右。

中军大帐内,崔亮仍在给众将领讲解天极阵法,声音清澈:"诸位都见过流水里的漩涡。这天极阵法取流水生生不息之意,各分阵便如同一圈圈水纹,将敌军截断,而在这一圈圈水纹之中呢,便是这个如漩涡般的阵眼。"

裴琰负手立于帐门口,薄唇轻抿,默默地听着。

"漩涡之力一旦形成,将把一切吞噬,这股因旋转而产生的巨力,无法抵挡……"


夏去秋来,山间的风一日凉过一日,军营边的一棵桂花树也慢慢释放出浓香,默默看着玄甲金戈、杀戮征战,在这回雁关前进行了两个多月。

梁、桓两国大军于回雁关前激战数十场,双方奇招频出,却是谁也无法取胜。桓军固无法南下,长风骑也没能再收复失土,两国战事陷入长久的胶着。

八月十二。

斜晖脉脉,也不再像两个月前一般炎热,带上了几丝秋意。

马蹄声落如急雨,拍打在山路上,不多时便疾驰进军营。

江慈和小天由马上跃下,从医帐出来的长风骑纷纷笑着和她打招呼:

"江军医回来了!"

"江军医从河西带了什么好吃的回来?"

江慈笑着从马鞍上解下大袋药草，与小天抬入医帐。趁凌承道不注意，偷偷将用油纸包着的一包芝麻饼塞给了一名不过十七八岁的伤兵。那伤兵断了一条胳膊，接过芝麻饼，眉开眼笑地奔了出去。凌承道转身，江慈与小天眨了眨眼睛，笑着走开。

待天色全黑，小天洗净手出了医帐，回头向江慈使了个眼色，江慈过得一阵也跟了出去。二人悄悄拿出医帐后的麻袋，偷偷往营地附近的山上溜去，不多时便转到一处灌木丛后。药童小青与小冲正等得着急，一见二人过来，抢过麻袋，拎出里面的山鸡，笑道："怎么这么慢？"

小天笑道："不是怕凌老头子发现吗？这可是我和小江好不容易才捉住的。"

"要是你们天天去河西府拿药就好了，那就天天有烤鸡吃。"

江慈忍不住敲了一下小青的头："你当次次能撞上山鸡啊，我和小天也是捉了半天才捉到。再说，如果再也不用去河西拿药，就证明长风骑再无伤兵，那才是好事。"

小青嘿嘿而笑，掏出匕首将山鸡开膛破肚。

江慈来了兴趣："别烤，我弄个叫花鸡给你们吃。"

三人早对江慈厨艺有所耳闻，自是大喜，递上偷来的油盐之物。江慈熟练炮制，三人看得目不转睛，不停咽着口水。

将泥鸡埋入火堆下，江慈拍去手中泥土，笑道："好了，等小半个时辰再挖出来，就可以吃了。"

四人共事数月，结出了深厚的情谊，此时说说笑笑，又干着偷食烤鸡的"大事"，自是畅心。

秋风送来阵阵桂香，江慈在心中算了算日子，恍然愣住。待叫花鸡出土，她悄悄地用大萝叶包了一块，放在身后。

四人吃得极为过瘾，完事后偷偷溜向军营。江慈忽觉腹痛，往一边的小树林跑去，小天等人自回军营。快到医帐时，正撞上裴琰带着长风卫巡营。他盯着小天看了一阵，小青壮起胆子看了看，小天嘴角还沾着一丝鸡肉，无奈三人只得老实招供。裴琰听到"叫花鸡"三字，眼神一闪，淡淡道："江军医呢？"

小天只得往小树林指了指。

穿过小树林,再往营地西面走上约一里半路,有处小山坡。江慈趁着夜色溜至山坡上,在一棵松树下停住脚步,喵喵叫了两声。过了一会儿,树上也传来两声极不情愿的猫叫声。江慈笑着攀到最大的树杈处,卫昭靠着树干,转着手中的玉箫,凤眸微斜:"约我来,你自己又迟到。"

江慈一笑:"我认罚,所以带了样东西给你。"说着从怀中取出用大萝叶包住的叫花鸡,递给卫昭。

"哪来的?"

"和小天在路上捉到的。"

卫昭撕了一块鸡肉送入口中,眼中有着微微的沉醉。

待他吃完,江慈慢慢靠上他的肩头,遥望夜空明月,轻声道:"无瑕。"

"嗯。"

"记不记得今天是什么日子?"

卫昭算了算,也是满心感慨,良久方道:"当初谁让你去爬树的,吃了这么多苦,也是活该。"

江慈柔声道:"我不后悔。"又仰头看着他,嗔道,"不过,我要你向我赔罪。"

"怎么个赔法?"卫昭微笑。

江慈想了想,粲然一笑:"你给我吹首曲子吧。"

"这么简单?"卫昭又觉好笑,又有些心疼,终伸手将她抱住。江慈小小的身子蜷在他怀中,就像一只温顺的小猫,他一时情动,忍不住低头吻上了她的唇。

二人这两个月来各自忙碌,见面极少,有时在军营碰到,只是相视一笑,偶尔相约见面,也只是找到这处隐秘所在,说上几句话,便匆匆归去。

此刻夜凉如水,秋风送香,唇齿一点点深入,江慈也揽上了他的脖颈。他的吻如春风一般温暖,她气息渐急,觉自己就要融化为一波秋水,忍不住低吟了一声。

卫昭也觉呼吸不畅,抱住她的双手似是想要做些什么,却又不知该往何处去。她唇齿吐香,让他浑身似要爆裂开来,听到她的这声低吟,更是脑中轰然一响,猛然用力将她抱紧,唇舌交缠间,呼吸渐急。

江慈天旋地转,早已不知身在何方,只是腰间似要被他箍断了一般,痛哼出声。卫昭悚然清醒,喘着气将她放开。月色下,她面颊如染桃红,他心中一荡,暗咬了一下舌尖,才有力气向旁挪开了些。

江慈待心跳不再如擂鼓一般才坐了过来,轻轻地握住了他的右手,仰望着他。他的黑发垂在耳侧,衬得他肌肤如玉,面容秀美无双,月光透过树梢洒在他的身上,一如一年之前在树上初见时那般清俊出尘,江慈不由得看痴了。

卫昭平静一下心神,轻声道:"我吹首曲子给你听。"

"好。"江慈顿了顿道,"以后你天天吹给我听。"

玉箫在唇边顿了顿,以后……谁知道以后会如何?卫昭缓缓闭眼,箫音婉转,欢悦中又带着点淡淡的惆怅,在树林中轻盈地回绕。

江慈依在他怀中默默地听着,唯愿此刻,至天荒地老。


将近中秋的月是这般明亮,将裴琰的身影拉得很长很长。

他负手站于小山坡下的灌木丛后,遥望着她奔上小山坡,遥听着这细约的箫声响起,风中还隐约传来一丝她的笑声。

直至箫声散去,那个修韧的身影牵着她的手自山坡而下,她口里哼着婉转的歌曲。直到二人悠然远去,他也始终没有挪动脚步。

一年时光似流水,一切都已随流水逝去,唯有流水下的岩石,苔色更深。


眼见快到军营,江慈停住脚步,望向卫昭。卫昭只觉月色下,她浑身上下无一不是温柔之意,不由得握住她的手:"想说什么?"

江慈依上他的胸前,轻声道:"再过三日是中秋节。"

卫昭明白她的意思,心尖处疼了一下,忽然仰头而笑:"好,今年……"却再也说不下去。

江慈心中一酸,接着他的话道:"以后,我们便是亲人,每年都在一起过节。"

卫昭望向天上明月,以后……真能得她相伴,度过一个又一个月圆之夜吗?

# 第五十一章

## 花朝月夜

卫昭一进帐，看清帐内之人，冷声道："你怎么来了？不是让你看着宫中吗？"

易五满身尘土，趋近细禀："庄王爷让小的来传个要紧的话，一定要亲口和主子说，不能以密信方式传。"

"说。"

易五将声音压低："王爷说高氏有笔宝藏，本藏在河西府的隐秘所在，但河西府失守后不翼而飞了。王爷详细查过，国舅爷殉国的时候，还没来得及将宝藏运出去，王爷怀疑是落在裴琰手中了。"

卫昭想了想，冷笑一声："他猜得倒是没错，可已经晚了，裴琰早拿来做了顺水人情，去收买民心了。"

"王爷也是这么认为，但王爷要小的来，并不是为这个。"

"说。"

易五声音压得更低："主子上次传信给王爷说的事，王爷说考虑得差不多了，但河西军仅余两万来人，王爷想尽法子才没让太子将这些人再派上前线送死，稳在了朝阳庄。眼下军粮虽不致缺，派发的兵器却是最差的。"

卫昭淡淡道："我也没办法给他变一批出来。"

"王爷说他有法子，但得主子想办法给他运回去。"

"哦?"

"王爷说,高氏宝库是库下有库。"易五缓缓道。

卫昭面上渐涌笑意:"这倒有趣。"

"是,高氏宝库分为上下两层,上面藏的是高氏上百年来留下的金银珠宝。而下面一层十分隐秘,开启的方法,除了国舅爷和贵妃娘娘以外再无人知晓,藏的正是可以装备上万人的甲、刀、剑、戟、枪、弓矢等精兵利器。贵妃娘娘薨逝前将这个秘密告诉了王爷。"

卫昭眼睛渐亮,沉吟道:"原来高氏一族早有反意。"

"兵器库极为隐秘,王爷估计裴琰的人只找到了上层的宝藏,肯定未料到下层还有大量兵器。现在河西府都是裴琰的人,王爷想请主子想办法将这批兵器启出来,秘密运回朝阳庄河西军中,交给高成。"

卫昭眉头微皱:"这么多兵器,怎么运?"

"王爷派了一些人来,都秘密进了城,打算花一段时日分批将武器运走。但车队如何躲过搜查、安全出城,王爷说只有主子才有办法。王爷请主子尽早想法子将兵器运回去,裴子放和董方有要向高成下手的迹象。"

卫昭想了想,不由得心情畅快,笑道:"法子我倒是有,可又得让某人捡个便宜。"


裴琰默默回转大帐,宁剑瑜正与崔亮对弈,已是被逼至死局,见裴琰进来,如获大赦,笑着站了起来。裴琰看了看棋局,道:"子明功力见长。"

宁剑瑜笑道:"我怀疑他一直藏私,想跟他借棋谱看看,偏生小气。"

裴琰来了兴致,往棋盘前一坐:"子明,你也别藏着掖着,正式和我下一局。"

"好啊。什么彩头?"崔亮将棋子拈回盒内。

"子明但有要求,无不应允。"

两人这一局厮杀得极为激烈,崔亮边下边道:"这样下去不是办法。"

裴琰微笑道:"宇文景伦比我们更难熬,我给他加了把火,估计快把他烧着了。"

"哦?"

见二人都目光炯炯地望着自己,裴琰一笑:"也没做什么,只是请人教桓国的皇太子说了几句话而已。估计这话也快要传到宇文景伦耳朵里了。"

卫昭挑帘，立于帐门口微笑道："少君。"

崔亮和宁剑瑜见这情形，便都退了出去。

卫昭含笑入帐，裴琰给他斟了杯茶，道："三郎今日心情怎么这么好？"

卫昭一笑："没什么，想起佳节将至，想送少君一份大礼。"

"哦？"

"礼是什么我暂且不说，但我得先向少君讨块令牌。"

裴琰从案后取出令牌掷给卫昭，卫昭单手接住："少君倒是爽快。"

"若这点诚意都无，三郎怎会与我合作？"裴琰微笑道，又有些好奇，"三郎别卖关子，到底是什么大礼？"

卫昭轻声述罢，裴琰眼神渐亮，二人相视大笑。

裴琰道："看来得劳烦三郎走一趟河西府，我是主帅，走不开。"


宇文景伦这日却是少有的烦闷，滕瑞也觉颇为棘手。太子在桓皇面前进了谗言，桓皇这道暗旨表面上是询问军情，实际隐含斥责与猜疑。毅平王和宁平王为了争功争粮草，两个月来也是争吵不休，偏后方麻烦不断，大批士兵死于暗袭，粮仓也被烧了多处。如若国内再出乱子，粮草跟不上，这十余万大军便要饮恨回雁关。

宁平王气哼哼入帐，大剌剌坐下，道："景伦，你看着办吧。"

宇文景伦知毅、宁二军又为粮草一事起了争执，与滕瑞相视苦笑，只得又将自己军中的粮草拨了一部分给宁平军，宁平王方顺了些气，告辞离去。

滕瑞道："王爷，这样下去不行，得另想办法。"

宇文景伦思忖良久，在地形图前停住脚步，道："先生，你过来看看。"

顺着他目光看去，滕瑞思忖片刻，微微点了点头："倒不失为良策。"

"父皇一直惦着桐枫河的水源，若能赶在今冬前拿下，开渠引水至凉贺十二州，赶上明春春耕，父皇就不会对我力主南下征战有意见了。"

"是，皇上是见我军久劳无功，虽占了梁国多处州府，却得不偿失。若能将月落收了，必能堵太子的嘴。"

宇文景伦一向稳重，这时也有些微兴奋："更重要的是，如果能攻下长乐、征服月落，我军便可由月落山脉直插济北、河西，夹击裴琰！"

滕瑞却仍有些顾虑："可月落并不好打，虽说其族长年幼，但辅佐他的那个明月教教主不太好对付。当初他派人暗中与我们联络，告知魏正山会谋反，我便觉此人绝不简单。"

宇文景伦微微一笑："三皇叔曾率兵打过月落，对那里相当熟悉，定有胜算。"

滕瑞一听即明。眼下战事胶着，横竖是啃不下长风骑，毅、宁二王又纷争不断，不如将宁平王调开，让他去攻打月落。若是得胜，自是上佳，若是不成功，却也可暗中削弱宁平王的势力，毕竟宁平王在诸位皇子之中，一直有些偏向于皇太子。

滕瑞想了想道："只是宁平军现在兵力不足，只怕拿不下月落。"

"那就将东莱、郓州等地的驻军调一部分给他。咱们这里兵力还是占优，拖住裴琰不成问题，再视那边的战况决定是否调兵。只要三皇叔能顺利拿下月落，插到济北，不愁裴琰阵脚不乱。"

"倒也妥当，就是不知宁平王愿不愿意？"

宇文景伦笑道："这个你放心，三皇叔对月落垂涎已久，当年未能拿下月落，对他来说是生平大憾。在这里他憋闷得很，现在将他往西边这么一放，他求之不得。"

滕瑞心中却有另一层担忧，碍于目前形势，终压了下去，只想着乱局尽早平定，日后再做挽救，倒也未尝不可。毕竟走到这一步，已经没有回头路了。

他满怀心事出了大帐，登上关塞遥望南方。天际浮云悠悠，天色碧蓝，他也只能发出一声叹息。


转眼便是中秋，岚山明月映照着连营灯火，山间的桂花香更浓了几分。

桓军这几日颇为平静，长风骑则内紧外松，双方未再起战事。

因是中秋佳节，裴琰吩咐下去，伙夫给将士们加了些菜，还给伤兵送来了难得的鸡汤。

长风骑许多将士都是南安府、香州一带人士，月圆之夜，自是思念亲人，有的更感伤于许多弟兄埋骨异乡,唱上了家乡的民谣。

江慈这日无须值夜,见明月东悬,便溜进了先锋营的伙夫营帐。伙夫庆胖子曾在战役中被大石砸伤了脚,江慈每日替他敷药换药,两人关系颇佳。

见她进来,庆胖子笑着努了努嘴。江慈一笑,揭开蒸笼,往里面加水,又从袋中取出一些东西。庆胖子过来看了看,道:"你倒是心细,还去摘了桂花。"

江慈手脚利索地将桂花糕蒸好,递了一块给庆胖子,其余的用油纸包好,揣在怀中。刚出锅的桂花糕烫得她胸前火热,她悄悄溜到卫昭营帐前,遥见帐内漆黑,微微一愣。走近见帐边摆着几颗石头,呈菱角形,竟是两人约定好的暗号:他有要事,不能前去小山坡。江慈不禁大失所望。

八月十五的月华瑰丽夺目,山间桂花、野菊、秋葵争相盛开,馥郁清香,浓得化不开来,直入人的心底。

江慈仍到小山坡转了一圈,未见他的身影,怅然若失。

怀中的桂花糕仍有些温热,她在山野间慢慢地走着。夜风吹来,忽听到一阵隐隐约约的笛声,她心中一动,悄悄向右首山峰走去。

沿着山间小路走了半里路,笛声更是清晰,江慈由山路向右而拐,遥见前方空地处有两个人影。她忙闪身到一棵松树后,凝目细看,其中一人的身形竟有些似裴琰。她忙悄悄往后退出几步,裴琰却已发觉,转头喝道:"谁?"

旁边安潞也放下手中竹笛,疾扑过来。

江慈忙道:"是我!"安潞身形停住,裴琰走近,眼神明亮,透着一丝惊喜,望着江慈笑道:"你怎么到这里来了?"

"啊。睡不着,出来走走。"

裴琰挥了挥手,安潞会意,大步下山。

江慈见他离去,此间仅余自己与裴琰,裴琰的眼神又有些灼人,心中不安,笑道:"我不打扰相爷赏月了。"转身便走。

"小慈。"裴琰的声音有些低沉,见江慈停住脚步,他顿了顿道,"三郎今夜赶不回来。"

江慈忙转身问道:"他去了哪里?"

裴琰微笑道："这可是绝密军情，不能外泄的。"

江慈转身便走，裴琰身形一闪，拦在她的面前，轻声道："你陪我赏月，说说话，我就告诉你三郎去了哪里。"

江慈想了想道："相爷说话算数?"

裴琰微微笑了笑，道："骗你做什么?"

他在一棵古松下的大石上坐下，江慈默立于他身侧。

山间的月夜这般宁静，二人似都不愿打破这份宁静，都只是静静望着山峦上缓缓升起的一轮明月，长久地沉默。

秋风忽盛，裴琰醒觉，转头道："坐下吧，老这么站着做什么?"

江慈在他身边坐下，裴琰忽然一笑。

江慈瞬间明白他笑什么，想起当日相府寿宴，他、无瑕与自己各怀心思，今日却又是另一番景象，世事无常，难以预料，不由得也笑了笑。

"小慈。"

"嗯。"

"你以前的中秋节是怎么过的?"

江慈被他这一句话带起了无限回忆，仰头望着天际明月，轻声道："很小的时候呢，和师父、师叔、柔姨、师姐一起赏月，看师父和师叔下棋，听柔姨唱曲子，那时人最齐;后来柔姨死了，师叔也经常在外云游，只有我和师父、师姐三个人过节;再后来，师父也不在了，就我和师姐两个人。现在，连师姐也……"

裴琰心中略有歉疚，转头望着她道："你除了师姐，便再无亲人了吗?"

"还有师叔。"

"哦，对，好像听你说过，叫花鸡也是他教你做的。"

"嗯，不过我也不知道他现在何处。都怪我不该离家出走，让他和师姐出来找我，到现在也杳无音信。"江慈心中涌上愧意，话语便有些伤感。

裴琰叹道："你回邓家寨，他迟早有一天会回去的。"

江慈低下头，不再言语，过得片刻，转头道："相爷，您呢? 以前中秋节是怎么过的? 您家大业大，亲人也多，定是过得很热闹。"

裴琰愣住，良久，苦涩道："是，每年都过得很热闹。"

他刚祭奠过安澄，又聆听了军中士兵所唱的南安府民谣，这时再想起安澄及死去的长风卫弟兄，面上便带上几分伤感、惆怅。

江慈抬头看着裴琰，月光照在他的身上，没有了平日的意气风发、咄咄逼人，反倒带着几分倦意。她叹了一声，轻声道："相爷，有些事情过去了就不要再想了，安大哥看到您这样子，也会不开心的。"

裴琰未料她竟猜中自己的心事，下意识偏过头去看了她一眼。江慈却不再看他，只望着月色下的山峰，悠悠道："有一年中秋，师父告诉过我一句话。她说，月儿呢，圆了后会缺，但缺了后又会圆。就像人，有相聚，就会有分离，相聚的时候要懂得珍惜，一旦分离了也要放得下。生老病死，带来的总是相聚和分离，就是至亲的亲人，也不可能陪您一辈子的。"

"亲人？"裴琰思绪有些飘摇，望着圆月轻声道，"小慈，到底什么是亲人？"

亲人？江慈想起卫昭，情不自禁地微笑起来，话语也带上了几分甜蜜："我也说不好，依我看，亲人就是在你孤单的时候和你说说话、你冷的时候给你暖暖手的人。你痛苦的时候呢，他恨不得和你一样痛苦；你欢喜的时候，他比你更欢喜；你有危难的时候，他绝不会丢下你。"

裴琰从未听过这样的话，半晌方低声道："原来这才叫亲人。我一直以为，有血缘之亲的，才是亲人……"

江慈笑了笑，道："这世间多少有血缘之亲的人，嫌贫爱富，见死不救，忘情负义，甚至有为了权势富贵谋害亲人的，他们之间又何谈亲情？说句大胆的话，贫贱之家反倒比那些达官贵人更有人情味。"

裴琰默然不语，江慈也觉自己说过了些，忙道："相爷，我觉得您和宁将军他们情同手足，倒真如亲人一般。"

裴琰被她这话说得心头一畅，笑道："不错，他们个个都是我的手足，都是可以为我拼命的，我们也算是生死之交，便如亲人一般。如此说来，我倒是这世上亲人最多的人。"

江慈侧头望着他俊朗的笑容，轻声道："所以啊，相爷，您应该高兴才对。您现在不但有这么多弟兄,还有那么多老百姓真心爱戴您。这河西府的百姓,可家家户户都供着相爷和长风骑将士的长生牌位呢。"

她娓娓劝来,声音清澈如泉水,眼神明亮若秋波,裴琰一时听得痴了。这样的月色,这样的解语之花,让他心旌摇荡,他怀着最后一丝希望,柔声唤道:"小慈。"

"嗯。"

裴琰犹豫了一下,问道:"你那时……恨不恨我?"

江慈想了想道:"说实话,当时恨……恨他多一些。相爷虽也逼我服下毒药,将我软禁,但对我倒还算不错。"

"那你为何……"

江慈垂眸不语,良久方道:"相爷,您站得太高了。"

裴琰愣了一下,道:"站得太高?"

"是啊。"江慈微笑道,"相爷站得太高,高到您说的每句话我都听不清楚,您所做的每件事情我都看不明白。我总觉得,您离我很远很远。"

裴琰默默咀嚼着她这番话,怅然若失。

"谁啊? 是挺可怜的。"

"相爷是在这西园吃饭,还是回您的慎园?"

"我服侍你可以,你不得欺负我,也不得把我当奴才般指使。"

"相爷爱欺负人,为何不去欺负那个何家妹子,或是那个杨家小姐? 偏在她们面前一本正经、人模狗样的。"

花朝月夜,如指间沙漏去,这样的声音,再也听不见了……

江慈却惦记着卫昭,见裴琰神色恍惚,便轻声问道:"相爷,他……"

裴琰站起来,道:"他去办点事,该回来的时候,自然就会回来。"

江慈见他又骗了自己,不由得有些恼怒,但马上又想开来,微微一笑:"也是,他向来说话算话,自然会回来的。"

裴琰大笑,笑声中,他身形远去,消失在夜色之中。


月上中天,时光如沙漏,逝去无声。

马蹄声疾如暴雨,卫昭白衫轻鼓,抽打着身下骏马,疾驰向回雁关。

兵器运得极为顺利,竟比预料的要早了半天,也许……真的可以赶在这月圆之夜,过一个真正的中秋节吧?

骏马奔到小山坡下,希聿聿一声长嘶,止住奔蹄。

山坡上,大松树下,一个人影静静而立,看着他跃下骏马,看着他急奔上山坡。

她扑入他的怀中,他张开双臂紧紧地抱住了她。

她闻着他身上淡雅的气息,听着他剧烈的心跳,说不出一句话来。

他闻着她发间的清香,感受着她身上的温暖,也说不出只言片语。

月过中天,一分分向西飘移,江慈终想起怀中的桂花糕,啊了一声,将卫昭推开,取出一看,早已压得扁了,不由得嗔道:"又冷又硬又碎了,看你怎么吃。"

卫昭笑着接过,揽上她的腰间,跃上大树,让她依在自己怀中,仰望天上明月,将桂花糕送入口中,笑道:"我就爱吃又冷又硬又碎的。"

江慈闭上双眸,轻声道:"明年,我给你蒸最好的桂花糕。"


秋雨下了数日才停住,月落山的枫林在秋雨的洗映下,红得更是热闹。

族长木风长高了不少,透出些英武的气质,一套剑法也使得像模像样。站于一旁的萧离和苏俊互望一眼,都从对方眼中看到欣慰之意。萧离想起远在河西的卫昭,神情黯然,待木风收剑奔来,方才舒展开来。

戴着面纱的程潇潇掏出丝帕,替木风拭去额头上的汗珠。

萧离冷冷道:"小圣姑。"

程潇潇心中一凛,忙退后两步:"是。"

"族长是顶天立地的男子汉,何须他人擦汗。将来即使是流血,那也只能由他自己吞下去。"萧离的话语透着威严。

木风颇以为然,也不拭满头汗珠,道:"都相言之有理,干脆把我院中那几个婢女也撤了吧。"

淳于离返回月落,便复原名为萧离,应"教主"之邀、族长之令,担任了月落的都相一职。数月来,他训练军务,执掌内政,月落诸事渐有起色。他手腕高超,城府深沉,连圣教主都对他言听计从,各寨主对他也不得不心悦诚服。

萧离记得卫昭所嘱,回来后便毒杀了乌雅,又让苏俊正式收木风为徒。

木风聪慧,萧离与苏俊一文一武悉心栽培,见他进步神速,倒也颇为欣慰,觉得不负卫昭一片相托之意。

想起那人,萧离的面上便带了几分思念之意,木风看得清楚,仰头笑道:"都相在思念什么人吗?"

萧离回过神,一笑:"正是。"

几人往山海院走去,木风边走边道:"都相思念的是何人?"

"一个让我尊敬的人。"

"哦?能让都相尊敬的定非常人,都相何不引我相见?"

"族长自会有与他相见的一日,他若见到族长文武双全,定会十分欣喜。"

平无伤急匆匆过来,在山海堂前拦住了众人,也不及行礼,快速道:"事情不妙,桓军包围了长乐城。"

萧离一惊。梁、桓开战之后,长乐一直留有一万多名驻军,以防月落生乱或是桓军入侵,也一直是桓国与月落之间的一个缓冲。现在桓国大军开来,包围长乐城,只怕下一个目标就是月落。他与卫昭一直暗中联系,卫昭也一直叮嘱他严防桓军入侵,眼下看来,倒被卫昭不幸言中了。他与苏俊对望一眼,转向木风道:"请族长下令,紧急备战,守住流霞峰和飞鹤峡!"

木风也知事态严重,忙取出族长印章,萧离双手接过,转向程潇潇道:"备马,去流霞峰!"


桓军平静了相当长的一段时日,长风骑却是不敢放松,日日厉兵秣马。当西边的信息抵达军营,却是一个秋高气爽的艳阳天。

裴琰折起密函,吐出简单的四个字:"长乐被围。"

崔亮一惊抬头:"危险!"

"是。"裴琰落下一子,"月落危矣!"

"眼下情形,月落与我们是一荣俱荣、一损俱损。若是桓军拿下月落,济北必将沦陷,到时夹击河西,只怕……"

裴琰靠上椅背:"可我们鞭长莫及,也没有兵力再去管月落的事。"

崔亮不言,低头间眼神微闪,在西北角落下一子。

卫昭入帐,崔亮便即告辞,卫昭见这局棋还未下完,便在裴琰对面坐了下来。

裴琰却是微笑:"三郎,今日阳光甚好,出去走走?"

"少君请。"卫昭将棋子一丢,爽快起身。

二人负手而行,如至交般轻松畅谈,待到营地西面的山峰下,裴琰屏退长风卫,与卫昭登上峰顶。

峰顶,白云寂寂,草木浮香,二人微微仰首,俱似沉醉于这满天秋色之中。

卫昭忽然一笑:"少君有话直说。"

裴琰微笑:"看来三郎还未收到消息。"他从袖中掏出密函,递给卫昭。卫昭接过细看,修眉微微蹙起,目光变得深刻冰冷,合上密函,良久无言。

"三郎,我们数次合作都极为愉快,只是以往多有得罪,今日裴琰诚心向三郎告罪。"裴琰退后两步,深深一揖。

卫昭将他扶起,裴琰转身遥望关塞,叹道:"以往我只将三郎视为生平对手,这半年来却携手对敌,生死与共,这心中早将三郎视为生死之交。"

卫昭沉默了一会儿,道:"少君倒也会说这等酸话。"

裴琰大笑,道:"却也是真心话。"

卫昭心中激流汹涌,面上却仍淡淡:"我明白少君的意思,只是事关重大,关系我月落全族安危,我得想一想。"

"三郎,裴琰此番请你相助,确是诚心为你月落一族着想。眼下宁平王率军包围长乐,只怕紧接着便会向你月落开战,以其凶残性情和与月落的宿怨旧仇,你的族人只怕要面对一场残酷血腥的大屠杀,此其一。

"此番宁平王率军攻打月落,绝非以前掳掠人口、抢夺财物那么简单。此次他是要彻底地吞并月落,将月落变为桓国的领土,继而通过月落南下攻打我大梁,以图吞并我朝。到时天下尽陷桓军铁蹄之下,月落再无立藩的希望,只怕还有灭族危险,此其二……"

"少君不必多说。"卫昭冷冷道,"等我收到准信了,自会给一个答复。"

"那我就再耐心多等几日。"裴琰面色严峻,"我也知要请三郎出兵相助,事关重大。我只是想告诉三郎,月落若想立藩,朝中阻力强大,若没有相当充分的理由,怕是很难堵悠悠众口,日后也容易有变数。"

卫昭不语,裴琰又道:"现如今,形势远远超出我们当初合作时的预期,我也未料到桓军凶悍若斯。可打到眼下这一步,三郎,只怕我们不倾尽全力拼死一搏,就会有灭族亡国之险!"

"我月落地形险要,若是死守,桓军不一定能拿下。但若我应少君请求,贸然出兵与你一起夹击宇文景伦,那便是公然与桓国撕破脸皮。成则好,若败,我月落将陷于万劫不复的境地。"卫昭话语沉静冰冷。

裴琰嘴角含笑,缓缓道:"只怕三郎想守,宁平王不让你守!"他话语轻细,却在说到"宁平王"三字时稍稍加重。

卫昭修眉紧蹙,拂袖转身:"少君少安毋躁,我自会给个答复。"

"三郎!"

卫昭停住脚步,却并不回头。

裴琰轻声道:"三郎若有要求,尽管提出来。"

卫昭一笑,白影轻移,风中送来他的声音:"少君这么客气,卫昭可担当不起。"


这日江慈正在崔亮帐中向他请教心疾的治疗之法,忽听到熟悉的脚步声,心中一动,挑帘出帐,左右看了看,见护卫的长风卫站得较远,便轻声道:"怎么到这里来了?"

卫昭看入她的眼底,微笑道:"我来找子明。"

江慈面颊一红,崔亮出来道:"卫大人。"

"今夜月色甚好,我想邀子明一同登山赏月,不知子明可愿给卫昭这个面子?"

崔亮想了想,含笑点头:"卫大人有邀,自当奉陪。"

江慈跟上,卫昭与崔亮同时转头:"你早些歇息。"

江慈不由得笑了出来:"那好,你们二位就尽情赏月吧。"

卫昭一笑:"子明,请。"见长风卫欲待跟上,卫昭转身冷笑。长风卫知他身手,不虞崔亮遇刺,便也不再相随。

秋夜清浅,月华如水,山间不时有落叶沙沙的声音。

二人静悠悠地走着,不多时便登上峰顶。站于峰顶遥望关塞南北,灯火连营,崔亮不由得叹了口气。卫昭看了他一眼,双目炯炯:"子明因何叹气?"

崔亮转头看了看他,又望向月色下的苍茫大地,道:"当年'七国之乱',有一首流传极广的民谣,不知卫大人可曾听过?"

"愿闻其详。"

崔亮吟道:"万里苍原,路有饿殍;遍地豺虎,累有白骨;不见亲兮,肝肠寸断,满目鸦兮,尽食腐肉。怆怆蒺藜,茫茫黄泉,大夫君子兮,可知我忧,大夫君子兮,可见我苦!"

秋夜风高,卫昭默然听着,忽然一声冷笑:"可惜梁、桓两国,满朝文武,找不到一位像子明这样的君子!"

崔亮看着卫昭,见他眸中有着凛冽的寒冷,透着彻骨的恨意,心中暗叹,终平静道:"萧教主。"

卫昭退后一步,揖了一礼:"请子明指点。"

崔亮将他扶起,道:"萧教主定不忍心见族人陷入战火之中,可眼下月落要想独善其身,怕是不太可能。"

"我想请问子明,我月落若出兵相助,这一战有几成胜算?"

崔亮吐出二字:"五成。"

卫昭默然,良久方道:"可我月落若是坚守,倒有七成把握拒敌于流霞峰外。"

崔亮道:"可若是长风骑战败,桓军胜出,中原乱起,你月落想独存的希望,一成都无。"

"只要桓军不能借月落直插济北,少君守住回雁关当无问题。"

"月落能坚守一时,可若是战争长达数月甚至数年之久呢?萧教主,请恕崔亮说得直,月落多年受两国盘剥欺压,物资贫乏,极易被长期的战争拖垮。月落现在需要的是一个安定的局势,然后在一位睿智首领的带领下,先求生存,再谋强大,

069

待势力强大后再图后策。挑起大乱,坐山观虎斗,绝非善策!"崔亮直视卫昭,"要知道,两虎相斗,是能毁了整片山林的!"

卫昭静默一阵,透了口气,道:"我以往鲁莽了。"又道,"多谢子明指点。"

二人并肩下山,快到营地时崔亮停住脚步,卫昭转身望着他,崔亮说道:"我视小慈如亲妹子一般,请你不要辜负了她。"

卫昭的神情微微恍惚,半晌才说了一句:"子明放心。"


卫昭缓缓将一卷丝帛推至裴琰面前,裴琰看罢,蹙眉想了一会儿,道:"三郎此番想得倒是颇为周全,但其中有些条陈,可不太好办。"

卫昭从容笑着:"我用数万月落子弟做赌注,自然要赢大一些。"

裴琰手指在桌上轻敲:"允许月绣在民间买卖,并无太大问题;春拨饥粮种谷,我也勉力可以办到。但允月落人参与科举,并允进仕入伍,这一点只怕非议较大。"

"少君不是孜孜以求,消弭华夷之别、天下一统吗? 若是少君将来执掌朝堂,难道还要把天下人划为三六九等? 宇文景伦都敢重用异族的滕毅,少君难道就比不上他?"卫昭讽道。

裴琰一凛,笑道:"三郎这话说得透彻!"

他再看了看帛书上的内容,掏出印章,沉沉盖下。

卫昭含笑收起,道:"少君想是已有周密安排,卫昭愿闻其详!"

裴琰取过地形图,在某处标记了一下,道:"三郎请看,桐枫河直入雁鸣山脉以北,再化为多条支流通过雁鸣山脉并入小镜河。"

卫昭道:"自这处后,河流变窄,险滩无数,不能再放舟东下。"

"桐枫河两岸尽是山林,月落奇兵可由桐枫河东下,夜晚放舟,白天则带着筏子隐藏于山林之中。至这处弃舟上岸,走一条隐蔽的山路,出来后便是八角寨。八角寨十分隐蔽,距回雁关不过百来里路,他们可先在那处歇整,再按我们的计划,准时直插宇文景伦的后方!"

卫昭想了想道:"需多少兵力?"

"三万。"

卫昭皱了皱眉："得赶制筏子。"

"长乐那边，三郎可分部分兵力，与长乐守军一起牵制住宁平王，造成月落兵力全集于流霞峰和长乐的假象。待回雁关这边得胜，再回过头夹击宁平王，不愁他不束手就擒！"

卫昭悠悠道："少君既都安排好了，我就舍命陪君子，倾全族之力，和少君联手打这生死一仗！"

裴琰大笑："好！有三郎这句话，我裴琰就是把这条命交给三郎，也绝无怨言！"

二人相视而笑，卫昭起身道："此役事关我族安危，我安排妥当后，得赶往八角寨，亲自指挥这一战！"


山风轻寒，江慈不由得打了个哆嗦，卫昭索性将她抱在了膝上。他望着深沉夜色，将离别的思绪慢慢压了下去。

江慈蜷在他怀中，渐感温暖，仰头笑道："原来两只猫儿靠在一起，真的可以暖和些。"她神情娇憨明媚，卫昭心中一荡，便吻了下去。唇舌纠缠，江慈唔了一声，瞬间全身无力。卫昭喘着气放开她，她也喘息着将头埋入他的颈弯，低低唤道："无瑕。"

她的脖子沁出细细的汗珠，散发出一阵阵清香，卫昭有一瞬不能思考，再度吻下。他的手心灼热，终于似是找到了该去的地方，抚入了她的衣内，抚上了她的肌肤。

掌下的肌肤这般柔嫩温暖，带给他前所未有的冲击。她全身都在轻颤，更让他快要燃烧，手掌颤抖着向上攀延，终将那一份渴望已久的柔软握在手心。

他不自禁地低吟了一声，欲望就要如潮水般将他淹没，这有些陌生的欲望让他不知所措，想逃离，但更想沉溺。

远处，忽传来隐隐约约的号角声。号角连霜起，征战几人回——

他的吻慢慢停住，手也如同被千斤巨力拉着，缓缓离开了她的身体。

"无瑕。"她的粉脸通红，迷呓着唤道。

卫昭轻柔地将她抱着，低声道："小慈。"

071

"嗯。"

"答应我一件事。"

江慈仍觉全身发烫,有些迷糊,随口应道:"什么事?"

"你以后,如果要做什么重大决定,先去问子明。他若说能做,你便做,他若说不能,你得听他的。"

江慈清醒了些,仰头看着他,他的目光中带着怜惜,还有些她看不懂的东西。她忽然有些恐惧,紧紧箍住他的脖颈,颤声道:"怎么了?"

卫昭轻吻着她秀丽的耳垂,她又有些迷糊,耳边依稀听到他的声音:"没事,子明说把你当亲妹子一般,我想起这个,就嘱咐你一下,你答应我。"

江慈正酥痒难当,卫昭的声音有些固执:"快,答应我。"

江慈笑出声来:"好,我答应你就是,你……啊……"

他低叹一声,将头埋在她的脖颈中,在心底一声又一声轻轻唤着:小慈,小慈,小慈——

# 第五十二章

## 寒光铁衣

京城,秋雨绵绵。

延晖殿内阁燃了静神的岫云香,灯影疏浅,映着榻上昏睡的面容。那张脸苍白消瘦,再不见往日的威严肃穆。

裴子放与张太医并肩出殿,正遇上太子从东边过来,二人忙行大礼。太子将裴子放扶起,道:"裴叔叔辛苦了。"

裴子放惶恐道:"此乃臣分内之事,太子隆恩,臣万万担不起。"

太子圆胖的脸上有着一如既往的憨笑:"裴叔叔多日辛劳,消瘦了不少,本宫看着也心疼,今日就早些回去歇着吧,我来陪着父皇。"

裴子放语带哽咽:"太子仁孝,还请保重万金之体。"

望着裴子放远去,太子转身入殿,陶内侍过来禀道:"皇上今日有些反复,汤药也进得颇为困难。"

太子挥挥手,陶内侍忙命一干人等退出殿外。

太子在龙榻前坐下,凝望着榻上的皇帝,将他冰冷的手握住,低声唤道:"父皇!"

董方从殿外进来,太子忙起身相扶:"岳父!"

董学士笑了笑,道:"叶楼主来了。"

姜远陪着一人进殿,此时延晖殿附近早无人值守,那人掀去罩住全身的黑色斗篷,微微行礼:"草民拜见太子!"

太子忙将他扶住,姜远亲于殿门处守候。

揽月楼叶楼主坐于皇帝榻前,把脉良久,又送入内力查探一番,陷入沉思。

太子道:"父皇病由倒不蹊跷,但张太医数日前悄悄回禀于我,汤药虽能灌下,但药力似是总难到达父皇经脉内腑。岳父觉得有些不对劲,故今日才请叶楼主过来,一探究竟。"

叶楼主取出一个锦盒,从中拈起一根长针,道:"草民先向太子告罪,需令龙体见点血。"

"但试无妨。"

叶楼主将皇帝衣襟拉开,长针运力,刺入皇帝丹田之中。一炷香后,他抽针细看,面色微变。


承熹五年秋,寒露。

桐枫河两岸,黑沉如墨。巍峨高山如同一架架巨大的屏风,又如同黑暗中张着血盆大口的怪兽,让人平生惊惧之意。

为免被人发觉,月落三万兵力,带足干粮分批出发:平无伤带着一万人先行,苏俊、苏颜带一万人居中,程潇潇则带了一万人殿后。三批人马均是夜间放筏,日间隐匿在桐枫河两岸的山林之中,走得颇为顺利。

夜色黑沉,见所有人都已到齐,平无伤带头往高山深处走去。数日来,他早已将卫昭命人送来的地形图记得烂熟,找到那块标志性的巨石后,他当先举步,月落将士相继跟上。经过半年来的训练,这批精兵已今非昔比,夜间行军,未发出一丝杂音。

如此行了数日,终进入了杳无人迹兽踪的山林,也终见到了地形图上标着的那处瀑布。平无伤吁了口气,道:"总算按时赶到。"

苏俊看了看周围,道:"那个大岩洞在何处?"

平无伤在瀑布四周查探一番,又飞身下来,向苏俊招了招手。苏俊会意,闪身飞上瀑布边的大石,二人穿过飒落如雨的瀑帘,跪于一人身后。

卫昭缓缓转身，声音清冷："都起来吧。平叔辛苦了，苏俊也干得不错。"

苏俊不敢多言，取下面具，除下自己身上的衣袍，双手奉给卫昭。卫昭看了看他，换了衣袍，戴上面具，道："剑。"苏俊忙又解下自己的佩剑。

"你等会儿换了衫，自行去和苏颜会合。"卫昭举步往洞外走去，平无伤急急跟上，忍不住道："教主，真要这么做？"

"你不信我？"卫昭停步转身，冷声道。

"不敢。"平叔觉半年不见，这位教主的性情越发清冷。他心情复杂，也不敢再多言。

卫昭走出两步，又道："师叔那边怎么样？"

"应当没问题，都相带人打了宁平王一个措手不及。长乐的守将是廖政，也会依计行事。估计拖住宁平王的人马半个月不成问题。"

卫昭点点头，正要钻出瀑帘，瀑雨清凉，带着些寒意。一瞬之间，他微有怔忡：天冷了，她……可有穿够军衣？他又猛然惊觉这是大战当前，分心不得，只得用力甩甩头，把杂念抛开，大步穿过瀑布。


江慈这两日也颇忙碌，凌承道命她和小天、小青三人回了一趟河西府，运了大批药材过来。她细观军营情形，似是马上就要进行一场大战。待将药材收归入帐，已是入夜时分，她悄悄将买回的芝麻糕揣入怀中，往卫昭营帐走去。帐中却空无一人，江慈笑了笑，悄悄将三块石头踢成三角形，出了军营。

山中的秋夜幽远宁静，静谧中流动着淡淡的清寒。江慈坐于树上，聆听着秋风劲起，秋虫哀鸣，心中涌起莫名的伤感。

直至月上中天，他还是没有出现。江慈越等越是心慌，爬下树来，发足狂奔，直奔崔亮营帐。崔亮刚从裴琰大帐归来，见江慈气喘吁吁地掀帘进来，笑道："什么事？这么着急。"

江慈怔怔地望着他："崔大哥，发生什么事了吗？"

崔亮知她终于发觉。卫昭已走了快两日，临行前请他将江慈派回河西运药。当时他似乎还想说点什么，但最终还是飘然远去，消失在夜色之中。

崔亮暗叹一声,和声道:"你放心,他去办点事,马上就会回来。"

江慈身形微晃了一下,崔亮又道:"小慈,明日将有大战,你离战场远一点,待战事结束后,再去抢救伤员。"

"是。"江慈静默片刻,轻声道,"我都听崔大哥的。"说着转身出帐。

月华清幽,她在军营中漫无目地走着,直至明月西沉。


如雷战鼓,三军齐发。裴琰紫袍银甲,策骑列于阵前。田策持枪于左,许隽提刀列右,其余一众将领相随,数万人马乌压压驰至回雁关前。

裴琰身形挺直,俊眸生辉,策动身下乌金驹,如一团黑云驰近,然后四蹄同收,戛然止步。关上关下数万人都忍不住在心中喝了声彩——马固是良驹,裴琰这手策马之术却也是宇内罕见。

裴琰含笑抬头,运起内力,声音清朗,数万人听得清清楚楚:"宣王殿下!能与殿下沙场对决,实乃人生快事。不知殿下可愿与裴琰切磋几招,也好在这回雁关前留下千古美名?"

关塞上,宇文景伦未料裴琰竟当着两军将士之面,公然向自己发出挑战。自己若是应战,不一定打得过他;可若是不应战,这十余万人都盯着,只怕会让全天下人耻笑。

滕瑞不由得也微皱了一下眉头。

只听裴琰又朗声道:"当日镇波桥前,宣王殿下行偷袭之实,裴琰多月来一直念念不忘,却也颇为遗憾,未能与殿下真正地一决高低。殿下今日可愿再行赐教?裴琰愿同时领教殿下与易堂主的高招。"

他这几句话说得真气十足,在回雁关前远远传开,两军将士听得清清楚楚。当日镇波桥前,宇文景伦与易寒联斗狂乱中的裴琰,确曾暗自偷袭。此时两军对垒,裴琰此番话一出,大大地损了宇文景伦的面子。桓军尚武,向来崇拜英雄,听了裴琰这话,都感到有些下不了台。

那边梁军号鼓齐作,喧嚣震天。

"宇文景伦,龟儿子,是不是怕了咱家侯爷啊!"

"就是，有种背后偷袭，没种和侯爷当面对决啊！"

"孬种，趁早滚回去吧！"

宇文景伦颇觉为难，易寒道："王爷，要不我去与裴琰斗上一斗。"

"不妥。"宇文景伦摇头，"裴琰此举定有深意，不可轻举妄动。"

旁边的毅平王有些不耐："管他的，咱们数万人冲出去，他想单挑也挑不成。"

滕瑞却只是遥望长风骑阵中某处，宇文景伦见他似是有所发现，便摆了摆手。关上众人不再说话，只听见关下长风骑骂阵之声。

"难道是天极阵？"滕瑞似是自言自语，宇文景伦唤道："先生！"

"啊。"滕瑞惊醒抬头，忙道，"王爷，裴琰此战摆的是天极阵。此阵法讲究以饵诱敌深入，所以裴琰才亲自挑战。咱们可应战，他们列在阵前的只能是少数人马，这小部分人马担负着诱敌深入的重任，这反倒是我们的一个机会。"

宇文景伦有所领会："先生是说，只需从容应对裴琰带着的这小部分人马，不贪功、不冒进即可？"

"并非如此。王爷请看——"滕瑞指向长风骑军中，"宁剑瑜那处是个阵眼。"

宇文景伦点头道："不错，他今天这个'宁'字将旗挂得也太大太高了些。"

"正是。等会儿裴琰与王爷或易堂主过招，定会诈败，将王爷引入阵中。此阵一旦发动，当如流水生生不息，像一波又一波水纹将我军截断分割开来。但他们阵眼却在宁剑瑜处，王爷只要带兵突到他那处，将他拿下，就像截断水源一样，此阵便会大乱。到时毅王爷再率大军冲出，此阵当破。"

宇文景伦却还有一丝疑虑："令师侄摆出这天极阵，难道就不怕先生看出来？是不是裴琰在玩什么花样？"

滕瑞叹道："天极阵法记载于《天玄兵法》中，只有掌门才能看到。我师侄以为我不曾习得此阵法，他却不知，当年师父某日酒酣性起，曾给我讲过此阵法。"

易寒道："王爷，可以一试。只要不被引入山谷，便不怕裴琰玩什么花样！"

宇文景伦呵呵一笑："如此，易先生，我们就出去会会裴琰！"

易寒笑道："我替王爷掠阵。"

滕瑞叮嘱道："只待他们阵法发动，王爷和易先生就不要再追击裴琰，直接去攻打宁剑瑜。宁剑瑜一倒，天极阵必有一刻的慌乱，我再请毅王爷率主力冲击，此仗方有胜算。"

"先生放心。"宇文景伦大笑，豪兴大发，朗喝道，"拿刀来！"

明飞身着盔甲，踏前一步，双手奉上白鹿刀。

三声炮响，战鼓齐敲，裴琰看着回雁关吊桥放下，宇文景伦与易寒带着大队人马策骑而出，不禁面露微笑。

秋风浩荡，自关前涌过，卷起裴琰的紫色战袍，如一朵紫云飘浮。他暗运内力，凝神静气，看着宇文景伦和易寒策骑而来，微笑道："宣王殿下，易堂主，裴某等候多时了！"

关塞上桓军战鼓鼓声骤急，这一刹那，如同风云色变，战意横空，桓军气势为之一振。宇文景伦缓缓举起右手，鼓声乍止，倒像是他这一举之势，压下了漫天风云一般。刹那间，战场上只闻战旗被秋风吹得飒飒而响，还有战马偶尔的嘶鸣。

宇文景伦与裴琰对视片刻，俱各在心中暗赞一声。二人此前虽曾有过对决，却均是在纷乱的战场上，未曾如此刻一般阵前相见。裴琰见宇文景伦端坐踏雪白云驹上，身材高大，眉目开阔，悬鼻薄唇，肤色如蜜，形貌和中原汉人迥异，但容颜俊美，嘴角隐有龙纹，正是相书上所说"天子之相"，不由得心中暗凛，便微笑道："多谢宣王殿下，愿屈尊与裴某切磋。"

宇文景伦哈哈一笑，眉目间更显豪兴飞扬："裴侯相邀，本王自当奉陪！这天下若没有裴侯做对手，岂不是太寂寞！"

裴琰在马上微微欠身："王爷客气。裴某只是想到梁桓两国交战，你我身为主帅，若无一场阵前对决，未免有些遗憾。今日能得王爷应战，裴琰死而无憾。"

"那就请裴侯赐教。"宇文景伦不再多话，缓缓擎起白鹿刀，刀刃森寒，映着秋日阳光，激起狂澜，轰向裴琰。

裴琰见宇文景伦策马冲来，刀势如狂风骤雨，侧身一避，右手长剑注足真气，电光石火间在宇文景伦刀刃上一点，锵声巨响，溅起一团火花。

二人一触即分，战马各自驰开，又在主人的驱策下对驰而来。

再斗数十招,裴琰力夹马肚,大喝一声,长剑在身侧闪过一道寒芒,冲向对驰而来的宇文景伦。宇文景伦手腕一沉一翻,白鹿刀由后往前斜撩,欲将裴琰长剑挑开。可眼见裴琰就要驰到近前,却眼前一花,忽不见了他身影。

在后掠阵的易寒心呼不妙,如闪电般腾身而起。

裴琰快到宇文景伦马前,忽然身形向左一翻,如同紫蝶在马肚下翻然飞过,又自马肚右方飞出,长剑也由削势转为直刺,恰恰在宇文景伦一愣之际刺上了他的白鹿刀。这一刺贯注了裴琰十成真力,宇文景伦急运内力方才没有兵刃脱手,却被震得坐立不稳,身形向后翻仰。裴琰已端坐回马鞍上,长剑炫起耀目光芒,向宇文景伦胸前刺去。

眼见这一剑不可避开,易寒激射而来,叮声响起,恰好剑横宇文景伦胸前,挡住了裴琰这必杀的一剑。

宇文景伦死里逃生,也不慌乱,身形就势仰平,战马前冲,带着他自二人长剑下倏然而过。待他再勒转马头,裴琰已与易寒激战在了一起。

宇文景伦知易寒一上,裴琰定会诈败,索性宝刀舞起,从后合攻上去。反正裴琰先前出言挑战,愿以一敌二,他倒也不算做卑鄙小人。

长风骑见状大噪,桓军却击起战鼓,将长风骑咒骂之声压了下去。裴琰以一敌二,渐感吃力,终于不堪易寒剑力,暴喝一声,长剑同时挡住一刀一剑,身形后仰。乌金驹似是也知主人危险,猛然拔蹄,往长风骑阵中驰返。

宇文景伦见裴琰果然败逃,心中大安,与易寒对望一眼,将手一压,带着出关的人马追了上去。

裴琰听得身后震天马蹄之声,微微一笑,再驰十余丈,长风骑过来将他拥住。

裴琰回头大笑:“殿下,我们下次再玩吧。”

宇文景伦急驰间笑道:“本王还未过瘾,裴侯怎么就认输了?”

说话间,长风骑号角大作,阵形变幻,将宇文景伦和易寒及他们所率人马层层围割开来。宇文景伦牢记滕瑞所嘱,眼见裴琰步步后退,却不再追击,与易寒直冲向阵中较远处的那个“宁”字将旗。

裴琰面色一变,朗喝道:“拦住他们!”

易寒十分得意，砍杀疾冲间放声长啸，如鬼魅般从马鞍上闪起，厉厉啸声挟着雄浑剑气，无穷无尽的剑影震得长风骑纷纷向外跌去。他所向披靡，宇文景伦随后跟上，二人不多时便率人马突到了宁剑瑜马前。

宁剑瑜枪舞银龙，欲左右拨开这二人刀剑合击，但易寒剑上生出一股气旋，让他的枪势稍稍有所黏滞，宇文景伦的刀便横砍入他右肋战甲。宁剑瑜纵是战甲内着了金缕甲，也感这一刀势大力沉，气血翻腾，往后便倒。

易寒挥手一剑，将"宁"字将旗的旗杆从中斩断。"宁"字将旗一倒，长风骑阵形便是一阵慌乱。裴琰目眦欲裂，从远处狂奔而来。

关塞上，滕瑞看得清楚，知机不可失，令旗一挥，号鼓响起，等了多时的毅平王一声狂喝，带着人马冲了上去。

一场惨烈血战在回雁关南徐徐展开。


崔亮立于最高的楼车上，抬头遥望关塞上方的那个身影，暗叹一声：师叔，师祖当日给你讲解天极阵法，却有一点未曾告诉过你，阵眼，其实就是用来迷惑敌军的……其实，我用这个天极阵，也只是想将你的人马引出关而已。

阵形如流水，流水生生不息，愿能将这一切血腥和杀戮冲去。

崔亮断然举起右手，绚丽烟花布满了秋日晴空。


关塞上，滕瑞抬头望着满天焰火，心头越来越不安，但这不安来自何处，却又有些想不明白。正思忖间，忽听得身后关塞北面的军营里传来震天杀声，有将领急速奔上城楼："先生，不好了，有数万人从北面袭击我军军营！"

滕瑞大惊：回雁关以北，何来数万人配合裴琰进行夹击？

他急速奔下关墙，放目远眺，但见己方军营中火光冲天，浓烟四起。他不及反应，一个戴着银色面具的白衣人，带着大队人马如飓风狂卷，直冲向关门。

那白衣人面目隐在面具之后，手中长剑上下翻飞，招招夺人性命。他带着人马狂卷而来，所过之处，桓军人仰马翻，遍地死伤。

滕瑞看清来袭人马身上的服饰竟是月落一族，心中一惊，复又哀叹：大势已去！他当机立断，重新奔上关墙，挥出令旗。

宇文景伦与易寒正觉有些不对劲，忽听得己方号角之声，竟是有敌从后突袭、速请撤退，不由得大惊。

桓军也是训练有素之师，号角一起，便不再恋战，井然有序后撤。却听得杀声卷来，不知从何而来的人马源源不断从己方阵营攻了过来。

桓军后有长风骑追击，前有这数万人拦截，阵形大乱，互相践踏之下，死伤无数。死者尸身将关门附近堵塞，令桓军更无法迅速撤回关塞北面。

滕瑞急中生智，命人吹出号角。毅平王所率之军听到号角声，本能下依号令行事，挡住了南面追来的长风骑。

宇文景伦自是一听便明，率领自己的嫡系将士逐步向关北撤退。

身后，长风骑的杀声一步步推进，一步步追来，追过回雁关，追向东莱。


梁承熹五年九月十三，长风骑与桓军对决于回雁关前，桓军中计，被引出关塞，主力陷于长风骑阵中。同日，月落三万奇兵突袭回雁关，与长风骑夹击桓军。桓军大败，毅平军全军覆没，宇文景伦右军死亡惨重，中军和左军节节败退，北逃至东莱。裴琰率长风骑、月落圣教主率兵联手追击。桓军不敌，再向北溃败，仓皇中北渡涓水河，战船遭人凿沉数艘、放火数艘，溺水者众。

裴琰率长风骑追至涓水河，东莱、郓州等地渔民纷纷撑船前来支援，又有民众自发在河床较浅处迅速搭起浮桥，长风骑驰过涓水河，一路向北追击桓军。


战事一起，江慈便与凌承道等人忙得不可开交，不断有伤兵被抬来，前方战况也通过众人之口一点点传来。

——侯爷亲自挑战，桓军出关，侯爷与宇文景伦激斗；

——月落奇兵出现，与长风骑联手夹击桓军；

——月落圣教主与侯爷战场联手杀敌，将桓国毅平王斩于剑下；

——桓军溃败，长风骑与月落兵正合力追向东莱。

江慈默默地听着，手中动作不停，眼眶却渐渐有些湿润。

原来，你是做这件事去了，你还是与他联手了……

满帐的伤兵，终让她提不起脚步，走出这医帐。

由回雁关至涓水河，激战进行了整整两日。江慈这两日随医帐转移，抢救伤员，未曾有片刻歇息，疲惫不堪。直至医帐移至东莱城，城内大夫及百姓齐心协力，共救伤员，人手不再紧张，她才略得喘息。

夜色渐深，江慈实在撑不住，倚在药炉边瞌睡了一阵，睡梦中依稀听到"圣教主"三字，猛然惊醒，见是几个伤员正在交谈。

"月落人这回为何要帮我们？"

"这可不知。"

"是啊，挺奇怪的。我可听人说过，月落被欺压得厉害，王朗的手下在那里不知杀了多少人。他们怎么还会来帮我们打桓贼呢？"

"这次要不是他们相助，可真不一定能打败桓贼，可惜他们来得快，也走得快。"

一人声音带上些遗憾："是啊，前日在战场上，有个月落兵武功不错，帮我挡了一刀，是条汉子，我还想着战事结束后找他喝上几杯。"

"还有他们那个圣教主，啧啧，武功出神入化。我看虽比不上咱家侯爷，却也差不了多少！"

旁边人笑了起来："那是自然，侯爷武功天下第一，这圣教主屈居第二，易寒就只有滚回老家去了。"

众人大笑，又有一人笑道："易寒倒也是个厉害角色，他逃得性命，还将卫昭卫大人刺成重伤……"

江慈面上血色褪尽，腾地站了起来，发足狂奔。东莱城中到处都是民众在庆祝长风骑赶跑桓军，也不停有长风骑将士策骑来往，她却恍似眼前空无一物。

"易寒倒也是个厉害角色，他逃得性命，还将卫昭卫大人刺成重伤……"

她眼眶渐渐湿润，奔得气息渐急，双足无力，仍停不下来。只是，该往何处去找他？

"小慈！"似是有人在大声叫她，江慈恍若未闻，仍往城外奔去。

许隽策马赶上，拦在她的面前，笑道："这么着急，去哪里？"

江慈停住脚步,双唇微颤,却无法出言相询,只得急道:"许将军,相爷在哪里?"

许隽见她急得面色发白,忙道:"侯爷在涓水河边,正调集船只,准备过河追击桓军。"

江慈上前,将他身后亲兵大力一拉,那亲兵没有提防,被她拉下马来,江慈闪身上马,劲叱一声,驰向涓水河。

涓水河畔人声鼎沸,灯火喧天。裴琰见船只调齐,浮桥也快搭好,向崔亮笑道:"差不多了。"崔亮正待说话,一骑在长风卫的喝声中急驰而来。

裴琰看清马上之人,上前运力拉住马缰。江慈坐立不稳,由马鞍上滚落。裴琰将她扶住,道:"怎么了?"

江慈喘着气,紧紧揪住裴琰手臂,颤声道:"他……他在哪里?"

崔亮心中暗叹,却不便当着裴琰说什么,只得低下头去。

裴琰有一刻的静默,他默默地注视着江慈。江慈看着他的神情,心中渐转绝望,身形摇晃,两行泪水止不住地落了下来。

战马嘶鸣,裴琰忽然笑了起来。江慈看着他的笑容,觉得有些异样,泪水渐止。裴琰牵过一匹战马,对江慈道:"你随我来。"

江慈下意识地望了一下崔亮,崔亮微微点了点头,她忙跟上裴琰。裴琰带着她沿涓水河向西走出数十步。

河风轻吹,裴琰转身,将马缰交到江慈手上,深深地看了她一眼,轻声道:"他回长乐城杀宁平王去了。"

江慈先前极度恐惧、担忧,此时听到这句话却有些反应不过来,愣愣地啊了一声。裴琰望着她,一抹惆怅闪过眼眸,但转瞬即逝。他淡淡说道:"从今日起,你不再是长风骑的军医。你以后也不必再回我长风骑军中。"

火光下,裴琰深深地看了她一眼,倏然转身。

江慈踏前一步,又停住,见裴琰快步走远,才大声道:"多谢相爷!"

裴琰的紫色战袍在夜风中飒飒轻扬,他抖擞精神,跃上乌金驹,朗声喝道:"弟兄们,杀过涓水河,夺回失土!"

长风卫齐齐应声呼喝:"杀过涓水河,夺回失土!"

## 第五十三章

### 花开并蒂

秋风微寒，夹着细细秋雨，打湿了江慈的鬓发。她一路西行，这日行到金家集，距长乐城不过百来里路，觉口渴难当，便在一处茶寮跳下马，用身上仅余的铜板叫了一壶茶。正喝间，忽听得西面山路上响起急促的马蹄声。

欢呼声也隐约传来："桓军战败了！"

"长乐守住了，宁平王被月落圣教主杀死了！"

茶寮中的人一窝蜂地往外拥，只见几骑骏马疾驰而来，马上之人持着象征战胜的彩翎旗，一路欢呼着向东而去。江慈随着茶寮内的人往外拥，耳边听得人群的阵阵欢呼，她也不禁跟着欢笑起来，只是笑着笑着，泪水便悄然掉落。她跃上骏马，用力挥鞭，百来里的路程一晃而过。

长乐在望，路上来往的梁国士兵与月落兵也渐渐多了起来。江慈不知卫昭在何方，只得往长乐城内赶。

快到长乐城，正见大队月落兵从城内出来，后面还有一些梁国将士相送。双方此番携手杀敌，同生共死，似已将前嫌摒弃，此时道别颇有几分依依不舍之意。

江慈看到一个熟悉的身影，大喜下策马冲了过去。

大寨主洪杰那日在战场上与梁国一名姓袁的副将联手杀了桓军一名大将，二人一见如故，战后找地方喝了几口酒，索性结为了异姓兄弟，此番道别，颇为不舍。

正说话之际,他听到有人大呼自己的名字,猛然转头,江慈已在他面前勒住骏马,笑道:"洪兄弟,别来无恙?"

洪杰认出她来,啊了一声,脸红片刻,想起已和自己成亲的淡雪,又迅速恢复了正常,爽朗笑道:"江姑娘,你怎么会来这里?"

江慈跃下骏马,也有许多月落士兵认出她来,纷纷向她问好。江慈笑着和他们打过招呼,将洪杰拖到一边,洪杰忙甩开了她的手。

江慈急问道:"你们教主呢? 在哪里? 可好?"

洪杰知她与教主关系极好,忙道:"教主带人先回月落去了,刚走不久,你往那边追,估计能追上。"

江慈大喜,洪杰眼前一花,已只见到她策骑远去的身影,听到她欢喜无限的声音:"多谢洪兄弟!"


江慈得知卫昭无恙,心中大喜,这一路追赶便如同在云中飞翔,与前几日忐忑担忧的心情大不相同。

不多久,前方山路上月落兵渐多,乌压压一片往西行进,江慈更是心中欢喜。

月落兵听到马蹄之声,回头相望,相继有人认出来人是去冬曾舍身示警的江姑娘,见她马势来得甚急,纷纷让开一条道路。

前方,一个白色身影端坐马上,与身边的平无伤正在交谈。江慈力夹马肚,赶了上去,拦在了他的马前。

她的心似要跳出胸腔,眼睛也逐渐湿润,微抿着下唇,静静地望着他,望向他银色面具下的眼眸。只是——为何这双眼眸透着些陌生? 为何他的眼中不见一丝惊喜? 江慈忽然明白过来,此时平无伤也由初见她的惊讶中清醒过来,策马到她身边,轻声道:"跟我来。"


平无伤在一处树林边下马,江慈追出几步,急问道:"平叔,他在哪儿?"

平无伤看了她片刻,眼神复杂,终摇了摇头:"我也不知道。他杀了宁平王后便不见了人影,我们遍寻不获,只能让苏俊继续出面假扮。"

江慈茫然地站在原地。

平无伤看着她满面担忧与思念之色，忽想起与卫昭由回雁关紧急行军赶回长乐的情形：他深夜独立，总是默默地望向东边，偶尔吹起玉箫，眼神才会带上一丝柔和。那一分柔和，像极了多年前的那个人。

但那日他在战场之上擒住宁平王，逼问到夫人确于多年前便已离世，尸骨无存。他悲吼着，一剑斩落宁平王的人头。他眼中透着浓浓的仇恨，自己在他身侧，甚至能听见他胸腔中如毒蛇吐芯般的嘶气之声。他一寸寸割着宁平王的肉，所有的人，包括自己，都不敢直视那个场面。等所有的人再抬起头，他已不知去向。

他究竟去了哪里呢？

江慈默默地想着，忽然一个激灵，急道："平叔，您能不能给我一块你们明月教的令牌？"

平无伤瞬间明白过来，犹豫片刻，终掏出一块令牌丢给江慈。江慈接过，翻身上马，大声道："平叔，您放心吧。"

平无伤心情复杂地望着江慈纵马远去，萧离赶了过来，低声问道："这丫头到底是什么人？无瑕好像和她关系非同一般。"

平无伤长长地叹了口气。


由长乐城往西疾驰，不多久便进入月落山脉。江慈打马狂奔，山风渐寒，越往山脉深处走，秋意越浓。她身上铜板已用尽，只得在路边摘些野果、喝点泉水充饥解渴。

这日黄昏，她终赶到了明月谷。她默默地看着石碑上的"明月谷"三个字，片刻后翻身下马，举步走向谷内。刚走出几步，便有数人闪身拦在了她的面前。

江慈将手中的令牌递给为首白衣教徒，那教徒看清令牌，忙下跪道："见过暗使大人。"

江慈这才知平叔给自己的令牌竟是明月教暗使专用，便平静道："都退下吧。"

众人应是，齐齐退下。

江慈依稀记得当日卫昭带自己去他父亲墓前的青石路，她找到那块有着"禁地"二字的石碑,沿着青石路往峡谷深处走去。此时天色渐黑,峡谷内更是光线极暗,她有些看不清路途,只得用手摸索着右侧的岩壁,缓慢前行。

掌下的岩壁湿寒无比,若是他在,定会像当日一样,牵住自己的手吧?

峡谷内静谧得让人心惊,江慈不知自己走了多久,终走出石缝,再向右转,也终于看到了前方一点隐约的火星。她将脚步声放得极轻,慢慢地走过去。

墓前,快要熄灭的火堆边,一个白色身影伏在地上,似在跪拜,又似在祈祷。他的身边摆放着一个人头,血肉模糊,想来便是那宁平王。

江慈眼眶逐渐湿润,静静地立于他的身后,见他长久地跪拜,终柔声道:"你这样跪着,阿爸和姐姐会心疼的。"

卫昭一动不动,只有衣袍被山风吹得簌簌而响。

江慈觉有些不对劲,急扑过去将他扶起,眼见他双眸紧闭,手掌冰凉,想起他上次走火入魔的情形,慌乱中咬咬牙,用力拍上他的胸口。卫昭身躯轻震了一下,却仍没睁眼。江慈强迫自己镇定下来,所幸当日从医帐出来,身上还带着一套银针,换回女装后也一直带着。她取出银针,记起崔亮所授,想到卫昭每次都是思念亲人时发病,定与心脉有关,便找到相关的穴位扎了下去。

她将卫昭拖到火堆边,又将柴堆烧旺,再将卫昭抱在怀中。他的身躯冰冷,俊美的面容透着些僵青色,江慈心中大恸,抚上他的额头,轻声道:"阿爸、阿妈、姐姐都不在了,我来陪你。你答应过我的,要陪我一辈子,你从来没骗过我,就是以前要杀我时,也没骗过我,我不要你做骗子……"

泪水成串掉落,她感觉自己的低泣声像从很遥远的空中飘来,模糊的泪眼望出去,火堆化成了一团朦胧的光影。光影中,他向自己微笑,但紧接着,他的微笑迅速隐去,消失在光影后。

江慈胸口一阵撕裂般的疼痛,正喘不过气来时,却又忽听到一声极轻的咳嗽声。她惊喜下低头,那双明亮的眼眸正静静地望着她,他的声音也有些虚弱:"你把我的脖子掐断了。"江慈赶紧松开手,卫昭的头又重重地砸在了地上。他痛呼一声,双目紧闭,又昏了过去。

"无瑕!"江慈急忙再将他抱起,见他再无反应,急得手足无措,终放声大哭。

修长白皙而又有些冰冷的手悄悄伸过来,替她将泪水轻轻地拭去。

江慈低头,正见卫昭嘴角一抹若有若无的笑容,她恍然大悟,欲待将他推开,却终不敢,只得嗔道:"你骗我!"

卫昭躺在她怀中,见她虽嗔实喜,漆黑的眸子中流露着无限深情。他大计将成,亲仇得报,忽觉这一刻竟是前所未有的平和喜乐。他将头埋在她的腰间,轻声道:"我想试一下,骗你是什么滋味。"

"不行!"江慈急道,"不准你骗我,一辈子都不准。"

卫昭闻着她身上的清香,喃喃道:"好,就骗这一回,以后不再骗你了。"

江慈拔出他穴位上的银针,低头道:"可好些?回去歇着吧,我再给你开些药。"说着便欲将他扶起。

卫昭却按住她的双手,低声道:"别动,就这样,别动。"

江慈不再动,任他躺在自己怀中,任他抱住自己的腰,听着他轻轻的呼吸声,听着山间的鸟儿低鸣,看着火堆由明转暗。

卫昭这一觉睡了个多时辰,醒来只觉多日来的煎熬与疲劳一扫而空。他睁开双眼,却看到江慈正耷拉着头,也睡了过去。

他静静凝望着她的眉眼,依稀可见几分匆匆赶路的风霜之色。她的面颊上还隐有泪痕,但唇角却微微向上弯起,似透着无限欢喜。

卫昭悄悄起身,江慈睡得极为警醒,猛然睁开双眼。卫昭将她抱入怀中,轻声道:"轮到你了,睡吧。"

江慈向他一笑,道:"我想给你开点药,静心宁神的。"

"不用了。"卫昭淡淡道,"会慢慢好的。"不待江慈说话,他微笑道,"你若不累,我想带你去一个地方。"

"什么地方?"

卫昭将她轻轻拉起,道:"回家。"

江慈大奇,跟着他走出数步,又啊了一声停住。卫昭回头:"怎么了?"

江慈抽出被他握住的右手,返身回到墓前跪下,恭恭敬敬地磕头。卫昭静静地看着,白玉般的面庞上温柔愈浓。

石缝出口往左转是一条极为隐蔽的山路，想是少人行走，草长得极深。卫昭牵着江慈慢慢地走着，黑暗中，江慈轻声道："无瑕。"

"嗯。"

"真的是回家吗？"

"是。"

"不骗我？"

卫昭忽然转身，右手在她腰间一托，将她负于身后，继续前行。

江慈伏在他的背后，他的长发被风吹起，拂过她的面颊。他的声音十分轻柔："不骗你，以后都不骗你了。"

江慈心中大安，数日来的惊恐、担忧、不安消失得无影无踪。她在他耳边轻声唤道："无瑕。"

"嗯。"

"无瑕，无瑕，无瑕……"

她不停唤着，他也不停地应着，这一段山路走来，宛如一生漫长，又恍若流星一瞬。

黑暗中，江慈只觉卫昭负着自己穿过了一片树林，又攀上山峰，待隐约的泉水声传来，便依稀见到前方山腰间似有几间房屋。

卫昭走到屋前，推门而入，却也不放下江慈，仍旧负着她转向右边房屋，掏出身上火折子，点燃烛火。江慈眼前渐亮，不由得赞了一声。

这是一间典型的月落青石屋，屋内桌椅床台俱是简单之物，但桌布、椅垫、床上的锦被绣枕，用的都是极精美的月绣，而东面墙上更是挂着一幅月绣山水图，山峦隐现，青峰袅袅，石屋在峰间隐现，泉水自屋边绕过，整幅绣品出尘飘逸，清幽难言。

卫昭负着江慈站在这幅山水图前，声音前所未有地柔和："这是我姐姐绣的。"

江慈心中一酸，箍住他脖颈的手便加了几分力。卫昭拍了拍她的手，轻声道："我八岁以前就住在这里。"

"和姐姐一起?"

"嗯,还有师父。待我八岁,才随师父和姐姐去了平州的玉迦山庄。这里的绣品全是姐姐绣的,她七岁时便能绣出我们月落最美的绣品,一幅百鸟朝凤,连天上的云雀鸟都能引下来。我去了梁国,这里只有平叔隔一两个月来打理一下。说起来,这里才是我的家。"

江慈默默地听着,眼睛又不知不觉湿润了。

卫昭放下江慈,转过身,将她抱在怀中,轻声唤道:"小慈。"

"嗯。"

"姐姐要是看到你,会很高兴。"

江慈有些赧然,低低道:"说不定姐姐会嫌我长得不够美,手也不巧,又贪玩,又好吃,又……"

他在她耳边轻叹一声,一下下,轻轻吻上了她的眉、她的眼。她还在絮絮说着,他再叹一声,吻上了她的唇,将她的话堵了回去。

江慈的肚子却于此时咕噜响了几下,一时大窘。卫昭放开她,笑出声来。

江慈双颊红透,将他一推,道:"谁叫你走了也不告诉我一声,害我这么匆匆忙忙追来,身无分文,饿了两天了。"

卫昭叹了口气,将她抱住,轻声道:"你留在长风骑等我就是,又何苦追来?"

江慈不答,只用手狠狠地掐上他的腰间。卫昭忍痛不呼,江慈也慢慢松手,道:"你下次若再丢下我,我便……"

"便怎样?"

江慈却说不出来,只是伏在他胸前,半晌方有气无力道:"我真的饿了。"

卫昭轻笑着放开她,道:"你在这里等我,我去去就回。"说罢闪身出屋。

江慈追出屋外,道:"你去哪里?"

"去偷几条鱼儿来喂猫!"黑暗中,他的声音隐隐传来。

江慈笑着转回屋内,见屋中已积了不少灰尘,便找来扫帚和布巾扫抹干净,又到屋旁打来泉水,点燃灶火,烧了一大锅开水。

刚将水烧开,卫昭便回转来,将手中麻袋往台上一扔。江慈打开一看,竟真的是几条小鲫鱼,还有生姜、油盐、白米等物,不禁大奇:"哪来的?"

卫昭笑了笑,江慈明白过来,笑道:"要是明天你的教众发现不见了东西,只怕想破脑袋也想不到会是他们的圣教主偷走的。"

卫昭微笑道:"只怕他们更想不到,他们的圣教主偷这个,是用来喂猫的。"

江慈拎起一条小鲫鱼便往卫昭口中塞:"是啊,喂你这只没脸猫。"

卫昭笑着闪开,二人在屋中追逐一阵,江慈也知追他不上,喘气笑道:"我没力气了,你帮我烧火。"

"好。"卫昭到灶后坐下,燃起满膛熊熊柴火。火光照亮了他的面容,让他的双眸格外闪亮,江慈做饭间偶尔与他对望,总是被这份闪亮吸引得移不开目光。直到他的脸似是被火光映得通红,低下头去,她才红着脸收回视线。


浓浓的鱼香溢满整个房屋,二人在桌边坐下,卫昭忽然一笑,从身后拿出一个小酒壶。江慈眼睛一亮,抢了过来,笑道:"可很久没喝过酒了。"又关切问道:"你刚发过病,能不能喝?"

"你喝多点,我少喝些便是。"卫昭微微笑着回应。江慈大喜,找来酒杯倒上,又急急扒了几口饭,道:"空肚子喝酒容易醉,我得先吃点饭垫垫底。"

卫昭轻轻转动着酒杯,也不夹菜,俊美的眉目间亦喜亦悲,半晌方低声道:"醉了好,今晚应该醉。"

江慈明他心意,忙拿起酒杯,道:"好,庆祝你大仇得报,我们醉上一回!"说着忙不迭地喝了一口,叹道:"不错,真是好酒!"

卫昭见她馋样,一笑间仰头将酒喝了下去。

鱼汤鲜美,酒香浓烈,二人说说笑笑,不知不觉间便是壶干菜尽。

江慈收拾妥当,又到厨房烧了热水,端来房中,拧了热巾递给卫昭。卫昭将脸埋在滚烫的热巾中,酒意涌上,再抬起头来,已是双眸通红,呆呆地望着江慈。

他的眼神与以往任何时候都有些不同,江慈心跳陡然加快,飞快地从他手中抽过热巾,端起水盆,转身便走。

月落的房屋都有着高高的门槛,江慈慌神间右脚绊上门槛,扑倒在地,水盆倾覆,全身湿透。卫昭纵过来将她抱起,皱眉道:"怎么这么不小心?"

江慈轻哼道:"怎么办?都湿了。"

卫昭将她抱到椅中放下,到屋内一角的大红柜中翻了一会儿,找出几件月落女子的衣裳,放在手中摩挲片刻,语带惆怅:"这是姐姐当年穿过的。"

江慈双手接过,红着脸道:"你先出去。"

卫昭面上也红了一红,快步出屋。

衣裳收在柜中多年,已十分陈旧,江慈快速换上,竟短了些,想来是他姐姐十四五岁时穿过的。

屋外传来清幽的箫声,江慈轻轻走出屋子,走到他的身后。

箫声婉转悠扬,诉尽思念后袅袅息止。卫昭握着玉箫,转过身,望着江慈身上青丝百凤罗裙,眼神有些恍惚,转而忍不住笑道:"短了些。"

江慈双手双足都露在外面一截,宛如玉藕。月色下,她眼波如画,面染桃红。

卫昭只觉多年来身心俱疲,从未有过这样平静安乐的夜晚,一丝醉意再度涌上,眼神越发迷离。山间秋夜的风寒意甚浓,江慈跺了跺脚。卫昭醒觉,忙道:"外面风冷,进去歇着吧。"

"好。"江慈奔回屋内,卫昭也跟了进来。

两人看着屋内的床,都愣了片刻,卫昭涩涩道:"我到那边屋子睡,你就在这里睡吧。"

江慈有些不舍,沉默片刻方道:"好。"

卫昭离去,江慈仍呆呆地站在屋中。过了片刻,门被敲响,她忙将门拉开,卫昭红着脸,半响方道:"那边……没被子。"

"哦。"江慈转过身,这才发现这边床上也只有一床被子,绣花缎布被面还因是多年前的,有些发黄。她又去打开大柜,看了片刻,回头勉强笑了笑:"也没有,怎么办?"

"哦,那算了。"卫昭愣愣道,缓慢转身。

眼见他要迈过门槛,江慈急唤了声:"无瑕。"卫昭脚步顿住,并不回头。江慈犹豫片刻,讷讷道:"这么冷的天,不盖被子怎么行?"

"我打坐好了。"卫昭微作犹豫,低声道。

见他欲再度提步,江慈又唤了声:"无瑕。"

"嗯。"

江慈的声音逐渐低了下去:"你……你在这边睡吧。"不待卫昭说话,她迅速跳上床,坐于床内一角,指了指对面,"你睡那边,我睡这边就是。这么冷的天,总不能让你一晚上都打坐。"

卫昭呆立在门口,始终不动。江慈只得再鼓起勇气,笑道:"我有些挑床,睡不着,你陪我说说话。"

卫昭转身,也不敢看她,慢慢走到床边坐下,却也不上床,只是愣愣地坐着。

江慈忽觉心跳加快,口也有些干,不由得抿了一下双唇,抬眼间与他的目光对个正着,一触即分,飞红了脸,转开头去。

两人的呼吸声都有些粗重,室内暧昧难言的气氛让江慈隐隐觉得要发生些什么,既有些害怕,又莫名地有些期待。

许久过去,见卫昭还是木然坐着,江慈索性一闭眼,钻入被中,道:"我要睡了,把蜡烛熄了吧。"

卫昭轻应一声,右掌轻扬,室内陷入黑暗之中。

江慈闭目良久,还未听到他上床,忍不住唤道:"无瑕。"

"嗯。"

他在黑暗中静坐,江慈睁大双眼,也只能见到他隐约的身影。

"你也睡吧。"

"我想坐一会儿,你先睡吧。"

江慈恼道:"我睡不着。"

"为什么睡不着?"

江慈掀被而起,坐到卫昭身边,声音带着些倔强:"你老像菩萨这么杵着,我怎么睡得着?"

卫昭无奈,和衣躺下,闭目道:"那我睡了。"

江慈得意一笑,转回那头睡下,却又发现他没盖被子,忙又爬起来,握着被子要盖上他的身子,口中道:"你刚好些,别着凉了。"

黑暗中,她也不知自己是怎么脚下一绊,居然迷迷糊糊往前一扑,扑到了他的身上。待他身上醉人的气息一阵阵将她淹没,才发现自己已无力起身。不知是谁的心怦怦乱跳,黑夜中听来格外清楚。她迷糊良久,终"啊"地轻唤一声,用力一撑,想要爬回去,谁知手指竟缠上了他腰带,忙乱间将他的束带给扯了下来。她一慌神,手掌又撑上他身体某处,异样的感觉让她如遭雷击,急速往回爬。

卫昭终于忍不住轻哼出声,猛然揽上她的细腰,将她抱了回来,喘道:"小慈。"

他的声音有些沙哑,她不及反应,已被他覆在了身下。

浓浓的欲望将他淹没,也让她陷入半昏迷状态。他不停地吻着,手也颤抖着伸入她的衣内,覆上她胸前的柔软。酥麻感如潮水漫卷,将她整个人淹没。他掌心的炽热更让她无法克制地低颤,终忍不住轻嗯一声,并咬了一下他的下唇。

下唇微痛,卫昭恢复了几分清醒。他身躯僵住,慢慢将她推开,向外挪了些,半响方低声道:"小慈,我……"他的声音似是因为压抑了太多东西,又干又涩,欲言又止。

黑暗中,江慈躺于他身侧,待喘息不再急促,方轻声道:"我冷。"

卫昭默不作声,只是呼吸依然粗重。江慈再等一阵,又道:"我冷。"

卫昭还是犹豫,江慈已慢慢地靠过来,依上他的胸前,低低道:"这么冷,两只猫要靠在一起取暖才行。"

她如一团火苗般靠近,这股温暖让他无法抗拒,只得再度将她抱紧。

温暖似海般让人窒溺,沉浮之间,他欲彻底燃烧,却又怕靠得太近,自己身上的黑暗会把这份微弱的光吞没。可从来风刀霜剑、如履薄冰,从来只身饲虎、黑暗中沉沦,若能拥有这一份温暖,就是化为灰烬又何妨?

是靠近,还是逃离?他在矛盾中挣扎着。但,这么美好的夜晚,这么温暖的身体,他的欲望如潮水般澎湃,理智渐渐沉沦……

不知何时,二人的衣衫已不知去向。她身上散发着的阵阵幽香彻底让他陷入迷乱之中,纵是屋内没有烛火,他也可看到她那洁白柔软的身体,像一道闪电照亮了他的双眸。她双拳紧捏放于身侧,她胸膛剧烈地一起一伏,他能感觉到她的羞涩、紧张与不安,但他更能感觉到自己的慌乱与紧张。

接下来该怎么办?他呼吸有一瞬停顿,脑中茫然不知所措,身躯却不由自主地覆上那份柔软。

她在他耳边无力地呻吟:"无瑕。"

他有些手足无措,身下柔软滚烫的身体点燃了他的全部激情,他却拿不准该往何处去释放这股激情。她也感觉到了他的异样,不安地动了一下,强烈的肌肤摩擦让他脑中轰的一声,剧烈喘息着绷紧了身体。

终于有什么要发生,在这个夜晚,不可逃避。

她在他身下嘤咛,当他满头大汗,终于找到路途,喘息着用力埋入她紧绷的身体中。她紧咬住下唇,将撕裂带来的痛哼声咽了回去。

陌生而幸福的感觉将两人同时淹没,他只停顿了一瞬,又继续将自己深深地埋入到她温暖柔嫩的身体中。

他,终于做回了萧无瑕,她也终于找到了命中的归宿。

每一次进入都让他的心在颤抖,那美好的感觉让他无法控制自己。他尝试着不停体味这份美好,心底深处却始终怀疑自己是否坠入梦中。他怕这场梦终有醒来的一刻,只能尽力记住这种感觉,将它深深铭刻在心。

身下的她绷得很紧,低吟声也似有些痛楚。他又涌上惶恐与不安,欲待停下,她却用力抱住了他的背。

不安与惊疑逐渐淡去,他的眼中充满惊喜与狂热。他控制不住地低喘、起伏,她也紧紧抱住他,随着他的每一次起伏而轻颤。细细的娇吟声,让他在一波又一波的浪潮中迅速疯狂,直至忘掉整个世界,直至攀越到快乐的最高峰。

原来,身与心的交融,会是如此美好,竟可以如此美好。

他伏在她的身上低低地喘息,明亮的眼眸中却似有水光流淌。她的身子在疼,但胸中却盈满了幸福与欢喜。

他将娇柔纤细的她裹在自己的臂弯里,喃喃轻唤:"小慈。"

她再度被他身上醉人的气息淹没,只能发出低低的轻嗯。

轻抚着她的秀发,他心口似被什么堵住了一般,不知如何才能让她听见自己充满胸腔的感激,但最终一句话也说不出来。

这一刻,他只想紧紧地抱着她,将她融入自己的血中、骨中、灵魂之中。

山间的夜是这般静谧,静谧得能听见彼此的心跳声和每一次呼吸声。


江慈醒转来,室内已依稀透进些晨曦。她一睁开双眼,便见他的眸中透着无尽温柔,正静静地看着自己。她害羞地闭上双眼,他凝望她脸上动人的红晕,俯过身来,轻柔地吸吮着她的唇舌,又吻上她的颈,一路向下,终于,颤抖着含上了她的胸前。如同迷途的孩子找到了归路,他幸福地自喉间发出一声呻吟。

江慈全身一阵剧烈的战栗,同时感觉到他身体的异样,面颊腾地红透,不由得喘息着唤了声:"无瑕。"

情欲再度弥漫开来,初尝美好而带来的渴望让他无法控制自己。少了昨夜的生涩,多了几分狂野和绵长,肌肤相亲,乌发缠结,交颈厮磨,是无尽的眷恋与纠缠。当他彻底嵌入她的身体,再度低吼着释放了自己,江慈在极度欢愉中忽然有种想哭的冲动。这样的幸福感来得太强烈,满满地由胸中向外洋溢,溢得她的心都有些疼痛。她张开双臂紧紧抱住剧烈战栗的他,低喃道:"无瑕。"

他渐渐平静,却仍伏在她身上,右手撑额,与她目光交集、缠绵。他的乌发垂下来,额头沁满汗珠。她伸出手,想替他擦去汗珠,他却忽然张嘴,含住了她的手指。她只觉麻痒自指尖直传入心窝,忍不住笑着扭动了几下。卫昭痛苦地呻吟了一声,自她身上翻落,大口喘气。

江慈静静地靠过去,卫昭伸手将她揽在怀中,待喘息稍止,轻声道:"小慈。"

"嗯。"江慈伏在他胸前,看着自己与他的乌发纠缠在一起,轻轻地拨弄着。

"你以后,会不会恨我?"欢愉过后,他又涌上悔意与歉疚。

江慈用力咬上他的胸前,他痛呼一声,却仍未放开她。她似嗔似怨地望着他:"你若再丢下我,我就恨你一辈子。"

他心底涌上一丝莫名的恐惧,她也仿似自他眸中看到这丝恐惧,不安地攀上他的身躯:"我要你发誓,一辈子都不再丢下我。"

他轻抚着她的如雪肌肤,低沉道:"好,一辈子都不丢下你。"

"我要你发誓。"她不依不饶。

他迟疑了一下，柔声道："好，我若再丢下你，便罚我受烈焰噬骨……"

江慈心中莫名发慌，重重地堵住了他的双唇。

他不再说话，将她娇柔的身子抱住，感觉到紧贴在自己胸前的丰盈，渴望再度涌上，却最后只是轻抚着她的肌肤，任她慵懒地伏在自己身上睡去。


江慈再醒来时，已是日上中天，全身的酸痛让她竟无力起床，待神智稍稍清醒，才发现他已不在身边。她一阵恐慌，猛地坐了起来，急唤道："无瑕！"

锦被自肩头滑下，昨夜今晨留下的欢痕，让她彻底明白这不是一场梦，可他在哪里？她惊慌中便要下床，白色身影已闪进来，将她抱入怀中。她用力箍住他的脖子，他似是明白她的不安，轻轻地抚着她的秀发。她逐渐平静，转而发觉自己竟是未着衣衫，啊的一声抓起被子将自己裹住，小脸唰地红透。

纵是先前亲密至身心无间，二人此刻都有些羞涩。卫昭急急大步而出，站于门口，半天才平定胸口再度涌上的浪潮。

轻柔的脚步声响起，江慈从后面抱住了他的腰，将脸紧贴在他的背后，也不说话，只是静静地靠着。

他回过身，修长的手指轻轻托起她的面容，柔声道："饿了没有？"

江慈闻到一股米汤的香气，讶道："你在做饭？"

卫昭微微一笑："很奇怪吗？"

江慈不信，挣脱他的手跑到厨房，不由得笑弯了眼："好啊，你又去做了一回小偷，这回人家不见了整只鸡，只怕真要满山抓大野猫了。"

卫昭只是看着她笑，微眯的凤眸中有着少见的得意与顽劣。


秋夜清寒，她也格外怕冷，将整个身躯缩在他的怀中，贪恋着他怀中的温暖。他身上的气息如同春风紧紧地裹住她，让她片刻都舍不得离开。

幽欢苦短。这几日，二人都不去想身在何方，甚至连话语都很少，他与她全身心地投入，无止境地燃烧，彻底沉浸在这欢愉之中。

睡到半夜,她被耳边的酥痒弄醒,笑着躲开去,他又贴了过来。

"累不累?"他的呼吸开始加粗,他的声音带着些蛊惑,还有几分渴求。

她有些酸痛,却逃不出,也舍不得逃出他的臂弯,只是将头埋在他胸口,轻嗯了一声。他分不清她这是拒绝还是同意,却还是将她覆在了身下。

她的身躯这么娇柔迷人,他贪恋着她身上的每一寸肌肤,探索着她身上的每一分柔软。她热情地回应着,却发现他停了下来。她睁开迷蒙的双眼,见他专注地望着自己,不由得伸手圈住他的脖子,低声道:"怎么了?"

他似是有些别样的渴望,额头开始沁出汗珠。

江慈忙柔声道:"哪里不舒服吗?"

卫昭呼吸急促,忽然伸手握住她的腰,声音有些沙哑,在她耳边低低道:"我们试一试,好不好?"

"试什么?"她睁大眼睛望着他。见她目不转瞬地望着自己,他脸更红,带上命令的口吻:"你闭上眼睛。"

"不闭。"她更是好奇,索性紧盯着他。他有些羞恼地哼了一声,猛然将她抱起。她闭目"啊"地大叫,再睁开眼时已坐在了他的腰间。

"你……"她有些惊慌。

"听话。"他的声音带上几分固执。

她不知他要做什么,只得揽上他的脖子,乖顺道:"好。"

今夜深山处,并蒂花开结千发,良宵更苦短——

# 第五十四章

## 暗度陈仓

天亮得那么早,江慈不情不愿地起床。卫昭仍在熟睡,平日闪亮的双眸此时合起,但黑长微翘的眼睫随着呼吸微微颤动,更衬得他面如美玉。江慈忍不住屏住气息,慢慢低下头来,将双唇在他的睫毛上蹭了蹭。卫昭并未醒来,江慈得意地一笑,轻轻地穿上衣裳,轻轻地走出房门。

江慈将饭做好,卫昭仍未起床。江慈不忍心叫醒他,见屋前栽着的一带玉迦花旁长满了杂草,便找来锄头,细细地锄去杂草。

极轻的脚步声响起,江慈一喜,转而听出脚步声来自石屋左侧的山路,急忙抬头,数日的欢愉便于这一刻悄然褪去,她慢慢退后两步,双唇微抿。

萧离与平无伤缓步走来,萧离盯着江慈看了一阵,心中暗叹,轻声道:"教主在吗?"

江慈抿嘴不答。

房中,卫昭倏然坐起,静默片刻,穿好衣裳出来,淡淡道:"出了什么事?"

江慈慢步后退,将身子隐在卫昭身后。

萧离与平无伤下跪行礼,卫昭道:"都起来吧。"

平无伤抬头看了他一眼,他避开平无伤的目光,转身入屋,道:"进来说话。"

平无伤与萧离并肩进屋,这久未住人的屋子被收拾得焕然一新、窗明几净,宛如这里的旧主十多年来从来没有离开过一般。平无伤再抬头,正见江慈扯了扯卫昭的衣袖,而卫昭则轻轻地拍了一下江慈的手,心中忽然一酸,垂下头去。

萧离已道:"裴琰夺回郓州、巩安了,正往郁州、成郡追击桓军。"

卫昭微笑道:"比我预想的要快一些。"

"是,教主,您看……"

卫昭听着身后之人极细的呼吸声,仿若能听见她心中的不舍,他狠狠心,开口道:"我得尽快赶过去,假装受伤只能瞒过一时,我总得重回人前露面。"

江慈的心一沉,凝望他挺拔的背,努力让自己的心平静下来。她转身走进厨房,端了饭菜出来,微笑道:"填饱肚子再谈正事吧。"

见三人都不动,她拉了拉卫昭的衣袖。卫昭在桌前坐下,江慈又向平无伤和萧离笑道:"平叔,四师叔,一起吃吧。"

平无伤和萧离互望一眼。他二人昨夜便赶到了明月谷,但还是决定待天亮后再上山,眼见揣测变成现实,二人心中说不上是何滋味。

卫昭抬头:"一起吃吧。"

平无伤、萧离过来坐下,江慈大喜,替二人盛上饭来。萧离看着桌上菜肴,不由得笑道:"谷中正说厨房闹贼,每天不见了东西,原来都到这里来了。"

江慈咳了一声,端着饭碗溜回了厨房。

卫昭低头静静吃饭,半晌方问了一句:"族长呢?"

"很好,天天缠着苏俊,也很好学,苏俊正在教他《国策》。"萧离答道,紧接着夸了一句,"丫头手艺真是不错。"又道,"教主,您是不是回去见一下族长?"

卫昭的筷子停了一下,道:"算了,他很聪明,我怕他瞧出什么破绽。再说,我得赶去成郡,还有最关键的事情没有做。"

萧离沉默片刻,道:"也是。"停了一下,又道,"昨天收到了盈盈的传信。"

"怎么说?"卫昭抬头。

"谈妃也有了身孕。"萧离踟蹰片刻,轻声道。

卫昭眉头皱了一下,道:"这可有些棘手。"

"是,小庆德王子嗣上头比较艰难,这么多妃嫔,只有一个女儿,原本还指望盈盈能生下个儿子——就算她生的不是儿子,我们也可以给她弄个儿子进去。这样的话,小庆德王万一有个什么意外,这个孩子就会是承袭王爵的唯一人选。可现在,谈妃也有了身孕,她是正室,这就……"

卫昭想了想,道:"听说太子的这个表妹一向身体欠佳,若是跌了一跤,保不住孩子那也是很正常的。"

"是。"

"告诉盈盈,谈妃的事情办妥后,小庆德王手中那张玉间府的兵力布防图,让她也抓紧时间想办法拿到,派人迅速送到京城。"

"是。我这就传信给她。"平无伤恭声道。

卫昭取出一块令牌,递给平无伤:"河西姚家庄的宅子,我放了一批兵器,平叔带人去运回来。这是裴琰的令牌,遇到盘查,你可用这个。"

"是。"

三人不再说话,吃完饭,卫昭沉吟片刻,起身道:"四师叔,你随我来。"

秋阳在林间洒下淡淡光影斑点,萧离跟着卫昭穿过山林,一路登向山顶。

这处山峰位于明月谷深处,地势较高,又正是晴空万里之时,待二人站到峰顶,顿觉眼前豁然开朗,远处连绵山脉,近处山林峡谷,月落风光尽收眼底。

山风飘荡,吹得二人衣袍猎猎作舞。卫昭并不开口,萧离也不问,二人静静地站着,享受这无边的秋意。

多年之前,月落山也是这等秋色,今日景色依然,故人渺茫。当日并肩静看秋色之人,除了尚有一个不知身在何处,其余的都已随秋风卷入尘埃。萧离悄无声息地叹了口气。

卫昭神色略带怅然:"师叔,我也不知道什么时候能够再回到这里。"

萧离知他即将远行,他身处虎狼之窟,处处陷阱、步步惊心,此刻必定要向自己将诸事交代,便俯身行礼:"请教主吩咐,萧离粉身碎骨,万死不辞。"

卫昭沉默片刻,轻声道:"此番去成郡,如果桓军败退、战事得定,太子诏令一下,我和裴琰便马上要回京城。"

"回京城?"萧离直起身,话语带上几分咀嚼之意。

卫昭知他所想,叹道:"是,我们主动回京,并非起兵返回京城。"

萧离道:"裴琰不是一直想夺权上位吗? 教主当初和他合作,也是打算扶他一把的。"

"我当初与他合作,一是身份泄露、被他胁迫,二也是看中其人才智超群,有令天下清明之大志,所以才答应帮他。裴琰本来是想先夺取兵权,控制梁国北面半壁江山,再伺机将老贼拉下马。但老贼也是做了周密的准备,才让裴琰重掌兵权的。裴、容二族都处于监控之中,长风骑将士的家人也都还在南安府和香州。眼下他虽病重,董方这些人可没闲着。"

"是,裴琰若要起兵,定得三思。"

卫昭望向秋空下的绵延青山,缓缓道:"还有更重要的一点,自古以来得民心者得天下。此次河西之役,我亲见崔子明一番献计,巧妙利用百姓的力量,才将桓军击败,深有体会。"

萧离叹道:"民心如水,载舟覆舟啊。"

"裴琰打着为国尽忠、驱逐桓贼的旗号,借百姓之力才平定战事。眼下大战初定、民心思安,如果他又公然造反、重燃战火,岂不是贼喊捉贼? 他裴琰又靠什么去号召天下,收拾人心?"

萧离若有所思,也将目光投向悠悠白云下的青山。

卫昭道:"既然起兵要冒极大风险,而京城形势又发生了很大的变化,那么裴琰也就有了新的打算。"

萧离缓缓点头:"反正皇帝病重不起,与其冒险造反,倒不如扶一个傀儡皇帝上台,以后再慢慢扩充势力,等时机成熟了,再取谢氏而代之?"

"他现在打的正是这个主意,他还想让我继续帮他。可我仔细想过了,他要是坐上了那个位置,说的话还算不算数,可就不一定了。鹬蚌相争,渔翁得利。裴琰是鹬,我们就得给他弄个蚌,这样才能逼他兑现诺言。"

萧离想了想道:"教主打算扶庄王?"

"裴琰想逼反庄王,除掉太子,借机扶静王上台。我表面上同意了,到时自会想办法让庄王胜出。既有裴琰的承诺,又有庄王,月落立藩便不成问题。庄王现在式微,只要我们手中捏着小庆德王,他自然会听话。"

萧离默然半晌,望向卫昭俊美如天神般的侧面,低声道:"只是这样一来,教主您还得继续和他们周旋啊。"

卫昭偏过头去,淡淡道:"若能为我月落周旋出几十年的太平日子,倒也不错。"

萧离心绪激动,竟有些哽咽。卫昭听得清楚,转头望着他,微笑道:"师父说过,您是遇事最镇定的一个。"

萧离说不出话,卫昭面容一肃,道:"萧离。"

"在。"

"你要切记,民心为本,民意难违。你施政之时,要多听取族人的意见,万不可离心离德,更不能伤民扰民。只有全族上下齐心,月落才有强大的希望。"

萧离躬身施礼:"萧离谨记教主吩咐。"

"我已经让人在梁国各地置办绣庄,你挑选一些能说会道的绣娘过去。以后绣庄的收入就用来兴办学堂、开垦茶园和良田。"

"是。"

"从今年起,在全族选一批天资出众的幼童,集中到山海谷学文练武,由您亲自授课,待他们大些便送去梁国参加文武科举。"卫昭顿了顿,又道,"只是……需将他们的家人暗中看管起来。"

"是。"

卫昭想了想,道:"就这些了。"他后退一步,长身施礼,"一切有劳师叔。"

萧离将卫昭扶起,再也控制不住激动的情绪,猛然抱上他的肩头。卫昭比萧离高出半个头,可此刻,萧离觉得自己抱住的,还是当年那个粉雕玉琢、如泉水般纯净的孩子。

卫昭任由他抱着,半晌才轻声道:"师叔,您放心,我终有一日会回来的。"

萧离眼眶湿润,终只能说出一句:"无瑕,你多保重。"


卫昭与萧离出屋,平无伤转头盯着江慈,不发一言。江慈却向他一笑,转身就跑,不多时斟了杯茶出来,双手奉给平无伤:"平叔,您喝茶。"

平无伤欲待不接,可茶香让他呼吸一室,便接了过来。他低头一看,怒道:"你们……"

江慈嘻嘻一笑:"不是我拿的,无瑕说,谷中最好的茶叶必定在您房中。"

平无伤未及说话,江慈面上微带撒娇神态,道:"平叔,无瑕说了,我们下次给您带梁国最好的云尖茶回来,保证比您这个还要好,您就别生气了。"

平无伤捧着茶杯在桌前坐下,看了江慈几眼,默然不语。江慈忙在他身边坐下,央求道:"平叔,我想求您件事。"

"何事?"平无伤冷声道。

"您给我讲讲无瑕小时候的事,好不好?"

卫昭与萧离由山上下来,刚走到石屋后面,便听见屋内传出平无伤和江慈的笑声。两人齐齐一愣,萧离笑道:"平无伤会笑,倒是件稀罕事。"

卫昭听着江慈的笑声,不由自主地嘴角轻勾。萧离看得清楚,心中一酸,低下头去。

见二人进屋,平无伤忙站起来。卫昭淡淡道:"你们到外面等我。"

他走入右边屋子,江慈跟了进来,默默依入他的怀中。二人环顾屋内,被衾犹暖,温香依稀,这几日便如同一场梦,缠绵迷离,却终有要醒来的时候。

卫昭低头,轻声道:"你留在这里吧。"

江慈拼命摇头,在他胸前拍了一下。卫昭知她是在提醒自己发下的誓言,却仍在她耳边低声劝道:"我还有数件大事要办,你千里迢迢地跟着……"

江慈仰起头,眼睛睁得很大,努力不让泪水滴下,哽咽道:"你到哪里,我便到哪里,不许你丢下我。"

卫昭抱住江慈,视线正望向窗外。纷飞的黄叶在最后的秋阳中曼舞,卫昭甚至能听见黄叶落地的沙沙声。一只雀鸟在窗台落下,不久,又有一只雀鸟飞过来,片刻后,两只鸟又一起振翅飞去。

卫昭轻轻捧住江慈的脸,吻去她的泪水,道:"好,我去哪里,你便去哪里。"

江慈破涕为笑,跟着卫昭踏出房门。下山的路长满杂草,卫昭索性牵住了江慈的手。萧离与平无伤不敢回头,只是默默地在前面走着。

到得石缝前,卫昭停住脚步,平无伤过来,轻声道:"要不要去道个别?"

江慈觉卫昭握着自己的手忽有些颤抖,便仰首望着他。他此时衣胜雪、人如玉,看着自己的目光如春柳般温柔。江慈不由得柔声道:"还是去给阿爸和姐姐磕个头吧。"

卫昭忽握紧了她的手,转向萧离与平无伤道:"四师叔,平叔。"

"在。"二人齐齐躬身。

"不敢,二位是长辈,今日想请二位做个见证。"卫昭看了看江慈,话语轻而坚决。

萧离心中有说不出的悲喜交集,平无伤想起大计将成,那恶魔病重不起,这女子又善良可人,也不禁替卫昭欣喜。二人同时点头道:"好。"

江慈却不明卫昭所言何意,卫昭向她一笑,牵着她往石缝出口右侧走去。到得墓前,卫昭将她一带,二人跪下。卫昭凝望着石碑上的字,双眼渐红,手也在轻轻地颤抖。

萧离叹了口气,走到墓前长身一揖,再轻抚上石碑,道:"大师兄,今日无瑕在此成亲,请您受他们三拜,并赐福给佳儿佳妇吧。"

江慈顷刻间泪眼蒙眬,转头望向卫昭。秋阳下,他的笑容是那般轻柔。卫昭慢慢伸手替江慈拭去泪水,江慈随着他叩下头去,一拜,再拜,三拜,只愿今生今世,得阿爸和姐姐相佑,再不分离。


由月落往郁州,路途非止一日。平无伤为二人准备好两匹马,卫昭戴上面具和宽檐纱帽,江慈则换了男装。二人告别萧离与平无伤,往郁州一路行去。行得半日,江慈索性卖掉一匹马,与卫昭共乘一骑。

一路行来,秋残风寒。卫昭买了件灰羽大氅,将江慈紧紧地圈在怀中。灰氅外秋风呼啸,灰氅内却春意融融。江慈只愿这条路永远走不到尽头,只愿一生一世都蜷在他的双臂之间。

夜间,二人也时刻胶着在一起,寂冷的长夜,唯有这样,他和她才觉不再孤单。

欢愉愈浓,江慈却也慢慢感觉到他隐约的变化。他熟睡时,有时会微微蜷缩,似在梦中经受着什么痛苦；一路走来，看到战后满目疮痍的凄惨景象，他也总是拧着眉头，不发一言。更让她十分不安的是，他心底的那些看不见的伤痕，是她始终都不敢去触及的，她怕她一碰到那些糜烂的伤口，他就会从此消失。她唯有夜夜与他痴缠，让他沉浸在最浓最深的爱恋之中。

这日郁州在望，路上处处可见百姓欢庆长风骑赶跑桓军、收复郁州。卫昭默默看着，手心忽然沁出冷汗。江慈却是看着欣喜，回头仰望着他，笑道："真好，若是以后再也没有战事就更好了。"

卫昭勉强笑了笑，劲喝一声，策马疾驰，终在天黑时进了郁州城。

裴琰的行军速度极快，长风骑已将桓军逼到了成郡一带，郁州城内是宣远侯何振文带兵镇守。卫昭潜入郡守府探明情况后回到客栈，道："少君不在，我们得去成郡。"

"就走吗？"江慈替他取下面具，转身放在桌上。

卫昭静默片刻，忽然从后面抱住她，她娇笑着倒在他的怀中，他悄悄扬掌，将烛火熄灭。

她在他怀中醒来，借着窗外透进来的一点月色，可以看见他的修眉微微蹙起。她忍不住伸手想要抚平他的眉头，他却突然睁眼，温柔地吻上了她的手心。

江慈低笑道："你没睡着啊？"

"你不也没睡。"

"那你在想什么？想得眉头都皱起来了，不好看。"

卫昭有些愣怔，转而抱住她，良久，终问了出来："小慈，告诉我，为什么会是我？"

江慈想了想，摇头笑道："不知道。"

他在她耳边叹了口气："你真糊涂。"

"师父说，糊涂人有福气。"

他再叹声："可我是个坏人，地地道道的坏人。"

江慈想堵住他的嘴，他却紧紧抱着她，低声道："小慈，我以往做了很多很多坏事，满手血腥，满身的罪孽。你跟着我……"

江慈默然，良久，才低声道："那我就求菩萨，让我死后下十八层地狱，为你赎罪好了。"

进入十月,北境便迅速寒冷,满树枯叶飘然落地,积起一地暗黄。

长空中一声鹰唳,灰线划过,弦声震响,苍鹰发出凄厉的哀号,落于山峦之中。

宇文景伦掷下手中强弓,回头看了看火光冲天的麒麟谷,眉间满是愤然和不甘。易寒看得清楚,上前道:"王爷,还是先入城吧。这场大火只能将裴琰阻挡一两日。"

宇文景伦不发一言。滕瑞伤势未愈,连声咳嗽,咳罢,道:"成郡入不得。"

宇文景伦若有所思。左军大将慕容光不解,道:"成郡还有我们的人在守着,为何入不得?"

滕瑞面色有些苍白。回雁关一役,他为逃生,自关墙跳下,宇文景伦虽及时赶到卸去他大部分下坠之力,但仍伤得不轻。纵是他医术高超,但连日来随军步步后退,殚精竭虑、连出奇招,方助宇文景伦保了这八万人顺利撤回到成郡一带,伤便一直未能痊愈,此刻他已是心力交瘁。他再咳数声,道:"成郡多年以来一直为长风骑驻扎重地,裴琰在这处更是得到全城百姓的拥护。眼下我军退到这里,城内却仍未有大的骚乱,慕容将军不觉得奇怪吗?"

慕容光一凛:"莫非那些暗袭者早就潜到成郡,就等着咱们进去,好和裴琰内外夹击?"

"暗袭还在其次,主要是我军退得匆忙,粮草缺乏,一入成郡,如果没有足够的粮草,如何坚守?万一被围困,谁来为我们解围?南征无望,成郡守来何益?"

滕瑞这话一出,众人都默不作声。自宇文景伦从回雁关败北,毅平王、宁平王相继战败身亡,皇太子在桓皇面前屡进谗言。桓皇命皇太子的表兄左执率兵前来支援,但左执率三万人马到了黑水河后便再未南下,摆明了要隔岸观火,坐看宇文景伦被长风骑追击。至于最要紧的粮草,也被左执扣着,迟迟未过黑水河。正因粮草不继,才导致桓军节节败北,若是再被围困在成郡,只怕这八万人便要死在长风骑和桓太子一明一暗的双重夹击之下。

宇文景伦放目远眺,南方,层峦染黄,云淡风冷;他再回望北际,阔野长空,一望无垠。他久久地思考着,一转头,与滕瑞目光相触,沉声道:"先生请随我来。"

秋风渐盛,卷走稀薄的阳光,阴沉天空下的远山近野,处处都呈萧瑟之态。

滕瑞随着宇文景伦走到空旷处,二人负手而立,风卷起宇文景伦的战袍和滕瑞的衣襟,一人气势恢然,一人也自镇定如水。

"先生。"宇文景伦仰望长空,道,"今年冬天会很冷。"

滕瑞叹道:"上京只怕更冷,风刀霜剑啊。"

"可若不回上京,那就不只要面对风刀霜剑,还有暗箭和毒蛇。"

滕瑞遥望远处成郡城墙一角,慢慢道:"可若是我们穿够了御寒的衣物,有了过冬的粮食,又将火堆燃起,将墙砌高些,就什么都不怕。熬过冬天,自然就是春天。"

宇文景伦肃容道:"请先生指教。"

"王爷,眼下成郡铁定守不住。而若回上京,此番战败,皇上纵是有心保王爷,王爷也得交出兵权。"

"可若不回上京,只怕皇兄会给我安一个拥兵自立、意图谋反之罪名。"

滕瑞微微一笑:"两位皇叔埋尸异乡,皇上定会日夜悲伤,短时间内怕是很难处理奏折。"

宇文景伦心领神会。父皇一直以来便想对两位拥兵自重的皇叔下手,此番自己率兵南征,虽说折戟沉沙,但主力尚存。毅平军和宁平军虽都全军覆没,但却恰恰合了父皇的心意。

滕瑞续道:"皇上历来宠爱王爷,不会对王爷下手,但若王爷回上京,兵权必得交出,以平朝议。"

"如若交出兵权,以后再想拿回可就困难了,皇兄对我一直盯得很紧。"

滕瑞指着西北面,缓缓道:"眼下只有一条路可走。"

宇文景伦会意,点了点头:"月戎。"

"王爷英明。若不想交出兵权,便唯有再起战事。眼下不能打梁国的主意,只有退而求其次。"

宇文景伦面上有一丝雀跃:"其实父皇早就想灭了月戎,而我若想将来一统天下,也不能让后方还有这个癣疥之疾。只是我若攻打月戎,裴琰会不会趁机打过黑水河?"

滕瑞咳了数声,咳罢,摇头道:"梁帝病重,裴琰又是新胜,只怕梁国马上将有大变,现在不是裴琰北上的时机。王爷先灭了月戎,顺便将西边二十六州掌控于手,到时要兵有兵,要粮有粮,即使不回上京,皇上和太子也拿您没办法。"

滕瑞这话已说到极致,宇文景伦自是明白他的意思。与其回上京束手就缚,不如真的拥兵自重,至少可以自保,为日后东山再起积累本钱。

宇文景伦思忖片刻,道:"可月戎这几年来一直向我国纳贡称臣,也未再与我国有边境冲突,这……"

滕瑞微笑道:"若是王爷率兵回撤过黑水河后收到紧急军情,月戎国趁我国新败,发兵入侵。您说,您这个兵马大元帅是当不知道、继续率兵东归上京,还是当机立断、率兵西援更合皇上的心意?"

宇文景伦却还有些犹豫:"可眼下粮草短缺,要前往月戎……"

滕瑞不语,慢慢伸出左手。宇文景伦自是领悟,要得粮草,左执不可留。

二人不再说话,宇文景伦远眺西北,目光似乎要穿透那处厚厚的云层,看到更遥远的地方。战马嘶鸣声传来,他眼睛里流露出冷酷、坚决的神色,仰天大笑道:"好!本王便以西边这二十六州为根基,重整旗鼓,异日再向裴琰来讨这笔旧债!"

滕瑞后退两步,深深行礼,道:"滕瑞无能,以致王爷南征无功,还请王爷……"

宇文景伦抢上前将他扶起,诚恳说道:"与先生无关。若非先生,本王这八万人马都保不住。日后还得仰仗先生,助我早日成就大业。"

二人相视一笑。秋风浩荡,桓国未来的君王和丞相,在这命运的转折关头,彼此有了更深刻的了解。他们都仿佛自这秋风中,听到了更高远的王者之歌。


梁承熹五年、桓天景三年十月,裴琰率长风骑一路向北,追击桓军。宇文景伦不敌,步步败退,率八万大军退回桓国境内的黑水河以北。

长风骑追至黑水河,与桓军展开激战。桓皇太子表弟左执阻击裴琰时阵亡,宇文景伦率兵拼死奋战,方将裴琰阻于黑水河以南。

长达半年、军民死伤数十万人的"梁桓之战",以桓军败退回国、长风骑收复全部失土而结束,两国重新以黑水河为界,其后十余年未再有战事。

同月,月戎趁桓军新败,发兵入侵。宣王回上京途中收到紧急军情,率兵西援,经过数月征战,将月戎国踏于铁蹄之下。


这日辰时,成郡鼓乐喧天,欢呼冲霄。如云旌旗、万千铁骑,拥着剑鼎侯裴琰自北门入城。裴琰端坐马上,铠甲及战袍上仍有着隐隐血迹,但他笑容俊雅,意气风发,一路行来,这位胜利者的笑容比头顶那一轮朝阳还要和煦灿烂几分。

兵戈杀气终于彻底敛去,梁国大地也终于重见安宁。百姓们不知如何才能表达对剑鼎侯及长风骑的感激之情,只是一路随着入城的将士欢呼,将街道挤得水泄不通。由北门至郡守府的直衢大街,裴琰带着长风卫足足走了一个时辰。

进得郡守府,陈安松了口气,笑道:"我看这百姓比桓军还可怕,桓军拥过来,咱二话不说,拔刀就是。可这么多百姓围上来,我……"

宁剑瑜踢了他一下:"怎么说话的你。"

童敏大笑:"我看你是被那些年轻姑娘看怕了,怕她们明天追到军营里来吧。"

众人大笑,陈安恼了,按住童敏道:"你别笑我。你老实交代,你和那回春堂的李大小姐是怎么回事?"

童敏大窘,恨不得将他的嘴缝上。两人厮闹间,裴琰回头笑道:"明天请凌叔帮你去提亲,择个良辰吉日把人娶回来,让弟兄们也热闹热闹。"

众人顿时大笑着起哄。童敏面上通红,心中暗喜,只是禁不住陈安等人的笑闹,借口布防,带着长风卫躲了出去。

满座欢声笑语,裴琰却忽想起安澄,转而另一个秀丽的面容又涌上心头,一时有些怔忡。崔亮进来,笑道:"相爷,都安排好了。"

裴琰回过神,微笑道:"子明辛苦了。"

宁剑瑜过来攀住崔亮的左肩,笑道:"侯爷,子明立了大功,侯爷也得给他找一房如花美眷才行。"

崔亮一怔,一个鹅黄色的身影悄然浮现心底。他眼中闪过一丝怅然,一时竟也怔忡无语。宁剑瑜笑着拍了拍他的肩:"瞧子明,高兴得傻了。"

崔亮醒悟,忙道:"别,我天生性子散漫,只想着周游天下、四海为家,千万别误了人家姑娘的终身。"

裴琰眉头微微皱了一下,低头喝了口茶,岔开话题道:"宇文景伦真不愧当世枭雄,亏他想得出来。"

崔亮微笑道:"相爷,如果您处在他那种境况,只怕也会和他一样的想法。"

"还是子明了解我。"裴琰大笑。

童敏急匆匆地进来,在裴琰耳边轻声说了句话。裴琰心头一喜,急忙站起,往内堂走去。

郡守府内堂西偏院的轩窗下栽了一排修竹,因是初冬,只余萧疏的竹枝。

裴琰入院,卫昭转过身来,笑容如身边修竹般清淡:"恭喜少君。"

初冬的阳光洒在他的白袍上,衬得他整个人有种特别的感觉。裴琰正在思忖他与以前到底有何不同,江慈从屋内走出,微笑道:"恭喜相爷,大战得胜,收回成郡。"

卫昭回头向江慈笑了笑,裴琰站在廊下,有些提不动脚步。她也似与以前有些不同,虽着的是男装,但望着卫昭时,眉梢眼角尽是温柔静婉之意。纵是认为自己能放下,裴琰此时也觉胸口闷痛。他强自镇定,笑道:"三郎总算赶回来了。"

江慈却惦记着崔亮,向裴琰道:"相爷,崔大哥在哪儿?"

"他在正堂。"

江慈看向卫昭,卫昭目光柔软,轻声道:"去吧。"

江慈唇角含笑,自裴琰身边奔过。她的步伐很轻快,带起的风让裴琰的战袍轻轻扬起,裴琰强迫自己不转头看她的身影,微笑随卫昭入屋。卫昭边走边道:"族内事务繁杂,来迟几日,让少君久等了。"


天空中云层厚重,到了申时末,伴着一阵阵冷风,大雨便落了下来。

这日是静王生母文贵妃的寿辰,高贵妃薨逝后,六宫便由文贵妃掌管。长风骑前线捷报频传,成郡收复在望,静王在朝中自是水涨船高。太子也极尊敬文贵妃,命太子妃亲入正华宫,替贵妃祝寿。

朝中三品以上命妇自辰时起便按品级装扮,入宫为文贵妃祝寿。寿宴过后,文贵妃随口说了句要替静王择侧妃，众命妇便皆不愿告退，围着贵妃娘娘，一屋子珠环翠绕，莺声燕语，话题自然便是各世家小姐的品性容貌。

一直说笑到申时，文贵妃眼光掠过一边静默坐着的容国夫人，不由得笑指她道："各位夫人说的都好，就怕容国夫人有心和我抢媳妇。"

此言一出，屋内诸命妇顿时打起了小算盘，只是裴琰屡拒世家提亲的名声在外，众人不敢贸贸然开口。

裴夫人含笑道："我家琰儿也到了该成亲的时候，还请各位夫人看着有合适的人选，帮我留意一下。"

殿内诸命妇顿时恨不得即刻请媒人上相府提亲，各人都在心中打着自己的如意算盘。

文贵妃看了看窗外天色，道："怕是要下大雨了。"诸妇忙即告退，裴夫人却留了下来，再和文贵妃说了会儿话方出了正华宫。


禁卫军指挥使姜远在皇城巡视一圈，酉时出了乾清门，已是大雨滂沱。有光明卫过来替他披上蓑衣，他再叮嘱了几句，打马回府。

由皇城回姜宅需经过嘉乐门，大雨中，姜远策马前行，瞥见嘉乐门前停着一辆紫帘軿车，心中一动，下意识地勒住了坐骑。

倾盆大雨中，内侍们打着大伞，将两名女子送出了嘉乐门。其中一人裹在雨蓑中，看不清面目，雨中行来不缓不疾，唯见她淡紫色长裙的下摆如同荷叶轻舞，在侍女的搀扶下袅袅然上了紫帘軿车。车帘放下的一瞬，她正回转身，姜远眼前一亮，仿似于漫天雨帘中见到一弯皎月，他再一眨眼，月华已隐入车帘后。

眼见紫帘軿车在雨中远去，姜远回过神来，不由得自嘲地笑了笑，轻夹马肚，往姜宅行去。刚行出皇城大街，便见前方那辆紫帘軿车停在了路边。姜远本已策骑而过，想了一想，又勒转骏马，跃下来走近那辆马车，问道："怎么了？"

马夫浑身湿透，暴雨打得他睁不开眼，大声道："车轮卡在沟里了。"

姜远低头看了看，力运双臂，试着抬了抬，摇头道："不行，太重，卡得紧。"

车上一侍女探头出来，娇声道："怎么了？"

马夫惶恐道："小的该死,车轮卡在沟里了,抬不出。"

不一会儿,侍女打着油伞跳下马车,过来看了看,急道："这可怎么办? 老伍,小心大管家揭了你的皮,夫人可赶着回府。"

姜远再运气,扎了个马步,双手握住车轴,劲喝一声,马车被抬起数寸,但马上又滑落回沟中。

听到车内隐隐传来一声女子的轻呼,那侍女向姜远怒道："你是何人? 惊扰了我家夫人,担当得起吗?"

"漱霞,不得无礼。"车内,姜远曾于数月前听过的那个如二八少女的娇柔声音传来,他心尖忽然颤了一下,先前那着浅紫色长裙的女子已步下马车。

姜远忙低首退后两步,恭声道:"在下姜远,惊扰容国夫人了。"

裴夫人垂眸道:"原来是姜大人。大人伸手相助,感激不尽。"

她的声音在大雨中听来断断续续,但却轻柔婉转,仿如在铮铮琴声中纠结缠绕的一缕箫声,丝丝入音,有说不尽的缠绵悱恻。

姜远正愣神,漱霞已将裴夫人扶到檐下避雨,又转向车夫道:"还不快回去叫人!"

老伍慌不迭地应"是",往相府方向跑去。

雨越下越大,夹着寒意,裴夫人与漱霞站于街边廊下,皆有些瑟瑟轻抖。姜远犹豫半晌,再次蹲在车后,让真气在体内转了几个周天,猛喝一声,双手用力提住车轴,马车应声而起。拉车的马也训练有素,向前冲了数步,车轮终于出了水沟。

漱霞大喜,扶住裴夫人过来。裴夫人低着头,轻声道:"多谢姜大人。"

姜远忙后退两步,不敢抬头,道:"举手之劳,夫人客气。"

裴夫人不再多说,在漱霞的搀扶下上了马车。姜远也返身上马,却见漱霞愣在车外,显是她不会赶车,此时又无车夫,主仆二人仍然无法回府。

姜远不由得感叹容国夫人清冷低调名不虚传,去宫中祝寿也只带一名车夫和一名侍女,而她的儿子裴琰眼下正是如日中天。他再度下马,上前道:"姜某告罪,愿为夫人执缰。"

漱霞大喜,不待车内裴夫人发话,将马缰塞给姜远,钻入马车。姜远听到车内裴夫人隐隐的责备声,微微一笑,跃上车辕,劲喝一声,赶着马车往相府方向行去。

到得相府,雨却下得更大,纵是披着雨蓑,姜远也已浑身湿透。

相府之人见夫人回府,呼啦啦拥出一大帮人。侍女、老妈子们拥着裴夫人入府,姜远再抬头时已不见了她的身影。他将马缰丢给惶恐不安的马夫,正要转身,相府大管家追上:"姜大人请留步。"

姜远停住脚步,问道:"何事?"

初冬的大雨中,裴管家额头上竟沁出些汗,连连躬腰:"下人无能,竟要劳动大人,实是罪该万死,夫人已将小的骂了一顿。现在雨大,大人又无马,不如请大人进府暂避一阵,等雨小些,小的再为大人准备一匹马,亲送大人回府。"

姜远望着铺天盖地的大雨,尚在犹豫,裴管家哀声道:"求大人应允,相爷事母至孝,若是回京后得知小人怠慢了大人,小的可活不成了。"

姜远看了看相府大门横匾上那几个镏金大字,心中一动,欣然道:"也好,有劳管家。"

裴管家大喜,侧着身将姜远迎入府内。

姜远素闻裴相府宅子华美精致,一路行来,心中暗赞,再想起自己那位端方严肃、俭朴至极的兄长,不觉有些感慨。

裴管家带着他穿堂过院,走了许久才将他带到一处院子。院内,亭树楼台、雕梁静窗,屋中软帘轻烟、锦茵绣毡,说不尽的富贵奢华。

姜远微愣,裴管家躬身道:"这是我家相爷约友人联诗对弈的静阁,大人便请在这处暂事歇息。"

姜远释然。有仆人捧着干净衣物进来,又奉上祛寒的姜茶,便齐齐退了出去。

待众人退去,姜远脱下外衣,这才发现相府仆人只送来外袍。他的内衫也已湿透,见屋内再无他人,索性将湿了的内衫也脱下,穿上干净的青色外袍,喝了几口姜茶,便在屋内细细踱步,听雨观画,倒也别有一番情趣。

屋子东面墙上挂着一幅《寒山清远图》,姜远出身世家,自是识得此画乃前代大家吴之道所作。他细细看来,忍不住赞道:"用笔苍劲,雄浑厚重中却不失清秀恬淡,绝妙!"

"姜公子好眼力。"

轻柔如水的声音由屏风后传来,姜远忙退后几步,低头道:"夫人。"

裴夫人款步而出,微笑道:"姜公子不必拘束。我与肃海侯夫人是旧识,多年前曾答应过要为她寻一方冰丝寒绡,正好前段时间找到了。现托公子带回去,并向夫人问好。"说着双手捧过一个木盒。

姜远对长嫂极为尊敬,听得竟是给嫂子的礼物,忙双手去接,恭声道:"多谢夫人。"

他接得很快,裴夫人不及收手,他的右手便覆在了她的手背上。裴夫人一声轻呼,姜远也是心中一颤,二人同时收手,木盒便掉在了地上。

姜远心呼失礼,忙俯身去拾。香风轻拂,裴夫人却先一步蹲下拾起木盒,她再抬头,他终于看清了她的面容,骤然吸了一口凉气。这初冬的大雨之夜,他却感觉如有明月当空、清莲盛开,一时无法言语,也移不开目光。

裴夫人眼波盈盈地望着他,莞尔一笑。姜远有些不敢相信,眼前这个看上去三十如许的丽人竟是当朝左相的生母。他忽觉唇干舌燥,下意识舔了舔嘴唇。裴夫人见状,将木盒放下,端过茶盏,轻声道:"姜公子请喝茶。"

姜远啊了一声,清醒过来,慌不迭地接过茶盏,低头颤声道:"失礼了。"

他手中仍存留着她肌肤的柔软,眼中还是她清丽不可方物的笑容,这茶便喝得心不在焉。待将盏中之茶喝干,眼前流云拂动,裴夫人又站到了他的身前。

她身上微微的淡香传来,姜远一阵迷糊,先前喝下的姜茶也似有些灼热,烫得他胸口如有一团火焰。这么寒冷的雨夜,他竟是满头大汗。

裴夫人轻咦一声,语带关切:"姜公子怎么了? 这满头大汗的。"她掏出丝巾,轻柔地拭上他的额头。她袖间传出一缕缕幽香,姜远如遭雷殛,噔噔退后两步,跌坐在身后的软榻上。

裴夫人有些慌乱,过来扶住他的左臂,声音黏糯轻柔:"可是哪里不舒服?"

她想是先前淋了些雨,浓密的长发披散着,弯腰之时,长发垂下来,正好落于姜远胸前。姜远退无可退,一种无名的欲望在体内偾张,脸便涨得通红。

裴夫人却指尖轻扬,慢慢地将他的外袍拉开,柔声道:"是不是很热?"

姜远迷糊中依稀想起自己未着内衫,却无法动弹,也没有力气推开她,俊面因万般忍耐而痛苦扭曲。她解开了他的外袍,手却停留在他赤裸的胸前,慢慢向下,低声道:"你好烫,怎会这么烫?"

一团烈火烧过姜远的胸口,烧过他的小腹,他正无法控制这团烈火之时,她已俯下身来,他腰一软,便倒在了榻上。


大雨下了整夜,子时,于风雨声中,京城百姓听到了急速而热烈的马蹄声,接着便有先是数人,再是数十人、数百人乃至更多人的欢呼声响起。

"捷报! 成郡大捷!"

"成郡收复,桓军战败了!"

"长风骑大胜,剑鼎侯收复成郡,将桓军赶回去了!"

郭城、内城,百姓们顾不得大雨,蜂拥而出。

欢呼声中,数十骑战马驰过内城大街,马上之人兴奋地挥舞着手中的紫旌军旗,马蹄踏起银白色的水花,一路驰向皇宫。


阁内,姜远喘息着猛然坐起,一只纤纤玉手搭上他的肩头。这手仿若有着无言的魔力,姜远剧烈喘息着重新倒回榻上。

"别怕,没人知道的。"

"我……"

"听到了吗? 外面在欢呼,成郡大捷了呢。"

"夫人……"

"也不知皇上能不能尽早醒来,听到这个好消息。"

姜远喘息着,越来越沉沦于从未有过的快感,喃喃道:"只怕皇上是不行了,太子上个月请了高人入宫替皇上诊病,不见成效,太子躲在延晖殿连着哭了几个晚上。"

"现在就别说这些了……"她如少女般的声音似有着无穷魔力,让他彻底疯狂。

阁外,夜色深沉,雨越下越大,潇潇雨声掩盖了罗帐里的云情雨意、春色无边。红烛的烛心越烧越长,毕剥一声,爆出一个大大的烛花,扭曲了几下,缓缓熄灭。

# 第五十五章

## 凯歌高奏

韶乐悠扬，琴瑟和鸣，郡守府张灯结彩，花烛高照。

裴琰命田策接过陇州等地的防务，童敏则重回长风卫，不再任军职。裴琰又请了凌军医向李大夫提亲，借成郡郡守府之地，选了这日替童敏将李大小姐迎娶过门。

回春堂李大夫带着家眷前往牛鼻山，出示南宫珏给的令牌后，便投入童敏军中当军医。李大小姐亲历战祸，也如江慈一般在医帐帮父亲抢救伤员。一来二去，不知怎的，便与童敏两情相悦。童敏后来带兵赶往回雁关，他父女二人也一直跟在军中。

此番童敏与李大小姐结为连理，长风卫上下都替童敏感到由衷的高兴。又正值大战得胜，婚礼虽办得仓促了些，却热闹非凡，就连被易寒击伤后一直卧床休养的卫昭卫大人也出席了婚礼。

凌承道亲任主婚人，童敏并无亲人，便由裴琰充当男方长亲。待童敏牵着红绫将李大小姐带进喜堂，长风卫哄然而笑。童敏窘得满面通红，嘴却笑得合不拢来，眼见陈安等人挤眉弄眼，知今晚这些兔崽子定要大闹洞房，不过这是无可奈何之事，只能乐而受之。

裴琰笑容温雅如玉，喝过童敏和李大小姐奉上的茶，取出一块令牌，递给童敏。童敏看清手中令牌，扑通一声便跪在了地上，蒙着喜巾的李大小姐忙也跟着跪下。

裴琰微笑道："起来吧。"

童敏哽咽难言，半晌方道："童敏定不负相爷重托，不负安大哥……"

众人这才知裴琰于这大喜之日将长风卫正式交给童敏掌管。一众长风卫想起过世的安澄，再看这满堂红烛，颇为感慨，许多人眼睛便有些湿润。

裴琰弯腰将童敏扶起，笑道："快起来吧，总不能让新娘子陪你跪着。"

童敏双眸通红，说不出话，裴琰使了个眼色，凌承道笑着高唱赞礼："礼成！送入洞房！"

陈安等人一拥而上，笑声震天，将一对新人拥入后堂。

裴琰看着众人拥着新人离去，微笑着转向一旁的卫昭道："卫大人……"

卫昭却未听到，他正淡淡而笑，眼光凝在堂内一角。裴琰顺着他的目光看去，笑容渐失，慢慢端起案上的一杯喜酒，放于嘴边细饮。酒在嘴里滋味全无，而裴琰的视线亦再也挪不开了。

江慈这日换回了女装，着浅青色对襟夹袄，深青色罗裙，不施粉黛，秀丽面容宛如新月般皎皎动人。她梳了只有已婚女子才梳的惊鹄髻，青丝间也未有珠饰，只斜插着那根碧玉发簪。她立在堂内一角的红烛下，嘴角含笑，目光越过喧笑的人群，与卫昭视线胶着在一起。二人似是同时想起了什么，面颊都有些微红。再过片刻，江慈抿嘴一笑，眉眼间散发着无尽的光彩，一双明眸更仿如醉人的酒。

满堂笑声、满屋宾客都仿佛变得遥不可及，裴琰慢慢将一杯酒饮尽，只觉得苦涩难言。他站起来，欠身道："卫大人，我先失陪了。"

卫昭回过神来，心中暗凛，也站起身，淡淡道："我也有些乏了，各位失陪。"


江慈将院门关上，抿嘴笑道："可惜新娘子蒙着喜巾，真想看看她是不是如传言中的那么美。"

卫昭握上她的右手，将她轻轻带入怀中，抚着她的秀发，道："小慈，我……"

江慈知他要说什么，伸手捂住他的嘴，望着他略带愧意的面容，柔声道："在阿爸和姐姐面前成亲，我很喜欢。"

卫昭声音涩滞："小慈，再过几日，等太子诏书一到，我们便得回京。"

江慈面上的笑容慢慢消失，喃喃道："这么快？"她猛然用力抱住卫昭的腰，仰头望着他，语带哀求，"能不能不回去？"

卫昭无言以对，只紧紧抱住了她。江慈逐渐平静下来，将脸贴在他的胸前，低声道："你在哪里，我便在哪里罢了。"

"小慈，还得委屈你。"卫昭迟疑一阵，艰难开口，"现在知道我们关系的，只有少君和子明。此番回京，我还有数件大事要办。"

江慈闻言静默了一阵，轻声道："那我悄悄跟在你们后面，一个人上京。"

"不行，我看裴琰方才情形，只怕他不会放你离开。你一个人走，万一失踪了怎么办？"

"相爷当日既放我走，应该不会……"

卫昭笑了笑："他的心思，我最清楚。"——当日他放你走，让你来找我，也无非是想让你绊住我罢了。只是你心思单纯，这些钩心斗角、尔虞我诈的事，还是不要知道得太多。这个世上，总要有一个地方，能留几分干净。

江慈却忽想起一事，仰面笑道："不怕。你不是说过我无论走到哪里，你都能找到我吗？"她轻轻勾着卫昭挺直的鼻梁，"你有着猎豹般的鼻子，我无论逃到哪里，都逃不出你的手掌心。"

江慈的话语俏皮而婉转，卫昭忍不住吻上她的双唇，待她喘不过气，方才低声道："你可真傻。"

"怎么了？"

卫昭叹了口气，将江慈抱紧，道："我那话是吓唬你的。"

"那当初我在那客栈逃跑，你怎么能跑到前面拦截我的？"江慈不解。

卫昭笑了出来："你以为你很聪明吗？你倒着往回走的时候，脚印要深很多，我一眼就看出来了，找到你藏过身的大树，自然就能追上你。不过我想看看你能坚持多久，所以才放了你一夜的自由。"

江慈恼了，用力咬上他的手臂。他忍住痛，抚着她的背，哄道："是我不对，你千万别一个人走。"

江慈想起当前之事,道:"那明天起,我跟在崔大哥身边,继续向他学习医术,也不会引人怀疑。"

卫昭心中悔意愧意渐浓。前方的路黑云密布,荆棘丛生,又拿什么许她将来?他只能用力抱住她:"小慈,是我一时大意,不该带你到这成郡来。"

江慈仰头望着他:"不,你答应过我的,再也不丢下我。"

卫昭吻上她的额头,在她耳边低声道:"你跟着子明,到京城后,请子明想个办法,摆脱长风卫的跟踪,到内城西直大街老柳巷最末一间宅子等我,钥匙在宅子前柳树第二个树杈处的树洞里。"

江慈轻嗯一声,卫昭犹豫良久,终道:"你放心,那……那人,现在病重不起……"

江慈揽上他的脖子,轻声道:"你去做你要做的事情,我在那里等你便是,只是你要记住答应过我的话。"

卫昭抚着她的秀发,猛然将她抱起,黑亮的眸中有着浓浓的眷恋。江慈将脸埋在他肩头,轻喃道:"无瑕,我想给你生个孩子……"

卫昭脚步有些踉跄,将她抱到床上,慢慢取下她的碧玉发簪。一帐温柔,满枕青丝,他不敢再想他们的未来,只将自己沉入无尽的温柔缠绵之中去。

院外隐约飘来哄笑声,屋内红烛轻啪,烛花映着帐内朦胧的人影。

卫昭轻抚着江慈的额头,替她将细细的汗珠拭去。江慈的面颊仍透着潮红,卫昭轻轻一笑,披衣下床。

"你去哪里?"

卫昭顿了一下,面上有些隐忍的痛楚,再回头又是柔和的笑容:"我去办点事,你先睡。"


宁剑瑜听着远处传来的笑闹声,尤其陈安那嗓门格外大。他将书阁的轩窗关上,摇了摇头,笑骂道:"这帮兔崽子,童敏今晚可有苦头吃了。"

裴琰坐在棋台前,也忍不住笑:"要娶寒州第一美人,他自然得吃些苦头。"

宁剑瑜知他有要紧话和自己说,过来坐下。二人不言不语下完一局,却是裴琰胜了三手。他慢慢将棋子拾回盒内,轻声道:"剑瑜,我真舍不得离开成郡。"

"弟兄们也都舍不得侯爷。"

"是啊。"裴琰声音低沉,略含疲倦,"回去以后,又得过那种钩心斗角的日子。在这里和你们在一起,我才觉得我活得光明磊落,活得舒心畅意。"

"弟兄们都是誓死追随侯爷,不管侯爷做何决定。"宁剑瑜沉默片刻,落下一子,缓缓道,"长风骑,之——死——靡——它!"

裴琰大笑,却只用力道出一字:"好!"

宁剑瑜与他对望,二人均觉胸襟大畅,会心一笑。

"过几天太子诏书一到,我便得回京。"裴琰道。

宁剑瑜迟疑了一下,裴琰明他心意,微笑道:"一定得回去。我们现在只控制了河西以北,南方形势未明,不能妄动。"

"是,弟兄们在外征战,但都惦记着家乡。"

裴琰知道宁剑瑜话中之意,微微苦笑了一下,将心中另一重忧虑抛开,道:"现在皇上病重,朝中形势也发生了很大的变化,我得回去探明情况,再决定下一步行动。只是北边就全靠剑瑜了。"

"侯爷放心,田策守着陇北,我守成郡,许隽镇着河西,乱不了的。"

裴琰却微微摇头:"光不乱还不够,更重要的是……"他站起,踱步走到窗前,将窗推开,宁剑瑜过来与他并肩而立。

裴琰仰望星空,迎着夜风,沉声道:"剑瑜,我要你助我将这北面半壁江山变成天下最富饶的地方,变成我裴琰雄图伟业最坚实的后盾、异日一统天下的起点!"

裴琰从未将话说得如此透彻,宁剑瑜只觉一股豪情从胸中凌云而生,心为之折,不由得退后一步,行了个军礼,沉声道:"请侯爷吩咐!"

裴琰从袖中取出一本册子,递给宁剑瑜:"这是子明为我拟的战后安民施政的条陈。"

宁剑瑜展开细看,眼神渐亮,笑道:"侯爷将这么重的担子交给我,干脆让子明留下来帮我好了。"

裴琰微微摇头:"子明必须随我回京。各地郡守人选,我都会安排自己人,你掌控全局便是。我回去后，不管朝中如何变化，你要谨记：文，按子明拟的条陈施政；武，则帮我守住北面这半壁江山，让我在朝中能进退自如。"

"侯爷放心。"宁剑瑜恭声道。

裴琰负手望向窗外辽远的夜空："我希望有朝一日，这天下内政清明，百姓安居，各族归心，四海来朝。但这个目标绝非短短数年便可以实现，我请你与我裴琰一起，用毕生的精力来创立一个强大的国度，立下不世功勋！"

宁剑瑜眼中神光四溢。身边之人浑身散发着慑人的气势，只有这样的人才值得他和长风骑追随左右、誓死相从。他忍不住单膝下跪，肃容道："宁剑瑜愿终生追随侯爷，至死不渝！"

裴琰将他挽起，道："你我兄弟，不必多礼。"

宁剑瑜正待说话，又是一阵哄笑声传来，裴琰忍不住笑道："要不，我们也去闹闹洞房？"

宁剑瑜摩拳擦掌："嘿嘿，有侯爷亲自闹洞房，童敏这小子也算是有福了。"

二人如同回到了在南安府的少年时光，相视一笑，走到郡守府东北角的清梧院。院内已是笑声震天，童敏正被陈安等人折磨得狼狈不堪，见裴琰进来，如获大赦，过来行礼道："相爷！"

裴琰视线扫过陈安等人，将脸一沉："你们这不是胡闹吗？"

陈安正咧开嘴笑，闻言笑容僵住，一众长风卫也悄然安静下来。童敏有些得意，坐于喜床上的李大小姐也悄悄抹了把汗。

待室内再无人哄笑，裴琰拿过陈安手中的丝帕，笑道："你们闹洞房的水平太臭，看侯爷我的。"

童敏眼前一黑，陈安哈哈大笑，第一个冲上来将童敏按住，长风卫一拥而上，屋中顿时炸开了锅。

待众人将被丝帕绑住嘴的童敏押到李大小姐面前，忽有长风卫奔进来跪地禀道："侯爷，城西粮仓着火，值守士兵无一逃出！"

众人面色齐变，又有一人奔进来禀道："侯爷，城外兵营也遭突袭，死了几十人，被烧了十余顶军帐！"

宁剑瑜吸了口冷气，道："看来桓军还是不死心啊。"

裴琰眉间生寒，冷声道："传我军令，从麒麟关调山火、剑金二营过来！"


十一月初二，晴冷，微风。

京城，黄土铺道，清水润街。由京城北门至锦石口大营，一路设了竹棚街亭，百姓们倾城而出，立于道旁。文武百官则在太子率领下，漫天旌旗、华盖金吾，浩浩荡荡，辰时初出发前往锦石口，迎接凯旋的剑鼎侯、左相裴琰及长风骑将士。

裴琰此次回京只带了八千将士，其中一部分为原先京畿六营中北调、在战争中幸存的人马，另一部分便是他的三千亲信长风卫。

日禺时分，远处尘土漫天，蹄声隆隆。太子在将台上放目远望，向身边的裴子放呵呵笑道："本宫眼力不好，裴卿看看，打头的是不是裴相？"

裴子放张目看了片刻，微笑躬腰道："正是。"太子闻言便举步下台，众臣忙即跟上。太子缓步前行，众臣按品秩随太子前行。

裴琰紫袍银甲，策着乌金驹奔近，眼见太子过来，忙翻身下马，趋近数步，因战甲未除，单膝跪在太子身前，朗声道："臣裴琰，幸未辱君命，得胜归来，叩谢我主隆恩。"

太子俯身将他扶起，笑容可掬："裴相辛苦了，裴相救民于危难之中，实乃劳苦功高。"

二人再依礼对答几句，便有内侍奉上水酒。太子执壶亲为裴琰倒酒，裴琰与众臣举杯相祝，一饮而尽。

太子笑呵呵地看着，眼光掠过站在不远处的卫昭。卫昭白衣轻裘，翩翩而立，目光与庄王一触即分。他右手尚握着御赐蟠龙宝剑，便未向太子行礼，太子也乐呵呵地为他斟了杯酒，和声道："卫卿也辛苦了。"

卫昭却不饮酒，目光带上了几分急切："圣上龙体可康复？"

太子神情黯然，卫昭俊面一寒，道："臣先失陪，臣要赶去侍奉圣躬。"说完也不行礼，翻身上马，劲喝一声，自众臣身边疾驰而过。

诸臣都借与裴琰对饮之际，仰头掩饰各自唇边的冷笑。

待太子率众臣象征性地犒赏过这八千将士,裴琰便带着三千长风卫与太子仪驾沿黄土大道回京。

冬日阳光照射在长风卫的玄甲铁衣上,散发着凛冽的寒光。虽只三千人,行进间却如有千军万马纵骑沙场。那蓬勃而出的疆场杀气,将姜远带来的禁卫军衬得黯然无光。

待这浩浩荡荡的人马到得皇宫乾清门,已是午时,裴琰便向太子请求入延晖殿向圣上问安。太子神色黯然,叹道:"父皇一直未醒,这几日连汤药都难进,实是让人忧心。"

裴琰闻言面色沉重,道:"臣蒙皇恩,感激涕零,值此大胜之际,更要向圣上禀报,盼上天护佑,圣体康复。"

"少君一片忠心,父皇自是体知,既是如此,我们就先去给父皇请安,再举行凯旋午宴。"

裴琰连声应"是",与太子向延晖殿行去。


因皇帝病重,不能见风,延晖殿内阁窗户紧闭,又因是冬日,阁内较为昏暗。

卫昭轻裘胜雪,坐于龙榻前,紧盯着榻上那个消瘦的面容,只是双手控制不住地隐隐颤抖。裴琰进来,正见一线光影自阁顶光窗透入,光影中的灰尘缠绕在卫昭身侧,衬得他的面容竟有几分郁楚之意。

裴琰趋近龙榻边,凝望着皇帝惨白而消瘦的面容,眼神复杂。他双膝跪下,低声道:"皇上,臣凯旋了。"

他的话语中有着压抑不住的伤痛,太子也忍不住上前握住皇帝冰冷的手,哽咽道:"父皇,您快点醒来吧,少君凯旋了。"

裴琰跪前两步,颤抖着握上皇帝的手,语中悲痛更浓:"皇上,臣出征前,您殷殷嘱托,臣未有一刻敢忘。臣今日归来,求皇上快快康复,让臣得以再聆圣训。"

皇帝双眸紧闭,气息微弱,裴琰终于忍不住落下泪来。太子过来将他扶起,叹了口气,轻声道:"父皇已听到了少君的一片忠心,我们还是先去弘泰殿吧,百官都在等着。"

裴琰应"是",转向卫昭道:"三郎。"

卫昭木然坐着,一言不发。太子扯了扯裴琰的衣袖,裴琰不再说话,二人出了内阁。

裴琰踏过门槛时回头望了望,只见卫昭仍是木然坐着。昏暗之中,他仿似要一直那么坐下去,直至天地老去。

裴琰再行数步,隐隐听到身后阁内传来卫昭一声低唤:"皇上!"

这声低呼似乎浸满了伤痛,却又似乎掺杂了一点别的什么。裴琰不及细想,太子便笑着开口询问前线情形,二人边走边说,离了延晖殿。


庆功宴结束,裴琰叩送太子离殿,被百官拥着从弘泰殿出来时,已是未时末。众官见他先前喝了不少酒,此时俊面酡红,话也说得不如平时利索,知裴府晚上还要大摆庆宴,便也不再纠缠。姜远亲自扶着裴琰出了乾清门,自有长风卫过来将他扶上马车。

相府门前,围观欢呼喝彩的百姓排出数条大街,长风卫护着裴琰的马车好不容易才到得府门,裴管家带着一众仆人将醉酒的裴琰扶了进去,府门外便放起了冲天的鞭炮和烟火。

裴琰换过常服,命众人退去,直奔蝶园。裴夫人正站在廊下喂鸟,裴琰笑着上前跪下:"给母亲大人请安。半年未见母亲,可想死孩儿了。"

裴夫人将鸟笼的毡围放下,抿嘴一笑,却也有些喜悦,道:"总算没白疼你一场,起来吧。"

裴琰面上仍有些酡红,上前扶住裴夫人。裴夫人替他理了理冠带,语带疼惜:"可黑了些。"

裴琰愣了一瞬,转而笑道:"让母亲操心,是孩儿的罪过。"

母子二人进得东阁,裴子放一身家常素袍,正执笔立于桌前,抬头微微一笑。裴琰忙上前单膝跪下:"给叔父请安。"

裴子放将手中画笔放下,微笑道:"起来吧。"

待裴子放和裴夫人在椅中坐下,裴琰面容一肃,撩袍跪于二人身前,磕下头去,哽咽道:"孩儿叩谢母亲大人和叔父大人的养育之恩。"

裴夫人只是微笑,裴子放俯身将他扶起。看着眼前俊雅无双的身影,裴子放内心颇多感慨,轻拍着裴琰的手,一时不能成言。倒是裴夫人在旁笑道:"少来这些有的没的,坐下说话吧。"

屋内生了小炭炉,上面焙着一壶酒。待酒热,裴琰执壶替二人满上。

裴子放握起酒杯,道:"探过他的脉了?"

"是,孩儿觉得他的脉搏时重时细,内力似是被什么阻塞,导致经脉长期不通,血气自然无法运行,醒来的希望不大。"

裴子放微微而笑,裴琰心知肚明,便笑道:"叔父的内力越发精深了。"

裴夫人斜睨了裴子放一眼:"你们爷俩下一步怎么打算?"

"洪州军已经往回调了,宣远侯虽说与孩儿关系不错,但如果真要让他冒险和我们一路,估计很难。"

裴夫人沉吟道:"小庆德王一直态度不明,肃海侯是个顽石脑袋,岳藩又是个喜欢趁火打劫的,如果宣远侯也采取观望态度,要想举事,把握不大。"

裴子放道:"在京城的人好撤,但一旦事起,裴氏、容氏及长风骑将士的家人怎么办?"

裴琰迟疑了一下,裴夫人道:"今天就我们三个至亲之人,有什么话你就说吧。"

"是。"裴琰恭恭敬敬道,"母亲、叔父,孩儿仔细想过了,无论如何,现在不是举事的时机。"

"嗯。"裴子放微微点头,"我也觉得不是时候。"

"孩儿这次领兵出征,与前几年在成郡作战,体会大不相同。"

"你说说。"

"此次与桓军对战,取胜的关键在于民心。"裴琰道,"孩儿为取胜,打出'驱除桓贼,复我河山'的旗号来激励士气、鼓舞民心,这才将桓军赶了回去。得民心者方能得天下,如果不是在瓜熟蒂落、水到渠成的时候举事,时局就会不可收拾,我们多年的努力便会功亏一篑,到头来可能还要背上个叛臣贼子或是篡国奸人的污名。"

"是啊。"裴子放慢慢道,"眼下正是天下重获安宁之时,百姓还在一力颂扬你精忠报国的功绩，如果现在取谢氏而代之，就是自己打自己的嘴巴，也难得民心。"

裴夫人笑了笑："也罢，眼下要不要那个宝座也无所谓，只要宝座上的那个人听话就行，日后再慢慢将他拉下来。"

裴子放手指轻敲着案儿，沉吟良久，道："琰儿。"

"叔父。"

"那太子和静王，你觉得哪个合适？"

裴琰道："论性格，太子好掌控些，而且他身子板较弱，万一以后有个什么三长两短，也无人疑心。但太子后面的人可有些棘手。"

"嗯，董方是个老狐狸。再说，故皇后一族，清流一派，个个都不是省油的灯，将来若真的要走那一步，只怕会遭到口诛笔伐、天下共讨。得先把这帮子人弄下去不可。"

"那就静王？只不过我瞧他有些不安分。"

"就静王个人来说，他比太子强。但他根基不深，外戚微薄，以往也全是靠着我们，我们只需要对付他一个人即可。"裴琰道。

"嗯，皇上病重，太子若是有个什么意外，而这个意外又是庄王造成的，那顺理成章，就是静王上位了。"

"那就这样定了？"裴夫人微笑道。

裴子放望向裴琰："卫三郎那里靠不靠得住？"

"他打的是什么主意，还不敢确定，孩儿总会想法子逼他就范。"裴琰微笑道。

"嗯，长风卫，加上卫三郎的光明司，还有姜远的禁卫军，等肃海侯的人马回苍平府，再想法子稳住京畿那几个营，也就差不多了。"

裴琰微愣，道："姜远？"

裴夫人一笑："他看上了你二表妹，虽说他不一定会跟着我们裴家干，但总不会坏事了。"

裴琰一喜："那就好，我正拿不准他是哪方的人。他少年英武，配二表妹，倒也对得起舅父大人。"

裴子放满意地笑了笑，裴夫人也不再说。裴琰起身笑道："晚上还要举办庆宴,孩儿先告退,安排些事。"

"去吧。"裴夫人靠在椅子里微笑。

裴子放握着手中酒杯,慢慢走到窗前。裴夫人与他并肩而立,望着裴琰远去的身影,轻声道:"总算没白费我们一番心血。"

"是啊,等了二十多年,总算可以为大哥讨回一个公道,也为我们裴氏打下了万世基业的基础。"

裴夫人慢慢靠入他怀中,声音婉转低回:"子放,这些年,你辛苦了……"


裴琰纵是内力精深,也仍觉有些醉意,在荷塘边静默了许久,才整整衣衫往西园走去。西园却无人,童敏过来相禀,才知崔亮与江慈去了揽月楼,说是去探望素烟,已派了人保护着。裴琰欲待回慎园,却又有些提不动脚步,酒意再度涌上,想起晚上和明后两日还有数场酒宴,索性走到西偏房,在床上躺下。西偏房内还是她去年在此居住时的摆设,裴琰苦笑一声,慢慢地合上了双眼。


揽月楼夜间热闹,午间却是十分安静,仅闻偶尔的琴声。素烟正在和宝儿等人配曲,听闻崔公子与江姑娘前来,急忙出来,一把将江慈搂入怀中,低声饮泣。江慈想起远在上京的师姐,也是哽咽难言。

待二人情绪稍稍平定,崔亮笑道:"你们先说着,我去外面,新填了首词,送给素大姐。"

素烟拭泪,斜睨了崔亮一眼:"崔军师威震天下,你现在的词可是千金难求。"又忙唤宝儿等人取来纸笔,她自牵着江慈进了内室。

素烟转到床后,取了数封书信出来,江慈一一细看,泪水滚落。素烟伸手替她拭去泪水,轻声道:"傻孩子,别哭,霜乔现在过得很好,你也平平安安的,应该笑才是。"

江慈只觉愧对师姐,素烟又关切问道:"小慈,霜乔信中所说那人到底是谁?他对你好吗?"

江慈低下头去,半晌方道:"很好。"又抬头一笑,"他去平州办事了,让我先回京城等他。"

素烟哦了一声,道:"那我就放心了,我就怕你和裴琰有什么纠葛。今晚相府庆宴,我还得去登台唱戏。"她叹了声,"唉,真是有些厌倦了。"

江慈劝道:"小姨,你干脆别再唱了,找个可靠的人,平平安安过日子。"

素烟在台前坐下,凝望着铜镜中那张尚属娇妍的面容,忽然一笑,轻声道:"小慈,我若是能收手,早就收手了。"她有些激动,转身握住江慈的手,"小慈,不管你跟的那个人是谁,你马上离开相府。"

# 第五十六章

## 假面真心

是夜,相府张灯结彩,灯火通明,盛席铺张,大宴宾客,庆祝裴琰凯旋。

大军凯旋,按例要皇帝斋戒三日后才祭告太庙,并对有功之臣加官晋爵。此时皇帝病重,便由太子沐浴斋戒三日。这三日,太子便下诏让裴琰在府歇息并宴请宾客,以示庆祝。

此时隔去岁容国夫人寿辰一年有余,当日裴琰已是炙手可热,今日之声望更是达到了顶点,位极人臣。待他入园,阿谀奉承之声不绝于耳。裴琰微笑着与众人一一见礼,自去正席坐于静王身侧。

静王笑容满面,与裴琰把臂而谈。庄王消瘦了些,却比前段时间有了些精神,不时与右相陶行德交谈数句。

鲜衣仆人将饭菜流水价奉上,台上箫鼓齐鸣,素烟登台,一出《满堂笏》,满园富贵衣。后园又放起了烟火,一时相府内真如鲜花着锦、烈火烹油,奢华热闹到极致。

"卫大人到!"知客在园外一声高唤,园内诸人齐齐停箸。

自皇帝病重,河西高氏遭受重创,庄王式微,众人便存了几分幸灾乐祸之心。想着远在战场的卫昭失势在即,纵是能回到京城,那也不复往日的嚣张气焰。有曾被他肆意欺辱之人,更恨不得届时踩上几脚,痛打落水狗。可前线消息不断传来,每逢大战,卫昭必定亲自杀敌,其人悍不畏死,还曾与易寒力拼,桓军闻之丧胆,听说还给他取了个"鬼三郎"的外号。本朝极重军功,听着这些消息,众人自是赞也有之、妒也有之,对其回朝后的态度更是十分复杂。只是清流一派打定主意要趁皇帝病重之时好好地折辱卫昭一番,听到他入园,几名大学士互相使了个眼色,殷士林便大剌剌往庄王身边坐下。

庄王不及说话,卫昭已缓步入园。他白衣轻裘,乌发仍是用一根碧玉发簪松松绾着,嘴角那抹笑容仍如昔日一般妖魅难言,只是他的腰侧却佩着御赐蟠龙宝剑。众人这才想起他仍是御封监军的身份,皇帝病重,也无人敢收去他的天子宝剑,见他悠然行来,只得纷纷离席下跪。

静王与裴琰互望一眼,苦笑着起身;庄王与右相陶行德慢慢悠悠站起,都笑得有些得意。卫昭也不理会他人,径自走到殷士林面前,微仰起头,鼻中轻哼一声。殷士林万般无奈,狼狈地草草磕了个头,恨恨地拂袖而去。

不待庄王等人下跪,卫昭拂襟坐下。裴琰忙笑道:"正等着三郎。"静王等人吁了口气,各自回座。

忽听得卫昭淡淡道:"皇上龙体违和,我这个做臣子的十分忧心,刚从延晖殿出来。想起临行前皇上曾叮嘱于我……"

他带着天子宝剑,此时叙述的又是皇帝的原话,按例众臣要束手聆听。静王和一众大臣无奈,又只得纷纷离座,躬腰束手静听。

卫昭慢慢讲来,半晌方将圣训叙述完毕,末了语带哽咽:"只盼圣上龙体早日康复,我等做臣子的也能重聆圣训。"

众臣七嘴八舌应"是",暗中却抹了把汗,庆幸他没有将皇帝起草、长达万字的《戒慎录》背诵出来,俱各微笑着重新回座。

不久,太子又命内侍送来御赐宝物,最为名贵的是西琉国进贡的一株高达五尺的红珊瑚,众人围着称赞一番。

酒过三巡,宾主尽欢,方纷纷告辞离去,只是离去前又都不得不前来给卫昭行礼一番。卫昭嘴角含笑,目光与裴琰相交,站起身来:"少君,我先告辞。"

裴琰笑道:"待祭告太庙后,我再请三郎饮酒。"

二人在府门前道别，自有光明司卫牵过马车，卫昭上车。马车行出两条大街，庄王车驾从后疾驰而来，又擦肩而过。

大宴后的相府正园内，仆从们忙着收拾碗箸。裴琰将一众宾客送走，转回正园，素烟刚除了戏服，过来行礼笑道："恭喜相爷。"

裴琰面带微笑："改天再去素大姐处听戏。"

"相爷说话算话?"素烟抿着嘴笑。

"那是自然。"裴琰不再说，匆匆而过，直奔西园而去。素烟望着他的背影，笑了一笑，自带着揽月楼的戏班子离了相府。

裴琰直奔西园，安潞迎了上来，低声道："军师回来了，可是……"

裴琰盯着他，他只得续道："军师带着江姑娘进的揽月楼，弟兄们明明看着江姑娘一直坐在窗下，可等军师出来后，便不见她人了。"

裴琰愣了片刻，挥手令众人退去，不禁苦笑。

芙蓉帐前，琉璃灯下。漱云换上了一袭明红色的轻绢纹裳，凝望着铜镜内的如花容颜、如云鬓发，将一支五彩垂珠步摇缓缓插入鬓间。

数日前便盼着他归来，数个夜晚不能入眠，知道他到了锦石口大营，知道他入了宫，知道前面正园大摆宴席，自己却始终只能在这慎园静默地等待。

窗外，弦月已升至中天，仍不见他归来。

侍女轻碧碎步奔了进来，贴耳轻声道："宴席散后，相爷去了西园，刚出来，现在一个人在荷塘边坐了有半个时辰了。"

漱云一愣，转而起身："别是喝醉了。"她忙命轻碧赶紧备下醒酒汤，快步走到园门口，想了想，又回转屋中，拿上了那件银雪珍珠裘。

这件狐裘似是他最喜爱的，纵是烧了两个洞，他仍命人好生收着。她知这是御赐之物，见他如此喜爱，便耗费了一个多月的时间，寻来差不多的丝线和狐毛，夜夜织补到深夜，方将这件狐裘补好。

漱云望着织补后看不出痕迹的狐裘，盈盈一笑，脚步带着几分急切，走向荷塘。

今夜无云，星空耀目，绚丽如织。远处还放起了烟火，火树星辉，将荷塘也映得波光粼粼。漱云远远见到那个坐于石上的身影，心跳陡然加快，脚步却慢了下来。她控制着自己强烈的心跳，慢慢走近。他俊挺的身躯似乎散发着阵阵温热，竟让她呼吸有些困难，良久，才能说出话来："恭喜相爷。"

裴琰并不回头，仍旧静默地坐着。漱云再等一会儿，轻轻地将狐裘披上他的肩头，声音比那荷塘的波光还要轻柔："相爷，冬夜清寒，您又劳累了一日，早些回去歇着吧。"说着坐在了他的身侧，左手也悄悄地握上了他温润的手，仰头痴望着他俊雅的面容，一时不知身在何方。

远处，一团绚丽如菊的烟火照亮了夜空，裴琰也低头看清了笼在肩头的狐裘。他面色微变，右手猛然用力，漱云猝不及防下啊的一声迸出泪来。

裴琰愣愣地望着身上狐裘的下摆，右手却毫不放松。漱云吃不住力，面色渐转苍白，终哀声道："相爷！"

裴琰清醒过来，冷哼一声，慢慢松开了手。漱云急忙站起，也不敢揉手，只是眼中的泪不由自主地落了下来。

裴琰低头看了片刻，呼出一口粗气，起身看着漱云，淡淡道："很疼吗？"漱云忙摇了摇头。

裴琰将身上狐裘拢紧，微笑道："回去歇着吧，让你久等了。"


慎园东阁内，芙蓉帐暖。漱云沉沦于裴琰醉人的气息中，面颊深染桃红。她娇喘着闭上双眼，未能看到他望向帐外那狐裘时，面上闪过的一丝怅然。

"府中一切可好？"春意无边后，他嘴角的笑意仍是那般迷人，让她只能无力地依在他的胸前。

"都好。"她柔声道："夫人只在舅老爷寿辰、高妃娘娘薨逝、文妃娘娘寿辰时出了府。不过……"

"不过怎样？"

他的手抚过她的背，她的呼吸急促起来，娇笑着扭动几下，道："夫人给文妃娘娘贺寿回来,遇到大雨,马车又卡在沟中,幸好遇到姜指挥使,才将夫人送了回来。"

"哦?"

"夫人将大管家骂了一顿,大管家将姜大人请到静阁换衣送茶,听说后半夜雨停后,才亲自将姜大人送了回去。"

裴琰笑容僵在唇边,漱云却没有察觉,抿嘴笑道:"倒还有件喜事,要恭喜相爷。夫人放了话出去,要为相爷在世家小姐中择一门亲事。这段日子,说媒的踏破了门槛。听说,连董学士家二小姐的庚帖也被……"

漱云话未说完就"啊"地发出一声轻呼,那边裴琰已长身而起,将那件狐裘披在肩头,大步出了慎园。

星夜寂静,裴琰茫然走着,终又走到了荷塘边。

繁华痕迹依存,满园枯荷仍在,肩头狐裘微暖,可是至亲之人、最尊重的对手、渴求的贤才,还有……温暖的她,都仿佛离他越来越远了。


这夜为迎接前线将士凯旋,京城放起了烟火。千枝火树,万朵银花,将京城的夜空映得五光十色。

庄王看着两辆马车并排的瞬间,卫昭由车窗外如灵燕般闪入,微笑道:"半年不见,三郎身手越发精进了。"

卫昭面带悲戚,单膝跪于庄王身前,哽咽道:"卫昭见事不明,被裴琰蒙蔽,以致高氏蒙难,实是愧对王爷。"

庄王忙将他挽起,却也流下泪来,半晌方道:"不关你事,只恨裴琰奸诈,桓贼残暴。你帮我寻回舅父遗骨,母妃临去前都说要重谢于你。"

马车慢悠悠地走着,卫昭在庄王对面坐定,庄王替他斟了杯茶,终忍不住问道:"依你看,父皇真醒不来了?"

"把过脉了,时重时细,内力壅塞,确是丹药加急怒攻心所致,醒来的希望不大。"

庄王吐出一口细悠的长气,半晌方恨恨道:"眼下朝中之人不是投向大哥,就是投靠三弟和裴琰,我庄王府倒似成了瘟疫之地。"

卫昭冷笑道:"他们这些小人,见我们式微,便想落井下石,总有一天让他们知道利害!"

庄王想起先前席上之事,笑了起来:"三郎今日干得好,大快我心!"

卫昭低头看了看腰间蟠龙宝剑,道:"三日后祭告过太庙,我便得将此剑交出,到时只怕……"

庄王傲然一笑:"好歹我还是个王爷,谁敢动你?"

卫昭面上呈现感激之色,道:"王爷如此相护,卫昭便将这条性命交给王爷!"

庄王摆了摆手,笑道:"还有一事要谢你。小庆德王府中的长史前几天悄悄进京,出示了他主子的信物,也很隐晦地说了,只要我们能稳住京师,他家主子自会乐见其成。他说他家主子正为了谈妃小产、不能再孕的事情烦心,顾不上别的。"

卫昭喝了口茶,掩去唇边笑意,道:"以小庆德王的个性,他是打定了主意做墙头草,哪方都不得罪。我们只管放手在京城干,只要王爷胜出,他自然便会投靠王爷。"

"嗯,只要他不插手,大哥和三弟万一有个什么意外,我就是唯一的皇位继承人,他自然便会投到我这一边。再说岳氏父子也一直与我有联系,有了这两方的支持,以后再想法子慢慢剪除裴琰的兵权。"

卫昭神秘地一笑,道:"知道王爷怕裴琰挥兵南下,我回京前给他放了一把火,让他以为是宇文景伦干的,只能重兵屯于成郡。"

庄王拊掌大笑:"干得好!"

卫昭给庄王斟满茶盏,道:"眼下得静待下手的最佳时机,既不能留下把柄,还得把肃海侯的水师弄回苍平府,如此方能成事。"

庄王沉吟道:"那就只有冬至日的皇陵大祭。"

"王爷英明。眼下距冬至还有二十来天,战事已定,到时肃海侯的水师也得离京。皇陵祭礼,外围防务由禁卫军负责,但陵内防务还是由我的光明司负责,不愁没有下手的机会。"

"那我们现在要做的,一是挑起太子和静王的争端,二是尽力保住你光明司指挥使的位子。"

卫昭微笑道:"高成的人要躲过京畿营,偷偷开进皇陵,可得让他们好好训练一下了。"

庄王点头道:"你放心,高成憋了一口气要替舅父大人报仇,他自会尽力。"

"那就好。王爷,您继续养病,我先走一步,有什么事,我会让易五去找您。"

庄王合住卫昭的双手,颇为不舍,半晌方轻声道:"三郎万事小心。"


烟火慢慢散去,京城的夜空重归宁静。大街上行人渐少,终只余更夫偶尔敲上一下更鼓,发出一声苍凉的长喝:"天干物燥,小心火烛——"

卫昭身形连晃,时而隐身檐后,时而屋顶疾行,确定无人跟踪后,方一路向内城西直大街老柳巷潜去。他攀上门前的老柳树,放下心头大石。

屋内燃着昏黄的烛火,窗纸上也隐隐透出江慈的身影。卫昭翻身入院,正待推门入屋,腰侧的蟠龙宝剑随着步伐轻晃了一下。他胸口一紧,脚步停顿,痛苦地闭上了双眼。他正待转身,江慈已拉门出来,直扑入他的怀中。他下意识后退两步,将江慈推开一些。江慈仰头不解道:"怎么了?"

见卫昭面色苍白,额头隐有汗珠,江慈一慌,颤声道:"哪里不舒服?"

卫昭深深呼吸,勉强笑道:"没有,只是肚子饿,又走得急了些。"

江慈放下心来,笑道:"知道相府大宴,你肯定吃不下什么,我做了几个小菜,快来。"她握住卫昭的手,将他拉入屋中。

踏入房门的一瞬,卫昭悄悄将腰侧蟠龙宝剑解下,掷在了院中的柴垛上。

桌上,仍如在明月谷旧居时一样,摆着几碟小菜。江慈将卫昭拉到桌前,将筷子塞到他手中,柔声道:"以后心情再不好也得吃饱吃好,要像我一样,天塌下来也先把肚子填饱。"卫昭只是低头吃饭,沉默不言。

江慈边吃边道:"崔大哥和我去了揽月楼,小姨让宝儿和我换了衣服,装扮成我坐在窗前,我躲在装戏服的箱子里出的揽月楼。刚才去买菜,也是换的男装,涂黑了脸才出去的。"

卫昭微愣了一下,旋即道:"以后不要再去揽月楼了,素烟身份复杂,她虽不会害你,但保不住不会让别人知道些什么。"

"好。"江慈又道,"对了,崔大哥想和你见一面,说有些事情要和你谈。"

卫昭低下头,应了一声,不再说话。待他放下筷子,江慈自将碗筷收去厨房洗刷。忽然听到院内哗啦啦一阵水响，江慈急速奔了出去，只见卫昭立于水井边，浑身湿透。她慢慢明白过来，心尖一疼，缓步走了过去。

卫昭俊美的面容有些扭曲，见她走过来，便一步步后退。江慈紧紧跟上，待他靠上院中梧桐树，她扑入他怀中，紧紧环住了他的腰。

湿冷的井水从卫昭的长发滴下来，滴入她的颈中。他欲将她推开，她却用力抱着他，低声道："天这么冷，我烧了热水。"

卫昭纹丝不动，时间仿佛停滞了很久。终于，他用力将她抱住，将头埋入她的发间，喃喃道："小慈，你等我，再等二十多天，一切就结束了。"


十一月初一，玉间府晴日当空，风却极大。

庆德王府挹翠园的暖阁内，程盈盈挺着七个月的肚子，嘴角含笑，替小庆德王将披风系好，柔声道："王爷今日早些回来，我弄几个爽口的小菜，今晚您就在我这挹翠园……"说着便慢慢依入他怀中妩媚而笑，幽香阵阵。

小庆德王将程盈盈抱入怀中，俊面上闪过一丝不忍，挣扎许久，勉强笑道："你今日去万福寺进香，穿多点衣裳，也多带些人，毕竟是有身子的人。虽说你武艺不错，但得注意些。谈妃那个已经没了，她又不能再生，我可不想……"

"是，妾身记下了，妾身定会求菩萨保佑，为王爷诞下长子。"

小庆德王笑容有些僵硬，程盈盈却未察觉，再替他拢了拢披风，带着侍女们将他送出院门。

小庆德王走出数十步，又停住脚步回头，已只见她浅绿色的身影消失在院门后。小庆德王不由得有些怅然若失，王府长史周琏过来低声道："王爷，箭在弦上，不得不发，皇上的人都已经到了。再说此女乃异族，包藏祸心，王妃险些被她谋害，留不得。"

小庆德王呆立良久，长叹一声："走吧，岳景隆那边还等着。希望他们下手利索点，她少受些痛苦。"


万福寺为玉间府的名刹，气派雄伟，金碧辉煌。这日庙前侍卫清道，寺庙内外闲杂人等一律不得靠近。有那好事之徒打听,方知是小庆德王侧妃因身怀有孕,来万福寺上香,祈求菩萨保佑,能为王爷诞下长子。

软轿直抬入庙内大殿前方轻轻落地,待所有人退去,程盈盈出轿。她行到蒲团前跪下,双手合十,抬头凝望菩萨面容,仿佛能透过这金光之身,见到那如凤凰般孤傲的白色身影。她眼角渐湿,磕下头去,默念道:"求菩萨保佑,我月落能在他的带领下,不再受奴役之苦,我程盈盈愿粉身碎骨,只求菩萨保佑他平平安安。"

她默念一阵,把右手紧握着的物事悄悄塞入蒲团内。

冬阳穿破云层,射入大殿之中,金身菩萨的笑容也显得灿烂了几分。程盈盈默默起身,再看了蒲团一眼,微笑着走出殿门。她右脚甫一踏出大殿,面色剧变,身形急速拧起,避过从殿门右侧悄无声息刺来的一剑。

她知形势危急,右足于空中踢上殿门,想借力翻入殿内,可寒光亦自殿内袭来。程盈盈无奈,落地后连翻几个跟斗,一路翻下殿前石阶,同时抽出袖中匕首,锵锵连声,方接住三四人的合击。但围攻上来的高手越来越多,她被刀光剑影围在其中,因有身孕,真气不继,招式越来越缓。不多时,一锦衣人剑光快如飞电,程盈盈正拼力挡住其余几人的招数,不及闪躲,惨呼一声,右肋中剑,跌坐在地。锦衣人狞笑一声,围攻之人也齐齐收招。程盈盈看清锦衣人是小庆德王手下头号高手段仁,心顿时沉入无底深渊。

段仁微微一笑,接过手下从殿内蒲团中取出的物事,打开看了看,笑道:"果然是布防图,还真是难为你了,大、圣、姑!"

程盈盈肋下鲜血不断涌出,挣扎着站了起来,下意识望了一下殿后。

段仁负手看着她,仿如看着落入陷阱的野兽,声音也森冷无比:"大圣姑就不用看了。你来之前,我便已将来取布防图的人擒住了。此刻,乌衣卫正押着他一个个去抓你们月落派在玉间府的人呢。"

程盈盈瞬间面无血色,肋下伤口疼痛难当。她心念急转,喘气道:"你大胆!我肚子里的可是王爷的骨肉,我要见王爷!"

段仁呵呵一笑,摇了摇头:"王爷正在西山打猎,没空见程妃娘娘。不过小的来之前,王爷说了,若是这城里的月落人都找齐了,便让小的给娘娘一个痛快,不要让娘娘死得太痛苦。"

程盈盈知一切生机断绝,猛然喷出一口鲜血,段仁被这口鲜血逼得后退两步。程盈盈急速后飘,袖间绸带卷上寺中大树,欲借力飞向寺外。

段仁怒喝一声:"杀!"

随着他这一喝,寺墙外忽然冒出数十人,人人手持弓弩。

利箭漫天而来,噗声连响,血光飞溅,程盈盈惨呼一声,跌落于地。

段仁缓步走近,看着片刻前还娇美妍嫩的面容慢慢笼上死亡之色,冷笑一声。

程盈盈垂死的面容呈现出一种凄婉的神情,她双目圆睁,自喉间发出一串微弱到极致的声音。段仁不由得凝耳细听,依稀辨认出其中一句:"凤兮凰兮,何时复——西——归……"

冬阳下,程盈盈终于吐出最后一口气,微微抽搐两下便不再动弹。风越刮越烈,卷起她的裙裾。她躺于血泊之中,宛如一枝枯荷,不堪劲风,生生折断。


小庆德王此时却已到了百里外的洱湖。湖面的风比城中更大,呼呼刮过来,纵是他身怀武艺,也不由得拢了一下披风。披风上还残留着程盈盈的幽香,小庆德王的面色便有些黯然,转而想起程盈盈那柔情蜜意无一分是真,又恨恨地哼了一声。

长史周琏似是知他心思,与他并肩而行,低声道:"王爷,明月教在我朝潜伏多年,皇上早就想将他们连根拔起。此次他们又与裴琰联手,更是犯了皇上的大忌,王爷既早做了决定,便不要再犹豫。只有谈妃娘娘诞下的才是名正言顺的小王爷。"

"是啊。"小庆德王叹道,"她找人来行刺我,假装出手救了我,还嫁祸于皇上,害我险些上了她的当。幸得皇上英明,我们的人又在月落偷偷见到了那小圣姑的真面目,才早有防备,让谈妃假装小产避过大难,否则……"他望着远处湖面上的红舫船,尚存最后一丝犹豫,"稷之,你说……父王的死,真的与皇上无关?"

周琏长久沉默,冬天的风阴冷入骨,他打了个寒噤,低声道:"王爷,恕小的说句掉脑袋的话,现在关键不在老王爷死在何人手上,真相可能永远无法得知。关键在于王爷您,不能死在裴琰或是月落人的手上。"

他的声音压得极低："裴琰的野心，是要取代谢氏皇族，迟早有一天要对付王爷。程盈盈要是谋害了谈妃娘娘，那她只要生下个儿子，便随时可以对王爷下毒手。但只要王爷这次依皇上和太子的意思行事，替谢家稳住这南面半壁江山，将来太子上位，王爷就能……"

小庆德王摆了摆手，周琏不再往下说。见湖面上那艘画舫越驶越近，小庆德王神情复杂。周琏不由得再附耳道："王爷等会儿见了岳世子，可千万别带出什么来。岳景隆精明得很，此次好不容易将他引出来，岳二公子那边才好下手。"

画舫靠岸，舫上之人却未露面。小庆德王微微一笑，足尖一点，身形拔起，轻轻落于船板上。他掀帘而入，笑道："岳兄好心情。"

岳藩世子岳景隆正围炉而坐，见小庆德王进来，俊眉微挑，笑道："王爷可迟了些。"

"一点家事耽搁，让岳兄见笑了。岳王爷可安好？"小庆德王微微欠身后坐下。

二人不痛不痒寒暄一番，小庆德王觉得船身极轻微地晃了下，知外面撑船之人已上岸，船上再无他人，便于执壶筛酒间面容微肃："岳兄，玉间府到处是各方的眼线，我们长话短说。我此番来见你，可是冒了掉脑袋的风险。"

岳景隆心领神会地笑："王爷是爽快人，有话直说。"

小庆德王沉声道："此次约岳兄前来，是想和岳王爷订一个盟约。"

"哦？"岳景隆面上饶有兴趣地望着小庆德王，心思却是瞬间百转：自魏正山谋逆、桓军南征，父王便知机不可失，果断地自立为岳国。眼前的这小庆德王也一直保持着暧昧不明的态度，他的人马与岳军在南诏山北不痛不痒地打着一些小仗。双方自是心照不宣，都在观望北面形势。北面战报不停传来，眼见裴琰大胜在即，两方都有些着了急。小庆德王自是怕裴琰取谢氏皇族而代之，他这个谢氏王爷会被赶尽杀绝。而父王也怕裴琰平定北方后，借口岳藩作乱，挥兵南下。

双方有了同样的心思，便自然一拍即合，先是谋士们互通信息，然后约定今日于这洱湖的画舫上见面。岳景隆打定主意要先摸摸小庆德王的心思，此时见小庆德王主动开口，心中暗笑：这位小王爷纨绔无能之名倒是不假。

小庆德王身子稍稍前倾，道："岳兄，我们打开天窗说亮话。现在你我一荣俱荣，一损俱损，都有了同一个敌人。"

"裴琰?"岳景隆轻转着酒杯。

"是。裴琰其人,野心勃勃,他若作乱,我谢氏难逃一劫。但谢氏若是覆亡,他紧接着要对付的就是岳王爷你。"小庆德王侃侃道。

岳景隆点了点头:"裴琰当初拉拢我时,我便知他心怀不轨。现在想来,当初魏正山谋反,只怕和他脱不了干系。"

"所以岳兄,北面我们控制不了,但这南面绝不能让裴琰也伸手过来。"

"那王爷有何妙计? 岳某洗耳恭听。"

小庆德王微笑起来:"倒也不是妙计,但至少可让裴琰有所顾忌,让他不敢即刻起兵谋反。等他回了京城,董学士和各位大臣自有办法钳制他,慢慢卸了他的兵权。"

岳景隆思考一瞬,道:"南安府、香州?"

"岳兄精明。正是,裴琰的长风骑大多数人出自南安府和香州,裴氏一族的根基也在南安府。只要控制了南安府和香州一带,他裴琰便会投鼠忌器,不敢贸然造反。"

"可南安府现在静王和裴氏一族的控制之中,虽然人马不多,但不是那么好对付的。"岳景隆微笑着等小庆德王的下文。

"所以,我们得联起手来。"

"如何联手?"

小庆德王面上透出杀伐决断的气势:"我玉间府人马奉太子诏令北上,接管南安府、香州!"

岳景隆长长地哦了一声,又陷入沉吟。小庆德王却紧盯着他,面容沉肃。岳景隆再慢慢抿了口酒,道:"王爷要与我岳国订立盟约,意思是想让我岳军不要在王爷人马挥师北上期间,乘人之危,越过南诏山北上?"

小庆德王一笑:"我也知这个对岳兄没什么吸引力。"

岳景隆来了些兴趣:"王爷细说。"

小庆德王从袖中取了一封信函,递了过来。岳景隆接过细看,俊眉微蹙,但眸中却慢慢涌出笑意,终笑道:"这是董大学士的手笔吧?"

"岳兄眼力甚好。"

"呵呵,说句不敬的话,太子爷还写不出这样的华文。"

小庆德王借仰头大笑掩去目中的一缕冷芒,笑罢,道:"但事成之后,默认岳氏建国,划玉间府以南三个州郡给岳国,这个是得到了太子的同意的。"

岳景隆久久地思索,面上不起一丝波澜。小庆德王也不再多说,画舫内仅闻湖风吹得竹帘扑扑作响的声音。

良久,岳景隆长出了一口气,蹙起眉头,缓缓道:"事关重大,我得回去和父王商量之后,再给王爷一个答复。"

小庆德王面上闪过一丝失望之色,旋即平静道:"当是如此,但时间紧迫,希望岳王爷能尽快做出决断。"

"这是自然。"


小庆德王系紧披风上岸,转身望着画舫驶远,唇边渐涌冷笑。长史周琏过来,轻声道:"他信了?"

"瞧着倒有五分不信。"

"也不在乎他信不信。"

小庆德王此时反倒心静了下来,低声道:"都安排好了?"

"是,叶楼主亲自带人跟着,我们的人马随后而行,定会在召云峡及时和岳二公子会合。"

小庆德王想起那位叶楼主的身手,不自禁地打了个寒噤,道:"既是如此,回去吧,这里冷得很。"

行出十余里,段仁策马过来,小庆德王拉住坐骑。段仁在马上行礼后与他并骑而行,轻声禀道:"一共中了九箭,去得没什么痛苦。布防图也拿回来了。"

小庆德王面色白了一白,下意识裹紧了披风,马上又醒悟过来,颤抖着将披风解开,狠狠掷于风中。周琏忙解下自己的披风递给他。

小庆德王慢慢系好披风,面色才恢复正常。过了一阵,他缓缓道:"三日后传我口谕,郑妃因妒生恨,暗中下毒谋害身怀有孕的程妃。毒杀王嗣,罪无可逭,即刻处死。程妃仍以侧妃礼仪殓葬。"

　　岳景隆此番来得机密，也极为警惕，自是不敢在小庆德王的地盘上多待片刻。他命画舫急驶，与保护自己的高手会合后，便弃船上岸，插山路而行，疾驰向南，连夜赶路，终于第二日晨曦微现时赶到了召云峡。

　　此时山道上一片清淡冷素，冬日的晨风卷过峡谷，扬起满天枯叶，岳景隆不自觉地眯了一下眼睛。手下李成见状，道："主子要不要歇一下？"

　　岳景隆莫名感到一丝不安，道："不行，得尽快回去。"说着力夹马肚，一行人疾驰向召云峡。眼见已到峡谷中段，却听得一声哨响，山谷两面明晃晃刀枪剑戟，冒出无数人马。

　　岳景隆心呼不妙，迅速勒住坐骑，待看清前方黑压压而来的一队人马，又松了一口气，笑道："是景阳吗？"

　　来者渐行渐近，岳景隆见异母弟弟岳景阳甲胄鲜明，面色沉肃，心中暗惊，尚未开口，只听岳景阳厉声道："大哥，原来真是你！"

　　岳景隆也是久经阵仗之人，知形势不对，全身陷入高度戒备，冷冷注视着岳景阳："二弟，你这话是什么意思？"

　　岳景阳摇了摇头，语带悲愤："大哥，你素日欺负我是庶出倒罢了，独揽大权也罢了，可为何你要命部属犯上作乱，弑父弑君？为何要引敌兵入关，灭我岳国？"

　　岳景隆大惊，只觉自己陷入了一个极大的阴谋之中，狂怒下喝道："你说什么？你这逆贼，把父王怎么了？"

　　岳景阳冷笑："你阴谋弑父弑君，倒还有颜面来问我？你让你的手下暗算父王不成，又亲引小庆德王的人入关，大哥啊大哥，你真是太令人心寒了！"

　　岳景隆全身大汗淋淋而下，怒喝道："你血口喷人！"

　　岳景阳一声长笑，转而咬牙切齿道："大哥，你看看你后面，你还敢说你不是引敌入关？"

　　岳景隆迅速回头。远处，数千骑震起漫天黄土，不多时便驰到近前，为首马上一人正是小庆德王手下大将关震。关震右手执枪，左手拉辔，大笑道："岳世子，不是说要开关放我们进去吗,怎么不走了?"

岳景隆知陷入重围,当机立断,暴喝一声:"走!"他麾下高手急冲而上,为他挡住岳景阳和关震的雷霆合击。岳景隆瞅准空隙,策马前冲。他心忧父王,一力前行,欲待强冲过召云峡。一抹剑影凌空飞来,挟着无穷的杀气,如乌云压顶。岳景隆一个翻身,从马背落地,手中剑势连绵,却仍被来袭者逼得步步后退。

生平最激烈的过招间,他也看清了眼前之人身形高挑、容颜清俊,皮肤比一般女子还要白皙,正是京城赫赫有名的揽月楼叶楼主。

岳景隆上京之时也曾见过这位叶楼主,却从不知他身怀绝技,更万料不到,在二弟阴谋作乱之时,他竟会凭空出现。可已不及细想,叶楼主一剑快似一剑,岳景隆拼尽全力抵挡,仍被逼得步步后退,不多时背后一硬,已到了山路边,退无可退。岳景隆欲待拔身而起,叶楼主一声暴喝,剑势如狂风暴雨、裂岸惊涛。岳景隆再也抵挡不住,数招后长剑脱手。叶楼主面上带着冷酷的微笑,长剑抹出,岳景隆咽喉处渗出一缕鲜血,缓缓倒地。

黎明的冬阳从云层后射出来,将叶楼主手中的寒剑映得雪亮,也将剑刃上的一缕鲜血映得分外妖娆。叶楼主姿态娴雅,还剑入鞘,转身与岳景阳和关震相视一笑。


梁承熹五年十月三十日,岳藩世子岳景隆命手下大将姚华带兵冲入王宫,将岳王刺成重伤;行刺失败后,其恐父王追究,十一月初二,亲引小庆德王大军入关,在召云峡被岳王次子岳景阳拦截。一番血战,岳景隆身亡,小庆德王人马被逼退。十一月初三,因剑上淬有毒药,岳王爷薨逝,次子岳景阳接掌岳藩大权。三日后,其主动上表,愿重为大梁藩臣。

# 第五十七章

## 风云突变

裴琰凯旋三日后,太子率百官祭告太庙。

这日卯时,天未大亮,文武百官咸着朝服,齐集乾清门前,按品阶而立。太子着天青色祭服,乘舆自斋宫出。舆车缓缓而行,百官步行相随,浩浩荡荡,在太常寺官的引导下于辰时到达太庙。

太庙内重檐彩殿,汉白玉台基,花石护栏,处处透着庄严威肃、皇家尊严。

太子在五彩琉璃门前停住脚步,回转身牵住裴琰的手,笑道:"裴卿此番立下大功,与本宫一起进祭殿吧。"

裴琰惶恐道:"臣万万不敢。"

太子却用力牵着他的手,裴琰无奈,只得稍稍退后一点,跟在太子身后,随着他过五彩琉璃门,登上汉白玉石台阶,过紫金桥,再过大治门,穿过庭院,终站在了雄伟庄严、富丽堂皇的大殿前。

百官依序也过大治门,在庭院中肃立。卫昭因是监军,尚捧着天子宝剑,便站在了右列的最前面。他今日着暗红色官服,神情也少了几分昔日的飞扬跋扈,多了一些难得的沉肃。

待众臣站定,钟鼓齐鸣,韶乐悠扬。礼乐奏罢,礼部太常寺官捧着玉匣过来,请太子启匣,取祝板,太子却一动不动。这时脚步轻响,陶内侍由偏殿持拂出来,太子一笑，退后两步，躬身下跪。

裴琰瞳孔骤然收缩，卫昭也本能地攥紧了手中的剑鞘。此时一阵劲风鼓来，将众臣的袍服吹得簌簌作响。衣袂声中，陶内侍扯直嗓子大声道："皇上驾到！"

裴琰震惊之下身形微晃，眼角余光瞥见卫昭面上血色褪尽，他身后的裴子放猛然抬头。百官们更是满脸惊诧，不顾礼仪地抬头相望。

沉重的脚步声响起，一个着明黄色衮服的高大身影从昏暗的偏殿中缓步迈出。他面容虽消瘦了许多，但神情依然如往日般沉肃，眼神也依旧如往日一般锐利，冷冷地自众臣面上扫过。众臣都不禁打了个寒战，回过神来，或惊或喜或忧。各人心情复杂，纷纷磕下头去，呼道："吾皇万岁万岁万万岁！"

庄王与静王同时爬上汉白玉台阶，匍匐在皇帝脚前，涕泪俱下："父皇！"

满庭玉笏相继跪下，卫昭却怔怔而立，手中的蟠龙宝剑锵的一声落地。他瞬即清醒，冲前两步，面上似惊似喜，哽咽而呼："皇上……"

裴琰借皇帝望向卫昭之际，与阶下的裴子放迅速交换了一个眼神，裴子放微微摇了摇头。裴琰觉一股沛然沉郁的真气隐隐而来，再抬头，只见皇帝的身边已多了一个身影。这人着灰色长袍，面目却隐于宽檐纱帽内。他静然立于皇帝身边，却如同一座山岳，让人隐生畏惧之心。只是他的身形有些眼熟，裴琰心念急转，也想不起在何处见过此人。

裴琰知病重不起的皇帝突然醒来，并在此出现，身边还带着这等高手，定是已暗中布置好了一切，容不得自己有半分异样。于是他马上深深磕下头去，语带低泣："皇上龙体康复，臣喜之不胜，真是天佑我朝啊！"

皇帝向面上乍惊还喜的卫昭微笑，又弯腰将裴琰挽起，和声道："裴卿立下不世战功，朕也得以在前天夜里苏醒，实是上苍庇佑，圣祖显灵。"

众臣这才知皇帝是前夜苏醒的，激动得纷纷磕头呼道："上苍庇佑，圣祖显灵！"

卫昭缓缓退后一步，随着众臣深深磕头。他竭力控制体内杂乱的真气，将喉头一口甜血拼命咽了回去，只是握起蟠龙宝剑的手不由自主地剧烈颤抖，不敢抬头。殿前之人带着十余年挥之不去的噩梦，夜夜纠结在他的灵魂之中。这一刻，他觉得眼前是无边无际的黑夜，再也没有一点光明，没有一丝温暖。

黑暗之中，隐约的声音传来："请圣驾，启祝板，入殿致礼！"

韶乐再起，皇帝似是打开了玉匣，取出了祝板，在太常寺官的引领下步入大殿。太常寺官依礼而呼，皇帝也依礼致祭。

鲜血自嘴角缓缓渗出，卫昭麻木的身躯也终于恢复了知觉。他缓慢抬袖，趁磕头之时将嘴角血迹悄然拭去。

"维承熹五年，岁次戊辰，仲冬之吉，五日丙辰，帝率诸臣伏祈圣祖得之：朕惟帝王德洽恩威，命剑鼎侯锄奸禁暴，抵抗外侮。今得上天庇佑，圣祖显灵，得以平定叛乱，逆党咸伏，桓贼尽退……"

皇帝沉肃威严的声音在祭殿内回响，裴琰愣愣听着，手心沁出汗来。

祭文致罢，皇帝将祝帛亲自投入祭炉内。祭乐再起，殿内殿外，上至皇帝，下至众臣，向圣祖及历代谢氏帝王牌位齐齐磕头。

礼成，皇帝起身，将裴琰拉起，和蔼地笑道："裴卿此番立下大功，要好好封赏，以彰显我朝威风。听封吧。"

裴琰连忙磕头，陶内侍展开明黄色圣旨，大声念道："奉天承运，皇帝敕曰：今有剑鼎侯裴琰，智勇皆具，忠孝无双。其临危受命，平定逆乱，守疆护土，功在社稷，辉映千秋，特加封裴琰为忠孝王，赐九珠王冠，准宫中带剑行走，并赐食邑五千户。长风骑一应功臣，皆在原军阶上擢升三级。一应阵亡英烈，忠节当旌，特命在全国各州郡为忠孝王及有功将士建长生祠，为阵亡英烈立忠烈碑，四时祭扫，并重恤阵亡将士家属。钦此！"

陶内侍的声音尖细而悠长，殿内殿外数百人听得清清楚楚。裴琰按捺不住内心的惊惧，只得深深磕下头去，沉声道："臣裴琰叩谢圣恩，万岁万岁万万岁！"

众臣这才从震惊中反应过来。自开朝至今，除了岳藩因特殊的地理和历史原因得以封王，其余能够得封王号的只有谢氏皇族子孙。自从二十多年前的"逆王之乱"后，皇帝更是一力削藩，仅保留了庆德王。如裴琰这般，年方二十四岁便异姓封王，实是开本朝之先河，令人瞠目结舌。

皇帝再度将裴琰挽起，轻拍着他的手，和声道："裴卿凯旋，朕心甚悦，这病也好得极快。朕还要再在宫中赐宴,以嘉奖卿之功勋,与众臣同乐。"

他握着裴琰的手步出大殿,走下汉白玉石阶,又笑着握上卫昭的左腕,看着卫昭的目光带上几分宠溺:"三郎也辛苦了,朕另有恩旨。"

卫昭冲皇帝一笑,笑容透着无比喜悦。他右手一翻,将蟠龙宝剑奉于皇帝面前,修眉微挑,带着几分邀功的得意:"臣幸未辱命。"

皇帝呵呵笑着松开他的手腕,接过宝剑,递给后面的太子,又带着裴琰与卫昭走向大治门。

戴着纱帽的灰袍人脚步沉缓地跟在三人身后。庄王、静王无意中互望一眼,俱发现对方眼中闪过惊惧之意。


这日弘泰殿中仍旧摆下大宴,庆祝皇帝龙体康复,并再贺裴琰军功卓著,得封忠孝王。席间皇帝又颁下旨来,赏赐裴琰黄金八千两,寒绢五百匹,珍珠五十斗,并赐宫女十二名。长风骑将士也按册论功行赏,兵部将另有恩旨,颁往河西、成郡等地。至于数月前押解进京的"伪肃帝"及魏正山家人,一律斩首,并诛九族。

弘泰殿内一片祝颂之声,皇帝坐于龙椅中,笑容满面,望着众臣向裴琰敬酒,再看向一边的卫昭,招了招手。

卫昭笑着走近,皇帝身边的灰袍人突然伸手扣住了他的右腕。卫昭仍然笑着,并不挣脱。过得片刻,灰袍人松手,在皇帝耳边说了几句话。

皇帝面上渐涌忧色,向卫昭道:"看来冰魄丹确实有问题,所幸你所服火丹不多,又年轻,底子好,尚未发作,但是不是这段时间偶有吐血?"

卫昭苦笑:"皇上英明。"

皇帝轻声叹道:"是朕累了你,不该让你服用冰魄丹。明日起,你早晚到延晖殿来,我让这位大师帮你运气治疗。"

卫昭斜睨了灰袍人一眼,也不说话。皇帝呵呵一笑,拍了拍他的手:"朕刚好有些乏了,你们自己寻乐子去吧,只别闹得太疯。"

皇帝起身,众臣忙跪送圣驾离殿。裴琰仰头间望着那灰袍人的身影,忽然面色一变,终于想起在何处见过此人。他急着脱身,一众大臣却仍在纠缠。

卫昭趁众人不注意,悄悄退出了弘泰殿,在大殿门口立了片刻,望向晴冷的天空。天空中只有几团极淡的云,有一团起伏连绵,像极了月落的山峦,还有一线微云微微勾起,好似她娇嗔时微翘的嘴角。

卫昭默默地看着,待手指不再战栗,才转身走向延晖殿。皇帝刚躺下,见他进来,语带责备:"怎么又来了?"

灰袍人过来将皇帝扶起,卫昭却将他一推,坐于皇帝身边,取过锦枕垫于皇帝腰后。皇帝面色有些苍白,话语也透着虚弱:"朕是真的乏了,你明天再来吧。"

卫昭良久无语,皇帝侧头看了看他,见他双眼渐红,忍不住呵呵一笑,道:"你十三岁以后可再未哭过。"

卫昭转过脸去,半晌方低声道:"三郎以为,再也……"

皇帝叹道:"朕知道你的心,朕纵是舍得这万里江山,也舍不得你。"不待卫昭作答,他闭上双眸,轻声道,"朕真的乏了,你明日再来吧,朕还有话要问你。"

卫昭跪下,磕头道:"臣告退。"

待卫昭退出延晖殿,脚步声远去,皇帝咳嗽数声。灰袍人过来按上他的后背,他方顺过气来,道:"叶楼主,你看他……"

"确有走火入魔征兆,与皇上病症差不离,不过症候轻些,想是卫大人年轻,暂未发作。"

皇帝慢慢躺下,合上双眸,良久方淡声道:"这孩子……"

叶楼主等了一阵,见他不再说话,听呼吸声是已经睡去,便轻轻替他将锦被盖好,悄无声息地走出内阁。

太子立于殿外,轻声相询:"父皇睡了?"

叶楼主压低声音道:"皇上今天是硬撑着才没有倒下,他这次病得太重,虽好不容易醒来,也大伤本元,太子殿下得及早准备。"

太子眉头紧皱,凝望着延晖殿的深红色雕花窗棂,终只说了一句:"一切劳烦叶楼主。"

"臣自当尽力。"叶楼主深深躬下腰去。

149

裴子放想法子摆脱了董方的纠缠,急急出宫,却见一人入了乾清门,忙停住脚步,笑道:"姜世侄。"

肃海侯姜遥三十五六岁,五官方正,目光清朗,微笑道:"裴侯,在下要入宫觐见皇上,改日再叙。"

裴子放拱了拱手,心知形势不妙:肃海侯死忠于皇帝,他的三万人定是随时待命,京畿那几个营只怕也是早有准备。裴子放匆匆上马,也顾不了太多,直奔相府。裴夫人早得了消息,见他进园,屏退众人,眉头微蹙,道:"怎么会这样? 你不是……"

裴子放却一直在思索,口中道:"究竟是何来历呢?"

"谁?"

"皇上身边的神秘人。看不到真面目,但身手绝不在琰儿之下,皇上此番苏醒定与他有关。只是从哪儿突然冒出来这么一个人?"

裴夫人吸了口凉气,道:"只怕上个月皇上就醒过来了。"说着将姜远那夜的话复述一遍。

裴子放失色道:"要糟,我们太大意了。"

裴夫人逐渐镇定,冷冷一笑:"不怕。他醒来又如何? 北面还掌控在琰儿手中,他也不敢怎么样! 宁剑瑜和长风骑可不是吃素的。"

"他可真是阴险,居然封了琰儿为忠孝王。哼,又忠又孝,琰儿若是反,便是不忠不孝之人,没人会支持他。这一手真是毒辣啊。"

"琰儿呢?"

"被拖在了弘泰殿,出不来。"

裴夫人道:"不等琰儿回来了,即刻让人由地道出城,传信给宁剑瑜,让他兵压河西府。"

裴子放摇了摇头,道:"谢澈现在还不想担一个诛杀功臣的名声,再说他也不想逼反长风骑,琰儿暂时没有危险。我们若贸贸然调兵,只会授人口实。这样吧,让宁剑瑜暗中压兵至河西府,但表面上维持原状。"

卫昭尽力让自己面上的笑容透着抑制不住的喜悦。他出了乾清门,见易五率着一群光明卫由东而来,稍稍放心。

易五牵过马来,卫昭冷声传音:"速去同盛行看看,小心有人跟踪!"言罢打马回了卫府,直奔桃园,踉跄着走到枯枝满目的桃林,见身边再无他人,方跪于泥土之中,剧烈喘气,吐出一口血来。

先前在太庙,为不引皇帝怀疑,他强行震伤心脉,引发因服食冰魄丹而带来的吐血之症,这才避过那灰袍人的试探,逃过一劫。但这样一来,也让他心脉受损,此刻实是支撑不住,摇摇欲坠。

他眼前一阵阵黑晕,却是精力殆尽,移动不了分毫。朦胧中,她似仍站在这桃树下轻柔而笑,似仍在他耳边说着:"不许你丢下我。"

怎能丢下呢? 这是他渴盼已久的温暖啊。可是与生俱来的责任,这满身的仇恨,又岂是轻易能够弃之而去的?

他的意识渐渐模糊,微风吹起他的鬓发,他剧烈地喘息着,提起最后的一丝真气护住似就要断裂的心脉,陷入无边无际的黑暗之中。


弘泰殿,裴琰终于不胜酒力,倒于静王身上,众臣这才罢休。

静王忙道:"快送忠孝王回去。"

姜远带人入殿,裴琰已走不动路。姜远无奈,只得亲自负着他出了乾清门。童敏等人早奉命等候,接过裴琰,疾驰回了相府。

裴琰在车上便运内力将酒吐得一干二净,待眼神恢复清明,仍然让童敏负着进了相府。童敏自是明他心意,直接将他背到了蝶园。

裴夫人一身闲适,正站于廊下喂鸟。她面上神情淡定,不时调弄一下八哥。裴琰望着她的面容,单膝跪下,笑道:"给母亲大人请安。"

裴夫人一笑:"你现在是忠孝王了,不用跪我,快起来吧。"

母子二人会心一笑,裴夫人将手中装着鸟食的瓷罐递给裴琰,道:"这八哥最近有些不听话,死活不开口,又总是想飞出去,你看怎么办?"

裴琰也不喂食,逗弄几下,八哥仍是不开口。他将鸟笼毡围放下,笑道:"它总

151

有一天要开口。"

"可一旦让它飞出去了，就再也抓不回来了。"

"它不会飞。外面天寒地冻的，这里有围毡挡风，又有水粮，它怎舍得飞？只等着它开口便是。"

裴夫人微笑着在裴琰的虚扶下走入东阁，道："皇上打的就是这个主意，料定你现在不会飞，他也不会让你飞。你打算怎么办？"

裴琰道："两条路，要么老实待着，等春暖花开他不提防时再飞；要么就使劲折腾，把笼子撞破了再飞出去。"

裴夫人微微点头，道："该做的，我和你叔父刚才都已经替你做了。你只记着，你身系无数人的安危，说话行事需慎而又慎。但若是真到了万不得已之时，也不必顾忌太多。"

裴琰束手道："是。"

他退出蝶园，思忖片刻，对童敏道："马上让暗卫去调查揽月楼叶楼主，把他的一切给我调查得清清楚楚，蛛丝马迹都不要放过！"

"是。"

"还有，即刻加派人手保护子明，但必须暗中行事，特别注意有没有其他人马在盯着他。"

"是，军师这几天除了偶尔去东市逛逛，便待在西园，未去别处。"

"三郎那里跟得怎么样？"

童敏隐有一丝苦笑："卫大人身手太强，弟兄们跟到夜间，便被他甩脱。"

裴琰心头酸涩，沉吟一阵，道："继续跟吧，如果……发现了江姑娘的行踪，派些人暗中保护她。"


当御辇沿戒卫森严的太庙大道及皇城大街入宫时，许多百姓目睹了圣驾经过。于是，昏迷数月的皇帝突然间苏醒并出现在太庙祭告大典上的消息，迅速在整个京城内传散开来。到了午时，宫内又有旨意传出：为庆贺皇帝龙体康复，京城欢庆三日，举行夜市灯会，并放烟火庆祝。

江慈怕连累卫昭,知道自己不宜露面,反正家中粮米也足,便整日待在房中细读医书,倒也不觉寂寞,偶尔想起他昨夜情到浓时的话语,心中便是一甜,但有时却又莫名其妙有种想落泪的冲动。她觉这几日自己有些不对劲,但也未细想。

入夜后,京城却放起了烟火,火树银花,绚丽灿烂。江慈站在院中,望着团团烟火爆上半空,不由得笑了起来。以往若是有这等热闹景象,她必定是要冲出去一探究竟的,可今日,她只愿在这小院之中,静静地等待他的到来。

烟火渐散,夜渐深,他仍未归来。

冬日的夜这般寒冷,桌上的饭菜已冷得结成一团,他仍未归来。

烛火渐灭,她趴在桌上昏昏欲睡,忽然听到院中传来轻响声。她猛然跃起,拉门而出。但寒夜寂寂,夜雾沉沉,院中只有风刮得梧桐树枝瑟瑟轻摇的声音。


这一夜,京城烟火绚美,平常百姓欢声笑语,享受着这太平时光;

这一夜,有人在苦苦等待,有人在无边的黑暗中沉浮,有人步步为营,有人独对孤灯,夜不能寐;

还有更多的人,因为皇帝的突然苏醒,在暗夜中四处奔走,更换门庭;

这一夜,各方势力悄然重新组合;

同样在这一夜,岳藩请求重为大梁藩属的表章随着骏马正越过南诏山,而由玉间府往京城的道路上,也多了数匹身负重任、急速赶路的千里良驹。


卫昭似在无边无际的黑暗中飘浮,他试着挣扎,带来的却是全身刺痛,身躯内外,只有胸口尚有一团余热,护着他的心脏不在黑暗中冻僵爆裂。他竭力让胸口那团余热向经脉内扩散,仿佛再度见到师父的利剑穿过姐姐的身躯,似乎仍听到落凤滩畔带血的凤凰之歌,还有……石屋内那铭刻入骨的缠绵与温柔。

当手脚终于能够动弹,他慢慢睁开双眼。桃林已笼罩在浓浓的晨雾中,而他躺着的泥土上也都蒙上了一层惨淡的白霜。

卫昭知自己在这桃林昏迷了一整夜,挣扎着坐起,靠住一棵桃树调运真气,长出了一口气,庆幸自己终在鬼门关前捡回了一条性命。

一阵微风拂过,卫昭挪动有些僵硬的身躯,站了起来,侧头间正见桃林小溪里她为捕捞鱼虾而用过的簸箕还在那处,便踉跄着走过去,提起簸箕,里面却空空如也。卫昭低下头掬起一捧溪水,洗去唇边血渍,出了桃园。易五等了整夜,却碍于卫昭严命,不敢入园,见他出来,抹了把汗过来。卫昭道:"怎样?"

　　"同盛行没事,京中一切正常。"

　　卫昭轻吁了一口气,想了想,又道:"你暗中盯着同盛行,我总觉得有些不对劲。"他换过干净的素袍,披着皇帝御赐的狐裘,漫天晨雾中,悠悠然入宫。

　　皇帝正在陶内侍的服侍下喝药,见卫昭进来,微笑道:"怎么这么早?"待喝完药,众内侍替他将衣物穿好,他转身牵住卫昭的手,"三郎,你随朕走走。"

　　此时尚是晨雾满天,宫中重檐高殿,都隐在一片白茫茫的雾气中。皇帝牵着卫昭缓步走着,冬风寒瑟,卫昭解下身上的狐裘,披在皇帝肩头。

　　皇帝低头看了看,叹道:"这还是你十八岁生日时朕赐给你的。"

　　"是。"

　　皇帝似是想起了什么,微微而笑,卫昭也笑出声来。

　　皇帝笑骂道:"你那天给朕惹出那么大的祸,害朕给你收拾烂摊子。乌琉国的二王子听说至今未能有后嗣。"

　　卫昭得意一笑:"乌琉国王子多,也不在乎他这一个有没有后嗣。"转而又恨恨道,"谁让他出言不逊,辱我倒也罢了,可他暗地里骂的是……"说着眼圈便红了。

　　皇帝拍了拍卫昭的手,卫昭情绪渐渐平静,二人在宫中慢悠悠走着,竟走到了延禧宫前。卫昭望着延禧宫的宫门,愣了片刻。这里便是当初他刚入宫时居住过的地方,因位于皇宫前城的西面,又被称为西宫。

　　西宫多年前曾经失火,失火后卫昭长久失眠惊悸,皇帝便将他接到延晖殿居住,直到他十八岁才另赐外宅。宫中盛传西宫内有鬼魅出没,皇帝也未再命工部整修,西宫便一直荒了下来。

　　此时西宫内落叶满地,梧桐尽枯。皇帝在院中慢慢走着,踩上厚厚枯叶发出的沙沙声听在卫昭耳中只觉得无比刺耳。

　　皇帝仰头望着梧桐树,一时有些恍惚。

三十多岁的皇帝陛下,在经历了"逆王之乱"和十余年的朝堂倾轧之后,已由昔日意气勃发的邺王谢澈,渐渐变成了一个深沉难测的帝王。日日想着制约臣子、平衡各方势力,天天面对的是谎言骗局、钩心斗角,就连后宫的嫔妃也是虚情假意,无一人有发自内心的笑容。仅余从内心敬重的皇后还能说上几句话,可为了保护她,他也只能故作冷漠。于是,他去后宫的次数越来越少,只夜夜传几个伶俐些的少年服侍,倒也清爽。

那日是盛夏,天气炎热,皇帝从高贵妃宫中出来,憋了一肚子的火,换了箭服在西边箭场射箭,纵是射中全靶,犹觉怒火中烧。忽听到箭场旁的西宫内传出喧闹声,遥见西宫中最高的梧桐树上似是有人,盛怒下便大步入了西宫。他着的是箭服,又走得极快,西宫内诸人并未发觉,仍围在梧桐树下威逼恐吓。

皇帝走到吴总管身后,正要说话,抬头间看清树上之人,不由得暗中吸了口凉气,觉仿有雪莲在眼前盛开,瞬间神清气爽。

树上,一个清丽绝美的少年紧抱着树干,面上神情倔强而凶狠,将爬上树捉他的内侍一一踢落,但他那眼神又透着几分胆怯,如同一只受伤的幼兽。

多年以前,十多岁的谢澈,幼年丧母、被交给景王生母抚养的谢澈,被景王追打得遍体鳞伤之时,是不是也是这等神色?

皇帝拍了拍吴总管的肩,又做了个噤声的手势。吴总管十分机灵,在他耳边轻声禀了几句话,他挥挥手,吴总管便带着所有人退了出去。

皇帝走到树下,仰头微笑:"你下来吧。"

少年紧抿着嘴唇,眸中仍有着惊惧和浓浓的不信任,半晌方冷冷道:"你是谁?"

皇帝看了看身上的箭服,笑道:"我是这宫中的光明司指挥使。"又和声道,"你不可能在树上待一辈子,你自己下来,便算投案自首,罪责会轻些。"

少年犹豫再三,爬下树来,皇帝忍不住再笑了笑。果然,是一个吃软不吃硬的孩子。

少年手负身后,冷声道:"刑部在哪里? 我自己去。"

皇帝大笑,少年冷眼望着他,怒道:"你笑什么? 我杀了人,当然得送到刑部。"

"你杀了人?"

"是我杀的，一人做事一人当，我随你去刑部便是。"

皇帝更觉有趣："你杀了何人？"

"龚总管。"

皇帝点头叹道："杀得好，朕……真是杀得好。"

"为什么？"少年的眼睛瞬间睁大，皇帝这才发觉少年的眼睫修长而浓密，更显得那双眼睛如黑宝石般闪亮。

皇帝在石阶上坐下，招了招手。少年犹豫片刻，在他身边坐下，追问道："你为什么说杀得好？"

这般不守宫中的规矩，只怕没少挨负责训育新人的龚总管的鞭笞，所以才会反抗，失手将龚总管砸晕吧？皇帝右手疾探，将少年衣袖卷起，果然，青痕斑斑。

"你叫什么名字？"

少年迟疑片刻，道："卫昭。"

"哪里人？"

"玉间府卫氏。"

"什么时候进的宫？"

"三月十六。"

"为什么要杀龚总管？"

少年眼圈红了红，倔强地咬着下唇，默不作声。

皇帝面容一肃："你是在宫中犯的事，便由我光明司执行刑罚，你随我来。"

少年不动，皇帝淡淡道："你受罚了，你的同伴便可免于责罚。"

少年大喜，跟在他身后进了延晖殿。吴总管早得吩咐，殿内空无一人。

皇帝指了指软榻："趴下。"

少年愣愣道："在这里行刑吗？"

皇帝板着脸道："当然。"他记不清自己有多少年没有这般捉弄过人，好不容易才忍住嘴角的笑意。

少年美瞳中露出一丝绝望，他的手在战栗，却仍神情凛然，装着很从容的样子走到榻上伏下身躯。

皇帝慢慢走近,脚步声故意放得有点重。侧脸伏着的少年似是有些害怕,紧闭双眸,但那长而密的睫毛却在微微颤抖。

皇帝轻手将少年的衣衫拉下。少年的身躯很柔美,皮肤如玉般白皙,只是有着几道鞭痕。皇帝取过碧玉膏,勾出一团。少年觉背上一凉,猛然回头。

皇帝和声道:"上点药,将来不会留下疤痕。"

少年身形微撑,惊疑道:"你到底是谁?"

皇帝替少年搽着伤药,微笑道:"我是谁有那么重要吗?"

少年重新趴下,忽而绽开璀璨笑颜:"也对,我不管你是谁,反正你是个好人。"

夏日的午后,三十多岁的皇帝陛下终于得以开怀大笑。


脚步声响起,皇帝回头看着卫昭,微笑道:"时间过得真快,你入宫一晃十一年了。"

卫昭微仰起头,望着梧桐树,轻轻地叹了口气。

皇帝语带惆怅:"三郎,这么多年,你陪着朕,想过家人吗?"

"不想。"

"哦?"

"皇上待三郎这般好,三郎早就将皇上看成亲人了。"

皇帝大笑,道:"也是,这些年你陪着朕,朕也只在你面前才能放松地笑一笑,倒比那几个儿子还要亲几分。"

卫昭轻笑,皇帝也知自己失言,便转回石阶上坐下。卫昭忙过来道:"皇上,您身子刚好些……"

皇帝凝望着院中的梧桐树,良久方叹道:"朕以前每日听着万岁万岁,虽然不会以为自己真可以活上一万年,但也没料到竟会突患重病,卧床不起。"

卫昭轻声道:"过了这一劫,皇上必定可以龙体永康,真的活上一万岁。三郎也好沾点福气,再服侍皇上七八十年就心满意足了。"

皇帝大笑,笑罢摇头道:"生老病死,纵是帝王也过不了这一关。你也是从沙场回来的人,怎么还说孩子话?"

"皇上龙体康复,三郎心中欢喜得很,忍不住想说孩子话。"

皇帝似是想起了什么,握上了卫昭的左手,转而眉头微皱:"怎么这么冷?"

卫昭低头,道:"三郎一贯怕冷,皇上知道的。"

"是啊。"皇帝回想着往事,道,"你那时既怕冷又怕黑,偏生性子还倔,若不是朕将你接到延晖殿去住,不定瘦成什么样。"

卫昭望着脚下灰麻麻的条石,低声道:"这世上,只有皇上才疼三郎。若是皇上不疼三郎了,三郎也无法再活下去。皇上有所不知,您病重期间,三郎没少受人家的欺负。"

皇帝笑道:"少君欺负你了?"

"他倒不敢。"卫昭冷哼一声,"我就是看不惯宁剑瑜那小子,仗着少君,目中无人。"

皇帝眉头一蹙:"你和他闹得很僵吗?"

"皇上放心,三郎不是不识大体之人。不过实在咽不下这口恶气,回京前,我摸到他的军营,放了几把火,杀了几个人。"

皇帝想了下,笑道:"原来是你干的。裴琰昨晚将军情上报,朕还在忧虑桓军回攻,正要下旨让许隽在河西的兵力北调驰援成郡。"

卫昭笑得有些得意,道:"皇上要如何赏三郎?"

皇帝再一想,明白他的意思,点头道:"你这一招深合朕意。裴琰以为宇文景伦随时有可能回攻,自然怕腹背受敌。"

卫昭浅笑不语,皇帝笑着站起:"你这次立功颇殊,朕正要赏你,你要什么赏赐?"

卫昭忙道:"臣要什么,皇上都会答应?"

"你说说。"

二人出了西宫,卫昭轻笑:"臣还是想要西直大街那座宅子。"

皇帝瞪了他一眼:"胡闹,那是将来要给静淑公主和驸马住的,你要来做什么?"

卫昭笑道:"还不是为了赢承辉他们。三郎出征前就夸下海口,要立下战功,让皇上将那宅子赐给三郎。若是皇上不允,今年腊月二十八的大戏,三郎便得上台扮龟公。"

"胡闹!"皇帝摇头,又压低声音问道,"你若能要到那宅子,承辉他们输什么?"

卫昭得意笑道:"那承辉就得涂花了脸,画成王八,在城中走一圈。"

郑承辉是靖成公的长子,靖成公乃开国功臣后裔,有圣祖铁牌,世袭罔替,便颇有些臭脾气,喜欢顶撞皇帝,皇帝也拿他没办法。此刻听到可以令靖成公变成王八他爹,不禁大笑。笑罢,皇帝和声道:"朕要三日后才能上朝,你和承辉他们去玩,等会儿朕便下旨,如了你的愿。"

卫昭喜滋滋磕头,道:"臣谢主隆恩。"

皇帝盯着他披散在肩头的乌发看了一阵,终未再说话,在陶内侍的搀扶下走入内阁。

## 第五十八章

### 云谲波诡

相府内紧外松，直到诸事妥当，已是晨曦初现。裴琰正在漱云的服侍下换上朝服，下人匆匆来禀，皇帝有圣旨到。

相府中门大开，摆下香案，裴琰着朝服而出，面北而跪。宣旨太监满面春风，却无圣旨，只传皇帝口谕，赐下皇帝亲书的"忠孝王府"牌匾，并体恤裴琰征战辛劳，着其在府中歇息三日后，再重新上朝。裴琰叩谢圣恩，便亲捧牌匾，下人将相府大门上原来的牌匾摘下，将"忠孝王府"的牌匾挂上，自此，左相府正式改为忠孝王府。

鞭炮阵阵，引来百姓堵街围观。裴琰笑容满面，命下人取来铜钱，散给一众百姓邻里，忠孝王府门前热闹喧天。

安潞过来禀道："皇上刚有圣旨颁下，封了卫大人为一等忠勇子爵，并将西直大街原来为静淑公主出嫁准备的宅子赐给了卫大人，此时百官们正纷纷前往新的卫爵爷府祝贺。"

裴琰思忖片刻，笑道："既是如此，我们也去给卫爵爷庆贺庆贺。"

西直大街，一等忠勇子爵府。

郑承辉等人拥着卫昭在府内看了一圈，齐声称赞，不愧是皇帝为静淑公主备下的宅子,雕梁画栋,楼台华丽,奢华富贵到了极致,比原来的卫府毫不逊色。

听得忠孝王裴琰亲来祝贺,卫昭忙迎出府门,拱手道:"王爷亲来祝贺,卫昭愧不敢当。"

裴琰负手入府,边走边笑道:"三郎得封侯爵,你我又有沙场之谊,裴琰当然要来祝贺。"又传音道:"有没有不对劲?"

卫昭笑道:"说起来,我还真是怀念和少君沙场征战的日子。"说话间隙传音道:"暂时没有,少君不要轻举妄动。"

"那是自然。"裴琰朗声笑道,"这刚回到京城,还真有些不习惯。"

卫昭传声道:"等过了这几天,我们再商议下步如何行事。"

裴琰微微点头。二人踏入花厅,与众人笑闹一番。

当日,卫爵爷府摆下大宴,丝竹声声,喧笑阵阵,也自是一派富贵风流景象。


这夜,京城仍放起烟火,东市也举行灯会,行人如织。

裴琰从一等忠勇子爵府出来,已是入夜时分。回到忠孝王府,正见崔亮由西园出来,他忙停住脚步,笑道:"子明去哪儿?"

崔亮微笑道:"去东市灯会上转转,难得这么热闹。"

裴琰想起当初与他正是在东市相识,便也来了兴致,又想在皇帝派来暗中监视自己的人面前做做样子,于是便道:"我也正想去逛逛,一起吧。"

"好啊,不过王爷得换过常服才行。"

裴琰换过一袭淡蓝色长袍,腰间一方玉佩,脚下黑缎靴,目若朗星,笑如春风,和崔亮边说边行,长风卫则暗中跟随。

二人到了东市,随着人流缓缓前行,经过一处摊档,二人不禁微笑起来。

裴琰道:"子明,当日你在这处手书一幅《闲适赋》,才有了我们今日之缘分。"

崔亮望着自己曾摆摊卖字的地方,心中忽然掠过一抹惆怅。当日盘缠用尽,又无钱买药箱,才被迫摆摊卖字,却未料巧遇裴琰,从而卷入这权力中心的旋涡,什么时候才能真正如闲云野鹤,游迹天下?

满街的灯火让人有种不真实的感觉,崔亮仿若再看到那穿着鹅黄色长裙、有着卷曲长发的少女在浅浅微笑："我也想着走遍天下，可惜难以如愿。崔公子若是有一日能达成心愿，还请写成游记，借我一观，也好了我心愿。"

"子明。"裴琰在前方数步处回头相唤。

崔亮惊醒，自嘲似的笑了笑，提起脚步，走上前与裴琰并肩而行。

一个鹅黄色的身影在前方人群中若隐若现，崔亮心中一动，忙向前方挤去，但灯市人头攒动，摩肩接踵，待他挤到那处，已不见了那个身影。他环顾四周，佳人渺渺，不由得怅然若失。

裴琰挤了过来，道："看见熟人了吗？"

崔亮回过神，笑了笑，道："想是认错了。"


江慈这日却有些不舒服，浑身无力，睡到午时末才起床。外屋桌上，昨夜未动的饭菜已结出了一层油霜。她望着那层油霜，胃中一阵翻腾，努力压住，才没有呕吐出来。她不知卫昭何时归来，也不敢轻易出门，只得草草吃了点饭，便仍然回内屋看书。直看到入夜时分，渐感困倦，不知不觉又倚在椅中睡了过去。

天色漆黑，弯月若隐若现，京城也重归平静。

院中水井里忽然钻出一个人影，却不急着进屋，只是愣愣地坐在井边，直到月上中天方才暗叹口气，将脚步声放得极轻，走入内屋。

江慈正歪在椅中酣酣沉睡，如云秀发垂落下来，遮住了她的小半边脸。她似是梦到了什么，嘴角轻勾。卫昭凝望着这如甘泉般纯净的笑容，心灵的深渊中传出一阵尖啸。从未有哪一刻，他如此时这般痛恨厌恶这个污垢满身的自己。

见江慈歪着脖子，卫昭叹了口气，俯身将她抱起。江慈惊醒，迷迷糊糊睁开双眼，看清卫昭的面容，心头一松，笑着搂上他的脖子："你回来了。"转而觉得自己的脖颈酸痛，揉了揉，轻哼道，"惨了，扭了脖子。"

卫昭将江慈抱到床上，正要替她盖上被子，江慈却不放手，搂着卫昭脖子的手用力一带。卫昭扑上她的身躯，心中一酸，转而像疯了一般，用力地吻着江慈。他什么也不去想，只将自己投入到这无边无际的温暖之中，只求这份温暖能在自己身边多停留一刻。

"无瑕。"江慈无力地依在卫昭怀中。

"嗯。"

"京城是不是有什么喜事？外面每晚放烟火,旁边那座大宅今天也是奏了一整日的丝乐。"

卫昭面色苍白,良久方艰难开口:"没什么,全京城都在庆祝圣上龙体康复。旁边那座宅子现在是一等忠勇子爵、卫昭卫大人府。"

江慈慢慢转头望向他,他将头埋在她的胸前,带着浓烈的愧疚低声唤道:"小慈。"

他的乌发散落在她洁白的胸前,他的低唤声如同一只受伤的野兽。

江慈张开双臂紧紧地抱住他,似有千言万语要说,却终只轻声说了一句:"我等你。"


裴琰得封忠孝王,卫昭得封一等忠勇子爵,皇帝又明诏三日后再上朝,二人便连日在府中宴请宾客。文武百官们一时到忠孝王府走走,一时又到忠勇子爵府坐坐,加上郑承辉等一帮浪荡公子凑热闹,还请了素烟的戏班子两府唱戏,三日时间一晃就过。

这日破晓时分,卫昭从老柳巷小院水井壁中的密道潜回了西直大街的忠勇子爵府。

自欲只手搅动风云起,他便做好了终有一日要亡命天涯的准备。可原来的卫府后面靠着的是小山丘,倒不如人流密集的街巷逃生方便,他便在城中秘密购了老柳巷这处宅子。看过宅子四周环境,发现竟是在皇帝为静淑公主出嫁准备的大宅后面,两宅仅隔一条小巷。卫昭灵机一动,便想法子在老柳巷宅子的水井与前面大宅的柴房间挖了一条密道,密道十分隐蔽,又有机关,倒也不怕人发觉。他又在公开场合与郑承辉等人打赌,夸下海口,要夺静淑公主这处宅院。此次借出征大胜之机终让皇帝将这处宅院赐给了他,万一事急,也多了条临时逃生的退路。

卫昭白日与百官应酬,还得时刻关注京中一切动态,疲倦不堪。只有夜深人静,悄悄潜去与江慈相会,才能让这颗时刻在烈火中炙烤、在黑暗中沉浮的心稍得宁静。

江慈这三日仍是安静地待在家中,深夜卫昭乘着夜雾潜来,她什么也不问,只是扑入他怀中。她知道自己没有办法帮他,只能尽量让欢愉点亮幽深的黑夜,让他不再觉得孤单。

卫昭在漫天冬雾中入宫,甫到乾清门,便见到了庄王。

自皇帝醒来后,庄王便又病了,由于高贵妃薨逝后他便时病时好,而他现在又式微,百官只忙着到忠孝王府与忠勇子爵府庆贺,庄王府门庭冷落,倒也没有人在意他这病何时方能痊愈。

卫昭与庄王目光一触即分。二人都知现在不是说话的时机,一人仍如昔日般冷傲,前往延晖殿,一人则满面春风与百官交谈,前往弘泰殿。

皇帝刚着上明黄衮服,见卫昭进来,微笑道:"朕已命姜远将宫中防务交还给你,你也玩够了,今日起重新管回光明司吧。"

卫昭替他将朝冠的束带系好,笑道:"正想管管这些猴崽子,姜远只顾着他的禁卫军。"

皇帝呵呵一笑,出了延晖殿,往弘泰殿而去。

这是皇帝醒来后第一次上朝,纵是事先已阅过各部这几个月的折子,仍觉事务繁杂,一时有些疲倦,打了个呵欠,靠在了龙椅扶手上。

众臣看得清楚,俱皆安静。董方小心翼翼道:"皇上,要不要先退朝?"

皇帝望着案头一摞的折子,苦笑道:"朕这一病,耽误了几个月的政事,眼下大战初定,百废待兴,怎能懈怠?"

百官一阵称颂后,董方道:"可皇上龙体要紧,得有人为主分忧,臣斗胆有个提议。"

"董卿但说无妨。"

"以前各部各司的折子都是先递给二位丞相,由他们初阅后再报给皇上定夺。可自忠孝王领兵出征,皇上龙体染恙,太子监国,陶相一人难以览阅全部奏折,臣等便想了个折中的办法,倒很有效。"

"哦?"皇帝来了兴致。

裴琰和裴子放呼不妙,知道皇帝在和董方一唱一和,可二人此时也无法插话,只在心中暗自盘算。

董方躬腰续道:"这几个月,各部各州府的折子都是先送入内阁,由二位王爷、陶相、裴侯、内阁各大学士和臣等览阅后,再提交太子定夺。臣等各有分工,人手一多,折子回复起来便颇顺畅,太子也觉轻松。"

皇帝赞道:"这倒是个好法子。"见銮台下的裴琰似欲张口,皇帝的话拦在了前面,"眼下裴卿得封忠孝王,也不便再担任左相一职,朕也早想对丞相之职进行改革。这样吧,将原先的由二位丞相总揽各部及各州府政务,改为由内阁负责。内阁人多,分配起来,各人也不觉得累。有这么多人为朕分忧,朕也能轻松些。"

太子带头伏在地上,道:"父皇英明!"

一众内阁大学士欣喜万分。内阁以往只为皇帝决策提供意见,却不能如丞相般处理政务,皇帝此言一出,便是将原先丞相的职权分给了各位大学士。他们趁裴琰和陶行德尚未说话,跪地大呼:"皇上英明,臣等必鞠躬尽瘁,为皇上分忧,死而后已!"

百官心知肚明,皆跪下颂圣。裴琰与陶行德无奈,也只能接受了这个事实。自此,大梁丞相制正式废除,由内阁接管朝政。

接下来便是对各部和各州府政务进行分工,兵部、户部、刑部和河西、南安府、洪州等富庶地区成了各方势力争夺的焦点。臣工们你来我往,引经论据,谁也不肯相让,殿内一时哄闹到了极致。

皇帝冷眼看着,也不说话,待争执白热化,他猛然抓起案上玉镇,掷下銮台。众臣见他暴怒,吓得齐齐住嘴,匍匐于地。

太子跪落,泣道:"父皇息怒,龙体要紧!"

皇帝气得全身发抖,董方忙道:"皇上息怒,臣有个提议。"

"说。"

"各部各司及各州府政务分工,臣觉得不急在一时,皇上可根据这几个月各臣工的表现,圣躬定夺。只是眼下有两件大事较为急迫,皇上可先将这两件大事的分工给定了,其余的慢慢再定。"

"何事?"

"一件是冬闱。今年因魏贼逆乱、桓军入侵,春秋两闱都未举行,眼下百废待兴,更需大量提拔人才。臣等前两个月就议定要加开冬闱,给各地士子一个入仕的机会。还有一件也近在眼前,便是冬至日的皇陵大祭,乃年底头等大事,马虎不得。"

皇帝沉吟片刻,视线扫过殿内诸臣,在裴琰身上停留片刻,疲倦道:"这样吧,忠孝王办事朕一贯放心,冬闱和皇陵大祭就交由裴卿负责,国子监和礼部官员一应听其差遣。"

不待众臣答话,皇帝颤巍巍站起:"朕乏了,改日再议。"

他尚未提步,卫昭匆匆入殿,禀道:"皇上,岳藩派藩吏在宫门外伏地请罪,并上表请求重为藩臣。"

殿内顿时炸开了锅。岳藩已经自立为岳国,眼下竟愿重为藩臣,实是令人瞠目结舌。皇帝也似有些不敢相信,陶内侍急忙接过卫昭手中的奏折,奉给皇帝。皇帝阅罢,激动不已,连声道:"好,好,好! 岳景阳深明大义,朕要重重地赏他!"


丞相一职被废,又被皇帝架空权力,派去管理国子监和礼部,裴琰纵是早有思想准备,仍被打了个措手不及。他压住心中狂澜,驰回王府,大步走进慎园,憋了半日的怒火终悉数爆发。他握起廊下兵器架上的长枪,枪风似烈焰般激得满园树木在劲风中急摇。他越舞越快,身形急旋,如腾龙出水,冲天煞气自手中掷出,轰然之声响起,长枪深深没入银杏树干之中。

院中漱云及一众侍女早被劲风压得喘不过气来,待枪尖轰然没入树干,更是后退不迭,还有几名侍女慌乱中跌倒在地。

裴琰发泄完心中怒火,回头看了看众人狼狈情形,倒笑了起来。他轻松走入东阁,漱云进来替他解下朝服王冠,换上常服。

裴琰低头望着漱云,眼前忽然浮现另一个面容,他一时恍惚,猛然将漱云抱入怀中。漱云"啊"地叫了一声,裴琰清醒,又慢慢将她推开。

漱云正有些不知所措,阁外响起童敏急促的声音:"王爷,急报!"

裴琰出阁接过童敏手中加急密报,展开看罢,啪地合上,快步走向蝶园。

裴子放正与裴夫人说起岳藩之事,二人看过密报,互望一眼,俱各惊悚无言。

见裴琰一脸平静，裴子放道："琰儿，依你看，该怎么办？"

"岳景阳弑父杀兄，显然是和小庆德王串通好了的。而小庆德王除程郑二妃，谈妃也未流产，显见也是事先进行了周密的筹划。这一切都与皇上脱不了干系，只怕这二位都早已暗中投靠了皇上。"

裴夫人冷笑："岳藩一定，小庆德王的兵力便可抽调北上。"

裴子放叹道："我们在南安府、香州的人马，无法和小庆德王的八万兵力抗衡。"

"他倒不会明着来。"裴夫人道，"若是明着控制南安府、香州，便是要对裴家下手，他现在并不想逼反琰儿，也不想担诛杀功臣的名声。但小庆德王的兵力定会北上对南安府保持威慑之态，让我们不敢轻举妄动。"

裴琰却从这密报中看出些端倪，他望向窗外廊下用厚厚布毡围着的鸟笼，面上渐露一丝微笑。

裴夫人望着儿子脸上俊雅无双的笑容，忽有些神游物外。多年以前，他牵着自己的手钻出雪洞，望着山脚那两人渐行渐近的身影，也是这般要将一切操控于手心的微笑。

"玉蝶，我赢了。从今日起，邺王也好，子放也罢，都不许你再想他们。"

裴夫人暗叹口气，语气便柔和了几分："琰儿。"

"母亲有何吩咐？"

"你若有了决断，去做便是。"

裴琰仍望着廊下的鸟笼，淡淡道："一只鸟力量小了些，得等另一只鸟走投无路了，主动来找我，我们合力，才能将这鸟笼撞破。"


卫昭虽得封子爵，却仍不能上朝参政，便带着一众光明卫巡视皇宫各处。岳藩藩吏到达乾清门伏地请罪并上呈奏表时，他正在乾清门交代防务。纵是觉得万般不对劲，不明岳藩为何发生如此翻天覆地的变化，他仍克制着自己，将表折递入弘泰殿，只在出殿时与庄王交换了个眼色。

岳藩以往在朝中与各方势力都保持着联系，岳景隆尤与庄王走得近，当初高霸王"不慎"放岳景隆逃走，实际上是双方演的一场戏。岳藩立国后，双方也一直暗中有联系,庄王欲夺权上位,还一直指望着岳藩的支持。可眼下岳景隆身死、岳景阳上位,这后面到底是谁在操纵呢?

卫昭越想越不对劲,只觉眼下步步惊心,丝毫都疏忽不得。正烦忧间,瞥见众臣下朝,便退在了一边。庄王一系的官员自是与他说笑寒暄,而清流一派仍是颇为高傲地自他面前走过。

卫昭也不恼,面上淡淡,眼见一众官员皆出了乾清门,转身欲去延晖殿,却见内阁大学士殷士林迎面而来。

殷士林为河西人氏,出身贫寒,于二十二岁那年高中探花,一举成名。其人死板迂腐,但学问上极严谨,多年来历任国子监祭酒、翰林院翰林、龙图阁大学士,深得董方及谈铉等人赏识,是清流一派的中坚人物。他性子古板,恪守礼教,尤其看不起卫昭这等内宠,数次上书泣求皇帝将宫中娈童遣散,修身养德。皇帝知他性情,也未动怒,只是将奏折给卫昭看过后,一笑了之。他劝谏不成,便将矛头指向卫昭,公开场合经常给卫昭难堪。卫昭与他数次交锋,互有胜负。前几日相府庆宴,卫昭带着蟠龙宝剑出席,逼得殷士林当众磕头,更是狠狠出了一口恶气。

见殷士林迎面走来,卫昭冷哼一声,欲待避开,却见殷士林脚步有些踉跄,面色也极苍白,再走几步,他身子一软,倒在卫昭足前。卫昭纵是与他不和,可眼下是在乾清门前,不得不俯身将他扶起,唤道:"殷学士!"

殷士林闭目不醒,卫昭回头道:"快,将殷学士扶到居养阁,请太医过来看看。"

宗晟带着人过来,卫昭正要将殷士林交给宗晟,却忽觉殷士林的手在自己腰间掐了一下。他心中一动,面上不动声色,道:"还是我来吧。"负起殷士林往乾清门旁的居养阁走去。他走得极快,将宗晟等人甩在身后很远,待到四周再无旁人,殷士林在他耳边用极轻的声音吐出两个字:"奎参。"

卫昭再想保持镇定,脚下也不禁踉跄了一下。但他瞬即清醒,将殷士林负到居养阁放下,看也不看一眼便拂袖而去。


殷士林的宅子在内城东直大街最南边,只有两进的小院,黑门小户,倒也颇合他自居清流的身份。他素喜清静,又从不受贿收礼,仅靠俸禄度日,自然也养不起太多仆人，家眷留在河西，宅中便只有两名男仆、一名厨房的老妈子。这日殷士林自朝中回来，怒气冲天。咒骂间，下人知他因在乾清门晕倒，被内宠卫昭负了一段路，引为奇耻大辱，谁也不敢触他的霉头，便都躲在外院，不敢进来。

夜深人静，殷士林犹在灯下看书，一阵微风自窗户的缝隙透入，吹得烛火轻晃。殷士林放下书，打开房门，到茅房转了一圈回来，再将房门关上，走到里屋，向一个人影缓缓下跪，沉声道："木适拜见教主。"

黑暗中，卫昭如遭雷殛，噔噔退后两步，有些不敢相信自己的耳朵。

殷士林站起，将烛火点燃，看了戴着人皮面具的卫昭一眼，从靴中拔出一把匕首，奉至卫昭面前。卫昭看清匕首，身形晃了晃，双膝一软，跪在了殷士林面前："五师叔！"

殷士林将卫昭挽起，慢慢取下他的人皮面具，凝望着他俊美的面容，又慢慢将他抱住，轻声道："无瑕，这些年，你受苦了。"

卫昭瞬间眼眶湿润。他只知师父多年之前便安排了一个人潜入朝中，这个人知道自己的真实身份。这些年以来，他也曾收过此人的几次情报，但从不知是朝中的哪位官员。他也知道自己还有一位五师叔木适，多年前便不知去向，只是自平叔口中得知，当年那位五师叔的武功并不高，是个沉默寡言、性格内向的少年。他万万没有想到，多年以来一直与自己势同水火的清流一派的中坚人物，迂腐古板的大学士殷士林，便是自己的五师叔木适。想来——这些年他故意与自己为难，其实是在掩护自己吧？

卫昭尚未说话，殷士林已扼住他的肩，急速道："教主，你快回月落，皇帝已经知道你的身份了！"

数日来的担忧变成事实，卫昭却反而不再慌乱，冷冷一笑，轻声道："他知道了？"

"是。"殷士林道，"皇帝似是早就醒来了，他得知教主出兵相助裴琰，便觉事情不对，因为当日是裴琰主持调查教主。他再将魏正山谋逆前后诸事查探一番，便对教主起了疑心，让人暗查教主来历。我今日在董方处看到密报，确认玉间府卫三郎的家人都死得极为蹊跷，余下的族人也只知有个卫三郎从小离家，却都未见过他的真实面目。董方收到密报后和皇上私语，我正退出内阁，听得清楚，是一句

'看来可以确定，他就是萧无瑕'。"

卫昭忽想起那日早晨皇帝在西宫与自己说过的话，由心底发出冷笑，咬牙道："原来他一直在试探我。看来，他是要将我们在京中的人一网打尽，所以才封我爵位，赐我宅第。"

殷士林道："教主，你还是快回月落吧，皇上绝不会放过你的。"

"我逃可以，但这里怎么办？我们辛苦经营这么多年，已经走到这一步了，难道要放弃不成？"

殷士林沉默片刻，有些沮丧："是啊！"他又急道，"教主，皇帝和董方这几日一直在商议，要对月落用兵！"

卫昭面色一白，喃喃道："对月落用兵？他哪有兵可调？北面可都是裴琰的人。"

"他们商议时防着人，但对我倒不是很提防，我偷听到了一些。只怕是要调小庆德王的部分人马自玉间府直插平州，攻打月落。这边京城只要将裴琰一控制住，皇上就会调肃海侯的人马去与小庆德王会合，攻打月落。"

"小庆德王？"卫昭突然觉得一阵彻骨的寒冷，全身仿佛坠入冰海。

耳边，殷士林的声音好像从很遥远的地方传过来："教主帮裴琰赶走了桓军，却犯了皇上的大忌。他恐我们与裴琰联手造反，又恨多年来受教主蒙骗，想先下手为强。所以现在控制住裴琰，架空他的权力之后，肯定会对月落用兵……"

殷士林忽然觉卫昭有些不对劲，将身形摇晃的他扶住，唤道："无瑕。"

卫昭面色苍白，猛然吐出一口鲜血，低声道："五师叔，盈盈她……只怕没了。"

这夜寒风忽盛，呼呼地刮过京城每一个角落。卫昭负手立于子爵府后园的竹亭内，任寒风肆虐，如同冰人般呆呆望着一池枯荷。

今冬的第一场大雪很快就要落下来了，这一池枯荷就要湮于积雪之中，只是明年，自己还能看到满池白莲盛开吗？

易五入园，寒冬之日，他竟满头大汗，卫昭的心彻底下沉。

"盛爷刚收到消息，小庆德王传出口谕，说……说郑妃谋害了怀有身孕的程妃，郑妃被处死，程妃被以侧妃礼仪殓葬。我们在玉间府的人也都莫名失踪了。"

这句话宛如最后一把利刃，将卫昭的心割得血肉模糊。

"无瑕，你看清楚了，他们四个都是师父留给你的人，将来要做大用的。"

彼时盈盈和潇潇才六岁，粉雕玉琢般的一对人儿，怯怯地躲在苏俊身后。

"无瑕哥哥，你将来会杀王朗，帮我报仇的，是吗？"

盈盈刚到玉迦山庄时，喜欢跟在自己身后，也不理会自己对她的淡漠。

"无瑕哥哥，教主说你就要走了，去很远的地方，你还会回来看我们吗？"

离开玉迦山庄的前一夜，盈盈和潇潇在窗户外和自己说话，自己心中却只有对未知命运的恐惧，重重地将窗户关上。

纵是程盈盈主动要求去玉间府，主动要求嫁给小庆德王，可卫昭知道，若是他不应允，她又怎会赔上这条性命？可是，姐姐的性命已经赔上了，那么多族人的性命已经赔上了，自己又怎有退路？

卫昭缓缓低头，凝视着自己白皙修长的双手。

这双手，究竟还要染上多少血腥呢？

凛冽的寒风似从衣袍每一个空隙钻入，刺进灵魂深处。他抵挡不住这阵寒风，急忙将手笼入袖中。易五知他素来怕冷，忙解下身上的鹤氅替他披上。

卫昭面上慢慢有了点血色，低声道："小五。"

"在。"

"你方才是直接去见的盛爷，还是到客栈取的消息？"

"我是去洪福客栈取的，未与盛爷见面。"

卫昭稍稍放心，道："从现在起，你不要再去同盛行，专心做你的光明卫。"

易五醒悟过来，吓了一跳："主子，形势这么危急了吗？"

卫昭不答，半晌，闭上双眼，音调极低："回去歇着吧。"

望着易五的身影消失在月洞门，卫昭剧烈咳嗽，抬袖去拭，白袍上一团殷红。

风将他的乌发吹得翩飞翻卷，他定定地看着这团殷红，再望向宅子后方，想寻找那一团微弱的光芒，可满目皆是黑暗。这一刻，只有无边无际的寒冷将他淹没。

延晖殿内阁，董方将起草好的圣旨奉给皇帝。皇帝看了看，点头道："殷士林的文采可与谈铉一比,只是人太死板了点。"

董方道:"皇上,是不是太着急了些?高成那两万人还在朝阳庄,万一……"

皇帝见叶楼主负手立于门口,不虞有人偷听,叹道:"董卿,朕的日子不多了,朕得替炽儿留一个稳固的江山。"

董方素来持重,此时也涕泣道:"皇上,您……"

"要想将明月教一网打尽,便只有引三郎作乱。可煜儿这些年和三郎走得近,不定后面弄了多少事。若不将他弄走,三郎一旦生事,他便没有活路。唉,只盼他能体会朕的一片苦心,安安分分去封地。这是朕给他的最后一次机会,他若再不悔悟,朕也保不住他了。"皇帝长叹道。

"那静王爷……"

"他先缓缓,等把裴氏这两叔侄压得动不得了,再收拾了宁剑瑜,才能把他挪出京城。董卿,朕也不知道能不能撑到年关,若是真有个不测,炽儿就全拜托给你了。"

董方伏地痛哭,怕殿外有人听见,强自压抑,低沉的哭声让皇帝也为之心酸。他俯身将董方扶起,道:"炽儿虽懦弱了些,但所幸天性纯良,只要有董卿和谈卿等一干忠臣扶持,他会是一个好皇帝。"

他望着殿外阴沉的天空,缓缓道:"这江山还是我谢氏的江山,我要将它完完整整地交给炽儿,绝不容他们作乱!"

董方抬头,这一刻,他仿佛又见到了当年那个意气勃发、杀伐决断的郇王殿下。


朝会伊始,议的是梁州的紧急折子。因为梁州一直缺水,前年朝廷就同意梁州组织民力,掘渠引水。好不容易今年朝廷拨了些河工银子,梁州百姓又自发筹了一批款银,召得丁夫开掘,未料下面的县官凶狠暴厉,贪了河工银子不说,还打死了十多名河工。

河工愤而暴乱,将衙役打伤,扣押了县官,梁州郡守连夜赶去也未能令河工放人。领头之人声称,要朝廷派出二品以上官员亲至梁州,他们要当面陈述案情,为亲人申冤,才肯放人并重新开工。

皇帝和内阁一番商议,由于梁州郡守多年前曾为震北侯裴子放的部属,便议定派裴子放前往梁州,调停并督复河工。裴子放也未多说什么,跪领了皇命。

可接下来的一道圣旨却让殿内众臣傻了眼。皇帝诏命,庄王谢煜因过分思念亡母,积郁成疾,唯有常年浸泡于高山上的温泉中方能治愈。皇帝怜恤其纯孝,将海州赐给庄王为封地,着庄王在三日后前往海州封地,治疗疾病。

陶内侍扯着嗓子将圣旨宣读完毕,庄王便面色惨白地跌坐于地。昨日岳景阳愿重为藩臣的表折一上,他便知大事不妙,彻夜难眠。他与岳景隆之间的那点事自是万万不能让皇帝知道的,眼下岳景隆身死,自己与他的密信会不会落在岳景阳手中了呢?还有,岳藩出了这么大的事,背后会不会有人在操纵?他坐立不安了一夜,战战兢兢上朝,皇帝果然颁下这样一道圣旨,将他心中最后一丝希望彻底毁灭。

庄王抬眼望了望宝座上的皇帝。那是他至亲之人,可这一刻,他觉得世上距他最遥远的也是这宝座上的人。他的目光与皇帝锐利的眼神相交,猛然打了个寒战,只得匍匐于地,颤声道:"儿臣谢父皇隆恩!但儿臣有个请求,伏祈父皇恩准。"

"说吧。"

"母妃葬于皇陵,儿臣此去海州,不知何时方能再拜祭母妃。儿臣恳求父皇,允儿臣在冬至皇陵大祭后再启行,儿臣要于大祭时向母妃告别。"

皇帝盯着他看了片刻,道:"准了。"

庄王泣道:"谢父皇隆恩。"

皇帝嘴唇动了动,似是想说什么,终没有开口。

裴琰冷冷地看着这一幕,并未多言,散朝后,又认真地和董方、殷士林等人商议了一番冬闱和皇陵大祭事宜,待到午时才出了宫。

走至乾清门,卫昭正带着易五从东边过来,见到裴琰,立住脚步,笑道:"少君,你还欠我一顿东道,可别忘了。"

裴琰笑道:"今晚不行,静王爷约了我喝酒,改天吧。"

"少君记得就好。"

二人一笑而别,裴琰打马离了乾清门。

# 第五十九章

## 孤注一掷

这日厚重的云层压得极低,风也越刮越大,到了黄昏时分,今年的第一片雪花飘落下来。个多时辰后,铺天盖地的鹅毛大雪便将京城笼在了一片洁白之中。

卫昭翻入庄王府后墙,这王府他极为熟悉,片刻工夫便潜到了庄王居住的来仪院。庄王正手握酒壶,呆呆坐于窗下,屋内也无仆从。卫昭轻叩了一下窗棂,庄王抬头,惊喜下穿窗而出,握住卫昭的手,半晌说不出话来。

二人进屋,庄王将门窗关紧,转身道:"三郎,你总算来了,我夜夜等着你,也不敢让人进这院子。"

卫昭单膝跪下,哽咽道:"王爷,卫昭对不住您,大事不妙。"

庄王身形晃了晃,喃喃道:"何事?"

"小庆德王只怕是已经投靠太子了。"

庄王痛苦地合上双眼,却听卫昭又道:"还有一事,王爷得挺住。"

庄王冷冷一笑:"挺住?都到这个地步了,我还有什么挺不住的?大不了就是一死。你说吧。"

卫昭犹豫,见庄王目光凶狠地盯着自己,无奈道:"王爷和岳景隆的信落在了岳景阳的手中,昨日随表折一起送到延晖殿了。"

庄王额头冷汗涔涔而下,全身如同浸在了结冰的寒潭之中。卫昭忙过来扶住他:"王爷。"

庄王慢慢在椅中坐下,呆望着烛火,良久,低声道:"三郎。"

"是,王爷。"

"我恨他!"庄王咬牙切齿。

他也不等卫昭答话,便自言自语地说开了,话语中充满了切齿的痛恨:"我恨他! 他娶母妃本就不怀好意,只是为了拉拢高氏,他也从来没有把我当成他的亲生儿子。无论我怎么努力,他也不会正眼瞧我一下! 眼下高氏覆亡,母妃尸骨未寒,他就要对我下手! 海州那么穷的地方,什么养病? 分明就是流放!"他仰头大笑,笑声中透着怨毒,"三郎,你知道吗? 本朝一百多年来,凡是流放的王爷,没有一个有好下场! 不是意外身亡就是急病而死。海州……只怕就是我谢煜丧命之处!"

卫昭扑通跪下,紧攥住庄王的手,仰头道:"王爷,您千万不能这么说,您若去了海州,卫昭怎么办?"

庄王盯着他看了片刻,轻声道:"三郎,你又何必要跟着我这个没出息的王爷,有父皇在,你还怕什么?"

卫昭摇头:"不,王爷,您有所不知,皇上只怕撑不了太久了。"

庄王一愣,卫昭泣道:"皇上这次病得很重,虽然醒来了,但恐怕寿不久矣。皇上若不在了,谁来护着我? 太子若是登基,只怕第一个要杀的便是我,清流一派早就恨不得将我除之而后快。殷士林那些人对我的态度,王爷您看得比谁都清楚。"

庄王长叹,将卫昭拉起。他面色严峻,长久在室内徘徊。

屋外北风呼啸,吹得窗户隐隐作响。庄王将窗户拉开一条小缝,寒风卷着雪花扑了进来,庄王一个激灵,回头望着卫昭,冷声道:"横竖都是死,只有一搏了!"

卫昭面带迟疑,瑟瑟缩了一下。庄王怒道:"怎么? 三郎,你不敢?"

卫昭忙道:"王爷,不是不敢,可眼下我们只有高成那两万人,只怕……"

庄王点头:"单凭高成那两万人确实成不了什么气候。"他再思忖片刻,抬头道,"只怕还要麻烦三郎。"

"请王爷吩咐,卫昭但死不辞!"

庄王握住卫昭的手,轻声道:"眼下只有与裴琰联手,才有一线希望。"

卫昭眉头皱了皱:"裴琰?"

"是,父皇现在怎么对少君,你也看到了。他取消了丞相一职,命裴琰去管冬闱和大祭,今天又将裴子放派去梁州管河工,分明是在逐步架空他们叔侄二人。裴琰现在可比我们更不安。"

"可是……裴琰一直扶持静王爷的。"

庄王冷笑一声:"裴琰心中才没有那个'忠'字,谁能给他最大的好处,他就会投靠谁。"他在室内急促地踱了几个来回,终下定了决心,将心一横,沉声道,"三郎,你与他有沙场之谊,你帮我去和他谈。只要他助我成事,我愿和他以回雁关为界,划关而治!"


雪越下越大,扯絮撕棉一般,到了子时,慎园已是冰晶素裹。

东阁内,裴琰将炭火挑旺了些,将酒壶置到炭火上加热,又悠然自得地自弈。待窗外传来一声轻响,他才微微一笑,道:"三郎,可等你多时了。"

卫昭由窗外跃入,取下人皮面具,又拂了拂夜行衣上的雪花,大剌剌坐下,和裴琰碰了下酒盏,一饮而尽,叹道:"不错,是好酒。"

"可惜没有下酒菜。"

二人同时愣了一下,裴琰终忍不住问道:"小慈可好?"

卫昭沉默片刻,低声道:"很好。"

室内空气有一瞬的凝滞,还是裴琰先笑道:"三郎,我们合作了这么多次,不用再说客套话。"

卫昭再仰头喝了口酒,低声道:"皇上他……知道我的身份了。"

裴琰俊眉一挑,既震惊又意外:"皇上知道了?"

"是。"

裴琰皱眉道:"这可有些不妙!"

"少君放心,他现在想将我的人一网打尽,没摸清楚前不会下手。他虽派了人暗中盯着我,但我自有办法摆脱跟踪,今夜前来并无人知晓,不会连累少君的。"

裴琰摆摆手:"三郎还和我说这种话,眼下我们是一条船上的人。我一直以为皇上只是忌惮月落和我联手才将我暗控,并准备对月落用兵,未料他竟知晓了三郎的真实身份。"

卫昭身子稍稍前倾,道:"我刚从庄王府出来。"

"哦?庄王爷怎么说?"

卫昭微笑,炭火通红,他的笑容在火光映照下散发着锐利的光芒。他缓缓道:"庄王说,请少君和他以'诛奸臣,清君侧'之名联合起事,他愿在事成之后,与少君以回雁关为界,划关而治!"

裴琰默然不语,只是慢慢抿着酒。卫昭也不再说,低头看了看棋局,揽过棋子,续着裴琰先前的棋局下了起来。

良久,裴琰叹了口气,道:"三郎,现在并非起事的时机啊。"

"可眼下非反不可!我大不了逃回月落,但少君你身系这么多人的安危,皇上又对你步步紧逼,过不了多久,终会对你下毒手啊!"

裴琰直视着卫昭,道:"三郎,先不说现在小庆德王和岳藩都站在了皇上那边,南北势力相当。此次征战,民心向背的作用,你也看得清楚,不用我多说。我们凭什么造反?皇上虽然狠毒,朝廷却未到千疮百孔的时候。如果得不到百姓和百官的支持,就凭长风骑和高成那区区两万人,能名正言顺地打下并坐稳这江山吗?"

卫昭有些激动,道:"可他谢澈不也是阴谋作乱才登上皇位的?他的那个宝座,同样来得名不正言不顺!"

裴琰一愣,转而笑道:"三郎这话,我倒想知道从何而来。"

卫昭踌躇了一会儿,从怀中取出数封书信,信函似是年代已久,已经透着枯黄。裴琰接过一一细看,眸光微闪,将书信仍旧折好,叹道:"原来魏正山最后是死在三郎手中。"

"少君见谅,当初在牛鼻山,我也是不得已而为之。"

裴琰将书信放下,欠了欠身,道:"三郎稍等片刻。"

不多时,裴琰握着个铁盒走进来,将铁盒在卫昭面前打开。卫昭低头,面色微变,拿起铁盒中的黄绫卷轴缓缓展开。待看完了卷轴上的文字,他猛然抬头,讶道："原来先皇遗诏竟是在少君手中，为何……"

裴琰苦笑，坐下道："我有先皇遗诏，你有谢澈给魏正山和庆德王的密信，都能说明当初先皇属意继承大统的人是景王，而非邺王。是他谢澈联合了董方、魏正山、庆德王及我叔父，又命先父潜入皇宫换走遗诏，才得以谋夺了皇位。"

"正是如此。"卫昭有些兴奋，道："只要你我联手，将这几份东西昭告世人，再起兵讨伐，不愁大事不成！"

裴琰还是苦笑，道："我当初也是这般认为，可眼下看来，并非如此。"

卫昭陷入沉思之中，裴琰叹道："当初我为夺回兵权，控制北面江山，才领兵出征，去打魏正山。在人前我一直说的就是魏贼逆乱，他所奉的那个肃帝是假的，皇上的皇位来得光明正大，景王才是逆王。如果现在我起兵，又改口说皇上才是谋逆，景王才是名正言顺的皇位继承人，这不是自己打自己的嘴巴，出尔反尔吗？谁还会相信我们手中的遗诏是真的？大家肯定都会认为这书信是我伪造出来的。"

卫昭默然无语，裴琰又道："魏正山为何不得人心？因为他本身就是四大功臣之一！当初是他扶皇上登基，现在又说皇上的皇位来得不清不楚，这就犯了一个天大的错误：他一个逆贼，却指责另一个逆贼，百姓们会相信吗？我裴氏也参与了当年之事，眼下如果跳出来说皇上是逆贼，文武百官、天下百姓，同样不会相信的。"

卫昭也想明白了这一层，自嘲似的笑了笑，拿起那几封信函，轻吁了口气，将信函投入炭火之中。望着火苗将信函卷没，他呆呆道："依少君所见，现在该如何行事？"

裴琰将先皇遗诏再展开看了看，唇边闪过一丝苦笑：何为真？何为假？怕是连自己都说不清……他不敢再想，将遗诏也投入炭火之中。

室内散发着一股难闻的气味，二人愣愣地望着信函与遗诏化为灰烬，待青烟袅袅，徐徐散去，裴琰方低声道："三郎，说实话，回京前你是不是想扶庄王上位？"

卫昭心念急转，终知庄王保不住，索性坦然道："正是。"

"可眼下我们要想活命并达成目的，庄王不可保。"

卫昭不语，裴琰道："眼下既不能公开起事，静王手中又无兵，就只有借庄王之手来除掉皇上和太子。要想不引起天下人的怀疑，便一定得由庄王来背这个黑锅！"

见卫昭仍不语，裴琰给他斟了杯酒，续道："庄王既有谋逆的动机，又有谋逆的兵力。若是皇陵大祭，高成带兵冲入，我们在一片混乱之中除掉皇上、太子和庄王，到时只需说是庄王谋逆，皇上和太子与其同归于尽，再扶静王上台，自是顺理成章，不会引人怀疑。静王势孤，又是我们扶他上的台，自然会乖乖听话，你我何愁大业不成！"

卫昭轻转着手中酒杯，沉默许久，终仰头一饮而尽。他靠上椅背，斜睨着裴琰，微微一笑道："看来，我还得重回庄王府演一场戏。"

裴琰起身，向卫昭长身一礼，肃容道："我们这次做的，是比以往更凶险百倍的事情，裴琰在这里先谢过三郎。"

卫昭忙起身还礼，二人相视一笑，裴琰忽然有了些特别的感慨，语气诚挚地道："三郎，到了今日，我才觉得你我不是对手，而是知己和朋友！"

卫昭大笑。笑声中，他穿窗而出，室内只余他悠长的声音："等这件事办成了，我们才是真正的朋友！"


江慈趴在窗前，望着院中银絮乱飘，又回头看了看沙漏，无奈地噘了噘嘴，吹灭了烛火。正睡得朦胧之时，隐约听到房门被推开，她心中欢喜，却将呼吸声放得平缓悠长，似是熟睡过去。

黑暗中，卫昭轻轻走到床前，抚上了江慈的额头。他的手指冰冷如雪，让江慈不自禁地打了个寒噤，只得坐起，嗔道："明知道人家装睡，故意这样。"她又将卫昭冰冷的手握住，捂在胸口。寒意让她忍不住又打了个寒噤，胃中一阵翻腾，伏在床边干呕起来。卫昭忙拍上她的背心，急道："怎么了？"

江慈喘气道："兴许是着凉了。"

卫昭不欲让她看见自己的夜行衣，摸黑端来茶杯。江慈喝茶漱净口，仍旧躺下。卫昭悄然除下夜行衣，钻入被中将她抱住。二人静静地依偎，屋外雪花飘舞，屋内，冰冷的身躯渐转温热。

"无瑕。"

"嗯。"

"你……是不是要去做很危险的事情？"她终于将盘桓心头数日的话语问了出来。

他一惊，良久方道："你放心，我是在做一些事情，可并不危险。"

"真的？"

"真的。"

"不骗我？"

"不骗你。"

"骗我是小狗。"

他将她抱紧了些，低声道："你怎么不长记性，我们不做小狗，要做两只猫。"

她笑了起来，得意道："我现在觉得两只猫也不好玩，得生一群小猫，满屋子乱跑，那才好玩。"

会有这一天吗？他怔然，忽然涌上一阵极度的恐惧：从来以命搏险、从来渴求死亡，今日却有了牵挂，若是……她该怎么办？月落又该怎么办？

她觉察到了他的异样，痴缠上他的身躯。他暗叹一声，任这微弱的火苗，在这大雪之夜，将自己带入无边无际的温暖之中。


这日夜间，大雪终于慢慢止住，但京城已是积雪及膝，冷旷的街道上空无一人。大学士殷士林正在灯下撰编今年冬闱的试题，当写到"死丧之威，兄弟孔怀"时，慢慢放下了手中之笔。他推开窗户，望向西北黑沉的天空。

这一生，可还能登上明月谷的后山，与情同手足之人并肩静看无边秋色？

他回转桌前，视线落在案头自己的那方玉印上，不由得摇头苦笑。真正的殷士林，二十年前进京赶考之时，已死在山洪中。现在的这个殷士林，谁能知道他本不过是个沉默寡言、只爱读书的月落少年木适呢？

檐上悄然落下一个身影，穿窗而入，殷士林忙将窗户关上，转身行礼道："教主。"

卫昭除下面具，看了看桌上，道："今年冬闱的试题？"

"是。"

卫昭道："今年冬闱是赶不上了，以后还得劳烦五师叔，想法子多录月落的子弟。"

殷士林一愣，讶道："教主的意思是……"

卫昭在椅中坐下，道："五师叔请坐。"

殷士林撩襟坐下，身形笔直，自有一番读书人的端方与严肃。卫昭心中欣慰，将与裴琰之间诸事一一讲述。

这一年多来，风起云涌，惊心动魄，卫昭却讲得云淡风轻。殷士林默默听着，待卫昭讲罢，他才发现自己竟出了一身大汗。他想向面前之人下跪，匍匐于他的身前，行月落最重的大礼，可卫昭却抢先一步，在他面前缓缓跪下。殷士林终忍不住流下两行泪水，伸出手轻抚着卫昭的头顶。卫昭感受着这份亲人的疼抚，忽起孺慕之心，低声道："师叔，这些年来，我夜夜都做噩梦，不知自己能否活到明天。"

殷士林一声长叹，卫昭喉头哽咽，道："师叔，此次若是事成，自然最好，无瑕还能继续为我族人勠力效命。可若是事败，或是不得不以性命相搏，无瑕便可能再也不能回来。"

殷士林自是知道皇帝的厉害，无言以对。

"师叔，四师叔有治国之才，将月落交给他，我很放心。可梁国这边就只有拜托您了。"

殷士林将卫昭拉起："无瑕，你起来说话。"

卫昭肃容道："师叔，如果此番事败，将来仍是太子登基，您作为清流一派，请力谏太子，不要再强迫我族强献姬童。若是事成，而我又不在了，您得看住裴琰。"

殷士林对裴琰知之甚深，点头道："自当如此。"

"我们现在能做的，便是尽力为月落争取几十年的时间。这几十年，绝不能让裴琰登上那个宝座，但也不能让他失去现有的权力。"

"嗯，他若为帝王，只怕会翻脸不认人，不肯兑现诺言；他若没有权力，自然也无法为我月落谋利。"

"是，静王虽然势孤，但也不是省油的灯。师叔您要做的便是在他和裴琰之间周旋，尽量保持让他们互为掣肘，让裴琰落在我们手中的东西能起到作用。废除我族奴役，允我月落立藩，这些，都要让裴琰一一办到！"

卫昭的声音沉肃而威严，殷士林不由得单膝跪下，沉声道："木适谨遵教主昐咐,死而后已!"

卫昭将他扶起,道:"师叔,还有一事托付于您。"

"教主请说。"

卫昭从怀中取出一本册子,递给殷士林:"这些年来,我利用皇上赏赐的财产和受贿所得,在全国各地办了多家商行,现在由同盛行的盛掌柜主理。我若不在,这些人和商行便交给师叔了。师叔是读书人,可也应当明白,若无雄厚的钱财做后盾,将一事无成。"

"是,木适明白。"

"还有,这些年我抓到了很多官员的把柄,也在一些官员家中安插了眼线,都记在册子中,师叔您见机行事吧。"

殷士林将册子展开,从头至尾看了两遍,再闭目一刻,将册子投入了炭盆之中。卫昭曾听师父说过这位五师叔有过目不忘的本领,也不惊讶,微笑道:"师叔行事谨慎,无瑕实在欣慰。"

殷士林却似有些犹豫,卫昭道:"师叔有话请说。"

"教主,裴琰的那些证据和他亲书的诏令呢?"

卫昭为这件事想了数日,心中有了决断,道:"师叔,您在梁国与虎狼周旋,那些东西放在您这里,有风险。"

殷士林也知自己宦海沉浮,平时为了在清流一派中维持声名,得罪了不少人,保不准哪一天就有事败或是被削职抄家的危险,放在自己这处确实是有极大风险。而自己显然也无法亲回月落,把东西交到四师兄手上。但他仍忍不住问道:"教主打算将东西交给何人?眼下送回月落也来不及了。"

卫昭起身,道:"我想把这些东西托付给一个人,如果我回不来,就请他带去月落,交给四师叔。"

"哦?何人?"

"一位君子,也是当今世上最了解裴琰,也最有能力保护这些东西的人!"

京城大雪,位于京城以北二百余里处的朝阳庄更是覆于积雪之下。

黑夜，雪地散发着一种幽幽的冷芒。亥时末，一队运送军粮的推车进了河西军军营。高成亲至粮仓查看，他持刀横割，唰声轻响，白米自缝隙处哗哗而下。他用手接了一捧细看，冷冷一笑，什么也没说，转身回了营房。刚进屋，他面色一变，但马上又若无其事地将门关上，吹熄烛火，带着一点怒意大声道："都散了，不要杵在外面。"值守的亲兵知他最近心情不好，忙都远远躲开。

高成跪下，低声道："王爷怎么亲自来了？天寒地冻的。"

庄王坐于黑暗中，眼眸幽幽闪闪："我不亲来和你交代怎么行事，放心不下。准备得怎么样了？"

高成压低声音道："我昨晚沿裴琰提供的地形图走了一遍，由马蹄坡至皇陵确实有一条隐蔽的山道，可以绕过锦石口京畿大营。只是需穿过一处山洞，山洞内有巨石壅堵，只可容一人匍匐通过，估计这处得耽误一点时间。"

"如果太早动兵，怕会引起怀疑。"庄王沉吟道。

高成道："也不能用火药炸石，我倒有个主意。"

"说。"

"还有十天的时间，可以找些石匠来，将那巨石凿开些，事毕将他们杀了灭口便是。"

"只有这样了。"庄王点点头，"大祭是巳时准时开始，我和裴琰、三郎会将父皇还有太子拖在方城上，让他们不能发号施令。三郎会让光明卫控制皇陵内其他地方，你一听到钟响，便迅速拿下皇陵外姜远的禁卫军，然后换了禁卫军的衣服，开进皇陵，只说静王在京城谋逆，你们奉旨进陵保护皇上。你让一部分人控制文武百官，其余的人上方城除掉父皇和太子，控制住裴琰。"

高成讶然："静王不去皇陵吗？"

庄王冷冷一笑："哼，裴琰要利用我，我就将计就计，别以为我不知道他怎么想的。我借三郎之口，允他划关而治，让他以为我真的是走投无路才找的他。他反过来劝我不要起兵，要我们借皇陵大祭向父皇和太子下手，然后栽赃给静王，他再扶我上台。我估计，到时静王肯定会装病不去皇陵。"

高成咬牙道："这是他惯用的伎俩，借刀杀人，过河拆桥！"

"不错，他想借我们的手除去父皇和太子，然后把罪名推在我们身上，就可扶静王上台。他打的如意算盘！不过三郎早就想到了这层，他让我假装上当。只要我们一起事，陶行德就会带人在城内杀掉静王。静王一死，裴琰又被我们控制住，那时就由不得他了。"

"王爷为何不趁机除了裴琰，说他和静王联合谋逆？"

庄王叹了口气："宁剑瑜重兵屯于河西，谁敢动他？眼下我还要借他的力量来牵制小庆德王和岳藩。等我坐稳了皇位，把小庆德王和岳藩这边摆平了，再慢慢处置他。"


弘泰殿，通臂巨烛下，殷士林将撰录好的冬闱试题一一分给内阁众臣。裴琰认真看罢，赞道："殷学士的题真是出得端方严谨，面面俱到。"

董方也赞了声，转向陶行德道："陶相，啊，不，陶学士，您看怎么样？"

陶行德不再任右相后，便入了内阁为大学士，他此时似是有些神不守舍，听言啊了一声，又慌不迭地点头："好，好。"

董方道："既然都没有什么意见，那我就将试题上奏圣上，恭请圣裁。"

静王起身，笑道："既然定了，本王就先走一步，李探花还在畅音阁等本王呢。"

众人都知他素来风雅，也爱结交一众文人墨客，这李探花才名甚著，是他近来着重结交的文人，便都道："王爷请便，我等也要回去了。"

一众大臣出殿，董方将折子再整理了一下，正待去延晖殿，却见陶行德仍坐在椅中，神色怔怔，便走近拍了拍陶行德的左肩："陶学士！"

陶行德猛然跳起，脸色还有些苍白。董方讶道："陶学士是不是生病了？脸色这么难看。"


这一夜却出了件让所有人始料未及的事。静王与李探花等一干文人墨客在潇水河边的畅音阁对炉酌饮，联诗作画，一干才子又叫了数名歌姬相陪，弹琴唱曲，好不风流。

这畅音阁的歌姬中有个叫小水仙的，长得甚是美艳，又弹得一手好琵琶，颇受客人的青睐。哪知当夜肃海侯军中管带潘辉带着一帮弟兄趁休假也来畅音阁游玩，这帮军爷自是横惯了的，指名要小水仙相陪，听到小水仙被一帮酸秀才叫去，二话不说，便直登畅音阁三楼。

一干才子仗着有静王在内，不肯相让，双方开骂，一方骂得粗鄙无比，一方则骂得拐弯抹角。静王素喜微服出行，当日也只带了几名随从，这等骂战他自是不便出面，也未及时表明自己的身份。

潘辉性子暴躁，骂得一阵，心头火起，便动上了手。畅音阁被砸得一片狼藉，数名才子受伤，静王更是在混战中被人掀到了窗外，直落入阁外的潇水河中。所幸严冬时节，河面已结薄冰，静王捡得一命，但已摔断了一条左腿。

第二日早朝，便有监察御史参肃海侯治军不严，放纵部属流连烟花之地，还将静王打伤。皇帝震怒，肃海侯也上朝伏地请罪。但因战乱刚刚结束，皇帝和内阁商议后，命其将三万人马撤至锦石口京畿大营，待年关过后再撤回苍平府。

只是静王腿伤严重，不能下床，皇帝便命他在府中静养，不必再上朝，也不必再准备冬至皇陵大祭事宜。

这边静王刚刚受伤，宫里又有内侍出起了水痘。皇帝命太医院急配良方，并将患痘人群隔离。可千防万防，某一日太子还是发起了高烧，身上出现了水疱。皇帝也着了急，亲往东宫探望。想是皇恩浩荡，太子的水痘在数日后渐渐出破。为防破相，太医院张医正叮嘱太子在未完全好前千万不能见风，于是太子精神稍好些可以上朝之后，便罩上了厚厚的斗篷和面纱，倒成了朝堂中一道异样的风景。


京城变故迭出，岷州也传来了震北侯裴子放坠涧受伤的消息。

裴子放领圣命去梁州，在经过岷州莲池涧时突遇暴雪，马失前蹄，落下深涧。所幸裴子放身手高强，不断攀住崖边结冰的巨石，滑落数丈后才没有坠下深涧，后被随从救起，但已受伤颇重，不能行走，在正源县休养了两日才重新上路。但裴子放腿脚不便，只能坐轿而行，自然行程便慢了几分。

裴子放受伤的消息传入王府，裴琰正从宫中回来，依旧直入蝶园。裴夫人笑着将密报递给裴琰，裴琰看罢笑道："叔父那边不成问题了，我这边也都安排妥当。"

"那就好。"裴夫人悠悠转回案后,不急不慢地执笔写下两句诗。

裴琰走至案前细看,淡声吟道:"飞花舞剑向天啸,如化云龙冲九霄。"又赞道,"母亲的字,孩儿望尘莫及。"

母子二人相视一笑,裴夫人放下笔,道:"你放心去吧,京城有母亲坐镇。万一形势危急,你不必顾着母亲。"

裴琰唤道:"母亲!"

裴夫人望向窗外阴沉的天空,缓缓道:"自古成大事者,总要付出牺牲。只是你要切记,当机立断,随机应变,一旦下手,须当狠辣无情,不可有丝毫犹豫!"

"是。"裴琰束手,沉声道,"孩儿谨遵母亲教诲。"

裴夫人微微一笑,又取过案头一封书函。裴琰展开细阅,讶道:"这叶楼主竟是清流一派的人?"

"是,清流一派从来就是本朝一支不可忽视的势力,本与武林没什么瓜葛,可四十年前,当时的清流砥柱,内阁大学士华襄得到了天音阁的支持。清流与天音阁约定,天音阁每十年派出二十名武功出众的弟子,暗中为清流一派做守护之职。只是这事十分隐秘,我也是觉得这叶楼主来历不明,依稀想起这事,传信给师叔,请他密查,才查出来的。"

裴琰笑道:"师叔祖可好?"

裴夫人瞪了他一眼:"天南叟退隐江湖,本来过得好好的,去年被你拉出来主持武林大会,今年又被我拉出来查揽月楼,怎么会好?"

裴琰却突然想起一事,讶道:"原来是他们!"

"谁?"

"去年使臣馆一案,我带子明去查验尸身,曾有武林高手向我们袭击,身手很强,我还一直在想京城何时有一派势力武功这么高强,现在想来,定是叶楼主手下的人。看来这揽月楼一直是故皇后一派刺探消息所用。"

"嗯,他们奉天音阁之命辅助清流一系,自然保的是故皇后所生的太子。你若与这叶楼主对决,万不可大意。"

"是,孩儿明白。"

## 第六十章

### 死生契阔

　　下了数日的雪，前次买的菜已吃尽，江慈只得换上男装，再用灶灰将脸涂黑。刚起身，她胃中又是一阵不舒服，干呕一阵后，她猛然醒悟，震惊之后涌上心头的是极度的喜悦。她替自己把了把脉，可仍无法确定，便换回女装，在脸上贴上一粒黑痣，再罩上斗篷，拎着竹篮出了小院。

　　大雪后的街道极为难行，江慈小心翼翼走着，转入了一家医馆。

　　"恭喜，是滑脉。"

　　江慈走出医馆，仰头望着素冷的天空，抑制不住地微笑。

　　终于，不再是孤单的两只猫了。

　　可是这一夜，卫昭没有来，此后的数夜，他也没有来。

　　江慈的反应越来越明显，她渴望见到他，告诉他这个能让他惊喜的消息，可一连数日，他都没有来小院。

　　她数次上街买菜，溜到茶馆坊间，听着百姓的闲谈，知京城一切安静如初，而忠孝王和一等忠勇子爵都依然圣眷恩隆，才放下心来。


　　夜灯初上，崔亮在积雪的东市慢慢走着，纵是知道希望渺茫，却仍下意识地四处张望。

三年多了,本以为自己可以淡忘,可是当那夜再见那抹鹅黄,他才发觉有些东西终究无法放下。

可放不下又怎样?自己终要离开京城,去云游四海、游历天下,自己不是也曾答应过她,要写成游记,借她一观吗?

从她的衣着和谈吐来看,显是世家贵族家的大小姐,端庄而淡静,但她又有着普通少女的俏皮与灵秀。她那卷曲的长发总是能吸引他的视线,让他在写诗时有些心猿意马,她便会用淡淡的话语委婉地指出那因心猿意马而生的瑕疵。

当她神情淡静,很优雅地说出不能再来东市时,他终知道,他与她如同天空中偶尔相会的两朵云,淡淡地相遇,又淡淡地分离。

有人自身边奔过,崔亮被撞得跟跄了一下,不由得苦笑,同时将那人塞入自己手心的纸团悄悄笼入袖中,在东市上逛了一阵,步入街边的一座茶楼。小二热情地将他引上二楼一间雅座,很快,他悠然自得的身影便出现在了临街的窗上。

不多时,崔亮起身,消失在窗前。街下几名大汉一愣,正待入茶楼,见他的背影又出现在窗前,便又蹲回原处。


崔亮与易五换过装束,让他坐到窗前,自己迅速由茶楼后门闪出。那处早有一辆马车在等候,崔亮闪上马车。车夫轻喝,马车在城内转了数圈,停在了一条深巷内。崔亮下车,徐顾四周,不知身在何处。忽觉腰间一紧,一根绳索凌空飞来,卷上他的腰间,将他带上半空。一人将他接住,在黑夜中沿屋脊疾奔,东闪西晃,终轻轻落在一座院落之中。

被这人扛在肩头疾奔,崔亮不由得有些头晕,见他落地,忙道:"萧兄,快放我下来吧。"

卫昭笑着将他放下,拱手道:"子明兄,得罪了。"

崔亮拂了拂衣襟,四顾看了看,道:"这是哪里?"

江慈闲闷了数日,这夜刚洗漱过,正待上床,听到院中有人说话,急忙奔了出来,看清是崔亮和卫昭,不由得大喜,蹦了过来:"崔大哥!"

石阶因下雪而结了一层薄薄的冰,她脚下一滑,直往前扑。卫昭忙扑了过去,只是因隔得远了些,待将她接住,已不及挺身,他只得将她护在怀中,自己倒在了雪地上。崔亮笑着过来,道:"你们两个,一个武功盖世,一个轻功出众,怎么跟小孩子似的?"

江慈笑嘻嘻站起,望着崔亮,心中欢喜,想让他再替自己诊下脉,未及开口,卫昭已站了起来。他转到江慈身后,江慈只觉眼前一黑,便倒在了卫昭臂间。

见崔亮讶然,卫昭微笑着将江慈抱入房中,放到床上,又轻柔地替她将被子盖好,再低头凝望着她粉嫩娇妍的面容,深吸了一口气,走到外屋。

崔亮见这情形,便知卫昭有极要紧的话要和自己说,遂在桌前坐下,平静地说:"萧兄有话直说。"

这夜寒风极盛,自门缝处吹进来,桌上烛火摇晃,明明暗暗,将卫昭的俊美容颜也映得一时明亮,一时阴晦。

崔亮默然听罢,眉头紧锁,摇头道:"不行。"

卫昭却只是静静地看着他,崔亮想了片刻,道:"你们这样做太冒险。光明司虽说是由你管,但他们毕竟还是皇上的亲卫,你控制得了一时,控制不了太久。再说,你们要在事后反过来控制高成的人马,不容易。"

"要成大业,总要冒风险。子明,若不这样做,死的便是我月落数万族人。再说,皇上迟早有一天要对裴琰下手,裴少君是束手就缚的人吗? 若逼反了长风骑,梁国将陷入内乱之中,子明忍心看着天下重燃战火吗?"

崔亮急道:"可你们也不能用这种手段,万一失败怎么办? 不但救不了月落,还会牵连许多人犯上诛九族的大罪!"

卫昭眉目一冷,道:"现在说什么都太迟了。高成的人正开向皇陵,长风卫已暗中布置妥当,震北侯爷也已中途折返,至南安府带了人马潜伏北上。一旦形势不对,宁剑瑜的人随时会挥师南下。明天就是皇陵大祭,一切都已发动,现在已经是箭在弦上,不得不发!"

崔亮无言,手心沁出汗来。卫昭又道:"子明,这些事少君肯定不会让你知道。我今夜对你说这些,也不是想让你参与进来,我只是想求子明两件事情。"

他站起身,整了整衣袍,面色沉肃,长身一揖,向崔亮行礼。崔亮忙起身还礼,道："萧兄折杀崔亮。"

卫昭侧头看了看内屋，面色黯然，崔亮借机劝道："萧兄，你若有个万一，小慈怎么办？她是你的妻子，你得对她负起责任。"

卫昭心中绞痛，却不得不强撑着道："所以我今日求子明，若是我……回不来，请子明将小慈带走，走得远远的，再也不要回京城来。"

不待崔亮说话，卫昭又道："还有一事要拜托子明。我这一礼，是替我月落万千族人行的，求子明应允。"说完端端正正地长身一揖，深深俯腰。

崔亮深深地凝视着他，道："萧兄，你为何这般信任我？"

卫昭直起身，微笑道："当日子明献计于少君，借用民力，驱逐桓军，以致他后来不敢轻易起兵。你不要告诉我，这只是你心血来潮的想法。"


寒风刮过深巷，发出隐约的尖啸，如同地狱中的幽灵，在暗夜中肆意咆哮。

卫昭站在深巷的黑暗之中，目送崔亮登上那辆马车，车轮碾碎一地积雪远去。他深吸了一口气，却也如释重负，攀檐过巷，回到老柳巷的小院，在床边坐下，将依然昏睡的江慈抱在怀中，长久地坐着，直到双臂有些麻木，才拂开了她的穴道。

江慈睁开眼，正想不清发生了何事，卫昭已低声道："是不是哪里不舒服，怎么突然晕倒了？"

江慈心中暗喜，只道是自己怀孕后的反应，便想着要不要告诉卫昭，一时有些出神。烛光映得她此刻双眸流转，面颊绯红，卫昭看得痴了，扬掌熄灭烛火，慢慢俯下身躯。江慈啊了一声，他已堵住了她的双唇，她便也暂时将这事丢开，却又想起一事，待卫昭放开她的唇，一路向下吻去，方喘气笑道："崔大哥呢？"

"他有事，先走了，说下次再过来看你。"

江慈正想问问他，崔亮有没有替自己把脉，可卫昭已将头埋在了她的胸前。她一阵迷糊，再也说不出别的话，紧紧地抱住了他。

这一夜，他似是格外贪恋着她的身体，如同久渴的旅人见到了甘泉，濒死的鱼儿重回大海，抵死缠绵，极尽交缠，直到子时末才抱着她沉沉睡去。

窗外仍黑,卫昭咬了咬舌尖,强迫自己离开这温暖的被子,悄然起身。

江慈强撑着睁开双眼,看着他点燃烛火,穿上衣袍,有些不舍,嘟嘴道:"还早,再睡一会儿吧。"

她星眸微睁,双唇娇艳,面颊还有着一抹绯红,卫昭忽觉自己的心似是要碎裂开来,双足便僵在原地。

江慈良久不见他说话,不由得唤道:"无瑕。"

卫昭努力保持着一抹微笑,将她抱在怀中,低声道:"我还有事要办,你继续睡吧,我等你睡着了再走。"

他的衣襟上传来淡淡的雅香,他的双臂这般修长有力,仿似不管外面风雪如何暴虐,都能给她一生的庇护。江慈感到无比心安,闭上双眸,听着卫昭稍稍沉重的呼吸声,喃喃低唤:"无瑕。"

"嗯。"

她有些羞涩,转身抱住他的腰,将脸埋在他胸前,又唤了声:"无瑕。"

卫昭面上浮现难以抑制的痛楚,怕她发觉,轻轻拍着她的背,低声道:"小慈,我这几天比较忙,可能来不了,你多休息,别生病了。"

江慈低应了声,想到他又将有几天不能来,便用力抱紧了些:"无瑕,我有件事要告诉你。"

卫昭看着窗外的天色,不得不狠下心肠,道:"我得走了,下次再说吧。"他将江慈放下,不敢再看她,猛然站起身,大步走向房门。

"无瑕。"江慈急唤。

卫昭在门口顿住脚步,江慈仍觉有些羞涩,低下眼帘,轻声道:"我……我们就要有小猫了。"

卫昭许久才想明白她这话的意思,眼前不禁一阵模糊。他悲喜交集,一股既甜蜜又辛酸的感觉在心头散开,又溢向全身。生命中从未有过的幸福感,夹杂着强烈的苦痛,如滔天巨浪,强烈地撞击着他,让他身形摇晃,几乎无法承受。

他慢慢地转过身,脚步虚浮地走回床前坐下。江慈抬头,见他面上神情有些奇怪,以为他未明白自己的意思,不由得抿嘴一笑,嗔道:"傻瓜,我是说,明年六月,你要做父……"她话未说完,卫昭已伸手抱住她,用力将她整个人拥入怀中。她一抬头,脖中微凉,这凉意又绵绵滑入衣中,她这才醒觉,这股凉意,竟是他的泪水。

她只道他欢喜得傻了,笑道:"我算了一下,到明年六月,我们的第一只小猫就会出生。以后再生一窝的小猫,这样就不会太寂寞了,好不好?"

她的声音这么近,又仿似很遥远。她的身躯如同一团火焰,让他如飞蛾般,甘心燃成灰烬。卫昭一遍一遍摩挲着江慈的秀发,忽然觉得前面的路不再是荆棘重重,也不再是黑暗无边。

他终于无限欣悦地笑了出来,江慈抬头望着他的双眸,幸福溢满胸腔,低声道:"无瑕,你放心,我会养好身子的。"

卫昭双臂一紧,用力抱了抱她,又慢慢将她放下,心中有着万般的不舍和依恋,却只是抚了一下她的额头,轻轻说道:"小慈,等我回来。"

他凝望她片刻,起身走向门前,右脚迈过门槛的一瞬,回过头向她笑了一笑。

此时,窗外透入第一缕晨曦,将他的身形笼在其中。江慈抬头望去,只觉他此刻的笑容如朝阳般明朗,似婴儿般洁净,没有一丝阴霾,没有一丝尘垢,没有一点伤痛。她不禁看痴了,心中涌起无限欢喜,也向他嫣然一笑,唇边梨涡隐现,宛如海棠花瓣上的露珠,清澈晶莹,向着朝阳,幸福地微笑——

十一月二十四日,冬至,晴冷,大风。

冬至为大梁一年中最重要的节日,每年这日,皇帝要率众皇子和文武百官亲往皇陵祭天。祭天之后,皇帝还要在宫中大宴百官及四夷来使。大宴后休朝三日,百官咸着吉服,具红笺互拜。而百姓则家家在门前系上红绳,并插香祭天祭祖。

天蒙蒙亮,卫昭雪裘素服,头上斜插着碧玉发簪,嘴角微噙笑意,踏入延晖殿。

陶内侍正弯腰替皇帝束上九孔白玉革带,皇帝听到脚步声,抬头见是卫昭,便笑道:"今日大祭,你也不着官服,太任性了。"

卫昭拿起九龙玉珠金冠替皇帝戴上,将明黄色缨带系好,再退后两步,修眉微挑,却不说话。

皇帝自己在铜镜前照了照,镜中之人鬓边已隐生华发,眼神依然锐利,但目下已隐有黑纹。他招了招手,卫昭走近,在他身后半步处站定。

皇帝凝望着铜镜中的两个身影,叹了口气,道:"要是能像你这么年轻,朕愿拿一切去换。"

卫昭淡淡笑着,道:"皇上今日怎么也说孩子话?"

皇帝觉卫昭今日的笑容格外耀目,这一瞬间,他仿佛再见到当年那个雪肌玉骨的少年在对着自己微笑,好似再听到他纯净的声音:"……反正你是个好人。"

皇帝转身望向卫昭,低声道:"三郎。"

卫昭却走到皇帝的面前,伸出双手。皇帝下意识微微仰头,卫昭已解开他颔下明黄色缨带,重新系好,再看了看,微笑道:"这回系正了。"

皇帝略有动容,片刻后方淡淡道:"你今日要上方城,我让姜远暂时接管光明司的防务,等你出了方城,仍交回给你。"

卫昭微愣,想到易五已安排好一切,而听裴琰口风,姜远似是能保持中立,倒也不担忧,退后两步,肃容道:"是。"

"嗯,那走吧,百官也等了多时了。"皇帝不再看向卫昭,宽大的袍袖微拂,稳步踏出内阁。

灰袍蒙面的叶楼主过来,卫昭斜睨了他一眼,二人一左一右,默默跟在皇帝身后出了延晖殿。


皇帝乘御辇到了乾清门前,百官伏地接驾。皇帝下御辇,韶乐奏响。他正要登上十六轮大舆,忽停住脚步,眉头微皱:"太子既然不能见风,就不要去了。"

裴琰眼神微闪,伏地的庄王身躯有些僵硬,卫昭也忍不住望向车辇前的太子。

太子戴着巨大的宽檐纱帽,身形裹在厚厚的斗篷里,急步过来,躬身道:"儿臣谢父皇挂念,冬至皇陵大祭,儿臣身为皇储,定要随父皇祭拜苍天,为我大梁百姓祈福。儿臣已蒙住了口鼻,又戴了帽子,请父皇放心。"

皇帝嗯了一声,淡淡道:"你既一片诚心,那便走吧。皇陵风大,把帽子戴好了,别吹了风。"

太子低声道:"儿臣谢父皇关心。"

皇帝就着卫昭的手上了十六轮大舆,忽然微笑着招了招手。卫昭一愣,皇帝和声道:"三郎上来。"

便有几位清流派官员跪地大呼:"皇上,不可。"

皇帝沉下脸道:"休得多言。"

卫昭得意一笑,右足在车辕处轻点,再一拧腰,如白燕投林,坐在了皇帝身边。他正要开口谢恩,叶楼主也登上了车舆。他轻哼一声,面色微寒。

箫鼓齐鸣,御驾缓缓启动,在骑着高头骏马的光明司卫拱宸下驶过汉白玉长桥。太子也登上车辇,百官随后,浩浩荡荡,穿过戒备森严的大街,出了京城北门,向京城以北二十余里处的皇陵行去。

这日虽未下雪,但风极大,吹得御辇的车门不停摇晃。皇帝闭目而坐,忽然轻咳数声。卫昭忙握上他的手,他睁眼向卫昭笑了笑,声音却透着几分疲倦:"三郎。"

"臣在。"

皇帝再沉默片刻,叹道:"朕的日子,只怕不多了。"

卫昭猛然跪下,眼中隐有泪光,急速道:"皇上,您万不可说这样的话。"

皇帝将他拉起,让他在身边坐下,却不松开他的手,眼神直视前方,似乎要穿透车壁望向遥远的天际,又似在回想着什么,良久方道:"三郎,朕若去了,最放心不下的便是你。"

卫昭低下头,半晌方哽咽道:"皇上,三郎不要听这样的话。"

皇帝紧握着他的手,道:"你听朕说,朕若不在了,那些个大臣只怕会找你的麻烦。炽儿性子弱,护不住你,朕想留道圣旨给你,只要你不犯谋逆之罪,便……"

卫昭扑通一声在他面前跪下,面上神情决然:"皇上,三郎只有一句话,您若真有那么一日,三郎必随您去。您说过,只有三郎才有资格与您同穴而眠。皇上金口玉言,三郎时刻记在心中。"

皇帝长久地望着卫昭,面上一点点浮现愉悦的笑容,轻声道:"好,好。"他不再说话,闭上双眼。卫昭静静地坐于他身侧,听着车轮滚滚,向皇陵一步步靠近。

裴琰与庄王跟在太子车辇后并驾齐驱,庄王对长风骑与桓军的数场战役极感兴趣,细细询问详情,裴琰也一一作答。二人有说有笑,这一路上倒也不烦闷。

行得一段,车帘忽然被掀开,戴着纱帽的太子探头出来,唤道:"二弟。"

庄王忙打马过去,笑道:"大哥。"

"你身子骨刚好些,又即将远行去海州,大哥舍不得你。你上车来,我们兄弟俩好好说说话。"太子面纱后的声音十分诚挚。

庄王却惦记着手下会随时前来以暗号传递最新情况,哪肯上车,忙道:"多谢大哥,但我这病症,太医说正要吹吹风,不宜憋着。"

太子的声音有些失望:"既是如此,那也没办法,等我能见风了,再和二弟好好聚聚。"说着放下了车帘。

庄王暗中抹了把汗,眼光再投向前方皇帝乘坐的大舆,冷冷一笑,驰回裴琰身侧。裴琰微笑道:"王爷可是后日起程去海州?"

庄王听到身后马蹄声越来越近,声音稍稍提高:"正是,明日我请少君饮酒,一贺冬至,二叙离情。"

裴琰笑道:"应该是我请王爷饮酒,为王爷饯行才是。"

董方打马过来,板着脸道:"庄王爷,贵妃娘娘入陵不到半年,您得系上孝带。"

庄王拍了拍额头,慌不迭地接过孝带系上,董方轻哼一声,驰回队列之中。

庄王见随从打出手势,知诸事妥定,放下心来,又低声骂道:"死顽石!"

裴琰微微一笑。二人目光相触,嘴角轻勾,转开头去,不再说话。


由京城北门至密湖边的皇陵,十余里路,黄土铺道,皆由禁卫军提前三日清道,路旁系好结绳,十步一岗,戒卫森严。

待浩浩荡荡的车队到达皇陵山脚的下马碑前,已是辰时末。礼部赞引官早在此静候,见皇帝车舆缓缓停住,大呼道:"乐奏始平之章,请圣驾!"

钟鼓齐鸣,箫瑟隐和,皇帝踩着内侍的背下车,卫昭与叶楼主随之而下。皇帝极目四望,寒风吹得他的龙袍簌簌而响,他颔下的明黄色缨带更是被风吹得在耳边劲扬。

山峰上积雪未融,薄薄的冬阳下,一片耀目的晶莹。皇帝眯眼望着铺满山峦的薄雪,轻叹口气,也未说话。待太子辇驾驶近,太子下车,百官拥了过来,他方提步,在赞引官的躬身引领下步入皇陵正弘门。

皇陵依山而建,历代帝后、贵妃皆葬于此处,一百多年来几经扩建,气势雄伟,广阔浩大。

韶乐声中,皇帝稳步而行,带着众臣经过六极石浮牌楼,再踏上有十八对石像的神道。神道中段立着三对文武大臣的石雕像,裴琰脚步平稳,在经过石像时,却忍不住侧头看了看。

神道右方,一位武将的石像剑眉星目,威严神武,身形挺直,腰侧还悬着三尺长剑。他双眸直视前方,右手紧握剑柄,似在倾听着沙场杀伐之声,意欲拔剑而出,杀伐征战,为君王立下汗马功劳。

裴琰眼神在这石像上停留了片刻,才又继续微笑着前行。

一百多年前,裴氏先祖拥立谢氏皇帝。也许今日之后,便将由裴氏子孙来夺回本应属于自己的东西。

风刮过神道,愈来愈烈,刮得石像上的积雪簌簌掉落。裴琰双目朗朗,直视前方那个明黄色的身影,稳步而行。


山环水抱中的皇陵,道边松柏森森,御河内流水尚未结冰,曲曲潺潺。众臣神情肃穆,随着皇帝、太子,过九龙桥,入龙明门,一步步踏上御道石阶。

赞引官在圣德碑楼前停下,皇帝上香行礼,带头下跪,身后便呼啦啦跪满一地。碑楼礼罢,一行人继续前行,过了数处大殿之后,终于在呼呼的风声里,浩浩荡荡入了功德门。

皇帝在祭炉前立住,一阵风刮来,他轻咳两声,身形也有些微摇晃。卫昭忙过去将他扶住,他却用力将卫昭推开,接过赞引官奉上的醴酒,慢慢扬手,洒于祭炉前。

碑楼祭炉礼罢,按例,皇帝便需与太子及各位皇子登上方城顶部,叩拜灵殿内的列祖列宗,并将亲笔所书的来年施政策略奉于先祖灵前,为苍生向列祖列宗祈福。因今年战事初定,前线大捷,按例身为主帅与监军的裴琰与卫昭也应随皇帝登上方城,皇帝要向列祖列宗汇报战果,并请上苍护佑大梁,再无战火。

此时已近巳时,赞引官扯喉高呼:"奏得胜乐,请圣驾、太子、庄王、忠孝王、敕封监军入方城,拜灵殿!"

大风中,文武百官在显彰门外的玉带桥畔黑压压跪下,恭请皇帝入方城,拜灵殿。皇帝却未动,只是负手而立,凝望着显彰门后石道尽头那巍峨雄伟的方城。

方城建于皇陵中后部,守护着位于皇陵最北面的陵寝。由祭炉前过玉带河,入显彰门,经过长长的麻石道,是一条石阶道。石阶共有一百九十九级,坡势平缓,登上石阶后,便是方城下的玄宫。玄宫东侧有木梯,沿木梯可登上高达数丈的方城。方城顶部中央,坐北朝南,建着一座灵殿,供奉着大梁历代皇帝的灵位。每年皇陵大祭,最重头的祭礼便要在这处进行。

见皇帝迟迟不动,赞引官有些不安,只得再次呼道:"奏得胜乐,请圣驾、太子、庄王、忠孝王、敕封监军入方城,拜灵殿!"

皇帝长吁了一口气,回头道:"裴卿、卫卿。"

裴琰和卫昭并肩过来,躬身行礼:"皇上。"

"你们此次征战功勋卓著,按例就与朕一起进去吧。"皇帝和声道。

裴琰忙道:"臣等不敢逾矩,请圣上先行。"

皇帝也不勉强,微微一笑,过显彰门,向石道走去。叶楼主身形如山岳般沉稳,护于皇帝身后。

见皇帝走出十余步,太子、庄王随后,裴琰与卫昭稳步跟上。庄王转身之际,眼神扫过众臣,步伐也轻快了几分。


石道边,光明卫身形笔直,神情肃穆,待皇帝走过面前,依次下跪。

姜远带着十余名光明卫由玄宫内出来,在皇帝身前单膝跪下,沉声道:"启禀皇上,臣已彻底查过,灵殿及方城均无异常,臣恭请圣驾登城致祭!"

皇帝和声道:"姜卿辛苦了,都各自归位吧。"

姜远行礼站起,将手一挥,光明卫分列在木梯两旁,姜远却回头迎面向裴琰等人走来。他脚步沉稳,从叶楼主、太子、庄王身边擦肩而过。裴琰恰于此刻抬头,正对上他有些焦虑的眼神。裴琰心中一动,再见姜远右手已悄然移至身前,三指扣圆,做了一个手势。裴琰瞳孔猛然收缩,姜远嘴形微动,裴琰细心辨认,脑中轰的一下,极力控制才稳住了身形。

那手势,那唇语,皆是同一句话——有火药!

姜远垂下眼帘,自裴琰身边走过,直走至显彰门前,方持刀而立,肃容守护着显彰门。

电光石火间,裴琰恍然大悟——原来皇帝早已知晓一切!他正愁没有借口除掉自己,眼下庄王作乱,只要高成的人马被拿,自己、三郎和庄王被炸死在这祭坛之上,皇帝便可将一切推在作乱的庄王身上,宁剑瑜和长风骑纵是想反,亦无借口。而自己一旦身亡,裴氏一族再无反抗之力,皇帝大不了重恤裴氏,封自己一个救驾功臣的谥号便是。此刻,只怕肃海侯和京畿大营的人马已将这皇陵团团围住,只待高成的人马由山路过来,便张网捉鱼。

冬日寒风呼啸而过,刮在面上如寒刃一般,裴琰却觉背心湿透!一生中,他从未有哪一刻如此时这般凶险。他想即刻动手制住皇帝,可皇帝只怕早就安排好了一切,贸然下手未必能够成功。何况显彰门外众目睽睽,纵是成功控制了皇帝,又如何堵天下悠悠之口?可若是此刻收手,只怕也是难逃一劫,皇帝已经设下圈套,势必要除掉自己的,又岂会轻易放过自己?

前方,皇帝已踏上了第一级木梯。空气中流转着紧张的气氛,如同一张被拉至最满的弓。

飞花舞剑向天啸,如化云龙冲九霄……裴琰终于狠下决心,待卫昭走上来,与自己并肩而行,迅速传音:"有火药!你盯皇上,我盯太子,不可离其左右。"

# 第六十一章

## 凤凰涅槃

卫昭在胸间抽了口冷气，硬生生扼住，才没有让前面的叶楼主听出异样。他本能下快走几步，扶上皇帝的左臂，发出的声音仿似不是自己的："皇上。"

皇帝回头笑了笑，又拍了拍他的手，在他的搀扶下一步步登上方城。

风越刮越大，卫昭眼前一时模糊一时清晰。

——"姐姐会在那里看着你，看你如何替父亲母亲和万千族人报那血海深仇……"

——"凤兮凰兮，于今复西归，煌煌其羽冲天飞，直上九霄睨燕雀，开我枷锁兮使我不伤悲。"

——"我……我们就要有小猫了。"

卫昭的心似被剜去一般疼痛，原来真是没有回头路，没有黑暗后的光明。无论如何反抗、挣扎，眼前这人都如同恶魔一般，紧紧扼住了他的咽喉。

卫昭回头望了望南方。天际的一团云，那么像她的笑容，只是离自己那么遥远，像天与地一般分隔开，此生再也无法触摸。

痛楚的心弦在这一刻啪地崩断，喉中血腥渐浓，卫昭努力将一口鲜血吞回肚内，却仍轻咳出声。

皇帝转头看着他，见他面庞冰冷，但目光雪亮，颊边还有抹红色，便责道："朕让人帮你疗伤,你又不肯,太任性了。"

卫昭瞳孔有些红,倔强道:"三郎不喜欢别人碰。"

皇帝微微一笑,转过头去,于心底发出一声低叹。

脚步声有轻有重,皇帝和卫昭在前,叶楼主随后,裴琰紧跟在太子身侧,庄王则走在了最后。木梯边,光明卫纷纷下跪,恭迎圣驾登临方城。卫昭经过易五身边,也未看他,木然而过。

皇帝想是病后体虚,在上最后一级木梯时跟跄了一下,卫昭大力将他扶住。皇帝站直,轻轻地挣开了他的手臂。

高台上寒风更盛,但极目四望,天高云阔,让人豁然开朗。皇帝拍着方城墙垛,望着满山苍松白雪,叹道:"又是一年过去,唉,朕又老了一岁。"

庄王忙过来笑道:"上苍庇佑,父皇龙体康复,定能千秋万岁。"

皇帝盯着他看了一眼,微笑道:"你会说话,看你大哥,像个锯嘴葫芦,他真该向你学习才是。"

庄王不知皇帝这话是褒是贬,一下子愣住。皇帝也不再看他,负手前行。卫昭亦步亦趋,二人沿墙边而行。

庄王目光却在灵殿前值守的光明卫面容上一一扫过,见大部分是卫昭的亲信,还有自己临时让卫昭偷偷安插进来的人,便放下心来。

皇帝站于墙垛处,望着远处显彰门外跪着的百官,又回头看了看气势雄伟的灵殿,再叹口气,道:"快巳时了吧?"

卫昭正待开口,当!当!当——皇陵西侧钟楼的大铜钟被重重敲响,宣布灵殿祭礼正式开始。

钟声中,皇帝整了整被风吹乱的龙袍,叫道:"太子。"

太子怕见风,紧紧捂住纱帽,快步过来。裴琰也轻移脚步跟来,束手而立。

皇帝看了看裴琰,又向太子道:"你去炉内点香,朕要去圣祖灵前祭拜。"见太子瑟缩了一下,皇帝厉声道,"瞧你这没出息的样子,什么时候能像你两个弟弟一样?"

太子似是被吓住,话都说不出来,颤抖着转身,走向灵殿前的香炉。裴琰忙取过香炉边的焚香,双手奉给太子。

钟声中,皇帝深邃的目光掠过卫昭面容,拂了拂龙袍,稳步向灵殿走去。

瑟瑟寒冬,晨雾厚重,将马蹄坡严严实实地罩在其中,静谧中透着几分诡秘。高成回头看了看身后的人马,将心一横,冷声道:"再快一点!"

为了不惊动锦石口京畿大营和肃海侯的人马,河西军并未骑战马,皆是轻装薄甲,潜行一夜,才由朝阳庄到达了马蹄坡前。

河西军自在牛鼻山遭受重创,回撤到朝阳庄,养了足有半年,人数上也超过禁卫军和光明卫,只要能顺利通过马蹄坡上方的那个山洞,直插皇陵,大局可定,为高氏报仇雪恨也指日可待。

副将洛振过来,低声道:"将军,前锋营已开始过山洞了。"

高成精神更是一振,展起轻功,不多时便攀到了那个曾被灌木丛掩盖住的山洞前。

又有信兵回来禀道:"将军,前锋营已通过山洞,到达前方溪谷,并未发现异常。"

高成一喜,知事情成了几分,便道:"传令,全军加速通过山洞。"

当天大亮,这两万人马终悉数过了山洞。高成飞身攀上山顶,已可隐见皇陵方城的红墙,不禁得意地笑了笑。他望望天色,再估算了一下时间,由这处溪谷越过皇陵东面的小山丘,拿下姜远的禁卫军,换过服饰,再突入皇陵内控制文武百官,继而冲入方城、助王爷除掉皇帝和太子,时间上尚有余暇,便传下军令,休整半个时辰,再行出发。

待河西军将士休整后,高成亲自走在阵前,带着士兵如长蛇蜿蜒,直奔皇陵。当终于登上皇陵东侧的小山坡时,他不由得松了一口气。

当!当!当——祭礼正式开始的钟声终于传来,小山丘右方,大鸟似是被这钟声所惊,成群飞起,哗啦啦一阵巨响。

高成听到钟响,知约定的时候已到,将手一挥,黑压压的大军往小山坡下急行。可还未下得山坡,高成便觉有些不对劲。但他还来不及发号施令,数万人已由山丘两边的树林拥出,迅速将河西军堵在了小山丘上。

一人玄甲铁衣,肃然而出。他神色冷酷,声音冷淡而深沉:"高将军,河西军至皇陵,可有兵部调令?"

高成看清来人是对皇帝忠心耿耿的肃海侯,便知道事败。他下意识瞥了一下身后,只见肃海侯的人马已攀至小山丘后,对河西军形成了包围之势,其中还有人身着京畿营的军服,知今日无可幸免,只有拼死一搏。高氏倾覆的仇恨再度涌上,高成怒喝道:"肃海侯谋逆,河西军奉圣命除逆,上!"话音未落,他已腾身而出,寒刀离鞘,斩向肃海侯。肃海侯急速后飘,喝道:"射!"

狂肆杀气弥漫山谷,河西军发喊前冲,肃海侯的人马却训练有素,盾牌手护着弓箭手一轮强矢,河西军前排将士纷纷倒下,乱成一团。

待第一轮箭矢射罢,肃海侯姜遥将手一压,喝道:"上!"

肃海侯三万手下加数千名京畿营精兵,人数本就占优,这番杀伐,气势上又盛了几分,河西军不久便溃不成军。

高成持刀,在阵中东劈西斫,倒也勇不可当,众亲兵也慢慢突到他身边,将他护住。随着护拥之人越来越多,围攻者便有些抵挡不住。肃海侯看得清楚,悄无声息地举起了右手。

高成虽杀红了眼,但仍保持几分清醒,眼见后退的道路已被封堵,知道即使逃回去也是死路一条,倒不如横下一条心,冒死突到皇陵,若仍能助庄王行事成功,倒还有一线生机。

他带着三千来人,如长刀破雪,惨烈厮杀,终将肃海侯的人马逼得阵形散乱,露出了一道小小的缺口。他知机不可失,一声暴喝,率先纵向这道缺口,身后将士护拥着急急跟上,一路势如破竹,竟将肃海侯的人马甩在后面,直奔皇陵而去。

肃海侯微微一笑,带着人马衔尾追击。


幽远的钟声中,皇帝轻抬脚步,走上汉白玉台阶,往灵殿而去。按例,灵殿内只有谢氏子孙才能进入,见太子还在距灵殿较远的香炉边,卫昭便有些犹豫。

裴琰也想不明白,皇帝究竟要如何点燃方城下的火药,既能炸死一干人,又能让他与太子及时逃生。

熏香气冉冉而起,太子点燃了手中粗如手指的祭香,向灵殿行三叩首之礼,毕恭毕敬地将三炷香插在了香炉正中。皇帝回头看着，满意地笑了笑。

接着太子率先下跪，庄王、叶楼主及一干光明司卫也齐齐下跪。裴琰犹豫了一下，也在太子身边跪下。卫昭却仰头看着皇帝，冬阳照在灵殿墨绿色的琉璃瓦上，反射着幽幽的光芒，也将琉璃瓦下皇帝的眼神映得幽幽闪闪。

这明黄色的身影如同森殿阎罗，十余年来纠结在他的噩梦中，此时此刻，仍扼住了他的咽喉，要将他拖入万丈深渊。

十多年的屈辱纠缠入骨、恨意连绵。只有他，才最了解这个立于灵殿门前的人，也只有他，才能看清他眼中那抹狠绝的幽光。

他竟如此心狠，不惜将太子也炸死在这方城之上！灵殿之内必有逃生的暗道，而太子方才点燃的，只怕就是火药的引线！再无任何退路！

卫昭的目光在这一刻亮得骇人，他腾身而起，扑向已经迈入灵殿的皇帝，暴喝道："谢澈！"

皇帝恰于此时转身抬头，正望向先帝灵位，这一声宛如先帝临终时怒指他的嘶吼，他心中一颤，真气一下子走岔。

白影如电，雷霆一击，卫昭转眼就扑上台阶，足尖在殿前玉石上一点，急扑向皇帝。皇帝大病后武功便大不如前，又正是真气紊乱之时，不及闪躲，被卫昭扑倒在地。灰影急闪，叶楼主已如孤鸿掠影般扑入了灵殿之中。卫昭来不及点住皇帝穴道，叶楼主手中短刃已割破了他身上的狐裘。

卫昭就地一翻，叶楼主短刃刺上殿中青砖，溅起一团寒芒。他再扭腰，急扑向卫昭，大声道："皇上快走！护驾！"

裴琰在卫昭暴喝"谢澈"时便醒悟过来，急速飞脚，噔的一声将香炉踢翻，火星四溅，灰尘扬飏。香炉下，三根引线正爆出火花。

裴琰正待掐灭引线，剑气森森，数柄长剑向他周身袭来。他万般无奈，只得腾身而起，避过数名黑衣蒙面人的合攻。一直立于一旁的太子趁这间隙急速奔开。


殿内殿外风云变幻，刹那间，卫昭袭击皇帝，裴琰与不知从何处攻出的黑衣蒙面人激战在一起。庄王虽不知卫昭为何在高成未到前便发动攻势，但箭在弦上，不得不发。钟声已响，高成只怕转眼就到，容不得自己有半分闪躲。眼见罩着斗篷的太子正急往方城下奔去，庄王一声暴喝："动手！"

方城上，光明卫一团混乱。庄王的人自是攻向太子，卫昭在光明司暗中插下的亲信急急奔向灵殿，剩下几名不知所措，茫然四顾，过得许久才大呼道："护驾，保护皇上！"

庄王习得谢氏武艺，袖中也早已藏得短刃，身形几纵，寒光一闪，太子不及转身，短刃便没入了他的背心。但方城上又冒出十余名黑衣蒙面人，身手不俗，他们数人抢向灵殿，数人围攻庄王。

裴琰以一敌五，数招后便知这些黑衣蒙面人皆是天音阁弟子。他耳中听到殿内传来卫昭与叶楼主过招时的喝斥声，眼中看到那三根引线正一寸寸烧短，心急如焚，真气盈满全身，爆出一团劲气，身形微仰，一名黑衣人的长剑便刺入了他的左肩。他怒喝一声，于刹那间劈手夺过黑衣人手中之剑。

千军万马俯首的威严随着剑光腾腾而起，裴琰将剑气运到极致，身躯如同一道紫芒，向引线射去。但围上来的黑衣人越来越多，眼见引线越来越短，裴琰急怒下长剑脱手而出，将其中两根引线斩断，但还是有一条引线爆着火花，向黑洞内绵延而去。此时他长剑脱手，便来不及架挡对手的合攻，一个踉跄，左腿再中一剑。他踉跄间在地上数滚，避过源源不断的剑招，直至滚至先前被踢翻的香炉边，方才得隙挺起身躯。他陷入绝望之中，右手拍上香炉，借力一掠，纵向方城的墙垛，大声喝道："走！"

可是再有数名黑衣人于前方腾空而来，唰唰数剑，裴琰为避剑招，真气不继，无奈落地。他劈手夺过一名光明卫手中长剑，再与这些黑衣人激战在了一起。

殿内，眼见皇帝已大半个身躯钻入香案下的地道中，卫昭不顾叶楼主刺来的短刃，背门大开，扑向皇帝，拽住皇帝的右足，奋力将他向后一拉，皇帝就被扯出了地道口，但叶楼主的一刃也刺中了卫昭的左肩。

卫昭狂嘶一声，拼着再受一名黑衣人斩向左腿的一剑，右手如风，点向皇帝的穴道。但皇帝此时已挺身而起，反手一肘，击向卫昭胸前。卫昭提起全部真气，挡住皇帝这全力一击,在血雨喷出之前,一掌击中皇帝背心,皇帝狂嘶着倒在地上。

"走!"裴琰的暴喝声传来,山风也于这一刻忽盛,激落万千松雪。

卫昭在这一刻彻底绝望,他喷出一蓬血雨,反手拔出肩头短刃,拦于瘫软在地的皇帝身前。但他重伤之下,无法抵挡这十余名高手的围攻,眼见就要支撑不住,易五终于率着数人赶上方城,直扑灵殿,与黑衣人缠斗在了一起。

卫昭扯下身上被鲜血染透的狐裘,卷起呼呼劲风,挡住叶楼主的又一波凌厉招式。

"皇上快走!护驾!"

当叶楼主灌满真气的暴喝声遥遥传来,显彰门外,董方赫然抬头。

高成残兵还未被肃海侯放过来,为何方城上便生变故?不容他细想,群臣已是大乱,人人抬头遥望,都看清了方城上的那一幕:裴琰在拼死抵挡一群黑衣人的围攻,太子在他的掩护下急速逃开,却被庄王手中短刃刺中,扑倒在地;裴琰怒喝连连,隔得太远有些看不清楚,但从喝声中可以听出他已受伤;高高的灵殿中,皇帝最宠幸的卫昭一掌将皇帝击倒在地。

百官大乱,董方更是急速奔过玉带桥,颤抖着大呼:"护驾!护驾!"

姜远见董方奔来,忙撮唇急啸,皇陵各处,光明卫拥了过来。但显彰门内,先前在此值守的光明卫却忽然大喊着攻了上来。姜远似是傻了眼,愣愣看着光明卫自相残杀,竟然想不起来怎么指挥手下护驾。

眼见局势大乱,董方停住了脚步,遥望方城上激斗的身影,急得如热锅上的蚂蚁,却又无计可施。

百官乱成一团,文官见不得这血腥的打斗场面,吓晕了好几个;武官也分不清到底谁是逆贼,只能徒劳地怒吼着。


灵殿内,皇帝奄奄一息地倒在暗道口前,艰难挪动着,一分一分向暗道口爬去。卫昭闪身间看见,手中狐裘急速拍出,击中皇帝背心,皇帝软软倒在地上。叶楼主一掌击来,卫昭站立不稳,便倒在了皇帝身上。

叶楼主急纵过来,欲将卫昭掀开。卫昭眼中寒芒一闪,右手运起全部内力击上叶楼主胸前。叶楼主猝不及防,被击得凌空后飞,于空中喷出一路鲜血。他受此重创,却彪悍异常,落地后抢过一名黑衣人手中长剑,再度向卫昭攻来。

卫昭空手对白刃,身上素袍被鲜血染红,但他毫不退让,雪白绝美的面容已经笼罩上了一层死亡的青灰。血越流越多,他眼前有些模糊,耳畔仿佛听到那引线滋滋燃向方城下火药的声音,眼前仿佛又看见她明媚的笑容。

"我要你发誓,一辈子都不再丢下我。"

"好,一辈子都不丢下你。"

"我要你发誓。"

"好,我若再丢下你,便罚我受烈焰噬骨……"

明月谷石屋中的誓言,穿透重重寒风、森森剑气,破空而来。

不想丢下,却不得不丢下你;

不想毁了你的纯净,却仍让你落入尘埃;

不想让你被黑暗吞没,却不知自己便是无边的黑暗;

也许,只有今日烈焰噬骨,才能赎这一身的罪孽。也只有这烈焰噬骨,才能洗刷灵魂中无尽的耻辱——

凤凰啊凤凰,你的羽毛早就脏了,何不西归,何不涅槃?

只是谁来保我月落?谁来给我月落几十年的太平时日?

卫昭的眼前渐转混沌,望出去,只有殿外裴琰紫色的身影,如同一道闪电,劈亮了整个黑暗的天空——

"地道!"卫昭猛然清醒,拼尽全力暴喝出这二字。

裴琰冲不下方城,正是急怒攻心,听到卫昭这声暴喝,醒悟过来。他拼尽全力运起真气,趁黑衣人的剑势受真气所迫而凝滞之机急速后飘,纵入灵殿之中。众黑衣人只防着他突下方城,未料他竟返身入殿,一时不及阻拦。

裴琰半空中挺剑直刺,这寒凉入骨的一剑悄无声息地没入了叶楼主的腰间,叶楼主跌倒于地。

此时,被黑衣人围攻的庄王力竭失招,一抹寒光闪过,带起一线血尘,庄王缓缓倒地。

此时,易五也在激战中与一名黑衣人同时倒地,他最后留给卫昭的只是一声痛呼:"主子快走!"

此时,不断有人拥上方城,混战成一团。

此时,显彰门内外,百官遥遥抬头,望着方城上发生的一切。


卫昭的面容呈现出一种冷玉般的白,嘴角、胸前尽是血迹,伤口处仍在不停涌出鲜血。他踉跄着站起,眼中似有烈焰在熊熊燃烧。裴琰看得清楚,正待拉着他一起钻入暗道口,卫昭突然握上他持剑的右腕。裴琰一惊之下未能挣脱,以为卫昭失血过多,神志不清,便急切叫道:"三郎!"

血从卫昭的嘴角不停往外涌,他死死盯着裴琰的面容,眼神凌厉,狠狠道:"姓裴的,你欠我的,你要记得还,不然我做鬼也不会放过你!"

不等裴琰反应,卫昭已抓起他的手腕,猛喝一声,裴琰手中长剑便深深地刺入了卫昭肋下。裴琰大惊,卫昭喷出一口鲜血,面色越发苍白。但他努力高昂着头,斜睨着裴琰,冷冷一笑,低声说道:"少君,我们来世,再做朋友吧……"

裴琰骤然明白过来,大喝道:"不可!"他急速伸手抓向卫昭,但卫昭已身形急旋,用尽全身最后的力量,一脚踢上了裴琰胸前。

裴琰只觉一股大力将自己往后踢飞,下意识地伸手。嘶声响起,他只来得及将卫昭的白袍扯下一截,转瞬便飞出灵殿,飞向半空,直向方城下倒飞出去。


寒风中,裴琰在空中向后疾飞。他目眦欲裂,眼中所见的最后景象,是卫昭白衣染血,立于灵殿中,好像对自己笑了一笑。

"少君,我们来世,再做朋友吧……"

这句话不停在裴琰耳边回响。他脑中一片混乱,只是下意识借卫昭这一踢之力控制身躯,在方城的墙城上急点,向方城下坠落。

那白色身影越来越远,远得就像隔着一条河,河这边是热闹的、温暖的生处,那边却是冰冷的、黑暗的死地……

冬日的晴空,仰面看去,透着几分惨淡的蓝。

裴琰落下方城,从高处落下的巨大冲力让他不得不在地面急速翻滚,咔声轻响,肩胛剧痛。痛楚中,翻滚间,他的眼前一时是惨淡的蓝,一时是染血的白,一时又是方城城墙那阴晦的暗红——

轰!似万千恶灵由地狱汹涌而出,地面颤了一颤。

随着这一声巨响,一团似蘑菇般的火云在方城上缓缓绽放,如同地狱之花,盛开在最圣洁的祭坛。

纵是有两根引线被斩断,这最后一根引线所引爆的火药仍让方城的一半轰然而倒,灵殿也塌了一角。

热浪似流水般滚滚而来,裴琰尽力翻滚着,远离这股热浪。瓦砾碎石,漫天而飞,不停落在他的面上、身上。

烈焰冲天而起,将整个灵殿吞没。


遥望着裴琰身形飘飞远去,卫昭怆然一笑,再也无力支撑摇摇欲坠的身躯,向后退出几步,倒在了皇帝身边。

轰!一声巨响,爆炸让灵殿剧烈摇晃,头顶的梁柱吱呀着一根根倒下,有一根砸在皇帝腿上,皇帝疼得醒转来。

冲天的烈焰已将灵殿包围,皇帝炙热难当,提起最后一丝力气向暗道口爬去。卫昭意识模糊,本能下扑上皇帝身躯,死死地扼住了他的腰。

皇帝早已无力挣脱,也渐渐陷入临终前的迷乱。他眼前模糊,喘气声如同一个行将就木的老人:"三郎,朕恕你无罪,你和朕一起走……"

卫昭恍若未闻,再将皇帝的腰抱紧了几分。

烈焰燃入灵殿,灼骨的疼痛逐渐将二人吞没。

原来,这就是烈焰噬骨的痛楚;

原来,这就是凤凰涅槃的痛楚……

卫昭觉体内的血就要流失殆尽,碧玉发簪当的一声从发间滑落,他的长发被火焰鼓起的风卷得乱舞,如黑色的火焰,凄厉而惨烈。

他仰天狂笑,鲜血不断由嘴角往外涌:终于,解脱了……

熊熊烈焰中，一阵高亢激越的歌声穿云裂石："风兮凰兮，于今复西归，煌煌其羽冲天飞，直上九霄睨燕雀，开我枷锁兮，使我不伤悲。风兮凰兮，从此不复归，生何欢兮死何惧，中道折翼兮，使我心肝摧。风兮凰兮，何时复西归，浴火涅槃兮，谁为泣涕？"

悲怆入骨的歌声，似乎还带着挣脱枷锁的无比喜悦，渐渐地低了下去，细如游丝，最后慢慢湮没于熊熊烈焰之中……


裴琰已无力翻滚，他剧烈喘息着，仰面倒于地上，遥望方城上冲天的烈焰，下意识伸出手去，低声唤道："三郎！"

他五指松开，紧攥着的白色袍袖被寒风吹得卷上半空，飒飒扬扬，飞向那熊熊烈焰。

冬阳下，他仿佛见到那雪白的面容正在烈焰后微笑，仿佛再听到他留在这尘世最后的声音："少君，我们来世，再做朋友吧……"

寒风中，有什么东西自裴琰眼角滑落，沁过他的耳际，悄无声息地渗入尘土之中。

# 第六十二章

## 尘埃落定

　　显彰门两边，文武百官都看到了方城上的那一幕——忠孝王裴琰跃向灵殿，搏杀间一剑刺中卫昭，但被卫昭临死前一脚踢上半空。

　　轰！一声巨响，人人抱头躲避，当他们狼狈爬起时，方城上已是烈焰腾空。众人还没反应过来，杀伐声自皇陵东侧震天而来。不多时，在皇陵外守候的禁卫军被数千人逼得退至玉带桥前，不停有人呼道："庄王谋逆！河西军反了！"

　　众臣眼见将禁卫军逼得步步后退的精兵，领头之人正是高成，都惊慌不已，抱头鼠窜。偶有几个武将大声上前，也被溃退的禁卫军冲得站立不稳。

　　高成见方城内烈焰熊熊，浓烟滚滚，绝望蔓延至四肢百骸。他强撑着率兵前突，只盼庄王能逃得一劫，这样他们还能有一线生机。但身后漫天追来的喊杀声，将他最后这丝希望彻底毁灭。

　　肃海侯率着三万人马，把河西军最后的两千余人逼到玉带河前。姜远也率着光明卫由方城内攻出来，将河西军残兵围在中间。

　　高成面色苍白，仰天长叹："罢了！"他猛然暴喝，"住手！"

　　肃海侯冷冷一笑，望着垂死挣扎的河西军，右手高举，自齿间迸出斩钉截铁的一句："河西军谋逆，奉圣谕，格杀勿论！"

　　摧裂山河般的杀气，如风卷残云。不到片刻，河西军便悉数倒于血泊之中。

高成身形摇晃，长刀拄地，狠狠地盯着肃海侯。肃海侯面色平静，右手一摊，接过部下递上的强弓，吐气拉弓，灰翎如闪电般射出。噗声响后，高成身形后飞，落于玉带河中。

肃海侯掷下强弓，急速道："快，护驾！"

董方颤颤巍巍爬起，连滚带爬奔到方城前。但此时烈焰已映红了半边天空，方城成了一片火海，埋藏着的火药被不断引燃，不时发出巨大的爆炸声，里面的人再无任何生还可能。

董方双膝一软，匍匐于地，痛呼道："皇上！"

随着他这一呼，众人齐齐痛哭，哀声响成一片。

震天的痛哭声中，裴琰清醒过来。他伏地向前爬行数步，悲呼道："皇上！太子！臣无能，臣没能救驾啊！"

众臣亲眼见他护着太子逃开香炉，看着他手刃卫昭，却仍未能救出皇帝和太子，都悲从中来，放声痛哭。

裴琰哭得一阵，挣扎着爬了起来，转身走向显彰门。他浑身是血，一瘸一拐，身上还沾满了碎土石屑，面上神情悲痛万分，泪水长流。

肃海侯在显彰门前跪地饮泣，眼睛却紧盯着蹒跚走来的裴琰。董方回转头，向他微微摇了摇头。

肃海侯正有些犹豫，只听得南面剑甲轻响，靴声橐橐。他急速站起，但见数千人戎装轻甲，拥至玉带桥前。

这数千人阵形齐整，一至玉带桥前，便如鹰翼般散开，展护左右。他们虽人数远少于肃海侯的人马，但气势慑人，散发着锋锐无比的杀气。

裴琰面上满是悲痛之色，哽咽道："你们怎么来了？"

童敏快步过来，大声道："庄王部属在京城谋逆，我等恐圣上有难，特来勤王护驾！"

裴琰挥泪泣道："可惜，来迟一步！"

他蹒跚着走过玉带桥。肃海侯身形一动，董方再向他摇了摇头。肃海侯也知长风卫既然赶到，已无法下手。再说裴琰当众救驾除奸，亦无借口除他，只得暗叹一声，退回原处。

裴琰满脸泪水,脚步踉跄。童敏忙与数十名长风卫一拥而上,将他接回阵中。

裴琰放下心来,又转身面向方城,伏地痛哭:"皇上,太子!"

长风卫也齐齐跪下,靴甲之声不绝于耳。


姜远带着人欲进方城查探,却被火势逼了出来。众臣知皇帝和太子再无生还可能,更是哭声震天。

董方哭得一阵,起身大声泣道:"皇上既已薨逝,国不可一日无君……"

裴琰先前见童敏暗号,知静王无恙,再听董方这番话,不由得嘴角微微勾起。却听得董方的声音传入耳中:"所幸苍天怜见,太子身体染恙,方城风大,太子奉圣上口谕留下,未遭逆贼毒手。"

裴琰大惊,猛然抬头,只见肃海侯正向着自己微笑,那笑容似一把无声的剑,直刺他心头。

玉带河前,肃海侯的人马如潮水般向两边退开,十余人拥着身披金丝斗篷的太子急速走来。裴琰刹那间明白,在前来皇陵的车驾上,真假太子便已调包,随着皇帝踏入方城、死于庄王之手的,只是一个替死鬼而已。他眼皮一跳,垂下头去。

太子扑至玉带桥前,扑通一声跪下,伏地痛哭:"父皇!"

他哀声欲绝,涕泪纵横,片刻后哭得喘不过气,倒在地上。

董方与肃海侯低泣着过来,一左一右将太子扶起。董方泣道:"请太子保重龙体。国不可一日无君,皇上既已薨逝,请太子速速登基,以定大局。"

太子哭得死去活来,半晌方略显清醒,垂泪道:"一切都由董卿主持。"说罢,痛哭不止,终至力竭,倒在肃海侯胸前。

董方放开太子,缓慢站起,裴琰也正好抬头看去。寒风中,二人眼神相交,俱各锋芒微闪。

裴琰肩头和左腿伤口剧痛,所受内伤也渐有压不住的趋势。他满脸悲戚,挣脱童敏等人的搀扶,踉跄前行,走至太子身前,缓缓跪下,痛声道:"请新皇节哀!"

董方似听到一颗心落地的声音,仰头望向惨蓝的天空,由胸腔呼出一口长气。寒风吹来,他这才发现自己已是全身大汗,双足也在隐隐颤抖。

方城内的大火还在熊熊燃烧，薄雪下的山峦则沉寂无言，默默看着显彰门前黑压压伏地恸号的人影。

长风卫队末，一人悄悄退出功德门，展开轻功，急速奔过皇陵大道，踏着残雪泥泞，沿密湖急奔，奔上左侧山峦。山峦上的雪松林中，当第一声剧烈的爆炸声响起时，周遭树木上的积雪簌簌而落。裴子放冲前几步，望向皇陵。

按原先约定，待高成率河西军假扮禁卫军杀入方城，将皇帝和太子除掉，裴琰和卫昭趁乱杀死庄王后，长风卫便会出现，与光明卫、禁卫军一起以"擒拿逆贼"之名攻打河西军。那时，长风卫将放出烟火，自己带着的这批精兵就可直奔皇陵，"奉静王之命，勤王平叛"，最后平定大局。可此刻，这爆炸声由何而来？见皇陵上空浓烟滚滚，火光艳烈，裴子放瞬间便是汗流浃背。

族侄裴珏过来，满面焦虑，道："叔父，怎么办？"

裴子放目光徐徐扫过身后众人，心颤了一颤，强自镇静，吩咐道："先不动，形势不对，再往北撤。"

待长风卫窦子谋奔入树林，面上并无悲痛之色，裴子放紧绷的心弦方悄然放松，却仍忍不住抹了一把额头上的汗珠。

窦子谋趋近禀罢，裴子放修眉紧皱，又望着皇陵上空的烈火出了一会儿神，终长叹一声，道："也只有这样了……"


梁承熹五年十一月二十四日，冬至。

皇陵大祭，庄王与光明司指挥使卫昭联合谋逆，指使高成率河西军突进皇陵，并在方城埋下火药，皇帝不幸罹难，薨逝于大火之中。

忠孝王裴琰护驾不及，只将卫昭击毙，孤身逃出方城。

肃海侯和长风卫及时赶到，保护了太子，将高成及河西叛军尽歼于皇陵玉带桥前。

十一月二十五日，天降大雪，燃烧了一日一夜的皇陵方城大火才慢慢熄灭。

见这日有些薄薄的冬阳，江慈便将被褥搭至院中的竹篙上晾晒。被上粘着数根乌发，她轻轻拈起，见发梢微卷，便笑着将这几根长发小心翼翼地收入荷包之中。她将脸靠在锦被上，依稀还能闻到他的气息，眼前尽是他清晨离去时那明朗的笑容。她微笑着抚上腹部，低头轻声道："你以后，要做一只听话乖巧的小猫，知道了吗？"

当！当！当——远处飘来隐约的铜钟声，江慈数了一下，一共九响。待片刻后，又是连着的九声钟响，如此九次。苍凉沉重的钟声在京城上空长久地回响，惊飞满天鸦雀，让这晴冬之日仿似也笼上了一层阴霾。

钟声入耳，江慈忽觉一阵恶心，又打了个寒噤，忙奔入屋中，披上了卫昭昨夜带来的狐裘。


钟声也荡过悠悠晴空，传入了揽月楼头。崔亮正持杯而饮，听到钟声响起，长叹一声，将杯中之酒一饮而尽，起身道："素大姐，我还有事，先告辞。"

素烟淡淡笑着，将他送出揽月楼。

崔亮过了九曲桥，直奔京城北门。刚踏上内城大街，便听到马蹄震天，由北门方向疾驰而来，崔亮忙随着道上行人一起闪躲。

只见一队禁卫军打马狂奔，不多时又是一队光明卫策马而来。马上之人皆是面色沉肃，喝马声也都带着几分不安。

丧钟声、鸦雀声、马蹄声，让京城的百姓骤然紧张，终有人反应过来，这丧钟，竟是皇帝薨逝才能敲响的九龙钟。人们惊慌失措，纷纷拥上街道互相打听。可只见禁卫军和光明卫纵马疾驰，谁也未能知道确切的消息，更是人心惶惶。

再过半个时辰，禁卫军和光明卫清道，挂着白色灵幡的太子辇驾自北门入城，辇驾旁的文武大臣们蹒跚而行，人人长泪痛哭："皇上！"

京城的百姓终于相信，他们至高无上的君王——大梁皇帝陛下，薨逝于承熹五年的冬至日。


崔亮见太子辇驾入城，心中一沉，不由得踮起脚在文武百官中找了一圈，不见裴琰和卫昭身影,更是心中凉透。身后有人拥挤,他一个踉跄,险些跌倒在地。

丧乐大奏,太子辇驾所过之处,百姓纷纷伏地痛哭。崔亮想起江慈,五内俱凉,一时不能下跪,也无法挪动脚步。

随在重兵护卫的太子辇驾和文武百官之后而来的是数千骑高头骏马,人人甲胄鲜明。当先一匹马上,一人紫纱王袍,浑身染血,还沾着不少泥屑灰尘,面色惨白,正是忠孝王裴琰。

崔亮见到裴琰,心中一喜,悄悄退后两步,将身形隐入一家店铺檐下的木柱后。刚隐好身形,便见裴琰晃了几晃,吐出一口鲜血,直挺挺往马下栽去。

长风卫一阵惊呼,童敏抢上前将他抱住,大声呼道:"王爷!"

百姓们见为国立功、勇驱桓贼的忠孝王倒地,齐声惊呼。前方的文武百官纷纷回头,再过片刻,太子辇驾也缓缓停住。不多时,肃海侯急匆匆过来,蹲下看了看双目紧闭的裴琰,皱眉道:"快,送皇宫,请太医!"

童敏倏然站起,冷声道:"不必了,王府自有名医!"说完也不理肃海侯,一拨马头,百姓们纷纷避让,长风卫相随,自偏街直奔王府而去。

裴琰落马之时,崔亮本能下呼了一声,踏前两步,即刻反应过来,退回柱后。等所有人马随着漫天哭声远去,仍未见卫昭身影,崔亮一声长叹,心情沉重,却又没有勇气去老柳巷。正在檐下发呆,一个身影悄然走近,压低声音道:"军师,王爷让您即刻回西园。"


裴夫人早得报信,待童敏将浑身是血的裴琰背进蝶园,将他放到榻上,双手运力,撕开了他的王袍。

裴琰睁开眼睛,笑道:"母亲手轻些,孩儿今日可吃苦了。"

裴夫人熟练地替他上药包扎,低声道:"真死了?"

"死了。"

裴夫人轻叹一声,低低道:"那就好。"又道,"你叔父的人马还在城外潜伏着,我也都安排好了,他们不敢动你的。"

裴琰望向窗外淡蓝的天空,那团烈焰仿佛仍在眼前腾跃,耳边仍可依稀听见那句——"少君,我们来世,再做朋友吧……"

他忍不住叹了口气,有些沮丧:"只可惜上了皇上的当,太子没能除去,眼下他才是名正言顺的皇位继承人。"

裴夫人取过一边的干净衣袍帮他换上,道:"是陶行德告的密。静王暗中离开王府后,陶行德并未带人包围静王府,只有光明司的人在府外守着。"

裴琰冷哼道:"看来,他要借庄王作乱除掉我,算孩儿命大,逃过一劫。"他面色一黯,道,"只是可惜了三郎。他以为太子也死了,拼死救了孩儿一命,还替孩儿洗清了嫌疑,可现如今……"

裴夫人在他身边坐下道:"你做得不错,当时也没有别的选择。只是接下来该怎么办,你想好没有?"

裴琰笑了笑,放松身躯躺下,道:"董方和姜遥既不敢当场拿下我,现在也不会拿我怎么样了。"

"这倒是。他们也拿不准我们暗中有何布置,又无法安你一个罪名。"

"皇上虽死,但他玩的这一手让我们和太子打了个平手,现在大家只好继续按兵不动,心照不宣了。"

裴夫人沉吟道:"静王那里……"

"不怕,我也没有什么把柄在他手里,就让他继续做他的闲散王爷。哪一日时机成熟了,再把他拎出来用一用。"

裴夫人却想到了另一层,道:"可眼下皇上已夺了你的实权,太子上台,董方这些人必不会让你重掌大权,如何夺回来呢?"

裴琰也觉有些棘手,想了片刻,站起道:"既然母亲都安排好了,我这便入宫,与咱们未来的新君会一会。"

他换上新的王袍,裴夫人又取过素服替他罩上,忽然眼波一闪,道:"你等等。"

她转身从高脚大柜中取出一张红色的帖子,递给裴琰。裴琰接过一看,面色微变,脱口道:"不行。"

裴夫人微笑道:"你年纪也不小了,该娶正室了。"

见裴琰不言,她端起茶盏慢慢喝了口,悠然道:"再说,现在还有比董二小姐更合适的人选吗？董方是聪明人，太子全靠他扶持，他的大女婿是即将登基的新皇，二女婿是掌握了半壁江山的忠孝王，将来不管哪一方胜出，他都巍然不倒。你说这个老狐狸会不会愿意做这笔买卖？太子虽懦弱，却不糊涂，只怕他也不愿被董方和肃海侯等人一手把持朝政。借联姻还你权力，维持各方势力均衡，不让某一方独大，他自然也会顺水推舟。"

裴琰还是沉默，裴夫人只得再劝道："我已打听清楚，董二小姐贞静贤淑，性情温婉，堪为正配。将来若真有那么一日，她母仪天下，也能收清流一派的心。"

裴琰望着案上玉瓶中插着的数枝梅花，那娇妍的红，灼痛了他的眼睛。他定定地看着，仍是无法开口。

裴夫人看了看他的脸色，道："你是不是有了心仪的女子？"

裴琰一惊，忙转过头道："没有。"

"有也无妨。"裴夫人一笑，"将来纳为侧妃便是，但你的正妃只能是这位董涓小姐。"

裴琰静立片刻，垂头低声道："一切由母亲做主。"

裴夫人欣慰地笑了笑，道："既是如此，我这就亲去董府提亲。等皇上遗骸回宫，你再入宫守灵，与太子详谈吧。"

裴琰由蝶园出来，觉肩头和左腿上的刃伤疼痛难当，忍不住吸了口凉气。

童敏过来禀道："军师回西园了。"

裴琰放下心，又想了想，道："你加派人手，密切监视素烟，如果发现江姑娘，不管用什么方法，把她接回来。"

"是。"


伤口越发疼痛，全身就似要散架一般，而心却麻木到没有知觉。裴琰茫然在相府内一瘸一拐地走着，在荷塘边静默，在西园门口徘徊。

崔亮正站在藤萝架下出神，听到园外隐有咳嗽之声，急忙出来，道："王爷！"

裴琰在他的搀扶下进了西厢房，在床上躺下。崔亮把完脉，道："王爷这回可伤得不轻。"

裴琰苦笑一声，道："可惜没能救出圣上。"

崔亮眼神微闪，低头道："我给王爷开个方子，接下来得守灵七日，您若不调理好，大雪天的，怕落下病根。"

"多谢子明。"裴琰慢慢合上双眸，半晌，幽然道，"子明，皇上死了。三郎——也死了……"

崔亮握着毛笔的手不住轻颤，低声道："我听说了，卫大人走了这条大逆不道的路。唉，只希望不要牵连太多无辜的人。"

"是啊，但玉间府卫氏怕是得面临灭族之厄。"

崔亮写着药方，忍不住长叹。

裴琰猛然坐起，直视崔亮："子明，有人在暗中监视你。我怕太子的人知道了你的师承来历，你这段时间千万不要出王府。"

崔亮纵是万分担忧老柳巷中的江慈，也只得应道："好。"


十一月二十五日，大雪。

凌晨刮起了大风，风卷雪，雪裹风，铺天盖地，未到辰时便将整个京城笼罩在一片银白之中。白茫茫的京城仿佛穿上了素白的孝服，呼呼的风声也仿佛在鸣号致哀。

白色的雪，白色的灵幡，白色的幛幔，白色的祭旗，人们身上白色的孝衣，还有一张张略显苍白惶恐的面容。素净的白，惨淡的白，天地间仿佛只有这一种颜色。

皇陵方城大火终于在凌晨的大雪中熄灭，守在这处的姜远命人不停泼水，待火场结了一层薄冰，方亲自带人寻找皇帝遗骨。

大风吹得雪花卷舞，姜远带人忍着高温和焦臭进到火场，却找不到任何尸身，徒留一地焦黑的灰烬。

姜远默立良久，叹了口气，道："烧得太厉害，只怕都化成灰了，回去复命吧。"他正待转身，忽然眼神一闪，慢慢蹲了下来。

两块碎石的空隙中，一支断成两截的碧玉发簪静静地躺于尘埃之中。

回响在整个京城上空的哀乐凄凉入骨,将江慈从睡梦中惊醒,这才发觉天已大亮。她穿好衣裳,披上狐裘出门,见满院积雪,不由得有些兴奋。

曾听他说过姐姐喜欢带他堆雪人,若是他回来,便可在这院中堆上两个,不,三个雪人,两个大的,一个小的。

有鸦雀自屋顶扑棱飞过,江慈抬头,见屋顶也覆了一层厚厚的雪,不禁笑了,正待转身进屋,忽然停住了脚步——别人家的屋顶似乎与自家小院有所不同。

她的心急速下沉:钟声、哀乐,还有屋顶上的白色灵幡,到底发生了什么事情?

江慈双颊一阵阵发凉,急忙换过男装,再罩上斗篷,将脸涂黑些,匆匆出了院门。

满街的灵幡,漫天的哀乐,江慈一路走来,越发心惊。待走到内城大街,她茫然随人群跪下,茫然看着数千禁卫军护拥着十六骑大马拉着的灵柩经过。那黑色的灵柩如一道闪电,刺痛了她的眼睛。

身边,有人在低声交谈。

"唉,圣上蒙难,只怕要多事了。"

"不怕,有忠孝王和董学士等人稳着,乱不了。"

"你说,庄王老老实实去海州便是,何苦谋逆?"

"就是,只怕他是受了卫三郎的撺掇。那妖孽,烧死了干净。只可惜圣上,对他多年宠幸,竟落得……"

"所幸忠孝王爷将这妖孽除了,和肃海侯爷一起护得太子安全,不然,唉……"

"也不知忠孝王爷的伤势如何? 上天可得保佑他才是。"

江慈眼前一黑,旁边有人扶住了她:"小哥,你怎么了?"

又有几人过来,将江慈扶到一边坐下。但他们的脸是如此模糊,他们的声音也似从另一个世界传来。

"看来是病了。"

"要不要送他去看大夫?"

"算了,别多管闲事,让他在这里待着,他家人自会找来的。"

"走吧走吧。"

江慈只觉自己的身躯悠悠荡荡地在半空中飘浮,她极力想落地,却总是落不下来。似有什么东西要从体内向外汹涌而出,又似有什么在一下下割着已经麻木的身躯。

究竟发生了什么事情?他现在在哪里?

风卷起斗篷下摆,扑打在她的腹部,她悚然清醒,用双手捂住腹部,挣扎着站了起来。

她在寒风呼啸的大街上艰难走着,不停地一下下咬着自己的舌尖。只是泪水却不可控制地自眼中滚落,滑过面颊,滑落颈中,冰凉刺骨。

"好,我若再丢下你,便罚我受烈焰噬骨……"

"小慈,你等我,再等二十多天,一切就结束了。"

"小慈,等我回来。"

她的眼前一片模糊的白,但这片白之后不停闪现的,却是他临走时那明朗的笑容。


揽月楼。

素烟跪在地上,默默听罢,磕下头去:"素烟明白,请上使回去禀告主公:素烟自会承继楼主遗志,继续为主公效命,死而后已。"

黑衣人笑了笑,道:"叶楼主生前经常在主公面前夸赞素大姐,所以楼主去世后,主公将这揽月楼交给素大姐掌管,还请素大姐继续为主公打探消息,不要辜负了主公的一片期望。"

"是。"素烟起身,将黑衣人送出揽月楼,看着他上轿离去后,望着漫天大雪叹了口气。正待转身入楼,忽听到楼前的石狮后有人在低声唤她:"小姨。"

素烟面色一变,急忙转到石狮后,握住江慈冰冷的手:"小慈,你怎么来了?快进来。"

江慈木然移动脚步,随素烟踏上石阶,正待入楼,忽听有人大声道:"素大姐。"

素烟踏前两步,将江慈护在身后。

安潞带着十余人走近,微笑道:"素大姐,江姑娘。"

素烟冷冷道:"今日我这揽月楼不接待任何人,各位长风卫弟兄,请回吧。"

安潞却只是看着江慈,恭声道:"江姑娘,王爷让我们接您回王府。"

江慈低头想了片刻,慢慢从素烟身后走出来。素烟一把将她拉住,急道:"小慈。"

江慈抱上她的脖颈,在她耳边低声道:"小姨,您放心,他不会害我的,我也正想问他一些事情。"


由于未能找到皇帝遗骨,姜远回禀后,奉命将火场的灰烬捧了一捧,盛入灵柩,在漫天大雪中,将灵柩运回宫中。

皇宫满目灵幡孝幛,太子率百官全身孝素,伏于乾清门前的雪地中,哭声震天,恭迎皇帝灵柩入宫。

从昨日起,太子就一直痛哭,晕厥数次,水米未进,全靠数名太医及时灌药施针,这刻才有力气亲迎父皇灵柩。他两眼红肿,喉咙嘶哑,悲痛的哭声让群臣心中恻然。

静王一身孝服跪于太子身后,哀哀而泣。只是他自己也想不清楚到底为何而泣,是为了眼前灵柩中的人,还是为了别的什么?

待大行皇帝灵柩进入延晖殿,哀乐呜咽响起,太子扑到灵柩上,再次哭得晕了过去。姜远忙将太子背入内阁,董方和太医们一拥而入,掐人中、扎虎口,太子终于悠悠醒转。他环顾四周,内阁中还是皇帝在世时的样子,不由得悲从中来,再度放声痛哭。董方忙道:"快,送新皇去弘泰殿歇息。"

姜远又俯身负起太子入了弘泰殿。太子无力地躺于榻上,董方跟着进来,待太医手忙脚乱一阵,太子稍显精神了些,他挥挥手,命众人退出。

董方在榻前跪下,低声道:"请皇上保重龙体。"

太子喘道:"董卿。"

"臣在。"

"一切都拜托您了。"太子想起死于烈火中的皇帝,再次哀泣。

董方跪前一些,握住太子的手,低声道:"皇上节哀,眼下还有更要紧的事情,裴琰只怕马上就会进宫。"

太子沉默片刻,缓缓道:"岳父大人意下如何?"

董方磕头,道:"臣请皇上决断。但容国夫人昨日亲自上门提亲,昨夜我又接到急报,宁剑瑜已兵压河西府,而裴子放还未到梁州。臣估计裴氏已做好了万全的准备,一旦不允,便是要与他们彻底翻脸,臣恐……"

太子盯着董学士头顶的孝帽看了半天,幽幽叹了口气:"裴琰一表人才,文武双全,倒也配得起二妹。"

董方连连磕头:"臣遵旨。"


忠孝王裴琰素服孝帽,一瘸一拐,在姜远的搀扶下入宫,在先帝灵前哀恸不已、痛哭失声,终因悲伤过度引发内伤,在灵前吐血昏厥过去,只得也由姜远背入弘泰殿。董方看了这两个女婿一眼,将殿门吱呀关上。

太子躺在榻上,看着裴琰行叩拜大礼,无力道:"裴卿平身,坐着说话吧。"

"谢皇上。"裴琰站起,在锦凳上斜斜坐下。

太子仍是满面悲痛,望着殿顶红梁大柱,幽幽道:"二弟被弄臣蒙蔽,做出这等大逆不道的事情,父皇蒙难,朕这心里……"说着又落下泪来。

裴琰忙劝道:"请皇上节哀,元凶虽已伏诛,但大局仍未稳,事事还得皇上拿主意才行。"

太子哭得片刻,止住眼泪,道:"裴卿。"

"臣在。"

"父皇生前就夸裴卿乃国之栋梁,要朕多向裴卿学习,朕时刻将这话记在心中。裴卿文韬武略,皆堪为臣表,以后朝中诸事,朕还得多多倚仗裴卿。"

裴琰泣道:"臣自当竭心尽力,死而后已。"

"朕之姨妹,性情温婉,品貌俱佳,能得裴卿垂青,朕也甚感欣慰。虽说父皇大行,一年内不得娶嫁,但你们是去年便订下的亲事,婚期也是早就选好的,权当为朕登基庆贺,还是按原来定下的日子,下个月十五成亲吧。只是大丧期间得一切从简,委屈裴卿了。"

裴琰忍着左腿疼痛,再度跪下:"臣谢主隆恩。"

太子圆胖的面上露出一丝笑容，俯身将他扶起，和声道："朕一时都离不开裴卿的扶助，你虽成婚，也不能闲着。朕身体不太好，打算封你和董卿为内阁宰辅，政事都由你们二位先行处理，朕只最后批决，这样朕也能轻松一些。"

裴琰面上惶恐，连声应"是"，又沉声道："皇上，眼下还有一件紧急军情，需皇上裁断。"

太子眼神微闪，道："裴卿但奏无妨。"

屋外寒风呼啸，裴琰似又听到卫昭将自己踢离方城前的声音，便有一瞬的愣神。太子不由得唤道："裴卿？"

裴琰回过神，恭声道："臣昨夜收到军情，宇文景伦率大军攻打月戎，指日便可攻破其都城。而他借此次攻打月戎，将桓国西部二十六州实权悉数掌控。如果他收服月戎，只怕下一步便是从西北攻打月落。"

太子眉头微皱，道："宇文景伦真是野心不死。"

"是，他在与我朝之战中败北，定是极不甘心。而月落又曾出兵相助我朝，这便会是他再度攻打月落的借口。他灭了月落以后，将不必再经成郡，便可由西北直插济北和河西，这可就……"

太子沉吟了一下，徐徐问道："依裴卿之意，如何是好？"

裴琰沉声道："臣以为，宇文景伦新败于我朝，短时间内并不敢与我朝再战，所以才迁怒于月戎和月落。月戎我们管不了，但月落我们得护住，绝不能让宇文景伦的野心得逞。"

"哦？难道要我朝出兵保护月落不成？"

"这倒不必。当日月落族长答应出兵相助之时，便向臣表达了愿为我朝藩属的意愿。若月落正式成为我朝藩属，宇文景伦对其用兵，也就意味着要正面与我朝为敌，他必得三思。"

太子沉吟道："让月落立藩？"

"是。"裴琰跪落，肃容道，"皇上，月落立藩，对我朝只有好处，一可以为我朝屏障，二可以遏制宇文景伦。万一将来有事，月落也将是一强援。臣请皇上应允。"

见太子还有些犹豫，裴琰又道："皇上，梁桓之战，臣能得胜，月落出兵相助，功不可没。若是我朝背信弃义,见死不救,天下百姓岂不心寒?将来如何安岳藩之心?如何令四夷臣服?皇上,眼下乌琉国对岳藩可也是虎视眈眈啊。"

太子一惊,点头道:"确实如此。"

"还有,皇上,您刚登基,正需实行几件仁政。臣冒死求皇上废除月落一应奴役,允他们不进贡、不纳粮,也不再进献娈童歌姬。"

"这个……"

"皇上,我朝以往对月落苛政甚多,致使月落民不聊生,官逼民反,朝廷还需派重兵屯于北境,随时准备镇压民变。与其这样消耗国力,得不偿失,还不如取消月落的杂役,让他们安居乐业,甘心为我朝守护疆土,岂不更好?"裴琰侃侃说来,心头忽然一痛,转而伏地泣道,"皇上,臣说句大不敬的话,若是……若是先皇没有宠幸弄臣,也就不会有卫昭撺掇庄王谋逆作乱了啊!"

太子仰面而泣,道:"是啊,若是父皇不宠幸娈童,今日就不会……"

裴琰眼中蒙眬,伏在地上,看着身前的青砖,语气诚挚:"臣伏请皇上推崇崇儒、修身养德,禁止一切进贡和买卖娈童歌姬的行为,肃清风气,以令内政清明,四海归心!"


午后,风更盛,雪也更大。

裴琰从弘泰殿出来,寒风吹得他有些睁不开眼。他一瘸一拐地穿过皇宫,茫茫然中走到了延禧宫。

西宫内遍地积雪,满目凄凉,裴琰轻抚着院中皑皑白雪覆盖下的梧桐树,眼眶慢慢湿润,终轻声道:"三郎,你可以安心了。我们来世……再做朋友吧。"

一团积雪落下,他仰起头,望向枯枝间混沌的天空,怅然若失。


江慈在黑暗中沉浮,眼前漆黑一片。她想拨开这一团黑雾,想看到黑雾后他明朗的笑容,但全身无力,连手也抬不起来。

她竭力挣扎,拼命呼喊,却无济于事。四肢百骸似被万千针芒扎着般疼痛,唯有小腹处有一团热流在缓慢流转,护住她即将碎裂的身躯。

有人在她耳边不停唤道:"小慈,小慈!"

像是他的声音,但又似乎不是,好像是崔大哥。崔大哥,你为什么不骗我呢?说他回了月落也好,说他去了远方也好,为什么……为什么要告诉我真相?

崔亮坐在床边,看着面白如纸、陷入昏迷之中的江慈,深深皱眉,无奈地叹了口气。脚步声响,崔亮忙站起:"王爷!"

裴琰腿伤已大好,慢慢走到床边坐下,凝望着江慈消瘦的面容,低叹一声,道:"还没醒?"

"是,她伤心过度,药石难进,我只能扎针护住她的心脉,希望她能有求生的意志,自己醒来。"

裴琰无言,缓缓伸出手抚上江慈额头,那冰凉的触感竟让他打了个寒噤。他心中一痛,只能道:"有劳子明了,如果要什么珍贵药材,子明尽管让人去拿。"

"小慈如我亲妹,自当尽力。"

裴琰却不起身,久久地在床边坐着。崔亮低声道:"先皇已经下葬,后日就是新皇的登基大典,王爷政务繁忙,还是早些回去歇息吧。"

裴琰却仍然坐着不动,崔亮也不再劝,摇摇头,走出了西厢房。

屋外寒风吹得窗户咯嗒直响,裴琰站起将窗户关紧,忽然听得床上的江慈似是唤了一声,惊喜下忙过来,唤道:"小慈。"

江慈慢慢睁开眼,裴琰大喜,急唤道:"子明快来!"

崔亮奔来,探脉后喜道:"行了,算是保住……保住她这条命了。"

江慈低咳数声,裴琰忙取过桌上茶杯。崔亮将江慈扶起,江慈喝了口水,垂下眼帘,半晌,低声道:"崔大哥,麻烦您先出去一下。"

待崔亮将门关上,江慈挣扎着坐起来。裴琰伸手欲扶,江慈将他的手一把拂开,却因过度用力,一阵急咳,喘得满面通红。

裴琰叹了口气,握上江慈的手腕。江慈欲待挣脱,裴琰已向她体内输入一股真气,待她面色稍好些,才低声道:"三郎若是看到你这个样子,走得也不会安心的。"

江慈泪水汹涌而出,死死盯着裴琰,颤声道:"他……他到底是怎么……"

裴琰沉默无言,良久方涩然道:"小慈,你信我,他不是死在我手上。他是……

与先皇同归于尽。"

江慈早已痛至喘不过气来，伏于床边呕吐。裴琰忙拍上她的背心，待她稍平静些，道："你别太伤心了。"

江慈猛然抬头，双目灼灼，道："可找到他的……"

裴琰垂下眼帘，半晌方道："没找到，烧得太厉害，都化成灰了……"

江慈眼前一黑，往后便倒。裴琰急忙将她抱住，唤道："小慈！"

江慈转瞬又醒过来，挣扎着泣道："他一定还活着，一定还在那里！你带我去找他，他一定还活着，还活着……"

裴琰将她紧紧抱住，见她哭得上气不接下气，小脸惨白，心中酸痛难当，又见她仍是拼命挣扎，怒意涌上，大声道："他已经死了，方城爆炸之前他就死了！那么大的火，烧了一天一夜，他已经被烧成灰，你永远都找不到他了！"

江慈仰头看着裴琰。他的话像刀尖，一下下在她心头、身体中用力戳着，她只觉五脏六腑都在翻转腾绞，听到自己的声音仿佛在云端飘浮："不，他发过誓，再也不丢下我的。不，我不要他骗人……"

江慈的手凉得瘆人，往日清澈如水的眸子木然转着。裴琰心痛难当，猛然从怀中掏出两截碧玉发簪，伸至她面前。江慈泪眼模糊中看清是卫昭素日戴的那支发簪，双手颤抖着伸出，将这两截断簪紧紧抱在胸前，喉间痛苦地嘶喊着，全身剧烈地战栗。

裴琰无奈，只得呼道："子明！子明！"

崔亮急奔进来，取出银针，先扎上相关穴位护住江慈心脉，又扎上她的昏穴。江慈痛泣渐止，慢慢昏睡过去。

裴琰将她放平，见她纵是昏睡也仍紧攥着那两截碧玉发簪，再也无法抑制内心的伤痛，大步走了出去。


江慈再醒来时已是掌灯时分，她无力地睁开双眼，望着满面担忧之色的崔亮，再看向手中的断簪，泪水汹涌而出。

崔亮心中绞痛，伸手替她将被汗水汹湿的头发拨至额边，轻声道："小慈，你听着,你现在什么都不要想,将身子养好。他……他一生孤苦,你得保住他这点血脉。你放心,崔大哥无论如何都要护得你的周全。"

泪水仍是止不住地往下流,江慈慢慢将断簪贴在面颊旁,玉质清凉,如同他的手轻抚着自己的面颊。只是玉簪已断,他终于丢下了自己,再也不会回来了。

# 第六十三章

## 故人长绝

十二月初八，黄道吉日。

是日辰时初，新皇具孝服至太庙祭告先祖灵位，辰时末，着衮服至乾清门祷告，向上苍祈福，求苍天护佑赐福，风调雨顺，国泰民安。百官咸着朝服跪于乾清门后。待韶乐奏罢，新皇起身，鸣钟鼓，新皇上舆，至弘泰殿降舆，升帝位，百官行叩拜礼，礼部尚书宣读诏书。宣罢，再鸣钟鼓，众臣再叩头，太子谢炽正式登基，改元"永德"。

永德帝登基，尊先皇为"烈祖成皇帝"，斥庄王为"逆炀王"，诛玉间府卫氏九族。一应附逆，除陶行德及时告发，通知肃海侯及长风卫来援，免死并褒奖以外，其余皆诛九族。

永德帝再颁旨，封董学士和忠孝王裴琰为内阁宰辅，一应政事皆由二位宰辅议定后再报皇帝定夺。

永德帝又下恩旨，将河西、寒州、晶州赐给忠孝王为封地，并允其宫内带剑行走，出入宫门无须下马。

肃海侯护驾有功，封为肃海王，赐苍平府为其属地，免其粮税，由其自行治理。

禁卫军指挥使姜远护驾有功，尚静淑公主，并封其为一等庆威侯。

长风卫一应护驾功臣，皆有重赏。

并册董氏为皇后,宣布天下大赦,遣散宫内年老宫女并一应娈童歌姬。

待众臣闹哄哄谢恩平身,议的第一件朝政便是月落立藩。

立藩一事议得极为顺利,月落出兵,在梁桓之战中助了一臂之力,两位内阁宰辅并无异议。清流一派虽有些犹豫,但听到永德帝要废除进贡娈童歌姬,推宗崇儒,肃清风气,大学士殷士林便带头泣呼"圣上英明",其余官员自是随声应和,自此月落立藩便成定局。

永德帝再颁圣旨,废除月落一切奴役,允其不交粮、不纳贡、不进献姬童,并禁止再有买卖娈童歌姬之事,如有违者,处以重刑。

永德帝并颁严旨,凡有官员缙绅,一律不得蓄养娈童,已有者,须将娈童遣送回原籍并好生安置。

这一轮旨意宣罢,弘泰殿内百官称圣,自此,"永德之治"正式拉开帷幕。


裴琰回府,见大管家裴阳正指挥仆人操办婚礼事宜,府中除大门外,也都摘下孝幛,挂上了红绫,心中烦闷,直奔西园。

江慈这日精神好了些,正替崔亮磨墨,见他进来,淡淡道:"王爷。"

裴琰见她一身素服,鬓边一朵白花,腰间系着孝带,不见昔日的圆润和水灵,但纤腰细细、白衫飘飘,平添了几分素雅与静婉,心头微颤,一时移不开目光。

江慈下意识右手护住腹部,转过身去。崔亮回头,笑道:"王爷快来看。"

裴琰回过神,走近细看,喜道:"子明笔速惊人。"

崔亮微笑道:"潇水河以北的这个月内可以完成,但潇水河以南的,可能得过了年关才行。"

裴琰望着图上的山川河流,伸手轻抚着,叹道:"有了这幅图,大梁强盛指日可待。"他后退一步,长揖道:"多谢子明。"

崔亮忙扶起他,还礼道:"王爷切莫行如此大礼,亮承受不起。这幅《天下坤舆图》能造福于民,自当让它重见天日。何况王爷一直相护于崔亮,亮自当竭尽所能。"

裴琰欣喜地再望向案上地形图,道:"那各处矿藏……"

"必须先绘出地形图,才能找到相应地点,在图上一一标注。"

"好。"裴琰笑道,"今天日子真不错,新皇登基,推行仁政,还下旨允月落立藩,废其一切杂役了。"

江慈猛然回头,裴琰向她微微一笑。江慈嘴唇动了动,终未说什么,低下头去。

裴琰再和崔亮说了会儿话,仍不舍得离开西园,江慈也做好了饭菜,裴琰便留了下来。三人静静地吃着,裴琰忽然笑道:"我们三个人很久没有这样在一起吃过饭了。"

崔亮也颇多感慨,道:"是啊,时间过得真快,王爷也马上要迎娶王妃了。"

裴琰忍不住看了江慈一眼,江慈却在默然出神,似是想起了很遥远的事情,转而眼圈一红,落下泪来。她默默放下碗筷,崔亮劝道:"你身子刚好,得多吃些。"

江慈也想起腹中胎儿,平定心情,深吸口气,重新端起碗,努力将饭吃完,起身道:"王爷慢用。"

吃完饭,崔亮继续画图,裴琰旁观了一会儿才出了屋子。江慈正在扫去院中残雪,见他出来,犹豫片刻,轻声道:"多谢王爷。"

裴琰微笑道:"不用谢我,这是我应该做的。"

江慈垂下头去,裴琰再也提不动脚步,道:"小慈,你陪我走走。"

江慈有些犹豫,但又想问问他朝廷还给了月落哪些德政,便放下笤帚跟了上去。

停了两日的雪,但园内仍是银白一片,冬青矮柏被积雪压得颤颤巍巍,寒风刮过,雪便簌簌掉落。裴琰屏退随从,与江慈在园中慢慢走着。江慈也不说话,倒是裴琰将今日朝上对月落的各项惠政一一讲述。江慈默默听着,右手紧攥着披风下摆,努力平定汹涌而出的伤痛。待裴琰讲罢,低声道:"多谢王爷。"

裴琰停住脚步,低头凝望着她,似是想说什么,却又说不出来,遥见漱云带着侍女们过来,只说了一句:"你先在这里住着,以后再作打算吧。"

江慈低应一声,默默转身而去。

裴琰负手而立,望着她身影远去,淡淡问道:"你怎么来了?"

漱云走近,看了看远去的江慈,笑道:"想来问问王爷,王妃过门之后,是住慎园还是谨园,我好让裴阳……"

裴琰神情冷淡,道:"你去请示母亲吧。"


十二月十五,黄道吉日。忠孝王、内阁宰辅裴琰迎娶大学士、内阁宰辅董方的二女儿,自是本朝头等大事。虽处于国丧期间,一切从简,这喜事也办得十分热闹,朝中一应官员都到府祝贺。

裴琰着大红喜服,面上带着淡淡的微笑,与群臣一一点头为礼,牵着红绸将凤冠霞帔的新娘子带入喜堂。一众长风卫忍不住围了过来,却又慑于裴夫人积威,不敢如童敏婚礼时那般胡闹。郑承辉等一帮世家公子则躲于一旁,商议着等会儿闹洞房的高招,定下计策,各自行动。

大学士陶行德亲任司礼官,唱喏声中,喜乐齐奏。裴琰牵着新娘一拜天地,再向裴夫人和从梁州赶回来的震北侯裴子放下拜。裴夫人盈盈而笑,倒让一众文武官员看得挪不开目光。

正厅一角,静淑公主驸马姜远叹了口气,猛然仰头,将杯中之酒一口饮尽。

礼成,便有内侍传下圣旨,封忠孝王妃为一品诰命,并赐下奇珍异宝,皇后也另有赏赐。裴琰与王妃叩谢圣恩后,王妃便被一众侍女拥着出了喜堂,直入喜房。

这日王府摆下盛宴,笑声喧天,张灯结彩,喜庆气氛将先皇薨逝的沉痛一扫而光。文武百官争相向裴琰敬酒,待到喜宴结束,裴琰纵是内力高深,也有了几分醉意。郑承辉等人互使眼色,与一众长风卫拥着裴琰闹哄哄入了慎园。崔亮也出席了婚宴,被童敏拉着一起来看热闹。

郑承辉冲在最前面,到了喜房门口,却是一愣。只见喜房大门紧闭,门口也无喜娘侍女,静寂无声。众人都是愣住,郑承辉率先反应过来,将喜房门拍得砰砰响,又挤眉弄眼,众人齐声起哄。

"比翼双飞,如鱼得水,鲤跃龙门,运转乾坤……"一长串隐晦的闹喜词被众人哈哈笑着大声唱出。

裴琰俊面酡红,左手斜撑在门框上,嘴角含笑,看着众人哄闹。崔亮立于一旁,听闹喜词越来越离谱,不由得笑着摇了摇头。

正闹得不可收拾,喜房门突然打开,郑承辉正撑在门上,回头笑得厉害,不曾提防,向前一扑,倒在地上,众人哈哈大笑。

一名十五六岁的俏丽丫鬟抿嘴笑道:"哎哟,侍书我才二八,可受不起这位公子的大礼。"

郑承辉狼狈地爬起来,狠狠地瞪了这小丫鬟一眼,正待说话,侍书抢先道:"这位公子风流倜傥、英俊无双,想来便是京城有名的郑小侯爷?"

郑承辉不料自己的风流之名竟传入了董学士府的下人耳中,遂得意地挺了挺胸,笑道:"你这丫头,认得本公子?"他见这侍书长得颇为俏丽可人,便动了三分心思,一时有些心猿意马。

侍书瞄了一眼倚于门边、淡淡而笑的裴琰,又向郑承辉抛了个媚眼,道:"郑公子才名甚著,今日难得一见,想向郑公子求个对子,公子若答不上,侍书可不能让公子进这喜房。"

郑承辉哪肯相让,便道:"小丫头也敢出对子,放马过来便是。"

众人便皆安静下来,听这丫鬟出对。

侍书一笑,道:"半亩红莲映碧波。"

几名世家公子一听,便起哄道:"这有什么对不上的,分明就是碧波亭前的楹联嘛。快,承辉,对下联,对完好进去。"

郑承辉也是哈哈一笑,正待说出下联,却猛然醒觉,转而满面通红,怎么也说不出下联来。侍书抿嘴而笑,裴琰眼神微闪,嘴角笑意渐浓。

众人见郑承辉只是嗫嚅,便道:"承辉,怎么了?"

郑承辉恨恨地瞪了侍书一眼,道:"算你狠!"而后拂袖道:"你们闹吧,我先走了。"

裴琰笑道:"承辉慢走,不送了。"

这时户部尚书徐锻的二公子醒悟过来。他的母亲与郑承辉的母亲为闺中密友,依稀记得郑承辉母亲的闺名为"白月",而这个对子的下联正是"一堂白月摇清风"。郑承辉再浪荡,也不敢当众吟出母亲的闺名,否则被他那死板的老爹知道,必死无疑。

他正想着,侍书望向他笑道:"这位是徐尚书的二公子吧?"

徐公子心呼不妙,母亲与董学士夫人也是闺中密友,这董二小姐只怕也知母亲闺名。他忙向裴琰道:"王爷,我先告辞。"说完一溜烟而去。

裴琰哈哈大笑,踏入喜房,侍书却将手一拦,道:"姑爷也得回答一个问题,才能入这喜房。"

裴琰饶有兴趣地望着她,道:"那得叫你家小姐亲自来问我才行。"

长风卫顿时在门口起哄:"对对对,要考王爷,得王妃亲自出马才行。"

"侍书。"

一个淡静的声音响起,侍书忙反身,扶了一人出来。

广袖翟衣、金钗凤冠,忠孝王妃娉婷行来,从容中不失矜持。她低头走到裴琰身前数步处,轻柔道:"侍书自幼被我宠惯了,有些不识礼数,请王爷莫怪。"

童敏带头笑道:"不怪不怪,今晚当然不用讲什么礼数,您爱怎么整王爷都行!"

喜房外,众人哈哈大笑,崔亮却面色发白,胸口如遭锤击,身形轻晃。

众人笑闹声中,忠孝王妃缓缓抬头,静婉端丽的面容让众人眼前一亮。立于门边的崔亮一个踉跄,恰好身后有人拥挤,他被门槛一绊,跌入房中。

裴琰眼疾手快,在崔亮即将倒地的一瞬间将他扶起,笑道:"子明,你不是也要学他们一般胡闹吧?"

崔亮竭力保持着笑容,掩饰着再见她的痛楚,笑道:"这可是唯一能对王爷放肆的机会,岂能放过?"说完仍忍不住抬眼看了王妃一眼。众人再度起哄,一拥而入。

忠孝王妃笑容僵在脸上,脚下有些虚浮,退后几步。侍书忙过来扶住她:"小姐!"

忠孝王妃目光越过众人,深深地看了崔亮一眼,方慢慢转开目光,望向裴琰,淡淡道:"王爷可愿回答我一个问题?"

裴琰面上酒红更浓,嘴角含笑,微微欠身:"王妃请问。"

她的声音很淡定,但崔亮却听得出她淡定后的虚弱。他带着她去偷大觉寺的枇杷,被众僧追赶躲至柴房中时,她的声音也如此时一般。只有那一刻,他才觉得她像一个普通人家的少女,而不是眼前这个董学士家的二小姐、端方的忠孝王正妃。他没听清她究竟问了裴琰一个什么问题,只悄悄地退出人群,退出喜房,慢慢地走向王府后院。头顶的月亮又圆又亮,园中的梅花开得娇艳。

花好月圆?也许,便是这样的夜晚吧。


红烛高照,裴琰笑着接过喜娘递上的酒盏,笑着与自己的王妃交臂而缠、一饮而尽,又笑着任喜娘将自己和她的衣襟结在一起。

待喜房内再无他人,裴琰笑容渐敛,解开二人衣襟结扣,脚步踉跄地走至床后的小屋中,不久,便传来他的呕吐声。良久,他方踉跄着走出,满面酡红,话语也有些打结:"这帮兔崽子,迟早……迟早一个个闹回来!"

董涓见他步伐踉跄,犹豫片刻,过来将他扶住。裴琰似是站立不稳,一头倒在床上,不到片刻工夫便沉沉睡去。

红烛爆出一团烛花,董涓坐于桌前,听着身后喜床上的男子稍显沉重的呼吸声,听着院外隐隐传来的欢笑声,悄无声息地叹了口气。

十四岁那年,看着心中记挂着江先生的姐姐无奈地嫁给太子,她便知道,自己也终有一日要嫁入某个大臣或是世族家中,成为董家维系地位的纽带。从此她便告诫着自己,做一个大家闺秀、名门淑女,婚姻大事一切依从父母之命,如姐姐一般为董氏一族尽心尽力。

她越来越沉默,也越来越淡定。董府的下人们也越来越看不透这位二小姐,当董夫人病重,她以十六岁的年纪持家,下人们却从不敢在她面前有一丝懈怠。

但没有一个人知道这个老成持重的少女心中真正想要的是什么。她爱看书,尤其是山水笔记。她一直向往着传记中的名山大川,她想像风儿一样,自由地拂过原野,拂过山峦。

一日,她走出学士府,在东市闲逛,顺便问一下物价,以核对府中钱银支出,没想到在东市遇到了他。他的笑容很亲切,他的眼睛很明亮,他说话的声音听着也很舒服,他写的字更是让她不忍离去。于是,她一次又一次跑去东市。她喜欢听他说走过的名山大川,听他说游历的奇闻趣事,更喜欢看他偶尔的面颊微红。她只知道他姓崔,他也只知道她姓董。

可当他带着她去偷大觉寺的枇杷,当她和他躲入柴房中的时候,他与她隔得那般近,他的气息让她心颤,让她失去了一贯的淡定,甚至有了一种莫名的冲动。她终于知道,她不能再去东市了。

从此,董二小姐便再也没有离开过家门,她只是经常握着书,坐在学士府的后园中,偶尔望向头顶湛蓝的天空。

终于有一天,父亲告诉她,她要嫁给忠孝王了,她要与姐姐一样,为的是保证董氏无论在什么政局下都能屹立不倒。

父亲对她说这些话的时候,语气里带着一丝内疚,但她只是默默地点点头,一句话也没说。回到房间,她悄悄地将他写给自己的那首词锁进了箱中。

只是自己再聪明,也不会算到,竟会在洞房之夜,在这喜房之中,再次见到他。原来他就是父亲和姐夫暗中调查的那位崔军师,就是自己夫君倚为左膀右臂的天玄门人。她抬起头,环顾室内,红烛映喜、富贵满堂,只是为何心中只觉冰凉,殊无喜悦?


永德帝登基后,内阁在两位宰辅的主持下运作良好,冬闱顺利开科。月落也于十二月二十日立藩,并进献藩表,正式成为大梁藩属。

永德帝一系列的惠政赢得民间一片颂圣之声,两位内阁宰辅裴琰和董方更是深受百姓的拥护和爱戴。

眼见年关将到,殿试、各项祭礼、宴请各国使臣,让裴琰忙得喘不过气来。直到腊月二十八这日,皇帝正式休朝,他才松了口气。

甫回王府,他想起前几日见崔亮所绘之图似已完成大半,便直奔西园。江慈见他入园,来不及躲回西厢房,忙罩上披风掩住已略微隆起的腹部。

崔亮见裴琰进屋,笑道:"王爷来得正好。"

裴琰走近一看,大喜道:"画好了?"

"是,有小慈帮忙,比预想的要快很多。"

裴琰笑着看了看江慈,又轻抚着《天下坤舆图》,叹道:"大梁江山一览无遗,巨细皆详,真不愧是鱼大师的杰作!"

崔亮微笑道："各处矿藏，我会在这几日一一标注。"

"子明辛苦了，歇息几日，过完年再弄吧。"

崔亮伸了伸双臂，叹道："确实有些累，整天在这西园也有点闷得慌。"

裴琰道："子明莫急，我总会想办法把盯着你的几条狗弄走的。对了，我也一直想让你入内阁帮我的忙。"

崔亮忙摆手道："万万不可，我这性子，当官可当不来。"

裴琰也不急，笑道："那就先放放，过完年再说。"又转向江慈道："小慈也辛苦了。"

江慈微微笑了笑，道："王爷今日可在这里用膳？"

"当然。"裴琰脱口而出。

等饭菜摆好，江慈却躲入了房中。裴琰也未留意，饭后喝了杯茶才起身告辞。他心情畅快，走至西园门口，忽然心中一动，停住脚步。院中墙下倒着一堆药渣，裴琰蹲下细看，眉头微蹙。


"禀王爷，让药铺的人看过了，是保胎的药。"

裴琰呆呆坐于椅中，直至董涓进来，方才醒觉，见她手中捧着几枝蜡梅，便微笑道："哪来的？"

董涓也报以微笑："听说母亲喜欢蜡梅，我便去宫中折了几枝。这是最好的'踏雪寒梅'，正要送去给母亲。"

"王妃费心了。"裴琰自是知她入宫所为何事，却只装不知。

二人相视一笑，心照不宣，相敬如"冰"。

裴琰起身欲行，董涓却叫住了他："王爷。"

"王妃请说。"

"过年得给各园子的人发年例，其他人倒好办，就是西园的崔先生和那位江姑娘，该依何例？"

裴琰想了想，道："这二位都不是爱财之人，发年例辱没了他们，劳烦王妃备些好酒送去便是。"

"是，王爷。"

晚上偕董涅给裴夫人送蜡梅并请过安,裴琰正待退出,裴夫人却叫住了他。

待董涅带着一众侍女离去,裴夫人站起来,走至窗前,凝望着董涅远去的身影,轻声道:"你这位王妃,倒不愧是董方的女儿。"

裴琰微笑道:"母亲给孩儿找的好亲事,孩儿正要多谢母亲。"

裴夫人忍不住瞪了他一眼,道:"你给我说老实话,西园那位江姑娘是怎么回事?"

裴琰心中一咯噔,垂下头。裴夫人踱至他身边,淡淡道:"你以前说她是崔亮看中的人,可她与崔亮之间以兄妹相称、执礼甚恭;听说她在你军中做了大半年的军医,如今回来却有了身孕。母亲很想知道,她肚子里的那个孩子到底是谁的?"

裴琰低头看着脚下的锦毡,不发一言。

裴夫人有了些怒意,道:"你堂堂一个王爷,看中哪个女人,纳了便是,何必弄这些鬼鬼祟祟的名堂!她若怀的不是你的骨肉,明日便让她离开王府!"

裴琰横下心,抬头道:"是,她怀的是孩儿的骨肉,只因……因我们是在军中,所以……"

裴夫人满意地笑了,柔声道:"你的王妃也不是善妒之人,趁过年吉庆,纳了她,母亲也好在你父亲灵前告知:裴氏有了后人。"

裴琰下了决心,也觉轻松了许多,微笑道:"孩儿多谢母亲。"


看着崔亮将图卷起,江慈低声道:"崔大哥,多谢。"

崔亮叹了口气,道:"快别这样说,我受萧兄所托,是一定要完成他的遗愿的。"

江慈泪水在眼中打转,一低头,成串掉落。

崔亮看得心疼,替她拭去泪水,见她仍是低泣,便抚上她的秀发,低头劝道:"你的胎儿刚稳些,千万别再伤心了。"

江慈点头:"嗯,我知道。"她忽感一阵眩晕,头便抵在了崔亮肩头。

西园园门轻轻开启,董涅提着一坛酒,轻步进来,却在院中的藤萝架下停住了脚步。由这处望去,可以看到屋内烛火映照下,他正轻柔地替那位姑娘擦去眼泪。他轻抚着她的头顶,她的额头抵在他的肩上,他似在说着什么,神情那般温柔。

董涓长久立于藤萝架下,提不动脚步,直至见到屋内之人分开,见到他似是抬头望向院内,才平定心情,微笑着踏入屋内。

崔亮未料董涓竟会来到西园,望着她端丽的面容,一时说不出话。

江慈见董涓服饰,忙行礼道:"王妃。"

董涓凝目看了她片刻,笑道:"早听说江姑娘秀外慧中,今日一见,果然。"

崔亮清醒过来,也长身一礼:"平州崔亮,拜见王妃。"

董涓还礼,柔声道:"崔军师切莫多礼,你是王爷的左膀右臂,更是王爷的知己好友。年关将近,我备了一坛上好的兰陵醉,请崔军师和江姑娘笑纳。"

崔亮沉默片刻,道:"多谢王妃。"

董涓再看了看江慈,目光在她腹部停了一瞬,若有所思。崔亮看得清楚,忙道:"小慈,你去将'三脉经'默出来,明日我要问你。"

江慈也觉室内气氛有些怪异,便接过酒坛回了西厢房。


崔亮出屋,走到院中,董涓跟了出来。

崔亮退后几步,立于藤萝架下,微微欠身:"王妃,你我男女有别,不宜独处,还请王妃早些离开。"

董涓微微仰头,看着他一如昔日明朗的面容,叹了口气,道:"那你和她呢? 不是男女有别吗?"

崔亮移开眼神,口中急道:"她是我的妹子,自然不同。"

董涓一笑,轻笑声也一如往日。崔亮听得心中一酸,硬生生克制住想转过头去直视那张端丽脸庞的欲望。

董涓幽然叹了口气,道:"你还会去游历天下吗?"

"也许会吧,眼下还没有什么打算。"崔亮低头道。

董涓也低头,轻声道:"你若去,将来写了游记,还会借我一观吗?"

崔亮沉默,良久方涩涩道:"王妃若是想看,崔亮必当相借。"

"那就好。"董涓再无话说,盯着自己的鹿皮靴看了许久,叹了口气,默然转身。崔亮下意识伸了伸右手,却见园门开启,裴琰走了进来,忙退后几步。

裴琰见董涓迎面而来,微微一愣。董涓笑道:"王爷可是来找崔先生饮酒?正好,我刚送了一坛兰陵醉过来。"

"有劳王妃了。"

"王爷请便。"董涓施了一礼,微笑着与裴琰擦肩而过。


江慈弄了几个小菜,端来一盆炭火,又帮二人将酒热好,仍旧回了西厢房。裴琰替崔亮将酒杯斟满,叹道:"还是你这西园自在。"

崔亮握着酒杯出神,裴琰也有心事,二人许久都未说话,直到炭火爆起一团灰尘,这才醒觉。裴琰笑道:"干脆,日后我还是到你这西园吃饭好了。"

崔亮忙道:"王爷,您刚成亲,可不能冷落……"转眼想起这是人家夫妻间的事,便说不下去。

裴琰放松身躯,仰头喝下一杯酒,叹道:"朝中之事,一步都不能行错,子明还是来帮我吧。"

崔亮默默饮着,道:"王爷,不是崔亮不愿帮你,实是我不喜这些明争暗斗。崔亮今日也有几句话想劝王爷。"

"子明请说。"

"王爷,自古权力争斗,苦的却是百姓。即使是太平年间,朝廷的每一项政策都决定着万千百姓的生死存亡。以摊丁法为例,先皇本意是增加朝廷税银,同时制约各地士族吞并土地、蓄养家奴。可各世家贵族呢,又想尽办法将税银摊到佃农的身上。由河西回京城的路上,亮曾详细了解过,有多个州府已因此事导致佃农外逃,田地荒芜。"

"确是如此,可眼下要废除摊丁法,有一定困难。"

"王爷,崔亮斗胆说一句,这困难,并非因为这是先皇颁布的法令,而是因为要顾及朝中各方势力的利益!"

裴琰苦涩一笑:"子明倒是比在朝中的某些人还要看得透彻,所以我说,你若入朝来帮我……"

崔亮打断了他的话:"王爷,崔亮今晚说此事,只是举个例子。崔亮希望王爷以后在照顾各方势力的利益的同时，也要多关注民生民计，以百姓为重！"

裴琰觉崔亮今晚有些异样，笑道："那是自然。此次梁桓之战，我也亲见百姓的疾苦，自当如此。"

"那就好，我就怕王爷将来眼中只有裴氏一族，只有朝堂的权力，而看不见权力阴影下的千万百姓。"崔亮喝了口酒，又轻声道，"王爷，《天下坤舆图》已绘好，矿藏地我也会在这几日一一标注，但亮有一言，想告知王爷。"

"子明请说。"

"以铜矿为例，亮希望王爷不要为了一时的利益而滥采铜矿，也不要为了制约他人，而故意造成银钱短缺、市币失衡。还有这地形图，崔亮希望王爷将来用它来守疆护土，保护万千百姓，而不是用作争权夺利的工具。崔亮恳请王爷，日后少考虑一族之利益，多想想百姓之艰难。望王爷助帝君优恤黎庶，与民休息，勤修仁政，慎动干戈。崔亮在这里谢过王爷了！"说罢，他长身而起，深深地揖了一礼。

裴琰忙面容一肃，还礼道："子明之言，裴琰定当记在心间。"

崔亮不再说，只是默默地饮酒。裴琰见他怅然若失的样子，心中一动，笑道："子明，说起来，你也该成家了。若有心仪的女子，我帮你去保媒。"

崔亮再喝下一口她亲手送来的酒。酒入愁肠，化作利刃，是要割断过往的一切了。他笑了笑："不瞒王爷，我曾有过心仪的人，不过她已嫁作人妇，一切都过去了。"

裴琰被他这话触动心事，便也不再说话。二人默默饮酒，直至酒干菜尽，都有了几分醉意。


裴琰将崔亮扶至房中躺下，江慈进来，道："怎么醉了？"

"小慈。"裴琰转过身，凝望着她。

江慈觉他眼中有着与平时不同的热度，忙退后几步，道："王爷，时候不早，您该回去歇着了。"

"那你送送我。"

裴琰走至藤萝架下，停住脚步，忽然转身。江慈见他盯着自己的腹部，下意识遮了一下，瞬即知道他已看了出来，便放开手，平静道："王爷慢走。"

"小慈,你打算怎么办?"裴琰的声音很柔和。

江慈道:"崔大哥再传授我一年医术,我便可开间药堂。我朝也不乏女子行医,这个挺适合我的。"

"孩子呢?"

江慈微微仰头,望着夜空,轻声道:"他会在天上看着,看着我将他的孩子抚养成人。"

裴琰心中一酸,却仍艰难开口道:"小慈,开药堂很辛苦,你一个人抚养孩子也不容易,不如你……留在王府吧。"

江慈一愣,裴琰望着她,用从未有过的柔和语气道:"小慈,你留在这西园,就不要再走了。"

江慈听出裴琰言下之意,未料他竟做出如此决定,一时说不出话来。裴琰只道她在犹豫,低声道:"三郎若是看到你和孩子有了着落,也会安心的。"

寒风拂过,裴琰解下身上狐裘,披在江慈肩头。江慈低头,二人同时怔住。这狐裘,正是去年那件银雪珍珠裘。

良久,江慈方抬头望着裴琰:"王爷,我想求您一件事。"

裴琰听她声音十分轻柔温婉,不似前段时日的冷清,心中一荡,微笑道:"好,不管何事,我都答应你。"

江慈眼圈渐红,轻声道:"后日是除夕,我想……想到他住过的地方看一看,走一走。"

裴琰怔住。她的话语中流露出的,是他从未在任何人身上见过的痴情。终自己一生,可会有一个女子这般待自己? 见江慈落下泪来,他慢慢替她拭去泪水,柔声道:"好,我答应你,卫府和子爵府都封着,我后日带你去。"

她的面颊冰凉,泪水却滚烫,这冰热相煎的感觉,长久存留在他的指间……


除夕这日却又下起了大雪,未时末,街道上便再无行人。

西直大街东面,一辆锦帘马车缓缓行至原一等忠勇子爵府门前。

崔亮和裴琰跳下马车,二人同时伸手将江慈扶下来。见她穿得有些单薄,也未披狐裘,裴琰道:"怎么不披了狐裘出来?"

江慈却只是凝望着子爵府门口那白色的封条,嘴唇微颤。裴琰挥了挥手,童敏过去将封条扯下。一衙役持刀过来,喝道:"什么人?如此大胆!"

童敏出示手中令牌,那人惶恐不安地退了回去。

崔亮低声道:"进去吧。看过你就不要再想了,好好过年,明年好好将孩子生下来。"

江慈低泣着点头,崔亮扶着她踏上积雪覆盖的石阶,裴琰跟在后面。江慈回头,轻声道:"王爷,我想和崔大哥进去,您在外面等我们吧。"

裴琰微愣一下,转而道:"好。"又道,"你们看看就出来吧,府中还等着我们回去吃年饭。"

江慈沉默片刻,向裴琰敛衽行礼,郑重道:"多谢王爷!"

崔亮恐裴琰看出端倪,扶着她的右手微微用力,江慈再看了石阶下的裴琰一眼,转过头去。

府门吱呀开启,江慈踏入门槛,再次回头。

石阶下,大雪中,他拥裘而立,望着她微微而笑。风卷起雪花,扑上他的面颊,他却一直微笑着,望着她,一直望着她……


申时初,大雪中,三匹骏马踏起一地雪泥,疾驰出了京城北门。

申时末,蹄声隆隆,鸾铃大振,威震天下的长风卫纷纷出动,由京城北门急速驰出。

守城卫士看得眼花缭乱,却也有些惊慌,低声交谈。

"看到没有,竟是忠孝王亲自带着人马出城。"

"大过年的,这般急,也不知发生了什么事情。"

"唉,今年真是多事之秋啊,只盼着明年能安稳些。"


风雪中,裴琰打马急奔,寒风刮面,宛如利刃。胸前的那封信函,却如同一团烈火在燃烧,炙烤得他满腔愤懑无处宣泄。

"王爷如晤:崔亮携妹江慈拜谢王爷多年照顾,今日一别,当无再见之日。蒙王爷抬爱,亮实感激涕零。唯持身愚钝,不堪重用,愧对王爷青眼。

"今天下初定,当重农桑、轻徭赋,用廉吏、听民声,唯善是与,唯德是行。亮之手绘《天下坤舆图》,涓水河以北,一河一山皆为真实,异日王爷若率兵抵抗桓兵入侵,当可用之;涓水河以南则真伪相掺,王爷切不可用。各地矿藏,亮皆铭记于心,异日民生有需,亮当酌情告知王爷,以助王爷造福苍生,安定天下。

"月落虽已立藩,免除杂役,禁献姬童,但王爷与萧兄之约定尚有多项未曾落实。亮伏请王爷,谨记萧兄恩德,兑现承诺,以慰泉下英灵。亮受萧兄所托,握王爷多年来行事之证据,倘王爷有背信弃义之举,亮当以王爷亲笔之手谕昭告天下。慎之慎之。

"亮与妹江慈在山水之间,遥祝王爷布政天下,成一代良臣! 崔亮携妹江慈永德元年除夕拜上。"

风雪过耳,却浇不灭裴琰心头的烈焰,眼见对面有一骑驰来,怒喝一声,勒住身下骏马,长风卫也纷纷停马。

素烟勒住马绳,望着裴琰抿嘴而笑:"王爷,这大过年的,您去哪儿啊?"

裴琰知崔亮和江慈由那地道溜至老柳巷后,定是由素烟接应送出城门,可素烟身后之人却也不便开罪。至于自己为何要追回崔江二人,那更是不能让任何人得知,遂压下心头怒火,淡淡道:"素大姐,我只问你一句,他们往哪边走的?"

素烟拢了拢鹤氅,笑道:"王爷,我刚从大觉寺进香回来,真不明白您这话是什么意思。"

裴琰怒哼,知多问无益,正待策马,忽心中一动,猛喝一声,拨转马头往南而去。素烟面色微变,却又镇静下来。她望着裴琰及长风卫远去的身影,笑道:"王爷,您纵是猜对,也追不上了。"


红枫山,望京亭。

这是裴琰第二次登上这望京亭,去年他将崔亮截在这里,一番长谈,记忆犹新。只是这一次,他只能一个人在这处凭栏而望。

寒风呼啸过耳,白雪厚盖大地,满目河山,洁净晶莹。他极目而望,渺无人迹,他们留下的,就只有他胸前的那封信函。

冬已尽,春又到,可曾在身边的人,一个一个离他而去。

纵将这栏杆拍遍,纵将这天涯望断,一切终随流水而逝,再也不会回来。

裴琰不知自己在这望京亭站了多久,也不知自己在远望什么,伤感什么,直至脚步声急响,他才悚然惊醒。

童敏急急奔近,道:"王爷,加急快报!"

裴琰低头看罢,眼中精光骤现。他手握快报,再望向远处白雪覆盖下的巍巍京城,忽然仰头大笑:"谢炽啊谢炽,我以往还真是太小瞧你了!"

寒风将他的狐裘吹得飒飒轻卷,他长长地吐出一口气,目光沉如深渊,决然转身,急匆匆离了望京亭,下了红枫山,踏蹬上马,在长风卫的拱扈下,如一道利剑劈破雪野,向京城急驰而去。


梁永德元年十二月,静王奉圣命赴玉间府为小庆德王祝寿。席间,小庆德王暴病而卒,小庆德王部属直指静王暗下毒手,将静王扣押。永德帝急命宣远侯南下暂掌玉间府军政事宜,并将静王解救回京。但静王无法证其清白,永德帝为平玉间府民怨,贬静王为海诚侯,迁居海州,终生不得回京。

永德二年一月,永德帝褒宣远侯何振文平定玉间府之乱,宣其入内阁,主理兵部事宜,并纳宣远郡主何青泠为妃。

永德二年五月,故小庆德王的正妃谈氏诞下一子,永德帝封其为玉间王,十八岁前,由其生母谈妃摄理玉间府一切军政事宜。

永德二年六月,镇北大将军宁剑瑜生母病逝,永德帝追封其为一品诰命,厚加安葬,并准宁剑瑜丁忧三年,派宣远侯前往成郡接掌兵权。但宁剑瑜起程前夕,成郡忽遭桓军突袭,宁剑瑜素衣孝服,率部血战,斩杀敌军大将,将桓军进攻逼退。永德帝下旨,褒奖宁剑瑜战功,夺情起复,仍着其镇守成郡。

# 尾声

永德六年十一月二十四日,晴冷。

月落,山海谷,天月峰,笼罩在茫茫冬雾之中。

月落藩王木风已长成了一个眉目英朗的少年。这日他早早起床,想着将昨日圣教主师父所授剑招练熟,等会儿好让师父有个惊喜。但他又恐练得不好,被师父责骂,便屏退仆从,悄悄潜到天月峰半山腰处的树林中。

他摄定心神,牢记剑诀,精气神合一,剑气撕破浓浓晨雾,越卷越烈。林中落叶随剑气而舞,他的身形渐渐隐于晨雾和落叶之中,待体内真气盈盈而荡,他大喝一声,长剑脱手而出,嗡嗡没入树干之中。木风走近细看,不由得大喜:等会儿师父一定会夸奖自己的。

就是这位师父,在阿爸惨遭毒手后扶持自己,在阿妈病亡之后将自己收为徒弟,悉心授艺,视如亲生儿子。他又与都相一起励精图治,令月落蒸蒸日上,国泰民安。在少年藩王木风心中,师父便如天神一般,只要能令他笑上一笑,让自己做什么都愿意。

可是师父自从不再戴那银色面具,以俊朗面目出现在族人面前之后,却总是有些郁郁寡欢。也许是政事太辛劳了吧?都相也是,这几年,都相鬓边的白发多了许多。他与师父一文一武,合作无间,殚精竭虑,才令月落日渐强盛起来。

木风正陷入回忆中,忽听到数人极轻的脚步声。他顿感好奇:这冬日的清晨,谁会上这天月峰呢?他轻步走至林边,悄悄探头,便欲张口而呼,却见师父与都相面容悲戚,而平叔更是步履蹒跚,还在不停擦拭着眼泪。他大感好奇,便将呼声咽了回去,远远地缀在了后面。

孤云峰,明月洞。

当萧离从怀中取出刻着"萧无瑕之灵位"的木牌放至祭坛上,平无伤再也无法抑制内心的伤痛与思念之情,伏地痛哭,老泪纵横。

萧离与苏俊也是心痛难当。五年过去,噩耗传来的剧痛仍是这般清晰。苏俊拜伏于地,萧离仰头而泣。

山风由洞外刮来,仿如万千幽灵呜咽哭泣。萧离从篮中取出水酒祭品,平无伤颤抖着手将水酒洒于灵前,哽咽道:"无瑕,你若在天有灵,就回来看看平叔、看看月落吧……"

萧离在灵前跪下,望着灵位上"萧无瑕"三字,低声道:"无瑕,月落立藩,政局稳定,势力也日渐强盛,裴琰也一一兑现了诺言。月落第一批士子已参加了今年的春闱,五师弟择优录取了一批有才之士。今年全族粮谷多有剩余,族人也十分齐心,王爷更是文武双全,你若看到他,会很喜欢的。

"无瑕,崔公子又有信传来。你的儿子已经四岁多了,他长得很像你,也很聪明。我们很想见见他,可是我们也不知道小慈在哪里。你若在天有灵,就保佑他们母子平安幸福吧。"

"师父,都相,你们在祭拜何人?"少年清朗的声音传来,三人齐齐跳起。萧离与苏俊急忙上前挡住入洞的木风,行礼道:"没什么,我们……我们在拜祭明月之神。"

木风瞥见平无伤将灵位迅速收入怀中,朗声道:"平无伤。"

木风日渐有君王的气度,平无伤只得过来行礼:"王爷。"

"给我看看。"木风伸手,话语中有着不容抵抗的威严。

平无伤与萧离互望一眼,木风更感好奇,猛然上前,右拳击向平无伤。

平无伤不敢还招,只得向后急纵。木风再是两拳,平无伤躲闪间,木牌掉落于地。平无伤不及弯腰,木风已面色一变,喃喃道:"萧无瑕之灵位?"他转头望向苏俊,满面不解之色。苏俊心中难过,垂下头,鼻中酸楚,落下泪来。

萧离知已不可隐瞒,长叹一声,道:"王爷。"

木风平静地望向萧离:"都相大人,请给本王一个解释。"


孤云峰顶,寒风呼啸,木风只觉双足麻木。他有些不敢相信自己所听到的,不敢去面对那个残酷的事实。

原来,月落今日的这一切,全是那个污名满天下的人用他的生命换来的;原来那个被族人尊呼为"凤凰"的男子,早就已经在烈火中涅槃了……

他仰望苍穹,那双熠熠闪耀的眸子仿似就在眼前。他长嘶一声,拔出腰间长剑,如震雷闪电,激起遍地雪花。他越舞越快,一时似星落原野,一时似鹰击长空。舞动间,他一声怒喝,身形硬生生定住,长剑横过额前,一绺黑发掉落,殷红的血迹自额际渗落。

"都相大人。"他望着登仙桥下的万丈深壑,沉声道,"本王今日想请你做个见证。"

"王爷请说。"萧离躬身施礼。

木风抬头,遥望南方,声音沉缓而有力:"本王以血对着月落之神发誓,终本王一生,一定要振兴月落,与梁桓两国一争长短。要为我族'凤凰之神'萧无瑕雪耻洗冤,让他之英烈事迹终有一日为万民传颂!"

冬日朝阳自厚重的云层后喷薄而出,似乎在见证着月落少年藩王木风于此刻发出的豪言壮语。


这日,大梁内阁宰辅、忠孝王裴琰也随永德帝前往皇陵祭拜先皇。只是当他在成陵外深深磕头,眼前浮现的却是那俊美无双的笑容,耳边还是他将自己踢离方城前的那句话。

"少君,我们来世,再做朋友吧……"

若有来世,三郎,我们长醉笑一场,年少趁轻狂,纵情江湖、恣意山水,并肩作战、肝胆相照。也许,那样才是真正的朋友。

当他离开皇陵，极目远望，皇陵山峦上的青松在寒风中起伏，宛如那年那日熊熊燃烧的烈焰。

裴琰无法抹去眼前那一团烈焰，回到王府，仍旧先进了西园。西园内陈设依旧，他在藤萝架下的躺椅中躺下，摇摇荡荡，思绪飘摇。

曾经在这里出现过的人都不在了。安澄死了，因为他犯的错误死了；三郎也死了，死之前却救了他这个最大的对手；小慈走了，留在西园的只有那件银雪珍珠裘；子明也走了，在这天下间某一处，时刻督促着他兑现昔日的诺言。

这西园是如此冷清，可他却只想日日待在西园。只有在这处，他才可以卸下一日的疲惫，才能隐约听到她纯净的笑声。

可是西园再好，他也不能久留。他终日要面对的，是与政敌的惨烈决斗，是与对手的惊心较量。即便是他的亲人，那一张张笑脸的后面，也多是算计与提防。

也许，他命中注定要继续在这权力场博杀，要站在寂寞的最高峰，俯视芸芸众生、四海江湖，注定要错过那些最珍贵的东西，要错过一生之爱。

这是命，也是他心甘情愿选择的道路，他只能在某一刻，发出一声叹息。但之后，他的心，还是会指引着他继续在这条路上不停地奔跑——


南诏山，这一日却是晴光普照。由于地处西南，即使到了冬季，也仍未见如北疆的寒风呼啸、遍地白雪。

南诏山山峦绵延，钟灵毓秀，生长着多种灵花异草，是治疗各种疾病的首选之药，也是梁国和岳藩的药贩子收药的首选之地。

这一日的下午，南诏山五仙岭集镇上，药贩子逐渐散去，采药的山农们也背着空空的竹篓各自回家。

由五仙岭集市东侧的一条山路往北而行，可去往南诏山最高峰彩云峰。彩云峰常年笼罩在云雾之中，少有人烟，这条山路便也崎岖难行，有的路段甚至长满杂草。

江慈将儿子萧遥放在竹篓中，在山路上轻快走着，待攀至一处山坳，她取下带着面纱的竹帽，长长地透了口气。

四岁半的萧遥已会讨好阿妈，他坐在竹篓中，伸出粉嫩圆嘟的双手，替江慈捶着肩头。江慈笑道："遥儿今天很乖，没有乱跑，阿妈回去给你做好吃的。"

萧遥顿时兴奋地叫了出来："我要吃桃花糕！"

江慈嗔道："现在哪有桃花糕，得等明年桃花开的时候才有。"

"为什么现在没有桃花？"萧遥的声音很娇嫩，如春天的桃花一般娇嫩。

"因为现在是冬天，桃花只有在春天才会盛开。"

"为什么它只在春天盛开？"

"因为……"

江慈心中一痛，站于山路边，遥望北方。

无瑕，你爱看桃花盛开，这彩云峰年年桃花盛开如云霞，你在天上，可曾看见？

萧遥侧头看着阿妈的泪水滑过面颊，伸出小手。江慈醒觉，笑道："遥儿，你若是在明年桃花开之前将《千字文》背熟了，阿妈就天天蒸桃花糕给你吃。"


天黑之前，母子二人终于回到了彩云峰半山腰的家。木屋屋顶，炊烟袅袅而起。江慈大喜，萧遥也在竹篓中跳着大呼："阿爸！"

江慈将他放下，拍了一下他的屁股，嗔道："教你多少遍了，叫舅舅！"

崔亮笑着从厨房走出来，将扑过去的萧遥一把抱起。不多时，一大一小，便笑闹着从檐下转到了堂屋之中。

江慈将竹篓放好，看着二人嬉笑，又见崔亮自行囊中取出许多小玩意儿，不由得笑道："还不快谢谢舅舅。"

萧遥趴在桌边，专注地看着崔亮手中的提线偶人，随口道："谢谢阿爸。"

江慈哭笑不得。萧遥三岁那年随她去山下集市，见别的小孩都有阿爸，回来后便闷闷不乐，她只得告诉他阿爸去了很遥远的地方，要很久很久以后才能回来。谁知那年，游历天下的崔亮重回彩云峰看望她和萧遥，萧遥便认定这个很久很久没回来过的人就是自己的阿爸。无论江慈怎么说，他后来只要一见崔亮，便会唤他阿爸。

这夜，萧遥很兴奋，缠着崔亮玩到戌时才沉沉睡去。江慈替他盖好被子出来，见崔亮在牌位前插香施礼,默默地走了过去。

崔亮直起身,望着牌位,低声道:"萧兄,月落一切都好,你在天有灵,当可瞑目。"

江慈敛衽还礼,崔亮将她扶起,似是有些犹豫,终道:"小慈。"

"嗯。"

"月落的都相很想见遥儿一面。"

江慈微笑着摇了摇头:"崔大哥,你当日替遥儿取名,所为何意?"

崔亮大笑,道:"是,我倒忘了,他这一生,还是过得逍遥自在为好,切莫……"

江慈转头望向牌位,低低道:"无瑕在天之灵,也定会这样想。"

崔亮叹了口气,江慈已笑道:"崔大哥,你这半年又走了哪些地方?"

"到平幽二州走了一趟。唉,还真是走得有些累了。"

"累了就歇歇。"江慈斟上茶来,笑道,"干脆就在这里过年吧,天寒地冻的,也别再到处走了。等明年开春,再出去游历不迟。"

崔亮端着茶杯,蒸腾的茶香沁人心脾。是啊,走得这么累,今年冬天就歇一歇吧。或者,也该安定下来了……

他抬起头,望着静静坐于烛火下绣着小孩肚兜的江慈,听着屋外隐约的风声,漂泊的心在这一刹那悄然沉静下来。他轻声唤道:"小慈。"

"嗯。"江慈抬头微笑。

"以后,我每年在这里过年,可好?"

# 番外一

## 这年初见

大梁元康四年,四月二十七日,河西府。

距承熹五年的梁桓之战已过去了整整二十年。时光荏苒,大梁皇帝在这二十年里已换了三位。除了痛失亲人者,人们已渐渐淡忘了那场令全城蒙难、死伤数万人的河西血战。

但这一日清晨,大街上疾驰的马蹄声惊醒了许多人。不多时,城中便传开了消息:忠孝王府的小王爷来到了河西,要在忠烈谷代其父裴琰向当年的死难将士和百姓致祭。

二十年前,成帝死于庄王及卫昭谋逆,永德帝登基。十二年后,永德帝病逝,谥号"明"。其年仅九岁的幼子登基,然而不过三年便死于天花。

明帝再无子嗣,静王被贬为海诚侯后抑郁而终,遗下二子一女。经董太后和内阁商议,迎了静王妃所生幼子谢珩即帝位,是为当今元康帝。

元康帝登基时年仅七岁,奉明帝之董皇后为孝仁皇太后,奉生母秦氏为懿仁皇太后。其时内阁宰辅董方已逝,元康帝又年幼,两宫太后特命忠孝王、内阁宰辅裴琰为顾命首辅,处理一应军国大事。

裴琰殚精竭虑,辅佐幼帝,四年来兢兢业业,临危不乱,平定了数次谋逆风波。

元康二年,肃海王姜遥、庆威侯姜远谋逆。裴琰率部坚守皇宫,力保幼帝和两宫太后,将姜氏兄弟格杀于乾清门前,除静淑公主及其所生子女免于一死外,姜氏

251

被族诛。

元康三年,何太妃在幼帝参汤中下毒。同时,其兄宣远侯何振文潜入皇宫,意图行刺皇帝。裴琰以身挡刃,并带伤力搏,终击毙何振文,何太妃畏罪服毒。事后追查,何氏兄妹乃受玉间王及其生母谈妃指使。两宫皇太后大怒,下旨褫夺玉间王封号,玉间王被押递京城,囚于皇陵,数月后以一带白绫自缢身亡。

经历这数次宫变谋逆,梁国宫廷风雨飘摇。所幸有裴琰一手擎天,力挽狂澜,才使国运稳定。北面又有镇北侯宁剑瑜力保边关,令一直虎视眈眈的桓威帝始终不敢发兵南下。

为褒奖忠孝王裴琰功绩,元康四年二月,元康帝下旨为裴琰加相国、总百揆,允其剑履上殿、赞拜不名,兼备九锡之命。

裴琰惶恐,坚辞不受,并欲挂印而去。元康帝哭倒于弘泰殿,痛呼"相父",百官也随之下跪痛哭。裴琰无奈,只得拜领君命。

自此,裴琰声望达到顶点,总揽朝政。梁国百姓不知元康帝者大有人在,但不知忠孝王裴琰者,寥寥无几。


听说忠孝王命长子前来为二十年前的死难将士和百姓致祭,河西府百姓倾城而出。有那等上了年纪之人,回想起当年桓军屠城血战,唏嘘不已。

辰时初,忠烈谷便挤满了前来致祭的人。随着百岁老者的嗟呀之声,祭鼓敲响,哀乐幽幽。

东面,一群少年身着素衣策骑而来。当先一名少年十七八岁,头戴玉冠,身形挺拔,面容俊雅,神情带着几分与他年龄不太相符的严肃和庄重。他身后跟着数名十六七岁的少年,俱是英姿勃发,一时看花了河西府父老的双眼。

见百岁老者上前恭迎,玉冠少年忙下马亲扶,道:"劳动乡亲,实乃裴洵之过!"

众人均在心中暗赞了句:不愧是忠孝王府的小王爷,风采比当年力挽狂澜的剑鼎侯裴琰也不遑多让。

裴洵依礼致祭,又代其父王颁下王令:免河西三年税粮,继续寻找当年河西战役死难者遗孤,妥善安置。

礼成后，裴洵却未回城，而是带着那群少年打马向南。驰过数十里路，过镇波桥，再往西走出约半里路，有一处坟茔。

众少年面容肃穆，齐齐下马。裴洵在坟前跪下叩首，又缓缓洒下一杯水酒。

"安伯伯，父王今年不能来河西。这杯是您最爱的青酒，洵儿给您磕头了。"

他身后少年也一一上前磕头，一虎头虎脑的少年大声说道："安伯伯，我是陈赟。来之前父亲说了，要我多给您磕几个头，说您会保佑我将来娶一个像童家婶婶那样的大美人。"

宁思明忍不住笑出声来，又觉场合不对，咽了回去。见裴洵也是忍着笑，便伸手打了下陈赟的头顶："臭小子，你才多大，就惦记着美人。"

陈赟怒道："小宁子，跟你说多少遍了，不要打我的头！我老子打我从来只打屁股，不打头的。"

童修忙过来劝和："好了好了，别闹了，赶紧都给安伯伯磕头。回河西还有任务。"

众少年依次在坟前叩首，又拥着裴洵驰向河西渠。

到得镇波桥，裴洵想起曾听父王说过的往事，便再次下马。他慢步踏上镇波桥，看着一带银波，再看着河西渠南北的万顷良田，轻拍着桥边的石栏杆，叹道："白云苍狗，人世悠悠。二十年前这里曾是修罗战场，今日却是沃土良田。"

宁思明也叹道："是啊，当年王爷反败为胜、驱逐桓贼，父侯一骑当关、威慑三军。可惜我等无缘得见他们的风采！"

陈赟满面遗憾之色："为什么桓贼不再打过来呢？他们若是再来，我一定……"他擎出身后双刀，银刃翻舞，宁思明等人只得皱着眉头避了开去。

陈赟越舞越来劲，许和也来了兴致。他二人是从小打到大的，又都是学的刀法。而陈安和许隽在教儿子武艺时，也憋了那么一股子气，要在儿子身上胜过对方。十六年来，俩小子不分轩轾、各有胜负。

眼见许和与陈赟战在了一起，越打越激烈，宁思明眉头微皱，接过侍从手中长枪，大喝一声，腾身而起，银枪如狂龙怒捣，挟着他八分真气，直捅入二人刀影之中。锵啷声响，三人齐齐后退几步。陈赟低头见刀刃崩了一块，怒指宁思明："小宁子，你又帮许和！"

许和也怒道："谁帮谁了？明明是你技不如人！"

陈赍哪里服气，正待操刀再上，童修一把拉住他："快看！"

众人齐齐转头，见裴洵身形挺直地负手立于桥栏前，目光正凝在前方某处。

众人都拥了过来，只见前方数丈处，一名白衣人正躺在渠边的草地上，一顶竹帽遮住了他的面容。

这人仰面向天，双手枕于脑后，右脚闲闲架在左膝上，有节奏地轻轻抖着，意态洒脱疏逸。他的头顶撑着一把大伞，伞柄深入土中，伞帽正好遮住已有些毒辣的日头。他修隽的身形笼在伞影下，看上去有些缥缈朦胧。

陈赍正要说话，宁思明嘘了一声。陈赍细看，才见那白衣人身边有个小小竹架，一支青竹钓竿就架在这竹架上，另一头的钓线则已投入渠水之中。

众人从未见过这种钓鱼法子，便都止住话语，端看这白衣人如何能躺着便钓上鱼来。

水面浮标沉了数下，陈赍见那白衣人还在懒懒抖脚，正要高呼，宁思明一把将他的嘴掩住。

过了一会儿，浮标终于再度沉入水中。白衣人仍旧躺在地上，却似足底长了眼睛，在小竹架上用力踩下，钓竿急速而起。哗声过后，一尾大鱼带起一线水花飞向伞下。白衣人仍未起身，探手抓住鱼儿，吹了声极响亮的口哨。

喵——几只黑色的大野猫从原野上飞奔而来，白衣人的声音有着说不出的慵懒和得意："小子们，接住了！"

他将手中的大鱼向后方抛出，野猫们如闪电般纵向大鱼，不多时便将鱼儿瓜分殆净。但它们吃罢尚不甘心，都围在白衣人身边挨挨蹭蹭。白衣人将钓线仍旧投入水中，伸手抚了抚一只野猫的头顶："没了，都去玩一玩，等会儿再来吧。"

他再吹声口哨，野猫们像是能听懂似的，又齐齐消失在原野上。

陈赍啧啧称奇，叫了声："喂，小子——"

裴洵举起右手，陈赍的话便咽了回去。白衣人却毫无反应，仍旧睡在伞下，过得一会儿，又依样"踩"上一尾鱼，仍旧呼来野猫将鱼分而食之。

裴洵饶有兴趣地看着，唇边渐渐露出一丝笑容。想起每年秋阳融融之时，父王都要去京城附近的红枫山钓鱼,不管钓上多少,都会将鱼又放回水中。只是若钓得多些,他便会露出难得一见的笑容,与自己说话也没有平时那般威严。可惜父王从来只用从西园挖出来的蚯蚓作为鱼饵,不许下人投下香食,每次钓得都不是太多。

裴洵令众少年在桥上相候,自己悠然举步,走向那白衣人。他故意将脚步放重,白衣人却似浑然不觉,仍旧躺在地上。

裴洵微微一笑,在他身边蹲下,细看那小竹架,不由得轻赞:"真是巧夺天工!"

竹架上有个小小滑轮,钓线的一端便穿于这滑轮上,只要鱼儿上钩,钓线下滑,这端便会牵动滑轮,滑轮上的扇页转动,白衣人自会有所感觉,可以踩下竹架上的机关,提起钓竿来。

裴洵看了又看,对这钓架喜爱不已,向白衣人抱拳,和声道:"这位兄台……"

白衣人却转了个身,背对着他,还发出了轻微的鼾声。

裴洵仍旧微笑:"兄台这钓具巧夺天工,不知出自哪位能工巧匠之手?兄台开个价吧,不管多高价钱,在下都愿将它买下来。"

白衣人鼾声更大。裴洵笑了笑,在他身边草地上坐下,叹道:"可惜这河西渠中鱼儿不够肥美,兄台若是不嫌弃,在下倒知道一处钓鱼的好地方。"

白衣人还是没有答话。裴洵转过头,见他罩在脸上的竹帽有些微倾斜,露出半边脸来,但那肌肤看上去僵硬青冷,显然戴了人皮面具。

裴洵微微一愣,白衣人似是有所感觉,将竹帽向下拉了些,又将右手在空中挥了挥:"怎么这么多蚊子,真是扫人兴致!"

裴洵学着他的样子躺在草地上,双手枕于脑后,目光落在头顶的伞架上,见这伞架用的竟是难得一见的精铁,心中微惊。

他的话语仍波澜不惊,还有着几分亲和之意:"兄台真会享受,在下佩服。"

白衣人伸了个懒腰,淡淡道:"若没有蚊子在这里嗡嗡乱叫,我会更舒服些。"

裴洵自幼众星捧月般长大,心高气傲,除了对父王心存畏惧,并不把任何人放在眼中,何曾被人这般含沙射影地嘲弄过?他又是少年心性,胸中便升起了一丝怒意。加上他觉这白衣人与众不同,只怕大有来历,便动了试探的念头。瞥见浮标正沉入水中,他左脚如流星般踏出,抢在白衣人前面踩下机关。

白衣人慢了一步,还未及反应,裴洵已探手将飞来的鱼儿抓住,得意笑道:"多谢兄台!"

白衣人轻哼一声,取下竹帽,长身而起。他收好大伞,夹在腋下,又冷冷地瞥了裴洵一眼。

裴洵还躺在地上,白衣人冷冷的一眼瞥来,他心头一跳,忽觉这双眼眸竟比头顶的丽日还要耀目几分。

裴洵心神正有些恍惚,白衣人已弯腰收拾好钓具,转身便行。裴洵急忙跃起,拦在他面前,右手搭上了他的左臂:"且慢!"

"让开!"

裴洵松手抱拳:"兄台误会了,在下真的只是想购得这钓具,不知兄台……"

"不卖。"白衣人话语冰冷。

裴洵眼睛微微眯起:"若是在下一定要买呢?"

白衣人轻笑一声,话语中傲气隐露:"就看你小子有没有这个本事!"

裴洵也是傲然一笑:"有没有这个本事,你小子试过才知道!"

白衣人抬步便行,裴洵右手于瞬间封住他前进方位。白衣人无奈,只得向后纵跃,取出腋下大伞,劲风呼呼,攻向裴洵。

裴洵不慌不忙,于伞影间从容进退。过得数招,他便知这白衣人武功远不如自己,闪躲间,在白衣人肩头捏了一把,调侃道:"兄台这招可用老了。"

白衣人忽然一笑:"小子嘴这么甜,一定很招姑娘们喜欢。"

"过奖过奖。"裴洵架住他攻来的一招,欠身一笑。

白衣人将手一扬,大伞在空中旋了个圈。裴洵伸手抓住伞柄,白衣人却忽从伞尖中抽出一根铁条似的东西,指间用力,铁条如同见风长一般,猛然弹出一道寒光。裴洵微惊,只道这是厉害的暗器,本能下仰身躲闪。白衣人却大笑一声:"小子,大爷我不陪你玩了!"

说话间,白衣人将手中铁条往河西渠中用力一戳,铁条弯成弧形,又迅速弹起。他借这一弹之力,腾身飞向对岸。

裴洵看得清楚,恼怒至极。眼见白衣人就要借这铁条之力飞过对岸,他将真气运到极致,右掌在地上劲拍,激起漫天泥土,也腾向空中,后发先至,一把将白衣人拦腰抱住。只是渠面太宽,他抱住白衣人后,也无力跃回岸边,只听哗哗巨响,二人齐齐落入渠水之中。

二人在水中一阵翻腾,全身湿透。不等白衣人挣脱,裴洵右手迅速伸出,用力撕下了他脸上的人皮面具。

天地间似乎暗了一暗,又似乎亮得有些骇人,裴洵一时呆住。白衣人趁他愣神之际,怒喝一声,袖中弹出丝线样的东西,卷上岸边大树。等宁思明等人赶至渠边,白衣人已消失不见。

宁思明喝住陈贲等人的追赶,见裴洵仍呆立水中,迟迟都不上岸,便也跳落渠中,慢慢走至裴洵身边:"小王爷,怎么了?"

裴洵右手仍抓着那人皮面具,神色怔怔。他喃喃说了句话,宁思明不禁用心细听。

话语中有着极度的惊讶,还有着一丝莫名的情绪:"世间竟有这等人物……"


"一共派了六批人马,但都没有发现此人踪迹,也无任何线索。看样子怕是离开河西府了。"童修年少持重,轻声禀来,条理清楚。

裴洵一袭便装,边听边往郡守府外走。听罢,思忖片刻,道:"继续找,这附近有什么钓鱼的好去处,一个都别放过。"

他纵身上马,童修忙拉住缰绳:"小王爷,都天黑了,您去哪儿?"

"去走一走。"

"那让安思他们跟着……"

裴洵摆了摆手:"不必了。"

童修还待再说,见他略带威肃的目光扫来,便将话咽了回去。

回雁关前,芳草萋萋,树木参天。当年的军营已找不到一丝痕迹,遍地都是深可及腰的野草。

下弦月如银钩挂在夜空,繁星相簇,夜风也带着夏天的气息。裴洵下马慢慢走着,寻找着记忆中零碎的片段。

二十年前的梁桓之战,父王说起时虽然都淡淡带过,但他的神情总透着些说不清道不明的惆怅,甚至有隐约的伤感。

这些年来,父王也曾多次带着自己来河西府,来到这回雁关前。他总是默默地在荒草原野中走着,或在某处长久驻足,或在某处抚树叹息。只有在这些时候,裴洵才觉父王目光中有着难见的柔和,或者——那不是柔和,而是……

军营旧址往西有座山峰,山路蜿蜒,山腰处有棵大树,父王有一次曾在这里坐了大半夜。裴洵抚上树下的大石头,慢慢坐了下来。

夜风吹动着山间松涛,夹杂着一缕若有若无的箫音。裴洵猛然站起,细心倾听,循着箫音往西而行。箫音悠悠扬扬,宛如风暴过后的大海,曲调中透着一丝悲凉,却又有着历经风波之后的平静。

前方是一处小山坡,大树下站着一个身影,淡淡的星月光辉投在他的身上,白衫轻寒。

裴洵有些不敢提步,生怕这被夜色笼罩着的是一个虚幻的影子,怕自己一发出声响,他就会和这箫声一起消失不见。

待箫声稍歇,裴洵轻轻取出腰间竹笛。这曲调他似乎听过,却不是很熟悉,只得依着这旋律吹出简洁的曲调相和,只是在好几处未免有些停滞。

白衣人静静地听着,每当裴洵有所停滞时,他便起箫音,引着裴洵将这曲子吹下去。裴洵越吹越是流畅,宛如流水从高山处奔腾而下,不管途中遇到巨石还是沟壑,都欢快向前,激起白浪,最终流入平湖,归于寂静。

白衣人慢慢转过身来,寒星般的眸子里闪过一丝惊讶。裴洵怕他再度离去,忙端端正正地长身一揖:"在下昨日鲁莽,坏了兄台钓鱼的兴致,这厢给兄台赔罪,兄台莫怪。"

白衣人的声音淡漠而优雅:"你是何人?"

裴洵稍稍犹豫了一下,却还是抬头微笑:"在下姓裴,表字世诚。"

白衣人脸上没有任何表情,但眼中却似有什么东西一掠而过。许久,他终于慢慢地开了口:"你怎么会这首曲子?"

裴洵细细想了想,道:"幼时曾听父亲吹过,有些印象,只是记不齐全了。"

白衣人的嘴角慢慢上翘,绝美的笑容在夜色中绽放。裴洵不禁敛住呼吸,甚至有些怀疑,眼前站着的是天上的月神,而不是尘世中人。

白衣人却忽然将竹箫揣于腰间,攀上了面前的那棵大树。他坐在枝丫间,低头望着裴洵,笑道:"上来吧。"

裴洵暗喜,足尖在树干上点了两下,便坐在了他身边。

山间的夜晚是这般安静,夜雾如波浪般轻涌。裴洵自幼在裴琰和董湦严格的训育下长大,每日忙于习文练武,身边又时刻有长风卫护拥着,何曾试过这样单独出行,这样和一个陌生人坐于树上,静静地欣赏夜色?他很想知道身边这人姓甚名谁、从何而来,却又不敢开口,唯恐破坏了这份宁静。

白衣人却忽然像变戏法似的,手往身后一探,取出一个酒壶来。他望着裴洵笑道:"可能饮酒?"

裴洵一笑,接过酒壶,拔开壶塞,仰头就喝。他喝了几口,正待说话,浓烈的酒气呛得他一阵急咳。

白衣人哈哈大笑,慢悠悠地取过酒壶,慢悠悠地喝了一口,又斜睨着有些狼狈的裴洵,笑道:"你还没满十八岁。"

裴洵不明他怎知自己尚差一个月才满十八,白衣人唇边笑意更深:"这酒名'十八春',必得满了十八岁的男子汉才饮得,你小子今晚可没有口福了。"

裴洵怎肯相信,劈手便来夺酒壶。白衣人闪躲数下,知武功不及他,便由他去。裴洵这回却学了乖,只慢慢小口喝着。可白衣人又像变戏法似的,从身后取出一样东西。他将包着的蒲叶打开,香气四溢,竟是一只叫花鸡。

裴洵撕下一块塞入口中,不禁赞道:"真是好手艺,比我王……王伯父家的做得还要好。"

他想起父王最爱吃这叫花鸡,又想起昨日那套钓具,便放下酒壶,望着白衣人,语出至诚:"兄台,你那钓具不知可否送给我?"

白衣人靠在树干上,淡笑:"你昨日愿出高价购买,怎么今日却要求我相赠了?"

"此等巧夺天工之物,非铜臭所能沾染,昨日原是我将此物看轻了。想来兄台只愿将这心爱之物赠给意气相投之人，在下不才，愿与兄台结交。"

白衣人看着裴洵面上诚挚神色，如阳光般的笑意慢慢从双眸中散开。良久，他仰头喝了口酒，道："我姓萧，名遥。"

裴洵大喜，拱手道："萧兄。"

"世诚。"白衣人微微欠身还礼。

裴洵心情畅快，连饮数口，又念了一遍："萧遥？"再想起他昨日在河西渠边钓鱼喂猫的洒脱姿态，叹道："兄台倒真当得起这二字。"

萧遥斜靠在树干上，看了裴洵一眼："你父亲经常吹起这首曲子吗？"

"倒是不多，父亲只有到河西来的时候才偶尔吹起，我随侍左右，听过两三次。"

萧遥笑了笑："你记性不错。我学这曲子，阿妈教了整整两天。"

裴洵听他口呼"阿妈"，便问："萧兄可是梁国人氏？"

萧遥望着深袤的夜空，良久方答："我阿爸是月落人，阿妈是梁国人。"

"怪不得。"裴洵忍不住叹了声。月落男子姿容出众，冠绝天下，这些年来，月落藩王木风派出的使节屡有来京，他也曾见过数回。只是那些使节再俊美，也及不上眼前这人三分。

萧遥侧头望着他："月落人是不是真的都生得很美？"

"啊？"

"我虽是月落人，却从没去过月落。"

裴洵这才知他是在梁国长大，便道："月落山清水秀，男子俊美，女子秀丽，天下闻名。唉，所以才会多灾多难，才……"

他将后面的话咽了回去，萧遥却微微一笑："那是以前的事情了。"

"这倒是。月落在木风的治理下日渐强盛，朝廷虽欲收回大权，却也并不是那么容易的事情。"

"何止不易？"萧遥冷笑，"依我看，裴琰现在根本就不敢动月落一根毫毛。"

裴洵心头一跳，装作闲聊的样子，淡淡问："忠孝王现今声威赫赫，为何不敢收服一个区区月落？"

萧遥伸出三个手指："三个原因。"

裴洵心头剧跳,缓缓问道:"哪三个原因? 还望萧兄赐教。"

萧遥浅笑,说话间不慌不忙:"其一,月落这些年励精图治,兵力渐强,且月落地形复杂,裴琰若想用兵收服,比当年的桓国还不好打。

"其二,桓威帝有滕瑞辅佐,国力并不弱于梁国。裴琰在南方未彻底稳定之前,并不敢和桓国打一场生死之战。如果他要对月落用兵,桓国定会乘虚而入。若是让桓国和月落联了手,裴琰必败无疑。"

裴洵放慢呼吸,装作漫不经心地问道:"那第三个原因呢?"

萧遥慢条斯理地饮了几口酒,见裴洵还是眼神灼灼地望着自己,便笑了笑,抬手指向南方。

裴洵借低头撕鸡肉掩去眼中的惊讶,再抬头时便微笑道:"不说这些朝廷之事了,平白浪费这等美酒。"

萧遥大笑:"是啊,说这些真是扫兴,还是喝酒吧!"


夜风,星月,佳酿,叫花鸡。

一人说着京城的繁华富庶、风流逸事,一人说着自南方一路向北的所见所闻,不多时,二人便如同多年未见面的好友。

裴洵倚上身旁的树枝,笑道:"萧兄……"

萧遥却忽竖起手指嘘了一声,裴洵忙止住话语。萧遥听了一会儿,叹了口气,甚是烦恼。再过一会儿,喵声渐渐清晰,数只野猫蹿上大树,围着二人转圈,其中一只还跳到萧遥怀中,拱来拱去。

萧遥将大黑猫揽住,摇了摇头:"今天真没有鱼吃,你们怎么老缠着我?"

裴洵看得呆了,半晌方问:"它们是你养的?"

"不是。"萧遥懒懒道,"只不过喂它们吃了几天的鱼,便都跟着我了。唉,难怪阿妈经常说我是属猫的,天生就和猫合得来。我家附近的野猫,后来全成家养的了。也不知我前世是不是一只大懒猫。"

裴洵暗羡不已,便去抱身边的野猫,野猫却急速跳开,喵喵叫了几声,状极愤怒。

裴洵有些尴尬,萧遥大笑:"看来你前世定是和猫有仇,所以它们不待见你,哈哈!"

裴洵右手握拳，蹭了蹭鼻子，只觉自己似是有些醉了，说不出话来。

萧遥笑罢，挠了挠怀中野猫的脖子，语带宠溺："玩儿去吧，自己去找东西吃，我若走了，你们怎么办？"

裴洵心一跳，便问了出来："兄台要去何处？"

萧遥将野猫放开，懒懒道："月落。"

"哦，萧兄在月落还有亲人？"

萧遥微笑道："有，这次回去，要拜见师叔祖，还有师叔和师姑。"

裴洵迟疑了一下，还是问道："那萧兄可还会回这河西府？"

萧遥微微侧头，似是自言自语："我还得去一趟桓国上京，说不定还要去月戎走走。"

"游历？"裴洵话语中带上几分艳羡。母妃房中山水笔记甚多，他自幼也爱翻看这些书，但他也知以自己的身份，要想像萧遥这般走遍天下，特别是去桓国，实在是个遥远而不可即的梦想。

"也算游历吧，顺便探探亲。我的姨妈在月戎，我要代阿妈去看看她。我还有一位师叔祖在上京，我得去劝他几句话。"

裴洵笑道："你的师叔祖真多，遍及天下。"

萧遥也笑了起来："是啊，京城还有一位师叔祖。等我从桓国回来，估计快到年底了，正好去给这位师叔祖拜年。"

裴洵大喜，忙道："那萧兄可一定得来找我，我要尽地主之谊，陪萧兄在京城好好玩一玩。"

萧遥却将手一摊，裴洵只得悻悻地从怀中取出人皮面具。萧遥接过，笑道："看在你还了东西的分上，下次到京城时，我找你喝酒。"

裴洵连连点头："我府中多的是美酒，就怕萧兄不来。"

"放心吧，一定会来的。"

酒壶干，美食尽，弦月也渐向西移。

裴洵终觉自己快要醉了，他从未喝过这样烈性的酒，朦胧间见萧遥取出竹箫，依稀听到他再吹响那首曲子，幽幽沉沉。他合上眼睛，靠住树干，陷入了一场幽远的梦中。梦里,父王像待念慈妹妹一样,对着他和悦地笑;父王和母妃也不再那般疏冷客气……可梦,终究是要醒的。

淡淡的晨霭中,裴洵跃下大树,揉着醉酒后疼痛的太阳穴,望着茫茫山野,已不见了那个白色的身影,只有树下那钓鱼用的小竹凳和钓竿静静地提醒着他,昨夜并不是一场梦。

"一定会来的……"裴洵望着窗外的第一场冬雪,恨恨地念了句。

童修觉有些奇怪。这位小主子自入冬以来,便暗中将长风卫的小子们都派出去盯着入京的各条道路,还有城中月落人出没的各个地方,说是寻找一名长相俊美的白衣人。只要每日回禀说未找到,小主子脸上便会闪过一丝失望之色,转而又像有些被戏弄了的恼怒。

安思进来,躬腰道:"小王爷,王爷说明日他有要事,抽不开身,让您代他去主持今年的皇陵冬至祭典。"

裴洵极烦这些繁文缛节,却也无可奈何。次日清晨,整了衣冠,在长风卫的簇拥下往皇陵驰去。

元康帝年幼,居于深宫,皇室凋零,这皇陵大祭历年都由裴琰主持。今年裴琰没有出席,便只能由小王爷裴洵主持大典。

裴洵虽然年轻,但主持祭典丝毫不乱,神情肃穆,举止庄重。百官在皇陵前磕下头去,均在心中赞这裴洵大有其父之风,有些想得更远的,便为眼前的谢氏列祖列宗暗暗捏一把冷汗。

祭礼过后,百官回城,裴洵却又在皇陵中转了一圈,方才上马。刚出皇陵正弘门,他便吁的一声勒住坐骑。

长风卫也纷纷勒马,裴洵似是听到了什么,命众人留在原地,劲喝一声,喝声中带着掩饰不住的欢喜,往皇陵西侧驰去。

箫声渐渐清晰,裴洵越发欢喜,跃身下马,大步奔上山峦。

青松下,萧遥仍是一袭白衫,遥望着皇陵方向,吹着那首带着淡淡忧伤的曲子。见他面上隐带悲戚,裴洵心中一动,收回就要出口的呼声,默立在他身后数步之处。

一曲终了，萧遥慢慢放下竹箫，拜伏于地。他长久地伏在地上，直至裴洵终忍不住轻咳一声才直起身来。他再看了一眼皇陵，长叹口气，回过身盯着裴洵看了一会儿，微笑道："世诚别来无恙？"

裴洵看了看身上的紫袍，见他明白自己身份之后并不唤"小王爷"，心中更是欢喜，抱拳拱手："萧兄。"

萧遥将竹箫在手中转了几个圈，凤眸微微眯起，带着如阳光般温暖的笑意："我是来讨酒喝的。"

"美酒早已备下，就等萧兄应约。"

萧遥大步走过来，拉着裴洵的手往山下走去，口中道："那就好，今日我是一定要喝醉的。"

"萧兄有此雅兴，裴洵一定奉陪。"


因月落藩王木风来京，顾命首辅裴琰忙了数日，这日才略得空闲，想起几日未见长子裴洵，便唤来童敏。童敏忙将儿子童修叫来，童修哪敢在王爷面前说谎，只得将裴洵陪着一位朋友笙歌美酒、冶游京城之事，一五一十地说了出来。

裴琰面上闪过一丝不悦，道："此人是何来历？"

"回王爷，我们只知他姓萧，小王爷叫他萧兄，他们在屋里喝酒，也不许我们进去。一出来，这姓萧的便戴着人皮面具，看不到他本来面目。"

"他二人现在何处？"

童修有些犹豫，童敏瞪了他一眼，他只能老实答道："小王爷带着他游揽月楼去了。"

裴琰冷哼了一声，童敏、童修齐齐低头，心中暗惊。裴琰冷冷道："他回来后，让他带那人来西园见我。"


西园仍是二十年前的旧模样，裴琰坐在西厢房的灯下批阅着奏折，想起日间木风绵里藏针的话，甚感头疼，叹了口气。

桌上有一方玉镇，是崔亮当年绘制《天下坤舆图》时曾用过的。裴琰慢慢拿起玉镇，轻轻摩挲着，目光投向窗外深沉的夜色。

——子明，今日的月落，已不再是当年积弱的月落。木风在梁桓两国间进退自如，纵没有你手上的那些东西，我也不能再动他们。你应当比谁都看得明白，为何就是不愿来见我一面呢？

——什么诏书，什么《天下坤舆图》，我现在都不求。我所求的，只不过是想和你再大醉一场罢了。

冬夜的寒风吹得窗户咯嗒轻响，裴琰走到窗前，看见院门打开，裴洵犹犹豫豫地走了进来，便又走回桌前坐下。

裴洵轻步进屋，见父王正低头批阅奏折，只得束手而立，大气都不敢出。

裴琰将所有奏折批罢，方淡淡道："你越大越出息了。"

"孩儿不敢。"裴洵平定心神，答道，"孩儿新结识了一位朋友，堪称当世奇才，孩儿想着要招揽他，便用了些心思。"

"当世奇才？"裴琰笑了笑，"小小年纪，你知道什么人才当得起这四个字？便是这西园的旧主！"

裴洵纵是听过那崔军师的名头，却仍有些不服气，道："父王若是见过萧兄，便知孩儿所说之话绝无虚假。"

"哦？"裴琰慢慢喝了口茶，淡淡道，"既然如此，就让我看看你识人的眼力如何，请你的这位萧兄进来吧。"

裴洵暗喜，应了声，脚步欢快地奔了出去。裴琰摇了摇头，低头饮茶。不过片刻，脚步声响起，裴洵笑着大步进来，话语中也带着丝骄傲："父王，这位便是我新交的挚友！"

裴琰慢慢抬起头，只见灯影下，一名白衣人步履轻松地踏入房中。他正有些恍惚，觉得这白色身影似乎有些眼熟，那白衣人已轻轻撕下脸上的人皮面具，向着他微微而笑，长身施礼："侄儿萧遥，拜见裴伯父！"

# 番外二
## 江畔何人初见月

裴琰第一次见到卫昭,是在十九岁那年的春天。

斯时,他接任武林盟主已有一年,武林上下无人敢撄其锋芒。

接下来的一步棋至关重要。

月戎国大旱,纵兵东掠,皇帝却迟迟没有决定领兵西征的人选。裴琰能不能领长风骑重返战场,裴氏能不能再掌兵权,就看此次京城之行。

因为要暗中联络数名裴氏旧人,裴琰决定秘密进京。这日行到距京城二百余里的迷津渡,天色已晚,裴琰觉得有些饥饿,遂进了一家酒肆。

这是迷津渡最不起眼的一家酒肆,因为白日刚下过一场暴雨,门口十分泥泞。破旧的门楣上斜斜地挑着一面泛黄的酒旗,在夜风中有气无力地晃动着。

酒保迎上前来,见裴琰虽然衣着朴素、风尘仆仆,但面容清俊、目光如炬,不敢怠慢,点头哈腰地将他引至窗边。

窗边另一桌坐着一名身形高挑的白衣人,听到脚步声,他抬起头来,与裴琰目光对个正着。裴琰禁不住脚步一顿,在心里喝了声彩:世上竟有如此人物!

白衣人面无表情地低下头,裴琰这才回过神来。他坐下后,仍频频望向白衣人。从此人的坐姿和太阳穴来判断,是练家子无疑,可江湖上何时出了如此姿容绝世的高手?

裴琰被此人风姿所倾倒,油然而生结交之心。他略一思忖,走至那白衣人面前,拱手道:"江湖相见,便是有缘。在下想请兄台喝几杯,不知兄台可否赏面?"

白衣人并不抬头,而是慢条斯理地斟了一杯酒,待酒水快要满溢出来,他用手背轻轻一碰,那酒盏便如陀螺般急速转动,向裴琰胸口飞来。

裴琰知他有意考较,不慌不忙地将右手食指尖在杯底轻轻一顶,酒盏便在他指尖滴溜溜地转起来。裴琰满面含笑,正待开口,却听嚓的一响,酒盏裂开,酒水也化作一道银箭直射他脸面。

裴琰心中暗赞一声:这白衣人看上去比自己还要年轻一些,内力竟如此精湛。

他不慌不乱,身形后翻,避开凌厉无比的酒箭,同时右掌运力在桌上一拍,满桌的碗盏都震了一震,其中一个空酒盏跳得最高。

裴琰身形凌空,左手漂亮地一抄,将那酒盏抄在手中,再往半空中一兜,竟将那支酒箭悉数兜入了酒盏之中。

酒入盏,裴琰也漂亮至极地落在了地上。他风度翩翩地向白衣人点头致意,举起酒盏,仰头饮尽。白衣人动容,桃花眼中露出一丝激赏之意。

裴琰放下酒盏,拱手:"在下容月,南安府人氏。"

白衣人嘴角微勾,起身回礼:"玉间府,江玉。"

二人都是易名潜行,当此荒郊渡口、夜深人静,无须戴着面具,也不需钩心斗角,又都被对方的武功及风姿所倾倒,便皆放下心中警戒之意,你一杯、我一盏,就着半斤牛肉和一碟毛豆,喝了起来。

一番交谈,裴琰看出这江玉见识着实不凡,不禁心痒难搔,想将他揽入麾下,言语中更多了几分亲近之意。

"大丈夫当建功立业,倒也不全为光宗耀祖。我是觉得,如果人生在世,虚度光阴,不做些什么,不留下些什么,那与米虫又有何区别?"

江玉已喝得有了些醉意,白净的面容上带着点酡红,桃花眼中更似要溢出水来。他斜睨着裴琰,转动着手中的酒盏,嘴角微勾:"容兄此话,说得甚合我意。兄台如此人品……"他话语未了,却听门口的竹帘子嗒的一响,二人同时转头,只见拥进来十余名私盐贩子,个个形容凶戾,举止彪悍。

这些年来，梁国境内私盐日渐猖獗，朝廷屡禁不止，但总有违禁犯法之事。不承想在这迷津渡，私盐贩子竟如此大摇大摆地出现。

裴琰不禁微微摇了摇头，江玉也微微摇了摇头。

这些盐枭一进来便直奔窗下，为首大汉傲慢地扫了二人一眼，微微一怔，想是也被江玉的绝世容颜晃了一下眼睛。他回过神后，踢了踢椅子，状极嚣张："让开！爷几个要坐这里。"

酒保吓得在一旁抖成了筛子，不停用眼神示意二人赶紧躲开。

江玉挑眉，看向裴琰："容兄，不如我们赌上一回？"

裴琰瞬间明了他的心意，不禁朗声笑道："江兄弟好提议，只是有了赌局，总得有个彩头。"

江玉放下酒盏，曼声道："这彩头嘛，就是输了的人得为胜者做一件事情。"

裴琰笑道："成交！"

盐枭头子听出些端倪，勃然变色，正待发作，江玉已腾空而起。众盐枭眼前一花，尚在怔愣，江玉已落在了他们身后，食指微屈，弹出一颗盐水毛豆，一名盐枭膝间剧痛，跪在了地上。

变故陡生，众盐枭大呼小叫，纷纷抽出腰间兵刃，结阵相抗。然而只见蓝影一闪，裴琰冲入众人阵中，气鼓衣袂，指戳拳打，众盐枭不过片刻便溃不成军。

事了，二人清点一番，却是各自击倒了七人，打成平手。

二人相视大笑。江玉拎起那干盐枭，一一掷至河中。众人大呼小叫地在水中扑腾，好不容易上得岸，哪还敢停留，灰溜溜地跑了。

二人归座，重又把杯言欢，只觉月朗风清，人生当此情景，十分快意。

酒至酣时，江玉起身，拱手："江湖相见，终有一别。江某还有要事，就此辞过。"

裴琰急忙问道："敢问江兄，日后该往何处寻你？"

江玉微微一笑，飘窗而出，曼声道："容兄事了，可前往京城苦井巷尾易宅相寻。"

晚春的风自临江的窗口涌进来，天上的云儿全都散了，露出一轮皎皎圆月来。

圆月清辉洒满江面，那个高挑隽秀的身影登上一叶扁舟。寂静的夜中，咿呀声轻轻响起，扁舟缓缓消失在月色尽头，融入夜的黑暗之中。

裴琰望着他的身影,心中竟忽然泛起一句诗来:江畔何人初见月? 愿逐月华流照君。

乱了,乱了。裴琰按住酒壶,支着下颐,不禁失笑。看来自己喝醉了,连脑子里冒出来的诗句也会乱串词,还如此不通。

裴琰打马上京,心心念念着大局得定后一定要寻到那江玉,再与他把酒言欢。若有可能,这江玉就是第二个剑瑜。

可裴琰没想到,这么快便再见到了他。


皇帝下旨,命裴琰领长风骑,加上朝中五万兵马,出兵西境,与月戎作战。

延晖殿觐见,裴琰颇得圣心,君臣相谈甚欢,皇帝甚至有"裴氏良驹,国之英才"的感叹。

出征前夕,冷寂了十余年的裴府车马如龙,请宴的帖子雪片般飞至,连庄王都有些坐不住了。

庄王身后有河西望族高氏,这些年风头渐盛,甚至压过了太子一系。若再收服了武林一脉,问鼎储位更多了几分胜算。

裴氏虽然曾和高氏齐名,但没落多年,此番重归朝中,总要择良木而栖,这点,庄王还是颇有几分自信的。他不好公然相邀,便借揽月楼之地,以桃花宴之名,广请城内贵族勋戚。

这夜,满城桃花都盛开了,揽月楼内外,一片香雪海。

华灯初上之时,裴琰走上了揽月楼头。他从容施礼,嘴角含着温雅的笑,一抬手、一作揖中,便似与满楼的人都打了招呼。

所有人都自心中喝了声彩,只有右首第一席上的人没有注意到裴琰的到来,还在喝酒作乐。不知哪位嚷了一句:"三郎你摸我这里做什么?"那席哄然大笑。

裴琰正在揽月楼叶楼主的引领下入座,听得那声"三郎",心中一动。

卫昭,卫三郎。裴琰不知听过多少回这个名字,此人年纪轻轻出任光明司指挥使,旁人只道他是奸佞弄臣,靠着讨好陛下而幸进。裴琰却从这些年京城的动静中看出来,这卫三郎绝不会那么简单。

他抬眸望去,然而那边正闹成一团,一袭白袍被众贵戚公子围住了,看不见他的面容,只能见到他发顶的簪子在烛光下闪着妖艳的光芒。

裴琰收回目光,笑意腾腾的眸子迎上庄王热烈的眼神。

庄王正向裴琰介绍座中诸人,却听那一席中,靖成公世子郑成辉尖声抱怨:"那乌琉国的王子喝多了几两酒,胡沁乱嚼,我有什么办法?"

一个妖魅般的声音冷笑:"你们就任由他辱及圣上不成?"

裴琰一怔,觉这声音有些耳熟,然而一时又想不起来在何处听过。这时陶行德笑着过来,挽住了他的手臂,他只得收了心绪,与陶行德寒暄。

隐约听得郑成辉嗫嚅道:"他是外邦的王子,再说,他过几天就要走了……"

郑成辉话音未了,一道白色身影腾空而起,掠向楼外。

待裴琰摆脱了陶行德的手,转过身来,白袍人已消失在了九曲回廊之间,只余轻佻肆意的声音幽幽传来:"王爷,三郎去去就来。"

庄王抚额:"三郎啊三郎……"过得一会儿,他悚然一惊,急得直跺脚,连声唤人:"快! 快把三郎追回来! 这可要闯大祸了!"

众人面面相觑。卫昭身手高强,在京城是数一数二的,座中诸人谁能追得上他?

裴琰正想着要如何不露声色地搅了这宴席,见状一撩衣袍,笑道:"王爷且宽坐,我这就去将卫指挥使追回来。"

裴琰有意放慢了些脚步,这便迟了一步,待他悠悠闲闲地赶至使臣馆外,只见门口已躺了一地的乌琉国侍从。

裴琰笑了笑,正要走进使臣馆,却见一个白色身影从朱门后缓步迈出来。

他的素袍上几缕殷红,白皙如玉的面容上也溅上了一点血,恰落在眉心,宛如雪地上盛开了一朵妖艳的花。

裴琰身躯微微一震,目光中闪过恍然、遗憾与一丝哭笑不得。

夜风中,卫昭立于朱门前,睨着一地的侍从,冷笑一声:"谁敢辱及圣上,谁就是你家二王子的下场。不服的,就来打上一架。"

使臣馆内,被割了子孙根的乌琉国二王子滚地哀号;使臣馆外,一地的乌琉国高手对着卫昭的气势,竟无一人敢上前拼命。

一片寂静中,裴琰自树下的黑暗中慢慢地走了出去。

卫昭心生警觉,抬头看了一眼。

使臣馆门口挂着两盏灯笼,烛光有些昏暗,裴琰颀长挺拔的身影自幽暗中一步步走出来,看起来竟有几分不真实,让人觉得有如身在梦中。

这一刻,所有的声音仿佛都寂然了,所有的人与物也都淡化成虚虚的背景。

卫昭眸中惊喜闪过,正待唤出"容兄",这时庄王派来的其余人等也都赶到了,"裴盟主""卫指挥使"的声音不停响起。

卫昭的表情有一瞬间微微裂开。他定定地看着裴琰。

裴琰,裴少君。他在心中无声地念了一回这个名字。

这一年来,卫昭也时常暗赞,裴氏多年隐忍、运筹帷幄,一步步夺回曾属于他们的东西,手段高超,却也不是很难,不过看透了皇帝的性格而已。可裴琰不到弱冠之龄,心机深沉、步步为营、老辣果断,着实令人既佩服又忌惮。

却原来是他。卫昭嘴角扯出一丝讥诮的笑。

裴琰拱手:"主辱臣死,卫指挥使今夜之举,我等感佩在心。"

卫昭唇角微勾,淡然回礼:"过奖,比不上裴盟主胸怀大志,国之栋梁。"

言罢,卫昭再也不看众人,扬长而去。


这年夏天,裴琰领兵出征。某日黄昏,饮马黑水河时,他与宁剑瑜聊起了卫昭这个人,言中仍有惋惜之意。

宁剑瑜光明心性,始终对卫昭这等弄臣有几分轻蔑之意:"少君不必被他的好皮囊迷惑,此人飞扬跋扈,惹下弥天大祸,若不是陛下一力压下此事,我国与乌琉国便要重启战端。哼,所谓祸国之人,说的便是他。"

裴琰摇头:"你道他飞扬跋扈,行事鲁莽,殊不知他一举三得。"

宁剑瑜讶然:"哦?"

裴琰道:"一全他忠心之名,二搅了庄王的局,让庄王以后只能更加倚重他。第三嘛,乌琉国施压,与其接壤的岳藩首当其冲,岳氏忙着厉兵秣马,哪还有心思干预朝中之事,陛下可是去了一大块心病。"

宁剑瑜想了一会儿,耸肩道:"管他呢,反正和我们不是一路人。"

裴琰叹:"是啊,原以为纵不能收服他,也能和他做个朋友,没想到……"

宁剑瑜大笑:"说不定卫指挥使此时也在跺脚,遗憾他光明司少了一个裴少君呢。"

裴琰失笑,却又有一丝莫名的怅然。

江畔何人初见月? 愿逐月华流照君。

却原是斜月沉沉藏海雾,碣石潇湘无限路。

若他不是裴琰,而他也不是卫昭,是否二人可以成为真正的朋友呢?

裴琰长长地吁出一口气,目光沉如深渊,翻身上马,清叱一声,用力甩下马鞭。

长风骑跟在他身后,铁蹄翻涌,像一柄利剑,劈开了昏沉的暮色。

# 番外三
## 梁稗、桓稗、齐稗

　　泱泱九州，千载风流，无数真相淹没在严肃而冷静的史书下。如同梁国末年那段风起云涌的岁月，云谲波诡、惊心步步，谁也不知究竟发生了一些什么。

　　梁国灭亡后，齐太祖命天玄阁阁主崔逸会同近百位史学家编撰了《梁史》。但崔逸有感于史笔的局限性，另将搜集到的梁末齐初众文献、笔记、传奇乃至民间谚俗等悉心整理，辑为《梁稗》《齐稗》。

　　崔逸又北上桓国，遇上在桓"南子之乱"中幸存下来的一些文士，志同道合，合力编写了《桓稗》，让我辈得以从这些被史学家嗤之以鼻的野史中一窥那段令人心潮澎湃的岁月。

　　稗者，非正史也，或有胡言乱语、怪力乱神之言，诸位看官可一笑之。

### 梁稗

#### 一、安帝之死

　　梁末，安帝以七岁稚龄登基，幸得顾命首辅、忠孝王裴琰一力扶持，才平安度过数次宫变谋逆，坐稳了皇位。

　　安帝体弱，不好文史武功，独好研究香料。

　　南方的乌琉国盛产香料，尤以沉香檽闻名于世。世有传言：在月圆之夜，若沉香榭盛开，其所散发的香气千载不消，若能吸其香魂，将月夜飞升。

这仅是民间传闻，但安帝信之不疑。可惜沉香榭极难栽种，乌琉国上千年来仅有一株成活，沉香榭的种子也不过八颗。乌琉国与岳藩连年激战，自也与梁国交恶。安帝求沉香榭不得，郁郁寡欢，后来甚至不上早朝、不见臣子，也不纳嫔妃。

忠孝王裴琰为解帝忧，同时也为了平定南方局势，于天命之年再度披甲，领南安府、玉间府八万人马驰援岳藩。

两载征战，岳藩世子战死沙场，藩王岳景阳死于流箭，裴琰也旧伤复发，终将乌琉国大军击败，梁国大军以风卷残云之势扫过乌琉大地。

裴琰收服乌琉，带回八颗沉香榭的种子，安帝狂喜，当场下旨：因其要一心培植沉香榭，不胜帝位，欲禅位于忠孝王裴琰。裴琰惊骇，伏地痛哭，吐血不已，安帝无奈，才收回圣命。只是自此以后，安帝再未出现在朝臣面前，而是自闭于后宫禁苑，一心培植沉香榭。

悠悠八载时光，忠孝王裴琰劳心于政事，旧伤复发，撒手人寰。其长子裴洵继任忠孝王位，兼任顾命首辅。

安帝得知裴琰去世，于后宫痛哭三日，却仍一心培植沉香榭。他精神渐渐陷入痴狂，三次下旨，要将帝位禅让给忠孝王裴洵。裴洵惶恐不安，不敢上朝，政事无人主理，朝廷渐渐陷入纷乱之中。

安帝培植沉香榭不成，性情大变，残暴狂虐，宫中人人自危。

仅剩最后一颗沉香榭种子时，安帝日夜蹲守于幼苗旁，一名许姓内侍不小心靠近，安帝命人将其乱棍打死。许内侍收有两名义子，心伤义父之死，愤而谋逆。幸而忠孝王裴洵得到消息，及时赶到。一番血战，裴洵击毙全部谋乱者，正要向安帝请罪问安，谋逆者流出的鲜血汇成血溪，缓缓渗入泥土之中。

当日正是月圆之夜，禁苑门口的上千人目睹了奇异的一幕：鲜血渗入沉香榭幼苗四周，幼苗迅速抽芽生长。安帝大喜，终于明白沉香榭要以人血养之。眼见幼苗生长速度越来越慢，安帝拔出长剑，便欲砍杀众人，众人齐齐回避，裴洵跪地泣呼。安帝见杀他人无望，于沉香榭旁引剑自刎。

安帝的鲜血喷在沉香榭上，沉香榭终于生出花蕾。安帝跪于花蕾前，抱住花蕾,颈中之血不停地流在沉香橱上,月华笼罩着他,发出一种凄冷的光。在这片凄冷的光华中,沉香橱终于盛开,清香溢满整个皇宫。

安帝临终前望着盛开的沉香橱,状极欣慰。他用尽最后力气,将玉玺抛给了跪于一旁呆住了的裴洵。

香雾四溢,渐渐淹没了安帝及沉香橱。等香雾渐渐散去,已不见了安帝身影,地上仅余一株枯萎了的沉香橱。裴洵及众臣伏地痛哭,但因事涉怪力乱神,裴洵颁下严令,有乱议者,诛九族。

安帝无子,谢氏皇族凋零。众臣无奈,只得拜请忠孝王裴洵救国于危难之中,即帝位,改国号为"齐"。裴洵是为齐太祖,尊裴琰为高祖圣光孝皇帝,尊母亲董氏为圣光孝太后。立崔氏为皇后。


## 二、寒月剑

寒月剑为梁国开国圣祖所用佩剑。梁圣祖手持寒月剑纵横天下,开辟了梁国万里江山。但立国以后,圣祖叹寒月剑杀气过重,将其封于皇陵地底。

梁承熹五年冬至,成帝死于庄王及卫昭谋逆,皇陵方城在大火中烧为灰烬。二十年后,方城重修,工匠于某夜挖地基时,寒光迸现,笼罩整个皇陵,寒月剑重现于世。忠孝王裴琰欣喜不已,持剑弹刃,叹道:"寒月出世,天下可定。"

当月,裴琰收了一名义子,姓萧名遥,俊美无双,风华绝代。裴琰将寒月剑赐给义子萧遥,并亲授其长风剑法。

第二年,桓威帝再度以十五万大军南下,裴琰率长子裴洵、义子萧遥再度领军北征,与桓军决战于成郡。

萧遥为梁左军将军,因其长相太过俊美,桓军骂阵时屡屡嘲笑之。萧遥遂以银色面具遮住真容,并在阵前割血立誓:一日不击败桓军,一日不以真容示人。

萧遥英勇善战,并屡有智谋,其统率的左军所向披靡,风头超过裴洵率领的右军。两军将士皆对其钦服不已,因其持寒月剑纵横沙场,都呼其为寒月将军。

麒麟谷一役,桓相滕瑞使诈,诱萧遥入深谷。萧遥临危不乱,率五百死士力守谷口,等到主力大军前来,自己却中箭跌入急流之中,不知去向。裴琰得知,大惊失色,严命寻找。

一个月后,萧遥无恙归来,只是身边多了一名女子。该女子一直以纱蒙面,身有异香。萧遥要娶此女为妻,裴琰以其来历不明为由不允。萧遥当众割去一绺乌发,奉给裴琰,谢其授艺之恩,遂携那名女子之手飘然而去。

裴洵急追义兄,萧遥却将寒月剑向后抛出,寒月剑直入松树树干。待裴洵抽出寒月剑,萧遥与那女子已不见了踪影。自此,寒月将军绝迹于人世。

裴琰率长风骑将桓军赶回黑水河以北,抚剑长叹,将寒月剑投于黑水河。绝世名剑,自此长眠于两国交界处的深澜之中。

裴洵登基为帝后,命人在凌烟阁绘了三十二功臣画像,东首第一位,风神俊秀,轩然若举,便是寒月将军萧遥。

## 齐稗

### 一、长乐之盟与天玄阁

关于齐国与月落国如何结为长乐之盟,是齐史上四大疑案之一。

齐太祖裴洵登基,三年后有姜氏遗孤在苍平府起兵谋乱。太祖命镇北侯宁思明领兵平定叛乱。

当时,桓国元帝废顺帝,引发"南子之乱",月戎也发生叛乱,桓国陷入内乱之中。月落藩王木风见桓、齐两国皆忙于平定内乱,趁机宣布脱离齐国藩治,自立为月落国。

齐国内乱很快被平定,齐太祖裴洵三度下旨,令木风重归齐国,木风仅回一字:战。太祖大怒,领十二万大军亲征。到达长乐城后,太祖却出人意料地没有发起进攻,大军在长乐城驻扎半个月后,便又撤回了河西。

其间真相,扑朔迷离。据贴身随侍太祖的侍卫透露,太祖抵达长乐城后的当夜,一名姓崔的神秘人求见太祖,出示了一支竹箫为信物。这名侍卫多年后再见此神秘人,其已是修撰《梁史》的天玄阁阁主崔逸。

太祖与崔逸一番长谈后,深夜出城,在城外某处庄园待了大半夜,将近黎明时才出庄,回到长乐后即下令撤兵,并颁布诏令:齐国承认月落自立,并与月落国结为兄弟之邦,世代友好。

不久,月落国王木风修书齐国皇帝:恳请齐国归还月落圣教主萧无瑕之遗物,并将其反抗前朝暴政之英烈事迹昭告天下。

齐太祖裴洵下令,将卫昭遗物悉数送返月落。木风主持圣典,月落数万人于天月峰祭奠英灵,并立下凤凰碑,世代祭祀。

桓国元帝将国内叛乱平定后,在五大贵族部落的怂恿下,本欲再度南征。听闻齐、月两国结为兄弟之邦,于宫中哀叹:"木风欺朕也!"遂打消了南下的念头。自此,齐、桓、月三国鼎立,天下有数十年的短暂安定。

由于天玄阁阁主崔逸本身为《齐史》的编撰者,故对此段故事的真相隐晦不言。只是民间多有传闻:太祖裴洵当夜在那神秘庄园之中,先是见了一名白衣男子,据随行侍卫辨认,此人依稀似当年叱咤沙场的寒月将军萧遥。

还据月落方面的传言:当夜,月落国王木风似乎也带着人马偷偷出了国境,去向不明,直至天明方才返回国境。

其间真相究竟如何,无人得知。只是自此夜后,隐迹百余年的天玄阁重出江湖,由崔逸执掌门户。太祖封崔逸为国师,礼遇甚隆。

曾有人怀疑崔逸是崔皇后的亲人,太祖是看在崔皇后的面子上才盛待崔逸,但朝廷始终没有承认此事,崔逸也始终没有入仕为官。故此说法,也只是民间的揣测而已。


### 二、慧贞长公主

高祖圣光孝皇帝裴琰共有二子一女,长子裴洵即后来的齐太祖,为圣光孝太后董氏所出。次子裴洛和独女裴念慈皆为侧室漱云夫人所出。

据史书记载,裴念慈少聪慧、性娇憨,深得裴琰宠爱。裴琰年少时谈笑风流,成家后日渐威严。二子皆严格训育,唯独对此女十分娇纵,每当二子触犯家规,面临严惩时,只要幼女求情,裴琰必网开一面、手下留情。

裴洵和裴洛得幼妹求情之恩甚多,故裴洵登基为帝后,即封裴念慈为慧贞长公主,允其鸾驾入宫无须下车、素面朝圣无须着宫服。

裴念慈十四岁时,裴琰尝想将其许配给义子寒月将军萧遥,萧遥以"念慈妹妹年纪尚幼"为由谢辞。

萧遥在成郡携美隐迹,消息传回京城,裴念慈正与安帝之姐对弈,听闻后淡然一笑,落下一子,曰:"君既无心我便休,子不我思,岂无他人!"待父兄得胜回京,裴念慈即提出比武招亲,裴琰居然也同意了女儿这个惊世骇俗的要求。

惜乎当时武林少年英雄凋零,摆擂三日,竟无一人能胜过裴念慈。裴念慈震断长剑,叹:"我若为男儿身,必执掌武林牛耳,睥睨天下豪杰!"

此话传回王府,裴琰大笑。倒是裴洵对这话念念不忘,登基为帝后,不但封了幼妹为慧贞长公主,还封其为武林盟主,真正是"执掌武林牛耳,睥睨天下豪杰",传为一时佳话。

但更令人称奇的是,裴念慈最后竟然看上了一个手无缚鸡之力的孔姓秀才。有民间传言:新婚之夜,孔秀才逼裴念慈立誓,不得以公主权势助其考取功名,方才踏入洞房。后孔秀才果然高中探花,至于其两位大舅子有没有在中间出一把力,不得而知。

只是裴洵登基后,孔探花死活不愿意入朝为官,遂在翰林院编史,终老一生。


# 桓稗

## 一、滕皇后与"南子之乱"

桓国由于元帝废顺帝,又经历"南子之乱",威帝宇文景伦年间诸事在史书中多隐晦不明,然对滕皇后之记载却十分详尽。传言说元帝虽废了顺帝,但对顺帝之母,当年的滕皇后却十分敬重,私下也曾常叹:"滕皇后虽为南人,却实当得起'母仪天下'四字。"

滕皇后乃梁国人,眉目清华、温婉端凝。威帝宇文景伦借其父滕瑞之智谋,登基为帝,即立其为皇后。

滕皇后好读书、通礼仪,生性节俭、殷勤恭顺,深明大义,屡有明谏。威帝在滕瑞等南人士子的支持下对桓国军政进行大刀阔斧的改革,屡遇阻力。每当烦躁不安之时,必到滕皇后宫中小坐,经皇后悉心劝慰,便会心情转好,威帝也因此对滕皇后十分敬爱。

但宫中屡有传言,威帝最爱的并不是滕皇后,而是一名月戎国女子。该女子还与威帝生下了一个儿子,即威帝未登基前从月戎国带回来的一个男婴。但威帝始终没有承认此事,只是收这名男婴为义子,取名跋野风,后封为郑王。

滕皇后却对此类传言一笑置之。她对自己的亲生儿子、威帝侧妃所生诸子,以及义子跋野风皆一视同仁,亲自教育。元帝自幼丧母,也是滕皇后将其收于膝下,悉心抚养成人。所以元帝后来虽废顺帝,却始终对滕皇后满怀敬意。

永熙四年,滕皇后病重,临终前拉着威帝的手,恳请其不要妄动干戈,道:"梁国军力强盛,桓国十余年变革,部落贵族人心不稳,不宜南征,切记切记!"又流泪叮嘱其父左相滕瑞放弃执念,不要再劝威帝南征。可惜威帝及滕瑞不听其言,仍于次年发兵南下,仍旧败于裴琰之手。滕瑞旧伤复发,死在回上京的路途之中。

威帝先失滕皇后,再经战败之痛,又失滕瑞,伤心不已,回上京后,在滕皇后陵前坐了三天三夜,痛哭流涕,抚碑泣道:"朕愧未听皇后之言,今时今日,朕才知朕之所爱竟是皇后!"

威帝自此郁郁寡欢,朝政多有懈怠。其执政前期所进行的改革也因滕瑞之死而渐有搁置。

威帝死后,滕皇后所生之子登基,是为顺帝。斯时,桓国五大部落贵族对威帝的汉化政策积怨甚深,遂于大业四年召开了废弃多年的五部联盟会议,指故皇后滕氏所生长子桓顺帝有南人血统,废顺帝,奉赫兰王登基为元帝。

元帝登基后,即废止了威帝在位期间颁布的各项改革条令。滕瑞门生及桓国士子不服,与桓贵族发生了激烈冲突。士子们静坐于皇宫前,并公布檄文,声讨元帝谋逆。元帝命五部入京,镇压士子。八月十五日,上京血流成河,士子死伤无数。废顺帝也被逼在皇宫门前饮鸩身亡。

此次骚乱,史书称为"南子之乱"。

元帝血腥镇压,最终平定大局,桓国重新由各部落贵族执掌大权。但元帝为平定民心,威帝时期的一些法令也逐步有所恢复。

## 二、跋野风

郑王跋野风,乃桓威帝自月戎带回的养子。民间多有传言,此子乃威帝与一月戎女子所生。

跋野风后由滕皇后抚育成人,滕皇后对威帝诸子皆视同己出,亲自教育。唯独跋野风生性好武,于诗文一道深觉头疼。威帝闻之,大笑道:"野驹子也,且由他去。"滕皇后一哂,此后亦不勉强。威帝于是亲授武功,跋野风在武学一途天赋甚高,加之勤奋好学,年方弱冠便跻身桓国一流高手之列。

郑王成年后,相貌堂堂,气宇轩昂,性情沉稳刚毅,骑术武功俱精。威帝尝抚其背曰:"此子肖我。"郑王唯对滕皇后始终执礼甚恭,视如生母。其与滕皇后所生子女关系甚好,尤与幽兰公主宇文蕙感情最笃,兄妹二人或策马草原,或刀剑互搏,形影不离。宫中曾有传言,威帝有意将幽兰公主许配郑王。

滕皇后去世后,郑王悲伤不已,于皇后灵前发誓,愿倾一生之力护佑弟妹。幽兰公主于南征途中失踪后,郑王伤心难抑,始终坚信公主尚在人间,决意寻找公主。自此,跋野风踏遍梁国山山水水,寻找幽兰公主。

其后威帝薨逝,顺帝继位不久,即遇桓国五大部落作乱。顺帝被废,赫兰王登基称帝,是为元帝。待跋野风闻讯赶回,顺帝已死于"南子之乱"中。

跋野风驰援不及,深感愧对先帝与皇后,愤而入宫刺杀元帝。岂料元帝恐遭人暗算,宫中早有高手埋伏,跋野风以一人之力,力敌宫中上百高手,击伤格毙数十人,终以威帝所传白鹿刀刺伤元帝右胸。而跋野风亦因寡不敌众,伤重难支,不得不远遁而去,自此之后下落不明。威帝之白鹿刀一同失踪,元帝亦由此落下气胸之疾。

数年后,在月戎国和桓国交界的草原上,出现了一伙来如风去如电的马贼,神出鬼没,屡屡作案,劫掠桓国官军粮草,唯独对过往客商秋毫无犯,桓国官兵数次围剿皆大败而回。这伙马贼为首之人蒙着面,手持一柄大刀,有万夫不当之勇,当地的百姓说那就是桓威帝的白鹿刀。

### 三、幽兰公主

滕皇后生有一儿一女,儿子为后来的桓顺帝,死于"南子之乱"。但其所生的女儿,史书记载却仅一句:"幽兰公主,年十七,卒。"

关于幽兰公主,桓国民间多有传言,道其出生时,宫廷溢满清香,故威帝以"幽兰"之名册封。

幽兰公主性好习武,性情豁达,自幼拜在一品堂堂主易寒门下,练得一手好剑法。而其骑术尤精,胜过几位兄长,与郑王跋野风也不相上下。

滕皇后死后,桓威帝率大军南征,幽兰公主也随军南下。她本只想长长见识,看一看母后心心念之的南方。但据贴身侍女后来回忆,南征途中,幽兰公主屡见战争惨象,数度劝谏威帝止息干戈,威帝及滕瑞仍未改初衷。

成郡一役,郑王中寒月将军萧遥之计,被困野猪林。幽兰公主率部前去救援,与萧遥激战数百回合,被萧遥引入丛林之中。所幸她熟悉星象,安然脱险,孤身回到军中。

麒麟谷一役,滕瑞施奇谋,引萧遥入谷。幽兰公主奉滕瑞之命,扼守跃马涧。萧遥逃至跃马涧,被幽兰公主一箭射中,跌落激流。但幽兰公主亦被萧遥抛出的绳索卷中,随之跌落深涧。

萧遥后脱险回到长风骑,幽兰公主却芳踪渺渺,再未现于人世。威帝得知爱女罹难,痛哭不已,滕瑞也老泪纵横,引发旧患,最终病逝于回国途中。

桓军战败回国后,威帝尝试与梁国和好,修书一封,恳请忠孝王裴琰代为寻找爱女遗骨。裴琰也曾派人在跃马涧一带寻找,却均无所获。

一代幽兰,自此长眠于异国他乡。